# श्रीकान्त



शरतचन्द्र

अनुवाद

विमल मिश्र

राधाकृष्ण प्रकाशन

*बांग्ला से हिन्दी में पहली बार शुद्ध एवं सम्पूर्ण अनुवाद*

ISBN : 978-81-8361-506-8

**श्रीकान्त** (उपन्यास)



**पहला संस्करण** : 2012
**दूसरा संस्करण** : 2022
This book is printed on **Print on Demand** Technology : 2025

**मूल्य** : ₹1495

**प्रकाशक**
राधाकृष्ण प्रकाशन प्राइवेट लिमिटेड
जी-17, जगतपुरी, दिल्ली-110 051

**शाखाएँ** : अशोक राजपथ, साइंस कॉलेज के सामने, पटना-800 006
पहली मंजिल, दरबारी बिल्डिंग, महात्मा गांधी मार्ग, प्रयागराज-211 001
1, अनमोल सोराबजी संतुक लेन, धोबी तलाव, मरीन लाइंस, मुम्बई-400 002
वेबसाइट : www.radhakrishnaprakashan.com
ई-मेल : info@radhakrishnaprakashan.com

SHRIKANT
*Novel by* Sharatchandra
*Translated by* Vimal Mishra

# श्रीकान्त

[उपन्यास]

बांग्ला से हिन्दी में पहली बार शुद्ध एवं सम्पूर्ण अनुवाद

# भूमिका

यह है बांग्ला के सर्वश्रेष्ठ उपन्यासकार शरतचन्द्र चट्टोपाध्याय के 'श्रीकान्त' उपन्यास का नया अनुवाद। पाठकों के दिमाग में यह सवाल जरूर कौंधेगा कि 'श्रीकान्त' का हिन्दी अनुवाद पहले से ही बाजार में उपलब्ध रहने के बावजूद इस उपन्यास का नए सिरे से अनुवाद करने की जरूरत क्यों पड़ी? इस सवाल के जवाब में मैं इतना ही कहूँगा कि श्री अशोक महेश्वरी, प्रबन्ध निदेशक, राजकमल प्रकाशन समूह को पता नहीं कैसे यह जानकारी मिली कि शरत-साहित्य के हिन्दी अनुवादों में कुछ गड़बड़ियाँ हैं तो उन्होंने सम्पूर्ण शरत-साहित्य का नए सिरे से अनुवाद कराने की ठानी और मुझसे सम्पूर्ण शरत-साहित्य का नए सिरे से अनुवाद करने को कहा। साथ ही उन्होंने आदेश दिया कि मैं शरत बाबू के मूल उपन्यासों के साथ उनके हिन्दी अनुवादों का मिलान करके देखूँ कि उन अनुवादों में क्या और कितनी गड़बड़ियाँ हैं।

उनके आदेशानुसार पहले मैंने 'चरित्रहीन' के हिन्दी अनुवाद का मूल पुस्तक से मिलान करके देखा, उसके बाद 'पाथेर दाबी' के अनुवाद का मिलान मूल पुस्तक से किया। मैं यह देखकर दंग रह गया कि उक्त दोनों उपन्यासों का अनुवाद नहीं, लिप्यन्तरण किया गया है। इस बात की सूचना पाकर श्री अशोक महेश्वरी खुद हैरान रह गए। वे आश्वस्त हुए कि उनकी जानकारी बिलकुल सही है। उक्त दोनों उपन्यासों के अनुवाद के बाद 'श्रीकान्त' का हिन्दी अनुवाद उन्हीं के सत्प्रयासों के फलस्वरूप अब हिन्दी पाठकों को उपलब्ध है।

'चरित्रहीन' और 'पाथेर दाबी' के हिन्दी अनुवादों में जो खामियाँ थीं, उनका उल्लेख राधाकृष्ण प्रकाशन द्वारा प्रकाशित 'चरित्रहीन' और 'पथ का दावा' की भूमिका में हो चुका है। अब मैं 'श्रीकान्त' के बाजार में पहले से उपलब्ध हिन्दी अनुवाद में हुई खामियों के बारे में बताता हूँ। इस उपन्यास के पहले के अनुवाद की सबसे बड़ी खामी यह है कि

इसका अनुवाद वर्तमान काल के वाक्यों में कर दिया गया है। 'श्रीकान्त' उपन्यास नायक श्रीकान्त की आपबीती है। इसमें वर्णित सारी घटनाएँ अतीत में घटित हुई थीं, जिन्हें याद करके श्रीकान्त लिख रहा है। पता नहीं, हिन्दी के पाठकों और समीक्षकों ने इस बात पर ध्यान क्यों नहीं दिया?

दरअसल बात यह है कि बांग्ला भाषा की प्रकृति और शिल्प-सौन्दर्य का ज्ञान न रहने की वजह से ऐसी चूक हो गई। बांग्ला भाषा का व्याकरण कुछ ऐसा है कि जो वाक्य बांग्ला भाषा के वातावरण को न समझनेवालों को वर्तमान काल का वाक्य लगेगा, वह असल में भूतकाल का वाक्य होता है।

बांग्ला भाषा के जानकार वाक्य पढ़ते ही समझ जाते हैं कि प्रयुक्त वाक्य वर्तमान काल का है या भूतकाल का।

इस गलती की वजह से 'श्रीकान्त' उपन्यास की 'श्री' का अन्त हो गया है।

ऊपर मैंने जिस प्रसंग का उल्लेख किया है उसको छोड़कर मैं बांग्ला भाषा के दो भूतकाल के वाक्य पाठकों की जानकारी के लिए लिखता हूँ–

(1) आमि खायनि

(2) आमि जायनि

दोनों वाक्य भूतकाल के हैं। हिन्दी में इनके दो अनुवाद होंगे–एक, मैंने नहीं खाया है; दूसरा, मैंने नहीं खाया था। प्रसंगानुसार इनका अनुवाद अलग-अलग हो सकता है। हिन्दी व्याकरण के अनुसार पहला आसन्न भूतकाल का वाक्य है और दूसरा पूर्ण भूतकाल का। कभी-कभी प्रसंगानुसार इसका अनुवाद 'मैंने नहीं खाया होगा' भी हो सकता है और यह वाक्य सन्दिग्ध भूतकाल का है। लेकिन 'श्रीकान्त' के पहले से उपलब्ध अनुवाद में इस वाक्य का अनुवाद–'मैंने नहीं खाया' किया गया है, जो पूर्ण अर्थव्यंजक नहीं है। इसी तरह दूसरे वाक्य का अनुवाद होगा–'मैं नहीं गया हूँ' और 'मैं नहीं गया था'।

बांग्ला में बोललुम या बोललाम का हिन्दी में अर्थ होगा–या तो मैंने कहा या हमने कहा। बांग्ला में अगर 'कर्ता' का प्रयोग नहीं भी होगा, तो पाठक यह समझ जाएगा कि उसका कर्ता उत्तम पुरुष, एक वचन या बहुवचन का होगा। उसका कर्ता न मध्य पुरुष का होगा, न अन्य पुरुष का।

लेकिन 'श्रीकान्त' में बांग्ला के बोललम का अनुवाद 'कहा' कह करके छोड़ दिया गया है। हिन्दी में इसका कर्ता तीनों पुरुषों के दोनों वचनों का हो सकता है।

‘श्रीकान्त’ के पहले से उपलब्ध अनुवाद में उपर्युक्त गलतियाँ भरी पड़ी हैं। मैंने कुछ अजीबोगरीब वाक्य देखे हैं। उन सबका उल्लेख करने लगूँगा तो एक किताब बन जाएगी। इसलिए इस प्रसंग को मैं यहीं छोड़ता हूँ और पाठकों से निवेदन करता हूँ कि ‘श्रीकान्त’ के पुराने और नए हिन्दी अनुवादों को मिलाकर खुद पढ़-परख लें।

अब दूसरा प्रसंग। मैं पहले कहीं यह लिख चुका हूँ कि जैसे किसी भाषा विशेष का हर जानकार लेखक नहीं हो सकता, वैसे ही किन्हीं दो भाषाओं का हर जानकार अनुवादक नहीं हो सकता। अनुवाद-कार्य बड़ा कठिन कार्य है। जिस भाषा से जिस किसी भी भाषा में अनुवाद किया जाता है उन दोनों भाषाओं की अच्छी जानकारी अनुवादक को होनी चाहिए। राजनीति, व्यापार, साहित्य और विज्ञान के क्षेत्र में अनुवादक की अहम भूमिका को अस्वीकार नहीं किया जा सकता है। अनुवादक ही किसी एक भाषा की श्रेष्ठ साहित्यिक कृति को दूसरी भाषा के पाठकों तक पहुँचाते हैं। अगर अनुवादक न हों, तो किसी भी भाषा की कृति अपने ही भाषायी क्षेत्र में सीमाबद्ध होकर रह जाएगी।

जिस अनुवादक की इतनी बड़ी भूमिका है उसी अनुवादक को जब दोयम दर्जे का लेखक माना जाता है, तो हैरानी भी होती है और दुख भी। लेखक भी लेखन-कार्य करता है और अनुवादक भी। अनुवादक दूसरे (लेखक) के भावों को अनुवाद के माध्यम से अन्य भाषा के पाठकों तक सम्प्रेषित करता है, लेकिन उसकी भाषा अपनी होती है, किसी से उधार ली हुई नहीं। फिर क्यों लेखक को बेहतर और अनुवादक को कमतर माना जाता है? यह सवाल मैं पाठकों के ऊपर छोड़ता हूँ।

फिलहाल, पाठकों के समक्ष ‘श्रीकान्त’ का सम्पूर्ण और शुद्ध अनुवाद, बिना किसी काट-छाँट के, प्रस्तुत है। विश्वास है, बाजार में उपलब्ध ‘श्रीकान्त’ उपन्यास से आप इसे हर स्तर पर भिन्न और रोचक पाएँगे।

**—विमल मिश्र**

# अनुक्रम


| | |
|---|---|
| प्रथम पर्व | 13 |
| द्वितीय पर्व | 129 |
| तृतीय पर्व | 251 |
| चतुर्थ पर्व | 381 |

# श्रीकान्त

# प्रथम पर्व

## 1

अपनी इस घुमक्कड़ जिन्दगी के आखिरी पड़ाव पर ठहरकर जब मैं इसी के एक अध्याय के बारे में कहने बैठा, तो आज कितनी बातें याद आ रही हैं।

मैं बचपन से घूमता रहा और घूमते-घूमते ही बूढ़ा हुआ। सगे या गैर सबके मुँह से लगातार सिर्फ निन्दा सुन-सुनकर मैं खुद भी इसके अलावा और कुछ भी नहीं सोच सकता था कि मेरी जिन्दगी में निन्दा ही बदा है। लेकिन जिन्दगी की शुरुआत में ही निन्दा की इतनी लम्बी भूमिका कैसे लिखी गई थी, बहुत दिनों बाद आज जब मैं उन सब भूली-बिसरी कहानियों की माला गूँथने बैठा, तो अचानक यह सन्देह हो रहा है कि सबने मेरी जितनी निन्दा की है, हो सकता है, मेरी उतनी निन्दा नहीं होनी चाहिए थी। लग रहा है, हो सकता है, भगवान जिसे अपनी विचित्र सृष्टि के ठीक बीचोबीच अभाव देते हैं उसे अच्छा लड़का बनकर परीक्षा पास करने की सुविधा भी नहीं देते हैं—गाड़ी-पालकी पर चढ़कर लाव-लश्कर के साथ भ्रमण करके उसे कहानी का नाम देकर छपवाने की अभिरुचि भी नहीं देते हैं। बुद्धि, हो सकता है, वे उसे कुछ देते हों, मगर जानकार लोग उसे वह सुबुद्धि नहीं कहते हैं। इसलिए जिन लोगों की प्रवृत्ति ऐसी असंगत और बेढंगी होती है—और देखने की चीज और प्यास स्वभावतः ही इतनी बेढब हो जाती है कि उसका वर्णन करना चाहूँ तो विद्वान लोग शायद हँसते-हँसते लोट-पोट हो जाएँगे। उसके बाद वही बुरा लड़का कैसे निरादर और उपेक्षा से बुरों की संगत में पड़कर बुरा होकर धक्का और ठोकर खाकर अनजाने में एक दिन अपयश की झोली कन्धे पर डालकर कहाँ चला जाता है कि लम्बे अरसे तक फिर उसका कोई पता ही नहीं चलता है।

इसलिए इन सबको रहने दिया जाए। मैं जो कहने बैठा हूँ, उसे ही कहूँ। लेकिन कहने से ही तो कहा नहीं जा सकता है। भ्रमण करना एक बात है और उसके बारे में लिखना दूसरी बात है। जिसके दो पाँव हैं वही भ्रमण कर सकता है, लेकिन दोनों हाथ रहने से ही तो लिखा नहीं जा सकता है। लिखना बड़ा मुश्किल काम है। लेकिन मेरे लिए

सबसे बड़ी मुश्किल यह हुई है कि भगवान ने मेरे अन्दर जरा भी कल्पना-शक्ति नहीं दी है। इन दोनों जली आँखों से मैं जो कुछ देखता हूँ, ठीक उसे ही देखता हूँ। पेड़ को पेड़ ही देखता हूँ—पहाड़-पर्वत को पहाड़-पर्वत ही देखता हूँ। पानी की तरफ निहारता हूँ तो पानी-पानी के अलावा और कुछ भी नहीं लगता है। आसमान में बादलों की तरफ नजरें टिकाए रखता हूँ, गर्दन दुखने लगती है, वहाँ भी सिर्फ बादल ही बादल दिखाई पड़ते हैं। किसी की जुल्फें तो क्या एक भी बाल नहीं दिखाई पड़ता है। उन बादलों में मुझे किसी दिन एक बाल तक ढूँढ़े नहीं मिला है। चाँद की तरफ निहारते-निहारते आँखें पथरा गई हैं, लेकिन चाँद में कभी किसी का मुँह-वुँह नजर नहीं आया है। इसी तरह से भगवान ने जिसे उससे वंचित किया है उसके द्वारा कविता नहीं लिखी जा सकती है। सिर्फ सही बात सीधे तरीके से कही जा सकती है। इसलिए मैं ऐसा ही करूँगा।

लेकिन मैं कैसे घुमक्कड़ बन गया, यह बताना चाहूँ तो उसका थोड़ा-सा परिचय देना जरूरी है, जिसने शुरुआती जिन्दगी में मुझे इस नशे की लत लगा दी थी उसका नाम था इन्द्रनाथ। इन्द्रनाथ से मेरी जान-पहचान पहली बार एक फुटबॉल मैच में हुई थी। मैं नहीं जानता कि आज वह जिन्दा है या नहीं। क्योंकि बहुत साल पहले एक दिन बड़े तड़के घर-मकान, नाते-रिश्तेदारों—सबको छोड़कर उन्हीं कपड़ों में, जिन्हें वह पहने हुए था, घर-गिरस्ती छोड़कर चला गया, वह फिर कभी वापस नहीं आया। उफ, वह दिन कितना याद आता है!

स्कूल के मैदान में बंगाली और मुसलमान छात्रों के बीच मैच था। दिन ढलने ही वाला था। मैं मगन होकर मैच देख रहा था। मेरे आनन्द की सीमा नहीं थी। पर अचानक—अरे बाप रे—यह क्या है रे! तड़ातड़ की आवाज और मारो सालों को, मारो सालों को की आवाज सुनाई पड़ी। मैं तो एक तरह से कितना विह्वल हो गया। दो-तीन मिनट हुए होंगे। इस बीच कौन कहाँ गायब हो गया, इसका मुझे पता नहीं चला। अच्छी तरह पता चला तब जब मेरी पीठ पर एक साबुत छाते की लकड़ी फटाक से पड़ी और सर और पीठ पर पड़ने को तैयार और भी दो-तीन छाते की लकड़ियों को मैंने देखा। पाँच-सात मुसलमान छोकरों ने तब मुझे चारों ओर से घेरकर व्यूह बना डाला था। मेरे भागने के लिए जरा-सा भी रास्ता नहीं छोड़ा था।

और भी एक छाते की लकड़ी का वार—और एक। ठीक उसी पल जिस आदमी ने बिजली की रफ्तार से आकर उस व्यूह को तोड़ा और मुझे अगोरकर खड़ा हो गया। वही था इन्द्रनाथ।

इन्द्रनाथ काला था। बाँसुरी जैसी उसकी नाक थी, चौड़ा सुडौल माथा था, मुँह पर चेचक के दो-चार दाग थे, मेरे ही बराबर उसका कद था, लेकिन उम्र में वह मुझसे कुछ बड़ा था। बोला, "डरने की कोई बात नहीं। तुम ठीक मेरे पीछे-पीछे बाहर निकल आओ।"

इन्द्रनाथ के कलेजे के अन्दर हिम्मत जितनी थी उतनी हिम्मत और करुणा आम लोगों के दिल में नहीं होती है, तो भी हो सकता है वह हिम्मत और करुणा असाधारण नहीं थी। मैं उस हिसाब से नहीं कह रहा हूँ कि उन हाथों में कितनी ताकत थी। उसके

दोनों हाथ इतने लम्बे थे कि वे उसके घुटनों तक पहुँच जाते थे। इसकी सबसे बड़ी सुविधा यह थी कि जो व्यक्ति यह नहीं जानता था उसके मन में कभी भी यह आशंका पैदा नहीं हो सकती है कि झगड़े के वक्त वह नाटा आदमी अचानक तीनेक हाथ लम्बा एक हाथ बाहर निकालकर उसकी नाक पर इतने जोर से घूँसा मारेगा। क्या घूँसा था उसका! उसे घूँसा नहीं, बाघ का पंजा कहा जा सकता है।

दो मिनट के अन्दर उसकी पीठ से सटता हुआ मैं बाहर आ गया। इन्द्र ने बिना किसी दिखावे के कहा, "जा, भाग जा।"

मैंने भागना शुरू करते हुए कहा, "और तुम?" उसने रूखे ढंग से जवाब दिया, "तू भाग न, गधा कहीं का!"

मैं गधा होऊँ या चाहे जो भी होऊँ, मुझे अच्छी तरह याद आता है, मैं अचानक मुड़कर खड़ा हो गया था और कहा था, "नहीं, मैं नहीं भागूँगा।"

बचपन में मार-पीट किसने नहीं की होगी? मगर देहात के लड़के थे हम—दो-तीन महीने पहले ही मैं पढ़ने-लिखने के लिए अपनी फूफी के घर शहर आया था। इसके पहले इस तरह से दल बाँधकर न तो मैंने मारा-मारी की थी और न ऐसी साबुत दो छाते की लकड़ियाँ ही मेरी पीठ पर किसी दिन बरसी थीं। फिर भी मैं अकेले नहीं भाग सका। इन्द्र ने एक बार मेरे मुँह की तरफ निहारा और बोला, "तू नहीं भागेगा, तो क्या करेगा? खड़े-खड़े मार खाएगा क्या? ऐ, उस तरफ से वे लोग आ रहे हैं—अच्छा तो सरपट दौड़।"

मैं बराबर ही खूब दौड़ सकता था, जब हम बड़े रास्ते पर आ पहुँचे तब शाम हो चुकी थी, दुकानों में बत्तियाँ जल चुकी थीं और रास्ते के किनारे खड़े लोहे के खम्भों पर म्युनिसिपैलिटी के मिट्टी के तेल के लैम्प यहाँ-वहाँ जला दिए गए थे। आँखों में जोर हो तो ऐसी बात नहीं कि एक खम्भे के पास खड़े होकर दूसरे खम्भे को नहीं देखा जा सकता है। आततायियों के आने की अब कोई आशंका नहीं थी। इन्द्र ने बड़े सहज, स्वाभाविक आवाज में बात की। मेरा तो गला सूख गया था, मगर आश्चर्य है, वह जरा भी हाँफ नहीं रहा था। अब तक जैसे कुछ भी नहीं हुआ था—न उसने मारा था, न उसने मार खाई थी, न वह दौड़कर आया था—कहीं कुछ भी नहीं हुआ था, इस ढंग से उसने पूछा, "तेरा नाम क्या है रे?"

"श्री-कां-त।"

"श्रीकान्त? अच्छा।" कहकर उसने अपनी कमीज की जेब से एक मुट्ठी सूखी पत्तियाँ बाहर निकालीं और थोड़ी-सी अपने मुँह में डाल लीं और थोड़ी-सी मेरे हाथ में देकर कहा, "बेटों को खूब ठोंका है मैंने। इन्हें चबा।"

"ये? क्या है यह?"

"ये भाँग की पत्तियाँ हैं।"

मैंने अत्यन्त विस्मित होकर कहा, "भाँग है? यह मैं नहीं पीता।"

उसने मुझसे भी ज्यादा विस्मित होकर कहा, "तू भाँग नहीं पीता? तू कहाँ का गधा है रे? बड़ा नशा आएगा! इन्हें चबा और चबाकर निगल जा।"

तब तक मैंने यह नहीं जाना था कि नशा नाम की चीज की क्या मधुरता है। इसीलिए गर्दन हिलाकर मैंने भाँग की पत्तियाँ लौटा दीं। उसने उन्हें भी अपने मुँह में डाल दिया और उन्हें चबाकर निगल गया।

"अच्छा, तो फिर तू सिगरेट पी।" यह कहकर उसने एक और जेब से दो सिगरेट और दियासलाई निकाली और एक सिगरेट मेरे हाथ में देकर दूसरे को खुद सुलगा लिया। उसके बाद उसने अपनी दोनों हथेलियों को अजीब तरीके से इकट्ठा किया और उसी सिगरेट को चिलम जैसा बनाकर कश लगाने लगा। बाप रे, कैसा कश लगाया था उसने! एक ही कश में सिगरेट की आग ऊपर से नीचे उतर आई। चारों तरफ लोग थे। मैं बड़ा डर गया। मैंने डरते हुए प्रश्न किया, "तुम सिगरेट पीते हो, अगर कोई देखे तो?"

"देख लेंगे तो क्या होगा? सभी जानते हैं कि मैं सिगरेट पीता हूँ।" यह कहकर वह आराम से कश लगाते-लगाते रास्ते के मोड़ पर मुड़ा और मेरे मन पर एक गहरी छाप लगाकर दूसरी तरफ चला गया।

आज मुझे उस दिन की ढेर सारी बातें याद आ रही हैं। सिर्फ एक बात मैं याद नहीं कर पा रहा हूँ, वह यह कि उस अजीब लड़के को उस दिन मैंने प्यार किया था या उसके खुलेआम भाँग और सिगरेट पीने की वजह से उससे मैंने मन ही मन नफरत की थी।

उसके बाद महीना भर बीत गया था। उस दिन की रात जितनी गरम थी उतनी ही अँधेरी। कहीं पेड़ों का एक पत्ता तक नहीं हिलता था। सभी छत पर लेटे हुए थे। बारह बजे थे। फिर भी किसी की आँखों में नींद नहीं थी। अचानक बाँसुरी का बड़ा मधुर स्वर कानों में आकर गूँजा। सहज रामप्रसादी सुर। कितनी बार मैंने यह सुर सुना होगा। लेकिन मैं यह बात नहीं जानता था कि बाँसुरी का यह सुर ऐसा मुग्ध कर दे सकता है। मेरे मकान के दक्षिण-पूर्व कोण में एक बहुत बड़ा आम-कटहल का बगीचा था। उस बगीचे के बहुत से मालिक थे, इसलिए कोई उस बगीचे की खोज-खबर नहीं लेता था। सारा बगीचा घने जंगल में बदल गया था। उस जंगल के बीच से होकर गाय-बछड़े आया-जाया करते थे, इसलिए वहाँ एक पतली-सी पगडंडी बन गई थी। लगा, जैसे उसी पगडंडी पर बाँसुरी का सुर क्रमशः नजदीक आता जा रहा है। फूफी उठ बैठी और अपने बड़े बेटे से कहा, "हाँ, रे नवीन, बाँसुरी कौन बजाता है? क्या राम-घराने का इन्द्र बजाता है?" तब जाकर मैंने समझा, ये सभी लोग उस बाँसुरी बजानेवाले को पहचानते हैं।

मेरे फुफेरे बड़े भाई ने कहा, "उस अभागे के सिवा ऐसी बाँसुरी भला कौन बजा सकता है और उस जंगल के अन्दर आखिर कौन घुस सकता है?"

"यह तू क्या कहता है रे? तो क्या वह गोसाईं-बागान के अन्दर से होकर आ रहा है?"

मेरे फुफेरे भाई ने कहा, "हूँ।"

फूफी इस भयंकर अँधेरे में उस करीब के घने जंगल को याद करके शायद मन ही मन उसने डरती आवाज में प्रश्न किया, "उसकी माँ क्या उसे मना नहीं करती है? गोसाईं-बागान में साँप के काटने से कितने लोग मरे, इसकी गिनती नहीं। अच्छा, इतनी रात गए वह उस जंगल में क्यों है?"

मेरे फुफेरे भाई ने तनिक मुस्कुराकर कहा, "इसलिए कि उस मुहल्ले से इस मुहल्ले में आने का यही सीधा रास्ता है। जिसे न डर है और न जान का मोह, वह बड़े रास्ते का चक्कर क्यों लगाएगा माँ? उसे जल्दी आने से मतलब। सो, उस रास्ते में नदी-नाला हो या साँप-बिच्छू हों या बाघ-भालू हों।"

"धन्य है यह लड़का!" कहकर फूफी ने एक आह भरकर चुप्पी साध ली। बाँसुरी का सुर पहले तो जोरदार हुआ, फिर धीरे-धीरे धीमा होकर दूर में विलीन हो गया।

ऐसा ही था इन्द्रनाथ। उस दिन मैंने सोचा था—काश, मुझमें भी इतनी ताकत होती और इसी तरह मैं भी मारामारी कर सकता! और काश, मैं भी इसी तरह से बाँसुरी बजा सकता!

लेकिन मैं उससे कैसे दोस्ती करता! वह तो मुझसे बहुत ऊँचे क्लास में पढ़ता था। और तब तो वह स्कूल में भी नहीं पढ़ता था। मैंने सुना था, हेडमास्टर ने अन्याय करके उसके सर पर गधे की टोपी पहनाने की तैयारी की थी, तो इससे दुखी होकर अचानक हेडमास्टर की पीठ पर कुछ न कुछ करके नफरत के मारे स्कूल की रेलिंग को लाँघकर वह घर चला आया था, फिर वह स्कूल नहीं गया था।

बहुत दिनों बाद मैंने उसी के मुँह से सुना था, उसने कोई बहुत बड़ा कसूर नहीं किया था। उसने जो कुछ किया था, वह बड़ी मामूली-सी बात थी। गैर-बंगाली पंडित जी क्लास के अन्दर ही झपकियाँ लिया करते थे। ऐसे ही एक समय जब वे झपकियाँ ले रहे थे तब उसने उनकी बँधी हुई चोटी को कैंची से काटकर छोटी कर दिया था, बस। पंडित जी का कोई खास नुकसान नहीं हुआ था। क्योंकि पंडित जी जब अपने घर गए, तो उन्हें उनकी चोटी उनकी चपकन की जेब में मिल गई थी। उनकी चोटी खोई नहीं थी। फिर भी पंडित जी का गुस्सा क्यों ठंडा नहीं हुआ था। और हेडमास्टर से उन्होंने क्यों शिकायत की थी—आज तक इन्द्र यह समझ नहीं सका था, मगर यह उसने ठीक समझा था कि रेलिंग को लाँघकर स्कूल से घर जाने का रास्ता बना लेने पर गेट के अन्दर से होकर फिर वहाँ वापस जाने का रास्ता प्रायः खुला नहीं रहता है। लेकिन उसे यह देखने का कतई शौक भी नहीं था कि स्कूल का रास्ता उसके लिए खुला था या नहीं। यहाँ तक कि उसकी देख-भाल करने के लिए दस-बीस अभिभावकों के रहने के बावजूद कोई उसका रुख स्कूल की तरफ मोड़ने में सफल नहीं हुआ।

इन्द्र ने कलम फेंक दी और हाथ में डोंगी का चप्पू उठाया। तब से वह दिन भर गंगा में डोंगी पर घूमता रहता। उसकी अपनी एक छोटी-सी डोंगी थी। वह आँधी-पानी और दिन-रात की परवाह किए बगैर अकेले उसी डोंगी पर घूमता रहता। अचानक एक दिन, हो सकता है, पश्चिम की तरफ बहती गंगा की धारा में अपनी डोंगी को तिरती हुई छोड़ दिया और डोंगी को सँभालता हुआ चुपचाप बैठा रहा। दस-पन्द्रह दिनों तक फिर उसका कोई पता ही नहीं चला। ऐसे ही एक दिन जब वह इधर-उधर तिरता जा रहा था तभी मुझे उसके साथ मनचाही दोस्ती गाँठने का मौका मिला था। इसीलिए मैंने इतनी बातें कीं।

लेकिन मुझे जाननेवाले कहेंगे—तुम्हें तो ऐसा करना शोभा नहीं देता है भई! तुम गरीब के लड़के हो। पढ़ने-लिखने के लिए तुम अपना गाँव छोड़कर पराए के घर आए थे—उसके साथ तुमने मेल-जोल क्यों बढ़ाया और उसके साथ मेल-जोल बढ़ाने के लिए आखिर तुम इतने व्याकुल क्यों हुए? अगर तुमने ऐसा नहीं किया होता, तो आज तुम्हारा—

रुको-रुको, और कहने की जरूरत नहीं। हजारों लोगों ने लाखों बार मुझसे यह कहा है, खुद मैंने अपने आपसे करोड़ों बार यह प्रश्न किया है। लेकिन सब गलत है। क्योंकि इसका जवाब तुम लोग भी नहीं दे सकोगे—वरना आज मैं क्या हो सकता था—तुम लोगों में से कोई भी इस सवाल को हल नहीं कर सकोगे। इतने लोगों को छोड़कर उसी एक अभागे के प्रति मेरा जी-जान क्यों लगा रहता था। और उसी बुरे से मिलने के लिए मेरे बदन का जर्रा-जर्रा क्यों उन्मुख हो उठा था।

वह दिन मुझे बहुत याद आता है। दिन-भर बारिश हुई, तो बारिश रुकने का नाम नहीं ले रही थी। सावन के सारे आसमान पर घने बादल छाए हुए थे। और शाम ढलते न ढलते ही गहरा अँधेरा छा गया था। हम कई भाइयों ने जरा जल्दी खाना खा लिया था और रोज की तरह बाहर बैठकखाने के बिछे बिस्तर पर रेंड़ी के तेल का दीया जलाकर किताबें खोलकर बैठ गए थे। बाहर के बरामदे में एक तरफ फूफाजी किरमिच की चारपाई पर ऊँघ रहे थे और दूसरी तरफ बूढ़े रामकमल भट्टाचार्य अफीम खाकर आँखें मूँदे हुक्का पी रहे थे। ड्योढ़ी पर गैर-बंगाली प्यादों द्वारा पढ़े जा रहे तुलसीकृत रामायण के पद सुनाई पड़ रहे थे और अन्दर हम तीन भाई—मँझले भैया की कठोर निगरानी में—चुपचाप अपनी-अपनी पढ़ाई कर रहे थे। छोटे भैया, यतीन भैया और मैं तीसरी और चौथी कक्षा में पढ़ते थे और गम्भीर स्वभाव के मँझले भैया दो बार एंट्रेंस की परीक्षा में फेल होने के बाद बड़ा मन लगाकर तीसरी बार परीक्षा देने की तैयारी कर रहे थे। उनकी प्रचंड डाँट-फटकार की वजह से किसी के लिए भी एक पल बरबाद करने की गुंजाइश नहीं थी। हम लोगों के पढ़ने का समय था—साढ़े सात बजे से नौ बजे तक। इस समय के अन्दर बातचीत करके हम उनकी पढ़ाई में खलल न डालें, इसके लिए वे खुद रोज पढ़ने बैठकर कागज को कैंची से काटकर उसके बीस-तीस टिकट जैसे टुकड़े कर लेते थे। उन टुकड़ों में से किसी पर लिखा रहता था—'बाहर जाना है, किसी पर 'थूकना है', किसी पर 'नाक साफ करना है', तो किसी पर 'पानी पीना है'। जिस कागज पर लिखा था। 'नाक साफ करना है', उसे लेकर यतीन भैया ने मँझले भैया के सामने रख दिया। मँझले भैया ने उस पर दस्तखत करके लिख दिया—हुँ—आठ बजकर तैंतीस मिनट से लेकर आठ बजकर साढ़े चौंतीस मिनट तक यानी इतने समय के लिए वे नाक साफ करने के लिए जा सकते हैं। छुट्टी पाकर यतीन भैया उस कागज को उठाकर हाथ में लिये बाहर चले गए, तो छोटे भैया ने उस कागज को, जिस पर लिखा था 'थूकना है', मँझले भैया के आगे पेश किया। मँझले भैया ने उस पर 'नहीं' लिख दिया। लिहाजा, छोटे भैया मुँह लटकाए दो मिनट बैठे रहे, उसके बाद उस कागज को पेश किया जिस पर लिखा था—'पानी पीना है'। उस पर उन्हें बाहर जाने की मंजूरी मिली। मँझले भैया ने उस पर दस्तखत करके

लिखा—हुँ—आठ बजकर इकतालीस मिनट से लेकर आठ बजकर सैंतालीस मिनट तक। परवाना लेकर छोटे भैया मुस्कुराते हुए बाहर निकल गए, तो यतीन भैया ने वापस आकर हाथ का कागज पेश किया। मँझले भैया ने घड़ी देखकर समय मिलाया और एक बही बाहर निकालकर उस पर उस कागज को गोंद से चिपकाकर रखा। सारा साज-सामान उनके हाथ के पास ही मौजूद रहता था। एक सप्ताह बाद इन सब कागजों पर लिखे समय को देखकर कैफियत पूछी जाती थी।

इस तरह से मँझले भैया की बड़ी सतर्कता और व्यवस्था से हमारा और खुद उनका—मतलब किसी का भी—जरा-सा भी वक्त बरबाद नहीं हो सकता था। रोज डेढ़ घंटे तक पढ़-लिखकर रात के नौ बजे जब हम लोग घर के अन्दर सोने जाते थे तब माँ सरस्वती जरूर हम लोगों को हमारे कमरे के चौखट तक पहुँचा दिया करती थीं और अगले दिन स्कूल में क्लास के अन्दर हम लोग जो मान-सम्मान प्राप्त कर घर लौटते थे, उसे तो आप लोग समझ ही पा रहे होंगे। मगर मँझले भैया की बदकिस्मती थी कि उनके नासमझ शिक्षक उन्हें किसी दिन पहचान ही नहीं सके। अपनी और दूसरों की पढ़ाई-लिखाई के प्रति इतनी प्रबल दिलचस्पी और समय की पाबन्दी की इतनी बारीक जिम्मेदारी रहने के बावजूद उनके परीक्षक उन्हें बार-बार फेल ही कर देने लगे। यही है किस्मत का अन्धा फैसला। खैर, अब भला वह दुख जाहिर करके क्या होगा!

उस रात को भी कमरे के बाहर घनीभूत अँधेरा था और बरामदे में वे दोनों ऊँघते बूढ़े थे। अन्दर टिमटिमाते दीये की रोशनी में हम चारों मन लगाकर पढ़ रहे थे।

छोटे भैया वापस आए, तो प्यास के मारे मेरा कलेजा बिलकुल फट जाने लगा। लिहाजा उस कागज के जिस पर 'पानी पीना है' लिखा हुआ था, पेश करके मैं उन्मुख बना रहा। मँझले भैया अपनी उसी कागज चिपकी बही पर झुककर पड़ताल करने लगे कि मेरा पानी पीना कानूनन ठीक है या नहीं, यानी कल-परसों मैंने कितना पानी पिया था।

अचानक ठीक मेरी पीठ के करीब एक 'हुम' की आवाज हुई और तुरत छोटे भैया और यतीन भैया एक साथ आर्त स्वर में गगनभेदी चीत्कार करने लगे—"अरे बाप रे, निगल गया रे। कौन इन लोगों को निगल गया?" मैं गर्दन घुमाकर देखता इसके पहले ही मँझले भैया ने एक भयंकर आवाज की और बिजली की रफ्तार से अपने दोनों पैरों को फैलाकर दीये को उलटा दिया। तब उसी अँधेरे में कोहराम मच गया। मँझले भैया को मिरगी का दौरा पड़ता था, वे गों-गों करके दीये को उलटाकर जो चित होकर गिरे सो फिर खड़े नहीं हुए।

मैं उन लोगों को धकेलकर बाहर निकला, तो देखता हूँ कि फूफाजी अपने दोनों बेटों को बाँहों में भरकर उन लोगों से भी जोर-जोर से चिल्लाकर मकान को दहला रहे थे। ऐसा लगता है, जैसे इन तीनों बाप-बेटों में इस बात की होड़ लगी हो कि कौन कितने जोर से चिल्ला सकता है।

इसी मौके पर एक चोर दौड़कर भाग रहा था, ड्योढ़ी के सिपाहियों ने उसे पकड़ लिया था। फूफाजी बड़े जोर से चिल्लाकर हुक्म दे रहे थे, "और मारो, साले को मार डालो आदि।"

पल भर में बत्तियों, नौकर-चाकरों और पड़ोस के लोगों से आँगन भर गया। दरबानों ने चोर को मारते-मारते अधमरा कर दिया, और उसे खींचकर बत्तियों के आगे धक्का देकर गिरा दिया। तब चोर का मुँह देखकर घर भर के लोगों का मुँह सूख गया–"अरे, ये तो भट्टाचार्य जी हैं।"

तब कोई पानी लाया, कोई पंखा झलने लगा, कोई उनके मुँह-आँख पर हाथ फेरने लगा। उधर कमरे के अन्दर मँझले भैया को लेकर कोहराम मचा हुआ था।

पंखे की हवा और पानी के छींटे खाकर जब रामकमल प्रकृतिस्थ हुए, तो वे फफक-फफककर रो उठे। सभी प्रश्न करने लगे, "आप ऐसे भाग क्यों रहे थे?"

भट्टाचार्य जी ने रोते-रोते कहा, "बाप रे, बाघ नहीं, वह एक बहुत बड़ा भालू था–छलाँग लगाकर बैठकखाने से बाहर निकल आया।"

छोटे भैया और यतीन भैया बार-बार कहने लगे, "वह भालू नहीं था, वह एक लकड़बग्घा था दन-से अपनी पूछ समेटकर वह पायन्दाज पर बैठा हुआ था।

मँझले भैया को होश आया, तो वे आँखें बन्द किए ही लम्बी साँस लेकर संक्षेप में बोले, "दी रॉयल बेंगाल टाइगर।"

"मगर वह है कहाँ? वह मँझले भैया का 'दी रॉयल बेंगाल टाइगर' हो या रामकमल का 'बहुत बड़ा भालू'। आखिर वह यहाँ आया कैसे और गया तो भला गया कहाँ? जब इतने सारे लोगों ने उसे देखा है, तब तो वह कुछ न कुछ होगा ही।"

तब किसी ने विश्वास किया, तो किसी ने नहीं किया। लेकिन सभी लालटेन लेकर भय-चकित आँखों से उसे ढूँढ़ने लगे।

अचानक पहलवान किशोरी सिंह 'यहाँ बैठा हुआ है' कहकर एक ही छलाँग में बिलकुल बरामदे पर चढ़ गया। उसके बाद सब एक-दूसरे को धकेलने लगे। इतने सारे लोग थे, सभी एक साथ बरामदे पर चढ़ना चाहते थे, किसी से भी पल भर की देर सही नहीं जाती थी। आँगन के एक छोर पर अनार का एक पेड़ था। देखने में आया, इसी की झाड़ियों के अन्दर एक बहुत बड़ा जानवर बैठा हुआ है। वह बाघ जैसा ही तो था। पलक झपकते बरामदा खाली हो गया और बैठकखाना भर गया। बरामदे में अब कोई नहीं था। उसी कमरे के अन्दर से फूफाजी की उत्तेजित आवाज आने लगी–भाला लाओ, बन्दूक लाओ–हमारे बगल के मकान के गगन बाबू के पास एक मुँगेरी भरी हुई बन्दूक थी–ध्यान उसी हथियार पर था। लाने को तो कह दिया गया, लेकिन लाता कौन? अनार का पेड़ तो दरवाजे के पास ही था; और उसी पेड़ की झाड़ियों के अन्दर बाघ बैठा हुआ था। मगर बंगालियों ने कोई आवाज नहीं दी थी–जो लोग तमाशा देखने के लिए घर में घुसे थे, वे लोग भी निस्तब्ध थे।

ऐसी मुसीबत की घड़ी में अचानक पता नहीं कहाँ से इन्द्रनाथ आ उपस्थित हुआ। वह शायद सामनेवाले रास्ते से होकर चला जा रहा था। शोरगुल सुनकर वह घर में घुसा था। पल भर में सैकड़ों लोग चिल्ला उठे, "अरे बाघ है, बाघ। अरे छोकरा, भाग आ, भाग आ।"

पहले तो वह अचकचा गया, बाद में वह भागा आया और अन्दर घुसा। लेकिन थोड़ी देर बाद ही उसने सारी बातें सुन लीं। अकेले वह आँगन में उतर गया और लालटेन उठाकर बाघ को देखने लगा।

दूसरी मंजिल की खिड़कियों से औरतें दम रोके बस दिलेर लड़के की तरफ निहारकर दुर्गा-दुर्गा जपने लगीं। फूफी तो डर के मारे रो पड़ी। नीचे भीड़ के अन्दर एक-दूसरे से सटकर खड़े गैर-बंगाली सिपाही उसे हिम्मत बँधाने लगे और यह आभास भी देने लगे कि उनमें से हरेक को एक-एक हथियार मिल जाए, तो वे नीचे उतर आएँगे।

अच्छी तरह देखकर इन्द्र ने कहा, ''द्वारिका बाबू, यह बाघ नहीं है शायद।'' उसकी बात खत्म होते न होते वही रॉयल बेंगाल टाइगर अपने दोनों पंजों को जोड़कर आदमी की आवाज में रो उठा। वह साफ-सुथरी बांग्ला में बोला–''नहीं, बाबूजी, नहीं, मैं बाघ-भालू नहीं हूँ–मैं छीनाथ बहुरुपिया हूँ।'' इन्द्र ठहाका मारकर हँस उठा।

भट्टाचार्य जी हाथ में खड़ाऊँ लिये सबसे पहले भागे आए, ''हरामजादा! डराने के लिए तुम्हें कहीं और जगह नहीं मिली थी?''

फूफा जी ने बड़े गुस्से से हुक्म दिया, ''साले को कान पकड़कर ले आओ।''

चूँकि किशोरी सिंह ने उसे सबसे पहले देखा था इसलिए उसी का दावा सबसे ज्यादा था, सो वही जाकर उसका कान पकड़कर उसे दनदनाता हुआ खींच लाया। भट्टाचार्य जी ने उसकी पीठ पर एक खड़ाऊँ मारी और गुस्से में आकर हिन्दी बोलने लगे, ''इस हरामजादे, लुच्चे के चलते मेरी हड्डी-पसली एक हो गई। इन काले गैर-बंगालियों ने मार-मारकर मेरा कचूमर निकाल दिया।''

छीनाथ का घर बारासात में था। वह हर साल ऐसे समय एक बार कमाने के लिए आता था। कल भी इस घर में वह नारद बनकर गीत सुना गया था। वह एक बार भट्टाचार्य जी के, तो एक बार फूफाजी के पैरों पड़ने लगा। बोला–लड़कों ने डरकर दीये को उलटाकर ऐसी हलचल मचा दी कि खुद वह भी डरकर पेड़ के पीछे जाकर छिप गया था। उसने सोचा था। मामला जरा ठंडा हो जाएगा, तो वह बाहर निकलकर अपना वेश दिखाकर जाएगा लेकिन मामला क्रमशः ऐसा हो उठा कि उसे फिर हिम्मत नहीं हुई।

छीनाथ गिड़गिड़ाने लगा, लेकिन फूफा जी का गुस्सा तो ठंडा नहीं हुआ था। खुद फूफी ने ऊपर से कहा, ''तुम लोगों की तकदीर अच्छी थी कि सचमुच का बाघ-भालू नहीं निकला है। तुम लोग और तुम लोगों के दरबान जो बहादुर हैं। छोड़ दो बेचारे को और निकाल बाहर करो उन गैर-बंगाली दरबानों को। एक छोटे-से लड़के में जितनी हिम्मत है उतनी हिम्मत घर भर के लोगों में नहीं है।'' पर फूफा जी ने एक न सुनी, बल्कि फूफी के इस आरोप को सुनकर उन्होंने एक ऐसी मुद्रा बनाई कि चाहें तो वे इन सारी बातों का दो-टूक जवाब दे सकते हैं। लेकिन औरतों की बात का जवाब देना मर्दों के लिए अपमानजनक है। इसीलिए उन्होंने और भी अधिक गरम होकर हुक्म दिया, ''उसकी पूँछ काट डालो।'' तब उसकी वह रंगीन कपड़े में लिपटी पुआल की लम्बी पूँछ काट डाली गई और उसे भगा दिया गया।

फूफी ने ऊपर से गुस्सा करके कहा, "रख लो उसे। बहुत समय वह तुम्हारे काम आएगा।"

इन्द्र ने मेरी तरफ निहारा और कहा, "तू क्या इसी घर में रहता है श्रीकान्त।"

मैंने कहा, "हाँ, मैं इसी घर में रहता हूँ पर तुम इतनी रात गए कहाँ जा रहे हो?"

इन्द्र ने हँसकर कहा, "रात कहाँ हुई है रे, अभी तो शाम हुई है। मैं जा रहा हूँ अपनी डोंगी पर मछली पकड़ लाने के लिए। तू चलेगा?"

मैंने डरते हुए पूछा, "इतने अँधेरे में तुम डोंगी चलाओगे?"

वह फिर हँसा। बोला, "तू डरता क्यों है रे? यही तो मजा है। इसके अलावा अँधेरा हुए बगैर क्या मछली मिल सकती है? तू तैरना जानता है?"

"बहुत अच्छी तरह जानता हूँ।"

"तो तू आ भई।" यह कहकर उसने मेरा एक हाथ पकड़ा। बोला, "मैं अकेला इतनी तेज धारा के विपरीत डोंगी नहीं चला सकता। मैं किसी ऐसे आदमी को ढूँढ़ता हूँ जो डरे नहीं।"

मैंने कोई बात नहीं की। उसका हाथ पकड़कर मैं चुपचाप रास्ते पर आ उपस्थित हुआ। पहले-पहल तो खुद मुझे ही यह विश्वास नहीं हुआ कि मैं सचमुच ही इतनी रात गए डोंगी पर सवार होने चला जा रहा हूँ। क्योंकि तब यह विचार करके देखने की मेरी मजाल ही नहीं थी कि जिस बुलावे पर मैं इस घनघोर अँधेरी रात में बाहर निकल आया हूँ उसमें कितना बड़ा आकर्षण है। थोड़ी ही देर बाद मैं गोसाईं बागान की उसी पगडंडी के सामने आ उपस्थित हुआ और इन्द्र के पीछे-पीछे सपनों में खोए हुए की तरह उसे पार करके गंगा के तट पर आकर खड़ा हो गया।

खड़ा कँकरीला तट था। तट पर एक बहुत पुराना पीपल का पेड़ साकार अँधेरे की तरह चुपचाप खड़ा था और उसी के लगभग तीस हाथ नीचे घनघोर अँधेरे तल पर पूरी वर्षा की गहरी जलधारा धक्का खा-खाकर भँवरें बनाती हुई बड़ी तेजी से दौड़ रही थी। देखा, वहीं इन्द्र की छोटी-सी डोंगी बँधी हुई है। ऊपर से लगा, उस तेज जलधारा के मुँह पर एक छोटे-से केले के फूल का छिलका जैसे लगातार सिर्फ पछाड़ खा-खाकर मर रहा हो।

खुद मैं भी एकदम डरपोक नहीं था। लेकिन जब इन्द्र ने ऊपर से नीचे लटकती एक रस्सी को दिखाकर कहा, "डोंगी की इस रस्सी को पकड़कर तू दबे पाँव उतर जा, सावधानी से उतरना। फिसलकर गिर जाएगा तो तू फिर ढूँढ़े नहीं मिलेगा।" तब वास्तव में मेरा कलेजा काँप उठा। लगा, यह असम्भव है। मगर फिर भी यह रस्सी सहारा है? "लेकिन तुम कैसे उतरोगे?"

उसने कहा, "जब तू उतर जाएगा, तो मैं रस्सी खोल दूँगा और उतरूँगा। डरने की कोई बात नहीं है। घास की बहुत-सी जड़ें लटक रही हैं, मैं उन्हें पकड़कर उतर जाऊँगा।"

कोई बात कहे बिना मैं रस्सी के सहारे बड़ी सावधानी से बड़े दुख से नीचे उतर आया और डोंगी पर बैठा। तब रस्सी को खोलकर इन्द्र लटक गया। यह मैं आज तक नहीं जानता कि वह किस चीज के सहारे उतरने लगा। डर के मारे कलेजा ऐसा धड़कने

लगा कि मैं उसकी तरफ निहार भी नहीं सका। दो-तीन मिनट तक विपुल जलधारा के जोरों के गर्जन के सिवा कहीं कोई आवाज नहीं हो रही थी। अचानक एक हल्की-सी हँसी की आवाज सुनकर मैंने चौंककर मुँह घुमाया, तो देखता हूँ, इन्द्र ने अपने दोनों हाथों से डोंगी को जोर से धकेल दिया और उछलकर उस पर चढ़ बैठा। छोटी-सी डोंगी एक तीव्र चक्कर खाकर तेजी के साथ तैरती दूर चली गई।

# 2

कई पलों में ही घने अँधेरे में आगे और पीछे सब लिप-पुतकर एकाकार हो गया। रही सिर्फ दाईं और बाईं सीमाओं तक फैली हुई विपुल उफनती जलधारा और उसी पर तेजी से तिरती हुई यह छोटी-सी डोंगी और दो किशोर बालक। प्रकृति देवी के उस अपरिमेय गम्भीर रूप को समझने की उम्र उन लोगों की नहीं थी। लेकिन यह मैं आज तक नहीं भूल सका था। जरा भी हवा नहीं चल रही थी। निष्कम्प, निस्तब्ध अकेली रात की वह मानो एक बहुत बड़ी काली मूर्ति थी। घने काले बालों से आसमान और जमीन ढँक गई थी, और उस घनघोर अँधेरे को चीरकर बड़े-बड़े दाँत निपोरने की तरह इस दिगन्त तक फैली तीव्र जलधारा से किसी तरह की अनोखी निश्छल चमक निष्ठुर मुस्कान की भाँति निकल रही थी। अगल-बगल, सामने कहीं पागल जलधारा गहराई में टकराकर ऊपर आकर फट पड़ती थी, कहीं इधर-उधर से आती हुई जलधाराएँ एक-दूसरे से टकराकर भँवर बनाती हुई चक्कर खा रही थीं तो कहीं बेरोक-टोक बहती जलधारा पागलों की तरह दौड़ी चली जा रही थी।

मैंने अभी-अभी यह समझा था कि हमारी डोंगी सीधे न जाकर तिरछे जा रही थी। लेकिन मैं इस बारे में कुछ भी नहीं जानता था कि उस पार के घनघोर अँधेरे में कहाँ जाने के लिए इन्द्र डोंगी को सँभाले चुपचाप बैठा हुआ था। तब मैंने यह नहीं समझा था कि इतनी कम उम्र में वह कितना पक्का मल्लाह बन गया था। अचानक उसने बात की, ''क्या रे श्रीकान्त, तुझे डर लगता है?''

मैं बोला, ''नहीं।''

इन्द्र खुश होकर बोला, ''यही तो मैं चाहता हूँ। जब तू तैरना जानता है तो फिर भला तुझे डर किस बात का!'' उसकी बात के जवाब में मैंने एक छोटी-सी आह को दबा दिया—कहीं उसे सुनाई न पड़े। लेकिन मुझे यह सोचते नहीं बना कि उस अँधेरी रात में इतने पानी और इतनी तेज धारा में पड़ जाने के बाद तैरना जाननेवाले और तैरना न जाननेवाले के लिए क्या फर्क पड़ेगा। उसने फिर कोई बात नहीं की। ऐसे इसी तरह

से चलने के बाद कोई आवाज सुनाई पड़ी–धीमी और क्षीण। लेकिन डोंगी जितना आगे बढ़ने लगी वह आवाज उतनी ही साफ और जोरदार होने लगी जैसे बहुत दूर से आता हुआ किन्हीं लोगों का गुस्साया बुलावा था, जैसे कितनी अड़चनों-रुकावटों को दरकिनार और पार करके वह बुलावा हम लोगों के कानों में पहुँच रहा था। वैसे वह आवाज थकी हुई-सी थी, हालाँकि वह आवाज न रुकने का नाम ले रही थी, न उसके आने के क्रम में कोई फर्क पड़ता था–उन लोगों का गुस्सा न ही कम होता था, न ही बढ़ता था और न ही रुकना चाहता था। बीच-बीच में एक-एक बार छप-छप की आवाज होती थी। मैंने पूछा, ''इन्द्र, वह किस चीज की आवाज सुनाई पड़ती है?''

उसने डोंगी का मुँह जरा और सीधा कर दिया और बोला, ''पानी की धारा से उस पार का बालू का तट टूट-टूटकर गिर रहा है। यह उसी की आवाज है।''

मैंने पूछा, ''कितना बड़ा तट है? और धारा कितनी तेज है?''

''धारा तो बड़ी तेज है। उफ, इसीलिए तो कल पानी बरसा था, आज तो उसकी बगल से होकर नहीं जाया जा सकता है। तट का एक हिस्सा टूटकर गिरेगा, तो हम डोंगी समेत पिस जाएँगे। तू चप्पू चला सकता है?''

''हाँ, मैं चप्पू चला सकता हूँ।''

''ले चला चप्पू।''

मैंने चप्पू चलाना शुरू कर दिया। इन्द्र बोला, ''वह, वह जो काला-सा दिखाई पड़ता है, वह टीला है। उसी के बीच एक नाला-सा है–जिसके अन्दर से होकर निकल जाना पड़ेगा, मगर खूब धीरे-से। अगर मछुआरों को पता चल जाएगा, तो फिर वापस आने की जरूरत नहीं होगी। वे लग्गे के वार से सर फोड़कर कीचड़ में गाड़ देंगे।''

''यह भला कैसी बात कर रहे हो तुम?'' मैंने डरते हुए कहा, ''तो ऐसा करते हैं कि उसके अन्दर से होकर नहीं जाएँगे।''

इन्द्र शायद तनिक मुस्कुराया और बोला, ''पर दूसरा कोई रास्ता नहीं है। इसी के अन्दर से होकर जाना पड़ेगा। बड़े टीले के बाईं तरफ की जलधारा को ठेलकर जहाज नहीं जा सकता है, तो फिर हम कैसे जा सकते हैं? वापस तो आ सकते हैं, मगर जा नहीं सकते।''

''तो फिर मछलियाँ चुराने की जरूरत नहीं।'' यह कहकर मैंने चप्पू उठा लिये। पलक झपकते ही डोंगी चक्कर खाकर पीछे चली गई।

इन्द्र विरक्त होकर फुसफुसाकर डाँट उठा, ''तो फिर तू आया क्यों? चल, मैं तुझे वापस छोड़ आता हूँ–कायर कहीं का।'' तब मैंने चौदहवाँ पार करके पन्द्रहवें में कदम रखा था–मुझे कायर कहता है? मैंने चप्पुओं को छपाक से पानी में डाल दिया और जी-जान से उन्हें चलाने लगा।

इन्द्र खुश होकर बोला, ''यही तो मैं चाहता हूँ। मगर चप्पू धीरे-धीरे चला–वे साले बड़े पाजी हैं। मैं झाऊ के जंगल की बगल से मकई के खेतों के अन्दर से होकर डोंगी को ऐसे निकाल ले जाऊँगा कि सालों को पता भी नहीं चलेगा।''

फिर वह तनिक मुस्कुराकर बोला, "और पता चलेगा तो क्या होगा? मुझे पकड़ना क्या आसान है?"

"देख श्रीकान्त, डरने की कोई बात नहीं है। उन सालों के पास चार डोंगियाँ तो हैं, लेकिन अगर तुझे लगे कि तू घिर गया है, अब भागने की गुंजाइश नहीं है, तब छपाक से पानी में कूद जाना और एक डुबकी में जितनी दूर तक जा सकेगा, चला जाना, और उसके बाद निकल आना, इतना करने से काम चल जाएगा। इस अँधेरे में देखने की कोई गुंजाइश नहीं है। उसके बाद सतूया के टीले पर चढ़ जाना, भोर में तैरते हुए इस पार आकर गंगा के किनारे-किनारे चलकर घर लौट जाना, बस। फिर क्या करेंगे साले?"

इस टीले का नाम मैंने सुना था, कहा, "सतूया का टीला तो 'घोर' नाले के सामने है, वह तो यहाँ से बहुत दूर है।"

इन्द्र ने उपेक्षा के भाव से कहा, "कहाँ बहुत दूर है! यहाँ से शायद छह-सात कोस भी दूर नहीं होगा। तैरते-तैरते हाथ थक जाएँ तो चित होकर सुस्ता लेना। इसके अलावा मुर्दा जलाने के काम में इस्तेमाल किए गए बहुत से बड़े-बड़े लकड़ी के कुन्दे तिरते हुए तुझे दिखाई पड़ेंगे।"

अपना बचाव करने का जो सीधा तरीका उसने उसे बता दिया उसमें प्रतिवाद करने की कोई बात नहीं रही। इस अँधेरी रात में दिशाओं का कोई अता-पता नहीं चलता। भँवरोंवाली गहरी तीखी जलधारा में सात कोस तैरता हुआ जाकर भोर के लिए इन्तजार करना था। इसके बीच और इस तरफ के तट पर चढ़ने की गुंजाइश नहीं थी। दस-पन्द्रह हाथ खड़ा ऊँचा बालू का तट सर पर टूट पड़ता। इसी तरफ गंगा का तट टूटकर गिरता था इस वजह से जलधारा आधा वृत्त बनाकर दौड़ती हुई चली जा रही थी।

उसकी बात को मैंने अच्छी तरह नहीं समझा था। इसी वजह से मेरा वीर-हृदय सिकुड़कर रत्ती भर हो गया था। थोड़ी देर तक चप्पू लगाने के बाद मैंने कहा, "मगर हमारी डोंगी का क्या होगा?"

इन्द्र बोला, "उस दिन तो मैं ठीक इसी तरह भागा था। उसके अगले दिन आकर मैं अपनी डोंगी उन लोगों से छीन ले गया, कहा—डोंगी को घाट से कोई दूसरा चुरा लाया था, मैं डोंगी लेकर नहीं आया था।"

तो यह सब उसकी कल्पना नहीं थी बिलकुल जाँची-परखी बात थी। क्रमशः डोंगी खाई के सामने आई, तो दिखाई पड़ा—कतारों में मछुआरों की डोंगीं खाई के मुँह पर बँधी हुई थीं।

दीये टिमटिमा रहे थे। दो टीलों के बीच की यह जलधारा नाले की नाईं बह रही थी। घूमकर हम उसके दूसरे पार जा उपस्थित हुए। उस जगह पानी के वेग से बहुत-सारे मुहाने जैसे बन गए थे और सबके सब मुहानों को जंगली झाऊ के पेड़ों ने एक को दूसरे से ओझल कर रखा था। उनमें से एक के अन्दर से होकर थोड़ी देर तक डोंगी खेने के बाद नाले के बीच पड़े। मछुआरों की डोंगीं तब बहुत दूर पर काली-काली झाड़ियों की मानिन्द दिख रही थीं। और भी थोड़ी दूर आगे बढ़ने के बाद हम लोग अपने गन्तव्य स्थान पर पहुँच गए।

मछुआरों ने यह सोचकर कि उनके देवता नाले के सिंहद्वार को अगोर रहे हैं, इस जगह पर पहरा नहीं रखा था। इसे महाजाल कहते थे। जब नाले में पानी नहीं रहता था तब मछुआरे नाले के एक किनारे से लेकर दूसरे किनारे तक नाले में लम्बे-लम्बे कुन्दे मजबूती से गाड़ देते थे और उन्हीं के बाहर की तरफ जाल लगा रखते थे। बाद में जब बारिश होती थी तब पानी की धारा में बड़ी-बड़ी रोहू-कतला मछलियाँ बह-बहकर इन कुन्दों से टकराती थीं और उछलकर उस तरफ गिरना चाहती थीं। नतीजतन रस्सी के जाल में फँस जाती थीं।

दस-दस, पन्द्रह-पन्द्रह, बीस-बीस सेर की कुल पाँच-छह रोहू-कतला मछलियों को इन्द्र ने पलक झपकते अपनी डोंगी पर चढ़ा लिया। वे बड़ी-बड़ी मछलियाँ तब अपनी-अपनी पूँछ पटक-पटककर छोटी-सी डोंगी को मानो चकनाचूर कर देने की तैयारी करने लगीं। उनके पूँछ पटकने से कम आवाज नहीं हुई।

''इतनी मछलियों का क्या करोगे, भाई?''

''काम है। बस और नहीं, चल भाग चलें।'' यह कहकर उसने जाल को छोड़ दिया। अब चप्पू चलाने की जरूरत नहीं थी। मैं चुपचाप बैठ रहा। तब पहले की ही तरह छिपकर उसी रास्ते बाहर निकलना होता। दो-तीन मिनट तक धारा तेज गति से बहती आई और अचानक एक जगह एक धक्का मारा, तो हमारी यह छोटी-सी डोंगी बगल के मकई के खेतों के अन्दर जा घुसी। डोंगी के ऐसे अचानक दूसरी ओर मुड़ जाने से मैंने चौंककर प्रश्न किया, ''क्या है? क्या हुआ?''

इन्द्र ने एक और धक्का देकर डोंगी को और भी थोड़ा अन्दर घुसा दिया और बोला, ''चुप! सालों को पता चल गया है। चारों डोंगियों पर सवार होकर वे लोग इधर ही आ रहे हैं—वह देख।''

बात तो सही है। तेजी से बहती धारा पर छप-छप की आवाज करती हुई चारों डोंगियाँ हम लोगों को निगल जाने के वास्ते मानो काले दैत्य की तरह दौड़ती आ रही थीं। रास्ता उस तरफ जाल से बन्द था और सामने ये लोग थे, भागकर छुटकारा पाने का जरा सा भी मौका नहीं था।

यह भी सम्भव नहीं लगा कि मकई के इन खेतों के बीच छिपा जा सकता है।

''अब क्या होगा भई?'' कहते-कहते जोर की रुलाई से मेरा गला रुँध गया। इस अँधेरे में इस फन्दे के अन्दर वे लोग हमें मारकर हमारी लाशों को इन खेतों के बीच गाड़ देंगे, तो उन्हें कौन रोकेगा?

इसके पहले पाँच-छह दिन इन्द्र इस करतूत को कि 'चोरी करना सबसे बड़ा हुनर है' सबूतों के साथ साबित करके बेरोक-टोक मछली चुराकर ले गया था, अब तक वह पकड़ा जाते-जाते बच गया था, लेकिन आज?

उसने एक बार मुँह से कहा, ''डरने की कोई बात नहीं।'' लेकिन उसकी आवाज जैसे काँप गई। लेकिन वह सब नहीं। जी-जान से लगातार डोंगी को लग्गे से धकेलता हुआ अन्दर छिपने की कोशिश करने लगा। टीले में पानी भर गया था। उसके ऊपर

आठ-आठ, दस-दस हाथ लम्बे मकई और ज्वार के पौधे थे। अन्दर हम दो चोर थे। कहीं छाती भर पानी था, तो कहीं कमर भर, तो कहीं घुटनों के ऊपर। ऊपर घना अँधेरा था, आगे-पीछे, दाएँ-बाएँ घना जंगल था। लग्गे कीचड़ में धँसने लगे। डोंगी अब एक हाथ भी आगे नहीं बढ़ रही थी। पीछे से मछुआरों की अस्पष्ट बातचीत कानों में आने लगी। लेकिन इसमें जरा भी शक नहीं था कि वे लोग एक सन्देह करके आ रहे थे और तब भी ढूँढ़ते फिर रहे थे।

सहसा डोंगी एक ओर झुकी और फिर सीधी हो गई। गौर से देखता हूँ, मैं अकेला बैठा हुआ हूँ, इन्द्र नदारद। मैंने डरते हुए पूछा, ''इन्द्र?'' पाँच-छह हाथ दूर जंगल के अन्दर से आवाज आई, ''मैं नीचे हूँ।''

''तुम नीचे क्यों हो?''

''डोंगी को खींचकर निकालना होगा। मेरी कमर से रस्सी बँधी हुई है।''

''डोंगी को खींचकर कहाँ निकालोगे?''

''उस गंगा में। थोड़ी दूर जा सकेंगे तो बड़ी गंगा पड़ेगी।''

उसकी बात सुनकर मैं चुप हो गया। हम क्रमशः धीरे-धीरे आगे बढ़ने लगे। अचानक कुछ दूर तक जंगल के अन्दर कनस्तर बजाने और बाँस के फट्टे पीटने की फटफट की आवाज सुनाई पड़ी, तो मैं चौंक उठा। मैंने डरते हुए कहा, ''यह कैसी आवाज सुनाई पड़ रही है भई!''

उसने जवाब दिया, ''किसान मचान पर बैठकर जंगली सूअरों को भगा रहे हैं।''

''जंगली सूअर! कहाँ हैं वे?''

इन्द्र ने डोंगी को खींचते-खींचते उपेक्षा से कहा, ''मैं कैसे बताऊँ, मुझे क्या वे दिखाई पड़ रहे हैं? होंगे ही कहीं न कहीं यहीं।''

उसका जवाब सुनकर मैं स्तब्ध हो गया। सोचा–आज सुबह मैं किसका मुँह देखकर उठा था! इसमें भला कौन-सी अजीब बात है! आज ही शाम को मैं कमरे के अन्दर बाघ के हाथों पड़ा था और अब इस जंगल में जंगली सूअरों के हाथों पड़ूँगा? फिर भी मैं तो डोंगी पर बैठा हुआ हूँ, लेकिन इन्द्र तो छाती भर कीचड़ और पानी के बीच जंगल के अन्दर है। उससे एक कदम भी टस से मस होने का उपाय नहीं है। उसी तरह से पन्द्रह मिनट गुजर गए। मैं और एक चीज देख रहा था। प्रायः ही मैं देख रहा था कि करीब ही एक-एक ज्वार और मकई के पौधे की फुनगी जोर से हिल उठती थी और छप-छप की आवाज हो रही थी। एक फुनगी तो प्रायः मेरे हाथ के करीब ही थी। सशंकित होकर मैंने उधर इन्द्र का ध्यान आकर्षित किया। भले ही बड़ा सूअर न हो, तो भी कहीं बच्चा-वच्चा तो नहीं न है?

इन्द्र ने बेहद सहज ढंग से कहा, ''कोई खास बात नहीं है। साँप फुनगियों में लिपटे रहते हैं, डरकर पानी में कूद पड़ते हैं।''

कोई खास बात नहीं है। फिर कहते हैं–साँप है। सिहरकर मैं डोंगी में सिकुड़कर बैठा। धीमी आवाज में कहा, ''कौन-से साँप हैं भई?''

इन्द्र बोला, "हर तरह के साँप हैं, जैसे ढोंढ*, बोंडा, गेहुँअन, करैत—सब पानी में बहकर आते हैं और पेड़-पौधे में लिपट जाते हैं। तू देखता नहीं है, कहीं मैदान दिखाई पड़ता है!"

"हाँ, सो तो देखता हूँ, कहीं मैदान दिखाई नहीं पड़ता।" मगर डर के मारे मेरे रोंगटे खड़े हो गए। लेकिन इन्द्र ने इसकी कोई परवाह ही नहीं की। वह अपना काम करते-करते कहने लगा, "लेकिन ये साँप काटते नहीं हैं। ये बेचारे खुद ही डर के मारे मरे जा रहे हैं। दो-तीन तो मेरे पाँव से सटकर भागे। पर कुछ तो बहुत बड़े-बड़े होते हैं। वे बोंडा-ढोंढ होंगे शायद। और अगर वे काट ही लेंगे तो भला मैं क्या कर सकता हूँ! एक न एक दिन तो मरना ही पड़ेगा भई!" ऐसे और भी कितना कुछ मृदु स्वाभाविक आवाज में वह कहता रहा, कुछ मेरे कानों में पहुँचा और कुछ नहीं पहुँचा। मैं चुपचाप, निस्पन्द काठ की भाँति सुन्न होकर एक जगह एक ढंग से बैठा रहा। साँस लेने में भी जैसे डर लगने लगा—अगर कोई साँप छपाक से डोंगी पर गिरे तो!

लेकिन सो चाहे जो भी हो, वह व्यक्ति क्या था! आदमी था, देवता था? पिशाच था, कौन था वह? किसके साथ मैं इस जंगल के अन्दर घूम रहा था? अगर वह आदमी होता, तो क्या वह यह नहीं जानता था कि इस दुनिया में डर नाम की कोई चीज है? क्या उसका कलेजा पत्थर का बना था? उसका कलेजा क्या हमारे कलेजे की तरह सिकुड़ता-फैलता नहीं था? लेकिन जिस दिन मैदान से सब भाग गए और वह बिलकुल अपरिचित मुझे बेरोक-टोक बाहर निकालने के लिए अकेले दुश्मनों के बीच घुसा था। उस दिन पत्थर के अन्दर क्या दया-मया भी समाई हुई थी? और आज? तमाम मुसीबतों को बारीकी से समझ-बूझकर चुपचाप बेझिझक दिल से इस भयानक मौत के मुँह में उतरकर खड़ा हो गया, एक बार मुँह से एक अनुरोध तक नहीं किया कि श्रीकान्त, तू एक बार उतर जा। वह तो जबरन मुझे उतारकर डोंगी खींच सकता था। यह तो सिर्फ खेल नहीं था। जिन्दगी और मौत के आमने-सामने खड़ा होकर ऐसा स्वार्थ-त्याग इस उम्र में कितने लोगों ने किया होगा! उसने तो बिना किसी टीमटाम के मामूली ढंग से कहा था—एक न एक दिन तो मरना ही पड़ेगा। ऐसी खरी बात कहते कितने आदमियों को देखा जा सकता है। यह सच है कि वही मुझे इस मुसीबत में खींच लाया था। लेकिन सो चाहे जो भी हो, उसके इतने बड़े स्वार्थ-त्याग को मैं इस जनम में कैसे भूल जाऊँगा? कैसे भूलूँ, जिसके दिल के अन्दर से बिना माँगे इतना बड़ा दान इतनी आसानी से बाहर निकल आया—उस दिल को किसने किस चीज से बनाया था! उसके बाद कितने वक्त, कितने सुख-दुख के अन्दर से होकर मैं आज इस बुढ़ापे में आ पहुँचा हूँ। कितने देशों, कितने प्रान्तरों, कितने नद-नदियों, पहाड़-पर्वतों-जंगलों को मैंने छान मारा है। कितने तरह के आदमी मेरी इन आँखों के सामने से गुजरे होंगे, लेकिन इतना बड़ा उदार व्यक्ति तो मुझे और कभी दिखाई नहीं पड़ा था। मगर वह अब नहीं रहा। अचानक एक दिन वह बुलबुले की भाँति शून्य में विलीन हो गया। आज याद आने की वजह से इन दोनों सूखी आँखों

* ढोंढएक प्रकार का साँप जो पानी में रहता है और विषधर नहीं होता।

में पानी भर जा रहा है—सिर्फ एक विफल अभियान दिल की गहराई को आलोड़ित करके ऊपर की तरफ उमड़ता आ रहा है। सिरजनहार! इस अद्‌भुत-अलौकिक वस्तु को तुमने रचकर भला क्यों भेजा था और आखिर क्यों उसे ऐसे बेकार करके वापस बुला लिया? बड़े दुख से मेरा यह अधीर मन आज बार-बार यही सवाल कर रहा है—भगवान! तुम्हें अपने अकूत भंडार से ढेरों रुपए-पैसे, धन-दौलत, सूझ-बूझ देते देख रहा हूँ, लेकिन इतना उदार व्यक्ति आज तक तुम भला कितना दे सके!

खैर, रहने दीजिए इस बात को। मैं यह समझ रहा था कि जलधारा का शोर क्रमशः नजदीक आता जा रहा था, इसलिए बिना कोई सवाल किए ही मैंने यह समझा कि इसी जंगल के बीच वह तेज जलधारा है जिसे पार करके स्टीमर नहीं जा सकता है और वही धारा बह रही है। मैं यह अच्छी तरह से महसूस कर रहा था कि पानी का वेग बढ़ता जा रहा है और मटमैला फेन फैले हुए बालू का भ्रम पैदा कर रहा है। इन्द्र आकर डोंगी पर चढ़ा और हाथ में चप्पू लिये दूर की उफनती धारा का सामना करने के लिए तैयार होकर बैठा। बोला, ''अब कोई डर नहीं, हम बड़ी गंगा में आ पहुँचे हैं।'' मैंने मन ही मन कहा, 'यह तो अच्छा ही है कि अब कोई डर नहीं रहा। मगर मैंने तो यही नहीं समझा कि तुम किससे डरते हो।' दूसरे ही पल पूरी की पूरी डोंगी जैसे सिहर उठी और पलक झपकते ही मैंने देखा, डोंगी बड़ी गंगा की धारा में तेज रफ्तार से भागती हुई चली जा रही है।

तब बिखरे बादलों के पीछे शायद चाँद निकल रहा था। क्योंकि जैसे अँधेरे के बीच हमने सफर किया था वैसा अँधेरा अब नहीं था। अभी बहुत दूर तक धुँधलाया-सा था, तो भी दिखाई पड़ रहा था। मैंने देखा, झाऊ के जंगलों और मकई-ज्वार के खेतों वाले टीलों को अपने दाईं तरफ रखकर हमारी डोंगी सीधे चलने लगी।

# 3

''बड़ी नींद लगी है इन्द्र, घर लौट चलो न भई!''

जैसे औरतें मुस्कुराती हैं, ठीक वैसे ही इन्द्र तनिक मुस्कुराया और स्नेह-भरे कोमल स्वर में बात की। बोला, ''नींद तो लगनी ही चाहिए भई! पर क्या करें, श्रीकान्त, आज थोड़ी-सी देरी तो होगी ही बहुत सारे काम हैं। अच्छा, तू एक काम क्यों नहीं करता! वहाँ जरा लेटकर सो ले न!''

और दूसरी बार कहना नहीं पड़ा। मैं पाँवों को मोड़कर उसी तख्ते पर लेट गया। मगर नींद नहीं आई। अपलक आँखों से मैं आसमान में बादलों और चाँद की आँख-मिचौनी देखने लगा। चाँद कभी बादलों में छिप जाता, तो कभी बादलों से निकल आता, फिर छिप जाता

और फिर निकल आता। फिर कानों में आने लगी जलधारा की वही लगातार हो रही हुंकार। मुझे एक बात प्रायः याद आती है। उस दिन इस तरह से सब कुछ भूलकर मैं बादलों और चाँद के बीच कैसे डूब गया था? वह तो मेरी तन्मय होकर चाँद देखने की उम्र नहीं थी। लेकिन बड़े-बूढ़े तो दुनिया की बहुत-सी औरतों को देख-सुनकर कहते हैं कि न तो वह बाहर का चाँद ही कुछ है और न बादल ही कुछ है, सब धोखा है—सब धोखा है। दरअसल जो कुछ है वह है यह अपना मन। मन जिसे जो दिखाता है, देखनेवाला विभोर होकर तब सिर्फ वही देखता है। मेरी भी वैसी ही दशा थी। इतनी तरह की भयंकर घटनाओं के अन्दर से होकर ऐसे सही-सलामत बाहर निकल आ पाने की वजह से मेरे निर्जीव मन ने तब शायद ऐसी ही किसी शान्त तसवीर के अन्दर आराम करना चाहा था।

इस बीच दो घंटे गुजर गए थे, इसका मुझे पता भी नहीं चला था। अचानक मुझे लगा कि चाँद ने मानो बादलों के अन्दर एक लम्बी डुबकी लगाकर एकबारगी दाईं तरफ जाकर अपना मुँह बाहर निकाला। मैंने अपनी गर्दन को जरा उठाया और देखा, डोंगी ने इस बार उस पार जाने की तैयारी की थी। सवाल करने या एक शब्द बोलने की भी ताकत तब शायद मेरे अन्दर नहीं थी। इसीलिए उसी वक्त फिर पहले की ही तरह मैं लेट गया। फिर मैं दोनों आँखों से बादलों और चाँद की आँख-मिचौनी को देखने लगा और दोनों कानों से धारा का गर्जन सुनने लगा। शायद और भी एक घंटा बीता।

धस्स से डोंगी बालू में रुक गई। मैं व्यग्र होकर उठ बैठा। यह तो हम लोग इस पार आ पहुँचे हैं। मगर यह कौन-सी जगह है? हमारा घर यहाँ से कितनी दूर है? बालू के ढेर के सिवा और कुछ तो दीखता नहीं है। मैं सवाल करता, उसके पहले अचानक करीब ही कहीं कुत्तों के भौंकने की आवाज सुनाई पड़ी तो मैं और भी तनकर बैठा। जरूर करीब ही बस्ती होगी।

इन्द्र बोला, "थोड़ी देर बैठ श्रीकान्त, मैं तुरन्त लौट आऊँगा। तू डरना मत। इस तट के उस किनारे मछुआरों के घर हैं।"

हिम्मत दिखाने की इतनी परीक्षाओं को पास करके अन्त में यहाँ आकर फेल होने का मेरा इरादा नहीं था। खासकर आदमी की इस किशोरावस्था जैसी महा आश्चर्यजनक चीज दुनिया में शायद कोई दूसरी नहीं है। यों तो हर उम्र में ही आदमी की मानसिक गतिविधि को समझना बड़ा मुश्किल है, मगर किशोर-किशोरियों के मन के भावों को समझना शायद बिलकुल ही नामुमकिन है। इसीलिए शायद वृन्दावन के उन दोनों किशोर-किशोरियों की रासलीला हमेशा ही यों रहस्य से ढँकी रही। बुद्धि से उसे न समझ पाने की वजह से किसी ने उसे अच्छा कहा, तो किसी ने उसे बुरा कहा, किसी ने नीति की, तो किसी ने रुचि की दुहाई दी तो किसी ने भला कोई बात ही नहीं सुनी और तर्कों की सारी सीमा रेखाओं को लाँघकर बाहर निकल गया, जो लोग बाहर निकल गए वे रीझे, पागल हुए, उन्होंने नाचकर, रोकर, गीत गाकर सबको एकाकार कर दिया और दुनिया को जैसे एक पागलखाना बना दिया। तब उन लोगों ने भी, जिन्होंने उन्हें बुरा कहकर गालियाँ दीं, कहा कि ऐसा रस का झरना और कहीं नहीं है। जिन लोगों की रुचि के साथ उन लोगों

की रुचि नहीं मिली थी, उन लोगों ने भी यह स्वीकार किया कि जैसा गीत इन पागलों से सुना वैसा गीत दुनिया में और कहीं नहीं सुना।

लेकिन इतनी बातें जिसको लेकर हुईं—वही तो चिर-प्राचीन है। हालाँकि चिर-नवीन है। वृन्दावन के वनों में दो किशोर-किशोरियों की अनोखी लीला का—जिसके आगे वेदान्त नगण्य है, जिसके आगे मुक्ति वैसी ही तुच्छ है जैसी वर्षा के आगे बूँद तुच्छ है। अन्त कब किसे ढूँढ़े मिला, किसी को भी उसका अन्त ढूँढ़े नहीं मिला, किसी को भी उसका अन्त ढूँढ़े नहीं मिल सकता है। इसीलिए मैं कह रहा था कि उसी तरह वह भी तो मेरी किशोरावस्था थी। भले ही जवानी का जोश और मजबूती न आई हो, उसका घमंड तो अब आ हाजिर हुआ था। प्रतिष्ठा की आकांक्षा तो हृदय में पैदा हुई थी। तब अपने साथी के आगे कौन अपने आपको डरपोक साबित करना चाहता? इसलिए मैंने तुरत जवाब दिया, ''आखिर मैं डरूँगा किस चीज से? अच्छी बात है, तुम जाओ न।'' इन्द्र दोबारा और कुछ बोले बिना तेज कदमों से पल भर के अन्दर ओझल हो गया।

ऊपर आसमान में फिर इसी नीम-अँधेरे की आँख-मिचौनी चल रही थी और पीछे बहुत दूर से आ रहा वही अविराम गर्जन सुनाई पड़ रहा था और सामने था वही बालू का तट। मैं यही सोच रहा था कि यह कौन-सी जगह है कि तभी देखता हूँ, इन्द्र भागता हुआ आ उपस्थित हुआ। बोला, ''श्रीकान्त, मैं तुझे एक बात कहने के लिए लौट आया। अगर कोई मछली माँगने आए, तो खबरदार, उसे मछली मत देना, मैं कह देता हूँ। अगर कोई मेरा हमशक्ल आए, तो भी उसे मछली मत देना—कहना तेरे मुँह में राख डालूँगा। जी चाहे, तो तू खुद उठाकर ले जा। खबरदार, तू अपने हाथ से मछली मत देना, ठीक, मैं होऊँ तो भी मत देना—खबरदार!''

''क्यों भई?''

''वापस आकर बताऊँगा—खबरदार! मत देना।'' कहते-कहते वह जैसे भागता हुआ आया था वैसे ही भागता हुआ नजरों से ओझल हो गया।

अबकी बार मेरे रोंगटे खड़े हो गए। महसूस होने लगा, जैसे बदन की हर धमनी से होकर बर्फ का पानी बहने लगा। मैं एकदम बच्चा नहीं था कि उसके इशारे के मतलब का अन्दाजा नहीं लगा सकता था। मेरी जिन्दगी में ऐसी ढेरों घटनाएँ घट चुकी हैं जिनके आगे यह घटना समुद्र के आगे गड्ढा भर पानी जैसी थी। लेकिन फिर भी उस रात जो डर मैंने महसूस किया था उसे शब्दों से जाहिर नहीं किया जा सकता है। शायद डर के मारे मेरा होशोहवास गुम होने ही वाला था। हर पल लग रहा था, तट के उस तरफ से न जाने कौन झाँककर देख रहा है। ज्यों ही मैं उसे कनखियों से निहारता हूँ त्यों ही वह अपना सर नीचे कर लेता है।

वक्त अब नहीं कटता था। इन्द्र के गए जैसे कितने युग बीते : वह अब लौट नहीं रहा था।

लगा, जैसे मैंने आदमी की आवाज सुनी। अपने जनेऊ को अँगूठे में लपेटकर मैंने मुँह नीचा किया और कान खड़े किए रहा। आवाज क्रमशः और साफ हुई तो मैंने अच्छी

तरह समझा कि दो-तीन आदमी बातचीत करते-करते इधर ही आ रहे हैं। उनमें से एक तो इन्द्र था और दूसरे दो गैर-बंगाली थे। लेकिन सो चाहे जो भी हो, उन लोगों के मुँह की तरफ निहारने के पहले मैंने अच्छी तरह देख लिया कि चाँदनी में उन लोगों की परछाईं जमीन पर पड़ी है या नहीं। क्योंकि मैं छुटपन से ही यह अकाट्य सत्य जानता था कि भूतों की परछाईं नहीं होती।

आहा, वह रही परछाईं! भले ही धुँधली-सी हो, पर है तो परछाईं ही। उस दिन किसी चीज को देखकर मैंने जितनी तृप्ति पाई थी उतनी तृप्ति दुनिया में क्या किसी आदमी ने पाई होगी! दुनिया में किसी ने इतनी तृप्ति पाई होगी या नहीं पाई होगी, पर आज मैं कह सकता हूँ कि इसे ही कहते हैं नजरों का सबसे बड़ा आनन्द। खैर, जो लोग आए उन लोगों ने बड़ी तेजी से उन बड़ी-बड़ी मछलियों को डोंगी से उठाया, जाल जैसे एक तरह के कपड़े के टुकड़े में उन्हें बाँधा और उन मछलियों के बदले में उन्होंने इन्द्र के हाथ में कुछ ठूँस दिया। उनमें से एक ने जरा मृदु मधुर टन्न-से आवाज करके अपना परिचय पूरे तौर पर मुझसे नहीं छिपाया।

इन्द्र ने डोंगी खोल दी; लेकिन उसे धारा में नहीं खेया बल्कि किनारे से सटकर धारा के विपरीत लग्गे से डोंगी को धकेलता हुआ धीरे-धीरे आगे बढ़ने लगा।

मैंने कोई बात नहीं की। क्योंकि मेरा मन उसके प्रति घृणा और एक तरह के अभिमान से लबालब भर गया था। लेकिन अभी-अभी जब चाँदनी में उसकी परछाईं को जमीन पर पड़ते मैंने देखा था तो उसे ही अपने सीने से लगा लेने के लिए मैं उन्मुख हो उठा था।

हाँ, तो आदमी का स्वभाव ही ऐसा है। जब वह किसी में जरा-सी भी बुराई पाता है, तो पहले ही उसकी तमाम अच्छाइयों को भूल जाने में उसे कितनी देर लगती है! छिः-छिः, उसने इस तरह से रुपया कमाया। अब तक मेरे मन ने शायद यह नहीं माना था कि मछली चुराना भी साफतौर पर चोरी करना है। क्योंकि बचपन में मैं यह मानता था कि पैसा चुराना ही सिर्फ वास्तविक चोरी है और सब तो अन्याय है—लेकिन ऐसी चोरी ठीक चोरी नहीं है—एक ऐसी ही अद्भुत धारणा प्रायः सभी लड़कों के मन में रहती है। वरना यह टन्न की आवाज कानों में जाते ही अब तक की इतनी बहादुरी और जवाँमर्दी—सब कुछ एक पल में सूखे तिनके की भाँति झड़ नहीं जाता। वह अगर उन मछलियों को गंगा में फेंक देता या और चाहे जो भी करता, सिर्फ रुपए-पैसे के साथ उसका सम्पर्क नहीं रखता, तब अगर हमारे इस मछली पकड़ने के अभियान को कोई चोरी करना कहता, तो मैं शायद गुस्से में उसका सर फोड़ देता और मैं यही सोचता कि उसे उसका वाजिब पावना मिला है। लेकिन छिः-छिः, यह क्या किया उसने? यह काम तो जेल के कैदी करते हैं।

इन्द्र ने बात की, पूछा, "तू जरा भी नहीं डरा था न रे श्रीकान्त?"

मैंने संक्षेप में जवाब दिया, "नहीं!"

इन्द्र बोला, "लेकिन तू यह जानता है कि तेरे सिवा और कोई वहाँ बैठा नहीं रह सकता था? तुझे मैं बहुत प्यार करता हूँ—मेरा ऐसा दोस्त और कोई नहीं है। मैं अब जब यहाँ आऊँगा, तो तुझे, सिर्फ तुझे लाऊँगा, क्यों?"

मैंने जवाब नहीं दिया। मगर ऐसे समय अभी-अभी बादलों से निकले चाँद की जो चाँदनी पड़ी उसमें उसका मुखड़ा ऐसा दिखा कि मैं अब तक के सारे गुस्से और अभिमान को अचानक भूल गया। मैंने पूछा, "अच्छा इन्द्र, तुमने उन सबको कभी देखा है?"

"किन सबको?"

"उन सबको जो मछली माँगने आते हैं।"

"नहीं भई, मैंने तो उन सबको नहीं देखा है, बस, लोगों को कहते सुना है।"

"अच्छा, तुम यहाँ अकेले आ सकते हो?"

इन्द्र हँसा। बोला, "मैं तो अकेले ही आता हूँ।"

"तुम्हें डर नहीं लगता?"

"नहीं, मुझे डर नहीं लगता। मैं राम-नाम जपता हूँ। राम-नाम जपने से वे हरगिज नहीं आ सकते हैं?" इतना कहकर वह जरा रुका, फिर बोला, "राम-नाम जपना कितना आसान है रे! तू अगर राम-नाम जपते-जपते साँप के सामने से होकर गुजर जाएगा तब भी तुझे कुछ नहीं होगा। देखना, सबके सब डरते-डरते रास्ता छोड़कर भाग जाएँगे। मगर तू डरेगा, तो काम नहीं चलेगा। तब तो उन्हें पता चल जाएगा कि तू सिर्फ चालाकी कर रहा है। वे सब अन्तर्यामी हैं न।"

बालू खत्म हुआ, तो फिर कँकरीला तट शुरू हुआ। उस पार की बनिस्बत इस पार में धारा कम थी। बल्कि यहाँ तो महसूस हुआ कि धारा विपरीत दिशा में चली जा रही थी। इन्द्र ने लग्गा उठाया और हाथ में चप्पू लिये बोला, "वह जो सामने जंगल जैसा दीख रहा है, हमें उसके अन्दर से होकर जाना पड़ेगा। वहाँ मैं एक बार उतर जाऊँगा। बस गया और आया। क्यों?"

न चाहते हुए भी मैंने कहा, "अच्छा।" क्योंकि 'नहीं' कहने का रास्ता तो एक तरह से खुद मैंने ही बन्द कर दिया था। फिर इन्द्र भी मेरी निर्भीकता के बारे में शायद निश्चिन्त हो गया था। मगर उसकी बात मुझे अच्छी नहीं लगी। यहाँ से वह जगह ऐसी जंगल जैसी अँधेरी दीख रही थी कि अभी-अभी राम-नाम जपने के असाधारण माहात्म्य सुनने के बावजूद उस अँधेरे पुराने बरगद के पेड़ के नीचे डोंगी पर अकेला बैठकर इतनी रात गए राम-नाम जपने की शक्ति-सामर्थ्य को परख लेने को मेरा जरा भी जी नहीं चाहा, और तभी से बदन में कँपकँपी होने लगी। यह सच है कि मछली अब नहीं थी, इसलिए मछली माँगनेवाला नहीं आ सकता है। लेकिन यही भला किसने कहा कि सबका लोभ मछली पर ही था? यह कहानी भी सुनने में आई है कि वे आदमी की गर्दन मरोड़कर उसका गुनगुना लहू पीते हैं और मांस चबाते हैं।

बहती धारा और जल्दी-जल्दी चप्पू चलाए जाने की वजह से डोंगी दनदनाती हुई आगे बढ़ने लगी। थोड़ी दूर आगे बढ़ते ही दाईं तरफ के गर्दन भर लम्बे झाऊ और काँसों के पौधे सर उठाकर इन दो बड़े साहसी लड़कों की तरफ विस्मय से स्तब्ध होकर निहारते रहे और उनमें से कोई तो बीच-बीच में सर हिला-हिलाकर जाने कैसी मनाही जताने लगा। बाईं तरफ भी ऊँचे तट पर झाऊ और काँस जैसे पौधे उगे हुए थे, वे भी उसी तरह निहारते

रहे जिस तरह दाईं तरफ के झाऊ और काँस के पौधे निहार रहे थे और दाईं तरफ के उन पौधों की तरह ही मना करने लगे। मैं अकेला होता, तो मैं उनके संकेत को नहीं ठुकराता। लेकिन जो मुखिया था, उसके आगे, शायद 'राम-नाम जपने' का जोर होने की वजह से इन पौधों की सारी मनाही बेकार हो गई। उसने किसी तरफ निगाह ही नहीं डाली। दूर तक बालू फैले रहने की वजह से दक्षिण तरफ की यह जगह एक छोटी-मोटी झील-सी बन गई थी, सिर्फ इसके उत्तर तरफ का मुँह खुला हुआ था। मैंने पूछा, "अच्छा, डोंगी को बाँधकर ऊपर जाने के लिए तो घाट नहीं है। तुम ऊपर जाओगे कैसे?"

इन्द्र बोला, "वह जो बरगद का पेड़ है उसकी बगल से ही। वहाँ एक छोटा-सा घाट है।"

थोड़ी देर से बीच-बीच में कैसी बदबू हवा के साथ आकर नाक में लग रही थी। मैं जितना आगे बढ़ रहा था हवा के एक झोंके के साथ वह बदबू ऐसी तेज होकर नाक में लगी कि असहनीय महसूस हुई। मैंने अपनी नाक को कपड़े से ढँककर कहा, "जरूर कुछ सड़ गया है इन्द्र।"

इन्द्र बोला, "मुर्दे सड़ गए हैं। आजकल बड़े जोरों से हैजा फैल रहा है न। सभी तो मुर्दे को जला नहीं सकते। मुँह में जरा-सी आग छुलाकर मुर्दे को छोड़कर चले जाते हैं। उसे सियार-कुत्ते खाते हैं और जो बचा-खुचा रह जाता है वह सड़ जाता है। यह बदबू सड़े मुर्दों की है।"

"लोग मुर्दों को कहाँ छोड़कर चले जाते हैं भई?"

"वो, वहाँ से लेकर यहाँ तक—यह पूरी जगह मरघट है न। लोग जहाँ चाहें मुर्दों को छोड़ देते हैं और उस बरगद के पेड़ के नीचेवाले घाट पर नहाकर अपने-अपने घर चले जाते हैं—अरे धत्! तू डरता क्यों है रे? वह आवाज सियारों के आपस में लड़ने की आवाज है। अच्छा, आ-आ, तू मेरे पास आकर बैठ।"

मेरे गले से स्वर नहीं फूटा। किसी तरह घुटनों के बल चलकर मैं उसकी गोद के करीब जाकर बैठ गया। उसने थोड़ी देर के लिए एक बार मुझे छुआ और हँसकर बोला, "तू डरता क्यों है श्रीकान्त? कितनी रात मैं अकेला इस रास्ते से आता-जाता हूँ—तीन बार राम-नाम जपने पर किसकी मजाल कि नजदीक आए?"

उसको छूकर मेरे बदन में मानो जरा जान आई। मैंने धीमी आवाज में कहा, "नहीं भई, तुम्हारे पैरों पड़ता हूँ—यहाँ कहीं भी तुम मत उतरो—सीधे निकल चलो।"

उसने फिर मेरे कन्धे से अपना हाथ छुलाया और बोला, "नहीं श्रीकान्त, एक बार तो मुझे जाना ही पड़ेगा। ये रुपए उन्हें दिए बिना काम नहीं चलेगा। वे लोग मेरी बाट जोह रहे होंगे—मैं तीन दिनों से आ नहीं सका था।"

"रुपए कल देना न भई!"

"नहीं भई, तू ऐसी बात मत बोल। मेरे साथ तू भी चल मगर किसी को यह बात न बताना।"

मैंने धीमी आवाज में 'नहीं' कहा और उसे पहले की ही तरह छूकर पत्थर की भाँति बैठा रहा। मेरा गला सूख गया था। लेकिन अब मेरी यह मजाल नहीं थी कि मैं हाथ बढ़ाकर पानी लूँ या किस तरह हिलने-डुलने की कोशिश करूँ।

पेड़ की छाया के अन्दर आ जाने की वजह से करीब ही वह घाट नजर आया जहाँ हमें उतरना था। उस घाट पर पेड़-पौधे नहीं थे। उस जंगल को फीकी चाँदनी में भी चमकता देख इतने दुख में भी मैंने थोड़ा सा सुख महसूस किया। इसलिए कि डोंगी कहीं घाट के कंकरों से टकरा न जाए, इन्द्र पहले ही तैयार होकर डोंगी के मुँह के पास खिसक आया और डोंगी के घाट से लगते न लगते कूद पड़ा और कूदते ही भय-मिश्रित स्वर में दोनों ने ही करीब-करीब एक ही समय उस चीज पर निगाह डाली लेकिन वह नीचे था और मैं डोंगी पर था।

अकाल मृत्यु शायद और कभी भी उतने करुण भाव से मेरी नजरों में नहीं पड़ी थी। यह कितने बड़े हृदय-विदारक दुख का आधार है, इसे इस ढंग से देखे बिना शायद देखा ही नहीं जा सकता है। आधी रात में चारों तरफ गहरा सन्नाटा छाया हुआ था। सिर्फ बीच-बीच में झाड़ियों के पीछे भूखे मुर्दाखोर सियारों के आपस में झगड़ने का शोर तो कभी पेड़ों पर बैठे पक्षियों के पंखों की फड़फड़ाहट और बहुत दूर से आ रही तेज जलधारा का हहराता हुआ आर्तनाद–इसके बीच खड़े होकर दोनों ही निर्वाक्, निस्तब्ध होकर इस महाकरुण दृश्य की तरफ निहारते रहे। एक छह-सात साल का हट्टा-कट्टा गोरा बालक था–उसका धड़ पानी में तिर रहा था, सिर्फ उसका सर घाट पर था। सियारों ने शायद अभी-अभी उसे पानी से बाहर निकाला था, अचानक हमारे आ जाने की वजह से सियार करीब ही कहीं जाकर इन्तजार कर रहे थे। बहुत सम्भव है, उसको मरे तीन-चार घंटे से ज्यादा नहीं हुआ थे। जैसे हैजे की बेहद तकलीफ को झेलकर वह बेचारा माँ गंगा की गोद में ही सो गया था। माँ बड़ी सावधानी से उसकी सुकुमार पुष्ट देह को अभी-अभी अपनी गोद से उठाकर बिस्तर पर लिटा दे रही थी। जल-थल पर पड़ी इसी ढंग से सोते हुए उस बालक की देह पर उस दिन हमारी नजरें पड़ी थीं।

मैंने अपना मुँह उठाया, तो देखता हूँ, इन्द्र की दोनों आँखों से आँसुओं की बड़ी-बड़ी बूँदें लुढ़क रही हैं। वह बोला, "तू जरा हटकर खड़ा हो जा तो श्रीकान्त, मैं इस बेचारे को डोंगी पर चढ़ाकर उस टीले के झाऊ के पेड़ों के जंगल के अन्दर पानी पर रख आऊँ।"

यह सत्य है कि उसके आँसुओं को देखते ही मेरी आँखों में भी पानी आ रहा था, लेकिन उसे छूने की बात को सुनकर मैं बिलकुल संकुचित हो गया। मैं यह अस्वीकार नहीं करता कि दूसरे के दुख से दुख पाकर आँसू बहाना आसान नहीं है, इसलिए दूसरे के दुख के अन्दर अपने दोनों हाथों को बढ़ाकर अपने आपको शामिल कर देना तो कहीं ज्यादा कठिन काम है। तब कितनी छोटी-बड़ी जगहों पर कशिश पैदा होती है। एक तो मैं इस दुनिया के श्रेष्ठ सनातन हिन्दू घर में वसिष्ठ आदि के पवित्र पूज्य रक्त का वंशधर होकर पैदा हुआ हूँ और जन्मजात संस्कारवश मैंने यह सोचना सीखा है कि मुर्दे को छूना एक बड़ा कठिन काम है, इसमें कितनी शास्त्रीय पाबन्दियाँ हैं, तरह-तरह के कितने

रीति-रिवाज हैं, दूसरे, यह किस बीमारी का मरा है, किसका बेटा है, यह किस जात का है—इस बारे में कुछ भी जाने बिना और यह खबर भी लिये बिना कि मरने के बाद अच्छी तरह सारे विधि-विधान करके इस छोकरे को घर से बाहर लाया गया था या नहीं, इसे कैसे छुआ जा सकता है?

मैंने संकुचित होकर पूछा, "यह न जाने किस जात का मुर्दा है—तुम इसे छुओगे?"

इन्द्र खिसककर आया, उसने अपना एक हाथ उसकी गर्दन के नीचे और दूसरा हाथ उसके घुटनों के नीचे लगाकर उसे एक सूखे तिनके की मानिन्द आराम से उठा लिया और बोला, "नहीं तो, बेचारे को सियार चीर-फाड़कर खाएँगे। आह! अभी भी इसके मुँह में दवा की महक तक है रे।" इतना कहकर उसने उसे डोंगी के उसी तख्ते पर लिटा दिया जिस पर इसके पहले मैं लेटा था। उसके बाद डोंगी को धकेल दिया और खुद भी उस पर चढ़ बैठा। बोला, "मुर्दे की क्या कोई जात होती है रे?"

मैंने तर्क किया, "क्यों, मुर्दे की जात क्यों नहीं होगी?"

इन्द्र बोला, "अरे यह तो मुर्दा है! मुर्दे की भला जात क्या होगी? यह तो वैसा ही है जैसी हमारी यह डोंगी—इसकी क्या जात है? यह चाहे आम की लकड़ी से बनी हो या जामुन की लकड़ी से। अब डोंगी के सिवा इसे कोई यह नहीं कहेगा कि आम की लड़की है या जामुन की लकड़ी—समझा न? यह भी वैसा ही है।"

अभी मैं यह जानता हूँ कि उसकी वह मिसाल निहायत बच्चों जैसी थी। लेकिन मन के अन्दर मैं यह भी तो अस्वीकार नहीं कर सकता कि बड़ा कड़वा सच इसी के अन्दर न जाने कहाँ छिपा हुआ है। बीच-बीच में वह ऐसी खरी बात कह सकता था। इसीलिए मैंने बहुत समय यह सोचा है कि उस उम्र में किसी से भी बिना कुछ सीखे, बल्कि चालू पढ़ाई-लिखाई को लाँघकर उसे ऐसा सिद्धान्त कहाँ मिलता था? लेकिन अभी ऐसा लगता है कि उम्र बढ़ने के साथ ही मुझे इसका जवाब भी मिला है। छल-कपट इन्द्र के मन के अन्दर था ही नहीं। अपने मकसद को छिपाकर वह कोई काम करना जानता ही नहीं था। शायद इसी वजह से उनके हृदय का वह विभक्त सत्य किसी अज्ञात नियम के वश से उस विश्वव्यापी अटूट निखिल सत्य का दर्शन पाकर अनायास बड़ी आसानी से उसे अपने अन्दर खींच ला सकता था। उसकी शुद्ध सरल बुद्धि को पक्के उस्तादों की उम्मीदवारी किए बिना ही सही बात का पता चल जाता था। वास्तव में निश्छल सहज बुद्धि ही तो दुनिया में परम और चरम बुद्धि है। इसके ऊपर तो कोई भी नहीं है। अच्छी तरह से देखने पर झूठ नाम की किसी भी चीज का अस्तित्व इस दुनिया में नजर नहीं आता है। झूठ सिर्फ आदमी के समझने और समझाने का नतीजा है। मैं यह जानता हूँ कि सोने को पीतल के रूप में समझाना भी झूठ है और समझना भी झूठ है। लेकिन इससे सोने या पीतल का भला क्या आता-जाता है। तुम लोग जो मर्जी समझो न, सोना सोना ही रहता है और पीतल पीतल ही। सोने को सोना समझकर उसे सन्दूक में बन्द करके रखने पर भी इसकी सचमुच की कीमत में बढोतरी नहीं होती है और उसे पीतल समझकर खींचकर बाहर फेंक देने पर भी उसकी कीमत कम नहीं होती है। पीतल कल

भी पीतल था और आज भी पीतल ही है। तुम्हारे झूठ के लिए न तो कोई और जिम्मेदार होता है और न कोई और इसकी परवाह ही करता है। यह सारी दुनिया सच से लबालब भरी हुई है। झूठ का अस्तित्व अगर कहीं है तो वह आदमी के मन के सिवा और कहीं नहीं है। इसलिए इन्द्र ने अपने मन के अन्दर इस झूठ को जाने-अनजाने किसी दिन जगह नहीं ही थी। तब उसकी विशुद्ध बुद्धि को मंगल और सच ही मिलेगा, यह तो कोई अजीब बात नहीं थी।

लेकिन मैं ऐसी बात नहीं कह रहा हूँ कि भले ही यह उसके लिए कोई अजीब बात नहीं हो, तो भी यह किसी के लिए भी अजीब बात नहीं थी। ठीक इसी वजह से खुद अपनी ही जिन्दगी में मुझे उसका जो सबूत मिला है, उसके बारे में कहने का लोभ मैं यहाँ रोक नहीं पा रहा हूँ। इस घटना के दस-बारह बरस बाद अचानक एक दिन तीसरे पहर मुझे यह खबर मिली कि एक बूढ़ी ब्राह्मणी उस मुहल्ले में सवेरे से मरी पड़ी है। किसी भी तरह से उसका दाह-संस्कार करने के लिए लोग नहीं जुटे थे। लोगों के न जुटने की वजह यह थी कि वह काशी से लौटती बार बीमार होकर इसी शहर में रेलगाड़ी से उतर पड़ी थी और मामूली-सी जान-पहचानवाले जिस आदमी के घर दो रात रहकर उसने आज सवेरे दम तोड़ा था, वह आदमी 'विलायत-पलट' था और लोगों ने उसे अपनी बिरादरी से निकाल दिया था। यही उस बूढ़ी ब्राह्मणी का कसूर था कि बड़ी लाचारी में उसे उस बिरादरी से निकाले गए आदमी के घर मरना पड़ा था।

जो हो, दाह-संस्कार करके अगले दिन सवेरे जब हम लोग वापस आए, तो देखने में आया कि हर एक के घर के किवाड़ हमारे लिए बन्द हो गए हैं। सुनने में आया कि बीती रात ग्यारह बजे तक बिरादरी के लोगों ने हाथ में लालटेन लिये घर-घर का चक्कर लगाया था और यह तय कर दिया था कि इस अत्यन्त शास्त्र-विरुद्ध अपकर्म (दाह) करने के लिए इन कुलांगारों को सर मुँड़ाना पड़ेगा, कसूर मानना होगा और सबके सामने एक ऐसी चीज खानी होगी जो पवित्र तो है, तो भी खाद्य नहीं है। उन लोगों ने साफतौर पर हर घर में यह कह दिया था कि इसमें उन लोगों का कोई हाथ नहीं है, क्योंकि जीते जी वे लोग समाज के अन्दर अशास्त्रीय काम हरगिज नहीं होने दे सकते। लाचार होकर हम लोग डॉक्टर साहब के पास गए। तब वे शहर के सर्वश्रेष्ठ चिकित्सक थे और बंगालियों के घर बीमारों की बिना फीस लिये चिकित्सा किया करते थे। हमारी कहानी सुनकर डॉक्टर साहब गुस्से से आग-बबूला हो उठे और बोले—ऐसे सतानेवालों के घर कोई उनकी आँखों के सामने बिना चिकित्सा के मर जाएगा, तो भी वे उधर अब नजरें उठाकर नहीं देखेंगे। मैं नहीं जानता, किसने उन लोगों को इसकी जानकारी दी। दिन ढलने के पहले ही सुना कि सर मुँड़ाने की जरूरत नहीं है, सिर्फ कसूर मानकर उस पवित्र चीज को खाने से ही काम चलेगा। जब हमने इसे स्वीकार नहीं किया, तो अगले दिन सुबह सुना कि कसूर मानने से ही काम चलेगा—भले ही उसे नहीं खाया हमने। जब हमने इसे भी अस्वीकार कर दिया, तो सुनने में आया कि चूँकि यह हमारा पहला गुनाह है, इसलिए उन लोगों ने हमें यों ही माफ कर दिया है—प्रायश्चित्त करने की भी जरूरत नहीं है। लेकिन डॉक्टर

साहब ने कहा—प्रायश्चित्त की जरूरत तो नहीं है, मगर उन लोगों ने इन लोगों को दो दिनों तक जो दुख दिया है उसके लिए उन लोगों में से हरेक आदमी आकर इन लोगों से माफी नहीं माँगेगा तो वे अपनी बात पर डटे रहेंगे यानी वे किसी के भी घर नहीं जाएँगे। उसके बाद उसी शाम बिरादरी के बूढ़े-बुजुर्ग एक-एक करके डॉक्टर साहब के घर आए थे। अवश्य हमें यह सुनाई नहीं पड़ा था कि आशीर्वाद देकर उन लोगों ने क्या-क्या कहा था, लेकिन अगले दिन डॉक्टर साहब को अब गुस्सा नहीं था; हमें तो प्रायश्चित्त भी नहीं करना पड़ा था।

खैर! क्या कहते मैं क्या कह गया। मगर सो चाहे जो भी हो, मैं यह पक्का जानता हूँ कि जानकार इस गुमनाम वर्णन के अन्दर जो सच है उसे समझेंगे। मेरे कहने का मूल विषय यह है कि इन्द्र उस उम्र में अपने मन के अन्दर जिस सच को देख सका था उसका कोई सिद्धान्त ही बिरादरी के इतने बड़े-बड़े लोगों को इस बुढ़ापे में भी नहीं मिला था, और डॉक्टर साहब उस दिन इस तरह से उन लोगों के शास्त्र-ज्ञान का इलाज नहीं कर देते, तो किसी दिन उन लोगों की यह बीमारी दूर होती या नहीं, यह जगदीश्वर ही जानते हैं।

टीले पर आकर पानी में आधे डूबे झाऊ के जंगल के अँधेरे में जब इन्द्र ने उस अपरिचित बालक की लाश को अपूर्व ममता के साथ पानी पर रख दिया तब रात ज्यादा बाकी नहीं थी। थोड़ी देर तक वह उस लाश की तरफ सर झुकाए रहा, अन्त में जब उसने मुँह उठाकर निहारा तब मद्धिम चाँदनी में उसके मुँह का जितना-सा भाग देखने में आया उससे उसके सूखे मुँह पर ठीक वैसा ही भाव दिखाई पड़ा जैसा भाव उस आदमी के मुँह पर दिखाई पड़ता है जो बेहद उदास होकर कान खड़े किए इन्तजार करता हुआ रहता है।

मैं बोला, ''इन्द्र, अब चलो।''

इन्द्र अन्यमनस्क भाव से बोला, ''कहाँ?''

''अभी तो तुमने कहा कि तुम्हें कहीं जाना है।''

''रहने दे, आज अब नहीं जाऊँगा।''

मैंने खुश होकर कहा, ''अच्छी बात है, आज अब नहीं जाना ही अच्छा है, भई, तो चलो, घर चलें।''

मेरी बात के जवाब में इन्द्र ने मेरे मुँह की तरफ निहारा और प्रश्न किया, ''हाँ रे इन्द्र, तू यह जानता है कि मरने पर आदमी क्या होता है?''

मैंने जल्दी से कहा, ''नहीं भई, मैं नहीं जानता, तुम घर चलो। मरने पर सब स्वर्ग जाते हैं। मैं तुम्हारे पैरों पड़ता हूँ, तुम मुझे मेरे घर छोड़ आओ।''

इन्द्र ने जैसे कान नहीं दिया। बोला, ''सभी तो स्वर्ग नहीं जा सकते। इसके अलावा थोड़ी देर तक सभी को यहाँ रहना पड़ता है। देख, मैंने जब उसे पानी पर लिटा दिया, तब उसने चुपके-चुपके साफ कहा, भैया।''

मैं काँपती आवाज में रुआँसा होकर बोल उठा, ''तुम मुझे क्यों डरा रहे हो भई! मैं बेहोश हो जाऊँगा।'' इन्द्र ने न बात की और न हिम्मत बँधाई। धीरे-धीरे हाथों में

चप्पू लिये डोंगी को झाऊ के जंगल से बाहर निकाल लाया और सीधे डोंगी खेने लगा। वह दो मिनट चुप रहा, फिर गम्भीर मृदु स्वर में बोला, "तू मन ही मन 'राम' के नाम का जाप कर—वह डोंगी छोड़कर नहीं गया है। वह मेरे ही पीछे बैठा हुआ है।"

उसके बाद मैं वहीं मुँह रखकर औंधा पड़ा था और कुछ मुझे याद नहीं। जब मैंने अपनी आँखें खोलीं तब अँधेरा नहीं था। डोंगी किनारे लगी हुई थी। इन्द्र मेरे पैरों के पास बैठा हुआ था, बोला, "अब थोड़ी दूर पैदल चलना होगा श्रीकान्त, ले उठ बैठ।"

# 4

मेरे पाँव अब चल नहीं रहे थे—इस तरह गंगा के किनारे-किनारे चलकर मैं सवेरे लाल-लाल आँखों और बेहद सूखे उदास चेहरे से अपने घर लौट आया। घर में एक हलचल-सी मच गई। यह रहा, यह रहा—कहकर सभी एक साथ मेरी ऐसी खातिरदारी कर उठे कि लगा, जैसे मेरी धड़कन बन्द हो जाएगी।

यतीन भैया लगभग मेरा हमउम्र था इसलिए उसे ही सबसे ज्यादा खुशी हुई थी। वह पता नहीं कहाँ से भागता हुआ आया था, पागलों की तरह चिल्लाते हुए यह कहकर कि मँझले भैया, श्रीकान्त आया है, यह आया, घर के दरोदीवारों को कँपाकर सबको मेरे आने की खबर दे दी और पल भर भी देर किए बिना बड़े आदर से मेरा हाथ पकड़कर मुझे खींचते हुए लाकर बैठकखाने के पायन्दाज पर खड़ा कर दिया।

वहीं मँझले भैया परीक्षा की तैयारी के लिए बड़ा मन लगाकर पढ़ रहे थे। उन्होंने मुँह उठाकर सिर्फ एक बार अपनी निगाह डाली और फिर से पढ़ाई में मन लगाया। यानी जैसे बाघ शिकार को अपने कब्जे में करने के बाद सही-सलामत बैठकर उपेक्षा के साथ दूसरी तरफ निहारता रहता है वैसे ही उन्होंने एक बार मुझे देखकर पढ़ाई में मन लगाया था। इसमें सन्देह है कि सजा देने का इससे अच्छा मौका उनके नसीब को और कभी मिला था या नहीं।

मिनट भर चुप्पी छाई रही। यह मैं जानता था कि रात भर बाहर रहने की वजह से कानों और गालों पर क्या बीतेगी। लेकिन मैं और खड़ा नहीं रह सकता था, हालाँकि सजा देनेवाले को फुर्सत नहीं थी। उन्हें भी तो भला परीक्षा की तैयारी करने के लिए पढ़ना था।

हमारे इन मँझले भइया को आप लोग शायद इतनी जल्दी नहीं भूले होंगे। ये वही थे जिनकी कठोर निगरानी में कल शाम को हम लोग पढ़-लिख रहे थे और थोड़ी ही देर बाद जिनकी गहरी गों-गों की आवाज और दीये के उलट जाने की वजह से बीती

रात उस 'दी रॉयल बेंगाल' को भी सुध-बुध खोकर बिलकुल भागकर अनार के पेड़ के नीचे जाकर छिपना पड़ा था।

सतीश, तू एक बार पंचांग देखकर बता तो सही कि इस वक्त बैंगन खाना चाहिए या नहीं। कहते-कहते बगल के दरवाजे को धकेलकर फूफी ने ज्यों ही कमरे में कदम रखा त्यों ही मुझे देखकर वह अचम्भे में पड़ गई—तू कब आया रे? कहाँ गया था तू? धन्य हो बेटे तुम! मैं रात भर सो नहीं सकी हूँ—चिन्ता के मारे मरी जा रही थी। सो जो इन्द्र के साथ तू चुपके-चुपके निकल गया सो फिर तूने दर्शन ही नहीं दिया। न कुछ खाया, न पिया, कहाँ था बता तो अभागा? चेहरा काला पड़ गया है, लाल-लाल आँखें छलछला रही हैं, कहीं तुझे बुखार तो नहीं आया है? कहाँ करीब—करीब आ तो, देखूँ, तेरा बदन छूकर? एक साथ इतने सारे सवाल करके फूफी खुद ही आगे बढ़ आई और मेरे माथे पर हाथ रखते ही बोल उठी—जो मैंने सोचा था वही हुआ। तेरा तो बदन गरम हो गया है। ऐसे लड़कों के हाथ-पाँव बाँधकर उन पर ऐसी चीज छिड़क देनी चाहिए जिससे उन्हें खूब खुजलाहट हो, तभी जाकर मेरा गुस्सा ठंडा होगा। तुम्हें घर से बिलकुल निकाल बाहर करके ही मैं दम लूँगी। चल, कमरे में जाकर लेटेगा, आ अभागा छोकरा। इतना कहकर फूफी ने बैंगन खाने की बात को भूलकर मेरा हाथ पकड़कर मुझे अपनी गोद के पास खींच लिया।

मँझले भैया ने जलद गम्भीर स्वर में संक्षेप में कहा, "अभी तो वह नहीं जा सकेगा।"

"क्यों, अभी वह यहाँ क्या करेगा? नहीं-नहीं, अभी उसे पढ़ने की जरूरत नहीं है। पहले वह कुछ खाकर थोड़ी देर सो ले। तू आ मेरे साथ, कहकर फूफी ने मुझे साथ लेकर चलने की तैयारी की।"

लेकिन साथ आया शिकार जो भाग रहा था। मँझले भैया स्थान-काल को भूलकर लगभग चिल्लाकर मुझे डाँट उठे, "खबरदार श्रीकान्त, तू जाना मत।" फूफी भी जरा चौंक उठी, उसके बाद उसने मुँह घुमाकर मँझले भैया की तरफ निहारा और सिर्फ बोली, "सत्ते।" फूफी बड़ी रोबदार औरत थी। घर के सभी लोग उससे डरते थे। फूफी की नजरों के आगे मँझले भैया डर के मारे सिटपिटा गए। फिर बगल के ही कमरे में बड़े भैया बैठा करते थे। बात उनके कानों में जाती तो फिर खैरियत नहीं थी।

फूफी का एक स्वभाव हम लोग हमेशा से देखते आ रहे थे, वह यह कि वह कभी भी किसी भी वजह से चीख-चिल्लाकर लोगों को इकट्ठा करना पसन्द नहीं करती थी। उसे चाहे जितना भी गुस्सा क्यों न आया हो, तो भी वह जोर से बात नहीं करती थी। वह बोली—तो क्या वह वहाँ इसीलिए खड़ा है? देख सतीश, सुनती हूँ, तू जब-तब बच्चों को मारता-पीटता रहता है। आज से अगर किसी पर भी तूने हाथ उठाया और मुझे यह मालूम पड़ा, तो इसी खम्भे में बाँधकर मैं नौकरों से तुझे बेंत लगवाऊँगी। बेहया कहीं का, खुद हर साल फेल करनेवाला—भला दूसरों को डाँटता-फटकारता है। कोई पढ़े, न पढ़े, तू किसी से भी कुछ नहीं पूछेगा! इतना कहकर वह मुझे साथ लेकर जिस रास्ते घुसी थी उसी रास्ते बाहर निकल गई।

मँझले भैया मुँह लटकाए बैठे रहे। वे यह अच्छी तरह जानते थे कि फूफी के हुक्म को टालने की मजाल घर में किसी की भी नहीं थी।

पाँच ही मिनट बाद सावधानी से खट से कुंडी खोलकर छोटा भैया हाँफते-हाँफते आया और मेरे बिस्तर पर औंधा गिर पड़ा। खुशी के मारे पहले-पहल तो वह बात ही नहीं कर सका। लेकिन दम लेकर फुसफुसाकर बोला, "तू जानता है, माँ ने मँझले भैया को क्या हुक्म दिया है? हमारी किसी बात में उसे टाँग अड़ाने की गुंजाइश नहीं रही। तू और मैं एक कमरे में पढ़ेंगे और सँझला भैया दूसरे कमरे में पढ़ेगा। हमारा पुराना पाठ बड़े भैया सुनेंगे। उसका हम लोग अब केयर नहीं करेंगे।" इतना कहकर उसने अपने दोनों हाथों के अँगूठों को एक साथ मिलाकर हिला दिया।

यतीन भैया भी पीछे-पीछे आकर हाजिर हुआ था। वह अपनी करनी की उत्तेजना से बिलकुल अधीर हो उठा था और छोटे भैया को यह समाचार देकर वही उसे यहाँ लाया था। पहले तो वह थोड़ी देर तक खूब हँसा। और जब हँसी रुकी तो बार-बार अपनी छाती ठोंककर वह बोला, "मैं! मैं! यह जानते हो, मेरे ही चलते यह हुआ? मैं उसे मँझले भैया के पास नहीं ले जाता तो क्या माँ ऐसा हुक्म देती! छोटे भैया, लेकिन मैं यह कह देता हूँ कि तुम्हें अपना कलदार लट्टू मुझे देना पड़ेगा।"

"अच्छा दिया, जा ले लो मेरे डेस्क से निकालकर।" यह कहकर छोटे भैया ने तुरत हुक्म दे डाला। लेकिन इस लट्टू को घंटा भर पहले वह शायद सारी दुनिया के बदले में भी नहीं देता।

ऐसी ही होती है आदमी की आजादी की कीमत। ऐसी ही होती है आदमी के अपने वाजिब हक पाने की खुशी। आज मुझे सिर्फ लग रहा है कि बच्चों के लिए भी अपनी कीमत कम नहीं होती है। छोटे भैया ने अपनी जान से भी प्यारी चीज इसलिए बेझिझक दे डाली कि उसे उसका वह हक वापस मिला था जिसे मँझले भैया ने बड़ा भाई होने की वजह से मनमानी करके अपने छोटे भाइयों से छीन लिया था। वास्तव में मँझले भैया के अत्याचारों की कोई सीमा नहीं थी। रविवार को चिलचिलाती धूप में एक मील पैदल चलकर उनके ताश खेलनेवाले दोस्त को बुलाकर लाना पड़ता था। गरमी की छुट्टियों में वे दिन में जब तक सोते रहते तब तक उन्हें पंखा झलना पड़ता था। जाड़े के दिनों में ये लिहाफ के अन्दर हाथ-पाँव घुसाकर कछुए की नाईं बैठे-बैठे किताब पढ़ते थे और हम लोगों को उनके पास बैठकर उनकी किताब के पन्ने को उलटा देना पड़ता था—ऐसे-ऐसे अत्याचार वे किया करते थे। हालाँकि इनकार करने की गुंजाइश नहीं थी। हमारी मजाल भी नहीं थी कि हम किसी से इसकी शिकायत करते। अगर उन्हें इसकी जरा-सी भी भनक मिलती कि हमने किसी से शिकायत की है, तो वे तुरन्त हुक्म दे बैठते थे—केशव, तुम अपनी ज्योग्रॉफी लाओ तो, देखूँ, तुम्हें पुराना पाठ याद है या नहीं। यतीन, जाओ एक अच्छी-सी झाऊ की छड़ी देखकर तोड़ लाओ तो। यानी, मार तो खानी ही पड़ती थी। इसलिए इसमें अचरज की कोई बात नहीं थी कि इस बात को लेकर इन लोगों को ज्यादा से ज्यादा खुशी होती थी।

लेकिन वह चाहे जितनी भी क्यों न हुई हो, फिलहाल तो उसे रोक रखना जरूरी था, क्योंकि स्कूल का वक्त हो रहा था। मुझे तो बुखार था—इसलिए मुझे कहीं जाना नहीं था।

याद आता है, उसी रात बुखार तेज हो गया था और सात-आठ दिनों तक मुझे खाट से लगा रहना पड़ा था।

यह याद नहीं है कि उसके कितने दिनों बाद मैं स्कूल गया था और उसके भी कितने दिनों बाद इन्द्र से मेरी मुलाकात हुई थी। लेकिन यह याद है कि इन्द्र से मेरी मुलाकात बहुत दिनों बाद हुई थी। जिस दिन उससे मुलाकात हुई थी वह शनिवार था। मैं स्कूल से जल्दी लौट आया था। तब गंगा का पानी सूखना शुरू हो गया था। गंगा से लगे एक नाले के किनारे मैं बंसी से मछली पकड़ने के लिए बैठ गया था। बहुत से लोग मछली पकड़ रहे थे। अचानक नजर आया, कोई करीब ही सरपत की झाड़ियों के पीछे बैठकर दनादन मछली पकड़ रहा है। आड़ में होने की वजह से उसे अच्छी तरह देखा नहीं जा सकता था। बहुत देर से ही मुझे यह जगह पसन्द नहीं हो रही थी। सोचा, उसी की बगल में जाकर बैठूँ। हाथ में बंसी लिये ज्यों ही मैं जरा घूमकर खड़ा हुआ त्यों ही वह बोला, "मेरी दाईं तरफ बैठ। तू अच्छा है न रे श्रीकान्त?" मेरा कलेजा धक् से कर उठा। तब तक मैं उसका मुँह नहीं देख सका था, मगर समझा, यह इन्द्र है। चाहे कोई कहीं भी रहे उसके बदन से होकर बिजली की तेज धारा बह जाने पर वह एक पल में जैसे सजग हो जाता है वैसे ही मैं भी उसकी आवाज से सजग हो गया। पलक झपकते अंग-अंग का रक्त तेजी से दौड़ता हुआ कलेजे पर पछाड़ खाने लगा। किसी भी तरह मुँह से एक जवाब बाहर नहीं निकला। ये बातें तो मैंने लिखीं, लेकिन ऐसी बात नहीं कि इस चीज को शब्दों में व्यक्त करके दूसरे को समझाना अत्यन्त कठिन ही नहीं, बल्कि असम्भव है। क्योंकि कहने के लिए ये बातें महज मामूली आम बातें हैं—मसलन कलेजे का रक्त उथल-पुथल मचा रहा है—जोर-जोर से पछाड़ खा रहा है, बिजली की धारा बह रही है—ऐसा-ऐसा वाक्य कहने के अलावा तो कोई दूसरा उपाय नहीं है। लेकिन इससे कितना समझ में आया? जो यह नहीं जानता उसके आगे मेरे मन की बात कितनी प्रकट हुई! मैं ही भला उसे कैसे बता सकता हूँ और वही भला कैसे जान सकता है? जिसने अपनी जिन्दगी में एक दिन के लिए भी यह महसूस नहीं किया था, जिसे मैंने हमेशा याद किया, जिसकी मैंने कामना की थी, जिसकी मैंने आकांक्षा की थी हालाँकि इस डर से भी मैं दिन-रात सिहरता रहा था कि वह पीछे कहीं भेंट न जाए, उसने अचानक ऐसे अकल्पित रूप से मेरी नजरों के सामने रहकर मुझे अपनी बगल में आकर बैठने को कहा। मैं उसकी बगल में बैठा भी। लेकिन तब तक मैं बात नहीं कर सका।

इन्द्र बोला, "उस दिन वापस आकर तूने बड़ी मार खाई थी न रे श्रीकान्त? मैंने तुझे अपने साथ ले जाकर अच्छा काम नहीं किया था। इसके लिए रोज मुझे बड़ा दुख होता था।"

मैंने सर हिलाकर बताया, "मैंने मार नहीं खाई थी।"

इन्द्र ने खुश होकर कहा, "तूने मार नहीं खाई थी। देख रे श्रीकान्त, तू जब चला गया, तो मैंने माँ काली को बहुत पुकारा था, ताकि तुझे कोई न मारे। माता काली बड़ी जाग्रत् देवी हैं रे। उन्हें मन से पुकारने पर कभी कोई मार नहीं सकता है। माँ आकर मारनेवालों को ऐसा फुसला देती हैं कि कोई कुछ नहीं कर सकता है।" यह कहकर उसने बंसी को रखा और अपने दोनों हाथों को जोड़कर माथे से छुलाकर शायद उन्हें मन ही मन प्रणाम किया। फिर बंसी में एक चारा लगाकर उसे पानी में फेंका और बोला, "मैंने तो यह नहीं सोचा था कि तुझे बुखार आएगा। अगर मैं सोचता, तो मैं ऐसा करता कि तुझे बुखार भी नहीं आता।"

मैंने धीरे-धीरे प्रश्न किया, "क्या करते तुम?"

इन्द्र बोला, "कुछ भी नहीं। सिर्फ अड़हुल के फूल तोड़ लाता और उन्हें माँ काली के चरणों पर चढ़ा देता। वे अड़हुल के फूलों को बहुत प्यार करती हैं। वे अड़हुल के फूल चढ़ानेवालों की मन्नत पूरी कर देती हैं। यह तो सभी जानते हैं। तू नहीं जानता है?"

मैंने पूछा, "तुम बीमार नहीं पड़ते हो?"

इन्द्र अचरज में पड़कर बोला, "बीमार और मैं? नहीं, मैं कभी बीमार नहीं पड़ता। मुझे कभी कुछ नहीं होता।" अचानक वह उत्तेजित होकर बोला, "देख श्रीकान्त, मैं तुझे एक चीज सिखा दूँगा। अगर तू दोनों वक्त खूब मन लगाकर देवी-देवताओं के नाम का जाप करेगा तो वे सबके सब तुम्हारे सामने आकर खड़े हो जाएँगे, तू उन्हें साफ-साफ देख सकेगा। तब फिर तू कभी बीमार नहीं पड़ेगा। कोई तेरा बाल बाँका नहीं कर सकेगा। तुझे अपने आप इसका पता चल जाएगा। तब तू मेरी तरह जहाँ मर्जी जाना, जो मर्जी करना, फिर कोई चिन्ता नहीं, समझा?"

मैंने गर्दन हिलाकर कहा, "हुँ।" मैंने बंसी में चारा लगाकर उसे पानी में फेंका और मृदु स्वर में पूछा, "अब तुम किसे अपने साथ लेकर वहाँ जाते हो?"

"कहाँ?"

"उस पार मछली पकड़ने।"

इन्द्र ने बंसी को पानी से बाहर निकाल दिया, उसे सावधानी से अपनी बगल में रखा और बोला, "मैं अब वहाँ नहीं जाता।"

उसकी बात सुनकर मैं बड़े अचम्भे में पड़ा। बोला, "फिर तुम एक दिन भी वहाँ नहीं गए?"

"नहीं, मैं वहाँ एक दिन भी नहीं गया था।" मुझे अपने सर की कसम खिलाकर। अपनी यह बात खत्म किए बिना ही इन्द्र अचकचाकर चुप हो गया।

उसके बारे में यही बात मुझे रोज काँटे की तरह चुभती रही थी। मैं किसी भी तरह यह भूल नहीं सका था कि उसने मछली चुराकर बेची थी। इसीलिए यद्यपि वह चुप हो गया, पर मैं चुप नहीं रह सका। पूछा, "किसने तुम्हें अपने सर की कसम खिलाई भई? तुम्हारी माँ ने?"

"नहीं, माँ ने नहीं।" यह कहकर इन्द्र चुप हो रहा। उसके बाद वह बंसी में धागे को धीरे-धीरे लपेटते-लपेटते बोला, "श्रीकान्त, हमारी उस रात की बात तूने घर में किसी से कही तो नहीं न है?"

मैंने कहा, "नहीं, मैंने किसी से नहीं कही है। मगर सभी यह जानते हैं कि मैं तुम्हारे साथ चला गया था।"

इन्द्र ने और कोई प्रश्न नहीं किया। मैंने सोचा था कि अब वह उठेगा, लेकिन वह उठा भी नहीं, चुपचाप बैठा रहा। उसके मुँह पर कैसी हँसी का भाव रहता था, लेकिन अभी वैसी हँसी का भाव भी नहीं था और वह मुझसे कुछ कहना चाहता था, हालाँकि वह कुछ कह भी नहीं पा रहा था–बैठे रहने में भी वह बेचैनी महसूस कर रहा था। आम आदमी यहाँ हो सकता है, कह बैठे कि तुम झूठ बोल रहे हो। तब तो तुम्हारी उम्र इतनी नहीं थी कि तुम मनोविज्ञान को इतना समझ सकते। मैं इसे कबूल करता हूँ लेकिन आप लोग भी यह भूल रहे हैं कि मैंने इन्द्र को प्यार किया था। एक आदमी दूसरे आदमी के मन को समझता है सहानुभूति और प्यार से–उम्र और अक्ल से नहीं। दुनिया में जिसने जितना प्यार किया है, दूसरे के हृदय की भाषा उसके आगे उतनी ही व्यक्त हो उठी है। यह अत्यन्त कठिन अन्तर्दृष्टि सिर्फ प्यार के बल पर ही मिल सकती है, दूसरी किसी भी चीज से नहीं। मैं उसका सबूत दे रहा हूँ। इन्द्र ने मुँह उठाकर न जाने क्या कहना चाहा लेकिन नहीं कह पाने की वजह से उसका सारा मुँह बेवजह लाल हो उठा। जल्दी से उसने सरपत की एक टहनी तोड़ ली और मुँह नीचा किए उसे पानी पर हिलाते-हिलाते बोला, "श्रीकान्त!"

"क्या भई?"

"तेरे–तेरे पास रुपए हैं?"

"कितने रुपए?"

"कितने रुपए?–यही मान ले पाँच रुपए।"

"हाँ, हैं। तुम लोगे?" यह कहकर मैंने खुश होकर उसके मुँह की तरफ निहारा। कई रुपए मेरे पास थे। मैं तो उसकी कल्पना भी नहीं कर सकता था कि इन्द्र के काम आने की बनिस्बत इन रुपयों का किसी और काम में सदुपयोग हो सकता था। लेकिन कहाँ, इन्द्र तो खुश नहीं हुआ। उसका मुँह और ज्यादा शर्म से न जाने कैसा हो गया। वह थोड़ी देर तक चुप रहा। फिर बोला, "लेकिन मैं तो अभी ये रुपए तुझे वापस नहीं दे सकूँगा।"

"पर मैं तो इन्हें वापस नहीं चाहता।" यह कहकर मैंने गर्व के साथ उसके मुँह की तरफ निहारा। फिर थोड़ी देर वह मुँह नीचा किए रहा और धीरे-धीरे बोला, "खुद अपने लिए मैं ये रुपए नहीं माँगता? एक आदमी को देना है, इसीलिए माँगता हूँ। वे लोग बड़े दुखी हैं रे–उन्हें खाने तक के लिए दो रोटियाँ भी नहीं मिलती हैं। तू चलेगा वहाँ?"

पलक झपकते मुझे उस रात की बात याद आई। कहा, "ये वे ही हैं क्या जिन्हें रुपया देने के लिए तुमने डोंगी से उतर जाना चाहा था।"

इन्द्र ने अन्यमनस्क भाव से सर हिलाकर कहा, "हाँ, वे ही हैं। रुपया तो मैं खुद ही बहुत दे सकता हूँ, मगर दीदी है कि हरगिज लेना नहीं चाहती। तुझे एक बार चलना होगा श्रीकान्त वरना ये रुपए भी वह नहीं लेगी। सोचेगी, ये रुपए मैं अपनी माँ के सन्दूक से चुराकर लाया हूँ। चलेगा श्रीकान्त?" मुझे चुप्पी साधे देख वह उसी वक्त बोला, "दिन में वहाँ जाने में कोई डरने की बात नहीं है। कल रविवार है। तू खा-पीकर यहाँ खड़ा रहना, मैं तुझे लिवा जाऊँगा, फिर उसी वक्त लौट आऊँगा। चलेगा न भई?" यह कहकर वह जिस तरह से मेरा हाथ पकड़कर मेरे मुँह की तरफ निहारता रहा, उससे मेरी मजाल नहीं हुई कि मैं इनकार कर दूँ। दूसरी बार उसकी डोंगी पर चढ़ने का वादा करके मैं अपने घर लौट आया।

"वह क्या तुम्हारी दीदी लगती है?"

इन्द्र तनिक मुस्कुराया और बोला, "नहीं, वह मेरी दीदी नहीं लगती। मैं उसे दीदी कहता हूँ। तो तू चलेगा न?"

यह सच है कि मैंने उसके साथ जाने का वादा किया। लेकिन यह तो मुझसे ज्यादा और कोई नहीं जानता था कि उसके साथ जाना कितने बड़े दुःसाहस की बात थी। तीसरे पहर मेरा मन भारी रहा और रात को नींद की खुमारी में मेरे अंग-अंग में गहरी अशान्ति का भाव चक्कर लगाने लगा। तड़के जब मैं उठा तो सबसे पहले यही याद आया कि आज जहाँ जाने का मैंने वादा किया है वहाँ जाने पर किसी भी तरह मेरा भला नहीं होगा। किसी भी तरीके से कोई जान पाएगा, तो वापस आने पर जो सजा भुगतनी पड़ेगी उसकी कामना छोटा भैया, मँझले भैया के लिए भी शायद नहीं कर सकता था। अन्त में खाना-पीना खत्म होने पर छिपाकर पाँच रुपए लेकर जब मैं चुपचाप निकल पड़ा तब ऐसी भी बात बहुत बार मन में आई कि जरूरत नहीं है जाने की, भले ही मैंने अपना वादा नहीं निभाया। इससे क्या आता-जाता है। पर जब मैं वहाँ पहुँचा, जहाँ मुझे पहुँचना था, तो देखा, सरपत की झाड़ियों के नीचे उसी छोटी-सी डोंगी पर इन्द्र उत्सुक होकर इन्तजार कर रहा था। आँखें चार होते ही उसने इस तरह से हँसकर मुझे बुलाया कि न जाने की बात मैं अपनी जबान पर भी नहीं ला सका। मैं सावधानी से धीरे-धीरे उतरकर चुपचाप डोंगी पर चढ़ बैठा। इन्द्र ने डोंगी छोड़ दी।

आज मैं सोचता हूँ कि मेरे पिछले जन्मों के अच्छे कर्मों का फल था कि मैं अपने वादे से पीछे नहीं हटा था। उस दिन के बहाने मैंने जैसी चीज को देख लिया था, वैसी चीज को देखना जिन्दगी भर सारी दुनिया का चक्कर लगाने के बाद भी कितने लोगों को नसीब होता है। मैं ही भला उस जैसा और कहाँ देख पाया? जिन्दगी में ऐसी शुभ घड़ी बहुत बार नहीं आती है। मगर एक बार आती है तो सारी चेतना पर एक ऐसी गहरी छाप छोड़ जाती है कि उसी साँचे में आगे की सारी जिन्दगी ढलती रहती है। मुझे ऐसा भी महसूस होता है, औरतों को मैं कभी हेय दृष्टि से नहीं देख सका। बुद्धि से यह जितना भी तर्क क्यों न करूँ कि दुनिया में क्या पिशाचियाँ नहीं हैं? मगर पिशाचियाँ नहीं हैं, तो बाट-घाट में किनके इतने पाप के रूपों को देखता हूँ? सभी अगर इन्द्र की

वही बड़ी बहन हैं, तो इतनी तरह की दुख की धारा कौन-सी औरतें बहा रही हैं? तब भी कैसे यह लगता है कि यह सब उन औरतों का बाहरी परदा है जिसे जब मर्जी फेंककर ठीक उन्हीं की तरह सती के आसन पर जाकर अनायास बैठ सकती हैं। मेरे दोस्त मुझसे कहते हैं कि यह मेरा बड़ा जघन्य शोचनीय भ्रम है। मैं उसका भी प्रतिवाद नहीं करता। मैं सिर्फ यह कहता हूँ कि यह मेरी युक्ति नहीं है—मेरा संस्कार है। संस्कार की जड़ में जो है, मैं नहीं जानता कि वे पुण्यवती आज भी जिन्दा हैं या नहीं। अगर वे जिन्दा हैं, तो भी वे कहाँ किस तरह से हैं, उनके कहे मुताबिक मैंने कभी भी उनकी कोई खबर लेने की कोशिश भी नहीं की थी। लेकिन मैंने मन ही मन उन्हें कितना प्रणाम किया है, यह वे ही जानते हैं जो सब कुछ जान सकते हैं।

मरघट के उसी छोटे-से घाट की बगल में बरगद के पेड़ के नीचे डोंगी को बाँधकर जब हम दोनों रवाना हुए तब भी दिन बहुत बाकी था। थोड़ी दूर जाकर दाईं तरफ जंगल के अन्दर गौर से देखने से एक रास्ता जैसा भी दिखाई पड़ा। इन्द्र उसी रास्ते से अन्दर घुसा। लगभग दस मिनट चलने के बाद एक झोंपड़ी दिखाई पड़ी। मैं नजदीक आया, तो देखा, अन्दर घुसने के रास्ते को टट्टी से बन्द कर दिया गया था। इन्द्र ने सावधानी से टट्टी खोली, उसे धकेलकर अन्दर घुसा और मुझे खींच लिया। उसके बाद उस टट्टी को पहले की ही तरह फिर से बन्द कर दिया। मैंने वैसी झोंपड़ी जिन्दगी में कभी नहीं देखी थी। एक तो चारों ओर घना जंगल था, दूसरे, एक बहुत बड़े इमली के पेड़ और पाकर के पेड़ ने मानो अपनी छाया से पूरी जगह को अँधेरे में डुबा रखा था। हमारी आवाज पाकर मुर्गियों का झुंड और चूजे चिल्ला उठे, एक किनारे बँधी दो बकरियाँ मिमिया उठीं। सामने निहारा, तो देखता हूँ—अरे बाप रे, समूचे आँगन में एक बहुत बड़ा अजगर टेढ़ा-मेढ़ा होकर पड़ा हुआ है। पलक झपकते मैंने धीमे चीत्कार से मुर्गियों को और भी मस्त और भयभीत कर दिया। और सिटपिटाकर उसी बाड़े के ऊपर चढ़ बैठा। इन्द्र खिलखिलाकर हँस उठा और बोला, "वह कुछ नहीं करता है, वह बड़ा भोला है। उसका नाम है रहीम।" यह कहकर वह उस अजगर के पास गया और उसके पेट को पकड़कर खींचता हुआ उसे आँगन के दूसरे किनारे हटा दिया। तब मैं उतर आया और दाईं तरफ निहारा तो देखा उस झोंपड़ी के बरामदे में काफी फटी हुई चटाई और फटी हुई कथरी के बिस्तर पर बैठकर एक लम्बा दुबला-पतला आदमी जोर-जोर से खाँसने के बाद हाँफ रहा था। उसकी जटा सर पर लपेटी हुई थी, गले में तरह-तरह की छोटी-बड़ी मालाएँ थीं। उसके बदन की कमीज और पहनावे का कपड़ा बेहद मैला और एक तरह के पीले रंग से रँगा हुआ था। उसकी लम्बी दाढ़ी कपड़े के टुकड़े से जटा के साथ बँधी हुई थी। इसी वजह से पहले-पहल मैं उसे पहचान नहीं सका था, लेकिन जब मैं उसके करीब आया तो मैंने उसे पहचाना, वह सँपेरा था। पाँच-छह महीने पहले मैं उसे लगभग हर जगह देखा करता था। मैंने अपने घर में भी कई बार उसे साँप नचाते देखा था। इन्द्र ने उसे 'शाहजी' कहकर पुकारा और उसने हमें बैठने के लिए इशारा किया। हाथ उठाकर उसने इन्द्र को गाँजे का साज-सामान और चिलम दिखा दी थी। इन्द्र बिना कुछ बोले उसके कहे मुताबिक

चिलम चढ़ाने में लग गया, और जब चिलम चढ़ गई तो शाहजी ने खाँसते-खाँसते मानो जिऊँ या मरूँ का दाँव लगाकर दम लगाने लगा और इस आशंका से कि कहीं रत्ती भर भी धुआँ बाहर न निकल जाए, उसने अपने नाक-मुँह को बाईं हथेली से दबाकर सर के एक झटके के साथ चिलम इन्द्र के हाथ में दे दी और कहा—पियो।

इन्द्र ने चिलम नहीं पी। उसने चिलम धीरे-धीरे नीचे रख दी और बोला, ''नहीं, मैं नहीं पिऊँगा।'' शाहजी ने बहुत ज्यादा विस्मित होकर उसके चिलम न पीने की वजह पूछी, लेकिन जवाब के वास्ते एक पल इन्तजार किए बिना ही उसने उसे खुद ही उठा लिया और दम लगा-लगाकर खत्म करके उसे औंधा रख दिया। उसके बाद उन दोनों की मृदु स्वर में बातचीत शुरू हुई। उनकी ज्यादातर बातचीत को न तो मैं सुन ही सका और न समझ ही सका। लेकिन मैंने एक बात पर गौर किया, वह यह कि शाहजी ने हिन्दी में बात की, तो भी इन्द्र ने बांग्ला को छोड़कर किसी और भाषा का इस्तेमाल नहीं किया।

शाहजी की आवाज क्रमशः गरम होती जा रही थी और देखते-देखते वह आवाज जोरदार चीख में बदल गई। वह पता नहीं किसे ऐसी गन्दी-गन्दी गालियाँ देने लगा जिन्हें इन्द्र ने तो बर्दाश्त किया, लेकिन तब अगर मैं उन्हें समझता, तो मैं बर्दाश्त नहीं करता। उसके बाद शाहजी बाड़े से टिककर बैठा और थोड़ी ही देर बाद गर्दन झुकाकर सो गया। थोड़ी देर तक वे दोनों चुपचाप बैठे रहे, तो मैं अस्थिर हो उठा, बोला, ''दिन ढल रहा है। तुम वहाँ नहीं जाओगे?''

''कहाँ श्रीकान्त?''

''तुम अपनी बड़ी बहन को रुपया देने नहीं जाओगे?''

''उसी के लिए तो मैं बैठा हुआ हूँ। यही तो उसका घर है।''

''यही है तुम्हारी बड़ी बहन का घर। पर ये लोग तो सँपेरे हैं—मुसलमान हैं।''

इन्द्र कोई बात कहने को तैयार हुआ था, पर उसे दबाकर चुप हो गया और मेरी तरफ निहारता रहा। उसकी दोनों आँखें बड़े दुख से उदास हो गईं। थोड़ी ही देर बाद वह बोला, ''एक दिन तुझे सारी बातें बताऊँगा। मैं साँप नचाऊँगा, तू देखेगा श्रीकान्त?''

उसकी बात सुनकर मैं ठक-से रह गया। ''क्या तुम साँप नचाओगे? और अगर साँप काट ले तो?''

इन्द्र उठकर गया, कमरे में घुसा और एक छोटी-सी पिटारी और सँपेरे की बीन बाहर निकाल लाया और पिटारी को सामने रखकर उसके ढक्कन को जरा-सा हटाकर बीन बजाई। मैं डर के मारे सिटपिटा गया। ''ढक्कन मत खोलो भई! अन्दर अगर गेहुँअन हो तो?''

इन्द्र ने उसका जवाब देना भी जरूरी नहीं समझा, उसने सिर्फ इशारे से बताया कि वह गेहुँअन को ही नचाएगा और दूसरे ही पल सर हिला-हिलाकर बीन बजाई और ढक्कन खोल दिया। तुरत ही बड़ा-सा गेहुँअन एक हाथ ऊपर उठकर फन काढ़ उठा और पल भर भी देर किए बिना उसने इन्द्र के हाथ के ढक्कन पर एक तीखा डंक मारा और पिटारी से बाहर निकल पड़ा। ''बाप रे!'' कहकर इन्द्र आँगन में उछल पड़ा। मैं बाड़े पर चढ़ बैठा। गुस्साए साँप ने बीन पर एक और डंक मारा और कमरे में जा घुसा। इन्द्र का

चेहरा काला पड़ गया, वह बोला, "यह बिलकुल जंगली है। यह वह नहीं है जिसे मैं नचाता हूँ।" डर, झुँझलाहट और गुस्से से मुझे लगभग रोना आ रहा था।

मैंने कहा, "तुमने ऐसा काम क्यों किया? वह निकलकर अगर शाहजी को काटे तो?"

इन्द्र की लाज की सीमा नहीं थी। बोला, "कमरे की टट्टी लगा दूँ? लेकिन अगर वह बगल में ही कहीं छिपा हो तो?" मैंने कहा, "तब तो निकलते ही उसे काटेगा।"

इन्द्र ने लाचारी में इधर-उधर निहारकर कहा, "काटे मुए को। भला कोई जंगली साँप को पकड़कर रखता है—गँजेड़ी साले को इतनी-सी अक्ल नहीं है। यह रही दीदी। मत आओ, मत आओ। वहीं खड़ी रहो।"

मैंने गर्दन घुमाकर इन्द्र की बड़ी बहन को देखा। जैसे राख-ढकी आग हो। जैसे युगों की कठोर तपस्या पूरी करके अभी-अभी आसन से उठकर आई? बाईं बगल में कुछ सूखी लकड़ियों का गट्ठर था और दाहिने हाथ में फूलों की चँगेरी जैसी एक डाली में कुछ साग-सब्जियाँ थीं। वे गैर-बंगाली मुस्लिम औरतों की नाईं कपड़े-लत्ते पहने थीं—उनके कपड़े-लत्ते गेरुए रंग में रँगे हुए थे, मगर मैले नहीं थे। हाथों में दो-दो चपड़े की चूड़ियाँ थीं। माँग में हिन्दू नारियों की भाँति सिन्दूर की अहिवात की निशानी थी।

उन्होंने लकड़ियों के गट्ठर को नीचे उतारकर रखा और टट्टी को खोलते-खोलते बोली, "क्या है?"

इन्द्र बड़ा व्यग्र होकर बोला, "मत खोलो दीदी, मैं तुम्हारे पैरों पड़ता हूँ—एक बहुत बड़ा साँप कमरे में घुसा है।"

उन्होंने मेरे मुँह की तरफ निहारकर न जाने क्या सोच लिया। उसके बाद तनिक मुस्कुराकर साफ-सुथरी बांग्ला में बोली, "तो यह बात है! सँपेरे के कमरे में साँप घुसा है, यह तो बड़े अचरज की बात है। क्यों, श्रीकान्त, मैं ठीक कहती हूँ न?"

मैं अपलक आँखों से सिर्फ उनकी तरफ निहारता रहा।

"लेकिन साँप कमरे में कैसे घुसा इन्द्रनाथ?"

इन्द्र बोला, "पिटारी के अन्दर से उछलकर निकल पड़ा था। यह तो एकदम जंगली साँप है।"

"वे सो रहे हैं क्या?" इन्द्र ने गुस्सा होकर कहा, "गाँजा पीकर वह बिलकुल घोड़ा बेचकर सो रहे हैं। तुम चिल्लाकर मर जाओगी, तो भी वह नहीं उठेगा।"

वे फिर तनिक मुस्कुराईं और बोलीं, "और इसी मौके पर तुमने श्रीकान्त को यह दिखाना चाहा था कि तुम कैसे साँप नचाते हो, है न? अच्छा आओ, मैं उसे पकड़ लेती हूँ।"

"तुम मत जाओ दीदी, वह तुम्हें डस लेगा। शाहजी को उठा दो—मैं तुम्हें नहीं जाने दूँगा।" इतना कहकर इन्द्र डर के मारे अपने दोनों हाथों को फैलाकर उनका रास्ता रोककर खड़ा हो गया। उसकी इस व्याकुल आवाज में जो प्यार प्रकट हुआ, इसका उन्हें पता चला। पल भर के लिए उनकी दोनों आँखें छलछला उठीं। लेकिन उसे छिपाकर उन्होंने मुस्कुराकर कहा, "अरे पागल, तेरी इस बड़ी बहन ने इतना पुण्य नहीं कमाया है कि साँप मुझे डसेगा रे। तू देख, मैं उसे अभी पकड़ देती हूँ।" यह कहकर उन्होंने बाँस के मचान

पर से मिट्टी के तेल की ढिबरी उतारी, उसे जला लिया, कमरे में घुसीं और एक मिनट के अन्दर उस साँप को पकड़ाकर पिटारी में बन्द कर दिया।

इन्द्र ने फट से झुककर उनके पैरों की धूल ली और उसे अपने माथे पर लगाकर बोला, ''दीदी, काश तुम मेरी सगी दीदी होती। उन्होंने अपना दाहिना हाथ बढ़ाकर इन्द्र की ठोड़ी को छुआ और अपनी उँगलियों को चूमा, फिर मुँह घुमाकर शायद एक बार अपनी दोनों आँखों को पोंछ डाला।

# 5

सारी बातें सुनते-सुनते दीदी दो बार ऐसे सिहर उठीं कि अगर इन्द्र का उधर थोड़ा-सा भी ध्यान रहता तो वह आश्चर्यचकित हो जाता। पर वह उसे देख नहीं पाया, मगर मैं उसे देख पाया। वे थोड़ी देर तक चुप्पी साधे रहीं, फिर स्नेह के साथ फटकार-भरे स्वर में बोलीं, ''छिः भैया, ऐसा काम फिर कभी मत करना। इन सब भयानक जीवों के साथ क्या खिलवाड़ करना चाहिए! सौभाग्य से उसने तुम्हारे हाथ के ढक्कन पर डंक मारा था, नहीं तो आज क्या मुसीबत होती, बताओ तो?''

''मैं क्या उतना बेवकूफ हूँ दीदी।'' इतना कहकर उसने अपनी कमर में बँधी धोती के छोर को खोल दिया और कमर में धागे से बँधी किसी सूखी जड़ी को दिखाकर कहा, ''यह देखो दीदी, मैंने पूरी चौकसी बरत रखी है या नहीं। यह नहीं रहती तो क्या वह आज मुझे बिना डंक मारे भला छोड़ देता? शाहजी से इसे लेने में क्या मुझे कम तकलीफ उठानी पड़ी थी। इसके साथ रहने पर कोई भी साँप मुझे काट ही नहीं सकता और अगर काटता भी तो इससे भला क्या होता! मैं शाहजी को खींचकर जगा देता और उस जगह पर उसी वक्त जहर-मोहरा रख देता जहाँ साँप ने डंक मारा था। अच्छा दीदी, यह जहर-मोहरा कितनी देर में जहर खींच ले सकता है? आधे घंटे में? एक घंटे में? या उतनी देर नहीं लगती है, न दीदी?''

लेकिन दीदी पहले की ही तरह चुप्पी साधे रहीं। इन्द्र उत्तेजित हो उठा था, बोला, ''आज दो न दीदी मुझे एक जहर-मोहरा। तुम लोगों के पास तो दो-तीन जहर-मोहरा हैं और मैं कितने दिनों से माँग रहा हूँ।'' यह कहकर जवाब के लिए इन्तजार किए बिना खिन्न अभिमान के सुर में तुरत बोल उठा, ''मैं वही करता हूँ जो करने को तुम लोग कहते हो और तुम लोग हो कि मुझे यह कहकर सिर्फ झाँसा देते हो कि आज नहीं कल दूँगा। कल नहीं परसों दूँगा। अगर नहीं देना है, तो यह कह क्यों नहीं देते कि नहीं दूँगा? मैं अब नहीं आऊँगा—जाओ।''

इन्द्र ने नहीं देखा, लेकिन मैंने उसकी बड़ी बहन के मुँह की तरफ निहारकर अच्छी तरह यह महसूस किया कि उनका चेहरा पता नहीं किस चीज के असीम दुख और शर्म से बिलकुल काला पड़ गया। लेकिन दूसरे ही पल अपने रूखे-सूखे होंठों पर जबरन मुस्कान खींच लाईं और बोलीं, ''हाँ रे इन्द्र, तो क्या तू अपनी दीदी के घर सिर्फ साँप का मंत्र सीखने और जहर-मोहरा लेने के लिए ही आता है रे?''

इन्द्र बेझिझक बोल बैठा–''नहीं तो भला और किसलिए आता हूँ!'' फिर सोए हुए शाहजी की ओर एक बार कनखियों से देखकर बोला, ''लेकिन वह तो मुझे सिर्फ झाँसा देता है–इस तिथि में नहीं, उस तिथि में। वह तिथि कभी आती ही नहीं। बहुत दिन पहले उसने मुझे जहर झाड़ने का मंत्र सिखाया था–अब तो सिखाना ही नहीं चाहता है। मगर आज मुझे पता चला है दीदी कि तुम भी उससे कम नहीं जानती हो। तुम भी सब कुछ जानती हो। अब मैं उसकी खुशामद नहीं करूँगा दीदी, तुम्हीं से मैं सारा मंत्र सीख लूँगा।'' इतना कहकर उसने मेरी तरफ निहारा, सहसा एक आह भरी और शाहजी के प्रति बड़ा सम्मान दिखाकर कहा, ''शाहजी गाँजा-वाँजा तो पीते हैं श्रीकान्त, उस मरे हुए आदमी को आधे घंटे के अन्दर खड़ा कर दे सकते हैं, जिसके मरे तीन दिन हो जाते हैं। इतने बड़े जानकार हैं वे।''

''हाँ दीदी, तुम भी तो मुर्दे को जिन्दा कर दे सकती हो?''

दीदी कई पलों तक चुपचाप निहारती रहीं, फिर सहसा खिलखिलाकर हँस उठीं। वह कितनी मधुर हँसी थी। आज तक मैंने कम ही लोगों को इस तरह से हँसते हुए देखा है। लेकिन दूसरे ही पल वह हँसी वैसे ही विलीन हो गई जैसे घने बादलों-भरे आसमान के अँधेरे में बिजली की कौंध विलीन हो जाती है।

लेकिन उधर ध्यान ही नहीं दिया। बल्कि वह तो हाथ धोकर पीछे पड़ गया। वह भी हँसकर बोला, ''मैं जानता हूँ, तुम सब जानती हो। लेकिन मैं यह कह देता हूँ कि तुम्हें मुझे एक-एक करके सारा हुनर सिखाना पड़ेगा। मैं जब तक जिन्दा रहूँगा तब तक तुम्हारा बिलकुल गुलाम बनकर रहूँगा। तुमने कितने मुर्दों को जिन्दा किया है दीदी?''

दीदी बोली, ''मैं तो मुर्दे को जिन्दा करना नहीं जानती इन्द्रनाथ।''

इन्द्र ने प्रश्न किया, ''तुम्हें शाहजी ने मुर्दे को जिन्दा करने का मंत्र नहीं सिखाया है?''

दीदी ने गर्दन हिलाकर 'नहीं' कहा। इन्द्र मिनट भर उनके मुँह की तरफ निहारता रहा, फिर खुद ही सर हिला-हिलाकर बोला, ''यह हुनर क्या कोई जल्दी सिखाना चाहता है, दीदी? अच्छा, पर कौड़ी चलाना तो तुमने जरूर सीख लिया होगा?''

दीदी बोली, ''मैं तो यही नहीं जानती भई कि कौड़ी चलाना कहते किसे हैं?''

इन्द्र ने विश्वास नहीं किया, बोला, ''इस्स, तुम कौड़ी चलाना नहीं जानती हो! जानती तो हो, पर यह कहो कि मुझे यह हुनर नहीं सिखाओगी।'' फिर इन्द्र ने मेरी तरफ निहारकर कहा, ''तूने कभी कौड़ी चलाना देखा है? मंत्र पढ़कर दो कौड़ियों को छोड़ दिया जाता है, वे कौड़ियाँ जहाँ साँप होता है वहाँ जाकर साँप के सर पर चिपक जाती हैं और उसे

दस मिनट के अन्दर खींचकर ले आती हैं। इतना जोर होता है मंत्र में। अच्छा दीदी, घर बाँधना, देह बाँधना, धूल पढ़ना—यह सब तुम जानती हो न? अगर तुम यह सब नहीं जानती होती तो तुम साँप को यों पकड़कर कैसे ले आतीं?'' इतना कहकर वह जिज्ञासु दृष्टि से दीदी के मुँह की तरफ निहारता रहा।

दीदी ने बहुत देर तक चुपचाप मुँह नीचा किए बैठे-बैठे मन ही मन न जाने क्या सोच लिया; अन्त में उन्होंने मुँह उठाया और धीरे-धीरे बोलीं, ''इन्द्र, तेरी दीदी यह सब हुनर तिल भर भी नहीं जानती है, लेकिन मैं यह सब क्यों नहीं जानती, अगर तुम लोग यह विश्वास करोगे भई, तब तो आज मैं अपनी तमाम बातें तुम लोगों से खुलकर कहकर अपना जी हल्का कर लूँगी। कहो, तुम लोग आज मेरी बात पर विश्वास करोगे?'' कहते-कहते उनके आखिरी शब्द न जाने कैसे बोझिल हो गए।

मैंने खुद अब तक कोई बात नहीं की थी। अबकी बार सबसे पहले मैं जोर देकर बोल उठा, ''मैं तुम्हारी सारी बातों पर विश्वास करूँगा दीदी। मैं उन तमाम बातों पर विश्वास करूँगा जो तुम कहोगी। तुम्हारे एक शब्द पर भी मैं अविश्वास नहीं करूँगा।''

वे मेरी तरफ निहारकर तनिक मुस्कुराईं और बोलीं, ''तुम लोग तो विश्वास करोगे ही भई। तुम लोग तो शरीफ लोगों के लड़के हो। जो नीच हैं, वे ही लोग अनजाने, अनचीन्हे लोगों की बात पर सन्देह करके डर के मारे पीछे हट जाते हैं। इसके अलावा मैं तो कभी भी झूठ नहीं बोलती भई।'' यह कहकर उन्होंने और एक बार मेरी तरफ निहारा और उदासी से तनिक मुस्कुराईं।

तब शाम का झुटपुटा दूर हो गया था और आसमान में चाँद निकल आया था। मद्धिम चाँदनी पेड़ों की घनी डालियों और पत्तों से छनकर नीचे के घुप्प अँधेरे में झर रही थी।

कई पल चुप रहकर दीदी अचानक बोल उठीं, ''इन्द्रनाथ, मैंने सोचा था कि मैं आज ही अपनी सारी बातें तुम लोगों को बता दूँगी। मगर मैं सोचकर देखती हूँ, अभी भी वह समय नहीं आया है। आज सिर्फ मेरी इस बात पर विश्वास करो भई कि हम लोग शुरू से लेकर आखिर तक जो कुछ कर दिखाते हैं, वह सब धोखा है। अब तुम झूठी आशा लिये शाहजी के पीछे-पीछे चक्कर मत लगाओ। न ही हम तंत्र-मंत्र जानते हैं, न ही हम मुर्दे को जिन्दा कर सकते हैं और न ही हम कौड़ी चलाकर साँप को पकड़वाकर मँगा सकते हैं। मैं नहीं जानती कि और कोई ऐसा कर सकता है या नहीं, लेकिन हममें ऐसी कोई क्षमता नहीं है।''

क्या पता क्यों मैंने इतने कम समय की जान-पहचान में ही उनकी हर बात पर बिना किसी शक के विश्वास किया। लेकिन इतने दिनों की गहरी जान-पहचान के बावजूद इन्द्र उनकी बात पर विश्वास नहीं कर सका। वह गुस्सा होकर बोला, ''अगर तुम ऐसा नहीं कर सकती, तो तुमने साँप को पकड़ा कैसे?''

दीदी बोलीं, ''वह सिर्फ हाथ की करामात थी, इन्द्र, किसी मंत्र के बल पर मैंने साँप नहीं पकड़ा था। साँप का मंत्र हम नहीं जानते।''

इन्द्र बोला, "अगर तुम लोग साँप का मंत्र नहीं जानते तो तुम दोनों ने धोखा देकर मुझसे इतने रुपए क्यों ठग लिये हैं?"

दीदी तुरत कोई जवाब नहीं दे सकीं, शायद अपने आपको तनिक सँभालने लगीं। इन्द्र ने फिर कर्कश आवाज में कहा, "ठग, धोखेबाज, अच्छा मैं चखाता हूँ मजा तुम लोगों को।"

करीब ही मिट्टी के तेल की ढिबरी जल रही थी। उसी की रोशनी में मैं देख पाया, दीदी के मुँह पर एकबारगी जैसे मुर्दनी छा गई। वे डरती हुई झिझक के साथ बोलीं, "हम तो सँपेरे हैं—भई, ठगना ही तो हमारा पेशा है।"

"निकाल देता हूँ पेशा—चल रे श्रीकान्त, इन धोखेबाज सालों की परछाईं के पास तक नहीं फटकना चाहिए। बदमाश, हरामजादा।" कहकर इन्द्र ने सहसा मेरे हाथ को पकड़कर जोर से खींचा और उठकर खड़ा हो गया। और पल भर भी देर किए बिना मुझे खींचकर ले चला।

मैं इन्द्र को दोष नहीं दे सकता, क्योंकि उसकी बहुत दिनों की बहुत बड़ी आशा पलक झपकते बिलकुल मिट्टी में मिल गई। लेकिन मैं दीदी की आँखों की ओर निहार रहा था। मैं अपनी नजरों को वहाँ से हटा नहीं सका। मैंने जबरन इन्द्र के हाथ से अपना हाथ छुड़ा लिया, दीदी के आगे पाँच रुपए रख दिए और कहा, "मैं ये रुपए तुम्हारे लिए लाया था दीदी, इन्हें ले लो।"

इन्द्र ने झपट्टा मारकर रुपयों को उठा लिया और बोला, "फिर इन्हें रुपया देता है। तू यह नहीं जानता श्रीकान्त कि इन लोगों ने धोखा देकर मुझसे कितने रुपए लिये हैं? मैं यही चाहता हूँ कि ये लोग बिना खाए भूखों मरें।"

मैंने उसका हाथ धर-दबोचा और कहा, "नहीं इन्द्र, रुपए मुझे दो, मैं ये रुपए दीदी के नाम से लाया हूँ।"

"ओह! बड़ी आई दीदी!" यह कहकर वह मुझे खींचकर बाड़े के पास ले आया।

इतनी देर बाद शोरगुल से शाहजी की नशे की नींद टूट गई। वह क्या हुआ, क्या हुआ, कहता हुआ उठ बैठा।

इन्द्र ने मुझे छोड़ दिया और उसके पास जाकर बोला, "डाकू साला! रास्ते में दिखाई पड़ोगे, तो मैं चाबुक से तुम्हारी पीठ की चमड़ी खींच लूँगा। बदमाश लुच्चा कहीं का। कहता है क्या हुआ! कुछ जानता नहीं है और कहता फिरता है कि मुर्दों को मंत्र के बल पर जिन्दा कर देता हूँ। कभी रास्ते में मिलोगे तो अबकी बार मैं तुम्हें अच्छी तरह जिन्दा करूँगा।" यह कहकर उसने एक ऐसा भद्दा इशारा किया कि शाहजी चौंक उठा।

एक तो नशे की खुमारी, दूसरे अचानक ऐसी अकल्पनीय हरकत। वह किंकर्तव्यविमूढ़ होकर टुकुर-टुकुर निहारता हुआ बैठा रहा।

इन्द्र मुझे साथ लेकर जब दरवाजे के बाहर निकल आया तब उसने शायद थोड़ा-सा प्रकृतिस्थ होकर साफ-सुथरी बांग्ला में पुकारा, "सुनो इन्द्रनाथ, क्या हुआ है, बताओ तो?" मैंने यही पहली बार उसे बांग्ला बोलते सुना।

इन्द्र वापस आया और बोला, "तुम कुछ नहीं जानते, तो तुमने इतने दिनों तक झूठमूठ में मुझे धोखा देकर मुझसे इतने रुपए क्यों लिये थे, तुम इसका जवाब दो।"

वह बोला, "मैं कुछ नहीं जानता, यह तुमसे किसने कहा?"

इन्द्र ने तुरत उस मुँह नीचे किए बैठी स्तब्ध दीदी की तरफ एक हाथ बढ़ाकर कहा, "उसने कहा कि तुम कुछ नहीं जानते। तुम जानते हो, सिर्फ लोगों को धोखा देना और उन्हें ठगना। यही तुम लोगों का पेशा है। झूठा, चोर कहीं का।"

शाहजी की दोनों आँखें भक-से जल उठीं। वे कैसे कड़े स्वभाव के आदमी थे इसकी जानकारी मुझे तब तक नहीं थी। सिर्फ उसकी उन आँखों को देखकर मेरे रोंगटे खड़े हो गए। वह अपनी बिखरी जटा को बाँधते उठकर खड़ा हो गया और सामने आकर बोला, "तूने उससे यह कहा है कि मैं कुछ नहीं जानता?"

दीदी पहले की ही तरह मुँह नीचे किए चुप्पी साधे बैठी रहीं। इन्द्र ने मुझे एक धक्का देकर कहा, "रात हो रही है–चल न।"

यह सच है कि रात हो रही थी, लेकिन अब मेरे कदम उठ नहीं रहे थे। मगर इन्द्र ने उधर ध्यान ही नहीं दिया, मुझे लगभग जबरन खींचकर ले चला।

कई कदम आगे बढ़ते ही शाहजी की आवाज फिर कानों में आई, "क्यों कहा तूने?"

सवाल तो मैंने सुना, लेकिन क्या जवाब दिया गया यह मैंने नहीं सुना। हम और भी कई कदम आगे बढ़े, तो अचानक चारों तरफ के उस घने अँधेरे के सीने को चीरकर एक तीव्र आर्त स्वर पीछे की अँधेरी झोंपड़ी से भागता हुआ आकर हमारे कानों में बिंधा और पलक झपकते इन्द्र उस आवाज का पीछा करता हुआ ओझल हो गया। लेकिन मेरी तकदीर में दूसरी ही घटना घटी। सामने एक भरभाँड (कँटीली झाड़ी) की झाड़ी थी। मैं तेजी से जाकर उसी पर गिर पड़ा। काँटों से मेरा अंग-अंग लहूलुहान हो गया। खैर, जो हुआ सो हुआ। लेकिन खुद को काँटों से छुड़ाने में लगभग दस मिनट लग गए। एक काँटे को छुड़ाता था, तो कपड़ा दूसरे काँटे में उलझ जाता था। उस काँटे को छुड़ाता था, तो कपड़ा एक और काँटे में फँस जाता था। इस तरह बड़ी मुश्किल से बहुत देर से जब मैं किसी तरह शाहजी के घर के आँगन के एक किनारे जा पहुँचा तब देखता हूँ, उसी आँगन के एक छोर पर दीदी मूर्च्छित होकर पड़ी हुई हैं और दूसरे छोर पर बाकायदा गुरु-शिष्य का मल्ल-युद्ध छिड़ गया है। बगल में ही एक तेज धारदार भाला पड़ हुआ है।

बतौर आदमी शाहजी बड़ा ताकतवर था। लेकिन उसे यह मालूम नहीं था कि इन्द्र उससे कितना ज्यादा ताकतवर था। अगर उसे यह मालूम होता तो शायद वह इतने बड़े दुःसाहस का परिचय नहीं देता। देखते ही देखते इन्द्र उसे पटककर उसकी छाती पर चढ़ बैठा और उसका गला दबाने लगा। इन्द्र उसके गले को इतनी जोर से दबा रहा था कि अगर मैं इन्द्र को ऐसा करने से नहीं रोकता तो हो सकता है उसी दिन शाहजी सँपेरे की जिन्दगी खत्म हो जाती।

बहुत खींचतान के बाद जब मैंने उन दोनों को अलग किया तब इन्द्र की हालत देखकर डर के मारे मैं रो पड़ा। अँधेरे में पहले तो मुझे नजर नहीं आया था कि उसके

सारे कपड़े-लत्ते खून से तरबतर होते जा रहे थे। इन्द्र ने हाँफते-हाँफते कहा, "साले गँजेड़ी ने मुझे साँप मारनेवाला भाला मारा है—यह देख।" उसने अपने कुरते की आस्तीन उठाकर दिखाया। बाँह में लगभग दो-तीन इंच गहरा जख्म हो गया था और उससे काफी खून बह रहा था।

इन्द्र बोला, "तू रो मत। इस कपड़े से खूब कसकर बाँध दे—ऐ खबरदार! ठीक वैसे ही बैठे रहो जैसे बैठे हो। उठोगे तो तुम्हारे गले पर पैर रखकर मैं तुम्हारी जबान खींच लूँगा। हरामजादा, सूअर। ले, तू ही कसकर बाँध—देरी मत कर।" इतना कहकर उसने चर्र से अपनी धोती का एक छोर फाड़ डाला। मैं काँपते हाथों से उसके जख्म को बाँधने लगा और शाहजी करीब ही बैठकर मुमूर्षु विषधर साँप की भाँति चुपचाप गौर से देखने लगा।

इन्द्र बोला, "नहीं, तुम्हारा कोई विश्वास नहीं, तुम खून कर सकते हो। मैं तुम्हारे हाथों को बाँधूँगा।" यह कहकर उसने उसी की गेरुआ पगड़ी से उसके दोनों हाथों को इकट्ठा करके उन्हें कसकर बाँध डाला। उसने न अड़चन डाली, न प्रतिवाद किया और न एक शब्द तक कहा।

जिस लाठी की मार खाकर दीदी बेहोश होकर गिर पड़ी थीं उसे उठाकर एक बगल में रखकर इन्द्र बोला, "कैसा नमकहराम शैतान है यह लुच्चा। मैंने अपने पिता के कितने रुपए चुराकर इसे दिए हैं, अगर दीदी अपने सर की कसम देकर मुझे मना नहीं करती, तो मैं और भी कितने रुपए, हो सकता है, देता। और मुझे ही आराम से वह भाला फेंककर मार बैठा। श्रीकान्त, तू इस पर नजर रखना, ताकि यह न उठे—मैं दीदी के मुँह-आँख पर पानी के छींटे डालता हूँ।"

दीदी के मुँह-आँख पर छींटे डालकर उन्हें हवा करते-करते इन्द्र ने कहा, "जिस दिन दीदी ने मुझसे कहा, इन्द्रनाथ, ये रुपए अगर तुम्हारी कमाई के होते, तो मैं इन्हें लेती, मगर इन रुपयों को लेकर हम लोग अपना इहलोक-परलोक मिट्टी नहीं करेंगे उसी दिन से वह शैतान मुआ दीदी को कितना मार रहा है, इसका कोई हिसाब-किताब नहीं है। तब भी दीदी लकड़ियाँ चुनकर, कंडे बेचकर उसे खिलाती हैं, गाँजे के लिए पैसा देती हैं—तब भी हरगिज उसका काम नहीं चलता। लेकिन मैं उसे पुलिस को सौंपकर ही दम लूँगा। नहीं तो वह दीदी का खून कर डालेगा, वह खून कर सकता है।"

मुझे लगा, जैसे उसने इन्द्र की इस बात से सिहरकर मुँह उठाकर निहारा और तुरत अपना मुँह नीचा कर लिया। यह सब एक पल में हो गया। लेकिन मैंने उसके मुँह पर गुनहगार की गहरी आशंका को ऐसे उभरता देखा था कि मैं आज भी उसकी तब की वह शक्ल-सूरत साफ याद कर सकता हूँ।

मैं अच्छी तरह जानता हूँ कि मैंने आज जिस कहानी को लिखा उसे सच्ची कहानी मानने में लोग तो हिचकिचाएँगे ही, लेकिन उसे अजीबोगरीब कल्पना कहकर उसकी खिल्ली उड़ाने में हो सकता है लोग आनाकानी न करें। फिर भी इतना जानकर भी मैंने जो लिखा—यही अभिज्ञता की सही कीमत है। क्योंकि सच्चाई को आधार बनाए बिना किसी भी सूरत में ऐसी बातें कही नहीं जा सकती हैं। पग-पग पर यह डर लगता रहता है कि लोग

इसे हँसकर उड़ा देंगे। दुनिया में सच्ची घटना कल्पना को भी पीछे छोड़ देती है, यह कैफियत खुद को कोई बल नहीं देती है, बल्कि वह हाथ की कलम को लिखने से बार-बार रोकती रहती है।

खैर, रहने दीजिए इस बात को। दीदी जब आँखें खोलकर उठ बैठीं तब शायद पिछली रात थी। उनकी विह्वलता दूर होने में और भी घंटा भर बीत गया। उसके बाद मेरे मुँह से सारा वर्णन सुनकर वे धीरे-धीरे उठकर शाहजी के पास गईं और उसका बन्धन खोलकर कहा, ''जाओ, जाकर सो जाओ।''

शाहजी कमरे में चला गया, तो उन्होंने इन्द्र को अपने पास बुलाया, उसके दाहिने हाथ को खींचकर उसे अपने सर पर रखा और बोलीं, ''इन्द्र, तू मेरे सर पर हाथ रखकर कसम खा भई कि तू फिर कभी इस घर में नहीं आएगा। हम लोगों का जो होना है, हो, पर तू अब हमारी कोई खोज-खबर नहीं लेगा।''

इन्द्र पहले-पहल ठगा-सा रह गया। मगर दूसरे ही पल वह आग की मानिन्द जल उठा, और बोला, ''ठीक कहती हो तुम। मगर उसने मेरा खून करना चाहा था, तुम्हारे लिए यह कोई बड़ी बात नहीं है। और मैंने उसे बाँध रखा था, इसी वजह से तुम्हें इतना गुस्सा! ऐसा नहीं होता तो फिर यह कलियुग क्यों कहलाता! लेकिन कितने नमकहराम हो तुम दोनों। आ श्रीकान्त, चल, अब यहाँ नहीं रुकना है।''

दीदी चुप रहीं। एक भी आरोप का उन्होंने प्रतिवाद नहीं किया। उन्होंने क्यों कोई प्रतिवाद नहीं किया, बाद में मैं यह चाहे जितना भी क्यों न समझा होऊँ, पर तब मैंने यह नहीं समझा था। फिर भी मैंने छिपाकर चुपचाप उन पाँच रुपयों को खूँटे के पास रख दिया और इन्द्र के पीछे-पीछे चल पड़ा। इन्द्र जब आँगन के बाहर निकल आया, तो उसने चिल्लाकर कहा, ''हिन्दू की लड़की होकर जो मुसलमान के साथ भाग आए उसके लिए भला धर्म-कर्म...भाड़ में जाओ। अब मैं न तो खोज करूँगा और न ही खबर लूँगा...हरामजादा, मक्कार कहीं का।'' इतना कहकर इन्द्र तेज कदमों से पगडंडी को पार करके चला गया।

हम दोनों जब डोंगी पर आकर बैठे, तो इन्द्र चुपचाप डोंगी खेने लगा और बीच-बीच में अपना हाथ उठा-उठाकर आँखें पोंछने लगा। यह साफ-साफ समझकर कि वह रो रहा है, मैंने फिर कोई सवाल नहीं किया।

मरघट के उसी रास्ते से होकर हम लोग वापस आए और उसी रास्ते से होकर हम लोग अभी भी चले जा रहे थे। लेकिन पता नहीं क्यों आज मुझे डरने की बात याद नहीं आई। शायद मेरा मन ऐसा विह्वल और व्याकुल हो गया था कि मेरे मन में यह चिन्ता भी पैदा नहीं हुई कि इतनी रात गए मैं कैसे घर में घुसूँगा और घुसूँगा भी तो मेरी क्या दशा होगी।

लगभग पिछली रात डोंगी आकर घाट पर लगी। इन्द्र ने मुझे उतार दिया और कहा, ''तू घर चला जा श्रीकान्त। तू बड़ा असगुनिया है। तुझे साथ लेने पर एक न एक झमेला लग ही जाता है। आज से मैं तुम्हें किसी काम के लिए नहीं बुलाऊँगा। तू भी अब मेरे

सामने मत आना। जा, तू चला जा।" इतना कहकर उसने डोंगी को गहरे पानी में धकेल दिया और देखते-देखते नदी के घुमाव पर ओझल हो गया। मैं विस्मित, दुखी और स्तब्ध होकर सुनसान नदी के किनारे अकेला खड़ा रहा।

# 6

निस्तब्ध पिछली रात में इन्द्र जब गंगा माता के किनारे मुझे बेवजह अकेला छोड़कर चला गया तब मैं अपनी रुलाई को और सँभाल नहीं सका। मैंने उसे प्यार किया था, इसको उसने कोई महत्त्व नहीं दिया। दूसरे, घर की कड़ी पाबन्दियों की उपेक्षा करके मैं जो उसके साथ गया था इसकी भी उसने जरा-सी भी कद्र नहीं की। ऊपर से मुझे असगुनिया और निकम्मा कहकर बेहद असहाय अवस्था में भेजकर आराम से चला गया। यह बताने की कोशिश करने की भी जरूरत नहीं कि उसकी यह निष्ठुरता मुझे कितनी अखरी थी। उसके बाद बहुत दिनों तक न ही उसने मेरी सुध ली और न ही मैंने उसकी ली। संयोगवश अगर कभी वह बाट-घाट में मिल जाता, तो मैं मुँह घुमाकर इस तरह से चला जाता, जैसे मैं उसे देख नहीं पाया था। लेकिन मेरा यह 'जैस' सिर्फ मुझे ही दिन भर राख-ढकी आग पर जलाया करता था, उसका थोड़ा-सा भी नुकसान नहीं कर सकता था। लड़कों के बीच वह एक बड़ा आदमी था। फुटबॉल और क्रिकेट के दल का वह सरगना था। वह जिम्नास्टिक के अखाड़े का मास्टर था। उसके कितने अनुचर थे, कितने प्रशंसक थे। मैं तो उन लोगों की तुलना में कुछ भी नहीं था। तब भला क्यों दो दिनों की जान-पहचान में उसने मुझे अपना दोस्त माना और भला क्यों उसने दोस्ती तोड़ दी, लेकिन जब उसने दोस्ती तोड़ दी, तब मैंने भी बरजोरी दोस्ती गाँठनी नहीं चाही। मुझे अच्छी तरह याद आता है, हमारे संगी-साथी जब इन्द्र की चर्चा करके उसके बारे में तरह-तरह की अजीबोगरीब कहानियाँ कहना शुरू कर देते थे, तो उन्हें मैं चुपचाप सुना करता था। एक भी शब्द के द्वारा मैंने कभी भी यह जाहिर नहीं किया था कि वह मुझे पहचानता है या मैं उसके बारे में कुछ जानता हूँ। उतनी छोटी उम्र में ही मैं न जाने कैसे यह जान पाया था कि 'बड़े' और 'छोटे' की दोस्ती का आमतौर पर यही हाल होता है। शायद सौभाग्यवश भावी जीवन में मैं बहुत से 'बड़े' दोस्तों के सम्पर्क में आऊँगा, इसी वजह से भगवान ने कृपा करके मुझे यह सहज ज्ञान दिया था कि कभी भी किसी भी कारण मैं अपनी उम्र को भूलकर दोस्ती की कीमत आँकने की कोशिश न करूँ। ऐसा करने पर देखते ही देखते दोस्त मालिक बन जाता है और शौकिया दोस्ती का बन्धन गुलामी की बेड़ी बनकर 'छोटे' के पैरों में जकड़ जाता है। चूँकि मैंने इतनी आसानी

से ऐसे सही ढंग से यह सीखा था, इसलिए लांछना के हाथ से हमेशा-हमेशा के लिए मुझे छुटकारा मिल सका है।

तीन-चार महीने गुजर गए थे। हम दोनों ने एक-दूसरे को छोड़ दिया था—यह एक-दूसरे को छोड़ देने का दुख एक के लिए चाहे जितना भी बड़ा क्यों न हो—किसी ने भी किसी की भी खोज-खबर नहीं ली थी।

दत्त परिवार के घर में काली-पूजा के उपलक्ष्य में मुहल्ले में शौकिया नाटक का मंच बनाया जा रहा था। 'मेघनाद-वध' का मंचन होनेवाला था। इसके पहले देहात में मैंने 'यात्रा'* बहुत बार देखी थी, लेकिन नाटक ज्यादा आँखों से देखा था। दिन भर न मैं नहाया था, न ही खाया था और न ही आराम किया था। मंच बनाने में मैं मदद कर सका था, इसी से मैं कृतार्थ हो गया था। सिर्फ इतना ही नहीं, राम का अभिनय करनेवाले ने खुद उस दिन मुझे एक रस्सी पकड़ने को कहा था। इसलिए मैंने बड़ी आशा की थी कि रात को जब लड़के कनात के छेदों से ग्रीनरूम के अन्दर झाँकते वक्त लाठी खाएँगे तब मैं श्रीराम की कृपा से बच जाऊँगा। हो सकता है वे मुझे देखें तो एकाध बार अन्दर भी जाने दें। लेकिन हाय रे दुर्भाग्य! सारा दिन मैंने जो जीतोड़ मेहनत की; शाम के बाद उसका कोई इनाम मुझे नहीं मिला। मैं घंटों ग्रीनरूम के दरवाजे के करीब खड़ा रहा। रामचन्द्र कितनी बार आए-गए, मगर मुझे पहचान नहीं सके। उन्होंने एक बार पूछा तक नहीं कि मैं यों क्यों खड़ा हूँ। कृतघ्न राम! क्या उनकी रस्सी पकड़वाने की जरूरत भी बिलकुल खत्म हो गई थी।

रात के दस बजे के बाद नाटक की पहली घंटी बजी तो मैं बेहद खिन्न मन से सारी बातों से निराश होकर सामने आया और एक जगह दखल करके बैठा। लेकिन अँधेरे में मैं अपना सारा अभिमान भूल गया। वह कितना अच्छा नाटक था। जिन्दगी में मैंने तो बहुत से नाटक देखे थे, लेकिन उतना अच्छा नाटक फिर नहीं देखा। खुद मेघनाद बहुत बड़ा डील-डौलवाला था। उसका कद छह हाथ लम्बा था। पेट का घेरा चार-साढ़े चार हाथ था। सभी कहते थे कि मरने पर मेघनाद के शव को बैलगाड़ी पर लादकर ले जाने के सिवा और कोई चारा नहीं था। यह बहुत पुरानी बात है। मुझे सारी घटना याद नहीं है। लेकिन इतना याद है कि उस दिन उसने जैसा विक्रम दिखाया था वैसा विक्रम हमारे गाँव का (हारान) पलसाँई भीम बनकर गर्दन पर सहिजन के पेड़ की एक बहुत बड़ी डाल लिये दाँत पीसकर भी नहीं दिखा सकता था।

परदा उठा था। शायद वह लक्ष्मण ही था। वह थोड़ी-बहुत वीरता दिखा रहा था। ऐसे समय वही मेघनाद पता नहीं कहाँ से एकबारगी कूदकर सामने आ गया। सारा मंच चरमराकर हिल उठा—फुट लाइट के पाँच-छह लैम्प उलटकर बुझ गए और तुरत खुद उसका पेट में बँधा जरी का कमरबन्द फट-से फट गया। एक हलचल-सी मच गई। कोई डरता हुआ चिल्लाकर उसे बैठ जाने को कह उठा, तो कोई परदा गिराने के लिए चिल्लाने लगा, लेकिन बहादुर मेघनाद किसी की भी किसी बात से विचलित नहीं हुआ। उसने अपने

* बंगाल में जो दृश्य-पट हीन अभिनय होते हैं, उन्हें 'यात्रा' कहते हैं, जैसे कि यहाँ पर रामलीला होती है।

बाएँ हाथ का धनुष फेंक दिया, उस हाथ से उसने अपना पतलून धर दबोचा और दाएँ हाथ से सिर्फ तीर से ही युद्ध करने लगा।

धन्य वीर! धन्य वीरता! मैं मानता हूँ कि बहुतों ने बहुत तरह के युद्ध देखे होंगे, लेकिन एक वीर को, जिसके पास न धनुष है और न जिसका बायाँ हाथ युद्ध करने की स्थिति में है, सिर्फ दाएँ हाथ से और सो भी सिर्फ तीर से युद्ध करते किसने कब देखा है। अन्त में उसी की जीत हुई। शत्रुओं को उस बार भागकर अपनी जान बचानी पड़ी।

मेरे आनन्द की सीमा नहीं थी। मैं मग्न होकर देख रहा था और उस अनोखी लड़ाई के लिए मैं मन ही मन उसकी भूरि-भूरि प्रशंसा कर रहा था कि ऐसे समय पीठ पर एक उँगली का दबाव पड़ा। मैंने मुँह घुमाया तो देखता हूँ इन्द्र था। उसने चुपके से कहा, "आ श्रीकान्त, दीदी एक बार तुझे बुला रही हैं।"

मैं वैसे ही उठकर तनकर खड़ा हो गया जैसे मुझे बिजली छू गई हो—"कहाँ हैं वे?"

"तू बाहर आ न, बताता हूँ।" रास्ते पर आकर उसने सिर्फ कहा, "तू मेरे साथ आ।" यह कहकर वह चलने लगा।

जब मैं गंगा के घाट पर पहुँचा, तो देखा, उसकी डोंगी बँधी हुई है। चुपचाप हम दोनों उस पर चढ़ बैठे। इन्द्र ने डोंगी का बन्धन खोल दिया।

फिर उसी अँधेरे में जंगल के रास्ते से होकर हम दोनों शाहजी की झोंपड़ी में आ उपस्थित हुए। तब शायद रात ज्यादा बाकी नहीं थी।

मिट्टी के तेल की एक ढिबरी जलाकर दीदी बैठी हुई थीं। उनकी गोद में शाहजी का सर था। उसके पैरों के पास एक बहुत बड़ा गेहुँअन लम्बा पड़ा हुआ था।

दीदी ने संक्षेप में सारी घटना मृदु स्वर में कह सुनाई। आज दोपहर में पता नहीं किसके घर से साँप पकड़ने का बुलावा आया था। वहाँ उस साँप को पकड़ने की वजह से उसे जो बख्शिश मिली थी उस बख्शिश के पैसे से पता नहीं कहाँ से ताड़ी पीकर नशे में धुत्त होकर शाम के ठीक पहले वह घर लौटा था। दीदी के बार-बार मना करने के बावजूद वह साँप को नचाने के लिए तैयार हो गया था। उसने साँप को नचाया भी था। लेकिन अन्त में नचाना खत्म करके उसकी पूँछ पकड़कर उसे हाँड़ी में डालते वक्त नशे के झोंक में उसने साँप के मुँह को अपने मुँह के पास लाकर उसे चुमकारकर दुलार करना चाहा, तो उसने भी दुलारकर शाहजी के गले पर तीखा डंक मार दिया था।

दीदी ने अपने मैले आँचल के छोर से अपनी आँखें पोंछी और मुझसे कहा, "श्रीकान्त, मगर तभी उन्हें होश आया कि समय अब ज्यादा नहीं रहा। बोले—आ, हम दोनों एक ही साथ चलें, इतना कहकर उन्होंने साँप के सर को अपने पाँव से दबा दिया और अपने दोनों हाथों से खींच-खींचकर उसे इतना बड़ा करके फेंक दिया। उसके बाद उन दोनों का खेल खत्म हुआ।" यह कहकर उन्होंने बड़ी सावधानी से अपने हाथ से शाहजी का मुँह उघार दिया और बड़े स्नेह से उसके नीले होंठों को चूमकर बोलीं, "ख़ैर, यह अच्छा ही हुआ इन्द्रनाथ! मैं भगवान को जरा भी दोष नहीं देती।"

हम दोनों ही चुपचाप खड़े रहे। उस आवाज से कितना हार्दिक दुख, कितनी प्रार्थना और कितना गहरा अभिमान प्रकट हुआ इसे सुननेवाले की मजाल नहीं कि वह अपनी जिन्दगी में कभी इसे भुला पाए। लेकिन किस चीज के लिए यह अभिमान था? और भला किसके लिए यह प्रार्थना थी।

वे थोड़ी देर तक चुप रहीं, फिर बोलीं, ''तुम लोग बच्चे हो, लेकिन तुम दोनों के सिवा मेरा तो कोई और नहीं है भई। इसीलिए मैं तुम लोगों से भीख माँगती हूँ कि तुम लोग इनका तनिक उपाय कर दो।'' उँगली से झोंपड़ी के दाईं तरफ के जंगल को दिखाकर वे बोलीं, ''वहाँ थोड़ी-सी जगह है, इन्द्रनाथ। मैंने बहुत दिन यह सोचा है कि अगर मैं मरूँ, तो यहीं मुझे दो गज जमीन मिले। सुबह होने पर इन्हें वहीं लिटा देना भई, इस जिन्दगी में इन्होंने बहुत सारी तकलीफें भुगती हैं–अब थोड़ी-सी शान्ति मिलेगी इन्हें।''

इन्द्र ने प्रश्न किया, ''शाहजी को क्या दफनाना होगा?''

दीदी बोलीं, ''जब वे मुसलमान हैं तब तो उन्हें दफनाना ही होगा भई!''

इन्द्र ने फिर से प्रश्न किया, ''दीदी, तुम भी क्या मुसलमाँ हो?''

दीदी बोलीं, ''हाँ, मैं भी तो मुसलमान ही हूँ।''

उनका जवाब सुनकर इन्द्र न जाने कैसा संकुचित और शर्मिन्दा हो गया। मैं अच्छी तरह समझ सका कि उसने इस जवाब की उम्मीद नहीं की थी। दीदी को उसने वास्तव में प्यार किया था। इसीलिए शायद उसने मन में एक गुप्त उम्मीद पाल रखी थी कि उसकी दीदी उन्हीं में से एक हैं। लेकिन मुझे यह विश्वास नहीं हुआ। भले ही उन्होंने अपने मुँह से यह कबूल किया कि वे मुसलमान हैं, इसके बावजूद मैं किसी भी तरह यह नहीं सोच सका कि वे हिन्दू लड़की नहीं हैं।

बाकी रात गुजर गई। इन्द्र उसी निर्धारित जगह पर कब्र खोद आया और हम तीनों ने शाहजी की लाश को पकड़कर दफना दिया। गंगा के ठीक ऊपर कँकरीले तट का थोड़ा-सा हिस्सा टूट जाने की वजह से ठीक जैसे किसी की भी अन्तिम शय्या बिछाने के वास्ते ही यह जगह बन गई थी। बीस-पच्चीस हाथ नीचे ही जाह्नवी माता की धारा थी, सर के ऊपर जंगली लताओं का चँदोवा था। यह जगह ऐसी थी जहाँ किसी प्रिय चीज को छिपाकर रखा जा सकता है। बड़े दुखी मन से हम तीनों अगल-बगल बैठे और एक व्यक्ति हमारी गोद के पास मिट्‌टी के नीचे चिरनिद्रा में अभिभूत होकर सोता रहा। तब भी सूरज नहीं निकला था–नीचे धीमी गति से बहनेवाली भागीरथी की कलकल ध्वनि आकर कानों में पहुँचने लगी। सर के ऊपर अगल-बगल जंगल के पंछी प्रभाती गाने लगे। कल जो था, आज वह नहीं रहा। कल सुबह किसने सोचा था कि आज हमारी रात ऐसे गुजरेगी। कौन जानता था कि एक व्यक्ति की आखिरी घड़ी इतना करीब आ गई थी।

अचानक दीदी उस कब्र पर लोट गईं और बुक्का फाड़कर रो उठीं, ''माँ गंगा, तुम मुझे भी अपने चरणों में जगह दो माँ! मेरे लिए अब कहीं कोई जगह नहीं है माँ!'' उनकी यह प्रार्थना, यह निवेदन कैसा दुखद सच था, इसे मैं तब भी उतना नहीं समझ सका था जितना दो दिन बाद समझ सका था।

इन्द्र ने एक बार मेरे मुँह की तरफ नजरें उठाईं, उसके बाद वह उठकर गया और उस दुखी नारी के कब्र पर लोटते सर को उठाकर अपनी गोद में रख लिया, फिर उन्हीं की भाँति आर्त स्वर में बोल उठा, "दीदी! तुम मेरे पास चलो। मेरी माँ अभी जिन्दा है। वह तुम्हारा तिरस्कार नहीं करेगी, बल्कि वह तुम्हें अपने कलेजे से लगा लेगी। उसके मन में बड़ी माया है। चलो, तुम एक बार उसके पास जाकर खड़ी हो जाना। तुम हिन्दू की लड़की हो, तुम हरगिज मुसलमान नहीं हो।"

दीदी ने बात नहीं की। थोड़ी देर तक वे मूर्च्छित की नाईं पड़ी रहीं, अन्त में वे उठ बैठीं। उसके बाद हम तीनों उठकर आए और गंगा में नहाए। दीदी ने अपने हाथ की कतरी उतारकर उसे पानी में फेंक दिया, अपनी चपड़े की चूड़ियाँ तोड़ डालीं। मिट्टी से अपनी माँग के सिन्दूर को मिटाकर जब वे अपनी झोंपड़ी में लौट आईं तब सूरज निकल रहा था।

इतने दिनों बाद आज पहली बार उन्होंने कहा कि शाहजी उनके पति थे। लेकिन इन्द्र को यह बात भायी नहीं। उसने सन्दिग्ध स्वर में प्रश्न किया, "लेकिन तुम तो हिन्दू की लड़की हो दीदी।"

दीदी बोली, "हाँ, मैं ब्राह्मण की बेटी हूँ और वे भी ब्राह्मण थे।"

इन्द्र थोड़ी देर ठगा-सा रहा, फिर बोला, "तो उन्होंने अपनी जात क्यों गँवाई?"

दीदी बोलीं, "यह तो मैं ठीक-ठीक नहीं जानती भई। लेकिन जब उन्होंने अपनी जात गवाँ दी तब तो उन्हीं के साथ मेरी भी जात चली गई। पत्नी तो सहधर्मिणी ही होती है। वरना मैंने खुद अपने हाथों अपनी जात नहीं गँवाई है। मैंने किसी दिन कोई भी बुरा काम नहीं किया है।"

इन्द्र ने भर्राए स्वर में कहा, "यह तो मैंने देखा है दीदी, इसी वजह से मुझे जब-तब ऐसा लगा है–तुम मुझे माफ करो दीदी, तुम कैसे इस रास्ते आई, कैसे तुम्हारी ऐसी दुर्बुद्धि हुई थी, लेकिन अब मैं तुम्हारी और कोई बात नहीं सुनूँगा। तुम्हें मेरे घर आना ही पड़ेगा। इसी वक्त चलो।"

दीदी ने बहुत देर तक चुप्पी साधे न जाने क्या सोच लिया, बाद में मुँह उठाकर धीरे-धीरे बोलीं, "अभी मैं कहीं नहीं जा सकती इन्द्रनाथ।"

"अभी तुम क्यों नहीं जा सकती दीदी?"

दीदी बोलीं, "मैं जानती हूँ उन्होंने लोगों से कर्ज ले रखा था। जब तक मैं यह कर्ज चुका नहीं देती तब तक मैं कहीं नहीं जा सकती।"

इन्द्र अचानक गुस्सा हो उठा, "यह मैं भी जानता हूँ। ताड़ी की दुकान का उधार है, गाँजे की दुकान का उधार है, लेकिन इससे तुम्हें क्या? किसकी मजाल है कि तुमसे रुपया माँग सके। तुम चलो मेरे साथ, देखूँ एक बार, कौन तुम्हें रोकता है?"

उतने दुख में भी दीदी तनिक मुस्कुराईं। बोलीं, "अरे पागल, मुझे रोकनेवाला मेरा अपना ही धर्म है। पति का लिया हुआ कर्ज तो मेरा ही लिया हुआ कर्ज है। इस लहनदार को तुम कैसे रोक दोगे भई! ऐसा नहीं हो सकता है, आज तुम लोग अपने घर जाओ–

मेरे पास जो कुछ थोड़ा-बहुत है उसे बेचकर मैं कर्ज चुकाने की कोशिश करूँगी। तुम लोग कल या परसों आना।''

मैं इतनी देर तक करीब-करीब चुप ही था। इस बार मैंने बात की। बोला, ''दीदी, घर में मेरे पास और भी चार-पाँच रुपए हैं—मैं उन्हें ले आऊँ?'' मेरा कहना खत्म भी नहीं हुआ था कि वे उठकर खड़ी हो गईं और मुझे छोटे बच्चे की भाँति बिलकुल अपने सीने से लगा लिया। उसके बाद मेरे माथे को चूमकर मेरे मुँह की तरफ निहारती हुई बोलीं, ''नहीं भैया, अब रुपए लाने की जरूरत नहीं। तुम भी पाँच रुपए रख गए थे, तुम्हारी उस कृपा को मैं तब तक याद रखूँगी जब तक जिऊँगी भई। मैं तुम्हें आशीर्वाद देती हूँ, तुम्हारे कलेजे के अन्दर बैठकर भगवान हमेशा इसी तरह दुखियों के लिए आँसू बहाते रहें।'' कहते-कहते उनकी दोनों आँखों से झर-झर करके पानी गिरने लगा।

आठ-नौ बजे हम लोग घर लौटने के लिए तैयार हुए, तो उस दिन वे हमारे साथ रास्ते तक आईं। जाते वक्त उन्होंने इन्द्र का एक हाथ पकड़कर कहा, ''इन्द्रनाथ, श्रीकान्त को तो मैंने आशीर्वाद दिया, लेकिन तुम्हें आशीर्वाद दूँ, ऐसी हिम्मत मुझे नहीं होती है। तुम आदमी के आशीर्वाद के परे हो, लेकिन आज मैंने मन ही मन तुम्हें भगवान के श्रीचरणों में सौंप दिया, वे तुम्हें अपना बना लें।''

इन्द्र को वे पहचान सकी थीं। उनके रोकने के बावजूद इन्द्र ने जबरन उनके दोनों पाँवों की धूल अपने सर से लगाकर उन्हें प्रणाम किया। रुआँसा होकर बोला, ''दीदी, इस जंगल में तुम्हें अकेले छोड़ जाना मुझे हरगिज नहीं सुहाता है। न जाने क्यों मुझे लग रहा है कि मैं तुम्हें फिर नहीं देख सकूँगा।''

दीदी ने जवाब नहीं दिया। सहसा मुँह घुमाकर आँखें पोंछते-पोंछते वे उसी पगडंडी से अपनी शोक में डूबी सूनी झोंपड़ी में लौट गईं। मैंने रुककर उन्हें देखा। मगर उन्होंने एक बार भी फिर मुड़कर नहीं निहारा—वे पहले की ही तरह सर नीचा किए एक ही ढंग से नजरों के बाहर विलीन हो गईं। हालाँकि हम दोनों ने मन ही मन यह महसूस किया कि उन्होंने मुड़कर क्यों नहीं निहारा।

तीन दिनों बाद स्कूल की छुट्टी के बाद जब मैं बाहर निकला तो देखता हूँ, इन्द्र गेट के बाहर खड़ा था। उसका मुँह बेहद सूखा हुआ था और पाँवों में जूते नहीं थे—घुटनों तक धूल लगी हुई थी। इस बेहद दीन चेहरे-मोहरे को देखकर मैं डर गया। वह बड़े आदमी का लड़का था। बाहर वह जरा खास रईस था। मैंने तो उसकी ऐसी हालत नहीं देखी थी शायद और किसी ने भी नहीं देखा होगा। इशारे से बुलाकर वह मुझे मैदान की तरफ ले गया। इन्द्र बोला, ''दीदी नहीं हैं, पता नहीं कहाँ चली गई हैं।'' मेरे मुँह की तरफ फिर नजर उठाकर नहीं देखा। बोला, ''कल से मैंने उन्हें कितनी जगह ढूँढ़ा है, लेकिन वे नहीं मिलीं। वे तेरे नाम एक चिट्ठी छोड़ गई हैं, यह रही वह चिट्ठी।'' यह कहकर उसने एक तहाया हुआ पीला कागज मेरे हाथ में दे दिया और तेज कदमों से दूसरी तरफ चला गया। शायद उसका हृदय इतना दुखी और शोकाकुल हो गया था कि किसी के साथ या किसी से बातचीत करना उसके बूते के बाहर हो गया था।

मैं वहीं धम्म से बैठ गया। और उस तहाए हुए कागज को खोलकर अपनी आँखों के सामने रखा। यद्यपि उस चिट्ठी में लिखी सारी बातें इतने दिनों बाद मुझे याद नहीं हैं; फिर भी बहुत सी बातों को मैं याद कर सकता हूँ। उस चिट्ठी में लिखा हुआ था–''श्रीकान्त, जाते वक्त मैं तुम लोगों को आशीर्वाद दे रही हूँ। सिर्फ आज ही नहीं, बल्कि मैं जब तक जिन्दा रहूँगी तब तक तुम लोगों को आशीर्वाद देती रहूँगी। मगर मेरे लिए तुम लोग दुख मत करना। यह मैं जानती हूँ कि इन्द्रनाथ मुझे ढूँढ़ता फिरेगा। लेकिन तुम उसे समझा-बुझाकर ऐसा करने से रोकना। ऐसी बात नहीं है कि मेरी सारी बातें तुम लोग आज ही समझ सकोगे। लेकिन मैं इसी आशा से यह पत्र लिख गई कि बड़े होने पर तुम लोग एक दिन इसे समझोगे। लेकिन मैं तो अपनी बात अपने ही मुँह से तुम लोगों से कह जा सकती थी। हालाँकि मैंने अपनी बात अपने मुँह से तुम लोगों से क्यों नहीं कही थी–और कहने-कहने को होकर भी मैंने क्यों चुप्पी साध ली थी, वही बात अगर आज नहीं कह सकूँगी तो फिर कभी नहीं कह सकूँगी। मेरी बात सिर्फ मेरी ही बात नहीं है भई, वह मेरे पति की भी बात है। फिर वह भी कोई अच्छी बात नहीं है। मैं यह ठीक-ठीक नहीं जानती कि इस जन्म में मैंने कितना पाप किया है; लेकिन इसमें कोई शक नहीं कि मेरे पूर्वजों के संचित पापों की कोई परिसीमा नहीं है। इसीलिए जब भी मैंने अपनी बात कहनी चाही है तभी लगा है कि पत्नी होकर अपने मुँह से अपने पति की निन्दा-शिकायत करके उस पाप के बोझ को और नहीं बढ़ाऊँगी। लेकिन अब तो वे परलोक सिधार चुके हैं। पर मैं यह नहीं सोचती कि चूँकि वे परलोक सिधार चुके हैं, इसलिए अपनी बात कहने में कोई दोष नहीं है। हालाँकि पता नहीं क्यों अपनी यह बेइन्तहा दुख-भरी बातें तुम लोगों को बिना बताए भी किसी भी सूरत में मैं यहाँ से जा नहीं पा रही हूँ। श्रीकान्त, तुम्हारी इस दुखी दीदी का नाम है–अन्नदा। मैंने अपने पति का नाम तुमसे क्यों छिपाया–इसका कारण इस पत्र को अन्त तक पढ़ने पर समझ सकोगे। मेरे पिता बड़े आदमी थे। उनको कोई लड़का नहीं था। हम दो बहनें थीं। इसलिए मेरे पिता ने गरीब के घर से मेरे पति को लाकर, अपने पास रखकर, उन्हें पढ़ा-लिखाकर आदमी बनाना चाहा था। मेरे पिता उन्हें पढ़ा-लिखा तो सके थे, लेकिन उन्हें आदमी नहीं बना सके थे। मेरी बड़ी बहन विधवा होकर मायके में ही थी। उसी की हत्या करके मेरे पति लापता हो गए थे। उन्होंने यह बुरा काम क्यों किया था, बच्चा होने की वजह से इसे तुम आज नहीं समझ सकोगे, तो भी एक दिन इसे समझोगे। सो चाहे जो हो, कहो तो श्रीकान्त यह दुख कितना बड़ा था? यह लाज कितनी दुखद थी। तब भी तुम्हारी दीदी ने सब कुछ बर्दाश्त किया था। लेकिन पति होकर अपमान की जो आग वे अपनी पत्नी के कलेजे के अन्दर जला गए थे, वह आग आज भी तुम्हारी दीदी के कलेजे के अन्दर बुझी नहीं है। जाने दो इस बात को। उसके सात बरस बाद फिर उनसे मुलाकात हुई थी। जिस वेश में तुम लोगों ने उन्हें देखा था उसी वेश में वे हमारे घर के सामने साँप नचा रहे थे। उन्हें और कोई पहचान नहीं सका था, मगर मैं उन्हें पहचान सकी थी। मेरी नजरों को वे धोखा नहीं दे सके थे। सुनती हूँ, ऐसा दुस्साहसपूर्ण

काम उन्होंने मेरे लिए ही किया था। लेकिन यह झूठ है। तब भी एक दिन आधी रात को मैंने अपने पति के लिए ही घर के पिछले दरवाजे को खोलकर घर छोड़ दिया था। लेकिन सभी ने सुना, सभी ने जाना कि अन्नदा घर से निकल भागी है। इस कलंक का बोझ मुझे हमेशा ढोते फिरना पड़ा। और कोई चारा नहीं था। क्योंकि पति के जीवित रहते मैं यह नहीं बता सकती थी कि मैं कौन हूँ। मैं अपने पिता को तो पहचानती थी। वे किसी भी सूरत में उस आदमी को माफ नहीं करते जिसने उनकी बेटी को मार डाला था। लेकिन यद्यपि आज अब वह डर नहीं है—आज जाकर मैं उन्हें सारी बातें बता सकती हूँ, लेकिन इतने दिनों बाद कौन इस पर विश्वास करेगा? इसलिए अब मायके में मेरे लिए कोई जगह नहीं है। इसके अलावा मैं फिर मुसलमानी हूँ।

''यहाँ पति पर जितना कर्ज था, उसे मैंने चुका दिया है। मैंने अपने पास दो सोने की बालियाँ छिपाकर रखी थीं, उन्हें ही मैंने बेचा है। और जो पाँच रुपए एक दिन तुम रख गए थे उन्हें मैंने खर्च नहीं किया है। यहाँ बड़े रास्ते के मोड़ पर जो परचून की दुकान है उसके मालिक के पास मैंने उन रुपयों को रख दिया है। जब तुम उससे रुपए माँगोगे, वह तुम्हें रुपए दे देगा। मन में दुख मत करना भई। रुपए तो मैंने तुम्हें लौटा दिए, लेकिन तुम्हारे कोमल मन को मैं अपने मन में बसाए लिये जा रही हूँ। और तुम्हारी दीदी का यह आदेश है श्रीकान्त कि मेरी बात सोचकर तुम लोग अपना मन भारी मत करना। सोचना, तुम्हारी दीदी चाहे जहाँ भी क्यों न रहे, अच्छी ही रहेगी। क्योंकि दुख सहते-सहते वह इतनी सख्त हो गई है कि अब कोई भी दुख उसे महसूस ही नहीं होता है। कोई भी चीज अब उसे दुख नहीं दे सकती। मेरे दोनों भाई, तुम दोनों को आशीर्वाद देने लायक कोई भी शब्द मुझे ढूँढ़े नहीं मिलता। इसलिए सिर्फ यही कहकर जाती हूँ कि भगवान अगर पतिव्रता की लाज रखें तो वे तुम दोनों की दोस्ती हमेशा बरकरार रखें।

—तुम्हारी दीदी,
अन्नदा।''

# 7

आज मैं अकेले जाकर परचूनी के पास खड़ा हो गया। मेरा परिचय पाकर परचूनी ने एक छोटा-सा चिथड़ा बाहर निकालकर उसकी गाँठ खोली और दो सोने की बालियाँ और पाँच रुपए बाहर निकाले। उसने मेरे हाथ में रुपए देकर कहा, ''बहू इक्कीस रुपए में दोनों बालियाँ मेरे पास बेचकर शाहजी पर जितना कर्ज था उसे चुका करके चली गई

हैं। लेकिन मुझे यह नहीं मालूम कि वे कहाँ गई हैं।'' यह कहकर वह किसका कितना कर्ज था, इसका मुँह-जबानी एक हिसाब देकर बोला—जाते वक्त बहू के हाथ में साढ़े पाँच आने थे यानी सिर्फ बाईस पैसे के सहारे यह लाचार, बेसहारा नारी दुनिया के दुर्गम रास्ते पर अकेले निकल पड़ी है। कहीं उनके वे दोनों स्नेह-भाजन बालक उन्हें अपने यहाँ रखने का विफल प्रयास करके दुखी न हो जाएँ, इस डर से चुपचाप छिपकर बाहर निकल गई हैं। किसी को उन्होंने यह जानने भी नहीं दिया है कि वे कहाँ गई हैं। भले ही उन्होंने किसी को भी यह जानने नहीं दिया हो, लेकिन मेरे पाँच रुपए उन्होंने नहीं लिये। हालाँकि यह सोचकर कि उन्होंने मेरे रुपए लिये हैं, मैं आनन्द और गर्व से कितने दिनों तक फूला नहीं समाया था, पर आज मेरा सारा आनन्द और गर्व शून्य में विलीन हो गया। अभिमान के मारे आँखों से पानी निकल आया। इसे ही इस बूढ़े से छिपाने के वास्ते मैं तेज कदमों से चला गया। मैं बार-बार कहने लगा—इन्द्र से उन्होंने कितने रुपए लिये थे, मगर मुझसे कुछ भी नहीं लिया। जाते वक्त मेरे रुपए लेने से इनकार करके मेरे रुपए मुझे लौटा गईं।

लेकिन अब मेरे मन में वह अभिमान नहीं है। जब मैं बड़ा हो गया, तब मैंने समझा था कि मैंने ऐसा कौन-सा पुण्य किया था कि मैं उन्हें दान दे सकता। चूँकि उस जलती लपट में वह सब जलकर राख हो जाता जो मैं उसमें डालता। इसीलिए दीदी ने मेरा दान मुझे लौटा दिया था। मगर इन्द्र! इन्द्र और मैं क्या एक ही धातु के बने हुए थे कि वह जहाँ दान करता वहीं मैं हाथ फैलाता। इसके अलावा यह भी तो मैं समझ सका था कि दीदी ने पता नहीं किसका मुँह देखकर उसी इन्द्र के आगे अपना हाथ फैलाया था—छोड़िए इन बातों को।

उसके बाद मैं बहुत जगह घूमा था। लेकिन इन दोनों फूटी आँखों को फिर कभी उनका दर्शन नहीं मिला था। भले ही उनका दर्शन नहीं मिला था लेकिन मन के अन्दर वही खुश, मुस्कुराता मुखड़ा मैं हमेशा पहले की ही तरह देख पाया था। उनके चरित्र की बात याद करके जब भी सर झुकाकर मैं उन्हें प्रणाम करता हूँ तब सिर्फ यही एक बात कहने को मेरा जी चाहता है—भगवान! यह तुम्हारा कैसा फैसला है! मैं यह जानता हूँ कि हमारे इस सती-सावित्री के देश में पति के लिए सहधर्मिणी को असीम दुख देकर तुमने सती के माहात्म्य को उज्ज्वल से उज्ज्वलतम करके दुनिया को दिखाया है। उन लोगों के सारे दुख-दैन्य को चिरस्मरणीय कीर्ति में रूपान्तरित करके दुनिया की तमाम नारी जाति को दृढ़ कर्तव्य-पथ पर खींच लाने की तुम्हारी इच्छा को भी मैं समझ सकता हूँ, लेकिन मेरी ऐसी दीदी की तकदीर में तुमने इतनी बड़ी विडम्बना क्यों लिखी? किसलिए इतनी बड़ी सती के माथे पर चरित्रहीन होने का गहरा काला दाग लगाकर हमेशा के लिए उन्हें दुनिया से निकाल दिया? क्या नहीं लिया तुमने उनका? तुमने उनकी जाति ली, धर्म लिया—समाज, घर-गिरस्ती, सम्मान, सब कुछ तो लिया उनका तुमने। तुमने उन्हें जितना दुख दिया है उसका सबूत तो मैंने आज भी रखा है। पर इससे भी मैं दुख नहीं करता, जगदीश्वर! लेकिन जो सीता, सावित्री जैसी सती थीं उन्हें उनके माँ-बाप,

नाते-रिश्तेदारों और शत्रु-मित्रों ने किस रूप में जाना? कुलटा के रूप में, वेश्या के रूप में। इससे तुम्हें भला क्या फायदा हुआ! और दुनिया को आखिर क्या मिला!

हाय रे, कहाँ हैं उनके नाते-रिश्तेदार और शत्रु-मित्र—काश, एक बार यह जान पाता! वे लोग चाहे जितनी भी दूर क्यों न रहते होते, इस देश के बाहर भी क्यों न रहते होते, तो भी मैं, हो सकता है, वहाँ जाकर कहता—ऐसी है तुम लोगों की अन्नदा। यह है उसकी अमिट कहानी। तुम लोग अपनी जिस लड़की को कुल-कलंकिनी के रूप में जानते हो, सवेरे-सवेरे एक बार उसका नाम लिया करना—ऐसा करोगे, तो ढेरों पापों से बच जाओगे।

लेकिन मैंने एक सही चीज प्राप्त की है। पहले भी मैंने एक बार कहा है कि मैं आसानी से यह विश्वास नहीं कर सकता कि नारी चरित्रहीन होती है। मुझे दीदी याद आती हैं। अगर उनकी भी किस्मत में इतनी बड़ी बदनामी बदा हो सकती है, तब दुनिया में और क्या नहीं हो सकता? मेरे और उनके अलावा, जो सारे युगों और सारे पाप-पुण्यों के गवाह हैं, दुनिया में और कोई है क्या जो अन्नदा को तनिक स्नेह के साथ याद कर सकता है। इसीलिए मैं यह सोचता हूँ कि बिना जाने इस बात पर अविश्वास करके कि नारी चरित्रहीन होती है, दुनिया में ठगा जाना कहीं अच्छा है। लेकिन इस बात पर विश्वास करके कि नारी चरित्रहीन होती है, दुनिया में ठगा जाना कहीं अच्छा है। लेकिन इस बात पर विश्वास करके कि नारी चरित्रहीन होती है, पाप का भागी बनने में कोई फायदा नहीं है।

उसके बाद बहुत दिनों तक मैंने इन्द्र को फिर नहीं देखा था। जब मैं गंगा के तीर पर घूमने जाता, तो देखता, उसकी डोंगी किनारे बँधी हुई है। वह पानी में भीग रही है और धूप में फटी जा रही है। सिर्फ और एक दिन हम लोग उस डोंगी पर चढ़े थे। वही हम लोगों का आखिरी बार डोंगी पर चढ़ना था। उसके बाद न ही वह डोंगी पर चढ़ा था और न ही मैं। वह दिन मुझे खूब याद आता है। सिर्फ इसलिए याद नहीं आता है कि वही हमारा आखिरी डोंगी-सफर था। बल्कि इसलिए कि उस दिन अखंड स्वार्थपरता का जो उत्कट दृष्टान्त देखने को मिला था, उसे मैं भूल नहीं सकता। मैं वही बात कहूँगा। उस दिन शाम को कड़ाके की ठंड पड़ रही थी। उसके एक दिन पहले खूब बारिश हुई थी इसलिए ठंड सुई की भाँति बदन में चुभ रही थी। आसमान में पूनम का चाँद निकल आया था। चाँदनी चारों तरफ मानो तिरती चली आ रही थी। अचानक इन्द्र आ धमका। बोला—"...में थिएटर होगा, तू थिएटर देखने चलेगा?" थिएटर का नाम सुनकर मैं तो एकदम से उछल पड़ा। इन्द्र बोला, "अगर चलना है, तो कपड़ा बदलकर जल्दी मेरे घर आ जा।"

पाँच मिनट के अन्दर मैंने एक रैपर खींच लिया और भागकर बाहर निकल पड़ा। वहाँ ट्रेन से जाना पड़ता था। सोचा, उसके घर की गाड़ी से स्टेशन जाना पड़ेगा, इसीलिए इतनी जल्दी है।

इन्द्र बोला, "ऐसी बात नहीं है। हम लोग डोंगी से जाएँगे।"

मैं निरुत्साह हो गया। क्योंकि गंगा की बढ़ती धारा के विपरीत डोंगी को खेते हुए ले

जाने में बहुत देर होना ही सम्भव है। हो सकता है, वक्त पर वहाँ पहुँचा ही नहीं जा सके।

इन्द्र बोला, ''डरने की कोई बात नहीं है। जोरों से हवा बह रही है, देरी नहीं होगी। मेरे नतून भैया कलकत्ता से आए हैं, वे गंगा से होकर जाना चाहते हैं।''

खैर, चप्पुओं को रखकर हम लोगों ने पाल तान लिया और ठीक होकर बैठे हुए थे–इन्द्र के नतून भैया बहुत देर से घाट पर पहुँचे। चाँदनी में मैंने उन्हें देखा, तो मैं डर गया। वे कलकत्ता के रईस थे–यानी बहुत बड़े रईस। वे सिल्क के मोजे, चमचमाते पम्प शू और ओवरकोट पहने हुए थे, गले में गुलूबन्द, हाथों में दस्ताने, सर पर टोपी–पश्चिम की ठंड से बचने के लिए उनकी सतर्कता का अन्त नहीं था। हमारी प्रिय डोंगी को बेहद फालतू कहकर उन्होंने अपनी तीखी राय जाहिर की, इन्द्र के कन्धे का सहारा लेकर मेरा हाथ पकड़ा और बड़ी मुश्किल और बड़ी सावधानी से डोंगी के बीच में रोब से बैठे।

''तेरा नाम क्या है रे?''

मैंने डरते-डरते कहा, ''श्रीकान्त।''

उन्होंने दाँत पीसकर कहा, ''बड़ा आया अपने नाम के साथ 'श्री' लगानेवाला, श्री–कान्त तेरा नाम है सिर्फ कान्त। ले चिलम चढ़ा। इन्द्र, तूने हुक्का-चिलम कहाँ रखा? इस छोकरे को दे दे–यह चिलम चढ़ाए।''

अरे बाप रे, कोई अपने नौकर को भी ऐसी बेढंगी मुद्रा में आदेश नहीं देता। इन्द्र झेंप गया। बोला, ''श्रीकान्त, तू आकर जरा चप्पू थाम। मैं चिलम चढ़ा देता हूँ।''

मैं उसकी बात का जवाब दिए बिना चिलम चढ़ाने में लग गया। क्योंकि वे इन्द्र के मौसेरे भाई थे। कलकत्ता के रहनेवाले थे और फिलहाल एम.ए. पास किया था। लेकिन मेरा मन बिगड़ गया। जब मैंने चिलम चढ़ाकर हुक्का उनके हाथ में दिया, तो उन्होंने प्रसन्न मुँह से हुक्का पीते-पीते प्रश्न किया, ''तू रहता कहाँ है रे कान्त? तेरे बदन पर वह काला-काला-सा क्या है रे? रैपर है? आहा, रैपर की सूरत कैसी है? तेल की बदबू से तो भूत भी दुम दबाकर भाग जाएगा। परे हट, तू अपना रैपर बिछा दे तो, मैं उस पर बैठूँगा।''

''मैं बिछा देता हूँ नतून भैया। मुझे ठंड नहीं लग रही है–यह लो,'' कहकर इन्द्र ने अपने बदन का अलवान जल्दी से फेंककर दे दिया। उन्होंने उसे समेट लिया और उस पर अच्छी तरह बैठकर आराम से हुक्का पीने लगे।

जाड़े की गंगा ज्यादा चौड़ी नहीं थी। आधे घंटे के अन्दर ही डोंगी उस पार किनारे से जा लगी। लेकिन तुरत हवा रुक गई।

इन्द्र ने व्याकुल होकर कहा, ''नतून भैया, यह तो बड़ी मुश्किल हुई, हवा रुक गई। अब तो पाल डोंगी को नहीं खींच सकेगा।''

नतून भैया ने जवाब दिया, ''इस छोकरे को चप्पू दे न, वह चप्पू चलाएगा।''

कलकत्ता के रहनेवाले नतून भैया की जानकारी से इन्द्र तनिक उदास होकर बोला, ''यह चप्पू चलाएगा। किसी की मजाल नहीं नतून भैया कि इतनी तीखी जलधारा के

विपरीत डोंगी खेकर ले जाए। हमें लौटना पड़ेगा।''

इन्द्र की बात सुनकर नतून भैया एकदम आग-बबूला हो गए, ''तो फिर तू मुझे लाया क्यों अभागा? चाहे जैसे भी हो, तुझे वहाँ पहुँचा देना ही होगा। मुझे थिएटर में हारमोनियम बजाना ही पड़ेगा। उन लोगों ने मुझे खासतौर पर हारमोनियम बजाने के लिए बुलाया है।''

इन्द्र बोला, ''हारमोनियम बजानेवाला आदमी उन लोगों के पास है नतून भैया। तुम्हारे न जाने पर भी उनका काम नहीं रुकेगा।''

''नहीं! उनका काम नहीं रुकेगा? यहाँ के गैर-बंगाली लड़के हारमोनियम बजाएँगे! चल, चाहे जैसे भी हो सके, तू मुझे वहाँ ले चल।'' यह कहकर उन्होंने जैसा मुँह बनाया उसे देखकर मेरे बदन में आग लग गई। उन्होंने हारमोनियम कैसा बजाया था, यह तो मैंने बाद में सुना था, लेकिन यह बताने की अब जरूरत नहीं है।

यह महसूस करके कि इन्द्र कैसी मुसीबत में पड़ गया था, मैंने धीरे-धीरे कहा, ''डोंगी को रस्सी से खींचकर नहीं ले जाया जा सकता है?'' मेरी बात खत्म होते न होते ही मैं चौंक उठा। वे ऐसा दाँत-मुँह बना उठे कि वह मुँह मैं आज भी याद कर सकता हूँ।

उन्होंने कहा, ''तो फिर जा न, खींच न, जानवरों की तरह यहाँ क्यों बैठा है?''

उसके बाद इन्द्र और मैं बारी-बारी से रस्सी को खींचते हुए आगे बढ़ने लगे। कभी ऊँचे तट के ऊपर से होकर, तो कभी नीचे उतरकर और समय-समय पर उस बर्फीले पानी के किनारे-किनारे बड़ी मुश्किल से हमें चलना पड़ा। फिर इसी के बीच-बीच में उस रईसजादे की चिलम चढ़ाने के लिए हमें डोंगी को रोकना पड़ा। हालाँकि वे रईसजादे थे कि बुत बने बैठे रहे—उन्होंने हमारी जरा-सी भी मदद नहीं की। इन्द्र ने एक बार उन्हें चप्पू थमाने के लिए कहा, तो उन्होंने जवाब दिया कि वे दस्ताने उतारकर इस ठंड में निमोनिया का शिकार नहीं हो सकते। इन्द्र ने कहना चाहा, ''उन्हें बिना उतारे ही...''

''हाँ, मैं अपने इन कीमती दस्तानों को मिट्टी कर डालूँ और क्या? जो कर रहा है, कर।''

वास्तव में मैंने अपनी जिन्दगी में ऐसा स्वार्थी, शैतान व्यक्ति कम ही देखा होगा। उन्हीं की एक वाहियात धुन को पूरी करने के लिए हम लोगों को इतनी तकलीफ झेलते हुए अपनी आँखों से देखकर भी वे तनिक विचलित नहीं हुए। हालाँकि उम्र में हम लोग उनसे बहुत छोटे थे। वे यही सोचकर कि कहीं जरा-सी ठंड लग जाने की वजह से वे बीमार न पड़ जाएँ, कहीं एक बूँद पानी लगने से उनका कीमती ओवरकोट खराब न हो जाए, कहीं हिलने-डुलने से किसी तरह की रुकावट न हो, जड़वत् बैठे रहे और अविराम चिल्ला-चिल्लाकर हुक्म देते रहे।

और भी एक मुसीबत आ गई। वह यह कि गंगा की रुचिकर हवा से उन रईसजादे को भूख लग गई और देखते-देखते वह भूख लगातार बक-बक करते रहने के मारे बहुत

ज्यादा बढ़ गई। इधर, चलते-चलते रात के लगभग दस बज चुके थे–थिएटर पहुँचने में दो बज जाएँगे, यह सुनकर वे रईसजादे लगभग पागल हो उठे। जब ग्यारह बज गए तब कलकत्ते के रईसजादे बेहाल होकर बोले, ''हाँ रे इन्द्र! इधर गैर-बंगालियों की कोई बस्ती-वस्ती नहीं है–फरवी-तरवी नहीं मिलती है?''

इन्द्र बोला, ''सामने ही एक बहुत बड़ी बस्ती है, नतून भैया। वहाँ सारी चीजें मिलती हैं।''

''तो फिर जोर लगा, जोर लगा–अरे छोकरा, ऐ, खींच न जरा जोर से! क्या तुझे खाना नहीं जुटता? इन्द्र, कह न अपने उस साथी से कि वह जरा जोर लगाकर खींच ले चले।''

उनकी बात का जवाब न तो इन्द्र ने दिया और न मैंने। मैं जैसा चला जा रहा था वैसा ही चलता रहा। थोड़ी देर बाद हम एक गाँव के पास आ पहुँचे। यहाँ तट ढालू और चौड़ा था, उसके किनारे पानी था। हम दोनों ने जोर से धक्का देकर डोंगी को छिछले पानी में ला दिया और राहत की साँस ली।

रईसजादे बोले, ''हाथ-पाँव जकड़ गए हैं, उन्हें जरा चालू करना चाहिए। उतरना जरूरी है।''

इसलिए इन्द्र उन्हें अपने कन्धे पर बिठाकर उतार लाया। वे चाँदनी में गंगा के सफेद बालू पर चहलकदमी करने लगे।

हम दोनों उनकी भूख मिटाने के लिए गाँव की तरफ चल पड़े। यद्यपि मैंने यह समझा था कि इतनी रात गए उस छोटे-से गरीब गाँव में खाने की चीजों का मिलना आसान बात नहीं है, फिर भी कोशिश किए बिना भी तो छुटकारा नहीं मिलनेवाला था। हालाँकि उनकी अकेले रहने की भी इच्छा नहीं थी। जब उन्होंने ऐसा इरादा जाहिर किया, तो इन्द्र ने तुरत उन्हें बुलाया और कहा, ''चलो न नतून भैया, अकेले तुम्हें डर लगेगा, हमारे साथ जरा टहल आओगे। यहाँ चोर-वोर नहीं हैं, कोई डोंगी नहीं चुराएगा–चलो।''

नतून भैया ने मुँह बिचकाकर कहा, ''मुझे डर लगेगा! यह जानते हो, मैं दर्जीपाड़ा का लड़का हूँ, मैं यमराज से भी नहीं डरता। लेकिन इस वजह से कि मैं दर्जीपाड़ा का लड़का हूँ छोटे लोगों के डर्टी मुहल्ले में भी मैं नहीं जाता। उनके बदन की बदबू नाक में पहुँचती है तो मेरी तबीयत खराब हो जाती है।''

हालाँकि उनका दिली ख्वाहिश थी कि मैं उनकी पहरेदारी करूँ और चिलम चढ़ाऊँ।

लेकिन मैं मन ही मन उनके बर्ताव से इतना विरक्त हो गया था कि इन्द्र के इशारे-इशारे में उनके पास रहने के लिए कहने पर भी मैं अकेले इस आदमी के पास रहने को हरगिज राजी नहीं हुआ। मैं इन्द्र के साथ ही चल पड़ा।

दर्जीपाड़ा के इस रईसजादे ने तालियाँ बजा-बजाकर गाना शुरू कर दिया, ''ठन-ठन प्याला।''

हम लोग बहुत दूर तक उनका वह नकियाकर जनानी आवाज में गाया गाना

सुनते-सुनते गए। इन्द्र खुद भी अपने भाई के बर्ताव से लज्जित और क्षुब्ध हो गया था। उसने धीरे-धीरे कहा, "ये ठहरे कलकत्ता के आदमी, हम लोगों का जैसा माहौल है वैसा माहौल ये बर्दाश्त नहीं कर सकते—समझा न श्रीकान्त?"

मैं बोला, "हुँ।"

इन्द्र तब उनकी असाधारण सूझ-बूझ का परिचय—शायद मेरा विश्वास प्राप्त करने के लिए ही—देते-देते चला। उसने बातों के सिलसिले में यह भी बताया कि वे जल्दी ही बी.ए. पास करके डिपुटी बन जाएँगे। जो भी हो, पर मैं यह नहीं जानता कि इतने दिनों बाद अभी वे कहाँ डिपुटी बने हैं या सही में उन्हें यह काम मिला है या नहीं। मगर लगता है, उन्हें यह काम मिल गया है, नहीं तो बीच-बीच में बंगाली डिपुटी की इतनी तारीफ मैं कैसे सुन पाता हूँ? तब उन्होंने जवानी की दहलीज पर कदम रखा ही था। सुनता हूँ, जिन्दगी के इस दौर में हृदय की उदारता और संवेदना की व्यापकता जितनी बढ़ती है, उतनी जिन्दगी के किसी और दौर में नहीं बढ़ती। हालाँकि इन कई घंटे के सम्पर्क में ही उन्होंने जो नमूना दिखाया था उसे इतने दिन बीत जाने के बाद भी भुलाया नहीं जा सका। लेकिन सौभाग्य से ऐसे नमूने कभी-कभी नजर आते हैं, नहीं तो, बहुत पहले ही यह दुनिया बाकायदा एक थाने में तब्दील हो जाती। लेकिन, खैर, रहने दीजिए इस बात को।

लेकिन पाठकों को यह बताना जरूरी है कि भगवान भी उन पर गुस्सा हो गए थे। इस इलाके के बाट-घाट, दर-दुकानों—सबकी जानकारी इन्द्र को थी। वह परचून की दुकान पर जा पहुँचा। लेकिन दुकान बन्द थी और दुकानदार ठंड के डर से दरवाजे-खिड़कियाँ बन्द करके गहरी नींद में डूबा हुआ था। गहरी नींद में सोया आदमी कितना बेसुध होता है जिसे यह नहीं मालूम उसे लिखकर समझाया नहीं जा सकता। ये लोग न ही अम्ल रोगी निकम्मे जमींदार हैं, न ही अनब्याही बेटियों के ब्याह की चिन्ता में डूबे बंगाली गृहस्थ। इसलिए ये लोग सोना जानते हैं। दिन में मेहनत-मशक्कत करके रात को जब ये चारपाई पर सो जाते हैं, तब घर में बिना आग लगाए सिर्फ हल्ला करके या दस्तक देकर इन्हें जगा देने की प्रतिज्ञा अगर खुद सव्यसाची अर्जुन जयद्रथ-वध के बदले कर बैठते, तो उन्हें भी अपनी प्रतिज्ञा पूरी न करने के पाप में जलकर मरना पड़ता, यह कसम खाकर कहा जा सकता है।

तब हम दोनों बाहर खड़े होकर जोर-जोर से चिल्लाकर और उन सारी तरकीबों को, जो आदमी के दिमाग में आ सकती हैं, एक-एक करके आजमा करके आधे घंटे बाद खाली हाथ लौट आए। मगर घाट पर तो कोई नहीं था, घाट सुनसान था। चाँदनी में जहाँ तक नजरें जा सकती थीं वहाँ तक तो कोई दिखाई नहीं पड़ा। 'दर्जीपाड़ा' का नामोनिशान तक कहीं नहीं था। डोंगी जस की तस पड़ी हुई थी—आखिर ये गए कहाँ? हम दोनों जी-जान से चिल्लाए—नतून भैया, ओ नतून भैया। मगर कहीं कोई नहीं था। व्याकुल पुकार सिर्फ बाईं और दाईं तरफ के ऊँचे-ऊँचे तटों से टकराकर धीमी होकर बार-बार लौट आई। सुनने में आता था कि इस इलाके में जाड़े में बाघ आता है। किसान

बाघों के झुंड के उपद्रव से समय-समय पर ऊब उठते थे। सहसा इन्द्र यही बात कह बैठा—कहीं बाघ तो उन्हें उठा नहीं ले गया रे? डर के मारे मेरे रोंगटे खड़े हो गए। यह क्या कह रहे हो तुम? यह सच है कि इसके पहले उनके बेहद बुरे बर्ताव से मैं बहुत नाराज हो गया था, मगर मैंने उन्हें इतना बड़ा अभिशाप तो नहीं दिया था।

सहसा हम दोनों दोनों को ही नजर आया, थोड़ी दूर पर बालू के ऊपर कोई चीज चाँदनी में चमचमा रही है। मैं करीब गया, तो देखता हूँ उन्हीं का एक कीमती पम्प शू पड़ा हुआ है। इन्द्र उसी भीगी बालू पर एकबारगी लेट गया—श्रीकान्त रे, मेरी मौसी भी आई हुई है। मैं अब वापस घर नहीं जाऊँगा। तब धीरे-धीरे सारी बातें उभरने लगीं। अब यह आईने की तरह साफ नजर आया कि जब हम लोग परचून की दुकान पर खड़े होकर परचूनी को जगाने का व्यर्थ प्रयास कर रहे थे तब इधर के कुत्ते भी एक साथ भौंक-भौंककर इस दुर्घटना की जानकारी देने का व्यर्थ प्रयास कर रहे थे, यह आईने की नाईं साफ नजर आया। तब भी कुछ दूरी पर कुत्तों का भौंकना सुनाई पड़ रहा था। इसलिए अब इसमें कोई सन्देह नहीं रहा कि बाघ उन्हें खींचकर ले गए हैं और वे जहाँ उन्हें खा रहे हैं उसी के अगल-बगल खड़े होकर कुत्ते अभी भी भौंक रहे हैं।

अचानक इन्द्र तनकर उठ खड़ा हुआ और बोला, ''मैं वहाँ जाऊँगा।''

मैंने डरते हुए उसका हाथ धर दबोचा और कहा, ''तुम पागल हो गए हो भई।''

इन्द्र ने मेरी बात का कोई जवाब नहीं दिया। डोंगी पर वापस जाकर उसने लग्गा उठा लिया और उसे अपने कन्धे पर रखा। फिर जेब से एक बड़ा-सा चाकू निकालकर अपने बाएँ हाथ में लिया और बोला, ''तू यहीं रह श्रीकान्त, मेरे न आने पर वापस जाकर घर में खबर दे देना—मैं चला।''

उसका चेहरा एकदम फक पड़ गया था, मगर उसकी दोनों आँखें जलने लगीं। उसे मैंने पहचाना था। यह उसकी बेकार की सूनी उछल-कूद नहीं थी कि उसका हाथ पकड़कर उसे दो डरानेवाले शब्द कहता, तो उसका झूठा घमंड झूठ में विलीन हो जाता। मैं यह पक्का जानता था कि किसी भी सूरत में उसे रोका नहीं जा सकता है, वह जाएगा ही। जो यह नहीं जानता कि डर किस चिड़िया का नाम है, उसे भला मैं ही कैसे और क्या कहकर रोकता! लेकिन जब वह एकदम जाने-जाने को हुआ तब मैं और रह नहीं सका—मैं भी हाथ में कुछ न कुछ लेकर उसके पीछे-पीछे जाने को तैयार हुआ। अबकी बार इन्द्र ने मुँह घुमाकर मेरा एक हाथ पकड़ लिया। बोला, ''तू पागल हो गया है श्रीकान्त? तेरा क्या दोष है? तू वहाँ क्यों जाएगा?''

उसकी आवाज सुनकर एक पल में मेरी आँखों में पानी आ गया। मैंने किसी तरह उसे छिपाकर कहा, ''तुम्हारा ही भला क्या दोष है इन्द्र? आखिर तुम ही वहाँ क्यों जाओगे?''

मेरी बात के जवाब में इन्द्र ने मेरे हाथ का बाँस खींच लिया, उसे डोंगी पर फेंक दिया और बोला, ''मेरा भी कोई दोष नहीं है भई, मैंने भी नतून भैया को यहाँ लाना नहीं चाहा था, लेकिन मैं अकेला वापस भी नहीं जा सकूँगा, मुझे वहाँ जाना ही पड़ेगा।''

"लेकिन मुझे भी तो जाना चाहिए। क्योंकि मैंने पहले ही तुमसे एक बार कहा है कि मैं बिलकुल डरपोक नहीं था।" इसलिए मैंने बाँस उठा लिया और खड़ा हो गया और बतकही किए बिना हम दोनों धीरे-धीरे आगे बढ़े।

इन्द्र बोला, "बालू पर दौड़ा नहीं जा सकता है—खबरदार, बालू पर दौड़ने की कोशिश मत करना, नहीं तो पानी में जा गिरेगा।"

सामने बालू का एक टीला था। उसे पार करते ही दीख पड़ा, बहुत दूर पानी के किनारे खड़े पाँच-सात कुत्ते भौंक रहे थे। जहाँ तक दीख पड़ा, कुत्तों के एक झुंड के अलावा बाघ तो दूर, एक सियार तक नहीं था। सावधानी से और भी थोड़ी दूर हम आगे बढ़े, तो लगा, पानी में किसी काली-सी चीज को देखकर कुत्ते उसकी पहरेदारी कर रहे हैं।

इन्द्र ने चिल्लाकर पुकारा, "नतून भैया।"

नतून भैया गले भर पानी में खड़े होकर सुबक उठे, "यहाँ हूँ मैं।"

हम दोनों जी-जान से भागते हुए वहाँ गए। कुत्ते हटकर खड़े हो गए और इन्द्र पानी में कूदकर गले भर पानी में मूर्च्छितप्राय अपने दर्जीपाड़ा के मौसेरे भाई को खींचकर किनारे पर ले आया। तब भी उनके एक पाँव में बेशकीमती पम्प शू, बदन में ओवरकोट, हाथों में दस्ताने, गले में गुलूबन्द और सर पर टोपी थी। वे सबके सब भीगकर फूल उठे थे। हमारे जाने पर, बहुत सम्भव है, उनके ताली बजा-बजाकर गाए जा रहे गीत से आकर्षित होकर गाँव के कुत्ते दल बाँधकर वहाँ आ गए थे और इस अनसुने गीत और अनदेखी पोशाक का रंग-ढंग देखकर वहम में पड़कर इस महामान्य व्यक्ति का पीछा किया था। इतनी दूर आकर भी जब उन्हें अपने आपको बचाने का कोई उपाय ढूँढ़े नहीं मिला, तो अन्त में वे पानी में कूद पड़े थे, और इस कड़ाके के जाड़े की रात में गले भर बर्फीले पानी में रहकर अपने पहले के किए पापों का आधे घंटे से प्रायश्चित्त कर रहे थे। लेकिन उनके प्रायश्चित्त की खुमारी को दूर करके उन्हें भला-चंगा करने में भी उस रात हमें कम मेहनत नहीं करनी पड़ी थी। लेकिन सबसे अचरज की बात यह थी कि रईसजादे ने थल पर आते ही पहली बात की—"मेरा एक पम्प शू कहाँ है?"

जब उन्हें यह जानकारी दी गई कि वह वहाँ पड़ा हुआ है, तो वे अपने सारे दुख-कष्टों को भूलकर उसे जल्दी से जल्दी पाने के वास्ते तनकर खड़े हो गए। उसके बाद कोट, गुलूबन्द, मोजों और दस्तानों के वास्ते एक-एक करके बार-बार दुख प्रकट करने लगे। और उस रात जब तक हम लोग वापस जाकर अपने घाट पर न पहुँच गए तब तक वे हमें सिर्फ यही कहकर फटकारते रहे कि क्यों हम लोगों ने नादानों की नाईं उनके बदन से वे सब उतार डाले थे। अगर हमने उन्हें उनके बदन से नहीं उतारा होता तो धूल-धक्कड़ लगकर वे इस तरह बरबाद न हो जाते। हम ठेठ देहाती आदमी थे, हम किसानों के बराबर थे, हम लोगों ने यह सब कभी आँखों से नहीं देखा था—यही सब वे अविराम बकते रहे। इसके पहले जिस बदन पर पानी की एक बूँद पड़ने से वे डर के मारे परेशान हो रहे थे, उसी बदन को कपड़े-लत्ते के दुख में वे भूल गए। बहाना असली चीज को

भी कैसे बहुत ज्यादा लाँघ जाता है, यह ऐसे लोगों के सम्पर्क में आए बिना इस तरह नजर नहीं आता है।

रात दो बजे के बाद हमारी डोंगी घाट से आ लगी। मेरे जिस रैपर की विकट गन्ध से कलकत्ता के रईसजादे इसके पहले मूर्च्छित हो रहे थे उसी रैपर को ओढ़कर उसी की लगातार निन्दा करते-करते—इससे पाँव पोंछने में भी घृणा होती है—यह बार-बार सुनाते-सुनाते इन्द्र का अलवान पहनकर वे उस बार अपनी जान बचाकर घर गए। चाहे जो हो, वे कृपा करके बाघ के मुँह में गए बिना सशरीर लौट गए थे, उनकी इस कृपा के आनन्द से ही हम लोग भर उठे थे। इतने उपद्रव, अत्याचारों को मुस्कुराता हुआ बर्दाश्त कर आज यह तय करके कि अब फिर कभी डोंगी पर नहीं चढ़ूँगा, मैं इस कड़ाके के जाड़े की रात में धोती का छोर ओढ़कर काँपते-काँपते घर लौट गया।

# 8

लिखने बैठकर मैं बहुत समय अचम्भे में पड़कर यह सोचता हूँ कि इन सब बेतरतीब घटनाओं को मेरे मन के अन्दर इस तरह करीने से सजाकर किसने रखा था। जैसे कहता हूँ घटनाएँ तो वैसे ही एक के बाद एक व्यवस्थित ढंग से नहीं घटी थीं। और फिर क्या उस जंजीर की सारी कड़ियाँ बनी हुई हैं? ऐसी बात भी तो नहीं है। मुझे पता चलता है कि कितनी कड़ियाँ खो गई हैं लेकिन तब भी वो जंजीर नहीं टूटती है। तो फिर कौन उन कड़ियों को नए सिरे से जोड़े रखता है?

और भी एक विस्मय की चीज है। वह यह कि पंडित कहा करते हैं कि बड़ों के दबाव से छोटे पिस जाते हैं। लेकिन अगर ऐसा होता, तो जिन्दगी की प्रधान और मुख्य घटनाएँ ही याद रहतीं। लेकिन ऐसा भी तो मैं नहीं देखता। बचपन की बातों को कहते-कहते अचानक मुझे दिखाई पड़ता है कि स्मृति-मन्दिर में बहुत सारी छोटी-मोटी घटनाएँ भी पता नहीं कैसे बड़ी होकर सटकर बैठ गई हैं और बड़ी घटनाएँ छोटी होकर न जाने कब कहाँ झड़कर गिर गई हैं। इसलिए कहते वक्त भी ठीक ऐसा ही होता है। छोटी घटनाएँ बड़ी होकर दर्शन देती हैं और बड़ी घटनाएँ याद भी नहीं आती हैं। हालाँकि ऐसा क्यों होता है, इसकी कैफियत मैं पाठकों को नहीं दे सकता, सिर्फ जो होता है मैंने उसे ही बता दिया।

एक ऐसी ही छोटी-सी बात मन के अन्दर चुप्पी साधे ऐसे गुप्त रूप से इतनी बड़ी हो गई थी कि जब आज मुझे उसका पता चला, तो मैं खुद भी बड़ा विस्मित हो गया हूँ। वही बात मैं आज पाठकों को बताऊँगा। हालाँकि वह चीज ठीक क्या है, जब तक

मैं उसका पूरा परिचय नहीं दूँगा, तब तक उसकी शक्ल-सूरत हरगिज साफ नहीं होगी। क्योंकि शुरू में ही अगर मैं यह कहूँ कि वह एक प्रेम-कहानी है तो झूठ बोलने का पाप तो नहीं लगेगा, लेकिन वह बात खुद-ब-खुद जितनी बड़ी हो गई है—मेरी भाषा, हो सकता है, उसे भी लाँघ जाए। इसलिए बड़ा सावधान होकर बताना जरूरी है।

यह बहुत दिनों बाद की बात है। दीदी की याद तब धुँधली पड़ चुकी थी। जिनकी सूरत को याद करने पर पता नहीं क्यों नौजवानी की शरारत अपने आप सर झुका लेती थी, वे दीदी तब फिर उतनी याद नहीं आती थीं। यह उसी समय की बात है। एक राजा के बेटे के निमंत्रण पर मैं उनकी शिकार-पार्टी में जा शामिल हुआ था। मैं उनके साथ बहुत दिनों तक पढ़ा था। मैंने उनके गणित के बहुत से सवालों को गुप्त रूप से हल कर दिया था—इसीलिए तब उनसे गाढ़ी दोस्ती थी। उसके बाद जब हम एंट्रेंस क्लास में पहुँचे तब हम दोनों अलग हो गए। मैं यह भी जानता हूँ कि राजाओं के लड़कों की याददाश्त कमजोर होती है। लेकिन मैंने यह नहीं सोचा था कि वे याद करके चिट्ठी-पत्री लिखना शुरू करेंगे। बीच में अचानक एक दिन उससे मुलाकात हो गई थी। तब वे बालिग हो चुके थे। हाथ में जमा किए हुए बहुत से रुपए पड़ गए थे और उसके बाद इत्यादि-इत्यादि। राजा के बेटे के कानों में यह बात बढ़ा-चढ़ाकर कही गई थी कि मैं राइफल चलाने में बेजोड़ हूँ और मेरी तारीफों का पुल बाँधते हुए लोगों ने यहाँ तक कह दिया था कि एकमात्र मैं ही बालिग राजकुमार का जिगरी दोस्त बनने लायक हूँ। बात यह है कि नाते-रिश्तेदार, यार-दोस्त तो अपने आदमी की तारीफ जरा बढ़ा-चढ़ाकर ही किया करते हैं, वरना सचमुच ही यह घमंड करना कि उस उम्र में भी इतना ज्यादा हुनर मैं सीख सका था, मुझे शोभा नहीं देता, कम से कम तनिक विनय रहना अच्छा है। लेकिन रहने दीजिए इस बात को। शास्त्रकारों का कहना है कि राजदरबारों के सादर बुलावे की कभी उपेक्षा मत करना। हिन्दू का लड़का हूँ, मैं शास्त्रकारों की बातों को तो ठुकरा नहीं सकता। लिहाजा मैं उनके पास गया। स्टेशन से दस-बारह कोस मैं हाथी पर सवार होकर गया था। वहाँ गया तो देखता हूँ, राजकुमार के बालिग होने के लक्षण तो हैं। कुल पाँचेक तम्बू गाड़े गए हैं। एक खुद उनके लिए है, एक दोस्तों के लिए, एक नौकरों के लिए है। एक में खाने-पीने का इन्तजाम किया गया है। और एक यों ही थोड़ी दूर पर है—उसे दो हिस्सों में बाँटकर एक में दो बाई जियों और एक में उनके दल-बल को ठहराया गया है।

तब शाम ढल चुकी थी। वहाँ घुसते ही पता चला कि राजकुमार के खास कमरे में बहुत देर से संगीत की महफिल लगी हुई है। यहाँ तक कि लाड़ लड़ाने के लिए उन्होंने खड़ा होने की तैयारी की, पर वह तकिए के सहारे लेट गया। यार-दोस्त विह्वल कलरव से मेरा स्वागत करने लगे। मैं एकदम अपरिचित था। मगर उन लोगों की जैसी हालत थी उसमें अपरिचितों के चलते कोई झिझक नहीं थी।

ये दोनों बाईजी बहुत रुपयों के एवज में पटना से दो सप्ताह के लिए आई थीं। इन दोनों बाई जियों के चुनाव में राजकुमार ने जिस विचार और सूझ-बूझ का परिचय

दिया था, उसका लोहा तो मानना ही पड़ेगा। दोनों की दोनों खूबसूरत थीं, मधुर आवाजवाली थीं और गाने में माहिर थीं।

मेरे घुसते ही गाना रुक गया था। उसके बाद समयोचित बातचीत और तौर-तरीका पूरा करने में थोड़ा वक्त लगा। राजकुमार ने मुझसे गाने का अनुरोध किया। राजकुमार का हुक्म सुनकर मैं तो पहले बेहद संकुचित हो गया, मगर थोड़ी ही देर बाद मैंने समझा कि इस संगीत की महफिल में मैं ही जरा-जरा रसिक हूँ, बाकी सब तो काठ के उल्लू हैं।

बाईजी बाग-बाग हो उठी। मैं जानता हूँ, पैसे के लालच में बहुत सारा काम किया जा सकता है। लेकिन इन अरसिकों के दरबार में इतनी देर तक वीणा बजाना उसके लिए वास्तव में बड़ा कठिन काम हो गया था। इस बार एक रसिक को पाकर वह जैसे जी उठी। उसके बाद देर रात तक उसने मानो सिर्फ मेरे लिए ही अपने सारे हुनर, सारी खूबसूरती और आवाज की सारी मिठास से मेरे चारों ओर की सारी गन्दी मदहोशी को डुबो दिया और अन्त में स्तब्ध होने को आई।

बाईजी पटना की रहनेवाली थी—उसका नाम था प्यारी। उस रात उसने जिस तरह से अपनी जान लगाकर मुझे गाना सुनाया था उस तरह उसने शायद कभी किसी को गाना नहीं सुनाया होगा। मैं तो मुग्ध हो गया था। गाना रुका तो मेरे मुँह से सिर्फ बाहर निकला, 'बहुत अच्छा!'

प्यारी मुँह नीचा करके हँसी। उसके बाद उसने अपने दोनों हाथों को माथे से छुलाकर प्रणाम किया—सलाम नहीं। महफिल रात भर के लिए खत्म हो गई थी।

तब दल के लोगों में से कोई सो रहा था, कोई ऊँघ रहा था, पर ज्यादातर लोग बेहोश थे। जब अपने तम्बू में जाने के लिए बाईजी अपने दल-बल के साथ बाहर निकल रही थी तब मैं खुशी के मारे हिन्दी में बोल उठा, "बाईजी, यह मेरा सौभाग्य है कि दो सप्ताह तक रोज मैं तुम्हारा गाना सुन सकूँगा।"

बाईजी पहले तो ठिठककर खड़ी हो गई, पर दूसरे ही पल वह जरा करीब आई और अत्यन्त मृदु स्वर में साफ बांग्ला में बोली, "जब मैंने गाने के लिए रुपया लिया है तो मुझे गाना ही पड़ेगा। लेकिन आप इन पन्द्रह-सोलह दिनों तक इनकी मुसाहबी करेंगे? जाइए, कल ही आप अपने घर चले जाइए।"

उसकी बात सुनकर मैं हक्का-बक्का होकर ठक-से रह गया और यह सोचकर तय करने के पहले कि मैं क्या जवाब दूँ, बाईजी बाहर निकल गई। सवेरे हो-हल्ला मचाकर कुमारजी शिकार पर जाने के वास्ते बाहर निकल पड़े। शराब और मांस का सबसे ज्यादा इन्तजाम किया गया था। साथ में दसेक शिकार में साथ जानेवाले नौकर थे। पन्द्रह बन्दूकें थीं—उनमें छह राइफलें थीं। जगह थी—एक अधसूखी नदी के दोनों किनारे। इस पार गाँव था और उस पार बालू का टीला था। इस पार कोस भर में बड़े-बड़े सेमल के पेड़ थे और उस पार जगह-जगह पर काँस और कुश के झुरमुट थे। यहीं इन पन्द्रह बन्दूकों को लेकर शिकार करना था। सेमल के पेड़ों पर मैंने कई फाख्ताओं को देखा और सूखी नदी के मोड़ के करीब दो चकवा-चकवी तिरते-से लगे।

बड़े उत्साह के साथ यह सलाह करते-करते कि कौन किस तरफ जाएगा, सभी ने दो-एक प्याले पीकर अपने तन-मन को वीरों जैसा कर लिया। मैंने बन्दूक रख दी। एक तो बाईजी का ताना खाकर मेरा मन विकल हो रहा था, दूसरे, शिकार की जगह देखकर मेरा अंग-अंग जल उठा।

कुमार ने प्रश्न किया, "क्या जी श्रीकान्त, तुम तो बड़े खामोश हो? यह क्या, तुमने बन्दूक रख दी!"

"मैं परिन्दे नहीं मारता।"

"यह तुम क्या कह रहे हो जी? क्यों, तुम परिन्दे क्यों नहीं मारते?"

"जब से मेरी मसें भीगी हैं तब से मैंने छर्रेवाली बन्दूक नहीं चलाई है। यह बन्दूक चलाना मैं भूल गया हूँ।"

कुमार साहब हँसते-हँसते लोट-पोट हो गए थे। लेकिन यह बात अवश्य दीगर थी कि उस हँसी पर नशे का कितना असर था।

सुत्यू का मुँह-आँख लाल हो उठा। वे ही इस दल के प्रधान शिकारी थे और राजकुमार के प्रिय साथी थे। मैंने आते ही सुना था कि उनका निशाना बड़ा अचूक होता है। वे नाराज होकर बोले, "परिन्दों का शिकार करना क्या शर्म की बात है?"

मेरा भी तो मिजाज अच्छा नहीं था, इसलिए मैंने जवाब दिया, "परिन्दों का शिकार करना सबके लिए शर्म की बात नहीं है, मगर मेरे लिए है। खैर, मैं वापस तम्बू जा रहा हूँ। कुमार साहब, मेरी तबीयत अच्छी नहीं है।" यह कहकर मैं तम्बू लौट आया। मैंने नजरें उठाकर भी यह नहीं देखा कि मेरी बात सुनकर कौन हँसा, किसने आँखें बचाईं और किसने मुँह चिढ़ाया।

तब मैं तुरत लौटकर तम्बू में फर्श पर चित पड़ा हुआ था और एक प्याला और चाय देने के लिए कहकर एक सिगरेट सुलगाया था कि बेयरे ने आकर अदब के साथ बताया, "बाईजी एक बार आपसे मिलना चाहती है।"

मैं ठीक यही आशा कर रहा था। मैंने इसकी आशंका भी की थी। मैंने पूछा, "वह मुझसे क्यों मिलना चाहती हैं?"

"सो तो मैं नहीं जानता।"

"तुम कौन हो?"

"मैं बाईजी का खानसामा हूँ।"

"तुम बंगाली हो?"

"जी हाँ, मैं नाई हूँ। मेरा नाम रतन है।"

"बाईजी हिन्दू हैं?"

रतन हँसकर बोला, "वह हिन्दू नहीं होती, तो मैं उसके पास क्यों रहता?"

रतन मुझे अपने साथ लेकर आया, तम्बू का दरवाजा दिखा दिया और हट गया। मैं परदा उठाकर अन्दर घुसा, तो देखा, बाईजी अकेले इन्तजार करती बैठी हुई है। कल रात वह पेशवाज पहने और बदन पर ओढ़नी लिये थी, इसलिए मैं उसे ठीक से पहचान

नहीं सका था। आज उसे देखते ही मुझे यह पता चल गया कि बाईजी, चाहे जो भी क्यों न हो, है तो बंगाली की लड़की। अभी भी बाईजी 'गरद' की साड़ी पहने कीमती गलीचे पर बैठी हुई है। भीगे खुले बाल पीठ पर फैले हुए हैं, करीब ही पानदान है, सामने हुक्के पर चिलम चढ़ाई हुई है। मुझे देखकर वह उठकर खड़ी हो गई, मुस्कुराती हुई सामने के आसन को दिखा दिया और बोली, "बैठो। तुम्हारे सामने हुक्का नहीं पिऊँगी अब–अरे रतन, हुक्का ले जा। यह क्या, तुम खड़े क्यों हो, बैठो न!"

रतन आया और हुक्का ले गया। बाईजी बोली, "मैं यह जानती हूँ कि तुम हुक्का पीते हो। मगर मैं तुम्हें हुक्का दूँ कैसे? दूसरी जगह तुम जो करते हो, करो। लेकिन मैं जान-बूझकर अपना हुक्का तो भला तुम्हें नहीं दे सकती! अच्छा मैं चुरुट मँगा देती हूँ–अरे ओ..."

"रहने दो, रहने दो, चुरुट की जरूरत नहीं है, मेरी जेब में चुरुट है।"

"तुम्हारे पास चुरुट है? अच्छी बात है, तो फिर ठंडा होकर जरा बैठो। ढेर सारी बातें कहनी हैं। यह कोई नहीं कह सकता कि भगवान कब किससे मिला देंगे। यह सपनों के परे है। तुम तो शिकार करने गए थे, पर अचानक लौट क्यों आए?"

"अच्छा नहीं लगा।"

"शिकार करना अच्छा नहीं ही लगना चाहिए। कितनी निष्ठुर होती है यह मर्दों की जात। बेकार में जीवों को मारने में उन्हें क्या मजा आता है, यह वे ही जानें। तुम्हारे पिताजी अच्छे हैं न?"

"पिताजी नहीं रहे।"

"तुम्हारे पिताजी नहीं रहे, और तुम्हारी माँ?"

"वे तो उनसे भी पहले चल बसी थीं।"

"ओह–तो इसीलिए!" यह कहकर बाईजी ने एक लम्बी साँस ली और मेरे मुँह की तरफ निहारती रही। एक बार लगा, उसकी दोनों आँखें छलछला उठीं। लेकिन वह, हो सकता है, मेरे मन की भूल हो। पर दूसरे ही पल जब उसने बात की तब फिर भूल नहीं रही कि इस बातूनी नारी की चंचल और ठिठोली-भरी आवाज सचमुच ही कोमल और नम हो गई है। "तो कहो कि तुम्हारी देखभाल करनेवाला अब कोई नहीं रहा। अपनी फूफी के यहाँ हो न? नहीं तो भला और कहाँ रहोगे? यह तो मैं देख ही पा रही हूँ कि तुम्हारी शादी नहीं हुई है। पढ़-लिख रहे हो या उसे भी इसके साथ छोड़ दिया है?"

अब तक उसके कौतूहल और प्रश्नों को मैंने भरसक बर्दाश्त कर लिया था। लेकिन उसकी यह आखिरी बात न जाने क्यों असहनीय हो उठी। विरक्त और रूखी आवाज में मैं बोल उठा, "अच्छा, यह तो बताओ कि तुम कौन हो? मुझे तो ऐसा भी नहीं लगता है कि मैंने जिन्दगी में कभी तुम्हें देखा है। मेरे बारे में इतनी बातें तुम भला क्यों जानना चाहती हो? और जानकर ही भला तुम्हारा क्या फायदा होगा?"

बाईजी ने गुस्सा नहीं किया, हँसी, बोली, "फायदा और नुकसान ही क्या दुनिया में सब कुछ है? माया, ममता, प्यार क्या कुछ नहीं है? मेरा नाम है प्यारी, लेकिन जब

तुम मेरा मुँह देखकर मुझे पहचान नहीं सके, तब मेरे उस नाम को सुनकर, जिस नाम से लोग प्यार से मुझे बचपन में पुकारा करते थे, तुम मुझे पहचान सकोगे? इसके अलावा मैं तुम्हारे उस गाँव की लड़की भी नहीं हूँ।''

''अच्छा यह तो बताओ कि तुम्हारा घर कहाँ है?''

''नहीं, यह मैं नहीं बताऊँगी।''

''तो फिर, यह बताओ कि तुम्हारे बाप का नाम क्या है?''

बाईजी ने जबान काटकर कहा, ''वे स्वर्ग सिधार चुके हैं। छिः-छिः उनका नाम क्या मैं इस मुँह से ले सकती हूँ?''

मैं अधीर हो उठा। बोला, ''अगर तुम अपने बाप का नाम नहीं बता सकती, तो तुम यही बता दो कि तुमने मुझे पहचाना कैसे? और यह बताने में शायद तुम्हें कोई दोष नहीं लगेगा।''

प्यारी मेरे मन के भाव को ताड़कर फिर मुँह दबाकर हँसी। बोली, ''नहीं, इसमें कोई दोष नहीं है। मगर मैं जो कहूँगी उस पर तुम विश्वास करोगे?''

''कहकर देखो न।''

प्यारी ने कहा, ''मैंने तुम्हें पहचाना महाराज तुम्हारी दुर्बुद्धि के मारे, और कैसे पहचानती? तुमने मुझे जितना रुलाया था, सौभाग्य से सूर्यदेव ने मेरे आँसुओं को सोख लिया था, वरना उन आँसुओं से एक तालाब बन गया होता। पूछती हूँ, क्या तुम मेरी इस बात पर विश्वास कर सकते हो?''

सचमुच ही मैं उसकी बात पर विश्वास नहीं कर सका। लेकिन यह मेरी ही गलती थी। तब हरगिज यह याद नहीं आया कि प्यारी की जबान ही ऐसी है कि जैसे वह हर बात मजाक-मजाक में कह रही हो और मन ही मन हँस रही हो। मैं चुप्पी साधे रहा। वह भी थोड़ी देर तक चुप्पी साधे रही, पर इस बार वह सचमुच ही हँस उठी। लेकिन इतनी देर बाद पता नहीं कैसे सहसा मुझे लगा, उसने अपनी झेंप सँभाल ली। मुस्कुराती हुई बोली, ''नहीं महाराज, मैंने तुम्हें जितना बेवकूफ समझा था उतने बेवकूफ तुम हो नहीं। मेरे इस बोलने के ढंग को तुमने ठीक समझ लिया है। लेकिन फिर भी मैं कहती हूँ, तुमसे भी ज्यादा बुद्धिमान मेरी इस बात पर अविश्वास नहीं कर सका है। पर तुम इतने बुद्धिमान हो, तो तुमने यह मुसाहबी की नौकरी क्यों की? ऐसी नौकरी तुम जैसा आदमी नहीं कर सकता है। जाओ, तुम झटपट यहाँ से खिसक जाओ।''

गुस्से के मारे मेरा अंग-अंग जल गया, मगर मैंने अपने गुस्से को जाहिर नहीं होने दिया। मैंने सहज ढंग से कहा, ''जब तक नौकरी कर सकूँगा, करूँगा। जानती हो न–बैठे से बेगार भला! अच्छा, अब मैं चलता हूँ। बाहर के लोग, हो सकता है, बुरा मान बैठें।''

प्यारी बोली, ''अगर बाहर के लोग बुरा मानेंगे, तो यह तो तुम्हारे लिए सौभाग्य की बात होगी महाराज। यह भी क्या भला कोई अफसोस करने की बात है!''

जवाब दिए बिना जब मैं दरवाजे के पास आ गया था तब अचानक वह हँसी का फव्वारा छोड़कर बोल उठी, ''मगर देखो भई, तुमने जो मुझे सताया था यह बात तुम

भूल मत जाना। मित्र-मंडली में, कुमार साहब के दरबार में इसे जाहिर करने पर हो सकता है तुम्हारी तकदीर बदल जाए। क्या तुम ऐसा चाहते हो?"

मैं बिना कोई जवाब दिए बाहर निकल पड़ा। लेकिन इस बेहया की हँसी और गन्दे मजाक से मेरा अंग-अंग वैसे ही जलने लगा जैसे बिच्छू के डंक मारने से जलने लगता है।

अपनी जगह पर आकर मैंने एक प्याला चाय पी, चुरुट सुलगाया और अपने दिमाग को भरसक ठंडा करके सोचने लगा, 'कौन है यह?' जब मेरी उम्र पाँच साल की थी तब की सारी घटनाएँ मैं साफ याद कर सकता हूँ। लेकिन अतीत के अन्दर जहाँ तक नजरें जा सकती हैं वहाँ तक मैंने बारीकी से देखा, पर कहीं भी मुझे यह प्यारी ढूँढ़े नहीं मिली। हालाँकि यह मुझे अच्छी तरह पहचानती है। यह तो फूफी के बारे में भी जानती है। मैं गरीब हूँ, यह भी उससे छिपा हुआ नहीं है। इसलिए और कोई साजिश नहीं हो सकती है। हालाँकि जैसे भी हो, वह मुझे यहाँ से भगाना चाहती है। लेकिन किसलिए? मेरे रहने न रहने से इसका क्या आता-जाता है? तब इसने बातों-बातों में कहा था—दुनिया में फायदा और नुकसान ही क्या सब कुछ है? प्यार-व्यार कुछ नहीं है? मैंने जिसे कभी आँखों से भी नहीं देखा था, उसके मुँह की यह बात सोचकर मुझे हँसी आ गई। लेकिन सारी बातचीत को डुबोकर उसका आखिरी ताना मेरे कलेजे को लगातार बींधने लगा।

शाम के वक्त शिकारियों का दल लौट आया। मैंने नौकर के मुँह से सुना कि आठ फाख्ताओं को मारकर लाया गया है। कुमार ने मुझे बुला भेजा, बीमारी का बहाना बनाकर मैं बिस्तर पर पड़ा ही रहा। और इसी तरह से देर रात तक प्यारी का गाना शराबियों की वाहवाही सुनता रहा।

उसके बाद के तीन-चार दिन लगभग वैसे ही कट गए जैसे कट रहे थे। मैंने 'लगभग' कहा, क्योंकि एक शिकार करने को छोड़कर दूसरा सब कुछ एक-सा था। प्यारी का अभिशाप लगा या क्या, परिन्दों को मारने के प्रति अब किसी में कोई उत्साह मैंने नहीं देखा। कोई तम्बू से बाहर निकलना ही नहीं चाहता था। हालाँकि कुमार साहब ने मुझे भी नहीं छोड़ा था। ऐसी बात नहीं कि मेरे भागने की कोई खास वजह थी। लेकिन इस बाईजी के प्रति मेरे मन में घोर वितृष्णा पैदा हो गई, जब वह हाजिर होती तब न जाने कौन मुझे मारता रहता, मैं उठकर चला जाता तब जाकर मुझे राहत मिलती। जब मैं उठकर नहीं जा पाता, तो मैं कम से कम किसी दूसरी तरफ मुँह घुमा लेता, किसी से बातचीत करता या अन्यमनस्क होने की कोशिश करता। हालाँकि मुझे यह भी पता चलता था कि वह हर पल मुझसे आँखें चार करने की हजारों तरकीबें भिड़ाती। पहले दो-तीन दिन तो उसने मुझे देखकर मुझसे दिल्लगी करने की कोशिश की थी, मगर मेरा भाव देखकर वह भी बिलकुल चुप हो गई।

उस दिन था शनिवार। मैं अब किसी भी सूरत में वहाँ रह नहीं सकता था। यह तय हो जाने की वजह से कि खाने-पीने के बाद ही मैं रवाना हो जाऊँगा, आज सवेरे से ही गाने-बजाने की महफिल जम गई थी। थककर बाईजी ने गाना बन्द कर दिया

था कि तभी अचानक कहानियों में श्रेष्ठ कहानी भूतों की कहानी शुरू हो गई। पल भर में सब अपनी-अपनी जगह से उठकर आए और कहानी सुनानेवाले को घेरकर बैठ गए।

पहले तो मैं लापरवाही से सुन रहा था। लेकिन अन्त में मैं उत्सुक होकर उठ बैठा। कहानी सुनानेवाले थे गाँव के ही एक गैर-बंगाली बूढ़े व्यक्ति। वे यह जानते थे कि कहानी कैसे कहनी चाहिए। वे कह रहे थे, अगर किसी को सन्देह हो कि भूत होता है या नहीं, तो वह आज शनिवार की इस अमावस्या-तिथि में इस गाँव में आए और अपनी आँखों से भूत देखकर तथा कानों से उसकी आवाज को सुनकर अपना सन्देह दूर कर ले। वह चाहे जिस जात का हो, चाहे वे जैसे भी आदमी क्यों न हों, जितनी मर्जी उतने लोगों को साथ लेकर वह जाए—आज रात उसका मरघट जाना बेकार नहीं होगा। इतना ही नहीं कि आज की घोर रात में इस मरघट में रहनेवाले भूतों को सिर्फ आँखों से देखा ही जा सकता है, बल्कि कानों से उनकी आवाज भी सुनी जा सकती है और जी चाहे तो उनसे बातचीत भी की जा सकती है। मैं अपने बचपन की बात याद करके हँस पड़ा। उन बूढ़े व्यक्ति ने इसे देखा, तो कहा, "आप मेरे पास आइए।" मैं उनके पास गया। उन्होंने प्रश्न किया, "आप विश्वास नहीं करते कि भूत होता है?"

"नहीं।"

"आप क्यों नहीं विश्वास करते? आपके विश्वास न करने का कोई खास कारण है?"

"नहीं।"

"तो फिर? इसी गाँव में दो-एक सिद्ध साधक हैं जिन्होंने आँखों से भूत को देखा है। तब भी आप लोग यह विश्वास नहीं करते, मुँह पर हँसते हैं, यह सिर्फ दो पन्ने अँगरेजी पढ़ने का नतीजा है। खासतौर पर बंगाली नास्तिक हैं, म्लेच्छ हैं।" बात कहाँ से कहाँ आ गई। यह देखकर मैं ठगा-सा रह गया। बोला, "देखिए, इस बारे में मैं बहस नहीं करना चाहता। मेरा विश्वास मेरे पास है। मैं भले ही नास्तिक होऊँ, म्लेच्छ होऊँ पर मैं भूत को नहीं मानता। जो कहते हैं कि उन्होंने भूत को आँखों से देखा है—उन्होंने या तो धोखा खाया है या वे झूठे हैं, यही है मेरी धारणा।"

उन बूढ़े व्यक्ति ने खप-से मेरा दाहिना हाथ धर दबोचा और कहा, "आप आज रात मरघट जा सकते हैं?"

मैंने हँसकर कहा, "हाँ, मैं जा सकता हूँ। बचपन से लेकर अब तक बहुतों बार रात को बहुत सारे मरघटों का चक्कर मैं लगा चुका हूँ।"

वे चिढ़ उठे और बोले, "आप शेखी मत बघारो बाबू।" यह कहकर तमाम कहानी सुनानेवालों को स्तम्भित करते हुए इस मरघट का महाभयावह वर्णन कहकर सुनाने लगे। यह मरघट कोई ऐसा-वैसा मरघट नहीं है। यह महामरघट है। यहाँ हजारों नरमुंड मिलते हैं, इस मरघट में महाभैरवी अपने दल-बल के साथ गेंद की तरह नरमुंडों से खेलती हैं,

नाचती फिरती हैं। उन सबकी विकट खिलखिलाहट को सुनकर कितनी बार भूत को न माननेवाले कितने अँगरेजों और जज-मैजिस्ट्रेटों की भी धड़कनें बन्द हो गई थीं। ऐसी-ऐसी लोमहर्षक कहानियाँ वे सुनाने लगे कि इतने लोगों के बीच दिन के वक्त तम्बू के अन्दर बैठे रहकर भी बहुतों के रोंगटे खड़े हो गए। मैंने कनखियों से देखा, प्यारी किसी एक समय आकर मुझसे सटकर बैठ गई थी और बातों को अंग-अंग से मानो लील रही थी।

इस तरह जब महामरघट की कहानियाँ खत्म हुईं तब कहानी सुनानेवाले ने गर्व से मुझ पर कटाक्ष करते हुए प्रश्न किया, "क्या बाबू साहब, आप मरघट जाइएगा?"

"हाँ, मैं वहाँ जाऊँगा?"

"जाइएगा! अच्छा, आपकी मर्जी। पर अगर आपकी जान चली गई तो...?"

मैंने हँसकर कहा, "नहीं जनाब, नहीं। मेरी जान चली जाएगी, तो भी तुमको दोष नहीं दिया जाएगा। तुम डरो मत। मगर अनजानी जगह में मैं तो खाली हाथ नहीं जाऊँगा। बन्दूक लेकर जाऊँगा।"

तब बातचीत को जरा ज्यादा तेज होता देख मैं उठ गया। मैं परिन्दे नहीं मार सकता, लेकिन बन्दूक से भूत मार सकता हूँ। बंगाली अँगरेजी पढ़कर हिन्दू-शास्त्र को नहीं मानते हैं, वे मुर्गी खाते हैं, वे मुँह से चाहे जितनी भी शेखी क्यों न बघारें पर जब काम करने का वक्त आता है, तब दुम दबाकर भाग खड़े होते हैं, उनका पीछा करने पर उनकी दाँती लग जाती है, इस तरह की आलोचना की जाने लगी। यानी जिस बारीक बहस को छेड़ने से हमारे राजेरजवाड़े का मनोरंजन हो और उनकी समझ के परे न हो, और जिसके बारे में वे लोग भी दो शब्द कह सकें—ऐसी-ऐसी बातचीत होने लगी।

इन लोगों के दल में सिर्फ एक आदमी ऐसा था जिसने यह स्वीकार किया था कि वह शिकार करना नहीं जानता है। वह बात भी आमतौर पर जरा कम किया करता था और शराब भी जरा कम पिया करता था। उसका नाम था—पुरुषोत्तम। शाम को आकर उसने मुझसे कहा, कि वह मेरे साथ मरघट जाएगा। क्योंकि इसके पहले उसने भी किसी दिन भूत नहीं देखा है। इसलिए आज जब ऐसा मौका मिला है तब वह इसे हाथ से नहीं जाने देगा। यह कहकर वह खूब हँसने लगा।

मैंने पूछा, "तुम क्या भूत को नहीं मानते?"

"बिलकुल नहीं।"

"तुम भूत को क्यों नहीं मानते?"

"चूँकि भूत नहीं होता, इसलिए मैं भूत को नहीं मानता।" इतना कहकर वह चालू बहस छेड़कर बार-बार इनकार करने लगा। लेकिन मैंने इतनी आसानी से यह कबूल नहीं किया कि मैं उसे अपने साथ ले जाऊँगा। क्योंकि बहुत दिनों की अभिज्ञता से मैंने यह जाना था कि यह अब बहस की बात नहीं है—यह संस्कार है। जो लोग बिलकुल ही भूत को नहीं मानते वे लोग भी जब डरावनी जगह पर आ जाते हैं, तब वे लोग भी डर के मारे मूर्च्छित हो जाते हैं।

लेकिन पुरुषोत्तम था कि हाथ धोकर पीछे पड़ गया था। उसने लाँग खोंसी, कन्धे पर पक्के बाँस की लाठी रखी और बोला, "श्रीकान्त बाबू, आप चाहें तो बन्दूक लें, मगर मेरे हाथ में लाठी रहते, भूत हो या प्रेत, किसी को भी अपने पास तक नहीं फटकने दूँगा।"

"लेकिन वक्त पर हाथ में लाठी रहेगी न?"

"ठीक रहेगा बाबू, आप तब देख लीजिएगा।"

मरघट वहाँ से एक कोस दूर था–रात ग्यारह बजे के अन्दर रवाना होना था।

मैंने देखा, उसका आग्रह तनिक जरूरत से ज्यादा था।

जाने में तब भी घंटे भर की देर थी। मैं तम्बू के बाहर चहलकदमी करता हुआ इसी के बारे में मन ही मन सोचकर देख रहा था–वह चीज सम्भवतः क्या हो सकती है? इन सब विषयों में मैं जिस आदमी का चेला हूँ उसे तो भूत का डर था ही नहीं। छुटपन की बात याद आती है–जिस रात इन्द्र ने कहा था–श्रीकान्त मन ही मन राम का नाम ले। वह लड़का मेरे पीछे बैठा हुआ था। सिर्फ उस दिन मैं डर से बेहोश हो गया था, फिर कभी मैं डर से बेहोश नहीं हुआ हूँ। इसलिए बेहोश होने का डर नहीं था। लेकिन आज की कहानी अगर सच्ची हो, तो यह भूत नाम की चीज आखिर क्या है? इन्द्र खुद यह विश्वास करता था कि भूत होता है। लेकिन उसने भी कभी भूत को आँखों से नहीं देखा था। मैं खुद भी मन ही मन चाहे जितना भी यह क्यों न कहूँ कि भूत नहीं होता है, पर ऐसी बात नहीं कि स्थान और काल के असर से बदन सिहरता था। सहसा सामने की अमावस्या के इस घुप्प अँधेरे की तरफ निहारकर मुझे एक दूसरी अमावस्या की रात की बात याद आ गई–वह भी शनिवार ही था।

पाँच-छह बरस पहले मेरी पड़ोसिन अभागिन नीरू दीदी बाल-विधवा होकर भी जब सूतक रोग-ग्रस्त होकर छह महीने तक तकलीफ भुगतकर मरी थीं तब उनकी मृत्यु-शय्या के बगल में मेरे सिवा और कोई नहीं था। बगीचे के अन्दर मिट्टी के एक कमरे में वे अकेले रहती थीं। सबकी हर तरह के रोग-शोक और सुख-दुख में इतनी बड़ी निःस्वार्थ सेवा और परोपकार करनेवाली नारी मुहल्ले के अन्दर और कोई नहीं थी। इसकी गिनती नहीं थी कि उन्होंने कितनी लड़कियों को पढ़ा-लिखाकर, सिलाई का काम सिखाकर, हर तरह के घरेलू काम-काज को सिखाकर उन्हें रोजी-रोटी कमाने लायक बना दिया था। अत्यन्त स्निग्ध, शान्त स्वभाव और पवित्र चरित्र के चलते मुहल्ले के लोग भी उन्हें कम प्यार नहीं करते थे। लेकिन उन्हीं नीरू दीदी के तीस बरस की उम्र में अचानक जब कदम डगमगा गए और भगवान ने इस कठिन बीमारी से उनका आजीवन उन्नत सर बिलकुल झुका दिया तब उन अभागिन के झुके सर को ऊपर उठाने के लिए मुहल्ले के किसी भी आदमी ने अपना हाथ नहीं बढ़ाया था। निर्दोष, निर्मल हिन्दू समाज ने उन अभागिन के मुँह पर ही अपने सारे दरवाजे-खिड़कियों को कसकर बन्द कर दिया। इसलिए जिस मुहल्ले के अन्दर शायद एक भी ऐसा आदमी नहीं था जिसकी नीरू दीदी ने किसी न किसी तरह से सेवा-जतन नहीं की थी, उसी मुहल्ले के एक छोर पर अन्तिम शय्या पर

घृणा और लज्जा से चुपचाप मुँह नीचा किए अकेली लम्बे छह महीने तक बिना किसी इलाज के रहकर ये अभागिन अपनी करनी का प्रायश्चित्त पूरा करके सावन में एक देर रात को इहलोक छोड़कर जिस लोक में चली गईं उसका सही वर्णन किसी भी स्मार्त पंडित से पूछने पर जाना जा सकता था।

मेरी फूफी बेहद गुप्त रूप से उनकी मदद करती थी, यह मेरे और घर की बूढ़ी दाई के सिवा दुनिया में और कोई नहीं जानता था। फूफी ने एक दिन दोपहर को मुझे एकान्त में बुलाकर कहा, ''बेटा श्रीकान्त! तू तो ऐसे बहुत से लोगों को उनकी हारी-बीमारी में देखता है, इस छोकरी को एक बार जाकर देख न।'' तब से मैं बीच-बीच में जाकर उन्हें देखता था और फूफी के पैसे से फुटकल चीजें खरीदकर उन्हें दे आता था। उनके अन्तिम समय में अकेला मैं ही उनके पास था। मरते समय उनकी बीमारी बहुत बढ़ गई थी, फिर भी उन्हें पूरा होश था। ऐसा मैंने फिर कभी नहीं देखा है। यह विश्वास नहीं करने पर भी कि भूत होता है, डर के मारे बदन सिहरता है, मैं यही कह रहा हूँ।

उस दिन सावन की अमावस्या थी। रात बारह बजे के बाद आँधी-पानी के प्रकोप से ऐसा लगा कि जैसे धरती उलट जाएगी। सारे दरवाजे-खिड़कियाँ बन्द थे। मैं उनकी चारपाई के करीब एक बहुत पुरानी अधटूटी आराम-कुर्सी पर लेटा हुआ था। नीरू दीदी ने स्वाभाविक खुली आवाज में मुझे अपने पास बुलाया, अपना हाथ उठाकर मेरे कान को अपने मुँह के पास लाई और फुसफुसाकर बोली, ''श्रीकान्त, तू अपने घर चला जा।''

''यह तुम क्या कह रही हो नीरू दीदी? इस आँधी-पानी में मैं कैसे जाऊँगा?''

''आँधी-पानी है, तो है। तू पहले अपनी जान बचा।''

यह सोचकर कि वे बर्रा रही हैं, मैंने कहा, ''अच्छा, जाता हूँ, पर आँधी-पानी जरा रुक जाए।''

नीरू दीदी बड़ी व्यस्त होकर बोल उठीं, ''नहीं-नहीं श्रीकान्त, तू जा। जा भई, जा—अब जरा भी देर मत कर—तू भाग यहाँ से।''

इस बार उनके कहने के ढंग से मेरा कलेजा धक-से कर उठा। बोला, ''तुम मुझे जाने के लिए क्यों कह रही हो?''

मेरी बात के जवाब में उन्होंने मेरा हाथ खींच लिया और बन्द खिड़की की तरफ दिखाकर चिल्ला उठीं, ''तू नहीं जाएगा, तो क्या तू अपनी जान देगा? तू देखता नहीं है, मुझे लिवा जाने के लिए काले-काले सिपाही आए हैं। चूँकि तू यहाँ है, इसलिए वे खिड़की से मुझे डरा रहे हैं।''

उसके बाद उन्होंने सिर्फ इतना ही कहा, ''वे मेरी चारपाई के नीचे हैं, वे मेरे सिरहाने हैं। वे मुझे मारने आ रहे हैं। यह लिया उन लोगों ने। यह पकड़ा उन लोगों ने मुझे।'' उनका यह चिल्लाना तब रुका जब पिछली रात उनकी जान खत्म होने को आई।

नीरू दीदी की यह बात मेरे कलेजे के अन्दर कूट-कूटकर समाई हुई है। उस रात मैं डर तो गया ही था। शायद मैंने न जाने किस चीज की शक्ल-सूरत भी देखी थी। यह सच है कि अभी सोचता हूँ तो हँसी आती है। लेकिन अगर मुझे निःसन्दिग्ध रूप से यह विश्वास नहीं होता कि मेरे किवाड़ खोलकर बाहर निकलते ही नीरू दीदी के वे काले-काले सिपाही-सन्तरी अन्दर आ जाएँगे तो उस दिन अमावस्या के खराब मौसम को नजरअन्दाज करके भी भाग खड़ा होता। हालाँकि मैं यह भी जानता था कि ऐसी कोई भी बात नहीं थी, कुछ भी नहीं था, मैंने यह भी समझा था कि मुमूर्षु नीरू दीदी तकलीफदेह बीमारी की खुमारी में सिर्फ बर्रा रही थीं। हालाँकि...

"बाबू!"

मैं चौंककर मुड़ा, तो देखा रतन है।

"क्या है रे?"

"बाईजी ने एक बार प्रणाम कहा है।"

मैं जितना विस्मित हुआ उतना ही विरक्त हुआ। ऐसी बात नहीं कि इतनी रात गए अचानक बुला भेजना सिर्फ बेहद अपमानजनक, हिमाकत-सा लगा, बल्कि बीते तीन-चार दिनों के एक-दूसरे के बर्तावों को याद करके भी यह प्रणाम भेजना अनहोनी-सा लगा। लेकिन इस आशंका से कि नौकर के सामने कहीं उत्तेजना न जाहिर हो जाए, मैंने जी-जान से अपने आपको रोका और कहा, "आज तो मेरे पास वक्त नहीं है रतन, मुझे अभी निकलना होगा। कल मिलूँगा।"

रतन बड़ा चालाक नौकर था, वह अदब-कायदा जानता था। उसने सम्मान के साथ मृदु स्वर में कहा, "बहुत जरूरी है, बाबू, इसी वक्त आपको एक बार वहाँ पधारना ही होगा। वरना बाईजी ने कहा है कि वे खुद यहाँ आएँगी।"

कैसा सर्वनाश! इतनी रात गए इस तम्बू में इतने लोगों के सामने बाईजी आएगी। मैंने कहा, "तुम उसे समझाकर कहो रतन, आज नहीं, कल सवेरे मिलूँगा। आज मैं किसी भी सूरत में नहीं जा सकता।"

रतन बोला, "तो फिर वे ही यहाँ आएँगी। मैं पिछले पाँच बरसों से देखता आ रहा हूँ, बाबू। बाईजी की बात में किसी दिन कभी भी जरा भी फेर-बदल नहीं होता है। आप नहीं जाएँगे, तो वे जरूर आएँगी।"

इस अनुचित और असंगत जिद को देखकर मेरी एड़ी-चोटी जल उठी। बोला, "अच्छा, रुको, मैं आता हूँ।" यह कहकर मैं तम्बू के अन्दर घुसा, तो देखा, शराब की कृपा से कोई भी जगा हुआ नहीं था। पुरुषोत्तम गहरी नींद में डूबा हुआ था। नौकरों के तम्बू में सिर्फ दो-चार आदमी जगे हुए थे। मैंने जल्दी से बूट पहन लिये और एक कोट पहन डाला। राइफल भरी हुई ही थी, उसे हाथ में लिये हुए रतन के साथ बाईजी के तम्बू में जा घुसा। प्यारी सामने ही खड़ी थी। उसने मुझे सर से लेकर पाँव तक बार-बार देखा और जरा-सी भी भूमिका बाँधे बिना गुस्साए स्वर में बोल उठी, "तुम किसी भी सूरत में मरघट-वरघट नहीं जाओगे, किसी भी सूरत में नहीं।"

मैं तो बड़े अचरज में पड़ गया, बोला, "क्यों?"

"लो भला पूछता है क्यों? क्या भूत-प्रेत नहीं होता है कि तुम शनिवार अमावस्या की रात में मरघट जाओगे? जाओगे तो क्या तुम अपनी जान बचाकर फिर वापस आ सकोगे?

इतना कहकर प्यारी अचानक सुबक-सुबककर रो पड़ी। मैं विह्वल की भाँति चुपचाप उसे निहारता हुआ खड़ा रहा। मुझे यह सोचते नहीं बना कि मैं क्या करूँ, क्या जवाब दूँ। भला इसमें आश्चर्य की कौन सी बात थी कि मुझसे सोचते नहीं बना! जिसे न मैं पहचानता हूँ, न जानता हूँ वह अगर भला चाहने की प्रबल भावना से आधी रात में बुलवाए और सामने खड़ा होकर रोने लगे, तो कौन है ऐसा जो हक्का-बक्का नहीं होगा? मेरा जवाब न पाकर प्यारी ने आँखें पोंछते-पोंछते कहा, "क्या तुम किसी दिन शान्त-शिष्ट नहीं बनोगे? तुम पहले जैसे अड़ियल थे, वैसे ही अड़ियल हमेशा बने रहोगे? लो, जाओ तो देखूँ, तुम कैसे जाते हो? तुम जाओगे, तो मैं भी तुम्हारे साथ जाऊँगी।" इतना कहकर उसने अपनी शॉल उठा ली और उसे ओढ़ने लगी।

मैंने संक्षेप में कहा, "अच्छी बात है, तो तुम भी चलो।"

मेरे इस गुप्त ताने से प्यारी जल उठी और बोली, "आहा! तब तो देश-विदेश में तुम्हारी नेकनामी की कोई सीमा नहीं रहेगी। बाबू शिकार करने आए थे, तो नाचनेवाली को साथ लिये आधी रात को भूत देखने गए थे। अच्छा बताओ तो, घर में क्या बिलकुल आउट हो गए हो? घृणा, विरक्ति, लाज-शरम से अब कोई वास्ता नहीं रह गया।" कहते-कहते उसकी तीखी आवाज भीगकर जैसे भारी हो उठी। बोली, "तुम तो कभी ऐसे नहीं थे? ऐसा तो किसी ने भी नहीं सोचा था कि तुम इतना नीचे गिर जा सकते हो।"

उसका आखिरी वाक्य सुनकर किसी और समय, हो सकता है, मेरी विरक्ति की सीमा नहीं रहती, लेकिन अभी मुझे गुस्सा नहीं आया। लगा, जैसे मैंने प्यारी को पहचाना हो। मुझे ऐसा क्यों लगा, यह मैं बाद में बताऊँगा। कहा, "लोगों के सोचने से क्या आता-जाता है यह तो तुम खुद भी जानती हो। तुम इतना नीचे गिर जाओगी, इसे भला कितने लोगों ने सोचा था?"

पल भर के लिए प्यारी के मुँह पर शरत ऋतु के बादलों से छनकर आती चाँदनी की सी एक सहज मुस्कान की झलक दिखाई पड़ी। मगर बस पल भर के लिए ही। दूसरे ही पल वह डरी-डरी आवाज में बोली, "मेरे बारे में तुम क्या जानते हो? कौन हूँ मैं, बताओ तो?"

"तुम प्यारी हो।"

"सो तो सभी जानते हैं।"

"सभी जो नहीं जानते उसे मैं जानता हूँ—सुनोगी, तो क्या तुम खुश होओगी? अगर तुम खुश होती तो तुम खुद ही अपना परिचय देती। जब तुमने खुद अपना परिचय नहीं दिया है, तब तो तुम मेरे मुँह से भी कुछ नहीं सुन पाओगी। इस बीच तुम

यह सोचकर देखो कि तुम अपना परिचय दोगी या नहीं। लेकिन, अभी और समय नहीं है–मैं चला।''

प्यारी बिजली की रफ्तार से मेरा रास्ता रोककर खड़ी हो गई और बोली, ''अगर मैं तुम्हें न जाने दूँ, तो, तुम जबरन जा सकते हो?''

''लेकिन तुम मुझे भला जाने ही क्यों नहीं दोगी?''

प्यारी बोली, ''आखिर मैं तुम्हें जाने ही क्यों दूँगी? सचमुच के भूत क्या नहीं होते हैं कि तुम जाना चाहोगे और मैं तुम्हें जाने दूँगी। माँ की कसम, मैं कह देती हूँ, मैं चिल्ला-चिल्लाकर लोगों को इकट्ठा कर दूँगी।''

इतना कहकर उसने मेरी बन्दूक छीन लेने की कोशिश की। मैं एकदम पीछे हट गया। कुछ देर से मुझे झुँझलाहट के बदले हँसी आ रही थी। अबकी बार मैं हँस पड़ा और बोला, ''मुझे नहीं मालूम कि सचमुच के भूत होते हैं या नहीं। मगर मैं यह जानता हूँ कि झूठ-मूठ के भूत होते हैं। वे सामने खड़े होकर बात करते हैं, रोते हैं, रास्ता रोकते हैं–ढेर सारी ऐसी हरकतें करते हैं और जरूरत पड़ने पर गर्दन मरोड़कर खा भी जाते हैं।''

प्यारी उदास हो गई, और कुछ देर के लिए शायद कोई शब्द उसे ढूँढ़े भी नहीं मिला। उसके बाद बोली, ''तो कहो कि तुमने मुझे पहचाना है, मगर वह तुम्हारी भूल है। यह सच है कि वे बहुत सारी हरकतें करते हैं, मगर वे गर्दन मरोड़ने के लिए रास्ता नहीं रोकते हैं। उन्हें भी इस बात की समझ होती है कि कौन उनका अपना है और कौन पराया।''

मैंने फिर से हँसते हुए प्रश्न किया, ''यह तो तुम्हारी अपनी बात है, मगर तुम क्या भूत हो?''

प्यारी बोली, ''मैं तो भूत ही हूँ, भूत के सिवा मैं और क्या हूँ? तुम यही न कहना चाहते हो।'' वह थोड़ी देर रुकी और खुद ही फिर से कहने लगी, ''यह सच है कि एक हिसाब से मैं मर चुकी हूँ। मगर यह सच हो या झूठ–अपने मरने की अफवाह मैंने खुद नहीं फैलाई थी। यह अफवाह माँ ने मामा से फैलवाई थी। सुनोगे सारी बातें?''

उसके मरने की बात सुनकर इतनी देर बाद मेरा शक दूर हो गया। मैं उसे ठीक पहचान पाया। यह वही राजलक्ष्मी है जो बहुत दिन पहले अपनी माँ के साथ तीर्थयात्रा करने गई और जो फिर वापस नहीं आई थी। गाँव में आकर उसकी माँ ने इस बात का प्रचार किया था कि राजलक्ष्मी काशी में हैजे से मर गई है। मैं यह तो याद नहीं कर सका था कि इसके पहले मैंने कभी उसे देखा था, लेकिन जब मैं यहाँ आया था तब से लेकर अब तक मैं उसकी एक आदत पर ध्यान दे रहा था। वह यह कि जब वह गुस्सा करती थी तब वह अपने निचले होंठ को दाँतों से दबा लिया करती थी। मुझे सिर्फ ऐसा लग रहा था कि न जाने कहाँ किसको ठीक ऐसे ही अपने निचले होंठ को दाँतों से दबाते बहुत बार देखा है। मगर यह हरगिज याद नहीं आ रहा था कि कौन है वह, मैंने उसे कहाँ देखा है, कब देखा है। उसी राजलक्ष्मी को ऐसी होते देख मैं पल भर के लिए विस्मय

से अभिभूत हो गया। जब मैं अपने गाँव के मनसा पंडित की पाठशाला में मॉनिटर था उसी समय इसके दो पीढ़ियों के कुलीन बाप ने और एक ब्याह करके इसकी माँ को घर से निकाल दिया था। पति द्वारा घर से निकाल दिए जाने के बाद इसकी माँ अपनी दोनों बेटियों–सुरलक्ष्मी तथा राजलक्ष्मी–को लेकर अपने मायके चली आई थी। इसकी उम्र तब आठ-नौ साल थी और सुरलक्ष्मी की बारह-तेरह। इसका रंग बराबर गोरा था, लेकिन मलेरिया और प्लीहा की वजह से उसका पेट टोकरी-सा, हाथ-पाँव लकड़ी के-से और सर के बाल ताँबे की सींक जैसे हो गए थे–उसके सर में कितने बाल हैं, उसे गिनकर बताया जा सकता था। मेरी मार के डर से यह लड़की बौंडी के जंगल में घुसकर पकी हुई बौंडी के फलों की एक माला गूँथ लाती और मुझे देती। अगर वह माला किसी दिन छोटी होती, तो मैं इससे पुराना पाठ पूछकर इसे जी-भर थप्पड़ मारा करता था। मार खाकर यह लड़की अपने निचले होंठ को दाँतों से काटती हुई गुमसुम होकर बैठी रहती, लेकिन हरगिज यह नहीं कहती कि रोज पका हुआ फल लाना उसके लिए कितना कठिन है। सो चाहे जो भी हो, इतने दिनों तक मैं यही समझता था कि वह अपनी माँ के डर से इतना दुख झेलती है, लेकिन आज अचानक मुझे थोड़ा-सा शक हुआ। खैर, इसे छोड़िए। उसके बाद उसकी शादी हो गई थी। वह भी एक कमाल की घटना थी। यह सोचकर मामा मरा जा रहा था कि उसकी भानजियों की शादी नहीं हो रही है। संयोग से यह मालूम पड़ा कि विरंचि दत्त का ब्राह्मण रसोइया भ्रष्ट कुलीन का बेटा है। दत्त बाबू जब बाँकुड़ा से बदली होकर आ रहे थे तब इसे अपने साथ ले आए थे। मामा विरंचि दत्त के दरवाजे पर धरना देकर बैठ गए–ब्राह्मण की जाति को बचाना ही पड़ेगा। इतने दिनों तक सभी यही जानते थे कि दत्त का ब्राह्मण रसोइया भोला-भाला आदमी है। मगर जब जरूरत पड़ी तब देखने में आया कि रसोइया को दुनियादारी की समझ किसी से कम नहीं है। जब उसने सुना कि दहेज में इक्यावन रुपए मिलेंगे तब उसने जोर से सर हिलाकर कहा, “इतने कम दहेज में मैं शादी नहीं करूँगा। जरा पता तो लगाओ कि कितना दहेज देना पड़ता है। इक्यावन रुपए में तो एक जोड़ा तगड़े बकरे भी नहीं मिलते और आप चले हैं दामाद ढूँढ़ने। पर सौ-एक रुपए दीजिए मैं एकबारगी बारी-बारी से दोनों के साथ फेरे लगा लूँगा। आपकी दोनों ही भानजियों का उद्धार हो जाएगा। भला सौ रुपए कौन-सी बड़ी रकम है। दो बैलों की कीमत भी आप नहीं देंगे?”

उसका कहना असंगत नहीं था। बहुत मोल-तोल और मान-मनव्वल के बाद सत्तर रुपए में बात तय हो गई। फिर एक रात एक ही साथ सुरलक्ष्मी और राजलक्ष्मी की शादी हो गई। दो दिनों बाद सत्तर रुपया लेकर दो पीढ़ियों का कुलीन दामाद बाँकुड़ा चला गया। फिर उसे किसी ने नहीं देखा था। डेढ़ साल बाद प्लीहा से सुरलक्ष्मी चल बसी और उसके डेढ़ेक साल बाद इसी राजलक्ष्मी ने काशी में मरकर मोक्ष प्राप्त कर लिया। यही है प्यारी बाई की संक्षिप्त कहानी।

बाईजी ने कहा, “तुम क्या सोच रहे हो, बताऊँ?”

“क्या सोच रहा हूँ बताओ!”

"तुम सोच रहे हो, आहा! बचपन में मैंने इसे कितना दुख दिया है। काँटों के जंगल में भेजकर रोज-रोज इससे डोंढी तुड़वाई है, और उसके बदले मैंने उसे सिर्फ मारा-पीटा है। मार खाकर यह चुपचाप रोई है, मगर इसने कभी कुछ नहीं माँगा है। आज अगर यह एक बात कहती है, तो उसे सुनूँ न। क्या हुआ अगर मैं मरघट नहीं गया। तुम यही सोच रहे हो न?"

मैं हँस पड़ा।

प्यारी भी हँसी और बोली, "ऐसा सोचना तो स्वाभाविक ही है। बचपन में एक बार जिसे प्यार किया जाता है क्या उसे कभी भूला जा सकता है? वह अगर अनुरोध करे, तो क्या कोई कभी उसे ठुकरा सकता है? ऐसा निष्ठुर दुनिया में भला कौन होगा? चलो, थोड़ी देर बैठें। बहुत सारी बातें कहनी हैं।"

"रतन, आकर बाबू के जूते उतार दे तो रे। तुम हँस क्यों रहे हो?"

"मैं यह देखकर हँस रहा हूँ कि तुम लोग आदमी को फुसलाकर कैसे अपने वश में करती हो।"

प्यारी भी हँसी और बोली, "तो यह बात है! गैर को बातों से फुसलाकर अपने वश में किया जा सकता है, मगर जब से होश सँभाला है तब से लेकर अब तक मैं खुद ही जिसके वश में हो गई हूँ, उसे भी क्या बातों से फुसलाया जा सकता है? वैसे आज तो मैं बात कर रही हूँ, लेकिन रोज काँटों से लहूलुहान होकर जब मैं डोंढी की माला गूँथ देती तब मैंने कितनी बात की थी, सुनूँ तो सही? क्या मैंने तुम्हारी मार के डर से बात नहीं की थी? ऐसा सोचना भी मत। राजलक्ष्मी ऐसी लड़की नहीं है। मगर छिः, मुझे तो तुम बिलकुल ही भूल गए थे। देखा! तुम मुझे पहचान भी नहीं सके थे।" यह कहकर ज्यों ही उसने हँसकर अपना सर हिलाया त्यों ही उसके दोनों कानों के हीरे भी हिल उठे।

मैंने कहा, "मैंने भला तुम्हें याद ही कब किया था कि मैं तुम्हें भूल नहीं जाऊँगा? बल्कि आज मैं तुम्हें पहचान सका हूँ। यह देखकर मैं खुद ही आश्चर्य में पड़ गया हूँ, अच्छा बारह बजते हैं—मैं चला।"

प्यारी का हँसता हुआ चेहरा पल भर में बिलकुल फीका पड़ गया। वह थोड़ी देर स्थिर रही, फिर बोली, "अच्छा, भले ही तुम भूत-प्रेत को न मानो, पर अँधेरी रात में साँप-बिच्छू, बाघ-भालू, जंगली सूअर—ये सब जंगल में घूमते-फिरते हैं। इसे तो मानना होगा।"

मैंने कहा, "इसे तो मैं मानता हूँ, बल्कि इसके लिए मैं काफी सावधान होकर चलता हूँ।"

मुझे जाने को उद्यत देखकर वह धीरे से बोली, "तुम जिस स्वभाव के आदमी हो उससे मुझे इस बात का बहुत ही डर था कि मैं तुम्हें रोक नहीं सकूँगी। तब भी मैंने यह सोचा था कि रो-धोकर तुम्हारा हाथ-पाँव पकड़ूँगी तो हो सकता है, तुम न भी जाओ। मगर मेरा रोना बेकार गया।" यह देखकर कि मैंने जवाब नहीं दिया, वह फिर से बोली,

"अच्छा, जाओ। पीछे से पुकारकर अब मैं अमंगल नहीं करूँगी लेकिन अगर कुछ होगा, तो ऐसी जगह में जहाँ अपना कोई नहीं है, ये राजे-रजवाड़े, यार-दोस्त काम नहीं आएँगे। तब मुझे ही भुगतना पड़ेगा। मेरे मुँह पर यह कहकर तुम मुझे पहचान नहीं सकते, तुमने पुरुषोचित काम किया, मगर मेरा मन तो औरत का मन है। मुसीबत के वक्त मैं तो यह नहीं कह सकूँगी कि मैं इन्हें नहीं पहचानती।" इतना कहकर उसने एक लम्बी साँस दबा डाली।

मैं जाते-जाते मुड़कर खड़ा हो गया और हँसा। न जाने कैसा एक दुख महसूस हुआ। कहा, "यह तो अच्छी बात है बाईजी, यह भी तो मेरा एक बहुत बड़ा फायदा है। मेरा तो कोई कहीं भी नहीं है—तब भी तो मैं यह जान सकूँगा कि एक व्यक्ति है जो मुझे छोड़कर नहीं जा सकेगा।"

प्यारी बोली, "यह क्या भला तुम नहीं जानते? सैकड़ों बार बाईजी कहकर तुम मुझे चाहे जितना अपमानित क्यों न करो, क्या अब तुम मन ही मन यह नहीं समझते कि राजलक्ष्मी तुम्हें छोड़कर नहीं जा सकेगी? लेकिन अगर मैं तुम्हें छोड़कर जा सकती तो अच्छा होता। तुम लोगों को एक सबक मिलता। लेकिन कितनी बुरी है यह औरत की जात। एक बार अगर किसी को प्यार करती है, तो उसी पर हमेशा के लिए मर मिटती है।"

मैं बोला, "प्यारी अच्छे संन्यासी को भी भीख नहीं मिलती है, तुम यह जानती हो कि उसे भीख क्यों नहीं मिलती?"

प्यारी बोली, "हाँ, मैं जानती हूँ। लेकिन तुम्हारे इस ताने में इतनी धार नहीं है कि वह मुझे बेधे। यह मेरा ईश्वर-प्रदत्त धन है। यह धन मुझे तब मिला था जब मुझे इस बात का ज्ञान तक नहीं था कि दुनिया में क्या अच्छा है और क्या बुरा! यह धन मुझे आज नहीं मिला है।"

मैंने नरम होकर कहा, "अच्छी बात है। मैं चाहता हूँ, मुझे आज कुछ न कुछ हो। अगर होगा, तब तुम्हारे ईश्वर-प्रदत्त धन की लगे हाथ परख हो जाएगी।"

प्यारी बोली, "दुर्गा-दुर्गा, छिः ऐसी बात मत कहो। तुम सकुशल लौट जाओ। मेरा कहा सच है या झूठ इसकी जाँच करने की जरूरत नहीं। मेरी ऐसी किस्मत कहाँ है कि बुरे वक्त पर मैं खुद तुम्हारी सेवा अपने हाथों करके तुम्हें भला-चंगा कर सकूँ। अगर ऐसा होता, तो मैं समझती कि मैंने इस जनम का एक काम निपटा दिया।" यह कहकर उसने अपना मुँह घुमाकर आँसुओं को छिपाया, लालटेन की मद्धिम रोशनी में भी मुझे इसका पता चल गया।

"अच्छा, भगवान तुम्हारी इस साध को, हो सकता है, एक दिन पूरी कर दें," यह कहकर मैं और देरी किए बिना तम्बू के बाहर आकर खड़ा हो गया। तब भला यह किसने सोचा था कि मजाक-मजाक में मुँह से एक प्रबल सच बाहर निकल गया।

तम्बू के अन्दर से रुआँसे स्वर की दुर्गा-दुर्गा की कातर पुकार कानों में आ पहुँची। मैं तेज कदमों से मरघट की ओर चल पड़ा।

पूरे मन पर प्यारी की ही बात छाई रही। मैं यह जान ही नहीं सका कि कब मैं अमराई के अँधेरे लम्बे रास्ते को पार कर गया और कब नदी के किनारेवाले बाँध पर आ गया। सारी राह मैं सिर्फ यही एक बात सोचते-सोचते आया हूँ कि इस नारी का मन कितनी बड़ी अचिन्तनीय चीज है। मुझे यह पता भी नहीं चला था कि कब इस प्लीहा की मरीज लड़की ने अपने टोकरी जैसे पेट और लकड़ी के-से हाथ-पाँव लेकर मुझे पहली बार प्यार किया था और कब से डोंढी के फल की माला से अपनी दरिद्र पूजा चुपचाप पूरी करती आ रही थी। जब मुझे इसका पता चला तब विस्मय की कोई सीमा नहीं रही। विस्मय इसलिए नहीं था कि उसने मुझे प्यार किया था, बल्कि इसलिए था कि इस चीज को, जिसे वह अपना ईश्वर-प्रदत्त धन मानकर गर्व के साथ प्रसारित करने में भी संकुचित नहीं हुई, इतने दिनों तक उसने अपने घृणित जीवन के सैकड़ों झूठे प्रणय-अभिनय के बीच कहाँ जिन्दा रखा था? कहाँ से इसके लिए वह खुराक जुटाती थी? किस रास्ते से घुसकर वह उसका लालन-पालन करती थी। वैसे उपन्यासों-नाटकों में भी मैंने बाल्य-प्रणय की कहानियाँ बहुत पढ़ी हैं।

''बप्!''

मैं चौंक उठा। सामने निहारा तो देखता हूँ, मटमैले बालू का विस्तृत प्रान्तर है जिसे चीरती हुई पतली नदी की रेखा टेढ़ी-मेढ़ी होकर कहीं बहुत दूर जाकर विलीन हो गई है। समूचे प्रान्तर में एक-एक काँस की झाड़ी है। अँधेरे में अचानक लगा, जैसे ये एक-एक आदमी हैं जो आज की इस भयंकर अमावस्या की रात में भूतों का नाच देखने के लिए आमंत्रित होकर आए हैं और बालू की चादर पर अपनी-अपनी जगह पर बैठकर चुपचाप इन्तजार कर रहे हैं। सर के ऊपर घना काला आसमान है, अनगिन तारे भी आग्रह के साथ आँखें खोले निहार रहे हैं। न हवा बहती है, न कोई आवाज सुनाई पड़ती है, अपने कलेजे के अन्दर के सिवा, जहाँ तक नजरें जाती हैं वहाँ तक कहीं भी जरा-सी प्राणों की आवाज तक महसूस करने की गुंजाइश नहीं है। जो निशाचर पंछी एक बार 'बप्' कहकर रुक गया था वह भी कुछ नहीं बोला। मैं धीरे-धीरे पश्चिम की तरफ चला। दूसरी तरफ वह महाश्मशान है, शिकार करने आकर मैं जहाँ के सेमल के पेड़ों को देख गया था। मैं थोड़ी दूर आया, तो उन पेड़ों के काले-काले डाल-पत्ते नजर आए। ये ही हैं महाश्मशान के द्वारपाल। इन्हें पार करके जाना पड़ेगा। अबकी बार बहुत धीमी प्राणों की आवाज मिलने लगी। मगर वह आवाज ऐसी नहीं थी जिसे सुनकर बाग-बाग हुआ जा सके। मैं और भी थोड़ी दूर आगे बढ़ा, तो वह आवाज साफ हुई। किसी माँ के घोड़ा बेचकर सो जाने पर उसका नन्हा बच्चा रो-रोकर अन्त में निर्जीव-सा होकर जिस तरह रह-रहकर रोता है, ठीक उसी तरह श्मशान की गुप्त जगह से न जाने कौन रोने लगा। मैं शर्त लगाकर यह कह सकता हूँ कि जो इस रोने का इतिहास नहीं जानता और जिसने ऐसा रोना पहले नहीं सुना है वह अमावस्या की ऐसी आधी रात में अकेले उधर और एक कदम आगे बढ़ना नहीं चाहेगा। वह आदमी का बच्चा नहीं है, वह गिद्ध का बच्चा है जो अँधेरे में अपनी माँ को न देख पाने की वजह से रो रहा होगा—यह जाने बिना

किसी की मजाल नहीं कि पक्के तौर पर यह कहे। मैं जब और नजदीक आया, तो देखा ठीक वही बात है जो मैंने सोची थी। सेमल के पेड़ की डाल पर गिद्ध टोकरी की तरह बैठकर रैन बसेरा कर रहे हैं और उन्हीं के बच्चों में से कोई एक शरारती बच्चा इस तरह से आर्त स्वर में रो रहा है।

पेड़ पर वह रोता ही रहा, मैं उस पेड़ के नीचे से होकर आगे बढ़ता हुआ उस महाश्मशान के एक सिरे पर आकर खड़ा हो गया। सवेरे उस वृद्ध ने कहा था कि यहाँ लाखों नर-मुंड गिने जा सकते हैं–देखा उनके कथन में कोई अत्युक्ति नहीं है। लगभग समूची जगह नर-कंकालों से खचाखच भरी हुई है। गेंद खेलने के लिए अनगिनत नर-कंकाल पड़े हुए हैं, लेकिन तब भी कोई खिलाड़ी वहाँ नहीं आ सका था। मेरे सिवा कोई दूसरा भूत-दर्शक वहाँ मौजूद नहीं था या नहीं, अपनी इन दोनों नश्वर आँखों से मैं उसे देख नहीं सका। यह उम्मीद करके कि खेल शुरू होने में अब ज्यादा देर नहीं है, मैं एक बालू के टीले पर चढ़ बैठा। बन्दूक को खोलकर कारतूस को और एक बार जाँचा, फिर से उसे बन्दूक में भर दिया और बन्दूक को अपनी गोद में रखकर मैं तैयार होकर रहा। पर हाय रे कारतूस! मुसीबत के वक्त उसने कोई मदद नहीं की।

प्यारी की बात याद आई। उसने कहा था–अगर तुम साफतौर पर यह विश्वास करते हो कि भूत-प्रेत नहीं होता है तो वहाँ जाने की तकलीफ क्यों उठाना चाहते हो? अगर तुम्हारे विश्वास में जोर न हो, तब तो भूत-प्रेत हो या न हो, मैं तुम्हें वहाँ हरगिज नहीं जाने दूँगी। मैं क्या देखने आया हूँ? मन में कहीं कोई पाप तो नहीं छिपा हुआ है? मैं कुछ भी देखने नहीं आया हूँ, मैं सिर्फ यह दिखाने आया हूँ कि मुझे कितनी हिम्मत है। सवेरे जिन लोगों ने कहा था कि बंगाली डरपोक होते हैं और काम के वक्त भाग जाते हैं, उनके आगे मैं सिर्फ सबूत के साथ यह साबित करना चाहता था कि बंगाली बड़े वीर होते हैं।

मेरा यह दृढ़ विश्वास है कि आदमी मरने के बाद फिर जिन्दा नहीं होता है और अगर वह जिन्दा होता भी है तो जिस श्मशान में उसकी लाश को तरह-तरह की तकलीफ दी जाती है उसी श्मशान में लौटकर, अपनी खोपड़ी को लात मार-मारकर लुढ़काते फिरने की उसकी इच्छा होगी। ऐसा सोचना न ही स्वाभाविक है, न ही उचित। कम से कम मैं तो ऐसा नहीं सोचता। लेकिन आदमी की रुचि अलग-अलग होती है। अगर कोई भी ऐसा सोचता है, तब तो एक ऐसी गजब की रात में रतजगा करने के लिए मेरा इतनी दूर जाना बेकार नहीं होगा। हालाँकि एक ऐसी ही बड़ी आशा आज उस व्यक्ति ने मुझे दी थी।

अचानक हवा का एक झोंका ढेर साले धूल-बालू को उड़ाता हुआ मेरे बदन के ऊपर से होकर बह गया और अभी वह झोंका खत्म भी नहीं हुआ था कि बारी-बारी से दूसरा और तीसरा झोंका मेरे बदन के ऊपर से होकर बह गया। लगा, यह भला क्या है। इतनी देर तक तो हवा का कोई नामोनिशान तक नहीं था। मैं चाहे जितना भी क्यों न समझूँ और समझाऊँ, तो भी यह संस्कार कि मरने के बाद भी कुछ न कुछ अनजाना-सा

रहता है, हमारे हाड़-मांस में समाया हुआ है। जब तक हाड़-मांस है तब तक यह संस्कार भी है—भले ही हम उसे स्वीकार करें या न करें। इसलिए हवा के इस झोंके ने सिर्फ हवा-बालू ही नहीं उड़ाया, बल्कि उसने मेरे मज्जागत उस गुप्त संस्कार पर भी चोट की। क्रमशः धीरे-धीरे जरा जोर से हवा चली। बहुतेरे हो सकता है, यह नहीं जानते कि मुर्दे की खोपड़ी के अन्दर से होकर जब हवा बहती है तब ठीक वैसी ही आवाज होती है जैसी लम्बा साँस छोड़ने पर होती है। देखते ही देखते अगल-बगल, आगे-पीछे लम्बी साँसों की मानो भरमार हो गई। ठीक लगने लगा, जैसे बहुत से लोग मुझे घेरकर बैठे हुए हैं और वे लगातार हाय-तौबा मचाते हुए साँसें छोड़ रहे हैं और जिसे अँगरेजी में Uncanny Feeling कहते हैं, ठीक वैसी ही एक बेचैनी ने मेरे समूचे बदन को जैसे दो बार झकझोर दिया। वह गिद्ध का बच्चा तब भी चुप नहीं हुआ था, वह जैसे पीछे और भी ज्यादा गुँगुआने लगा। मैंने समझा, मैं डर गया हूँ। मुझे गहरी अभिज्ञता थी, इसलिए मैं यह भली-भाँति जानता था कि मैं जिस जगह आया हूँ वहाँ समय पर अगर डर को दबाया न सका, तो मर जाना भी असम्भव नहीं है। वास्तव में ऐसी भयानक जगह पर इसके पहले मैं कभी अकेला नहीं आया था। ऐसी जगह पर जो अकेला आराम से आ सकता था वह था इन्द्र, मैं नहीं। बहुत बार उसके साथ ढेर सारी भयानक जगहों पर जाकर मेरे भी मन में एक धारणा पैदा हो गई थी कि चाहूँ तो मैं भी उसकी तरह इन सब जगहों पर अकेला आ सकता हूँ। मगर एक ही पल में आज यह साफ हो उठा कि मेरा ऐसा सोचना कितना बड़ा भ्रम था और मैंने तो सिर्फ झोंक में आकर उसकी देखा-देखी करनी चाही थी। मेरा वह चौड़ा सीना कहाँ है? मेरा वह विश्वास कहाँ है? मेरा वह राम नाम का अभेद्य कवच कहाँ है? मैं तो इन्द्र नहीं हूँ कि इस मरघट में अकेले खड़े होकर, आँखें खोलकर भूतों को गेंद खेलते देखूँ। लगने लगा, एक जिन्दा बाघ-भालू दिखाई पड़ता तो भी मैं शायद जी उठूँ। अचानक न जाने किसने पीछे खड़ा होकर मेरे दाहिने कान के ऊपर साँस छोड़ी। वह साँस इतनी ठंडी थी कि बर्फ के कणों की नाईं जम उठी। मैंने अपनी गर्दन नहीं उठाई, तो भी मुझे साफ दिखाई पड़ा, यह साँस जिस नाक के बहुत बड़े छेद से बाहर निकलकर आई उसमें न चमड़ी है, न मांस है, न उसमें खून की एक बूँद भी लगी हुई है—उसमें सिर्फ हड्डी और देह है। आगे-पीछे, दाएँ-बाएँ अँधेरा है। स्तब्ध आधी रात सायँ-सायँ करने लगी। अगल-बगल का हाय-तौबा और लम्बी साँसें क्रमशः मानो हाथों से सटकर आने लगीं। कान के ऊपर पहले की तरह ठंडी साँसें आ रही थीं, वे रुकने का नाम नहीं ले रही थीं। यही मुझे सबसे ज्यादा सुन्न करने लगीं। लगने लगा, समूचे प्रेत-लोक की ठंडी हवा मानो इस छेद से होकर आ रही हो और मेरे बदन में लग रही हो।

मगर इतनी घटनाओं के बीच मैं भी एक बात नहीं भूला था। वह यह कि किसी भी सूरत में अपना होश गँवा दूँगा, तो काम नहीं चलेगा। अगर मैंने ऐसा किया, तो मरा मरना निश्चित है। देखता हूँ, मेरा दाहिना पाँव थर-थर काँप रहा है। मैंने उसे रोकना चाहा, पर कँपकँपी रुकी नहीं। जैसे वह मेरा पाँव ही नहीं हो।

ठीक ऐसे समय बहुत दूर पर एक साथ कई लोगों की चिल्लाहट कानों में पहुँची–बाबूजी! बाबू सा'ब! मेरे रोंगटे खड़े हो गए। कनखियों से निहारा तो दो मद्धिम बत्तियों की रेखा भी नजर आई। एक बार लगा, जैसे चिल्लाहट के बीच मुझे रतन की आवाज का आभास मिला। थोड़ी ही देर बाद मुझे पता लगा कि हाँ, वह रतन ही है। और थोड़ी दूर आगे बढ़कर वह एक सेमल के पेड़ के पीछे खड़ा होकर चिल्लाकर बोला, "बाबू, आप चाहे जहाँ भी क्यों न हों, पर गोली नहीं चलाइएगा–मैं रतन हूँ।" सचमुच रतन बतौर आदमी नाई है, इसमें कोई गलती नहीं।

उल्लास से मैंने चिल्लाकर आवाज देनी चाही, मगर स्वर नहीं फूटा। एक कहावत है–भूत-प्रेत जाते वक्त कुछ न कुछ बरबाद करके जाता है। जो मेरे पीछे था वह मेरी आवाज को बरबाद करके चला गया।

रतन तथा और भी तीन आदमी हाथ में दो लालटेनें और लाठी-सोंटा लिये करीब आ उपस्थित हुए। इन तीन आदमियों से एक था छट्टू लाल–वह तबला बजाता है, और दूसरा था प्यारी का दरबान। तीसरा व्यक्ति था गाँव का चौकीदार।

रतन बोला, "चलिए, तीन बजते हैं।"

"चल," कहकर मैं आगे बढ़ गया।

रास्ते में जाते-जाते रतन कहने लगा, "बाबू, धन्य है आपका साहस। मैं यह बता नहीं सकता कि हम चारों कितने डरते-डरते आए हैं!"

"पर तू आया क्यों?"

रतन बोला, "रुपए के लोभ से। हम सभी को एक महीने की तनख्वाह नकद मिली है।" यह कहकर वह मेरी बगल में आया और अपनी आवाज को धीमी करके कहने लगा, "आप चले आए, तो जाकर मैं देखता हूँ, माँ बैठे-बैठे रो रही हैं। उन्होंने मुझसे कहा–रतन, अब क्या होगा बेटा! तुम लोग पीछे-पीछे जाओ। मैं तुम लोगों को एक-एक महीने की तनख्वाह बख्शिश दूँगी। मैंने कहा–छट्टूलाल और गणेशी को साथ में लेकर जा सकता हूँ। मगर मैं रास्ता नहीं पहचानता।" ऐसे समय चौकीदार ने हाँक लगाई तो माँ बोली–उसे बुलाकर ला रतन, वह जरूर रास्ता पहचानता है। बाहर जाकर मैं उसे बुला लाया। चौकीदार को जब छह रुपए मिले, तब वह हम लोगों को राह दिखाता हुआ ले आया। अच्छा बाबू, आपको नन्हे बच्चे का रोना सुनाई पड़ा है?" यह कहकर रतन सिहर उठा और मेरे कोट का पिछला हिस्सा धर दबोचा। बोला, "हमारा गणेश पाँड़े ब्राह्मण है, इसीलिए आज हम लोगों को कुछ नहीं हुआ। वरना..."

मैंने बात नहीं की। मेरे मन की हालत ऐसी नहीं थी कि मैं प्रतिवाद करके किसी की गलती को दूर करता। मैं खोया-खोया-सा अभिभूत की भाँति चुपचाप राह चलने लगा।

थोड़ी दूर आने के बाद रतन ने प्रश्न किया, "आज आपको कुछ दिखाई पड़ा बाबू?"

मैं बोला, "नहीं।"

मेरे इस संक्षिप्त जवाब से क्षुब्ध होकर रतन बोला, "हम लोगों के आने से आपने क्या गुस्सा किया है बाबू? लेकिन अगर आप माँ का रोना देखते तो..."

मैं जल्दी से बोल उठा, "नहीं रतन, मैंने जरा भी गुस्सा नहीं किया है।"

जब हम लोग तम्बू के पास आए, तो चौकीदार अपने काम पर चला गया। गणेशी और छट्टूलाल नौकरों के तम्बू में चले गए।

रतन ने कहा, "माँ ने कहा था कि जाते वक्त आप एक बार उनसे मिलकर जाइएगा।"

मैं ठिठककर खड़ा हो गया। नजरों के सामने जैसे मुझे साफ दिखाई पड़ा, प्यारी दीये के सामने अधीर आग्रह से नम आँखों से बेखबर इन्तजार कर रही है और मेरा पूरा मन उन्मत्त आह भरता हुआ उसकी तरफ भागता हुआ चला जा रहा है।

रतन ने विनय के साथ बुलाया, "आइए।"

पल भर के लिए आँखें मूँदकर मैंने अपने अन्तर के अन्दर डुबकी लगाकर देखा, वहाँ कोई होशोहवास में नहीं है, सभी के सभी जी भर शराब पीकर नशे में चूर हो गए हैं। छिः-छिः, इन शराबियों के दल को लेकर मैं उससे मिलने जाऊँ? मैं ऐसा हरगिज नहीं कर सकता।

देर होती देख रतन ने विस्मित होकर कहा, "आप वहाँ अँधेरे में क्यों खड़े हो गए बाबू—आइए न!"

मैंने जल्दी से कह डाला, "नहीं रतन, मैं अभी उससे नहीं मिलूँगा, मैं चला।"

रतन ने खिन्न होकर कहा, "मगर माँ तो आपकी बाट जोहती बैठी हुई हैं..."

"वह मेरी बाट जोह रही हैं? जोहने दो बाट। तू उससे मेरा नमस्कार कहना और कह देना कि कल जाने के पहले मैं उससे मिल लूँगा, अभी नहीं। मुझे बड़ी नींद आ रही है रतन, मैं चला।" इतना कहकर विस्मित, क्षुब्ध रतन को जवाब देने का वक्त दिए बिना मैं तेज कदमों से उधर वाले तम्बू की तरफ चल पड़ा।

# 9

आदमी के दिल की चीज को पहचान लेने के बाद इस फैसले की जिम्मेदारी कि वह कैसी है, भगवान को न सौंपकर जब आदमी खुद ले लेता है, और कहता है कि मैं ऐसा हूँ, वैसा हूँ, तो यह सुनकर मैं शर्म से मर जाता हूँ। यह काम मेरे द्वारा कभी न होता, मैं मर जाता तो भी यह काम नहीं करता। मैं यह सिर्फ अपने ही बारे में नहीं दूसरे के बारे में भी देखता हूँ। इस बारे में आदमी के अहंकार का अन्त नहीं है। एक बार आलोचक के लेखों को पढ़कर देखो, हँसते-हँसते मर जाओगे। वह कवि को पार कर उसके काव्य

के आदमी को पहचान लेता है। जोर देकर कहता है, यह चरित्र किसी भी सूरत में वैसा नहीं हो सकता, वह चरित्र कभी वैसा नहीं कर सकता—ऐसी-ऐसी कितनी बातें। लोग वाहवाही देकर कहते हैं—यही न है क्रिटिसिज्म, इसे ही कहते हैं चरित्र-चित्रण। सचमुच। अमुक आलोचक के मौजूद रहते जो सो फालतू बातें लिखने से काम चलेगा? यह देखो, किताब में जितनी भूल-चूक है उन सबको आलोचक ने बारीकी से छान-बीनकर समझा दिया है। सो भले ही समझा दे। खामी भला किस चीज में नहीं होती है। लेकिन तब भी तो मैं अपनी जिन्दगी की चर्चा करके, यह सब पढ़कर उन लोगों की शर्म के चलते मैं अपना सर नहीं उठा सकता हूँ। मन ही मन कहता हूँ, हाय री फूटी किस्मत! बतौर चीज आदमी का हृदय अनन्त है, यह क्या सिर्फ कहने की बात है। दम्भ प्रकट करते वक्त क्या उसकी कीमत फूटी कौड़ी नहीं है? तुम्हारे करोड़ों जन्मों की कितनी करोड़ अजीबोगरीब बातें इस अनन्त में डूबी रह सकती हैं और वे अचानक जागरित होकर तुम्हारे झूठे दर्शन, तुम्हारी पढ़ाई-लिखाई, तुम्हारे आदमी को चुनने के ज्ञान के पात्र को एक पल में चकनाचूर कर दे सकती हैं, यह क्या एक बार भी याद नहीं आता है। यह भी याद नहीं आता कि यह सीमाहीन आत्मा का आसन है।

मैंने तो अन्ना दीदी को अपनी आँखों से देखा था। उनकी प्रफुल्लित दिव्यमूर्ति अभी भी नहीं भूली है। दीदी जब चली गईं, तब कितनी स्तब्ध आधी रातों में मेरे आँसुओं से तकिया भीग गया था और मैंने मन ही मन कहा था—दीदी, मैं अपने लिए अब नहीं सोचता हूँ, तुम्हारी पारस-मणि के स्पर्श से मेरे अन्दर और बाहर का सारा लोहा सोना बन गया है। अब इस बात का डर नहीं है कि कहीं की किसी आबोहवा के प्रभाव से उसमें जंग लग जाएगा और वह घिस जाएगा मगर तुम कहाँ गई दीदी। दीदी और किसी को भी मैं इस सौभाग्य का हिस्सा नहीं दे सका। और कोई तुम्हें देख नहीं सका। जो तुम्हें देख पाते वे सभी के सभी सच्चरित्र साधु बन जाते, इसमें मुझे तिल भर भी सन्देह नहीं था। किस तरीके से यह सम्भव हो सकता था, तब इसको लेकर रात-रात भर जागकर मैं बचकानी कल्पना किया करता था। मैं कभी सोचता—देवी चौधुरानी* की भाँति अगर कहीं मुझे सात घड़े मुहरें मिलेंगी, तो अन्ना दीदी को एक बहुत बड़े सिंहासन पर बिठाऊँगा, जंगल को काटकर जगह बनाऊँगा और गाँव के लोगों को बुलाकर उनके सिंहासन के चारों तरफ इकट्ठा करूँगा। कभी सोचता—एक बहुत बड़े बजरे में चढ़ाकर बैंड बजाता हुआ मैं उन्हें देश-विदेश में घुमाऊँगा। ऐसे कितने ऊटपटाँग आकाश-कुसुमों की माला मैं गूँथा करता था—वह सब याद करता हूँ, तो अभी हँसी आती है। आँखों से आँसू भी कम नहीं गिरते।

तब मन के अन्दर यह विश्वास हिमालय की तरह अटल था कि मुझे फुसला सके।' ऐसी नारी तो इहलोक में नहीं है, परलोक में है या नहीं, मैं यह भी सोच नहीं सकता। सोचता जीवन में अगर कभी किसी के मुँह से ऐसी मृदु बात, होंठों पर ऐसी मधुर मुस्कान, माथे पर ऐसी अनोखी चमक, आँखों में ऐसी पुरनम करुण चितवन

---

* स्व. बंकिमचन्द्र चट्टोपाध्याय के प्रसिद्ध उपन्यास 'देवी चौधुरानी' की मुख्य नायिका।

देखूँगा तब मैं नजरें उठाकर देखूँगा। मैं जिसे अपना मन दूँगा वह भी ऐसी ही सती-साध्वी हो। हर कदम पर उसमें भी ऐसी ही अनिर्वचनीय महिमा खिल उठे। वह भी ऐसे ही दुनिया के सारे सुख-दुख, सारी अच्छाई-बुराई, सारे धर्म-अधर्म को छोड़कर मुझे अपना सके।

मैं तो वही हूँ। तब भी आज सवेरे नींद टूटने के साथ ही पता नहीं किसके मुँह की बात, किसके होंठों की मुस्कान, किसके आँसुओं की याद आने की वजह से कलेजे के कोने में जरा-सा दर्द टीसा। मेरी संन्यासिनी दीदी के साथ कहीं किसी भी हिसाब से उसकी रत्ती-भर भी बराबरी थी? हालाँकि वह तो ऐसी ही थी। छह दिन पहले मेरे भगवान भी आकर अगर यह बात कहते, तो मैं उनकी बात को हँसकर उड़ा देता और कहता–भगवान, तुम्हारी इस शुभकामना के लिए तुम्हें हजारों धन्यवाद। जाओ, तुम अपना काम देखो। तुम्हें मेरे लिए चिन्ता करने की कोई जरूरत नहीं। मेरे कलेजे की कसौटी पर खरा सोना कसा जा चुका है। वहाँ पीतल की दुकान खोलने पर खरीदार नहीं जुटेंगे।

मगर तब भी तो खरीदार जुटा। मेरे कलेजे के अन्दर जहाँ अन्नदा दीदी के आशीर्वाद से खरे सोने की भरमार थी, उसके भी बीच में एक अभागा अपने पीतल खरीदने के लोभ को सँभाल नहीं सका, वह पीतल खरीद बैठा–यह क्या कम आश्चर्य की बात है!

मैं यह अच्छी तरह समझ रहा हूँ कि जो लोग बहुत ज्यादा समझदार हैं वे मेरी आत्मकथा को पढ़ते-पढ़ते यहाँ अधीर होकर बोल उठेंगे–अरे भाई, इतना बढ़ा-चढ़ाकर आखिर तुम क्या कहना चाहते हो? तुम जो कुछ कहना चाहते हो, उसे तुम साफ-साफ क्यों नहीं कहते? तुम यही न कहना चाहते हो कि आज सवेरे जब तुम्हारी नींद टूटी तब प्यारी का मुँह याद करने की वजह से तुम्हारे कलेजे में दर्द टीसा था। जिसे तुम अपने मन की दहलीज से झाड़ू मारकर विदा कर रहे थे, आज उसे ही बुलाकर तुम अपने घर में बिठाना चाह रहे थे–यही न। यह तो अच्छी बात है। यह अगर सच हो, तो इसके बीच तुम अपनी अन्नदा दीदी का नाम मत उठाओ। क्योंकि तुम चाहे जितनी बातें, चाहे जैसे भी करीने से क्यों न कहो, हम नहीं मानेंगे। हम मानव-चरित्र को समझते हैं। हम जोर देकर यह कह सकते हैं कि उस सती-साध्वी का आदर्श तुम्हारे मन के अन्दर स्थायी नहीं हुआ था, तुम कभी उसे अपने पूरे मन से अपना नहीं सके थे। अगर तुम उसे अपना सके होते, तो यह झूठ तुम्हें बहला नहीं सकता था।

उनका कहना तो सही है। मैं अब बहस नहीं करूँगा। मुझे यह पता चल चुका है कि आदमी को आखिरकार उसका अपना पूरा परिचय हरगिज नहीं मिलता है। वह जो नहीं है वही अपने आपको समझ बैठता है और उसे ही बाहर प्रचारित करता हुआ विडम्बना पैदा करता है और इसके लिए जो सजा देनी चाहिए वह भी बिलकुल हलकी नहीं है। मगर रहने दीजिए इसे। मैं तो खुद यह जानता हूँ कि मैं किस नारी के आदर्श के बारे में क्या 'प्रीच' करता फिरा हूँ। इसलिए आज मेरी इस दुर्गति की कहानी के बारे में लोग

जब कहेंगे—श्रीकान्त, हम्बग है, हिपोक्रिट है तब उनकी बात मुझे चुपचाप सुननी ही पड़ेगी। हालाँकि मैं हिपोक्रिट नहीं था, हम्बग करना मेरी आदत नहीं थी। मेरा कसूर सिर्फ यह था कि मेरे अन्दर छिपी कमजोरी की खबर मैंने नहीं रखी थी। आज जब मौका पाकर अपना सर झटकाकर उठा है और अपने ही जैसी कमजोरी को आदर के साथ बुलाकर बिलकुल अपने अन्दर लेकर बिठा दिया है तब असहनीय विस्मय से मेरी आँखों से आँसू गिरे हैं। लेकिन जाओ कहकर मैं उसे भगा नहीं दे सकता। मैं यह भी मानता हूँ कि मेरे लिए लाज बचाने की भी जगह नहीं है, मगर पुलक से हृदय लबालब भर उठा है, जो नुकसान होगा, हो। हृदय इसे छोड़ना नहीं चाहता।

"बाबू सा'ब!" राजा का नौकर आ उपस्थित हुआ। मैं बिस्तर पर तनकर उठ बैठा। उसने सम्मान के साथ कहा, "कुमार साहब के अलावा और भी बहुत से लोग आपकी बीती रात की कहानी सुनने के लिए बेताब होकर इन्तजार कर रहे हैं।"

मैंने प्रश्न किया, "उन लोगों को यह मालूम कैसे हुआ?"

बैरा बोला, "उन्हें तम्बू के दरबान ने बताया है कि आप पिछली रात लौट आए हैं।"

मुँह-हाथ धो और कपड़े बदल मैं ज्यों ही तम्बू में घुसा त्यों ही सब हो-हल्ला मचा उठे। एक ही साथ लाखों सवाल किए जाने लगे। देखा, कल के वे बूढ़े व्यक्ति भी हैं और एक बगल में प्यारी अपने दल-बल के साथ चुपचाप बैठी हुई है। हर रोज की तरह आज उससे आँखें चार नहीं हुईं। वह जान-बूझकर ही दूसरी तरफ नजरें घुमाए बैठी हुई थी।

उमड़ती सवालों की झड़ी जब शान्त होने को आई तब मैंने जवाब देना शुरू किया। कुमारजी बोले, "धन्य है तुम्हारा साहस श्रीकान्त, तुम वहाँ कितनी रात को पहुँचे?"

"यही कोई बारह और एक बजे के बीच।"

उन बूढ़े व्यक्ति ने कहा, "तब तो घोर अमावस्या थी। रात को साढ़े ग्यारह बजे के बाद अमावस्या पड़ी थी।"

चारों तरफ से विस्मयसूचक ध्वनि उठी और क्रमशः शान्त हुई, तो कुमारजी ने फिर से प्रश्न किया, "उसके बाद? तो तुमने वहाँ क्या देखा?"

मैंने कहा, "काफी हड्डियाँ और खोपड़िया।"

कुमारजी बोले, "उफ, कितना भयंकर साहस है तुम्हें। तुम श्मशान के अन्दर घुसे या बाहर खड़े थे?"

मैंने कहा, "मैं श्मशान के अन्दर घुसा और बालू के एक टीले पर जाकर बैठा।"

"उसके बाद, उसके बाद? जब तुम बालू के टीले पर बैठे, तो तुमने वहाँ क्या देखा?"

"सायँ-सायँ करता बालू का टीला।"

"और?"

"काँस के झुरमुट और सेमल का पेड़।"

"और?"

"नदी का पानी।"

कुमारजी अधीर होकर बोले, "यह सब तो मैं जानता हूँ जी! पूछता हूँ कि वह सब कुछ..."

मैं हँस पड़ा और बोला, "दो चमगादड़ों को सर के ऊपर से होकर उड़कर जाते हुए देखा था।"

उन बूढ़े व्यक्ति ने तब खुद आगे बढ़कर पूछा, "और कुछ नहीं देखा?"

मैंने कहा, "नहीं।"

जवाब सुनकर तम्बू भर के सभी लोग निराश हो गए। वे बूढ़े व्यक्ति तब अचानक गुस्सा होकर बोल उठे, "ऐसा कभी हो नहीं सकता। आप वहाँ नहीं गए।"

उनका गुस्सा देखकर मैं सिर्फ हँसा। क्योंकि बात ही गुस्सा होने की थी। कुमारजी ने मेरा हाथ धर दबोचा और विनती के स्वर में बोले, "तुम्हें कसम है श्रीकान्त, वहाँ तुमने क्या देखा, सच-सच बताओ।"

"मैं सच ही कह रहा हूँ, वहाँ मैंने कुछ नहीं देखा है।"

"तुम वहाँ कितनी देर तक थे?"

"मैं वहाँ तीन घंटे था।"

"अच्छा, मान लिया कि तुमने वहाँ कुछ नहीं देखा था, लेकिन क्या कुछ सुनाई भी नहीं पड़ा था?"

"हाँ, सुनाई पड़ा था।"

पल भर में ही सबका चेहरा उत्साह से चमक उठा। मैंने क्या सुना था, यह सुनने के लिए वे लोग और भी सट आए। मैं तब कहने लगा। कैसे रास्ते के ऊपर ही एक निशाचर पंछी बप् की आवाज करके उड़ गया, कैसे गिद्ध का बच्चा सेमल के पेड़ पर बच्चों की तरह गुँगुआ-गुँगुआकर रोने लगा, कैसे अचानक आँधी आई और कैसे खोपड़ियाँ लम्बी साँसें छोड़ने लगीं और सबसे अन्त में न जाने कौन मेरे पीछे खड़ा होकर मेरे दाहिने कान के ऊपर लगातार बर्फीली साँसें छोड़ने लगा। मेरा कहना खत्म हो गया, मगर बहुत देर तक किसी के भी मुँह से एक शब्द बाहर नहीं निकला। समूचा तम्बू स्तब्ध हो गया। अन्त में उन्हीं बूढ़े व्यक्ति ने एक लम्बी आह भरी और मेरे कन्धे पर एक हाथ रखकर धीरे-धीरे बोले, "बाबूजी, चूँकि आप वास्तव में ब्राह्मण थे इसीलिए कल आप जीते जी वापस आए, लेकिन कोई दूसरा होता, तो वह जीते जी वापस नहीं आ सकता। लेकिन आज से आपको इस बूढ़े की कसम रही बाबूजी, फिर कभी ऐसा दुःसाहस नहीं कीजिएगा। आपके माता-पिता के चरणों में मेरा कोटि-कोटि प्रणाम। आप सिर्फ उन लोगों के पुण्य की वजह से बच गए हैं।" इतना कहकर उसने झोंक में आकर चट से मेरे पैरों को छू डाला।

मैंने पहले ही यह कहा है कि यह आदमी बात करना जानता है। इस बार उसने कहना शुरू किया। वह कभी अपनी आँखों की पुतलियों को चमकाता, तो कभी आँखें बन्द कर लेता, कभी भवों को सिकोड़ता, तो कभी उन्हें फैलाता। ऐसा करते हुए उसने

गिद्ध के रोने से लेकर कान के ऊपर साँसें छोड़ने की घटना का ऐसा बारीक वर्णन किया कि दिन के वक्त इतने लोगों के बीच बैठे होने के बावजूद मेरे भी रोंगटे खड़े हो गए। मैंने यह नहीं देखा था कि कल सवेरे की तरह आज भी प्यारी कब चुपचाप आकर मुझसे सटकर बैठी थी। अचानक एक आह भरने की आवाज सुनकर मैंने अपनी गर्दन घुमाई तो देखता हूँ, वह ठीक पीठ के पास बैठकर अपलक आँखों से बोलनेवाले के मुँह की तरफ निहार रही है और उसके अपने दोनों स्निग्ध और गोरे गालों पर बहे हुए आँसुओं की दो धाराएँ सूखकर उभरी हुई हैं। उसे शायद इसका पता नहीं चला था कि कब, किसलिए उसके आँसू बहे थे। अगर उसे यह पता चला होता, तो वह उन्हें पोंछ डालती। लेकिन उस आँसुओं के दागवाले मुँह को जब मैंने पल भर के लिए देखा, तो मेरे कलेजे के अन्दर आग की रेखा खिंच गई। जब उस आदमी का कहना खत्म हुआ, तो वह उठकर खड़ी हो गई और कुमारजी को सलाम करके उनकी इजाजत ली तथा चुपचाप धीरे-धीरे बाहर निकल गई।

आज सवेरे ही मैं चला जानेवाला था, लेकिन चूँकि मेरी तबीयत अच्छी नहीं थी, इसलिए कुमारजी का अनुरोध स्वीकार कर यह तय कर कि शाम को जाऊँगा, मैं अपने तम्बू में लौट आया। इतने दिनों के अन्दर आज यही पहली बार मैंने प्यारी के आचरण में बदलाव देखा। मैंने यह महसूस किया है कि इतने दिनों तक उसने मजाक किया था, व्यंग्य किया था, कलह की झलक भी उसकी दोनों आँखों में कितने दिन जमा हो गई थी, मगर ऐसी उदासीनता मैंने कभी नहीं देखी थी। हालाँकि दुखी होने के बदले मैं खुश ही हुआ था। मैं क्यों खुश हुआ था, यह मैं जानता हूँ। यद्यपि युवती नारी के मन की गतिविधि को लेकर माथा-पच्ची करना मेरा पेशा नहीं है। इसके पहले यह काम मैंने किसी दिन किया भी नहीं है, फिर भी मेरे मन के अन्दर बहुत सारे जन-मन का जो अखंड सिलसिला छिपकर मौजूद है उसे बहुत बार देखने की अभिज्ञता से रमणी-हृदय का गुप्त तात्पर्य समझ में आ गया। वह इसे अपनी अवहेलना समझकर खिन्न नहीं हुई, बल्कि वह इसे प्रणय-अभिमान समझकर पुलकित हुई। शायद इसी के गुप्त इशारे से मैंने अपने श्मशान जाने की इतनी सी कहानी में सिर्फ इसी बात का उल्लेख तक नहीं किया कि प्यारी ने कल रात मुझे लौटा लाने के लिए लोगों को श्मशान भेजा था और वह खुद भी कहानी खत्म होने पर पहले की ही तरह चुपचाप बाहर निकल गई थी। इसीलिए है यह अभिमान। कल रात वापस आकर उससे मिलकर मैंने उसे यह नहीं बताया था कि वहाँ क्या कुछ हुआ। जिस बात को सबसे पहले सुनने का अधिकार उसे था, उसी बात को आज वह सबसे पीछे बैठकर संयोग से सुन सकी है। लेकिन अभिमान इतना मधुर होता है, यह स्वाद जीवन में आज पहली बार समझकर मैं बच्चों की तरह एकान्त में बैठकर लगातार उसे चखता हुआ उसका मजा लूटने लगा।

आज दोपहर को मैं सो जानेवाला था, बिस्तर पर पड़े-पड़े बीच-बीच में झपकियाँ भी आने लगीं लेकिन यह आशा कि रतन आएगा, लगातार मुझे हिला-हिलाकर उसे तोड़ देने लगी। ऐसे ही दिन ढल गया, मगर रतन नहीं आया। यह विश्वास कि रतन

आएगा ही, मेरे मन में इतना दृढ़ था कि बिस्तर छोड़कर बाहर आकर जब मैंने पश्चिम में ढलते सूरज को देखा तब मुझे पक्का यह लगा कि जब मैं झपकियाँ ले रहा होऊँगा तब रतन कमरे में घुसकर मुझे सोया हुआ समझकर लौट गया होगा। बेवकूफ कहीं का! एक बार तू पुकारता, तो तेरा क्या बिगड़ जाता। यह सोचकर कि सुनसान दोपहरी का मौका बेकार में चला गया, मैं खिन्न हो उठा, लेकिन इसमें कोई सन्देह नहीं था कि शाम के बाद वह फिर आएगा और या तो कोई अनुरोध करेगा या कोई चिट्ठी–कुछ न कुछ छिपाकर मेरे हाथ में दे जाएगा। मगर इस समय को मैं बिताऊँ भी तो कैसे? सामने निहारा तो थोड़ी दूर पर ढेर सारा पानी आँखों के सामने चमचमा उठा। वह किसी भूले-बिसरे जमींदार का बनवाया हुआ तालाब था। वह तालाब लगभग आधा कोस लम्बा था। उस तालाब का उत्तरी हिस्सा सूख गया था और वहाँ घना जंगल उग आया था। चूँकि वह तालाब गाँव के बाहर था, इसलिए गाँव की औरतें उसके पानी का इस्तेमाल नहीं कर पाती थीं। बातों-बातों में मैंने सुना था कि यह कोई नहीं जानता कि यह तालाब कितना पुराना है और इसे किसने बनवाया था। एक टूटा-फूटा घाट था, उसी की एक गुप्त जगह पर जाकर मैं बैठ गया। एक समय इसके चारों ओर बढ़ता हुआ गाँव था, पता नहीं कब हैजे की महामारी से वह गाँव उजड़ गया था और मौजूदा जगह पर सरक गया है। छोड़े हुए घरों के बहुत सारे निशान चारों ओर मौजूद हैं। डूबते सूरज की तिरछी किरणें धीरे-धीरे उतर आईं और तालाब के काले पानी पर सोना लगा दिया, मैं उसे निहारता बैठा रहा।

उसके बाद सूरज धीरे-धीरे डूबा और तालाब का पानी और भी काला हो उठा। करीब के जंगल से बाहर निकलकर दो-एक सियार डरते-डरते पानी पीकर चले गए। मेरे उठने का समय हो गया था। जिस समय को बिताने के लिए मैं आया था, वह बीत चुका था। सब कुछ महसूस करके भी मैं उठ नहीं सका–इस टूटे-फूटे घाट ने जैसे मुझे जबरन बिठाए रखा।

लगा, मैं जहाँ कदम रखकर बैठा हुआ हूँ, वहाँ कितने लोग कदम रखते हुए आए-गए होंगे। इसी घाट पर वे लोग नहाते थे, बदन साफ करते थे, कपड़े धोते थे, पानी भरते थे। अभी वे लोग कहाँ के किस तालाब में रोजमर्रा के ये सारे काम पूरा करते होंगे? यह गाँव जब जीवित था तब वे लोग ऐसे समय यहाँ आकर जरूर बैठते थे। कितने गाने गाकर, कितना गपशप करके दिन भर की थकान मिटाते थे। उसके बाद अचानक जब एक दिन महाकाल महामारी का रूप धारण कर समूचे गाँव को उजाड़कर ले गया होगा तब कितने मरणासन्न लोग, हो सकता है, प्यास के मारे भागते हुए आकर इसी घाट पर आखिरी साँस लेकर उसके साथ गए हों। हो सकता है, उनकी प्यारी आत्मा भी यहाँ मँडराती हो। भला ऐसा जोर देकर कौन कह सकता है कि जो नजर नहीं आता, वह नहीं है? आज ही सवेरे उन बूढ़े व्यक्ति ने कहा था–बाबूजी, ऐसा कभी मत सोचना कि मरने के बाद कुछ भी नहीं रहता है। असहाय प्रेतात्मााएँ हमारी ही तरह सुख-दुख, भूख-प्यास से नहीं भटकती हैं? इतना कहकर उन्होंने राजा विक्रमादित्य की कहानी, ताल-बैताल

की कहानी और कितने तांत्रिक साधु-संन्यासियों की कहानियाँ कह सुनाई थीं। उन्होंने और भी कहा था–तुम ऐसा भी मत सोचना कि समय और सुयोग मिलने पर न दर्शन देती हैं और न बात कर सकती हैं। तुम्हें और कभी वहाँ जाने के लिए मैं नहीं कहता, लेकिन तुम इस बात पर सपने में भी अविश्वास मत करना कि जो लोग वहाँ जा सकते हैं उनका तमाम दुख किसी दिन सार्थक नहीं होता है।

तब सुबह के उजाले में जिन बातों ने सिर्फ बेकार की हँसी का उपकरण ला दिया था उन्हीं बातों ने इस सुनसान घने अँधेरे में और एक तरह की शक्ल-सूरत धारण कर दर्शन दिया। लगने लगा, दुनिया में प्रत्यक्ष सत्य अगर कुछ है, तो वह है मौत। यह जीवन की अच्छाई-बुराई, सुख-दुख की अवस्थाएँ मानो आतिशबाजी के विचित्र साज-सरंजाम की मानिन्द सिर्फ किसी एक खास दिन में जलकर राख होने के लिए इतने जतन, इतने कौशल से बनती जा रही हैं। लेकिन मौत के बाद की कहानी अगर किसी तरकीब से सुन लिया जा सके तो उससे बड़ा फायदा दूसरा क्या है? सो वह चाहे जो भी कहे और चाहे जैसे भी क्यों न कहे।

अचानक पता नहीं किसके कदमों की आहट से मेरा ध्यान टूट गया। मैंने मुड़कर देखा, तो सिर्फ अँधेरा था, कहीं कोई नहीं था। एक झटके के साथ मैं उठकर खड़ा हो गया। बीती रात की बात याद करके अचानक हँसकर मैंने कहा, "नहीं, मैं अब और बैठा नहीं रहूँगा। कल दाएँ कान के ऊपर साँस छोड़कर गया था, आज आकर अगर बाएँ कान के ऊपर साँस छोड़ना शुरू कर दे, तो यह बड़ा आसान नहीं होगा।

मैं यह ठीक-ठीक भाँप नहीं सका कि वहाँ बैठे-बैठे मैंने कितना वक्त बिताया और अभी कितनी रात है। शायद करीब-करीब आधी रात हो। मगर यह क्या? मैं चला जा रहा हूँ, तो चला ही जा रहा हूँ, यह पतली-सी पगडंडी भला खत्म होने का नाम नहीं लेती है। इतने सारे तम्बुओं की एक भी बत्ती नजर नहीं आती है। बहुत देर से ही सामने एक बँसवाड़ी नजरों को रोके मौजूद थी, अचानक लगा, कहाँ इसे तो आते वक्त मैंने नहीं देखा था। दिशा भूलकर कहीं मैं दूसरी तरफ तो नहीं चला जा रहा हूँ। मैं थोड़ी दूर आगे बढ़ा तो पता चला कि वह बँसवाड़ी नहीं है, बल्कि कई इमली के पेड़ एक-दूसरे से सटकर दिन को ढँक करके अँधेरे को घनीभूत किए खड़े हैं, उन्हीं के नीचे से होकर वह पगडंडी टेढ़ी-मेढ़ी होकर ओझल हो गई है। वह जगह इतनी अँधेरी है कि अपना हाथ तक दिखाई नहीं पड़ता है। कलेजे के अन्दर न जाने कैसी खलबली मच गई–यह मैं कहाँ चला जा रहा हूँ? आँख-कान बन्द करके किसी तरह उन्हीं इमली के पेड़ों के नीचे से होकर खुले में आया तो देखता हूँ, सामने जहाँ तक नजरें जाती हैं, वहाँ तक, अनन्त काला आसमान फैला हुआ है। लेकिन सामने वह ऊँची जगह क्या है? नदी के किनारे कहीं वह सरकारी बाँध तो नहीं है? हाँ, वह सरकारी बाँध ही तो है। दोनों पैर मानो टूटने को आने लगे, तब भी उन्हें खींच-खींचकर किसी तरह उस पर चढ़कर मैं खड़ा हो गया। मैंने जो सोचा था ठीक वही हुआ। ठीक नीचे ही वही महाश्मशान था। फिर पता नहीं किसकी पदचाप सामने से होकर ही नीचे श्मशान में जाकर विलीन हो गई। इस बार मैं डगमगाता-डगमगाता

उसी धूल-बालू के ऊपर मूर्च्छित की भाँति धम-से बैठ गया। अब मुझे रत्ती भर भी सन्देह नहीं रहा कि कोई मुझे राह दिखाता हुआ एक श्मशान से दूसरे श्मशान को पहुँचा गया। जिसकी पदचाप सुनकर मैं उस टूटे-फूटे घाट पर एक झटके में उठकर खड़ा हो गया था। उसी की पदचाप इतनी देर बाद सामने ही विलीन हो गई।

# 10

तमाम घटनाओं के कारणों को दिखाने की जिद जिस उम्र में आदमी को रहती है, मेरी वह उम्र पार हो चुकी है। इसलिए मैं कैसे इस घुप्प अँधेरे में आधी रात को अकेले राह पहचानता हुआ तालाब के टूटे-फूटे घाट से इस श्मशान के करीब आ उपस्थित हुआ और किसकी पदचाप वहाँ इशारे से बुलाकर अभी-अभी सामने विलीन हो गई। इन सारे सवालों का जवाब देने लायक अक्ल मुझमें नहीं है। पाठकों के आगे अपनी खामियाँ कबूल करने में मैं अभी कोई शर्म महसूस नहीं कर रहा हूँ। यह रहस्य आज भी मेरे लिए पहले की ही तरह अँधेरे से घिरा हुआ है। लेकिन इसी वजह से प्रेत-योनि को स्वीकार करना भी इस स्वीकारोक्ति का प्रच्छन्न तात्पर्य नहीं है। क्योंकि मैंने तो अपनी आँखों से देखा है—हमारे ही गाँव में एक बूढ़ा पागल था, वह दिन में घर-घर भात माँगकर खाता और रात को एक छोटी-सी सीढ़ी पर धोती का एक छोर डालकर उसे पकड़कर ऊँचा उठाए रास्ते के किनारे के बगीचे के अन्दर पेड़ों की छाया में घूमता फिरता। उस शक्ल-सूरत को देखकर अँधेरे में कितने लोगों को दाँती लगी थी, इसकी सीमा नहीं। ऐसा करने में उसका कोई स्वार्थ नहीं था, हालाँकि अँधेरी रात में वह यही करतूत किया करता था। बेकार में आदमी को डराने के लिए वह और भी कितनी तरह की अजीबोगरीब कारसाजियाँ किया करता था, इसकी सीमा नहीं। सूखी लकड़ियों के गट्ठर को पेड़ की डाल में बाँधकर वह उसमें आग लगा देता, अपने मुँह में स्याही लगाकर विशालाक्षी देवी के मन्दिर में बड़ी मुश्किल से खड्ग भाँजता हुआ उठक-बैठक करता। आधी रात को घर के पिछवाड़े बैठकर नकियाता हुआ किसानों का नाम ले-लेकर पुकारता। हालाँकि कोई किसी दिन उसे पकड़ नहीं सका था, और दिन में उसके चाल-चलन और स्वभाव-चरित्र को देखकर उस पर रत्ती भर भी सन्देह करने की बात किसी के भी मन में पैदा नहीं हुई थी। और सिर्फ हमारे ही गाँव में नहीं, बल्कि आठ-दस गाँवों में भी वह यही काम करता फिरता। मरते वक्त उसने खुद अपनी शैतानी कबूल की थी और भूत का उपद्रव तब से फिर कभी नहीं हुआ था। इस मामले में भी हो सकता है, वैसा ही कुछ था, हो सकता है, नहीं था। मगर छोड़िए इस बात को।

हाँ, तो मैं कह रहा था कि जब मैं उस धूल-बालू भरे बाँध पर बैठ गया तब सिर्फ दो हल्की पदचाप श्मशान के अन्दर जाकर धीरे-धीरे विलीन हो गई। लगा, जैसे उसने साफ-साफ कहा—छिः-छिः, यह तूने क्या किया? मैं जो तुझे इतनी दूर तक राह दिखाता हुआ लाया वह क्या वहाँ बैठ जाने के लिए। आ-आ! बिलकुल श्मशान के अन्दर चला आ! ऐसे नापाक अछूत की मानिन्द श्मशान के एक छोर पर मत बैठ—हम सबके बीच में आकर बैठ। यह आज अब मैं याद नहीं कर सकता हूँ कि वे बातें मैंने कानों से सुनी थीं या उन्हें हृदय से अनुभव किया था। लेकिन तब भी जो मुझे होश रहा उसकी वजह ये थी कि जबर्दस्ती होश को बहाल रखने से वह ऐसे ही एक तरह से बना रहता है, बिलकुल चला नहीं जाता है, यह मैंने अच्छी तरह देखा है। इसीलिए मैं अपनी दोनों आँखों को खोले निहारता तो रहा, लेकिन जैसे मैं यह तन्द्रा में देख रहा था। न ही मैं सोया हुआ था, न ही जगा हुआ। वैसी स्थिति में न ही आराम मिलता है जैसा आराम सोए हुए को मिलता है और न ही वैसा प्रयास किया जा सकता है जैसा प्रयास जगा हुआ करता है। यों ही बस।

फिर भी मैं यह नहीं भूला था कि मुझे तम्बू में लौटना होगा, और इसलिए कम से कम एक बार कोशिश करता, मगर लगा, कोशिश करना बेकार है। मैं यहाँ अपनी इच्छा से नहीं आया हूँ, न मैंने यहाँ आने की कल्पना ही की थी। इसलिए जो मुझे इस दुर्गम जगह पर राह दिखाता हुआ लाया है, उसको कोई खास काम होगा। वह मुझे खामखा लौटने नहीं देगा। मैंने पहले सुना था, अपनी इच्छा से इनसे छुटकारा नहीं मिलता है, चाहे जैसे भी जिस रास्ते जबरन बाहर क्यों न निकलें, सभी रास्ते भूलभुलैया की तरह घुमा-फिराकर पहलेवाली जगह पर ला हाजिर करते हैं।

इसलिए यह सोचकर कि चंचल होकर छटपटाना पूरे तौर पर गैर-जरूरी है, किसी तरह की रत्ती भर भी हरकत किए बिना जब मैं स्थिर होकर बैठा तब अचानक जो चीज मुझे नजर आ गई उसे मैं किसी दिन नहीं भूला हूँ।

रात का जो एक रूप होता है उसे दुनिया के पेड़-पौधों, पहाड़-पर्वतों, जल-थल व वन-जंगलों आदि नजर आनेवाली चीजों से अलग करके गुप्त रूप से देखा जा सकता है, यह आज पहली बार नजर आया। निहारा तो देखता हूँ, अन्तहीन काले आकाश-तले धरती भर में आसन लगाकर आधी रात आँखें मींचे ध्यान में बैठी हुई है और सारा चराचर मुँह बन्द किए, साँसें रोके बड़ी सावधानी से स्तब्ध होकर उस अटल शान्ति की रक्षा कर रहा है। अचानक नजरों के सामने मानो सौन्दर्य की लहर कौंध गई। लगा, किस झूठे ने यह प्रचार किया है कि उजाले का ही रूप होता है, अँधेरे का नहीं। इतने बड़े झूठ को आदमी ने कैसे चुपचाप मान लिया। देखिए, गगन-पवन, स्वर्ग-मर्त्य को डुबोती हुई नजरों के अन्दर-बाहर अँधेरे की बाढ़ बहती चली जा रही है। बलि जाऊँ, बलि जाऊँ। ऐसे अनूठे रूप के झरने को मैंने और कब देखा होगा। इस ब्रह्मांड में जो जितना गम्भीर, जितना अचिन्त्य और जितना सीमाहीन है, वह उतना ही अँधेरा है। अथाह सागर काला है, अगम्य घने जंगल बहुत अँधेरे हैं, सारी सृष्टि, उजाले का

उजाला, गति की गति, जीवन का जीवन, सारे सौन्दर्य का प्राण-पुरुष भी आदमी की नजरों में घना अँधेरा है। वे सब क्या इसलिए अन्धकारमय हैं कि उनका कोई रूप नहीं है। जिसको समझता नहीं, जानता नहीं, जिसके मन में घुसने का रास्ता नहीं देखता वही उतना अन्धकारमय है। इसीलिए मौत आदमी की नजरों में इतनी काली है, इसीलिए उसके परलोक का रास्ता ऐसे दुस्तर अँधेरे में डूबा हुआ है। इसीलिए जिस रूप ने राधा की दोनों आँखों में समाकर प्रेम की बाढ़ से दुनिया को डुबो दिया वह भी घनश्याम है। न मैंने कभी ऐसी बातें सोची थीं, न मैं कभी किसी दिन इस रास्ते चला था, तब भी पता नहीं कैसे इस डरावने महाश्मशान के एक छोर पर बैठकर इस निरुपाय निःसंग अकेलेपन को लाँघकर आज हृदय में एक अकारण रूप का आनन्द कौंधता हुआ घूमने लगा और अत्यन्त अचानक लगा, काले में इतना रूप था, यह तो मैंने किसी दिन नहीं जाना था। लेकिन हो सकता है, चूँकि मौत भी काली है, भद्दी न हो; एक दिन जब वह मुझे दर्शन देने आएगी तब हो सकता है, उसके ऐसे बेहद सुन्दर रूप से मेरी दोनों आँखें जुड़ा जाएँ। और उसके दर्शन देने का दिन अगर आज ही आया हो, तो हे मेरे काले! हे मेरी निकटवर्ती पदचाप! हे मेरे सारे दुखमय और व्यथा को दूर करनेवाले अनन्त सुन्दर! तुम अपने अनादि अँधेरे से मेरे अंग-अंग को भरकर मेरी इन दोनों आँखों के सामने आओ, मैं तुम्हारे इस घोर अँधेरे से घिरे सुनसान मृत्यु-मन्दिर के दरवाजे पर निडर होकर तुम्हारा स्वागत करके बड़े आनन्द से तुम्हारे पीछे-पीछे चलूँ। सहसा लगा, मैं ठीक ही तो सोच रहा हूँ। उसके उस मौन आह्वान को ठुकराकर अत्यन्त हीन अन्तवासी की भाँति बाहर किसलिए बैठा हुआ हूँ। बिलकुल अन्दर, बीच में जाकर क्यों न बैठूँ?

मैं उतरकर गया और श्मशान के ठीक बीचोबीच बिलकुल जमकर बैठ गया। कितनी देर तक मैं वहाँ इस तरह से स्थिर होकर था, तब इसका होश नहीं था। होश आया तो देखा, अब पहले की तरह अँधेरा नहीं है, आसमान के एक सिरे पर अँधेरा छँट चुका था और उसी के करीब शुक्र तारा टिमटिमा रहा है। एक दबी हुई बातचीत का शोर कानों में पहुँचा। मैंने गौर से देखा, दूर पर सेमल के पेड़ की ओट में बाँध से होकर न जाने कौन लोग चले आ रहे हैं और उन लोगों की दो-चार लालटेनों की रोशनी भी अगल-बगल, इधर-उधर हिल रही है। मैं फिर से बाँध के ऊपर चढ़ा और उसी रोशनी में देखा, दो बैलगाड़ियों के आगे-पीछे कई लोग इधर ही आगे बढ़ रहे हैं। मैंने समझा, न जाने कौन लोग इसी रास्ते स्टेशन चले जा रहे हैं।

दिमाग में अक्ल आई कि रास्ता छोड़कर मेरा दूर हट जाना जरूरी है। क्योंकि आनेवालों का दल चाहे जितना भी अक्लमन्द और हिम्मती क्यों न हो, अचानक इस अँधेरी रात में ऐसी जगह पर मुझे अकेला भूत की तरह खड़ा रहते देखेगा, वो भले ही और कुछ न करे, पर एक अजीब चीख-पुकार मचा देगा, इसमें कोई शक नहीं।

वापस आकर मैं पहले वाली जगह पर खड़ा हो गया, और थोड़ी ही देर बाद दो छाजन वाली बैलगाड़ियाँ पाँच-छह लोगों के पहरे में सामने आ उपस्थित हुईं। एक बार

लगा, इनमें से आगे-आगे चलनेवाले दो लोग मेरी तरफ निहारकर पल भर के लिए स्थिर होकर खड़े हो गए और बड़े मृदु स्वर में न जाने क्या बात की। उसके बाद वे फिर से आगे बढ़ गए और थोड़ी ही देर में सारा दल-बल बाँध के घनी डालियों वाले एक पेड़ के पीछे ओझल हो गया। यह महसूस करके कि रात अब ज्यादा बाकी नहीं है, जब मैं लौटने की तैयारी कर रहा था तभी उसी पेड़ के पीछे से बड़ी ऊँची आवाज में पुकार कानों में पहुँची, "श्रीकान्त बाबू..."

मैंने आवाज दी, "कौन है रे, रतन?"

"जी हाँ बाबू, मैं ही हूँ। आप जरा आगे बढ़ आइए।"

मैं तेज कदमों से बाँध पर चढ़ा और पुकारा, "रतन, तुम लोग क्या घर जा रहे हो?"

रतन ने जवाब दिया, "हाँ बाबू! हम लोग घर जा रहे हैं। माँ गाड़ी में हैं।"

मैं करीब जा पहुँचा, तो प्यारी ने परदे के बाहर मुँह बढ़ाकर कहा, "दरबान की बात सुनकर ही मैं समझ गई थी कि वह तुम्हीं हो, तुम्हारे सिवा कोई दूसरा नहीं है। तुम गाड़ी पर चढ़ जाओ, तुमसे बात करनी है।"

मैं उसके पास आया और पूछा, "क्या बात करनी है?"

"मैं तुम्हें गाड़ी पर चढ़ने को कहती हूँ।"

"नहीं, मैं गाड़ी पर नहीं चढ़ूँगा, मेरे पास वक्त नहीं है। भोर के पहले ही मुझे तम्बू में पहुँचना होगा।"

प्यारी ने अपना हाथ बढ़ाकर खप से मेरा दाहिना हाथ धर दबोचा और तीव्र जिद के स्वर में बोली, "नौकर-चाकरों के सामने और नखरा मत करो—मैं तुम्हारे पैरों पड़ती हूँ, एक बार गाड़ी पर चढ़ जाओ..."

उसकी अस्वाभाविक उत्तेजना से मैं थोड़ा हक्का-बक्का हो गया और गाड़ी पर चढ़ बैठा, प्यारी ने गाड़ी हाँकने का हुक्म दिया और बोली, "आज फिर यहाँ तुम क्यों आए?"

मैंने सही बात बताई। कहा, "मुझे नहीं पता कि मैं यहाँ क्यों आया?"

प्यारी ने अभी तक मेरा हाथ नहीं छोड़ा था। बोली, "तो तुम्हें नहीं पता कि तुम यहाँ क्यों आए? अच्छा ठीक है। मगर तुम छिपकर क्यों आए थे?"

मैंने कहा, "यह ठीक है कि मेरे यहाँ आने की बात तो कोई नहीं जानता है, मगर मैं यहाँ छिपकर नहीं आया था।"

"तुम झूठ बोलते हो।"

"नहीं।"

"इसका मतलब?"

"मतलब अगर मैं तुम्हें बोलकर बताऊँ, तो तुम विश्वास करोगी? न ही मैं यहाँ छिपकर आया था, न ही मेरा यहाँ आने का इरादा था।"

प्यारी ने व्यंग्य के स्वर में कहा, "तो फिर शायद तुम यह कहना चाहते हो कि कोई तुम्हें तम्बू से उड़ाकर यहाँ लाया था।"

"नहीं, मैं यह नहीं कहना चाहता। कोई मुझे उड़ाकर यहाँ नहीं लाया था। मैं अपने पैरों चलकर यहाँ आया था। मगर मैं यह नहीं बता सकता कि मैं यहाँ क्यों आया, कब आया?"

प्यारी चुप रही। मैंने कहा, "राजलक्ष्मी, मैं नहीं जानता कि तुम विश्वास करोगी या नहीं; मगर वास्तव में घटना जरा अजीब है।" यह कहकर मैंने सारी घटना सिलसिलेवार उसे कह सुनाई।

सुनते-सुनते उसका वह हाथ जिससे उसने मेरा हाथ पकड़ रखा था, बार-बार सिहर उठा, लेकिन उसने एक शब्द भी नहीं कहा। परदा उठा हुआ था, मैंने पीछे निहारा तो देखा, पौ फट चुकी है। मैंने कहा, "अब मैं जाता हूँ।"

प्यारी ने सपनों में खोए हुए की तरह कहा, "नहीं, तुम नहीं जाओगे।"

"क्यों, मैं क्यों नहीं जाऊँगा? तुम जानती हो, मेरे इस तरह जाने का क्या मतलब होगा?"

"जानती हूँ, मैं सब जानती हूँ। लेकिन ये लोग तो तुम्हारे अभिभावक नहीं हैं कि इज्जत बचाने के लिए जान देनी होगी।" इतना कहकर उसने मेरा हाथ छोड़ दिया, मेरे पैर पकड़ लिये और रुँधे स्वर में बोल उठी, "कान्त भैया, लेकिन तुम वहाँ वापस जाओगे तो अब तुम जिन्दा नहीं रहोगे। तुम्हें मेरे साथ जाने की जरूरत नहीं, मगर मैं तुम्हें वहाँ भी वापस नहीं जाने दूँगी। तुम्हारे लिए मैं टिकट कटवा देती हूँ, तुम घर चले जाओ या जहाँ मर्जी जाओ, लेकिन मैं तुम्हें वहाँ एक पल के लिए भी नहीं जाने दूँगी।"

मैंने कहा, "पर मेरे कपड़े-लत्ते तो वहीं हैं।"

प्यारी बोली, "तुम्हारे कपड़े-लत्ते वहीं हैं, तो उन्हें वहीं पड़े रहने दो। वे चाहेंगे, तो वे उन्हें तुम्हारे पास भेज देंगे। और नहीं भेजेंगे तो उन्हें वहीं रहने दो। उनकी कीमत ज्यादा नहीं है।"

मैंने कहा, "हाँ, यह सच है कि उनकी कीमत ज्यादा नहीं है, लेकिन मेरी जो झूठी बदनामी फैलेगी उसकी कीमत कम नहीं है।"

प्यारी ने मेरे पाँव छोड़ दिए और चुपचाप बैठी रही। ऐसे समय गाड़ी मोड़ पर मुड़ी, तो पीछे का दृश्य मेरे सामने आ गया। अचानक लगा, सामने के उस पूरब दिशा के आसमान के साथ इस पतिता के मुँह का न जाने कैसा गहरा मेल है। मानो उन दोनों के बीच से होकर अँधेरे को भेदकर आते हुए एक बहुत बड़े आग के गोले की झलक दिखाई पड़ी। मैंने कहा, "तुम चुप्पी साध क्यों रही?"

प्यारी ने तनिक उदास हँसी हँसकर कहा, "बात क्या है, जानते हो कान्त भैया, जिस कलम से मैंने जीवन भर जाली खत लिखा है उसी कलम से आज अब दान-पत्र लिखने में हाथ नहीं चल रहा है। तुम जाओगे? अच्छा, तो जाओ, मगर वादा करो कि आज दिन के बारह बजे के पहले ही तुम वहाँ से निकल पड़ोगे।"

"अच्छा, मैं वादा करता हूँ कि मैं आज दिन के बारह बजे के पहले ही वहाँ से निकल पड़ूँगा।"

''कोई चाहे कितना भी क्यों न कहे रुकने को, तुम आज वहाँ रात नहीं बिताओगे, कहो।''

''नहीं, मैं आज वहाँ किसी भी सूरत में रात नहीं बिताऊँगा।''

प्यारी ने अपने हाथ की अँगूठी उतारकर मेरे पाँव पर रखी, गले में आँचल डालकर मुझे प्रणाम किया और मेरे पैरों की धूल अपने सर से लगाकर उस अँगूठी को मेरी जेब में डाल दिया। बोली, ''तो जाओ। शायद डेढ़ेक कोस तुम्हें ज्यादा चलना पड़ेगा।''

मैं बैलगाड़ी से उतर गया। तब सुबह हो गई थी। प्यारी ने अनुनय करते हुए कहा, ''तुम्हें मेरी और एक बात माननी होगी। वह यह कि घर पहुँचते ही मुझे एक चिट्ठी देना।''

मैंने कबूल किया कि मैं घर पहुँचते ही उसे चिट्ठी दूँगा और चल पड़ा। मैंने एक बार भी पीछे मुड़कर नहीं देखा कि तब भी वे लोग खड़े हैं या आगे बढ़ गए हैं। मगर बहुत दूर तक मैं यह महसूस कर सका कि दो आँखों की नम और करुण दृष्टि मेरी पीठ पर बार-बार पछाड़ खाकर गिर रही है।

अड्डे पर पहुँचने में लगभग आठ बज गए। रास्ते के किनारे प्यारी के उखड़े हुए तम्बू की छोड़ी हुई बिखरी चीजें नजर आते ही एक विफल क्षोभ कलेजे के अन्दर मानो हाहाकार कर उठा। मुँह घुमाकर तेज कदमों से जाकर मैं तम्बू में घुस गया।

पुरुषोत्तम ने पूछा, ''आप बड़े तड़के ही घूमने निकल गए थे।''

मैं हाँ या नहीं कुछ भी कहे बिना अपने बिस्तर पर आँखें मींच लेट गया।

# 11

प्यारी से मैंने जो वादा किया था उसे मैंने निभाया भी था। घर पहुँचते ही अपनी पहुँच की खबर देते हुए मैंने उसे चिट्ठी दी। जल्द ही जवाब आया। मैंने एक बात पर बार-बार ध्यान दिया था—वह यह कि प्यारी ने किसी दिन अपने पटना के घर जाने के लिए मुझ पर दबाव तो नहीं डाला था, आमतौर पर मुँह से भी वहाँ जाने के लिए नहीं कहा था। इस चिट्ठी में भी वहाँ बुलाने का रत्ती भर भी संकेत नहीं था। सिर्फ नीचे एक 'निवेदन' था—'भले ही सुख में तुम मुझे याद न करो, पर दुख में मुझे मत भूलना। यही प्रार्थना है मेरी।'

दिन गुजरने लगे। प्यारी की याद धुँधली होकर लगभग गायब हो गई। मगर एक अजीब बात बीच-बीच में मुझे नजर आने लगी। अबकी बार जब से शिकार से लौटा हूँ तब से लेकर अब तक मेरा मन न जाने कैसा अनमना हो गया है, न जाने कैसी एक

कमी का दर्द दबे जुकाम की भाँति बदन की रग-रग में छा गया है। बिस्तर पर लेटना चाहता हूँ, तो वह खच से चुभता है।

यह याद आता है कि वह होली की रात थी। माथे में लगे अबीर को साबुन से धोकर तब भी साफ नहीं किया जा सका था। थका और लाचार होकर मैं बिस्तर पर पड़ा हुआ था। बगलवाली खिड़की खुली हुई थी, उसी से सामने के पीपल के पेड़ की डालों के बीच की खुली जगह से मैं आकाश भरी चाँदनी की तरफ निहार रहा था। बस इतना ही याद आता है। मगर यह याद नहीं आता कि दरवाजा खोलकर मैं सीधे स्टेशन क्यों चला गया और पटना का टिकट कटाकर ट्रेन पर चढ़ गया। रात बीत गई, लेकिन दिन में जब मैंने यह सुना कि यह 'बाढ़' स्टेशन है और पटना पहुँचने में अब ज्यादा देर नहीं है तब अचानक मैं वहीं उतर गया। मैंने अपनी जेब में हाथ डाला तो देखता हूँ, फिक्र करने की कोई वजह नहीं है, जेब में एक दुअन्नी और छुट्टे दस पैसे तब भी हैं। खुश होकर मैं दुकान का पता लगाने के लिए स्टेशन से बाहर निकल गया। दुकान मिली। चिउड़ा-दही में चीनी डालकर मैंने बड़ा बढ़िया खाना खाया, पर इसमें बचे-खुचे पैसों में से आधे पैसे खर्च हो गए। खैर! जीवन में इस तरह से कितने पैसे खर्च हो जाते हैं, इसके लिए खिन्न होना कायरता है।

गाँव घूमने के लिए मैं बाहर हुआ। घंटा भर घूमते न घूमते मुझे पता चला कि यहाँ का दही और चिउड़ा जितना लजीज है यहाँ का पीने का पानी उतना ही घटिया है। मैंने जो खाना डटकर खाया था उसे यहाँ के पानी ने इतने कम समय के अन्दर ऐसा पचाकर बरबाद कर दिया कि लगने लगा, जैसे दस-बीस दिनों से अन्न का एक दाना भी मुँह में नहीं गया हो। यह सोचकर कि ऐसी गई-गुजरी जगह में अब एक पल भी नहीं रहना चाहिए, मैं वहाँ से कूच करने की कल्पना ही कर रहा था कि देखता हूँ, करीब ही एक अमराई के अन्दर से धुआँ निकल रहा है।

मैंने न्यायशास्त्र पढ़ा था। धुआँ देखकर मैंने यह पक्का अन्दाज लगा लिया कि वहाँ जरूर आग जली होगी, बल्कि यह अन्दाजा लगाने में भी मुझे देर नहीं हुई कि वहाँ आग क्यों जली होगी। इसलिए मैं सीधे उसी तरफ आगे बढ़ गया। मैंने तो पहले ही यह कहा है कि यहाँ का पानी बड़ा घटिया है।

वाह! यही तो चाहिए था। यह तो निखालिस संन्यासी का आश्रम है। बहुत बड़ी धूनी पर चाय का पानी भरा लोटा चढ़ा हुआ है। 'बाबा' अधमुँदी आँखों सामने बैठे हुए हैं, उनके अलग-बगल गाँजे के उपकरण हैं, एक कमसिन संन्यासी एक बकरी दुह रहा है, बकरी के दूध से चाय बनेगी। दो ऊँट, दो टट्टू और एक बछड़ेवाली गाय करीब ही पेड़ की डाली से बँधे हुए हैं। बगल में ही एक छोटा-सा तम्बू है। उसके अन्दर मैंने झाँका, तो देखता हूँ, अन्दर एक मेरा हमउम्र चेला अपने दोनों तलवों से पत्थर के खरल को दबाए उसमें एक नीम की लकड़ी से भाँग घोंट रहा है। यह देखकर मैं भक्ति में विभोर हो गया और पलक झपकते साधु बाबा के चरणों के पास लोट गया। उनके पैरों की धूल मैंने अपने सर से लगाई और हाथ जोड़कर मन ही मन कहा, "भगवान, तुम्हारी

कैसी असीम कृपा है, कैसी जगह पर तुमने मुझे पहुँचा दिया! भाड़ में जाए प्यारी। इस मुक्ति-मार्ग के सिंहद्वार को छोड़कर मैं अगर पल भर के लिए भी किसी दूसरी जगह जाऊँ तो मुझे नरक में भी कोई जगह न मिले।''

साधुजी बोले, ''क्या है बेटा? कौन हो तुम?''

मैंने सविनय निवेदन किया, ''मैं गृहत्यागी हूँ, मुक्ति का मार्ग ढूँढ़नेवाला अभागा बच्चा हूँ। आप कृपा करके अपने चरणों की सेवा करने का अधिकार मुझे दीजिए।''

साधुजी मन्द-मन्द मुस्कुराए और दो बार अपना सर हिलाकर संक्षेप में हिन्दी में बोले, ''बेटा, घर लौट जाओ, यह राह बड़ी कठिन है।''

मैंने करुण स्वर में तुरत उनकी बात का जवाब दिया, ''महाभारत में लिखा हुआ है कि महापापी जगाई-माधाई वसिष्ठ मुनि के पाँव पकड़कर स्वर्ग गए थे, और आपके पाँव पकड़कर क्या मुझे मुक्ति भी नहीं मिलेगी? जरूर मिलेगी।''

साधुजी ने खुश होकर कहा, ''तेरा कहना सही है। अच्छा बेटा, रामजी की मर्जी।''

दूध दुहनेवाले संन्यासी ने आकर चाय बनाई और बाबा को दी। बाबा जब चाय पी चुके तो हम लोगों को प्रसाद मिला।

भाँग घोंटी जा रही थी शाम के लिए। तब भी दिन बाकी था, इसलिए दूसरी तरह की मौज की तैयारी करने के लिए 'बाबा' ने अपने दूसरे चेले को इशारे से गाँजे की चिलम दिखा दी और इस बात की खास हिदायत दी कि चिमल चढ़ाने में देर न हो।

आधा घंटा बीत गया। सर्वदर्शी 'बाबा' मुझ पर बहुत खुश होकर बोले, ''हाँ बेटा, तुममें ढेरों गुण हैं। तुम मेरा चेला बनने के काबिल हो।''

मैंने बड़े आनन्द से और एक बार बाबा के पैरों की धूल लेकर अपने सर से लगाई।

अगले दिन सुबह मैं नहाकर आया। देखा, गुरुजी के आशीर्वाद से किसी भी चीज की कमी नहीं है। प्रधान चेले ने धुली-धुलाई गेरुआ धोती-चादर, दसेक जोड़ी छोटी-बड़ी रुद्राक्ष की मालाएँ और एक जोड़ा पीतल के कड़े बाहर निकाल दिए। जिसे जहाँ पहनना था उसे वहाँ पहनकर सज-धजकर मैंने थोड़ी-सी धूनी की राख अपने सर और मुँह पर लगा डाली। मैंने आँख मारकर कहा, ''बाबाजी, आईना-वाईना है? एक बार अपना मुँह देखने को बड़ा जी चाह रहा है।'' देखा, उन्हें भी रसबोध है; फिर भी उन्होंने थोड़ा गम्भीर होकर उपेक्षा से कहा, ''हाँ, एक आईना तो है।''

''तो उसे छुपाकर लाइए न एक बार?''

दो मिनट बाद आईना लेकर मैं एक पेड़ के पीछे गया। पछाँहिया नाई जैसा आईना हाथ में थमाकर हजामत बनाते हैं, वैसा ही एक छोटा-सा टीन-मढ़ा आईना था। खैर, छोड़िए उसे। मैंने उसे जरा-सा देखा, जतन से रखे जाने और हमेशा इस्तेमाल किए जाने की वजह से वह बड़ा साफ-सुथरा था। उसमें अपनी शक्ल-सूरत देखकर मैं हँसी के मारे बेदम हो गया। कौन कह सकता है कि मैं वही श्रीकान्त हूँ जो थोड़े ही समय पहले राजे-रजवाड़े की महफिल में बैठकर बाईजी का गाना सुन रहा था। छोड़िए, रहने दीजिए।

घंटे भर बाद दीक्षा लेने के लिए मुझे गुरु महाराज के पास लाया गया। महाराज ने मेरी शक्ल-सूरत देखकर बहुत खुश होकर कहा, ''बेटा, तुम यहाँ एकाध महीने ठहरो।''

मैंने मन ही मन 'बहुत अच्छा' कहा, उनके पैरों की धूल लेकर अपने सर से लगाई और हाथ जोड़कर भक्ति में डूबकर एक बगल में बैठा।

आज बातों-बातों में उन्होंने आध्यात्मिकता के ढेरों उपदेश दिए। इसकी कठिनाइयों के बारे में, उसके कठोर वैराग्य और कठोर साधना के बारे में, आजकल धूर्त पाखंडी लोग किस तरह से इसे कलंकित कर रहे हैं, उन्होंने इसका विशेष वर्णन किया और भगवान के चरण-कमलों में मति स्थिर करने के लिए भला क्या-क्या जरूरी है, इसके लिए गाँजे का बार-बार दम लगाकर उसका धुआँ नाक से निकालने पर कैसा अजीब फायदा होता है, उन्होंने यह भी समझा दिया, और इस बारे में मेरी अपनी स्थिति अत्यन्त आशाप्रद है, इशारे-इशारे में यह कहकर भी उन्होंने मेरा उत्साह बढ़ाया। इस तरह से उस दिन मोक्ष के मार्ग के बहुत सारे गुप्त तात्पर्य से अवगत होकर मैं गुरु महाराज के तीसरे चेले के रूप में बहाल हो गया।

गम्भीर वैराग्य और कठोर साधना के वास्ते महाराज के आदेश से हमारी सेवा की स्थिति यों ही जरा कठोर प्रकार की थी। हमें जितना खाने को कहा गया था, हम उतना ही खाते थे। हम चाय, रोटी, घी, दूध-दही, चीनी आदि कठोर सात्विक भोजन करते थे और उसे हजम करने के अनुपान लेते थे। फिर भगवान के चरण-कमल से भी हमारा चित्त न हटे, हम इसकी भी अवहेलना नहीं कर सकते थे। नतीजतन मेरा दुबला बदन गदरा गया–तोंद भी तनिक बढ़ने लगी।

एक काम था–वह था भीख माँगने के लिए बाहर निकलना। संन्यासी के लिए यह सबसे प्रधान काम नहीं था, तो भी यह एक प्रधान काम तो था। क्योंकि सात्विक भोजन के साथ इसका गहरा सम्बन्ध था। मगर महाराज खुद भीख नहीं माँगते थे, हम उनके सेवक लोग बारी-बारी से भीख माँगा करते थे। संन्यासी के दूसरे कामों में मैंने उनके दूसरे दोनों चेलों को बहुत जल्दी पीछे छोड़ दिया। सिर्फ भीख माँगने में ही मैं बराबर पीछे रहने लगा। इसे किसी भी दिन मैं अपने लिए सहज और रुचिकर नहीं बना सका। लेकिन यह एक सुविधा थी कि वह गैर-बंगालियों का गाँव था। मैं यह नहीं कह रहा हूँ कि कौन अच्छा है और कौन बुरा। मैं यह कह रहा हूँ कि वहाँ की औरतें बंगाल के गाँव की औरतों की तरह हाथ जोड़ यह कहकर कि आगे बढ़, कोई दूसरा घर देख, भिखारी को 'नसीहत' नहीं देती थीं, और वहाँ के मर्द भी भिखारी को यह कहकर नौकरी न करके तू भीख क्यों माँगता है, उससे कैफियत तलब नहीं करते थे। वहाँ का हर गृहस्थ वह चाहे अमीर हो या गरीब, भिखारी को भीख देता था। कोई भी भिखारी को निराश नहीं करता था। यों ही दिन गुजरते थे। पन्द्रह दिन तो उसी अमराई में ही बीत गए। दिन में तो कोई झमेला ही नहीं था, सिर्फ रात को जब मच्छर काटते थे तब लगता था–बख्शो, इस मोक्ष प्राप्त करने की साधना को। बदन की चमड़ी को और तनिक मोटी नहीं कर पाऊँगा तो अब जान नहीं बचेगी। दूसरे विषयों में बंगाली चाहे जितना

भी श्रेष्ठ क्यों न हो, पर यह कबूल करना ही पड़ेगा कि संन्यास के लिए गैर-बंगालियों के बदन की चमड़ी बंगालियों के बदन की चमड़ी से कहीं ज्यादा अनुकूल है। उस दिन सुबह नहाकर सात्विक भोजन प्राप्त करने की कोशिश में मैं बाहर निकल ही रहा था कि गुरु महाराज ने बुलाकर कहा, "भारद्वाज मुनि बसहिं प्रयागा! जिनहिं रामपद अति अनुरागा॥" यानी 'स्ट्राइक द टेंट'–प्रयाग चलना होगा। मगर यह काम तो आसान नहीं था। संन्यासी की यात्रा है। टट्टुओं को ढूँढ़ लाने और उन पर बोझ लादने, ऊँट पर महाराज के लिए जीन कसने, गाय-बकरियों को साथ लेने, गठरी-मोटरियों को बाँधने में और उन्हें सहेजने में एक पहर बीत गया। उसके बाद रवाना होकर दो कोस दूर बिठौरा गाँव के एक छोर पर शाम के पहले एक बड़े से बरगद के पेड़ के नीचे अड्डा जमाया गया। वह जगह मनोरम थी, गुरु महाराज को यह जगह बड़ी पसन्द आई सो तो हुआ। मगर मैं तो यह अन्दाजा भी नहीं लगा सका कि भरद्वाज मुनि के डेरे पर पहुँचने में कितने महीने लगेंगे।

इस बिठौरा गाँव का नाम मुझे क्यों याद है, इसे मैं यहाँ बताता हूँ। उस दिन पूर्णिमा थी। इसलिए गुरु के आदेश से हम तीनों ही तीन दिशाओं में भिक्षा माँगने के लिए निकल पड़े थे। मैं अकेला होता तो अपना पेट भरने के लिए कम कोशिश नहीं करता। मगर आज चूँकि मुझमें उतनी लगन नहीं थी, इसलिए मैं बहुत-कुछ बेकार में घूम-फिर रहा था। एक घर के खुले दरवाजे के अन्दर से अचानक एक बंगाली का चेहरा-मोहरा नजर आ गया। उसकी साड़ी यद्यपि देसी करघे पर बुने टाट जैसी ही थी। लेकिन उसके साड़ी पहनने के खास ढंग ने मेरे कौतूहल को बढ़ा दिया था। सोचा, मैं पाँच-छह दिनों से इस गाँव में हूँ। लगभग सभी घरों में मैं गया हूँ, मगर बंगाली औरत तो दूर, एक बंगाली मर्द का चेहरा-मोहरा भी तो नजर नहीं आया था। साधु-संन्यासियों के लिए कहीं भी आने-जाने में कोई रोक-टोक नहीं होती। मैं अन्दर घुसा, तो वह औरत मेरी तरफ निहारती रही। उसका मुखड़ा मैं आज भी याद कर सकता हूँ। इसका कारण यह है कि दस-बारह साल की लड़की की ऐसी करुण, ऐसी मलिन, उदास चितवन मैंने और कभी देखी है, ऐसा नहीं लगता। उसके मुँह, उसके होंठों, उसकी आँखों, उसके अंग-अंग से दुख और हताशा मानो चू रही थी। मैंने एकबारगी बांग्ला में कहा, "थोड़ी-सी भिक्षा दो न माँ!" पहले तो वह कुछ भी नहीं बोली। उसके बाद उसके दोनों होंठ दो बार काँपकर फूल उठे, उसके बाद वह फूट-फूटकर रो पड़ी।

मैं मन ही मन तनिक शर्मिन्दा हो गया। क्योंकि भले ही सामने कोई नहीं था, तो भी बगल के घर से बिहारी औरतों की बातचीत सुनाई पड़ रही थी। उनमें से कोई अचानक बाहर निकलकर हम दोनों को इस स्थिति में देखेगी, तो वह क्या सोचेगी, क्या कहेगी यह सोचते नहीं बना। यह तय करने के पहले ही कि मैं खड़ा रहूँ या चला जाऊँ, उस लड़की ने रोते-रोते एक ही साँस में हजारों प्रश्न कर डाले, तुम कहाँ से आ रहे हो? तुम कहाँ रहते हो? तुम्हारा घर क्या बर्धमान जिले में है? तुम वहाँ कब जाओगे? तुमने राजपुर का नाम सुना है? वहाँ के गौरी तिवारी को तुम पहचानते हो?

मैं बोला, "तुम्हारा घर क्या बर्धमान जिले के राजपुर में है?"

उस लड़की ने हाथों से अपने आँसुओं को पोंछा और बोली, "हाँ, मेरे पिता का नाम गौरी तिवारी है, मेरे बड़े भाई का नाम है—रामलाल तिवारी। उन लोगों को तुम पहचानते हो? मुझे ससुराल आए तीन महीने हो गए हैं, पर मुझे एक भी चिट्ठी नहीं मिली है। पिताजी, बड़े भैया, माँ गिरिबाला और मुन्ना कैसे हैं, मैं कुछ भी नहीं जानती! उस पीपल के पेड़ के नीचे मेरी बड़ी बहन की ससुराल है, पिछले सोमवार को मेरी बड़ी बहन फाँसी लगाकर मर गई है, पर ये लोग कहते हैं, नहीं, वह फाँसी लगाकर नहीं, हैजे से मरी है।"

मैं विस्मय से हक्का-बक्का हो गया। आखिर बात क्या है? ये लोग तो, देखता हूँ, पूरे गैर-बंगाली हैं, हालाँकि वह लड़की बिलकुल निखालिस बंगाली की बेटी है। भला इतनी दूर, इन घरों में इन लोगों की ससुराल हुई तो कैसे हुई, और इन लोगों के पति, सास-ससुर आखिर यहाँ क्या करने आए?

मैंने पूछा, "तो तुम्हारी बड़ी बहन ने फाँसी क्यों लगाई?"

वह बोली, "दीदी राजपुर जाने के लिए दिन-रात रोती थी, न खाती थी, न सोती थी, इसीलिए उसके ससुरालवालों ने उसके बालों को धरन से बाँधकर उसे दिन-रात खड़ी करके रखा था। इसीलिए दीदी फाँसी लगाकर मरी है।"

मैंने प्रश्न किया, "तुम्हारे भी सास-ससुर क्या गैर-बंगाली हैं?"

वह लड़की और एक बार रो पड़ी और बोली, "हाँ, मेरे सास-ससुर गैर-बंगाली हैं। मैं न तो उनकी बात समझ सकती हूँ, न उनका बनाया खाना खा सकती हूँ। मैं तो दिन-रात रोती हूँ। मगर पिताजी न ही मुझे चिट्ठी लिखते हैं, न ही मुझे लिवा जाते हैं।"

मैंने पूछा, "अच्छा, तुम्हारे पिता ने तुम्हारी शादी इतनी दूर क्यों कराई?"

वह लड़की बोली, "हम लोग तो तिवारी हैं। हमारी जात का लड़का वहाँ नहीं मिलता है।"

"तुम्हें क्या ये लोग मारते हैं?"

"हाँ, बहुत मारते हैं। ये देखो न," इतना कहकर उस लड़की ने अपनी बाँह, पीठ और गालों पर मार के निशान दिखाए और फफक-फफककर रोती हुई बोली, "मैं भी दीदी की तरफ फाँसी लगाकर मरूँगी।"

उसका रोना देखकर मेरी अपनी आँखें भी नम हो उठीं। और सवाल-जवाब या भिक्षा के लिए इन्तजार किए बिना ही मैं बाहर निकल गया। लेकिन वह लड़की मेरे पीछे-पीछे आकर कहने लगी, "तुम जाकर मेरे पिताजी से कहोगे न? उनसे कहना कि वे आकर एक बार मुझे लिवा जाएँ। वरना मैं..." उसके इतना कहते ही मैंने किसी तरह से अपनी गर्दन जरा हिलाकर हामी भरी और तेज कदमों से ओझल हो गया। उस लड़की का कलेजा चीर देनेवाला आवेदन मेरे दोनों कानों के अन्दर गूँजने लगा।

रास्ते के मोड़ पर ही परचून की एक दुकान थी। जब मैं उस दुकान में घुसा, तो दुकानदार ने सम्मान के साथ मेरा स्वागत किया। भिक्षा में खाने की चीज न माँग करके जब मैं एक चिट्ठी लिखने के लिए कागज और कलम-दवात माँग बैठा, तब वह अचरज

में तो पड़ा, मगर ठुकराया नहीं। वहीं बैठकर मैंने गौरी तिवारी के नाम एक चिट्ठी लिख डाली। सारा ब्योरा लिखने के बाद अन्त में मैंने यह भी लिखना नहीं छोड़ा कि उस लड़की की बड़ी बहन हाल में फाँसी लगाकर मर गई है और उसने मार-पीट और जुल्म सहन न कर पाने की वजह से उसी राह पर चलने की ठान ली है। अगर तुम खुद आकर इसका उपाय नहीं करोगे तो क्या घटेगा, कुछ नहीं कहा जा सकता। बहुत सम्भव है, तुम्हारी चिट्ठी-पत्री ये लोग उस लड़की को न देते हों? मैंने पता लिखा—गाँव-रायपुर, जिला-बर्धमान। पता नहीं, वह चिट्ठी गौरी तिवारी के पास पहुँची थी या नहीं, और अगर पहुँची भी थी, तो उसने कुछ किया था या नहीं। लेकिन वह घटना मेरे मन के अन्दर ऐसी अंकित हो गई थी कि इतने समय बाद भी सब कुछ याद है, और इस आदर्श हिन्दू-समाजक बारीक जाति-भेद के खिलाफ एक विद्रोह का भाव आज भी मेरे मन से नहीं गया है।

हो सकता है, बतौर रीति-रिवाज यह जाति-भेद की बात बहुत अच्छी हो; इसी तरीके से सनातन हिन्दू-जाति जब आज तक जिन्दा है तब इसके काफी फायदे के बारे में शक करने, सवाल उठाने की कोई बात ही नहीं है। चूँकि कहीं कोई दो लड़कियाँ दुख सहन न कर पाने की वजह से फाँसी लगाकर मरेंगी, इसलिए इसके कठोर बन्धन को रत्ती भर भी ढीला करने की कल्पना करना भी पागलपन है। लेकिन जो आदमी उस लड़की का रोना अपनी आँखों से देख आया है उसकी मजाल नहीं कि इस सवाल को अपने करीब आने से रोक रखे कि किसी तरह टिका रहना ही क्या चरम सार्थकता है? ऐसी बहुत-सी जातियाँ तो टिकी हुई हैं। कुकी हैं, कोल, भील, सन्थाल हैं, प्रशान्त महासागर के बहुत से छोटे-मोटे द्वीपों की ढेर सारी जातियाँ आदिम काल के शुरू से ही जिन्दा हैं। ऐसी जातियाँ अफ्रीका में हैं, अमेरिका में हैं, उनके भी ऐसे-ऐसे कड़े नियम-कानून हैं जिनके बारे में सुनने पर बदन का खून पानी हो जाता है। काल के हिसाब से वे जातियाँ यूरोप की बहुत सारी जातियों से भी ज्यादा पुरानी हैं, वे हमसे भी ज्यादा पुरानी हैं, लेकिन इसी वजह से किसी के भी मन में शायद ऐसी अजीब शंका नहीं पैदा होती है कि सामाजिक आचार-विचार की दृष्टि से वे हमसे श्रेष्ठ हैं। सामाजिक समस्याएँ झुंड बाँधकर दर्शन नहीं देती हैं। यों ही कभी-कभार एकाध आविर्भूत होती हैं। अपनी दोनों बंगाली बेटियों को गैर-बंगालियों के घर ब्याहते वक्त गौरी तिवारी के मन में शायद ऐसा सवाल आया था। लेकिन उस बेचारे को जब इस कठिन सवाल का कोई हल ढूँढ़े नहीं मिला तो वह आखिरकार सामाजिक कुरीतियों के आगे अपनी दोनों बेटियों की बलि देने के लिए बाध्य हो गया था। जो समाज इन दो छोटी-छोटी लाचार लड़कियों को सहारा नहीं दे सकता, जो समाज अपने आपको थोड़ा-सा भी उदार बनाने की शक्ति नहीं रखता उस पंगु-जड़वत् समाज के लिए मैं अपने मन के अन्दर जरा-सा भी गौरव अनुभव नहीं कर सका। पता नहीं कहीं किसी बहुत बड़े आदमी के लेख में मैंने पढ़ा था, उसमें लिखा गया था—हमारे समाज ने 'जाति-भेद' के रूप में जो एक बड़े-से प्रश्न का उत्तर दुनिया के सामने रख दिया था, उसका अन्तिम समाधान आज भी नहीं हुआ है, लेकिन इन तमाम युक्तिहीन

बातों का जवाब देना भी जितना नहीं चाहता है–'न होता है, न होगा' यह कहकर अपने प्रश्न का अपना ही उत्तर जोर-शोर से घोषित करके जमकर बैठ जानेवाले को जवाब देना भी उतना ही कठिन है। खैर जाने दीजिए।

मैं दुकान पर से उठा। पता लगाकर मैंने बैरंग चिट्ठी को डाक-पेटी में डाल दी और जब मैं अपने अड्डे पर आ उपस्थित हुआ, तब भी मेरे दूसरे सहयोगी आटा, दाल आदि लेकर वापस नहीं आए थे।

मैंने देखा, साधु बाबा आज विरक्त हैं। अपनी विरक्ति का कारण उन्होंने खुद ही व्यक्त किया। बोले, ''यह गाँव साधु-संन्यासियों से उतना लगाव नहीं रखता है, सेवा आदि का इन्तजाम उतना सन्तोषजनक नहीं करता है, इसलिए कल ही यहाँ से चल देना होगा।''

''जो आज्ञा,'' कहकर मैंने फौरन उनकी बात का समर्थन किया। पटना देखने के लिए मन के अन्दर न जाने कहाँ एक प्रबल कौतूहल था, अपने से उसे और छिपाकर नहीं रख सका।

इसके अलावा बिहार के इन गाँवों में मुझे किसी भी तरह का आकर्षण ढूँढ़े नहीं मिला। इसके पहले मैं तो बंगाल के बहुत से गाँवों का चक्कर लगा चुका हूँ, लेकिन बंगाल के गाँवों के साथ बिहार के गाँवों की कोई भी तुलना नहीं हो सकती है। नर-नारी, पेड़-पौधे, जलवायु–कुछ भी अपना-सा नहीं लगता था। सारा मन सुबह से लेकर रात तक सिर्फ भागूँ-भागूँ करता रहता है।

शाम को बंगाल के गाँव के हर मुहल्ले में जैसे मृदंग-करताल के साथ कीर्तन का सुर कानों में आता है। यहाँ वैसा मृदंग-करताल के साथ कीर्तन का सुर कानों में नहीं आता है। बंगाल के गाँवों के देव-मन्दिरों में आरती लगाते वक्त घंटे-घड़ियालों की जैसी गम्भीर मधुर ध्वनि गूँजती है–घंटे-घड़ियालों की वैसी मधुर ध्वनि यहाँ नहीं गूँजती है। बंगाल के गाँव की औरतों की तरह इस गाँव की औरतें शंख से भी मधुर ध्वनि करना नहीं जानती हैं। यहाँ आदमी किस सुख में रहता है! और लगने लगा, इन सब ठेठ गाँवों के अन्दर अगर मैं नहीं आ धमकता, तो अपने ठेठ गाँवों का मूल्य किसी भी दिन इस तरह से नजर नहीं आता। हमारे यहाँ के पानी में सेवार होता है, हवा में मलेरिया है, लोग प्लीहा से पीड़ित हैं, हर घर में मुकदमा लगा रहता है, हर मुहल्ले में दलबन्दी है–सो हो, तब भी उसी के बीच कितना रस था, कितनी तृप्ति थी। अभी जैसे उसका कुछ भी बिना समझे ही मैं सब कुछ समझने लगा।

अगले दिन तम्बू उखाड़कर हम लोग चल पड़े। और साधु बाबा अपने दल के साथ भरसक भरद्वाज मुनि के आश्रम की तरफ आगे बढ़ने लगे। मगर चूँकि रास्ता सीधा होगा, इसीलिए हो या साधु बाबा ने मेरे मन की बात ताड़ ली हो, पटना से दस कोस की दूरी के अन्दर उन्होंने फिर तम्बू नहीं गाड़ा। मन में एक तमन्ना थी। पर उसे अभी रहने दीजिए। पाप-वाप तो मैंने बहुत किया है, कई दिन साधु की संगत करके पवित्र तो हो लूँ। एक दिन शाम के पहले जिस जगह हमारा अड्डा जमा उसका नाम था छोटी बगिया। यह जगह आरा स्टेशन से आठेक कोस दूर थी। इस गाँव में एक उदार बंगाली व्यक्ति से

परिचय हुआ था। उनकी उदारता का मैं यहाँ थोड़ा-सा वर्णन करूँगा। उनका पिता द्वारा रखा नाम छिपाकर उन्हें राम बाबू कहना ही अच्छा होगा। क्योंकि वे अभी भी जीवित हैं और बाद में दूसरी जगह यद्यपि उनसे मुलाकात हुई थी, पर वे मुझे पहचान नहीं सके थे। उनका मुझे न पहचान पाना कोई आश्चर्य की बात नहीं थी। मगर मैं तो यह जानता हूँ कि उनका स्वभाव कैसा है। मैं यह पक्के तौर पर समझ रहा हूँ कि गुप्त रूप से उनके द्वारा किए गए अच्छे कामों का खुलेआम उल्लेख करने पर वे विनम्रता से संकुचित हो जाएँगे। इसलिए उनका नाम है राम बाबू। मैं तो इतना नहीं जानता कि कैसे राम बाबू इस गाँव में आए थे और कैसे जमीन-जायदाद खरीदकर खेती-बारी कर रहे थे। वे अपनी दूसरी पत्नी और बेटे-बेटियों के साथ तब सुख से रह रहे थे।

सुबह यह सुनने में आया कि इस छोटी बगिया में तो चेचक फैला है और भी पाँच-सात गाँवों के अन्दर तक चेचक ने तब महामारी का रूप धारण कर लिया है। गाँव के ऐसे ही बुरे वक्त में साधु-संन्यासियों की सेवा बड़ी सन्तोषजनक होती है। इसलिए साधु बाबा ने अविचलित चित्त से वहाँ ठहरने की ठान ली।

अच्छी बात है। बतौर जीव संन्यासियों के बारे में मैं एक बात कहना चाहता हूँ। वह यह कि जीवन में मैंने इनमें से बहुतों को नहीं देखा है। चारेक बार तो मैं ऐसे ही घनिष्ठ भाव से इनके साथ घुला-मिला हूँ। इनमें जो दोष है, वह तो है ही। मैं इनके गुणों की बात कहूँगा। निरा पेट के लिए साधुजी आप लोग तो मुझे ही जानते हैं, लेकिन इनके अन्दर भी ये दोनों दोष मुझे नजर नहीं आए थे। और ऐसी भी बात नहीं कि मेरी नजर भी खूब मोटी है। औरतों के बारे में इनके संयम या उत्साह की कमी ही कहिए, खूब ज्यादा होती है। और जान का डर इन लोगों में बहुत ही कम होता है। 'यावेत् जीवेत् सुखम् जीवेत्' तो है ही, पर इनमें यह खयाल नहीं होता कि क्या करने पर बहुत दिन जीवेत्। हमारे साधु बाबा के लिए भी इस मामले में ऐसा ही हुआ। पहले के लिए दूसरे को उन्होंने तुच्छ कर दिया।

थोड़ी-सी धूनी की राख और दो बूँद कमंडल के जल के बदले जो सब चीजें दनादन आने लगीं वे संन्यासी, गृहस्थ—किसी के भी लिए विरक्तिकर नहीं हो सकतीं।

राम बाबू सपत्नीक रोते हुए आ गए। उनके बड़े लड़के को चेचक हो गया है। इसके पहले वह चार दिनों तक बुखार में पड़ा था। उनके छोटे लड़के को बुखार है और वह कल रात से ही बेहोश है। यह देखकर कि वे बंगाली हैं, मैंने खुद आगे बढ़कर उनसे जान-पहचान की।

इसके बाद महीने भर में क्या कुछ घटित हुआ, इसके बारे में मैं अभी लिखना नहीं चाहता। क्योंकि लिखने के लिए बहुत सारी बातें हैं, मसलन—कैसे यह जान-पहचान गहरी हुई, कैसे वे दोनों लड़के अच्छे हुए? इनके बारे में लिखने में खुद मुझे ही धैर्य नहीं रहेगा, तो भला पाठकों को कैसे धैर्य रहेगा! लेकिन बीच की एक बात कह रखता हूँ। पन्द्रह दिनों बाद जब चेचक का प्रकोप बहुत बढ़ गया तब साधुजी ने अपना अड्डा उठाने की बात कही।

राम बाबू की पत्नी ने रोते हुए कहा, ''संन्यासी भैया, तुम तो सचमुच संन्यासी नहीं हो। तुम्हारे मन में दया-माया है। मेरे नवीन और जीवन को अगर तुम छोड़कर चले जाओगे तो वे कभी नहीं बचेंगे। देखती हूँ, तुम कैसे जाते हो? जाओ तो देखूँ।'' यह कहकर उन्होंने मेरे पाँव जकड़ डाले। मेरी भी आँखों में आँसू आ गए। राम बाबू भी अपनी पत्नी के साथ मिलकर गिड़गिड़ाने लगे। इसलिए मैं जा नहीं सका।

मैंने साधु बाबा से कहा, ''प्रभु, आप लोग आगे बढ़िए, भले ही मैं रास्ते में आपके पैरों की धूल अपने सर से न लगा सकूँ, पर इसमें कोई सन्देह नहीं कि मैं प्रयाग जाकर आपके पैरों की धूल अपने सर से लगा सकूँगा।''

प्रभु खिन्न हुए। अन्त में इस बारे में मुझे बार-बार सतर्क करके कि मैं बेकार में कहीं देर न करूँ, वे अपने दल-बल के साथ चल पड़े। मैं राम बाबू के ही घर में रह गया। इन्हीं थोड़े दिनों के अन्दर मैं प्रभु का सबसे अधिक स्नेह-पात्र बन गया था और उनके साथ टिका रहता तो, उनकी संन्यासी-लीला के अवसान के बाद उनके उत्तराधिकारी के रूप में मैं टट्टू-ऊँट दोनों पर कब्जा कर सकता था, इसमें कोई सन्देह नहीं। खैर, घर आई लक्ष्मी को ठुकराकर, बीती बातों को लेकर खेद प्रकट करने से कोई फायदा नहीं।

दोनों लड़के चंगे हो गए। चेचक ने इस बार वास्तव में महामारी का रूप धारण कर लिया। यह कैसी घटना थी इसे जिसने अपनी नजरों से नहीं देखा हो उसके लिए लेख पढ़कर, कहानी सुनकर या कल्पना करके समझना असम्भव है। अतएव इस असम्भव को सम्भव करने का प्रयास मैं नहीं करूँगा। लोगों ने भागना शुरू किया–किसे भागना चाहिए और किसे नहीं भागना चाहिए, इस बारे में सोचने की किसी को फुर्सत नहीं रही। जिस घर में आदमी का निशान दिखाई पड़ता वहाँ झाँककर देखने पर सिर्फ माँ अपने बीमार बच्चे को अगोरती बैठी हुई दिखाई पड़ती थी।

राम बाबू ने अपनी बैलगाड़ी में चीज-बस्त लदवा दिया। वे बहुत दिन पहले ही ऐसा करते पर सिर्फ लाचार होकर वे ऐसा नहीं कर सके थे। पाँच-छह दिनों में मेरे तमाम बदन में एक ऐसा बुरा आलस्य भरता चला जा रहा था कि कुछ भी अच्छा नहीं लगता था। सोचता, रात को जागने और मेहनत-मशक्कत करने के चलते ही मुझे ऐसा महसूस होता था। उस दिन सवेरे से ही मेरा सर दुखने लगा। खाने की बिलकुल इच्छा न होने के बावजूद मैंने जो कुछ दोपहर में खाया उसे मैंने तीसरे पहर उलटी कर दी। रात के नौ-दस बजे पता चला कि मुझे बुखार आया है। उस दिन सारी रात उन लोगों के जाने की तैयारियाँ चल रही थीं, सभी जगे हुए थे। बहुत रात गए राम बाबू की पत्नी बाहर के कमरे में घुसकर बोलीं, ''संन्यासी भैया, तुम हमीं लोगों के साथ आरा तक क्यों नहीं चलते हो?''

मैं बोला, ''अच्छा ठीक है, मैं तुम लोगों के साथ आरा तक जाऊँगा। मगर तुम्हें अपनी गाड़ी में मेरे लिए थोड़ी-सी जगह कर देनी होगी?''

उन्होंने प्रश्न किया, ''क्यों संन्यासी भैया? गाड़ियाँ तो दो ही हैं, खुद हमीं लोगों के लिए तो उनमें जगह नहीं हो रही है?''

मैंने कहा, "मुझमें पैदल चलने की ताकत नहीं है बहन। सवेरे से ही बहुत बुखार आया है।"

"क्या कह रहे हो, तुम्हें बुखार आया हुआ है?" इतना कहकर जवाब का इन्तजार किए बिना ही मेरी नई बहन मुँह लटकाकर चल दी।

मैं यह बता नहीं सकता कि मैं कितनी देर बाद सो गया था। जब मैं जगा तो देखा, दिन चढ़ आया है। अन्दर के हर कमरे में ताला लगा हुआ है—आदमी का कोई नामोनिशान तक नहीं है।

बाहर के जिस कमरे में मैं रहता था उसके सामने से ही इस गाँव का कच्चा रास्ता स्टेशन तक गया था। इसी रास्ते से होकर रोज कम से कम पाँच-छह बैलगाड़ियाँ मौत से डरे नर-नारियों को लेकर स्टेशन जाती थीं। दिन भर मैंने उन पर चढ़ने की कोशिश की, पर चढ़ नहीं सका। बाद में आखिरकार शाम को उन्हीं में से एक पर जगह बनाकर मैं चढ़ बैठा। जिस बूढ़े बिहारी आदमी ने मुझे बैलगाड़ी पर अपने साथ बिठाया था उसने बड़े तड़के स्टेशन के करीब एक पेड़ के नीचे उतार दिया। तब मुझमें बैठने की भी सामर्थ्य नहीं थी, मैं वहीं लेट गया। पास ही खाली पड़ा टीन का एक शेड था। पहले उसका इस्तेमाल मुसाफिरखाने के रूप में होता था। लेकिन मौजूदा वक्त में आँधी-पानी के दिनों में गाय-बछड़े उसके अन्दर शरण लेते थे, इसके अलावा वह किसी काम में नहीं आता था। वह आदमी स्टेशन से एक बंगाली युवक को बुला लाया। उसी युवक की कृपा से कई कुलियों ने मिलकर मुझे शेड के अन्दर पहुँचा दिया।

यह मेरा बड़ा दुर्भाग्य है कि मैं उस युवक के बारे में कुछ बता नहीं सकता, क्योंकि मैंने उससे उसके बारे में कुछ पूछा ही नहीं था। पाँच-छह महीने बाद जब पूछने का मौका और ताकत हुई तब खबर ली, तो मालूम पड़ा कि इसी बीच वह चेचक का शिकार होकर चल बसा था। लेकिन उसके बारे में सुनकर मैंने इतना ही जाना था कि वह पूर्वी बंगाल का रहनेवाला था और स्टेशन में पन्द्रह रुपए मासिक वेतन पर काम करता था। थोड़ी देर बाद उसने मेरे लिए अपना चिथड़े-सा बिस्तर ला दिया और बार-बार यह कहने लगा कि वह अपना खाना खुद बनाकर खाता है और दूसरे के घर में रहता है। दोपहर में उसने एक कटोरा गरम दूध लाकर मुझे जबरन पिलाया और बोला, "आप डरिए मत, आप अच्छे हो जाएँगे, लेकिन अगर किसी नाते-रिश्तेदार या यार-दोस्त को खबर देनी हो, तो उसका पता बता देने पर वह उसे तार कर दे सकता है।"

तब भी मुझे पूरा होश था। इसलिए मैं यह अच्छी तरह समझ रहा था कि बेहोश होने में अब ज्यादा देर नहीं है। अगर बुखार इसी तरह पाँच-छह घंटे रह गया तो मैं बेहोश हो जाऊँगा। अतएव जो कुछ मुझे करना है उसे अगर इस बीच नहीं करूँगा, तो फिर उसे कर ही नहीं सकूँगा।

सो तो ठीक है, लेकिन खबर देने की उसकी बात सुनकर मैं चिन्ता में पड़ गया। मैं क्यों चिन्ता में पड़ गया, इसे खोलकर बताने की जरूरत नहीं। मगर सोचा, गरीब का पैसा तार में खर्च कराने से अब क्या फायदा!

शाम के बाद वह अपनी ड्यूटी करते-करते वक्त निकालकर एक कुल्हड़ पानी और किरासन की एक डिबिया लेकर उपस्थित हुआ। तब बुखार के मारे मेरा दिमाग क्रमशः गड्डमड्ड होता चला जा रहा था। मैंने उसे नजदीक बुलाकर कहा, "जब तक मुझे होश है तब तक बीच-बीच में मुझे देखिएगा, उसके बाद जो होना होगा, होगा, आप और तकलीफ मत उठाइए।"

वह बड़ा मुँहचोर स्वभाव का आदमी था। बातों को सहेजकर कहने की उसमें क्षमता नहीं थी। मेरी बात के जवाब में उसने नहीं-नहीं कहकर चुप्पी साध ली।

मैंने कहा, "आपने खबर देनी चाही थी। मैं ठहरा संन्यासी आदमी। वास्तव में मेरा अपना कोई नहीं है। लेकिन पटना की प्यारी बाई के पते पर एक पोस्टकार्ड में यह लिख दें कि श्रीकान्त आरा के स्टेशन के बाहर एक टीनशेड के अन्दर मरणासन्न होकर पड़ा हुआ है, तो..."

वह हड़बड़ा उठा।

"मैं अभी उसे चिट्ठी और तार दोनों भेज देता हूँ।" इतना कहकर वह उठकर चला गया।

मैंने मन ही मन कहा, 'भगवान, यह खबर उसे मिल जाए।'

जब मुझे होश आया, तो पहले-पहल मैं अच्छी तरह समझ नहीं सका। माथे पर हाथ रखा, तो पता चला कि वह आइस बैग है। आँखें खोलकर देखा, कमरे के अन्दर एक चारपाई पर मैं लेटा हुआ हूँ। सामने की तिपाई पर एक दीये के पास दवा की दो-तीन शीशियाँ हैं और उसी की बगल में एक निवार की चारपाई पर एक आदमी लाल चेकवाला रैपर ओढ़े लेटा हुआ है। बहुत देर तक मैं कुछ भी याद नहीं कर पाया। उसके बाद थोड़ा-थोड़ा याद आने लगा, नींद की खुमारी में न जाने कितने सपने देखे थे, बहुत सारे लोग आए थे, उन लोगों ने पकड़कर मुझे डोली पर चढ़ाया था, मेरा सर मूँड़कर मुझे उन लोगों ने दवा खिलाई थी—ऐसी ही ढेरों घटनाएँ याद आईं।

थोड़ी देर बाद जब वह आदमी उठ बैठा, तो मैंने देखा, वह एक बंगाली शख्स है, उम्र अठारह-उन्नीस से ज्यादा नहीं है। तब मेरे सिरहाने के पास से जिसने मृदु स्वर में उसे सम्बोधित किया उसकी आवाज मैं पहचान सका।

प्यारी ने बड़ी मृदु आवाज में पुकारा, "बंकू, बर्फ को एक बार और बदल क्यों नहीं दिया बेटा?"

उस लड़के ने कहा, "बदल देता हूँ, तुम थोड़ी देर सोओ न माँ। डॉक्टर सा'ब जब कह गए हैं कि उन्हें चेचक नहीं हुआ है तब तो अब डरने की कोई बात नहीं है माँ।"

प्यारी बोली, "अरे बेटा, डॉक्टर के यह कहने से कि अब डरने की कोई बात नहीं, क्या औरतों के मन से डर निकल जाएगा? तुझे फिक्र करने की जरूरत नहीं, बंकू, तू सिर्फ बर्फ बदल दे और सो जा—अब रात को मत जागना।"

बंकू ने आकर बर्फ बदल दी और वापस आकर उसी चारपाई पर लेट गया। जल्दी ही जब वह खर्राटे भरने लगा, तो मैंने धीरे-धीरे पुकारा, "प्यारी।"

प्यारी मेरे मुँह पर झुकी, मेरे माथे पर की दो बूँदों को अपने आँचल से पोंछा और बोली, "तुम क्या मुझे पहचान पा रहे हो? अभी कैसे हो? कल..."

"अच्छा हूँ। तुम कब आईं? यह क्या आरा है?"

"हाँ, आरा ही है। कल हम लोग घर चलेंगे।"

"कहाँ?"

"पटना। मैं तुम्हें अपने घर ले जाऊँगी। अभी क्या मैं तुम्हें कहीं और छोड़ दे सकती हूँ?"

"यह लड़का कौन है, राजलक्ष्मी?"

"यह मेरी सौत का बेटा है। लेकिन समझो वह मेरी ही कोख से जन्मा है। मेरे ही पास रहकर वह पटना कॉलेज में पढ़ता है। आज और बात मत करो, सो जाओ। कल सारी बातें बताऊँगी।" यह कहकर उसने मेरे मुँह पर अपना हाथ रख दिया और मेरा मुँह बन्द कर दिया।

मैं हाथ बढ़ाकर राजलक्ष्मी के दाहिने हाथ को अपनी मुट्ठी में लेकर करवट बदलकर लेट गया।

# 12

जिस बुखार की वजह से मैंने बेहोश होकर चारपाई पकड़ ली थी वह चेचक का बुखार नहीं था, कोई और बुखार था। चिकित्साशास्त्र में निश्चय उसका एक बहुत कठिन नाम था, लेकिन मैं उसे नहीं जानता। खबर पाकर प्यारी अपने बेटे के साथ दो नौकर और दाई को लेकर आ उपस्थित हुई थी। उसी दिन एक डेरा किराए पर लेकर वह मुझे वहाँ ले गई थी और शहर के तरह-तरह के अच्छे-बुरे चिकित्सकों को इकट्ठा कर डाला था। यह उसने अच्छा ही किया था वरना भले ही कोई दूसरा नुकसान न होता, पर 'भारतवर्ष' के पाठक-पाठिकाओं के धैर्य की महिमा दुनिया में अनजानी रह जाती।

भोर में प्यारी ने कहा, "बंकू, और देरी मत कर बेटा। इसी वक्त सेकंड क्लास में सीट रिजर्व कर आ। मैं एक पल भी उसे यहाँ रखने की हिम्मत नहीं कर सकती।"

बंकू की नींद पूरी नहीं हुई थी, तब भी उसकी आँखें उनींदी थीं। उसने आँखें मूँदे ही रुँधी आवाज में जवाब दिया, "तुम पागल हो गई हो माँ, इस हालत में क्या कहीं ले जाया जा सकता है?"

प्यारी तनिक मुस्कुराई और बोली, ''पहले तू उठकर मुँह-आँख में पानी डाल तो सही! उसके बाद कहीं ले जाने की बात पर विचार किया जाएगा। राजा बेटा मेरा, उठ।''

बंकू ने आखिरकार बिस्तर छोड़ा, मुँह-हाथ धोया, कपड़े बदले और स्टेशन चला गया। तब अभी-अभी सवेरा हो रहा था। कमरे में और कोई नहीं था। मैंने धीरे-से पुकारा, ''प्यारी!''

मेरे सिरहाने की तरफ मेरी चारपाई से सटाकर एक और चारपाई बिछाई हुई थी। उसी पर थकान के मारे शायद वह इस बीच जरा आँखें मूँदकर लेट गई थी। वह हड़बड़ाकर उठ बैठी और मेरे मुँह पर झुक पड़ी। फिर कोमल आवाज में पूछा, ''नींद टूटी?''

''मैं तो जगा हुआ ही हूँ।''

प्यारी उत्कंठित जतन के साथ मेरे सर और कपाल पर हाथ फेरते-फेरते बोली, ''बुखार अभी बहुत कम है। जरा आँखें मूँदकर सोने की कोशिश क्यों नहीं करते हो?''

''सो तो मैं बराबर ही कर रहा हूँ प्यारी! अच्छा बुखार आए आज कितने दिन हुए?''

''तेरह दिन,'' कहकर वह न जाने एक कितनी बड़ी बूढ़ी की तरह गम्भीर भाव से बोली, ''देखो, बच्चे-वच्चे के सामने अब मुझे तुम उस नाम से मत पुकारो। तुमने हमेशा मुझे 'लक्ष्मी' कहकर पुकारा था, उसी नाम से क्यों नहीं पुकारते हो?''

दो दिनों से मैं पूरी तरह होश में था, मुझे तमाम बातें याद आ गई थीं। बोला, ''अच्छा।'' उसके बाद जो बातें उससे कहने के लिए उसे बुलाया था उन्हें मन ही मन जरा सहेज लिया और कहा, ''तुम मुझे ले जाने की कोशिश कर रही हो, मगर मैंने तो तुम्हें बहुत तकलीफ दी है, मैं तुम्हें और तकलीफ देना नहीं चाहता।''

''तो तुम क्या करना चाहते हो?''

''मैं सोचता हूँ, मैं अभी जैसा हूँ, उससे लगता है कि मैं तीन-चार दिनों में ही एक तरह से अच्छा हो जाऊँगा। बल्कि तुम लोग ये कई दिन इन्तजार करके घर जाओ।''

''तब तुम क्या करोगे, जरा सुनूँ तो सही!''

''तब की तब देखा जाएगा।''

''तब की तब देखा जाएगा,'' यह कहकर प्यारी तनिक मुस्कुराई। उसके बाद वह उठकर मेरे सामने आई, चारपाई के एक सिरे पर बैठी, मेरे मुँह की तरफ थोड़ी देर तक निहारती रही, फिर तनिक मुस्कुराई और बोली, ''मैं यह जानती हूँ कि तुम्हारी यह बीमारी भले ही तीन-चार दिनों में दूर न हो, पर दस-बारह दिनों में यह बीमारी दूर हो जाएगी, लेकिन तुम मुझे यह बता सकते हो कि तुम्हारी असली बीमारी कितने दिनों में दूर होगी?''

''भला मेरी असली बीमारी क्या है?''

प्यारी ने कहा, ''हमेशा से तुम्हारी यही एक बीमारी है कि तुम सोचते हो कुछ और करते हो कुछ। तुम यह जानते हो कि मैं तुम्हें एक महीने के पहले अपनी नजरों से दूर नहीं कर सकती, तब भी तुम यह कहते हो। मैंने तुम्हें तकलीफ दी, तुम जाओ। अरे ओ दयालु! मेरे प्रति अगर तुम्हारे मन में इतनी ममता है, तो तुम चाहे जो भी क्यों न बनो, पर संन्यासी मत बनो। संन्यासी बनकर तुमने क्या हंगामा खड़ा किया। आई तो

देखती हूँ फर्श पर फटी कथरी पर तुम होशोहवास खोकर पड़े हुए हो, धूल-धक्कड़ के चलते बालों में जटा पड़ गई है, अंग-अंग में रुद्राक्ष की माला है, दोनों हाथों में पीतल के एक-एक कड़े हैं। मैया री मैया! देखकर मैं रोए बिना न रह सकी।'' कहते-कहते उसकी दोनों आँखें डबडबा गईं। उसने जल्दी से अपनी आखों को हाथों से पोंछ डाला और बोली, ''बंकू ने मुझसे पूछा, ये कौन हैं माँ? मैंने मन ही मन कहा—तू बच्चा है, मैं तुझसे क्या कहूँ बेटा कि ये कौन हैं। उफ! क्या मुसीबत भरे दिन थे वे। माँ की कसम, कैसी शुभ घड़ी में पाठशाला में हम दोनों की आँखें चार हुई थीं। जितना दुख तुमने मुझे दिया उतना दुख दुनिया में किसी ने किसी को कभी नहीं दिया होगा, न ही कोई किसी को उतना दुख कभी देगा। शहर में चेचक फैला हुआ है। सभी को लेकर सकुशल भाग सकूँ, तो जान में जान आए।'' इतना कहकर उसने एक लम्बी साँस छोड़ी।

उसी रात हम लोग आरा से निकल पड़े। एक कमसिन डॉक्टर तरह-तरह की दवाएँ लेकर हम लोगों को पटना तक पहुँचाने के लिए साथ गया था।

पटना पहुँचकर बारह-तेरह दिनों के अन्दर मैं एक तरह से अच्छा हो गया। एक दिन सवेरे मैंने अकेले प्यारी के घर में घूम-घूमकर हर कमरे के सामानों को देखा, तो कुछ विस्मित हुआ। ऐसी बात नहीं कि इसके पहले मैंने ऐसे सामान नहीं देखे थे। वे चीजें अच्छी और बेशकीमती तो थीं, लेकिन इस मारवाड़ियों के मुहल्ले में इन धनी और कम पढ़े-लिखे शौकीन लोगों के सम्पर्क में इन मामूली से चीज-बस्तों से वह सन्तुष्ट रही कैसे? इसके पहले मैंने इस प्रकार के और भी जितने घर-द्वार देखे थे उनके साथ इस घर का कहीं भी थोड़ा-सा भी मेल नहीं था। वहाँ घुसते ही लगा था, इसके अन्दर थोड़ी देर भी आदमी रहता कैसे है? इसके ग्लासकेस के अन्दर रखे झाड़-फानूस, लालटेन, चित्र दीवारगीरी आईना आदि को देखकर मन में आनन्द के बजाय आशंका पैदा होती है। सहज साँस लेने का मौका भी शायद नहीं मिलेगा। बहुत लोगों को बहुत तरह की इच्छाओं को पूरी करने के लिए दिए गए उपहार ऐसे एक-दूसरे पर ठूँस-ठूँसकर रखे नजर आते हैं कि निगाह डालते ही लगता है कि उन निर्जीव चीजों की भाँति उनके देनेवाले भी जैसे इस घर के अन्दर थोड़ी-सी जगह पाने के लिए ऐसी भीड़ लगाकर एक-दूसरे को धकेलते हुए होड़ लगा रहे हों। मगर इस घर के किसी भी कमरे में जरूरी चीजों के अलावा कोई भी दूसरी चीज नजर नहीं आई और जो चीजें नजर आईं वे घर की मालकिन की अपनी जरूरतों के लिए लाई हुई हैं और उसकी इच्छा और अभिरुचि को लाँघकर और किसी की भी प्रलुब्ध अभिलाषा वहाँ अनधिकार घुसकर जगह पर कब्जा जमाकर बैठी हुई नहीं है। यह बड़ी आसानी से समझ में आया। एक नामचीन बाईजी के घर गाने-बजाने का कोई सामान कहीं नहीं है। इस-उस कमरे में घूमता हुआ मैं दूसरी मंजिल के एक कोने के कमरे के दरवाजे के सामने आकर खड़ा हो गया। यह बाईजी का अपना सोने का कमरा है। अन्दर निहारते ही इसका पता चला। मगर मेरी कल्पना के साथ इसका कितना अन्तर था। जैसा मैंने सोचा था, वैसा कुछ भी नहीं था। उसका फर्श सफेद पत्थर का था। दूध जैसी सफेद दीवारें चमक रही थीं। कमरे के एक किनारे एक छोटी-सी चौकी

पर बिस्तर बिछा हुआ था, एक लकड़ी की अरगनी पर कई कपड़े थे, और उस अरगनी के पीछे एक लोहे की अलमारी थी और कहीं भी कुछ नहीं था। जूते पहने घुसने में न जाने कैसी झिझक महसूस हुई। मैंने जूते उतारकर उन्हें चौखट के बाहर रखा और अन्दर घुसा। शायद थका होने की वजह से मैं उसके बिस्तर पर बैठा था। अगर कमरे में बैठने की कोई दूसरी जगह होती, तो मैं उसी पर बैठता। सामने की खुली खिड़की को ढँकता हुआ एक बहुत बड़ा नीम का पेड़ था, उसकी डालियों से छनकर सरसराती हुई हवा आ रही थी। उस तरफ निहारकर मैं अचानक कैसा जरा अन्यमनस्क हो गया था। एक मीठी आवाज से चौंककर मैंने देखा, गुनगुनाते-गुनगुनाते प्यारी कमरे में घुसी है। वह गंगा नहाने गई थी, वापस आकर भीगे कपड़े बदलने आई है। उसने इधर बिलकुल ही नहीं ताका था। ज्यों ही उसने सीधे अरगनी के पास जाकर सूखे कपड़े को हाथ लगाया त्यों ही मैंने व्यस्त होकर आवाज दी, ''घाट पर कपड़े लेकर क्यों नहीं जाती हो?''

प्यारी ने चौंककर निहारा तो हँस पड़ी। बोली, ''ऐं, चोरों की तरह मेरे कमरे में घुसकर बैठे हुए हो? नहीं-नहीं, बैठो-बैठो, जाने की जरूरत नहीं। मैं दूसरे कमरे में जाकर कपड़े बदल आती हूँ।'' यह कहकर वह हल्के कदमों से गरद की साड़ी को हाथ में लेकर बाहर निकल गई।

पाँचेक मिनट के बाद वह प्रसन्न मुँह से वापस आई, हँसकर बोली, ''मेरे कमरे में तो कुछ भी नहीं है, तो फिर क्या चुराने आए थे? कहीं मुझे चुराने तो नहीं आए थे?''

मैं बोला, ''तुमने मुझे कृतघ्न समझा है? तुमने मेरे लिए इतना कुछ किया, और अन्त में मैं तुम्हें ही चुराऊँगा? मैं इतना लालची नहीं हूँ।''

प्यारी का चेहरा उदास हो गया। कहते वक्त मैंने यह नहीं सोचा था कि मेरी बातों से वह दुख पा सकती है। उसे दुख पहुँचाने का इरादा भी नहीं था। उसे दुख पहुँचाने का इरादा होना स्वाभाविक भी नहीं था। खासकर तब जब दो-एक दिनों के अन्दर ही मैं यहाँ से कूच करने की ठान रहा था। बेतुकी बात को सँभाल लेने के वास्ते मैं जबरन हँसा और बोला, ''क्या कोई अपनी चीज चुराने आता है? क्या इतनी भी अक्ल तुम्हें नहीं है?''

मगर इतनी आसानी से उसे फुसलाया नहीं जा सका। उसने उदास मुँह से कहा, ''तुम्हें और कृतज्ञ होने की जरूरत नहीं है। कृपा करके तुमने जो ऐन वक्त पर मुझे खबर भिजवाई थी, मेरे लिए यही काफी है।''

उसके अभी-अभी नहाए खुशनुमा हँसते चेहरे को मैंने इस धूप-खिली सुबह में उदास कर दिया, यह देखकर मेरे कलेजे के अन्दर एक टीस गूँजने लगी। उस हँसी के अन्दर न जाने कैसा एक माधुर्य था। ज्यों ही वह माधुर्य नष्ट हुआ त्यों ही यह साफ हो गया कि कितना नुकसान हुआ। उस माधुर्य को पाने की आशा से मैं तुरत अनुतप्त स्वर में बोल उठा, ''तुमसे तो छिपाने के लिए कुछ भी नहीं है–तुम तो सब कुछ जानती हो। तुम नहीं जाती, तो मुझे उसी धूल-धक्कड़ पर मरा रहना पड़ता, कोई उतनी दूर जाकर मुझे एक बार अस्पताल भेजने की कोशिश भी नहीं करता। तुमने अपनी चिट्ठी में लिखा था–'सुख

में तुम मुझे भले ही न याद करो, पर दुख में मुझे याद करना।' शायद जीना बदा था, इसलिए तुम्हारी बात मुझे याद आई थी। इसे मैं अभी अच्छी तरह समझ सकता हूँ।''

''तुम इसे समझ सकते हो?''

''जरूर।''

''तो फिर यह कहो कि मेरे ही चलते तुम्हें तुम्हारी जान वापस मिली है?''

''इसमें मुझे कोई सन्देह नहीं है।''

''तो फिर बताओ, मैं तुम्हारी जान पर दावा कर सकती हूँ?''

''हाँ, कर सकती हो। मगर मेरी जान इतनी तुच्छ है कि उस पर तुम्हें लालच आना ही नहीं चाहिए।''

प्यारी इतनी देर बाद तनिक मुस्कुराई और बोली, ''खैर, यह अच्छी बात है कि इतने दिनों बाद तुम्हें अपनी कीमत का पता चला है।'' मगर दूसरे ही पल वह गम्भीर होकर बोली, ''दिल्लगी छोड़ो। बीमारी तो एक तरह से दूर हुई, अब कब जाने की सोच रहे हो?''

उसके प्रश्न को मैं ठीक-ठीक समझ नहीं सका। मैंने गम्भीर होकर कहा, ''कहीं जाने की तो मुझे अभी कोई जल्दी नहीं है। इसीलिए सोचता हूँ कि और भी कुछ दिन यहाँ रहूँ।''

प्यारी बोली, ''लेकिन मेरा बेटा अक्सर आजकल बाँकीपुर से आता है। ज्यादा दिन यहाँ रहोगे, तो हो सकता है, वह इसे अन्यथा ले।''

''वह बुरा माने तो माने, बला से। उससे डरकर तो तुम्हें नहीं चलना पड़ता है। ऐसे आराम को छोड़कर मैं जल्दी कहीं जानेवाला नहीं।''

प्यारी ने मुँह लटकाकर कहा, ''ऐसा कहीं होता है?'' इतना कहकर वह उठकर चली गई।

अगले दिन शाम को मैं अपने कमरे में पश्चिम तरफ वाले बरामदे में एक आरामकुर्सी पर लेटे-लेटे सूर्यास्त देख रहा था, तभी बंकू आ उपस्थित हुआ। इतने दिनों तक उससे अच्छी तरह से बातचीत करने का मौका नहीं मिला था। मैंने उसे एक कुर्सी पर बैठने का इशारा किया और बोला, ''बंकू, क्या पढ़ते हो तुम?''

वह बहुत सीधा-सादा शरीफ लड़का था। बोला, ''पिछले साल मैंने एंट्रेंस (मैट्रिक) पास किया है।''

''तब तो अभी तुम बाँकीपुर कॉलेज में पढ़ रहे होगे न?''

''जी हाँ।''

''तुम कितने भाई-बहन हो?''

''मेरा कोई भाई नहीं है। मेरी चार बहनें हैं।''

''उनका ब्याह हो गया?''

''जी हाँ, माँ ने ही उनका ब्याह कराया है।''

''तुम्हारी सगी माँ जिन्दा हैं?''

"जी हाँ, वे गाँव के घर में हैं।"

"तुम्हारी ये माँ कभी तुम्हारे गाँव के घर गई हैं?"

"हाँ, वे वहाँ बहुत बार गई हैं। उनके वहाँ से आए अभी पाँच-छह महीने हुए।"

"इसके चलते गाँव में कोई गोलमाल नहीं होता है?"

बंकू थोड़ी देर चुप रहा, फिर बोला, "गोलमाल हो, तो हो। बला से। चूँकि गाँव के लोगों ने हमें बिरादरी से अलग कर दिया है, इसलिए मैं अपनी माँ को छोड़ तो नहीं सकता। और ऐसी माँ भला कितने लोगों को नसीब होती है!"

'माँ के प्रति तुम्हारे मन में इतनी भक्ति कैसे आई?' मन में आया कि पूछूँ मगर मैं अपनी भावना को दबा गया।

बंकू कहने लगा, "अच्छा आप ही बताइए, गाने-बजाने में क्या कोई बुराई है? मेरी माँ तो सिर्फ गाती-बजाती हैं। न तो वे दूसरों की निन्दा करती हैं, न दूसरों की चर्चा करती हैं। बल्कि गाँव में जो लोग हमारे सबसे बड़े दुश्मन हैं उन्हीं के आठ-दस लड़कों की पढ़ाई का खर्च माँ देती हैं। जाड़े में वे कितने लोगों को कपड़े देती हैं, कम्बल देती हैं। यह क्या कोई बुरा काम करती हैं वे?"

मैंने कहा, "नहीं, वह तो बहुत ही भला काम है।"

बंकू ने उत्साहित होकर कहा, "तब बताइए तो, हमारे गाँव जैसा पाजी गाँव कहीं होगा? यही देखिए न, उस साल ईंटें पकवाकर हमारा दुमंजिला मकान बनवाया गया। गाँव में पानी की भयंकर किल्लत को देखकर माँ ने मेरी माँ से कहा—दीदी, और भी कुछ रुपए खर्च करके जिस जगह की मिट्टी खोदकर ईंटें बनवाई गई हैं उस जगह मैं एक तालाब बनवा देती हूँ। तीन-चार हजार रुपए खर्च करके माँ ने उस जगह पर तालाब बनवा दिया, घाट बँधवा दिया। मगर गाँव के लोगों ने माँ को उस तालाब की प्रतिष्ठा नहीं करने दी। उस तालाब का पानी इतना बढ़िया है, इतना मीठा है कि क्या कहा जाए, लेकिन न तो कोई उसका पानी पीता है न कोई उसे छूता है। ऐसे बदमाश हैं लोग। सिर्फ इसी जलन से सभी मरे जाते हैं कि हमारा दुमंजिला मकान बन गया। समझा नहीं आपने?"

मैंने अचरज में पड़कर कहा, "यह तुम क्या कह रहे हो बंकू? लोग पानी की इतनी भारी किल्लत भुगतते हैं तब भी वे ऐसे पानी का इस्तेमाल नहीं करते हैं!"

बंकू जरा मुस्कुराया और बोला, "ऐसा ही हुआ था। मगर ऐसा क्या ज्यादा दिनों तक चल सकता है? पहले साल तो डर के मारे किसी ने उस पानी को छुआ नहीं, लेकिन अब सभी नीची जाति के लोग वहाँ पानी भरते हैं और उस पानी को पीते हैं—ब्राह्मण और कायस्थ भी चैत-बैसाख के महीने में लुक-छिपकर पानी भरकर ले जाते हैं, मगर तब भी उन लोगों ने माँ को उस तालाब की प्रतिष्ठा नहीं करने दी। माँ को इस बात का क्या कम दुख है?"

मैंने कहा, "एक कहावत है—अपनी नाक काटकर दूसरे का अपशकुन करना, यहाँ वही बात लागू होती है।"

बंकू जोर देकर बोल उठा, ''आप ठीक कहते हैं। ऐसे गाँव में सबसे अलग होकर रहना शाप के रूप में वरदान है। आपका इस बारे में क्या कहना है?''

उसकी बात के जवाब में मैंने सिर्फ मुस्कुराकर गर्दन हिला दिया। मैंने हाँ या नहीं कुछ भी नहीं कहा। लेकिन इसकी वजह से बंकू की उत्तेजना में रुकावट नहीं आई। देखा, वह अपनी सौतेली माँ को सचमुच ही प्यार करता है। सदय सुननेवाले को पाकर भक्ति के आवेग से वह देखते-देखते पागल हो उठा और उनकी तारीफों का पुल बाँध-बाँधकर मुझे करीब-करीब व्याकुल कर दिया।

अचानक एक समय उसे होश आया कि इतनी देर के अन्दर मैंने उसकी हाँ में हाँ नहीं मिलाई थी। तब उसने झेंपकर किसी तरह से उस प्रसंग को दबा देने के वास्ते प्रश्न किया, ''आप अभी कुछ दिन यहाँ हैं न?''

मैंने हँसकर कहा, ''नहीं, कल सुबह ही मैं चला जाऊँगा।''

''कल?''

''हाँ, कल ही।''

''लेकिन अभी तक तो आपके बदन में ताकत नहीं आई है। क्या आपको ऐसा लग रहा है कि आपकी बीमारी बिलकुल दूर हो गई है?''

मैंने कहा, ''सवेरे तक ऐसा ही तो लगा था कि मेरी बीमारी दूर हो गई है। मगर अभी लग रहा है कि नहीं, अभी तक मेरी बीमारी दूर नहीं हुई है। आज दोपहर से ही मेरा सर दुख रहा है।''

''तो फिर आप इतनी जल्दी क्यों जाइएगा? यहाँ तो आपको कोई तकलीफ नहीं है?'' यह कहकर वह चिन्तित मुँह से मेरी तरफ निहारता रहा।

मैंने भी कुछ देर तक चुपचाप उसकी तरफ निहारते हुए उसके मुँह उभरी अन्दर की सही बात को पढ़ने की कोशिश की, मैंने जितना-सा पढ़ा उससे यह महसूस नहीं किया कि वह सच्चाई को छिपाने का प्रयास कर रहा है। लेकिन वह शर्मिन्दा तो हुआ और अपनी उस शर्म को ढँक डालने की भी उसने कोशिश की, बोला, ''आप अभी मत जाइए।''

''जरा बताओ तो सही कि मैं क्यों न जाऊँ?''

''आपके रहने से माँ बड़े आनन्द से रहती हैं।'' इतना कह डालने के बाद उसका मुँह लाल हो गया और वह चट-से उठकर चला गया। देखा, वह बहुत सरल तो है लेकिन नादान नहीं है। प्यारी ने क्यों कहा था, और ज्यादा दिन तुम रहोगे, तो मेरा बेटा क्या सोचेगा। प्यारी की बात के साथ बंकू के बर्ताव का मिलान करके मुझे ऐसा महसूस हुआ जैसे मैं प्यारी के कहने का मतलब समझ सका। मातृत्व की यह एक नई तसवीर नजर आने से जैसे मैंने एक नया ज्ञान प्राप्त किया। प्यारी के हृदय की एकाग्र कामना का अन्दाजा लगाना मेरे लिए कठिन नहीं है और इसकी भी कल्पना करना शायद पाप नहीं है कि वह दुनिया में सब ओर से हर तरह से स्वाधीन है, तब भी उसने जिस पल उस गरीब बालक की माँ बनना अपनी मर्जी से कबूल किया है उसी पल उसने अपने दोनों पाँवों को लोहे की जंजीर से मजबूती से बाँध डाला है। खुद वह चाहे जो भी क्यों न

हो, लेकिन उसी 'खुद' को माँ का सम्मान तो देना ही पड़ेगा। उसकी असंयत कामना, उच्छृंखल प्रवृत्ति उसे चाहे जितना भी नीचे क्यों न गिराना चाहे, मगर वह यह बात भी नहीं भूल सकती कि वह एक लड़के की माँ है और उसी सन्तान की भक्ति से झुकी नजरों के सामने उसकी माँ को तो वह किसी भी सूरत में अपमानित नहीं कर सकती। उसकी चढ़ती जवानी के मदमाते सुनहरे दिनों में पता नहीं किसने प्यार से उसका नाम प्यारी रखा था, यह मैं नहीं जानता, लेकिन मुझे यह याद हो आया कि इस नाम को भी वह अपने बेटे से छिपाना चाहती है।

नजरों के सामने सूरज डूब गया। उस तरफ निहारकर मेरा सारा अन्तःकरण मानो पिघलकर लाल हो उठा। मैंने मन ही मन कहा–राजलक्ष्मी को तो अब मैं नीची निगाह से नहीं देख सकता। हमारा बाहरी बर्ताव चाहे जितनी भी बड़ी आजादी को बरकरार रखता हुआ इतने दिनों तक क्यों न चला हो, उसने चाहे जितना भी माधुर्य क्यों न उड़ेल दिया हो, हम दोनों की कामना जो एक साथ मिल जाने के लिए हर पल तेज गति से दौड़ती चली जा रही थी, इसमें तो सन्देह नहीं। लेकिन आज मैंने देखा कि हमारा एक साथ मिलना असम्भव है।

अचानक बंकू की माँ अभ्रभेदी हिमालय की नाईं रास्ता रोककर राजलक्ष्मी और मेरे बीच आकर खड़ी हो गई है। मैंने मन ही मन कहा–कल सवेरे ही तो मैं यहाँ से जा रहा हूँ, लेकिन तब कहीं मैं मन के अन्दर नफे-नुकसान का हिसाब लगाते वक्त कुछ बचाकर रखने की कोशिश न करूँ। मैं यहाँ से हमेशा-हमेशा के लिए चला जाऊँगा। मैं उसे देख नहीं पाऊँगा यह सोचकर मैं छल करके एक बहुत बारीक चाहत का बन्धन रख जाऊँ जिसके सिलसिले में फिर एक दिन मुझे यहाँ आकर उपस्थित होना पड़े।

अन्यमनस्क होकर मैं उसी जगह बैठा हुआ था। शाम के वक्त राजलक्ष्मी लोबान डाले धूपदान को हाथ में लिये उसी बरामदे से होकर दूसरे कमरे में चली जा रही थी, वह ठिठककर खड़ी हो गई और बोली, "तुम्हारा सर दुख रहा है, ओस में क्यों बैठे हो, कमरे में जाओ।"

मुझे हँसी आई, कहा, "तुमने तो मुझे अचम्भे में डाल दिया लक्ष्मी, यहाँ ओस कहाँ पड़ रही है?"

राजलक्ष्मी बोली, "भले ही यहाँ ओस न पड़ रही हो, पर ठंडी हवा तो चल रही है। ठंडी हवा लगना क्या फायदेमन्द है?"

"नहीं, ठंडी हवा लगना फायदेमन्द नहीं है। पर तुम गलत कह रही हो? न ठंडी हवा चल रही है, न गरम हवा।"

राजलक्ष्मी बोली, "हाँ, मैं तो सब गलत ही कहती हूँ। मगर मेरा यह कहना तो गलत नहीं है कि तुम्हारा सर दुख रहा है। यह तो सही है? कमरे में जाकर जरा लेट जाओ न। रतन क्या कर रहा है? वह क्या जरा ओडिकॉलन तुम्हारे सर में नहीं लगा दे सकता है। दुनिया के किसी घर के नौकर ऐसे नवाब नहीं हैं, जैसे इस घर के नौकर हैं।" इतना कहकर राजलक्ष्मी अपने काम पर चली गई।

रतन जब व्यस्त और शर्मिन्दा होकर ओडिकॉलन, पानी आदि लाकर रखा और अपनी गलती के लिए खेद प्रकट करने लगा तब मैं हँसे बिना नहीं रह सका।

रतन की हिम्मत बँधी तो, वह धीरे-धीरे बोला, "मैं क्या यह नहीं जानता बाबू कि इसमें मेरा कोई दोष नहीं है? मगर माँ को तो यह कहने की गुंजाइश नहीं कि जब तुम गुस्सा किए रहती हो तब तुम झूठ-मूठ में घर भर के लोगों का दोष निकालती हो।"

कौतूहलवश मैंने प्रश्न किया, "वह गुस्सा किए हुए क्यों है?"

रतन बोला, "क्या किसी को यह जानने की गुंजाइश है? बड़े लोगों को गुस्सा खामखा आता है और फिर खामखा जाता है। तब अगर नौकर-चाकर छिपकर नहीं रह सकें, तो उनकी जान की खैर नहीं। तभी दरवाजे के नजदीक से प्रश्न आया, "तब क्या मैं तुम लोगों का सर काट लेती हूँ रे रतन? और अगर बड़े लोगों के घर में तुझे इतनी तकलीफ होती है, तो फिर कहीं और तू क्यों नहीं जाता है?"

मालकिन के प्रश्न से रतन सकुचाकर मुँह नीचा किए चुप्पी साधे बैठा रहा। राजलक्ष्मी बोली, "तेरा काम क्या है? उनका सर दुख रहा है–यह मैंने बंकू के मुँह से सुना, तो मैंने तुम्हें बताया। इसीलिए अभी रात के आठ बजे आकर मेरी तारीफ कर रहा है। कल से कहीं और काम ढूँढ़ लेना। यहाँ तुझे काम करने की जरूरत नहीं। समझा?"

राजलक्ष्मी चली गई, रतन ने मेरे सर में ओडिकॉलन लगा दिया और मेरे सर पर पंखा झलने लगा। राजलक्ष्मी तुरत वापस आई और पूछा, "तुम कल सवेरे ही घर जाओगे?"

मैंने जाने की ठानी तो थी, लेकिन घर लौटने की नहीं ठानी थी। इसीलिए उसके सवाल का जवाब दूसरी तरह से दिया, "हाँ, मैं कल सवेरे ही जाऊँगा।"

"सवेरे कितने बजे की गाड़ी से जाओगे?"

"मैं सवेरे-सवेरे निकल पड़ूँगा। उस वक्त जो गाड़ी मिल जाएगी उसी से चला जाऊँगा।"

"अच्छा। एक टाइमटेबल लाने के लिए किसी को स्टेशन भेज देती हूँ।" इतना कहकर वह चली गई।

उसके बाद यथासमय रतन काम खत्म करके चला गया। नीचे नौकरों की आवाज बन्द हो गई। मैंने समझा, अब सभी सोने के लिए अपने-अपने बिस्तर पर चले गए हैं।

लेकिन मुझे हरगिज नींद नहीं आई। घूम-फिरकर सिर्फ एक बात याद आने लगी कि प्यारी विरक्त क्यों हुई। मैंने ऐसा क्या किया है जिसकी वजह से वह मुझे भेज देने के लिए अधीर हो उठी है। रतन ने कहा था–बड़े लोगों को गुस्सा खामखा आता है। पता नहीं, उसकी बात किसी और बड़े आदमी पर लागू होती है या नहीं, लेकिन प्यारी पर तो यह बात हरगिज लागू नहीं होती। वह अत्यन्त संयमी और बुद्धिमती है, इसका परिचय मुझे बहुत बार मिला है और भले खुद मुझमें बुद्धि नहीं हो, पर काम-वासना के बारे में मुझमें उससे कम संयम नहीं है–शायद किसी से भी कम नहीं है। कलेजे के अन्दर चाहे जो भी क्यों न हो, पर मैं ऐसा नहीं सोचता कि बेहोशी की हालत में भी मैं अपनी उस भावना को मुँह से बाहर निकाल सकता हूँ। ऐसा मुझे याद नहीं आता है कि बर्ताव

में भी मैंने किसी दिन कुछ जाहिर किया है। उसके अपने कामों से लाज का कोई कारण घटित हुआ हो, तो यह अलग बात है। मगर उसका मुझ पर गुस्सा करने का कोई भी कारण नहीं है। इसलिए जाते वक्त उसकी यह उदासीनता मुझे जो दुख देने लगी, वह मामूली नहीं थी।

बहुत रात गए मेरी ऊँघ टूटी तो मैंने अपनी आँखें खोलीं। देखा, राजलक्ष्मी चुपचाप मेरे कमरे में घुसी, टेबल पर से दीये को हटाया और उसे दूसरी तरफ दरवाजे के कोने में पूरी तरह आड़ करके रख दिया। सामने की खिड़की खुली हुई थी, उसने उसे बन्द कर दिया और मेरे बिस्तर के करीब आकर एक पल चुपचाप खड़ी होकर न जाने क्या सोच लिया। उसके बाद मच्छरदानी के अन्दर हाथ डालकर पहले उसने मेरे माथे के ताप को महसूस किया, बाद में मेरे कुरते के बटनों को खोलकर मेरी छाती के ताप को बार-बार अनुभव करने लगी। एकान्त- चारिणी के इस गुप्त कर-स्पर्श से पहले तो मैं संकुचित और लज्जित हो उठा, मगर तभी लगा, बेहोशी की हालत में सेवा करके जो मुझे होश में लाई है उससे शरमाने की क्या बात है। उसके बाद उसने मेरे कुरते के बटनों को बन्द किया, मेरे बदन के कपड़े हट गए थे उसने उसे मेरे गले तक खींच दिया, अन्त में मच्छरदानी की किनारी को अच्छी तरह से ठूँस दिया और बड़ी सावधानी से किवाड़ों को बन्द करके बाहर निकल गई।

मैंने सब कुछ देखा, सब कुछ समझा। जो गुप्त रूप से आई थी मैंने उसे गुप्त रूप से ही जाने दिया। लेकिन वह कुछ भी नहीं जान सकी कि इस सुनसान आधी रात में वह अपना कितना कुछ मेरे पास छोड़ गई। सवेरे जब मेरी नींद टूटी तब मुझे काफी बुखार आ गया था। आँख-मुँह जल रहा था, सर इतना भारी हो गया था कि बिस्तर से उठने में भी तकलीफ महसूस हुई। तब भी मुझे जाना ही होगा। इस घर में अब एक पल भी नहीं रहा जा सकता है, क्यों खुद मुझे अपने ऊपर विश्वास नहीं रहा। मेरा विश्वास किसी भी पल टूट जा सकता है। खुद अपने ही लिए नहीं, बल्कि राजलक्ष्मी ही के लिए मुझे छोड़कर जाना होगा। इसमें अब जरा भी आनाकानी करने से काम नहीं चलेगा।

मैंने मन ही मन सोचकर देखा, उसने अपने बीते जीवन की कालिख को बहुत-कुछ धोकर साफ कर डाला है। आज लड़के-लड़कियाँ माँ-माँ कहते हुए उसे चारों ओर से घेरकर खड़े हो गए हैं। इस प्रेम और भक्ति के आनन्द-धाम से उसे अपमानित करके छीनकर बाहर निकाल लाऊँ—इतने बड़े प्रेम की यही सार्थकता क्या अन्त में मेरे जीवन के अध्याय में हमेशा के लिए लिखी रहेगी?

प्यारी ने कमरे में घुसकर कहा, "अभी तबीयत कैसी है?"

मैंने कहा, "बहुत बुरी नहीं है। मैं जा सकूँगा।"

"आज गए बिना क्या काम नहीं चलेगा?"

"नहीं, आज ही मुझे जाना होगा।"

"तो फिर घर पहुँचते ही खबर देना। नहीं तो हम लोगों को बड़ी चिन्ता होगी।"

उसके अविचलित धैर्य को देखकर मैं मुग्ध हो गया। मैंने तुरत राजी होकर कहा, "अच्छा, मैं घर ही जाऊँगा और पहुँचते ही तुम्हें खबर दूँगा।"

प्यारी ने कहा, "जरूर देना। मैं भी चिट्ठी लिखकर तुमसे दो-एक बातें पूछूँगी।"

मैं जब बाहर पालकी पर चढ़ने जा रहा था, तभी देखता हूँ, दूसरी मंजिल के बरामदे में प्यारी चुपचाप खड़ी है, उसके कलेजे के अन्दर क्या कुछ घट रहा था, उसका मुँह देखकर मैं यह जान नहीं सका।

मुझे अन्नदा दीदी याद आईं। बहुत दिन पहले एक ढलते दिन में वे भी ठीक ऐसी ही गम्भीर, ऐसी ही स्तब्ध होकर खड़ी थीं। उनकी उन दोनों करुण आँखों को मैं आज भी नहीं भूला हूँ, मगर उस चितवन में तब एक कितनी बड़ी आनेवाली जुदाई की व्यथा घनीभूत हो उठी थी, यह तो मैं पढ़ नहीं सका था। क्या पता, आज भी उसी ढंग का कुछ न कुछ उन दोनों घनी काली आँखों के अन्दर है या नहीं।

आह भरकर मैं पालकी पर चढ़ बैठा। देखा, बड़ा प्रेम सिर्फ पास ही नहीं खींचता है, वह दूर भी धकेल देता है। छोटे-मोटे प्रेम की मजाल भी नहीं थी कि वह इस सुख और ऐश्वर्य से भरे पूरे स्नेह-स्वर्ग से मंगल के लिए, कल्याण के वास्ते मुझे आज एक कदम भी डिगा सकता। कहार पालकी को लेकर स्टेशन की तरफ तेज कदमों से चल पड़े। मैं मन ही मन बार-बार कहने लगा—लक्ष्मी, तुम दुख मत करना भई, यह अच्छा ही हुआ कि मैं चला! इस जीवन में तुम्हारा कर्ज चुकाने की शक्ति मुझमें नहीं है। लेकिन जो जीवन तुमने मुझे दिया उस जीवन का दुरुपयोग करके मैं अब तुम्हारा अपमान नहीं करूँगा—दूर रहूँगा, तो भी मैं इस संकल्प को हमेशा अक्षुण्ण रखूँगा।

# द्वितीय पर्व

## 1

इस आवारा जीवन के जिस अध्याय को उस दिन राजलक्ष्मी से अन्तिम विदा लेते वक्त आँसुओं के अन्दर से होकर खत्म करके मैं आया था, तब मैंने यह नहीं सोचा था कि फिर उसके टूटे सिलसिले को जोड़ने के लिए मेरा बुलावा आएगा। मगर बुलावा जब सचमुच ही आया तब मैंने समझा कि विस्मय और संकोच मुझे चाहे जितना भी क्यों न हो, इस बुलावे को सर-आँखों पर लेने में रत्ती भर भी आनाकानी करने से काम नहीं चलेगा।

इसीलिए आज फिर इस विच्छिन्न जीवन की बेतरतीब घटनाओं की छिन्न-भिन्न हुई गाँठों को और एक बार बाँधने में लगा हूँ।

आज याद आता है, घर वापस आने के बाद मेरे इस जीवन को, जिसमें सुख भी है और दुख भी, न जाने किसने काटकर दो टुकड़ों में बाँट दिया था। तब लगा था, मेरे इस जीवन के दुख का बोझ अब मेरा अपना नहीं है। यह बोझ ढोता फिरे वह जिसको बहुत गरज है। यानी मैं जो कृपा करके जिन्दा रहूँ, यही तो लक्ष्मी का सौभाग्य है। नजरों में आसमान का रंग बदल गया, हवा की छुअन और एक तरह से बदन में लगने लगी जैसे कहीं अब घर-बार, अपना-पराया नहीं रहा। ऐसे एक तरह के अनिर्वचनीय उल्लास से अन्तर-बाहर एकाकार हो उठा। ऐसा अब लगा ही नहीं कि बीमारी बीमारी है, मुसीबत मुसीबत है और अभाव अभाव है। दुनिया में कहीं भी जाने में, कुछ भी करने में हिचकिचाहट और रुकावट का जैसे अब रत्ती भर भी सम्पर्क नहीं रहा।

यह सब बहुत पुरानी बात है। वह आनन्द अब मुझे नहीं है; लेकिन उस दिन के इस बेहद विश्वास की निश्चिन्त निर्भरता का स्वाद जीवन में एक दिन के लिए चख सका हूँ, यही मेरे लिए परम लाभ है। हालाँकि मैंने उसे खोया है, इसलिए भी मैं किसी दिन क्षोभ नहीं करता। सिर्फ यही बात बीच-बीच में याद आती है कि जिस शक्ति ने उस दिन इस हृदय के अन्दर से जागकर इतनी जल्दी दुनिया के तमाम निरानन्द को हर लिया था, वह कितनी विराट शक्ति थी। और लगता है उस दिन मेरे दोनों अक्षम, दुर्बल हाथों

जैसे दूसरे दोनों अक्षम, दुर्बल हाथों में इतना बड़ा भार न सौंपकर अगर दुनिया के भार ढोनेवाले उन दोनों हाथों में ही मैं अपने उस दिन के उस अखंड विश्वास का सारा बोझ सौंप देना सीखता, तो आज अब मेरे लिए चिन्ता करने की क्या बात थी? लेकिन छोड़िए उन बातों को।

राजलक्ष्मी को मैंने अपनी पहुँच लिख भेजी थी। मेरी उस चिट्ठी का जवाब आया बहुत दिनों के बाद। मेरी बीमारी के लिए चिन्ता प्रकट करके इसके बाद गृहस्थ बनने के लिए उसने मुझे कई मोटी किस्म की नसीहतें दी थीं। उसने यह कहकर कि कामों के झंझट के चलते समय पर अगर वह चिट्ठी न लिख सके, तो भी मैं बीच-बीच में उसे अपनी खबर देता रहूँ और उसे अपना आदमी समझूँ। अपनी संक्षिप्त चिट्ठी खत्म की थी।

तथास्तु! इतने दिनों बाद उसी राजलक्ष्मी की यह चिट्ठी थी!

आकाश-कुसुम आकाश में ही सूख गए और जो दो-एक सूखी पँखुड़ियाँ हवा से झर पड़ीं उन्हें चुनकर घर ले आने के लिए भी मैं मिट्टी टटोलता नहीं फिरा। आँखों से यद्यपि दो-एक बूँद पानी गिरा हो तो, हो सकता है, गिरा हो, मगर यह मुझे याद नहीं है। लेकिन यह याद है कि दिनों ने अब सपनों से गुजरना नहीं चाहा। तब भी इसी तरह से और भी पाँच-छह महीने बीत गए।

एक दिन सुबह जब मैं बाहर जाने की तैयारी कर रहा था तभी अचानक एक अजीब चिट्ठी आ उपस्थित हुई। ऊपर मेरा नाम और पता औरत के अनाड़ी हाथ से लिखा हुआ था। ज्यों ही मैंने उस लिफाफे को खोला त्यों ही उसके अन्दर से एक छोटी-सी चिट्ठी फर्श पर गिर पड़ी। मैंने उसे उठा लिया और उसकी लिखावट और दस्तखत की तरफ निहारा तो सहसा मैं अपनी ही दोनों आँखों पर विश्वास नहीं कर सका। मेरी माँ जो दस बरस पहले स्वर्ग सिधार चुकी थी, यह उसी के हाथ की लिखावट थी। दस्तखत उसी का था। मैंने उसे पढ़कर देखा, माँ ने अपनी 'गंगाजल'* (सहेली) को जैसे अभय देना चाहिए, वैसे अभय दिया था। बात सम्भवतः यह थी कि बारह-तेरह साल पहले इस 'गंगाजल' को जब ज्यादा उम्र में बेटी हुई थी तब उसने अपनी फिक्र और गरीबी का रोना रोते हुए माँ को शायद चिट्ठी लिखी थी और उसी चिट्ठी के जवाब में मेरी दिवंगत माँ ने उसकी बेटी की शादी की सारी जिम्मेदारी लेते हुए जो चिट्ठी लिखी थी यह वही कीमती वसीयत थी। सामयिक करुणा से पिघलकर माँ ने अन्त में लिखा था कि अगर अच्छा लड़का कहीं न मिले तो उसका अपना बेटा तो है ही। दुनिया में अच्छे लड़के की अगर किल्लत कभी होगी, तब मैं तो हूँ ही। मैंने उसी चिट्ठी को शुरू से लेकर आखिर तक दो बार पढ़कर देखा। जिस ढंग से कोई मुंशी वसीयत लिखता है उसी ढंग से माँ ने वह चिट्ठी लिखी थी। माँ को तो वकील होना चाहिए था। क्योंकि जितनी तरह की कल्पना की जा सकती है, माँ ने वे सारी कल्पनाएँ की थीं। वह अपने साथ-साथ अपने बेटे को भी जिम्मेदार ठहरा गई थी। वसीयत में कहीं भी थोड़ी-सी भी कोर-कसर नहीं छोड़ गई थी।

---

* बंगाल में स्त्रियाँ जब किसी दूसरी स्त्री से दोस्ती गाँठती हैं, तो उसे गंगाजल आदि कहा करती हैं।

वह चाहे जो भी क्यों न हो, ऐसा नहीं लगा कि 'गंगाजल' इतने लम्बे अरसे तक इसी पक्की वसीयत पर निर्भर करके निश्चिन्त और निर्भय होकर चुपचाप बैठी हुई थी। बल्कि लगा, बहुत कोशिश करके भी धन और जन की कमी के चलते जब उसे कहीं कोई अच्छा लड़का नहीं मिला और जब अपनी अविवाहित बेटी के गदराए बदन को देखकर पुलक से कलेजे का खून दिमाग पर चढ़ने लगा तब जाकर उसने इस अभागे अच्छे लड़के पर ब्रह्मास्त्र चलाया है।

माँ अगर जिन्दा होती, तो इस चिट्ठी के लिए आज मैं उसका सर खा डालता। मगर अभी वह जिस ऊँचाई पर बैठकर हँस रही है, छलाँग लगाकर भी वहाँ तक पहुँचकर मैं उसके तलवों से जोर से अपना सर टकराकर अपना गुस्सा उतारूँ, यह रास्ता भी मेरे लिए बन्द है।

इसलिए जब मैं अपनी माँ के लिए कुछ न कर सका, तो उसकी 'गंगाजल' (सहेली) के लिए क्या कुछ कर सकता हूँ या नहीं, यह परखने के लिए मैं एक दिन रात को स्टेशन पर आ उपस्थित हुआ। सारी रात ट्रेन में बिताकर अगले दिन जब मैं उसके गाँव के घर में आ पहुँचा तब दिन का तीसरा पहर था। माँ की 'गंगाजल' माँ पहले मुझे पहचान नहीं सकी। अन्त में मेरा परिचय पाकर वह इन तेरह बरसों बाद जिस तरह से रोई उस तरह से माँ की मृत्यु के समय उसका कोई अपना आदमी अपनी आँखों के सामने उसे मरती देखकर भी रो नहीं सका था।

वह बोली—लोकाचार की दृष्टि से धर्मानुसार वह अब मेरी माँ-जैसी है और जिम्मेदारी लेने के पहले दौर के तौर पर वह मेरी घरेलू स्थिति की बारीकी से छानबीन करने लगी। बाप कितना छोड़ गया है, माँ के कौन-कौन से जेवर हैं और वे किसके पास हैं, मैं नाकरी क्यों नहीं करता, और अगर मैं नौकरी करूँ तो अन्दाजन कितने रुपए तनख्वाह पा सकता हूँ आदि-आदि। उसका मुँह देखकर लगा कि इस चर्चा का नतीजा उसके लिए उतना सन्तोषजनक नहीं हुआ। उसने कहा कि उसका कोई रिश्तेदार बर्मा में नौकरी करके 'लाल' हो गया है, यानी बड़ा धनवान बना है। वहाँ बाट-घाट में रुपए बिखरे हुए हैं सिर्फ उन्हें बटोरनेवाला चाहिए। वहाँ जहाज से उतरते न उतरते बंगालियों को अँगरेज अपने कन्धे पर उठा ले जाते हैं और उन्हें नौकरी देते हैं। ऐसी ढेरों कहानियाँ उसने सुनाईं। बाद में मैंने देखा था कि ऐसी गलत धारणा सिर्फ अकेले उसी की नहीं थी, बल्कि ऐसी धारणा पाले बहुत से लोग इस माया-मरीचिका से पागल होकर अपनी बेकारी और बेचारगी की हालत में वहाँ भागते हुए गए थे और मोहभंग होने के बाद उन लोगों को वापस भेजने में हम लोगों को कम तकलीफ नहीं झेलनी पड़ी थी। मगर इस बात को अभी रहने दीजिए। 'गंगाजल' माँ का सुनाया बर्मा का वर्णन मुझे तीर की भाँति चुभा। 'लाल' होने की आशा से नहीं, बल्कि मेरे अन्दर जो 'घुमक्कड़' कुछ दिनों से ऊँघ रहा था उसने अपनी थकान को झाड़कर फेंक दिया और पल भर में ही उठकर खड़ा हो गया। जिस समुद्र को इसके पहले सिर्फ दूर से ही देखकर मैं मुग्ध हो गया था उसी अपार समुद्र को भेदकर मैं जा सकूँगा, इसी चिन्ता ने मुझे बिलकुल बेचैन कर दिया। एक बार छुटकारा मिले, तो बात बने।

आदमी आदमी से जितनी तरह की जिरह कर सकता है उनमें से किसी भी तरह की जिरह करने से 'गंगाजल' माँ ने मुझे नहीं बख्शा था। इसलिए अपनी बेटी के वर के रूप में मुझे उसने छुटकारा दिया था, इस बारे में मैं बिलकुल निश्चिन्त था। मगर रात को खाना खाते वक्त उसकी भूमिका का ढंग देखकर मैं उद्विग्न हो उठा। देखा, मुझे बिलकुल हाथ से जाने देने की उसकी मंशा नहीं है। उसने यह कहना शुरू किया कि अगर लड़की की किस्मत में सुख बदा न हो, तो चाहे जितने भी धन-दौलतवाले, पढ़े-लिखे लड़के के साथ लड़की की शादी क्यों न कराई जाए, सब बेकार है। और इस बारे में उसने मिसाल के तौर पर ऐसे कितने धन-दौलत वाले पढ़े-लिखे लड़कों के नाम गिनाए जिनके साथ शादी करके लड़कियाँ सुखी नहीं हुईं। सिर्फ इतना ही नहीं, दूसरी तरफ उसने ऐसे कितने लोगों की चर्चा की जो निपट मूर्ख होते हुए भी सिर्फ अपनी पत्नी के सौभाग्य से फिलहाल रुपयों के ढेर पर बैठे हुए हैं।

मैंने उसे सविनय बताया कि बतौर चीज रुपयों के प्रति मेरा लगाव है, तो भी चौबीसों घंटे उन्हीं के ढेर पर बैठा रहना मैं पसन्द नहीं करता और न ही इसके लिए पत्नी के सौभाग्य को परखकर देखने को कौतूहल मुझे है। लेकिन इसका कोई खास फायदा नहीं हुआ। उसे निरस्त नहीं किया जा सका। क्योंकि जो औरत लम्बे तेरह सालों के बाद भी एक ऐसी चिट्ठी को वसीयत के तौर पर पेश कर सकती है, उसे इतनी आसानी से बहलाया नहीं जा सकता है। वह बार-बार यह कहने लगी कि इसे तुम्हें अपनी माँ का कर्ज मान लेना चाहिए और जो सन्तान समर्थ होकर भी अपनी माँ का कर्ज नहीं चुकाता है वह...आदि-आदि।

जब मैं बहुत शंकित और चकित हो उठा था तब बातों-बातों में मुझे यह जानकारी मिली कि पास ही के गाँव में एक अच्छा लड़का तो है, मगर पाँच सौ रुपए से कम में उसे राजी करना असम्भव है।

एक क्षीण आशा की किरण नजर आई। उससे यह वादा करके कि चाहे जैसे भी महीने भर बाद मैं कोई उपाय करूँगा, अगले ही दिन सवेरे चला आया। मगर उपाय करूँ तो कैसे करूँ। किसी तरफ निहारकर भी मुझे इसका कोई अता-पता नहीं मिला।

मैं बहुत तरह से अपने आपको यह समझाने लगा कि मुझ पर लगाया गया यह बन्धन मेरे लिए सचमुच की चीज हो ही नहीं सकती है, लेकिन फिर भी माँ को उसके इस वचन के फन्दे से निकाले बिना चुपचाप खिसक पड़ने की बात भी मैं किसी तरह सोच नहीं सका।

शायद एक उपाय था, वह यह कि इस बारे में प्यारी से कहा जाए। लेकिन कुछ दिनों तक इसके बारे में भी मैं तय नहीं कर सका। बहुत दिन हुए उसकी कोई भी खबर मैं नहीं जानता था। बस, अपनी पहुँच की खबर देने के अलावा मैंने भी उसे कोई चिट्ठी नहीं लिखी थी। उसने भी उसका जवाब देने के सिवा दूसरी चिट्ठी नहीं लिखी थी। शायद वह ऐसा नहीं सोचती थी कि चिट्ठी-पत्री के आदान-प्रदान से भी दो व्यक्तियों के बीच सम्पर्क रहता है। कम से कम उसकी उसी एक चिट्ठी से मैंने ऐसा समझा था। तब

भी अचरज की बात यह कि दूसरे की बेटी के लिए भीख माँगने के बहाने मैं एक दिन वास्तव में ही पटना जा पहुँचा।

मैं जब प्यारी के मकान में घुसा, तो देखा नीचे के बैठकखाने के बरामदे में वर्दी पहने दो दरबान बैठे हुए हैं। उन लोगों ने अचानक एक फटेहाल अपरिचित आगन्तुक को देखा तो वे लोग इस तरह से निहारते रहे कि मुझे सीधे ऊपर चले जाने में संकोच महसूस हुआ। मैंने इन दरबानों को पहले नहीं देखा था। मुझे यह सोचते नहीं बना कि प्यारी के पुराने बूढ़े दरबान के बदले क्यों उसके लिए ऐसे दो टीमटामवाले दरबान जरूरी हो उठे। इन लोगों की परवाह किए बिना मैं ऊपर चला जाऊँ या सविनय इनसे इजाजत माँगू, यह तय करते न करते देखता हूँ, रतन व्यस्त होकर नीचे उतरता आ रहा है। अचानक उसने मुझे देखा, तो वह पहले सकते में पड़ गया। बाद में उसने मेरे पैरों के पास झुककर मुझे प्रणाम किया और बोला, "आप कब आए? आप यहाँ क्यों खड़े हैं?"

"बस, अभी ही आ रहा हूँ, रतन। सारी खबर अच्छी है न?"

रतन ने गर्दन हिलाकर कहा, "हाँ, सारी खबर अच्छी है बाबू–आप ऊपर आइए, मैं बर्फ खरीदकर अभी आता हूँ।"

"तुम्हारी मालकिन ऊपर ही हैं न?"

"हाँ, वे ऊपर ही हैं," इतना कहकर वह तेज कदमों से बाहर निकल गया।

ऊपर सबसे पहला कमरा ही बैठकखाना था। उसके अन्दर से ठहाका सुनाई पड़ा और बहुत सारे लोगों की आवाज कानों में पहुँची। मैं जरा विस्मित हुआ। मगर दूसरे ही पल जब मैं उसके दरवाजे के सामने आया, तो मैं ठक-से रह गया। पिछली बार इस कमरे का इस्तेमाल होते मैंने नहीं देखा था। तरह-तरह के साज-सामान, टेबल, कुर्सी आदि बहुत सारी चीजें एक-दूसरे पर चढ़ाकर रखी रहती थीं। खास कोई इस कमरे में नहीं आता था। पर आज देखता हूँ, सारी चीजें करीने से रखी हुई हैं, समूचे कमरे में कालीन बिछा हुआ है। उस पर बिछी सफेद जाजिम चमचमा रही है, तकियों में गिलाफ पहना दिए गए हैं और उन्हीं तकियों में से कई एक के सहारे बैठे कई लोग अचम्भे में पड़कर मेरी तरफ निहार रहे हैं। वे लोग बंगालियों की तरह धोती-कुरते पहने हुए हैं, तो भी सर पर बेल-बूटेदार मसलिन की टोपी पहने रहने की वजह से वे बिहारी-से लगे। तबले की एक जोड़ी के पास एक गैर-बंगाली तबलची बैठा हुआ था और उसी के नजदीक खुद प्यारी बाई बैठी हुई थी। एक बगल में एक छोटा-सा हारमोनियम रखा हुआ था। प्यारी मुजरे की पोशाक पहने तो नहीं थी, लेकिन बनाव-सिंगार की कमी नहीं थी। समझा, यह गाने की महफिल है, थोड़ी देर के लिए विराम चल रहा है, बस।

प्यारी ने मुझे देखा तो उसके मुँह का सारा खून न जाने कहाँ गायब हो गया। उसके बाद वह जबरन तनिक मुस्कुराई और बोली, "अरे, श्रीकान्त बाबू आप? आप कब आए?"

"आज ही।"

"आज ही आए हैं, कब? कहाँ ठहरे हैं?"

पल भर के लिए मैं, हो सकता है, थोड़ा हक्का-बक्का हो गया होऊँ। वरना जवाब देने में इतनी देर नहीं होती। लेकिन मुझे अपने आपको सँभाल लेने में भी देर नहीं हुई। कहा, "यहाँ के सारे लोगों को तो तुम नहीं पहचानती होगी। उनका नाम सुनोगी, तो भी तुम उन्हें नहीं पहचान सकोगी।"

जो आदमी सबसे ज्यादा सज-धजकर बैठा हुआ था शायद उसी ने इस महफिल का सारा खर्च उठाया था। वह बोला, "आइए बाबूजी, बैठिए।" इतना कहकर वह मुँह दबाकर तनिक मुस्कुराया। मानो इशारे-इशारे में उसने मुझे समझाया कि वह हम दोनों के रिश्ते को ठीक-ठीक ताड़ गया है। मैंने उसका सादर अभिवादन किया और जूतों के तस्मे खोलने के लिए मुँह नीचा करके स्थिति को समझ लेना चाहा। फैसला करने का वक्त ज्यादा तो नहीं था, मगर इन कई पलों के अन्दर मैंने यह तय कर डाला कि मेरे अन्दर चाहे जो भी क्यों न हो, बाहर बर्ताव में उसे किसी भी सूरत में जाहिर करने से काम नहीं चलेगा। मेरी बातों, मेरी नजरों और मेरे किसी भी आचरण से मन का रत्ती भर भी क्षोभ या अभिमान बाहर न निकल सके। यह सच है कि थोड़ी देर बाद जब मैं अन्दर सबके बीच आकर बैठा तब मैं अपने मुँह का भाव अपनी आँखों से नहीं देख सका। लेकिन मन में मैंने यह अनुभव किया कि मेरे मुँह के भाव में नाराजगी का रत्ती भर भी नामोनिशान अब नहीं है। राजलक्ष्मी की तरफ निहारकर मैंने मुस्कुराते हुए कहा, "आज शुकदेव मुनि का पता अगर मुझे मिलता तो उन्हें तुम्हारे सामने बिठाकर मैं उनके मन के जोर का एक बार परख कर लेता। अरे, क्या गजब का बनाव-सिंगार किया है तुमने? तुम तो रूप का समुद्र बहा दे रही हो।"

प्यारी की तारीफ सुनकर महफिल सजानेवाला आदमी गद्गद होकर सर हिलाने लगा। वह पूर्णिया का रहनेवाला था, देखा, वह बांग्ला बोल नहीं सकता था तो भी वह बांग्ला अच्छी तरह समझता था। लेकिन प्यारी के कान तक लाल हो उठे। मगर यह भी समझना मेरे लिए बाकी नहीं रहा कि उसके कान शर्म से लाल नहीं हुए थे, बल्कि गुस्से से। लेकिन मैंने इसकी परवाह नहीं की, उस आदमी से पहले की ही तरह मुस्कुराते हुए मैंने बांग्ला में कहा, "मेरे आने के चलते अगर आप लोगों के मनोरंजन में जरा-सा भी खलल पड़ेगा तो मुझे बहुत दुख होगा। गाना-बजाना चलता रहे।"

वह आदमी इतना खुश हो उठा कि आवेग से उसने मेरी पीठ पर एक थप्पड़ मारा और बोला, "बहुत अच्छा बाबू। प्यारी बाई, एक बढ़िया-सा गाना हो जाए।"

"अब शाम के बाद होगा, अभी नहीं।" इतना कहकर प्यारी ने हारमोनियम को दूर धकेल दिया और सहसा उठकर चली गई।

अबकी बार वह आदमी मेरा परिचय जानने के वास्ते अपना परिचय देने लगा। उसका नाम रामचन्द्र सिंह है। वह पूर्णिया जिले का एक जमींदार है। दरभंगा महाराज उसके रिश्तेदार हैं, प्यारी बाई को वह सात-आठ सालों से जानता है। वह उसके पूर्णिया के घर में तीन-चार मुजरा कर आई है। वह खुद भी बहुत बार यहाँ मुजरा सुनने आता है, कभी-कभी दस-बारह दिनों तक रहता है—तीनेक महीने पहले भी वह एक बार आकर

यहाँ एक सप्ताह रह गया है आदि-आदि। मैं क्यों आया हूँ—इस बार उसने मुझसे यह पूछा। मैं जवाब देता, इसके पहले ही प्यारी आ उपस्थित हुई। मैंने उसकी तरफ निहारकर कहा, ''आप बाईजी से ही पूछिए न कि मैं क्यों आया हूँ?''

प्यारी ने मेरे मुँह की तरफ तीखी नजरों से देखा, लेकिन जवाब दिया सहज शान्त, ''वे मेरे गाँव के आदमी हैं।''

मैंने हँसकर कहा, ''बाबूजी, जहाँ मधु होता है, वहाँ मधुमक्खी आती है। मधुमक्खियाँ यह नहीं सोचतीं कि मधु कहाँ का है।'' कहने को तो मैंने कह दिया, मगर देखा, मजाक न समझ पाने की वजह से पूर्णिया जिले के जमींदार ने अपने मुँह को गम्भीर बना लिया और उसके नौकर ने आकर ज्यों ही उसे बताया कि शाम के पूजा-पाठ की तैयारी की जा चुकी है त्यों ही वह चला गया। तलबची और दो और आदमी उसी के साथ बाहर निकल गए। मैंने यह एकदम नहीं समझा कि उसके मन का भाव क्यों ऐसा बिगड़ गया।

रतन ने आकर कहा, ''माँ, बाबू का बिस्तर कहाँ लगा दूँ?''

प्यारी ने झुँझलाकर कहा, ''क्या कोई और कमरा नहीं है रतन? मुझसे पूछे बिना क्या तू थोड़ी-सी भी अक्ल नहीं लगा सकता है, जा यहाँ से।'' इतना कहकर वह खुद भी रतन के साथ बाहर निकल गई। मैं अच्छी तरह से देख पाया कि मेरे अचानक आ पहुँचने से इस घर का सन्तुलन बुरी तरह गड़बड़ा गया है। लेकिन प्यारी थोड़ी देर बाद वापस आई और मेरे मुँह की तरफ थोड़ी देर तक निहारती रही, फिर बोली, ''अभी अचानक क्यों आए?''

मैंने कहा, ''मैं तुम्हारे गाँव का आदमी हूँ, बहुत दिनों से मैंने तुम्हें देखा नहीं था, इसलिए मैं बड़ा व्याकुल हो उठा था बाईजी।''

प्यारी का मुँह और भी भारी हो उठा। मेरे मजाक में वह जरा भी शामिल नहीं हुई, बोली, ''आज रात यहीं रहोगे न?''

''तुम मुझे रहने के लिए कहोगी तो मैं रहूँगा।''

''भला मुझे क्या कहना है? लेकिन तुम्हें, हो सकता है, दिक्कत हो। जिस कमरे में तुम सोते थे उसमें तो...''

''बाबू सोते हैं? अच्छी बात है। तो मैं नीचे सोऊँगा, तुम्हारे नीचे के कमरे भी तो कमाल के हैं।''

''तुम नीचे सोओगे? यह क्या कहते हो...तुम? तुम्हारे मन में जरा-सा भी विकार नहीं रहा, दो ही दिनों में तुम इतने बड़े परमहंस कैसे बन गए?''

मैंने मन-ही-मन कहा—प्यारी तुमने मुझे अभी तक नहीं पहचाना है।

पर मैंने मुँह से कहा, ''मैं नीचे सोऊँगा, इसके लिए मेरे मन में जरा भी मान-अभिमान नहीं है। और अगर तुम सोचती हो कि नीचे सोने में मुझे तकलीफ होगी, तो तुम्हारा ऐसा सोचना बिलकुल बेकार है। मैं घर से निकलते वक्त खाने और सोने की चिन्ताओं को छोड़ आता हूँ। यह तो तुम खुद भी जानती हो। अगर ज्यादा बिस्तर हो, तो एक बिस्तर बिछा देने के लिए कह दो। और अगर ज्यादा बिस्तर न हो, तो रहने दो, कोई जरूरत नहीं। मेरे लिए कम्बल-सम्बल है।''

प्यारी ने गर्दन हिलाकर कहा, "तुम्हारे लिए कम्बल-सम्बल है, यह तो मैं जानती हूँ, लेकिन नीचे सोने में तुम्हारे मन में किसी तरह का दुख तो नहीं न होगा?"

मैंने हँसकर कहा, "नहीं, क्योंकि स्टेशन पर पड़े रहने से तो कहीं अच्छा है यहाँ नीचे सोना।"

प्यारी थोड़ी देर तक चुप रही, फिर बोली, "लेकिन अगर तुम्हारी जगह मैं होती तो मैं किसी पेड़ के नीचे पड़ी रहती, पर इतनी बेइज्जती बर्दाश्त नहीं करती।"

उसकी उत्तेजना को देखकर मैं हँसे बिना नहीं रह सका। बहुत देर पहले मुझे इसका पता चल चुका था कि वह मेरे मुँह से कौन-सी बात सुनना चाहती है। मगर मैंने शान्त, स्वाभाविक आवाज में जवाब दिया, "मैं इतना नादान नहीं हूँ कि मैं यह सोचूँगा कि तुम जान-बूझकर मुझे नीचे सोने के लिए कहकर मेरी बेइज्जती कर रही हो। खैर, इसे रहने दो। इस मामूली-सी बात को लेकर तू-तू, मैं-मैं करने की जरूरत नहीं। बल्कि तुम रतन को भेज दो, ताकि वह मुझे नीचे का कमरा दिखा दे। मैं कम्बल बिछाकर सो जाऊँगा। मैं बहुत थक गया हूँ।"

प्यारी ने कहा, "तुम ज्ञानी आदमी ठहरे। तुम मेरी सही हालत नहीं समझोगे, तो कौन समझेगा? खैर, जान में जान आई।" इतना कहकर उसने एक लम्बी साँस को दबा दिया और पूछा, "पर मैं यह नहीं सुन सकी कि अचानक तुम्हारे यहाँ आने की सही वजह क्या है?"

मैंने कहा, "पहली वजह तुम सुन नहीं सकोगी, लेकिन दूसरी वजह तुम सुन सकोगी।"

"पहली वजह मैं क्यों नहीं सुन सकूँगी?"

"इसलिए कि वह गैर-जरूरी है।"

"अच्छा, तो दूसरी वजह क्या है? जरा सुनूँ तो सही!"

"लो सुनो, मैं बर्मा जा रहा हूँ। हो सकता है, अब कभी हमारी मुलाकात न हो। कम से कम यह पक्का है कि हमारी मुलाकात नहीं होगी। सो, जाने के पहले एक बार तुम्हें देखने के लिए मैं आया।"

रतन कमरे में घुसा और बोला, "बाबू, आपका बिस्तर लगा दिया गया है, चलिए।"

मैंने खुश होकर कहा, "चलो।" फिर मैंने प्यारी से कहा, "मुझे बहुत नींद आ रही है। घंटे भर बाद अगर तुम्हें समय मिले तो एक बार नीचे आना—मुझे और भी बात कहनी है।" इतना कहकर मैं रतन के साथ बाहर निकल गया।

खुद प्यारी के सोने के कमरे में आकर रतन ने जब मुझे बिस्तर दिखा दिया तब विस्मय की कोई सीमा नहीं रही। मैंने कहा, "मेरा बिस्तर नीचे के कमरे में न लगाकर तुमने इस कमरे में क्यों लगा दिया?"

रतन ने अचरज में पड़कर कहा, "आप नीचे के कमरे में सोएँगे।"

मैंने कहा, "हाँ, यही तो तय हुआ था।"

वह ठगा-सा रहकर थोड़ी देर तक मेरी तरफ निहारता रहा, अन्त में बोला, "आपका बिस्तर लगेगा नीचे के कमरे में? आप यह कैसा मजाक करते हैं बाबू?" इतना कहकर वह हँसता हुआ चला जा रहा था। मैंने उसे बुलाकर पूछा, "तुम्हारी मालकिन कहाँ सोएँगी?"

रतन ने कहा, ''बंकू बाबू के कमरे मैंने उनका बिस्तर लगा दिया है।''

करीब आकर मैंने देखा, यह राजलक्ष्मी की डेढ़ हाथ चौड़ी चौकी पर बिस्तर नहीं बिछाया गया है। यह तो बहुत बड़े पलंग पर बहुत मोटा गद्‌दा बिछाकर शाही बिस्तर लगाया गया है। सिरहाने के पास एक छोटे-से टेबल पर फर्श के बीचोबीच बत्ती जल रही है। एक किनारे कई बांग्ला किताबें रखी हुई हैं, दूसरी तरफ एक कटोरे में कुछ बेले के फूल हैं। नजरें डालते ही मुझे पता चला कि इनमें से कोई भी चीज नौकर के हाथों बनाई हुई नहीं है। बहुत प्यार करनेवाले ने इन सबको अपने हाथों से बनाया है। ऊपर की चादर भी राजलक्ष्मी अपने हाथों बिछाकर गई है—यह मैंने अपने मन के अन्दर से अनुभव किया।

आज उन लोगों के सामने मेरे अचानक आ जाने से राजलक्ष्मी ने हक्का-बक्का होकर पहले चाहे जैसा भी बर्ताव क्यों न किया हो, पर बाद में मेरी निर्विकार उदासीनता से वह मन ही मन कितनी शंकित हो उठी थी, यह मेरी नजरों से छिपा नहीं था। और मैंने यह भी समझा था कि क्यों मेरे अन्दर ईर्ष्या की एक झलक देखने के लिए वह इतनी देर से मुझ पर इतनी तरह की चोट करती फिर रही थी। मगर सब कुछ जानते हुए भी मैंने अपनी निष्ठुर कठोरता को ही पौरुष समझकर उसके अभिमान को कोई महत्त्व नहीं दिया था, बल्कि उसकी हरेक छोटी से छोटी चोट को सौ गुना बढ़ाकर उसे लौटा दिया था, यह अन्याय मेरे मन के अन्दर अभी सुई की मानिन्द चुभने लगा। मैं बिस्तर पर लेट गया, लेकिन सो नहीं सका। मैं यह पक्का जानता था कि एक बार वह आएगी ही। अभी उसी वक्त के लिए मैं उत्सुक बना रहा।

थकान की वजह से, हो सकता है, थोड़ी देर के लिए मैं सो भी गया था। सहसा मैंने आँखें खोलीं, तो देखा, प्यारी मेरे बदन पर अपना एक हाथ रखे बैठी हुई है। मेरे उठ बैठते ही वह बोली, ''तुम यह जानते हो कि जो आदमी बर्मा जाता है, वह फिर लौटकर नहीं आता।''

''नहीं, मैं तो यह नहीं जानता।''

''तो?''

''मुझे लौटना ही पड़ेगा, इसके लिए किसी ने मुझे कसम नहीं दी है।''

''तुम्हें किसी ने कसम नहीं दी है? तुम क्या दुनिया के सबके मन की बात जानते हो?''

यह बात बड़ी मामूली थी। लेकिन दुनिया का यह एक बड़ा आश्चर्य है कि आदमी की कमजोरी कब किस मौके पर जाहिर हो जाएगी, इसका अन्दाजा हरगिज नहीं लगाया जा सकता है। इसके पहले कितने अनगिनत बड़े से बड़े कारण घट चुके थे पर मैंने किसी दिन अपने आपको पकड़ में नहीं आने दिया था। मगर आज उसके मुँह की बड़ी सीधी सी बात को मैं बर्दाश्त नहीं कर सका। मुँह से सहसा बाहर निकल गया, ''सबके मन की बात तो मैं नहीं जानता राजलक्ष्मी, लेकिन एक व्यक्ति के मन की बात को मैं जानता हूँ। अगर किसी दिन मैं वापस आऊँगा, तो सिर्फ तुम्हारे ही लिए आऊँगा। मैं तुम्हारी कसम नहीं तोड़ूँगा।''

प्यारी मेरे पैरों पर बिलकुल टूटकर औंधी गिरी। मैंने जान-बूझकर अपने पैरों को खींच नहीं लिया। लेकिन दसेक मिनट गुजर जाने पर भी जब उसने अपना मुँह नहीं उठाया तब मैंने उसके सर पर अपना दाहिना हाथ रखा। मेरे हाथ रखते ही वह एक बार सिहर उठी, मगर वह जैसे पड़ी हुई थी, वैसे ही पड़ी रही। न ही उसने अपना मुँह उठाया, न ही उसने बात की। मैंने कहा, "उठ बैठो। इस हालत में हमें कोई देखेगा, तो वह बड़े अचरज में पड़ जाएगा।"

लेकिन जब प्यारी ने कोई जवाब तक नहीं दिया तब मैंने उसे जबरन उठाना चाहा, तो देखा, उसके चुपचाप रोते रहने से उसके आँसुओं से वहाँ की समूची चादर बिलकुल भीग गई है। जब मैंने खींचतान की, तो वह रुआँसे स्वर में बोल उठी, "पहले तुम मेरी दो-तीन बातों का जवाब दो, तब मैं उठूँगी।"

"अच्छा, कहो, तुम्हें किन बातों का जवाब चाहिए?"

"पहले यह कहो कि उस आदमी के यहाँ रहने से तुमने कहीं यह तो नहीं सोचा है कि मैं बुरी हूँ।"

"नहीं, मैंने ऐसा नहीं सोचा है।"

प्यारी फिर थोड़ी देर तक चुप रही, फिर बोली, "लेकिन तुम तो यह जानते हो कि मैं अच्छी नहीं हूँ। तब भी तुम्हें मुझ पर सन्देह क्यों नहीं होता है?"

उसका यह प्रश्न बड़ा कठिन था। मैं यह भी जानता हूँ कि वह अच्छी नहीं है पर मैं यह भी नहीं सोच सकता कि वह बुरी है। मैं चुप्पी साधे रहा।

अचानक उसने अपनी आँखें पोंछी, हड़बड़ाकर उस बैठी और बोली, "अच्छा, मैं पूछती हूँ तुमसे, मर्द चाहे जितना भी बुरा क्यों न हो जाए, पर जब वह अच्छा बनना चाहता है तब तो उसे ऐसा करने से कोई मना नहीं करता है, लेकिन हम लोगों के लिए सारे रास्ते बन्द क्यों हैं? गरीबी में पड़कर नादानी में मैंने एक दिन जो किया है, हमेशा मुझे वही क्यों करना पड़ेगा? क्यों तुम लोग हमें अच्छी नहीं बनने देते हो?"

मैंने कहा, "हम लोग किसी दिन किसी को भी अच्छा बनने से मना नहीं करते हैं। और अगर कोई किसी को अच्छा बनने से मना करता है, तो भी दुनिया में किसी के भी अच्छा बनने के रास्ते को कोई बन्द नहीं कर सकता है।"

प्यारी बहुत देर तक चुपचाप मेरे मुँह की तरफ निहारती रही, अन्त में धीरे-धीरे बोली, "अच्छी बात है, फिर तुम भी मुझे अच्छी बनने से नहीं रोकोगे।"

मैं जवाब देता, इसके पहले ही रतन के खाँसने की आवाज दरवाजे के पास सुनाई पड़ी।

प्यारी ने बुलाकर कहा, "क्या बात है रे रतन?"

रतन ने मुँह बढ़ाकर कहा, "माँ, रात तो बहुत हुई—बाबू के लिए खाना नहीं ला दोगी? रसोइया ऊँघते-ऊँघते रसोईघर में ही सो गया है।"

"अरे हाँ, तब तो तुम लोगों में से किसी ने भी अभी तक खाया नहीं होगा।" इतना कहकर प्यारी व्यस्त और लज्जित होकर उठकर खड़ी हो गई। वही बराबर अपने हाथों

मेरे लिए खाना लेकर आती थी। आज भी वह मेरे लिए खाना लाने के वास्ते तेज कदमों से चली गई।

खाना खाने के बाद जब मैं अपने बिस्तर पर लेट गया तब रात का एक बज चुका था। प्यारी आकर फिर मेरे पैरों के पास बैठी। बोली, ''तुम्हारे लिए बहुत-सी रातें मैंने अकेले जागकर बिताई हैं, आज मैं तुम्हें भी जगाए रखूँगी।'' इतना कहकर मेरी सहमति का इन्तजार किए बिना ही मेरे पैताने के तकिए को खींच लिया और अपने बाएँ हाथ को सर पर रखकर करवट लेटकर बोली, ''मैंने बहुत सोचकर देखा, तुम्हें इतनी दूर जाने की कोई जरूरत नहीं।''

मैंने पूछा, ''तो मैं क्या करूँगा? इसी तरह मैं यहाँ-वहाँ चक्कर लगाता फिरूँगा?''

प्यारी ने उसका जवाब दिए बिना कहा, ''इसके अलावा तुम किसलिए बर्मा जाना चाहते हो, जरा सुनूँ तो सही?''

''नौकरी करने के लिए, सैर-सपाटे के लिए नहीं।''

मेरी बात सुनकर प्यारी उत्तेजना से तनकर उठ बैठी और बोली, ''देखो, तुम दूसरे को चाहे जो कहो सो कहो मगर मुझे धोखा मत देना। मुझे धोखा दोगे, तो न ही तुम्हारा इहलोक सुधरेगा, न ही परलोक—यह जानते हो?''

''इसे मैं बखूबी जानता हूँ, लेकिन तुम मुझे क्या करने के लिए कहती हो?''

मेरी स्वीकारोक्ति से प्यारी खुश हुई, मुस्कुराती हुई बोली, ''औरतें जो हमेशा कहा करती हैं, मैं भी वही कहती हूँ। शादी करके घर बसाओ, गृहस्थ-धर्म का पालन करो।''

मैंने प्रश्न किया, ''मेरे ऐसा करने से तुम सचमुच खुश होओगी?''

उसने सर हिलाया, कानों के झुमकों को हिलाकर उत्साह के साथ कहा, ''हाँ, जरूर, मैं जरूर खुश होऊँगी। एक नहीं सैकड़ों बार खुश होऊँगी। इससे मैं सुखी नहीं होऊँगी तो दुनिया में और कौन सुखी होगा, जरा सुनूँ तो सही?''

मैंने कहा, ''यह तो मैं नहीं जानता। लेकिन, चलो, मेरी दुश्चिन्ता दूर हुई। वास्तव में मैं तुम्हें यही खबर देने के लिए यहाँ आया था कि शादी किए बिना मेरे लिए और कोई चारा नहीं है।''

प्यारी और एक बार अपने कानों के झुमकों को हिलाकर बड़े आनन्द से बोल उठी, ''तब तो मैं कालीघाट जाकर पूजा दे आऊँगी। लेकिन मैं कहे देती हूँ, लड़की को मैं ही पसन्द करूँगी।''

मैंने कहा, ''अब लड़की देखने का वक्त नहीं है। लड़की तय हो चुकी है।''

मेरी गम्भीर आवाज पर शायद प्यारी ने ध्यान दिया। सहसा उसके मुस्कुराते चेहरे पर एक उदास छाया पड़ी, बोली, ''अच्छी बात है, यह तो अच्छा ही हुआ। लड़की तय हो गई है, तो यह तो बड़े सुख की बात है।''

मैंने कहा, ''यह तो मैं नहीं जानता राजलक्ष्मी कि क्या सुख की बात है और क्या दुख की? मैं तुम्हें सिर्फ यही बता रहा हूँ कि लड़की तय हो चुकी है।''

प्यारी अचानक गुस्सा हो उठी और बोली, ''जाओ, चालाकी करने की जरूरत नहीं, सब गलत है।''

"एक शब्द भी गलत नहीं है, चिट्ठी देखोगी तो समझ सकोगी।" इतना कहकर मैंने अपनी जेब से दोनों ही चिट्ठियों को बाहर निकाला।

"कहाँ है चिट्ठी, देखूँ तो।" यह कहकर ज्यों ही प्यारी ने हाथ बढ़ाकर दोनों चिट्ठियों को अपने हाथ में लिया त्यों ही उसका चेहरा फक्क पड़ गया। दोनों चिट्ठियों को अपने हाथ में लिये हुए वह बोली, "भला मुझे दूसरे की चिट्ठी को पढ़ने की क्या जरूरत है? अच्छा बताओ तो रिश्ता कहाँ तय हुआ?"

"चिट्ठियाँ पढ़कर देखो।"

"मैं दूसरे की चिट्ठी नहीं पढ़ती।"

"तो फिर दूसरे की खबर जानने की तुम्हें जरूरत भी नहीं है।"

"मैं दूसरे की खबर जानना भी नहीं चाहती।" इतना कहकर वह चुपचाप फिर लेट गई। लेकिन दोनों चिट्ठियाँ उसकी मुट्ठी में ही रहीं। बहुत देर तक उसने कोई बात नहीं की। उसके बाद वह उठकर धीरे-धीरे गई और उन दोनों चिट्ठियों को लिये हुए दीये के सामने फर्श पर स्थिर होकर बैठी। उन चिट्ठियों को उसने शायद दो-तीन बार पढ़ा। उसके बाद उठकर आई और फिर पहले की ही तरह लेट गई। बहुत देर तक चुप रही फिर बोली, "तुम सो गए?"

"नहीं।"

"यहाँ मैं तुम्हें हरगिज शादी करने नहीं दूँगी। वह लड़की अच्छी नहीं है। उसे मैंने बचपन में देखा है।"

"तुमने मेरी माँ की चिट्ठी पढ़ी?"

"हाँ, पढ़ी, मगर चाची की चिट्ठी में ऐसा कुछ नहीं लिखा हुआ है कि तुम्हें उसे ढोना ही पड़ेगा। रही बात उसके अच्छी या बुरी होने की, सो वह अच्छी है या अच्छी नहीं है, इससे क्या आता-जाता है। इस लड़की को मैं तो किसी भी सूरत में घर नहीं लाऊँगी।"

"क्या मैं सुन सकता हूँ कि आखिर तुम कैसी लड़की घर पर लाना चाहती हो?"

"यह मैं अभी कैसे बताऊँ? सोच-विचार करके देखना होगा न?"

मैं थोड़ी देर तक चुप रहा, फिर हँसकर कहा, "तुम्हारी पसन्द और सोच-विचार पर निर्भर होकर रहना पड़ेगा, तो मुझे अपना अनब्याहा नाम मिटाने के लिए दूसरा जनम लेना पड़ेगा, इस जनम में तो यह नाम मिटनेवाला नहीं। खैर यथासमय दूसरा जनम लूँगा, मुझे कोई जल्दी नहीं है लेकिन तुम इस लड़की का उद्धार कर देना। पाँच सौ रुपयों का जुगाड़ हो जाने पर उसका उद्धार हो जाएगा। मैं चाची के मुँह से सुनकर आया था।"

प्यारी उत्साह से और एक बार उठ बैठी और बोली, "कल ही मैं रुपया भेज दूँगी, चाची का कहा गलत नहीं होगा।" वह थोड़ी देर रुकी, फिर बोली, "मैं सच कहती हूँ तुमसे, चूँकि यह लड़की अच्छी नहीं है, इसीलिए मैंने एतराज किया, वरना..."

"वरना क्या...?"

''भला वरना क्या? मैं तुम्हारे लायक लड़की ढूँढ़ निकालूँगी, तब जाकर मैं इस बात का जवाब दूँगी, अभी नहीं।''

मैंने सर हिलाकर कहा, ''तुम बेकार की कोशिश मत करो राजलक्ष्मी, मेरे लायक लड़की तुम किसी भी दिन ढूँढ़कर नहीं निकाल सकोगी।''

वह बहुत देर तक चुपचाप बैठी रही, फिर अचानक बोल उठी, ''अच्छा, मान लिया कि मैं तुम्हारे लायक लड़की ढूँढ़कर नहीं निकाल सकूँगी। लेकिन अगर तुम बर्मा जाओगे, तो मुझे भी अपने साथ ले जाओगे।''

उसका प्रस्ताव सुनकर मैं हँसा, बोला, ''मेरे साथ जाने की तुम्हें हिम्मत होगी?''

प्यारी ने मेरे मुँह पर तीखी निगाह डाली और बोली, ''तुम मेरी हिम्मत के बारे में पूछते हो? मेरे तुम्हारे साथ जाने का क्या तुम बहुत बड़ी हिम्मत की बात समझते हो?''

''मैं उसे चाहे जो भी क्यों न समझूँ, लेकिन तुम्हारे इस सारे घर, मकान, चीज-बस्त, जमीन-जायदाद का क्या होगा?''

प्यारी बोली, ''जो होना होगा, हो, जब तुम्हें नौकरी करने के लिए इतनी दूर जाना पड़ रहा है, इतना कुछ रहते हुए भी जब ये चीजें किसी काम नहीं आईं तब इन्हें मैं बंकू को दे जाऊँगी।''

मैं उसकी इस बात का जवाब नहीं दे सका। खुली खिड़की के बाहर अँधेरे की तरफ निहारता हुआ मैं चुपचाप बैठा रहा।

उसने फिर से कहा, ''इतनी दूर गए बिना क्या काम नहीं चलेगा? यह सब क्या किसी दिन तुम्हारे किसी काम नहीं आ सकता है?''

मैंने कहा, ''नहीं, यह सब किसी दिन मेरे किसी काम नहीं आएगा।''

प्यारी ने गर्दन हिलाकर कहा, ''यह मैं जानती हूँ, लेकिन तुम मुझे अपने साथ लिवा जाओगे?'' इतना कहकर उसने फिर अपना हाथ धीरे-धीरे मेरे पाँव पर रखा। जिस दिन इसी प्यारी ने मुझे अपने घर से एक तरह से जबरन ही भेज दिया था उस दिन उसके असाधारण धैर्य और मन के जोर को देखकर मैं ठक-से रह गया था। पर आज उसी की इतनी बड़ी कमजोरी, यह करुण आवाज की गिड़गिड़ाहट—सब कुछ एक साथ याद करके मेरा कलेजा फटने लगा। मगर मैं उसकी बात हरगिज कबूल नहीं कर सका। कहा, ''मैं तुम्हें अपने साथ लिवा तो नहीं जा सकता, लेकिन मैं इतना कह सकता हूँ कि तुम जब भी मुझे बुलाओगी मैं तभी लौट आऊँगा। मैं चाहे जहाँ भी क्यों न रहूँ, हमेशा तुम्हारा ही रहूँगा राजलक्ष्मी।''

''इस पापिनी का होकर तुम हमेशा रहोगे?''

''हाँ, मैं हमेशा तुम्हारा होकर रहूँगा।''

''तब तो यह कहो कि किसी दिन तुम्हारी शादी ही नहीं होगी।''

''हाँ, मेरी शादी नहीं होगी। उसका कारण यह है कि तुम्हें दुख देकर तुम्हारी सहमति के बिना किसी दिन मेरा शादी करने का मन ही नहीं करेगा।''

प्यारी अपलक आँखों से थोड़ी देर तक मेरे मुँह की तरफ निहारती रही। उसके बाद उसकी दोनों आँखों में आँसू भर आए और आँसुओं की बड़ी-बड़ी बूँदें टपटप उसके गालों पर लुढ़कने लगीं। उसने अपनी आँखें पोंछी और भर्राए स्वर में बोली, "तो इस अभागिन के चलते तुम सारा जीवन संन्यासी बनकर रहोगे?"

मैंने कहा, "हाँ, मैं सारा जीवन संन्यासी बना रहूँगा। तुमसे जो चीज मुझे मिली है उसके बदले संन्यासी बनकर रहना मेरे लिए नुकसानदेह नहीं है; मैं चाहे जहाँ भी क्यों न रहूँ, मैं हमेशा तुम्हारा ही रहूँगा, मेरी इस बात पर तुम किसी दिन अविश्वास मत करना।"

पल भर के लिए हम दोनों की आँखें चार हुईं और दूसरे ही पल वह तकिए पर मुँह रखकर औंधी हो गई। सिर्फ उमड़ती रुलाई के आवेग से उसका सारा बदन काँप-काँपकर फूल-फूल उठने लगा।

मैंने मुँह उठाकर निहारा। सारा घर गहरी नींद में सोया हुआ था। कहीं कोई जगा हुआ नहीं था। एक बार सिर्फ लगा, खिड़की के बाहर अँधेरी रात अपने कितने उत्सवों की प्रिय सहचरी प्यारी बाई के कलेजा चीरनेवाले अभिनय को आज मानो चुपचाप आँखें खोलकर बड़ी तृप्ति के साथ देख रही हो।

# 2

मैंने ऐसी-ऐसी घटनाएँ देखी हैं जिन्हें जीवन भर भूला नहीं जा सकता। जब भी वे घटनाएँ याद आती हैं तभी उनकी आवाज भी मानो कानों के अन्दर गूँज उठती हैं। प्यारी की आखिरी बार कही बातें भी कानों में गूँज उठती हैं। आज भी उसकी बातें मुझे अच्छी तरह सुनाई पड़ती हैं। वह तो स्वभावतः ही कितनी बड़ी संयमी थी, इसका परिचय उसने छुटपन में ही बहुत बार दिया था। ऊपर से इतने दिनों की इतनी बड़ी घर-गिरस्ती की शिक्षा उसने पाई थी। पिछली बार मेरे जाते वक्त किसी तरह भागकर उसने अपना बचाव किया था। लेकिन इस बार वह अपने आपको हरगिज सँभाल नहीं पाई, नौकर-चाकरों के सामने ही वह रो पड़ी। रुँधे स्वर में बोल पड़ी, "देखो, मैं नादान नहीं हूँ, मैं यह जानती हूँ कि अपने पापों का पूरा दंड मुझे भुगतना पड़ेगा, मगर तब भी मैं कहती हूँ कि हमारा समाज बड़ा निष्ठुर है, बड़ा निर्दय है। उसे भी इसकी सजा एक दिन भुगतनी पड़ेगी। भगवान इसे इसकी सजा देंगे ही।"

यह तो वही जाने या उसके अन्तर्यामी जानें कि उसने समाज को इतना बड़ा अभिशाप क्यों दिया। ऐसी बात नहीं कि मैं यह नहीं जानता, लेकिन मैं मौन रहा। बूढ़े दरबान ने गाड़ी का दरवाजा खोल दिया और मेरे मुँह की तरफ निहारा। मैं कदम बढ़ाने की तैयारी

कर ही रहा था कि तभी प्यारी ने आँसुओं-भरी आँखों से मेरे मुँह की तरफ निहारा, तनिक मुस्कुराई, बोली, "कहाँ जा रहे हो? फिर हो सकता है, मुलाकात न हो। मुझे एक भीख दोगे?"

मैं बोला, "हाँ दूँगा, कहो, क्या चाहती हो तुम?"

प्यारी बोली, "भगवान न करें, लेकिन तुम्हारे जीने का जो ढंग है उसमें...अच्छा, तुम चाहे जहाँ भी क्यों न रहो, वैसे समय मुझे खबर दोगे? शरमाओगे तो नहीं?"

"नहीं, मैं शरमाऊँगा नहीं–मैं तुम्हें खबर दूँगा।" इतना कहकर मैं धीरे-धीरे जाकर गाड़ी पर चढ़ गया। प्यारी मेरे पीछे-पीछे आई और आज उसने अपने आँचल के छोर से मेरे पैरों की धूल ली।

"अजी सुनते हो?" मैंने मुँह उठाकर देखा, वह अपने काँपते होंठों को जी-जान से दबाकर बात करने की कोशिश कर रही है। ज्यों ही हम दोनों की नजरें मिलीं त्यों ही उसके आँसू फिर टपटप करके टपक पड़े। उसने धीमे, रुँधे स्वर में चुपके-चुपके कहा, "मत जाओ इतनी दूर, रहने दो, मत जाओ।"

मैंने चुपचाप अपनी नजरें घुमा लीं। गाड़ीवान ने गाड़ी हाँक दी। चाबुक की सपसपाहट और चारों पहियों की घरघराहट के मिले-जुले शोर से तीसरा पहर मुखरित हो उठा। लेकिन इस शोर को दबाकर अकेले रुँधे गले की सुबकियाँ सिर्फ मेरे कानों में गूँजने लगीं।

# 3

पाँच-छह दिनों बाद एक दिन तड़के मैं लोहे का एक ट्रंक और एक पतला-सा बिस्तर लेकर कलकत्ता के कोयला घाट जा पहुँचा। गाड़ी से उतरते न उतरते खाकी हाफ कमीज पहने एक कुली ने आकर उन दोनों चीजों को झपट्टा मारकर ले लिया और पलक झपकते पता नहीं कहाँ गायब हो गया, उसे ढूँढ़ते-ढूँढ़ते दुश्चिन्ता के मारे जब तक मेरे आँसू न निकले तब तक उसका कोई पता ही नहीं चला। गाड़ी में आते-आते मैंने देखा था, जेटी* और 'बड़ा बाजार' के बीच की सारी जगहों पर तरह-तरह की रंगवाली चीजें अटी पड़ी हैं–कोई लाल है, कोई काली है, कोई पीली है, तो कोई गेरुआ है। थोड़ा-सा कोहरा भी छाया हुआ था। लगा, बछड़ों का एक झुंड शायद बँधा हुआ है, उन बछड़ों को बाहर भेजा जाएगा। करीब आकर मैंने गौर किया, तो देखता हूँ बाहर तो भेजा जाएगा, मगर बछड़ों को नहीं, आदमियों को। लोग गठरी-मोटरी लेकर बीवी-बच्चों का हाथ पकड़े रात भर यों ही ओस में पड़े हुए हैं। इसलिए कि वे तड़के सबसे पहले जहाज

* जहाँ जहाज ठहरते हैं वह स्थान।

पर थोड़ी-सी अच्छी जगह पर कब्जा कर लेंगे। अतएव किसकी मजाल है कि बाद में आकर इन लोगों को लाँघकर जेटी की दहलीज तक जाए। थोड़ी देर बाद जब ये लोग जागकर उठ खड़े हुए तब देखा, काबुल के उत्तर से लेकर भारत के दक्षिण के अन्तिम हिस्से तक के प्रदेशों में से किसी से भी इस कोयला घाट में अपना प्रतिनिधि भेजने में गलती नहीं हुई है।

सब हैं। काली-काली बनियान पहने चीनियों का भी एक दल बाकी नहीं रहा। मैं भी तो डेक का (यानी जिसके नीचे कोई और दर्जा नहीं होता) मुसाफिर था। इसलिए इन लोगों को हटाकर मुझे भी बैठने के लिए थोड़ी-सी जगह पर कब्जा करना ही था। लेकिन ऐसा सोचते ही मेरा अंग-अंग ठंडा हो गया। हालाँकि जब जाना ही होगा, और जब जाने के लिए जहाज के सिवा किसी और रास्ते का पता भी मालूम नहीं है तब यह कहकर इन्हीं लोगों की तरह मुझे भी शैतानी करनी चाहिए। मैं अपने मन को जितनी हिम्मत बँधाने लगा, मेरा मन उतना ही हिम्मत हारने लगा। जहाज कब आकर घाट से लगेगा, यह जहाज ही जाने; सहसा मैंने निहारा, तो देखता हूँ, चौदह-पन्द्रह सौ लोग इसी बीच पता नहीं कब भेड़ों के झुंड की भाँति कतार बाँधे खड़े हो गए हैं। मैंने एक गैर-बंगाली से पूछा, "अरे भई, सब तो अच्छी तरह बैठे हुए थे, पर अचानक सबके सब ऐसे कतार बाँधे क्यों खड़े हो गए?"

उसने कहा, "डग्दरी होगा।"

"यह डग्दरी क्या चीज है भई?"

उस आदमी ने पीछे से आए एक धक्के को सँभाल लिया और झुँझलाकर कहा, "अरे, पिलेग का डग्दरी है।"

उसकी बात और भी समझ से परे हो गई मगर मैं समझूँ या न समझूँ, इतने लोगों के लिए जो जरूरी है वह तो मेरे लिए भी जरूरी होगा। लेकिन किस तरकीब से मैं खुद उस झुंड के बीच जा घुसूँ, यह समस्या खड़ा हो गई। यह ढूँढ़ते-ढूँढ़ते कि कहीं घुसने की जरा-सी जगह है या नहीं, देखता हूँ–बहुत दूर पर खिदिरपुर के कई मुसलमान संकुचित भाव से खड़े हैं। यह मैंने हर जगह–वह चाहे अपना देश हो या विदेश–देखा है कि जहाँ शर्मनाक बात होती है वहाँ बंगाली शर्मिन्दा होकर ही रहता है। भारत की दूसरी जातियों की तरह बंगाली धक्का-मुक्की, मारा-मारी नहीं कर सकता है। इस तरह खड़ा होना एक हीनता है, इसी शर्म के मारे बंगाली सबकी नजरों से बचकर सर नीचा किए रहता है। ये लोग रंगून में दर्जी का काम करते हैं, ये लोग वहाँ बहुत बार आए-गए हैं। जब मैंने उनसे प्रश्न किया, तो उन लोगों ने मुझे समझा दिया कि अभी तक प्लेग बर्मा नहीं पहुँचा है, इसीलिए यह सावधानी बरती जा रही है। डॉक्टर जाँच-पड़ताल करके जिसे पास करेगा वही जहाज पर चढ़ सकेगा। यानी रंगून जानेवाले प्लेग के रोगी हैं या नहीं, पहले उसकी जाँच-पड़ताल होना जरूरी है। अँगरेजों के राज में डॉक्टरों का बड़ा बोलबाला है। सुना है, पशुओं को भी बूचड़खाने में जगह हासिल करने के वास्ते इन्हीं लोगों का मुँह निहारते हुए रहना पड़ता है। लेकिन रंगून जानेवाले आदमियों और पशुओं की स्थिति में इतना

बड़ा मेल था यह तब किसने सोचा था। क्रमशः पिलेग का डग्दरी करीब आ गया। अँगरेज डॉक्टर अपने प्यादे के साथ आया। कतार में खड़ा होकर गर्दन को ज्यादा हिला-डुलाकर देखने का मौका नहीं था, फिर भी आगे खड़े साथियों की की जा रही जाँच-पड़ताल का जितना-सा तरीका नजर आया उससे चिन्ता की सीमा नहीं रही। अवश्य कमर के ऊपर के हिस्से से कपड़े उतारे जाने की वजह से डरनेवाले बंगालियों जैसा वहाँ कायर कोई नहीं था, लेकिन सामनेवाले उन साहसी वीर पुरुषों को भी जाँच-पड़ताल के दौरान चौंक-चौंक उठता देख मेरा मन शंका से भर उठा। यह सभी को मालूम है कि प्लेग होने पर बदन की खास जगह सूज जाती है। डॉक्टर जिस तरह अनायास और निर्विकार चित्त से उन सब जगहों में हाथ डालकर यह महसूस करने लगा कि वहाँ सूजन है या नहीं, उसमें कठपुतलियों को एतराज हो सकता है। लेकिन चूँकि भारतवासियों की सनातन सभ्यता है इसलिए तब भी जो हो, एक बार चौंककर वे स्थिर हो जा सकते थे, कोई और जात होती तो उस दिन वह डॉक्टर को तोड़े बिना शान्त नहीं हो सकती थी। सो चाहे जो भीं हो, पास करना जब जरूरी था तब दूसरा चारा क्या था? यथासमय आँखें मूँदकर, अंग-अंग को सिकोड़कर एक तरह से लापरवाह होकर मैंने अपने आपको डॉक्टर के हाथों सौंप दिया और मैं पास भी हो गया। इसके बाद जहाज पर चढ़ने की बारी थी। लेकिन डेक के मुसाफिर किस तरह जहाज पर चढ़ते हैं, बाहर के लोगों के लिए इसकी धारणा करना असम्भव है। लेकिन उसके लिए यह समझना कुछ सम्भव हो सकता है, जिसने कल-कारखाने में दाँतवाले पहियों को घूमता देखा हो। वह जैसे आगे के खिंचाव और पीछे के धक्के से आगे बढ़ता जाता है वैसे ही हम लोगों की यह काबुली, पंजाबी, मारवाडी, बंगाली, चीनी, पछाँही, उड़िया में बनी विशाल सेना सिर्फ धक्कमधक्के से थल से जहाज के डेक पर करीब-करीब अनजाने ही चढ़ आई और वह धक्कमधक्का वहीं नहीं रुका। सामने ही देखा, एक गड्ढे के मुँह में सीढ़ी लगी हुई है। जहाज के तल में जाने का यही रास्ता है। बन्द नाले का मुँह खोल देने पर बारिश का जमा हुआ पानी जैसे तेज गति से नीचे गिरता है ठीक वैसे ही लोग होशोहवास खोकर जान की बाजी लगाकर नीचे उतरने लगे। जहाँ तक मुझे याद आता है, न ही मेरा नीचे जाने का इरादा था, न ही मैं पैदल चलकर उतरा था। पल भर के लिए मैंने क्यों होश गँवाया था, इस पर शक जाहिर करने पर भी शायद मैं कसम खाकर इनकार नहीं कर सकता।

लेकिन जब मेरी सुध लौटी, तो मैंने देखा, तल में बहुत दूर पर एक कोने में मैं अकेला खड़ा हूँ। मैंने अपने पैरों के नीचे निहारा, तो देखता हूँ, इस बीच जादू के खेल की तरह पलक झपकते सबने अपना-अपना कम्बल बिछाकर अपनी जगह को सन्दूक और गठरी से घेर लिया है और सुरक्षित बैठकर बगल में बैठे आदमी से उसका परिचय हासिल कर रहे हैं। इतनी देर बाद मेरा वह नम्बरी कुली आकर मुझसे मिला और कहा, ''ट्रंक और बिस्तर मैंने ऊपर रखा है। अगर आप कहेंगे तो मैं उन्हें नीचे ले आऊँगा।''

मैंने कहा, ''नहीं, उन्हें वहीं रहने दो, बल्कि तुम मुझे भी किसी तरह यहाँ से निकालकर ऊपर ले चलो।''

क्योंकि वहाँ मुझे ऐसी थोड़ी-सी भी जगह नजर नहीं आई कि दूसरे के बिस्तर को बिना रौंदे, उसके साथ हाथापाई होने की नौबत को बिना टाले मैं अपना कदम रख सकूँ। बरसात के दिन में ऊपर पानी में भीगूँगा सो भी अच्छा है, मगर यहाँ और एक पल भी नहीं रहूँगा। कुली ज्यादा पैसा पाने के लालच से, बहुत कोशिश, बहुत बतकही करके कम्बल और शतरंजी की किनारी को जरा-मुरा मोड़ता हुआ मुझे अपने साथ ऊपर लाया, मेरे चीज-बस्त को दिखा दिया और बख्शिश लेकर चला गया। पर यहाँ भी वही बात थी, बिस्तर बिछाने की जगह नहीं थी। लिहाजा, लाचार होकर मैंने अपने ही ट्रंक पर अपने बैठने का उपाय कर लिया और समग्र चित्त से माता भागीरथी के दोनों किनारे की महिमा को देखने लगा। स्टीमर ने तब चलना शुरू किया था। बहुत देर से मुझे प्यास लगी थी।

इन दो घंटों में जो तूफान सर के ऊपर से होकर गुजर गया उससे न सूखनेवाला कठोर कलेजा दुनिया में कम ही होगा। मगर मुसीबत यह हुई थी कि साथ में न था एक गिलास और न था एक लोटा। यह सोचकर कि हमसफर मुसाफिरों में अगर कहीं कोई बंगाली हो, तो कोई उपाय हो सकता है, मैं फिर बाहर निकल पड़ा। ज्यों ही मैं नीचे उतरने के उस गड्ढे के करीब आया त्यों ही एक तरह की जोरदार आवाज कानों में पहुँची—मुझे ऐसी किसी चीज की जानकारी नहीं है जिसके साथ मैं इसकी तुलना करूँ। गोशाला में आग लग जाने पर गाएँ जोर-जोर रँभाती तो हैं, लेकिन ऐसी रँभाने जैसी आवाज के लिए जितनी बड़ी गोशाला की जरूरत है उतनी बड़ी गोशाला महाभारत के युग में राजा विराट के यहाँ रही हो, तो यह दीगर बात है, मगर इस कलियुग में किसी के यहाँ इतनी बड़ी गोशाला हो सकती है, इसकी कल्पना करना भी कठिन है। डरते मन से मैं दो-तीन सीढ़ियाँ उतरा और झाँककर देखा, मुसाफिरों ने अपना-अपना राष्ट्रीय गीत गाना शुरू कर दिया है। काबुल से लेकर ब्रह्मपुत्र तक और कन्याकुमारी से लेकर चीन की सरहद तक जितनी तरह की धुनें हैं जहाज के इस बन्द तल में बाजे पर वे ही धुनें बजती-बजती जा रही हैं। ऐसा महासंगीत सुनने का सौभाग्य शायद ही मिलता है और संगीत ही सर्वश्रेष्ठ ललित कला है, इसे वहीं खड़ा होकर मैंने बड़े सम्मान के साथ स्वीकार कर लिया। लेकिन सबसे ज्यादा विस्मय की बात यह थी कि आखिर इतने सारे संगीत-विशारद एक साथ जुटे कैसे?

सहसा मैं यह तय नहीं कर सका कि नीचे जाना उचित होगा या नहीं। सुना है, अँगरेजों के महाकवि शेक्सपियर ने कहा था—संगीत सुनकर जो मुग्ध नहीं होता वह खून कर सकता है, या ऐसी ही कोई बात। लेकिन मिनट भर संगीत को सुनने से ही आदमी पर खून सवार हो जाता है, उस संगीत की जानकारी शायद उन्हें नहीं थी। मैं नहीं जानता कि जहाज का तल वीणापाणि का पीठ-स्थान है या नहीं, अगर जहाज का तल वीणापाणि का पीठ-स्थान नहीं है, तो यह कौन सोच सकता है कि काबुली लोग गाना गाते हैं। एक छोर पर यह अजीब हरकत चल रही थी। मैं मुँह बाए निहारता रहा। अचानक देखता हूँ, एक व्यक्ति उन्हीं लोगों के करीब खड़ा होकर जी-जान से

हाथ हिला-हिलाकर मेरा ध्यान आकर्षित करने की कोशिश कर रहा है। बड़ी मुश्किल से बहुत सारे लोगों के गुस्से को सर-आँखों पर लिये मैं उस आदमी के पास जा पहुँचा। जब उसने सुना कि मैं ब्राह्मण हूँ तो उसने हाथ जोड़कर मुझे नमस्कार किया और अपने बारे में बताया कि वह रंगून का मशहूर नन्द मिस्त्री है। बगल में बैठी एक मोटी-सी अधेड़ औरत एकटक मुझे गौर से देख रही थी। मैं उसके मुँह की तरफ निहारकर स्तम्भित हो गया। आदमी की गेंद-सी इतनी बड़ी-बड़ी दो आँखें और जुड़ी हुईं इतनी मोटी भवें मैंने पहले कभी भी नहीं देखी थी। नन्द मिस्त्री ने उसका परिचय देते हुए कहा, ''बाबूजी, यह मेरी पत्...''

उसकी बात पूरी भी नहीं हुई थी कि वह औरत फुफकारती हुई गरज उठी, ''खबरदार, मेरे सात फेरेवाले पति कहते हैं यह मेरी पत्नी है। खबरदार, कह देती हूँ मिस्तिरी, ऐरे-गैरे से झूठ कहकर मुझे बदनाम मत करो, मैं कह देती हूँ, हाँ!''

मैं विस्मय के मारे हक्का-बक्का हो गया।

नन्द मिस्त्री झेंपकर कहने लगा, ''आहा, तू गुस्सा क्यों करती है टगर? पत्नी और किसे कहते हैं? बीस साल...''

टगर बड़ी गुस्सा होकर कहने लगी, ''क्या हुआ जो बीस साल हो गए। मेरी तकदीर ही फूटी है। असली वैष्णव की बेटी, मैं हूँ केवट की पत्नी। क्यों, किस वजह से? बीस सालों से तुम्हारे साथ रह तो रही हूँ, मगर एक बार के लिए भी मैंने तुम्हें चौके में घुसने दिया है? किसी को भी यह कहने की गुंजाइश नहीं है। टगर वैष्णवी मर जाएगी तब भी अपनी जात नहीं गँवाएगी, यह जानते हो?'' इतना कहकर वह असली वैष्णव की बेटी अपनी जात के गर्व से मेरे मुँह की तरफ निहारती हुई अपनी गेंद-सी दोनों आँखें नचाने लगी।

नन्द मिस्त्री शर्मिन्दा होकर बार-बार कहने लगा, ''आपने देखा बाबूजी? देखा? अभी भी इसे अपनी जात का घमंड है। मैं ही ऐसा हूँ जो बर्दाश्त करता हूँ, मेरी जगह कोई और होता तो...'' अपनी बीस साल की पत्नी की आँखों की तरफ निहारता हुआ वह अपनी बात को पूरी नहीं कर सका।

मैंने कोई बात किए बिना उससे एक गिलास माँगकर लिया और वहाँ से चल दिया। ऊपर आया तो उस श्रेष्ठ वैष्णवी की बातों को सोचकर मैं अपनी हँसी को दबा न सका। लेकिन दूसरे ही पल याद आया, यह तो एक मामूली-सी अनपढ़ औरत है। लेकिन गाँवों और शहरों में क्या ऐसे बहुत पढ़े-लिखे और कम पढ़े-लिखे मर्द नहीं हैं, जिनके द्वारा ऐसी हास्यास्पद घटनाओं को आज भी रोज अंजाम दिया जा रहा है। और पाप के सारे अन्यायों से सिर्फ ऐसी औरत का छुआ खाना न खाकर बच निकलते हैं। लेकिन ऐसा हो तो सकता है, पर इस देश में मर्दों के लिए हँसी नहीं आती है, हँसी आती है सिर्फ औरतों के लिए।

आज शाम से ही आसमान में थोड़े-थोड़े बादल जमा हो रहे थे। रात के एक बजे के बाद मामूली सा पानी बरसने और हवा चलने की वजह से थोड़ी देर के लिए जहाज

हिला-डुला, पर अगले दिन सवेरे से ही बिना हिले-डुले चलने लगा। जिसे समुद्री बीमारी कहते हैं मेरी वह बीमारी शायद बचपन में डोंगी की सवारी करने से ही दूर हो गई थी। इसलिए मतली की परेशानी से मैं बिलकुल ही बच गया था। लेकिन तब मिस्त्री और उसकी पत्नी का क्या हाल हुआ, कैसे उन दोनों ने रात बिताई, यह जानने के लिए मैं सवेरे ही नीचे जा पहुँचा। कल के गानेवालों में से ज्यादातर लोग तब भी औंधे पड़े हुए थे। समझा, रात की परेशानी से उबरकर वे लोग अभी तक महासंगीत के लिए तैयार नहीं हो सके हैं। नन्द मिस्त्री और उसकी बीस सालों की पत्नी गम्भीर भाव से बैठे हुए थे। मुझे देखकर उन दोनों ने मुझे प्रणाम किया। उन लोगों के मुँह के भाव से लगा, उसके पहले दोनों में कुछ कलह-सा हो चुका है। पूछा, ''रात कैसी रही मिस्त्री जी?''

नन्द बोला, ''अच्छी रही।''

उसकी पत्नी गरज उठी, ''खाक अच्छी रही। मैया री मैया, कैसी घटना घट गई!''

जरा उद्विग्न होकर मैंने पूछा, ''कैसी घटना घट गई?''

नन्द मिस्त्री ने मेरे मुँह की तरफ निहारा, जम्हाई ली, दो बार चुटकी बजाई, अन्त में बोला, ''ऐसी कोई खास घटना नहीं घटी है बाबूजी। आपने कलकत्ता की गलियों के मोड़ पर मसालेदार चटपटी चीजों को बेचनेवाले को देखा है? अगर आपने उसे देखा होगा, तो आप हमारा हाल ठीक-ठीक समझ ले सकेंगे। वह जैसे भुने चावल, दाल, मटर, उरद, चने, बीड़े, मसूर, खेसारी—सबको एक बर्तन में डालकर उन्हें फेंटकर घुला-मिला देता है, भगवान की कृपा से हम सभी ठीक वैसे ही घुल-मिल गए थे। बस, अभी थोड़ी देर हुई, सब अपने-अपने कोर्ट को पहचानकर वापस आकर बैठे हैं।'' उसके बाद उसने टगर की तरफ निहारकर कहा, ''बाबूजी, सौभाग्य से असली वैष्णव की जात नहीं जाती, वरना मेरी टगर...''

टगर पागल भालू की मानिन्द गरज उठी, ''फिर, फिर से तुम गड़े मुर्दे उखाड़ रहे हो?''

''नहीं, मैं गड़े मुर्दे नहीं उखाड़ूँगा, तब रहने दो।'' इतना कहकर नन्द ने उदासीन की नाईं दूसरी तरफ देखते हुए चुप्पी साध ली। गन्दगी के मूर्त रूप दो काबुली लोग सर से लेकर पैर तक दुनिया भर की गन्दगियों को लिये हुए बड़ी तृप्ति के साथ रोटी खा रहे थे। गुस्साई टगर अपनी दोनों बड़ी-बड़ी अपलक आँखों से उन अभागों के प्रति आग बरसाने लगी। नन्द ने अपनी पत्नी ने प्रश्न किया, ''तो कहो कि आज हम लोग खाना नहीं खाएँगे।''

टगर बोली, ''इन्हें मौत भी नहीं आती। खाना खाएँ तो कैसे, जरा सुनूँ तो सही?''

उसकी बात न समझ पाने की वजह से मैंने कहा, ''अभी-अभी तो सुबह हुई है। थोड़ा दिन चढ़ जाने पर...''

नन्द ने मेरे मुँह की तरफ निहारते हुए कहा, ''कलकत्ता से मैं ठाठ से एक हाँड़ी रसगुल्ला लाया था बाबूजी, जब जहाज पर चढ़ा तब से लेकर अब तक मैं कहता रहा

हूँ, आ टगर कुछ खा लें, आत्मा को तकलीफ मत दे, पर कौन सुनता है, कहती रही– नहीं, मैं इन्हें रंगून ले जाऊँगी। (टगर के प्रति) अब ले जा न इन्हें तू अपने रंगून।"

टगर इस क्रुद्ध आरोप का कोई साफ-साफ प्रतिवाद किए बिना क्षुब्ध अभिमान से सिर्फ एक बार मेरी तरफ निहारी और फिर से उन अभागे काबुली लोगों को अपनी नजरों से जलाने लगी।

मैंने धीरे-धीरे पूछा, "क्या हुए वे रसगुल्ले?"

नन्द ने टगर को ताना मारते हुए कहा, "मैं यह नहीं बता सकता कि उन रसगुल्लों का क्या हुआ! पर वह देखिए, फूटी हुई हाँड़ी और वह देखिए बिस्तर पर पड़ा हुआ रसगुल्लों का रस। अगर आप इससे ज्यादा कुछ जानना चाहते हैं, तो उन दोनों हरामजादों से पूछिए।" इतना कहकर वह टगर की नजरों का पीछा करता हुआ त्योरियाँ चढ़ाकर निहारता रहा।

मैंने बड़ी मुश्किल से अपनी हँसी को दबाया और मुँह नीचा करके कहा, "खैर, जाने दो, साथ में चिउड़ा तो है न!"

नन्द बोला, "उसका भी बारह बज गया है। बाबू को एक बार दिखाओ तो टगर।"

टगर ने एक छोटी-सी पोटली को पैर से उठाकर फेंक दिया और बोली, "तुम्हीं उन्हें दिखा दो।"

नन्द बोला, "आप चाहे जो भी कहें बाबू, बतौर जात काबुली लोगों को नमकहराम नहीं कहा जा सकता है। वे लोग जैसे रसगुल्ला खाते हैं वैसे ही वे लोग अपने देश काबुल की रोटियाँ बाँध देते हैं। उन्हें फेंकना मत टगर, उन्हें उठा रख। वे तेरे मटके के भोग में लग जा सकती है।"

नन्द की इस दिल्लगी से मैं तो ठठाकर हँस पड़ा। लेकिन दूसरे ही पल उसके मुँह की तरफ निहारकर मैं डर गया। गुस्से के मारे उसका मुँह तमतमा गया। उसने अपनी मोटी कर्कश आवाज से जहाज के सारे लोगों को चौंकाती हुई चिल्ला उठी, "मैं कह देती हूँ मिस्त्री, तुम जात को लेकर बात मत करो। मैं यह कह देती हूँ, इसका नतीजा अच्छा नहीं होगा।"

उसकी चिल्लाहट से मुँह उठाकर निहारनेवालों की विस्मित नजरों के सामने नन्द की सिट्टी-पिट्टी गुम हो गई। टगर को वह अच्छी तरह पहचानता था, एक बेधड़क दिल्लगी के चलते आए उसके गुस्से को वह शान्त कर सका, तो उसकी जान में जान आई। शर्मिन्दा होकर उसने जल्दी से कहा, "तुम्हें मेरे सर की कसम टगर, तू गुस्सा मत कर, मैं तो सिर्फ दिल्लगी कर रहा हूँ।"

टगर ने उसकी बात को अनसुना कर दिया। उसने अपनी पुतलियों और भवों को एक बार नचा लिया, और अपनी आवाज को थोड़ी और ऊँची करके बोली, "किस बात की दिल्लगी। जात को लेकर कहीं दिल्लगी की जाती है? मुसलमानों की रोटियों से मटके का भोग लगेगा? तू केवट है, तेरे मुँह में आग लगे–जरूरत हो, तो तू ही उन्हें उठाकर रख ले। उनसे तू अपने बाप को पिंड देना।"

प्रत्यंचा टूटे धनुष की भाँति नन्द उठकर खड़ा हो गया और टगर के बालों को धर-दबोचा, ''हरामजादी, तू मेरे बाप को लेकर गाली देती है।''

टगर अपनी कमर के कपड़े को लपेटते-लपेटते हाँफते-हाँफते बोली, ''हरामजादा, तू मेरी जात को लेकर गाली देता है।'' इतना कहकर उसने अपने मुँह को कानों तक फाड़कर नन्द की बाँह के एक हिस्से को काट खाया और पल भर के अन्दर ही नन्द मिस्त्री और टगर वैष्णवी की कुश्ती जोरदार हो उठी। देखते-देखते सारे लोगों ने भीड़ लगाकर उन्हें घेर लिया। गैर-बंगाली समुद्री बीमारी को भूलकर ऊँची आवाज में वाहवाही देने लगे, पंजाबी छिः-छिः करने लगे, उड़िया चीखने-चिल्लाने लगे—कुल मिलाकर एक घटना घट गई। मैं स्तम्भित बदरंग मुँह से खड़ा रहा। इतनी मामूली-सी वजह से इतनी बड़ी बेपर्द शर्मिन्दगी की घटना दुनिया में घट सकती है, इसकी तो मैं कल्पना भी नहीं कर सकता था। सो भी, ऐसा काम बंगाली मर्द और औरत के द्वारा जहाज भर के लोगों के सामने किया गया है इसे देख मैं मारे शर्म के गड़ जाने लगा। पास ही एक जौनपुरी दरबान बड़ी तृप्ति के साथ तमाशा देख रहा था, उसने मुझसे कहा, ''बाबूजी, बंगालिन तो बहुत अच्छी लड़नेवाली है। वह तो हटती ही नहीं है।''

मैं उसकी तरफ निहार भी नहीं सका। मैं चुपचाप सर झुकाए किसी तरह भीड़ को चीरता हुआ ऊपर भाग गया।

# 4

उस दिन ऐसा जी नहीं चाहा कि मैं नीचे जाऊँ इसलिए नन्द और टगर की लड़ाई का अन्त किस तरह हुआ, समझौते में कौन-कौन सी शर्तें लगाई गईं, मैं कुछ भी नहीं जानता। लेकिन बाद में मैंने देखा था, शर्तें चाहें जो भी क्यों न लगाई गई हों, मुसीबत के दिनों में वे शर्तें (स्क्रैप ऑफ पेपर) किसी काम नहीं आई थीं। जिसको जब जरूरत पड़ी थी तब उसी ने अनायास उन शर्तों का उल्लंघन करके दूसरे के व्यूह को भेदा था। बीस बरसों से वे लोग यही काम करते आ रहे थे और आगे भी बीस बरस वे लोग ऐसा काम नहीं करेंगे, ऐसी कसम शायद खुद विधाता भी नहीं खा सकते हैं।

दिन भर आसमान में बादलों के टुकड़ों की आवाजाही में कोई रुकावट नहीं थी। पर अभी तीसरे पहर एक घनी काली घटा क्षितिज पर आकर धीरे-धीरे सर उठाए ऊपर आने लगी। लगा, सारे खलासियों के आँख-मुँह पर न जाने कैसी एक चिन्ता की छाया पड़ गई है। उनके चलने-फिरने में भी एक तरह की घबराहट का निशान था, जिसे मैंने इसके पहले नहीं देखा था।

मैंने एक बूढ़े-से खलासी को बुलाकर पूछा, "चौधरीजी, क्या ऐसा लगता है कि आज रात भी वैसा ही तूफान आएगा जैसा कल आया था?"

मेरी मीठी बोली का असर हुआ। वह रुककर बोला, "मालिक, आप नीचे चले जाइए। कप्तान कहता है, साइक्लोन आ सकता है।"

पन्द्रह मिनट बाद ही मैंने देखा कि उसका कहना निराधार नहीं था। ऊपर जितने मुसाफिर थे—सबको खलासी लोग एक तरह से जबरन होल्ड के अन्दर उतार देने लगे। दो-चार लोगों के एतराज करने की वजह से सेकंड ऑफिसर ने खुद आकर उन्हें धक्का मारकर उठा दिया और उनके बिस्तरों को पैरों से समेट देने लगा। मेरे ट्रंक और बिस्तर को पकड़कर खलासी लोग नीचे ले गए, लेकिन खुद मैं दूसरी तरफ हट गया। सुना, दस रुपए से ज्यादा किराया न देनेवाले अभागों को तो तल में डालकर उसका मुँह मजबूती से बन्द कर दिया जाएगा। ऐसा उन लोगों और जहाज की भलाई के लिए ही किया जाता है। लेकिन अपने लिए भलाई का यह इन्तजाम मुझे हरगिज नहीं भाया। इसके पहले बतौर चीज साइक्लोन को मैंने समुद्र में क्यों, जमीन पर भी नहीं देखा था। क्या है इसका काम, कैसा है इसका रूप, नुकसान पहुँचाने की कितनी है ताकत उसमें—मैं कुछ भी नहीं जानता। मैंने मन ही मन सोचा—सौभाग्य से अगर ऐसी ही चीज आनेवाली है तो इसे देखे बिना छोड़ूँगा नहीं। सो नसीब में जो होना लिखा है, वह हो। और तूफान में जहाज अगर डूब ही जाए तो जब तक बन सकेगा, हाथ-पाँव हिलाकर लहरों के हिंडोले पर चढ़कर तिरता रहूँगा। और एक समय ढप से डुबकी लगाकर पाताल के राजमहल में अतिथि बनने से ही काम चलेगा। पर ऐसे प्लेग के चूहे की तरह पिंजरे में बन्द होकर सर पटक-पटककर पानी पीकर क्यों मरूँ? लेकिन तब भी मुझे ये सारी बातें मालूम नहीं थीं कि राजा का जहाज आगे-पीछे लाखों भूखे अनुचरों के बिना काले पानी में एक कदम भी नहीं चलता और खा जाने में भी उन्हें घड़ी भर की देर नहीं लगती।

बहुत देर से रिमझिम पानी बरस रहा था। शाम के आस-पास हवा और पानी दोनों की ही रफ्तार बढ़ उठी। ऐसी बढ़ उठी दोनों की रफ्तार कि भागने की कोई गुंजाइश नहीं रही। चाहे जहाँ भी हो, उस आँधी-पानी से बचने के लिए थोड़ी-सी जगह ढूँढ़े बिना काम नहीं चल सकता था। शाम के अँधेरे में जब मैं अपनी जगह पर वापस आया तब ऊपर का डेक सुनसान था। मस्तूल की बगल से मैंने झाँककर देखा, ठीक सामने ही बूढ़ा कप्तान हाथ में दूरबीन लिये ब्रिज पर भाग-दौड़ कर रहा है। अचानक इस डर से कि कहीं उसकी नजर में पड़ जाऊँगा, तो इतनी मुश्किलों के बाद भी फिर मुझे उसी गड्ढे से होकर घुसना पड़ेगा। मैं एक ऐसी जगह ढूँढ़ने लगा जहाँ मैं सुविधा से बैठ सकूँ। आखिर ढूँढ़ते-ढूँढ़ते मुझे एक ऐसी जगह मिल गई जिसकी मैंने कल्पना भी नहीं की थी। एक किनारे भेड़ों, मुर्गियों और बतखों के ढेर सारे पिंजरे एक-दूसरे पर रखे हुए थे, मैं उस पर चढ़ बैठा। लगा, ऐसी सुरक्षित जगह शायद समूचे जहाज पर और कहीं भी नहीं है। मगर तब भी ढेर सारी बातें जानने को बाकी थीं।

बारिश, हवा, अँधेरा और जहाज का हिचकोला सब धीरे-धीरे बढ़ जाने लगा। समुद्र की लहरों का रूप देखकर लगा, यही शायद वह साइक्लोन है। लेकिन यह तो सागर के आगे बूँद के बराबर है, इसे भली-भाँति समझने के लिए मुझे और थोड़ा इन्तजार करना पड़ा।

अचानक कलेजे के अन्दर तक को कँपाता हुआ जहाज का भोंपू बज उठा। मैंने ऊपर की तरफ निहारा तो लगा, जैसे जादू से आसमान का रूप बदल गया हो। वह घनी काली घटा अब नहीं है—सारी घटाओं को पता नहीं कैसे तितर-बितर करके बहुत बड़ा आसमान मानो हल्का होकर कहीं गायब होता चला जा रहा है। दूसरे ही पल एक बड़ी जोरदार आवाज समुद्र के छोर से भागती आकर मेरे कानों में बिंधी, मैं ऐसी किसी भी चीज को नहीं जानता जिसके साथ इसकी तुलना करके मैं उसे समझा दूँ।

बचपन में अँधेरी रात में अपनी दादी के सीने से चिपककर मैं कहानी सुना करता था। एक बार उसने मुझे एक कहानी सुनाई थी, जो इस प्रकार थी—किसी राजकुमार ने गोता लगाकर तालाब के अन्दर से चाँदी की डिबिया निकाली थी। उस डिबिया में सोने का भौंरा था। उस भौंरे में सात सौ राक्षसियों की जान बसती थी। राजकुमार ने भौंरे को हाथ पर रगड़कर मारा था और वे सात सौ राक्षसियाँ मौत की तकलीफ से चिल्लाते-चिल्लाते समूची धरती को अपने पैरों से रौंदती-कुचलती हुई भागी आई थीं। यह भी जैसे वैसी ही कहीं कोई क्रान्ति मची हो, लेकिन यह क्रान्ति सात सौ राक्षसियों ने नहीं मचाई है, बल्कि करोड़ों राक्षसियों ने मचाई है। प्रचंड शोर इधर ही भागा आ रहा है। बल्कि आ भी गया। पर राक्षसी नहीं, तूफान। लेकिन तूफान न आकर इसके बदले राक्षसियाँ आतीं तो कहीं अच्छा था।

इतनी तेज हवा का वर्णन करना तो बहुत दूर की बात है, सारी चेतनाओं से इसे अनुभव करना भी मानो आदमी की सामर्थ्य के परे है। सारी समझदारी को अभिभूत करके एक ऐसी अस्पष्ट, हालाँकि निःसन्दिग्ध धारणा मन के अन्दर जगी रही कि दुनिया की मियाद बिलकुल खत्म होने में अब कितनी देर है। बगल में ही जो लोहे का खूँटा था उसी में मैंने अपने आपको अपने गले की चादर से बाँध डाला था, हर पल लगने लगा, अबकी बार हवा उसे फाड़ डालेगी और मुझे उड़ाकर सागर के बीच ला फेंकेगी।

अचानक लगा, जहाज का काला पानी जैसे अन्दर के धक्के से रेंगता हुआ क्रमशः ऊपर की तरफ धकेलकर चढ़ रहा है। दूर पर निगाह पड़ गई—मैं नजरें नहीं फिरा सका। एक बार लगा, यह शायद पहाड़ है, मगर दूसरे ही पल जब वह भ्रम टूट गया, तब मैंने हाथ जोड़कर कहा, 'भगवान! जैसे तुम्हीं ने मुझे ये दोनों आँखें दी थीं वैसे ही तुम्हीं ने आज उन्हें सार्थक किया। इतने दिनों से तो मैं दुनिया में हर जगह आँखें खोलकर घूम रहा हूँ, लेकिन तुम्हारी इस सृष्टि की तुलना तो मैं कभी भी नहीं देख सका था। जहाँ तक नजरें जाती हैं, वहाँ तक यह अचिन्तनीय, विशालकाय, महातरंग सर पर चाँदी-सा सफेद मुकुट पहने तेज कदमों से आगे बढ़ती आ रही है। इतना बड़ा आश्चर्य दुनिया में कोई है क्या?'

समुद्र में तो कितने ही लोग आते-जाते हैं, मैं खुद भी तो और भी कितनी बार इस रास्ते आया-गया हूँ, लेकिन ऐसा तो मैं और कभी भी नहीं देख सका। इसके अलावा आँखों से न देखने पर कल्पना के बाप की भी मजाल नहीं कि वह किसी को भी यह बताए कि पानी की लहरें किस स्थिति में इतनी बड़ी हो जा सकती हैं।

मैंने मन ही मन कहा, 'हे लहर-सम्राट! तुम्हारे टकराने से हम लोगों का जो कुछ होगा उसे तो मैं जानता ही हूँ, लेकिन अभी भी तो तुम्हारे आ पहुँचने में कम से कम आधे मिनट की देर है। इतने समय में मैं तुम्हारे कलेवर को भली-भाँति देख ले सकूँ।'

किसी चीज की विशाल ऊँचाई और उससे भी ज्यादा उसके विस्तार को देखकर ऐसा भाव मन में नहीं आता, क्योंकि ऐसा होता, तो हिमालय का कोई भी हिस्सा ही तो काफी है, लेकिन सजीव की भाँति भागती आ रही इन विशाल लहरों की असीम गति-शक्ति की अनुभूति ने मुझे अभिभूत कर डाला था।

लेकिन समुद्र के पानी में धक्का देने पर बार-बार जल उठनेवाली रोशनी तरह-तरह की विचित्र रेखाओं में इसके सर के ऊपर नहीं खेलती होती, तो इस गहरी काली जलराशि की विशालता इस अँधेरे में, हो सकता है, मुझे इस तरह नहीं दिखाई पड़ती। अभी जहाँ तक नजरें जाती हैं वहाँ तक इस प्रकाश-माला ने मानो छोटे-छोटे दीयों को जलाकर इस भयंकर सौन्दर्य का मुँह मेरी आँखों के सामने खोल दिया।

जहाज का भोंपू हवा के असीम वेग से थरथर काँप-काँपकर बजने लगा। और डरे हुए खलासियों का दल अपनी गुहार अल्लाह के कानों में पहुँचाने के लिए गला फाड़कर एक साथ चिल्लाने लगा।

जिसके आ जाने के लिए इतने डर, इतनी चीख-पुकार, इतनी तैयारियाँ हो रही थीं आखिर वह महातरंग आ गई। एक बहुत बड़ी उथल-पुथल के बीच हर वल्लभ की नाईं मुझे भी पहले लगा, निश्चय ही हम लोग डूब गए हैं, इसलिए दुर्गा का नाम जपने से अब क्या होगा। अगल-बगल, ऊपर-नीचे चारों ओर काला पानी था। इसमें कोई सन्देह नहीं कि जहाज समेत सभी पाताल के राजमहल में दावत खाने चले जा रहे हैं। अभी चिन्ता सिर्फ इस बात की है कि वहाँ खाना-पीना क्या पता कैसा होगा? मगर मिनट भर बाद देखने में आया, नहीं हम लोग डूबे नहीं हैं, बल्कि जहाज समेत हम लोग फिर पानी पर तिर उठे हैं। इसके बाद लहरों का आना खत्म नहीं हुआ था, हमारा हिंडोले पर चढ़ना भी खत्म नहीं हुआ था। इतनी देर बाद पता चला कि कप्तान साहब ने लोगों को जानकारों की तरह गड्ढे में डालकर क्यों ताला लगाया है। डेक के ऊपर से होकर बीच-बीच में पानी की धारा बहकर जाने लगी। मेरे नीचे बतख-मुर्गियों ने कई बार फड़फड़ाकर और भेड़ों ने कई बार मिमियाकर अपनी इहलीला खत्म की। मैं सिर्फ उनके पिंजरों से जोरों से लिपटकर अपनी इहलीला बनाए रखता चला। लेकिन अब दूसरी तरह की मुसीबत आन पड़ी। सिर्फ इतना ही नहीं कि पानी के छींटे सुई की मानिन्द बदन में चुभने लगे, बल्कि सारे कपड़े-लत्ते भीग जाने की वजह से प्रचंड हवा से ऐसी ठंड लगने लगी कि

खटखट दाँत बजने लगे। लगा, पानी में डूबने से यद्यपि फिलहाल छुटकारा मिला है, पर निमोनिया से कैसे बच पाऊँगा। मैंने निःसन्दिग्ध रूप से यह अनुभव किया कि इस तरह से और भी थोड़ी देर तक बैठा रहूँगा तो निमोनिया से बच पाना सचमुच ही असम्भव हो जाएगा। इसलिए चाहे जैसे भी हो, उस जगह को छोड़कर कहीं ऐसी जगह ढूँढ़ लेनी होगी जहाँ पानी के छींटे बर्छे की फाल की तरह बदन में न चुभें। एक बार सोचा, भेड़ के पिंजड़ों के अन्दर घुस जाऊँ, तो कैसा हो? लेकिन वह भी भला कितना सुरक्षित है? अगर उसके अन्दर वैसे ही खारे पानी की धारा घुस जाए तो भले ही में-में न करूँ, पर माँ-माँ करके ही कम से कम अपनी इहलीला मुझे खत्म करनी पड़ेगी।

सिर्फ एक तरीका है। जब जहाज किनारा बदलता है, तब दौड़ लगाने का थोड़ा-सा मौका मिल जाता है; अतएव उसी वक्त के अन्दर अगर कहीं और घुस जा सकूँ, तो हो सकता है, बच भी सकूँ। जैसी कथनी, वैसी करनी। लेकिन पिंजड़े पर से उतरकर तीन बार दौड़कर और तीन बार बैठकर यद्यपि मैं सेकंड क्लास केबिन के दरवाजे पर जा पहुँचा, पर उसका दरवाजा बन्द था। लाख धक्का देने पर भी लोहे का किवाड़ नहीं खुला। इसलिए उसी रास्ते को पहले की ही तरह तीन बार दौड़ और बैठकर लाँघते हुए फर्स्ट क्लास के दरवाजे पर आ हाजिर हुआ। अबकी बार किस्मत ने मेहरबान होकर एक सुनसान कमरे में जगह दी। रत्ती-भर भी हिचकिचाए बिना मैंने किवाड़ को बन्द कर दिया और पलंग पर धम-से लेट गया।

रात के बारह बजे के अन्दर ही आँधी-पानी थम तो गया, मगर अगले दिन भोर तक समुद्र का गुस्सा ठंडा नहीं हुआ।

मेरे चीज-बस्त की और अन्दर मुसाफिरों की क्या हालत हुई, खास करके नन्द मिस्त्री ने सपत्नीक रात कैसे बिताई यह जानने के लिए मैं सवेरे नीचे उतर गया। कल नन्द मिस्त्री ने जरा दिल्लगी करते हुए कहा था—बाबूजी, हम लोग मसालेदार चटपटी चीजों की मानिन्द घुल-मिल गए थे और बस, अभी-अभी सब अपने-अपने कोट में लौट आए हैं। पर आज के घुलने-मिलने को वैसा ही घुलना-मिलना कहा जा सकता है या नहीं, मैं नहीं जानता। लेकिन यह मैंने अपनी आँखों से देखा कि अभी तक कोई भी अपने कोट में वापस नहीं आ सका है।

उन लोगों की हालत देखने पर सचमुच ही रोना आया है। इन तीन-चार सौ मुसाफिरों का सही-सलामत रहना तो बहुत दूर की बात है, शायद इसमें से कोई भी ऐसा नहीं था जिसे कहीं न कहीं कोई चोट न लगी हो।

जैसे औरतें सिल पर लोढ़े से मसाला पीसती हैं ठीक वैसे ही कल के साइक्लोन ने इन तीन-चार सौ लोगों से रात-भर मसाला पिसवाया है। सारे चीज-बस्त, सन्दूक, पोटलियों को लेकर ये लोग पूरी रात जहाज पर इस किनारे से लेकर उस किनारे तक लुढ़कते फिरे हैं। मतली और मतली जैसी और दो क्रियाएँ इतनी की हैं इन लोगों ने कि बदबू के मारे वहाँ खड़ा होना मुश्किल हो गया है। अभी डॉक्टर जहाज के मेहतरों और खलासियों से उन गन्दगियों की सफाई करवाने का इन्तजाम कर रहा है।

डॉक्टर ने मुझे सर से लेकर पाँव तक बार-बार देखा, शायद उसने मुझे सेकंड क्लास का मुसाफिर समझ लिया था। फिर भी बड़े अचरज में पड़कर वह बोला, ''जनाब तो खूब तरोताजा दीख रहे हैं। शायद कोई हैमॉक (Hammock–जहाज के कमरे की झूलन खटिया) मिल गया था आपको, न?''

''हैमॉक कहाँ मिलता जनाब, मिला था भेड़ों का एक पिंजड़ा। इसीलिए तो तरोताजा दिख रहा हूँ।''

डॉक्टर मुँह बाए निहारता रहा। मैंने कहा, ''डॉक्टर सा'ब, यह नाचीज भी इसी नरक का मुसाफिर है। लेकिन चूँकि मैं कमजोर हूँ, इसलिए मैं वहाँ घुस नहीं सका था। शुरू से ही मैं डेक पर था। कल जब यह खबर मिली कि साइक्लोन आनेवाला है तब मैं थोड़ी देर तक भेड़ों के पिंजड़े पर बैठा रहा, और बाकी रात मैंने फर्स्ट क्लास के एक कमरे में गुजारी। वहाँ अनधिकार घुसकर मैंने अपने आपको बचाया है। क्या कहते हैं आप? ऐसा करके मैंने कोई अन्याय किया है क्या?''

सारी कहानी सुनकर डॉक्टर ऐसा खुश हो गया कि तुरत उसने अपने निजी कमरे में मुझे बाकी दो दिनों तक रहने का सादर निमंत्रण दे दिया। अवश्य मैं उसका यह निमंत्रण स्वीकार नहीं कर सका था, मैंने सिर्फ उसका डेक-चेयर लिया था।

दोपहर में भूख के मारे मुर्दे की भाँति उसी आरामकुर्सी पर पड़े-पड़े मैं दुनिया भर की खाने की चीजों के बारे में सोच रहा था कि कहाँ जाकर कौन-सी तरकीब भिड़ाऊँ कि थोड़ा-सा खाना मिले, मैं इसी दुश्चिन्ता में डूबा हुआ था, ऐसे समय खिदिरपुर के उन मुसलमान दर्जियों में से एक ने आकर कहा, ''बाबूजी, एक बंगाली औरत आपको बुला रही है।''

औरत और मुझे बुला रही है! समझा कि मुझे बुलानेवाली टगर होगी। पर यह अन्दाजा लगाना मुश्किल नहीं हुआ कि टगर मुझे क्यों बुला रही होगी? जरूर फिर इसी बात को लेकर मिस्त्री से उसका मतभेद हुआ होगा कि पति का क्या अधिकार है और पत्नी का क्या अधिकार है। लेकिन टगर मुझे क्यों बुला रही है? यह सोचना भी मुश्किल है कि (Trail of or deal) के अलावा बाहरी आदमी ने आकर किसी दिन इस बात का फैसला कर दिया होगा।

मैंने कहा, ''तुम जाकर कह दो कि मैं घंटे भर बाद आऊँगा।''

उस आदमी ने सकुचाते हुए कहा, ''नहीं बाबूजी, मैं नहीं जाऊँगा, वह बड़ी व्याकुल होकर आपको बुला रही है।''

व्याकुल होकर बुला रही है? लेकिन टगर तो व्याकुल होनेवाली औरत नहीं है। पूछा, ''उसके साथ जो मर्द है वह क्या कर रहा है?''

वह बोला, ''उन्हीं की बीमारी के चलते तो वह आपको बुला रही है।''

बीमारी होना कोई अचरज की बात नहीं थी, लिहाजा मैं उठा। वह मुझे अपने साथ नीचे ले गया। बहुत दूर पर एक कोने में बहुत सारे मोटे-मोटे रस्से गेंडुरी की तरह रखे हुए थे। उन्हीं के पीछे जो एक बाईस-तेईस बरस की लड़की बैठी हुई थी

वह एक दिन भी मुझे नजर नहीं आई थी। करीब ही एक मैली शतरंजी पर उसी का हमउम्र एक बहुत दुबला-पतला युवक मुर्दे की भाँति आँखें मूँदे पड़ा हुआ है—वही बीमार है।

मैं उसके करीब पहुँचा तो उसने धीरे-धीरे घूँघट काढ़ लिया। मगर मुझे उसका मुँह दिखलाई पड़ा।

यह कहने पर कि उसका मुँह सुन्दर है तो बहस छिड़ जाएगी। लेकिन उसका मुँह उपेक्षा करने की चीज नहीं है। क्योंकि मैं यह जानता हूँ कि बड़े कपाल को औरतों की खूबसूरती की सूची में कोई जगह नहीं मिलती है। लेकिन उस लड़की के चौड़े ललाट पर थोड़ी-सी बुद्धि और विचार-शक्ति की जो छाप दिखाई पड़ी उसे मैंने शायद ही देखा होगा। मेरी अन्नदा दीदी का कपाल भी बड़ा था—बहुत-कुछ उसके ललाट जैसा। माँग में सिन्दूर जगमगा रहा है? हाथों में कन्तरियाँ और शंख की चूड़ियाँ हैं और कोई जेवर नहीं है। वह सहज मामूली-सी लाल किनारीवाली साड़ी पहने हुए है।

मेरी उससे कोई जान-पहचान नहीं थी, हालाँकि उसने ऐसे सहज ढंग से बात की कि मैं विस्मित हो गया। बोली, "आपसे तो डॉक्टर सा'ब की जान-पहचान है। आप एक बार उन्हें बुलाकर ला सकते हैं?"

मैंने कहा, "आज ही उनसे मेरी जान-पहचान हुई है। लेकिन लगता है, बतौर आदमी डॉक्टर अच्छे हैं लेकिन क्या जरूरत है?"

उसने कहा, "अगर बुलाने पर उन्हें फीस देनी पड़े, तो उन्हें बुलाने की जरूरत नहीं। बल्कि ये ही तकलीफ उठाकर ऊपर जाएँगे।" इतना कहकर उसने उस बीमार आदमी को दिखा दिया।

मैंने सोचकर कहा, "जहाज के डॉक्टर को बुलाने पर शायद कुछ नहीं देना पड़ता है। मगर सो चाहे जो भी हो, उन्हें हुआ क्या है?"

मैंने सोचा था, वह आदमी उसका पति है। मगर उस औरत की बात सुनकर मुझे सन्देह हुआ। वह उस आदमी के मुँह पर झुकी और पूछा, "जब तुम घर से चले थे तब भी तुम्हें पेट की बीमारी थी न?"

उस आदमी के सर हिलाने पर उसने मुँह उठाकर कहा, "हाँ, जब यह अपने गाँव में था तभी उसे पेट की बीमारी हुई थी, कल से बुखार आया है। अभी, देखती हूँ, बुखार बहुत ज्यादा है। कोई न कोई दवा दिए बिना काम नहीं चलेगा।"

खुद मैंने भी अपने हाथ से उस आदमी के बदन का ताप महसूस करके देखा, वास्तव में बहुत बुखार है। मैं डॉक्टर को बुलाने के लिए ऊपर चला गया।

डॉक्टर नीचे आया, बीमारी की जाँच-पड़ताल की, दवा दी और बोला, "चलिए श्रीकान्त बाबू, कमरे में जाकर थोड़ी गपशप करें।"

बतौर आदमी डॉक्टर कमाल का था। अपने कमरे में मुझे ले जाकर उसने कहा, "आप चाय पीते हैं न?"

मैंने कहा, "हाँ, मैं चाय पीता हूँ।"

"और बिस्कुट खाते हैं न?"

"हाँ, मैं बिस्कुट भी खाता हूँ?"

"अच्छा।"

खाना-पीना खत्म होने के बाद जब हम दोनों आमने-सामने हो अलग-अलग कुर्सियों पर बैठे, तो डॉक्टर ने कहा, "आप उस औरत से कैसे मिले?"

मैंने कहा, "उसी ने मुझे बुला भेजा था।"

डॉक्टर ने जानकार की मानिन्द सर हिलाकर कहा, "वह तो बुला भेजेगी ही। आपने शादी-वादी की है?"

मैंने कहा, "नहीं, मैंने शादी नहीं की है।"

डॉक्टर ने कहा, "तो फिर लग जाइए। निहायत बुरा नहीं होगा। उस आदमी की शक्ल-सूरत देखी आपने? ऐसा लग रहा है कि उसे निमोनिया हो गया है। जो हो, यह तय है कि वह ज्यादा दिनों का मेहमान नहीं है। इस बीच जरा नजर रखिएगा, कोई और मुआ न लग जाए।"

मैंने ठगा-सा रहकर कहा, "आप यह सब क्या कह रहे हैं डॉक्टर सा'ब?"

डॉक्टर ने थोड़ा भी झेंपे बिना कहा, "अच्छा, बताइए तो श्रीकान्त बाबू, आपको क्या लगता है, वह छोकरा उसे भगाकर लाया है या वही उस छोकरे को भगाकर लाई है? वह खूब forward है, न? ठाठ से बातचीत करती है।"

मैंने कहा, "इस तरह का खयाल आपके मन में कैसे आया?"

डॉक्टर बोला, "मैं तो हर ट्रिप में देखता हूँ न, ऐसी एक न एक जोड़ी रहती ही है। पिछली ही बार तो बेलघोर की एक जोड़ी थी। एक बार बर्मा में जाकर कदम तो रखिए, तब देखिएगा, मेरा कहना सही है या नहीं।"

बर्मा के बारे में उनका कहना बहुत-कुछ सही था, यह मैंने बाद में देखा तो था, मगर फिलहाल मेरा पूरा मन वितृष्णा से कड़ुवा हो उठा।

डॉक्टर से विदा लेकर मैं नन्द मिस्त्री की खबर लेने नीचे गया। पत्नी के साथ नन्द मिस्त्री तब फलाहार करने की तैयारी कर रहा था। उसने मुझे नमस्कार किया। उसके बाद उसने सबसे पहले प्रश्न किया, "वह औरत कौन है बाबूजी?"

टगर का सर दुख रहा था, इसलिए वह सर में पगड़ी बाँध रही थी। वह गुस्से से गरज उठी, "वह कौन है, यह जानकारी लेने की तुम्हें क्या जरूरत है, जरा सुनूँ तो सही!"

मिस्त्री ने मुझे बिचौलिया मानकर कहा, "देखा आपने बाबूजी इस औरत का ओछापन! कौन बंगाली और रंगून जा रही है, यह जानकारी लेने में भी कोई बुराई है?"

टगर अपना सर दर्द भूल गई, पगड़ी को फेंक दिया और मेरे मुँह की तरफ निहारा। फिर अपनी दोनों बड़ी-बड़ी आँखों को फाड़कर बोली, "बाबूजी, टगर वैष्णवी के हाथों उसके जैसे कितने मिस्त्री आदमी बन गए। अब यह चला है मेरी आँखों में धूल झोंकने? अरे, तू डॉक्टर है या हकीम कि ज्यों ही मैं जरा पानी लाने गई थी, त्यों ही देखने गया

था। कौन है वह? मैं कह देती हूँ मिस्त्री इसका नतीजा अच्छा नहीं होगा। फिर अगर तुझे उधर जाते देखूँगी, तो या तो तू जिन्दा रहेगा या मैं।''

नन्द मिस्त्री ने भी गरम होकर कहा, ''मैं क्या तेरा पालतू बन्दर हूँ कि जंजीर पकड़कर तू मुझे जिस तरफ ले जाएगी मैं उसी तरफ जाऊँगा। मेरा जी चाहेगा तो मैं फिर जाकर बेचारे को देख आऊँगा तुझसे जो बन पड़े सो कर।'' इतना कहकर उसने फलाहार में मन दिया।

टगर सिर्फ अच्छा कहकर अपनी पगड़ी बाँधने लग गई। मैं भी वहाँ से चल दिया। मैं यह सोचते-सोचते गया कि इसी तरह से इन लोगों ने बीस बरस गुजारे होंगे। बहुत ठेस खाकर टगर ने यह समझा होगा कि जहाँ सचमुच का बन्धन नहीं होता वहाँ लगाम को थोड़ी-सी भी ढीली करने पर काम नहीं चलता है। रोकना तो पड़ेगा ही। दिन-रात सावधान होकर जबरन कब्जा जमाए रखना होगा। नहीं तो जवानी की तरह नन्द मिस्त्री भी एक दिन अनजाने हाथ से निकल जाएगा। जिसको लेकर टगर के मन में यह बैर है, डॉक्टर ने ऐसा गन्दा, तीखा ताना मारा है—वह कौन है और क्या है? टगर ने कहा था, ''यही काम करके उसने अपने बाल सफेद किए हैं, उसकी आँखों में धूल झोंकनेवाली और कहाँ होगी?''

डॉक्टर ने अपनी राय जाहिर की थी, रोज ऐसी घटना को देख-देखकर उसे दिव्य-दृष्टि प्राप्त हो गई है, आज अगर उसकी आँखें गलती करेंगी, तो वह अपनी ऐसी आँखों को निकाल फेंकने को राजी है।

ऐसा ही तो होता है। दूसरे के बारे में फैसला करते वक्त किसी भी आदमी को कभी यह कहते मैंने नहीं सुना है कि वह अन्तर्यामी नहीं है या उससे कभी कोई भूल-चूक होती है। बल्कि सभी कहते हैं कि आदमी को पहचानने में उनका सानी नहीं है और उस विषय के वे एक पक्के जौहरी नहीं हैं। हालाँकि मैं तो यही नहीं जानता कि दुनिया में कौन कब अपने मन को पहचान सका है। लेकिन मेरी तरह जिसने भी कभी कोई सख्त चोट खाई है तो उसे सावधान रहना चाहिए। जब दुनिया में अन्नदा दीदी भी रहती है तब बुद्धि के अहंकार में दूसरे को बुरा समझकर बुद्धिमान बनने से अच्छा है दूसरे को अच्छा समझकर नादान बनना। इसमें कुल मिलाकर बुद्धि की कीमत ज्यादा ही मिलती है। यह उसे मन ही मन कबूल करना ही चाहिए। इसीलिए इन दोनों परम जानकार मर्द और औरत की नसीहत को सही मानकर मैं निःसंकोच स्वीकार नहीं कर सका। लेकिन डॉक्टर ने कहा था—वह बड़ी forward है, सो तो वह है। सिर्फ यही बात मुझे रह-रहकर चुभने लगी। बहुत रात गए फिर बुलावा आया। इस बार मुझे उस औरत का परिचय मिला। सुना, उसका नाम अभया है। वह उत्तरराढ़ी कायस्थ है, घर है बालूचर के करीब। बीमार व्यक्ति गाँव के नाते उसका भाई लगता है। उसका नाम है—रोहिणी सिंह।

दवा से रोहिणी बाबू को काफी फायदा हुआ है। इस तरह कहना शुरू करके अभया ने थोड़े ही समय में मुझे अपना रिश्तेदार बना लिया। हालाँकि यह कबूल करना ही

पड़ेगा कि मेरे मन के अन्दर अनिच्छा के बावजूद एक कठोर आलोचना का भाव बराबर जगा हुआ था। फिर भी मैं यह समझ नहीं सका कि उस औरत की सारी बातचीत में कहीं कोई असंगति या अशोभनीय चतुराई है।

अभया में आदमी को वश में करने की अजीब शक्ति थी। इसी बीच सिर्फ इतना ही नहीं कि उसने मेरा नाम और पता जान लिया, बल्कि मुझसे यह वादा भी करवा लिया कि चाहे जैसे भी बन पड़े, मैं उसके लापता पति को ढूँढ़ दूँगा। उसका पति आठ बरस पहले नौकरी करने के लिए बर्मा आया था। दो बरसों तक उसकी चिट्ठी-पत्री आती रही, लेकिन इन छह बरसों से उसका कोई अता-पता नहीं है। गाँव में कोई दूसरा नाते-रिश्तेदार नहीं है। माँ थी, वह भी महीने भर पहले चल बसी। उसके बाद अभिभावक-हीन होकर मायके में रहना जब असम्भव हो गया तब रोहिणी भैया को राजी करके बर्मा चली जा रही हूँ। वह थोड़ी देर चुप रही। फिर अचानक बोल उठी, ''अच्छा, थोड़ी सी भी कोशिश किए बिना किसी तरह गाँव के घर में अगर मैं पड़ी रहती, तो क्या ऐसा करना मेरे लिए अच्छा होता? इसके अलावा इस उम्र में बदनामी मिलने में भला कितनी देर लगती है!''

मैंने पूछा, ''क्या आप इस बारे में कुछ जानती हैं कि क्यों उन्होंने इतने दिनों तक आपकी कोई खोज-खबर नहीं ली?''

''नहीं, मैं इस बारे में कुछ नहीं जानती।''

''क्या आप यह जानती हैं कि इसके पहले वे कहाँ थे?''

''हाँ, यह मैं जानती हूँ। वे रंगून में ही थे, वे बर्मा रेलवे में काम करते थे। लेकिन मैंने उन्हें कितनी चिट्ठियाँ दी हैं, पर मुझे कभी कोई जवाब नहीं मिला है। हालाँकि मेरी एक भी चिट्ठी किसी दिन लौटकर नहीं आई है।''

यह पक्का है कि अभया के पति को हर चिट्ठी मिली है। मगर उसने जवाब क्यों नहीं दिया था, सम्भवतः उसके कारण के बारे में मैंने अभी-अभी डॉक्टर से ही सुना था—बहुत सारे बंगाली वहाँ जाकर बर्मा की किसी खूबसूरत औरत के साथ नए सिरे से घर-गिरस्ती बसा लेते हैं। ऐसे भी बहुत से बंगाली हैं, जो जिन्दगी भर फिर कभी अपने गाँव लौटकर भी नहीं गए थे। मुझे चुप्पी साधे देख अभया ने प्रश्न किया, ''क्या आपको ऐसा लगता है कि वे जिन्दा नहीं हैं?''

मैंने गर्दन हिलाकर कहा, ''बल्कि बात ठीक इसकी उलटी है। मैं यह कसम खाकर कह सकता हूँ कि वे जिन्दा हैं।''

अभया ने चट से मेरे पैरों को छूआ, अपने हाथ को अपने सर से लगाया और बोली, ''आपके मुँह में घी-शक्कर श्रीकान्त बाबू, मैं और कुछ भी नहीं चाहती। वे जिन्दा हैं, यही मेरे लिए काफी है।''

मैं फिर से चुप्पी साधे रहा। अभया खुद भी थोड़ी देर तक चुप्पी साधे रही, फिर बोली, ''मैं जानती हूँ, आप क्या सोच रहे हैं?''

''आप जानती हैं कि मैं क्या सोच रहा हूँ?''

"जानूँगी नहीं। आप मर्द होकर यह सोच सके, और मैं ठहरी औरत, क्या मेरे मन में यह डर पैदा नहीं हुआ है? सो हो, मैं डरती नहीं। मैं अपनी सौत के साथ रह लूँगी।"

मैं फिर भी चुप्पी साधे रहा। लेकिन मेरे मन की बात का अन्दाजा लगाने में उस अक्लमन्द औरत को रत्ती भर भी देर नहीं हुई। बोली, "आप सोच रहे हैं कि मेरे अपनी सौत के साथ रहने के लिए राजी होने से ही तो बात नहीं बनेगी। मेरी सौत मेरे साथ रहने को राजी होगी या नहीं, यही न?"

वास्तव में मैं अचरज में पड़ गया। कहा, "अच्छी बात है, अगर ऐसी ही बात हो, तो वैसी स्थिति में आप क्या करेंगी?"

अबकी बार अभया की दोनों आँखें छलछला उठीं। उसने आनी पुरनम आँखें मेरे मुँह पर टिका दीं और बोली, "उस मुसीबत की घड़ी में आप मेरी थोड़ी-सी मदद कीजिएगा श्रीकान्त बाबू। मेरे रोहिणी भैया बड़े भोले-भाले शरीफ इनसान हैं। उस मुसीबत की घड़ी में वे मेरा कोई उपकार नहीं कर सकेंगे।"

मैंने सहमत होकर कहा, "जो मुझसे बन पड़ेगा, मैं जरूर करूँगा। लेकिन इस सब मामले में बाहरी लोगों से तो काम प्रायः होता ही नहीं है। बल्कि काम और बिगड़ जाता है।"

"आपका कहना सही है।" यह कहकर अभया चुपचाप सोचने लगी।

अगले दिन ग्यारह-बारह बजे के बीच जहाज रंगून पहुँचता लेकिन भोर से ही सारे लोगों के आँख-मुँह पर एक-एक डर और चंचलता का निशान दिखाई दिया। चारों ओर से एक धीमी आवाज कानों में आने लगी—केरेंटिन, केरेंटिन। पता लगाया तो जाना कि वह शब्द 'क्वेरेंटीन (Quarantine) है। तब प्लेग के डर से बर्मा गवर्नमेंट बड़ी सावधान थी। शहर से आठ-दस मील दूर टीले पर थोड़ी-सी जगह को कँटीले तारों से घेरकर वहाँ बहुत सारी झोंपड़ियाँ बना दी गई थीं, उसी के अन्दर डेक के सारे मुसाफिरों को बिना किसी भेद-भाव के उतार दिया जाता था। मुसाफिरों को वहाँ दस दिनों तक रहना पड़ता था। उसके बाद वे शहर में घुस सकते थे। लेकिन अगर किसी का कोई रिश्तेदार शहर में हो और वह किसी तरकीब से पोर्ट हेल्थ ऑफिसर से शहर में घुसने का अनुमति-पत्र हासिल कर सके, तो अवश्य दीगर बात थी।

डॉक्टर ने मुझे अपने कमरे के अन्दर बुला लिया और कहा, "श्रीकान्त बाबू, एक चिट्‌ठी जुगाड़ किए बिना आपको नहीं आना चाहिए था। क्वेरेंटीन में ले जाने में ये लोग आदमी को जितनी तकलीफ देते हैं उतनी तकलीफ बूचड़खाने की गाय-बकरी-भेड़ों को भी नहीं सहनी पड़ती है। लेकिन नीचे तबके के लोग किसी तरह इतनी तकलीफ सह सकते हैं, पर शरीफ लोगों के लिए यह तकलीफ बर्दाश्त के बाहर है। एक तो मोटिया नहीं है, दूसरे अपनी सारी चीजों को कन्धे पर लिये एक तंग सीढ़ी से होकर उतरना-चढ़ना पड़ता है—उतनी दूर उन्हें ढोकर ले जाना पड़ता है, उसके बाद सारे चीज-बस्त को वहाँ खोलकर बिखेर दिया जाता है, फिर उन्हें स्टीम में उबालकर तहस-नहस कर दिया जाता है—जनाब, इस धूप में तकलीफों की कोई सीमा नहीं रहती है।"

मैंने बेहद डरकर कहा, "क्या इसका कोई प्रतिकार नहीं है डॉक्टर सा'ब।"

उसने गर्दन हिलाकर कहा, "नहीं, इसका कोई प्रतिकार नहीं है। लेकिन डॉक्टर सा'ब जब जहाज पर चढ़ेंगे तब मैं आपकी खातिर उनसे एक बार कहकर देखूँगा, उनका किरानी अगर आपकी जिम्मेदारी लेने को राजी हो तो..."

लेकिन उसकी बात अभी अच्छी तरह पूरी भी नहीं हुई थी कि तभी एक ऐसी घटना घट गई, जो याद आने पर आज भी मैं शर्म से मर जाता हूँ। हो-हल्ला सुनकर हम दोनों ही कमरे से बाहर आए, तो देखता हूँ, जहाज का सेकंड ऑफिसर छह-सात खलासियों को बेतहाशा लात मार रहा है और बूट की चोट से बचने के लिए जो जहाँ भाग सकता है, भाग रहा है। चूँकि वह अँगरेज युवक बेहद उद्दंड था, इसलिए इसके पहले डॉक्टर से शायद किसी दिन उसकी कहा-सुनी हो गई होगी, आज भी झड़प हो गई।

डॉक्टर ने गुस्सा होकर कहा, "तुम्हारा ऐसा बर्ताव बेहद निन्दनीय है। एक दिन तुम्हें इसके लिए दुख भुगतना पड़ेगा, यह मैं कह दे रहा हूँ।"

वह मुड़कर खड़ा हो गया और बोला, "क्यों?"

डॉक्टर बोला, "इस तरह से लात मारना भारी अन्याय है।"

उसने जवाब दिया, "मार खाए बिना क्या ढोर सीधे होते हैं?"

डॉक्टर स्वतंत्रता आन्दोलन का समर्थक था। इसीलिए वह उत्तेजित होकर कहने लगा, "ये लोग जानवर नहीं हैं, ये गरीब लोग हैं। हमारे देश के लोग नम्र और शान्त हैं, इसीलिए वे कप्तान साहब से तुम्हारी शिकायत नहीं करते हैं और इसीलिए तुम भी इन पर जुल्म करने की हिम्मत करते हो।"

अचानक उस अँगरेज का चेहरा स्वाभाविक हँसी से भर उठा। उसने डॉक्टर का हाथ खींचा और उँगली से दिखाता हुआ बोला, "Look doctor, They are your countrymen, you ought to be proud of them." (देखो डॉक्टर, वे रहे तुम्हारे देशवासी, तुम्हें उन पर गर्व करना चाहिए।)

मैंने निहारा तो देखता हूँ–कई ऊँचे पीपों के पीछे खड़े होकर ये लोग दाँत निपोरकर हँस रहे हैं और अपने बदन की धूल झाड़ रहे हैं। वह अँगरेज जी भर हँसा, डॉक्टर के मुँह पर अपने दोनों हाथों के अँगूठों को हिला दिया, और अकड़कर सीटी बजाते-बजाते चल दिया। जीत का गर्व उसके अंग-अंग से मानो फूट पड़ने लगा।

डॉक्टर का मुँह लज्जा, क्षोभ और अपमान से स्याह पड़ गया। वह तेज कदमों से आगे बढ़ गया और गुस्साई आवाज में बोल उठा, "बेहया मुए, तुम लोग दाँत निपोरकर हँस क्यों रहे हो?"

इस बार इतनी देर बाद भारत के लोगों का आत्मसम्मान-बोध लौट आया। सभी ने एक साथ हँसना बन्द किया और ऊँची आवाज में जवाब दिया, "डॉक्टर सा'ब, तुम हमें मुआ कहनेवाले कौन हो? किसी का कर्ज खाकर हँस रहे हैं हम लोग?"

मैं जबरन खींचकर डॉक्टर को उसके कमरे में वापस लाया। वह कुर्सी पर धम से बैठ गया और सिर्फ बोला, "उफ!"

और कोई दूसरा शब्द उसके मुँह से बाहर निकलना भी असम्भव था।

दिन के ग्यारह बजे (Quarantine) के आसपास एक छोटा-सा स्टीमर आकर जहाज से लगा। यही स्टीमर डेक के सारे मुसाफिरों को उस भयानक जगह पर ले जाएगा। चीज-बस्त को बाँधने-वाँधने की हड़बड़ी मच गई है। मुझे कोई जल्दी नहीं थी। क्योंकि डॉक्टर सा'ब का आदमी अभी-अभी आकर मुझे यह बता गया है कि मेरे वहाँ जाने की कोई जरूरत नहीं है। मैं निश्चिन्त होकर मुसाफिरों और खलासियों का शोर-शराबा और भागदौड़ थोड़ा-सा अन्यमनस्क-सा देख रहा था। अचानक पीछे एक आवाज सुनकर मैं मुड़ा, तो देखता हूँ, अभया खड़ी है। मैंने अचम्भे पड़कर कहा, "आप यहाँ क्यों आईं?"

अभया बोली, "क्या, आपने अपना चीज-बस्त नहीं सहेज लिया?"

मैंने कहा, "नहीं, मैंने अपना चीज-बस्त नहीं सहेजा है। मुझे अभी थोड़ी देरी है। मुझे वहाँ जाने की जरूरत नहीं है। मैं एकबारगी शहर में जाकर उतरूँगा।"

अभया बोली, "नहीं-नहीं, आप अपना चीज-बस्त जल्दी सहेज लीजिए।"

मैंने कहा, "मेरे पास अभी भी काफी वक्त है।"

अभया ने बड़े जोर से सर हिलाकर कहा, "नहीं, ऐसा नहीं हो सकता है। मुझे छोड़कर आप हरगिज नहीं जा सकते हैं।"

मैंने ठगा-सा रहकर कहा, "यह आप क्या कह रही हैं? मैं तो वहाँ नहीं जा सकता।"

अभया बोली, "तो फिर मैं भी नहीं जानेवाली। बल्कि मैं पानी में कूद जाऊँगी। तब भी ऐसी बेसहारा होकर मैं उस जगह हरगिज नहीं जाऊँगी। मैंने वहाँ की सारी बातें सुनी हैं।" कहते-कहते उसकी दोनों आँखें डबडबा उठीं। मैं हक्का-बक्का होकर बैठा रहा। आखिर यह कौन है जो ऐसे जबरन अपनी जिन्दगी के साथ मुझे धीरे-धीरे बाँधती जा रही है।

उसने आँचल से अपनी आँखें पोंछी और बोली, "मुझे अकेले छोड़कर आप चले जाएँगे, मैं यह सोच भी नहीं सकती कि आप इतने निष्ठुर हो सकते हैं। उठिए, नीचे चलिए। आप नहीं रहेंगे तो उस बीमार आदमी को लेकर मैं अकेली औरत क्या करूँगी, बताइए तो?"

अपना चीज-बस्त लेकर जब मैं छोटे स्टीमर पर चला तब डॉक्टर ऊपर के डेक पर खड़ा था। अचानक उसने मुझे इस हालत में देखा, तो चिल्लाकर हाथ हिलाता हुआ कहने लगा, "नहीं-नहीं, आपको जाने की जरूरत नहीं। लौटिए-लौटिए। आपके लिए हुक्म हुआ है—आप..."

मैंने भी हाथ हिलाते हुए चिल्लाकर कहा, "बहुत-बहुत धन्यवाद। मगर हुक्म से मुझे जाना पड़ रहा है।"

सहसा शायद उसकी नजर अभया और रोहिणी पर पड़ी। वह मुँह दबाकर हँसा और बोला, "तब झूठमूठ में आपने मुझे क्यों तकलीफ दी?"

"उसके लिए माफी चाहता हूँ।"

"नहीं नहीं, इसकी कोई जरूरत नहीं, मैं जानता था। Good bye (गुड बॉय) मैं चला," यह कहकर डॉक्टर मुस्कुराता हुआ चला गया।

# 5

केरोंटीन जेल का कानून कुलियों के लिए है–शरीफों के लिए नहीं और दस रुपए से ज्यादा जहाज का किराया न देनेवाला ही कुली है। यह तो मैं नहीं जानता कि चाय बागान का कानून क्या है। लेकिन जहाज का कानून तो यही है। और अधिकारी भी प्रत्यक्ष रूप से क्या जानते हैं, यह तो वे ही जानें, लेकिन ऑफिशियली उनके ज्यादा जानने की रीति नहीं है। अतएव हम सभी कुली थे। अँगरेज लोग यह भी जानते हैं कि कुली की जिन्दगी में साज-सामान नहीं हो सकता है। कम से कम इतना नहीं होना चाहिए जिसे वह अपने कन्धे पर लेकर एक जगह से दूसरी जगह नहीं जा सकता है। इसलिए घाट से केरोंटीन जानेवाली चीज-बस्त को ढोने का जो कोई इन्तजाम नहीं है उससे क्षुब्ध होने की भी कोई बात नहीं है। ये सभी सच हैं, फिर भी जो प्रचंड धूप में अपनी ढेर सारी गठरी-मोटरियों को सामने रखकर हम तीन प्राणी एक अनजानी नदी के किनारे तपते बालू पर किंकर्तव्यविमूढ़ भाव से एक-दूसरे का मुँह निहारते हुए खड़े रहे, वह सिर्फ हम लोगों का नसीब है। अन्य मुसाफिरों के बारे में इसके पहले मैं कह चुका हूँ।

मर्दों ने अपने-अपने लोटे-कम्बल को पीठ पर लाद लिया और औरतों ने भारी सामानों को अपने सर पर रख लिया। उसके बाद वे लोग तो आराम से अपनी मंजिल की ओर चले गए। देखते-देखते रोहिणी भैया काँपते-काँपते बिस्तरों की एक पोटली पर आराम से बैठ गए। बुखार, पेट की बीमारी और ज्यादा थकान–इन सबने मिलकर उनकी हालत ऐसी कर दी थी कि उनके लिए चलना तो बहुत दूर की बात थी, बैठना भी असम्भव था–बल्कि वे अगर लेट जा सकते तो उनकी जान में जान आती। अभया ठहरी औरत। रहा सिर्फ मैं और रही अपनी और दूसरों की तरह-तरह के आकार की छोटी-बड़ी गठरी-मोटरियाँ। मेरी हालत एक बार सोचकर देखने लायक तो थी ही। मैं तो बेवजह चला जा रहा था एक अनजानी, अनचाही जगह की तरफ, मेरे एक कन्धे पर थी एक लाचार गैर औरत और दूसरे कन्धे पर था उतना ही अनजान एक बीमार मर्द। सारी गठरी-मोटरियाँ तो थीं घलुआ। इन सबके बीच कड़ाके की धूप में प्यास से बेहाल मैं एक अनजानी जगह में हक्का-बक्का होकर खड़ा था। इस चित्र की कल्पना करके पाठक के हिसाब से लोगों को काफी मजा आ सकता है। हो सकता है, कोई सहृदय पाठक

इस निःस्वार्थ परोपकारिता की प्रशंसा भी कर सके। लेकिन यह कहने में मुझे कोई शर्म नहीं कि उस समय इस अभागे का सारा मन वितृष्णा और विरक्ति से बिलकुल भर उठा था। अपने आपको धिक्कारता हुआ मन कह रहा था कि तीनों लोक में इतना बड़ा गधा क्या कोई और है! लेकिन सबसे बड़े आश्चर्य की बात यह थी कि यह परिचय तो मेरे बदन पर लिखा हुआ नहीं था। लेकिन जहाज भर लोगों के बीच बोझ ढोने के लिए एक ही पल में अभया ने मुझे कैसे पहचान लिया था? लेकिन मेरी सुध लौटी, उसकी हँसी से। वह मुँह उठाकर जरा हँसी। इस हँसी का भाव देखकर न सिर्फ मेरी सुध लौटी, बल्कि उसकी भयानक तकलीफ भी इस बार नजर आ गई। लेकिन मैं सबसे ज्यादा अचरज में पड़ गया उस देहाती औरत की बात सुनकर। कहाँ शर्म और कृतज्ञता से गड़कर करुणा की भीख माँगती, सो तो नहीं, बल्कि हँसकर बोली, ‘‘बड़ा धोखा खाया आपने—बुरा नहीं मानिएगा। आप अनायास जा सकते थे, फिर भी आप जो नहीं गए हैं इसी का नाम है दान। मैं यह कह रखती हूँ कि इतना बड़ा दान करने का मौका हो सकता है, जिन्दगी में आपको बहुत कम ही मिले। मगर छोड़िए इस बात को। चीज-बस्त यहीं पड़ा रहे, चलिए, इन्हें अगर कहीं छाया में जरा लिटाया जा सके।’’

गठरी-मोटरियों की ममता फिलहाल छोड़कर ही मैं रोहिणी भैया को अपनी पीठ पर चढ़ाकर केरोंटीन के लिए रवाना हुआ। अभया सिर्फ एक छोटा-सा हाथ-बॉक्स हाथ में लेकर मेरे पीछे-पीछे चल पड़ी। अन्यान्य चीज-बस्त वहीं पड़े रहे। अवश्य, हमारे सब चीज-बस्त नहीं खो गए थे। दो घंटे बाद उन्हें मँगवा लाने का उपाय हुआ था।

ज्यादातर मौकों पर यह देखने में आता है कि सचमुच की मुसीबत काल्पनिक मुसीबत से ज्यादा सरल होती है। पहले से ही यह याद रहने पर बहुत सारी दुश्चिन्ताओं को टाला जा सकता है। इसलिए कुछ तकलीफ और दिक्कत यद्यपि जरूर भुगतनी पड़ी थी फिर भी यह कबूल करना पड़ता है कि हमारे केरोंटीन की निर्धारित मियाद के दिन एक तरह से भली-भाँति कटे। इसके अलावा पैसा खर्च कर पाने पर जब यमराज के घर में भी सालों का सा दुलार मिल सकता है, तब यह तो कुल मिलाकर केरोंटीन था। जहाज के डॉक्टर ने कहा था—यह औरत बड़ी forward है, मगर उसने इसकी कल्पना भी नहीं की थी कि जरूरत पड़ने पर यह औरत किस हद तक forward हो सकती है। रोहिणी बाबू को जब मैंने अपनी पीठ से उतार दिया तब अभया ने कहा, ‘‘बस, अब आपको कुछ करने की जरूरत नहीं, अब आप आराम कीजिए। अब जो करना है, मैं करूँगी।’’

वास्तव में आराम करना मेरे लिए जरूरी हो गया था। थकान के मारे मेरे दोनों पैर टूटते जा रहे थे; फिर भी मैंने अचरज में पड़कर कहा, ‘‘आप क्या करेंगी?’’

अभया ने जवाब दिया, ‘‘काम क्या कम है? चीजों को मँगवाना पड़ेगा, एक अच्छे-से कमरे का जुगाड़ करके आप दोनों के लिए एक बिस्तर लगा देना पड़ेगा। जो हो, खाना बनाकर आप दोनों को खिला देना पड़ेगा, तब जाकर मुझे छुट्टी मिलेगी। तब जाकर मैं जरा बैठ सकूँगी। नहीं-नहीं, आपको मेरे सर की कसम, आप उठिए मत, मैं अभी सब कुछ ठीकठाक कर देती हूँ।’’ वह जरा मुस्कुराकर बोली, ‘‘आप सोच रहे होंगे कि औरत

होकर मैं अकेले यह सब जुगाड़ कैसे करूँगी, है न? सो तो मैं औरत हूँ ही। आप लोगों का जुगाड़ किया था किसने? आप लोगों का जुगाड़ करनेवाली तो मैं ही हूँ या कोई और है?" इतना कहकर उसने अपना छोटा बॉक्स खोला, कई रुपए आँचल में बाँध लिये और केरोंटीन के ऑफिस की तरफ चली गई।

वह कुछ कर सके या न कर सके, मैं तो फिलहाल बैठ सका, इसी से जान में जान आई। आधे घंटे के अन्दर ही एक चपरासी हम लोगों को बुलाने आया। राहिणी को लेकर उसके साथ जाकर मैंने देखा, कमरा तो अच्छा ही है। लेडी डॉक्टर खुद खड़ी होकर सारे कमरे को साफ-सुथरा करवा रही है। चीज-बस्त आ पहुँचा है। दो चारपाइयों पर हम दोनों के लिए बिस्तर तक लगा दिए गए हैं। एक किनारे नई हाँड़ी, चावल, दाल, आलू, घी, मैदा, लकड़ी सब कुछ मौजूद है। मद्रासी लेडी डॉक्टर के साथ अभया टूटी-फूटी हिन्दी में बातचीत कर रही है। मुझे देख पाई, तो बोली, "तब तक जरा लेट जाइए, मैं सर पर दो लोटा पानी डाल लेती हूँ। उसके बाद उस वक्त के लिए थोड़ा-सा चावल-दाल मिलाकर खिचड़ी बना दूँगी। उस वक्त के लिए उस वक्त देखा जाएगा।" इतना कहकर उसने गमछा और कपड़ा लिया, लेडी डॉक्टर को सलाम किया और एक खलासी को साथ लेकर नहाने चली गई। अतएव यह कहना कतई अत्युक्ति नहीं होगी कि उसके संरक्षण में वहाँ के हमारे दिन भली-भाँति कटे थे।

इस अभया में मैंने आखिरकार दो चीजें देखी थीं—एक, ऐसी स्थिति में गैर मर्द और औरत की नजदीकियाँ खुद-ब-खुद तेजी से आगे बढ़ जाती हैं, लेकिन उसने ऐसा होने का कोई मौका किसी दिन नहीं दिया था। उसके बर्ताव के अन्दर कुछ न कुछ था जो हर पल यह याद दिला दिया करता था कि हम लोग सिर्फ एक जगह जानेवाले हैं। किसी के भी साथ किसी का भी सचमुच का कोई रिश्ता नहीं है—दो दिनों बाद, हो सकता है जिन्दगी भर फिर कभी किसी के भी साथ मुलाकात न हो। दूसरी, और किसी को भी ऐसी खुशी भरी मेहनत करते मैंने कभी नहीं देखा था। वह दिन भर हम लोगों की सेवा करने में व्यस्त रहती, सारा काम वह खुद ही करना चाहती थी। मैं उसकी मदद करने की कोशिश करता, तो वह हँसकर कहती, "यह सारा काम तो मेरा अपना काम है। वरना रोहिणी भैया को भला यह तकलीफ की क्या जरूरत थी, और आप ही को भला क्या पड़ी थी इस जेलखाने में आने की! मेरे ही लिए तो आप लोग इतना दुख झेल रहे हैं।"

हो सकता है, खाने-पीने के बाद जरा गपशप करते दो बज जाते, ऐसे में जब ऑफिस का घंटा दो बार बजता, तो वह एकबारगी खड़ी हो जाती और कहती, "चलूँ, आप लोगों के लिए चाय बना लाऊँ, दो बज गए।"

मैं मन ही मन कहता, 'तुम्हारा पति चाहे जितना भी पापी क्यों न हो, आखिर है तो मर्द ही न। अगर कभी वह तुम्हें मिलेगा, तो वह तुम्हारी कीमत जरूर समझेगा।'

उसके बाद एक दिन मियाद खत्म हुई। रोहिणी भैया भी अच्छे हो गए, मुझे भी सरकारी अनुमति-पत्र मिला। मैंने फिर एकबारगी गठरी-मोटरियाँ बाँधीं और रंगून के लिए चल पड़ा। यह तय हुआ था कि मैं शहर के मुसाफिरखाने में दो-एक दिन के लिए ठहरूँगा,

उन लोगों के लिए एक डेरा ठीक कर दूँगा, तब मुझे जहाँ जाना है, जाऊँगा और मैं चाहे जहाँ भी क्यों न रहूँ, उसके पति का पता मालूम करके उसे इसकी जानकारी देने की जी-जान से कोशिश करूँगा।

जिस दिन मैंने शहर में कदम रखा उस दिन बर्मावासियों का कोई त्योहार था। और उन लोगों का त्योहार तो लगा ही रहता था। दल के दल मर्द और औरतें रेशमी पोशाक पहने अपने मन्दिर चले जा रहे थे। बर्मा में औरतों को आजादी थी, इसलिए समारोह में उन्हीं लोगों की तादाद ज्यादा होती थी। बूढ़ी, युवती, बालिका–हर उम्र की औरतें अपूर्व पोशाक-लिबास पहने बन-ठनकर हँसतीं, गपशप करतीं, गाती सारे रास्ते को मुखरित करती हुई चली जा रही थीं। उनमें से ज्यादातर औरतों का रंग खूब गोरा था, नब्बे फीसदी औरतों के बादलों जैसे बाल तो घुटनों तक लम्बे थे। जूड़ों में फूल थे, कानों में थे झुमके, गले में थी फूलों की माला, घूँघट नदारद था, मर्दों को देख दौड़कर भागने की हड़बड़ी में ठेस खाकर गिरने की नौबत नहीं थी। बेझिझक, बेधड़क वे पानी झरने के साथ मुक्त प्रवाह की भाँति स्वच्छन्द, बेरोकटोक बहती चली जा रही थीं। पहली नजर में मैं बिलकुल मुग्ध हो गया। अपने देश की औरतों के साथ उनकी तुलना करते वक्त मैंने मन ही मन उनकी बेहद तारीफ करते हुए कहा–ऐसा ही तो होना चाहिए। ऐसा न हो, तो जिन्दगी भी भला कोई जिन्दगी है। उनका सौभाग्य सहसा जैसे ईर्ष्या की तरह कलेजे में गूँजा। कहा, यह जो वे चारों ओर आनन्द पैदा करती हुई चली जा रही हैं, वह क्या उपेक्षा की चीज है? बर्मा की औरतों को इतनी आजादी देकर इस देश के मर्दों ने क्या कोई धोखा खाया है और हमीं लोगों ने भला औरतों को बन्धनों में जकड़कर क्या कोई जीत हासिल की है? हमारी औरतें भी अगर ऐसी ही एक दिन...अचानक शोरगुल सुनकर मैं पीछे मुड़ा, तो जो कुछ देखा वह आज भी मुझे उतना ही स्पष्ट याद है। कहासुनी हो रही थी घोड़ागाड़ी के किराए को लेकर। गाड़ीवान हमारा हिन्दुस्तानी मुसलमान था। वह कह रहा था कि आठ आना किराया तय हुआ था और बर्मा की शरीफ घर की तीन औरतें गाड़ी से उतरकर एक साथ चिल्ला-चिल्लाकर कह रही थीं–नहीं, पाँच आना किराया तय हुआ था। दो-तीन मिनट तक किराए को लेकर बतकही चली। उसके बाद जिसकी लाठी, उसकी भैंस। रास्ते के किनारे एक आदमी थाक लगाकर मोटा-मोटा गन्ना बेच रहा था। वे तीनों ही भागकर गईं और हरेक ने एक-एक गन्ना उठा लिया। उसके बाद तीनों एक साथ अभागे गाड़ीवान को गन्ने से मारने लगीं। वह क्या बेतहाशा मार पड़ी थी। बेचारा उन औरतों पर हाथ भी नहीं उठा सका था–सिर्फ अपना बचाव करने के लिए जब वह एक को रोकता, तो बाकी दो के वार उसके सर पर पड़ते। चारों ओर लोग जमा हो गए–लेकिन सिर्फ तमाशा देखने के लिए। उस अभागे की कहाँ गई टोपी-पगड़ी, कहाँ गया हाथ का चाबुक और जब वह और बर्दाश्त नहीं कर सका, तो मैदान छोड़कर पुलिस-पुलिस, प्यादा-प्यादा चिल्लाते-चिल्लाते भाग खड़ा हुआ।

मैं अभी-अभी बंगाल से आ रहा था, सो भी ठेठ देहात से। कलकत्ता में औरतों को आजादी है, यह मैंने कानों से सुना था, आँखों से देखा नहीं था। लेकिन आजादी मिलने

पर शरीफ घर की औरतें भी किसी जवाँ मर्द को खुलेआम राजपथ पर लाठियों से पीट सकती हैं, क्रमशः उनके इतने दिलेर हो जाने की सम्भावना मेरी कल्पना के परे थी। मैं बहुत देर तक हक्का-बक्का की नाईं खड़ा रहा, उसके बाद मैं अपने काम पर चला गया। मैं मन ही मन कहने लगा—औरतों को आजादी मिले, यह अच्छा है या बुरा, औरतों को आजादी मिलने से समाज में आनन्द की मात्रा बढ़ती है या घटती है—इसका फैसला मैं फिर कभी करूँगा। मगर आज मैंने अपनी आँखों से जो कुछ देखा उससे तो पूरा मन पागल हो गया।

# 6

अभया और रोहिणी भैया को उनके नए डेरे पर नई घर-गिरस्ती में लगाकर जिस दिन सवेरे मैं अपने रहने की जगह ढूँढ़ने रंगून के राजपथ पर निकल पड़ा, उस दिन उन दोनों व्यक्तियों के बारे में मेरे मन को किसी ग्लानि ने बिलकुल नहीं छुआ था, ऐसा मैं कहना नहीं चाहता लेकिन इस अपवित्र विचार को मन से निकाल बाहर करने में भी मुझे ज्यादा वक्त नहीं लगा था। क्योंकि खास उम्र के कोई दो मर्द और औरत किसी खास स्थिति में दिखाई पड़े, तो एक खास रिश्ते की कल्पना करना कितनी बड़ी गलती है, यह सबक मुझे मिल चुका था। और भविष्य की जटिल समस्या को भी भविष्य के हाथों छोड़ देने में मुझे हिचकिचाहट नहीं होती है। इसलिए सिर्फ अपने ही बोझ को अपने कन्धे पर उठाकर उस दिन सवेरे-सवेरे मैं उनके नए डेरे से बाहर निकला था। उन दिनों ऐसा नहीं होता था जैसा इन दिनों होता है कि नया बंगाली बर्मा में ज्यों ही कदम रखता है त्यों ही वर्दीधारी और सफेदपोश पुलिसवाले उससे सवाल करते हैं। उसकी खिल्ली उड़ाकर उसे लांछित करते हैं, बिना कसूर के उसे खींचकर थाने ले जाते हैं और डराकर उसे काफी यातनाएँ देते हैं।

मन में पाप न रहने पर उन दिनों परिचित-अपरिचित हरेक को बेखौफ घूमने-फिरने का हक था। और तब ऐसा नहीं होता था जैसा अभी होता है कि नया-नया आए बंगाली के कन्धे पर यह बेहद अपमानजनक जिम्मेदारी लाद ही जाती है कि वह अपने आपको बेकसूर साबित करे। अतएव यह अच्छी तरह याद आता है कि बेधड़क मन से किसी रहने की जगह की तलाश में मैं उस दिन सारी सुबह राहों में घूमा-फिरा था। एक बंगाली से मुलाकात हुई। वह मोटिए के सर पर एक टोकरी साग-सब्जी लादकर पसीना पोंछते-पोंछते तेज कदमों से चला जा रहा था। मैंने उससे पूछा, "जनाब, आप बता सकते हैं कि नन्द मिस्त्री का डेरा कहाँ है?"

वह रुककर खड़ा हो गया और बोला, ''कौन नन्द? आप रिबिट घर के नन्द पागड़ी को ढूँढ़ रहे हैं?''

मैंने कहा, ''यह तो मैं नहीं जानता जनाब कि वे किस घर के हैं? उन्होंने सिर्फ यह बताया था कि वे रंगून के मशहूर नन्द मिस्त्री हैं।''

उसने एक तरह की अपमान-सूचक मुख-मुद्रा बनाकर कहा, ''यों तो सभी अपने आपको मिस्तिरी कहते हैं बाबूजी। पर मिस्तिरी होना आसान नहीं है। मर्कट साहब ने जब मुझसे कहा था, हरिपद तुम्हारे सिवा मिस्तिरी होने लायक और कोई आदमी तो मुझे दिखाई नहीं पड़ता। जानते हैं, तब बड़े साहब के पास कितनी गुमनाम चिट्ठियाँ आई थीं? सौ-एक, अरे, हुनर हो, तो गुमनाम चिट्ठी क्या बिगाड़ सकती है! मैं काटकर जोड़ सकता हूँ। लेकिन बात क्या है, जानते हैं बाबूजी...''

मैंने देखा, मैंने अनजाने में उसके ऐसी जगह पर चोट कर डाली है कि फैसला होना कठिन है। इसीलिए मैंने उसे जल्दी से रोका और कहा, ''तो फिर नन्द नाम के किसी आदमी को आप नहीं जानते?''

''लो, सुनो, इनकी बात! मैं चालीस बरसों से रंगून में रह रहा हूँ। भला ऐसा कौन है जिसे मैं नहीं जानता? नन्द नाम का क्या यहाँ एक आदमी है? तीन-तीन नन्द हैं यहाँ? आपने नन्द मिस्तिरी कहा न? आप कहाँ से आ रहे हैं? बंगाल से क्या? ओ, तो यह कहिए न! तो आप टगर के आदमी को ढूँढ़ रहे हैं?''

मैंने गर्दन हिलाकर कहा, ''हाँ-हाँ, मैं उन्हीं को ढूँढ़ रहा हूँ।''

उसने कहा, ''तो फिर यह कहिए न! आप ठीक-ठीक बताएँगे नहीं, तो मैं पहचानूँगा कैसे? तो आइए मेरे साथ! नन्द का नसीब अच्छा है, तभी तो वह कमा-खा रहा है। नहीं तो, नन्द पागड़ी भला कोई मिस्तिरी है? तो बाबूजी आप कौन हैं?''

यह सुनकर कि मैं ब्राह्मण हूँ, उसने रास्ते पर ही मुझे प्रणाम किया। बोला, ''वह आपको नौकरी दिलाएगा? सो, साहब से कहकर वह आपको नौकरी दिला भी सकता है, मगर घूस के तौर पर दो महीने की तनख्वाह पेशगी देनी पड़ेगी। आप पेशगी दे सकेंगे? अगर पेशगी देंगे, तो रोज अठारह-बीस आने मजदूरी मिल भी सकती है। इससे ज्यादा नहीं।''

मैंने उसे बताया कि फिलहाल तो मैं नौकरी की उम्मीदवारी करने नहीं जा रहा हूँ। नन्द मिस्त्री ने जहाज पर मुझे यह उम्मीद दी थी कि वह मेरे रहने के लिए जगह का जुगाड़ कर देगा।

मेरी बात सुनकर हरिपद मिस्त्री ने अचरज में पड़कर पूछा, ''बाबूजी, आप शरीफ आदमी हैं, आप शरीफ आदमियों के मेस में क्यों नहीं जाते?''

मैंने कहा, ''पर मेस कहाँ है? यह तो मैं नहीं जानता।''

उसने यह कबूल किया कि वह भी यह नहीं जानता कि मेस कहाँ है। लेकिन उसने यह आशा दी कि वह शाम को ढूँढ़कर बता देगा और बोला, ''लेकिन अभी तो नन्द से मुलाकात नहीं होगी, वह काम पर गया होगा। और टगर ब्योड़ा लगाकर सो रही होगी। और अगर पुकारकर आप उसकी नींद तोड़ देंगे, तो फिर आपकी खैर नहीं रहेगी बाबूजी।''

यह मैं भली-भाँति जानता था। इसलिए रास्ते के बीच उसने मुझे आनाकानी करते देखा, तो उसने मुझे हिम्मत बँधाते हुए कहा, "वहाँ मत जाइए। दादा ठाकुर का बढ़िया होटल है, वहाँ जाकर नहा-धोकर और खा-पीकर सो जाइए। जब दिन ढलेगा तब देखा जाएगा। चलिए।"

हरिपद के साथ गपशप करते-करते जब मैं दादा ठाकुर के होटल जा पहुँचा तब होटल के डायनिंग रूम में कई लोग खाना खा रहे थे।

अँगरेज़ी में दो शब्द हैं—एक 'Instinct' और 'Prejudice' लेकिन हमारे पास सिर्फ एक शब्द है—संस्कार। यह समझना मुश्किल नहीं है कि अँगरेजी के वे दोनों शब्द एक-दूसरे के पर्यायवाची नहीं हैं, मगर बतौर चीज हमारा यह जाति-भेद, छुआछूत Instinct के हिसाब से संस्कार नहीं है, दादा ठाकुर के इस होटल के सम्पर्क से आज पहली बार मुझे इसका पता चला और अगर यह संस्कार है, तो भी यह कितना तुच्छ संस्कार है, इसके बन्धन से मुक्त होना कितना आसान है, यह देखकर मैं बिलकुल अचरज में पड़ गया। हमारे देश में जाति-भेद की ये जो अनगिनत जंजीरें हैं उन्हें दोनों पाँवों में पहनकर झनझनाते हुए घूमते-फिरने में कितना गौरव और मंगल मौजूद है, इसकी चर्चा अभी रहने दीजिए। मगर यह मैं बेझिझक कह सकता हूँ कि जिन लोगों ने अपने गाँव के अन्दर बेहद सुरक्षित रहकर इसे पीढ़ी-दर-पीढ़ी से मिले संस्कार के रूप में स्थिर बना रखा है, और इसकी पाबन्दियों को तोड़ने की कठिनाई के बारे में जिन्हें रत्ती भर भी अविश्वास नहीं है उन लोगों ने एक गलत चीज को जान रखा है। वास्तव में जिस देश में छुआछूत का भेद-भाव प्रचलित नहीं है वैसे देश में कदम रखते ही यह अच्छी तरह नजर आ सकता है कि पीढ़ियों से चली आ रही छुआछूत की जंजीर पता नहीं कैसे रातोरात टूट गई है। विलायत जाने पर जाति चली जाती है, इसका एक मुख्य कारण यह है कि विलायत जाकर आदमी को वह मांस खाना पड़ता है जिसे उसे नहीं खाना चाहिए। जो अपने देश में भी कभी मांस नहीं खाता उसकी भी जाति विलायत जाने पर चली जाती है, क्योंकि जाति-बिरादरी के ठीकेदारों का कहना है कि यह मान लेना होगा कि जो विलायत गया है उसने मांस खाया है, भले ही उसने मांस न खाया हो। वहाँ जाकर कोई मांस खाए या न खाए—दोनों एक ही बात है। और वे निहायत झूठ नहीं कहते। बर्मा जाने में तीन-चार दिन लगते हैं। हालाँकि देखता हूँ, ज्यादा से ज्यादा बंगाली ही बर्मा जाते हैं, और बर्मा जानेवालों में ब्राह्मण ही ज्यादा होते हैं, क्योंकि इस युग में ब्राह्मणों का ही लालच सबको पीछे छोड़ देता है। जहाज के होटल में वे कम दाम में पेट भर खाना खाते हैं और बर्मा पहुँच जाते हैं। वहाँ मुसलान और गोवानिज रसोइया उन्हें क्या पकाकर खिलाते हैं, यह प्रश्न करना अप्रिय हो सकता है। लेकिन वे लोग केले के पत्ते पर उसके लिए कन्द, मूल, फल नहीं परोसते होंगे, इसका अन्दाजा लगाना भाटपाड़ा* भट्टाचार्यों के लिए भी शायद कठिन नहीं है। मैं तो उन लोगों के साथ बर्मा जा रहा था। जो लोग बिलकुल ही यह सब खाना नहीं

* भाटपाड़ा कलकत्ता के नजदीक बसे एक शहर का नाम है और वहाँ के संस्कृत के विद्वानों की उपाधि भट्टाचार्य है।

चाहते थे वे कम से कम चाय, रोटी, फल-मूल भी खाने से बाज नहीं आते थे। हालाँकि उस मांस से, जिसे खाना मना है, लेकर केले तक—सभी जहाज के कोल्ड रूम में एक साथ एक-दूसरे के ऊपर रखे रहते थे और जहाज के नियम-कानून में कहीं भी यह लिखा हुआ मैंने नहीं देखा था कि उन चीजों को सबकी नजरों से छिपाकर एक साथ रखना चाहिए। लेकिन आराम की बात यह थी कि शायद किसी स्थिति में शास्त्रकारों का कोडबिल इसे टाल गया था कि बर्मा में रहनेवालों की जाति चली जाएगी। वरना हो सकता है, फिर एक छोटी-मोटी ब्राह्मण सभा की जरूरत होती। खैर, शरीफों की बात आज यहीं तक रहे। होटल में खाना खाने के लिए कतार लगाकर बैठनेवाले शरीफ आदमी नहीं थे। कम से कम हम लोग ऐसे लोगों को शरीफ नहीं कहते। सभी के सभी कारीगर थे, सभी वर्कशॉप में काम करते थे। साढ़े दस बजे जब उन्हें छुट्टी मिली थी, तब वे भात खाने आए थे। शहर के छोर पर एक बहुत बड़े मैदान के तीन तरफ विभिन्न आकार-प्रकार के कारखाने थे और एक किनारे इस बस्ती के बीच दादा ठाकुर का होटल था। वह एक अजीब बस्ती थी। एक-दूसरे से सटे हुए लकड़ी के टूटे-फूटे कमरों की कतारें थीं। इन कमरों में चीनी रहते थे, बर्मी रहते थे, मद्रासी, उड़िया, तेलंगी रहते थे, चटगाँव के हिन्दू और मुसलमान रहते थे और रहते थे हमारी अपनी ही जाति के बंगाली। उन्हीं लोगों से मैंने यह पहली बार सीखा था कि किसी को छोटी जाति का मानकर उससे नफरत करके उसे दूर रखने की बुरी आदत को छोड़ना कतई कोई कठिन काम नहीं है। ऐसी बात नहीं है कि जो लोग यह बुरी आदत नहीं छोड़ते वे लोग इसलिए नहीं छोड़ते कि छोड़ नहीं सकते। वे जिस लिए यह बुरी आदत नहीं छोड़ते उसे खुलासा करके बता देने पर झगड़ा छिड़ जाएगा।

दा ठाकुर ने आकर मुझे सादर अपनाया। एक छोटे-से कमरे को दिखा दिया और कहा, "आप जब तक चाहें इस कमरे में रहिए, मेरे यहाँ खाना खाइए, नौकरी-चाकरी लगेगी, तो बाद में बकाया चुका दीजिएगा।"

मैंने कहा, "मुझे तो तुम पहचानते नहीं, मैं एक महीना रहकर और खाना खाकर पैसा दिए बिना भी तो चला जा सकता हूँ?"

दा ठाकुर ने अपना कपाल दिखाया और हँसकर कहा, "इसे तो आप अपने साथ नहीं ले सकते बाबूजी।"

मैंने कहा, "उसे लेने का मुझे कोई लालच नहीं है।"

दा ठाकुर ने सर हिलाते-हिलाते बड़ी गम्भीरता के साथ कहा, "तो देखिए, यह तकदीर की बात है बाबूजी, तकदीर की! इसे माने बिना कोई उपाय नहीं है, यही मैं सबसे कहता हूँ।"

वास्तव में यह सिर्फ कहने की बात नहीं थी। इस बात पर वह खुद कितना बेधड़क विश्वास करता था इसे सबूत के साथ साबित करने के लिए वह चार-पाँच महीने बाद एक दिन सवेरे बहुतों की धरोहर—रुपया-पैसा, अँगूठी, घड़ी आदि अपने साथ लेकर अपने गाँव चला गया। ताकि वे लोग अपना-अपना सर सुनसान होटल के फर्श पर जोर-जोर

से पटक सकें। जो हो, दा ठाकुर की बात सुनने में बुरी नहीं लगी और मैं भी उसका एक नया मुरीद बनकर एक टूटे-फूटे कमरे पर कब्जा जमा बैठा। रात को एक कमसिन बंगाली दाई मेरे कमरे के अन्दर आसन बिछाकर मेरे खाने के लिए जगह की साफ-सफाई करने लगी। करीब ही डायनिंग रूम में खाने बैठे बहुत सारे लोगों का शोरगुल सुनाई पड़ रहा था। मैंने प्रश्न किया, "मेरा खाना वहाँ न लगाकर यहाँ क्यों लगा रही हो?"

वह बोली, "वे लोग तो लोहा काटनेवाले हैं, बाबू, उन लोगों के साथ खाना खाने के लिए मैं आपको कैसे बिठा सकती हूँ।"

यानी वे लोग थे वर्कमेन और मैं था शरीफ आदमी। मैंने कहा, "यह तो अभी तक तय नहीं हुआ है कि मुझे क्या काटना पड़ेगा। जो हो, आज मेरा खाना यहाँ लगा दे रही हो तो लगा दो, मगर कल से मेरा खाना भी उसी कमरे में लगा दिया करना।"

दाई बोली, "आप बिराहमन हैं, आपको वहाँ खाने की जरूरत नहीं।"

"क्यों?"

दाई ने अपनी आवाज को जरा धीमी करके कहा, "सभी बंगाली तो हैं, लेकिन उसमें एक डोम है।"

डोम है! गाँव में इस जाति को अछूत माना जाता है। मैं यह नहीं जानता कि इनसे छू जाने पर नहाना Compulsory है या नहीं। मगर इतना जानता हूँ कि इनसे छू जाने पर कपड़ा बदलकर सर पर गंगाजल छिड़कना पड़ता है। बड़े अचम्भे में पड़कर मैंने पूछा, "और सब किस जाति के हैं?"

दाई बोली, "और सब अच्छी जाति के हैं, कायस्थ हैं, केवट हैं, सद्‌गोप हैं, ग्वाले हैं और हैं लोहार...।"

"इनमें से कोई एतराज नहीं करता है?"

दाई फिर तनिक मुस्कुराई और बोली, "इस विदेश में सात समुन्दर पार आकर इतना ऊँच-नीच का भेदभाव करने से काम चलता है, बाबू? उन लोगों का कहना है कि गाँव लौटकर, गंगा नहाकर प्रायश्चित्त कर लेने से ही काम चल जाएगा।"

हो सकता है, गंगा में डुबकियाँ लगाने से काम चल जाता हो। मगर मैं जानता हूँ, जो दो-चार लोग बीच-बीच में गाँव आते हैं वे प्रथानुसार, हो सकता है, कलकत्ता की गंगा में एक बार डुबकी लगा लेते हों, लेकिन कोई कभी प्रायश्चित्त नहीं करता है। विदेश के परिवेश के प्रभाव से इस पर वे लोग विश्वास ही करते हैं।

मैंने देखा, होटल में सिर्फ दो हुक्के हैं—एक है ब्राह्मणों के लिए और दूसरा है उन लोगों के लिए जो ब्राह्मण नहीं हैं। खाने-पीने के बाद केवट के हाथ से डोम और डोम के हाथ से लोहार आराम से हाथ बढ़ाकर हुक्का लेता है और उसे पीता है। किसी को भी रत्ती भर भी हिचकिचाहट नहीं होती है। दो दिनों बाद उस लुहार से मैंने जान-पहचान की और पूछा, "अच्छा, इससे तुम लोगों की जात नहीं जाती है?"

लुहार बोला, "भला इससे जात नहीं जाएगी बाबूजी? जाती तो है ही।"

"तब?"

"पहले-पहल उसने थोड़े न कहा था कि वह डोम है। उसने कहा था कि वह केवट है। उसके बाद यह पता चला कि वह डोम है।"

"तब तुम लोगों ने उससे कुछ नहीं कहा?"

"भला क्या कहता बाबूजी, यह तो कहना ही पड़ेगा कि काम तो उसने बहुत अनुचित किया है। लेकिन वह शरमा जाएगा, इसी वजह से जानकर भी सभी ने चुप्पी साध ली।"

"लेकिन अगर गाँव में ऐसा हुआ होता, तो क्या होता?"

वह जैसे सिहर उठा, बोला, "अगर गाँव में ऐसा हुआ होता तो क्या कोई निजात पाता?" उसके बाद वह थोड़ी देर तक चुप रहा, फिर खुद ही कहने लगा, "लेकिन बात क्या है जानते हैं बाबू? मैं ब्राह्मणों की बात नहीं करता, वे ठहरे वर्गों के गुरु जिनकी बात दीगर है। वरना और सभी बराबर हैं, और जातियाँ हों या डोम-मेहतर हों, किसी के भी बदन में कुछ भी लिखा नहीं रहता है, सभी को भगवान ने बनाया है, सभी एक हैं, सभी पेट भरने के लिए विदेश में आकर लोहा पीट रहे हैं। और मान लीजिए बाबू कि हरि मोड़ल डोम है, पर उसके डोम होने से क्या होता है, वह न तो शराब पीता है, न गाँजा। उसके आचार-विचार को देखकर किसकी मजाल है कि कहे कि वह अच्छी जात का नहीं है, डोम का लड़का है, और रहा वह लक्ष्मण वह तो शरीफ कायस्थ का लड़का है। एक बार उसके बर्ताव को देखिए तो सही। मुआ दो-दो बार जेल जाते-जाते रह गया है। अगर हम सभी नहीं होते तो अब तक वह जेल में मेहतर के हाथ की रोटी खाता होता।"

न ही मुझे लक्ष्मण के बारे में कोई कौतूहल था, न ही यह फैसला करने को जी चाहा कि हरि मोड़ल ने अपना डोमत्व छिपाकर कितना बड़ा अन्याय किया है। मैं सिर्फ यह सोचने लगा कि जिस देश के ऊँचे तबके के लोग जासूस लगाकर अपने पुराने पड़ोसी का दोष निकलवाते हैं और उसके पिता के श्राद्ध को बिगाड़कर आत्मसन्तोष प्राप्त करते हैं, उसी देश के निचले तबके के अनपढ़ लोगों ने एक अपरिचित बंगाली के इतने बड़े भयंकर कसूर को माफ कर दिया है, और सिर्फ इतना ही नहीं, बल्कि इस आशंका से कि उसकी इस करनी की वजह से कहीं उसे शर्मिन्दा और हीन होकर न रहना पड़े, वे लोग उसकी चर्चा तक नहीं छेड़ते हैं। यह असम्भव कैसे सम्भव हुआ। विदेशी तो इसे नहीं समझेंगे। लेकिन हम लोग तो उसे समझ सकते हैं कि इसके लिए हृदय की कितनी बड़ी विशालता और मन की कितनी उदारता जरूरी है। इसमें कोई सन्देह नहीं कि यह सिर्फ उनके घर-गाँव को छोड़कर विदेश आने का नतीजा है। लगा, यही शिक्षा हमारे देश के लिए सबसे ज्यादा जरूरी है। अपनी बस्ती के अन्दर बैठे-बैठे सारी जिन्दगी गुजार देने की इच्छा आदमी को हर विषय में छोटा बना देती है, किसी राष्ट्र की ऐसी इच्छा से बड़ा दुश्मन शायद कोई और नहीं है। खैर, बहुत दिनों तक मैं उन्हीं लोगों के बीच रहा था। लेकिन जब तक उन्हें यह जानने का मौका नहीं मिला था कि मैं पढ़ा-लिखा हूँ, सिर्फ तभी तक मुझे उन लोगों के साथ घनिष्ठ रूप से घुलने-मिलने का मौका मिला

था तभी तक मैंने उनके सुख-दुख में उनका हाथ बँटाया था। लेकिन जिस पल उन्हें यह मालूम पड़ा था कि मैं ऊँचे तबके का आदमी हूँ, मैं अँगरेजी जानता हूँ, उसी पल उन लोगों ने मुझे बेगाना बना दिया था। यह सच है कि अँगरेजी जाननेवाले पढ़े-लिखे तबके के लोगों के पास वे लोग मुसीबत के दिनों में आते तो थे, और उनसे सलाह-मशवरा भी करते थे, मगर न ही उन पर विश्वास करते थे, न ही उन्हें अपना आदमी समझते थे। मैं उन लोगों को छोटा मानकर उनसे नफरत नहीं करता, उनकी पीठ पीछे उनकी खिल्ली नहीं उड़ाता। इसे वे मानना नहीं चाहते थे, गाँव के इस कुसंस्कार को वे आज भी दूर नहीं कर सके थे। सिर्फ इसी के चलते मेरी कितनी शुभकामनाएँ उन्हीं लोगों के बीच बेकार हो गई थीं, शायद उसकी कोई सीमा नहीं है। लेकिन यह बात भी आज रहने दीजिए। मैंने देखा, बंगाली औरतों की तादाद भी इस इलाके में कोई खास कम नहीं है। उनके कुल के बारे में कुछ न बताना ही अच्छा है। लेकिन आज वे लोग और एक तरह से बदलकर बिलकुल निखालिस घरवाली बन गई हैं। मर्दों के मन में, हो सकता है, आज भी पुरानी जात की निशानी बनी हुई है, मगर औरतें न ही गाँव आती हैं और न ही गाँव के साथ अब कोई वास्ता रखती हैं। पूछने पर उनके बच्चे कहते हैं–हम बंगाली हैं यानी मुसलमान, ईसाई नहीं, बंगाली हिन्दू। वे आराम से आपस में शादी-ब्याह करते हैं। सिर्फ बंगाली होना ही काफी है। चटगाँव का बंगाली ब्राह्मण आता है और मंत्र पढ़कर वर और वधू के हाथ मिला देता है, बस शादी हो जाती है। विधवा-विवाह का रिवाज नहीं है। शायद इसलिए कि पुरोहित मंत्र पढ़ने को राजी नहीं होता है। लेकिन औरतें विधवा होकर रहना पसन्द नहीं करतीं। वे फिर से घर बसा लेती हैं। फिर से उनके बच्चे होते हैं। वे बच्चे भी कहते हैं–हम बंगाली हैं। फिर वही पुरोहित आता है और वैदिक मंत्र पढ़कर उनकी शादी करा देता है और इस बार जरा भी एतराज नहीं करता है। जब पति बहुत ज्यादा दुख-तकलीफ देता है तब वे दूसरे मर्द का हाथ थाम लेती हैं। लेकिन चूँकि यह बड़ी शर्म की बात है इसलिए तब यह बताना जरूरी होता है कि पति कितना दुख-तकलीफ देता है। हालाँकि वे लोग वास्तव में हिन्दू हैं और दुर्गापूजा से लेकर षष्ठी महाकाली तक की पूजा करने से बाज नहीं आते।

## 7

रास्ते में जिन लोगों के सुख-दुख में हाथ बँटाते-बँटाते मैं इस विदेश में आ उपस्थित हुआ, वे लोग परिस्थितिवश रह गए शहर के एक छोर पर और मुझे रहने की जगह मिली दूसरे छोर पर। इसलिए पन्द्रह-सोलह दिनों तक मैं फिर उधर नहीं जा सका था। इसके अलावा

दिन भर नौकरी की उम्मीदवारी में घूमते-घूमते मैं इतना थक जाता कि शाम के पहले जब मैं अपने डेरे लौटता तब मुझमें फिर इतनी ताकत नहीं रहती थी कि मैं कहीं बाहर निकल सकूँ। क्रमशः गुजरते दिनों के साथ-साथ मेरे भी मन में यह धारणा पैदा होती जा रही थी कि इतनी दूर विदेश में आकर भी नौकरी पाना मेरे लिए उतनी ही मुश्किल है जितनी अपने घर-गाँव में।

अभया की बात याद आई। जिस आदमी के सहारे वह अपने पति की तलाश में घर छोड़कर आई है, पति के न मिलने पर उसकी क्या दशा होगी। घर से निकलते वक्त घर का दरवाजा जितना खुला रहता है, वापस जाते वक्त घर का दरवाजा उतना ही खुला रहता है—बंगाल के परिवेश में पल-बढ़कर इतनी बड़ी आशा की कल्पना करने की हिम्मत मुझमें नहीं है। यह भी अन्दाजा लगाना मुश्किल नहीं है कि वे लोग इतना रुपया-पैसा लेकर घर से नहीं चले होंगे जिससे ज्यादा दिनों तक वे लोग यहाँ अपना गुजर-बसर कर सकें। तो फिर बाकी रहा वही रास्ता जिसे ज्यादातर बंगाली अपनाते हैं। यानी मासिक वेतन पर दूसरे के यहाँ नौकरी करते हैं और मरने तक अपनी हड्डी-पसली को बचाए रखते हैं। यह बताने की जरूरत नहीं कि रोहिणी बाबू के लिए भी उसके सिवाय और कोई उपाय नहीं है। लेकिन इस रंगून के बाजार में सिर्फ अपना पेट भर लेने लायक नौकरी का जुगाड़ करने में जब मेरा ही यह हाल है तब एक औरत की जिम्मेदारी अपने कन्धे पर लेकर उस मुँहचोर बेचारे अभया के बड़े भाई की क्या दशा होगी, यह सोचकर मैं भी डरा। मैंने यह तय किया कि कल चाहे जैसे भी क्यों न हो, मैं एक बार जाकर उन लोगों की खोज-खबर ले आऊँगा।

अगले दिन तीसरे पहर करीब दो कोस पैदल चलकर मैं उन लोगों के डेरे पर जा पहुँचा, तो देखा, बाहर के बरामदे में एक छोटे-से मूढ़े पर रोहिणी भैया बैठे हुए हैं। उनका चेहरा नवजलधर-मंडित आषाढ़स्य प्रथम दिवस की नाईं गम्भीर है; बोले, ''अरे, श्रीकान्त बाबू आए हैं? आप अच्छे हैं न?''

मैंने कहा, ''जी हाँ, मैं अच्छा हूँ।''

''जाइए, अन्दर जाकर बैठिए।''

मैंने डरते हुए प्रश्न किया, ''आप लोगों की खबर अच्छी है न?''

''हूँ, अन्दर जाइए न, वे कमरे में ही हैं।''

''हाँ, जा रहा हूँ। आप भी आइए न।''

''नहीं, मैं अभी अन्दर नहीं जाऊँगा। मैं यहीं जरा सुस्ता लूँ। मेहनत करते-करते तो एक तरह से जान निकली जा रही है। पाँव फैलाकर दो पल जरा बैठूँ।''

भले ही उनकी शक्ल-सूरत से यह जाहिर न हो कि ज्यादा मेहनत करने की वजह से वे मरने लायक हो गए हैं, तो भी मैं मन ही मन कुछ उद्विग्न हो उठा। अगर मैं अपनी आँखों से नहीं देखता, तो यह विश्वास करना भी मुश्किल था कि रोहिणी भैया के अन्दर भी इतने दिनों से इतनी गम्भीरता छिपे तौर पर रह रही थी। मगर बात क्या है? मैं खुद भी तो राहों में घूमता हुआ परेशान हो गया हूँ। मेरे ये बड़े भाई क्या...

किवाड़ के पीछे से अभया ने अपना मुस्कुराता मुँह बाहर निकाला और चुपचाप इशारे से मुझे अन्दर बुलाया। मैंने हिचकिचाते हुए कहा, ''चलिए न रोहिणी भैया, अन्दर जोकर थोड़ी गपशप करें।''

रोहिणी भैया ने जवाब दिया, ''गपशप करूँगा! अभी मर जाऊँ तो पिंड छूटे। यह जानते हैं श्रीकान्त बाबू?''

मुझे यह मालूम करना ही पड़ा कि मैं नहीं जानता था। उन्होंने मेरी बात के जवाब में सिर्फ एक लम्बी साँस छोड़ी और कहा, ''दो दिन बाद ही आप जान जाएँगे।''

अभया के फिर से चुपचाप बुलावे पर और बाहर खड़ा होकर तू-तू, मैं-मैं किए बिना मैं अन्दर घुसा। अन्दर रसोईघर के अलावा सोने के दो कमरे थे। सामनेवाला कमरा ही बड़ा था। रोहिणी बाबू उसी कमरे में सोते थे। एक किनारे निवार की चारपाई पर उनका बिस्तर बिछा हुआ था। मैं वहाँ घुसा तो नजर आया, फर्श पर आसन बिछा हुआ है, एक थाली में पूरियाँ, सब्जी और थोड़ा-सा हलुआ है और पास ही एक गिलास पानी रखा हुआ है। इसमें कोई सन्देह नहीं कि यह खाना मेरे लिए बनाकर नहीं रखा गया था। ऐसी बात नहीं थी कि वह गणना करके पहले ही नहीं आ गई थी कि मैं आनेवाला हूँ। इसलिए पल भर में ही मैं यह समझ गया कि कोई अनबन चल रही थी। इसीलिए रोहिणी भैया का चेहरा लटका हुआ है इसीलिए उन्होंने कहा कि वे मर जाएँ तो पिंड छूटे।

मैं चुपचाप चारपाई पर जाकर बैठा। अभया ने करीब ही खड़ी होकर पूछा, ''आप अच्छे हैं न? इतने दिनों बाद शायद गरीब याद आए?''

मैंने खाने की थाली को दिखाते हुए कहा, ''मेरी बात बाद में होगी। मगर यह थाली यों ही क्यों पड़ी हुई है?''

अभया मुस्कुराई। थोड़ी देर तक चुप रही और बोली, ''वो यों ही पड़ी हुई है, कोई बात नहीं। कहिए, आप कैसे हैं?''

''मैं कैसा हूँ, यह तो मैं खुद ही नहीं जानता, तो दूसरे को कैसे बताऊँ कि मैं कैसा हूँ!'' मैंने तनिक सोचकर कहा, ''जब तक कोई नौकरी नहीं मिल जाती है तब तक इस सवाल का जवाब देना मुश्किल है। रोहिणी बाबू कह रहे थे...'' मेरे मुँह की बात मुँह में ही रह गई। रोहिणी भैया अपनी फटी चप्पलों से फट-फट आवाज करते हुए कमरे में घुसे, किसी की भी तरफ निगाह तक नहीं डाली, पानी का गिलास को उठा लिया, एक ही दम में आधी गिलास पानी पी गए और बाकी बचे हुए पानी को दो-तीन घूँटों में जबरन गटक गए। खाली गिलास को लकड़ी के फर्श पर ठक से रख दिया और यह कहते-कहते बाहर निकल गए—''खैर, पानी पीकर ही पेट भर लूँ। भला कौन है यहाँ मेरा अपना जो भूख लगते ही मुझे खाना देगा?''

मैंने भौचक्का होकर अभया की तरफ गौर से देखा। पल भर के लिए उसका मुँह लाल हो उठा; लेकिन तुरत उसने अपने आपको सँभाल लिया और मुस्कुराती हुई बोली, ''लेकिन भूख लगने पर आदमी को पानी के गिलास से पहले खाने की थाली नजर आती है।''

रोहिणी ने उसकी बात पर कान ही नहीं दिया, वे बाहर निकल गए, लेकिन आधा मिनट भी नहीं बीता होगा कि वे वापस आकर किवाड़ के सामने खड़े हो गए और मुझे सम्बोधित करते हुए बोले, "दिन भर ऑफिस में मेहनत करते-करते भूख के मारे मेरा सर चकरा रहा था, इसीलिए तब मैं आपसे बात नहीं कर सका था। आप बुरा नहीं मानिएगा।"

मैंने कहा, "नहीं, मैं बुरा नहीं मानूँगा।"

उन्होंने फिर से कहा, "आप जहाँ रहते हैं वहाँ मेरे रहने के लिए कोई इन्तजाम आप कर दे सकते हैं?"

उनके मुँह की भंगिमा को देखकर मैं हँस पड़ा, कहा, "मगर वहाँ पूरी, मोहनभोग (हलुआ) नहीं बनता है।"

रोहिणी बोले, "उसकी जरूरत क्या है? जब भूख लगी हो तब अगर कोई गुड़ और पानी दे दे तो वही अमृत है। भला यहाँ उसे कौन देगा?"

मैंने जिज्ञासु होकर अभया के मुँह की तरफ निहारा, तो उसने धीरे-धीरे कहा, "सर दुखने की वजह से मैं बेवक्त सो गई थी, इसीलिए खाना बनाने में जरा देरी हो गई थी, श्रीकान्त बाबू।"

मैंने अचरज में पड़कर कहा, "बस, यही कसूर किया है आपने?"

अभया ने पहले की ही तरह शान्त भाव से कहा, "यह क्या तुच्छ कसूर है श्रीकान्त बाबू?"

"हाँ, यह तो तुच्छ कसूर है ही।"

अभया बोली, "आपके लिए यह तुच्छ कसूर हो सकता है, लेकिन इस गले पड़ी आफत को दो रोटियाँ देनेवाले इस तुच्छ कसूर को क्यों माफ करेंगे? मेरा सर दुखेगा, तो उनका काम कैसे चलेगा?"

रोहिणी भड़ककर गरज उठे, "मैंने ऐसा कहा है कि तुम गले पड़ी आफत हो?"

अभया बोली, "नहीं, तुम मुँह से ऐसा नहीं कहते। मगर तुम हजारों तरह से तो यही दिखा रहे हो!"

रोहिणी ने कहा, "मैं तुम्हें हजारों तरह से यही दिखा रहा हूँ। उफ, तुम्हारे मन में इतनी गाँठें हैं! तुमने मुझसे यह कहा था कि तुम्हारा सर दुख रहा है?"

अभया ने कहा, "तुम्हें कहने से क्या फायदा? अगर मैं तुमसे कहती तो क्या तुम विश्वास करते?"

रोहिणी मेरी तरफ मुड़े और ऊँची आवाज में बोल उठे, "सुनिए श्रीकान्त बाबू, उनकी बातें सुनिए। इनके लिए मैंने अपना घर-गाँव छोड़ा, मेरे घर लौटने का रास्ता बन्द हो गया और ये कहती हैं कि मैं उन्हें गले पड़ी आफत समझता हूँ। जरा सुनिए इनकी बातें–उफ..."

अभया ने भी इस बार गुस्से से जवाब दिया, "मुझे जो होना है, होगा, तुम जब मर्जी, अपने गाँव लौट जाओ। मेरे लिए तुम इतनी तकलीफ क्यों झेलोगे? कौन होती हूँ मैं तुम्हारी? इतना ताना मारने से तो..."

अभया की बात अभी खत्म भी नहीं हो पाई थी कि तभी रोहिणी लगभग चिल्ला उठे–"सुनिए श्रीकान्त बाबू, ये खाना बना देती हैं, इसलिए ऐसा कह रही हैं। आप इनकी

बातें सुन लीजिए। अच्छा, आज से अगर तुमने मेरे लिए खाना बनाया, तो तुम्हारे बहुत बड़े...बल्कि मैं होटल में...'' कहते-कहते उनकी रुआँसी अवाज रुँध गई। उन्होंने धोती के छोर से अपना मुँह दबाया और तेज कदमों से बाहर निकल गए। अभया ने अपना बदरंग मुँह नीचा किया—क्या पता आँसुओं को छिपाने के लिए या नहीं। लेकिन मैं बिलकुल जड़वत् हो गया। कुछ दिनों से उन दोनों के बीच अनबन चल रही है, इसे तो मैंने अपनी आँखों से देखा। लेकिन यह समझने में रत्ती भर भी देर नहीं हुई कि इसका गुप्त कारण नजरों की बिलकुल ओट में है, तो भी वह भूख और खाना बनाने में हुई कोताही से बहुत दूर से होकर बह रहा है। तो क्या पति को ढूँढ़ने की कहानी भी...

मैं उठकर खड़ा हो गया। इस चुप्पी को तोड़ने में खुद मुझे ही न जाने कैसी झिझक महसूस होने लगी। मैंने थोड़ी-सी आनाकानी की, पर अन्त में कहा, ''मुझे बहुत दूर जाना है। तो अभी मैं चलता हूँ।''

अभया ने मुँह उठाकर निहारा। बोली, ''तो फिर कब आइएगा?''

''बहुत दूर है!''

''तो फिर जरा रुकिए,'' इतना कहकर अभया बाहर निकल गई। पाँच-दस मिनट बाद वापस आई और मेरे हाथ में एक टुकड़ा कागज देकर बोली, ''मैं जिस वजह से यहाँ आई हूँ, उसके बारे में मैंने सब कुछ इसमें संक्षेप में लिख दिया। आप उसे पढ़कर देखें और जो अच्छा समझें करें। इससे ज्यादा मैं आपसे कहना नहीं चाहती।'' इतना कहकर आज उसने अपने गले में आँचल डालकर मुझे प्रणाम किया, उसके बाद उठकर खड़ी हो गई और पूछा, ''आपका पता क्या है?''

मैंने उसे अपना पता बता दिया। उसके बाद मैं उस छोटे-से कागज को अपनी मुट्ठी में छिपाकर धीरे-धीरे बाहर निकल आया। बरामदे का वह मूढ़ा अभी खाली था। रोहिणी भैया को मैंने अगल-बगल कहीं नहीं देखा। मैं अपने कौतूहल को दबा नहीं सका। मैं इतना भी सब्र नहीं कर सका कि मैं उस चिट्ठी को डेरे पर जाकर पढ़ता। करीब ही रास्ते के किनारे एक छोटी-सी चाय की दुकान दिखाई पड़ी, तो मैं उसमें घुस गया और एक प्याला चाय लेकर लैम्प की रोशनी में मैंने उस चिट्ठी को खोला। वह चिट्ठी पेंसिल से लिखी गई थी और उसकी लिखावट मर्दों की लिखावट जैसी थी। पहले उसने अपने पति का नाम और उसका पहले का पता लिखा था। उसके नीचे लिखा था—आज आप जो कुछ सोचकर आए उसे मैं जानती हूँ और आप यह भी जानते हैं कि मुसीबत की घड़ी में मैंने आप पर कितना भरोसा किया था, इसीलिए मैंने आपका पता जान लिया।

अभया की उस छोटी-सी चिट्ठी को मैंने बार-बार पढ़ा, उसमें लिखी उन कई बातों के अलावा मैं और किसी भी बात का ज्यादा अन्दाजा नहीं लगा सका। अभया जैसी अक्लमन्द औरत के लिए इसका अन्दाजा लगाना बिलकुल ही मुश्किल नहीं था कि आज उन लोगों के एक-दूसरे के साथ किए गए बर्ताव को अपनी आँखों से देखनेवाला कोई भी बाहरी आदमी क्या सोच सकता है। मगर फिर भी उसने इस बारे में रत्ती भर भी इशारा नहीं किया कि किसका कौन-सा बर्ताव सही था और कौन-सा गलत। यह तो

मैंने पहले ही सुना था कि उसके पति का नाम क्या है और वह कहाँ रहता है। यह तो मैंने बार-बार अपनी आँखों से देखा था कि मुसीबत की घड़ी में वह मुझ पर कितना भरोसा करती थी। लेकिन उसके बाद? अब वह अपने पति की खोज करना चाहती है या नहीं या और कौन-सी आनेवाली मुसीबत के लिए उसने मेरा पता जान लिया। उनमें से किसी का भी आभास तक उसकी चिट्ठी के शब्दों को टटोलकर मैं बाहर नहीं निकाल सका। उन लोगों की बातचीत से अन्दाजा होता है कि रोहिणी को किसी ऑफिस में नौकरी मिल गई है। कैसे मिली उसे नौकरी, पता नहीं—लेकिन रोटी-कपड़े की ऐसी फिक्र फिलहाल उन्हें नहीं है जैसी मुझे है। उन लोगों को खाने को पूरियाँ भी मिलती हैं। फिर भी किस तरह की मुसीबत की सम्भावना के बारे में उसने मुझे सुना रखा और मुझे सुनाने की सार्थकता ही भला क्या है, यह अभया ही जाने।

वहाँ से बाहर निकलकर रास्ते भर मैं सिर्फ उन्हीं लोगों के बारे में सोचते-सोचते अपने डेरे पर आ पहुँचा। कुछ भी तय नहीं हुआ; आज खुद मेरे अन्दर सिर्फ यही तय हो गया कि बतौर आदमी अभया का पति चाहे जो भी क्यों न हो, और चाहे जहाँ भी जिस तरह भी क्यों न रहता हो, पत्नी की इजाजत के बिना उसे ढूँढ़ निकालने के कौतूहल को मुझे रोकना ही पड़ेगा।

अगले दिन से मैं फिर से अपनी नौकरी की उम्मीदवारी में लग गया, लेकिन हजारों चिन्ताओं के बीच भी अभया की चिन्ता को मैं अपने मन के अन्दर से उखाड़कर फेंक नहीं सका।

मगर चिन्ता मैं चाहे जितनी भी क्यों न करूँ, वह दिन-ब-दिन समान रूप से लुढ़कती हुई चलने लगी। इधर भाग्यवादी दा ठाकुर का खिला हुआ चेहरा गम्भीर होता जाने लगा। भात के लिए सब्जी पहले-पहल मात्रा में और बाद में गिनती में कम होती जाने लगी, लेकिन नौकरी ने मेरे बारे में रत्ती भर भी अपनी राय नहीं बदली, जिस नजर से उसने मुझे पहले देखा था ठीक उसी नजर से महीने से ज्यादा वक्त बीत जाने के बाद भी मुझे देखती रही। मगर किसके प्रति, पता नहीं मैं क्रमशः उत्कंठित और विरक्त होता जाने लगा। लेकिन तब भी तो मैं यह नहीं जानता था कि जब तक नौकरी मिलना बहुत जरूरी नहीं हो जाता तब तक वह नहीं मिलती। यह ज्ञान अचानक एक दिन मुझे प्राप्त हुआ, रोहिणी बाबू को रास्ते के किनारे देखकर। वे बाजार में रास्ते के किनारे साग-सब्जियाँ खरीद रहे थे। मैं करीब ही खड़ा होकर चुपचाप उन्हें देखने लगा—यद्यपि उनके कपड़े-लत्ते और जूते इतने फट गए थे कि उसकी कोई सीमा नहीं थी। तेज धूप से बचने के लिए उनके पास छाता तक नहीं था, फिर भी वे साग-सब्जियाँ ऐसे खरीद रहे थे जैसे बड़े लोग खरीदते हैं, उधर उनकी छानबीन और जाँच-पड़ताल की सीमा नहीं थी। हंगामा और मेहनत-मशक्कत चाहे जितनी भी क्यों न हो, अच्छी चीज खरीदने के लिए जैसे उनकी जान पड़ी हुई हो। पलक झपकते सारी घटना मुझे नजर आ गई। इस सब खरीदारी के अन्दर से होकर उनका व्यग्र, व्याकुल स्नेह कहाँ जा पहुँचा है, यह जैसे मुझे धूप की तरह साफ-साफ दिखाई पड़ा। क्यों इस सबको लेकर उन्हें एकदम घर पहुँचना ही होगा, क्यों इस सबकी कीमत चुकाने के लिए उन्हें नौकरी करनी पड़ी, इस समस्या का फैसला करने

में अब जरा भी देर नहीं हुई। आज मैंने समझा, क्यों इस भीड़भाड़ के बीच राह उन्हें ढूँढ़े मिल गई है और मुझे क्यों नहीं मिली है।

हाथों में ढेर सारी मोटरियाँ लिये मैले-कुचैले, फटे-पुराने कपड़े पहने रंगून के राजपथ से होकर घर जानेवाले उस दुबले-पतले आदमी के तृप्त मुँह की तरफ आड़ से मैंने गौर से देखा। अपने ऊपर निगाह डालने की मानो उसे फुर्सत ही नहीं थी। उसका हृदय जिस चीज से भरा हुआ था उसके आगे मैले-कुचैले, फटे-पुराने कपड़े-लत्ते जैसे बिलकुल नगण्य हो गए थे। और मैं? मामूली गन्दे कपड़े पहने रहने की वजह से पग-पग पर संकुचित होता जा रहा था, राह से गुजरनेवाले एकदम अपरिचित आदमी की निगाह पड़ जाने पर मैं शर्म के मारे मरा जा रहा था।

रोहिणी भैया चले गए, मैंने उन्हें मुड़कर नहीं पुकारा और दूसरे ही पल वे लोगों के बीच ओझल हो गए, क्यों, पता नहीं। इस बार दोनों आँखें आँसुओं से धुँधली हो गईं। चादर के खूँट से आँसू पोंछते-पोंछते रास्ते के एक किनारे से होकर मैं धीरे-धीरे अपने डेरे लौटा और अपने ही मन से मैं बार-बार कहने लगा, 'इस प्यार में जितनी ताकत है और यह प्यार जितना बड़ा शिक्षक है उससे बड़ा ताकतवर और उससे बड़ा शिक्षक दुनिया में शायद कोई और नहीं है। शायद कोई भी ऐसा बड़ा काम नहीं है जिसे वह नहीं कर सकता है।'

फिर भी युगों से वंचित कुसंस्कार मेरे कान में फुसफुसाकर कहने लगा, 'यह अच्छा नहीं है, यह अच्छा नहीं है, आखिरकार इसका नतीजा अच्छा नहीं होता है।'

मैं अपने डेरे पर आया, तो मुझे एक बड़ा-सा लिफाफा मिला। मैंने उसे खोला, तो देखता हूँ, मेरी नौकरी की दरख्वास्त मंजूर हुई है। सागौन की लकड़ी का एक बहुत बड़ा व्यापारी, जिसके पास बहुत सारी दरख्वास्तें आई थीं, मुझ गरीब पर खुश हुआ है। भगवान उसका भला करें।

बतौर चीज नौकरी से मेरी पुरानी जान-पहचान नहीं थी, इसलिए नौकरी मिलने पर भी यह सन्देह रहा कि वह बनी रहेगी या नहीं। जो मेरे 'साहब' थे, वे निखालिस अंग्रेज थे, तो भी मैंने देखा, वे अच्छी बांग्ला जानते हैं। क्योंकि वे पहले कलकत्ता के ऑफिस में थे। वहाँ से उनका तबादला बर्मा हो गया था।

दो सप्ताह बाद मेरे 'साहब' ने मुझे बुलाकर कहा, ''श्रीकान्त बाबू, तुम उस टेबल पर आकर काम करो। तुम्हें तनख्वाह भी ढाई गुना ज्यादा मिलेगी।''

खुलेआम और मन ही मन मैंने 'साहब' को लाखों आशीर्वाद दिए और टूटे-फूटे टेबल को छोड़कर मैं हरी बनात मढ़े टेबल पर एकबारगी चढ़ बैठा। आदमी के जब दिन बहुरते हैं तब ऐसा ही होता है। हमारे होटल के दा ठाकुर ने निहायत झूठ नहीं कहा था।

किराए की गाड़ी पर मैं अभया को खुशखबरी देने गया। रोहिणी भैया ऑफिस से लौटकर अभी-अभी नाश्ता करने बैठे थे। लेकिन आज उन्हें निपट पानी से अपनी भूख मिटाते मैंने नहीं देखा। बल्कि जिस चीज से वे अपनी भूख मिटा रहे थे उससे भूख मिटाने में दुनिया में चाहे और जिसे भी एतराज क्यों न हो, पर मुझे तो कोई एतराज नहीं था। अतएव यह बताने की जरूरत नहीं कि जब अभया ने मुझे खाने को कहा, तो मैं असहमत

नहीं हुआ। खाना-पीना खत्म हुआ, तो रोहिणी भैया कमीज पहनने लगे। अभया ने खिन्न आवाज में कहा, "मैं तुमसे बराबर कहती हूँ रोहिणी भैया कि इस कमजोरी में तुम इतनी मेहनत मत करो। तुम क्या हरगिज नहीं सुनोगे? अच्छा, क्या जरूरत है हमें ज्यादा रुपए कमाने की? दिन तो अच्छी तरह चले जा रहे हैं।"

राहिणी भैया की दोनों आँखों से मानो स्नेह बरसने लगा। उसके बाद वे जरा मुस्कुराए और बोले, "अच्छा, अच्छा सो बाद में देखा जाएगा। एक खाना बनानेवाली को भी मैं रख नहीं पा रहा हूँ। तुम इतनी मेहनत-मशक्कत करती हो, दोनों वक्त चूल्हे के पास बैठती हो, चूल्हे में तपिश से तुम दुबली हो गई हो।" इतना कहकर उन्होंने मुँह में पान डाला और तेज कदमों से बाहर निकल गए।

अभया ने एक छोटी-सी आह को दबा लिया, जबरन जरा मुस्कुराई और बोली, "देखिए तो श्रीकान्त बाबू, उनका अन्याय। दिन भर जी-तोड़ मेहनत करने के बाद घर आकर कहाँ जरा सुस्ताएँगे, सो नहीं। फिर रात के नौ बजे तक लड़के को पढ़ाने के लिए निकल गए। मैं इतना कहती हूँ, पर वे हैं कि हरगिज नहीं सुनते हैं। इन दो आदमियों का खाना बनाने के लिए भला एक खाना बनानेवाली को रखने की क्या जरूरत है, कहिए तो? वे हर बात में ज्यादती करते हैं, न?" इतना कहकर उसने दूसरी तरफ नजरें घुमा लीं।

मैं चुपचाप सिर्फ तनिक मुस्कुराया। 'ना' या 'हाँ' कोई जवाब देने की मेरी मजाल नहीं थी। इसमें सन्देह है कि मेरे विधाता की मजाल थी या नहीं।

अभया उठकर गई, एक चिट्ठी लाई और उसे मेरे हाथ में दिया। बर्मा की रेल कम्पनी के ऑफिस से इसके आए कई दिन हुए। बड़े साहब ने दुख के साथ लिखा था कि करीब दो बरस पहले अभया के पति को किसी बहुत बड़े कसूर के चलते कम्पनी की नौकरी से निकाल दिया गया था। उसके बाद वह कहाँ गया है, इसकी कोई जानकारी उनके पास नहीं है।

हम दोनों ही बहुत देर तक स्तब्ध बैठे रहे। अन्त में अभया ने ही पहले बात की। बोली, "अब आप क्या सलाह देते हैं?"

मैंने धीरे-धीरे कहा, "मैं क्या सलाह दूँ?"

अभया ने गर्दन हिलाकर कहा, "नहीं, ऐसा नहीं हो सकता है। आप ही को यह बता देना होगा कि ऐसी स्थिति में मुझे क्या करना चाहिए? जब यह चिट्ठी मिली है तब से लेकर अब तक आप ही की आशा में मैं बाट जोह रही थी।"

मैंने मन ही मन कहा—यह तो बड़ी अच्छी बात है। मेरी सलाह लेकर तुम घर से निकली थी न, इसीलिए तुम मेरी राय जानने के लिए बाट जोह रही थी।

मैं बहुत देर तक चुप रहा, फिर पूछा, "घर लौट जाने के बारे में आपकी क्या राय है?"

अभया बोली, "कुछ भी नहीं। आप कहेंगे, तो मैं चली जाऊँगी, मगर वहाँ तो मेरा कोई नहीं है।"

"रोहिणी बाबू का क्या कहना है?"

"उनका कहना है कि वे घर नहीं लौटेंगे। कम से कम दस वर्षों तक वे उधर का रुख नहीं करेंगे।"

मैं बहुत देर तक चुप्पी साधे रहा, फिर कहा, ''वे क्या बराबर आपकी जिम्मेवारी उठा सकेंगे?''

अभया बोली, ''आप ही कहिए, मैं दूसरे के मन की बात कैसे जान सकती हूँ? इसके अलावा वे खुद भी भला यह कैसे जान सकते हैं?'' इतना कहकर वह थोड़ी देर तक चुप रही, फिर खुद ही बोली, ''मेरे लिए वे रत्ती भर भी जिम्मेवार नहीं हैं, आप इसे दोष कहें या गलती, जो भी फैसला है वह अकेले मेरा है।''

गाड़ीवान बाहर से चिल्लाया, ''बाबू, और कितनी देर होगी?''

मैं बच गया। इस संकट से सहसा बच निकलने का कोई उपाय मुझे ढूँढ़े नहीं मिल रहा था। यह सच है कि मेरा मन यह विश्वास करना नहीं चाह रहा था कि अभया वास्तव में अथाह सागर में निरन्तर गोते खा रही है। लेकिन मैंने औरतों के इतनी तरह के अजीबोगरीब रूप देखे हैं कि बाहर से इन दोनों आँखों पर विश्वास करना कितना बड़ा अन्याय है, यह भी मैं निःसन्दिग्ध रूप से समझ रहा था।

जब गाड़ीवान ने फिर से बुलाया, तो और पल भर भी देर किए बिना मैं उठकर खड़ा हो गया और बोला, ''मैं जल्दी ही फिर किसी दिन आऊँगा।'' इतना कहकर मैं तेज कदमों से बाहर निकल गया। अभया ने कोई बात नहीं की, वह अडिग बुत की मानिन्द फर्श की तरफ निहारती हुई बैठी रही।

जब मैं गाड़ी पर चढ़ बैठा, तो गाड़ी चल पड़ी। लेकिन अभी गाड़ी दस साथ दूर भी नहीं गई थी कि याद आया, मैं अपनी छड़ी वहीं भूल आया हूँ। मैंने जल्दी से गाड़ी रुकवाई और लौटकर घर में घुसा, तो नजर आया, ठीक दरवाजे के सामने ही अभया औंधी पड़ी हुई है, तीर बिंधे जानवर की भाँति अव्यक्त दुख से पछाड़ खाकर मानो जान दे रही हो।

मैं क्या कहकर उसे दिलासा देता, यह मेरी अक्ल के परे था। मैं सिर्फ वज्राहत की नाईं स्तब्ध भाव से थोड़ी देर तक खड़ा रहा और फिर उसी तरह चुपचाप लौट गया जिस तरह चुपचाप आया था। अभया जैसे रो रही थी, वैसे ही रोती रही। वह एक बार यह भी नहीं जान सकी कि उसके इस बेहद गहरे दुख का मूक गवाह इस दुनिया में मौजूद रहा।

# 8

राजलक्ष्मी का अनुरोध मैं भूला नहीं था। जब से मैं यहाँ आया था तब से लेकर अब तक यह याद था कि उसके पटना के पते पर उसे एक चिट्ठी देनी है। लेकिन एक तो दुनिया के कठिन से कठिन कामों से चिट्ठी लिखने के काम को मैं कम कठिन नहीं समझता। दूसरे, आखिर लिखूँ तो क्या लिखूँ? लेकिन आज मुझे ऐसा महसूस होने लगा

कि अगर मैं अपने कलेजे के अन्दर पैदा हुए अभया के रोने के बोझ का थोड़ा-सा हिस्सा बाहर नहीं निकाल सका तो मैं जिन्दा नहीं बचूँगा। इसीलिए डेरे पर पहुँचकर मैं कागज-कलम का जुगाड़ करके बाईजी को चिट्ठी लिखने बैठ गया। अब उसके अलावा मेरा दुख बाँटनेवाला भला और कौन था! दो-तीन घंटे बाद चिट्ठी लिखना खत्म करके जब मैंने कलम रखी तब रात के बारह बज गए थे। लेकिन सवेरे दिन के उजाले में इस चिट्ठी को भेजने में कहीं शर्म न आए, इसीलिए मिजाज गरम रहते-रहते मैं उसी रात उस चिट्ठी को डाक-बॉक्स में डाल आया।

यह सन्देह मुझे था कि एक शरीफ औरत के बेहद दुख की गुप्त कहानी दूसरी औरत को बतानी चाहिए या नहीं, मगर यह जानने के इरादे ने मुझे बिलकुल परेशान कर दिया कि वह राजलक्ष्मी, जिसने एक दिन प्यारी बाईजी की भयंकर वासना को दबाया था, अभया के इस परम और चरम संकट की घड़ी में उसे क्या सलाह देती है। लेकिन आश्चर्य इस बात का है कि सवाल के दूसरे पहलू को मैंने एक बार भी नहीं सोचा। अभया के पति का अता-पता न मिलने पर जो समस्या पैदा होगी उसकी बात तो बार-बार मन में पैदा हुई थी, मगर उसका पता मिल जाने पर समस्या और भी जटिल हो सकती है, यह विचार एक बार भी मन में पैदा नहीं हुआ। और यह भी किसने सोचा था कि इस गड़बी को ढूँढ़ निकालने की जिम्मेदारी विधाता ने मुझे ही सौंप दी थी, चार-पाँच दिन बाद मेरा एक बर्मी किरानी मेरे टेबल पर एक फाइल रख गया। फाइल के ऊपर नीली पेंसिल से बड़े साहब की टिप्पणी थी। उन्होंने खुद मुझे ही उस केस को निपटाने का हुक्म दिया था। शुरू से लेकर आखिर तक पूरी फाइल को पढ़कर मैं कई मिनटों तक स्तम्भित होकर बैठा रहा। घटना संक्षेप में इस प्रकार थी–

हमारे प्रोम ऑफिस के एक किरानी को वहाँ के अंग्रेज मैनेजर ने लकड़ी चुराने के आरोप में सस्पेंड करके रिपोर्ट की है। किरानी का नाम देखकर, मैंने समझा, यही हमारी अभया का पति है। उसकी भी चार-पाँच पृष्ठों की कैफियत थी। किसी गम्भीर कसूर के चलते बर्मी रेलवे से उसकी नौकरी चली गई थी, इसका भी अन्दाजा लगाने में देर नहीं हुई। थोड़ी ही देर बाद मेरे उसी किरानी ने आकर बताया कि एक आदमी मुझसे मिलना चाहता है। इसके लिए मैं तैयार ही था। मैं यह पक्का जानता था कि अपने केस की पैरवी करने के लिए वह खुद प्रोम से यहाँ आएगा। कई मिनट बाद जब वह सदेह आकर मुझसे मिला तब मैंने अनायास पहचाना, यही अभया का पति है। उसकी तरफ निहारते ही नफरत से मेरे रोंगटे खड़े हो गए। वह हैट-कोट पहने हुए था–मगर उसका हैट-कोट जितना पुराना था उतना ही गन्दा था। उसके सारे काले मुँह पर कड़ी दाढ़ी-मूँछें उग आई थीं। उसका निचला होंठ शायद डेढ़ इंच मोटा था। ऊपर से उसने इतना पान खाया था कि उसके दोनों होंठों की कोरों पर पान की पीक जैसे घनीभूत हो गई थी। उसके बात करने पर डर लगता था कि पीक छिटककर कहीं बदन पर न पड़े।

मैं सब जानता हूँ कि पति पत्नी का देवता है, पति पत्नी का इहलोक और परलोक है। मगर यह कल्पना करके कि अभया इस साकार नीच की बगल में है, मेरा तन-मन

संकुचित हो गया। अभया और चाहे जो भी हो, पर वह है नफीस और तहजीब-पसन्द औरत। लेकिन यह भैंसा बर्मा के किस घने जंगल से बाहर निकल आया है, यह वे ही देवता बता सकते हैं जिन्होंने इसे बनाया है।

मैंने उसे बैठने का इशारा किया और पूछा कि उसके खिलाफ की गई शिकायत क्या सही है? मेरी बात के जवाब में वह दस मिनट तक बेरोक-टोक बोलता रहा। उसने जो कुछ कहा उसका आशय यह था कि वह बिलकुल बेकसूर है। लेकिन चूँकि उसके रहने से प्रोम ऑफिस का 'साहब' दोनों हाथों से लूट नहीं सकता था, इसीलिए उसने उस पर अपना गुस्सा उतारा है। किसी तरह से उसे वहाँ से हटाकर उसकी जगह पर एक आदमी को भर्ती करने का उसका इरादा था। पर मैंने उसकी बात पर रत्ती भर भी विश्वास नहीं किया। कहा, "इस नौकरी के चले जाने पर आपको क्या नुकसान होगा? आप जैसे कार्यकुशल आदमी के लिए बर्मा में काम की क्या चिन्ता है? जब आपकी रेलवे की नौकरी चली गई थी तब आपको कितने दिन बैठा रहना पड़ा था?"

वह पहले अचकचाया, बाद में बोला, "मैं यह नहीं कह सकता कि आपका कहना निहायत गलत है। लेकिन बात क्या है, जानते हैं—सर, मैं फैमिली मैन हूँ, मेरे बहुत सारे बच्चे-कच्चे हैं।"

"आपने क्या बर्मा की लड़की से शादी की है?"

वह अचानक चिढ़ उठा और बोला, "यह क्या उस अँगरेज मुए ने अपनी रिपोर्ट में लिखा है? इसी से आप समझ सकते हैं कि उस साले का मुझ पर कितना गुस्सा है।" इतना कहकर उसने मेरे मुँह की तरफ निहारा और थोड़ा-सा नरम होकर बोला, "आप कहे पर विश्वास करते हैं?"

मैंने गर्दन हिलाकर कहा, "अगर आपने बर्मा की लड़की से शादी की है, तो इसमें बुराई क्या है?"

वह उत्साहित होकर बोला, "आप ठीक कहते हैं सर! मैं तो सभी से यही कहता हूँ। जो करता हूँ उसे बोल्डली कबूल करता हूँ। मेरी कथनी और करनी में कोई फर्क नहीं होता और फिर मैं ठहरा मर्द—आपने नहीं समझा? मैं जो कहता हूँ, उसे साफ-साफ कहता हूँ सर। मैं दुराव-छुपाव नहीं करता। और गाँव में तो मेरा कहीं कोई नहीं है—और जब यहीं हमेशा नौकरी करके पेट भरना है, तो...समझे न सर।"

मैंने सर हिलाकर बताया, मैंने सब समझा है। पूछा, "गाँव में क्या आपका कोई नहीं है?"

उसने बेहिचक कहा, "जी नहीं, मेरा कहीं कोई नहीं है—काकस्य परिवेदना—अगर मेरा कहीं कोई होता तो क्या मैं इस सूरज मामा के देश में आ सकता था। सर, मैं कहूँगा, तो आप विश्वास नहीं करेंगे? मैं किसी ऐरे-गैरे घर का लड़का नहीं हूँ। मैं भी एक जमींदार हूँ। अभी भी आप मेरे गाँव के घर की तरफ निहारेंगे तो आपकी आँखें चौंधिया जाएँगी। लेकिन जब मैं छोटा था, तभी सब मर-खप गए। कहा—भाड़ में जाए जमीन-जायदाद, घर-मकान किस काम का? मैंने सब कुछ अपने भाई-बन्धुओं को बाँट दिया और मैं बर्मा चला आया।"

मैं थोड़ी देर तक स्थिर रहा, फिर प्रश्न किया, ''आप अभया को पहचानते हैं?''

वह चौंक उठा। थोड़ी देर चुप रहा, फिर बोला, ''आप उसे कैसे जानते हैं?''

मैंने कहा, ''ऐसा तो हो सकता है कि आपका पता लगाकर उसने अपने गुजर-बसर के लिए इस ऑफिस में दरख्वास्त दी हो।'' वह पहले की बनिस्बत ज्यादा प्रसन्न स्वर में बोला, ''ओ, तो यह बात है? हाँ, मैं यह कबूल करता हूँ कि एक समय वह मेरी पत्नी तो थी...''

''और अब?''

''अब वह मेरी कोई नहीं लगती है। मैं उसे छोड़ आया हूँ।''

''उसने ऐसा कौन-सा कसूर किया था जिसकी वजह से आपने उसे छोड़ दिया है?''

उसने दुखी होने का स्वाँग रचकर कहा, ''क्या बात है, जानते हैं, फैमिली सिक्रेट नहीं कहना चाहिए। मगर जब आप मेरे रिश्तेदार जैसे हैं तब मुझे यह कहने में कोई शर्म नहीं कि वह एक बदचलन औरत है। इसीलिए तो गहरे पैठी नफरत से मैंने अपना गाँव छोड़ा। वरना क्या कोई शौक से कभी ऐसे देश में कदम रखना चाहेगा। आप ही कहिए न, यह क्या आसान गहरे पैठी नफरत है?''

मैं क्या जवाब देता, शर्म के मारे मेरा सर झुक गया। शुरू से ही मैंने इस घोर झूठे के एक शब्द पर भी विश्वास नहीं किया था। लेकिन अब मैंने बेशक यह समझा कि यह जितना नीच है उतना ही निष्ठुर है।

अभया के बारे में मैं कुछ भी नहीं जानता। लेकिन तब भी कसम खाकर मैं यह कह सकता हूँ कि पति होकर इस पाखंडी ने जो कलंक उस पर बेझिझक लगाया गैर होकर भी मैं उसे बोल नहीं सकता। थोड़ी देर बाद मैंने मुँह उठाया और कहा, ''उसके इस कसूर की बात आप आते वक्त तो उससे कह नहीं आए थे। यहाँ आकर भी जब कुछ दिनों तक आपने चिट्ठी-पत्री और रुपया-पैसा भेजा था तब भी तो आपने लिखकर उसे यह नहीं बताया था।''

उस महापापी ने अपने मोटे-मोटे होंठों को ठहाके से फाड़कर कहा, ''लो सुनो इनकी बात! आप जानते हैं न सर, हम ठहरे शरीफ लोग, हम सिर्फ चुपके-चुपके बर्दाश्त कर सकते हैं—ओछे लोगों की तरह हम अपनी पत्नी के कलंक का तो ढोल पीटकर प्रचार नहीं कर सकते। रहने दीजिए इस बात को। उन दुख-भरी बातों को छोड़ दीजिए सर। ऐसी औरतों का नाम जुबान पर लाने से भी पाप लगता है। तो इस केस को तो आप ही डिसपोज करेंगे? खैर, जान बची मगर यह भी कह देता हूँ कि उस अँगरेज मुए को मैं यों ही नहीं बख्श दूँगा। उसे ऐसा सबक सिखाना पड़ेगा जिससे वह फिर कभी मेरे पीछे न लगे। वह यह याद रखे कि मेरे भी मददगार हैं। आप समझे न? अच्छा, मैं पूछता हूँ, उस हरामजादे को खींचकर हेड ऑफिस नहीं लाया जा सकता है?''

मैंने कहा, ''नहीं।''

वह ठहाका मारकर हँसा, फाइल को जरा सामने धकेल दिया और बोला, "लीजिए, मजाक छोड़िए। आप क्या यह सोचते हैं कि मैं यह जानकारी लिये बिना ही आया हूँ कि बड़ा साहब बिलकुल आपकी मुट्ठी में है। खैर, भाड़ में जाए वह। और एक बार वह मेरे पीछे तो पड़कर देखे। बड़े साहब से ऑर्डर करवा के क्या आज ही उसे मेरे हाथ में नहीं दिया जा सकता है? ऐसा होता तो मैं नौ बजे की गाड़ी से ही चला जाता। तब मुझे रात को रहने की तकलीफ नहीं झेलनी पड़ती। क्या राय है आपकी इस बारे में?"

मैं अचानक जवाब नहीं दे सका। क्योंकि खुशामद ऐसी चीज है कि सारे मनसूबों को जान-बूझकर भी नाराज करने में दुख महसूस होता है। आशा के विपरीत बात मुँह पर सुना देने में मुझे हिचकिचाहट होने लगी, लेकिन उस रुकावट को मैंने माना नहीं। मैंने अपने आपको मजबूत बनाया और कह डाला, "बड़े साहब का हुक्म हाथ में लेने से आपको कोई फायदा नहीं होगा। आप कहीं और नौकरी ढूँढ़ लीजिए।"

एक पल में वह जैसे सन्न रह गया। थोड़ी देर बाद बोला, "इसका मतलब?"

"इसका मतलब यह कि मैं यही नोट दूँगा कि आपको डिसमिस किया जाए। मैं आपकी कोई मदद नहीं कर सकता।"

वह उठकर खड़ा हो गया था, फिर बैठ गया। उसकी दोनों आँखें छलछलाने लगीं। उसने हाथ जोड़कर कहा, "बंगाली होकर बंगाली को मत मारिए बाबू, बच्चों को लेकर मैं मर जाऊँगा।"

"यह देखने की जिम्मेदारी मेरी नहीं है। इसके अलावा मैं आपको जानता नहीं, आपके साहब के खिलाफ भी मैं नहीं जा सकता।"

उसने मेरे मुँह की तरफ एकटक निहारकर शायद यह समझा कि मैं जो कुछ कह रहा हूँ वह मजाक नहीं है। वह और भी थोड़ी देर चुप रहा। उसके बाद ही अचानक दहाड़ें मारकर रो उठा। किरानी, दरबान, प्यून—जो जहाँ था, सभी इस अकल्पनीय घटना से ठगे-से रह गए। मैं खुद भी न जाने कैसा शर्मिन्दा हो गया। मैंने उसे रुकने के लिए कहा और बोला, "अभया आप ही के लिए बर्मा आई है। अवश्य मैं आपसे यह नहीं कहता कि आप बदचलन पत्नी को अपनाइए। लेकिन आपकी सारी बातें सुनकर भी वह अगर आपको माफ करे और आप उसके पास से चिट्ठी ला सकें, तो मैं यह कोशिश करके देखूँगा कि आपकी बहाली फिर से हो जाए। वरना आप मुझसे और मुलाकात करके मुझे शर्मिन्दा मत कीजिए। मैं झूठ नहीं बोलता।"

मैं यह जानता था कि ऐसे नीच स्वभाव के लोग बड़े डरपोक होते हैं। उसने अपनी आँखें पोंछी और पूछा, "वह कहाँ है?"

"कल इसी वक्त आइएगा, उसका पता मैं आपको बता दूँगा।"

उसने और कोई बात नहीं कही। लम्बा-सा सलाम किया और चला गया।

शाम को अभया ने चुपचाप मुँह नीचा किए मेरे मुँह से सारी बातें सुनकर आँचल से सिर्फ अपनी आँखें पोंछीं, पर कुछ भी नहीं बोली।

मेरे गुस्से का भी उसने कोई जवाब नहीं दिया। बहुत देर बाद फिर मैंने ही पूछा, "तुम उसे माफ कर सकोगी?"

अभया ने सिर्फ गर्दन हिलाकर अपनी सहमति जताई।

"वह तुम्हें ले जाना चाहे, तो तुम जाओगी?"

उसने पहले की ही तरह सर हिलाकर जवाब दिया।

"बर्मी औरतों का स्वभाव कैसा होता है, इसका पता तो तुम्हें पहले ही दिन चल चुका है, तब भी तुम्हें वहाँ जाने की हिम्मत होगी?"

अबकी बार अभया ने मुँह उठाया, तो मैंने देखा उसकी दोनों आँखों से आँसुओं की धारा बह रही है। उसने बात कहने की कोशिश की, मगर कह नहीं सकी। उसके बाद उसने बार-बार आँचल से अपनी आँखें पोंछीं और रुँधे स्वर में बोली, "वहाँ गए बिना मेरे लिए और क्या चारा है, आप ही बताइए?"

उसकी बात सुनकर मुझसे यह सोचते नहीं बना कि मैं खुश होता या रोता लेकिन जवाब नहीं दे सका।

उस दिन और कोई बात नहीं हुई। डेरे लौटती बार सारी राह वही एक बात मैं बार-बार अपने आपसे पूछता रहा, मगर किसी तरफ निहारकर कोई जवाब मुझे ढूँढ़े नहीं मिला। सिर्फ कलेजे का अन्दरूनी हिस्सा–सो वह किसके ऊपर, पता नहीं–एक तरफ बेकार के गुस्से से जितना जल-जल उठने लगा, दूसरी तरफ उससे भी ज्यादा एक बेसहारा औरत के लाचार सवालों से उतना ही दुखी और बोझिल होता रहा। अगले दिन अभया का पता लेने के लिए जब वह सामने आकर खड़ा हुआ तब नफरत से मैं उसकी तरफ निहार भी नहीं सका। मेरे मन के भाव को समझकर आज उसने ज्यादा बात नहीं की, सिर्फ उसका पता लिख लिया और विनम्रता से चला गया। लेकिन उसके अगले दिन जब वह फिर मुझसे मिलने आया तक उसके मुँह-आँख का भाव पूरे तौर पर बदल गया था। नमस्कार करके उसने अभया की चिट्ठी मेरे टेबल पर रख दी और बोला, "आपने मेरा क्या उपकार किया उसे मुँह से कहने की जरूरत नहीं–मैं जब तक जिन्दा रहूँगा, आपका गुलाम बना रहूँगा।"

अभया की चिट्ठी पर नजर रखते हुए मैंने कहा, "जाइए, आप काम कीजिए। बड़े साहब ने इस बार आपको माफ कर दिया है।"

उसने मुस्कुराकर कहा, "मैं अब यह नहीं सोचता कि बड़ा साहब क्या सोचता है? सिर्फ आप मुझे माफ कर देंगे तो मैं निहाल हो जाऊँगा। मैंने बहुत बड़ा गुनाह किया है।" इतना कहकर उसने फिर कहना शुरू कर दिया–पहले की ही तरह कोरा झूठ और ठकुरसुहाती करने लगा और बीच-बीच में रुमाल से आँखें पोंछने लगा। इतनी बात सुनने का धीरज किसी को नहीं रहता है–यह सजा मैं आप लोगों को नहीं दूँगा–मैं सिर्फ उसकी सारी बातों को संक्षेप में कह दे रहा हूँ। वह यह है कि उसने अपनी पत्नी पर जो कलंक लगाया था वह बिलकुल ही गलत था। सिर्फ शर्म के मारे उसने उस पर यह कलंक लगाया था। वरना ऐसी सती-साध्वी क्या दूसरी होगी? और वह मन ही मन अभया को

हमेशा ही जान से ज्यादा प्यार करता है। यहाँ दूसरी शादी करने का उसका बिलकुल ही इरादा नहीं था। सिर्फ बर्मा के लोगों के डर से जान बचाने की खातिर उसने दूसरी शादी की थी। (इसमें थोड़ी-बहुत सच्चाई भी हो सकती है।) लेकिन आज रात जब वह अपने घर की लक्ष्मी को घर ले जा रहा है तब उस मुई को घर से निकालने में कितनी देर लगेगी। और बच्चे? मुओं की जैसी सूरत-सीरत वैसा ही स्वभाव। वे किस काम आएँगे? वे न तो बुढ़ापे में रोटी-कपड़ा देंगे, न मरने पर चुल्लू भर पानी। जाते ही वह सबको एक साथ घर से निकाल बाहर करेगा—तब उसका नाम आदि-आदि।

मैंने पूछा, ''अभया को क्या आप आज ही रात ले जाएँगे?''

उसने आश्चर्यचकित होकर कहा, ''बिलकुल। जितने दिन मैंने उसे आँखों से नहीं देखा था उतने दिन मैं किसी तरह से था। लेकिन जब मैंने उसे आँखों से देखा, तो अब क्या मैं उसे अपनी आँखों की ओट कर सकता हूँ। अकेले इतनी दूर इतनी तकलीफ बर्दाश्त करके वह तो सिर्फ मेरे ही लिए आई है। इस बात को आप एक बार सोचकर तो देखिए।''

मैंने पूछा, ''तो क्या आप उसे अपनी दूसरी पत्नी के साथ रखेंगे?''

''जी नहीं, अभी तो उसे प्रोम के पोस्टमास्टर के यहाँ रखूँगा। उनकी पत्नी के साथ वह अच्छी तरह रहेगी। मगर सिर्फ दो दिन—ज्यादा नहीं। उसके लिए एक डेरा ठीक करके घर की लक्ष्मी को घर ले जाऊँगा।''

जब अभया का पति चला गया, तो मैंने भी अपने काम में मन लगाने के लिए सामने की फाइल खींच लिया।

फाइल के नीचे अभया की चिट्ठी फिर से नजर आई। उसके बाद मैंने उस चिट्ठी में लिखी दो पंक्तियों को कितनी बार पढ़ा था और भी कितनी बार पढ़ता, यह बता नहीं सकता। प्यून कह रहा था—बाबूजी, आपके डेरे पर क्या आज कुछ कागज-पत्र दे आना होगा? मैंने चौंककर मुँह उठाया, तो देखा सामने की घड़ी में साढ़े चार कब के बज चुके थे और किरानी लोग अपना काम निपटाकर अपने-अपने घर चले गए थे।

# 9

फिर मुझे अभया के पति की चिट्ठी मिली। पहली की ही तरह उसने अपनी पूरी चिट्ठी में मेरे प्रति अपनी कृतज्ञता जाहिर की थी। उसके बाद वह इस बार जिस मुसीबत में पड़ा था उसके बारे में सम्मान के साथ विस्तार से लिखकर उसने मेरी सलाह माँगी थी। बात संक्षेप में यह है कि उसके बूते के बाहर होने के बावजूद उसने एक बड़ा-सा मकान

किराए पर लिया था और उसके एक तरफ अपने बीवी-बच्चों को लाकर रखा था, दूसरी तरफ वह अभया को लाने के लिए मान-मनौवल कर रहा था, मगर वह किसी भी सूरत में उसे राजी नहीं कर पा रहा था। सहधर्मिणी के इस अड़ियल रवैए से वह बेहद हार्दिक दुख अनुभव कर रहा था। यह सिर्फ कलियुग का नतीजा है, सतयुग में ऐसा नहीं होता था–बड़े-बड़े ऋषि-मुनियों ने भी उदाहरण के साथ बार-बार जिन आर्यललनाओं, सीता-सावित्री का उल्लेख किया है, हाय! वे आर्यललनाएँ कहाँ हैं! वे सीता-सावित्री कहाँ हैं? जो आर्य नारियाँ पति के चरणों को अपनी छाती से लगाए हँसते-हँसते चिता पर बैठकर प्राण देकर पति के साथ अक्षय स्वर्ग-लाभ करती थीं, वे कहाँ हैं? जो हिन्दू महिला हँसती हुई अपने कोढ़ी पतिदेव को अपने कन्धे पर बिठाकर वेश्या के कोठे पर ले गई थी, कहाँ है वह पतिव्रता नारी? कहाँ है वह स्वामिभक्ति। हाय भारतवर्ष! क्या तुम्हारा बिलकुल अधःपतन हो गया है? अब क्या हम लोग वैसी नारियों को अपनी आँखों से नहीं देखेंगे? अब क्या हम लोग...आदि आदि। लगभग दो पृष्ठों में यही रोना रोया था। लेकिन अभया अपने पतिदेव को इतना ही हार्दिक दुख देकर शान्त नहीं हो गई थी। उसने और भी लिखा था। उसने लिखा था, सिर्फ इतना ही नहीं कि उसकी पत्नी अभी भी दूसरे के घर में रह रही है, बल्कि आज उसे अपने परममित्र पोस्टमास्टर से यह जानकारी मिली है कि किसी रोहिणी ने उसकी पत्नी को चिट्ठी लिखी है और रुपया भेजा है। इससे इस अभागे की इज्जत को कितना बट्टा लगा है, यह लिखकर नहीं बताया जा सकता।

उस चिट्ठी को पढ़ते-पढ़ते मैं अपनी हँसी को सँभाल नहीं पाया, तो भी रोहिणी के बर्ताव पर कम गुस्सा नहीं हुआ। आखिर वह उसे फिर चिट्ठी क्यों लिखता है, और भला रुपया क्यों भेजता है? जिसने अपनी मर्जी से अपने पति के साथ रहने के लिए इतना दुख उठाया है, समझकर हो या बिना समझकर हो, फिर उसके चित्त को चंचल करने की क्या जरूरत है? और अभया ने ही भला ऐसा बर्ताव करना किसलिए शुरू किया है? वह क्या यह चाहती है कि उसके पति ने जिसे पत्नी के रूप में स्वीकार किया है, जिससे उसके बच्चे पैदा हुए हैं, उसे और उन बच्चों को छोड़ दे और सिर्फ उसी को लेकर घर-गिरस्ती करे। क्यों, बर्मा की औरत क्या औरत नहीं है? उसके लिए क्या सुख-दुख, मान-अपमान नहीं है? न्याय-अन्याय का कानून क्या उसके लिए अलग से बनाया गया है? और अगर ऐसी ही बात है, तो वह वहाँ आखिर गई ही क्यों थी? सारा झंझट यहीं से साफ करके मिटा दिया जाता, तो बात बन जाती।

जब से मैं रोहिणी के यहाँ से आया था तब से लेकर अब तक मैं रोहिणी से मिलने नहीं गया था। मन ही मन यह समझकर कि वहाँ जाने से वह बेकार का दुख पाता होगा, शायद उधर कदम बढ़ाने को मेरा जी नहीं चाहा था। आज छुट्टी के पहले ही गाड़ी बुलाने के लिए आदमी को भेजकर मैं उठने ही वाला था कि तभी अभया की चिट्ठी आ गई। उसे खोलकर देखा, शुरू से लेकर आखिर तक रोहिणी की ही बात लिखी हुई थी। ताकि मैं सदा ही उस पर नजर रखूँ–वह कितना दुखी है, कितना कमजोर

है, कितना अकुशल है, कितना असहाय है, यही एक बात हर पंक्ति, हर अक्षर में ऐसे भयंकर दुख से उभर पड़ी है कि लगा कि ऐसी विनती का आशय समझने में बहुत बड़ा सरल चित्त व्यक्ति भी गलती नहीं करेगा। उसने उस चिट्ठी में अपने सुख-दुख के बारे में करीब-करीब कुछ भी नहीं लिखा था। लेकिन चिट्ठी के अन्त में उसने लिखा था कि विभिन्न कारणों से वह अभी भी वहीं है जहाँ आकर वह पहले-पहल ठहरी थी।

पति ही सती का एकमात्र देवता है या नहीं, इस बारे में अपनी राय शब्दों में जाहिर करने का दुःसाहस मुझमें नहीं है, और मैं इसकी जरूरत भी नहीं समझता। लेकिन सर्वांगीण सती धर्म की एक अपूर्वता, दुःसह दुख और अत्यन्त अन्याय के बीच या उसकी आकाश छूती विराट महिमा—जो मेरी अन्नदा दीदी की स्मृति के साथ हमेशा मन से लिपटी हुई है, और आँखों से न देखने पर जिसके असहनीय सौन्दर्य की धारणा की ही नहीं जा सकती है, जिसने एक ही साथ नारी को बहुत छोटी और बहुत बड़ी बनाया है, मेरी यह अव्यक्त समझ आज अभया की इस चिट्ठी से फिर आलोड़ित हो उठी।

मैं यह जानता हूँ कि सभी अन्नदा दीदी नहीं हैं। उस कल्पनातीत निष्ठुर धैर्य को अपनाने के लिए जितना बड़ा कलेजा चाहिए उतना बड़ा कलेजा सब नारियों को नहीं होता। और जो नहीं है उसके लिए रोज शोक प्रकट करना ग्रन्थकारों का बड़ा कर्तव्य है या नहीं, यह भी सोच करके मैंने तय करके नहीं रखा था, तब भी पूरा चित्त दुख से भर गया। गुस्सा करके ही मैं जाकर गाड़ी पर चढ़ गया। और मन ही मन यह दोहराते-दोहराते कि उस निकम्मे, दूसरे की पत्नी पर लट्टू हुए रोहिणी को अच्छी तरह दो-टूक सुना आऊँ, उसके डेरे के लिए रवाना हुआ। मैं गाड़ी से उतरा, जब मैं किवाड़ को धकेलकर उसके घर में घुसा तब दीया-बत्ती का समय होने ही वाला था। यानी दिन का उजाला खत्म होकर रात का अँधेरा उतरने ही वाला था।

वह न ही माह भादर था, न ही भरा बादर था लेकिन सुनसान घर की अगर कोई शक्ल-सूरत होती है, तो उस उजाले-अँधेरे के बीच उस दिन जो नजर आया वह इसके अलावा क्या था, यह तो मैं आज भी नहीं जानता। सभी कमरों के दरवाजे सायँ-सायँ कर रहे थे, सिर्फ रसोईघर की एक खिड़की से धुआँ बाहर निकल रहा था। मैं दाहिनी ओर जरा आगे बढ़ गया और झाँककर देखा, चूल्हा लगभग बुझने को आया है और करीब ही फर्श पर रोहिणी हँसुली से एक बैंगन दो टुकड़े करके चुपचाप बैठे हुए हैं। मेरी पदचाप उनके कानों में नहीं पहुँची थी, क्योंकि जो कर्णेन्द्रिय के मालिक हैं वे तब चाहे और जहाँ भी हों, बैंगन पर एकाग्र होकर, नहीं थे। यह मैं निःसन्दिग्ध रूप से कह सकता हूँ। और भी एक बात मैं ऐसे ही निःसन्दिग्ध रूप से कह सकता हूँ। अगर मैं लौट गया और एक-एक करके दोनों कमरों में गया। उसके बाद जब मैं दोनों कमरों के बीच खड़ा हुआ तब साफ-साफ दिखाई पड़ा, सारे समान, सारे धर्माधर्म, सारे पाप-पुण्य से परे एक तीव्र दुखभरी रुलाई दाँतों को दाँतों से दबाए स्थिर बनी हुई है।

बाहर आकर मैं बरामदे के मूढ़े पर बैठ गया। बहुत देर बाद शायद बत्ती जलाने के लिए जब रोहिणी बाहर निकले, तो उन्होंने डरते हुए प्रश्न किया, ''वहाँ कौन है?''

मैंने आवाज देखकर, ''मैं हूँ श्रीकान्त।''

''श्रीकान्त बाबू? ओह...'' इतना कहकर वे तेज कदमों से पास आए, कमरे में घुसकर दीया-बत्ती की और मुझे अन्दर लाकर बिठाया। उसके बाद हम दोनों में से किसी ने भी कोई बात नहीं की—हम दोनों ही चुपचाप बैठे रहे। मैंने पहले बात की। कहा, ''रोहिणी भैया, अब आप यहाँ क्यों हैं? चलिए मेरे साथ।''

रोहिणी ने पूछा, ''क्यों?''

मैंने कहा, ''इसलिए कि यहाँ आपको तकलीफ होती है।''

रोहिणी ने थोड़ी देर बाद कहा, ''भला क्या तकलीफ होगी?''

सो तो है। मगर इस सबके बारे में तो चर्चा नहीं की जा सकती है। मैं यह सोचते-सोचते आया था कि उसे बहुत फटकारूँगा, बहुत सलाह दूँगा, पर सब उड़न-छू हो गया। नीतिशास्त्र की पांडुलिपियों को मैंने इतना नहीं पढ़ा है कि इतने बड़े प्यार को मैं अपमानित कर सकूँ। कहाँ गया मेरा गुस्सा, कहाँ गया मेरा बैर! सारे के सारे अच्छे विचार सर झुकाए कहाँ रह गए, इसका मुझे पता ही नहीं चला।

रोहिणी ने कहा कि उसने प्राइवेट ट्यूशन करना छोड़ दिया है। क्योंकि उससे तबीयत खराब हो जाती है। उसका ऑफिस भी अच्छा नहीं है—बड़ी मेहनत करनी पड़ती है। नहीं तो और कोई तकलीफ नहीं है।

मैं चुप रहा। क्योंकि कुछ दिन पहले इसी रोहिणी के मुँह से मैंने ठीक इससे उलटी बात सुनी थी। वह थोड़ी देर तक चुप रहा, उसके बाद फिर से कहने लगा, ''ऑफिस से थककर आने के बाद खाना बनाना पड़ता है, इससे बड़ी परेशानी होती है। इस बारे में आपकी क्या राय है, श्रीकान्त बाबू।''

मैं भला क्या कहता। यह तो जानी हुई बात है कि आग बुझ जाने पर सिर्फ पानी से इंजन नहीं चलता है।

फिर भी वह इस डेरे को छोड़कर कहीं और जाने को राजी नहीं हुआ। कोई कल्पना की सीमा को निर्धारित नहीं कर दे सकता, इसलिए मैं इस बात को नहीं छेड़ता। लेकिन उसकी कई बातों से मैं यह समझ सका था कि असंगत आशा को किसी भी तरह से उसके मन के अन्दर जगह नहीं मिली है। तब भी मुझे यह सोचते तो नहीं बना कि वह क्यों इस दुख के भंडार को छोड़कर नहीं जाना चाहता है, लेकिन यह उसके भगवान की नजरों से छिपा नहीं था कि जिस अभागे के घर का रास्ता बन्द हो चुका है उसे इस सुनसान घर का पुंजीभूत दुख अगर खड़ा नहीं रख सका, तो दुनिया में किसी की भी मजाल नहीं कि उसे मटियामेट होने से बचा सके।

डेरे पर पहुँचने में जरा रात हुई। कमरे में घुसा, तो देखता हूँ, एक कोने में बिस्तर बिछाकर कोई सर से लेकर पाँव तक चादर ओढ़कर पड़ा हुआ है। मैंने दाई से पूछा, तो उसने कहा, ''कोई शरीफ आदमी है।''

"वह शरीफ आदमी है। इसीलिए मेरे कमरे में पड़ा हुआ है?"

खाने-पीने के बाद उस आदमी से बातचीत हुई। वह चटगाँव जिले का रहनेवाला था। चारेक बरस बाद उसे उसके लापता भाई का पता मिला था। उसे घर वापस ले जाने के लिए वह खुद आया था। उसने कहा, "जनाब, कहानियों में सुनता हूँ कि पहले-पहले बाहर के जो मर्द कामरूप जाते थे, उन्हें वहाँ की औरतें भेड़ बनाकर पकड़ रखती थीं। पता नहीं, उस जमाने में वे क्या करती थीं, लेकिन इस जमाने में बर्मा की औरतों की क्षमता उनसे तिल भर भी कम नहीं है। इसका पता मुझे भली-भाँति चला है।

उसने और भी बहुत-सी बातें कहीं, उसने अपने छोटे भाई को ढूँढ़ निकालने के लिए मेरी मदद माँगी। मैंने उससे वादा किया कि उसके इस मकसद को पूरा करने के लिए कमर कसकर लग जाऊँगा। मैंने क्यों यह वादा किया, यह बताने की जरूरत नहीं। अगले दिन पता लगाकर मैं छोटे भाई की बर्मा स्थित ससुराल में जा पहुँचा, बड़ा भाई आड़ में रास्ते पर चहलकदमी करने लगा।

छोटा भाई घर पर मौजूद नहीं था, वह सुबह-सुबह साइकिल पर सवार होकर घूमने निकला था। घर में सास-ससुर नहीं थे। सिर्फ पत्नी अपनी एक छोटी बहन और दो दाइयों के साथ रहती थी। उन लोगों का पेशा था बर्मी-चुरुट बनाना। तब सुबह-सुबह सभी इसी काम में मशगूल थे। यह देखकर कि मैं बंगाली हूँ और सम्भवतः मुझे अपने पति का दोस्त समझकर उसने मेरा बड़े आदर के साथ स्वागत किया। बर्मा की औरतें बड़ी मेहनती होती हैं, मगर मर्द बड़े आलसी होते हैं। घर के काम-काज से लेकर बाहर के कारोबार तक सभी काम औरतों के हाथ में हैं। इसीलिए उन्हें लिखना-पढ़ना सीखना नहीं पड़ता है। निठल्ले मर्द पत्नी की कमाई पर घर में रोटियाँ तोड़ते हैं और बाहर उसी के पैसे पर गुलछर्रे उड़ाते हैं। लोगों को इससे आश्चर्य नहीं होता। पत्नियाँ भी थू-थू करके, नाक-भौं सिकोड़कर उन्हें परेशान कर देना जरूरी नहीं समझती हैं। बल्कि उन लोगों के समाज में इसे ही स्वाभाविक रिवाज के रूप में कबूल कर लिया गया है।

दसेक मिनट के अन्दर 'बाबू साहब' साइकिल से लौट आए। वह अँगरेजी पोशाक पहने हुए था, हाथ में दो-तीन अँगूठियाँ थीं, घड़ी थी, चेन था—काम-काज कुछ भी नहीं करना पड़ता था। हालाँकि हालत भी देखा, बड़ी अच्छी है। उसकी बर्मी पत्नी हाथ का काम छोड़ उठकर खड़ी हो गई और टोपी हाथ से छड़ी लेकर उन्हें रख दिया। छोटी बहन ने चुरुट, दियासलाई आदि लाकर दी। एक दाई ने चाय का सामान और दूसरी ने पनबट्टा आगे बढ़ा दिया। वाह! सभी ने मिलकर उसे राजा की तरह रखा है। उसका नाम मैं भूल गया हूँ। शायद चारू-वारू ऐसा ही कोई नाम रहा होगा। खैर, हम उसे सिर्फ बाबू कहकर पुकारेंगे।

बाबू ने प्रश्न किया, "आप कौन हैं?"

मैंने कहा, "मैं आपके बड़े भाई का दोस्त हूँ।"

उसने विश्वास नहीं किया। कहा, "आप तो कलकतिया हैं। लेकिन मेरा बड़ा भाई तो कभी वहाँ नहीं गया है। फिर आपसे उसकी दोस्ती कैसे हुई?"

मैंने उसे संक्षेप में कह सुनाया कि उसके बड़े भाई से मेरी दोस्ती कैसे हुई, कहाँ हुई, वह अभी कहाँ है आदि। साथ ही मैंने उसे यह भी बता दिया है कि उसका बड़ा भाई यहाँ किस मकसद से आया है और वह उससे मिलने के लिए बेताब है।

अगले दिन सवेरे ही बाबू हमारे होटल में आया और दोनों भाइयों ने बहुत देर तक बातचीत की। उसके बाद वह चला गया। तब से दोनों भाइयों में ऐसा मेल-जोल हो गया कि सुबह-शाम, जब-तब बाबू भैया-भैया पुकारता हुआ होटल आने लगा। दोनों भाई फुसफुसाकर सलाह-मशवरा करते, बातचीत करते खाते-पीते। फिर तो यह दौर ऐसा चला कि उसकी सीमा नहीं रही। एक दिन वह अपने बड़े भाई और मुझे तीसरे पहर चाय-बिस्कुट खाने की दावत तक दे गया।

उसी दिन उसकी बर्मी पत्नी से मेरी अच्छी तरह बातचीत हुई। वह बड़ी सरल, विनयी और भली थी। उसने प्यार करके अपनी मर्जी से उससे शादी की थी। और तब से शायद एक दिन के लिए भी उसने उसे कोई दुख नहीं दिया था। चारेक दिन बाद बड़े भाई ने बहुत हँसकर मेरे कान में कहा कि परसों सवेरे के जहाज से वे लोग घर जा रहे हैं। सुनते ही मुझे पता नहीं, कैसा डर लगा, पूछा, ''आपका भाई फिर लौटकर आएगा न?''

बड़े भाई ने कहा, ''फिर! राम-राम करके एक बार जहाज पर चढ़ सकें, तो जान बचे।''

मैंने पूछा, ''आपने उस औरत को यह बताया है?''

बढ़े भाई ने कहा, ''बाप रे! तब तो फिर हम जाने से रहे! मुई के अपने लोग जो जहाँ हैं, सभी रक्तबीज की तरह आकर हमें घेर लेंगे।'' इतना कहकर उसने दोनों आँखें मारीं और मुस्कुराता हुआ बोला, ''यह फ्रेंच लीव है, जनाब, फ्रेंच लीव। इसे आपने नहीं समझा?''

मुझे बड़ा दुख महसूस हुआ। कहा, ''तब तो वह औरत बहुत दुख पाएगी।''

मेरी बात सुनकर बड़ा भाई तो हँसी के मारे बिलकुल लहालोट हो गया। जब किसी तरह हँसी रुकी, तो वह कहने लगा, ''लो, सुनो इनकी बात! दुख और बर्मी औरतों को। इन सालियों की जात के लोग खाना खाने के बाद मुँह नहीं धोते, न वे जूठन का छुआछूत मानते हैं, न उनकी कोई जात-पाँत है। सब बर्मी औरतें नेप्पी (एक तरह की सड़ी मछली जिसे 'डापी' कहते हैं) खाती हैं जनाब, नेप्पी। जिसकी बदबू के मारे भूतनी-पिशाचिनी भाग जाती हैं। बर्मा के इन मर्दों-औरतों को भला दुख होता है। एक जाता है, तो वे दूसरे को पकड़ लेते हैं। वे छोटी जात के लोग हैं।''

''रुकिए जनाब, रुकिए, इन चार बरसों से आपके भाई को राजा की तरह रखकर जो वह औरत खिला-पिला रही है, उसके लिए, भले ही और कुछ न हो, पर आपके भाई को कृतज्ञ तो होना ही चाहिए।''

बड़े भाई का मुँह गम्भीर हो गया। वह थोड़ी देर तक चुप रहा, फिर बोला, ''आपने तो मुझे सकते में डाल दिया जनाब। वह मर्द है। विदेश आकर उम्र के तकाजे से उसने कोई शौक कर डाला है, तो क्या हुआ? भला कौन आदमी है जो ऐसा नहीं करता? आप

ही कहिए? मुझसे तो कुछ छिपा नहीं है। बस फर्क इतना है कि औरों की बात छुपी रहती है, और इसकी बात उजागर हो गई है। तो क्या इसीलिए इसे हमेशा ऐसा करते ही रहना पड़ेगा। अच्छा बनकर, घर बसाकर क्या इसे नामवर नहीं बनना पड़ेगा। जनाब, यह भला ऐसी कौन-सी बड़ी बात है! ऐसी उम्र में कितने लोग होटल में घुसकर मुर्गी तक खा आते हैं। लेकिन जब उम्र बढ़ जाती है तब क्या वे फिर ऐसा करते हैं? या ऐसा करेंगे तो काम चलेगा? आप ही इसका फैसला कीजिए कि मैं जो कुछ कह रहा हूँ, वह सही है या गलत?''

वास्तव में इसका फैसला करने लायक अक्ल भगवान ने मुझे नहीं दी थी, इसलिए मैं चुप रहा। ऑफिस जाने का वक्त हो रहा था, मैं नहा-धो और खा-पीकर बाहर निकल गया।

लेकिन जब मैं ऑफिस से लौटा, तो वह सहसा बोल उठा, ''मैंने सोचकर देखा, आपकी सलाह अच्छी है जनाब! इस जात का कोई भरोसा नहीं, क्या पता, अन्त में कोई फसाद मचा देगी या नहीं–कहकर जाना ही अच्छा है। बर्मी औरतें जो न करें सो थोड़ा। उन्हें नही कोई लाज-शरम, न कोई धर्मज्ञान। उन्हें जानवर कहना ही अच्छा है।''

मैंने कहा, ''हाँ, उससे कहकर ही जाना अच्छा है।''

मगर उसकी बात पर मैं विश्वास नहीं कर सकता। न जाने कैसा लगने लगा, उसकी बातों में कोई साजिश है। सचमुच ही साजिश थी। लेकिन मैं ऐसा भी नहीं सोच सकता कि आँखों से देखे बिना कोई यह कल्पना कर सकता है कि वह इतना नीच है, इतना निष्ठुर है।

रविवार को जहाज चटगाँव जाता था। ऑफिस बन्द था, सवेरे मैं करता भी तो भला क्या करता, इसीलिए मैं उसे See off करने के लिए जहाज घाट जा पहुँचा। तब जहाज जेटी से लग चुका था। जानेवालों और न जानेवालों–दोनों वर्गों के लोगों की भाग-दौड़ और शोरगुल की ऐसी धूम मची थी कि कौन किसकी बात सुनता। मैंने इधर-उधर निहारा, तो उस बर्मी औरत की तरफ नजर गई। वह अपनी छोटी बहन का हाथ पकड़कर एक किनारे खड़ी थी। रात भर रोने की वजह से उसकी दोनों आँखें अड़हुल की तरह लाल हो गई थीं। छोटे बाबू बड़े व्यस्त थे। वे अपनी साइकिल, ट्रंक, बिस्तर और भी कितनी छोटी-मोटी चीजों को लेकर कुलियों के साथ दौड़धूप करते फिर रहे थे–उन्हें एक पल की फुर्सत नहीं थी। क्रमशः सारी चीज-बस्त जहाज पर चढ़ गया। सबके सब मुसाफिर एक-दूसरे को धकेलते हुए ऊपर चढ़ गए। जो जानेवाले नहीं थे वे नीचे उतर आए, आगे की तरफ लंगर उठाया जाने लगा। अबकी बार छोटे बाबू सारी चीजों को सँभाल करके अपनी जगह पर रखकर अपनी बर्मी पत्नी से विदा लेने के बहाने दुनिया के सबसे निष्ठुर एक अंक का अभिनय करने के लिए जहाज से उतर आए। वे दूसरी श्रेणी के मुसाफिर थे, यह हक उन्हें था।

मैं बहुत समय सोचता हूँ, आखिर इसकी क्या जरूरत थी? आदमी जबर्दस्ती मानव-आत्मा को इस तरह से क्यों अपमानित करता है? भले ही मंत्र पढ़कर उससे शादी

नहीं रचाई गई थी, मगर वह थी तो नारी। वह तो बेटी, बहन और माँ की जात की थी। उसी के घर में तो वह इतने लम्बे अरसे तक पति का सारा हक लेकर रहा था। उसी ने तो अपने विश्वस्त हृदय के सारे माधुर्य, सारे अमृत को सारे तन-मन से उसी को सौंप दिया था। तो फिर किस चीज के लालच से वह इन अनगिनत लोगों की नजरों में उसे ही इतने बड़े मजाक और हँसी की पात्र बनाकर छोड़ गया। उसने एक हाथ में रुमाल लेकर उससे अपनी दोनों आँखों को ढँक लिया था और दूसरे हाथ से अपनी बर्मी पत्नी के गले को पकड़कर पता नहीं क्या कह रहा था और वह औरत आँचल से अपना मुँह ढँककर फफक-फफककर रो रही थी।

अलग-बगल बहुत से बंगाली थे। उनमें से कोई मुँह घुमाकर हँस रहा था तो कोई मुँह में कपड़ा ठूँसकर हँसी को दबाने की कोशिश कर रहा था। चूँकि मैं थोड़ी दूर पर था, इसलिए पहले-पहल मैं उसकी बातों को समझ नहीं सका था, मगर जब नजदीक आया, तो सारी बातें मुझे साफ-साफ सुनाई पड़ीं। वह रुआँसी आवाज में बर्मी भाषा में देहाती बांग्ला भाषा को मिलाकर विलाप कर रहा था। उसकी भाषा को सुधारकर लिखने पर ऐसा लगेगा कि एक महीने बाद रंगपुर से जो तम्बाकू खरीदकर मैं आऊँगा, यह तो मैं ही जानता हूँ। अरी, मेरी रत्नमणि, मैं तुझे ठेंगा दिखाकर चला री, मैं तुम्हें ठेंगा दिखाकर चला।

ये बातें उसने सिर्फ मुझ जैसे कई अपरिचित बंगाली दर्शकों के मनोरंजन के लिए ही कही थीं। लेकिन वह औरत तो बांग्ला नहीं समझती थी, फिर रुलाई के सुर से ही उसका कलेजा फटा जा रहा था और किसी तरह हाथ उठाकर उसकी आँखें पोंछकर उसे दिलासा देने की कोशिश कर रही थी।

वह दम ले-लेकर फफक-फफककर कहने लगा, "कुल पाँच सौ रुपए तमाखू खरीदने के लिए तूने मुझे दिए—अब तो तेरे पास कुछ नहीं रहा। पर मेरा पेट नहीं भरा। वैसे तेरा घर बेचने पर जो पैसे मिलते उन्हें भी लेकर मैं सही-सलामत अपने घर जा सकता तो समझता कि मैंने एक दाँव मारा। पर ऐसा कुछ नहीं हुआ है, कुछ भी नहीं हुआ।"

अगल-बगल लोग अपनी रुकी हुई हँसी से फूल-फूल उठने लगे, लेकिन जिसको लेकर इतना मनोरंजन किया जा रहा था उसका आँख-कान तब दुख की भाप से बिलकुल ढँक गया था। लगने लगा, दुख के बोझ से वह कहीं टूट न जाए।

खलासियों ने ऊपर से पुकारकर कहा, "बाबू, सीढ़ी उठाई जा रही है।"

उसने अपनी बर्मी पत्नी का गला छोड़ दिया और तुरत सीढ़ी तक जाकर फिर लौट आया। उस औरत के हाथ में पुराने जमाने की एक अच्छी-सी चूनी की अँगूठी थी। उसने उस पर हाथ रखकर रोते-रोते कहा, "अरी, दे दे री, यह अँगूठी भी हड़प ले जाऊँ। चाहे जैसे हो, इस अँगूठी का दाम दो-ढाई सौ रुपए तो होगा ही—इसे भी भला मैं क्यों छोड़ूँ?"

उस औरत ने जल्दी से उसे उतारकर अपने प्रियतम की उँगली में पहना दिया।

"आग लगन्ते झोंपड़ा जो निकसे सो सार।" इतना कहकर वह रोते-रोते तेज कदमों से सीढ़ियाँ चढ़कर ऊपर चला गया। जहाज जेटी को छोड़कर धीरे-धीरे दूर हट जाने लगा और वह औरत आँचल से मुँह दबाए, घुटने टेककर वहीं बैठ गई। बहुतेरे दाँत निपोरकर हँसते-हँसते चले गए। किसी ने कहा—अच्छा लड़का है, तो किसी ने कहा—बहादुर छोकरा है। बहुत कहते-कहते गए—क्या मजा किया उसने। हँसते-हँसते पेट दुखने लगा। ऐसी ही कितनी टिप्पणियाँ की गईं। सिर्फ मैं उन सबके हँसी-मजाक की पात्र उस बेवकूफ औरत के असीम दुख के मूल गवाह की मानिन्द स्तब्ध भाव से खड़ा रहा।

छोटी बहन अपनी आँखें पोंछते-पोंछते बगल में खड़ी होकर अपनी बड़ी बहन का हाथ पकड़कर खींच रही थी। मैं करीब जाकर खड़ा हुआ, तो उसने धीरे-धीरे कहा, "बाबूजी आए हैं, दीदी उठो।"

मुँह उठाकर उसने मेरी तरफ निहारा और तुरत उसकी रुलाई बाँध तोड़कर पछाड़ खाकर गिरी। दिलासा देने के लिए भला मेरे पास क्या था! तब भी उस दिन उसका साथ नहीं छोड़ सका। मैं उसी के पीछे-पीछे जाकर उसी की गाड़ी पर चढ़ गया। रास्ते भर वह रोते-रोते सिर्फ यही कहती रही—बाबूजी, आज मेरा घर खाली हो गया। मैं वहाँ जाकर कैसे घुसूँगी। वे एक महीने के लिए तमाखू खरीदने गए। यह एक महीना मैं कैसे गुजारूँगी। विदेश में पता नहीं, उन्हें कितनी तकलीफ होगी, मैंने उन्हें क्यों जाने दिया? रंगून के बाजार में तमाखू खरीदकर तो हमारा काम चल रहा था—तो फिर ज्यादा फायदे की उम्मीद से मैंने उन्हें इतनी दूर क्यों भेजा? दुख के मारे मेरा कलेजा फटा जा रहा है बाबूजी। मैं अगली मेल से उनके पास चली जाऊँगी। ऐसी ही कितनी बातें वह कहती रही।

मैं जवाब में एक शब्द भी नहीं कह सका, मैं सिर्फ मुँह घुमाकर खिड़की के बाहर निहारता हुआ अपने आँसुओं को छिपाने लगा।

वह कहने लगी, "हमारी जात के लोग उतना प्यार नहीं कर सकते जितना तुम लोगों की जात के लोग कर सकते हैं, किसी भी देश के लोगों में उतनी दया-माया नहीं है जितनी तुम लोगों में है।"

वह थोड़ी देर रुकी और दो-तीन बार अपनी आँखें पोंछकर कहने लगी, "बाबूजी को प्यार करने के बाद, जब हम दोनों एक साथ रहने लगे तब कितने लोगों ने मुझे डराकर ऐसा करने से मना किया था; मगर मैंने किसी की भी नहीं सुनी थी। अभी कितनी औरतें मुझसे जलती हैं।"

चौराहे के करीब आकर जब मैंने अपने डेरे पर जाना चाहा, तो उसने गाड़ी के दरवाजे को अपने दोनों हाथों से रोक दिया और बोली, "नहीं बाबूजी, ऐसा नहीं हो सकता। चलो, तुम साथ जाकर एक प्याला चाय पी आओगे।"

मैं एतराज नहीं कर सका। गाड़ी चलने लगी। उसने अचानक प्रश्न किया, "अच्छा बाबूजी, रंगपुर कितनी दूर है? तुम कभी वहाँ गए हो? वह कैसी जगह है? बीमार पड़ने पर डॉक्टर मिलता है न?"

मैंने बाहर की तरफ निहारते हुए जवाब दिया, "हाँ, वहाँ डॉक्टर मिलता है।"

उसने आह भरी और बोली, "फया (भगवान) उन्हें अच्छा रखें। उनके बड़े भाई भी तो उनके साथ हैं। वे बहुत अच्छे आदमी हैं, वे जान से भी ज्यादा अपने छोटे भाई की देख-भाल करेंगे। तुम लोगों में तो दया-माया भरी हुई है। मुझे कोई चिन्ता नहीं, न बाबूजी?"

मैं चुपचाप बाहर की तरफ निहारता हुआ सिर्फ यह सोचने लगा कि इस महापाप में मेरी अपनी कितनी भागीदारी है? आलस्यवश हो या आँखों की शरम के चलते हो या हक्का-बक्का होने की वजह से हो मुँह बन्द किए मैंने यह जो इतना बड़ा अन्याय होते देखा, बात बताई नहीं, उसके कसूर से क्या मुझे निजात मिलेगी? और अगर निजात मिलेगी, तो सर उठाकर तनकर मैं क्यों नहीं बैठ सकता हूँ? तो उसकी आँखों की तरफ निहारने की हिम्मत मुझे किसलिए नहीं होती?

चाय-बिस्कुट खाकर और उन लोगों की शादीशुदा जिन्दगी की लाखों छोटी-बड़ी घटनाओं के बारे में सुनकर जब मैं उसके घर से बाहर निकला तब दिन ढलने ही वाला था। घर लौटने को जी नहीं चाहा। सभी अपना-अपना काम निबटाकर शाम को घर लौट आए थे। दा ठाकुर का होटल तरह-तरह की हँसी से मुखरित हो रहा था। यह सारा शोर-शराबा मुझे जहर जैसा लगने लगा।

राहों में अकेले घूमता हुआ मुझे सिर्फ यह लगने लगा कि इस समस्या का फैसला कैसे होता? बर्मियों में शादी करने का कोई खास बँधा-बँधाया नियम नहीं है। शादी करने का अच्छा-खासा तौर-तरीका भी है, दूसरा तरीका यह है कि कोई भी मर्द और औरत अगर तीन दिनों तक पति-पत्नी की तरह एक साथ रहते हैं और तीन दिनों तक एक ही बरतन में एक साथ खाना खाते हैं, तो यह मान लिया जाता है कि उन दोनों की शादी हो गई। समाज मर्द और औरत की ऐसी शादी को नामंजूर नहीं करता। इस हिसाब से औरत को किसी भी सूरत में छोटी नहीं माना जाता है। फिर बाबू के लिए हिन्दू नियम-कानून के मुताबिक यह शादी शादी ही नहीं है। इस पत्नी के साथ वह अपने गाँव-घर में रह नहीं सकता है। भले हिन्दू समाज उन लोगों को न अपनाए लेकिन आम लोग जिस नफरत की निगाह से उन लोगों को देखेंगे उसे भी जिन्दगी भर बर्दाश्त करना मुश्किल है। या तो हमेशा उन्हें निर्वासित की नाईं देश से बाहर रहना पड़ेगा या वही तरीका अपनाना पड़ेगा जो इस बड़े भाई ने अपने छोटे भाई के लिए अपनाया। हालाँकि धर्म शब्द का अगर कोई अर्थ है, वह हिन्दू के लिए हो या किसी और जात के लिए है—तो उसके अनुसार एक इतना बड़ा नृशंस कार्य करना कैसे सही हो सकता है, यह तो मेरी बुद्धि के परे है। इन सबके बारे में मैं समय पर सोच करके देखूँगा, लेकिन यही आक्रोश मुझे जैसे जलाने लगा कि यह कायर आज उस नारी के परम स्नेह पर दुख का बोझ लादकर उसको मुँह चिढ़ाकर भाग आया है जिसने कोई कसूर नहीं किया है और जो पूरी तरह उस पर निर्भर है।

मैं धुन में रास्ते के एक किनारे से होकर चला जा रहा था। बहुत दिन पहले एक दिन अभया की चिट्ठी को पढ़ने के लिए मैं जिस चाय की दुकान में घुसा था उस दुकान का मालिक जब मुझे पहचान सका, तो उसने मुझे पुकारकर कहा, "बाबू सा'ब, आइए।"

अचानक जैसे मेरी नींद टूट गई हो। मैंने देखा, यह तो वही दुकान है और वही है रोहिणी का डेरा। बिना कुछ बोले उसके बुलावे का मान रखकर अन्दर घुसा, एक प्याला चाय पी और बाहर निकल गया। रोहिणी के दरवाजे को धकेला तो देखा, दरवाजा अन्दर से बन्द है। मैंने दो बार दरवाजे को खटखटाया तो किवाड़ खुल गए। मैंने निहारा, तो देखता हूँ सामने अभया है।

"तुम यहाँ?"

उसका मुँह-आँख लाल हो उठा और कोई जवाब दिए बिना ही वह पलक झपकते भागकर गई और अपने कमरे में घुसकर ब्योड़ा लगा दिया। लेकिन लाज का जो रूप मैंने शाम के धुँधलके में भी उसके मुँह पर उभर उठते देखा उसकी वजह से पूछने और सवाल करने के लिए अब कुछ भी नहीं रहा। मैं अभिभूत की नाईं थोड़ी देर तक खड़ा रहा, फिर चुपचाप वापस जा रहा था कि तभी अचानक मेरे दोनों कानों के अन्दर मानो दो तरह की रुलाई के सुर एक ही साथ गूँज उठे। एक उस पापी का और दूसरा इस बर्मी औरत का। मैं चला जा रहा था, लेकिन वापस आकर उन लोगों के आँगन के बीचोबीच खड़ा हो गया। मैंने मन ही मन कहा—नहीं, यों उसे अपमानित करके अब मैं नहीं जाऊँगा। नहीं-नहीं—ऐसा नहीं कहते, ऐसा नहीं करते—ऐसा करना नहीं चाहिए, ऐसा करना अच्छा नहीं है। आदतन ऐसा मैंने बहुत सुना है, बहुत सुनाया है, मगर अब मैं ऐसा नहीं करूँगा। क्या अच्छा है, क्या बुरा है, क्यों अच्छा है, कहाँ किसके लिए किस वजह से बुरा है, अगर बन पड़ेगा, तो ये सारे प्रश्न खुद उसके मुँह से सुनूँगा और उसी के मुँह की तरफ निहारता हुआ फैसला करूँगा अगर नहीं बन पड़ेगा, तो सिर्फ पांडुलिपि में लिखे अक्षरों पर निगाह डालकर फैसला करने का हक न मुझे है, न तुम्हें है और न ही शायद विधाता को है।

# 10

अचानक अभया दरवाजा खोलकर सामने आकर खड़ी हो गई। बोली, "चूँकि जन्म-जन्मान्तर के कुसंस्कार के सदमे को मैं पहले-पहल सँभाल नहीं सकी थी इसीलिए मैं भाग गई थी श्रीकान्त बाबू, वरना, उसे मेरी सचमुच की लाज नहीं समझिएगा।"

उसकी हिम्मत को देखकर मैं ठक-से रह गया। अभया बोली, "आपको अपने डेरे पर वापस जाने में आज थोड़ी देरी होगी। रोहिणी बाबू, बस आने ही वाले हैं। आज हम दोनों ही आपके मुजरिम हैं। आप ही फैसला करें, अगर हम लोगों का गुनाह साबित हो जाए, तो हम सजा भुगतने को तैयार हैं।"

यही पहली बार मैंने उसे रोहिणी को बाबू कहते सुना। मैंने पूछा, "आप वापस कब आईं?"

अभया बोली, ''आपको यह जानने का कौतूहल जरूर हो रहा होगा कि आखिर, ऐसा क्या हुआ था कि मुझे यहाँ वापस आना पड़ा।'' इतना कहकर उसने अपनी दाहिनी बाँह को उघारकर मुझे दिखाया, बेंत के निशान चमड़ियों पर उभर आए थे। बोली, ''ऐसे और भी बहुत से निशान हैं, जिन्हें मैं आपको दिखा नहीं सकती।''

जिन दृश्यों को देखकर आदमी का पौरुष यह होश गँवा बैठता है कि क्या करना अच्छा है और क्या करना बुरा, यह उन्हीं में से एक है। अभया मेरे स्तब्ध, कठोर मुँह की तरफ निहारकर पलक झपकते सब कुछ समझ गई और इस बार उसने तनिक मुस्कुराकर कहा, ''मगर मेरे वापस आने की यही इकलौती वजह नहीं है कि श्रीकान्त बाबू, यह मेरे सती-धर्म का मामूली-सा इनाम है। वे मेरे पति हैं और मैं उनकी विवाहिता पत्नी, यह उसी का मामूली-सा निशान है।''

थोड़ी देर तक चुप रहकर वह फिर से कहने लगी, ''औरत की इतनी बड़ी हिमाकत को, कि वह पत्नी होकर भी अपने पति की इजाजत के बिना अकेली दूर आकर उसकी शान्ति भंग करे, मर्द बर्दाश्त नहीं कर सकता। और यह इस बात की सजा है कि यहाँ आकर मैंने उनकी शान्ति भंग किया है। वे बहुत तरह से फुसलाकर मुझे अपने डेरे पर ले गए और वहाँ मुझसे इस बात की कैफियत तलब की कि मैं रोहिणी के साथ क्यों आई हूँ। मैंने कहा—पति की ड्योढ़ी क्या होती है, यह मैं आज तक नहीं जानती। मेरे पिता नहीं रहे, मेरी माँ गुजर गई, गाँव में ऐसा कोई नहीं था जो मुझे रोटी-कपड़ा देता। मैंने तुम्हें बार-बार चिट्ठी लिखी, मगर तुमने मेरी चिट्ठी का कोई जवाब नहीं दिया।''

उन्होंने एक बेंत उठा लिया और कहा, ''आज मैं तुम्हारी चिट्ठियों का जवाब देता हूँ।'' यह कहकर अभया ने अपनी चोटिल दाहिनी बाँह को और एक बार छुआ।

उस बेहद गए-गुजरे, जानवर, बर्बर के खिलाफ मेरा सारा अन्तःकरण फिर से आलोड़ित हो उठा। लेकिन जिस कुसंस्कार की वजह से अभया मुझे देखते ही भागकर छिप गई थी वह संस्कार तो मुझमें भी था। मैं भी तो उसके परे था। इसलिए न ही मैं यह कह सका कि जो कुछ तुमने किया है, अच्छा किया है, न ही मुझे यह कहने को जी चाहा कि ऐसा करके तुमने गुनाह किया है। दूसरे की बेहद मुसीबत की घड़ी में जब अपने विवेक और संस्कार में स्वाधीन विचार और पराधीन ज्ञान के बीच संघर्ष छिड़ता है तब सलाह देने की कोशिश करने जैसी विडम्बना दुनिया में कम ही होगी। मैं थोड़ी देर तक चुप रहा, उसके बाद कहा, ''मैं यह नहीं कह सकता कि तुम्हारा वहाँ से चला आना अनुचित है, लेकिन...''

अभया बोली, ''इसी लेकिन का फैसला तो मैं आपसे चाहती हूँ—श्रीकान्त बाबू। वे अपनी बर्मी पत्नी के साथ सुख से रहें, मैं शिकायत नहीं करती, लेकिन पति जब सिर्फ बेंत के बल पर पत्नी का सारा अधिकार छीन ले और उसे अँधेरी रात में अकेले घर से निकाल दे, तब भी विवाह के वैदिक मंत्र के बल पर पत्नी के कर्तव्य का दायित्व बना रहता है या नहीं, मैं यही बात आपसे जानना चाहती हूँ।''

लेकिन मैं चुप रहा। वह मेरे मुँह पर नजरें टिकाए रही और फिर से बोली, ''जहाँ अधिकार नहीं होता, वहाँ कर्तव्य नहीं होता, श्रीकान्त बाबू। यह तो बहुत मोटी बात है। उन्होंने भी तो मेरे साथ मंत्र पढ़ा था। लेकिन उनका वह मंत्र पढ़ना सिर्फ एक बकवास था। उनका वह मंत्र-पाठ उनकी वासना को, उनकी इच्छा को तो जरा भी नहीं रोक सका। उनका वह बेकार का मंत्र उनके मुँह से निकलने के साथ ही झूठ में विलीन हो गया। लेकिन चूँकि मैं औरत हूँ, इसलिए वह मंत्र क्या सारा बन्धन, सारा दायित्व सिर्फ मेरे ही ऊपर रख गया? श्रीकान्त बाबू, आप एक 'लेकिन' तक कहकर ही रुक गए। यानी मेरा वहाँ से चला आना अनुचित नहीं हुआ है, लेकिन—इस लेकिन का क्या यही अर्थ है कि इतना बड़ा गुनाह करनेवाले पति की पत्नी को उस गुनाह का प्रायश्चित्त करने के लिए जिन्दगी भर मर-मरकर जिन्दा रहना ही पड़ेगा और यही उसके नारी के रूप में जन्म लेने की चरम सार्थकता है। एक दिन ब्याह का जो मंत्र मुझसे पढ़वा लिया गया था सिर्फ वही सही है, बाकी सब कुछ बिलकुल गलत है? इतना बड़ा अन्याय, इतना बड़ा निष्ठुर अत्याचार, कुछ भी, मेरे लिए बिलकुल कुछ नहीं है? अब मुझे पत्नी का अधिकार नहीं है, मुझे माँ बनने का अधिकार नहीं है—समाज, घर-गिरस्ती, आनन्द किसी भी चीज पर अब मेरा कोई अधिकार नहीं है? चूँकि एक बेरहम, झूठा, बदचलन पति बिना दोष के अपनी पत्नी को घर से निकाल दे तो इसीलिए क्या उसका सारा नारीत्व व्यर्थ, पंगु हो जाना चाहिए? इसीलिए क्या भगवान ने उसे औरत बनाकर धरती पर भेजा था? सब जातियों, सब धर्मों में ऐसे अन्याय का प्रतिकार है, पर चूँकि मैं हिन्दू के घर पैदा हुई हूँ इसीलिए क्या मेरे लिए सारे दरवाजे बन्द हो गए हैं, श्रीकान्त बाबू?''

मुझे चुप देखकर अभया बोली, ''आपने कोई जवाब नहीं दिया, श्रीकान्त बाबू।''

मैंने कहा, ''मेरे जवाब से क्या आता-जाता है? मेरी राय जानने के लिए तो आपने इन्तजार नहीं किया था?''

अभया बोली, ''लेकिन आपकी राय जानने के लिए इन्तजार करने का वक्त नहीं था।''

मैंने कहा, ''ऐसा हो सकता है। लेकिन आप जब मुझे देखकर भाग गईं तब मैं भी चला जा रहा था। मगर मैं फिर क्यों लौट आया, यह आप जानती हैं?''

''नहीं, मैं नहीं जानती।''

''मेरे लौट आने की वजह यह है कि आज मेरा मन बहुत भारी है। आपके साथ जितना निष्ठुर बर्ताव हुआ है, उससे कहीं ज्यादा निष्ठुर बर्ताव एक औरत के साथ होते मैंने आज ही सवेरे देखा है।'' यह कहकर जहाज घाट की उस बर्मी औरत की सारी कहानी मैंने उसे कह सुनाई और पूछा, ''वह औरत अब क्या करेगी, आप बता दे सकती हैं?''

अभया सिहर उठी, उसके बाद गर्दन हिलाकर बोली, ''नहीं, मैं नहीं बता सकती।''

मैंने कहा, ''आज मैं आपको और भी दो औरतों की कहानी सुनाता हूँ। एक हैं मेरी अन्नदा दीदी और दूसरी का नाम है प्यारी बाईजी! आपने जितना दुख झेला है उससे कम दुख उन दोनों ने नहीं झेला है।''

अभया चुप रही। मैंने अन्नदा दीदी की सारी बात शुरू से लेकर आखिर तक उसे बताकर निहारा तो देखा, अभया लकड़ी के बुत की तरह स्थिर होकर बैठी हुई है। उसकी दोनों आँखों से आँसू बह रहे हैं। थोड़ी देर तक वह इसी तरह से बैठी रही, फिर फर्श से सर छुलाकर नमस्कार किया और उठ बैठी। आँचल से आँखों को पोंछकर कहा, ''उसके बाद?''

मैंने कहा, ''उसके बाद क्या हुआ, यह मुझे नहीं मालूम। अब प्यारी बाईजी की बात सुनिए। जब उसका नाम राजलक्ष्मी था तब से वह एक आदमी को प्यार करती थी। वह उसे कितना प्यार करती थी, जानती हैं? रोहिणी बाबू आपको जितना प्यार करते हैं उतना। चूँकि यह मैं अपनी आँखों से देख गया हूँ इसलिए तुलना कर सका। उसके बाद बहुत दिनों बाद अचानक उन दोनों की मुलाकात हो गई थी। पर तब वह राजलक्ष्मी नहीं, प्यारी बाई थी। मगर राजलक्ष्मी मरी नहीं थी, वह प्यारी के अन्दर हमेशा के लिए अमर बनी हुई थी। उसी दिन यह साबित हो गया था।''

अभया उत्सुक होकर बोली, ''उसके बाद?''

बाद की तमाम घटनाओं को एक-एक करके मैंने उसे कह सुनाया और कहा, ''उसके बाद एक दिन ऐसा आया जिस दिन प्यारी ने अपने जान से भी ज्यादा प्रिय आदमी को चुपचाप दूर हटा दिया।''

अभया ने पूछा, ''उसके बाद क्या हुआ, जानते हैं?''

''जानता हूँ। पर अब नहीं कहूँगा।''

अभया ने एक आह भरी और बोली, ''आप क्या यह कहना चाहते हैं कि मैं अकेली नहीं हूँ–ऐसा दुर्भाग्य औरतों के नसीब में हमेशा घटता आ रहा है और यह दुख सहना ही उनकी सबसे बड़ी बहादुरी है।''

मैंने कहा, ''मैं कुछ भी कहना नहीं चाहता। मैं आपको सिर्फ यह बताना चाहता हूँ कि औरत मर्द नहीं है। दोनों के आचार-विचार को एक तराजू पर नहीं तौला जा सकता है। और अगर तौला जाए, तो भी कोई फायदा नहीं होता है।''

''फायदा क्यों नहीं होता है, आप बता सकते हैं?''

''नहीं, मैं यह भी नहीं बता सकता। इसके अलावा आज मेरा मन ऐसा पागल बना हुआ है कि मेरी मजाल ही नहीं है कि मैं इन सब जटिल समस्याओं का फैसला कर सकूँ। आपके प्रश्न के बारे में मैं किसी दूसरे दिन सोचकर देखूँगा। लेकिन आज मैं आपको सिर्फ यह कहकर जा सकता हूँ कि अपनी जिन्दगी में मैं जिन बड़े नारी-चरित्रों को देख सका हूँ, वे सभी के सभी दुख के अन्दर से होकर ही मेरे मन के अन्दर बड़े बनकर हैं। मैं यह कसम खाकर कहता हूँ कि मेरी अन्नदा दीदी अपने तमाम दुखों के बोझ को चुपचाप ढोने के अलावा जिन्दगी में और कुछ भी नहीं कर सकती थीं। वह बोझ असहनीय होता, तो भी वे कभी आपकी राह चलतीं यह सोचने पर भी हो सकता है, दुख से मेरा कलेजा फट जाए।

मैं थोड़ी देर चुप रहा, फिर बोला, ''और वह राजलक्ष्मी। उसके त्याग का दुख कितना बड़ा है, यह तो मैं अपनी नजरों से देख आया हूँ। इसी दुख के बल पर आज वह मेरे समूचे कलेजे में समाई हुई है।''

अभया चौंककर बोली, "तो क्या आप ही उसके..."

मैंने कहा, "अगर उसका त्याग बड़ा नहीं होता, तो वह इतने आराम से मुझे दूर नहीं हटा दे सकती थी, मुझे खो देने के डर से वह मुझे जी-जान से खींचकर अपने ही पास रखना चाहती।"

अभया बोली, "तो इसका मतलब यह है कि राजलक्ष्मी यह जानती है कि उसे आपको खो देने का डर नहीं है।"

मैंने कहा, "ऐसा नहीं कि उसे सिर्फ डर ही नहीं है, बल्कि वह यह भी जानती है कि इसकी गुंजाइश ही नहीं है कि वह मुझे खो देगी। पाने और खोने के परे एक रिश्ता होता है। मेरा विश्वास है कि वह उस रिश्ते को पा गई है, इसलिए मेरी भी अब उसे जरूरत नहीं है। देखिए, खुद मैंने भी जिन्दगी में कुछ कम दुख नहीं पाया है। उससे मैंने यह समझा है कि बतौर चीज दुख न कभी है, न ही खालीपन। जिस दुख में डर नहीं होता उसे सुख की तरह चखा जा सकता है।"

अभया बहुत देर तक स्थिर भाव से रही, फिर धीरे-धीरे बोली, "मैंने आपकी बात समझी है श्रीकान्त बाबू। अन्नदा दीदी और राजलक्ष्मी–दोनों ने जिन्दगी में दुख को ही अपना सहारा बनाया था। मगर मेरे हाथ में तो वह भी नहीं है। पति से मुझे मिला है अपमान–सिर्फ लांछना और ग्लानि को ही लेकर मैं लौट आई हूँ। आप क्या इसी मूलधन को लेकर मुझे जिन्दा रहने को कहते हैं।"

बड़ा कठिन प्रश्न था। मुझे चुप देखकर अभया फिर से बोली, "उनके साथ मेरी जिन्दगी का कहीं कोई मेल नहीं है श्रीकान्त बाबू। दुनिया में सब मर्द और औरत एक ही साँचे में ढले नहीं होते हैं। उनके सार्थक होने की राह भी जिन्दगी में सिर्फ एक नहीं है। उनकी शिक्षा, उनकी वासना, उनके मन की गति को सिर्फ एक ही दिशा में चलाकर उन्हें सफल नहीं बनाया जा सकता है। इसीलिए समाज में उसका इन्तजाम होना चाहिए। मेरी ही जिन्दगी के बारे में शुरू से लेकर आखिर तक आप एक बार सोचकर देखिए तो सही। जिन्होंने मुझसे शादी की थी, उनके पास आए बिना भी मेरे लिए कोई चारा नहीं था, और आकर भी कोई फायदा नहीं हुआ। अभी उनकी पत्नी, उनके बाल-बच्चे, उनका प्यार कुछ भी खुद मेरे लिए नहीं है। तब भी मैं उनकी रखैल की तरह उनके पास पड़ी रहती, तो क्या मेरी जिन्दगी फल-फूलों से लदकर सार्थक होती श्रीकान्त बाबू? और उस विफलता का दुख जिन्दगी भर ढोते फिरना ही क्या मेरे औरत के रूप में पैदा होने की सबसे बड़ी साधना है? रोहिणी बाबू को तो आप देख गए हैं? उनका प्यार तो आपकी नजरों से छिपा नहीं है, ऐसे आदमी की पूरी जिन्दगी को पंगु बना देकर अब मैं सती कहलाना नहीं चाहती श्रीकान्त बाबू।"

हाथ उठाकर अभया ने अपनी आँखों की कोरों को पोंछ डाला और रुँधी आवाज में बोली, "एक रात का जो विवाह-अनुष्ठान पति-पत्नी दोनों ही के लिए सपनों की तरह झूठ बन गया है, उसे जबरन जिन्दगी भर सच के रूप में खड़ा रखने के वास्ते मैं इतने बड़े प्यार को बिलकुल बेकार कर दूँ? जिन विधाता ने प्यार दिया है, वे क्या इससे खुश

होंगे? मुझे आप जो मर्जी समझें, मेरी भावी सन्तानों को आप जो मर्जी समझें लेकिन अगर मैं जिन्दा रही श्रीकान्त बाबू, तो हमारे निष्पाप प्यार की सन्तानें आदमी के हिसाब से दुनिया में किसी से भी उन्नीस नहीं होंगी—यह मैंने आपको पक्का कह रखा। मेरी कोख से पैदा होने को वे लोग अपना दुर्भाग्य नहीं समझेंगे। उन्हें दे जाने लायक चीज उनके माँ-बाप के पास, हो सकता है, कुछ भी न रहे, मगर उनकी माँ उन्हें यह विश्वास दे जाएगी कि वे लोग सच के बीच पैदा हुए हैं, सच से बड़ा सहारा दुनिया में उनके लिए दूसरा कुछ नहीं है। अगर वे इस चीज से भ्रष्ट हो जाएँगे तो उनका काम हरगिज नहीं चलेगा। और अगर वे सच से भ्रष्ट हो जाएँगे तो बिलकुल ही नगण्य हो जाएँगे।''

अभया ने चुप्पी साध ली, लेकिन सारा आसमान मानो मेरी नजरों के सामने काँपने लगा। पल भर के लिए लगा, उस औरत के मुँह की बातें मानो रूप धारण करके बाहर निकल आई हैं और हम दोनों को घेरकर खड़ी हैं। सच जब सचमुच ही आदमी के हृदय से निकलकर सामने उपस्थित होता है तब लगता है मानो वह सजीव है, मानो उसे हाड़-मांस है, मानो उसके अन्दर जान है—नहीं, कहकर इनकार करने पर मानो वह मारकर कहेगा—चुप रहो, झूठी बहस करके अन्याय पैदा मत करो।

अभया सहसा एक सीधा प्रश्न कर बैठी, बोली, ''खुद आप क्या हम लोगों को नफरत-भरी नजरों से देखेंगे श्रीकान्त बाबू? अब आप हमारे घर नहीं आएँगे?''

जवाब देने में मुझे थोड़ी देर तक आनाकानी करनी पड़ी। उसके बाद मैंने कहा, ''भगवान के लिए आप लोग, हो सकता है, निष्पाप हों—वे आपका कल्याण करेंगे। लेकिन आदमी तो आदमी का हृदय नहीं देख सकता हैं—आदमियों में से हरेक के हृदय में क्या है, यह महसूस करके फैसला करना सम्भव नहीं है। हरेक के लिए अलग नियम बनाने की कोशिश करने पर तो उनके समाज का, कामकाज, व्यवस्था सब कुछ टूट जाता है।''

अभया कातर होकर बोली, ''तो क्या आप मुझे उसी समाज में शरण लेने को कहते हैं जिस समाज और धर्म में हम लोगों को उठा लेने लायक उदारता है, जगह है?''

इसका क्या जवाब दूँ, मुझसे सोचते नहीं बना।

अभया बोली, ''अपना आदमी होकर अपने आदमी को आप लोग मुसीबत की घड़ी में शरण नहीं दे सकते हैं, हमें दूसरे से वह शरण भीख माँगनी पड़ेगी? इससे क्या गौरव बढ़ता है श्रीकान्त बाबू?''

उसकी बात के जवाब में एक आह के अलावा और कुछ भी मुँह से बाहर नहीं निकला।

खुद अभया भी थोड़ी देर तक चुप रही। उसके बाद बोली, ''खैर, भले ही आप लोग शरण न दें, पर मेरे लिए सान्त्वना यही है कि दुनिया में आज भी एक बड़ी जात है जो खुलेआम और आराम से शरण दे सकती है।''

उसकी बातों से जरा आहत होकर मैंने कहा, ''क्या इसे मान लेना होगा कि हर हालत में शरण देना अच्छा काम है।''

अभया बोली, ''इसका सबूत तो हाथोहाथ मिल रहा है श्रीकान्त बाबू! दुनिया में कोई भी अन्याय ज्यादा दिनों तक टिकता नहीं है। यह अगर सही हो तो कहना पड़ेगा,

तो क्या वे लोग अन्याय के ही सहारे दिन पर दिन बड़े होते जा रहे हैं। और आप लोग न्याय-धर्म के सहारे ही हर दिन शूद्र और तुच्छ होते जा रहे हैं।''

''हम लोगों को यहाँ आए थोड़े ही दिन हुए हैं, मगर इसी बीच मैंने देखा है, यह देश मुसलमानों से भरता जा रहा है। सुना है, यहाँ कोई ऐसा गाँव नहीं है जहाँ एक भी मुसलमान नहीं रहता है, जहाँ एक भी मस्जिद नहीं बनी है। हम लोग, हो सकता है, आँखों से देखकर न जा सकें, लेकिन जल्दी ही ऐसा दिन आएगा जिस दिन हमारे देश की तरह यह बर्मा भी मुसलमान-प्रधान जगह बन जाएगा। आज ही सवेरे जहाज घाट पर जो अन्याय देखकर आपका मन भारी हो गया था, आप ही बताइए तो, किसी मुस्लिम बड़े भाई को क्या धर्म और समाज के डर से इस साजिश, इस ओछेपन के सहारे एक ऐसे आनन्द-भरे घर-संसार को नेस्तनाबूद करके भागने की जरूरत पड़ती? बल्कि वह सभी को अपना लेता और आशीर्वाद देकर बड़े भाई के सम्मान और मर्यादा के साथ घर लौट जाता। किसमें सचमुच का धर्म बना रहता है श्रीकान्त बाबू?''

गहरी दिलचस्पी के साथ मैंने पूछा, ''अच्छा, आप तो ठेठ देहात की लड़की हैं, आपने इतनी बातें कैसे जानीं? मुझे तो नहीं लगता कि इतना बड़ा उदार हृदय हम मर्दों में भी ज्यादा होगा। आप जिसकी माँ बनेंगी वह अभागा है, ऐसा कम से कम मैं तो किसी भी सूरत में नहीं सोच सकता।''

अभया अपने उदास चेहरे पर हँसी की झलक खिलाकर बोली, ''तो फिर श्रीकान्त बाबू, मुझे समाज से निकाल देने से ही क्या हिन्दू-समाज ज्यादा पवित्र हो जाएगा? इससे क्या किसी भी दृष्टि से समाज को नुकसान नहीं पहुँचेगा?''

अभया थोड़ी देर तक स्थिर रही और फिर से तनिक मुस्कुराकर बोली, ''लेकिन मैं हरगिज समाज से नहीं निकल जाऊँगी। सारा अपयश, सारा कलंक, सारा दुर्भाग्य अपने सर-आँखों पर लिये मैं हमेशा आप ही लोगों की होकर रहूँगी। अगर किसी दिन मैं अपनी एक भी सन्तान को सही अर्थ में आदमी बना सकूँ, तो उस दिन मेरा सारा दुख सार्थक होगा, इसी आशा के साथ मैं जिन्दा रहूँगी। सचमुच का आदमी आदमियों के बीच बड़ा होता है या दुनिया में आदमी जन्म के हिसाब से बड़ा होता है, मुझे इसकी जाँच करके देखना है।''

# 11

मनोहर चक्रवर्ती नाम के एक पंडित से मेरा परिचय हुआ था। दा ठाकुर के होटल में एक कीर्तन-मंडली थी। वे पुण्य-लाभ की मंशा से बीच-बीच में वहाँ आया करते थे। लेकिन वे कहाँ रहते थे, क्या करते थे, यह मैं नहीं जानता था। बस, मैंने इतना ही सुना था

कि उनके पास बहुत रुपया है और वे हर दृष्टि से बड़े हिसाबी थे। पता नहीं क्यों, मुझ पर बहुत खुश होकर उन्होंने एक दिन एकान्त में मुझसे कहा, "देखिए, श्रीकान्त बाबू, आपकी उम्र कम है, अगर आप जिन्दगी में तरक्की करना चाहते हैं, तो मैं आपको कई ऐसी तरक़ीबें बता सकता हूँ जिनकी कीमत लाख रुपया है। खुद मैंने जिनसे ये तरकीबें सीखी थीं, उन्होंने दुनिया में कैसी तरक्की की थी, इसे आप सुनेंगे, तो हो सकता है, आप हैरत में पड़ जाएँ। मगर यह सच है। वे तो सिर्फ पचास रुपया तनख्वाह पाते थे, लेकिन मरते वक्त घर-मकान, ताल-तलैया, बाग-बगीचा, जमीन-जायदाद के अलावा दो हजार रुपए नकद छोड़ गए थे। कहिए तो, यह आसान बात है! माँ-बाप के आशीर्वाद से मैं खुद भी तो... ।"

लेकिन बात को उन्होंने यहीं दबा दी और बोले, "सुनता हूँ आप तो मोटी तनखाह पाते हैं, आपकी किस्मत बहुत अच्छी है–बर्मा आते ही किसी की भी किस्मत ऐसी नहीं खुलती है। लेकिन बताइए तो सही कि कितनी फिजूलखर्ची करते हैं। अन्दर ही अन्दर पता लगाने पर जो जानकारी मुझे मिली उसकी वजह से मेरा कलेजा फट जाता है। आप तो देखते ही हैं कि मैं किसी की भी बातों में नहीं पड़ता, मगर मेरे कहे मुताबिक ज्यादा नहीं, सिर्फ दो साल चलिए तो सही, मैं कहता हूँ, गाँव वापस जाकर आपको क्या चाहिए, आप शादी भी कर सकेंगे।"

पता नहीं यह जानकारी उन्होंने कैसे हासिल की कि इस सौभाग्य के लिए मैं इतना लालायित हो उठा हूँ। लेकिन उन्होंने खुद ही यह जाहिर किया था कि वे अन्दर ही अन्दर पता लगाने के सिवा किसी की भी किसी बात में नहीं पड़ते।

जो हो, उनकी तरक्की के बीज-मंत्र रूप तरकीबों को जानने के वास्ते मैं ललचा उठा। वे बोले, "देखिए, दान-वान देने की बात छोड़ दीजिए, एड़ी-चोटी का पसीना एक करके पैसा कमाना पड़ता है–कमर भर मिट्टी की खुदाई करने पर भी एक पैसा नहीं मिलता है। कहावत है न–खून-पसीना बहाकर कमाया हुआ पैसा–इसे आजकल की दुनिया में भला कोई ऐसा पागल है जो इस तरह से कमाए हुए पैसे को दान कर दे। पहले तो अपने बीवी-बच्चों के लिए जमा करना पड़ता है, उसके बाद बचने पर न दान-वान किया जाता है? ऐसी बात नहीं कि इस बात को छोड़ दीजिए, लेकिन देखिए–जिसकी घर-गिरस्ती में देखिएगा, अभाव है, वैसे आदमी को कतई यह नहीं दीजिएगा। ज्यादा नहीं, दो-चार दिन वैसा आदमी आपके यहाँ आ-जाकर खुद ही अपनी गिरस्ती का दुखड़ा रोकर आपसे दो रुपया माँग बैठेगा। अगर आपने रुपया दिया, तो समझिए, गया पानी में। इसके अलावा ऊपर से झगड़ा मोल लो। सचमुच ही दो रुपयों की माया कोई नहीं छोड़ सकता–तकाजा करना ही पड़ता है। तब लगाओ उसके घर का चक्कर, करो झगड़ा-टंटा। आखिर क्यों, मुझे यह सब करने की जरूरत क्या है, कहिए तो?"

मैंने गर्दन हिलाकर कहा, "आपका कहना बिलकुल सही है।"

उन्होंने उत्साहित होकर कहा, "आप ठीक घर के बच्चे हैं, इसीलिए आपने मेरी बात चट से समझ ली, मगर इन गए-गुजरे लोहा काटनेवाले मुओं को भला कौन समझाए!

हरामजादे मुए सात जन्मों में भी नहीं समझेंगे। खुद इन मुओं के पास एक पैसा नहीं होता तब भी पराए से कर्ज लेकर दूसरे को रुपया देते हैं, ये गए-गुजरे ऐसे अहमक हैं।''

वे थोड़ी देर तक चुप रहे, फिर बोले, ''तभी तो कहता हूँ, किसी को भी कतई रुपया कर्ज नहीं देना चाहिए। कर्ज लेनेवाला कहेगा, बहुत तकलीफ में पड़ गया हूँ। तुम तकलीफ में पड़ गए हो तो उससे मुझे क्या भई! और अगर तुम सचमुच ही तकलीफ में हो, तो दो तोला सोना लाकर रख जाओ न, दूँगा दस रुपए कर्ज, क्यों क्या राय है आपकी?''

मैंने कहा, ''आप ठीक ही तो कहते हैं।''

उन्होंने कहा, ''सिर्फ ठीक नहीं, सौ फीसदी ठीक है। और देखिए जहाँ झगड़ा-टंटा हो रहा हो वहाँ कभी मत जाइएगा। एक आदमी मारा जाए, तो भी वहाँ नहीं जाइएगा, वहाँ जाने की आपको जरूरत क्या है, छुड़ाने जाने पर हो सकता है आपको भी कहीं चोट लगे और इसके अलावा, हो सकता है, एक पक्ष आपको अपना गवाह बना ले। तब आपको अदालत का चक्कर लगाना पड़ेगा। बल्कि झगड़ा-टंटा रुक जाए तो जी चाहे तो, वहाँ एक बार जाकर घूम आइएगा, थोड़ी अच्छी-बुरी सलाह दीजिएगा, इससे लोगों में आपका नाम होगा। क्यों, क्या राय है आपकी?''

वे थोड़ी देर चुप रहे और फिर से बोले, ''अब रही बीमारी-वीमारी की बात! तो जब कोई बीमार पड़ता है तब मैं तो उसके मुहल्ले के पास तक नहीं फटकता हूँ। वहाँ जाने पर कहेगा, भैया, मर रहा हूँ। इस मुसीबत की घड़ी में दो रुपए देकर मेरी मदद करो। बाबूजी, यह तो कहा नहीं जा सकता है कि आदमी कब तक जिन्दा रहेगा और कब मर जाएगा। ऐसे बीमार आदमी को रुपया देना और रुपया पानी में फेंकना–दोनों एक है, बल्कि पानी में फेंकना ही अच्छा है, मगर बीमार आदमी को रुपया देना अच्छा नहीं है। और कुछ नहीं, तो कहेगा, आओ रात भर जागकर मेरी सेवा करो, अच्छा बाबूजी, आप ही कहिए, मैं जाऊँगा रात भर जागकर उसकी सेवा करने! लेकिन इस विदेश में जहाँ अपना कोई नहीं है, अगर मुझे कोई...माता शीतला न करें, मैं कान पकड़ता हूँ माँ।'' इतना कहकर उन्होंने अपनी जीभ को दाँतों तले दबाया, एक बार हाथ नाक से छुलाया, अपने हाथों को अपने दोनों कान से ऐंठकर नमस्कार किया और बोले, ''हम सभी तो उन्हीं के चरणों में पड़े हुए हैं, लेकिन कहिए तो, अगर वैसी मुसीबत आ जाए, तो यहाँ मुझे कौन देखेगा?''

अबकी बार मैं और हामी नहीं भर सका। मुझे चुप देखकर वे मन ही मन शायद तनिक झिझक में पड़कर बोले, ''देखिए तो अँगरेजों को। वे क्या कभी वैसी जगह जाते हैं जहाँ बीमार हों? नहीं, वे वहाँ कभी नहीं जाते। अपना एक कार्ड भेज देते हैं, बस, हो गया। इसीलिए वे इतनी तरक्की कर रहे हैं, एक बार गौर से देखिए तो। उसके बाद जब आदमी अच्छा हो जाता है तब वे उसके साथ वैसे ही मिलते-जुलते हैं जैसे पहले मिलते-जुलते थे। बाबूजी, किसी के झंझट में कभी नहीं पड़ना चाहिए।''

चूँकि मेरे ऑफिस जाने का वक्त हो गया था इसलिए मैं उठ गया। ऐसी बात नहीं है कि इस पंडित की सलाह की वजह से इतनी कम उम्र में मेरी खूब ज्यादा मानसिक

उन्नति हुई थी। यहाँ तक कि मन के अन्दर खूब ज्यादा आलोड़न भी नहीं उठा। क्योंकि ऐसे पंडित व्यक्ति की बेहद कमी मैंने अपने गाँव में भी नहीं महसूस की थी और चाहे जितनी भी दूसरी बदनामी उन लोगों की क्यों न रही है, पर उन लोगों की यह बदनामी मैंने नहीं सुनी थी कि वे सलाह देने में कंजूसी करते हैं और यह उनकी सलाह भले ही सामाजिक जीवन के लिए उतनी अच्छी न हो, पर गाँव के लोगों ने यह मान लिया था कि पारिवारिक जीवन में गुजर-बसर करने का यह सर्वसम्मत तरीका है। बंगाली माता-पिता के खिलाफ इतनी बड़ी झूठी बदनामी को कि अगर उनका बच्चा इस तरीके का अक्षरशः पालन करके चलते हैं तो वे नाराज होते हैं, फैलाने में पुलिस के सी.आई.डी. वालों के भी विवेक को झिझक होती होगी। सो चाहे जो भी हो, लेकिन इस पंडिताई के अन्दर कितना बड़ा गुनाह था, अभी सप्ताह भी नहीं देते थे कि भगवान ने इसे उन्हीं की मदद से मेरे आगे साबित कर दिया।

तब से मैं अभया के घर की तरफ फिर नहीं गया था। यह सच है कि उसकी सारी हालत के साथ उसकी बातों को मिलाकर शुरू से लेकर आखिर तक चीजों को मैं अपने ज्ञान के द्वारा एक तरह से देख सकता था। यह भी ठीक है कि उसके विचारों की स्वाधीनता, उसके आचरण की बेखौफ ईमानदारी, उन लोगों का एक-दूसरे के साथ अनूठा और असाधारण स्नेह मेरी बुद्धि को उधर निरन्तर आकर्षित करता था, लेकिन तब भी मेरा जीवन भर का संस्कार हरगिज उधर कदम बढ़ाना नहीं चाहता था। सिर्फ लगता मेरी अन्नदा दीदी ऐसा काम नहीं करती। बल्कि कहीं नौकरानी का काम करके वे लांछना, अपमान, दुख सहती हुई अपनी बाकी जिन्दगी गुजार देतीं, मगर दुनिया भर के सारे सुखों के बदले भी वे ऐसे आदमी के साथ रहने को राजी नहीं होतीं जिसके साथ उनकी शादी नहीं हुई हो। मैं जानता था, उन्होंने अपने आपको पूरी तरह से भगवान को समर्पित कर दिया था। उनकी अपनी उस साधना से प्राप्त की हुई पवित्रता की धारणा और कर्तव्य का ज्ञान क्या अभया की तीक्ष्ण बुद्धि के फैसले के लिए बच्चों का खेल है?

अभया की एक बात अचानक याद आई। तब मुझे उसे अच्छी तरह से बारीकी से समझने की फुर्सत नहीं मिली थी। उस दिन उसने कहा था—श्रीकान्त बाबू, दुख भुगतने के अन्दर एक भयंकर मोह होता है। आदमी ने अपनी युगों की जिन्दगी में यह देखा है कि कोई भी बड़ा फल बड़ी तरह का दुख भुगते बिना नहीं मिलता है, उसकी जन्मों की जानकारी ने आज इस भ्रम को सही मान लिया है कि जिन्दगी के तराजू के एक पलड़े पर जितना ज्यादा दुख का बोझ चढ़ाया जाता है दूसरे पलड़े पर उतने बड़े सुख का बोझ जमा होता जाता है। इसीलिए तो आदमी जब दुनिया में सहज और स्वाभाविक वासना को अपनी मर्जी से दबाने को तपस्या समझकर भूखा घूमता-फिरता है तब उसके लिए कहीं न कहीं चौगुना खाना इकट्ठा होता जाता है—इस बारे में न खुद उसके और न दूसरे के मन में जरा-सा भी सन्देह पैदा होता है। इसी वजह से संन्यासी जब कड़ाके की ठंड में गले तक पानी में डूबा रहता है और भीषण गर्मी के दिनों में धूप में धूनी

रमाकर जमीन पर सर और आसमान की तरफ पैर किए रहता है तब ऐसी बात नहीं है कि उसके दुख भुगतने की कठोरता को देखकर दर्शक न सिर्फ दुख ही भुगतते हैं, बल्कि बिलकुल मुग्ध भी हो जाते हैं। उसके भावी आराम का बहुत बड़ा हिसाब लगाकर वे जल उठते हैं और यह कहकर कि आसमान की तरफ पैर उठाए रहनेवाला व्यक्ति दुनिया में धन्य है, आदमी के रूप में वही सचमुच का काम करता है और वे लोग कुछ भी नहीं करते हैं, बेकार में जिन्दगी बिताते हैं, वे लोग अपने अपको हजारों बार धिक्कारते मन भारी किए घर जाते हैं। श्रीकान्त बाबू, यह सच है कि सुख की खातिर दुख को कबूल करना पड़ता है। लेकिन चूँकि दुख भुगतने से सुख मिलता है, इसलिए ऐसा अपने आप घटित नहीं होता है कि चाहे जैसे भी हो थोड़ा-सा दुख भुगत लेने से सुख आकर कन्धे पर चढ़ जाता है। ऐसा न इहलोक में होता है, न परलोक में।

मैंने कहना चाहा, "लेकिन विधवा का ब्रह्मचर्य..."

अभया ने मुझे रोक दिया और बोली, "विधवा का आचरण कहिए—उसके साथ ब्रह्म का रत्ती भर भी सम्बन्ध नहीं है। मैं यह नहीं मानती कि विधवा का चाल-चलन ही ब्रह्म को प्राप्त करने का उपाय है। वास्तव में वह तो कुछ भी नहीं है। कुमारी, सधवा, विधवा—कोई भी अपने-अपने रास्ते ब्रह्म को प्राप्त कर सकती है। इसलिए विधवा के चाल-चलन को ही यह एकाधिकार नहीं मिला हुआ है।"

मैंने मुस्कुराकर कहा, "अच्छी बात है, विधवा के चाल-चलन को एकाधिकार नहीं मिला हुआ है। आप उसके आचरण को भले ही ब्रह्मचर्य न कहें, पर नाम से क्या आता-जाता है?"

अभया ने गुस्सा करके कहा था, "नाम ही तो सब कुछ है श्रीकान्त बाबू। नाम के अलावा दुनिया में और क्या है? यह क्या आप नहीं जानते हैं कि गलत नामों के अन्दर से होकर आदमी की बुद्धि, विचार और ज्ञान के प्रकार को कितनी बड़ी गलती के अन्दर संचालित किया जा सकता है? उसी नाम की गलती की वजह से ही तो हर देश में, हर युग में विधवा के चाल-चलन को ही सबसे श्रेष्ठ माना जाता रहा है। इसी निरर्थक त्याग की निष्फल महिमा, श्रीकान्त बाबू, बिलकुल बेकार है, बिलकुल गलत है। आदमी के इहलोक-परलोक को बिगाड़ देनेवाला इतना बड़ा जादू कोई और नहीं है।"

तब कोई बहस किए बिना मैं चुप हो गया था। वास्तव में बहस करके उसे हराना बिलकुल असम्भव था। पहले-पहल जब जहाज पर उससे परिचय हुआ था तब डॉक्टर ने उसका बाहरी रूप देखकर ठठा करके कहा था, "यह औरत तो बड़ी forward है, मगर तब हम दोनों में से किसी ने भी यह नहीं सोचा था कि इस forward शब्द का अर्थ कहाँ जाकर पहुँच सकता है। तब हमें इसकी धारणा भी नहीं थी कि यह औरत अपने समूचे हृदय तक को कैसे प्रखर तेज से बाहर खींच लाकर सारी दुनिया के सामने फैलाकर रख देनेवाली है, लोगों की राय की परवाह नहीं करनेवाली है। अभया तो सिर्फ अपनी राय को अच्छी तरह जाहिर करने के लिए ही तू-तू, मैं-मैं नहीं करती थी—वह अपनी खुद की करनी को जोरदार ढंग से विजेता बनाने के लिए ही मानो लड़ाई करती

थी। चूँकि उसकी कथनी और करनी में कोई फर्क नहीं था। शायद इसीलिए बहुत समय उसके मुँह पर देने लायक जवाब मुझे ढूँढ़े नहीं मिलता था, मैं एक तरह से कैसा अचकचा जाता था। हालाँकि डेरे पर वापस आकर लगता–यह तो अच्छा जवाब था। जो हो, यह ठीक है उसके बारे में आज भी मेरे मन की हिचकिचाहट दूर नहीं हुई है। मैं अपने आपसे जितना यह प्रश्न करता कि इसके सिवा अभया के लिए दूसरा चारा क्या था, उतना ही मन उसके खिलाफ बिदक उठता। मैं अपने आपसे जितना कहता कि उससे नफरत करने का रत्ती भर भी हक मुझे नहीं है उतनी ही अव्यक्त वितृष्णा से मन भर उठता। मुझे याद आता है, चूँकि ऐसे ही संकुचित, अप्रसन्न मन को लेकर मेरे दिन गुजरते थे इसलिए न तो मैं उसके पास जा सकता था, न ही मैं उसे बिलकुल दूर फेंक सकता था।

ऐसे समय अचानक एक दिन प्लेग ने शहर में विकराल रूप धारण कर लिया। हाय रे! उसे समुद्र के उस पार रोक रखने के लाखों टोटके, अधिकारियों की कड़ी से कड़ी सावधानी–सब कुछ पल भर में धूल में मिल गया। लोगों के आतंक की कोई सीमा नहीं रही। हालाँकि शहर के ज्यादातर लोग या तो नौकरी करनेवाले थे या व्यापार। उनके बिलकुल दूर भागने की गुंजाइश नहीं थी–उनकी दशा वैसी हो गई थी, जैसी बन्द कमरे में छोड़ी गई आतिशबाजी के बीच फँसे लोगों की होती है। डर के मारे लोग अपने बीवी-बच्चों का हाथ थामकर कन्धों पर गठरी-मोटरियाँ लिये इस मुहल्ले से उस मुहल्ले और उस मुहल्ले से इस मुहल्ले भाग रहे थे। यह सुनते ही कि चूहा है, लोग डर जाते थे। यह सुनने के पहले ही कि चूहा जिन्दा है या नहीं, लोग भागना शुरू कर देते थे। जैसे पक्के तौर पर यह नहीं कहा जा सकता है कि टहनी से लगा पका फल हवा के झोंके से कब टपक पड़ेगा वैसे ही पक्के तौर पर यह नहीं कहा जा सकता था कि प्लेग से कब किसकी जान चली जाएगी।

शनिवार का दिन था। किसी मामूली काम के लिए मैं बाहर निकला था। शहर के बीच एक गली के अन्दर से होकर बड़े रास्ते पर पहुँचने के लिए मैं तेज कदमों से चला जा रहा था कि तभी देखता हूँ कि एक बहुत पुराने टूटे-फूटे घर की दूसरी मंजिल के बरामदे में खड़े होकर पंडित मनोहर चक्रवर्ती मुझे बुला रहे हैं।

मैंने हाथ हिलाकर कहा, ‘‘अभी मेरे पास वक्त नहीं है।’’

वे बहुत गिड़गिड़ाकर बोले, ‘‘दो मिनट के लिए एक बार ऊपर आइए श्रीकान्त बाबू, मैं बड़ी मुसीबत में पड़ा हूँ।’’

लिहाजा, बिलकुल न चाहते हुए भी मुझे ऊपर जाना पड़ा। इसीलिए तो मैं बीच-बीच में यह सोचता हूँ कि क्या यह बिलकुल तय किया हुआ रहता है कि आदमी कब कहाँ जाएगा। अगर ऐसा नहीं है, तो न तो मेरा काम ही महत्त्वपूर्ण था, न ही मैं इस गली के अन्दर कभी घुसा था, तो फिर आज सवेरे ही मैं भला यहाँ क्यों आ पहुँचा?

जब मैं उनके करीब गया तो मैंने पूछा, ‘‘बहुत दिनों से तो आप हमारे यहाँ नहीं गए हैं, आप क्या इसी घर में रहते हैं?’’

उन्होंने कहा, ''नहीं बाबूजी, मुझे यहाँ आए बारह-तेरह दिन हुए। एक तो महीने भर से डिसेंट्री से पीड़ित हूँ, दूसरे हमारे मुहल्ले में प्लेग फैल गया है। क्या करूँ बाबूजी, उठ नहीं सकता मैं, तब भी जल्दी से भाग आया।''

मैंने कहा, ''यह आपने अच्छा किया है।''

वे बोले, ''अच्छा करने से क्या होगा बाबूजी, मेरा Combined hand मुआ बड़ा बदमाश है। कहता है, चला जाऊँगा। अब उस मुए को अच्छी तरह डाँट दीजिए तो।''

मैं जरा अचम्भे में पड़ा। लेकिन इसके पहले कि मैं आगे कुछ कहूँ, बतौर चीज इस Combined hand के बारे में जरा बताना जरूरी है। क्योंकि जिन लोगों को यह नहीं मालूम है कि दुनिया में ऐसा कोई काम नहीं है जिसे गैर-बंगाली लोग पैसे की खातिर नहीं कर सकते, वे लोग यह सुनकर विस्मित होंगे कि इस अँगरेजी शब्द का मतलब होता है दूबे, चौबे, तिवारी आदि गैर-बंगाली ब्राह्मण लोग। यहाँ जो लोग चौके के किनारे जाने पर उछल उठते हैं वे ही लोग वहाँ खाना बनाते हैं, जूठे बरतन माँजते हैं, चिलम चढ़ाते हैं, और बाबुओं के ऑफिस जाते वक्त उनके जूतों को झाड़ देते हैं, सो बाबू लोग चाहे किसी भी जात के क्यों न हों, अवश्य दो रुपए ज्यादा तनख्वाह जब त्रिवेदी-चतुर्वेदी आदि पूज्य व्यक्तियों को दी जाती है, तब उन्हें नौकर और ब्राह्मण दोनों का काम एक साथ Combined hand करना पड़ता है। बेवकूफ उड़िया और बंगाली ब्राह्मणों को आज भी यह काम करने के लिए राजी नहीं किया जा सकता है। राजी किया गया है सिर्फ उन्हीं त्रिवेदी-चतुर्वेदी को ही। क्योंकि मैंने तो पहले ही कहा है कि पैसा मिलने पर कुसंस्कार को छोड़ देने में गैर-बंगालियों को पल भर भी देर नहीं लगती। (मुर्गी बकाने के लिए चार-आठ आने हर महीने ज्यादा देने पड़ते हैं क्योंकि मूल्य के द्वारा सब कुछ शुद्ध होता है और यह हमें कबूल करना ही पड़ेगा कि अगर कोई आज तक शास्त्र की इस बात को समझ सका है और शास्त्र की इस बात पर आस्था रख सका है, तो वे हैं ये गैर-बंगाली ब्राह्मण।)

मगर मुझसे यह सोचते नहीं बना कि मैं मनोहर बाबू के Combined hand को डाँटने की कोशिश क्यों करता और वही भला मेरी डाँट किसलिए सुनता! मनोहर बाबू का यह हाथ नया था। इतने दिनों तक वे अपना Combined hand खुद ही थे। सिर्फ डिसेंट्री की खातिर उन्होंने उसे थोड़े दिन हुए नियुक्त किया था। मनोहर बाबू कहने लगे, ''बाबूजी, आप क्या मामूली आदमी हैं? आप क्या सोचते हैं कि मैं यह नहीं जानता कि शहर भर के लोग आपके कहे पर मरते-जीते हैं! यह क्या मैंने नहीं सुना है कि ज्यादा नहीं, एक पंक्ति अगर आप लाट साहब को लिख देंगे, तो उसे चौदह साल की जेल हो जाएगी। उस मुए को अच्छी तरह डाँट दीजिए न।''

उनकी बात सुनकर मैं तो दिग्भ्रमित हो गया। जिस लाट साहब का नाम तक मैंने नहीं सुना था, उसे ज्यादा नहीं, एक पंक्ति की चिट्ठी लिखने से ही एक आदमी को चौदह साल की जेल की सजा हो जाएगी। अपनी इतनी बड़ी अद्भुत शक्ति की बात इतने बड़े पंडित व्यक्ति के मुँह से सुनकर मुझसे यह सोचते नहीं बना कि मैं क्या कहता और

क्या करता, फिर भी उनके बार-बार कहने और दबाव डालने पर आखिरकार मैं उस अभागे Combined hand को डाँटने-फटकारने के लिए जब रसोईघर में घुसा, तो देखता हूँ, वह एक अन्धकूप जैसा अँधेरा कमरा है।

उसने आड़ में खड़ा होकर अपने मालिक के मुँह से यह सुनकर कि मेरी कितनी क्षमता है, अभी रुआँसा होकर हाथ जोड़कर बताया कि इस कमरे में 'देव' है। यहाँ वह किसी भी सूरत में नहीं रह सकता। कहा–तरह-तरह की 'छाया' घर के अन्दर घूमती फिरती हैं। बाबू, अगर किसी दूसरे घर में जाएँ, तो वह अनायास नौकरी कर सकता है। मगर इस घर में...

ऐसे अँधेरे कमरे में भला छाया कैसे पड़ती! लेकिन छाया के चलते नहीं, बल्कि जब से मैं इस कमरे में घुसा था तब से लेकर अब तक एक सड़ायँध के चलते मैं परेशान हो रहा था। पूछा, "यह बदबू किस चीज की है?"

'कम्बाइंड हैंड' बोला, "कोई चूहा-ऊहा सड़ गया होगा।"

मैं चौंक उठा। "कोई चूहा सड़ा होगा, यह तू क्या कहता है रे? इस घर में चूहा मरता है क्या?"

उसने अपना हाथ उलटा कर अवहेलना के साथ बताया कि वह रोज सवेरे कम से कम पाँच-छह मरे चूहों को बाहर की गली में फेंक देता है।

मिट्टी के तेल की ढिबरी जलाकर तलाश की गई, मगर सड़े चूहे का पता नहीं चला। लेकिन तब भी मेरे बदन में सिहरन होने लगी, और मैं हरगिज मन खोलकर उसे यह नसीहत नहीं दे सका कि उसे अपने बीमार मालिक को अकेले छोड़कर नहीं भागना चाहिए।

जब मैं सोने के कमरे में आया, तो देखता हूँ, मनोहर बाबू पलंग पर बैठकर मेरा इन्तजार कर रहे हैं। मुझे अपनी बगल में बिठाकर वे इस घर की अच्छाइयों के बारे में बताने लगे। शहर के बीच में इतने कम किराए में इतना अच्छा घर नहीं मिलेगा–ऐसा शरीफ मकान-मालिक भी कोई और नहीं होगा और ऐसा पड़ोसी भी आसानी से नहीं मिलेगा। बगलवाले कमरे में मेस चलानेवाले चार-पाँच मद्रासी ईसाई जितने शान्त और शिष्ट हैं उतने ही सरल हैं। उन्होंने यह भी बताया कि जब वे जरा अच्छे हो जाएँगे तब इस ब्राह्मण मुए को भगा देंगे। फिर अचानक बोले, "अच्छा बाबूजी, आप यह विश्वास करते हैं कि सपना सच होता है?"

मैं बोला, "नहीं, मैं सपनों को नहीं मानता।"

वे बोले, "मैं भी यह विश्वास नहीं करता, मगर कितने आश्चर्य की बात है बाबूजी, कल रात मैंने सपना देखा कि मैं सीढ़ी से गिर गया हूँ। और जब जागकर उठा, तो देखता हूँ कि मेरे दाहिने पाँव का कूल्हा सूज गया है। आप मेरे बदन पर हाथ रखकर देखिए न बाबूजी कि मैं सच कह रहा हूँ या झूठ। उसकी तासीर से मुझे बुखार तक आ गया है।"

उनकी बात सुनकर मेरा चेहरा स्याह पड़ गया। उसके बाद मैंने उनके कूल्हे को भी देखा और उनके बदन पर हाथ रखकर बुखार को भी देखा।

मिनट भर मैं खोया-खोया-सा बैठा रहा, अन्त में कहा, ''आपने डॉक्टर को बुलाने के लिए किसी को क्यों नहीं भेजा था? आप जल्दी से किसी को डॉक्टर को बुलाने के लिए भेजिए।''

उन्होंने कहा, ''बाबूजी, यह अजीब देश है, यहाँ डॉक्टरों की फीस तो कम नहीं है। डॉक्टर को बुलाऊँगा, तो चार-पाँच रुपए खर्च हो जाएँगे। इसके अलावा दवा खरीदनी पड़ेगी। मान लीजिए, उसमें भी दो रुपए लग जाएँगे।''

मैंने कहा, ''रुपए खर्च होंगे, तो होने दीजिए। आप किसी को डॉक्टर को बुलाने के लिए भेजिए।''

''पर कौन जाएगा बाबूजी? तिवारी मुआ तो पहचानता ही नहीं है किसी को। इसके अलावा अगर वह चला जाएगा तो भला खाना कौन बनाएगा?''

''अच्छा, तो मैं ही जाता हूँ।'' इतना कहकर डॉक्टर को बुलाने के लिए खुद मैं ही बाहर निकल गया।

डॉक्टर आया, उनकी जाँच-पड़ताल की और मुझे अकेले में बुलाकर कहा, ''ये आपके कौन लगते हैं?''

मैंने कहा, ''ये मेरे कोई नहीं लगते।'' और मैंने डॉक्टर को यह भी खोलकर बताया कि आज सवेरे मैं यहाँ कैसे आ गया था।

डॉक्टर ने प्रश्न किया, ''इनका कोई रिश्तेदार यहाँ है?''

मैंने कहा, ''सो मुझे नहीं मालूम। शायद कोई नहीं है।''

डॉक्टर थोड़ी देर चुप रहा, फिर बोला, ''मैं एक दवा का नाम लिखकर दे जा रहा हूँ। सर पर बर्फ रखना भी जरूरी है। मगर सबसे ज्यादा जरूरी है इन्हें प्लेग अस्पताल में भेज देना। आप इस कमरे में नहीं रहिएगा और देखिए, मुझे फीस देने की जरूरत नहीं।''

डॉक्टर के चले जाने के बाद जब मैंने बड़े संकोच से मनोहर बाबू को अस्पताल जाने की बात बताई, तो वे रोने लगे। वहाँ बीमार को जहर देकर मार दिया जाता है, वहाँ जाने पर कोई कभी लौटता नहीं है–ऐसी और भी कितनी बातें वे कहने लगे।

दवा लाने भेजने के लिए जब मैंने तिवारी की खोज की, तो देखता हूँ, Combined hand इस बीच अपना लोटा-कम्बल लेकर चुपके से चला गया है। वह शायद डॉक्टर और मेरी बातचीत को दरवाजे के पीछे से सुन रहा था। गैर-बंगाली भले ही और कुछ न समझे पर 'पिलेग' शब्द को खूब समझता है।

तब मुझे जाना पड़ा दवा लाने। बल्कि आइस बैग आदि जो कुछ जरूरी था, मैं सब खरीदकर ले आया। उसके बाद रहे, मैं और वे, वे और मैं। एक बार वे मेरे सर पर आइस बैग रखते, तो एक बार मैं उनके सर पर आइस बैग रखता। इस तरह से धींगामुश्ती करते हुए जब दिन के दो बज गए, तो वे कमजोर होकर लेट गए। बीच-बीच में उनका होश चला जाता था, फिर बीच-बीच में वे बड़े होश की बात कहते। तीसरे पहर के लगभग पल भर के लिए वे होश में आए और मेरे मुँह की तरफ निहारकर बोले, ''श्रीकान्त बाबू, मैं अब नहीं बचूँगा।''

मैं चुप रहा। तब उन्होंने बड़ी कोशिश करके अपनी कमर से चाबी निकाली और उसे मेरे हाथ में देकर बोले, ‘‘मेरे ट्रंक के अन्दर तीन सौ गिनियाँ हैं, उन्हें मेरी पत्नी को भेज दीजिएगा। मेरे ट्रंक में ढूँढ़िएगा, तो मेरा पता मिल जाएगा।’’

मुझमें एक बात की हिम्मत थी और वह यह थी कि बगल में मेस तो है। मेस के लोगों के कदमों की आहट, उनकी दबी हुई आवाज मुझे सुनाई पड़ रही थी। शाम के बाद उन लोगों की जरा ज्यादा हलचल और शोरगुल मेरे कानों में आ पहुँचा। थोड़ी ही देर बाद लगा वे लोग दरवाजे में ताला लगाकर कहीं जा रहे हैं। मैंने बाहर आकर देखा–सही बात है, सचमुच ही दरवाजे में ताला लटक रहा है। समझा, वे लोग बाहर घूमने निकल गए, थोड़ी ही देर बाद लौट आएँगे। लेकिन तब भी मेरा मन और भी न जाने कैसा भारी हो गया।

इधर मेरे कमरे में बीमार मनोहर बाबू जैसी हरकतें करने लगे उनके बारे में मैं अभी कह सकता हूँ कि वे रात को अकेले बैठकर मजा लेने लायक चीज नहीं थी। उधर रात का एक बजनेवाला था, मगर बगलवाले कमरे के खुलने की न ही कोई आहट मुझे मिली थी, न ही कोई आवाज। बीच-बीच में मैं बाहर आकर देखता था, ताला जस-का-तस लटक रहा था। अचानक नजर आ गया कि लकड़ी की दीवार के एक छेद से होकर उस कमरे की तेज रोशनी इस कमरे में आ रही है। कौतूहलवश मैंने उस छेद से आँख सटाकर देखकर यह जानना चाहा कि उस कमरे से रोशनी क्यों आ रही है। मगर उस कमरे का जो दृश्य मैंने देखा, उससे मेरे अंग-अंग का खून जम गया। सामने के पलंग पर दो युवक तकिए पर सर रखे एक-दूसरे की बगल में सो रहे थे। और उनके सिरहाने पलंग की पाटी पर कतारों में जलती मोमबत्तियाँ जल-जलकर लगभग खत्म होने को आई थीं। मैं पहले से ही यह जानता था कि रोमन कैथोलिक मुर्दे के सिरहाने रोशनी जला देते हैं। इसलिए इन दोनों की नींद हजारों बार पुकारने से भी अब नहीं टूटेगी और किस वजह से ऐसे हट्टे-कट्टे ताकतवर दो युवक इतने असमय सो गए, सब कुछ पल भर में मेरी समझ में आ गया।

इस कमरे में भी हमारे मनोहर बाबू करीब दो घंटे छटपटाते रहे। उसके बाद सो गए। खैर, जान बची।

मगर मजा यह था कि जिन्होंने मुझे उस दिन ऐसी सलाह दी थी कि जान-पहचान वाले आदमी की बीमारी की खबर पाकर उसके मुहल्ले के पास तक नहीं फटकना चाहिए, उन्हीं की लाश और गिनियों भरे ट्रंक की रखवाली के लिए भगवान ने मुझे ही नियुक्त कर दिया।

सो भगवान ने मुझे उनकी लाश और गिनियों के ट्रंक की रखवाली करने के लिए नियुक्त कर दिया तो कर दिया लेकिन मेरी बाकी रात जिस तरह से बीती, मेरी मजाल नहीं कि मैं उसे लिखकर बता सकूँ। न ही उसे बताने को जी चाहता है। लेकिन इस पर शायद कोई भी पाठक अविश्वास नहीं करेगा कि मोटे तौर पर बाकी रात अच्छी तरह नहीं बीती थी।

अगले दिन Death Certificate लेने, पुलिस को बुलाने, टेलीग्राम करने, गिनियों का इन्तजाम करने और मुर्दे को ठिकाने लगाने में दिन के तीन बज गए। खैर, मनोहर तो ठेले पर सवार होकर शायद स्वर्ग के लिए रवाना हो गए, मैं भी अपने डेरे लौटा। बीते दिन तो बिना कुछ खाए बिताया था मैंने, आज तीसरे पहर तक भी कुछ नहीं खाया था। मैं डेरे लौटा,

तो लगा, मेरे दाहिने कान का निचला हिस्सा सूज गया है और दुख भी रहा है। क्या पता, कान का वह हिस्सा इसलिए दुख रहा है कि मैंने उसे सारी रात बार-बार दबाया है या सचमुच अचानक गिनियों का हिसाब देने के लिए मुझे स्वर्ग जाना पड़ेगा—मैं इसे समझ नहीं सका। लेकिन मुझे यह समझने में देर नहीं लगी कि बाद में चाहे जो भी क्यों न हो, फिलहाल होश रहते खुद मुझे ही यह तय कर लेना होगा कि मैं अपने आपको किसके हवाले करूँगा। चूँकि मनोहर बाबू की नाईं आइस बैग को लेकर खींचातानी करना संगत है, न ही शोभनीय। यह तय करने में देर नहीं लगी। क्योंकि पलक झपकते यह बात मेरी समझ में आ गई कि कितनी बड़ी बुरी बीमारी की जिम्मेदारी किसी पुण्यात्मा भले आदमी पर डाल देने की कोशिश करने में जरूर मुझे बहुत पाप लगेगा। अच्छे आदमी को परेशान करना उचित नहीं—ऐसा करना शास्त्र-विरुद्ध कार्य होगा। इसलिए ऐसा करने की जरूरत नहीं है। बल्कि रंगून के दूसरे छोर पर रहनेवाले अभया नाम की महापापिनी, पतिता औरत, इतने दिनों तक मैं जिससे नफरत करता आया हूँ, के कन्धे पर इस भयंकर बीमारी का गन्दा बोझ नफरत के साथ लाद दे आऊँ, मरना होगा, तो वह मरे। हो सकता है, ऐसा करने से कुछ पुण्य भी कमा लिया जा सके। यह सोचकर मैंने नौकर को गाड़ी लाने का हुक्म दिया।

# 12

उस दिन जब मैं मौत का परवाना हाथ में लिये अभया के दरवाजे पर आकर खड़ा हो गया था तब मौत से ज्यादा मरने की शर्म ने ही मुझे ज्यादा डराया था।

अभया का चेहरा पीला पड़ गया। मगर उन पीले होंठों से फूटकर सिर्फ ये कई शब्द निकले—"तुम्हारी जिम्मेदारी मैं नहीं लूँगी, तो कौन लेगा? यहाँ मुझसे ज्यादा किसे गरज है?"

उसकी बात सुनकर मेरी दोनों आँखें आँसुओं से भर गईं, तब भी मैंने कहा, "मैं तो चला। वापस जाने की तकलीफ मुझे उठानी ही पड़ेगी। किसी की मजाल नहीं कि उसे दूर कर सके। लेकिन जाते वक्त तुम लोगों की इस नई घर-गिरस्ती पर एक इतनी बड़ी मुसीबत डाल जाने को अब हरगिज मेरा जी नहीं चाहता अभया। अभी तक गाड़ी खड़ी है, अभी तक मुझे होश है, अभी तक मैं अच्छी तरह से जाकर प्लेग अस्पताल पहुँच सकता हूँ। तुम सिर्फ पल भर के लिए जी कड़ा करके कहो—अच्छा जाओ।"

अभया ने कोई जवाब दिए बिना मेरा हाथ पकड़ा और मुझे लाकर बिस्तरे पर लिटा दिया, अबकी बार उसने अपनी आँखें पोंछी। मेरे गरम माथे पर धीरे-धीरे हाथ फेरती हुई बोली, "अगर मैं तुम्हें 'जाओ' कह सकती, तो फिर मैं नए सिरे से घर बसाने की कोशिश नहीं करती। आज से मेरी नई गिरस्ती सचमुच की गिरस्ती हुई।"

लेकिन बहुत सम्भव है, मुझे प्लेग नहीं हुआ था। इसीलिए मौत मुझसे सिर्फ जरा-सा मजाक करके चली गई। दसेक दिनों बाद मैं उठकर खड़ा हो गया, मगर अभया ने मुझे फिर होटल लौटने नहीं दिया।

मैं यह सोच ही रहा था कि ऑफिस जाऊँ या और कुछ दिनों की छुट्टी लेकर आराम करूँ कि तभी एक दिन ऑफिस का प्यून आकर मुझे चिट्ठी दे गया। मैंने उसे खोलकर देखा। प्यारी की चिट्ठी थी। मेरे बर्मा आने के बाद यही उसकी पहली चिट्ठी थी। वह मेरी चिट्ठी का जवाब नहीं देती थी, तो भी मैं उसे कभी-कभार चिट्ठी दिया करता था। मैं जब बर्मा आ रहा था तब उसने मुझसे यह शर्त मनवा ली थी कि वह चिट्ठी दे, न दे, पर मैं उसे चिट्ठी दिया करूँगा। चिट्ठी के शुरू में ही उसने इसी बात का उल्लेख करते हुए लिखा था कि मेरे मरने पर तुम्हें खबर मिलेगी। जीते जी मेरी ऐसी कोई खबर ही नहीं होगी, जिसे जाने बिना तुम्हारा काम नहीं चलेगा। लेकिन मेरे लिए तो ऐसी बात नहीं है? मेरी पूरी जान विदेश में पड़ी रहती है। यह इतनी बड़ी सच्चाई है कि तुम भी इस पर विश्वास किए बिना नहीं रह सकते। इसीलिए अपनी चिट्ठी का जवाब न पाने के बावजूद बीच-बीच में चिट्ठी देकर तुम्हें यह बताना पड़ता है कि तुम अच्छे हो।

मैं इसी महीने के अन्दर बंकू की शादी करा देना चाहती हूँ। तुम अपनी राय दो। मैं तुम्हारी इस बात को नामंजूर नहीं करती कि आदमी को तब तक शादी नहीं करनी चाहिए जब तक अपने बीवी-बच्चों को खिलाने-पिलाने लायक नहीं हो जाता। बंकू इस लायक नहीं हुआ है, फिर भी मैं क्यों सहमति माँग रही हूँ, इसे मुझे और एक बार अपनी आँखों से देखे बिना तुम नहीं समझोगे। चाहे जैसे भी हो सके आओ, तुम्हें मेरे सर की कसम है।

चिट्ठी के आखिरी हिस्से में उसने अभया के बारे में लिखा था। अभया ने जिस दिन वापस आकर कहा था, वह जिसको प्यार करती है उसके साथ रहने के लिए एक जानवर को छोड़कर आई है और इसको लेकर ही उसने सामाजिक रीति-रिवाज के बारे में हिमाकत के साथ बहस की थी, उस दिन मैं ऐसा विचलित हो गया था कि मैंने प्यारी को बहुत सारी बातें लिख डाली थीं। आज उन्हीं बातों के जवाब में उसने लिखा था—तुम्हारे मुँह से अगर उन्होंने मेरा नाम सुना हो, तो मेरे कहने पर तुम एक बार उसने मिलकर कहना कि राजलक्ष्मी उन्हें करोड़ों बार नमस्कार करती है। मैं यह नहीं जानती कि उम्र में वे मुझसे छोटी हैं या बड़ी, यह जानने की जरूरत भी नहीं है। वे सिर्फ अपने तेज के द्वारा ही हम जैसी मामूली औरत के लिए आदरणीय हैं। आज मुझे अपने गुरुदेव के श्रीमुख से सुनी बातें बार-बार याद आ रही हैं। मेरे काशी के घर में दीक्षा लेने सारी तैयारियाँ हो चुकी थीं, गुरुदेव आसन पर बैठकर स्तब्ध होकर पता नहीं क्या सोच रहे थे। मैं ओट में खड़ी होकर बहुत देर तक उनके प्रसन्न मुँह की तरफ गौर से देख रही थी। अचानक डर के मारे मेरे कलेजे के अन्दर उथल-पुथल मच उठी। मैं उनके चरणों के पास औंधी गिरी और रोती हुई बोली, "मैं दीक्षा नहीं लूँगी।"

उन्होंने विस्मित होकर मेरे सर पर अपना दाहिना हाथ रखा और बोले, "क्यों बेटी, तुम दीक्षा क्यों नहीं लोगी?" मैंने कहा, "मैं पापिनी हूँ।"

उन्होंने कहा, ''तब तो तुम्हें दीक्षा लेना और भी ज्यादा जरूरी है, बेटी!''

मैंने उनसे रोते-रोते कहा, ''मैंने शर्म के मारे आपको अपना सही परिचय नहीं दिया था। अगर मैं आपको अपना सही परिचय देती, तो आप इस घर की दहलीज के पास तक फटकना नहीं चाहते।''

गुरुदेव ने मुस्कुराते हुए कहा, ''तब भी मैं तुम्हारे घर की दहलीज के पास तक फटकता, तब भी तुम्हें दीक्षा देता। प्यारी के घर की दहलीज के पास तक मैं भले ही नहीं फटकता, लेकिन अपनी राजलक्ष्मी बेटी के घर मैं क्यों नहीं आता बेटी।''

मैं चौंककर स्तब्ध हो गई। मैं थोड़ी देर तक चुप रही, फिर बोली, ''मगर मेरी माँ के गुरु ने कहा था कि अगर वे मुझे दीक्षा देंगे, तो उन्हें पाप लगेगा क्या उनका कहना सही नहीं था?''

गुरुदेव हँसे। बोले, ''उनका कहना सही था, इसीलिए तो वे तुम्हें दीक्षा नहीं दे सके बेटी। लेकिन जो इस बात से नहीं डरता, वह तुम्हें दीक्षा क्यों नहीं देगा?''

मैं बोली, ''इस बात से आप क्यों नहीं डरते?''

वे फिर से हँसे और बोले, ''एक घर के अन्दर जिस रोग का कीटाणु एक आदमी को मार डालता है उसी रोग का कीटाणु दूसरे को छूता तक नहीं, ऐसा क्यों होता है, तुम बता सकती हो?''

मैं बोली, ''हो सकता है, रोग का कीटाणु दूसरे आदमी को भी छूता हो, लेकिन जो ताकतवर होता है वह बच जाता है और जो कमजोर होता है वह मर जाता है।''

गुरुदेव ने मेरे सर पर फिर अपना हाथ रखा और बोले, ''यह बात किसी दिन मत भूलना बेटी। जो गुनाह एक आदमी को धूल में मिला देता है, उसी गुनाह से दूसरा आदमी आराम से छुटकारा पाकर चला जाता है। इसीलिए तमाम पाबन्दियाँ सबको एक रस्सी में नहीं बाँध सकती हैं।''

मैंने संकोच के साथ धीरे-धीरे पूछा, ''जो अन्याय है, जो अधर्म है, वह क्या ताकतवर और कमजोर दोनों के लिए एक-सा नहीं है? अगर ऐसा नहीं है तो क्या यह अनुचित नहीं है?''

गुरुदेव बोले, ''नहीं बेटी, बाहर से वे चाहे जैसे भी क्यों न लगें, पर उनका नतीजा एक-सा नहीं होता है। अगर उनका नतीजा एक-सा होता, तब तो दुनिया में ताकतवर और कमजोर में कोई भेद नहीं रहता। जो जहर पाँच साल के शिशु के लिए जानलेवा है, वही जहर अगर एक तीस साल के आदमी को न मार सके तो तुम किसे दोष दोगी बेटी? लेकिन आज ही अगर तुम मेरी बात नहीं समझ सको, तो कम से कम यह याद रखना कि जिन लोगों के अन्दर आग जल रही है और जिन लोगों के अन्दर सिर्फ राख जमा है—उनके कामों को एक तराजू पर नहीं तौला जा सकता है। अगर उन्हें एक तराजू पर तौला भी जाएगा, तो गलती होगी।''

''श्रीकान्त भैया, तुम्हारी चिट्ठी पढ़कर आज मुझे अपने गुरुदेव की कही कलेजे के अन्दर जलनेवाली आग की बात याद आ रही है। अभया को मैंने अपनी आँखों से

नहीं देखा है तब भी लग रहा है, उनके कलेजे के अन्दर जल रही आग की लपटों की झलक मुझे तुम्हारी चिट्ठी के अन्दर भी दिखाई पड़ रही है। उनके कामों का फैसला जरा सावधानी से करना। जिस नजरिए से हम जैसी औरतों के पाप-पुण्य का फैसला करते हो, उस नजरिए से उनके पाप-पुण्य का फैसला जल्दबाजी में मत करना।''

राजलक्ष्मी की चिट्ठी मैंने अभया के हाथ में दी और कहा, ''लो, इसे पढ़ो, उसने लिखा है कि वह तुम्हें हजारों बार नमस्कार करती है।''

अभया ने दो-तीन बार उस चिट्ठी को पढ़ा, किसी तरह उसे मेरे बिस्तर पर फेंक दिया और तेज कदमों से बाहर निकल गई। दुनिया की नजरों में उसका जो नारीत्व आज लांछित, अपमानित है उसके प्रति कोसों दूर से अपरिचित नारी द्वारा अर्पित अनचाहे सम्मान की पुष्पांजलि के चलते आज उसे जो असीम आनन्ददायक दुख हुआ है, उसे ही मर्द की नजरों से बचाकर वह जल्दी से चली गई।

करीब आध घंटे बाद अभया अच्छी तरह से आँख-मुँह धोकर लौट आई और बोली, ''श्रीकान्त भैया...''

मैंने उसे रोककर कहा, ''अरे, यह तुम क्या कह रही है? मैं तुम्हारा बड़ा भाई कब से बन गया?''

''आज से।''

''नहीं-नहीं, तुम मुझे अपना बड़ा भाई मत बनाओ, बड़ा भाई मत बनाओ। सभी मिलकर हर दृष्टि से मेरा रास्ता मत बन्द करो।''

अभया ने हँसकर कहा, ''ओ, तो तुम मन ही मन यही सब मतलब गाँठ रहे हो?''

''क्यों, क्या मैं आदमी नहीं हूँ?''

अभया बोली, ''बड़े बुरे आदमी हो तुम। जब तुम बीमार पड़े थे तब बेचारे रोहिणी बाबू ने तुम्हें रहने के लिए जगह दी, और अब अच्छे होकर तुमने उनके किए का क्या यही इनाम देना तय किया है? मगर मुझसे बड़ी गलती हो गई है। उस समय अगर मैं उन्हें तार करके यह कह देती कि तुम बीमार हो, तो आज मैं उन्हें देख पाती।''

मैंने गर्दन हिलाकर कहा, ''इसमें आश्चर्य की कोई बात नहीं है। अगर उसे मेरी बीमारी की खबर मिलती तो जरूर आती।''

अभया थोड़ी देर तक स्थिर रही, फिर बोली, ''तुम महीने भर की छुट्टी लेकर एक बार उनके पास जाओ, श्रीकान्त भैया। मुझे लग रहा है, तुम्हारी उन्हें बड़ी जरूरत पड़ी है।''

चाहे जैसे भी हो, खुद मैं भी यह समझ रहा था कि मेरी आज उसे बड़ी जरूरत है। अगले ही दिन ऑफिस में दरख्वास्त भेजकर मैंने और भी एक महीने की छुट्टी ली और अगले जहाज से ही जाने का टिकट कटाने के वास्ते नौकर को भेज दिया।

जाते वक्त अभया ने नमस्कार किया और बोली, ''श्रीकान्त भैया, एक वादा करो।''

''क्या वादा करूँ बहन?''

''दुनिया में सारी समस्याओं का समाधान मर्द नहीं कर सकता है। तुम यह वादा करो कि अगर तुम कहीं मुसीबत में पड़ो, तो तुम चिट्ठी लिखकर मेरी राय लोगे।''

मैंने वायदा किया और जहाज घाट जाने के लिए गाड़ी पर जा बैठा। अभया ने गाड़ी के दरवाजे के पास खड़ी होकर और एक बार नमस्कार किया, बोली, "रोहिणी बाबू से मैंने कल ही वहाँ तार करवा दिया है। मगर ये कई दिन जहाज पर अपनी तबीयत पर नजर रखना, श्रीकान्त भैया। मैं तुमसे और कुछ नहीं चाहती।"

'अच्छा' कहकर मैंने मुँह उठाया, तो देखा, अभया की दोनों आँखों में आँसू भर आए हैं।

# 13

जहाज कलकत्ता में घाट से लगा। देखा, जेटी पर बंकू खड़ा है। वह सीढ़ियाँ चढ़कर जल्दी से ऊपर आया, पैर छूकर प्रणाम किया और बोला, "माँ रास्ते पर गाड़ी में इन्तजार कर रही है। आप उतर जाइए, मैं चीज-बस्त लेकर बाद में आ रहा हूँ।"

जब मैं बाहर आया, तो और एक आदमी ने मेरे पैरों को छूकर प्रणाम किया और उठकर खड़ा हो गया। मैंने कहा, "अरे, तू रतन है न? तू अच्छा है न रतन?"

रतन हँसा और बोला, "आपके आशीर्वाद से मैं अच्छा हूँ। आइए।" इतना कहकर वह रास्ता दिखाता हुआ मुझे गाड़ी के पास लाया और दरवाजा खोल दिया।

राजलक्ष्मी बोली, "आओ। रतन तुम लोग दूसरी गाड़ी करके पीछे-पीछे आना—दो बज गए हैं, अभी तक न वे नहाए हैं, न कुछ खाया है। हम लोग डेरे चले। गाड़ीवान को गाड़ी हाँकने कह दे।"

मैं गाड़ी पर चढ़ बैठा। रतन ने कहा, "जी अच्छा, मैं गाड़ीवान से कह देता हूँ।" इतना कहकर उसने गाड़ी का दरवाजा बन्द कर दिया और गाड़ीवान को गाड़ी हाँकने का इशारा कर दिया।

राजलक्ष्मी ने झुककर मेरे पैरों की धूल ली, उसे अपने सर से लगाया और बोली, "जहाज में कोई तकलीफ तो नहीं न हुई थी?"

"नहीं, जहाज में कोई तकलीफ नहीं हुई थी।"

"तुम बहुत बीमार हो गए थे क्या?"

"हाँ, मैं बीमार तो हुआ था, पर बहुत नहीं। मगर तुम तो अच्छी नहीं लग रही हो? घर से कब आई?"

"परसों, अभया से जब मुझे यह खबर मिली कि तुम आ रहे हो, तब हम घर से निकल पड़े। आखिर आना तो पड़ता ही न, सो दो दिन पहले ही आई। जानते हो, यहाँ तुम्हें कितना काम करना है?"

मैंने कहा, "काम की बात मैं बाद में सुनूँगा। लेकिन तुम ऐसी क्यों लग रही हो? तुम्हें क्या हुआ था?"

राजलक्ष्मी हँसी, इस हँसी को देखे कितने दिन हुए, यह आज मुझे सिर्फ तब याद आया जब मैंने यह हँसी देखी। और तुरत मैंने एक बहुत बड़ी अदम्य इच्छा को चुपचाप दबा डाला, यह भगवान को छोड़ और किसी ने नहीं जाना। लेकिन मैं अपनी आह को उससे छिपा नहीं सका। वह विस्मित की भाँति थोड़ी देर तक मेरी तरफ निहारती रही और फिर से हँसकर उसने पूछा, "मैं कैसी लग रही हूँ, दुबली न?"

सहसा मैं उसके इस सवाल का जवाब नहीं दे सका। दुबली? हाँ, जरा दुबली तो वह लग ही रही है। लेकिन यह कुछ भी नहीं है। लगा, जैसे वह कितने देशों, कितने तीर्थ-स्थानों का पैदल चक्कर लगाकर थकी-हारी अभी-अभी वापस आई। खुद अपना बोझ ढोने की उसमें न ही ताकत है, न इरादा। अभी वह बेफिक्र, बेखौफ होकर आँखें मूँदकर सोने के लिए सिर्फ थोड़ा-सा समय ढूँढ़ रही है। मुझे चुप देखकर वह बोली, "हाँ, तुमने बताया नहीं कि मैं कैसी लग रही हूँ?"

मैंने कहा, "क्या करोगी सुनकर?"

राजलक्ष्मी बच्चों की मानिन्द अपने सर को झकझोरकर बोली, "नहीं, तुम्हें बताना पड़ेगा, लोग तो कहते हैं कि देखने में मैं बदसूरत लगती हूँ। सचमुच क्या मैं बदसूरत लगती हूँ।"

मैंने गम्भीर होकर कहा, "सचमुच, तुम देखने में बदसूरत लगती हो।"

राजलक्ष्मी हँस पड़ी और बोली, "तुम आदमी को ऐसा शर्मिन्दा कर देते हो कि...अच्छा, अच्छी बात है, अच्छा ही तो है। सूरत-सीरत को लेकर अब मैं क्या करूँगी। और फिर मैं खूबसूरत लगती हूँ या बदसूरत, इसको लेकर तो तुम्हारे साथ मेरे सम्बन्ध नहीं हैं कि मैं इसके लिए फिक्र करूँ।"

मैंने कहा, "सो तो ठीक है, फिक्र करने की कोई वजह नहीं है। एक तो लोग ऐसा कहते नहीं, दूसरा अगर लोग ऐसा कहते भी हैं, तो तुम इस पर विश्वास नहीं करती। तुम मन ही मन यह जानती हो कि..."

राजलक्ष्मी गुस्सा करके बोल उठी, "तुम अन्तर्यामी ठहरे न, इसीलिए तुमने सबके मन की बात जान ली है। मैं कभी भी वैसा नहीं सोचती। तुम खुद ही सच-सच बताओ तो, जब तुम शिकार करने गए थे तब तुमने मुझे जैसी देखा था अभी भी मैं क्या देखने में वैसी लगती हूँ? मैं उससे कितनी बदसूरत हो गई हूँ!"

मैंने कहा, "नहीं, बल्कि उससे ज्यादा अच्छी लग रही हो?"

राजलक्ष्मी ने पलक झपकते खिड़की के बाहर मुँह घुमा लिया, शायद अपने हँसते मुखड़े को मेरी मुग्ध दृष्टि से हटा लिया और कोई जवाब दिए बिना चुपचाप बैठी रही। बहुत देर बाद मजाक के तमाम निशानों को अपने मुँह पर से मिटाकर मुड़कर निहारा। पूछा, "तुम्हें क्या बुखार आया था? उस देश की आबोहवा क्या तुम्हें बर्दाश्त नहीं हो रही है?"

मैंने कहा, ''बर्दाश्त न भी हो रही हो, तो भी दूसरा कोई चारा नहीं है! चाहे जैसे भी हो, मुझे तो बर्दाश्त कर ही लेना पड़ेगा।''

मैं मन ही मन यह पक्का जानता था कि राजलक्ष्मी इस बात का क्या जवाब देगी। क्योंकि जिस देश की आबोहवा आज तक अनुकूल नहीं हो पाई थी, वह बाद में कभी अनुकूल हो जाएगी–इस आशा पर निर्भर करके वह मुझे वापस जाने देने को हरगिज राजी नहीं होगी, बल्कि घोर आपत्ति उठाकर बाधा देगी, यही मेरे मन में था। मगर वैसा नहीं हुआ। वह थोड़ी देर चुप रही, फिर मृदु स्वर में बोली, ''यह तो सच है। इसके अलावा वहाँ तो और भी कितने बंगाली हैं! जब वे लोग बर्दाश्त कर रहे हैं तब तुम्हें ही भला वहाँ की आबोहवा क्यों नहीं बर्दाश्त होगी? क्यों तुम्हारी क्या राय है?''

मेरी सेहत के बारे में उसकी इस तरह की बेफिक्री ने मुझे चोट पहुँचाई। इसीलिए सिर्फ एक इशारे से हामी भरकर मैं चुप रहा। एक बात मैं अक्सर सोचा करता था। वह यह कि मैं अपने प्लेग की कहानी किस तरह से राजलक्ष्मी को सुनाऊँ। उस देश में, जहाँ अपना कोई नहीं था, जिन्दगी और मौत के बीच मेरे दिन गुजर रहे थे, तब के हजारों तरह के दुखों का वर्णन सुनते-सुनते उसके कलेजे के अन्दर तूफान आएगा, उसकी दोनों आँखों से कितने आँसू बहेंगे, इसे कितने रसों, कितने रंगों से भरकर दिन पर दिन मैंने कल्पना में देखा था, यह मैं बता नहीं सकता। अभी वही शर्म के मारे मुझे सबसे ज्यादा बिंधा। लगा, छिः-छिः–सौभाग्य से किसी को किसी के मन की खबर नहीं मिलती है। नहीं तो–मगर रहने दीजिए इस बात को। मैंने मन ही मन कहा, और चाहे जो भी क्यों न करूँ, पर वह मरने-जीने की कहानी उससे कहने की कोशिश नहीं करूँगा।

हम बहूबाजार के डेरे पर आ पहुँचे। राजलक्ष्मी ने हाथ से दिखाकर कहा, ''वह रही सीढ़ी, तुम्हारा कमरा तीसरी मंजिल पर है। वहाँ जाकर जरा लेट जाओ। मैं जाती हूँ।'' इतना कहकर वह खुद रसोईघर की तरफ चली गई।

मैं कमरे में घुसा, तो देखा, यह कमरा मेरे ही लिए तो है। पटना के घर से मेरी किताबें, मेरा हुक्का तक लाना प्यारी नहीं भूली थी। सूर्यास्त की एक कीमती तसवीर मुझे बड़ी अच्छी लगती थी, उसे उसने अपने कमरे से उतारकर मेरे सोने के कमरे में टाँग दिया था। वह तसवीर भी वह कलकत्ता से अपने साथ लाई थी और ठीक वैसे ही दीवार पर टाँग दिया था जैसे सूर्यास्तवाली तसवीर टाँग दी थी। मेरे लिखने का साज-सामान, मेरे कपड़े, मेरी लाल मखमली चप्पलें भी ठीक वैसे ही करीने से सजाई हुई थीं जैसे और चीजें सजाई हुई थीं। मैं वहाँ हमेशा एक आरामकुर्सी का इस्तेमाल किया करता था, उसे लाना शायद सम्भव नहीं हुआ था, इसीलिए एक नई आरामकुर्सी उसी तरह खिड़की के किनारे बिछाई हुई थी। मैं धीरे-धीरे जाकर उसी पर आँखें मूँदकर लेट गया। लगा, जैसे भाटे की नदी में फिर उमड़ते आ रहे ज्वार की आवाज मुहाने के पास सुनाई पड़ रही हो।

नहा-धो और खा-पीकर थकान के मारे मैं दोपहर में सो गया था। नींद टूटी तो देखा, पश्चिम की खिड़की से होकर तीसरे पहर की धूप मेरे पैरों के पास आकर पड़ रही है और एक हाथ को टेककर प्यारी मेरे मुँह पर झुक गई है और दूसरे हाथ से अपने आँचल को

पकड़ उससे मेरे माथे, कन्धों और छाती के पसीने को पोंछ दे रही है। बोली, "पसीने से तकिया, बिस्तर भीग गए हैं। पश्चिम की तरफ खुला होने की वजह से यह कमरा बहुत गरम है। कल दूसरी मंजिल पर अपने बगलवाले कमरे में तुम्हारा बिस्तर लगा दूँगी।" इतना कहकर उसने मेरे सीने के एकदम करीब बैठकर पंखा उठा लिया और मुझे हवा करने लगी।

रतन ने कमरे में घुसकर पूछा, "माँ, बाबू के लिए चाय ले आऊँ?"

"हाँ, जा, बाबू के लिए चाय ले आ। और हाँ, अगर बंकू घर में हो, तो उसे एक बार यहाँ भेज दे।"

मैंने अपनी आँखें फिर बन्द कर लीं। थोड़ी ही देर बाद बाहर चप्पलों की आवाज सुनाई पड़ी। प्यारी ने पुकारकर कहा, "कौन है बंकू? एक बार इधर आ तो।"

उसके कदमों की आहट सुनकर मैंने समझा, वह बहुत सकुचाता हुआ कमरे में घुसा। प्यारी पहले की ही तरह पंखा झलते-झलते बोली, "वे रहे कागज-पेंसिल। उन्हें लेकर जरा बैठ तो। क्या-क्या लाना होगा—उसकी एक फेहरिस्त बना ले और दरबान को साथ लेकर एक बार बाजार जा तो बेटा। घर में कुछ भी नहीं है।"

मैंने देखा, यह तो एक बहुत बड़ी नई घटना है। यह अलग बात है कि मैं बीमार था। मगर इसके अलावा उसने इसके पहले किसी दिन मेरे बिस्तर के इतने करीब बैठकर मुझे पंखा तक नहीं झला था। लेकिन मैं यह सोच सकता हूँ कि एक दिन ऐसा होता। मगर ऐसा करने में वह जरा भी नहीं झिझकी। नौकर-चाकरों, यहाँ तक कि बंकू के सामने भी उसने घमंड के साथ आपने आपको प्रकट कर दिया, इसके अनूठे सौन्दर्य ने मुझे अभिभूत कर दिया। मुझे उस दिन की बात याद आई जिस दिन पटना के घर से मुझे इसलिए चला जाना पड़ा था कि यही बंकू कहीं बुरा न मान जाए। उस दिन के बर्ताव और आज के बर्ताव में कितना फर्क है।

चीज-बस्त की फेहरिस्त बनाकर बंकू चला गया। रतन भी चाय और चिलम देकर नीचे चला गया। प्यारी थोड़ी देर तक मेरे मुँह की तरफ निहारती रही, फिर अचानक प्रश्न किया, "एक बात पूछूँ तुमसे? अच्छा, तुम यह बता सकते हो कि रोहिणी बाबू और अभया दोनों में से कौन किसे ज्यादा प्यार करता है?"

मैंने हँसकर कहा, "तुम्हारी चहेती अभया ही जरूर ज्यादा प्यार करती है।"

राजलक्ष्मी हँसी। बोली, "यह तुमने कैसे जाना कि वह मेरी चहेती बन गई है?"

मैंने कहा, "मैं चाहे जैसे भी जानूँ, तुम बताओ तो यह सच है या नहीं?"

राजलक्ष्मी पल भर स्थिर रही, फिर बोली, "सो वह मेरी जो भी क्यों न हो! लेकिन ज्यादा प्यार करते हैं, रोहिणी बाबू। वास्तव में चूँकि रोहिणी बाबू ने अभया को इतना प्यार किया था, इसीलिए दुनिया में इतना बड़ा दुख सर-आँखों पर ले लिया। वरना उनको ऐसा अवश्य नहीं करना चाहिए था। हालाँकि रोहिणी बाबू ने जितना त्याग किया है उसकी तुलना में अभया को कितना स्वार्थ-त्याग करना पड़ा है, कहो तो?"

उसका प्रश्न सुनकर मैं सचमुच ही अचरज में पड़ गया। कहा, "बल्कि मैं तो ठीक इसका उलटा देखता हूँ। और उस हिसाब से इसका जो कठिन दुख है, जो त्याग है, उसे

तो अभया को ही करना पड़ा। रोहिणी बाबू चाहे जो भी क्यों न करें, समाज की नजरों में वे मर्द हैं, इस सबसे बड़ी सच्चाई को तुम क्यों भूल जा रहे हो?"

राजलक्ष्मी ने सर हिलाकर कहा, "मैं कुछ भी नहीं भूली हूँ। मर्द के नाम पर तुम जिस मौके और सहूलियत का इशारा कर रहे हो, वह छोटे और नीच मर्द के लिए है, रोहिणी बाबू जैसे मर्द के लिए नहीं है। तुम ऐसे मर्द की बात कर रहे हो जो शौक पूरा होने पर या औरत की जवानी ढल जाने पर उसको छोड़-छाड़कर भाग सकता है, और फिर घर लौटकर गण्यमान्य, शरीफ बनकर जिन्दगी गुजार सकता है। मैं मानती हूँ, मर्द ऐसा कर तो सकता है। मगर क्या सभी मर्द ऐसा कर सकते हैं? तुम ऐसा कर सकते हो? जो मर्द ऐसा नहीं कर सकता वह कितनी बड़ी जिम्मेदारी उठाता है, एक बार इसे सोचकर देखो तो? उसके लिए अपने निन्दित जीवन को घर के एकान्त कोने में बिताने की गुंजाइश नहीं है। उसे दुनिया के बीच में द्वन्द्व-युद्ध करने के लिए उतर आना पड़ेगा, उसे अन्याय और अपयश का बोझ अकेले चुपचाप ढोना पड़ेगा। उसे अपने बेहद स्नेह की पात्र और अपनी भावी सन्तान की माँ को समाज के तमाम अपमानों और अकल्याणों से बचाकर रखना पड़ेगा, क्या तुम इसे आसान दुख समझते हो? फिर सबसे बड़ा दुख यह है कि यह अनायास इस दुख के बोझ को उतार देकर हट जा सकता है, अपने इस सर्वनाशी विकट प्रलोभन से खुद अपने आपको बचाकर चलने के बोझ को भी उसे ही ढोते फिरना पड़ेगा। दुख के तराजू पर इस आत्मोत्सर्ग के पलड़े को बराबर रखने के लिए जिस प्रेम की जरूरत है उसे अगर मर्द अपने अन्दर से बाहर न निकाल सके तो किसी भी औरत की मजाल नहीं कि उसे पूरा कर दे।"

इस बात को इस दृष्टि से मैंने किसी दिन नहीं सोचा था। वैसे रोहिणी सीधा-सादा, खामोश रहनेवाला आदमी था, ऊपर से जब अभया अपने पति के घर चली गई तब उसके उस शान्त मुँह पर असीम दुख को चुपचाप ढोनेवाली जिस तसवीर को मैंने देखा था वही पलक झपकते मन के अन्दर रेखांकित होकर उभर उठी। मगर मैंने मुँह से कहा, "लेकिन चिट्ठी में तो तुमने अकेले अभया को ही पुष्पांजलि दी थी।"

राजलक्ष्मी बोली, "उनका प्राप्य मैं आज भी उन्हें देती हूँ। क्योंकि मेरा विश्वास है, जो पाप है, जो गुनाह है उसने उनके तेज में जलकर उन्हें शुद्ध-निर्मल बना दिया है। अगर ऐसा नहीं हुआ होता, तो आज वे बिलकुल मामूली औरत की तरह ही तुच्छ, हीन हो जातीं।"

"वह हीन क्यों हो जाती?"

राजलक्ष्मी ने कहा, "अच्छी बात है। पति के छोड़ देने के पाप की क्या कोई सीमा है? उस पाप को जलाकर राख कर देने लायक आग अगर उनके अन्दर नहीं रहती तो आज वे..."

मैंने कहा, "आग की बात को रहने दो। लेकिन एक बार यह सोचकर देखो कि उनका पति कैसा आदमी है?"

राजलक्ष्मी बोली, "मर्द हमेशा ही अक्खड़ होता है। हमेशा ही थोड़ा-बहुत जुल्मी होता है, चूँकि मर्द अक्खड़ और जुल्मी होता है इसीलिए यह दलील लागू नहीं होती है कि औरत

अपने कर्तव्य से मुँह मोड़ ले। औरत को बर्दाश्त करना ही पड़ता है वरना दुनिया नहीं चल सकती।"

उसकी बात सुनकर मेरा सब कुछ गड़बड़ा गया। मैंने मन ही मन कहा—औरतों का यह वही सनातन दासत्व का संस्कार है। मैंने जरा अधीर होकर कहा, "तो फिर इतनी देर तक तुम क्या आग-आग बक रही थी?"

राजलक्ष्मी ने मुस्कुराते हुए कहा, "मैं क्या बक रही थी, सुनोगे? आज ही दो घंटे पहले पटना के पते पर लिखी अभया की चिट्ठी मुझे मिली है। जानते हो, यह आग क्या है? उस दिन यह कहकर कि तुम्हें प्लेग हो गया है, जब तुम उसकी अभी-अभी बसाई सुख की घर-गिरस्ती की दहलीज पर जाकर खड़े हो गए थे तब जिस चीज ने बेखौफ, बेधड़क तुम्हें अन्दर बुला लिया था, मैं उसे ही आग कहती हूँ। तब सुख का खयाल उनकी आँत में नहीं था। कर्तव्य नाम का जो तेज आदमी को आगे की तरफ धकेलता है, हिचकिचाहट में पीछे नहीं जाने देता, उसी को मैं इतनी देर तक आग-आग कह रही थी। तुम यह नहीं जानते कि आग का एक नाम सर्वभुक है? वह सुख और दुख दोनों को ही खींच लेती है—ऐसा करने में वह भेद-भाव नहीं बरतती। जानते हो, उन्होंने कौन-सी एक और बात लिखी है? उन्होंने लिखा है—वे रोहिणी बाबू को सार्थक बना देना चाहती हैं। क्योंकि उनका विश्वास है कि सिर्फ अपनी जीवन की सार्थकता के अन्दर से ही घर-संसार के दूसरे के जीवन को सार्थकता प्रदान की जा सकती है। और जब एक जीवन व्यर्थ होता है, तब सिर्फ अकेले एक ही जीवन व्यर्थ नहीं है, बल्कि व्यर्थ जीवन और भी बहुत सारे लोगों के जीवन को विभिन्न दृष्टियों से निष्फल कर देता है। यह बहुत सच है न?" इतना कहकर अचानक उसने एक आह भरी और चुप्पी साध ली। उसके बाद, हम दोनों बहुत देर तक चुप रहे। शायद इस वजह से कि अब कहने को कुछ नहीं था। वह अपनी उँगलियों से मेरे रूखे-सूखे बालों को चीर-चीरकर तितर-बितर कर देने लगी। उसका यह आचरण भी बिलकुल नया था। वह सहसा बोली, "वे बहुत पढ़ी-लिखी हैं, न? बिना पढ़े-लिखे इतना तेज नहीं होता है।"

मैंने कहा, "हाँ, सही में वे पढ़ी-लिखी औरत हैं।"

राजलक्ष्मी बोली, "लेकिन एक बात उन्होंने मुझसे छिपाई है। वह यह कि माँ बनने के अपने लोभ को उन्होंने चिट्ठी में बराबर दबा देने की कोशिश की है।"

मैंने कहा, "माँ बनने का लोभ उन्हें है क्या? कहाँ, मैंने तो यह नहीं सुना है?"

राजलक्ष्मी बोल उठी, "वाह, माँ बनने का लोभ भला किस औरत को नहीं है? लेकिन चूँकि औरत को माँ बनने का लोभ होता है इसीलिए क्या उसे मर्द से कहती फिरना होगा। तुम तो बड़े ओ हो।"

मैंने कहा, "तो क्या तुम्हें भी माँ बनने का लोभ है?"

"जाओ!" यह कहकर वह शर्म के मारे लाल हो उठी और दूसरे ही पल अपने उस लाल मुँह को छुपाने के लिए बिस्तर पर झुक गई। तब डूबते सूरज की किरणें पश्चिम की खुली खिड़की से होकर अन्दर घुसी थीं। वह लाल चमक उसके बादलों जैसे काले बालों पर अनूठी शोभा बिखेरने लगी और उसके दोनों कानों के हीरे झुमकों में विभिन्न

रंगों की चमक झिलमिलाकर कौंधने लगी। पल भर बाद ही वह अपने आपको सँभालकर तनकर बैठी और बोली, "क्यों क्या मेरे बेटे-बेटियाँ नहीं हैं, जो मुझे माँ बनने का लोभ होगा? बेटियों को ब्याह चुकी हूँ और बेटे को ब्याहने आई हूँ—एक-दो पोते-पोतियाँ होंगे, उनको लेकर सुख और आराम से रहूँगी, मुझे किस बात की कमी है, बताओ तो?"

मैं चुप रहा। इस बात को लेकर सवाल-जवाब करने को जी नहीं चाहा।

रात को राजलक्ष्मी ने कहा, "बंकू की शादी में तो अभी दस-बारह दिनों की देरी है। चलो न इस बीच काशी से घूम आएँ। वहाँ तुम्हें मैं अपने गुरुदेव को दिखा लूँगी।"

मैंने हँसकर कहा, "मैं क्या कोई देखने की चीज हूँ?"

राजलक्ष्मी ने कहा, "तुम देखने की चीज हो या नहीं, इसका फैसला करने की जिम्मेदारी उन लोगों पर है जो देखते हैं, तुम पर नहीं।"

मैंने कहा, "अगर ऐसी ही बात है, तो इससे भला मुझे ही क्या फायदा होगा और तुम्हारे गुरुदेव को भी इससे क्या फायदा होगा?"

राजलक्ष्मी ने गम्भीर होकर कहा, "फायदा तुम लोगों को नहीं होगा, फायदा मुझे होगा। ऐसा करो कि सिर्फ मेरे लिए ही चलो।"

राजलक्ष्मी ने गम्भीर होकर कहा, "लाभ तुम लोगों को नहीं है, किन्तु मुझे है। न हो, तो केवल मेरे लिए ही चले चलो।"

इसलिए मैं काशी जाने को राजी हुआ। आगे लम्बे अरसे तक शादी का मुहूर्त नहीं था, इसलिए इस समय चारों तरफ मानो शादियों की बाढ़ आ गई थी। बैंड के कॉर्नेट और बैगपाइप की आवाज तरह-तरह के बाजे-गाजे के साथ मिलकर आदमी को पागल बना देनेवाली थी। हमारे स्टेशन जाने के रास्ते में भी कई ऐसी जोरदार आवाजों का अन्धड़ तेज गति से बह गया। जब तेज जरा कम होने को आया, तो राजलक्ष्मी ने सहसा प्रश्न किया, "अगर सभी तुम्हारी राय से चलें, तब तो गरीबों को आखिर शादी ही नहीं करनी चाहिए और न ही घर-गिरस्ती बसाई जानी चाहिए। अगर ऐसा हो, तो सृष्टि रहेगी कैसे?"

उसकी साधारण गम्भीरता को देखकर मैं हँस पड़ा। कहा, "सृष्टि को बचाने के लिए तुम्हें जरा भी फिक्र करने की जरूरत नहीं। क्योंकि मुझ जैसे घुमक्कड़ लोग दुनिया में ज्यादा नहीं हैं। कम से कम हमारे देश में तो नहीं के बराबर हैं।"

राजलक्ष्मी ने कहा, "तुम जैसे लोगों का न रहना ही तो अच्छा है। सिर्फ बड़े लोग ही आदमी हैं, और जो गरीब हैं, वे क्या कहीं से बहकर दुनिया में आए हैं? उन्हें क्या बाल-बच्चों के साथ घर-गिरस्ती करने की इच्छा नहीं होती?"

मैंने कहा, "उन्हें बाल-बच्चों के साथ घर-गिरस्ती करने की इच्छा है, इसीलिए क्या उन्हें बढ़ावा देना होगा, इसका क्या कोई मतलब है?"

राजलक्ष्मी ने पूछा "उन्हें क्यों नहीं बढ़ावा देना चाहिए, तुम मुझे यह समझा दो।"

मैं थोड़ी देर तक चुप रहा, फिर बोला, "हर गरीब के बारे में मेरी यह राय नहीं है, मेरी राय सिर्फ उन गरीबों के बारे में है जो शरीफ गृहस्थ हैं। और इसकी वजह भी तुम जानती हो, ऐसा मेरा विश्वास है।"

राजलक्ष्मी जिद भरे स्वर में बोली, "तुम्हारी यह राय गलत है।"

मुझ पर भी न जाने कैसी जिद सवार हो गई। मैंने कह डाला, "मेरी राय लाख गलत हो, तो भी तुम्हारे मुँह से यह बात शोभा नहीं देती। बंकू के बाप ने जिस दिन तुम दोनों ही बहनों से सिर्फ बहत्तर रुपयों के लालच में शादी की थी, वह दिन अभी भी इतना पुराना नहीं हुआ है कि यह तुम्हें याद न हो, लेकिन चूँकि उस आदमी का यह महज पेशा था, इसीलिए गनीमत थी वरना मान लो अगर वह तुम्हें अपने घर ले जाता, तुम्हारे भी दो-एक बच्चे होते, तो क्या हालत होती? एक बार सोचकर देखो तो?"

राजलक्ष्मी की आँखों में झगड़ा गहरा उठा, बोली, "भगवान जिन लोगों को भेजते, वे ही उन लोगों की देखभाल करते। चूँकि तुम नास्तिक हो, सिर्फ इसीलिए तुम यह विश्वास नहीं करते।"

मैंने भी जवाब दिया, "मैं नास्तिक होऊँ चाहे जो भी होऊँ पर आस्तिकों को भगवान की जरूरत सिर्फ इसलिए पड़ती है कि वे उनके बच्चों को पाल-पोसकर बड़ा करेंगे?"

राजलक्ष्मी गुस्साई आवाज में बोली, "भले ही वे मेरे बच्चों की देखभाल नहीं करते मगर मैं तुम्हारी तरह इतनी डरपोक नहीं हूँ। मैं दर-दर भीख माँग करके भी अपने बच्चों को पाल-पोसकर बड़ा करती। और चाहे जो भी क्यों न हो, बाईजी बनने से कहीं ज्यादा अच्छा होता कि मैं अपने बच्चों के लिए दर-दर भीख माँगती।"

मैंने और बहस नहीं की। चूँकि चर्चा बिलकुल व्यक्तिगत और अप्रिय ढर्रे पर उतर आई थी, इसलिए मैं खिड़की के बाहर रास्ते की तरफ निहारता हुआ चुपचाप बैठा रहा।

हमारी गाड़ी क्रमशः सरकारी और गैर-सरकारी क्वार्टरों को पार करके बहुत दूर आ गई। वह शनिवार का दिन था। दिन के दो बजे के बाद ज्यादातर ऑफिसों में किरानियों को छुट्टी मिल गई थी, इसलिए वे लोग ढाई बजे की ट्रेन को पकड़ने के लिए तेज कदमों से चले आ रहे थे। लगभग सबके हाथ में कोई न कोई खाने की चीज थी, किसी के हाथ में दो बड़ी-बड़ी झींगा मछलियाँ थीं, किसी के रूमाल में बँधा था थोड़ा-सा बकरे का मांस, तो किसी के हाथ में थी थोड़ी-बहुत ऐसी साग-सब्जियाँ जो ठेठ देहात में नहीं मिलती हैं, और फल-फूल। सात दिनों बाद घर पहुँचकर उत्सुक बेटे-बेटियों के चेहरे पर जरा-सी आनन्द-भरी मुस्कान देखने के लिए करीब-करीब सभी अपने-अपने बूते भर थोड़ी-बहुत मिठाइयाँ खरीदकर उन्हें अपनी चादर के खूँट में बाँधकर भाग रहे थे। हरेक के मुँह पर आनन्द और ट्रेन पकड़ने की उत्कंठा एक ही साथ ऐसी खिल उठी थी कि राजलक्ष्मी ने मेरे हाथ को खींचकर बेहद उत्सुक होकर पूछा, "हाँ जी, ये सब इस तरह से स्टेशन की तरफ क्यों भाग रहे हैं? आज क्या है?"

मैंने मुड़कर निहारा और कहा, "आज शनिवार है। ये सब ऑफिस के किरानी हैं। कल रविवार की छुट्टी है, इसीलिए ये लोग घर जा रहे हैं।"

राजलक्ष्मी ने गर्दन हिलाकर कहा, "हाँ, तुम ठीक कहते हो। और देखो, सभी कोई न कोई खाने की चीज लिये जा रहे हैं। ठेठ देहात में तो ये सब चीजें नहीं मिलती हैं, इसीलिए शायद अपने छोटे बेटे-बेटियों के हाथ में देने के लिए उसे खरीदकर ले जा रहे हैं, न?"

मैंने कहा, "हाँ।"

उसकी कल्पना तेज रफ्तार से चली जा रही थी, इसीलिए वह तुरत बोली, "आह, बेटे-बेटियों की आज क्या मौज है—कोई शोर मचाएगा, कोई गले से लिपटकर बाप की गोद में चढ़ना चाहेगा, तो कोई माँ को खबर देने के लिए रसोईघर का रुख करेगा, आज घर-घर में एक हलचल मच जाएगी, न?" कहते-कहते उसका समूचा मुँह चमकीला हो उठा।

मैंने हामी भरकर कहा, "हाँ, आज घर-घर में हलचल मच जाएगी।"

राजलक्ष्मी गाड़ी की खिड़की से फिर थोड़ी देर तक उन लोगों को निहारती रही, फिर अचानक एक आह भरी और बोली, "हाँ जी, इन लोगों को कितनी तनख्वाह मिलती होगी?"

मैंने कहा, "किरानियों की तनख्वाह भला कितनी होगी, यही कोई बीस, पच्चीस रुपए?"

राजलक्ष्मी बोली, "मगर घर में तो इन लोगों की माँ होंगी, भाई-बहन होंगे, पत्नी होगी, बच्चे होंगे..."

मैंने जोड़ दिया, "दो-एक विधवा बहनें होंगी, काम-काज होगा, लोक-व्यवहार होगा, भलमनसाहत होगी, कलकत्ता में रहने और खाने-पीने का खर्च होगा, हो रही बीमारियों का खर्च होगा...बंगाली किरानियों की जिन्दगी का सब कुछ निर्भर करता है इन्हीं तीस रुपयों पर।"

राजलक्ष्मी का दम अटकने को आ रहा था। वह बड़ी व्याकुल होकर बोल उठी, "तुम नहीं जानते, इन सबके घर में जमीन-जायदाद होगी। जरूर होगी।"

उसका मुँह देखकर उसे निराश करने में मुझे दुख महसूस हुआ, फिर भी मैंने कहा, "इन लोगों की घर-गिरस्ती की कहानी मैं भली-भाँति जानता हूँ। मैं निःसन्दिग्ध रूप से यह जानता हूँ कि इनमें से ज्यादातर लोगों के पास कुछ नहीं है। नौकरी छूट जाने पर इन लोगों को या तो भीख माँगनी पड़ती है या पूरे परिवार के साथ भूखों रहना पड़ता है। इन लोगों के बेटे-बेटियों की बात सुनोगी?"

राजलक्ष्मी अचानक अपने दोनों हाथों को उठाकर चिल्ला उठी, "नहीं-नहीं, मुझे नहीं सुनना है। मुझे नहीं सुनना है। मैं नहीं चाहती सुनना।"

उसकी आँखों की तरफ निहारते ही मुझे इसका पता चला कि वह जी-जान से आँसुओं को रोके हुए है। इसीलिए और कुछ कहे बिना मैंने फिर से रास्ते की तरफ अपना मुँह घुमाया। बहुत देर तक वह फिर कुछ नहीं बोली, शायद इतनी देर तक उसने अपने साथ बहस-मुबाहिसा किया, और अन्त में अपने कौतूहल से हार मानकर, मेरे कुरते के खूँट को पकड़कर खींचा। जब मैंने मुड़कर निहारा, तो उसने करुण स्वर में कहा, "अच्छा, तो कहो उन लोगों के बेटे-बेटियों की बात। लेकिन मैं तुम्हारे पैरों पड़ती हूँ, झूठमूठ बढ़ा-चढ़ाकर मत कहना। दुहाई तुम्हारी!"

उसकी विनती करने की मुद्रा को देखकर मुझे हँसी आ गई, मगर मैं हँसा नहीं। बल्कि थोड़ी जरूरत से ज्यादा गम्भीरता के साथ कहा, "बढ़ा-चढ़ाकर कहना तो दूर, तुम्हारे पूछने के बावजूद मैं तुम्हें नहीं सुनाता, अगर तुमने थोड़ी देर पहले यह न कहा होता कि तुम अपने

बच्चे को भीख माँगकर पाल-पोसकर बड़ा करती। यह तो कहने की बात है कि भगवान जिन लोगों को भेजते हैं उनके गुजर-बसर की जिम्मेदारी वे लेते हैं। मैं इसे नामंजूर करूँगा, तो नास्तिक कहकर, हो सकता है तुम मुझे फिर गालियाँ दो, लेकिन बच्चों की जिम्मेदारी माँ-बाप पर कितनी है और भगवान पर कितनी है—इन दोनों समस्याओं का फैसला, तुम खुद ही करो। मैं जो जानता हूँ सिर्फ वही कहूँगा। क्यों, क्या मैं ठीक कहता हूँ न?''

यह देखकर कि वह चुपचाप जिज्ञासु होकर मेरी तरफ निहार रही है, मैंने कहा, ''मुझे ऐसा लगता है कि पैदा होने के बाद बच्चे को कुछ दिनों तक दूध पिलाकर जिन्दा रखने की जिम्मेदारी उसकी माँ पर रहती है। भगवान पर मेरी भक्ति है, उनकी दया के प्रति भी मेरा अन्धविश्वास है। लेकिन तब भी माँ के बदले उनके लिए अपने ऊपर यह जिम्मेदारी लेने का उपाय है या नहीं।''

राजलक्ष्मी गुस्सा करके हँस पड़ी और बोली, ''देखो चालाकी मत करो, मैं यह जानती हूँ कि तुम चालाकी कर रहे हो।''

''ओ, तो तुम यह जानती हो कि मैं चालाकी कर रहा हूँ। खैर, तब तो एक जटिल समस्या का समाधान हो गया। लेकिन अगर यह जानना हो कि तीस रुपए मासिक वेतन पानेवाले व्यक्ति के घर बच्चे को जन्म देनेवाली माँ के दूध का उत्स सूख जाने में क्यों देर नहीं लगती, जो उस घर में तब मौजूद रहना जरूरी है जब वहाँ कोई जच्चा खाना खाने बैठी हो। लेकिन जब तुम ऐसा नहीं कर सकती, तो वैसी हालत में तुम मेरी बात मान ही लो।''

राजलक्ष्मी उदास मुँह से चुपचाप निहारती रही।

मैंने कहा, ''तुम्हें यह भी मान लेना होगा कि ठेठ देहात में गाय के दूध की बिलकुल कमी है।''

राजलक्ष्मी ने जल्दी से कहा, ''यह तो मैं खुद भी जानती हूँ। घर में गाय हो, तो अच्छा है। वरना आजकल सर पटककर मर जाने पर भी देहात में एक बूँद दूध मिलने की गुंजाइश नहीं है। जब गाय ही नहीं, तो भला दूध कहाँ से मिलेगा?''

मैंने कहा, ''खैर, तो और भी एक समस्या का समाधान हो गया। तब बच्चे के नसीब में रहा स्वदेशी जलकुम्भी-भरे तालाब का निखालिस पानी और विदेशी डिब्बों में भरा निखालिस बार्ली का चूरा। लेकिन तब भी उस अभागे के नसीब में, हो सकता है, उसका एकाध बूँद स्वाभाविक खाद्य जुटे, मगर यह कानून नहीं है कि यह सौभाग्य इन सब घरों में ज्यादा दिनों तक रहे। चारेक महीने के अन्दर ही और एक नया पाहुन अपने आने की सूचना देकर अपने बड़े भाई के हिस्से के माँ के दूध को बिलकुल बन्द कर देता है। यह शायद तुम...''

राजलक्ष्मी शर्म के मारे लाल हो उठी, ''हाँ-हाँ, मैं यह जानती हूँ। इसे और खोलकर मुझे समझाने की जरूरत नहीं। तुम उसके बाद की बात बताओ।''

मैंने कहा, ''उसके बाद बस छोकरे को पेट की बीमारी और स्वदेशी मलेरिया हो जाता है। तब बाप के कन्धे पर पड़ती है विदेशी कुनैन और बार्ली का चूरा मुहैया कराने की जिम्मेदारी और माँ के कन्धे पर पड़ती है—वो जो मैंने कहा कि जब तक माँ फिर से जच्चाघर

नहीं जाती तब तक उन दोनों चीजों को निखालिस देशी पानी में घोलकर उसे पिलाने की जिम्मेदारी। उसके बाद माँ यथासमय जच्चाघर जाती है, वहाँ के सारे हंगामों को मिटाकर नवजात शिशु को गोद में लिये बाहर निकल आती है और पहले वाले बच्चे के लिए दिन-रात चिल्लाती है।

राजलक्ष्मी नीली पड़कर बोली, "माँ अपने पहले वाले बच्चे के लिए चिल्लाती क्यों है?"

मैंने कहा, "ऐसा करना माँ का स्वभाव होता है। यहाँ तक कि जब भगवान अपनी जिम्मेदारी से छुटकारा पाने के लिए उस बच्चे को अपने पास बुला लेते हैं तब किरानी के घर में भी वही घटना घटती है जो औरों के घर में घटती है।"

इतनी देर तक मैं बाहर की तरफ निहारता हुआ बात कर रहा था। पर जब अचानक मैंने नजरें घुमाईं तो देखा, उसकी दोनों बड़ी-बड़ी आँखों में आँसू भर आए हैं। मैंने बड़ा दुख महसूस किया। लगा, इस बेचारी को बेकार में दुख देने से मुझे क्या फायदा होगा? ज्यादातर अमीरों की मानिन्द इसके लिए भी दुनिया के इस बहुत बड़े दुख का पहलू उसकी नजरों से छिपा ही रहता। बंगाल का छोटी-मोटी नौकरी करनेवाला। बड़ा गरीब गृहस्थ परिवार सिर्फ खाने की कमी की वजह से ही मलेरिया, हैजे आदि से हर दिन खाली होता जा रहा है, दूसरे बड़े लोगों की भाँति यह भी इस बात को नहीं जानती, तो इससे ऐसा कौन-सा नुकसान होता। ठीक ऐसे समय राजलक्ष्मी अपनी आँखों को पोंछते-पोंछते रुँधे स्वर में बोल उठी, "भले ही वे लोग किरानी हों, तब भी वे लोग तुमसे ज्यादा अच्छे हैं। तुम तो पत्थर हो। चूँकि तुम्हें अपना कोई दुख नहीं है, इसलिए तुम इन लोगों के दुखों का मजा लेकर वर्णन कर रहे हो। मगर मेरा तो कलेजा फटा जा रहा है।"

इतना कहकर वह आँचल से बार-बार अपनी आँखें पोंछने लगी। मैंने उसकी बात का प्रतिवाद नहीं किया। क्योंकि उससे कोई फायदा नहीं होता। बल्कि मैंने विनम्रता से कहा, "इन लोगों के सुख का थोड़ा-सा अंश भी तो मेरे नसीब में नहीं जुटा। घर पहुँचने का इनका आग्रह भी सोचकर देखने का विषय है।"

राजलक्ष्मी का चेहरा हँसी और रुलाई से पल भर में ही चमक उठा। बोली, "मैं भी तो यही कहती हूँ। चूँकि आज पिता आ रहे हैं, इसलिए बच्चे सबके सब बाट जोह रहे होंगे। उन्हें किस बात की तकलीफ है? उनकी तनख्वाह, हो सकता है, कम हो, पर उतनी रईसी भी नहीं है। लेकिन अगर उतनी रईसी नहीं है, तो क्या इतनी कम तनख्वाह बतौर तनख्वाह हर महीने सिर्फ तीस रुपए...कतई नहीं। मैं पक्का कहती हूँ, कम से कम सौ-डेढ़ सौ रुपए तनख्वाह होगी उनकी।"

मैंने कहा, "मिलती होगी उतनी तनख्वाह। मैं हो सकता है, ठीक-ठीक नहीं जानता।"

उत्साह पाकर राजलक्ष्मी का लोभ बढ़ गया। यह सुनकर उसका जी नहीं भरा कि छोटे से छोटा किरानी हर महीने डेढ़ सौ रुपए तनख्वाह पाता होगा। बोली, "तुम क्या यह समझते हो कि वे उसी तनख्वाह के भरोसे जीते हैं? सभी को कितनी ऊपरी आमदनी होती होगी?"

मैंने कहा, "क्या है ऊपरी आमदनी? प्याला?"

उसने कोई बात नहीं की। वह मुँह लटकाए रास्ते की तरफ निहारती हुई बैठी रही। थोड़ी देर बाद बाहर की तरफ ही नजरें टिकाए बोली, "मैं तुम्हें जितना देखती हूँ, उतना ही तुम्हारे ऊपर से मेरा मन हटता चला जा रहा है? चूँकि तुम यह जानते हो कि तुम्हारे सिवा मेरे लिए दूसरा कोई चारा नहीं है, इसीलिए तुम मुझे इस कदर बींधते हो।"

इतने दिनों बाद आज शायद यही पहली बार मैंने उसके दोनों हाथों को खींचकर जबरन अपने हाथों में लिया। उसके मुँह की तरफ निहारकर मैंने न जाने क्या कहना भी चाहा, लेकिन तभी गाड़ी आकर स्टेशन के किनारे खड़ी हो गई। एक अलग डिब्बा रिजर्व रहने के बावजूद थोड़ा-बहुत चीज-बस्त लेकर बंकू तीसरे पहर ही आ गया था। अब उसे कोच बॉक्स पर रतन दिखाई पड़ा, तो वह भागता हुआ आकर खड़ा हो गया। मैंने उसके हाथों को छोड़ दिया और तनकर बैठा। जो बात मुँह में आ गई थी, वह फिर चुपचाप मन के अन्दर जाकर छिप गई।

ढाई बजे की लोकल ट्रेन छूटने ही वाली थी। हमारी ट्रेन बाद में जानेवाली थी। ऐसे समय एक गरीब प्रौढ़ व्यक्ति ने एक हाथ में तरह-तरह की साग-सब्जियों की पोटली और दूसरे हाथ में डंडी पर बैठा मिट्टी का एक पंछी लिये सिर्फ प्लेटफॉर्म पर ध्यान टिकाए बेसुध-सा दौड़ने की कोशिश की, तो वह राजलक्ष्मी पर आ गिरा। मिट्टी का खिलौना फर्श पर गिरकर चकनाचूर हो गया। वह हाय-तौबा मचाकर शायद उस टूटे खिलौने को चुनने जा रहा था कि तभी पांडेजी ने गरजकर एक छलाँग लगाई और उसकी गर्दन को धर-दबोचा और बंकू छड़ी उठाकर उसे बूढ़ा, अन्धा आदि कहकर मारने ही वाला था। मैं थोड़ी दूर पर अन्यमनस्क था। मैं हड़बड़ाकर उस जगह पर आ गया। वह डर और शर्म के मारे बार-बार कहने लगा, "मुझे दिखाई नहीं पड़ा, बेटी, मुझसे बहुत बड़ा कसूर हो गया।"

मैंने जल्दी से उसे छुड़ा दिया और कहा, "जो होना था, हो चुका है, आप जल्दी जाइए। आपकी ट्रेन छूटने ही वाली है।"

उसने तब भी अपने खिलौने के टुकड़ों को चुनने के लिए कई बार आनाकानी की और अन्त में दौड़ लगाई, मगर वह ज्यादा दूर जा भी नहीं पाया था कि गाड़ी चल पड़ी। तब वापस आकर उसने और एक बार माफी माँगी और उन टूटे टुकड़ों को उठाने में मशगूल हो गया। उसे ऐसा करते देख मैंने जरा मुस्कुराकर कहा, "उन्हें उठाकर अब क्या कीजिएगा?"

उसने कहा, "कुछ भी नहीं बाबूजी। मेरी बेटी बीमार है। बीते सोमवार को जब मैं घर से आ रहा था तब उसने कह दिया—मेरे लिए एक पंछी खिलौना खरीद लाना। पर जब मैं खिलौना खरीदने गया, तो खिलौना बेचनेवाले ने मुझे गरजमन्द देखकर दाम बढ़ाकर कहा—दो आने देने होंगे, उससे एक पैसा कम नहीं। वही सही। मुश्किल में पड़कर आठ पैसे फेंक दिए और खिलौना लिया। मगर देखिए न, ऐसी किस्मत कि सर मुड़ाते ओले पड़े। खिलौना टूट गया। मैं इसे अपनी बीमार बेटी के हाथ में नहीं दे सका। बेटी रो-रोकर कहेगी—पिताजी, खिलौना नहीं लाए। जो हो, इन टुकड़ों को ले जाऊँ, उन्हें दिखाकर उससे कहूँगा—बेटी, इस महीने तनख्वाह मिलने पर सबसे पहले मैं तुम्हारे लिए खिलौना खरीदूँगा, उसके बाद दूसरा काम करूँगा।" इतना कहकर उसने सारे टुकड़ों को चुनकर बड़ी हिफाजत

से उन्हें अपनी चादर के खूँट में बाँधा और बोला, "आपकी पत्नी को शायद बहुत चोट लगी है। मुझे दिखाई नहीं पड़ा था। जो नुकसान हुआ सो तो हुआ ही, गाड़ी भी नहीं मिली। गाड़ी मिलती तो आधे घंटे पहले जाकर अपनी बीमार बेटी को देख सकता।" कहते-कहते वह फिर से स्टेशन की तरफ चला गया। बंकू पांडेजी के साथ किसी काम से दूसरी जगह चला गया।

मैंने अचानक मुड़कर निहारा, तो देखता हूँ, राजलक्ष्मी की दोनों आखों में आँसू भर आए हैं। व्यस्त होकर मैं उसके पास गया और पूछा, "बहुत चोट लगी है, न? कहाँ लगी?"

राजलक्ष्मी ने आँचल से अपनी आँखें पोंछी और चुपके से कहा, "हाँ, बहुत चोट लगी है। मगर ऐसी जगह चोट लगी है कि तुम जैसे पत्थर के लिए न ही उसे देखने की गुंजाइश है, न ही समझने की।"

# 14

जब मैं बंकू से यह जानकारी ले रहा था कि क्यों उसे हम लोगों के लिए एक अलग डिब्बा रिजर्व कराना पड़ा था, तब राजलक्ष्मी कनसुइयाँ ले रही थी। अभी जब थोड़ी देर के लिए वह दूसरी जगह चला गया था, तब राजलक्ष्मी ने बिलकुल अनचाहे मुझे सुना दिया कि वह अपने लिए बेकार का खर्च करना जितना नहीं चाहती है उतनी ही ऐसी विडम्बनाएँ उसके नसीब में घटती हैं। वह बोली, "सेकंड या फर्स्ट क्लास में जाने से अगर उन लोगों को तृप्ति होती थी, तो वे लोग उसी में जाते, तिस पर मेरे लिए जनाना डिब्बा तो था। फिर रेल कम्पनी को उसने झूठमूठ में इतना ज्यादा रुपया क्यों दिया?"

बंकू की बात और उसकी माँ की बात में मुझे कोई खास ताल-मेल दिखाई नहीं पड़ा। लेकिन यह बात औरतों से कहने की कोशिश करने पर झगड़ा छिड़ जाएगा। अतएव मैं चुपचाप सुनता रहा, मैं कुछ भी नहीं बोला।

प्लेटफॉर्म की एक बेंच पर बैठकर वह आदमी ट्रेन के लिए इन्तजार कर रहा था। जाते वक्त उसके सामने जाकर मैंने पूछा, "आपको कहाँ जाना है?"

वह बोला, "वर्दवान।"

जब मैं थोड़ा आगे बढ़ा तब राजलक्ष्मी ने मुझसे चुपके से कहा, "तब तो वे अनायास हमारे डिब्बे में जा सकते हैं। किराया भी नहीं लगेगा। हमारे साथ चलने के लिए उनसे क्यों नहीं कहते हो?"

मैंने कहा, "उन्होंने टिकट जरूर कटा लिया होगा, उनका किराया का पैसा नहीं बचेगा।"

राजलक्ष्मी बोली, "भले ही उन्होंने टिकट क्यों न कटा लिया हो, पर भीड़ में जाने से जो तकलीफ होती है उससे तो वे बच जाएँगे?"

मैंने कहा, "भीड़ में जाने की उन लोगों की आदत है। उस तकलीफ की वे लोग परवाह नहीं करते।"

तब राजलक्ष्मी ने जिद करके कहा, "नहीं-नहीं, तुम उनसे कहो। हम तीनों बातचीत करते हुए इतनी दूर अच्छी तरह जा सकते हैं।"

मैंने समझा इतनी देर में उसे अपनी गलती का पता चला है। बंकू और अपने नौकर-चाकरों के सामने मेरे साथ अकेले एक अलग डिब्बे में उसके चढ़ने की वजह से जो बात सबकी नजरों में खटकेगी उसे वह अभी किसी तरह थोड़ा-सा हल्का कर लेना चाहती है। फिर भी इसी बात को और भी जरा आँखों में उँगली डालकर दिखाने के लिए मैंने लापरवाही से कहा, "जरूरत क्या है, एक फालतू आदमी को डिब्बे में घुसाने की। तुम मेरे साथ मन भर बातें करना, अच्छी तरह समय कट जाएगा।"

राजलक्ष्मी ने मुझ पर तीखा व्यंग्य करते हुए कहा, "यह मैं जानती हूँ। मुझे नीचा दिखाने का इतना बड़ा मौका तुम्हारे हाथों आया है, तुम इसे कैसे गँवा सकते हो।" इतना कहकर उसने चुप्पी साध ली।

मगर ज्यों ही ट्रेन प्लेटफॉर्म पर आकर खड़ी हुई, त्यों ही मैं उसके पास गया और बोला, "आप हम लोगों के साथ चलिए न। हम दोनों के अलावा और कोई नहीं है, आप भीड़ में जाने की तकलीफ से बच जाएँगे।"

कहने की जरूरत नहीं कि उसे राजी करने में मुझे कोई दुख नहीं उठाना पड़ा। मेरे कहते ही वह अपनी पोटली लेकर हमारे डिब्बे में आ गए।

ट्रेन अभी दो ही स्टेशन पार कर पाई थी कि राजलक्ष्मी ने उसके साथ कमाल की बातचीत शुरू कर दी और भी दो स्टेशन पार हुए कि इसी बीच उसने उनके घर, मुहल्ले और अगल-बगल के गाँवों की जानकारी उसे कुरेद-कुरेदकर उससे हासिल कर ली।

राजलक्ष्मी के गुरुदेव अपने नाती-नतिनी के साथ काशी में रहते थे। राजलक्ष्मी उन लोगों के लिए कलकत्ता से बहुत चीज-बस्त लेकर जा रही थी। जब ट्रेन वर्दवान के नजदीक आई तो ट्रंक खोलकर उसने उसके अन्दर से चुनकर एक हरे रंग की रेशमी साड़ी निकाली और बोली, "सरला को उसके खिलौने के बदले यह साड़ी दीजिएगा।"

वह पहले तो ठक-से रह गया। बाद में शरमाता हुआ जल्दी से बोला, "नहीं-नहीं, बेटी। सरला के लिए मैं अगली बार खिलौना खरीद दूँगा। आप साड़ी रख लीजिए। उसके अलावा यह तो बहुत कीमती साड़ी है बेटी!"

राजलक्ष्मी ने साड़ी उसकी बगल में रख दी और बोली, "इसका ज्यादा दाम नहीं है। और दाम चाहे जितना भी क्यों न हो, आप इसे उसके साथ में देकर कहिएगा कि उसकी मौसी ने उसे यह साड़ी दी है, ताकि अच्छी हो जाने पर वह इसे पहने।"

उसकी आँखें छलछलाने को आईं। आधे घंटे के परिचय में एक अपरिचित व्यक्ति की बीमार बच्ची को एक ऐसी बेशकीमती साड़ी उपहार देते जिन्दगी में शायद उसने और

कभी नहीं देखा था। वह बोला, ''आशीर्वाद दीजिए कि वह अच्छी हो जाए। लेकिन हम गरीब ठहरे, इतनी कीमती साड़ी लेकर वह क्या करेगी बेटी?

आप इसे उठाकर रख लीजिए।'' इतना कहकर उसने मेरी तरफ एक बार निहारा। मैंने कहा, ''जब उसकी मौसी उसे पहनने के लिए दे रही है तब उसे लेकर आपको उसे देना ही चाहिए।'' इतना कहकर मैंने हँसकर कहा, ''सरला की तकदीर अच्छी है। हमारी ऐसी कोई मौसी या फूफी होती, तो जान में जान आ जाती। लेकिन देखिएगा, अबकी बार आपकी बेटी अच्छी हो जाएगी।''

उसके समूचे चेहरे पर तब कृतज्ञता उफनने लगी। उसने कोई एतराज किए बिना उस साड़ी को ले लिया। फिर दोनों में बातचीत होने लगी। घर-संसार की बात, समाज की बात, सुख-दुख की बात—कितनी सारी बातें। मैं सिर्फ खिड़की के बाहर निहारता हुआ स्तब्ध होकर बैठा रहा। और जो प्रश्न मैंने खुद अपने आपसे बहुत बार पूछा है, इस छोटी-सी घटना के सहारे फिर वही प्रश्न मन में पैदा हुआ—इस सफर का अन्त कहाँ है?

दस-बारह रुपए की एक साड़ी दान करना राजलक्ष्मी के लिए न ही कठिन था, न ही नया। उसकी दाइयाँ, नौकर इस बात को लेकर एक बार सोचते भी नहीं। मगर मेरा सोचना अलग था। यह दी हुई चीज दान करने के हिसाब से उसके लिए कुछ भी नहीं थी, यह मैं भी जानता था और किसी से भी कम नहीं जानता था, मगर मैं सोच रहा था, उसके हृदय की धारा जिधर लक्ष्य करके अपने आपको खत्म करने के लिए उद्दाम होकर भागती चली जा रही है, उसका अन्त कहाँ होगा और कैसे होगा?

तमाम औरतों के मन में नारी रहती है या नहीं, इसे जोर देकर कहना बड़े दुःसाहस का काम है। लेकिन नारी की चरम सार्थकता है उसके माँ बनने में, इस बात का जोर-जोर से प्रचार किया जा सकता है।

राजलक्ष्मी को मैंने पहचाना था। उसकी प्यारी बाईजी अपनी कच्ची जवानी में सारे दुर्दमनीय आरोपों को लेकर हर पल मर रही थी, इसे मैंने गौर से देखा था। आज उस नाम का उच्चारण करने पर भी वह शर्म से गड़ जाया करती थी। मेरी समस्या भी ऐसी ही हो गई थी।

औरतें जिस जोश से अपना सब कुछ निछावर करके घर बसाकर आनन्द पाती हैं, वह गरम जोश अब राजलक्ष्मी में नहीं था? आज वह शान्त थी, स्थिर थी। उसकी कामना-वासना ने आज उसी के अन्दर ऐसी डुबकी लगाई थी कि बाहर से देखने पर अचानक यह सन्देह होता था कि उसके मन में कामना-वासना है या नहीं। उसी ने इस मामूली-सी घटना से मुझे फिर से याद करा दिया कि आज उसके इस भरपूर जवानी के गहरे तल से अभी-अभी नींद से जागे भूखे कुम्भकरण की तरह उसके माँ बनने की जो इच्छा जाग उठी थी, उसकी पूर्ति कैसे होती! उसका अपना बच्चा होने पर जो सहज और स्वाभाविक हो जा सकता था, उसी की कमी की वजह से समस्या एकदम ऐसी जटिल हो उठी थी।

उस दिन पटना में उसके अन्दर उसके माँ बनने की जिस इच्छा को देखकर मैं मुग्ध और अभिभूत हो गया था, आज उसका वह रूप याद करके मुझे बड़े दुख के साथ सिर्फ यह लगने लगा कि इतनी बड़ी आग को फूँककर नहीं बुझाया जा सकता है। यही वजह थी कि आज

पराए के बेटे को अपना बेटा मान लेने के खिलवाड़ से राजलक्ष्मी के कलेजे की प्यास हरगिज नहीं मिट रही थी। इसीलिए आज एकमात्र बंकू ही उसके लिए काफी नहीं था, आज दुनिया में जहाँ जितने लड़के थे सभी का सुख-दुख उसके हृदय को आलोड़ित कर रहा था।

वर्दवान में जब वह आदमी उतर गया, तो राजलक्ष्मी चुपचाप बैठी रही। मैंने खिड़की से नजरें हटा लीं और पूछा, ''तुम किसके लिए रो रही हो? सरला के लिए या उसकी माँ के लिए?''

राजलक्ष्मी ने मुँह उठाकर कहा, ''तो क्या तुम इतनी देर तक हम लोगों की बातें सुन रहे थे?''

मैंने कहा, ''इसलिए कि आदमी जब खुद बात नहीं करता है तब दूसरे की बात उसके कानों में आ घुसती है। दुनिया में कम बोलनेवाले के लिए यह सजा मुकर्रर कर रखी है। इसमें चकमा देने की गुंजाइश नहीं है। इसे जाने दो। पर तुमने यह नहीं बताया कि तुम किसके लिए आँसू बहा रही थी।''

राजलक्ष्मी ने कहा, ''मेरे आँसू किसके लिए बहते हैं, यह सुनने से तुम्हें कोई फायदा नहीं होनेवाला।''

मैंने कहा, ''मैं फायदे की उम्मीद नहीं करता। सिर्फ इतना खयाल रखना पड़ता है कि कहीं नुकसान न हो जाए। सरला या उसकी माँ के लिए चाहे जितनी मर्जी आँसू बहाओ, इसमें मुझे कोई एतराज नहीं। मगर मैं यह पसन्द नहीं करता कि तुम उसके बाप के लिए आँसू बहाओ।''

राजलक्ष्मी ने सिर्फ एक 'हुँ,' कहा और खिड़की के बाहर देखने लगी।

मैंने सोचा था कि एक ऐसी दिल्लगी बेकार नहीं जाएगी, बल्कि यह बहुत सारे रुके झरनों की रुकावटों को हटा देगी। मगर ऐसा तो हुआ ही नहीं। बल्कि जबकि वह इतनी देर तक एक ही तरफ निहार रही थी, मेरी दिल्लगी सुनकर दूसरी तरफ मुँह घुमाकर बैठी।

लेकिन मैं बहुत देर तक चुप था, बात करने के लिए अन्दर ही अन्दर एक जोश आ गया था। इसीलिए मैं ज्यादा देर तक चुप नहीं रह सका, फिर बात की। बोला, ''वर्दवान में कुछ खाने की चीजें खरीद लेती, तो अच्छा होता।''

राजलक्ष्मी ने कोई भी जवाब नहीं दिया, वह पहले की ही तरह चुप रही।

मैंने कहा, ''दूसरे के दुख से इतनी देर तक रो-रोकर बेहाल हो गई तुम, पर घर के आदमी के दुख पर तो तुम कान भी नहीं देती हो। विलायत-पलट लोगों का यह हुनर तुमने कहाँ सीखा?''

राजलक्ष्मी ने अबकी बार धीरे-धीरे कहा, ''देखती हूँ, विलायत-पलट लोगों पर तुम्हारी बड़ी भक्ति है।''

मैंने कहा, ''हाँ, वे लोग भक्ति के पात्र जो हैं!''

''क्यों, उन लोगों ने तुम्हारा क्या बिगाड़ा है?''

''अभी तक तो उन लोगों ने हम लोगों का कुछ नहीं बिगाड़ा है। मगर बाद में कहीं कुछ बिगाड़ न दें, इसी डर से पहले से भक्ति करता हूँ।''

राजलक्ष्मी थोड़ी देर तक चुप रही, फिर बोली, "यह तुम लोगों का अन्याय है। तुम लोगों ने उन लोगों को दल से, जात से, समाज से–हर दृष्टि से निकाल दिया है। तब भी अगर वे लोग तुम लोगों का थोड़ा-सा भी भला करते हैं, तो उसी के लिए तुम लोगों को उन लोगों का कृतज्ञ होना चाहिए।"

मैंने कहा, "हम लोग उन लोगों का कहीं ज्यादा कृतज्ञ होते अगर वे लोग उस गुस्से से पूरे तौर पर मुसलमान या ईसाई बन जाते। उन लोगों में से जो लोग अपने आपको ब्राह्मण कहते हैं, वे लोग ब्राह्म समाज को बरबाद कर रहे हैं, जो लोग अपने आपको हिन्दू समझते हैं, वे लोग हिन्दू समाज को तंग कर रहे हैं। खुद वे लोग क्या हैं, वे लोग अगर पहले यही तय कर लेते, उसके बाद दूसरे के लिए रोने बैठते, तो इससे हो सकता है, खुद उनका भी भला होता और जिन लोगों के लिए वे लोग रोते हैं, उन लोगों का भी हो सकता है, थोड़ा-सा भला होता।"

राज्यलक्ष्मी बोली, "मगर मुझे तो ऐसा नहीं लगता है।"

मैंने कहा, "तुम्हें ऐसा न लगे, तो भी इससे कोई हर्ज नहीं है। मगर जिसके चलते फिलहाल अखर रहा है, वह दीगर बात है। कहो, मेरी उस बात का तो तुम कोई जवाब दो न?"

अबकी बार राजलक्ष्मी ने हँसकर कहा, "पहले तुम्हें भूख तो लगे, उसके बाद सोचकर देखा जाएगा।"

मैंने कहा, "तब सोचकर किसी भी स्टेशन में खाने की जो भी चीज मिलेगी उसे खरीदकर तुम मुझे गटकने दोगी, यही न? लेकिन मैं यह कह सकता हूँ कि मैं ऐसी-वैसी चीज नहीं खाऊँगा।"

मेरा जवाब सुनकर वह मेरे मुँह की तरफ थोड़ी देर तक चुपचाप निहारती रही, फिर तनिक मुस्कुराकर बोली, "तुम्हें विश्वास होता है कि मैं ऐसा कर सकती हूँ?"

मैंने कहा, "अच्छी बात है, इतना-सा भी विश्वास तुम पर नहीं रहेगा?"

"सो तो तुम ठीक कहते हो।" इतना कहकर वह फिर से खिड़की के बाहर निहारती हुई चुपचाप बैठी रही।

अगले स्टेशन पर राजलक्ष्मी ने रतन को बुलाकर खाना भरे बर्तन को माँग लिया और उसे चिलम चढ़ाने का हुक्म देकर खाने की सारी चीजों को थाली में सजाकर उसे मेरे सामने रख दिया। मैंने देखा, इस बारे में कहीं भी जरा-सी भी भूल-चूक नहीं हुई थी। मेरी सारी पसन्दीदा चीजों को मँगवाकर ले आई थी।

रतन ने बेंच पर बिस्तर लगा दिया। नफासत से खाना खत्म करके हुक्के की नली को मुँह में लगाकर मैं आँखें मूँदने की तैयारी कर रहा था कि तभी बोली, "खाने की चीजों को उठाकर ले जा रतन। तू जो खा सके, खा लेना, और तेरे डिब्बे में दूसरा कोई अगर खाना चाहे, तो उसे भी देना।"

लेकिन रतन को बेहद शरमाते और सकुचाते देख मैंने जरा भौचक्का होकर पूछा, "कहो, तुमने खाया नहीं?"

राजलक्ष्मी बोली, "नहीं, मुझे भूख नहीं है। जा न रतन, तू खड़ा क्यों है? गाड़ी चल पड़ेगी?"

रतन शर्म से गड़ गया। बोला, "मुझसे अन्याय हो गया है बाबू। मुसलमान कुली ने खाने को छू दिया था। मैंने कितना कहा, माँ, मैं स्टेशन से कुछ खरीदकर ला देता हूँ, मगर माँ ने मेरी हरगिज नहीं सुनी।" इतना कहकर उसने डरते हुए मेरे मुँह की तरफ निगाह डालकर ठीक जैसे मेरी इजाजत माँगी।

लेकिन मैं कुछ कहता, इसके पहले ही राजलक्ष्मी उसे डाँटती हुई बोल उठी, "तू जाएगा या खड़े-खड़े बहस करेगा?"

रतन और कुछ बोले बिना हाथ में खाने का बरतन लिये बाहर निकल गया। जब ट्रेन छूटी, तो राजलक्ष्मी मेरे सिरहाने आकर बैठी। मेरे बालों में धीरे-धीरे उँगलियाँ चलाते-चलाते बोली, "अच्छा देखो..."

मैंने उसे रोककर कहा, "बाद में कभी देखूँगा, लेकिन..."

उसने भी मुझे तुरत रोक दिया और बोली, "तुम्हें 'लेकिन' का बखान करके लेक्चर देने की जरूरत नहीं। मैंने समझा है। मैं न ही मुसलमान से नफरत करती हूँ, न ही यह सोचती हूँ कि उसके छूने से खाना बरबाद हो जाता है। मैं अगर ऐसा सोचती, तो मैं तुम्हें अपने हाथों खाना नहीं देती।"

"लेकिन, तुमने खुद क्यों नहीं खाया?"

"औरतों को नहीं खाना चाहिए।"

"क्यों? औरतों को क्यों नहीं खाना चाहिए?"

"औरतों को नहीं खाना चाहिए, बस। औरतों के लिए खाना मना है।"

"मगर मर्दों के लिए तो कोई पाबन्दी नहीं है?"

राजलक्ष्मी ने मेरा सर झकझोर दिया और बोली, "मर्दों के लिए भला बँधा-बँधाया नियम-कानून किसलिए? वे जो मर्जी खाएँ, जो मर्जी पहनें, चाहे जैसे भी क्यों न हो, सुख से रहें, हम लोग हैं न आचार का पालन करने के लिए। हम लोग जितना दुख सह सकती हैं, तुम लोग उतना दुख सह सकते हो क्या? अभी-अभी देखा न, शाम होते न होते भूख के मारे तुम्हारी आँखों के आगे अँधेरा छाने लगा था?"

मैंने कहा, "ऐसा हो सकता है। मगर हमारे लिए भी यह गौरव की बात नहीं है कि हम दुख नहीं सह सकते।"

राजलक्ष्मी ने गरदन हिलाकर कहा, "नहीं, यह तुम लोगों के लिए कोई शर्म की बात नहीं है, क्योंकि तुम लोग तो हम जैसी दासियों की जात के नहीं हो कि तुम लोगों को दुख सहना ही पड़ेगा। यह हम लोगों के लिए शर्म की बात है अगर हम लोग दुख नहीं सह सके तो।"

मैंने कहा, "यह न्याय-शास्त्र तुम्हें किसने सिखाया? तुम्हारे काशी के गुरुदेव ने?"

राजलक्ष्मी मेरे मुँह के बहुत करीब झुककर थोड़ी देर तक स्थिर रही, बाद में मन्द-मन्द मुस्कुराकर बोली, "मैंने जो कुछ सीखा है वह तुम्हीं से सीखा है। मेरा तुमसे बड़ा गुरु दूसरा कोई नहीं है।"

मैंने कहा, "तो फिर तुमने अपने गुरु से ठीक उल्टा सीख रखा है। मैंने किसी दिन यह नहीं कहा है कि तुम लोग दासी की जात की हो। बल्कि मैं तो हमेशा यही सोचता हूँ कि तुम लोग दासी की जात की नहीं हो। तुम लोग किसी भी दृष्टि से हम लोगों से रत्ती भर भी छोटी नहीं हो।"

राजलक्ष्मी की दोनों आँखें सहसा छलछला उठीं। बोली, "यह मैं जानती हूँ। और चूँकि मैं यह जानती हूँ, इसीलिए तो मैं तुमसे यह बात सीख सकी हूँ। तुम्हारी तरह अगर सभी ढंग से सोच सकते तो दुनिया भर की तमाम औरतों के मुँह से तुम्हें यही बात सुनाई पड़ती। तब तो यह समस्या ही कभी पैदा नहीं होती कि कौन बड़ा है और कौन छोटा!"

"यानी इस सच्चाई को सभी बेधड़क मान लेते।"

राजलक्ष्मी बोली, "हाँ।"

मैंने तब हँसकर कहा, "गनीमत यही है कि सौभाग्य से दुनिया भर की औरतें तुमसे सहमत नहीं हैं। मगर अपने आपको इतनी हीन समझने में तुम्हें शर्म नहीं आती?"

इसमें सन्देह है कि मेरी मसखरी पर राजलक्ष्मी ने ध्यान दिया या नहीं। उसने बड़े सहज ढंग से कहा, "मगर इसमें तो कोई हीनता नहीं है।"

मैंने कहा, "सो तो है। हम मालिक हैं और तुम लोग दासी, यह संस्कार इस देश की औरतों के मन में ऐसी बद्धमूल हो गई हैं कि इसकी हीनता भी अब तुम लोगों को नजर नहीं आती। शायद इसी पाप से दुनिया के सब देशों की औरतों से ज्यादा तुम्हीं लोग आज सचमुच छोटी बन गई हो।"

राजलक्ष्मी अचानक तनकर बैठी। अपनी दोनों आँखों को चमकाकर बोली, "नहीं, हम लोग उसके चलते छोटी नहीं बनी हैं। तुम लोगों के देश की औरतें अपने आपको छोटी समझकर छोटी नहीं बन गई हैं बल्कि तुम्हीं लोगों ने उन लोगों को छोटी समझकर छोटी बना दिया है और खुद तुम लोग भी छोटे बन गए हो। यही सच्चाई है।"

उसकी बात अचानक नए सिरे से गूँजी। इसके अन्दर जितनी सी पहेली थी वह धीरे-धीरे साफ होती लगने लगी, वास्तव में बहुत सारी सच्चाइयाँ इसमें छिपी हुई थीं जो आज तक मुझे नजर नहीं आई थीं।

राजलक्ष्मी बोली, "तुमने उस आदमी के बारे में दिल्लगी की थी। लेकिन तुम तो यह नहीं जानते कि उसकी बात सुनकर मेरी आँखें कितनी खुल गई हैं।"

जब मैंने यह कबूल किया कि मैं नहीं जानता, तो वह कहने लगी, "तुम नहीं जानते, इसका कारण है। किसी चीज को जानने के लिए जब तक आदमी के कलेजे के अन्दर से एक व्याकुलता नहीं निकलती है तब तक सब कुछ उसकी नजरों में धुँधला बना रहता है। इतने दिन तक तुम्हारे मुँह से सुनकर मैं सोचा करती थी कि सचमुच ही अगर हमारे देश के लोगों का दुख इतना ज्यादा है, सचमुच ही अगर हमारा समाज ऐसा भयानक अन्धा है, तो इसके बीच आदमी भला जिन्दा कैसे रहता है और उसे मानकर ही भला कैसे चलता है।"

मुझे चुपचाप सुनता देख उसने धीरे-धीरे कहा, "और तुम्हीं भला इतना कैसे समझोगे? तुम तो कभी इन लोगों के बीच नहीं रहे हो, कभी इन लोगों के सुख-दुख को बाँटा नहीं

है, इसीलिए बाहर रहकर बाहर के समाज के साथ तुलना करके तुम सोचते हो कि शायद इन लोगों के दुखों की कोई सीमा नहीं है, पुलाव खानेवाला अमीर जमींदार बासी भात खानेवाली अपनी गरीब प्रजा को देखकर अगर यह सोचता है कि इसके दुखों की कोई सीमा नहीं है, तो जैसी गलती उससे होती है, वैसी ही गलती तुमसे हुई है।''

मैंने कहा, ''तुम्हारा तर्क यद्यपि न्याय-शास्त्र के नियमानुसार नहीं हो रहा है, तब भी पूछता हूँ कि तुमने कैसे यह जाना कि देश के बारे में मुझे इससे ज्यादा ज्ञान नहीं है?''

राजलक्ष्मी ने कहा, ''कैसे रह सकता है? तुम जैसा स्वार्थी आदमी दुनिया में कोई है क्या? जो सिर्फ अपने आराम के लिए भागता फिरता है, वह घर की खबर जानेगा कहाँ से? तुम जैसे लोग ही, जिन्हें समाज से कोई लेना-देना नहीं होता, समाज की ज्यादा निन्दा करते फिरते हैं। तुम लोग न तो दूसरे के समाज को अच्छी तरह जानते हो और न अपने समाज को।''

मैंने कहा, ''उसके बाद?''

राजलक्ष्मी बोली, ''उसके बाद जैसे कि यह कि बाहर रहकर बाहर की सामाजिक व्यवस्था को देखकर तुम लोग यह सोचकर मर जाते हो कि चूँकि हमारी औरतें घर के अन्दर बन्द रहकर दिन-रात काम करती हैं इसलिए उनकी जैसी दुखी, उनकी जैसी सताई हुई, उनकी जैसी हीन शायद किसी देश की कोई औरत नहीं है, मगर कुछ दिनों तक हमारी सोच-फिक्र करना छोड़कर तुम लोग अपनी फिक्र करके देखो। तुम लोग अपने को ऊँचा उठाने की कोशिश करो, अगर कहीं सचमुच की कोई गफलत हो, तो वह सिर्फ तभी नजर आएगी, उसके पहले नहीं।''

मैंने कहा, ''उसके बाद?''

राजलक्ष्मी गुस्सा करके बोली, ''मैं जानती हूँ तुम मुझसे मजाक कर रहे हो। लेकिन मैंने मजाक करने की बात नहीं कही है। घर-गृहिणी सबसे कम और सबसे खराब खाना खाती है। बहुत समय नौकरों से भी खराब खाना खाती है। बहुत समय नौकरों से भी ज्यादा मेहनत-मशक्कत करनी पड़ती है उसे, लेकिन उसके दुख से आकुल होकर मत रोते फिरो, बल्कि हमें ऐसी ही दासी की तरह रहने दो। मगर मैं तुमसे यही कह रही हूँ कि हमें दूसरे देश की रानी बना देने की कोशिश मत करो।''

मैंने कहा, ''तर्क-शास्त्र के सर पर पाँव रखकर उसे डुबोने की गुंजाइश तो तुम कर दे रही हो, लेकिन मैं यह मानता हूँ कि मुझे भी शास्त्रानुसार तर्क करने की ठीक सहूलियत नहीं मिल रही है।''

उसने कहा, ''इसमें तर्क करने की कोई बात नहीं है।''

मैंने कहा, ''अगर इसमें तर्क करने की कोई बात होती, तो भी मुझमें तर्क करने की ताकत नहीं है, मुझे बड़ी नींद आ रही है। लेकिन तुम्हारी बात को मैं एक तरह से समझ सका हूँ।''

राजलक्ष्मी थोड़ी देर चुप रही, फिर बोली, ''हमारे देश में चाहे जिस भी वजह से क्यों न हो, छोटे-बड़े, ऊँच-नीच सबमें रुपए का लालच बहुत बढ़ गया है। कोई अब थोड़े में

न सन्तुष्ट होना जानता है और न ही सन्तुष्ट होना चाहता है। इससे कितना नुकसान हुआ है, इसका पता मुझे भी चल चुका है।''

मैंने कहा, ''तुम्हारा कहना सही है। मगर तुम्हें इसका पता चला कैसे?''

राजलक्ष्मी बोली, ''रुपए के लालच से ही तो मेरी यह दशा हुई है। लेकिन पहले के जमाने में शायद इतना लालच नहीं था।''

मैंने कहा, ''इस इतिहास को मैं ठीक-ठीक नहीं जानता।''

वह कहने लगी, ''उस जमाने में कभी इतना लालच नहीं था। उस जमाने में माँ पैसे के लालच से अपनी बेटी को कभी इस धन्धे में नहीं उतारती थी। तब धर्म का डर था। आज तो मुझे पैसे की कमी नहीं है। लेकिन मुझ जैसा दुखी क्या कोई है? जो राह का भिखारी है वह भी शायद आज मुझसे कहीं ज्यादा सुखी है।''

मैंने उसके हाथ को खींचकर अपने हाथों में लिया और बोला, ''तुम्हें क्या सचमुच ही इतना दुख है?''

राजलक्ष्मी थोड़ी देर चुप रही, आँचल से अपनी दोनों आँखों को एक बार पोंछ लिया और बोली, ''मेरी बात मेरे अन्तर्यामी ही जानते हैं।''

उसके बाद हम दोनों ही स्तब्ध रहे। गाड़ी की रफ्तार क्रमशः धीमी होते-होते एक छोटे-से स्टेशन पर आकर रुकी। थोड़ी देर बाद जब गाड़ी ने फिर चलना शुरू किया, तो मैंने कहा, ''तुम मुझे यह बता सकती हो कि क्या करने से तुम्हारी बाकी जिन्दगी सुख से कटेगी?''

राजलक्ष्मी बोली, ''यह मैंने सोचकर देखा है। मेरा सारा रुपया-पैसा अगर किसी तरह से चला जाए, मेरे पास कुछ न रहे, जब मैं बिलकुल बेसहारा हो जाऊँ, तभी...''

हम दोनों चुप रहे। उसकी बात इतनी साफ थी कि सभी उसे समझ सकते थे, मुझे भी उसे समझने में देर नहीं लगी। मैं थोड़ी देर तक चुप रहा, फिर पूछा, ''ऐसा तुम्हें कब से लगा?''

राजलक्ष्मी बोली, ''उसी दिन से, जिस दिन मैंने अभाव की बात सुनी।''

मैंने कहा, ''लेकिन उन लोगों की जिन्दगी तो इसी बीच खत्म नहीं हो गई है। यह तो तुम नहीं जानती कि भविष्य में वे लोग कितना दुख पा सकते हैं?''

उसने सर हिलाकर कहा, ''नहीं, सचमुच मैं यह नहीं जानती। मगर वे लोग चाहे जितना भी दुख क्यों न पाएँ, पर वे लोग उतना दुख किसी दिन नहीं पाएँगे, जितना दुख मैं पा रही हूँ, यह मैं पक्का कह सकती हूँ।''

मैं थोड़ी देर तक फिर चुप रहा, उसके बाद बोला, ''लक्ष्मी मैं तुम्हारे लिए अपना सब कुछ निछावर कर सकता हूँ, लेकिन सम्मान को निछावर करूँ तो करूँ कैसे?''

राजलक्ष्मी बोली, ''मैंने क्या तुम्हें सम्मान निछावर करने के लिए कहा है? और सम्मान ही तो आदमी के लिए असली चीज है। उसे ही अगर तुम निछावर नहीं कर सकते तो निछावर करने की बात जबान पर क्यों ला रहे हो? मैंने तो तुम्हें कुछ भी छोड़ने के लिए नहीं कहा है।''

मैंने कहा, "तुमने छोड़ने को तो नहीं कहा है, मगर मैं छोड़ सकता हूँ। सम्मान जाने के बाद मर्द का जिन्दा रहना विडम्बना है। सिर्फ उस सम्मान के सिवा मैं तुम्हारे लिए और सब कुछ छोड़ दे सकता हूँ।"

राजलक्ष्मी ने सहसा अपना हाथ खींच लिया और कहा, "मेरे लिए तुम्हें कुछ भी छोड़ने की जरूरत नहीं। लेकिन, तुम क्या यह सोचते हो कि सिर्फ तुम्हीं लोगों का सम्मान है, हम लोगों का नहीं है? हम लोगों के लिए उसे निछावर कर देना इतना आसान है? तब भी तुम्हीं लोगों के लिए कितनी औरतों ने उसे धूल की तरह फेंक दिया है, यह तुम तो नहीं जानते, लेकिन मैं जानती हूँ।"

मैंने कुछ कहने की कोशिश की, तो उसने मुझे रोक दिया और बोली, "अब बात करने की जरूरत नहीं। इतने दिनों तक मैंने तुम्हें जो समझा था, वह गलत था। तुम सो जाओ। इस बारे में अब किसी दिन न ही मैं बात करूँगी, न ही तुम बात करना।" इतना कहकर वह उठी और अपनी बेंच पर जा बैठी।

अगले दिन ठीक समय पर काशी जा पहुँचा और प्यारी के मकान में ही ठहरा। ऊपर के दो कमरों को छोड़कर करीब सारा का सारा मकान अलग-अलग उम्र की विधवा औरतों से भरा हुआ था।

प्यारी बोली, "ये सब मेरी किराएदार हैं।" इतना कहकर वह मुँह घुमाकर तनिक मुस्कुराई।

मैंने कहा, "तुम मुस्कुराई क्यों? वे लोग तुम्हें किराया नहीं देती हैं क्या?"

प्यारी बोली, "नहीं, वे लोग किराया नहीं देतीं। बल्कि मुझे ही उन लोगों को थोड़ा-बहुत देना पड़ता है।"

"इसका मतलब?"

प्यारी अबकी बार हँस पड़ी और बोली, "इसका मतलब यह है कि भविष्य की आशा में मुझे ही इन लोगों को रोटी-कपड़ा देकर जिन्दा रखना पड़ता है। ये लोग जिन्दा रहेंगी, तब न बाद में किराया देंगी। तुम इसे नहीं समझ सकते।"

मैंने हँसकर कहा, "मैं इसे खूब समझता हूँ। पर मैं सिर्फ यही सोचता हूँ कि इस ढंग से भविष्य की आशा में कितने लोगों को तुम्हें चुपचाप रोटी-कपड़ा देना पड़ता होगा।"

"इसके अलावा मेरी दो-एक हमपेशा भी हैं।"

"अच्छा, ऐसी बात है? मगर तुमने यह कैसे जाना कि वे तुम्हारी हमपेशा हैं?"

प्यारी ने जरा सूखी हँसी हँसकर कहा, "यह क्या तुम्हें याद नहीं है कि मैं अपनी माँ के साथ आकर इसी काशी में इस पेशे में शरीक हुई थी? तब उन बुरे दिनों में जिन लोगों ने मेरी मदद की थी उनके उस उपकार को जीते-जी कहीं भूला जा सकता है?"

मैं चुप रहा। प्यारी कहने लगी, "ये लोग अपने बदन से लोगों का भला करती हैं। इसीलिए इन्हें करीब लाकर इन पर जरा कड़ी नजर रखती हूँ ताकि इन्हें अब लोगों का ज्यादा भला करने का मौका न मिले।"

उसके मुँह की तरफ निहारा तो अचानक मेरे मुँह से बाहर निकल गया, ''बीच-बीच में मेरा जी चाहता है राजलक्ष्मी कि तुम्हारे कलेजे को चीरकर देखूँ कि उसके अन्दर क्या है?''

''जब मैं मर जाऊँगी तब उसे चीरकर देखना। अच्छा, कमरे में जाकर थोड़ी देर सोओ। मैं जब खाना बना लूँगी तो तुम्हें जगा दूँगी।'' इतना कहकर उसने हाथ से कमरे को दिखाया और सीढ़ियाँ उतरकर नीचे चली गई।

मैं बहुत देर तक चुपचाप खड़ा रहा। ऐसी बात नहीं थी कि आज मुझे उसके हृदय का कोई खास नया परिचय मिला। मगर यह मामूली-सी कहानी मेरे अपने हृदय में एक नया बवंडर पैदा कर गई।

रात में प्यारी बोली, ''मैं तुम्हें बेकार में तकलीफ देकर इतनी दूर ले आई। गुरुदेव तीर्थ-भ्रमण करने गए हैं, मैं उन्हें तुम्हें दिखा नहीं सकी।''

मैंने कहा, ''इसके लिए मैं जरा भी दुखी नहीं हूँ। तुम फिर कलकता लौट जाओगी न?''

प्यारी ने गर्दन हिलाकर बताया, ''हाँ।''

मैंने कहा, ''तुम्हारे साथ मेरा जाना क्या जरूरी है? अगर तुम्हारे साथ मेरा जाना जरूरी न हो, तो मैं जरा और पश्चिम से घूम आना चाहता हूँ।''

प्यारी ने कहा, ''बंकू की शादी में तो अभी भी थोड़ी देर है। चलो न मैं भी प्रयाग में एक बार नहा आऊँ।''

मैं थोड़ी मुश्किल में पड़ गया। मेरे रिश्ते के एक चाचा वहाँ नौकरी करते थे; सोचा था, उन्हीं के डेरे पर जाकर ठहरूँगा। इसके अलावा और भी कई नाते-रिश्तेदार वहीं रहते थे।

प्यारी ने पलक झपकते मेरे मन का भाव ताड़ लिया और बोली, ''मैं साथ रहूँगी, तो हो सकता है, कोई देख ले सकता है, न?''

मैंने झेंपकर कहा, ''वास्तव में बदनामी ऐसी चीज है कि आदमी झूठी बदनामी से डरे बिना नहीं रह सकता है।''

प्यारी ने जबरन जरा मुस्कुराकर कहा, ''सो तो सही है। बीते साल आरा में तुम्हें एक तरह से अपनी गोद में लिये ही मेरे दिन-रात कटे थे। सौभाग्य से उस स्थिति में तुम्हें किसी ने नहीं देखा था। वहाँ शायद तुम्हारा कोई जान-पहचान का दोस्त-वोस्त नहीं था।''

मैंने बहुत शर्मिन्दा होकर कहा, ''मुझे ताना मारना बेकार है। मैं तो इस बात से इनकार नहीं करता कि आदमी के हिसाब से मैं तुमसे बहुत छोटा हूँ।''

प्यारी तीखी आवाज में बोल उठी, ''मैं तुम्हें ताना मारती हूँ। मैं तुम्हें ताना मारूँगी, इसीलिए क्या मैं तब वहाँ गई थी? देखो, आदमी को दुख पहुँचाने की एक सीमा है, उसे लाँघ मत जाना।''

पल भर स्तब्ध रहकर वह फिर से बोली, ''तुम ठीक कहते हो, मेरे साथ रहोगे, तो तुम्हें कलंक लगेगा। लेकिन अगर तुम्हारी जगह मैं होती, तो इस कलंक को सर-आँखों पर लेकर लोगों को बुलाकर दिखाती, मगर ऐसी बात मुँह से नहीं निकालती।''

मैंने कहा, "तुमने मुझे मरने से बचाया है, लेकिन मैं तो बहुत छोटा आदमी हूँ, राजलक्ष्मी! तुमसे मेरी तुलना नहीं हो सकती।"

राजलक्ष्मी ने तेज आवाज में कहा, "अगर मैंने तुम्हारी जान बचाई है तो अपनी गरज से बचाई है, तुम्हारी गरज से नहीं। इसके लिए तुम्हें जरा भी कृतज्ञ होने की जरूरत नहीं। लेकिन मैं ऐसा नहीं सोच सकती हूँ कि तुम छोटे आदमी हो। अगर मैं तुम्हें छोटा आदमी समझती तो मैं जी उठती, फाँसी लगाकर सारे दुखों को शान्त कर देती।" इतना कहकर वह मेरा जवाब सुनने का इन्तजार किए बिना ही कमरे से बाहर निकल गई।

अगले दिन सवेरे चाय देकर राजलक्ष्मी चुपचाप चली जा रही थी कि तभी मैंने उसे पुकारकर कहा, "क्या बात नहीं करोगी?"

वह मुड़कर खड़ी हो गई और बोली, "नहीं, तुम्हें कुछ कहना है?"

मैंने कहा, "चलो, एक बार प्रयाग घूम आएँ?"

"अच्छी बात है। जाओ, घूम आओ न?"

"तुम भी चलो।"

"मुझ पर मेहरबानी कर रहे हो क्या?"

"तुम नहीं चाहतीं मेहरबानी?"

"नहीं। अगर मेहरबानी माँगने का वक्त आएगा, तो मैं माँग लूँगी, पर अभी मुझे तुम्हारी मेहरबानी नहीं चाहिए।" इतना कहकर वह अपना काम करने चली गई।

मेरे मुँह से सिर्फ एक बहुत बड़ी आह बाहर निकल आई, लेकिन शब्द बाहर नहीं निकला।

दोपहर में खाना खाते वक्त मैंने हँसकर कहा, "अच्छा, लक्ष्मी, मुझसे बोले बिना तुम क्या रह सकोगी कि इस असम्भव को सम्भव करने की कोशिश कर रही हो?"

राजलक्ष्मी ने शान्त-गम्भीर मुँह से कहा, "सामने रहने पर कोई बोले बिना नहीं रह सकता। मैं भी बोले बिना नहीं रह सकूँगी। इसके अलावा बोलने की मेरी इच्छा भी नहीं है।"

"तो तुम्हारी क्या इच्छा है?"

राजलक्ष्मी बोली, "मैं कल से ही यह सोच रही हूँ कि यह खींचतान अब और नहीं चलनी चाहिए। तुमने भी एक तरह से साफ-साफ जता दिया है, मैंने भी एक तरह से उसे समझा है। गलती मुझसे ही हुई है। मैं खुद इसे कबूल करती हूँ। लेकिन..."

मैंने उसे सहसा रुकते देखा, तो पूछा, "लेकिन क्या?"

राजलक्ष्मी बोली, "लेकिन कुछ भी नहीं। क्या बेहया बातूनी की तरह तुम्हारे न चाहने पर भी मैं तुम्हारे पीछे-पीछे घूमती मर रही हूँ।" इतना कहकर वह अचानक अपने मुँह को सिकोड़कर बोली, "बंकू भला क्या सोचता होगा, नौकर-चाकर भी भला क्या समझ रहे होंगे, छिः-छिः इसे मैंने एक हँसी की बात बना डाला है!"

वह थोड़ी देर तक रुकी, फिर बोली, "बुढ़ापे में यह सब क्या मुझे शोभा देता है? तुमने इलाहाबाद जाना चाहा, तो जाओ। लेकिन अगर हो सके तो बर्मा जाने के पहले एक बार उनसे मिलकर जाना।" इतना कहकर वह चली गई।

तुरत ही मेरी भूख भी गायब हो गई। उसका मुँह देखकर आज पहली बार मुझे होश आया कि यह सब मान-अभिमान की बात नहीं है। उसने सचमुच ही कुछ न कुछ सोचकर तय कर लिया है।

शाम को आज गैर-बंगाली दाई नाश्ता वगैरह लेकर आई। जरा अचरज में पड़कर मैंने प्यारी के बारे में पूछा। और मेरी बात के जवाब में उसने जो कुछ बताया उसे सुनकर मैं और भी ज्यादा विस्मित हुआ। प्यारी घर पर नहीं है, बनाव-सिंगार करके फिटन पर चढ़कर पता नहीं कहाँ गई है। फिटन ही भला कहाँ से आई, बनाव-सिंगार करके भला उसे कहाँ जाने की जरूरत पड़ी। मेरी समझ में कुछ भी नहीं आया। लेकिन मुझे उसके अपने मुँह की बात याद आई कि वह इसी काशी में एक दिन इस पेशे में शरीक हुई थी।

यह सच है कि कुछ भी मेरी समझ में न आया, फिर भी, इस जानकारी से सारा मन बेस्वाद हो गया।

शाम हुई, कमरे में बत्ती जली, पर राजलक्ष्मी नहीं लौटी।

कन्धे पर चादर डालकर मैं जरा टहलने के लिए बाहर निकल पड़ा। राहों में घूमता हुआ कितना कुछ देखता-सुनता जब रात के दस बजे के बाद घर आया, तो सुना, प्यारी अभी तक नहीं लौटी है। बात क्या है? न जाने कैसा डर-सा लगने लगा। मैं यह सोच ही रहा था कि रतन को बुलाकर सारी झिझक छोड़कर इसकी जानकारी लूँ या नहीं; कि तभी बड़े-बड़े घोड़ों की टाप सुनकर मैंने खिड़की से निहारा तो देखता हूँ बड़ी-सी फिटन हमारे घर के सामने ही रुकी हुई है।

प्यारी उतर आई। चाँदनी में उसके अंग-अंग में पहने जेवर झिलमिला उठे। गाड़ी में बैठे दो आदमियों की प्यारी से मृदु स्वर में कही बातें मुझे सुनाई नहीं पड़ीं। मैं यह भी नहीं पहचान सका कि वे बंगाली थे या बिहारी। चाबुक खाकर दोनों घोड़े पलक झपकते नजरों से ओझल हो गए।

# 15

राजलक्ष्मी मेरी जानकारी लेने के लिए उसी वेश में मेरे कमरे में घुसी।

मैं उछलकर उठा, उसकी तरफ अपना दाहिना हाथ फैलाया और नाटकीय आवाज में कहा, "अरी पाखंडी रोहिणी[1] तू गोविन्दलाल[2] को नहीं पहचानती? आहा! काश, आज मेरे पास एक पिस्तौल होती या एक तलवार!"

राजलक्ष्मी ने सूखी आवाज में कहा, "अगर तुम्हारे हाथ में पिस्तौल या तलवार होती, तो तुम क्या करते? मेरी हत्या?"

---

1-2. बंकिम बाबू के 'विषवृक्ष' नामक उपन्यास के दो पात्र।

मैंने हँसकर कहा, "नहीं भई प्यारी, मुझे इतना बड़ा नवाबी शौक नहीं है। इसके अलावा इस बीसवीं सदी में कौन ऐसा निष्ठुर नराधम है जो दुनिया के इतने बड़े आनन्द की खान को पत्थरों से बन्द कर देगा? बल्कि मैं तुम्हें आशीर्वाद देता हूँ, हे बाईजी-कुल शिरोमणि! तुम दीर्घजीवी होओ, तुम्हारा रूप त्रिकालजयी हो, तुम्हारा स्वर वीणानिन्दित हो और उन दोनों चरणकमलों का नृत्य उर्वशी और तिलोत्तमा के गर्व को चूर-चूर कर दे—मैं दूर से तुम्हारी जय-जयकार करके धन्य होऊँगा।"

प्यारी बोली, "इन सब बातों का अर्थ?"

मैंने कहा, "अर्थमनर्थम्। इसे जाने दो। मैं इसी एक बजे की ट्रेन से चला जाऊँगा। फिलहाल तो मैं प्रयाग जाऊँगा, बाद में बंगालियों का परम तीर्थ नौकरी, स्थान—यानी बर्मा जाऊँगा। अगर वक्त और मौका मिला, तो मुलाकात करके जाऊँगा।"

"तुम यह भी सुनना जरूरी नहीं समझते हो कि मैं कहाँ गई थी?"

"नहीं, बिलकुल नहीं।"

"इसी बहाने क्या तुम एकबारगी चले जा रहे हो?"

मैंने कहा, "इस पाप के बीच मैं अभी भी नहीं कह सकता। इस भूलभुलैया से अगर मैं निकल सकूँगा तभी मैं कह सकूँगा।"

प्यारी थोड़ी देर तक चुपचाप खड़ी रही, फिर बोली, "तुम क्या मुझ पर जो मर्जी जुल्म कर सकते हो?"

मैं कहा, "जो मर्जी? बिलकुल ही नहीं। बल्कि जाने-अनजाने अगर मैंने कभी जरा-सा भी जुल्म किया हो, तो उसके लिए मैं तुमसे माफी माँगता हूँ।"

"तो इसका मतलब यह है कि तुम आज रात चले जाओगे?"

"हाँ।"

"मुझ बेगुनाह को सजा देने का तुम्हें हक है?"

"नहीं, जरा भी नहीं। लेकिन अगर तुम यह समझती हो कि मेरा जाना तुम्हें सजा देना है, तो यह हक मुझे जरूर है।"

प्यारी ने अचानक जवाब नहीं दिया। वह थोड़ी देर तक मेरे मुँह की तरफ चुपचाप निहारती रही, फिर बोली, "तो तुम यह नहीं सुनोगे कि मैं कहाँ गई थी?"

"नहीं, तुम मेरी राय लेकर नहीं गई थी कि वापस आकर तुम मुझे उसकी कहानी सुनाओगी। इसके अलावा मेरे पास न इतना वक्त है, न ही उसे सुनने को जी चाहता है।"

प्यारी घायल नागिन की मानिन्द सहसा फुंकार उठी और बोली, "मेरा भी तुम्हें सुनाने को जी नहीं चाहता। मैं किसी की खरीदी हुई बाँदी नहीं हूँ कि मुझे उससे भी इस बात की इजाजत लेनी पड़ेगी कि मैं कहाँ जाऊँगी और कहाँ नहीं जाऊँगी। तुम्हें जाना है, जाओ।" इतना कहकर वह रूप और अलंकारों की एक तरंग उठाती हुई तेज कदमों से कमरे से बाहर निकल गई।

रतन गाड़ी बुलाने गया था। घंटे भर बाद मैंने मुख्य दरवाजे पर एक गाड़ी के रुकने की आवाज सुनी, मैं हाथ में बैग लिये चला जा रहा था कि तभी प्यारी आकर पीछे खड़ी

हो गई। बोली, "इसे क्या तुम बच्चों का खेल समझते हो? तुम मुझे अकेले छोड़कर चले जाओगे, नौकर-चाकर भला क्या सोचेंगे? तुम क्या इन लोगों के भी आगे मुझे मुँह दिखाने लायक नहीं रखोगे?"

मैं मुड़कर खड़ा हो गया और बोला, "अपने नौकरों के साथ तुम निपटो। मुझसे उनका कोई ताल्लुक नहीं है।"

"ठीक है, मैं अपने नौकरों से निपट लूँगी। मगर लौटकर बंकू को मैं भला क्या जवाब दूँगी?"

"तुम उसे यही जवाब देना कि वे पश्चिम घूमने गए हैं।"

"इस पर क्या वह कभी विश्वास करेगा?"

"तो ऐसा कुछ गढ़कर उससे कह देना जिस पर वह विश्वास करे।"

प्यारी थोड़ी देर तक चुप रही, फिर बोली, "अगर मैंने कोई कसूर किया ही हो, तो क्या उसे माफ नहीं किया जा सकता है? अगर तुम मुझे माफ नहीं करोगे तो फिर मुझे कौन माफ करेगा?"

"मैं कहा, "प्यारी, तुम तो ऐसी बात कह रही हो जैसी दासी-बाँदी कहती हैं। ऐसी बातें तुम्हारे मुँह से शोभा नहीं देतीं।"

इस ताने का कोई जवाब प्यारी सहसा नहीं दे सकी। उसका मुँह सहसा लाल हो गया था। वह चुपचाप खड़ी रही। यह साफ-साफ मेरी समझ में आ गया कि वह जी-जान से अपने आपको सँभालने की कोशिश कर रही थी। बाहर से गाड़ीवान ने जोर से देर होने का कारण जानना चाहा। ज्यों ही मैंने चुपचाप बैग को उठाकर हाथ में लिया त्यों ही अबकी बार प्यारी धम-से मेरे पैरों के पास बैठ गई और रुआँसी होकर बोल उठी, "यह जानते हुए भी कि मैं सचमुच का कसूर कभी कर ही नहीं सकती, अगर तुम मुझे सजा देना चाहते हो, तो तुम अपने हाथों मुझे सजा दो। मगर इन घर भर लोगों के आगे मेरा सर मत झुका दो। आज अगर इस तरह से तुम चले जाओगे, तो मैं किसी के भी आगे अब मुँह उठाकर खड़ी नहीं रह सकूँगी।"

मैंने हाथ के बैग को रख दिया, एक कुर्सी पर बैठ गया और बोला, "अच्छा, आज मेरा-तुम्हारा एक आखिरी वारा-न्यारा हो जाए। तुम्हारे आज के आचरण को मैंने माफ किया। लेकिन मैंने बहुत सोचकर देखा है, हम दोनों की भेंट-मुलाकात अब नहीं हो सकती है।"

प्यारी ने अपना बेहद उत्कंठित मुँह मेरे मुँह की तरफ उठाया और डरते हुए प्रश्न किया, "क्यों?"

मैं बोला, "अप्रिय सत्य सह सकोगी?"

प्यारी ने गर्दन हिलाकर धीमी आवाज में कहा, "हाँ, सह सकूँगी।"

लेकिन किसी के यह कबूल कर लेने पर कि वह दुख सहन कर लेगा, उसे दुख देने का काम आसान नहीं हो जाता। मुझे बहुत देर तक स्तब्ध होकर बैठे-बैठे सोचना पड़ा। लेकिन मैंने यह तय कर लिया था कि आज मैं किसी भी सूरत में अपना इरादा नहीं बदलूँगा।

इसीलिए मैंने अन्त में धीरे-धीरे कहा, "लक्ष्मी, तुम्हारे आज के बर्ताव को माफ करना चाहे जितना भी कठिन क्यों न हो, पर आज मैंने उसे माफ किया। लेकिन खुद तुम इस लालच को हरगिज नहीं छोड़ सकोगी। तुम्हारे पास बहुत पैसा है, बहुत रूप-गुण हैं। बहुतों पर तुम्हारा असीम प्रभुत्व है। दुनिया में इससे बड़े लालच की चीज कोई और नहीं है। तुम मुझे प्यार कर सकती हो, मुझ पर विश्वास कर सकती हो, मेरे लिए तुम बहुत सारे दुख बर्दाश्त भी कर सकती हो, लेकिन इस मोह को तुम हरगिज दूर नहीं कर सकोगी।"

राजलक्ष्मी ने मृदु स्वर में कहा, "यानी इस तरह का काम मैं बीच-बीच में करूँगी ही?"

उसकी बात के जवाब में मैं सिर्फ चुप रहा। वह खुद भी थोड़ी देर तक चुप रही, फिर बोली, "उसके बाद?"

मैंने कहा, "उसके बाद एक दिन घरौंदे की तरह सब कुछ टूट जाएगा। उस दिन की उस हीनता से आज तुम मुझे हमेशा के लिए छुटकारा दे दो—तुमसे मेरी यही प्रार्थना है।"

प्यारी बहुत देर तक मुँह नीचा किए चुपचाप बैठी रही। उसके बाद जब उसने अपना मुँह उठाया, तो मैंने देखा, उसकी दोनों आँखों से आँसू बह रहे हैं। उसने आँचल से उन्हें पोंछ डाला और पूछा, "कभी क्या कोई छोटा काम करने के लिए मैंने तुम्हें उकसाया है?"

इस गिरती अश्रुधारा ने मेरे संयम की नींव पर जाकर चोट पहुँचाई। लेकिन बाहर से मैंने उसे जरा भी जाहिर नहीं होने दिया। मैंने शान्ति और दृढ़ता के साथ कहा, "नहीं, तुमने किसी दिन ऐसा नहीं किया है। तुम खुद छोटी नहीं हो, तुम खुद भी कभी छोटा काम नहीं कर सकती, दूसरे को भी करने नहीं दे सकती।" जरा रुककर मैंने कहा, "लेकिन लोग तो मनसा पंडित की पाठशाला की उस राजलक्ष्मी को नहीं पहचानेंगे, वे लोग पहचानेंगे पटना की प्रसिद्ध प्यारी बाईजी को। तब मैं दुनिया की नजरों में कितना छोटा बन जाऊँगा, यह क्या तुम्हें दिखाई नहीं पड़ रहा है! इसमें तुम कैसे अड़चन डालोगी, बताओ तो?"

राजलक्ष्मी ने एक आह भरी और बोली, "मगर उसे तो सचमुच का छोटा बनना नहीं कहते।"

मैंने कहा, "भगवान की नजरों में उसे छोटा बनना नहीं कहा जा सकता है, लेकिन दुनिया की नजर भी तो उपेक्षा करने की चीज नहीं है, लक्ष्मी।"

राजलक्ष्मी ने कहा, "लेकिन उन्हीं की नजरों को तो सबसे पहले मानना चाहिए।"

मैंने कहा, "एक हिसाब से यह बात सही है। मगर उनकी नजरें तो हमेशा दिखाई नहीं पड़ती हैं। जो दृष्टि दुनिया के दस लोगों के अन्दर से प्रकट होती है, वह भी तो उन्हीं की दृष्टि है, राजलक्ष्मी। इससे भी तो इनकार करना अन्याय है!"

"तो इसी डर से तुम मुझे जिन्दगी भर के लिए छोड़कर चले जाओगे?"

मैं बोला, "मैं तुमसे फिर मिलूँगा। तुम चाहे जहाँ कहीं भी क्यों न रहो, बर्मा जाने से पहले मैं और एक बार तुमसे मिलकर जाऊँगा।"

राजलक्ष्मी ने बड़े जोर से सर हिलाया और रुआँसी होकर बोल उठी, "तुम्हें जाना है, तो जाओ। लेकिन तुम मुझे चाहे जो भी क्यों न समझो, मुझसे ज्यादा अपना तुम्हारा कोई दूसरा नहीं है। मैं यह कभी नहीं मान सकती कि जो तुम्हारा सबसे ज्यादा अपना है उसी को छोड़ जाना लोगों की नजरों में धर्म है।" इतना कहकर वह तेज रफ्तार से कमरा छोड़कर चली गई।

मैंने घड़ी उतारकर उसे देखा, अभी भी समय है, अभी भी, हो सकता है, एक बजे की ट्रेन पकड़ सकूँ। मैंने चुपचाप बैग को उठा लिया और नीचे उतरकर गाड़ी में जा बैठा।

बख्शिश के लालच से गाड़ीवान ने तेजी से गाड़ी चलाकर मुझे स्टेशन पहुँचा दिया। लेकिन जब मैं स्टेशन पहुँचा ठीक तभी पश्चिम की तरफ जानेवाली ट्रेन प्लेटफॉर्म छोड़कर बाहर निकल गई। पूछने पर मालूम हुआ कि आधे घंटे बाद ही एक ट्रेन कलकत्ता के लिए रवाना होनेवाली है। सोचा, तब तो उसी ट्रेन से जाना अच्छा है। बहुत दिनों से गाँव का मुँह नहीं देखा है, उसी गाँव में जाकर बाकी दिन काट दूँगा।

इसलिए पश्चिम के बदले पूरब का टिकट कटाकर आधे घंटे बाद एक उलटी दिशा की ओर जानेवाली ट्रेन पर चढ़कर काशी से चल पड़ा।

# 16

बहुत दिनों बाद मैं फिर एक दिन तीसरे पहर अपने गाँव में आ घुसा। मेरा घर तब मेरे रिश्तेदारों और उनके रिश्तेदारों से भरा हुआ था। समूचे घर-द्वार में वे लोग आराम से रह रहे थे, कहीं सुई तक रखने की जगह नहीं थी।

मेरे अचानक यहाँ आने और मेरे यहीं रहने का इरादा जब उन लोगों ने सुना तो आनन्द से उन लोगों का चेहरा स्याह पड़ गया। वे कहने लगे, "यह तो बड़ी खुशी की बात है। अबकी बार शादी करके घर बसा लो श्रीकान्त, हम लोग तुम्हें घर बसाता देख अपनी आँखें जुड़ा लेंगे।"

मैंने कहा, "इसीलिए तो मैं यहाँ आया हूँ। अभी फिलहाल मेरी माँ का कमरा तुम लोग खाली कर दो। मैं हाथ-पाँव फैलाकर थोड़ी देर सोऊँगा।"

मेरे पिता की एक ममेरी बहन अपने पति और बच्चे के साथ कुछ दिनों से वहीं रह रही थी। उसने आकर कहा, "पर अभी तो उस कमरे में हम लोग रह रहे हैं।"

मैंने कहा, "अच्छा-अच्छा, मैं बाहर के कमरे में ही रहूँगा।"

मैं उस कमरे में घुसा तो देखता हूँ, कमरे के एक कोने में चूना और एक कोने में सुरखी रखी हुई है। चूने और सुरखी के मालिक ने कहा, "इस कमरे में तो चूना और सुरखी रखी

हुई है। देखता हूँ, इन चीजों को देख-भालकर अभी कहीं हटाना होगा। पर यह कमरा तो छोटा नहीं है। तब तक एक किनारे चौकी बिछाकर–तेरी क्या राय है, श्रीकान्त?''

मैंने कहा, ''अच्छा रात भर के लिए मैं एक किनारे चौकी बिछाकर सो जाऊँगा।''

वास्तव में मैं इतना थक गया था कि ऐसा लग रहा था कि चाहे जहाँ कहीं भी क्यों न हो, अगर मैं थोड़ी देर सो सकूँगा, तो जान में जान आ जाएगी। बर्मा में जब मैं बीमार पड़ा था तब से लेकर अब तक किसी भी दिन मेरा शरीर पूरी तरह स्वस्थ और सबल नहीं हो सका था, अक्सर ही मैं अन्दर ही अन्दर एक ग्लानि महसूस करता था। इसीलिए जब शाम के बाद से मेरा सर दुखने लगा तब मैं कोई खास हैरान नहीं हुआ।

गोरी दीदी आकर बोली, ''गरमी लगने की वजह से सर दुख रहा होगा। भात खाकर थोड़ी देर सोओगे, तो ठीक हो जाओगे।''

तथास्तु! ऐसा ही हुआ। अपनों से बड़े की बात मानकर गरमी को दूर करने के लिए भात खाकर मैं सो गया। सवेरे जब नींद टूटी, तो देखा जरा-सा बुखार आ गया था।

गोरी दीदी ने आकर मेरे बदन पर हाथ रखा और कहा, ''कोई बात नहीं। यह मलेरिया का बुखार है। इस बीमारी में भात खाया जा सकता है।''

लेकिन आज अब मैं हामी नहीं भर सका। कहा, ''नहीं, गोरी दीदी, मैं अभी भी तुम्हारे मलेरिया के राजा की प्रजा नहीं हूँ। उसकी दुहाई देकर जुल्म, हो सकता है, मुझे बर्दाश्त न हो। आज मेरी एकादशी है।''

पूरा दिन-रात बीता, अगला दिन बीता, उसके बाद वाला दिन भी गुजर गया, मगर बुखार नहीं उतरा। बल्कि क्रमशः बुखार को बढ़ता देख मैं मन ही मन उद्विग्न हो उठा। डॉक्टर गोविन्द दोनों वक्त आने लगा, वह नब्ज दबाता, जीभ देखता, पेट ठोकता और अच्छी-अच्छी स्वादिष्ट दवाइयाँ देकर 'खरीद दाम' लेता रहा। लेकिन दिन पर दिन जाते-जाते सप्ताह बीत गया पर बुखार था कि उतरने का नाम नहीं ले रहा था। मेरे पिता के मामा आए, मेरे दादाजी ने आकर कहा, ''यह तो अच्छी बात नहीं है, बेटा, मेरी बात मानो, वहाँ खबर दो, तुम्हारी फूफी आएगी। न जाने यह कैसा बुखार है!''

उन्होंने अपनी बात पूरी नहीं की, तो भी मैंने समझा, दादाजी थोड़ी मुश्किल में पड़ गए हैं। इसी तरह से और भी चार-पाँच दिन बीत गए, मगर बुखार नहीं उतरा। उस दिन सवेरे डॉक्टर गोविन्द आया, बाकायदा दवाइयाँ दीं और तीन दिनों के बाकी खरीद दाम माँगा। मैंने बिस्तर से किसी तरह से हाथ बढ़ाकर बैग को खोला, तो देखा, उसमें मनीबैग नहीं था। शंका से भरकर मैं उठ बैठा। बैग को औंधा कर डाला और बारीकी से उसकी छानबीन की, मगर जो नहीं था, सो नहीं मिला।

डॉक्टर गोविन्द ने मामले का अन्दाजा लगाया और व्यस्त होकर बार-बार प्रश्न करने लगा, ''कुछ खो गया है क्या?''

मैंने कहा, ''जी नहीं, कुछ भी नहीं खोया है।''

लेकिन जब मैं उसकी दवाइयों का दाम नहीं दे सका तब सब कुछ उसकी समझ में आ गया। वह स्तम्भित की नाईं थोड़ी देर तक खड़ा रहा और पूछा, ''कितने रुपए थे उसमें?''

"थोड़े से।"

"चाबी को जरा सावधानी से रखनी चाहिए भई! खैर, तुम मेरे लिए पराए नहीं हो, तुम दवाइयों का दाम नहीं दे सके, इसके लिए फिक्र मत करना, पहले अच्छे हो जाओ, उसके बाद जब सुविधा हो भिजवा देना। इलाज में कोई कोर-कसर नहीं होगी।" इतना कहकर डॉक्टर सा'ब पराए होकर भी अपनों से भी ज्यादा दिलासा देकर चले गए।

मैंने कहा, "इसके बारे में किसी से कुछ मत कहिएगा।"

डॉक्टर साहब बोले, "अच्छा-अच्छा, सो देखा जाएगा।"

ठेठ देहात में विश्वास पर रुपया कर्ज देने की प्रथा नहीं थी। रुपया क्यों, खाली हाथ एक चवन्नी भी कर्ज माँगने पर सभी यही समझते कि कर्ज माँगनेवाला निरा मजाक कर रहा है। क्योंकि ठेठ देहात के लोग यह सोच ही नहीं सकते थे कि दुनिया में खाली हाथ कर्ज माँगनेवला कोई नादान होगा। इसलिए मैंने कर्ज माँगने की कोशिश ही नहीं की। पहले से ही मैंने यह तय कर लिया था कि यह बात मैं राजलक्ष्मी को नहीं बताऊँगा। जरा स्वस्थ हो जाऊँगा, तो जो हो करूँगा, सम्भवतः मन के अन्दर यह इरादा था कि अभया को रुपया भेजने के लिए लिखूँगा। मगर उसे लिखने का समय नहीं मिला। सहसा जब मैंने देखा कि मेरी सेवा करने में टालमटोल किया जा रहा है, तो मैंने समझा कि चाहे जैसे भी क्यों न हो, घर के अन्दर किसी से भी अब यह बात छिपी नहीं रही कि मेरे पास पैसा नहीं है।

संक्षेप में अपनी बात बताते हुए मैंने राजलक्ष्मी को एक चिट्ठी लिखी तो, मगर मैं अपने आपको इतना हीन, इतना अपमानित समझने लगा कि किसी भी सूरत में उसे भेज नहीं सका। उसे फाड़कर फेंक दिया। अगला दिन यों ही बीता। लेकिन उसके बाद वाले दिन ने हरगिज बीतना नहीं चाहा। उस दिन जब और कोई उपाय दिखाई नहीं पड़ा, तो अन्त में एक तरह से निराश होकर राजलक्ष्मी को अपनी सारी स्थिति बताते हुए कुछ रुपए भेजने के लिए दो चिट्ठियाँ लिखकर भेज दीं—एक उसके पटना के पते पर और दूसरी उसके कलकत्ता के पते पर।

इसमें जरा भी सन्देह नहीं था कि वह रुपया भेजेगी ही। फिर भी उस दिन सवेरे से ही मैं न जाने कैसे उत्कंठित सन्देह से डाकिए के इन्तजार में सामनेवाली खुली खिड़की से रास्ते पर नजरें बिछाए उन्मुख बना रहा।

वक्त गुजर गया। यह सोचकर कि आज अब डाकिए के आने की उम्मीद नहीं रही, मैं करवट बदलकर लेटने की तैयारी कर ही रहा था कि तभी दूर पर एक गाड़ी की आवाज सुनाई पड़ी, तो मैं तकिए के सहारे उठ बैठा। गाड़ी आकर ठीक मेरे घर के सामने ही रुकी। देखता हूँ, कोचवान की बगल में रतन बैठा हुआ है। वह नीचे उतरा और ज्यों ही उसने दरवाजा खोला त्यों ही जो नजर आया, उसे सच मानना कठिन था।

यह कल्पना के परे था कि खुल्लमखुला दिनदहाड़े आकर राजलक्ष्मी इस गाँव के रास्ते पर खड़ी हो सकती है।

रतन बोला, "वो रहे बाबू।"

राजलक्ष्मी ने सिर्फ एक बार मेरी तरफ गौर से देखा। गाड़ीवान बोला, ''माँ, देरी होगी न? घोड़ों को खोल दूँ?''

''जरा रुको।'' इतना कहकर वह अविचलित धीमी गति से मेरे कमरे में घुसी। उसने मुझे प्रणाम किया, मेरे पैरों की धूल लेकर उसे अपने सर से लगाया, हाथ से मेरे माथे और छाती के ताप को महसूस किया और बोली, ''अभी तो बुखार नहीं है। रात के सात बजे की गाड़ी से जा सकोगे? घोड़ों को खोल देने के लिए कह दूँ?''

मैं अभिभूत की भाँति उसके मुँह की तरफ निहार रहा था। कहा, ''इन दो दिनों से बुखार नहीं है। लेकिन क्या तुम मुझे आज ही ले जाना चाहती हो?''

राजलक्ष्मी बोली, ''तुम आज नहीं जाना चाहते, तो रहने दो, आज नहीं जाएँगे। रात में जाने की जरूरत नहीं। सर्दी लग सकती है। कल सवेरे ही चलेंगे।''

इतनी देर बाद मेरी सुध लौट आई। कहा, ''इस गाँव में, इस मुहल्ले में घुसने की तुम्हें हिम्मत कैसे हुई? तुम क्या यह सोचती हो कि यहाँ तुम्हें कोई पहचान नहीं सकेगा?''

राजलक्ष्मी ने कहा, ''अच्छी बात है, पहचानने दो उन्हें। मैं यहीं पली-बढ़ी हूँ, और यहाँ मुझे कोई पहचान नहीं सकेगा? जो मुझे देखेगा वही मुझे पहचान लेगा।''

''तो?''

''तो मैं क्या करती, तुम्हीं कहो। यह मेरी किस्मत है, वरना तुम यहाँ आकर बीमार क्यों पड़ते?''

''तुम यहाँ आई क्यों? मैंने तो तुमसे रुपया माँगा था, तुम रुपया भेज देती, तो काम चल जाता।''

''ऐसा क्या कभी हो सकता है? यह सुनकर कि तुम इतने बीमार हो, मैं क्या सिर्फ रुपया भेजकर चैन से रह सकती थी?''

मैंने कहा, ''तुम्हें तो चैन मिल गया, लेकिन तुमने मुझे तो बड़ा बेचैन कर दिया। अभी सभी आ जाएँगे, तब तुम्हीं भला कैसे मुँह दिखाओगी और मैं ही भला क्या जवाब दूँगा?''

राजलक्ष्मी ने मेरी बात के जवाब में सिर्फ और एक बार अपने माथे को छुआ और बोली, ''भला क्या जवाब दोगे तुम! यह मेरी तकदीर है।''

उसकी उपेक्षा और उदासीनता से अधीर होकर मैंने कहा, ''हाँ, यह तकदीर की ही तो बात है! लेकिन लाज-शरम को क्या तुमने बिलकुल ताख पर रख दिया है? यहाँ मुँह दिखाने में भी तुम्हें झिझक नहीं हुई?''

राजलक्ष्मी ने पहले की ही तरह उदास स्वर में जवाब दिया, ''मेरी लाज-शरम सब कुछ अभी तुम्हीं हो।''

भला इसके बाद मैं फिर क्या कहता! भला सुनता भी क्या! आँखें मूँदकर मैं चुपचाप पड़ा रहा।

थोड़ी देर बाद मैंने ही पूछा, ''बंकू की शादी अच्छी तरह हो गई तो?''

राजलक्ष्मी बोली, "हाँ।"

"अभी तुम कहाँ से आ रही हो? कलकत्ते से?"

"नहीं, अभी मैं पटना से आ रही हूँ। वहीं मुझे तुम्हारी चिट्ठी मिली थी।"

"तो तुम मुझे कहाँ ले जाओगी? पटना?"

राजलक्ष्मी ने जरा सोचकर कहा, "एक बार तो तुम्हें वहाँ जाना ही पड़ेगा। पर पहले हम लोग कलकत्ता जाएँगे। वहाँ मैं तुम्हें डॉक्टर से दिखाऊँगी, और जब अच्छे हो जाओगे, उसके बाद..."

मैंने प्रश्न किया, "अच्छा, तुम यह तो बताओ कि उसके बाद ही भला मुझे पटना क्यों जाना पड़ेगा?"

राजलक्ष्मी बोली, "दान-पत्र की रजिस्ट्री तो वहीं करनी पड़ेगी। एक तरह से वसीयत बनवाकर मैं वहीं तो रख आई हूँ, लेकिन तुम्हारे हुक्म के बिना उसकी रजिस्ट्री तो नहीं हो सकती।"

बड़े अचरज में पड़कर मैंने पूछा, "किस चीज का दान-पत्र? यही न कि तुमने किसे क्या दिया?"

राजलक्ष्मी बोली, "हाँ, और तुम्हें यह जानना चाहिए कि मैंने किसे क्या दिया है। मैंने दो मकान तो बंकू को दिए हैं, सिर्फ काशी का मकान मैंने गुरुदेव को देने की सोची है। और कम्पनी के कागजों और गहने-जेवरों का अपनी सूझ-बूझ के मुताबिक एक तरह से बँटवारा करके आई हूँ, अब सिर्फ तुम्हारे कहने से ही..."

मेरे अचरज की कोई सीमा नहीं रही। कहा, "तो फिर तुम्हारे अपने लिए क्या रहा? बंकू अगर तुम्हारी जिम्मेदारी न ले तो? अब तो उसका अपना घर-संसार हुआ। अगर वह अन्त में तुम्हें दो रोटियाँ खाने को न दे तो?"

"क्या मैं यह चाहती हूँ कि वह मुझे रोटी-कपड़ा दे? अपना सब कुछ दान करके क्या मैं उसी के दिए टुकड़े खाकर रहूँगी? तुम भी तो खूब हो!"

अधीरता को और न रोक पाने की वजह से मैं उठ बैठा और गुस्साई आवाज में बोल उठा, "हरिश्चन्द्र जैसी दुर्बुद्धि तुम्हें किसने दी? तुम खाओगी क्या? बुढ़ापे में तुम किस पर बोझ बनने जाओगी?"

राजलक्ष्मी बोली, "तुम्हें गुस्सा करने की जरूरत नहीं। तुम लेट जाओ, जिसने मुझे यह बुद्धि दी है, वही मुझे दो रोटियाँ देगा। मैं चाहे जितनी भी बूढ़ी क्यों न हो जाऊँ, वह मुझे कभी भी बोझ नहीं समझेगा। तुम झूठमूठ में दिमाग गरम मत करो। तुम चैन से लेट जाओ।"

मैं चैन से ही लेट गया। सामनेवाली खुली खिड़की से डूबते सूरज की किरणों से लाल हुआ अजीब आसमान नजर आया। सपनों में सोए हुए की मानिन्द मैंने एकटक उधर निहारा, तो लगने लगा, ऐसी अनोखी शोभा और सौन्दर्य में मानो सारी दुनिया डूबती जा रही हो। तीनों लोकों के अन्दर रोग-शोक, गिला-शिकवा, ईर्ष्या-द्वेष जैसे अब कहीं कुछ नहीं हो।

शायद हम दोनों में से किसी ने इसका हिसाब नहीं किया था कि इस निर्वाक् निस्तब्धता में हम दोनों ने कितना वक्त गुजारा था। सहसा दरवाजे के बाहर आदमियों की आवाज सुनाई पड़ी, तो हम दोनों चौंक पड़े। और राजलक्ष्मी बिस्तर छोड़कर उठती, इसके पहले ही डॉक्टर सा'ब प्रसन्न दादाजी को साथ लिये घुसे।

लेकिन सहसा जब प्रसन्न दादाजी की नजर उस पर पड़ी, तो वे ठिठककर खड़े हो गए। दिन में जब दादाजी सो रहे थे, तब उनके कान में यह बात पहुँची तो थी कि कलकत्ता से कोई दोस्त गाड़ी से मरे पास आया है, मगर आनेवाला औरत हो सकता है, इस बात की किसी ने कल्पना तक नहीं की थी। इसीलिए शायद अभी तक घर की औरतों में से कोई बाहर नहीं आई थी।

दादाजी बड़े अजीब आदमी थे। उन्होंने थोड़ी देर तक राजलक्ष्मी के झुके मुँह की तरफ एकटक निगाह डाली और बोले, "यह लड़की कौन है, श्रीकान्त?" यह कुछ पहचानी-सी लग रही है।"

डॉक्टर सा'ब भी करीब-करीब तुरत बोल उठे, "छोटे चाचा, मुझे भी ऐसा लग रहा है कि मैंने इसे कहीं देखा है।"

मैंने कनखियों से देखा, राजलक्ष्मी का सारा चेहरा मुर्दे की तरह फक पड़ गया था। उसी पल न जाने कौन मेरे कलेजे के अन्दर बोल उठा, 'श्रीकान्त, सब कुछ छोड़ देनेवाली इस औरत ने सिर्फ तुम्हारे लिए ही यह दुख अपनी मर्जी से सर पर उठा लिया है।'

एक बार मेरे रोंगटे खड़े हो गए। मैंने मन ही मन कहा, 'मुझे सच की जरूरत नहीं, आज मैं झूठ को ही सर पर उठा लूँगा।' और दूसरे ही पल उसके हाथ को दबाकर मैंने कहा, तुम अपने पति की सेवा करने आई हो, तुम शरमाती क्यों हो राजलक्ष्मी? ये हैं दादाजी और डॉक्टर सा'ब, तुम इन्हें प्रणाम करो।"

पल भर के लिए हम दोनों की आँखें चार हुईं, उसके बाद वह उठकर गई और फर्श पर माथा टेककर दोनों को प्रणाम किया।

# तृतीय पर्व

## 1

एक दिन जिस भ्रमण कहानी के बीच में ही परदा गिराकर मैं चल पड़ा था उसी परदे को फिर एक दिन अपने ही हाथों से उठाने को अब मेरा जी नहीं चाहा था। मेरे उस गाँव के जो दादाजी थे जब मेरे उस नाटकीय संवाद के जवाब में सिर्फ जरा मुस्कुराए और राजलक्ष्मी के प्रणाम के जवाब में जिस ढंग से हड़बड़ाकर दो कदम पीछे हटकर बोले, 'ओ, तो ऐसी बात है? अच्छा, बहुत अच्छी बात है, बहुत अच्छी बात है—दूधो नहाओ, पूतो फलो।' कहकर मजे से डॉक्टर को साथ लेकर बाहर निकल गए तब राजलक्ष्मी के मुँह की जो तसवीर मैंने देखी थी, वह न तो भूलने की चीज है और न ही उसे मैं भूला हूँ, मगर मैंने सोचा था, वह मेरी ही है, बिलकुल मेरी है, बाहरी दुनिया को किसी भी दिन यह बात मालूम नहीं होगी, लेकिन मैं अभी सोच रहा हूँ कि यह अच्छा ही हुआ कि बहुत दिनों से बन्द उस दरवाजे को मुझे ही आकर खोलना पड़ा। यह अच्छा ही हुआ कि जिस अनजाने रहस्य पर बाहर का गुस्साया शक अन्याय का रूप धारण कर लगातार धक्का दे रहा था, उस बन्द दरवाजे को अपने ही हाथों खोलने का मुझे मौका मिला।

दादाजी चले गए। राजलक्ष्मी थोड़ी देर तक स्तब्ध भाव से उनकी तरफ निहारती रही, उसके बाद मुँह उठाकर जरा बेकार में हँसने की कोशिश की और बोली, "उनके पैरों की धूल लेते वक्त मैं उन्हें नहीं छूती, मगर तुमने वैसा क्यों कहा? उसकी तो कोई जरूरत नहीं थी।"

वास्तव में यह तो सिर्फ हमने खुद अपने आपको अपमानित किया। इसकी कोई जरूरत नहीं थी, जो विधवा फिर से शादी कर लेती है, उसे बाजार की बाईजी की बनिस्बत इन लोगों से ज्यादा प्रतिष्ठा नहीं मिलती है। इसलिए मैंने अपने आपको नीचे ही गिराया, किसी को भी जरा भी ऊपर नहीं उठा सकी। यही बात राजलक्ष्मी कहना चाहती थी पर वह अपनी बात खत्म नहीं कर सकी।

मैंने सब कुछ समझा। अब इस अपमानित राजलक्ष्मी के सामने बड़ी-बड़ी बातें करके बात बढ़ाने को मेरा जी नहीं चाहा। मैं जैसा चुपचाप पड़ा हुआ था वैसा ही चुपचाप पड़ा रहा।

राजलक्ष्मी ने बहुत देर तक और एक भी शब्द नहीं कहा, ठीक अपनी चिन्ता में डूबी बैठी रही। उसके बाद सहसा बेहद करीब कहीं पुकार सुनकर जब उसकी सुध लौट आई, तो वह उठकर खड़ी हो गई। उसने रतन को बुलाकर कहा, "गाड़ी को जल्दी तैयार करने को कह दे रतन, नहीं तो, रात के ग्यारह बजे की ट्रेन से फिर जाना पड़ेगा। मगर वैसी स्थिति में हरगिज काम नहीं चलेगा। बड़ी सर्दी लगेगी।"

दसेक मिनट के अन्दर ही रतन ने मेरा बैग लाकर गाड़ी के ऊपर रख दिया और मेरा बिस्तर बाँध लेने का इशारा करके करीब आकर खड़ा हो गया। तब से लेकर अब तक मैंने एक भी शब्द नहीं कहा था, अभी भी मैंने कोई प्रश्न नहीं किया। कहाँ जाना है, क्या करना है, कुछ भी पूछे बिना मैं चुपचाप उठा और धीरे-धीरे गाड़ी में जाकर बैठा।

कई दिन पहले ही एक ऐसी ही शाम को मैं अपने घर में घुसा था। आज फिर एक वैसी ही शाम को मैं चुपचाप घर से बाहर निकल गया। न ही उस दिन किसी ने मुझे सादर अपनाया था, न ही आज कोई मुझे स्नेह के साथ विदा करने के लिए आगे आया। उस दिन भी घर-घर में तब शंख ने बजना शुरू किया था, ऐसे ही बसु-मल्लिक के गोपाल के मन्दिर से आरती के घंटे-घड़ियाल की आवाज धीमी होकर हवा में तिरती आ रही थी। फिर भी उस दिन और आज के दिन में कितना बड़ा फर्क था, इसे सिर्फ आकाश के देवता ही देखने लगे।

बंगाल के एक नगण्य गाँव के टूटे-फूटे घर के प्रति किसी भी दिन मेरी ममता नहीं थी। इससे वंचित होने को भी इसके पहले मैंने किसी भी दिन नुकसानदेह नहीं समझा था, लेकिन आज जब बेहद अनादर के बीच से होकर यह गाँव छोड़कर चला और जब इस बात की मैं कल्पना तक नहीं कर सका कि किसी दिन किसी बहाने फिर कभी इसमें घुसूँगा तभी यह अस्वास्थ्यकर सामान्य गाँव हर दृष्टि से मेरी नजरों में बिलकुल असामान्य बनकर दिखाई पड़ा। और जिस घर से मैं अभी-अभी निकलकर आया, अपने उसी पुरखों के टूटे-फूटे गन्दे घर के प्रति आज मेरे लोभ की कोई सीमा नहीं रही।

राजलक्ष्मी चुपचाप गाड़ी में घुसी, मेरे सामनेवाली सीट पर बैठी और शायद किसी परिचित राहगीर के अशोभनीय कौतूहल से अपने आपको पूरी तरह छिपाने के लिए गाड़ी के एक कोने में सर टिकाकर आँखें मूँदे रही।

जब हम लोग रेलवे स्टेशन के लिए रवाना हुए तब सूरज डूबे बहुत देर हो चुकी थी। गाँव के टेढ़े-मेढ़े रास्ते के दोनों किनारे उग आई झाड़ियाँ, झड़बेरी और बेंत के जंगलों ने सँकरे रास्ते को और भी सँकरा बना दिया था और आम और कटहल के पेड़ों की घनी डालियों ने ऊपर मिलकर जगह-जगह पर शाम के अँधेरे को जैसे दुर्भेद्य बना दिया था। इसके अन्दर से होकर गाड़ी जब बड़ी सावधानी से धीमी गति से चलने लगी तब मैं अपनी दोनों आँखों को खोलकर उसी घने अँधेरे से होकर न जाने कितना कुछ देखने

लगा। लगा, इसी रास्ते से होकर मेरे दादाजी एक दिन मेरी दादी को ब्याह कर लाए थे। उस दिन यही रास्ता बरातियों के शोरगुल और उनके कदमों की आहट से मुखरित हो उठा था। फिर एक दिन जब स्वर्ग सिधारे थे तब इसी रास्ते से पड़ोसी उनकी लाश को ढोकर नदी ले गए थे। इसी रास्ते से होकर मेरी माँ एक दिन दुल्हन के वेश में घर में घुसी थी और फिर एक दिन जब उसका देहान्त हो गया तब इसी धूल-बालू भरे सँकरे रास्ते से होकर हम लोग उसे गंगा में विसर्जित करके लौटे थे। तब भी यह रास्ता इतना सुनसान, इतना बीहड़ नहीं बन गया था, तब भी इसकी हवाओं में इतना मलेरिया नहीं फैला था। इसके तालाबों में इतना कीचड़, इतना जहर जमा नहीं हो गया था। तब भी गाँव में रोटी थी, कपड़ा था, धर्म था—तब भी शायद गाँव की बदहाली इतने भयंकर खालीपन से आसमान को पार कर भगवान के दरवाजे तक नहीं पहुँच पाई थी।

मेरी दोनों आँखें आँसुओं से भर गईं। मैंने गाड़ी के पहिए से थोड़ी-सी धूल लेकर उसे अपने सर और मुँह से लगा लिया और मन ही मन कहने लगा—हे मेरे पुरखों के सुख-दुख, मुसीबत-खुशहाली, हँसी-रुलाई से भरे धूल-बालू के रास्ते! मैं तुम्हें बार-बार नमस्कार करता हूँ। फिर अँधेरे जंगल के अन्दर निहारकर मैंने कहा—हे मातृभूमि! तुम्हारी बहुत सारी नालायक सन्तानों की तरह मैंने भी कभी तुम्हें प्यार नहीं किया था और किसी दिन तुम्हारी सेवा में, तुम्हारे काम में, तुम्हारे बीच लौटकर आऊँगा या नहीं, यह मैं नहीं जानता, लेकिन आज इस गाँव-घर को छोड़कर जाने के रास्ते में अँधेरे के बीच तुम्हारे दुखों का जो रूप मेरे आँसुओं के अन्दर से धुँधला होकर खिल उठा है, उसे मैं इस जीवन में कभी नहीं भुलूँगा।

मैंने निहारा तो देखा, राजलक्ष्मी पहले की ही तरह स्थिर है। अँधेरे कोने के बीच उसका मुँह दिखाई नहीं पड़ा, मगर मैंने यह महसूस किया कि वह आँखें मूँदकर विचारों में डूब गई है। मैंने मन ही मन कहा—वह अपने विचारों में डूबी रहे। आज से जब मैंने अपनी चिन्ता की डोंगी की पतवार उसी के हाथों सौंप दी है तब उस अनजाने नदी में कहाँ भँवर है, कहाँ टीला है इसे वही ढूँढ़ निकाले।

इस जीवन में मैंने अपने मन को विभिन्न दृष्टियों से तरह-तरह की स्थितियों में परखकर देखा है। इसके स्वभाव को मैं पहचानता हूँ। किसी भी चीज की अति इसे बर्दाश्त नहीं होती। अति सुख, अति सेहतमन्द रहना, अति अच्छा रहना इसे हमेशा सताता है। जो मन यह जानते ही कि कोई उसे बेहद प्यार करता है, हर दिन भागने को कमर कसे रहता है, उसी मन ने आज कितने दुख से अपने आपको दूसरे के हाथों सौंप दिया है। इसे इस मन के सिरजनहार के सिवा और कौन जान सकता है!

बाहर के काले आसमान की तरफ मैंने एक बार निगाह डाली, अन्दर से लगभग न दिखनेवाली अडिग प्रतिमा की तरफ भी मैंने एक बार नजरें घुमाई थीं पर मैं यह नहीं जानता कि उसके बाद मैंने हाथ जोड़कर फिर किसे नमस्कार किया। मगर मैंने मन ही मन कहा—इसके आकर्षण की कठिन गति ने मेरे दम को रोक दिया है। बहुत बार मैं बहुतेरे रास्तों पर भागा हूँ, लेकिन भूलभुलैया की मानिन्द सारे रास्तों ने जब बार-बार

मुझे इसी के हाथों लौटा दिया है तब मैं और बगावत नहीं करूँगा, अबकी बार अन्त में मैंने अपने आपको सौंप दिया। इतने दिनों तक जीवन को अपने ही हाथों रखकर मैंने भला क्या हासिल किया है? मैंने अपने जीवन को कितना सार्थक किया है? लेकिन आज अगर यह जीवन एक ऐसे व्यक्ति के हाथ में पड़ा हो जो अपने जीवन को गले तक गहरे कीचड़ से खींचकर बाहर निकाल सका है, तो बुरा क्या है? वह हरगिज दूसरे जीवन को उसी कीचड़ में डुबो नहीं दे सकता।

मगर यह सब तो ठहरी मेरी अपनी बात, लेकिन दूसरे का आचरण ठीक फिर पहले जैसा शुरू हुआ। रास्ते भर कोई भी बात नहीं हुई। यहाँ तक कि स्टेशन पर भी किसी ने मुझसे कोई प्रश्न करना जरूरी नहीं समझा। थोड़े ही समय में कलकत्ता जानेवाली गाड़ी की घंटी बजी। लेकिन रतन टिकट कटाने के काम को छोड़कर मुसाफिरखाने के एक छोटे-से कोने में मेरे लिए बिस्तर बिछाने में लगा रहा। अतएव यह समझ में आ गया कि इस ट्रेन से हमें नहीं जाना है, हम लोगों को भोर की ट्रेन से पश्चिम के लिए रवाना होना पड़ेगा। लेकिन हमें कहाँ जाना है, पटना या काशी या कहीं और, यह तो मालूम नहीं हुआ, तो भी यह अच्छी तरह समझ में आया कि इस बारे में मेरी राय लेने की बिलकुल जरूरत नहीं है।

राजलक्ष्मी दूसरी तरफ निहारती हुई अन्यमनस्क-सी खड़ी थी। रतन अपना काम खत्म करके नजदीक आया और बोला, "माँ, पता चला है कि थोड़ी दूर आगे जाने पर हर तरह का बढ़िया खाना मिलता है।"

राजलक्ष्मी ने आँचल की गाँठ खोलकर कई रुपए उसके हाथ में दिए और बोली, "यह तो अच्छी बात है, तो जाकर वहीं से खाना ले आ। दूध जरा देखभाल कर लेना, बासी-वासी मत लाना।"

रतन ने कहा, "माँ, तुम्हारे लिए कुछ..."

"नहीं, मेरे लिए कुछ मत लाना।"

यह 'नहीं' कैसा होता था, यह हम सभी जानते थे और सबसे ज्यादा जानता था शायद रतन खुद। तब भी उसने दो बार अपना पाँव रगड़कर धीरे-धीरे कहा, "कल से ही तो एक तरह से..."

राजलक्ष्मी ने उसकी बात के जवाब में कहा, "तुझे क्या सुनाई नहीं पड़ता रतन? तू क्या बहरा हो गया है?"

और कुछ बोले बिना रतन चला। क्योंकि इसके बाद भी कोई बहस कर सकता है, ऐसा तो मैंने नहीं देखा था। और इसकी जरूरत भी भला क्या थी? राजलक्ष्मी इसे कबूल नहीं करती, तो भी मैं यह जानता था कि रेलगाड़ी में या रेल से जुड़े किसी भी आदमी के हाथ का कुछ खाने को उसका जी नहीं चाहता था। अगर ऐसा कहा जाए कि बेकार का कठोर उपवास करने में उसका सानी मैंने कहीं नहीं देखा था, तो भी शायद अत्युक्ति नहीं होगी। मैंने कितने दिन कितनी चीजें इसके घर आते देखा था, उन्हें नौकर-नौकरानियों ने खाया था, उन्हें गरीब पड़ोसियों के घरों में बाँट दिया जाता था, सड़कर बरबाद हो

जाने पर उन्हें फेंक दिया जाता था, लेकिन जिसके लिए वे चीजें आती थीं वह तो उन्हें मुँह में भी नहीं डालती थी। पूछने पर, ठट्ठा करने पर वह हँसकर कहती, 'हाँ, मेरे लिए भला आचार। मेरे लिए भला खाने की चीजों को लेकर छुआछूत का विचार। मैं तो सब कुछ खाती हूँ।'

''अच्छा, तो मेरी आँखों के सामने इसकी परीक्षा दो?''

''परीक्षा? अभी? अरे बाप रे! तब तो समझो, हुआ बेड़ा गर्क।'' इतना कहकर वह बेड़ा गर्क होने की कोई वजह दिखाए बिना ही घर के जरूरी काम के बहाने उड़न-छू हो गई। मैंने यह जाना था कि वह मांस-मछली, घी-दूध नहीं खाती थी, लेकिन उसका यह मांस-मछली, घी-दूध न खाना ही उसके लिए इतना बेढब और इतनी शर्म की बात थी कि इसकी चर्चा करते ही वह यह ढूँढ़ नहीं पाती थी कि वह शर्म के मारे कहाँ भागेगी। इसलिए आसानी से खाने को लेकर उससे कहने को मेरा जी नहीं चाहता था। रतन जब मुँह लटकाकर चला गया तब भी मैंने बात नहीं की। थोड़ी देर बाद जब रतन लोटे में गरम दूध और लिफाफे में मिठाई आदि लेकर लौट आया और राजलक्ष्मी ने मेरे लिए दूध और खाने की कुछ चीजें रखकर बाकी सब जब उसने रतन के हाथ में दे दिया तब भी मैंने कुछ नहीं कहा और रतन की करुण आँखों की मूक विनती को साफ-साफ समझकर मैं पहले की ही तरह चुप रहा।

आज वजह-बेवजह, बात-बात में उसका खाना न खाना हमारे लिए आदत हो गया था। मगर एक दिन ऐसा भी था जब ऐसी बात नहीं थी। तब हँसी-दिल्लगी से लेकर कठिन कटाक्ष तक मैंने कम नहीं किया था। लेकिन जितने दिन गुजरे थे इसका दूसरा पहलू भी सोचकर देखने का मुझे काफी मौका मिला था। रतन के चले जाने पर मुझे वे बातें फिर याद आने लगीं।

मैं यह नहीं जानता था कि कब और क्या सोचकर वह अपने शरीर को कष्ट देने लगी थी। तब तक मैं उसके जीवन में नहीं आया था। लेकिन पहले-पहल यह कितना कठिन था जब वह जरूरत से ज्यादा खाने-पीने की चीजों के बीच में बैठकर अपनी मर्जी से गुप्त रूप से चुपचाप अपने आपको भूखी रखती चली जा रही थी। कैसा दुःसाध्य काम था यह। कलुष और मलिनता के केन्द्र से अपने आपको इस तपस्या के रास्ते पर आगे बढ़ाने में उसने कितना दुख चुपचाप सहन किया था। आज यह चीज उसके लिए इतनी सहज, इतनी स्वाभाविक थी कि हमारी नजरों में भी इसका न कोई महत्त्व था, न कोई विशेषता। मैं यह भी ठीक-ठीक नहीं जानता था कि इसका मूल्य क्या था, लेकिन तब भी बीच-बीच में लगा था कि उसकी यह पूरी कठिन साधना क्या बिलकुल विफल हो गई थी, उसका सारा किया-धरा बिलकुल बेकार हो गया था? अपने आपको वंचित करने की यह शिक्षा, यह अभ्यास किसी चीज को पाकर उसे छोड़ देने की शक्ति उसके जीवन में छिपे तौर पर वंचित नहीं हुई होती, तो क्या आज इतने आराम से इतने अनायास वह अपने आपको हर तरह के भोग से अलग कर सकती थी। क्या कहीं किसी बन्धन में खिंचाव नहीं आता? उसने प्यार किया था। यों तो कितने लोग प्यार करते हैं, मगर

सब कुछ छोड़-छाड़कर प्यार इतना निष्पाप, इतना अपना बना लेना क्या दुनिया में इतना आसान है?

मुसाफिरखाने में और कोई आदमी नहीं था। रतन भी शायद तनिक आड़ ढूँढ़कर वहीं सो गया था। मैंने देखा एक टिमटिमाती बत्ती के नीचे राजलक्ष्मी चुपचाप बैठी हुई है। करीब जाकर ज्यों ही मैंने उसके सर पर अपना हाथ रखा त्यों ही उसने चौंककर मुँह उठाया, बोली, ''तुम सोए नहीं हो?''

''नहीं, मैं सोया नहीं हूँ। लेकिन तुम इस धूल-धक्कड़ में अकेले चुपचाप न रहकर चलो, मेरे बिस्तर पर जाकर बैठोगी।''

इतना कहकर मैंने उसे एतराज करने का मौका दिए बिना ही उसका हाथ पकड़कर उसे खींचकर उठाया, अपने करीब लाकर कहने के लिए कोई शब्द मुझे ढूँढ़े नहीं मिला, मैं सिर्फ उसके एक हाथ पर अपना हाथ धीरे-धीरे फेरने लगा। थोड़ा समय यों ही गुजरा। मेरा सन्देह निराधार नहीं था, इसे मैंने अचानक उसकी आँख की कोर पर हाथ रखकर महसूस किया। मैंने धीरे-धीरे उसके आँसू पोंछ दिए और उसे अपने करीब खींचने की कोशिश की, तो राजलक्ष्मी मेरे फैले पैरों पर औंधी गिर पड़ी और उन्हें जोरों से दबाए रही। किसी भी तरह मैं उसे अपने बहुत करीब नहीं ला सका।

फिर पहले की ही तरह बिना किसी बातचीत के समय बीतने लगा। मैं सहसा एक समय बोल उठा, ''एक बात मैंने अभी भी तुम्हें नहीं बताई है लक्ष्मी।''

उसने चुपके-चपके कहा, ''कौन-सी बात?''

मैंने यही कहना चाहा, तो पहले-पहल थोड़ी-सी झिझक हुई, मगर मैं रुका नहीं, कहा, ''आज से मैंने अपने आपको बिलकुल तुम्हारे हाथों सौंप दिया, मेरे लिए क्या करना अच्छा है और क्या करना बुरा, इसकी पूरी जिम्मेदारी तुम्हारी है।''

इतना कहकर मैंने निहारा, तो देखा, वह मद्धिम रोशनी में मेरे मुँह की तरफ चुपचाप निहार रही है। उसके बाद वह जरा मुस्कुराई और बोली, ''तुम्हें लेकर मैं क्या करूँगी? तुम न तो तबला बजा सकते हो और न ही सारंगी और...''

मैंने कहा, '' 'और' क्या? पान लगाना और चिलम चढ़ाना? नहीं, यह काम तो मैं हरगिज नहीं करूँगा।''

''लेकिन क्या तबला और सारंगी बजाओगे?''

मैंने कहा, ''अगर तुम मुझे भरोसा दोगी, तो मैं उन्हें बजा भी सकता हूँ।'' इतना कहकर मैं खुद भी तनिक मुस्कुराया।

अचानक राजलक्ष्मी उत्साह से उठ बैठी और बोली, ''मजाक छोड़ो, क्या सचमुच तुम तबला और सारंगी बजा सकते हो?''

मैंने कहा, ''उम्मीद करने में तो कोई बुराई नहीं है।''

राजलक्ष्मी ने कहा, ''नहीं, उम्मीद करने में तो कोई बुराई नहीं है।'' उसके बाद वह चुपचाप विस्मय से थोड़ी देर मेरी तरफ अपलक निहारती रही, फिर धीरे-धीरे कहने लगी, ''बीच-बीच में यही मुझे लगता था, फिर मैं सोचती थी कि जो आदमी निष्ठुरों की तरह

बन्दूक लेकर सिर्फ जानवरों का शिकार करते फिरना पसन्द करता है, उसे तबला और सारंगी से क्या लेना-देना? उसकी क्या मजाल कि वह शिकार के इतने बड़े दुख को महसूस कर सके। बल्कि उसे तो इस बात का बड़ा आनन्द है कि वह आदमी को वैसी ही चोट पहुँचा सकता है, जैसी शिकार को। तुम्हारे दिए हुए ढेरों दुखों को सिर्फ यही सोचकर मैं बर्दाश्त कर सकी हूँ।''

इस बार चुप रहने की बारी मेरी थी। उसके आरोपों पर आधारित युक्तियों को लेकर सोच-विचार चल भी सकता था। सफाई देने की मिसालों की, हो सकता है, कमी नहीं होती। मगर सब कुछ विडम्बना-सा लगा। उसकी सही अनुभूति के आगे मुझे मन ही मन हार माननी पड़ी। अपनी बात को वह ठीक से कह भी नहीं सकी थी, मगर संगीत के अन्दर से निकली हुई करुणा से भीगी अभी-अभी आई चेतना ही जैसे राजलक्ष्मी की उन दोनों बातों के इंगित में रूप धारण करके दिखाई और उसके संयम, उसके त्याग और उसके हृदय की पवित्रता ने फिर एक बार जैसे मेरी आँख में उँगली डालकर उसे ही याद दिला दिया।

फिर भी मैं उसे एक बात तो कह ही सकता था। मैं कह सकता था कि आदमी की एकदम विपरीत प्रवृत्तियाँ कैसे एक ही साथ अगल-बगल रह सकती हैं, यह एक अचिन्तनीय बात है। वरना इतने बड़े आश्चर्य की बात खुद मेरे लिए और क्या होगी कि मैं अपने हाथों जानवरों को मार सकता हूँ? जो एक चींटी की मौत भी बर्दाश्त नहीं कर सकता, लहू-सने बलि के खूँटे की शक्ल-सूरत जिसकी भूख और नींद को कुछ दिनों के लिए उड़ा दे सकती है, जो मुहल्ले के अनाथ, बेसहारे कुत्ते-बिल्लियों के लिए बचपन में कितने दिन भूखा रहा है, उसका निशाना जंगल के जानवरों और पेड़ के परिन्दों पर कैसे सधता है, यह तो हरगिज सोचते नहीं बनता। और, यह क्या सिर्फ मैं ही ऐसा हूँ? जिस राजलक्ष्मी का भीतरी और बाहरी रूप मेरे आगे आज प्रकाश की नाईं स्वच्छ हो गया है वह कैसे इतने दिनों तक साल-दर-साल प्यारी का जीवन बिता सकी?

यही बात मन में लाकर भी मैं जबान पर नहीं ला सका। चूँकि उसे दुख नहीं पहुँचाना है, इसीलिए नहीं, बल्कि मैंने सोचा कि क्या होगा कहकर? देव और दानव हर पल कन्धे से कन्धा मिलाकर आदमी को पता नहीं कहाँ किस पते पर लगातार ढोते हुए लिये चले जा रहे हैं, उसके बारे में क्या जानता हूँ? कैसे भोगी एक दिन में त्यागी बनकर बाहर निकल जाता है, कैसे निर्मम, निष्ठुर पल भर में करुणा से पिघलकर अपने आप मिटा देता है, इस रहस्य का मुझे कितना पता चलता है? किसी एकान्त गुफा में आदमी की गुप्त साधना अचानक एक दिन सिद्धि में खिल उठती है, इसकी क्या कोई जानकारी मुझे है? मद्धिम रोशनी में राजलक्ष्मी की तरफ निगाह डालकर मैंने मन ही मन उससे कहा—यह अगर मेरे दुख देने की शक्ति को ही देख पाई हो और दुख पाने की अक्षमता को स्नेह के सहारे इतने दिनों तक माफ करती चली आ रही हो, तो उसमें मुझे अभिमान करने की भला कौन-सी बात है!

राजलक्ष्मी ने कहा, ''चुप क्यों हो?''

''तब भी तो तुमने इसी निष्ठुर के लिए अपना सब कुछ छोड़ दिया।''

राजलक्ष्मी ने कहा, "भला मैंने अपना सब कुछ कहाँ छोड़ दिया है? तुमने तो खाली हाथों अपने आपको आज मुझे सौंप दिया, उसे तो मैं यह जानकर कि यह मुझे नहीं चाहिए, नहीं छोड़ सकी।"

मैंने कहा, "हाँ, मैंने बिलकुल खाली हाथों अपने आपको तुम्हें सौंप दिया है। मगर खुद तुम तो अपने आपको देख नहीं सकोगी, इसीलिए मैं इसकी चर्चा नहीं करूँगा।"

# 2

पश्चिम के शहर में घुसने के पहले ही यह बात मेरी समझ में आ गई कि बंगाल के मलेरिया ने मुझे बड़ी सख्ती से पकड़ा था। पटना स्टेशन से राजलक्ष्मी के घर मुझे बहुत-कुछ बेहोशी की ही हालत में लाया गया। उसके अगले महीने लगभग हर पल बुखार, डॉक्टर और राजलक्ष्मी मुझे घेरे रहे।

जब बुखार छूट गया तब डॉक्टर सा'ब ने बड़े साफ शब्दों में राजलक्ष्मी को यह बता दिया कि यद्यपि यह शहर पश्चिम में ही पड़ता है और इस बात के लिए भी यह मशहूर है कि यह स्वास्थ्यप्रद शहर है, फिर भी मेरी सलाह यह है कि बीमार को तुरत यहाँ से किसी और जगह ले जाना जरूरी है।

फिर एक बार सामानों को बाँधने का काम शुरू हो गया, लेकिन अबकी बार यह काम थोड़े ताम-झाम के साथ किया जाने लगा। अब रतन मुझे अकेले में मिला, तो मैंने उससे पूछा, "अबकी बार कहाँ जाना है, रतन?"

मैंने देखा, इस नए सफर की तैयारी के वह बिलकुल ही खिलाफ था। उसने खुले दरवाजे की तरफ नजर रखते हुए इशारे-इशारे में और फुसफुसाकर जो कुछ कहा, उसे सुनकर मेरा हौसला पस्त हो गया। रतन ने कहा, "वीरभूम जिले के एक छोटे-से गाँव गंगामाटी जाना है। जब इसकी जमींदारी खरीदी गई थी तब मैं सिर्फ एक बार मुख्तार किसनलाल के साथ वहाँ गया था। माँ खुद वहाँ कभी नहीं गई हैं। एक बार वे जाएँगी तो वहाँ से भाग आने का उन्हें कोई रास्ता नहीं मिलेगा। उस गाँव में शरीफ आदमी नहीं के बराबर हैं, वहाँ सिर्फ छोटी जात के लोग रहते हैं, न उन्हें छुआ जा सकता है, न वे किसी काम आ सकते हैं।"

राजलक्ष्मी क्यों इन सब छोटी जात के लोगों के बीच जाकर रहना चाह रही थी, इसका थोड़ा-सा कारण मेरी समझ में आया। पूछा, "यह गंगामाटी गाँव वीरभूम में कहाँ है?"

रतन ने बताया, "साँइथिया स्टेशन से लगभग दस-बारह कोस दूर है यह गाँव। वहाँ बैलगाड़ी से जाना पड़ता है। रास्ता जितना बीहड़ है उतना ही डरावना। चारों ओर मैदान

ही मैदान है। उस मैदान में न तो कोई फसल पैदा होती है और न कहीं एक बूँद पानी है। कँकरीली मिट्टी है, कहीं लाल मिट्टी है, तो कहीं काली।'' इतना कहकर वह जरा रुका, फिर खासतौर पर मुझसे मुखातिब होकर कहा, ''बाबू, मुझे तो यह सोचते नहीं बनता कि आदमी वहाँ किस सुख से रहता है! और जो लोग ऐसी सोने की जगह को छोड़कर उस गाँव में जाना चाहते हैं, उन्हें भला मैं क्या कह सकता हूँ!''

मैं एक आह भरकर चुप रहा। ऐसे सोने की जगहों को छोड़कर उस रेगिस्तानी गाँव में, जहाँ अपना कोई नहीं है और जहाँ छोटे लोग रहते हैं, राजलक्ष्मी मुझे साथ लेकर क्यों चली जा रही है यह न इसे बताया जा सकता है, न समझाया जा सकता है।

अन्त में मैंने कहा, ''मैं बीमार हूँ, इसीलिए उसे मुझे वहाँ ले जाना पड़ रहा है। सभी डॉक्टर उसे डरा रहे हैं कि यहाँ रहने से मेरे अच्छा होने की उम्मीद कम है।''

रतन ने कहा, ''क्या कोई बीमार नहीं पड़ता है बाबू? तो क्या सभी बीमारों को वही गंगामाटी जाना पड़ता है।''

मैंने मन ही मन कहा—पता नहीं, उन बीमारों को किस माटी में जाना पड़ता है। हो सकता है, उनकी बीमारी आसान हो, हो सकता है, उनकी बमारी मामूली माटी में छूट जाती हो। मगर मेरी बीमारी न ही आसान है, न ही मामूली; इसके लिए, हो सकता है, उसी गंगामाटी की सख्त जरूरत हो।

रतन कहने लगा, ''हममें से किसी को भी यह सोचते नहीं बना कि माँ कब, कहाँ, किस मद में कितना खर्च करती हैं? वहाँ न घर-बार है, न और कुछ। एक गुमाश्ता है। उसके पास दो हजार रुपए भेज दिए गए हैं, मिट्टी का एक घर बनवाने के लिए। देखिए तो सही बाबू, यह कैसा अजीब मामला है! नौकर होने की वजह से हममें से कोई भला जैसे आदमी ही नहीं हो!''

उसके क्षोभ और विरक्ति को देखकर मैंने कहा, ''तुम ऐसी जगह मत जाओ रतन। जबरन तो कोई तुम्हें कहीं नहीं भेज सकता है।''

मेरी बात से रतन को कोई दिलासा नहीं मिला। उसने कहा, ''पर माँ मुझे कहीं भी जबरन ले जा सकती हैं। क्या पता बाबू, वे क्या जादू-टोना जानती हैं! अगर वे कहेंगी कि तुम सबको यमराज के घर जाना होगा, तो हममें से किसी की भी हिम्मत नहीं होगी कि इनकार कर दे।'' इतना कहकर वह मुँह लटकाए चला गया।

रतन बहुत गुस्सा करके यह कह गया, मगर मुझे वह जैसे अचानक एक नई जानकारी दे गया। सिर्फ मेरी नहीं, सभी की यही दशा है। मैं इस जादू-टोने की ही बात सोचने लगा। ऐसी बात नहीं कि मैं टोने-टोटके पर सचमुच ही विश्वास करता हूँ, लेकिन घर भर के लोगों में से किसी में भी जब इतनी-सी शक्ति नहीं है कि यमराज के घर जाने के हुक्म को ठुकराए, तब भला वह चीज क्या है?

इसके तमाम सम्पर्कों से अपने आपको अलग कर लेने के लिए मैंने क्या नहीं किया था। झगड़कर मैं घर से निकल पड़ा था, संन्यासी बनकर देखा था, यहाँ तक कि अपने देश को छोड़कर मैं बहुत दूर चला गया था ताकि जीवन में फिर मुलाकात न हो, मगर

मेरी तमाम कोशिशें वैसे ही बार-बार बेकार हो गई थीं, जैसे किसी गोल चीज पर सरल रेखा खींचने की कोशिश बेकार हो जाती है। अपने आपको हजारों धिक्कार देकर अपनी ही कमजोरी के आगे मैं हार गया, यह सोचकर अन्त में जब मैंने अपने आपको राजलक्ष्मी के हाथों सौंप दिया तब रतन आकर आज मुझे यह जानकारी दे गया कि राजलक्ष्मी जादू-टोना जानती है।

सो तो है। हालाँकि इसी रतन से जिरह करने पर यह मालूम हो जा सकता है कि वह खुद भी इस पर विश्वास नहीं करता।

अचानक मैंने देखा था, एक बहुत बड़ी पत्थर की कटोरी में कुछ चीजें लेकर इसी रास्ते से राजलक्ष्मी व्यस्त होकर नीचे चली जा रही थी। मैंने पुकारकर कहा, "सुनो, सभी कहते हैं कि तुम जादू-टोना जानती हो।"

वह ठिठककर खड़ी हो गई और अपनी दोनों भौंहों को टेढ़ी करके बोली, "मैं क्या जानती हूँ?"

मैंने कहा, "जादू-टोना!"

राजलक्ष्मी मुँह दबाकर जरा हँसी और बोली, "हाँ, मैं जादू-टोना जानती हूँ।" इतना कहकर वह चली जा रही थी कि तभी उसने अचानक मेरे पहने कुरते को गौर से देखा और उद्विग्न स्वर में प्रश्न किया, "यह वही कुरता है न जिसे तुमने कल पहना था?"

मैंने अपनी तरफ निगाह डाली और कहा, "हाँ, यह तो वही कुरता है जिसे मैंने कल पहना था, मगर रहने दो, साफ तो है।"

राजलक्ष्मी बोली, "बात यह नहीं है कि वह साफ है या नहीं। मैं उसकी धुलाई करने की बात कह रही हूँ।" उसके बाद वह तनिक मुस्कुराकर बोली, "बाहर से साफ-सुथरी दिखनेवाली चीज को लेकर ही तुम हमेशा रहे। उसे अनदेखा करने के लिए मैं नहीं कहती। मगर तुम्हारे कुरते का जो अन्दरूनी हिस्सा पसीने से गन्दा हो जाता है, उसे देखना तुम कब सीखोगे?" इतना कहकर उसने रतन को पुकारा। पर किसी ने जवाब नहीं दिया। क्योंकि घर की मालकिन के इस तरह के ऊँचे मधुर बुलावे पर आवाज देना इस घर की रीति नहीं थी, बल्कि पाँच-छह मिनट तक छिपे रहने का नियम था।

राजलक्ष्मी ने तब अपने हाथ की पत्थर की कटोरी को नीचे रखा, बगलवाले कमरे से एक धुला-धुलाया कुरता लाई और उसे मेरे हाथ में देकर बोली, "तुम अपने मंत्री रतन से कहना कि जब तक वह जादू-टोना नहीं सीखता है तब तक इन जरूरी कामों को अपने हाथ से करे।" इतना कहकर उसने पत्थर की कटोरी को उठा लिया और नीचे चली गई।

कुरता बदलते वक्त मैंने देखा, वास्तव में उसका अन्दरूनी हिस्सा मैला हो गया था। उसे मैला होना ही चाहिए था। और ऐसी भी बात नहीं कि मैंने भी कोई दूसरी प्रत्याशा की थी। मगर मेरा मन तो सोच में डूबा हुआ था, इसीलिए अति तुच्छ कुरते के बाहरी और अन्दरूनी हिस्से के फर्क ने मुझे फिर नई चोट पहुँचाई।

राजलक्ष्मी की यह साफ-सफाई की सनक बहुत समय हमें निरर्थक, दुखदायक, यहाँ तक कि अत्याचार सा भी लगा था और यह भी सच नहीं कि अभी उसका सब कुछ

पल-भर में मन से धुल-पुँछ गया। लेकिन इस अन्तिम व्यंग्य के अन्दर मुझे वही चीज दिखाई पड़ी जिसे मैंने इतने दिनों तक मन देकर नहीं देखा था। जहाँ इस आदमी की व्यक्त और अव्यक्त जीवन की दो धाराएँ बिलकुल विपरीत दिशाओं में बहती चली जा रही थीं, ठीक वहीं जाकर आज मेरी नजर पड़ी। एक दिन मैंने बहुत अचरज में पड़कर सोचा था—बचपन में राजलक्ष्मी ने जिसे प्यार किया था उसी को प्यारी ने अपनी चढ़ती जवानी की किसी अतृप्त लालसा के कीचड़ से ऐसे बड़ी आसानी से खिले कमल की भाँति पलक झपकते बाहर निकाल दिया! आज लगा, वह तो प्यारी नहीं थी, वह राजलक्ष्मी ही तो थी। राजलक्ष्मी और प्यारी इन दोनों नामों के अन्दर उसके नारी-जीवन का कितना सन्देश छुपा हुआ था, चूँकि मैंने उसे देख करके भी अनदेखा किया था, इसीलिए बीच-बीच में पड़कर मैंने सोचा था कि एक के अन्दर दूसरी इतने दिनों तक कैसे जिन्दा थी। मगर आदमी तो ऐसा ही होता है। इसीलिए तो वह आदमी है।

प्यारी की पूरी कहानी मैं नहीं जानता था, न ही उसे जानने को जी चाहा था। ऐसी भी बात नहीं कि मैं राजलक्ष्मी की पूरी कहानी जानता था। मैं सिर्फ इतना ही जानता था कि दोनों के मर्म और कर्म में हमेशा कोई मेल, कोई सामंजस्य नहीं था। हमेशा ही वे दोनों एक-दूसरे की उलटी धारा में बहती गई थीं। इसीलिए एक के एकान्त तालाब में जब शुद्ध सुन्दर प्रेम के कमल ने धीरे-धीरे हर पल पँखुड़ी पर पँखुड़ी फैलाई थी, तब दूसरी के दुर्दान्त जीवन का बवंडर वहाँ रुकावट क्या डालता, उसे वहाँ घुसने का रास्ता ही नहीं मिला था। इसीलिए तो उसकी एक भी पपड़ी झड़ी नहीं थी, जरा-सा धूल-धक्कड़ भी उड़ता हुआ जाकर आज छू नहीं सका था।

जाड़े की शाम जल्दी घनी होने को आई, मगर मैं वहीं बैठे-बैठे सोचता ही रहा। मैंने मन ही मन कहा, "आदमी तो सिर्फ उसकी देह ही नहीं है। प्यारी नहीं रही, वह मर चुकी है। लेकिन एक दिन अगर उसने उसकी इस देह पर थोड़ी-सी कालिख लगा दी हो तो क्या मैं सिर्फ उसे ही बड़ा मानकर देखूँ और राजलक्ष्मी को जो अपने लाखों दुखों की अग्नि-परीक्षा में उत्तीर्ण होकर आज अपनी निष्कलंक शुभ्रता के सामने खड़ी हुई, मुँह घुमाकर उसे लौटा दूँ। आदमी के अन्दर जो जानवर है, सिर्फ उसी के अन्याय, उसी की भूल-चूक से आदमी का फैसला करूँ और जो देवता सारे दुखों, सारी व्यथाओं, सारे अपमानों को चुपचाप ढोते हुए उसी के अन्दर से निकलकर प्रकट हुए उन्हें बिठाने के लिए कहीं आसन नहीं बिछाऊँ? ऐसा करना क्या आदमी के लिए सचमुच का फैसला होगा? मेरा मन जैसे आज अपनी सारी शक्ति लगाकर कहने लगा—नहीं-नहीं, कतई नहीं, यह कतई नहीं, ऐसा तो कतई नहीं हो सकता।

जिस दिन खुद को कमजोर और थका-हारा समझकर मैंने अपने आपको राजलक्ष्मी के हाथों सौंप दिया था, उस दिन उस पराजित आत्म-त्याग के अन्दर एक खास दीनता थी। मेरा मन इसका हरगिज समर्थन नहीं कर पा रहा था, मगर आज मेरा वही मन सहसा जोर से इसी बात को बार-बार कहने लगा—वह दान दान नहीं था, वह धोखा था। जिस प्यारी को तुम नहीं जानते थे वह तुम्हारी समझ के बाहर पड़ी रहे। लेकिन जो राजलक्ष्मी

एक दिन तुम्हारी ही थी आज उसे तुम पूरे चित्त से अपना लो, और जिनके हाथ से दुनिया की सारी सार्थकताएँ निरन्तर झर रही हैं, इसकी भी अन्तिम सार्थकता उन्हीं के हाथों सौंपकर तुम निश्चिन्त हो जाओ।

नया नौकर बत्ती ला रहा था, उसे मैंने वापस भेज दिया और मैं अँधेरे में ही बैठा रहा और मन ही मन कहा—आज मैंने राजलक्ष्मी को उसकी सारी अच्छाइयों और बुराइयों के साथ अपनाया। मैं इतना ही कर सकता हूँ, सिर्फ इतना ही मेरे हाथ में है। लेकिन इससे ज्यादा जिनके हाथ में है उस जरूरत से ज्यादा का बोझ मैंने उन्हीं को सौंप दिया। इतना कहकर उसी अँधेरे में पलंग की पाटी पर मैंने चुपचाप अपना सर रखा।

पिछले दिन की तरह अगले दिन भी बाकायदा तैयारियाँ चलीं और उसके बाद वाले दिन भी दिन भर प्रयास की सीमा नहीं रही। उस दिन दोपहर में एक बहुत बड़े सन्दूक में लोटे-गिलास, थाली-कटोरियाँ, झारी, दीवट आदि काफी सामान भरे जा रहे थे। मैं अपने कमरे के अन्दर रहकर वह सब देख रहा था। एक समय राजलक्ष्मी को इशारे से करीब बुलाकर मैंने पूछा, "यह सब क्या हो रहा है? तुम क्या फिर लौटकर नहीं आना चाहती हो?"

राजलक्ष्मी ने कहा, "अच्छा, तुम्हीं बताओ, मैं लौटकर कहाँ आऊँगी?"

मुझे याद आया, यह मकान उसने बंकू को दान कर दिया है। मैंने कहा, "लेकिन, मान लो अगर वह जगह तुम्हें ज्यादा दिन अच्छी न लगे तो?"

राजलक्ष्मी जरा मुस्कुराई और बोली, "मेरे लिए तुम्हें अपना मन भारी करने की जरूरत नहीं। अगर तुम्हें वह जगह अच्छी न लगे, तो तुम चले आना। मैं तुम्हें रोकूँगी नहीं।"

उसके कहने के ढंग से मुझे चोट पहुँची, तो मैंने चुप्पी साध ली। यह मैंने बहुत बार देखा था, वह मेरे इस तरह के किसी भी प्रश्न को सरल चित्त से नहीं अपना सकती थी। मैं भी उसे निश्छल मन से प्यार कर सकता था या उसके सम्पर्क में चैन से रह सकता था, इसे वह अपने मन के साथ गूँथकर हरगिज एक कर लेना नहीं चाहती थी। सन्देह के आलोड़न से अविश्वास पल भर में इतना उग्र होकर बाहर निकल आता था कि उसकी लपटें बहुत देर तक हम दोनों के मन में धू-धू करके जलती रहती थीं। यह अविश्वास की आग कब बुझती और कैसे बुझती, मुझे इसका कोई निदान सोचते नहीं बनता था। वह भी इसी की तलाश में अविराम घूम रही थी—और गंगामाटी गाँव इस समस्या का फैसला कर देता या नहीं, इसकी जानकारी जिन्हें थी वे छिपकर चुप थे।

सब तरह की तैयारियाँ करने में और भी चारेक दिन बीते और भी दो दिन गुजरे शुभ घड़ी के इन्तजार में। उसके बाद एक दिन सवेरे हम सब अपरिचित गंगामाटी के लिए सचमुच ही घर से निकल पड़े। मेरा सफर अच्छा नहीं रहा। मन में जरा-सा भी सुख नहीं था। सबसे बुरा हाल रहा रतन का। वह मुँह लटकाए गाड़ी के एक कोने में चुपचाप बैठा रहा। स्टेशन पर स्टेशन पार होता गया, पर उसने किसी काम में जरा-सी भी मदद नहीं की। लेकिन मैं सोच रहा था बिलकुल दूसरी बात। वह जगह जानी हुई है या अनजानी, अच्छी है या बुरी, स्वास्थ्यप्रद है या मलेरिया से भरी हुई उधर मेरा ध्यान ही नहीं था।

मैं सोच रहा था—यद्यपि मेरा जीवन मुसीबतों से खाली नहीं रहा था। इस बीच मैंने ढेरों गलतियाँ की थीं, मुझसे बहुत-सारी भूल-चूक हुई थी, मैंने बहुत से दुख-दैन्य सहे थे। तब भी वे सबके सब मेरे बेहद परिचित थे। इतने लम्बे अरसे में मैंने उनका मुकाबला तो किया ही था, बल्कि उनके प्रति मेरे मन में एक तरह का स्नेह पैदा हो गया था। इसके लिए न ही मैं किसी को दोष देता था, न ही खास कोई मुझे दोष देकर अपना समय बरबाद करता था। लेकिन यह जो मैं कहाँ किसी नएपन के बीच निश्चित रूप से चला जा रहा था, इसी निश्चितता ने मुझे खिन्न कर दिया था।

यह कहकर कि आज नहीं, कल जाऊँगा, अब देरी करने का कोई उपाय नहीं था। हालाँकि मैं यह नहीं जानता था कि वहाँ जाना अच्छा है या बुरा। इसीलिए इसकी अच्छाई-बुराई कुछ भी आज अब किसी भी सूरत में अच्छी नहीं लगती थी। गाड़ी तेज गति से गंगामाटी के जितना करीब होती चली जा रही थी उतना ही इस अनजान रहस्य का बोझ मेरी छाती पर सवार होता जा रहा था। कितना कुछ लगने लगा, निकट भविष्य में, हो सकता है, मुझी को लेकर एक बुरा दल बन जाए। उस दल को न तो मैं अपना सकूँगा, न छोड़ सकूँगा। तब क्या होगा और क्या नहीं होगा, यह सोचने में भी मेरा पूरा मन मानो ठंडा हो गया। मैंने निहारा तो देखा, राजलक्ष्मी खिड़की के बाहर देखती हुई चुपचाप बैठी हुई है। लगा, इसे तो मैंने किसी दिन प्यार नहीं किया था। तब भी इसे ही मुझे प्यार करना पड़ेगा, कहीं किसी तरफ जाकर निकलने का रास्ता नहीं था। दुनिया में इतनी बड़ी विडम्बना क्या किसी के नसीब में घटी होगी? हालाँकि एक दिन पहले ही इस हिचकिचाहट की चक्की से अपने आपको बचाने के लिए मैंने खुद को पूरे तौर पर उसी के हाथों सौंप दिया था। तब मैंने मन ही मन जोर से कहा था—सारी अच्छाइयों और बुराइयों के साथ मैंने तुम्हें अपनाया, लक्ष्मी। हालाँकि आज मेरा मन इतना विक्षिप्त, इतना विद्रोही हो उठा। इसीलिए मैं यह सोचता हूँ कि यह कहने में कि मैं घर बसाऊँगा और सचमुच का घर बसाने में कितना बड़ा फर्क है।

## 3

जब गाड़ी साँइथिया स्टेशन पर पहुँची तब दिन ढलने को आ रहा था। राजलक्ष्मी के गुमाश्ता काशीराम खुद स्टेशन नहीं आ सके थे, वे वहाँ का इन्तजाम करने में लगे हुए थे। लेकिन उन्होंने दो आदमियों को भेज दिया था और साथ में एक चिट्ठी भी भेजी थी। उसमें उन्होंने लिखा था—आदेश के अनुसार चार बैलगाड़ियाँ भेज रहा हूँ। उनमें से दो छाजनवाली हैं और दो बिना छाजन की हैं। दोनों छाजनवाली गाड़ियों में से एक में ज्यादा पुआल

बिछाकर ऊपर से खजूर के पत्तों की चटाई बिछाई हुई है और दूसरी में थोड़े-से पुआल तो बिछाए हुए हैं, मगर चटाई नहीं है। चटाईवाली खुद मालकिन के लिए है और बिना चटाईवाली गाड़ी नौकर आदि के लिए है। बिना छाजनवाली दोनों गाड़ियों में माल-असबाब लादे जाएँगे। अगर माल-असबाब ज्यादा हो और उन दोनों गाड़ियों में जगह कम पड़े, तो लठैतों से कहिएगा वे बाजार से एक और गाड़ी बुला लाएँगे, उन्होंने और भी लिखा था कि खा-पीकर शाम होने के पहले ही चल देना चाहिए, क्योंकि देर होने पर मालकिन की नींद में खलल पड़ सकता है। और खासतौर पर उन्होंने यह भी बता दिया था कि रास्ते में डरने की कोई बात नहीं है। आप आराम से सो सकती हैं।

राजलक्ष्मी चिट्ठी पढ़कर सिर्फ तनिक मुस्कुराई और जिसने उसे वह चिट्ठी दी उससे डरने की कोई बात पूछे बिना, सिर्फ प्रश्न किया, "क्या बेटा, नजदीक में कोई तालाब है, तुम मुझे तालाब दिखा दे सकते हो, दिखा देते, तो मैं उसमें एक डुबकी लगा आती।"

"हाँ, माँजी, नजदीक में एक तालाब है न! वह देखिए, वहाँ..."

"तो फिर चलो न बेटा, मुझे वह तालाब दिखा दो।" इतना कहकर वह उस आदमी और रतन को साथ लेकर उस अनजान तालाब में नहाने और पूजा-पाठ करने चली गई। चूँकि इस बात का डर दिखाना बेकार था कि उस तालाब में नहाने से वह बीमार पड़ जा सकती है, इसलिए मैंने प्रतिवाद भी नहीं किया। खासतौर से यह सोचकर कि नहा-धोकर अगर वह कुछ खाएगी, तो मेरे अड़चन डालने पर वह आज भी कुछ नहीं खा सकेगी।

लेकिन आज वह दसेक मिनट के अन्दर ही लौट आई। बैलगाड़ियों में चीज-बस्त लादा जा रहा था। दो-एक मामूली-से बिस्तरे गाड़ी में बिछाए जा रहे थे। मुझसे उसने कहा, "तुम इस वक्त कुछ क्यों नहीं खा लेते हो? सब कुछ तो मँगवाया गया है।"

मैंने कहा, "तो दो!"

पेड़ के नीचे आसन बिछाकर एक केले के पत्ते पर वह खाना सहेजकर रख रही थी, मैं निस्पृह चित्त से सिर्फ उसकी तरफ निहार रहा था कि तभी एक व्यक्ति आकर सामने खड़ा हो गया और बोला, "नारायण।"

राजलक्ष्मी ने अपने जूड़ा बाँधे भीगे बालों पर बाईं उलटी हथेली से आँचल को और जरा खींच दिया और मुँह उठाकर निहारा। बोली, "आइए।"

अचानक इस निःसंकोच निमंत्रण की आवाज सुनकर मैंने मुँह घुमाकर देखा, एक साधु खड़ा था। मैं बहुत विस्मित हुआ। उसकी उम्र ज्यादा नहीं थी, वह शायद बीस-इक्कीस साल का था। मगर देखने में वह जितना कमसिन था उतना ही खूबसूरत। कद-काठी दुबली-पतली थी, हो सकता है जरा-सा लम्बा कद लगे। मगर रंग तपे सोने जैसा था। आँखों, मुँह, भवों और माथे की बनावट बिलकुल बेदाग-सी थी। ऐसा नहीं लगा कि वास्तव में मैंने और कभी इतने रूपवान पुरुष को देखा हो। जो गेरुआ कपड़ा उसने पहना था, वह जगह-जगह पर फट गया था। फटी जगहों पर गाँठें बाँध दी गई थीं। पंजाबी चप्पलों का भी लगभग वही हाल था। उनके खो जाने पर अफसोस करने की कोई बात नहीं थी। राजलक्ष्मी ने जमीन पर माथा टेककर उसे प्रणाम किया और उसके बाद उसके लिए

आसन बिछा दिया। फिर मुँह उठाकर बोली, "जब तक मैं खाना ठीक करती हूँ, तब तक आप मुँह-हाथ धो लें। मैं पानी देने के लिए कह देती हूँ।"

साधु ने कहा, "ठीक है, मैं मुँह-हाथ धोता हूँ। मगर मैं तो आपके पास दूसरे काम से आया था।"

राजलक्ष्मी ने कहा, "अच्छा, पहले आप खाने बैठिए। आपकी बात मैं बाद में सुनूँगी। घर लौटने के लिए आपको टिकट चाहिए न? सो मैं कटवा दूँगी।" इतना कहकर उसने मुँह घुमाकर अपनी हँसी छिपाई।

साधु ने गम्भीर भाव से जवाब दिया, "नहीं, उसकी जरूरत नहीं है। मुझे पता चला है कि आप लोग गंगामाटी जा रहे हैं, मेरे साथ एक भारी सन्दूक है। अगर उसे थोड़ी देर तक आप अपनी गाड़ी में रख लें, तो अच्छा हो। मैं भी उसी तरफ जा रहा हूँ।"

राजलक्ष्मी ने कहा, "यह भला कौन-सी बड़ी बात है! लेकिन आप खुद?"

"मैं पैदल ही चला जाऊँगा। ज्यादा दूर नहीं है, यही कोई छह-सात कोस दूर होगा।"

राजलक्ष्मी ने और कुछ कहे बिना रतन को बुलाकर पानी देने के लिए कहा और खुद नफासत के साथ साधुजी के खाने को करीने से रखने में लग गई। यह काम राजलक्ष्मी की निजी चीज है। उस काम में उसका सानी मिलना मुश्किल है।

साधु खाने बैठे, मैं भी बैठा। राजलक्ष्मी खाने को लिये बगल में ही रही। दो मिनट बाद राजलक्ष्मी ने धीरे-धीरे पूछा, "साधुजी, आपका नाम क्या है?"

साधु ने खाते-खाते कहा, "मेरा नाम है—वज्रानन्द।"

राजलक्ष्मी बोली, "बाप रे बाप! लेकिन वैसे लोग प्यार से आपको किस नाम से पुकारते हैं?"

उसके कहने के ढंग से चौंककर मैंने उसकी तरफ निहारा, तो देखा, उसका समूचा मुँह दबी हँसी की शोभा से चमक उठा था। मगर वह हँसी नहीं। मैंने भी खाना खाने में मन लगाया। साधुजी ने कहा, "उस नाम से अब तो कोई वास्ता नहीं रहा। न ही खुद मेरा, न ही किसी दूसरे का।"

राजलक्ष्मी ने आसानी से हामी भरकर कहा, "सो तो आप ठीक कहते हैं।" लेकिन पल भर बाद ही उसने प्रश्न किया, "अच्छा, साधुजी, आपको घर से भागे कितने दिन हुए?"

उसका यह प्रश्न बड़ा बेतुका था। मैंने उसकी तरफ निहारा, तो देखा, राजलक्ष्मी के मुँह पर हँसी तो नहीं थी, मगर जिस प्यारी के मुँह को मैं लगभग भूल चुका था, अभी राजलक्ष्मी की तरफ निहारकर पलक झपकते फिर वही याद आ गया। उसी पुराने जमाने की सारी मधुरता उसके मुँह, आँख और आवाज में मानो सजीव होकर लौट आई हो।

साधु ने एक कौर निगलकर कहा, "आपका यह कौतूहल बिलकुल अनावश्यक है।"

राजलक्ष्मी जरा भी खिन्न नहीं हुई। शरीफों की तरह सर हिलाकर कहा, "आपका कहना सही है। लेकिन एक बार मैंने बड़ा धोखा खाया था इसीलिए—" इतना कहकर उसने मुझसे कहा, "हाँ जी, कहो न, तुम अपनी वह ऊँट और टट्टूवाली कहानी। साधुजी को एक बार सुना दो न—आहा हा, तोबा-तोबा, घर में शायद कोई नाम ले रहा है।"

साधुजी ने जब अपनी हँसी को दबाने की कोशिश की तो उन्हें हिचकी आ गई। अब तक मुझसे उनकी कोई बात ही नहीं हुई थी। मैं राजलक्ष्मी के पीछे कुछ कुछ नौकर-सा था। अब साधुजी ने हिचकी को सँभालकर भरसक गम्भीरता के साथ मुझसे प्रश्न किया, "तो क्या आप एक बार संन्यासी..."

मेरे मुँह में पूरी थी, ज्यादा बोलने की गुंजाइश नहीं थी। इसीलिए मैंने अपने दाहिने हाथ की चार उँगलियों को उठाए रखा और गर्दन हिलाकर बताया, "उँहु, एक बार नहीं–एक बार नहीं...।"

अबकी बार साधुजी की गम्भीरता और बनी नहीं रही। वे और राजलक्ष्मी दोनों ही खिलखिलाकर हँस उठे। जब दोनों की हँसी रुकी, तो साधु ने कहा, "तो आप लौटे क्यों?"

पूरी का निवाला मैं तब तक निगल नहीं सका था, मैंने सिर्फ राजलक्ष्मी को दिखा दिया।

राजलक्ष्मी गरज उठी, बोली, "ओ, तो तुम मेरे लिए लौटे थे! अच्छा, मान लिया कि तुम मेरे लिए लौटे थे, पर यह भी ठीक सही नहीं है–दरअसल वह बहुत बीमार पड़ गया था। मगर और तीन बार तुम क्यों लौटे थे?"

मैंने कहा, "बाकी तीनों बार भी मैं उसी एक ही वजह से लौटा था। मच्छर बहुत काटते थे। उनका काटना चमड़ी को बर्दाश्त नहीं हुआ, अच्छा..."

साधु ने हँसकर कहा, "मुझे आप ब्रह्मानन्द कहकर ही पुकारिएगा। पर आपका नाम..."

मेरे जवाब देने के पहले ही राजलक्ष्मी ने जवाब दिया। बोली, "उनका नाम जानकर आप क्या करेंगे? वे उम्र में आपसे बहुत बड़े हैं, आप उन्हें भैया कहकर ही पुकारिएगा। और अगर आप मुझे भाभी कहकर पुकारेंगे, तो मैं गुस्सा नहीं करूँगी। क्योंकि मैं तो उम्र में तुमसे पाँच-छह साल बड़ी हूँगी।"

साधु का चेहरा लाल हो उठा। मैंने भी इसकी प्रत्याशा नहीं की थी। मैंने विस्मय से निहारा तो देखा, यह तो वही प्यारी है। वह स्वच्छ, सहज, स्नेहातुर आनन्दमयी है। जिसने मुझे किसी भी सूरत में मरघट जाने देना नहीं चाहा था और जिसने मुझे राजा की सोहबत में हरगिज टिकने नहीं दिया, यह वही है। स्नेह में अपने तमाम बन्धनों को तोड़कर आनेवाले इस लड़के के सारे अनजाने दुखों ने राजलक्ष्मी के कलेजे को आकर्षित किया है। किसी भी तरह से वह इसे फिर घर लौटा लाना चाहती है।

साधु बेचारे ने शर्म के दबाव को सँभाल लिया और बोला, "देखिए, मुझे उन्हें भैया कहने में कोई एतराज नहीं है। लेकिन संन्यासियों को किसी को भैया कहकर नहीं पुकारना चाहिए।"

राजलक्ष्मी जरा-सी भी नहीं झेंपी। बोली, "क्यों, संन्यासियों को किसी को भैया कहकर क्यों नहीं पुकारना चाहिए? अपने बड़े भाई की बहू को संन्यासी न ही मौसी कहकर पुकारते हैं, न ही फूफी कहकर। अच्छा तो तुम्हीं बताओ, अगर तुम मुझे भाभी कहकर नहीं पुकारोगे, तो और क्या कहकर पुकारोगे?"

साधु लाचार हो गया और अन्त में शर्मिन्दा होकर मुस्कुराते हुए कहा, ''अच्छा, अच्छी बात है। और भी छह-सात घंटे आपके साथ रहना है। इस बीच अगर जरूरत पड़ी तो, तो मैं आपको भाभी कहकर ही पुकारूँगा।''

राजलक्ष्मी बोली, ''तो फिर मुझे भाभी कहकर एक बार पुकारो न?''

साधु हँस पड़े और बोले, ''ठीक है, मैं वादा करता हूँ, जब जरूरत पड़ेगी तब मैं आपको भाभी कहकर पुकारूँगा। वैसे झूठमूठ में भाभी कहकर नहीं बुलाना चाहिए।''

राजलक्ष्मी ने उसके पत्तल पर और चारेक 'सन्देश' और 'बरफी' देकर कहा, ''अच्छी बात है। जरूरत पड़ने पर ही तुम मुझे भाभी कहकर पुकारना, ऐसा करने से मेरा काम चल जाएगा। मगर मैं यह नहीं सोच सकती हूँ कि जब मुझे जरूरत पड़ेगी तब मैं तुम्हें क्या कहकर पुकारूँगी।'' इतना कहने के बाद उसने मुझे दिखाकर कहा, ''उन्हें तो मैं संन्यासी महाराज कहकर पुकारा करती थी। इसलिए मैं तुम्हें संन्यासी महाराज कहकर नहीं पुकार सकती। ऐसा कहने से गड़बड़ हो जाएगी। तो ऐसा करती हूँ, मैं तुम्हें साधु देवर कहकर पुकारूँगी। क्यों तुम्हारी क्या राय है?''

साधुजी ने और बहस नहीं की, वे बड़ी गम्भीरता के साथ बोले, ''अच्छी बात है। तो आप मुझे साधु देवर ही कहकर पुकारिएगा।''

और मामलों में वे चाहे जो भी क्यों न हों, पर देखा, खाने के मामले में वे इस बात का ध्यान रखते थे कि क्या खाना चाहिए और क्या नहीं खाना चाहिए। पश्चिम की अच्छी मिठाइयों के वे कद्रदान थे और कोई भी अच्छी मिठाई कितनी भी क्यों न दी जाए, वे उसे बिना खाए नहीं छोड़ते थे। राजलक्ष्मी जतन और बड़े स्नेह से एक के बाद एक मिठाई देती रही और वे चुपचाप बेझिझक उसे गटकते रहे। मगर मैं उद्विग्न हो उठा। मैंने मन ही मन समझा-साधुजी ने पहले चाहे जो भी क्यों न किया हो, पर फिलहाल ऐसा जायकेदार खाना इतनी काफी मात्रा में खाने का उन्हें मौका नहीं मिला होगा। लेकिन इतने लम्बे अरसे तक की कमी को एक वक्त में दूर करने की कोशिश करते देखने पर देखनेवाले के लिए धीरज बाँधे रहना असम्भव हो जाता है। इसलिए राजलक्ष्मी ने और भी कई पेड़े और बरफियाँ ज्यों ही साधुजी की पत्तल पर दीं त्यों ही अनजाने में मेरी नाक और मुँह से एक साथ एक इतनी बड़ी लम्बी साँस बाहर निकल आई कि राजलक्ष्मी और उसके नए देवर दोनों ही चौंक उठे। राजलक्ष्मी मेरे मुँह की तरफ निहारकर जल्दी से बोल उठी, ''तुम दुबले-पतले आदमी हो, तुम उठकर मुँह-हाथ धो लो न। हम लोगों के साथ बैठे रहने की क्या जरूरत है?''

साधुजी ने एक बार मेरी तरफ, एक बार राजलक्ष्मी की तरफ और उसके बाद हाँड़ी की तरफ निगाह डाली और मुस्कुराते हुए कहा, ''आह निकलने की तो बात ही है। अब तो कुछ भी नहीं बचा।''

राजलक्ष्मी बोली, ''और भी बहुत है।'' इतना कहकर उसने मेरी तरफ गुस्साई नजरें डालीं।

ठीक तभी रतन पीछे आकर खड़ा हो गया और बोला, ''माँ चिउड़ा तो बहुत मिलता है, मगर दूध या दही कुछ भी तुम्हारे लिए नहीं मिला।''

साधु बेचारा बड़ा झेंप गया और बोला, "आप लोगों की मेहमानी पर मैंने बड़ा जुल्म किया।" इतना कहकर सहसा उसने ज्यों ही उठने की तैयारी की त्यों ही राजलक्ष्मी व्याकुल होकर बोल उठी, "तुम्हें मेरी कसम साधु देवर, तुम मत उठो। मैं कसम खाकर कहती हूँ, अगर तुम उठे, तो मैं सब कुछ उठाकर फेंक दूँगी।"

साधु ने थोड़ी देर विस्मय से शायद यही सोचा कि यह कैसी औरत है, जो पल भर की जान-पहचान में इतनी घनिष्ठ हो उठी। राजलक्ष्मी की प्यारी की कहानी जाने बिना विस्मय करने की तो बात ही है। उसके बाद उन्होंने तनिक मुस्कुराकर कहा, "मैं ठहरा संन्यासी आदमी! खाने में मुझे कोई भी झिझक नहीं होती, लेकिन आप लोगों को तो कुछ खाना होगा। मेरी कसम खाने से तो भला सचमुच आप लोगों का पेट नहीं भरेगा!"

राजलक्ष्मी जीभ को दाँतों तले दबाकर गम्भीर हो गई और बोली, "छिः-छिः ऐसी बात औरत से नहीं कहते भई, मैं यह सब नहीं खाती, मुझे नहीं रुचता। नौकरों के खाने के लिए बहुत है। आज रात भर की तो बात है। जो हो, मुट्ठी भर चिउड़ा-विउड़ा खाकर थोड़ा-सा पानी पी लेने से ही मेरा काम चल जाएगा। लेकिन अगर तुम भूखे उठ जाओगे, तो मैं चिउड़ा-विउड़ा भी नहीं खाऊँगी साधु देवर। अगर तुम्हें विश्वास न हो, तो तुम उनसे पूछ लो।" इतना कहकर उसने मुझसे अपील की।

लिहाजा, इतनी देर बाद मुझे बात करनी पड़ी। कहा, "मैं कसम खाकर यह कहने को राजी हूँ साधुजी कि उसका कहना सही है। झूठमूठ में बहस करने से कोई फायदा नहीं होनेवाला है भई, आप जैसे खा रहे हैं, तब तक वैसे ही खाते रहिए जब तक हाँड़ी औंधी नहीं हो जाती है। वरना बचा-खुचा अब किसी काम नहीं आएगा। यह खाना ट्रेन से मँगाया गया है, इसलिए वे भूखी मर जाएँगी तो भी उन्हें उसका एक दाना भी नहीं खिलाया जा सकता है। यह ठीक बात है।"

साधु ने कहा, "मगर ऐसी खाने की चीजों में तो गाड़ी की छूत नहीं लगती।"

मैंने कहा, "इस बात का फैसला मैं इतने दिनों तक नहीं कर सका भई! भला तुम क्या इसका फैसला एक बैठक में कर सकोगे? बल्कि इससे अच्छा काम तो यह होगा कि तुम खाकर जल्दी उठ जाओ। वरना सूरज ढलने पर, हो सकता है चिउड़ा-पानी भी गले के नीचे न उतर सके। मेरा कहना है कि तुम तो कई घंटे हमारे साथ हो, इस बारे में शास्त्र क्या कहता है, यह तुम समझ सको तो रास्ते में जाते-जाते तुम उन्हें समझा देना। भले ही इससे काम न बने, पर कम से कम काम बिगड़ेगा तो नहीं। अभी जो हो रहा है, वही होता रहे।"

साधु ने पूछा, "तो सारा दिन उन्होंने कुछ नहीं खाया होगा?"

मैंने कहा, "नहीं, आज सारा दिन उन्होंने कुछ नहीं खाया है। इसके अलावा कल भी उनका कोई उपवास था, सुनता हूँ, कल भी उन्होंने दो फल-मूल के अलावा और कुछ भी नहीं खाया था।"

रतन पीछे ही खड़ा था। गर्दन हिलाकर उसने कुछ कहने की कोशिश की। शायद मालकिन की आँखों के गुप्त इशारे से वह रुक गया।

साधु ने राजलक्ष्मी की तरफ निहारा और कहा, ''बिना खाए रहने में आपको तकलीफ नहीं होती?''

साधु की बात के जवाब में वह सिर्फ मुस्कुराई, मगर मैंने कहा, ''इसे न देखकर जाना जा सकता है, न अन्दाजा लगाकर। लेकिन मैंने अपनी आँखों से जो कुछ देखा है, उससे यही जाना जा सकता है कि वे और भी दो-एक दिन से शायद बिना खाए हैं।''

राजलक्ष्मी ने प्रतिवाद किया और बोली, ''तुमने देखा है अपनी आँखों से? कतई नहीं।''

मैंने भी इसका जवाब नहीं दिया, साधुजी ने भी और कोई प्रश्न नहीं किया। उन्होंने वक्त की तरफ ध्यान दिया और चुपचाप खाना खाकर उठ गए।

रतन और उसके दो साथियों के खाते-पीते दिन ढल गया। राजलक्ष्मी ने क्या इन्तजाम किया, यह वही जाने।

जब हम लोग गंगामाटी के लिए रवाना हुए तब शाम हो चुकी थी। एकादशी का चाँद तब भी उतना नहीं चमक रहा था, लेकिन अँधेरा भी कहीं नहीं था, जिन दोनों गाड़ियों में माल-असबाब लदा हुआ था, वे सबसे पीछे थीं, राजलक्ष्मी की गाड़ी बीच में थी और चूँकि मेरी गाड़ी अच्छी थी, इसलिए सबसे आगे थी। मैंने साधुजी को पुकारकर कहा, ''भई, गंगामाटी कम दूर नहीं है, तुम्हें बहुत पैदल चलना पड़ेगा। ऐसा करो, तुम आज भर के लिए मेरी गाड़ी में आ जाओ न?''

साधु ने कहा, ''आप तो साथ ही हैं। जब पैदल नहीं चल सकूँगा तब गाड़ी पर चढ़ जाऊँगा। लेकिन अभी थोड़ी दूर पैदल चलूँ।''

राजलक्ष्मी ने मुँह चढ़ाकर कहा, ''तो फिर तुम मेरा बॉडीगार्ड बनकर चलो साधु देवर। तुमसे दो बातें करते-करते चलूँगी।'' इतना कहकर उसने साधुजी को अपनी गाड़ी के करीब बुला लिया।

सामने ही मैं था। गाड़ियों, बैलों और गाड़ीवानों के मिले-जुले शोर में बीच-बीच में मुझे उन लोगों की थोड़ी-बहुत बातें नहीं सुनाई पड़ती थीं, तो भी ज्यादातर बातें सुनाई पड़ती थीं। अतः मैं उन्हें सुनते-सुनते गया।

राजलक्ष्मी ने कहा, ''तुम्हारी बातें सुनकर ही मैं यह समझ सकी हूँ कि तुम्हारा घर इधर नहीं है। तुम्हारा घर हमारे गाँव की तरफ है। मगर आज तुम कहाँ जा रहे हो, सच-सच बताओ तो भई!''

साधु ने कहा, ''मैं गोपालपुर जा रहा हूँ।''

राजलक्ष्मी ने पूछा, ''गोपालपुर हमारे गंगामाटी से कितनी दूर है?''

साधु ने जवाब दिया, ''मैं तो न ही आपके गंगामाटी को जानता हूँ और न ही मैं अपने गोपालपुर को पहचानता हूँ। लेकिन सम्भवतः वे दोनों गाँव एक-दूसरे के करीब ही होंगे। मैंने तो कम से कम ऐसा ही सुना।''

''तो फिर इतनी रात गए तुम उस गाँव को भला कैसे पहचानोगे और तुम आखिर उस आदमी का घर कैसे ढूँढ़ सकोगे जिसके यहाँ तुम जा रहे हो?''

साधुजी ने तनिक मुस्कुराकर कहा, ''उस गाँव को पहचानना मुश्किल नहीं होगा। क्योंकि रास्ते पर ही एक सूखा तालाब है, उसके दक्षिण तरफ कोस भर पैदल चलने से ही वह गाँव मिल जाएगा। और घर ढूँढ़ने का दुख नहीं झेलना पड़ेगा, क्योंकि मेरे लिए तो सभी घर अनचीन्हे हैं लेकिन यह उम्मीद है कि किसी पेड़ के नीचे रहने भर की थोड़ी-सी जगह मिल जाएगी।''

राजलक्ष्मी व्याकुल होकर बोली, ''इस जाड़े की रात में एक पेड़ के नीचे रहोगे, सो भी उस मामूली-से कम्बल के भरोसे? यह मैं हरगिज बर्दाश्त नहीं कर सकती साधु देवर!''

उसकी चिन्ता ने मुझे भी चोट पहुँचाई। साधु थोड़ी देर तक चुपचाप रहे, फिर धीरे-धीरे बोले, ''मगर हम लोगों का तो कोई घर-मकान नहीं है, हम लोग तो पेड़ के नीचे ही रहते हैं दीदी।''

अबकी बार राजलक्ष्मी भी थोड़ी देर चुप रही, फिर बोली, ''बड़ी बहन की नजरों के सामने तुम पेड़ के नीचे नहीं रहोगे। हम रात को अपने भाई को ऐसी जगह नहीं भेजते जहाँ रहने की जगह न हो। आज तुम मेरे साथ चलो। कल मैं खुद तुम्हें तैयार करके भेज दूँगी।''

साधु चुप रहे। राजलक्ष्मी ने रतन को बुलाकर कह दिया कि उसे बताए बिना गाड़ी पर की कोई चीज उतारी न जाए। यानी संन्यासी महाराज के सन्दूक को रात भर के लिए रोक रखा गया।

मैंने कहा, ''तो फिर ठंड और तकलीफ मत उठाओ भई, आओ न मेरी गाड़ी में।''

साधु ने जरा सोचकर कहा, ''अभी रहने दीजिए। दीदी के साथ जरा बात करते-करते चलूँ।''

मैंने भी सोचा–वह तो सही कहता है। मैंने यह गौर किया था कि नए रिश्ते को अपनाने को लेकर साधुजी के मन में द्वन्द्व चल रहा था, तब भी साधुजी हार गए। अचानक एक साथ जब उन्होंने इस नए रिश्ते को अपना लिया तब बहुत बार लगा कि उन्हें जरा सावधान कर दूँ और कहूँ–महाराज, अगर तुम भाग जाते तो अच्छा करते, अन्त में कहीं तुम्हारी भी वही दशा न हो जो मेरी हुई। हालाँकि मैं चुप रहा।

दोनों की बातचीत फिर चलने लगी। बैलगाड़ी के हिचकोले और झपकियों के झोंक में बीच-बीच में उन लोगों की बातचीत सुन नहीं पाता था, तो भी कल्पना के सहारे उसे पूरी करके चलते-चलते मेरा भी समय बुरा नहीं कटा।

शायद मैं जरा झपकी ले रहा था, तभी सहसा सुना, प्रश्न किया गया, ''हाँ आनन्द, तुम्हारे उस सन्दूक में क्या है?''

जवाब आया, ''कई किताबें और दावा-दारू हैं दीदी।''

''दवा क्यों है? क्या तुम डॉक्टर हो?''

''मैं तो संन्यासी हूँ। अच्छा, तो क्या आपने यह नहीं सुना है दीदी कि आप लोगों के गंगामाटी की तरफ हैजा फैल रहा है?''

''कहाँ, मैंने तो यह नहीं सुना है। यह तो मेरे गुमाश्ते ने मुझे नहीं बताया है। अच्छा, साधु देवर, तुम क्या उस आदमी को अच्छा कर दे सकते हो जिसे हैजा हुआ हो?''

साधुजी थोड़ी देर चुप रहे, फिर बोले, "अच्छा करनेवाले तो हम लोग नहीं हैं, दीदी। हम लोग तो सिर्फ दवा देकर कोशिश कर सकते हैं, मगर दवा देना भी तो जरूरी है। हम दवा दें, यह भी उन्हीं का हुक्म है।"

राजलक्ष्मी ने कहा, "संन्यासी भी दवा देते तो हैं। लेकिन दवा देने के लिए ही तो संन्यासी नहीं बनना पड़ता है। अच्छा आनन्द, तो क्या तुम सिर्फ उसी के लिए संन्यासी बन गए हो भई?"

साधु ने कहा, "यह तो मैं ठीक-ठीक नहीं जानता दीदी। लेकिन देश की सेवा करना भी हम लोगों का एक व्रत तो है!"

"हम लोगों का? तो क्या तुम लोगों का एक दल है आनन्द?"

साधु ने जवाब नहीं दिया। उन्होंने चुप्पी साध ली।

राजलक्ष्मी ने फिर से कहा, "मगर सेवा करने के लिए तो संन्यासी बनने की जरूरत नहीं पड़ती है भई! तुम्हें यह सलाह किसने दी, बताओ तो?"

साधु ने इस सवाल का शायद जवाब नहीं दिया। क्योंकि थोड़ी देर तक किसी की भी कोई बात सुनाई नहीं पड़ी। दसेक मिनट बाद मुझे सुनाई पड़ा, साधु कह रहे थे, "दीदी, मैं छोटा संन्यासी हूँ। मेरा वह नाम नहीं रखा जाएगा, तो भी काम चलेगा। मैंने सिर्फ अपनी कुछ जिम्मेदारियों को छोड़ दिया है और उसकी जगह दूसरे का बोझ उठा लिया है।"

राजलक्ष्मी ने बात नहीं की। साधु कहने लगे, "मैं पहले से ही यह देख रहा हूँ कि आप मुझे घर लौटाने की लगातार कोशिश कर रही हैं। मैं यह नहीं जानता कि आप ऐसा क्यों कर रही हैं? शायद बड़ी बहन होने की वजह से आप ऐसा कर रही हैं। लेकिन जिन लोगों की जिम्मेदारी लेकर हम लोग घर छोड़कर निकले हैं वे लोग कितने कमजोर हैं, कितने बीमार हैं, कैसे लाचार और कितनी तादाद में हैं—यह अगर आप एक बार जानतीं तो ऐसी बात आप अपने मन में भी नहीं ला सकतीं।"

इसका भी राजलक्ष्मी ने कोई जवाब नहीं दिया। मगर मैंने समझा, जो प्रसंग छिड़ा उसके बारे में उन दोनों के मन और मत के मेल होने में देर नहीं होगी। साधुजी ने ठीक जगह पर चोट की। देश की अन्दरूनी हालत, उसके सुख, दुख और अभाव को मैं बहुत कम नहीं जानता। लेकिन यह संन्यासी चाहे जो भी क्यों न हो, उन्होंने इसी उम्र में मुझसे कहीं ज्यादा नजदीक से उन्हें देखा है और कहीं ज्यादा बड़े हृदय से उन्हें अपना लिया है। उनकी बातें सुनते-सुनते आँखों की नींद आँसुओं में तब्दील हो गई और कलेजा क्रोध, क्षोभ, दुख और व्यथा से मानो मथा जाने लगा। गाड़ी के अँधेरे कोने में अकेली बैठी राजलक्ष्मी ने न एक भी प्रश्न किया और न ही किसी भी बात में शामिल हुई। उसकी चुप्पी के बारे में साधुजी ने क्या सोचा, यह तो वे ही जानें। लेकिन इस बेहद स्तब्धता का पूरा अर्थ मुझसे छिपा नहीं रहा।

देश का मतलब है गाँव, जहाँ देश के ज्यादातर लोग रहते हैं। उन्हीं गाँवों की कहानी साधु कहकर सुनाने लगे। गाँवों में न पानी है, न जान है, न स्वास्थ्य है। जंगलों के कूड़े-कचरे से जहाँ खुली रोशनी और हवा का रास्ता रुका हुआ है, जहाँ न ज्ञान है, न विद्या; धर्म

जहाँ विकृत, पथभ्रष्ट और मृतप्राय है। मातृभूमि के उस दुख का वर्णन मैंने अखबारों में भी पढ़ा था, अपनी आँखों से भी देखा था, मगर यह कमी कितनी बड़ी कमी लगी। आज के पहले मैं यह जानता ही नहीं था। गाँवों की यह गरीबी कैसी भयंकर गरीबी है, आज के पहले इसकी कोई धारणा ही मुझे नहीं थी।

सूखे, सुनसान, दूर-दूर तक फैले मैदान से होकर हम लोग चले जा रहे थे। रास्ते की धूल ओस से भीगकर बोझिल हो गई थी। उसी के ऊपर से गाड़ियों के पहियों और बैलों के खुरों की आवाज कभी-कभी सुनाई पड़ती थी। आसमान में चाँदनी पीली पड़कर जहाँ तक नजरें जाती थीं, फैल गई थी। उसी के अन्दर से होकर जाड़े की इस स्तब्ध आधी रात में हम लोग अनजानी दिशा की तरफ मन्थर गति से अविराम चले जा रहे थे। यह नहीं जाना जा सका कि नौकरों में से कौन जगा हुआ था और कौन जगा हुआ नहीं था। सभी के सभी गरम कपड़ों से अपना अंग-अंग ढँककर चुप थे। सिर्फ अकेला संन्यासी हमारे साथ चल रहा था और पूरी स्तब्धता के बीच उसी के मुँह से सिर्फ देश के भाई-बहनों की असहनीय दुखों की कहानी मानो लौ की भाँति जल-जलकर बाहर निकलती आ रही थी। यह सोने की धरती कैसे धीरे-धीरे इतनी सूखी, इतनी खाली हो गई, कैसे देश की सारी दौलत विदेशियों के हाथों से धीरे-धीरे विदेश चली गई, कैसे मातृभूमि के सारे मेद-मज्जा-रक्त को विदेशियों ने चूस लिया, आँखों के सामने उसके ज्वलन्त इतिहास को वह संन्यासी मानो एक-एक करके खोलकर दिखाने लगा।

सहसा साधु ने राजलक्ष्मी को सम्बोधित करते हुए कहा, ''लगता है, मैं तुम्हें पहचान सका हूँ, दीदी। लगता है, तुम जैसी औरतों को ले जाकर एक बार तुम्हीं लोगों के भाई-बहनों को अपनी आँखों से दिखाऊँ!''

राजलक्ष्मी पहले बात नहीं कर सकी। उसके बाद भर्राई आवाज में बोली, ''मुझे क्या यह मौका मिलेगा आनन्द? मैं औरत ठहरी, यह मैं कैसे भूल सकती हूँ भई?''

साधु ने कहा, ''तुम्हें क्यों नहीं मिलेगा दीदी? और तुम ठहरी औरत, अगर तुम यही बात भूल जाओ, तो तकलीफ उठाकर तुम्हें वह सब दिखाने से मुझे क्या फायदा होगा?''

# 4

साधु ने पूछा, ''गंगामाटी क्या तुम्हारी जमींदारी है दीदी?''

राजलक्ष्मी ने जरा मुस्कुराकर कहा, ''देखकर तुम्हें कैसा लगता है भई? हम एक बहुत बड़े जमींदार हैं!''

अबकी बार जवाब देते वक्त साधु भी जरा हँस पड़े। बोले, ''मगर बहुत बड़ी जमींदारी, बहुत बड़ा सौभाग्य नहीं है दीदी।''

उनकी बातों से उनकी माली हालत के बारे में मेरे मन में एक तरह का शक पैदा हुआ। लेकिन राजलक्ष्मी ने उस बात पर ध्यान नहीं दिया। उसने सरल ढंग से तुरत कबूल कर लिया और बोली, "तुम्हारा कहना सही है आनन्द। वह सब जितनी दूर हो जाए उतना ही अच्छा हो।"

"अच्छा दीदी, जब वे अच्छे हो जाएँगे तब तुम लोग फिर शहर लौट जाओगे?"

"हम लोग फिर शहर लौट जाएँगे? लेकिन आज तो वह बहुत दूर की बात है भई!"

साधु ने कहा, "अगर बन पड़े तो अब मत लौटना दीदी। चूँकि इन सब गरीब अभागों को तुम लोग छोड़कर चले गए थे, इसीलिए इन लोगों का दुख-कष्ट इतना चौगुना बढ़ गया है। पर ऐसी बात नहीं कि जब तुम लोग इन लोगों के नजदीक थे तब भी तुम लोगों ने इन लोगों को तकलीफ नहीं दी थी। लेकिन दूर रहकर तुम लोग उन लोगों को इतना निर्मम दुख नहीं दे सके होगे। तब तुम लोगों ने उन लोगों को जितना दुख दिया होगा, उतना उनका दुख तुम लोगों ने बँटाया भी होगा। दीदी, देश का राजा अगर देश में रहता है तो देश का दुख-दैन्य शायद इतना लबालब नहीं भर जाता है। और इस दुख-दैन्य के लबालब भर जाने का क्या मतलब है, ताकि तुम लोग शहर में रह सको, इसके लिए तुम लोगों के खान-पान और शानोशौकत का सामान जुटाने में उन लोगों को क्या दुख-दैन्य झेलनी पड़ती है, इसे अगर तुम लोग एक बार अपनी आँखें खोलकर देख सकते, दीदी..."

"अच्छा आनन्द, तुम्हारा मन घर के लिए छटपटाता नहीं है?"

साधु ने संक्षेप में कहा, "नहीं।"

उस बेचारे ने समझा नहीं, मगर मैंने समझा, राजलक्ष्मी ने उस प्रसंग को दबा डाला, सिर्फ इसीलिए कि वह इसे सहन नहीं कर पा रही थी।

थोड़ी देर तक चुप रहकर राजलक्ष्मी ने दुख-भरी आवाज में पूछा, "तुम्हारे घर में और कौन-कौन हैं?"

साधु ने कहा, "मगर अभी तो मेरा कोई घर नहीं है।"

राजलक्ष्मी फिर बहुत देर तक चुप रही। उसके बाद बोली, "अच्छा आनन्द, इस उम्र में संन्यासी बनने से क्या तुम्हें शान्ति मिली है?"

साधु ने हँसकर कहा, "अरे बाप रे! संन्यासी को इतना लोभ! नहीं, मुझे इतना लोभ नहीं है, दीदी। मैंने सिर्फ दूसरे के दुखों की थोड़ी-सी जिम्मेदारी लेनी चाही है। और मुझे सिर्फ वही मिली है।"

राजलक्ष्मी फिर चुप्पी साधे रही। साधु बोले, "वे शायद सो गए हैं। लेकिन मैं इस बार उनकी गाड़ी में जाकर बैठूँ। अच्छा दीदी, अगर मैं दो-चार दिनों के लिए तुम लोगों का मेहमान बनूँ, तो क्या वे गुस्सा करेंगे?"

राजलक्ष्मी मुस्कुराकर बोली, "यह वे कौन हैं? तुम्हारे भैया?"

साधुजी ने भी मुस्कुराकर कहा, "अच्छा मेरे भैया ही सही।"

राजलक्ष्मी बोली, "और तुमने यह नहीं पूछा कि तुम्हारे मेहमान बनने से मैं गुस्सा करूँगी या नहीं? अच्छा, एक बार चलो तो गंगामाटी, उसके बाद इसका फैसला होगा।"

साधुजी ने क्या कहा, यह मुझे सुनाई नहीं पड़ा। शायद उन्होंने कुछ भी नहीं कहा। थोड़ी देर बाद वे मेरी गाड़ी पर आकर चढ़े और धीरे-धीरे पुकारा, "भैया, आप क्या जगे हुए हैं?"

मैं तो जगा हुआ ही था, मगर मैंने आवाज नहीं दी। तब मेरी ही बगल में साधुजी ने थोड़ी-सी जगह बना ली और अपना फटा कम्बल ओढ़कर लेट गए। एक बार जी चाहा कि जरा हट जाऊँ और उस बेचारे के लिए और थोड़ी-सी जगह छोड़ दूँ। मगर मुझे हिलता-डुलता देखकर उसके मन में कहीं यह सन्देह न पैदा हो जाए कि मैं जगा हुआ हूँ या मेरी नींद टूट गई है और इस डर से कि इस आधी रात में कहीं और एक बार देश की गम्भीर समस्या की चर्चा न छिड़ जाए, मैंने करुणा प्रकट करने की कोशिश तक नहीं की।

मैं यह नहीं जान सका था कि गाड़ियाँ कब गंगामाटी में घुसीं। मैंने तब जाना जब गाड़ी हमारे नए घर के दरवाजे पर आकर रुकी। तब सुबह हो चुकी थी। चारेक बैलगाड़ियों के तरह-तरह के अजीब शोरगुल से चारों बगल भीड़ खास कम इकट्ठा नहीं हो गई थी। रतन की बदौलत मैंने पहले ही यह सुना था कि इस गाँव में मुख्यतः छोटी जात के लोग रहते हैं। देखा, गुस्सा करके उसने बिलकुल झूठ नहीं कहा था। इस जाड़े की भोर में भी तरह-तरह की उम्र के पचास-साठ ऐसे लड़के-लड़कियाँ, जिनकी शायद अभी-अभी नींद टूटी थी, नंगे, अध-नंगे बदन तमाशा देखने के लिए जमा हो गए थे। उनके पीछे से उनके माँ-बाप भी अपनी-अपनी सहूलियत के मुताबिक ताक-झाँक कर रहे थे। उन लोगों की शक्ल-सूरत और पोशाक-लिबास को देखकर उनकी श्रेणी के बारे में चाहे जिसके भी मन में जो भी भाव क्यों न पैदा हुआ हो, पर रतन के मन के अन्दर शायद जरा भी शक नहीं रहा। उसका उनींदा चेहरा पल भर में ही झुँझलाहट और गुस्से से बर्र के छत्ते-सा डरावना हो उठा। अपनी मालकिन को देखने की व्यग्रता से कई लड़के-लड़कियाँ थोड़ी सुध-बुध खोकर सटते आ रहे थे। रतन ने एक ऐसी विकट मुद्रा बनाकर उन लोगों को खदेड़ा कि अगर दो गाड़ीवान सामने नहीं रहते, तो वहीं खून-खराबा मच जाता। रतन ने जरा भी शर्म महूसस नहीं की। उसने मेरी तरफ निहारा और बोला, "दुनिया भर के छोटी जात के लोग हैं ये। देख रहे हैं बाबू, इन छोटे तबके के मुओं की हिमाकत! जैसे रथ-यात्रा देखने आए हों! हम जैसे शरीफ लोग क्या यहाँ रह सकते हैं बाबू? अभी सब छू-छाकर बरबाद कर देते।

उनके छू-छा देने की बात सबसे पहले राजलक्ष्मी के कानों में पहुँची। वह अप्रसन्न हो उठी।

साधुजी अपना सन्दूक उतारने में व्यस्त थे। जब वे सन्दूक उतार चुके तो उसमें से एक लोटा निकालकर वे आगे बढ़कर आए और नजदीक में जो लड़का मिला अचानक

उसी का हाथ उन्होंने धर-दबोचा और बोले, "अरे बेटा, जा तो भई, यहाँ कहाँ अच्छा-सा तालाब-वालाब है, उस तालाब से एक लोटा पानी लेकर आ तो, चाय पीनी है।" इतना कहकर उन्होंने लोटा उसके हाथ में थमा दिया, उसके बाद सामने के एक अधेड़ व्यक्ति से उन्होंने कहा, "अरे भाई मुखिया, नजदीक में किसी के घर गाय है, मुझे दिखा दो तो भई, छटाँक भर दूध माँग लाऊँ, गाँव की ताजा निखालिस चीज—चाय का रंग जो होगा दीदी।" इतना कहकर उन्होंने एक बार मेरे मुँह की तरफ और एक बार अपनी बड़ी बहन के मुँह की तरफ निगाह डाली। लेकिन राजलक्ष्मी उनके इस उत्साह में शरीक नहीं हुई। नाराजगी के बावजूद तनिक मुस्कुराकर बोली, "रतन, तू जा तो बेटा, इस लोटे को माँजकर इसमें थोड़ा-सा पानी ले आ तो!"

रतन के मिजाज की जानकारी मैंने इसके पहले दी है। ऊपर से इस जाड़े की सुबह में जब किसी अनचीन्हे साधु के लिए किसी लापता तालाब से पानी लाने की जिम्मेदारी उस पर पड़ी तब वह अपने आपको और रोक नहीं सका। पल भर में उसका सारा गुस्सा जाकर उतरा उस अभागे लड़के पर जो उससे भी छोटा था। वह उसे कड़ककर डाँटता हुआ बोल उठा, "मक्कार, पाजी कहीं का! तूने उस लोटे को छुआ क्यों? चल हरामजादा, लोटे को माँजकर तू उसे पानी में डुबा देना।" इतना कहकर वह सिर्फ मुँह-आँख की मुद्रा से ही उस लड़के को मानो गरदनिया देकर धकेलता हुआ ले गया।

उसकी करतूत देखकर साधु हँसे, मैं भी हँसा। राजलक्ष्मी खुद भी तनिक शर्मिन्दगी भरी हँसी हँसकर बोली, "तुमने तो गाँव में उथल-पुथल मचा दी आनन्द! साधु को शायद रात बीते बिना ही चाय चाहिए।"

साधु ने कहा, "चूँकि गृहस्थों के लिए रात नहीं बीती है, इसलिए क्या हम लोगों के लिए भी रात नहीं बीतेगी? खूब हो तुम! मगर दूध का जुगाड़ तो करना ही होगा। अच्छा घर के अन्दर घुसकर देखता हूँ कि लकड़ी-वकड़ी, चूल्हा-ऊल्हा है या नहीं। अरे मुखिया, चलो न भई! जरा दिखा दो कि किसके घर गाय है। दीदी, कल वाली उस हाँड़ी में कुछ बरफियाँ थीं न? या गाड़ी के अन्दर अँधेरे में उन्हें खत्म कर दिया गया है?"

राजलक्ष्मी हँस पड़ी। मुहल्ले की जो दो-चार औरतें दूर खड़ी होकर देख रही थीं उन्होंने भी अपना-अपना मुँह घुमा लिया।

ऐसे समय गुमाश्ता काशीराम कुशारीजी हड़बड़ाते हुए आ पहुँचे। उनके साथ तीन-चार आदमी थे। किसी के सर साग-सब्जियाँ भरी टोकरी थी, किसी के हाथ में दूध भरा लोटा था, किसी के हाथ में दही का मटका था, तो किसी के हाथ में एक बहुत बड़ी मछली थी। राजलक्ष्मी ने उन्हें प्रणाम किया। उन्होंने राजलक्ष्मी को आशीर्वाद दिया। साथ ही वे इस बात की तरह-तरह की कैफियात देने लगे कि उन्हें यहाँ आने में मामूली-सी देरी क्यों हुई। वे मुझे अच्छे ही लगे। उनकी उम्र पचास साल से ज्यादा थी। कुछ दुबले-पतले, घुटी हुई दाढ़ी-मूँछें, गेहुँआ रंग। मैंने उन्हें नमस्कार किया, उन्होंने भी प्रति-नमस्कार किया। मगर साधुजी इन सारे प्रचलित रीति-रिवाजों के पास तक नहीं फटके। उन्होंने सब्जियों

की टोकरी को अपने हाथों से उतार लिया और सब्जियों का बारीकी से विश्लेषण करके उनकी खास तारीफ की। इस बारे में उन्होंने अपनी राय निःसन्दिग्ध रूप से जाहिर की कि दूध निखालिस है। पहले तो उन्होंने अन्दाजा लगाकर सभी को यह बताया कि मछली का वजन कितना है, उसके बाद उन्होंने सभी को भरोसा दिया कि मछली जायकेदार है।

इन साधु महाराज के आने के बारे में गुमाश्ताजी को सवेरे कोई जानकारी नहीं मिली थी। वे उत्सुक हो उठे। राजलक्ष्मी बोली, ''संन्यासी देखकर डरिए मत, कुशारीजी। वह मेरा भाई है।'' फिर जरा मुस्कुराकर मृदु स्वर में बोली, ''अब बार-बार गेरुआ छुड़वाना मेरा एक काम हो गया है।''

उसकी बात साधुजी के कानों में पहुँची। वे बोले, ''पर यह काम इतना आसान नहीं है दीदी।'' इतना कहकर उन्होंने मेरी तरफ कनखियों से निहारा और जरा मुस्कुराए। इसका मतलब मैंने भी समझा और राजलक्ष्मी ने भी। लेकिन साधुजी की बात के जवाब में वह सिर्फ जरा मुँह दबाकर हँसी और बोली, ''सो देखा जाएगा।''

जब मैं घर के अन्दर घुसा, तो देखने में आया, कुशारीजी ने इन्तजाम कोई खास बुरा नहीं किया था। चूँकि बेहद जल्दबाजी थी, इसलिए उन्होंने खुद जाकर कचहरी-घर की थोड़ी-बहुत मरम्मत की और उसमें फेर-बदल करके उसे रहने लायक बना दिया था। अन्दर रसोईघर और भंडार-कक्ष के अलावा सोने के दो कमरे थे। सारे कमरे मिट्टी के थे और उन पर पुआल का छप्पर था। कमरे बड़े-बड़े थे और बड़े ऊँचे थे। बाहर का बैठकखाना भी गजब का नफीस था। आँगन लम्बा-चौड़ा, साफ-सुथरा और मिट्टी की चहारदीवारी से घिरा हुआ था। एक किनारे एक छोटा-सा कुआँ था और उसी के करीब दो-तीन तगर और मौलसिरी के पेड़ थे। और एक तरफ छोटे-बड़े तुलसी के पौधों की बहुत सारी कतारें थीं और चारेक जूही और मोतिया के फूलों के झाड़ थे। कुल मिलाकर जगह को देखकर तृप्ति महसूस हुई।

सबसे ज्यादा उत्साह देखने में आया संन्यासीजी में। जो कुछ उन्हें नजर आया वे उसी पर ऊँची आवाज में आनन्द प्रकट करने लगे। मानो ऐसा और कभी उन्होंने देखा नहीं था। मैंने शोर नहीं मचाया, तो भी मैं मन ही मन खुश ही हुआ था। राजलक्ष्मी अपने भाई के वास्ते रसोईघर में चाय बना रही थी। अतएव उसके मुँह का भाव दिखाई तो नहीं पड़ा, मगर उसके मन का भाव किसी से भी छिपा नहीं था। सिर्फ रतन ही था जो इस खुशी के माहौल में शामिल नहीं हुआ। वह पहले की ही तरह मुँह लटकाए एक खूँटे के सहारे चुपचाप बैठा रहा।

चाय बन गई। साधुजी कल की बची-खुची मिठाइयों के साथ दो प्याली चाय पीकर उठे और मुझसे बोले, ''चलिए न, गाँव को एक बार देख आवें। बाँध भी बहुत दूर नहीं है, वैसे उसमें नहा भी लेंगे। दीदी, आप भी चलिए न, आप अपनी जमींदारी का चक्कर लगा आएँगी। शायद यहाँ खास कोई शरीफ आदमी नहीं है, शरमाने की खास जरूरत नहीं पड़ेगी। जायदाद अच्छी है, इसे देखकर लोभ हो रहा है।''

राजलक्ष्मी भी हँसकर बोली, ''यह तो मैं जानती हूँ। संन्यासियों का स्वभाव ही ऐसा होता है।''

हम लोगों के साथ ब्राह्मण रसोइया और एक ही नौकर आया था। वे लोग खाना बनाने की तैयारी कर रहे थे। राजलक्ष्मी बोली, ''नहीं महाराज, मुझे इस बात का भरोसा नहीं होता है कि तुम इतनी ताजा मछली अच्छी तरह बना सकोगे। मैं जब नहा-धोकर आऊँगी, तो मैं ही मछली बनाऊँगी।'' इतना कहकर हम लोगों के साथ जाने की तैयारी करने लगी।

इतनी देर तक रतन किसी बात या किसी काम में शामिल नहीं हुआ था। हम लोग बाहर निकल रहे थे कि तभी उसने बड़े धीर-गम्भीर स्वर में कहा, ''माँ, इस ठेठ गाँव के लोग कहते हैं कि उस बाँध या तालाब में बहुत बड़ी-बड़ी जोंकें हैं—कोई-कोई जोंक तो हाथ भर लम्बी है। उसमें आप नहीं उतरिएगा।''

पल भर में राजलक्ष्मी का चेहरा डर के मारे फक पड़ गया, ''यह तू क्या कहता है रतन? उस तालाब में क्या बहुत बड़ी-बड़ी जोंकें हैं?''

रतन ने गर्दन हिलाकर कहा, ''जी हाँ, यही तो मैं सुनकर आया।''

साधु डाँट उठे, ''जी हाँ, यही तो मैं सुनकर आया, तू नहीं सुनेगी तो और कौन सुनेगा? मुए नाईं ने सोच-समझकर अच्छी तरकीब निकाली है।'' उसके मन के भाव और जाति का परिचय साधु सवेरे ही जान चुके थे। उन्होंने हँसकर कहा, ''दीदी, उसकी बात मत सुनिए। चलिए। हमीं लोग इसकी पड़ताल कर लेंगे कि उस तालाब में जोंक है या नहीं।''

मगर उनकी बड़ी बहन और एक कदम भी आगे नहीं बढ़ी। जोंक का नाम सुनकर वह बिलकुल जहाँ की तहाँ रुक गई और बोली, ''मैं कहती हूँ, आज रहने दो आनन्द। नई जगह है, इसके बारे में अच्छी तरह से जानकारी लिये बिना इतनी हिमाकत करना अच्छा नहीं है। रतन तू ऐसा कर, उठकर जा बेटा, और यहीं कुएँ से दो घड़ा पानी खींच दे।'' मुझसे कहा गया, ''तुम दुबले-पतले आदमी हो, तुम उस तालाब में मत नहाना। आज भर के लिए घर पर ही सर पर दो लोटा पानी डालकर नहा लो।''

साधुजी ने हँसकर कहा, ''और मैं ही क्या इतना गया-गुजरा हूँ दीदी, जो मुझे ही आप उस जोंक वाले तालाब में नहाने भेज दे रही हैं?''

साधु ने कोई बड़ी बात नहीं कही थी। मगर उसकी इतनी-सी ही बात सुनकर राजलक्ष्मी की दोनों आँखें छलछलाने को आईं। उसने थोड़ी देर तक चुपचाप अपनी स्निग्ध दृष्टि से मानो उसे अभिषिक्त किया और बोली, ''तुम तो भई आदमी के हाथ के बाहर हो! जिसने अपने माँ-बाप का कहा नहीं सुना था, वह क्या किसी अनजान-अनचीन्ही बहन का कहा मानेगा?''

साधु चल देने की तैयारी कर चुके थे कि तभी सहसा जरा रुके और बोले, ''ये अनजाना-अनचीन्हा शब्द मत कहिए दीदी। चूँकि आप सभी को पहचानना है इसीलिए तो मैं घर छोड़कर आया हूँ वरना मुझे क्या जरूरत!'' इतना कहकर वे जरा तेज कदमों से बाहर निकल गए। मैं भी पीछे-पीछे उनके साथ हो लिया।

हम दोनों ने इस बार अच्छी तरह से घूम-फिरकर गाँव को देख लिया। गाँव छोटा था और उस गाँव में वे ही लोग रहते थे जिन्हें हम छोटे जात के लोग कहते हैं। वास्तव में पनेरियों के दो घरों और लोहार के एक घर को छोड़कर उस गाँव में एक भी ऐसी जात के लोग नहीं रहते थे जिनका छुआ पानी पिया जा सके। समूचे गाँव में डोम और बाउरी रहते थे। बाउरी बेंत का काम और मजदूरी करके और डोम चँगेरी, सूप, डाली आदि बना करके पोड़ामाटी गाँव में उन्हें बेचकर अपना गुजारा किया करते थे। गाँव के उत्तर तरफ पानी की निकासी के बड़े नाले के उस पार पोड़ामाटी था। सुनने में आया, वह गाँव बड़ा था, और वहाँ बहुत से ब्राह्मण, कायस्थ और अन्यान्य जाति के लोग रहते थे। हमारे कुशारीजी का घर भी उसी पोड़ामाटी में था। मगर दूसरे की बात बाद में होगी। फिलहाल अपने गाँव की जो हालत दिखाई पड़ी उससे दृष्टि आँसुओं से धुँधली होने को आई। बेचारों ने अपने घरों को जी-जान से छोटा बनाने में कोई कोताही नहीं की थी, फिर इन छोटे-छोटे घरों को छाने लायक पुआल इस सोने के बंगाल में उन लोगों के नसीब में नहीं जुटा था। बित्ता भर जगह-जमीन करीब-करीब किसी के भी पास नहीं थी। सिर्फ चँगेरियों और डालियों को हाथों से बुनकर और दूसरे गाँव के बड़े लोगों के पास उन्हें पानी के मोल बेचकर कैसे उन लोगों का गुजर-बसर होता था, यह मुझसे सोचते नहीं बना। तब भी यों ही उन अछूतों के दिन चले जा रहे थे और हो सकता है, यों ही हमेशा उन लोगों का दिन चला गया था, मगर किसी दिन किसी ने भी इसका खयाल तक नहीं किया था। उन लोगों के जीने-मरने का वैसे ही कोई हिसाब नहीं रखता था जैसे सड़क पर पैदा होकर कुछ साल जिन्दा रहकर मर जानेवाले कुत्तों का कोई हिसाब नहीं रखता है। उन अभागों का भी इससे ज्यादा देश के आगे थोड़ा-सा भी दावा नहीं था। उनके दुख-दैन्य और उनकी हर तरह की हीनता अपनी और दूसरों की नजर में इतनी सहज और स्वाभाविक हो गई थी कि आदमी की बगल में आदमी की इतनी बड़ी लांछना से कहीं किसी के भी मन में जरा-सी भी शर्म नहीं थी।

मगर मैं यही नहीं जानता था कि साधु मेरे मुँह की तरफ देख रहे थे। उन्होंने अचानक कहा, ''भैया यही है देश की सच्ची तसवीर। लेकिन मन भारी करने की जरूरत नहीं। आप सोच रहे हैं यह सब शायद रोज इन लोगों को दुख देता होगा, मगर ऐसी बात कतई नहीं है।''

मैंने क्षुब्ध और अत्यन्त विस्मित होकर कहा, ''यह कैसी बात कही आपने साधुजी?''

साधुजी ने कहा, ''हम लोगों की तरह अगर आप हर जगह घूमते-फिरते भैया, तो आप समझते कि मैंने लगभग सही बात ही कही है। दुख को वास्तव में कौन भुगतता है? मन न? मगर इन लोगों के मन को हमने क्या अच्छा रहने दिया है? बहुत दिनों के लगातार दबाव से हमने उसे बिलकुल निचोड़ डाला है। इन्हें जो कुछ मिलता है उससे ज्यादा माँगने की अब खुद ही ये लोग बेजा हिमाकत समझते हैं। वाह रे वाह! हमारे बाप-दादा सोच-सोचकर क्या मशीन निकालकर गए थे।'' इतना कहकर साधु बेहद निष्ठुरों की तरह ही ठहाका मारकर हँसने लगे। मगर मैं उस हँसी में शरीक नहीं हो

सका। और उनकी बात का ठीक अर्थ भी न समझ पाने की वजह से मैं मन ही मन शर्मिन्दा हो उठा।

इस साल उपज अच्छी नहीं हुई थी। पानी की कमी की वजह से हेमन्त ऋतु का धान लगभग आधा सूख गया था और इसी बीच कमी की हवा ने बहना शुरू किया था। साधु ने कहा, "भैया, चाहे जिस बहाने ही क्यों न हो, जब भगवान ने आपको आपकी प्रजा के बीच धकेलकर भेजा है, तब अचानक अब भागिएगा नहीं। कम से कम यह साल बिता जाइए। मैं यह नहीं सोचता कि आप खास कुछ कर सकेंगे। लेकिन आँखों से भी प्रजा का दुख बँटाना अच्छा है। इससे जमींदारी करने के पाप का बोझ कुछ हल्का होता है।"

मैंने सिर्फ लम्बी आह भरी और सोचा—जमींदारी और प्रजा मेरी ही तो है। मगर पहले भी जैसे मैंने जवाब नहीं दिया था और चुप रह गया था इस बार भी वैसे ही मैंने जवाब नहीं दिया और चुप रहा। छोटे-से गाँव का चक्कर लगा करके नहा-धोकर जब मैं वापस आया तब बारह बज चुके थे। कल तीसरे पहर की तरह आज भी हम दोनों को खाना देकर राजलक्ष्मी एक बगल में बैठी। सारा खाना उसने खुद बनाया था, इसलिए मछली का सर और दही की मलाई साधु की पत्तल पर ही पड़ी। साधु जी वैरागी आदमी ठहरे। मगर देखने में नहीं आया कि सात्विक और असात्विक, निरामिष और आमिष कोई भी खाना खाने में उन्हें जरा भी परहेज था, बल्कि खाना खाते वक्त उन्होंने जितनी रुचि और प्रेम से खाना खाया उतनी रुचि और प्रेम से कोई गृहस्थ भी नहीं खा सकता। खाना अच्छा बना है या बुरा, यह समझनेवाले व्यक्ति के रूप में जैसे मेरी ख्याति नहीं थी वैसे ही मुझे समझा देने के लिए भी खाना बनानेवाली का किसी तरह का आग्रह प्रकट नहीं हुआ।

साधुजी को जल्दी नहीं। वे बेहद इत्मीनान से खाना खाने लगे। वे चबाते-चबाते बोले, "दीदी, जायदाद सचमुच अच्छी है। इसे छोड़कर जाने में माया होती है।"

राजलक्ष्मी बोली, "इसे छोड़कर जाने के लिए तो हम लोग तुमसे चिरौरी नहीं करते हैं भई!"

साधुजी ने हँसकर कहा, "संन्यासी-फकीरों को कभी भी ऐसा बढ़ावा मत देना दीदी। धोखा खाओगी। सो, चाहे जो भी हो, गाँव अच्छा है। पर कहीं कोई ऐसा आदमी नजर नहीं आया जिसका छुआ पानी पिया जा सके। मैंने कोई ऐसा घर नहीं देखा जिसके छप्पर पर एक पूला साबुत पुआल हो। लगता है, जैसे ऋषियों का आश्रम हो।"

एक दृष्टि से आश्रम के साथ अछूतों के घरों के मेल की बात को सोचकर राजलक्ष्मी ने तनिक क्षीण हँसी हँसकर मुझसे कहा, "सचमुच ही क्या इस गाँव में सिर्फ छोटी जात के लोग रहते हैं? तब तो एक लोटा पानी की उम्मीद भी किसी से नहीं की जा सकती है। देखती हूँ, यहाँ ज्यादा दिन नहीं रहा जा सकता है।"

साधु तनिक मुस्कुराए, मगर मैं चुप रहा। क्योंकि मैं यह जानता था कि राजलक्ष्मी जैसी करुणामयी भी किस संस्कार के प्रभाव से इतनी बड़ी शर्म की बात कह सकी।

साधु की मुस्कुराहट ने मुझे छुआ, लेकिन बींधा नहीं। यह सच है कि इसीलिए मैंने बात नहीं की। फिर भी मेरा मन उस राजलक्ष्मी से अन्दर ही अन्दर कहने लगा–लक्ष्मी, आदमी का काम ही सिर्फ अछूत होता है, आदमी अछूत नहीं होता। वरना प्यारी आज फिर वापस आकर राजलक्ष्मी की जगह पर हरगिज नहीं बैठ सकती थी। और ऐसा सम्भव हुआ है सिर्फ इस वजह से कि मैंने आदमी को सिर्फ आदमी की देह समझने की किसी दिन गलती नहीं की थी। मेरी इस बात की परीक्षा बचपन से बहुत बार हो चुकी है। हालाँकि ये सब बातें मुँह खोलकर उससे कहने की गुंजाइश नहीं थी–कहने को अब मेरा जी भी नहीं चाहा था।

हम दोनों खाना खाकर उठे। राजलक्ष्मी हम लोगों को पान देकर शायद खुद भी कुछ खाने के लिए गई। लेकिन अन्दाजन घंटे भर बाद वापस आकर वह खुद भी साधुजी को देखकर जैसे आसमान से गिरी। मैं भी वैसे ही विस्मित हुआ। देखता हूँ, इस बीच पता नहीं कब वे बाहर जाकर एक आदमी को अपने साथ ले आए हैं और दवा का वह भारी सन्दूक उसके सर पर रखकर खुद भी जाने के लिए तैयार होकर खड़े हैं।

कल उन्होंने ऐसा ही कहा तो था, मगर आज हम लोग बिलकुल ही यह भूल गए थे। मैंने सोचा भी नहीं था कि घर से दूर इस गाँव में राजलक्ष्मी के इतने लाड़-प्यार की उपेक्षा करके साधुजी किसी अनिश्चित जगह जाने के लिए इतनी जल्दी उन्मुख हो उठेंगे। राजलक्ष्मी के गुप्त मन के अन्दर शायद यही आशा थी कि स्नेह का बन्धन इतनी आसानी से टूटनेवाला नहीं है। वह डर के मारे व्याकुल होकर बोली, "तुम क्या जा रहे हो आनन्द?"

साधु ने कहा, "हाँ दीदी, मैं चलता हूँ। अगर अभी नहीं निकलूँगा, तो पहुँचने में बहुत रात हो जाएगी।"

"वहाँ तुम कहाँ खाओगे? कहाँ सोओगे? वहाँ तो तुम्हारा कोई अपना आदमी नहीं है।"

"पहले मैं वहाँ पहुँचूँ तो सही दीदी!"

"यह तो अभी नहीं कहा जा सकता। अगर काम की भीड़ में मैं आगे नहीं बढ़ गया, तो एक दिन लौट भी सकता हूँ।"

राजलक्ष्मी का चेहरा पहले-पहल फक पड़ गया, उसके बाद वह अपना सर झकझोरकर बोल उठी, "तो तुम एक दिन लौट भी सकते हो? ऐसा हरगिज नहीं कहा जा सकता।"

यह समझ में आया कि क्या ऐसा नहीं हो सकता है–इसीलिए साधु ने उसकी बात के जवाब में सिर्फ जरा म्लान हँसी हँसकर कहा, "जाने का कारण तो मैंने आपको बताया है दीदी।"

"तुमने जाने का कारण मुझे बताया है? अच्छा तो जाओ।" इतना कहकर राजलक्ष्मी लगभग रो पड़ी और तेजी से कमरे के अन्दर जा घुसी। थोड़ी देर के लिए साधुजी स्तब्ध हो गए। उसके बाद मेरी तरफ निहारकर शर्मिन्दा होकर बोले, "पर मेरा जाना बहुत जरूरी है।"

मैंने गर्दन हिलाकर सिर्फ कहा, "मैं जानता हूँ।" इससे ज्यादा और कुछ कहने को नहीं था। क्योंकि मैंने बहुत-कुछ देखकर यह जाना है कि स्नेह की गम्भीरता को वक्त की कमी से हरगिज नहीं मापा जा सकता है और सिर्फ काव्य के लिए कवियों ने इस चीज की कोरी कल्पना नहीं की है। दुनिया में वास्तव में ऐसा घटित होता है। इसीलिए एक के जाने की जरूरत भी जितनी सही है, दूसरे का आकुल स्वर में बिलकुल मना करना उतना ही सही है या नहीं, इसको लेकर मेरे मन में जरा भी सन्देह पैदा नहीं हुआ। मैंने बड़ी आसानी से यह समझा कि इसको लेकर राजलक्ष्मी को बहुत दुख झेलना पड़ेगा।

साधुजी ने कहा, "मैं चला। उधर का काम अगर पूरा हो जाएगा, तो हो सकता है, मैं फिर जाऊँ। मगर अभी यह बताने की जरूरत नहीं।"

मैंने कबूल करते हुए कहा, "तो ठीक है, तुम अपना काम पूरा करके आ सको, तो आना।"

साधुजी ने कुछ कहने की कोशिश की कि तभी कमरे की तरफ निहारकर अचानक एक आह भरी, जरा मुस्कुराए और उसके बाद धीरे-धीरे बोले, "अजीब प्रान्त है यह बंगाल। इसके बाट-घाट में हैं माँ-बहन। क्या मजाल कि कोई इन्हें नजरअन्दाज कर जाए।" इतना कहकर वे धीरे-धीरे बाहर निकल गए।

उनकी बात सुनकर मेरे मुँह से भी एक आह निकली। लगा, उनका कहना सही है। देश की सारी माँ-बहनों का दुख जिसे खींचकर घर के बाहर निकाल लाया है, उसे सिर्फ एक बहन का स्नेह दही की मलाई और मछली के सर से कैसे पकड़ रखेगा?

# 5

साधुजी तो आराम से चले गए। उनके चले जाने का दुख रतन को कैसा टीसा, यह उससे पूछा नहीं गया था। सम्भवतः उतना भयानक नहीं टीसा होगा। मगर मैंने राजलक्ष्मी को देखा। वह रोते-रोते कमरे में घुसी। और बाकी बचा मैं। साधुजी के साथ पूरे चौबीस घंटे तक नजदीकियाँ नहीं बढ़ी थीं। फिर भी मुझे यह लगने लगा कि हमारी इस बिन बसी-बसाई गिरस्ती के बीचोबीच वे मानो एक बहुत बड़ा छेद करके चले गए। यह नुकसान अपने आप पूरा हो जाएगा या वे खुद ही फिर एक दिन अचानक अपने बड़े-से दवा के सन्दूक को कन्धे पर लिये इसकी भरपाई करने सशरीर लौट आएँगे। जाते वक्त इस बारे में वे कुछ भी नहीं कह गए थे हालाँकि ऐसी भी बात नहीं कि खुद मुझे बहुत ज्यादा चिन्ता थी। विभिन्न कारणों और खासकर कुछ दिनों से बुखार में पड़े रहने की वजह

से तन-मन में एक ऐसा निस्तेज निरालम्ब भाव आ गया था कि एकमात्र राजलक्ष्मी के हाथों ही हर तरह से अपने आपको सौंपकर मैंने दुनिया की तमाम अच्छाइयों-बुराइयों की जिम्मेदारी से छुटकारा ले लिया था। इसलिए किसी भी चीज के लिए अलग से सोचने की न ही मुझे जरूरत थी, न ही ताकत थी। तब भी आदमी के मन की चंचलता को विराम नहीं था। बाहर के कमरे में एक तकिए के सहारे मैं अकेला बैठा हुआ था। कितनी बेतरतीब चिन्ताएँ आ-जा रही थीं, उनकी गिनती नहीं थी। सामने के आँगन में धूप धीरे-धीरे म्लान होकर आनेवाली रात के सन्देश से अन्यमनस्क मन के बीच-बीच में चौंकाती चली जा रही थी। लग रहा था, इस जीवन में आई-गईं सारी रातों के साथ आज की इस अनागत रात का अनजान रूप मानो किसी अनदेखी नारी के घूँघट में छिपे मुँह की तरह रहस्यमय है। हालाँकि बस अपरिचित नारी का कैसा स्वभाव है, कैसी रीति है, इस बारे में कुछ भी जाने बिना इसके अन्त तक पहुँचना ही होगा। बीच रास्ते में अब इसका कोई फैसला ही नहीं किया जा सकता है। फिर दूसरे ही पल मानो अक्षम विचार का सारा बन्धन पल भर में टूटकर बिखरता चला जा रहा था। जब ऐसी मन की हालत थी, तभी बगल के दरवाजे को खोलकर राजलक्ष्मी घुसी। उसकी दोनों आँखें थोड़ी-सी लाल थीं, थोड़ी सूजी हुई सी थीं। वह धीरे-धीरे मेरे पास आकर बैठी और बोली, ''मैं सो गई थी।''

मैंने कहा, ''इसमें आश्चर्य की कौन-सी बात है जो जिम्मेदारी, जो थकान तुम ढोए फिर रही हो उसमें और कोई होता, तो वह टूट ही जाता। और अगर मैं होता तो दिन-रात कभी आँखें खोल ही नहीं सकता, मैं तो कुम्भकर्ण की नींद सोता।''

राजलक्ष्मी ने हँसकर कहा, ''मगर कुम्भकर्ण को मलेरिया नहीं हुआ था। जो हो, तुम तो दिन में भी नहीं सोए थे।''

मैंने कहा ''नहीं, मैं दिन में भी नहीं सोया था। मगर अभी मुझे नींद आ रही है। हो सकता है, थोड़ी देर सोऊँ। क्योंकि वाल्मीकि मुनि ने कहीं ऐसा भी नहीं लिखा है कि कुम्भकर्ण को मलेरिया नहीं हुआ था।''

वह व्यस्त होकर बोली, ''सोओगे इस बेवक्त में। जान बख्शो मेरी तुम, इस बेवक्त में सोओगे, तो क्या बुखार आए बिना रहेगा? ऐसा नहीं हो सकता। अच्छा जाते वक्त आनन्द क्या तुमसे और कुछ कह गया?''

मैंने प्रश्न किया, ''तुम किस तरह की बात की आशा करती हो?''

राजलक्ष्मी बोली, ''यही कि वह कहाँ जाएगा? या...''

यह 'या' ही असली सवाल था। मैंने कहा, ''एक तरह से इस बात का आभास देकर गए हैं कि वे कहाँ जाएँगे। मगर इस 'या' के बारे में वे कुछ भी कहकर नहीं गए हैं। मैं तो उनके लौट आने की कोई खास सम्भावना नहीं देखता।''

राजलक्ष्मी चुप रही, मगर मैं अपने कौतूहल को रोक नहीं सका। पूछा, ''अच्छा, इस आदमी को क्या तुमने वास्तव में पहचाना है? जैसे एक दिन तुम मुझे पहचान सकी थी।''

वह मेरे मुँह की तरफ थोड़ी देर तक चुपचाप निहारती रही, फिर बोली, "नहीं, मैंने उसे नहीं पहचाना है।"

मैंने कहा, "सच-सच बताओ तो, क्या तुमने कभी किसी दिन उसे देखा है?"

अबकी बार राजलक्ष्मी ने मुस्कुराते हुए कहा, "तुम्हारे आगे मैं कसम नहीं खा सकती। बहुत समय मुझसे बड़ी गलती होती है। तब अपरिचित व्यक्ति भी कहीं देखा हुआ-सा लगता है। उसका चेहरा मुझे बेहद परिचित-सा लगता है। मैं सिर्फ यही नहीं याद कर सकती कि मैंने उसे कहाँ देखा है। आनन्द को भी, हो सकता है मैंने कभी देखा हो।"

वह थोड़ी देर तक चुपचाप बैठी रही, फिर धीरे-धीरे बोली, "आज आनन्द चला तो गया, लेकिन मैं तुम्हें यह पक्का कहती हूँ कि अगर वह कभी वापस आया, तो उसके माँ-बाप के पास एक दिन फिर लौटा दूँगी।"

मैंने कहा, "ऐसा करने की तुम्हें क्या गरज है?"

वह बोली, "यह सोचने में भी मेरे कलेजे में मानो काँटा चुभता है कि ऐसा लड़का हमेशा मारा-मारा फिरेगा। अच्छा, खुद तुमने भी तो घर-संसार छोड़ा था, तुम्हीं बताओ, संन्यासी बनने में क्या कोई सच्चा आनन्द है?"

मैंने कहा, "मैं सचमुच का संन्यासी नहीं बना था, इसीलिए उसकी अन्दरूनी सही जानकारी मैं तुम्हें नहीं दे सकता। अगर किसी दिन वह लौट आए, तो उसी से पूछना कि साधु बनने में कोई सच्चा आनन्द है या नहीं।"

राजलक्ष्मी ने प्रश्न किया, "अच्छा, घर में रहकर क्या धर्म-लाभ नहीं होता है? घर-संसार को छोड़े बिना क्या भगवान नहीं मिल सकता है?"

उसका प्रश्न सुनकर मैंने हाथ जोड़ के कहा, "दोनों में से किसी के लिए भी मैं व्याकुल नहीं हूँ लक्ष्मी, ऐसे कठिन प्रश्न तुम मुझसे मत किया करो, इससे मुझे फिर बुखार आ सकता है।"

राजलक्ष्मी हँसी, उसके बाद करुण स्वर में बोली, "लेकिन लगता है, दुनिया में आनन्द के लिए तो सब कुछ है, तब भी वह धर्म के लिए इसी उम्र में सब कुछ छोड़कर आया है, मगर तुम तो ऐसा नहीं कर सके थे।"

मैंने कहा, "नहीं, मैं ऐसा नहीं कर सका था, और नहीं लगता है कि भविष्य में भी मैं ऐसा कर सकूँगा।"

राजलक्ष्मी बोली, "क्यों नहीं लगता है कि तुम भविष्य में भी ऐसा कर सकोगे?"

मैंने कहा, "इसका प्रधान कारण यह है कि मुझे यह नहीं मालूम कि जिसे छोड़ना होगा, मेरा वह घर-संसार कहाँ है और किस तरह का है। और जिन परमात्मा के लिए मुझे घर-संसार छोड़ना होगा, उनके प्रति मुझे जरा भी लोभ नहीं है। मुझे इस बात का भरोसा है कि जिनके बिना इतने दिन बीत गए हैं, उनके बिना बाकी दिन भी बीते बिना नहीं रहेंगे। दूसरी तरफ मुझे इस बात पर विश्वास नहीं है कि तुम्हारे वे आनन्द भाई भी गेरुआ धारण करने के बावजूद ईश्वर को पाने के लिए ही घर से बाहर निकल

आए हैं। इसका कारण यह है कि मैंने भी कई बार साधुओं की संगत की है। उनमें से किसी ने भी आज तक दवा के सन्दूक को कन्धे पर लिये फिरने को भगवत्-प्राप्ति का उपाय नहीं बताया है। इसके अलावा तुमने तो अपनी आँखों से देखा कि वे कितना खाते हैं!''

राजलक्ष्मी पल भर चुप रही, फिर बोली, ''तो क्या वह झूठमूठ में घर-संसार छोड़कर यह तकलीफ उठाने के लिए घर से बाहर निकल आया है? सभी को क्या तुम अपने जैसा ही समझते हो?''

मैंने कहा, ''नहीं, मैं सभी को अपने जैसा ही नहीं समझता हूँ। मुझमें और उनमें बहुत बड़ा फर्क है। वे भगवान की खोज में नहीं निकले हैं, तो भी लगता है, वे जिसके लिए रास्ते पर निकले हैं वह उन्हीं के इर्द-गिर्द है यानी उनका अपना देश। इसीलिए उनका घर-मकान छोड़ आना ठीक घर-संसार छोड़ आना नहीं है। साधुजी सिर्फ एक छोटी-सी घर-गिरस्ती को छोड़कर बड़ी घर-गिरस्ती के अन्दर घुसे हैं।''

राजलक्ष्मी मेरे मुँह की तरफ निहारती रही, शायद वह ठीक-ठीक समझ नहीं सकी। उसके बाद उसने पूछा, ''जाते वक्त वह क्या तुमसे कुछ कह गया?''

मैंने गर्दन हिलाकर कहा, ''नहीं, जाते वक्त वे मुझसे खास कुछ कहकर नहीं गए।''

''मैं खुद भी यह नहीं जानता था कि मैंने उससे थोड़ी-सी सच्चाई क्यों छिपाई? लेकिन जाते वक्त साधुजी ने आखिरी बार जो बात कही थी वह तब भी मेरे कानों में पहले की ही तरह गूँज रही थी। जाते वक्त एक आह भरकर उन्होंने कहा था—अजीब प्रान्त है यह बंगाल। इसके बाट-घाट में माँ-बहन मिल जाती हैं, किसकी मजाल कि उन्हें नजरअन्दाज कर सके!''

उदास मुँह से राजलक्ष्मी चुपचाप बैठी रही। मेरे भी मन के अन्दर बहुत दिनों की बहुत सारी भूली-बिसरी घटनाएँ धीरे-धीरे झाँकने लगीं। मैं मन ही मन कहलाने लगा—सही बात है। सही बात है। साधुजी, तुम चाहे जो कोई भी क्यों न हो, इतनी कम उम्र में ही मेरे इस बंगाल को तुमने अच्छी तरह देखा है। अगर तुमने बंगाल को अच्छी तरह नहीं देखा होता, तो इसके सही रूप की जानकारी आज तुम इतनी आसानी से इन कई शब्दों में नहीं दे सकते। मैं जानता हूँ कि बहुत दिनों की ढेर सारी भूल-चूक ने मेरी मातृभूमि के अंग-अंग में कीचड़ लेप दिया है। तब भी इस सच की परख करने का जिसे मौका मिला है वही जानता है कि यह कितना बड़ा सच है।

इसी तरह चुपचाप जब दस-पन्द्रह मिनट बीत गए तो राजलक्ष्मी ने मुँह उठाकर कहा, ''मैं यह कह देती हूँ कि अगर उसे यह मकसद याद रहेगा तो एक दिन उसे फिर घर लौटना ही पड़ेगा। इस देश में निरा दूसरे की भलाई करनेवालों की जो दुर्दशा होती है, हो सकता है उसे वह आज भी नहीं जानता हो। इसका कुछ स्वाद मैं जानती हूँ। मेरी ही तरह एक दिन जब शक, अड़चन और कटु बातों से उसका सारा मन खट्टा हो जाएगा तब उसे भाग आने के लिए रास्ता नहीं मिलेगा।''

मैंने हामी भरते हुए कहा, ''यह कोई असम्भव बात नहीं है। मगर मुझे लगता है, इन सब दुखों की बात वह अच्छी तरह जानता है।''

राजलक्ष्मी बार-बार सर हिलाती हुई कहने लगी, ''कतई नहीं, कतई नहीं। मैं कहती हूँ, इन सब दुखों की बात जानने पर कोई उस रास्ते नहीं जाएगा।''

इस बात का कोई जवाब नहीं था। मैंने बंकू के मुँह से सुना था कि राजलक्ष्मी ने एक दिन अपनी ससुराल के गाँव में बहुत-सा जनहितकारी कार्य करना चाहा था। पर इसके लिए उसे अपमानित होना पड़ा था। वह निष्काम परोपकार न कर पाने के दुख ने बहुत दिनों तक उसके मन को साला था। यद्यपि और भी एक पहलू देखने का था। लेकिन उस लुप्त दुख की जगह की शिनाख्त करने को भी अब जी नहीं चाहा। इसीलिए मैं चुपचाप बैठा रहा। हालाँकि राजलक्ष्मी जो कुछ कह रही थी, वह गलत नहीं था। मैं मन ही मन सोचने लगा—क्यों ऐसा होता है? क्यों एक के अच्छे काम को दूसरा सन्देह की नजरों से देखता है? क्यों ऐसे कामों को विफल करके आदमी दुनिया के दुखों के बोझ को हल्का करने नहीं देता है? लगा, अगर साधुजी रहते या अगर कभी वे लौटकर आते तो इस जटिल समस्या का फैसला करने की जिम्मेदारी मैं उन्हीं को सौंप देता।

उस दिन सवेरे से नजदीक ही पता नहीं कहाँ से बीच-बीच में शहनाई की आवाज सुनाई पड़ रही थी। इसी समय कई लोग रतन को अगुवा बनाकर आँगन के बीचोबीच आकर खड़े हो गए। रतन ने सामने आकर कहा, ''माँ, ये लोग आपको भेंट देने आए हैं। आओ न जी, दे जाओ न?'' इतना कहकर उसने एक प्रौढ़ व्यक्ति को इशारा किया। वह आदमी छापेदार पीली धोती पहने था। गले में नई कंठी थी। बेहद संकोच के साथ वह आगे बढ़कर आया, एक रुपया और एक सुपाड़ी नए शाल के पत्ते पर रखकर बरामदे के नीचे से ही उसे राजलक्ष्मी के निमित्त रखा, फर्श पर माथा टेककर प्रणाम किया और बोला, ''माँजी, आज मेरी बेटी की शादी है।''

राजलक्ष्मी उठकर आई, उसे उठा लिया और पुलकित चित्त से बोली, ''बेटी की शादी में शायद यह देना पड़ता है।''

रतन ने कहा, ''नहीं माँ, ऐसी बात नहीं है, सब अपनी-अपनी औकात के मुताबिक जमींदार को भेंट देते हैं। यह तो डोम है, आप ही कहिए, यह इससे ज्यादा कहाँ से दे सकेगा, यही तो कितनी मुश्किल से...''

मगर रतन का कहना खत्म होता इसके पहले ही यह सुनकर कि यह रुपया डोम का दिया हुआ है, राजलक्ष्मी ने जल्दी से उसे रख दिया और बोली, ''तो रहने दो, रहने दो, तुम्हें यह भी देने की जरूरत नहीं। तुम यों ही अपनी बेटी की शादी करा दो।''

राजलक्ष्मी द्वारा इस तरह से भेंट लेने से इनकार करने पर बेटी का पिता जितनी मुश्किल में पड़ा, उससे ज्यादा मुसीबत में खुद रतन पड़ गया। वह यह कहकर कि यह भेंट न लेने पर किसी भी सूरत में काम नहीं चलेगा, राजलक्ष्मी को तरह-तरह से समझाने की कोशिश करने लगा। राजलक्ष्मी ने सुपारी-समेत उस रुपए को क्यों नहीं लेना चाहा था, इसे मैंने कमरे के अन्दर बैठे-बैठे समझा था। और मुझसे यह भी नहीं छिपा था कि

रतन ही भला किसलिए साग्रह अनुरोध कर रहा था। बहुत सम्भव था भेंट में इससे भी ज्यादा रुपया देना पड़ता था और गुमाश्ता कुशारीजी के हाथ से निजात पाने के लिए उन लोगों ने यह तरकीब निकाली थी और रतन 'हुजूर' आदि कहने के बदले उन लोगों का मुखपात्र बनकर अर्जी पेश करने आया था। इसमें कोई सन्देह नहीं कि वह उन लोगों को काफी भरोसा देकर लाया था। उसके इस संकट को अन्त में मैंने ही दूर किया, मैं उठकर आया, उस रुपए को उठा लिया और कहा, "मैंने इसे लिया, अब तुम लोग घर जाकर शादी की तैयारियाँ करो।"

रतन का मुँह गर्व से चमक उठा और राजलक्ष्मी ने अछूत के हाथ से दान लेने से छुटकारा पाकर राहत की साँस ली। वह खुश होकर बोली, "यह अच्छा ही हुआ कि जिन्हें यह सम्मान मिलना चाहिए था, उन्होंने ही अपने हाथ से इसे लिया।" इतना कहकर वह हँसी।

मधु डोम ने कृतज्ञता से भरकर हाथ जोड़कर कहा, "रात को जल्दी ही लगन है। बड़ी कृपा होती अगर आप लोग एक बार पधारते।" इतना कहकर उसने एक बार मेरे मुँह की तरफ और एक बार राजलक्ष्मी के मुँह की तरफ करुण आँखों से निहारा।

मैं राजी हुआ, राजलक्ष्मी खुद भी तनिक हँसी, शहनाई की आवाज सुनकर अन्दाजा लगाकर बोली, "यह शहनाई की आवाज क्या तुम्हारे घर से आ रही है मधु? अच्छा, अगर मुझे समय मिला, तो मैं भी आकर एक बार देख आऊँगी।" उसके बाद रतन की तरफ निहारकर बोली, "तू बड़े ट्रंक को खोलकर देख तो रे! मेरी नई साड़ियाँ लाई गई हैं या नहीं। तू जा उस लड़की को एक साड़ी दे आ। इस गाँव में क्या कोई मिठाई नहीं मिलती है? बताशा तो मिलता होगा? अच्छा तो बताशा ही सही। वैसे तू थोड़ा-सा बताशा खरीदकर दे आना रतन। हाँ, मधु, तुम्हारी बेटी की उम्र कितनी होगी? दूल्हे का घर कहाँ है? कितने लोग खाएँगे? इस गाँव में तुम लोगों के कितने घर है?"

राजलक्ष्मी के एक साथ किए गए इतने सारे सवालों के जवाब में मधु ने सम्मान और विनम्रता के साथ जो कुछ कहा उससे यह समझ में आया कि उसकी बेटी की उम्र यही कोई नौ साल होगी, दूल्हा जवान है, उसकी उम्र तीस-चालीस साल से ज्यादा नहीं होगी। वह यहाँ से पाँचेक कोस दूर उत्तर में किसी गाँव में रहता है। उस गाँव में उसकी जात के बहुत से लोग रहते हैं। वहाँ कोई जातिगत पेशा नहीं करता। सभी खेती-बारी करते हैं। बेटी सुख से ही रहेगी। लेकिन डर है सिर्फ इस रात के लिए। क्योंकि आज जब तक सुबह नहीं हो जाती है तब तक किसी भी सूरत में यह अन्दाजा लगाने की गुंजाइश नहीं है कि बरातियों की तादाद कितनी होगी और वे लोग कहाँ कौन-सा हंगामा मचा देंगे। वे सभी के सभी धनी व्यक्ति हैं। कैसे मान-मर्यादा बनाए रखते हुए शुभ-कार्य सम्पन्न होगा, इसी डर से मधु सिहर रहा है। यह सब विस्तार से कहकर उसने अन्त में डरते-डरते बताया कि बरातियों के लिए दही, चिउड़ा और गुड़ का इन्तजाम हो गया है। यहाँ तक कि अन्त में दो बड़े-बड़े बताशे भी वह पत्तल पर दे सकेगा। लेकिन फिर अगर कोई गड़बड़ी हो तो उन लोगों की रक्षा करनी पड़ेगी।

राजलक्ष्मी ने मजे से भरोसा देकर कहा, ''कोई गड़बड़ी नहीं होगी मधु! मैं आशीर्वाद देती हूँ, तुम्हारी बेटी की शादी बिना किसी अड़चन के होगी। तुमने खाने की इतनी चीजों का इन्तजाम किया है कि तुम्हारे समधियाने के लोग उन्हें खाकर खुश होकर घर जाएँगे।''

मधु ने फर्श पर माथा टेककर प्रणाम किया और अपने दो साथियों के साथ चला गया। मगर उसका मुँह देखकर लगा, इस आशीर्वाद पर निर्भर करके उसे कोई खास दिलासा नहीं मिली। आज रात के लिए बेटी के पिता के मन के अन्दर काफी चिन्ता जगी रही।

मैंने मधु को यह कहकर आशा दी कि मैं शादी के वक्त वहाँ जाऊँगा। मगर सचमुच ही वहाँ जाना पड़ेगा, ऐसी सम्भावना हममें से किसी के भी मन में नहीं थी। शाम के थोड़ी देर बाद दीये के सामने बैठकर राजलक्ष्मी अपनी आमदनी और खर्च का एक मसौदा पढ़कर मुझे सुना रही थी। मैं बिस्तर पर लेटे-लेटे आँखें मूँदकर कुछ सुन रहा था और कुछ नहीं सुन रहा था, लेकिन करीब ही शादी के घर का शोरगुल थोड़ी देर से जरा असाधारण रूप से तेज होकर कानों में गूँज रहा था। सहसा राजलक्ष्मी ने मुँह उठाकर मुस्कुराते हुए कहा, ''डोम के घर की शादी है; मारामारी इसका एक हिस्सा तो नहीं न है?''

मैंने कहा, ''अगर उन लोगों ने ऊँची जात के लोगों की नकल की हो, तो इसमें आश्चर्य की कोई बात नहीं है। वे सब बातें तुम्हें याद हैं न?''

राजलक्ष्मी बोली, ''हुँ,''। उसके बाद वह थोड़ी देर तक अपने कान खड़े किए रही, और एक आह भर कर बोली, ''वास्तव में इस अभागे देश में हम लोग अपनी बेटियों को जिस कदर वितरित कर देते हैं उसमें छोटी-बड़ी सभी जात के लोग बराबर हैं। उन लोगों के चले जाने पर मैंने खोज-खबर ली, तो सुना कि कल सवेरे वे लोग उस नौ साल की लड़की को किसी अनजान घर-संसार में खींचकर ले जाएँगे। फिर कभी वे लोग, हो सकता है, उसे मायके आने भी नहीं दें। उन लोगों का यही नियम है। बाप चौबीस रुपए में अपनी बेटी को आज बेच देगा। 'एक बार उसे भेज दो' यह कहने की भी गुंजाइश नहीं रहेगी। आह, वह लड़की वहाँ कितना रोएगी! शादी किसे कहते हैं, इसे वह क्या जानेगी, बताओ।''

ऐसे हादसे तो मैं पैदा होने के बाद से ही देखता आ रहा था। एक तरह से मैं इनका आदी भी हो गया था। आज क्षोभ प्रकट करने को जी नहीं चाहा था। इसलिए उसकी बात के जवाब में मैं चुप्पी साधे रहा।

मेरा जवाब न पाकर उसने कहा, ''हमारे देश में छोटी-बड़ी सभी जातियों में शादी सिर्फ शादी ही नहीं है, बल्कि यह एक धर्म है, इसीलिए, वरना...''

मैंने सोचा—कहूँ, अगर तुमने इसे धर्म के रूप में कबूल किया है तो फिर इतनी शिकायत किस बात की? और जिस धर्म-कर्म से मन प्रसन्न न होकर ग्लानि के बोझ से काला पड़ जाता हो, उसे धर्म के रूप में भला कैसे अपनाया जा सकता है?

मगर मेरे कहने के पहले ही खुद राजलक्ष्मी ने ही फिर से कहा, "यह सब रीति-रिवाज बनानेवाले थे–त्रिकालदर्शी ऋषि। शास्त्र में कही बात न ही गलत है, न ही अमंगलकारी। हम लोग भला क्या जानते हैं, और भला कितना समझते हैं!"

बस मैंने जो कहना चाहा था, उसे मैं अब कह नहीं सका। इस दुनिया में जो कुछ सोचने की चीज थी उसे त्रिकालदर्शी ऋषियों ने अतीत, वर्तमान और भविष्य इन तीनों कालों के लिए बहुत पहले ही सोचकर तय कर दिया था। दुनिया में नए सिरे से सोचने के लिए कहीं कुछ बाकी नहीं रहा। यह बात राजलक्ष्मी के मुँह से मैंने नई नहीं सुनी, यह बात और भी बहुतों के मुँह से मैंने बहुत बार सुनी थी और बराबर ही मैं चुप हो गया था। मैं यह जानता था कि मैं अगर इसका जवाब देने की कोशिश करूँगा, तो यह चर्चा पहले गरम और दूसरे ही पल व्यक्तिगत झगड़े की वजह से बहुत कड़वी हो जाएगी। त्रिकालदर्शियों की मैं उपेक्षा नहीं कर रहा हूँ, बल्कि मैं भी राजलक्ष्मी की भाँति उनकी बहुत भक्ति करता हूँ। मैं सिर्फ यही सोचता हूँ कि उन लोगों ने अगर कृपा करके सिर्फ हमारे इस अँगरेजी जमाने के लिए नहीं सोचा होता, तो उन लोगों को भी बहुत से दुरूह विचारों की जिम्मेदारी से छुटकारा मिलता और हम लोग भी, हो सकता है, सचमुच ही आज जिन्दा रह सकते थे।

मैंने पहले ही कहा है कि राजलक्ष्मी मेरे मन की बातों को वैसे ही साफ-साफ देख सकती थी जैसे कोई आईने में अपना चेहरा साफ-साफ देख सकता है। मैं यह नहीं जानता कि वह मेरे मन की बातों को कैसे साफ-साफ देख सकती थी। लेकिन अभी दीये की इस मद्धिम रोशनी में उसने मेरे मुँह के भाव की तरफ निगाह नहीं डाली थी, तब भी उसने मानो मेरे गुप्त विचारों की ठीक दहलीज पर चोट की। बोली, "तुम सोच रहे हो कि यह बिलकुल ही ज्यादती है। भविष्य के रीति-रिवाजों के बारे में पहले ही कोई नहीं बता दे सकता है। मैंने अपने गुरुदेव के मुँह से सुना है कि अगर वे लोग यह काम नहीं कर सकते, तो वे लोग सजीव मंत्रों को भी कभी देख नहीं पाते। मैं पूछती हूँ, तुम यह तो मानते हो कि हमारे शास्त्रों के मंत्रों में प्राण हैं? वे जीवन्त है?"

मैंने कहा, "हाँ, मैं यह मानता हूँ।"

राजलक्ष्मी ने कहा, "तुम नहीं मान सकते हो। लेकिन तब भी यह सच है। और अगर यह सच नहीं होता, तो हमारे देश की यह गुड्डे-गुड्डियों की शादी दुनिया का सर्वश्रेष्ठ विवाह-बन्धन नहीं हो सकता था। यह सब तो उन्हीं सजीव मंचों के बल पर सम्भव हुआ है, उन्हीं ऋषियों की कृपा से सम्भव हुआ है। अवश्य अनाचार और पाप कहाँ नहीं हैं? अनाचार और पाप हर जगह हैं। लेकिन हमारे इस देश में जैसा सतीत्व दिखाई पड़ता है वैसा सतीत्व क्या तुम्हें और कहीं दिखाई पड़ता है?"

मैंने कहा, " 'नहीं, ऐसा सतीत्व मुझे और कहीं नहीं दिखाई पड़ता। क्योंकि यह उसकी युक्ति नहीं है, विश्वास है।"

यह अगर इतिहास का प्रश्न होता, तो मैं उसे यह दिखा सकता था कि इस दुनिया में सजीव मंत्रहीन और भी देश हैं, जहाँ सतीत्व का आदर्श आज भी उतना ही ऊँचा

है जितना यहाँ है। अभया का उल्लेख करके मैं कह सकता था कि अगर ऐसी बात है तो तुम लोगों का जीवन्त मंत्र नर-नारी दोनों को ही एक आदर्श में क्यों नहीं बाँध सकता है? मगर इस सबकी जरूरत नहीं थी। मैं यह जानता था कि उसके चित्त की धारा कुछ दिनों से किस दिशा से होकर बह रही थी।

बुरे कामों का दुख वह अच्छी तरह जानती थी। उसे कुछ भी सोचते नहीं बना था कि जिसे उसने तहेदिल से प्यार किया था, उसे कलुषित किए बिना इस जीवन में वह उसे कैसे प्राप्त करेगी। उसका दुर्बल हृदय और प्रबुद्ध धर्मवृत्ति—ये दोनों दो विपरीत दिशाओं में तेज गति से बहती धाराएँ कैसे किस संगम में मिलकर उसके इस दुख के जीवन में तीर्थ की भाँति पवित्र हो जाएँगी, उसे इसका कोई किनारा दिखाई नहीं पड़ता था। मगर मुझे दिखाई पड़ता था। अन्त में अपने आपको दान करके भी दूसरे का गुप्त दोष मुझे हमेशा नजर आता था। बहुत साफ-साफ तो नहीं, मगर तब भी मुझे दिखाई पड़ा था, उसकी प्रमत्त कामना ने इतने दिनों तक बहुत तेज नशे की मानिन्द उसके समूचे मन को उतावला और उन्मत्त बना रखा था। वह आज स्थिर होकर अपने सौभाग्य और प्राप्ति का हिसाब देखना चाह रही थी। मैं नहीं जानता था कि इस हिसाब की क्या रकम थी। लेकिन शून्य के सिवा अगर और कुछ भी आज अब उसे दिखाई नहीं पड़ता था, तो कैसे कहाँ जाकर फिर मैं अपने इस फटे जीवन-जाल की गाँवों को बाँधने बैठता, यह विचार मेरे अन्दर बहुत बार आया-गया था। मुझसे कुछ भी सोचते नहीं बना था। मैं सिर्फ यही पक्का जान रहा था कि मैं हमेशा जिस रास्ते चला हूँ, जरूरत पड़ेगी तो मैं फिर उसी रास्ते सफर शुरू करूँगा। अपने सुख और सुविधा को लेकर मैं किसी की भी समस्या को जटिल नहीं बना दूँगा।

मगर सबसे बड़े आश्चर्य की बात यह थी कि जिन मंत्रों की सजीवता की चर्चा से हमारे बीच पल भर में क्रान्ति मच गई उन्हीं मंत्रों को लेकर बगलवाले घर में तब मल्ल-युद्ध छिड़ गया था। यह खबर हम दोनों में से कोई भी नहीं जानता था।

अचानक पाँच-सात लोग दो बत्तियाँ लिये बेहद शोरगुल करते हुए एकबारगी आँगन के बीचोबीच आकर खड़े हो गए और व्याकुल आवाज में पुकारा, "हुजूर! बाबूजी।"

मैं व्यग्र होकर बाहर आया, राजलक्ष्मी भी विस्मय के साथ उठी और मेरी बगल में आकर खड़ी हो गई। वे सभी एक साथ बोलकर शिकायत करना चाहते थे। रतन के बार-बार डाँटने के बावजूद आखिरकार कोई भी चुप नहीं हुआ, जो हो, मामला समझ में आया। कन्या-दान नहीं हुआ था। क्योंकि लड़की की तरफ से आया हुआ पुरोहित गलत मंत्र पढ़ रहा था इसलिए लड़के की तरफ से आए पुरोहित ने उसके जल-फूल आदि को उठाकर फेंक दिया था और उसके मुँह को दबाकर बन्द कर दिया था। वास्तव में यह कैसा अत्याचार था। पुरोहित वर्ग बहुत सारे हथकंडे अपनाया करता है। लेकिन इसी वजह से दूसरे गाँव से आया हुआ पुरोहित जोर-जबर्दस्ती करके दूसरे हमपेशे का जल-फूल फेंक देता है और उसके मुँह को दबाकर उसे स्वाधीन और सजीव मंत्र पढ़ने से रोक देता है—ऐसे अत्याचार के बारे में तो मैंने कभी नहीं सुना था।

राजलक्ष्मी को अचानक यह सोचते नहीं बना कि वह क्या कहती। मगर रतन कमरे के अन्दर न जाने क्या कर रहा था, वह बाहर आया और जोर से डाँटकर कहा, "तुम लोगों का भला पुरोहित क्या रे?" जब से वह यहाँ यानी जमींदारी में आया था, तब से लेकर अब तक उसे कोई ऐसा नहीं मिला था जिसे वह 'तुम' कह सके। वह बोला, "डोम-चमारों की भला शादी होती हैं, उनका भला पुरोहित होता है! यह क्या हम ब्राह्मण-कायस्थों आदि की शादी है जो शादी कराने के लिए ब्राह्मण आएगा।" इतना कहकर वह बार-बार मेरे और राजलक्ष्मी के मुँह की तरफ गर्व के साथ निहारने लगा। यहाँ यह याद दिला देना जरूरी है कि रतन जाति का नाई था।

मधु डोम खुद नहीं आ सका था। वह कन्या-दान करने के लिए बैठा हुआ था, लेकिन उसका रिश्तेदार आया था। वह व्यक्ति जो कुछ कहने लगा उससे यद्यपि यह समझ में आया कि इन लोगों की शादी कराने ब्राह्मण नहीं आता। वे खुद अपने पुरोहित हैं फिर भी राखाल पंडित उन लोगों के लिए ब्राह्मण के ही बराबर था। क्योंकि वह जनेऊ पहनता था, और वह उन लोगों का श्राद्ध कराता था। यहाँ तक कि वह उन लोगों का छुआ पानी भी नहीं पीता था। इसलिए इतनी बड़ी सात्विकता के बाद भी अब प्रतिवाद नहीं किया जा सकता था। अतएव इसके बाद असली और निखालिस ब्राह्मण और उसमें अगर कोई हो, तो वह महज मामूली-सा है।

सो चाहे जो भी क्यों न हो, उन लोगों की व्याकुलता को देखकर और करीब ही शादी के घर में हो रही प्रबल चिल्लाहट को सुनकर मुझे वहाँ जाना पड़ा। मैंने राजलक्ष्मी से कहा, "तुम भी चलो न, घर में अकेले क्या करोगी?"

राजलक्ष्मी ने पहले तो सर हिलाया, लेकिन वह अपने कौतूहल को रोक न सकी। 'चलो' कहकर वह मेरे साथ हो ली। मैं वहाँ पहुँचा, देखा, मधु के रिश्तेदार ने बढ़ा-चढ़ाकर नहीं कहा था। जोरदार झगड़ा होनेवाला था। लड़के की तरफ से लगभग तीस-बत्तीस आदमी थे और लड़की की तरफ से करीब-करीब उतने आदमी थे। बीच में ताकतवर और मोटा शिबू पंडित कमजोर और सींकिया राखाल पंडित का हाथ धर दबोचे हुए था। मुझे देखकर शिबू पंडित ने राखाल पंडित का हाथ छोड़ दिया और हटकर खड़ा हो गया।

हम लोगों को सम्मान के साथ एक चटाई पर बिठाया गया। बैठने के बाद जब मैंने शिबू पंडित से यह पूछा कि वह यों अचानक मार-पीट करने पर उतारू क्यों हो गया, तो उसने कहा, "यह मुआ, मन्तर का 'म' तक नहीं जानता है और अपने आपको पंडित कहता है। यह तो आज शादी ही तोड़ देता।"

राखाल ने मुँह चिढ़ाकर प्रतिवाद किया, "बड़ा पंडित बनने आया है, यह मुआ आज शादी तोड़ देता। मैं रोज पाँच गाँव में सराध और सादी कराता हूँ, और मैं मन्तर नहीं जानता!"

मैंने मन में सोचा, यहाँ भी वही मंत्र की बात है। लेकिन घर में मैंने चुप्पी साधकर राजलक्ष्मी के तर्कों का जवाब दिया था। लेकिन यहाँ अगर मुझे वास्तव में बिचौलिए का काम करना होगा, तो मुझे मुसीबत में पड़ना होगा। अन्त में ढेरों बतकहियों के बाद यह

तय हुआ कि राखाल ही मंत्र पढ़ाएगा, लेकिन कहीं अगर गलती होगी, तो उसे शिबू के लिए आसन छोड़ देना पड़ेगा। राखाल राजी होकर पुरोहित के आसन पर बैठा और वधू के पिता के हाथ में कई फूल दिए और वर-वधू दोनों के हाथों को एक साथ मिलाकर उसने जिन वैदिक मंत्रों को पढ़ा वे मुझे आज तक याद हैं। मैं नहीं जानता कि वे मंत्र सजीव हैं या नहीं, और मंत्रों के बारे में कोई शक न होने के बावजूद सन्देह होता है कि ऋषियों ने वेदों में ठीक उन्हीं मंत्रों को नहीं लिखा होगा।

राखाल पंडित ने वर से कहा, ''बोलो, 'मधु डोमाय कन्याय नमः' ।''

वर ने दोहराया, ''मधु डोमाय कन्याय नमः ।''

राखाल ने वधू से कहा, ''बोलो, भगवती डोमाय पुत्राय नमः ।''

बालिका वधू के बोलने में कहीं कोई कोर-कसर न रह जाए, इसलिए मधु उसकी तरफ से बोलने जा रहा था कि तभी शिबू पंडित ने अपने दोनों हाथों को उठाकर जोर से गरजकर सबको चौंका दिया और बोल उठा, ''वह तो मन्तर ही नहीं है। सादी ही नहीं हुई।''

पीछे से मेरे कुरते पर खिंचाव पड़ने पर जब मैं मुड़ा तो देखता हूँ, राजलक्ष्मी मुँह में आँचल को ठूँसकर जी-जान से हँसी को दबाने की कोशिश कर रही है। और वहाँ मौजूद सारे लोग बेहद व्यग्र हो उठे हैं। राखाल पंडित ने शर्मिन्दा होकर कुछ कहने की कोशिश की, मगर उसकी बात पर किसी ने ध्यान नहीं दिया, सभी एक स्वर में शिबू से विनती करने लगे, ''पंडितजी, आप ही मन्तर पढ़वा दीजिए, नहीं तो यह सादी ही नहीं होगी। सब बरबाद हो जाएगा। दच्छिना में मिली रकम की एक-चौथाई उन्हें दीजिएगा और तीन-चौथाई आप ले लीजिएगा पंडितजी।''

शिबू पंडित ने तब उदारता दिखाते हुए कहा, ''राखाल का कोई दोष नहीं है। असली मन्तर मेरे सिवा इस इलाके में कोई जानता ही नहीं है। मैं ज्यादा दच्छिना नहीं चाहता। मैं यहीं से मन्तर पढ़ रहा हूँ, राखाल उन दोनों से मन्तर पढ़वा ले।'' इतना कहकर वह शास्त्र का जानकार पुरोहित मंत्र पढ़ने लगा और हारा हुआ राखाल निरीह भले आदमी की मानिन्द वर-पक्ष से मंत्र पढ़वाने लगा।

शिबू ने कहा, ''बोलो, 'मधु डोमाय कन्याय भुज्यपत्रं नमः' ।''

वर ने दोहराया, ''मधु डोमाय कन्याय भुज्यपत्रं नमः ।''

शिबू ने कहा, ''मधु, अबकी बार तुम कहो, 'भगवती डोमाय पुत्राय सम्प्रदानं नमः' ।''

अपनी बेटी के साथ मधु ने उसी मंत्र को दोहराया। सभी चुप थे, स्थिर थे। इसके हाव-भाव से महसूस हुआ कि शिबू जैसा शास्त्र का जानकार व्यक्ति इसके पहले इस इलाके में कभी नहीं आया था।

शिबू ने वर के हाथ में फूल देकर कहा, ''विपिन, तुम कहो, 'जितने दिन जीवनं उतने दिन भात-कपड़ा प्रदानं स्वाहा' ।''

विपिन ने रुक-रुककर बड़ी मुश्किल से बहुत वक्त लगाकर इस मंत्र को बोला।

शिबू ने कहा, ''वर-वधू दोनों ही बोलो, 'युगल मिलनम् नमः' ।''

वर और वधू की तरफ से मधु ने इस मंत्र को दोहराया। इसके बाद जोर की हरि-ध्वनि के साथ वर और वधू को गोद में उठाकर घर के अन्दर ले जाया गया। मेरे चारों ओर एक गुंजन उठा। सभी एक स्वर में यह कबूल करने लगे कि हाँ, शिबू पंडित शास्त्र का जानकार आदमी तो है। उसने कमला का मन्तर पढ़ाया। राखाल पंडित तो इतने दिनों तक हम लोगों को सिर्फ ठगकर गुजारा कर रहा था।

मैं जब तक वहाँ रहा, तब तक मैं गम्भीर बना रहा। आखिरकार मैं अपनी इस गम्भीरता को बनाए रखता हुआ राजलक्ष्मी का हाथ पकड़ता हुआ घर लौट आया। मैं यह नहीं जानता था कि वहाँ वह कैसे अपने आपको रोककर बैठी हुई थी। लेकिन जब वह घर आई, तो हँसी के प्रवाह से मानो उसका दम बन्द होने-होने को आया। बिस्तर पर लोट-पोट करती हुई वह सिर्फ कहने लगी, ''हाँ, शिबू महापंडित तो था। राखाल इतने दिनों तक उन लोगों को सिर्फ ठगकर गुजारा कर रहा था।''

पहले-पहल मैं भी अपनी हँसी को रोक नहीं सका। उसके बाद मैंने कहा, ''महापंडित तो दोनों ही थे। हालाँकि इसी तरह से तो इतने दिनों तक उन लोगों की माँ-दादियों की शादी हुई थी। राखाल के पढ़ाए मंत्र चाहे जैसे भी क्यों न हों, शिबू पंडित के पढ़ाए मंत्र भी ठीक ऋषियों के पढ़ाए मंत्रों से नहीं लगे। मगर तब भी तो उन लोगों का कोई भी मंत्र विफल नहीं हुआ है। इन्हीं मंत्रों से उन लोगों ने जो शादियाँ कराई हैं उनका बन्धन तो आज भी उतना ही दृढ़ है, उतना ही अटूट है।''

राजलक्ष्मी ने अपनी हँसी को दबाया, सहसा तनकर उठ बैठी और चुपचाप मेरे मुँह की तरफ एकटक निहारती हुई कुछ सोचने लगी।

# 6

सवेरे जब मैं उठा, तो सुना कि कुशारीजी दावत दे गए हैं कि आज दोपहर में उन्हीं के घर खाना खाना है। मैं ठीक इसी बात की आशंका कर रहा था। पूछा, ''क्या सिर्फ मुझे दावत दी है उन्होंने?''

राजलक्ष्मी ने हँसकर कहा, ''नहीं, उन्होंने मुझे भी दावत दी है।''

''तो क्या तुम उनके घर खाना खाने जाओगी?''

''हाँ, मैं बेशक जाऊँगी।''

उसका यह बेझिझक जवाब सुनकर मैं ठगा-सा रह गया। बतौर चीज खाना हिन्दू धर्म के लिए क्या है और समाज में इसका कितना महत्त्व है, राजलक्ष्मी यह जानती थी और वह कितनी बड़ी निष्ठा के साथ इसे मानकर चलती थी, मैं भी यह जानता था।

हालाँकि यही था उसका जवाब। कुशारीजी के बारे में मैं ज्यादा कुछ नहीं जानता था, लेकिन बाहर से मैंने उन्हें जितना देखा था उससे लगा था कि वे आचार-परायण ब्राह्मण थे और यह भी पक्का था कि वे राजलक्ष्मी के इतिहास से अवगत नहीं थे। सिर्फ मालकिन के रूप में ही वे उसे दावत दे गए थे। मगर मुझे तो यह सोचते नहीं बना कि राजलक्ष्मी आज वहाँ जाकर कैसे क्या करती। हालाँकि मेरे प्रश्न को समझकर भी जब वह कुछ भी नहीं बोली तब उसी में निहित संकोच ने मुझे भी मूक बना रखा।

यथासमय बैलगाड़ी आ उपस्थित हुई। मैं तैयार होकर बाहर आया, तो देखा, राजलक्ष्मी गाड़ी के पास खड़ी है।

मैंने कहा, "तुम जाओगी नहीं?"

उसने कहा, "जाने के लिए ही तो मैं खड़ी हूँ।" इतना कहकर वह गाड़ी के अन्दर जा बैठी।

साथ जानेवाला रतन मेरे पीछे था। उसका मुँह देखकर मैंने यह समझा कि अपनी मालकिन का बनाव-सिंगार देखकर वह बेहद अचरज में पड़ गया। मैं भी ठक-से रह गया था। लेकिन वह भी जैसे कुछ नहीं बोली, मैं भी वैसे ही चुप्पी साधे रहा। घर में वह किसी भी दिन ज्यादा जेवर नहीं पहनती थी, कुछ दिनों से तो वह कम ही जेवर पहनती थी। मगर आज देखने में आया कि उसने जेवर लगभग नहीं ही पहना था। गले में आमतौर पर पहना जानेवाला हार था और हाथों में दो चूड़ियाँ थीं। ठीक-ठीक याद नहीं, तब भी लगा कि कल रात तक जिन कई चूड़ियों को मैंने उसके हाथों में देखा था, उन्हें भी आज उसने जान-बूझकर उतार डाला था। महज मामूली-सी साड़ी उसने पहनी थी। शायद यह वही साड़ी थी जिसे उसने सवेरे नहाकर पहना था।

मैं गाड़ी में चढ़कर बैठा और धीरे-धीरे कहा, "देखता हूँ, एक-एक करके तुमने सब छोड़ा। सिर्फ मैं ही बाकी रह गया।"

राजलक्ष्मी मेरे मुँह की तरफ निहारकर जरा मुस्कुराई और बोली, "ऐसा भी तो हो सकता है कि इसी एक के अन्दर सब रह गया हो। इसीलिए जो जरूरत से ज्यादा थे, वे ही एक-एक करके चले जा रहे हैं।" इतना कहकर उसने एक बार पीछे मुड़कर देखा कि रतन नजदीक में है या नहीं। उसके बाद जैसे गाड़ीवान को भी सुनाई न पड़े, ऐसे बेहद मृदु स्वर में बोली, "यह तो अच्छी बात है। तुम मुझे यही आशीर्वाद दो न। तुमसे बड़ा तो मेरे लिए और कुछ भी नहीं है। तुम यही आशीर्वाद दो कि मुझे वही चीज मिल जाए–जिसके बदले मैं तुम्हें भी दे सकती हूँ।"

मैं चुप्पी साधे रहा। बात एक ऐसी दिशा में चली गई कि मेरी ऐसी मजाल नहीं थी कि मैं उसकी बात का जवाब दे सकूँ। उसने भी और कुछ बोले बिना मोटे तकिए को खींच लिया और अपने पाँवों को मोड़कर मेरे पैरों के पास लेट गई। हमारे गंगामाटी से पोड़ामाटी जाने का एक बड़ा सीधा रास्ता था। सामने के सूखे नाले के ऊपर जो सँकरी-सी बाँसों की पुलिया थी उसके ऊपर से होकर जाने पर दसेक मिनट के अन्दर ही गंगामाटी से पोड़ामाटी जाया जा सकता था। लेकिन बैलगाड़ी से जाने पर दो घंटे लगते थे, क्योंकि

बैलगाड़ी से बहुत घूमकर जाना पड़ता था। इतने लम्बे रास्ते में हम दोनों के बीच और कोई भी बात नहीं हुई। उसने सिर्फ मेरे हाथ को अपने गले के पास खींच लिया और सोने का बहाना बनाकर चुपचाप पड़ी रही।

जब बैलगाड़ी कुशारीजी के दरवाजे पर आकर रुकी तब दिन चढ़ चुका था। कुशारीजी और उनकी पत्नी दोनों ही एक साथ बाहर निकले और हमारी अगवानी की। चूँकि हम लोग बेहद सम्मानित मेहमान थे, इसीलिए वे लोग हम लोगों को बाहरी बैठकखाने में न बिठाकर एकबारगी घर के अन्दर ले गए। इसके अलावा बहुत जल्दी यह समझ में आया कि शहर से बहुत दूर के इन सब मामूली-से देहाती इलाकों में किसी के घर बिन बुलाए जाने की वैसी कठोर मनाही नहीं थी। क्योंकि हम लोगों के आने की खबर फैलते न फैलते पड़ोस की औरतें कुशारी को चाचा या ताऊ और उनकी पत्नी को मौसी आदि कहती हुई एक-एक, दो-दो करके घर में घुसीं और तमाशा देखने लगीं। उनमें से सभी की सभी अबला नहीं थीं।

राजलक्ष्मी को घूँघट काढ़ने की आदत नहीं थी। वह भी मेरी ही तरह सामनेवाले बरामदे में एक आसन पर बैठी हुई थी। अपरिचित राजलक्ष्मी के सामने भी इन बिन बुलाए आई हुई औरतों ने कोई खास झिझक महूसस नहीं की। लेकिन सौभाग्य की बात यह थी कि उनमें उससे बातचीत करने की बिलकुल ही उत्सुकता नहीं थी, बल्कि वे लोग मुझसे बातचीत करने लगीं। कुशारीजी जितने व्यस्त थे उनकी पत्नी भी उतनी ही व्यस्त थीं, सिर्फ घर की विधवा लड़की ही राजलक्ष्मी की बगल में स्थिर होकर बैठे-बैठे ताड़ के एक पंखे को लेकर उसे हौले-हौले हवा करने लगी और मैं उन औरतों के बेकार के तरह-तरह के सवालों का कि मैं कैसा हूँ, मुझे कौन-सी बीमारी हुई थी, हम यहाँ कितने दिन रहेंगे, यह जगह अच्छी लग रही है या नहीं, खुद जमींदारी न देखने पर चोरी होती है या नहीं, इसका कोई नया इन्तजाम करने की मैं जरूरत महसूस कर रहा हूँ या नहीं आदि, जवाब देते-देते मैं बीच-बीच में कुशारीजी की घरेलू स्थिति की जरा जाँच-पड़ताल करके देखने लगा।

घर में बहुत सारे कमरे थे और सबके सब मिट्टी के थे। फिर भी लगा कि काशीनाथ कुशारी की हालत बढ़िया तो है ही, बल्कि जरा खास तरह की अच्छी है। घर में घुसते वक्त बाहर चंडी मंडप के एक किनारे धान का खलिहान देखकर आया था। अन्दर के आँगन में भी देखा, वैसे ही और भी दो खलिहान हैं। ठीक सामने ही शायद रसोईघर था। उसी के उत्तर में फूस के एक छप्पर के नीचे अगल-बगल शायद दो ढेंकियाँ थीं। शायद थोड़ी ही देर पहले उनसे धान कूटना खत्म हुआ था। एक जँबीरी नींबू के पेड़ के नीचे धान सिझाने की कई लिपी-पुती भट्ठियाँ चमक रही थीं और उस साफ-सुथरी जगह पर छाया के नीचे दो तगड़े बछड़े अपनी गर्दन एक ओर किए आराम से सो रहे थे। यह सच है कि यह नजर नहीं आया कि उनकी माँयें कहाँ बँधी हुई थीं। मगर यह समझ में आया कि कुशारी परिवार में अन्न की तरह दूध की भी कोई खास कमी नहीं थी। दक्षिण के बरामदे की दीवार से सटाकर छह-सात मिट्टी के घड़े गेंडुरी पर रखे हुए

थे। हो सकता है उनमें गुड़ हो, पता नहीं उनमें क्या कुछ होगा! मगर उन्हें जिस हिदायत से रखा गया था उसे देखकर यह नहीं लगा कि वे खाली होंगे या उनमें कोई बेकार की चीजें होंगी। कई खूँटियों पर देखा, ढेरा समेत जूट और सन के गुच्छे बँधे हुए हैं। इसलिए इस बात का अन्दाजा लगाना असंगत नहीं मालूम पड़ा कि घर में काफी रस्सी-डोरियों की जरूरत पड़ती होगी।

कुशारीजी की पत्नी, बहुत सम्भव है, हम लोगों की खातिरदारी के काम से किसी दूसरी जगह चली गई थीं। कुशाजीजी भी सिर्फ एक बार मिले थे। उसके बाद वे गायब हो गए थे। वे अचानक हड़बड़ाते हुए आए और राजलक्ष्मी को इस बात की कैफियत दी कि वे कहाँ गए थे। उसके बाद बोले, ''बेटी, अब जाता हूँ, पूजा-पाठ करके एकबारगी आकर बैठूँगा।'' एक पन्द्रह-सोलह साल का खूबसूरत-सा हट्टा-कट्टा लड़का आँगन के एक किनारे खड़े होकर बड़े ध्यान से हम लोगों की बातचीत सुन रहा था। जब कुशारीजी की निगाह उस पर पड़ी, तो वे बोल उठे–''बेटा, हरिपद, अब तक नारायण का भोग शायद बन चुका होगा, तुम एक बार भोग लगा आओ बेटा। बाकी पूजा-पाठ करने में अब मेरी तरफ से देरी नहीं होगी।'' फिर वे मेरी तरफ निहारकर बोले, ''आज मैंने झूठमूठ में आपको तकलीफ दी, बड़ी देर हो गई।'' इतना कहकर मेरे जवाब के इन्तजार के लिए और देरी किए बिना पलक झपकते वे खुद ही ओझल हो गए।

अबकी बार यथासमय के बहुत देर बाद जब यह खबर पहुँची कि अब हम लोगों को दोपहर का खाना मिलेगा तो जान में जान आई। सिर्फ इसलिए नहीं कि खाना खिलाने में जरूरत से ज्यादा देर हो चुकी थी, बल्कि इसलिए मैंने राहत की साँस ली कि अब उन औरतों के प्रश्नों के तीर से छुटकारा मिलेगा। जब उन लोगों ने यह सुना कि खाना बन चुका है तब कम-से-कम थोड़ी देर के लिए मुझे छुटकारा देकर वे लोग अपने-अपने घर चली गईं। मगर खाने बैठा सिर्फ मैं अकेला। कुशारीजी साथ में खाना खाने नहीं बैठे, लेकिन वे सामने आकर बैठे। वे मेरे साथ खाना खाने क्यों नहीं बैठे, इसे उन्होंने खुद ही विनम्रता और गौरव के साथ जाहिर किया। जब से उनका जनेऊ हुआ था तब से लेकर अब तक वे खाना खाते वक्त बात नहीं करते थे। इस व्रत को उन्होंने आज तक नहीं तोड़ा था। इसलिए अकेले सुनसान घर में वे अभी भी खाना खाते वक्त बात नहीं करते थे। न ही मैंने कोई एतराज किया, न ही मैं अचरज में पड़ा। लेकिन मैं तभी अचरज में पड़ा जब मैंने राजलक्ष्मी के बारे में यह सुना कि आज उसका भी कोई व्रत है और वह दूसरे के घर खाना नहीं खाएगी। इस छल से मैं मन ही मन क्षुब्ध हो उठा और मुझे यह सोचते नहीं बना कि इसकी क्या जरूरत थी। लेकिन राजलक्ष्मी ने मेरे मन की बात को पलक झपकते समझ लिया और बोली, ''इसके लिए तुम दुख मत करो। अच्छी तरह से खाओ। ये सभी यह जानते थे कि मैं आज नहीं खाऊँगी।''

मैंने कहा, ''हालाँकि मैं नहीं जानता था। लेकिन अगर यही बात थी, तो तकलीफ उठाकर यहाँ आने की क्या जरूरत थी?''

मेरी बात का जवाब राजलक्ष्मी ने नहीं दिया, जवाब दिया कुशारीजी की पत्नी ने। बोलीं, ''यह तकलीफ मैंने ही उठवाई है बेटा! मैं यह जानती थी कि वे यहाँ नहीं खाएँगी। तब भी मैं अपना यह लोभ सँभाल नहीं सकी कि जिन लोगों की कृपा से हमें दो रोटियाँ मिलती हैं उनके पैरों की धूल घर में न पड़े। क्या मैं ठीक कहती हूँ न, बेटी?'' इतना कहकर उन्होंने राजलक्ष्मी के मुँह की तरफ निहारा।

राजलक्ष्मी बोली, ''इसका जवाब मैं आज नहीं दूँगी माँ, इसका जवाब मैं आपको किसी दूसरे दिन दूँगी।'' इतना कहकर वह हँसी।

लेकिन मैंने बेहद ठगा-सा रहकर कुशारीजी की पत्नी के मुँह की तरफ नजरें उठाकर निहारा। मैंने इस बात की कल्पना भी नहीं की थी कि ठेठ गाँव में, खासकर ऐसे दूर गाँव में ठीक ऐसी सहज-सुन्दर बातें किसी महिला के मुँह से सुनूँगा। लेकिन मैंने सपने में भी यह नहीं सोचा था कि अभी भी इस देहाती इलाके में और भी एक कहीं ज्यादा अजीब नारी का परिचय मिलना बाकी था। मुझे खाना खिलाने की जिम्मेदारी अपनी विधवा बेटी को सौंपकर कुशारीजी की पत्नी हाथ में ताड़ का पंखा लिये मेरे सामने बैठी हुई थीं। चूँकि शायद वे उम्र में मुझसे बहुत बड़ी थीं, इसीलिए उन्होंने अपने सर पर सिर्फ आँचल रखा था, इसके अलावा उन्होंने अपना मुँह ढँका नहीं था। उनका मुँह सुन्दर या असुन्दर लगा ही नहीं। सिर्फ इतना-सा लगा कि वे साधारण बंगाली माँ की तरह ही स्नेह और करुणा से भरी हुई हैं। दरवाजे के पास खुद कुशारीजी खड़े थे। बाहर से उनकी बेटी ने पुकारकर कहा, ''पिताजी, तुम्हारा खाना मैंने दे दिया है।'' बहुत देर हो चुकी थी और यही खबर सुनने के लिए ही शायद वे आग्रह के साथ इन्तजार कर रहे थे। फिर भी वे एक बार बाहर की तरफ और एक बार मेरी तरफ निगाह डालकर बोले, ''अभी जरा रहने दो बेटी, बाबू खाना खा लें।''

उनकी पत्नी ने तुरत बाधा दी और बोल उठीं, ''नहीं, तुम जाओ। झूठमूठ में वक्त बरबाद मत करो। मैं जानती हूँ, खाना ठंडा हो जाने पर तुम नहीं खाओगे।''

कुशारीजी झिझक महसूस कर रहे थे, बोले, ''भला वक्त क्या बरबाद होगा! बाबू को खा लेने दो न।''

कुशारीजी की पत्नी ने कहा, ''मेरे रहते हुए भी अगर उनके खिलाने में कोई कोर-कसर होगी तो तुम्हारे खड़े रहने पर भी वह दूर नहीं होगी। तुम जाओ। क्यों बेटा, में ठीक कहती हूँ न?'' इतना कहकर वे मेरी तरफ निहारकर हँसीं।

मैंने भी हँसकर कहा, ''हो सकता है कोर-कसर बढ़े। आप जाइए कुशारीजी, आप यों बिना खाए-पिए निहारते हुए खड़े रहेंगे, तो इससे हम दोनों में से किसी का भी कोई फायदा नहीं होगा। वे और कुछ बोले बिना धीरे-धीरे चले गए। मगर लगा, सम्मानित मेहमान के खाने की जगह पर मौजूद न रहने की झिझक को वे अपने साथ ही लेकर गए। लेकिन यही तो मुझसे बहुत बड़ी गलती हुई थी। मुझसे क्या गलती हुई थी, यह बात थोड़ी ही देर बाद और छिपी नहीं रही। जब वे चले गए, तो उनकी पत्नी ने कहा, ''वे निरामिष अरवा चावल का भात खाते हैं। उसके ठंडा हो जाने पर फिर

वे उसे नहीं खाएँगे। इसीलिए मैंने उन्हें जबरन भेज दिया। लेकिन मैं यह भी कहती हूँ बेटा, कि अन्नदाताओं को खाना खिलाने के पहले अपने घर में खाना भी कठिन है।''

उनकी बात से मुझे शर्म आने लगी। मैंने कहा, ''अन्नदाता मैं नहीं हूँ। लेकिन अगर यह भी सच हो, तो यह इतना कम सच है कि यह छूट जाता तो शायद आप लोगों को पता भी नहीं चलता।''

कुशारीजी की पत्नी थोड़ी देर तक चुप रहीं। लगा, उनका चेहरा धीरे-धीरे बेहद उदास हो उठा। उसके बाद वे बोलीं, ''तुम्हारा कहना बिलकुल गलत नहीं है, बेटा। भगवान ने हमें कुछ कम नहीं दिया है, मगर अब लगता है कि अगर वे हमें इतना नहीं देते, तो हो सकता है, वे हम पर इससे ज्यादा कृपा करते। घर में तो सिर्फ एक विधवा बेटी है, क्या करेंगे हम खलिहान-भरे धान, कहाड़ी-भरे दूध और घड़े-भरे गुड़ को लेकर? इन सबको भोगनेवाले ही तो हमें छोड़कर चले गए हैं।''

कोई खास बात नहीं थी, लेकिन कहते-कहते उनकी दोनों आँखें छलछलाने को आईं और उनके होंठ काँप उठे। मैंने समझा बहुत गहरा दुख इन कई बातों के अन्दर निहित है। सोचा, हो सकता है, उनके किसी योग्य बेटे की मौत हुई हो। और इसके पहले देखे लड़के के सहारे दुखी माता-पिता को और कोई सान्त्वना नहीं मिल रही हो। मैं चुप रहा, राजलक्ष्मी ने भी बिना कुछ बोले सिर्फ उनका हाथ खींचकर अपने हाथ में लिया और मेरी ही तरह चुपचाप बैठी रही। लेकिन उनकी बाद की बातों से हमारी गलती दूर हुई। उन्होंने अपने आपको सँभाल लिया और फिर से बोलीं, ''लेकिन जैसे तुम लोग हमारे अन्नदाता हो वैसे ही उन लोगों के भी अन्नदाता तुम्हीं लोग हो।

मैंने उनसे कहा, ''अपने मालिक को दुख की बात बताने में शर्म काहे की। अपने बेटे और बेटी को दावत के बहाने एक बार पकड़ लाओ। मैं उन लोगों के आगे रो-धोकर देखूँगी, अगर वे लोग इसका कोई उपाय बता दे सकें।'' इतना कहकर उन्होंने अपना आँचल उठाया और अपने आँसुओं को पोंछा। समस्या बेहद जटिल हो उठी। मैंने राजलक्ष्मी के मुँह की तरफ निहारा, तो देखा, वह भी मेरी ही तरह संशय में पड़ी हुई है। लेकिन पहले की भाँति अभी भी हम दोनों चुप रहे।

कुशारी की पत्नी इस बार अपनी दुख-भरी कहानी धीरे-धीरे जाहिर करती हुई कहने लगीं। अन्त तक सुनकर बहुत देर तक हममें किसी के भी मुँह से कोई शब्द बाहर नहीं निकला। मगर इस बारे में सन्देह नहीं रहा कि इसे कह सुनाने के लिए ठीक इतनी ही भूमिका की जरूरत थी। यह सुनकर भी कि राजलक्ष्मी दूसरे के घर खाना नहीं खाती। दोपहर को खाने की दावत देने से लेकर कुशारीजी को दूसरी जगह भेजने की बातों में से कुछ भी अगर अनकहा रहता तो काम नहीं चलता। लेकिन सो चाहे जो भी हो, मैं यह नहीं जानता था कि कुशारीजी की पत्नी ने अपने आँसुओं और धीमी आवाज में कितनी बात बताई और एक पक्ष की बात सुनकर यह निर्णय करना कठिन था कि उनकी बात कितनी सही थी। लेकिन आज जिस समस्या का निपटारा कर देने के लिए उन्होंने हमसे

साग्रह अनुरोध किया, वह जितना आश्चर्यजनक था उतना ही मधुर था और उतना ही कठोर था।

कुशारीजी की पत्नी ने जो दुख-भरी कहानी कह सुनाई, उसका सार यह था कि ऐसी बात नहीं थी कि घर में उनके रोटी-कपड़े की काफी सुविधाओं के बावजूद सिर्फ उनकी घर-गिरस्ती में ही जहर घुल गया है, बल्कि शर्म के मारे वे लोग सारी दुनिया को अपना मुँह नहीं दिखा पा रहे हैं और सारे दुखों की जड़ है उनकी इकलौटी छोटी देवरानी सुनन्दा। यद्यपि उनके देवर यदुनाथ न्यायरत्न ने भी उन लोगों से कम दुश्मनी नहीं की है, मगर असली दोषी है—सुनन्दा। ये विद्रोही और उसका पति फिलहाल जब हमारी ही प्रजा है तब चाहे जैसे भी क्यों न हो, उन्हें काबू में रखना ही पड़ेगा। घटना संक्षेप में इस प्रकार है—जब उनके सास-ससुर का देहान्त हुआ था तब से इस घर की बहू थीं। तब यदु सिर्फ छह-सात साल का था। इस लड़के को पाल-पोसकर बड़ा करने की जिम्मेदारी उन्हीं पर पड़ी थी और तब से लेकर अब तक वे इस जिम्मेदारी को ढोती आई हैं। पैतृक सम्पत्ति के अन्दर मिट्टी का एक घर, दान में मिली दो-तीन बीघा जमीन और कुछ यजमान थे। सिर्फ इतनी-सी सम्पत्ति पर निर्भर करके ही उनके पति को संसार-समुद्र में तिरना पड़ा था। आज यह जो धन-दौलत है, वह सभी उनकी अपनी कमाई का नतीजा है। यदु ने कोई भी मदद नहीं की थी, न उससे कभी कोई मदद माँगी ही गई थी।

मैंने कहा, ''तो क्या वे अभी बहुत दावा कर रहे हैं?''

कुशारीजी की पत्नी ने गर्दन हिलाकर कहा, ''दावा किस चीज का बेटा, यह सब कुछ तो उसी का है। सब कुछ तो वही लेता, अगर बीच में पड़कर सुनन्दा मेरे सोने के घर-संसार को नेस्तनाबूद न कर देती।''

मैंने उनकी बात भली-भाँति न समझ पाने की वजह से अचरज में पड़कर पूछा, ''मगर आपका यह लड़का?''

पहले तो वे भी समझ नहीं सकीं, पर बाद में जब उन्होंने समझा तो कहा, ''तुम उस विजय की बात कर रहे हो? वह तो हमारा लड़का नहीं है बेटा, वह एक छात्र है। वह यदु की टोल में पढ़ता था, अभी भी वह उसी से पढ़ता है, सिर्फ मेरे पास रहा है।'' इतना कहकर वे विजय के बारे में हमारी अज्ञानता को दूर करती हुई कहने लगीं, ''यह सिर्फ भगवान ही जानते हैं कि कितने दुख से मैंने यदु को पाल-पोसकर बड़ा किया था। लेकिन खुद वह आज सब कुछ भूल गया है, सिर्फ हमीं लोग नहीं भूल सके हैं।'' इतना कहकर उन्होंने अपनी आँखों की कोरों को हाथ से पोंछ डाला और बोलीं, ''लेकिन यह सब रहने दो बेटा, बहुत लम्बी कहानी है। मैंने यदु का जनेऊ कराया, उन्होंने उसे पढ़ने के लिए मिहिरपुर में शिबू तर्कालंकार की टोल में भेज दिया। बेटा, मैं यदु के बिना नहीं रह सकती थी। इसलिए मैं खुद कितने दिन जाकर मिहिरपुर में रह आई थी, यह भी आज उसे याद नहीं आता। खैर, इसी तरह से कितने साल बीत गए। यदु की पढ़ाई खत्म हुई, वे उसकी शादी कराने के लिए लड़की ढूँढ़ते फिरने लगे। ऐसे समय उसने न कुछ कहा, न सुना, अचानक एक दिन वह शिबू तर्कालंकार की बेटी सुनन्दा से शादी

करके उसे घर ले आया। भले ही उसने मुझसे नहीं कहा, बेटा, पर अपने बड़े भाई तक की राय नहीं ली।''

मैंने धीरे-धीरे कहा, ''उनकी राय न लेने की क्या कोई खास वजह थी?''

वे बोलीं, ''हाँ, वजह तो थी। वे लोग हमारी बराबरी के नहीं थे। कुल, शील और मान में भी वे लोग हम लोगों से बहुत छोटे थे। उन्होंने गुस्सा किया, दुख और शर्म के मारे शायद महीने भर किसी से भी बातचीत तक नहीं की। मगर मैंने गुस्सा नहीं किया था। सुनन्दा का मुखड़ा देखकर मैं पहले से ही जैसे पसीज गई। ऊपर से जब यह सुनने में आया कि उसकी माँ का देहान्त हो चुका है और बाप यदु के हाथों उसे सौंपकर संन्यासी बनकर निकल गए हैं, तब उस छोटी-सी लड़की को पाकर मुझे कितनी खुशी हुई, इसे मैं तुम्हें कहकर नहीं समझा सकती। लेकिन वह लड़की एक दिन मेरे किए का ऐसा बदला चुकाएगी, तब यह किसने सोचा था!'' इतना कहकर वे अचानक फफक-फफककर रो पड़ीं।

मैंने समझा उन्हें इसी बात का बहुत दुख है। राजलक्ष्मी ने भी इतनी देर तक कोई बात नहीं की थी। उसने धीरे-धीरे पूछा, ''अभी वे लोग कहाँ है?''

राजलक्ष्मी की बात के जवाब में उसने जो कुछ बताया उससे यह समझ में आया कि वे लोग आज भी इसी गाँव में हैं। इसके बाद उन्होंने बहुत देर तक बात नहीं की, उन्हें सँभलने में जरा ज्यादा वक्त लगा। लेकिन असली चीज अभी तक अच्छी तरह समझ में ही नहीं आई। इधर मेरा खाना लगभग खत्म होने को आया था। क्योंकि उनके रोने-धोने के बावजूद मेरे खाने में कोई खास खलल नहीं पड़ा था। सहसा वे अपनी आँखें पोंछकर तनकर बैठीं और मेरी थाली की तरफ निहारतीं कुछ पछतावा-भरी आवाज में बोल उठीं, ''रहने दो बेटा, अगर मैं सारी दुख-भरी कहानी कहना चाहूँगी तो वह खत्म भी नहीं होगी, उसे सुनने का तुम लोगों को धैर्य नहीं होगा। जिन लोगों ने मेरे सोने के घर-संसार को अपनी आँखों से देखा है सिर्फ वे ही लोग यह जानते हैं कि छोटी बहू मेरा क्या सर्वनाश कर गई है। सिर्फ उसी लंकाकांड के बारे में तुम लोगों को संक्षेप में बताती हूँ—

जिस जायदाद पर हमारा सब कुछ निर्भर है वह एक समय एक जुलाहे की थी। साल भर पहले अचानक एक दिन सवेरे उसकी विधवा पत्नी अपने नाबालिग बेटे को साथ लिये घर में आ पहुँची। गुस्सा करके वह कितना कुछ कह गई, इसका कोई ठिकाना नहीं। हो सकता है, उसका कहा कुछ भी सही नहीं था, हो सकता है, उसका कहा पूरा का पूरा गलत था। छोटी बहू नहा-धोकर रसोईघर जा रही थी। यह सब सुनकर जैसे उसे एकबारगी काठ मार गया। उन लोगों के चले जाने पर भी उसका वह भाव दूर नहीं हुआ। मैंने पुकारकर कहा—सुनन्दा, तू खड़ी क्यों है? दिन चढ़ता जा रहा है न? लेकिन जवाब के लिए जब मैंने उसके मुँह की तरफ निहारा, तो मुझे डर लगा। उसकी नजरों से न जाने किस चीज की एक रोशनी छिटककर गिर रही थी, लेकिन उसका साँवला मुँह बिलकुल फक-बदरंग पड़ गया था। जुलाहे की बहू का हरेक शब्द जैसे उसके अंग-अंग से सारा लहू बूँद-बूँद करके सोख ले गया हो। उसने उसी वक्त मुझे जवाब

नहीं दिया। लेकिन वह धीरे-धीरे मेरे पास आई और बोली—दीदी, जुलाहे की पत्नी को उसके पति की जायदाद तुम लोग वापस नहीं दोगे? उसके उस छोटे-से नाबालिग बेटे को तुम लोग सब कुछ से वंचित करके जिन्दगी भर के लिए रास्ते का भिखारी बना दोगे?

"मैंने अचरज में पड़कर कहा, 'लो, सुनो, इसकी बात! कन्हाई बसाक की सारी जायदाद जब कर्ज के एवज में बिक गई, तो उन्होंने उसे खरीदा है। अपनी खरीदी हुई जायदाद कौन कब किसको दे देता है, छोटी बहू?'"

छोटी बहू ने कहा, 'पर जेठजी के पास इतना रुपया आया कहाँ से?'

मैंने गुस्सा कर जवाब दिया, 'यह तू जाकर अपने जेठजी से पूछ, जिन्होंने यह जायदाद खरीदी है।' इतना कहकर मैं पूजा-पाठ करने चली गई।"

राजलक्ष्मी ने कहा, "आपने तो सही बात कही है। जो जायदाद नीलाम होकर बिक चुकी है उसे लौटा देने की बात भला छोटी बहू कैसे कर सकती है?"

कुशारीजी की पत्नी ने कहा, "अच्छा, तुम्हीं बताओ तो बेटी।" लेकिन यह कहने के बावजूद उनके मुँह पर शर्म की जैसे एक काली छाया पड़ी। "लेकिन वह जायदाद ठीक-ठीक नीलाम होकर नहीं बिकी थी, इसीलिए जुलाहे की बहू उसे वापस माँगने आई थी। हम लोग हैं उन लोगों के पुरोहित। कन्हाई बसाक मरते वक्त उन्हीं पर जायदाद की देखभाल की सारी जिम्मेदारी सौंप गए थे। लेकिन तब तो भला वे यह नहीं जानते थे कि साथ ही वह ढेर सारा कर्ज भी छोड़ गया था।"

उनकी बात सुनकर राजलक्ष्मी और मैं दोनों ही न जाने कैसे स्तब्ध हो गए। मानो किसी गन्दी चीज ने मेरे मन के अन्दरूनी हिस्से को पल भर में ही बिलकुल मलिन कर दिया।

कुशारीजी की पत्नी ने शायद इस पर ध्यान नहीं दिया। बोलीं, "पूजा-पाठ खत्म करके दो घंटे बाद जब मैं वापस आई तो देखती हूँ, सुनन्दा जहाँ की तहाँ ठीक पहले की ही तरह स्थिर होकर बैठी हुई है। कहीं एक कदम भी उसने आगे नहीं बढ़ाया था। वे कचहरी का काम-काज निबटाकर अभी आनेवाले थे। यदु बिनू को लेकर खलिहान दिखाने गया था। उसके लौटने में देरी नहीं थी। विजय नहाने गया था, अभी आकर पूजा करने बैठनेवाला था। मेरे गुस्से की सीमा नहीं रही। मैंने कहा—तू क्या रसोईघर में नहीं घुसेगी? उस शैतान जुलाहे की बहू की बेकार की बातों को लेकर दिन भर बैठी रहेगी?"

सुनन्दा ने मुँह उठाकर कहा, नहीं दीदी, जो जायदाद हमारी नहीं है, उसे अगर तुम लोग लौटा नहीं दोगे, तो मैं रसोईघर में नहीं घुसूँगी। उस नाबालिग लड़के के मुँह का कौर छीनकर मैं अपने पति और बेटे को नहीं खिला सकती। न मैं भगवान का भोग ही बना सकती। इतना कहकर वह अपने कमरे में चली गई। सुनन्दा को मैं पहचानती थी। मैं यह भी जानती थी कि वह झूठ नहीं बोलती थी, उसने अपने अध्यापक संन्यासी बाप से बचपन से बहुत से शास्त्र पढ़े थे। लेकिन मैं तब भी सिर्फ यह नहीं जानती थी

कि औरत होकर भी वह इतनी कठोर हो सकती है। मैं जल्दी से खाना बनाने गई। मर्द लोग सबके सब घर लौट आए। उनके खाना खाते वक्त सुनन्दा दरवाजे के बाहर आकर खड़ी हो गई। मैंने दूर से हाथ जोड़कर कहा, 'सुनन्दा, जरा माफ कर दे। उन्हें खाना खा लेने दे।' पर उसने मेरा इतना कहा भी नहीं माना। वे आचमन करके खाना खाने बैठे कि तभी उसने पूछा, 'जुलाहे की जायदाद को क्या आपने दाम देकर खरीदा था? यह तो मैंने आप ही लोगों के मुँह से बहुत बार सुना है कि ससुरजी कुछ भी छोड़कर नहीं गए थे। तो फिर इतना पैसा आपके पास कहाँ से आया।'

जो कभी उनसे बात नहीं करती थी उसके मुँह से यह प्रश्न सुनकर वे पहले-पहल तो हक्का-बक्का हो गए, उसके बाद बोले, 'तुम्हारे यह सब कहने का क्या मतलब है बहू?'

सुनन्दा ने जवाब दिया, 'इसका मतलब अगर कोई जानता है, तो वह हैं आप। आज जुलाहे की बहू अपने बेटे को लेकर आई थी। उसने क्या कहा, यह आपको बताने की जरूरत नहीं है। कुछ भी आपसे छिपा हुआ नहीं है। यह जायदाद जिसकी है, उसे अगर आप लौटा नहीं देंगे, तो जीते-जी इस महापाप का एक दाना भी मैं अपने पति और बेटे को खाने नहीं दूँगी।'

''मुझे लगा बेटा कि या तो मैं सपना देख रही हूँ या सुनन्दा पर भूत सवार हो गया है। जिस जेठ की वह देवता से ज्यादा भक्ति करती है उससे उसने ऐसी बात कही। वे भी थोड़ी देर तक सन्न होकर बैठे रहे, उसके बाद आगबबूला हो गए और बोले, 'जायदाद पाप की हो या पुण्य की, वह मेरी है, यह तुम्हारे पति और बेटे की नहीं है। अगर तुम लोगों को रास नहीं आता, तो तुम लोग और कहीं जा सकते हो। लेकिन बहू, इतने दिनों तक मैं यह समझता था कि तुममें सारे गुण भरे हुए हैं। मैंने कभी ऐसा नहीं सोचा था।' इतना कहकर वे आसन छोड़ उठकर चले गए। उस दिन दिन भर और किसी ने एक दाना तक मुँह में नहीं डाला। रोती हुई जाकर मैं यदु के आगे गिर पड़ी, बोली, 'यदु, मैंने तुम्हें गोद में खिलाकर, पाल-पोसकर बड़ा किया है, उसका यही बदला है?' यदु की दोनों आँखें आँसुओं से भर गईं बोला, 'भाभी, तुम मेरी माँ हो, और भैया मेरे पिता जैसे हैं। लेकिन जो तुम लोगों से भी बड़ा है वह है धर्म। मेरा भी यह विश्वास है कि सुनन्दा ने एक भी शब्द अनुचित नहीं कहा है। मेरे ससुर ने जिस दिन संन्यास लिया, उस दिन उन्होंने उसे आशीर्वाद देते हुए कहा—बेटी, अगर तुम सचमुच ही धर्म को चाहती हो, तो धर्म ही तुम्हें राह दिखाता हुआ ले जाएगा। जब वह बहुत छोटी थी मैं उसे तभी से पहचानता हूँ भाभी। उसने कभी कोई गलती नहीं की है।''

''हाय री फूटी किस्मत! उसे भी उस कलमुँही ने अन्दर ही अन्दर इतना अपने वश में कर लिया था, यह मुझे आज मालूम हुआ। उस दिन भादों की संक्रान्ति थी, आसमान में बादल छाए हुए थे। रह-रहकर रिमझिम पानी बरस रहा था। मगर उस अभागिन ने रात भर के लिए भी हमारा कहा नहीं माना। अपने बेटे का हाथ पकड़कर वह घर से निकल गई। मेरे ससुरजी के जमाने के एक प्रजा के घर-बार छोड़कर गए दो बरस हो

गए हैं। उसी का एक टूटा-फूटा कमरा तब भी किसी तरह खड़ा था जिसमें सियार, कुत्ते, साँप, मेढक रहते थे, उसी में जाकर खराब मौसम में वह ठहरी। पानी और कीचड़-भरे आँगन में मैं लोट-पोटकर रो उठी—सर्वनाशी! यही अगर तेरे में था तो तू इस घर में आई क्यों? बिनू तक को साथ ले चली। तूने क्या इस बात की प्रतिज्ञा की है कि तू अपने ससुर के खानदान का नाम तक दुनिया में नहीं रहने देगी। मगर उसने कोई जवाब नहीं दिया। मैंने कहा—तू खाएगी क्या? उसने जवाब दिया—ससुरजी, दान में मिली जो तीन बीघा जमीन छोड़ गए हैं उसकी आधी जमीन तो हमारी है। उसकी बात सुनकर सर पटककर मरने को जी चाहा। मैंने कहा—अभागिन उतनी सी जमीन से जितनी उपज होगी उससे एक दिन के लिए भी भर पेट खाना नहीं मिलेगा। माना कि तुम लोग बिना खाए रह सकते हो, मगर मेरे बिनू का क्या हाल होगा? उसने कहा—यही बात कन्हाई बसाक के बेटे के बारे में सोचकर देखो तो दीदी! उसी की तरह एक दिन एक जून खाकर भी अगर बिनू जिन्दा रहे, तो यही काफी है।

"वे लोग चले गए। सारा घर मानो हाहाकार कर रोने लगा। उस रात न दीया जला और न खाना बना। वे जब बहुत रात गए वापस आए, तो सारी बातें सुनकर उन्होंने उस खूँटी से टिककर बैठे-बैठे सारी रात बिताई। हो सकता है मेरा बिनू नहीं सोया हो, हो सकता है, मेरा बच्चा भूख के मारे छटपटा रहा हो। भोर होते ही मैंने ग्वाले के साथ गाय और बछड़ा भेज दिया। मगर उसने उन्हें लौटा दिया और उसी से कहला भेजा—बिनू को मैं दूध पिलाना नहीं चाहती, दूध पिए बिना जिन्दा रहने का सबक मैं उसे सिखाना चाहती हूँ।"

राजलक्ष्मी के मुँह से सिर्फ एक गहरी आह निकली। कुशारीजी की पत्नी की उस दिन के सारे दुखों और अपमान की यादों ने उमड़कर उनकी आवाज को रोक दिया और मेरे हाथ का भात-दाल सूखकर बिलकुल चमड़ा-सा हो उठा।

कुशारीजी की खड़ाऊँ की आवाज सुनाई पड़ी, वे खाना खा चुके थे। आशा करता हूँ उनका मौनव्रत अक्षुण्ण अटूट रहा था। और उनके खान-पान में आज कोई खलल नहीं पड़ा। मगर चूँकि वे इधर की बात जानते थे इसीलिए शायद वे मेरी खोज-खबर लेने फिर नहीं आए। उनकी पत्नी ने अपनी आँखें पोंछी, नाक गला साफ किया और बोलीं, "उसके बाद गाँव-गाँव, मुहल्ले-मुहल्ले में लोगों के बीच हमारी कितनी बदनामी हुई और कितनी शिकायतें हुईं सो मैं तुम्हें क्या बताऊँ बेटा! उसने कहा, 'दो-चार दिन बीत जाने दो। जब वे लोग तकलीफ पाएँगे, तो वे लोग अपने आप लौट आएँगे।' मैंने कहा, 'तुम सुनन्दा को नहीं पहचानते, वह टूट जाएँगी, मगर झुकेगी नहीं।' और हुआ भी यही। एक-एक करके आज आठ महीने बीत गए, पर वह झुकी नहीं। वे सोच-सोचकर और छिपकर रो-रोकर सन्न होने लगे। बिनू में उनकी जान बसती थी और यदु को तो वे बेटे से भी ज्यादा प्यार करते थे। जब वे और बर्दाश्त नहीं कर सके, तो उन्होंने लोगों की मार्फत उसे कहला भेजा कि वे जुलाहे के लिए ऐसा इन्तजाम कर देंगे जिससे उन्हें कोई तकलीफ न हो। मगर उस सर्वनाशी ने जवाब दिया, 'जब उनकी सारी वाजिब जायदाद

उन्हें दे दी जाएगी, तभी वह घर लौटेगी। अगर उन्हें थोड़ी भी कम जायदाद दी जाएगी, तो मैं घर नहीं जाऊँगी। यानी इसका मतलब है अपनी निश्चित मौत।'"

मैंने गिलास के पानी में अपना हाथ एक बार डुबा लिया और पूछा, "अभी उन लोगों का गुजर-बसर कैसे होता है?"

कुशारीजी की पत्नी ने दुखी होकर कहा, "इसका जवाब तुम मुझसे न पूछ बेटा! अगर कोई इस बात की चर्चा करने के लिए आता है, तो मैं भाग जाती हूँ। लगता है, शायद मेरा दम घुट जाएगा। इन आठ महीनों में इस घर में न किसी ने मछली खाई है और न दूध-घी खाया है। समूचे घर को न जाने किसने कोई भयंकर अभिशाप दे दिया है।" इतना कहकर उन्होंने चुप्पी साध ली और बहुत देर तक हम तीनों ही स्तब्ध होकर चुपचाप बैठे रहे।

घंटे भर बाद जब हम लोग फिर गाड़ी पर चढ़े, तो कुशारीजी की पत्नी ने नम आवाज में राजलक्ष्मी के कान में कहा, "बेटी, वे लोग तुम्हारी ही प्रजा हैं। मेरे ससुर की जिस जमीन की उपज से उनका गुजारा होता है, वह तुम्हारे ही गंगामाटी में है।"

राजलक्ष्मी ने गर्दन हिलाकर कहा, "अच्छा।"

जब गाड़ी चल पड़ी, तो वे फिर से बोल उठीं, "तुम्हारे घर से ही नाले के उस पार स्थित वह टूटा-फूटा कमरा दिखाई पड़ता है जिसमें वे लोग रहते हैं।"

राजलक्ष्मी ने पहले की ही तरह गर्दन हिलाकर कहा, "अच्छा।"

गाड़ी धीमी गति से आगे बढ़ी। बहुत देर तक मैंने कोई भी बात नहीं की। मैंने निहारा, तो देखा, राजलक्ष्मी अन्यमनस्क होकर कुछ सोच रही है। मैंने उसका ध्यान भंग करके कहा, "लक्ष्मी, जिसे लालच नहीं होता, वह कुछ नहीं माँगता है। उसकी मदद करने की कोशिश करने जैसी विडम्बना कोई दूसरी नहीं है।"

राजलक्ष्मी ने मेरे मुँह की तरफ निहारा और तनिक मुस्कुराकर बोली, "यह मैं जानती हूँ। तुमसे मैंने भले ही और कुछ भी न सीखा हो, पर यह तो सीखा ही है।"

# 7

जब मैं खुद अपना विश्लेषण करता हूँ, तो मुझे दिखाई पड़ता है जिन कई नारी चरित्रों ने मेरे मन पर गहरी रेखा खींची है उनमें से एक थी कुशारीजी के छोटे भाई की वह विद्रोही पत्नी। अपनी इस लम्बी जिन्दगी में मैं आज भी सुनन्दा को नहीं भूला हूँ। राजलक्ष्मी आदमी को इतनी जल्दी और इतनी आसानी से अपना बना ले सकती थी कि सुनन्दा ने जो एक दिन मुझे भैया कहकर पुकारा था, उसमें विस्मित होने की कोई बात नहीं

थी। वरना, इस अजीब लड़की को जानने का मौका मुझे कभी नहीं मिलता। अध्यापक यदु तर्कालंकार के दो-तीन टूटे-फूटे कमरे हमारे घर के पश्चिम में मैदान के एक छोर पर थे, जो नजरें उठाते ही सीधे दीख पड़ते थे। मैं जब से यहाँ आया था तब से लेकर अब तक यह नहीं जानता था कि सिर्फ एक विद्रोहिणी वहाँ अपने पति और बेटे के साथ अड्डा जमाए हुए है। बाँस का पुल पार करके एक कठिन अनउपजाऊ मैदान से होकर वहाँ जाने में दसेक मिनट लगते थे। बीच में पेड़-पौधे भी नहीं थे। बहुत दूर तक मैदान साफ नजर आता था। आज सवेरे नींद टूटने पर खिड़की से जब वे टूटे-फूटे से कमरे नजर आए तब मैं बहुत देर तक एक तरह से दुख और आग्रह के साथ उन्हें निहारता रहा और जो बात बहुत दिन बहुत कारणों से देखकर भी बार-बार मैं भूल गया था वही बात याद आई कि दुनिया में किसी भी चीज का सिर्फ बाहरी रूप देखकर कुछ भी कहने की गुंजाइश नहीं है। कौन कह सकता है कि उस परित्यक्त घर में सियार-कुत्ते नहीं रहते हैं। कौन यह अन्दाजा लगा सकता है कि उन कई टूटे-फूटे कमरों के अन्दर कुमारसम्भव, रघुवंश, शकुन्तला और मेघदूत पढ़ाया जाता है। हो सकता है, छात्रों से घिरा एक नया अध्यापक स्मृति और न्याय की मीमांसा और विचार में डूबा हुआ हो। कौन जान सकता है कि उसी के बीच बंगाल की एक युवती धर्म और न्याय की मर्यादा रखने के लिए अपनी मर्जी से बेहद दुख झेल रही है।

दक्षिण की खिड़की से घर के अन्दर निगाह पड़ी तो लगा, आँगन में कुछ न कुछ हो रहा है। रतन एतराज कर रहा था और राजलक्ष्मी उसके एतराज को नकार रही थी इसलिए उसी की आवाज थोड़ी जोरदार थी। मैं उठकर बाहर आया और ज्यों ही मैं खड़ा हो गया त्यों ही वह थोड़ी झेप गई, बोली, "तुम्हारी नींद टूट गई क्या? इतना शोर होगा, तो नींद तो टूटेगी ही। रतन, तू अपनी आवाज जरा धीमी कर तो बेटा। वरना मुझसे तो अब कुछ करते नहीं बनता।"

इस तरह की शिकायतों और आरोपों से सिर्फ अकेला रतन ही नहीं, बल्कि घर के हम सभी आदी हो गए थे। अतएव उसने भी चुप्पी साध ली और मैंने भी कोई बात नहीं की।

मैंने देखा, एक बड़ी-सी टोकरी में चावल, दाल, घी, तेल आदि और दूसरे छोटे-से बरतन में तरह-तरह की खाने-पीने की चीजें रखी हुई थीं। लगा, इतनी सारी चीजों को ढोने की ताकत को लेकर ही रतन प्रतिवाद कर रहा था। बात भी यही थी। राजलक्ष्मी ने मुझे बिचौलिया मानकर कहा, "लो, सुनो इसकी बात! इतनी-सी चीजों को वह ढोकर नहीं ले जा सकता है। इन्हें तो मैं ले जा सकती हूँ, रतन।" इतना कहकर उसने झुककर आराम से बड़ी टोकरी को उठा लिया।

वास्तव में बोझ के हिसाब से किसी भी आदमी के लिए यहाँ तक कि रतन के लिए भी इतना-सा बोझ ढोकर ले जाना कठिन नहीं था। मगर कठिन था एक और काम। बोझ ढोने से उसकी इज्जत को बट्टा लगता। लेकिन अपनी मालकिन के आगे शर्म के मारे वह इस बात को कबूल नहीं कर पा रहा था। मैंने उसके मुँह की तरफ निहारा, तो

बड़ी आसानी से यह समझ सका। मैंने हँसकर कहा, "तुम्हारे पास तो काफी लोग-बाग हैं, प्रजा की भी कमी नहीं है। उनमें से किसी से उन्हें भेज दो। रतन खाली हाथ उनके साथ जाएगा।"

रतन मुँह नीचे किए खड़ा रहा। राजलक्ष्मी एक बार मेरी तरफ और एक बार उसकी तरफ निगाह डालकर खुद भी हँस पड़ी और बोली, "अभागे ने आधे घंटे तक झगड़ा किया तब भी उसने यह नहीं कहा कि वह सब छोटा काम रतन के लिए नहीं है। जा, किसी को बुला ला।"

जब वह चला गया, तो मैंने पूछा, "सवेरे-सवेरे यह सब क्या कर रही हो तुम?"

राजलक्ष्मी ने कहा, "आदमी के खाने की चीजें सवेरे ही भेजी जाती हैं।"

"मगर ये चीजें कहाँ भेजी जा रही हैं? और इनके भेजे जाने की वजह क्या है?"

राजलक्ष्मी ने कहा, "इनके भेजे जाने की वजह यह है कि इन्हें आदमी खाएँगे और ये चीजें भेजी जा रही हैं—ब्राह्मण के घर।"

मैंने कहा, "ब्राह्मण के घर? कौन है यह ब्राह्मण?"

राजलक्ष्मी मुस्कुराती हुई थोड़ी देर चुप रही, शायद उसने यह सोचा कि वह उस ब्राह्मण को बताए या नहीं। मगर दूसरे ही पल वह बोली, "जब किसी को कोई चीज दी जाती है, तो उसके बारे में किसी को बताना नहीं चाहिए। इससे पुण्य घट जाता है। जाओ, तुम मुँह-हाथ धो कपड़े बदलकर आओ। तुम्हारे लिए चाय बन चुकी है।"

मैं और कोई प्रश्न किए बिना बाहर चला गया।

तब दिन के शायद दस बजे होंगे। कोई काम न रहने की वजह से मैं बाहर के कमरे की चौकी पर बैठे-बैठे एक पुरानी साप्ताहिक पत्रिका का विज्ञापन पढ़ रहा था। तभी एक अपरिचित आवाज सुनकर मैंने मुँह उठाया, तो देखा, आया हुआ व्यक्ति अपरिचित ही तो है। वे बोले, "नमस्कार बाबूजी।"

मैंने हाथ उठाकर प्रति-नमस्कार किया और कहा, "बैठिए।"

उसकी वेश-भूषा में उनकी गरीबी की झलक दिखाई पड़ती थी। पाँवों में जूते नहीं थे, नंगा बदन, वे सिर्फ एक मैली चादर ओढ़े हुए थे। चादर जितनी मैली थी उतनी ही मैली धोती थी। ऊपर से धोती में दो-तीन जगहों पर गाँठें बँधी हुई थीं। देहात के शरीफ आदमी की वेश-भूषा में गरीबी की झलक मिलना कोई आश्चर्य की बात नहीं होती। पर सिर्फ इसी आधार पर उनकी घरेलू हालत का अन्दाजा भी नहीं लगाया जा सकता। वे सामने के बाँस के मूढ़े पर बैठे और बोले, "मैं आपकी एक गरीब प्रजा हूँ। इसके पहले ही मुझे आना चाहिए था। मुझसे बड़ी गलती हो गई है।"

मुझे जमींदार समझकर जब कोई मुझसे बातचीत करने आता, तो मैं मन ही मन जितना शर्मिन्दा होता, उतना ही झुँझला जाता। खासतौर पर वे लोग जो कहने और करवाने के लिए आते थे और जिस बद्धमूल उत्पात और अत्याचार का प्रतिकार करना चाहते थे उस पर मेरा कोई वश ही नहीं था। इन पर भी मैं खुश नहीं हो सका, कहा, "आप मेरे पास देर से आए, इसके लिए आप दुखी न हों। क्योंकि आप अगर बिलकुल भी नहीं

आते, तो भी मैं बुरा नहीं मानता, ऐसा मेरा स्वभाव नहीं है। मगर आप यहाँ किसलिए आए?''

उन्होंने शर्मिन्दा होकर कहा, ''बेवक्त आकर मैंने आपके काम में, हो सकता है, खलल डाला। मैं किसी दूसरे दिन आऊँगा।'' इतना कहकर वे उठकर खड़े हो गए।

मैंने झुँझलाकर कहा, ''मुझसे आपको क्या काम था, बताइए तो सही?''

मेरी झुँझलाहट को उन्होंने अनायास ताड़ लिया। वे थोड़ी देर तक चुप रहे फिर शान्त भाव से बोले, ''मैं मामूली आदमी हूँ। काम भी मेरा थोड़ा ही होगा। माँजी ने मुझे याद किया है। हो सकता है, उन्हें मुझसे कोई जरूरी काम हो। मुझे कोई काम नहीं है।''

उनका जवाब कठोर था, मगर था सही और मेरे प्रश्न की तुलना में असंगत भी नहीं था। लेकिन मैं जब से यहाँ आया हूँ, तब से लेकर अब तक ऐसा जवाब देनेवाला कोई आदमी नहीं मिला था। इसीलिए उनके जवाब से मैं सिर्फ विस्मित नहीं, बल्कि सहसा गुस्सा हो उठा। हालाँकि मेरा मिजाज स्वभावतः रूखा नहीं था, किसी दूसरी जगह इस बात का मैं बुरा नहीं मानता। मगर बतौर चीज ऐश्वर्य की क्षमता इतनी बुरी होती है कि वह दूसरे से उधार में मिली हो तो भी उसका दुरुपयोग करने का लालच आदमी आसानी से दूर नहीं कर सकता। अतएव उनके जवाब से कहीं ज्यादा कड़ा जवाब मुँह में आ गया था, लेकिन उसका तीखापन बाहर निकलता, इसके पहले ही देखा, बगल का दरवाजा खुल गया और अपना पूजा-पाठ अधूरा छोड़कर राजलक्ष्मी अपनी पूजा के आसन से उठकर आई। दूर से उसने उन्हें सम्मान के साथ प्रणाम किया और बोली, ''अभी आप मत उठिए, आप बैठिए। आपसे मुझे ढेर सारी बातें कहनी हैं।''

वे फिर से मूढ़े पर बैठे और बोले, ''माँजी, आपने तो मेरी घर-गिरस्ती की बहुत दिनों की दुश्चिन्ता दूर कर दी। इससे लगभग पन्द्रह दिनों तक हमारा गुजर-बसर हो जाएगा। लेकिन फिलहाल तो कोई शुभ मुहूर्त नहीं है। किसी व्रत आदि का दिन भी नहीं है। इसीलिए मेरी पत्नी ने अचरज में पड़कर पूछा...''

राजलक्ष्मी ने मुस्कुराते हुए कहा, ''आपकी पत्नी ने सिर्फ यह सीखा है कि किस शुभ मुहूर्त में किस व्रत के समय ब्राह्मण को अन्न आदि दान दिया जाता है। लेकिन आप उनसे कहिएगा कि वे मुझसे यह सीख लेंगी कि कब पड़ोसी की सौगात लेनी चाहिए?''

उन्होंने कहा, ''तो माँजी, इतना ज्यादा अन्न-दान...''

वे अपना प्रश्न खत्म नहीं कर सके या उन्होंने अपना प्रश्न जान-बूझकर खत्म नहीं किया। लेकिन मैंने उस घमंडी ब्राह्मण की अनकही बातों का पूरा आशय समझ लिया। मगर मुझे डर लगा, मेरी ही तरह बिना समझे राजलक्ष्मी हो सकता है कोई कड़ी बात सुने। उनके एक रूप का परिचय अभी भी अनजान था, तो भी उनके दूसरे रूप का परिचय मुझे इसके पहले मिला था। इसलिए ऐसा जी नहीं चाहा कि मेरे ही सामने फिर वह घटना दोबारा घटे। सिर्फ इस बात की हिम्मत थी कि राजलक्ष्मी को आमने-सामने कोई किसी दिन निरुत्तर नहीं कर सकता था। ठीक ऐसा ही हुआ। इस भद्दे प्रश्न को भी वह बड़ी आसानी से दरकिनार करके मुस्कुराकर बोली, ''तर्कालंकारजी, सुना है कि आपकी पत्नी

बड़ी गुस्सैल हैं। बिना निमंत्रण के अगर मैं उनके पास जा पहुँचूँगी, तो हो सकता हे, वे खफा हो जाएँ, वरना इस बात का जवाब मैं उन्हें ही दे आती।''

इतनी देर बाद मैंने समझा कि ये ही यदुनाथ कुशारी हैं। अध्यापक आदमी ठहरे, अपनी प्रियतमा के मिजाज के उल्लेख से वे अपना मिजाज खो बैठे। ठहाके से कमरे को गुंजित करके वे प्रसन्न चित्त से बोले, ''नहीं, माँजी, वह गुस्सैल नहीं है। वह बड़ी ही सरल स्त्री है। हम लोग गरीब ठहरे, आप हमारे यहाँ जाएँगी, तो हम लोग आपका उचित सम्मान नहीं कर सकेंगे। वही आपके पास आएगी। थोड़ा-सा समय मिलने पर मैं ही उसे अपने साथ यहाँ ले आऊँगा।''

राजलक्ष्मी ने पूछा, ''तर्कालंकारजी, आपके कितने छात्र हैं?''

कुशारी ने कहा, ''मेरे पास पाँच छात्र हैं। इस गाँव में ज्यादा छात्र मिलने की तो गुंजाइश नहीं है। अध्यापन सिर्फ नाम के लिए है।''

''सभी को रोटी-कपड़ा देना पड़ता है?''

''नहीं। विजय तो भैया के यहाँ रहता है। एक इसी गाँव का रहनेवाला है। सिर्फ तीन छात्र मेरे पास रहते हैं।''

राजलक्ष्मी थोड़ी देर तक चुप्पी साधे रही, फिर बड़े स्निग्ध स्वर में बोली, ''ऐसे बुरे समय में यह तो आसान बात नहीं है, तर्कालंकारजी।''

ठीक ऐसी ही आवाज की जरूरत थी। अगर ऐसी आवाज नहीं होती, तो अभिमानी अध्यापक के गरम हो जाने में कोई भी अड़चन नहीं थी। हालाँकि अबकी बार उनका मन उस पचड़े में बिलकुल ही नहीं पड़ा। बड़ी आसानी से उन्होंने अपने घर के दुख-दैन्य को स्वीकार कर डाला, बोले, ''कैसे गुजर-बसर होता है, इसे सिर्फ हम दो प्राणी ही जानते हैं। तब भी काल-चक्र रुका नहीं, रहता माँजी। इसके अलावा चारा ही भला क्या है? पढ़ना-पढ़ाना तो ब्राह्मणों का ही काम है। आचार्य देव से जो मिला है वह तो सिर्फ धरोहर है। उसे तो किसी न किसी दिन लौटा ही देना पड़ेगा माँजी।'' वे थोड़ी देर स्थिर रहे फिर बोले, ''एक दिन यह जिम्मेदारी थी देश के जमींदारों पर। मगर अब तो जमाना ही बदल गया है। ऐसा करने का अधिकार भी उन्हें नहीं है और इस काम की जिम्मेदारी भी उनकी नहीं रही। प्रजा का खून चूसने के अलावा उनके लिए करने को और कोई काम नहीं रहा। उन्हें जमींदार मानने में अब नफरत महसूस होती है।''

राजलक्ष्मी ने हँसकर कहा, ''मगर उनमें से कोई अगर कोई प्रायश्चित्त करना चाहे, तो उसमें आप कोई अड़चन न डालें।''

कुशारी शरमाकर खुद भी हँसे, बोले, ''अनमना होने की वजह से आपकी बात पर मैंने ध्यान ही नहीं दिया है। लेकिन मैं अड़चन क्यों डालूँगा? सचमुच ही तो यह आप ही लोगों को करना चाहिए।''

राजलक्ष्मी बोली, ''हम लोग पूजा-पाठ करती हैं, मगर हम लोग एक भी मंत्र शुद्ध बोल नहीं सकतीं। लेकिन मैं आपको यह याद दिला देती हूँ कि हम लोगों को आपको यह सिखाना चाहिए कि मंत्र को कैसे शुद्ध-शुद्ध बोला जाता है।''

कुशारी ने हँसकर कहा, "मैं आप लोगों को शुद्ध-शुद्ध मंत्र बोलना सिखाऊँगा माँजी।" इतना कहकर उन्होंने सूरज की तरफ निहारा और उठ गए।

राजलक्ष्मी ने जमीन पर माथा टेककर उन्हें प्रणाम किया। उनके जाते समय मैंने भी किसी तरह उन्हें नमस्कार कर लिया।

जब वे चले गए, तो राजलक्ष्मी ने कहा, "आज तुम्हें जरा सवेरे-सवेरे नहा-धोकर खा-पी लेना पड़ेगा।"

"क्यों, बताओ तो?"

"क्योंकि दोपहर को सुनन्दा के घर जाना है।"

मैंने जरा विस्मित होकर कहा, "मगर तुम मुझे क्यों साथ ले जाना चाहती हो? तुम्हारे साथ जानेवाला रतन तो है न?"

राजलक्ष्मी ने सर हिलाकर कहा, "उसके साथ जाने से काम नहीं चलेगा। तुम्हें साथ लिये बिना अब मैं कहीं एक कदम भी नहीं जाऊँगी।"

मैंने कहा, "अच्छा, तो मैं तुम्हारे साथ सुनन्दा के घर जाऊँगा।"

# 8

मैंने पहले ही कहा है कि एक दिन सुनन्दा ने मुझे भैया कहकर पुकारा था और वह मेरी बहुत करीबी रिश्तेदार जैसी बन गई थी। इसका पूरा वर्णन अगर मैं विस्तार से न करूँ, तो भी इस पर विश्वास न करने की कोई खास वजह नहीं है। लेकिन हो सकता है, यह विश्वास दिलाना मुश्किल हो कि पहले-पहल हमारी जान-पहचान कैसे हुई थी। बहुतेरे यह सोचेंगे कि यह अजीब है। हो सकता है, बहुतेरे कहें कि ऐसा सिर्फ कहानियों में ही होता है। वे लोग कहेंगे, हम लोग भी बंगाली हैं और बंगाल के ही रहनेवाले हैं, लेकिन आम घरों में तो ऐसा होते हमने कभी नहीं देखा है। उनका कहना सही है। लेकिन उनकी बात के जवाब में मैं सिर्फ इतना ही कह सकता हूँ कि मैं भी तो इसी बंगाल का रहनेवाला हूँ और इस बंगाल में एक से ज्यादा सुनन्दा मुझे भी नजर नहीं आई हैं। हालाँकि यह सच है।

राजलक्ष्मी अन्दर घुसी। मैं उन लोगों की टूटी-फूटी चहारदीवारी के किनारे खड़ा होकर ढूँढ़ रहा था कि कहाँ थोड़ी-सी छाया है। तभी एक सत्रह-अठारह साल का लड़का आकर बोला, "आइए, अन्दर चलिए।"

"तर्कालंकारजी कहाँ हैं? शायद आराम कर रहे होंगे।"

"जी नहीं, वे हाट गए हुए हैं। माँजी हैं, आइए।" इतना कहकर वह आगे-आगे चला और मैं काफी हिचकिचाहट के साथ उसके पीछे-पीछे चल पड़ा। एक समय किसी

जमाने में हो सकता है, इस घर का सदर दरवाजा कहीं था, लेकिन फिलहाल उसका निशान तक नहीं था। अतएव एक भूतपूर्व ढेंकी-घर के रास्ते अन्दर घुसकर मैंने जरूर ही इस घर, इसकी इज्जत को बट्टा नहीं लगाया है। जब मैं आँगन में पहुँचा, तो मैंने सुनन्दा को देखा। जैसे यह बिना किसी टीमराम के थी वैसे ही एक उन्नीस-बीस साल की साँवली लड़की बिना किसी साज-सिंगार के थी। सामने के सँकरे बरामदे के एक किनारे वह फरवी भून रही थी। शायद राजलक्ष्मी के आते ही वह तुरत उठकर खड़ी हो गई थी। उसने मेरे लिए एक फटे कम्बल का आसन बिछा दिया और नमस्कार किया। बोली, "बैठिए।" उस लड़के से उसने कहा, "अजय, चूल्हे में आग है, जरा चिलम चढ़ा दे तो बेटा।"

राजलक्ष्मी बिना आसन के पहले ही बैठ चुकी थी। उसकी तरफ निहारकर उसने तनिक शरमाती हुई मुस्कुराकर कहा, "लेकिन मैं आपको पान नहीं खिला सकती। हमारे घर पान नहीं है।"

अजय शायद यह जान सका था कि हम लोग कौन हैं? वह अपनी गुरु-पत्नी की बातों से सहसा अत्यन्त व्यस्त होकर बोल उठा, "पान नहीं है। तो पान शायद अचानक खत्म हो गया होगा माँजी।"

सुनन्दा उसके मुँह की तरफ पल भर निहारती रही, फिर बोली, "पान अचानक आज खत्म नहीं हो गया है। बल्कि पान अचानक सिर्फ एक दिन ही था।" इतना कहकर वह सहसा खिलखिलाकर हँस उठी और राजलक्ष्मी से कहा, "उस रविवार को छोटे महन्त जी आनेवाले थे, इसीलिए एक पैसे का पान खरीदा गया था। पर यह बात तो दसेक दिन पहले की है। बस, इतनी-सी बात है। इसी वजह से मेरा अजय बिलकुल अचरज में पड़ गया है कि आखिर पान अचानक खत्म कैसे हो गया?" इतना कहकर वह फिर हँसने लगी।

अजय बहुत झेंपकर कहने लगा, "ओ, तो यह बात है! पर मुझे नहीं पता था कि पान खत्म हो गया है।"

राजलक्ष्मी ने मुस्कुराते हुए सदय स्वर में कहा, "उसका कहना तो बिलकुल सही है। वह मर्द ठहरा! भला वह यह कैसे जानेगा कि तुम्हारी गिरस्ती की कौन-सी चीज खत्म हो गई है!"

अजय मुझे अपना समर्थक पाकर कहने लगा, "देखिए न! देखिए न! हालाँकि माँजी सोचती हैं..."

सुनन्दा ने पहले की ही तरह मुस्कुराते हुए कहा, "हाँ, माँ तो सोचती ही है। नहीं दीदी, अजय ही है घर की 'गृहिणी', वह सब जानता है। वह सिर्फ यही नहीं कबूल कर सकता है कि बाबूगीरी समेत यहाँ कोई तकलीफ है।"

"मैं यह क्यों नहीं समझ सकूँगा, वाह, बाबूगीरी कितनी अच्छी चीज है! वह तो हमारे लिए..." कहते-कहते अपनी बात खत्म किए बिना ही शायद मेरे वास्ते चिलम चढ़ाने के लिए बाहर चला गया।

सुनन्दा ने कहा, "ब्राह्मण-पंडितों के घर हल्दी काफी मिलती है। ढूँढ़ने पर हो सकता है, एकाध सुपारी भी मिल जाए। अच्छा मैं देखती हूँ।"

इतना कहकर उसने ज्यों ही बाहर जाने की तैयारी की त्यों राजलक्ष्मी ने सहसा उसका आँचल पकड़कर कहा, "हल्दी मैं नहीं खाऊँगी भई! सुपारी की भी जरूरत नहीं। तुम थोड़ी देर मेरे पास स्थिर होकर बैठो। तुमसे दो बातें करनी हैं।" इतना कहकर उसने एक तरह से जबरन ही उसे अपनी बगल में बिठाया।

मेहमानी की जिम्मेदारी से निजात पाकर थोड़ी देर के लिए दोनों ही चुप रहीं। इसी मौके पर मैंने और एक बार नए सिरे से सुनन्दा को देख लिया। पहले ही लगा, अगर कोई गरीब को कबूल न करे तो वास्तव में बतौर चीज यह गरीबी घर-गिरस्ती के लिए कितनी बेमानी है। यह जो हमारे आम बंगाली घर की एक मामूली-सी लड़की, जिसमें बाहर से कोई खासियत नहीं है—न है रूप, न हैं कपड़े-जेवर! इस टूटे-फूटे घर में जिधर नजर जाती है, उधर सिर्फ गरीबी की छाया दिखाई पड़ती है, वह सिर्फ छाया भर ही है। उससे ज्यादा और कुछ नहीं, यह भी तुरत नजर आने में बाकी नहीं रहता है। गरीबी के दुख को इस लड़की ने सिर्फ आँखों के इशारे से मना करके दूर रखा है। उसमें इतनी बड़ी हिम्मत नहीं है कि वह जबरन अन्दर घुसे।

हालाँकि कई महीने पहले भी इसके पास सब कुछ था—घर-मकान था, लोग-बाग थे, नाते-रिश्तेदार थे, खुशहाल घर-संसार था, किसी भी चीज की कमी नहीं थी। सिर्फ एक कठोर अन्याय का उससे भी ज्यादा कठोर प्रतिवाद करने के लिए अपना सब कुछ वैसे ही छोड़ आई थी जैसे फटे कपड़े को छोड़ दिया जाता है। ऐसा फैसला करने में उसे एक पल भी नहीं लगा था। हालाँकि इसके अंग में कहीं भी कठोरता का कोई चिह्न नहीं था।

राजलक्ष्मी ने सहसा मेरी ओर मुखातिब होकर कहा, "मैंने सोचा था कि सुनन्दा शायद उम्रदराज होगी। पर हाय राम! यह तो बिलकुल बच्ची है।"

अजय शायद अपने गुरुदेव के हुक्के पर चिलम चढ़ाकर ला रहा था। सुनन्दा ने उसे दिखाकर कहा, "कैसे बच्चा है। जिसके इतने बड़े-बड़े लड़के हों उसकी उम्र क्या कम होगी।" इतना कहकर वह हँसने लगी। गजब की खुली सरल हँसी थी।

अजय के यह पूछने पर कि वह खुद ही चूल्हे से आग लेगा या नहीं, उसने मजाक करके कहा, "क्या पता, किस तरह के लड़के हो तुम! बेटा, जरूरत नहीं तुम्हें चूल्हा छूने की।"

असली बात यह है कि चूँकि जलते अंगारे को चूल्हे से उठाना मुश्किल है, इसलिए उसने अपने आप जाकर आग को उठाया, चिलम में उसे रख दिया, इसके बाद उसे अजय के हाथ में दिया और मुस्कुराती हुई आकर वहीं बैठी जहाँ वह पहले बैठी थी। साधारण देहाती नारी-सुलभ हँसी-दिल्लगी से लेकर बातचीत और आचरण तक में कहीं कोई खासियत समझने की गुंजाइश नहीं थी। हालाँकि इस बीच उसका जो मामूली-सा परिचय मुझे मिला था, वह कितना असाधारण था। इस असाधारणता का कारण दूसरे ही पल हम दोनों के आगे साफ हो उठा।

अजय ने मेरे हाथ में हुक्का देकर कहा, "माँजी, तो क्या मैं उसे उठाकर रख दूँ?"

सुनन्दा ने इशारे से हामी भरी, तो मैंने उसकी नजरों का पीछा करते हुए देखा, मेरे ही नजदीक लकड़ी के एक पीढ़े पर एक बहुत मोटी पांडुलिपि बेतरतीब ढंग से खुली पड़ी थी। इतनी देर तक किसी ने भी उसे नहीं देखा था। अजय ने उसके पन्नों को करीने से उठाते-उठाते खिन्न आवाज में कहा, "माँजी, उत्पत्ति-प्रकरण तो आज भी खत्म नहीं हुआ। अब कब खत्म होगा? वह अब खत्म होगा भी नहीं।"

राजलक्ष्मी ने पूछा, "वह किस पुस्तक की पांडुलिपि है अजय?"

"योगवासिष्ठ की।"

"तुम्हारी माँजी फरवी भून रही थीं, और तुम उन्हें योगवासिष्ठ पढ़कर सुना रहे थे?"

"नहीं, मैं माँजी से योगवासिष्ठ पढ़ता हूँ।"

अजय के इस सरल और संक्षिप्त जवाब को सुनकर सुनन्दा अचानक शर्म के मारे लाल हो उठी। वह जल्दी से बोली, "पढ़ाने लायक विद्या तो उसकी माँ के पास खाक है। नहीं दीदी, दोपहर के वक्त मैं अकेले गिरस्ती का काम करती हूँ। वे अक्सर ही घर पर नहीं रहते हैं। किताब लेकर लड़कों में से कौन कब क्या बक जाता है, उसका तीन-चौथाई तो मुझे सुनाई ही नहीं पड़ता है। उसका क्या, जो हो, कुछ न कुछ कह दिया उसने।"

अजय अपना योगवासिष्ठ लेकर चला गया। राजलक्ष्मी मुँह गम्भीर बनाए स्थिर होकर बैठी रही। कई पलों बाद उसने सहसा एक आह भरी और बोली, "मेरा घर अगर नजदीक में होता, तो मैं भी तुम्हारी चेली बन जाती भई! एक तो मैं कुछ भी नहीं जानती, दूसरे, काश, मैं पूजा-पाठ के शब्दों को भी ठीक से बोल पाती!"

मंत्रोचारण सम्बन्धी उसका सन्दिग्ध दोष मैंने बहुत सुना, यह मेरी आदत थी। लेकिन सुनन्दा ने इसे पहली बार सुनकर भी कोई बात नहीं की। वह सिर्फ मुस्काई बस। क्या पता उसने क्या सोचा! हो सकता है, उसने सोचा, जो न तात्पर्य समझता है और न प्रयोग जानता है, उसका बिना अर्थ समझे सिर्फ शुद्ध मंत्र-पाठ पर इतना ध्यान क्यों है? हो सकता है, यह उनके लिए भी नया नहीं हो। हमारे आम बंगाली घरों की औरतों के मुँह से ऐसे लोग भी मोह की करुणा-भरी बातें उसने बहुत सुनी हों। इसका जवाब देने और प्रतिवाद करने की भी वह कोई जरूरत नहीं समझती। या ऐसा कुछ नहीं भी हो सकता है सिर्फ स्वाभाविक विनम्रता वश ही वह चुप्पी साधे रही। तब भी मैं यह सोचे बिना नहीं रह सका कि उसने अगर आज अपनी इस अपरिचित मेहमान को बिलकुल ही मामूली औरत के समान छोटी करके देखा हो, तो फिर एक दिन उसे बड़े खेद के साथ अपनी राय बदलने की जरूरत पड़ेगी।

राजलक्ष्मी ने पलक झपकते अपने आपको सँभाल लिया। मैं यह जानता हूँ कि अगर कोई मुँह बाएगा, तो वह उसके मन की बात समझ सकती है। अब वह मंत्र-तंत्र के पास तक नहीं फटकी। और थोड़ी ही देर बाद उसने घर, निरे गिरस्ती की बातें शुरू कर दीं। उन लोगों की मृदु स्वर की सारी चर्चाएँ न ही मेरे कानों में पहुँचीं और न ही मैंने उन

पर कान देने की कोशिश की। बल्कि मैं तर्कालंकार के हुक्के पर अजय की चढ़ाई सूखी कठोर चिलम में जी-जान से कश लगाने लगा।

ये दोनों औरतें धीमे मृदु स्वर में घर-गिरस्ती सम्बन्धी किस जटिल सिद्धान्त का समाधान करने लगीं, यह वे ही जानें। मगर उन्हीं के करीब हाथों में हुक्का लिये चुपचाप बैठे-बैठे मुझे लगने लगा, आज सहसा एक कठिन सवाल का जवाब मुझे मिला है। हम लोगों के खिलाफ एक भद्दा आरोप है कि हम लोगों ने औरतों को हीन बनाकर रखा है। यह मुश्किल काम हमने कैसे किया है और कहाँ इसका प्रतिकार है, यह बहुत बार बहुत दृष्टि से मैंने सोचकर देखने की कोशिश की है, लेकिन आज सुनन्दा को ठीक इस तरह से मैं अपनी आँखों से नहीं देखता तो शायद संशय हमेशा रह ही जाता।

मैंने देश और विदेश में तरह-तरह की कितनी स्त्री-स्वाधीनता देखी है। इसका जो नमूना बर्मा में कदम रखते ही नजर आया था, उसे भूलने की गुंजाइश नहीं। बर्मा की तीनेक सुन्दरियों को खुलेआम राजपथ पर खड़ी होकर हट्टे-कट्टे मर्द को गन्ने से पीटते देखकर मैं पुलक से रोमांचित और पसीने से तर-बतर हो गया था। अभया ने मुग्ध आँखों से देखकर कहा था, 'श्रीकान्त बाबू, हमारी बंगाली औरतें अगर ऐसी...' मेरे चाचाजी एक बार दो मारवाड़ी औरतों के नाम शिकायत करने गए थे। उन लोगों ने रेलगाड़ी में मेरे चाचा की नाक और कानों को बड़े जोर से मल दिया था। यह सुनकर मेरी चाची ने दुख प्रकट करते हुए कहा था—अच्छा, हमारे बंगालियों के घरों में अगर ऐसा रिवाज होता, अगर हमारे घरों में ऐसा रिवाज होता तो मेरे चाचाजी जरूर एतराज करते। मगर यह भी तो निःसंकोच रूप से नहीं कहा जा सकता है कि ऐसा होने से ही नारी-जाति की हीन दशा का प्रतिकार होता। सुनन्दा के टूटे-फूटे घर में फटे आसन पर बैठकर मैं आज चुपचाप और निःसन्दिग्ध रूप से अनुभव कर रहा था कि यह कहाँ और किस तरह होता है। सिर्फ एक 'आइए' कहकर अगवानी करने के सिवा उसने मुझसे दूसरा कोई शब्द नहीं कहा था। ऐसी भी बात नहीं कि राजलक्ष्मी के साथ भी वह किसी बड़ी बात की चर्चा में मशगूल हो गई थी। लेकिन सब बातों के बीच अजय के झूठे आडम्बर के जवाब में उसकी यही बात कि इस घर में पान नहीं है, मुझमें पान खरीदने लायक सामर्थ्य नहीं है—यहाँ यह दुर्लभ चीज है, जैसे मेरे कानों में गूँज रही थी। उसके इतने से बेझिझक मजाक में गरीबी की सारी शर्म ने शर्म के मारे कहाँ अपना मुँह छिपा लिया कि पूरे समय तक फिर उससे मुलाकात ही नहीं हुई। एक पल में यह मालूम हो गया कि इस टूटे-फूटे, पर इन फटे-पुराने कपड़ों, इस दुख-दैन्य और गरीबी से यह अलंकार-रहित औरत बहुत ऊपर है।

अध्यापक पिता ने देने के नाम पर अपनी बेटी को बड़े जतन से धर्म का पालन करने की शिक्षा देकर और पढ़ा-लिखाकर उसको ससुराल भेजा था। उसके बाद यह विचार उनके लिए बेहद बेमानी था कि वह जूतियाँ-मोजे पहनती, या घूँघट हटाकर रास्ते पर घूमती या अन्याय का प्रतिवाद करने के लिए अपने पति और बेटे के साथ टूटे-फूटे मकान में रहती या फरवी भूनती या योगवासिष्ठ पढ़ाती। यह बहस करना गैर-जरूरी

है कि हमने औरतों को हीन बनाया है या नहीं। लेकिन अगर हमने उन्हें उनके अधिकारों से वंचित किया हो, तो हमें अपनी इस करनी का नतीजा भुगतना ही पड़ेगा। अजय अगर 'उत्पत्ति-प्रकरण' की बात नहीं छेड़ता, तो हम यह जान भी नहीं सकते कि सुनन्दा कितनी पढ़ी-लिखी है। उसके फरवी भूनने से लेकर उसकी सख्त और मामूली-सी हँसी-दिल्लगी के बीच तक कहीं से भी यह बात निकलकर नहीं आती कि वह योगवासिष्ठ पढ़ा सकती थी। हालाँकि पति की गैर-मौजूदगी में अपरिचित मेहमान का स्वागत करने में उसे कहीं कोई झिझक नहीं हुई। सुनसान घर के अन्दर अनायास इतनी आसानी से एक सरल अठारह साल के लड़के की माँ बन गई थी कि डाँट-फटकार और शक की रस्सी-डोरी से उसे बाँधने की कल्पना भी शायद किसी दिन उसके पति के मन में नहीं आई थी। हालाँकि इसी की पहरेदारी के लिए घर-घर में कितने पहरुए बन गए थे।

तर्कालंकारजी उस लड़के को साथ लेकर हाट गए हुए थे। उनसे मिलकर जाने का इरादा था, मगर इधर दिन भी चढ़ने को आ रहा था। उधर राजलक्ष्मी यह सोचकर कि इस गरीब घरनी का कितना काम पड़ा हुआ होगा, उठ गई और विदा लेती हुई बोली, "आज मैं चली। अगर तुम विरक्त न हो तो मैं फिर आऊँगी।"

मैं भी उठकर खड़ा हो गया और बोला, "मैं किसी से बात कर सकूँ, ऐसा कोई आदमी नहीं है। अगर आप मुझे यह भरोसा दें कि आप नाराज नहीं होंगी, तो मैं बीच में आऊँगा।"

सुनन्दा ने मुँह से तो कुछ नहीं कहा लेकिन उसने मुस्कुराकर गर्दन हिलाई।

रास्ते में आते-आते राजलक्ष्मी ने कहा, "कमाल की लड़की है! जैसा पति वैसी ही पत्नी। भगवान ने इन्हें अच्छा मिलाया है।"

मैंने कहा, "हाँ।"

राजलक्ष्मी ने कहा, "इन लोगों के उस घर की बात मैंने आज नहीं छेड़ी। कुशारीजी को मैं आज तक अच्छी तरह नहीं पहचान सकी हूँ। मगर ये दो देवरानी-जेठानियाँ बड़ी गजब की हैं।"

मैंने कहा, "बहुत सम्भव है, दोनों की दोनों ही गजब की हैं। मगर तुममें तो आदमी को वशीभूत करने की अजीब क्षमता है। देखो न, कोशिश करके अगर तुम इन लोगों का फिर मेल-मिलाप करा दे सको।"

राजलक्ष्मी मुँह दबाकर जरा मुस्कुराई और बोली, "आदमी को वशीभूत करने की क्षमता मुझमें हो सकती है मगर मैंने तुम्हें वशीभूत किया है, यह उसका सबूत नहीं है। कोशिश करने पर बहुतेरे बहुतों को वशीभूत कर सकते हैं।"

मैंने कहा, "ऐसा हो भी सकता है। लेकिन जब कोशिश करने का मौका ही नहीं आया है तब बहस करने से कोई नतीजा नहीं निकलेगा।"

राजलक्ष्मी पहले की ही तरह मुस्कुराई और बोली, "अच्छा जी, अच्छा। यह मत सोच रखो कि इसी बीच दिन बीत चुके हैं।"

आज दिन भर न जाने कैसी बदली-सी छाई हुई थी। तीसरे पहर जब सूरज बेवक्त ही काले बादलों के एक टुकड़े की ओट में छिप गया तब हमारे सामने का आसमान लाल हो उठा था। उसी की गुलाबी छाया ने सामने के रूखे, मटमैले मैदान और इसी के एक किनारे स्थित बँसवाड़ी और दो इमली के पेड़ों पर मानो सोना लगा दिया था। राजलक्ष्मी की आखिरी शिकायत का जवाब मैंने नहीं दिया, लेकिन अन्दर का मन बाहर की दसों दिशाओं की तरह ही लाल हो उठा। नजरें बचाकर मैंने एक बार उसके मुँह की तरफ निहारा, तो देखा, उसके होंठों की मुस्कान तब भी पूरी तरह विलीन नहीं हुई थी। पिछले सुनहलेपन में बेहद अपरिचित मुस्कान बिलकुल अनूठी-सी लगी। हो सकता है, यह सिर्फ आसमान का ही रंग नहीं था, हो सकता है, जिस रोशनी को एक और नारी के पास से अभी-अभी मैं संचित करके लाया था उसी की अनूठी चमक इसके भी मन में कौंधती फिर रही थी। रास्ते में हम लोगों के अलावा और कोई नहीं था।

उसने सामने उँगली बढ़ाकर कहा, ''तुम्हारी परछाईं क्यों नहीं पड़ी है, बताओ तो?''

मैंने निहारा तो देखा, करीब ही दाहिनी तरफ हमारी परछाइयाँ एक होकर मिल गई थीं। मैंने कहा, ''जब कोई चीज होती है तब उसकी परछाईं पड़ती है। शायद वह चीज वहाँ अब है ही नहीं।''

''पर पहले तो वह थी।''

''मैंने उसे ध्यान से नहीं देखा था, ठीक-ठीक याद नहीं आ रहा है।''

राजलक्ष्मी ने मुस्कुराकर कहा, ''पर मुझे याद आ रहा है, वह नहीं थी। जब मैं बहुत छोटी थी तभी से मैंने उसे देखना सीखा था।'' इतना कहकर उसने राहत की साँस ली और बोली, ''आज का दिन मुझे बहुत अच्छा लगा है। लग रहा है, इतने दिनों बाद मुझे एक साथी मिली।'' इतना कहकर उसने मेरी तरफ निहारा। मैं कुछ नहीं बोला। मगर मैंने मन ही मन यह पक्का समझा कि उसने ठीक सही बात ही कही है।

हम लोग घर आ पहुँचे। लेकिन धूल भरे पाँव को धोने की फुर्सत नहीं मिली। शान्ति और तृप्ति दोनों ही एक साथ गायब हो गईं। देखता हूँ, आँगन में दस-पन्द्रह आदमी बैठे हुए हैं। हम लोगों को देख वे लोग सम्मान के साथ उठकर खड़े हो गए। रतन शायद इतनी देर तक भाषण दे रहा था, उसका चेहरा उत्तेजना और गहरे आनन्द से चमचमा रहा था। करीब आकर उसने कहा, ''माँजी, मैंने बार-बार जो कहा था, ठीक वही हुआ है।''

राजलक्ष्मी ने अधीर भाव से कहा, ''मुझे याद नहीं कि तूने क्या कहा था! और एक बार कह तो!''

रतन ने कहा, ''पुलिसवाले नवीन को हथकड़ी लगाकर और उसकी कमर में रस्सी बाँधकर ले गए हैं।''

''पुलिसवाले उसकी कमर में रस्सी बाँधकर ले गए हैं! कब? क्या किया था उसने?''

''मालती को उसने बिलकुल मार डाला है।''

"यह तू क्या कहता है रे?" उसका चेहरा बिलकुल फक पड़ गया।

मगर बात खत्म भी नहीं हुई थी कि उसके पहले बहुतेरे एक साथ बोल उठे, "नहीं-नहीं माँजी, नवीन ने मालती को बिलकुल मार नहीं डाला है। हाँ, नवीन ने उसे खूब मारा तो है, लेकिन उसे मार नहीं डाला है।"

रतन ने आँखें लाल करके कहा, "तुम लोग क्या जानते हो? उसे अस्पताल भेजना होगा, मगर वह तो ढूँढ़े नहीं मिल रही है। आखिर वह गई कहाँ? जानते हो, तुम लोगों के भी हाथों में हथकड़ी लग सकती है।"

उसकी बात सुनकर सबका मुँह सूख गया। किसी-किसी ने खिसकने की कोशिश भी की। राजलक्ष्मी ने रतन की तरफ कड़ी निगाह डालकर कहा, "तू उधर खड़ा हो जा। मैं जब तुमसे पूछूँगी तब तू बोलना।"

भीड़ के बीच मालती का बूढ़ा बाप उदास होकर खड़ा था। हम सभी उसे पहचानते थे। मैंने उसे इशारे से नजदीक बुलाया और प्रश्न किया, "क्या हुआ है, सच-सच बताओ तो विश्वनाथ। छिपाने या झूठ बोलने से तुम मुसीबत में पड़ सकते हो।"

विश्वनाथ ने जो कुछ कहा वह संक्षेप में इस प्रकार है—कल रात से मालती अपने मायके में थी। आज दोपहर में वह पानी लाने तालाब गई थी। उसका पति नवीन पता नहीं कहाँ छिपा हुआ था। उसे अकेली पाकर उसने उसे बहुत मारा था—यहाँ तक कि उसका सर फोड़ दिया था। मालती रोते-रोते पहले यहाँ आई थी। लेकिन जब हम लोगों से उसकी मुलाकात नहीं हुई, तो वह कुशारीजी की तलाश में उस जगह गई जहाँ आप लोगों की कचहरी लगती है। जब वहाँ उनसे भी उसकी मुलाकात नहीं हुई, तो वह सीधे थाने गई, पुलिस को मार के सारे निशान दिखाए और पुलिस को अपने साथ लाकर नवीन को पकड़वा दिया। वह तब घर पर ही था, अपने हाथों खाना बनाकर वह खाना खाने बैठ रहा था। इसलिए उसे भागने का मौका नहीं मिला था। दारोगाजी ने लात मारकर भात फेंक दिया और उसकी कमर में रस्सी बाँधकर उसे ले गए थे।

सारी बातें सुनकर राजलक्ष्मी आगबबूला हो उठी। वह मालती को जितना नहीं देख पाती थी उतनी ही वह नवीन पर भी खुश नहीं थी। मगर उसका सारा गुस्सा पड़ा जाकर मुझ पर। वह गुस्साई आवाज में बोली, "मैंने तुमसे सैकड़ों बार कहा है कि इन छोटे लोगों की इन सब गन्दी हरकतों के बीच तुम मत पड़ो। जाओ, अब मैं कुछ नहीं जानती।" इतना कहकर वह और किसी तरफ निगाह डाले बिना तेज कदमों से घर के अन्दर चली गई। पर कहते-कहते गई, "नवीन को फाँसी होनी चाहिए। और वह हरामजादी अगर मर गई हो, तो समझो आफत गई।"

कुछ देर के लिए हम सभी सन्न रह गए। डाँट खाकर लगने लगा, कल ऐसे समय बिचौलिया बनकर मैंने इन लोगों का जो फैसला कर दिया था, वह अच्छा नहीं हुआ था। अगर मैं फैसला नहीं करता तो हो सकता है, यह हादसा नहीं होता। मगर मेरी नीयत अच्छी थी। मैंने सोचा था कि प्रेम-लीला का जो गुप्त दबा हुआ स्रोत छिपकर सारे मुहल्ले को लगातार गँदला कर दे रहा था उसे मुक्त कर देने पर, हो सकता है, अच्छा हो। पर

देख रहा हूँ, मैंने गलती की थी। लेकिन उसके पहले सारी बातें जरा विस्तार से बताना जरूरी है। मालती नवीन डोम की पत्नी तो थी, लेकिन जब से मैं यहाँ आया था तब से लेकर अब तक मैं यह देख रहा था कि डोमों के तमाम मुहल्लों के अन्दर वह एक खास चिनगारी-सी थी। कब किस परिवार के अन्दर वह आग लगा देगी उसको लेकर किसी भी औरत के मन में शान्ति नहीं थी। यह जवान लड़की जितनी खूबसूरत थी उतनी ही नटखट थी। वह चमकीली बिन्दी लगाती थी, नीबू का तेल लगाकर बाल बाँधती थी, वह चौड़ी किनारीवाली मिल की साड़ी पहनती थी। उसका घूँघट बाट-घाट में कन्धे पर उतर आता था। इस बातूनी लड़की के मुँह पर किसी को कुछ कहने की हिम्मत नहीं होती थी, मगर उसकी पीठ पीछे मुहल्ले की औरतें उसके नाम में जो विशेषण लगा देती थीं, उसे लिखा नहीं जा सकता। पहले-पहल मालती नवीन के साथ घर बसाना नहीं चाहती थी, वह मायके में ही रहती थी। कहती—वह मुझे क्या खिलाएगा? यह धिक्कार सुनकर नवीन ने गाँव छोड़कर किसी शहर में जाकर प्यादे की नौकरी की थी। उसके गाँव लौटे साल भर हुआ था। शहर से आते वक्त वह मालती के लिए चाँदी की पहुँची, महीन सूती साड़ी, रेशम का फीता, एक बोतल गुलाबजल और टीन का एक ट्रंक अपने साथ लाया था और इन चीजों के बदले वह अपनी पत्नी को न सिर्फ अपने घर ले आया, बल्कि उसके हृदय पर भी अपना अधिकार जमा लिया था, मगर यह मेरी सुनी हुई बात थी। मैं ठीक-ठीक यह नहीं जानता था कि फिर कब से उसके मन में अपनी पत्नी पर शक पैदा हुआ। कब से वह घाट जाते वक्त कनसुइयाँ लेने लगा और उसके बाद कब से दोनों में लड़ाई-झगड़ा शुरू हो गया। हम लोग तो जब से यहाँ आए थे तब से लेकर अब तक मैं देख रहा था कि इन लोगों में आपस में कहासुनी और हाथापाई किसी दिन हुए बिना नहीं रहती थी। नवीन ने मालती का सर सिर्फ आज ही नहीं फोड़ा था, इसके पहले और भी दो दिन उसने मालती का सर फोड़ा था। शायद इसीलिए आज नवीन मंडल अपनी पत्नी का सर फोड़कर आकर भी निश्चिन्त चित्त से खाना खाने बैठ रहा था। उसने इस बात की कल्पना भी नहीं की थी कि मालती पुलिस बुलाकर उसे पकड़वा देगी। कल सवेरे प्रभाती गाने जैसी मालती की तीखी आवाज से जब आसमान भेद उठा तो राजलक्ष्मी घर का काम छोड़कर मेरे पास आई और बोली, "घर की बगल में रोज यह हंगामा बर्दाश्त नहीं होता है। कुछ रुपया-पैसा देकर इस अभागिन को कहीं और भेज दो।"

मैंने कहा, "नवीन भी कम पाजी नहीं है। वह कोई काम-काज तो करता नहीं, सिर्फ तिरछी माँग निकालकर मछली पकड़ता फिरता है। और हाथ में पैसा आते ही ताड़ी पीकर मार-पीट शुरू कर देता है।"

यह बताने की जरूरत नहीं कि यह सब वह शहर से सीखकर आया था।

"दोनों ही एक से हैं।" इतना कहकर वह अन्दर चली गई—"नवीन भला कब काम-काज करेगा? वह हरामजादी उसे काम-काज करने का वक्त देगी तब न वह काम-काज करेगा।"

वास्तव में उन लोगों का रोज-रोज का झगड़ा असहनीय हो उठा था। इसके पहले उन लोगों के बीच हुए गाली-गलौज और मारामारी का फैसला मैंने और भी दो बार किया था, मगर इसका कोई फायदा नहीं हुआ था। आज मैंने सोचा, खाने-पीने के बाद उन लोगों को बुलवाऊँगा। और इस बार आखिरी फैसला कर दूँगा। लेकिन उन्हें बुलाना नहीं पड़ा। दोपहर में मुहल्ले के औरत-मर्द मेरे घर आ पहुँचे।

नवीन ने कहा, ''बाबूजी, उसे अब मैं नहीं चाहता, वह बदचलन औरत है। वह मेरे घर से निकल जाए।''

बातूनी मालती घूँघट काढ़े ही बोली, ''वह मेरी शंख की चूड़ियाँ और कतरियाँ* उतार दे।''

नवीन बोला, ''तू मेरी चाँदी की पहुँची लौटा दे।''

मालती ने तुरत अपने हाथों से दो पहुँचियाँ उतारीं और उन्हें दूर फेंक दिया।

नवीन ने उन्हें चुन लिया और बोला, ''मेरा टीन का ट्रंक तू नहीं ले सकती।''

मालती बोली, ''मैं ट्रंक लेना नहीं चाहती।'' इतना कहकर उसने आँचल से चाबी खोली और उसे उसके पैरों के पास फेंक दिया।

नवीन तब बहादुरी के साथ आगे बढ़ा और मालती की शंख की चूड़ियों को फटाफट तोड़ दिया। उसके बाद कतरियों को खींचकर उतारा और उन्हें चहारदीवारी के उस पार फेंक दिया। बोला, ''जा, मैंने तुझे विधवा बना दिया।''

मैं तो अचरज में पड़ गया। तब एक बूढ़े व्यक्ति ने समझाकर कहा कि अगर ऐसा नहीं होता, तो मालती का निकाह ही नहीं होता। सब कुछ तय हो चुका है।

बातों-बातों में मामला और भी साफ हो गया। विश्वेश्वर के बड़े दामाद का भाई आज छह महीने से आ-जा रहा है। उसकी हालत अच्छी है। उसने कहा है कि वह विशू को बीस रुपए नकद देगा और मालती के पाँवों में कड़े, हाथों में चाँदी की चूड़ियाँ और नाक में सोने की नथ देगा। यहाँ तक कि इन सब चीजों को उसने विशू के पास जमा रख भी दिया है।

सारी बातें सुनकर मुझे बड़ा बुरा लगा। निःसन्देह कुछ दिनों से एक गन्दी साजिश चल रही थी और बिना जाने हो सकता है, मैंने उसकी मदद ही की।

नवीन ने कहा, ''मैं तो यही चाहता हूँ। शहर जाकर अब मैं मजे से नौकरी करूँगा। तुझ जैसी बीसों लड़कियों से मैं शादी करूँगा। गंगामाटी का हरि मंडल अपनी बेटी के लिए मेरी चिरौरी कर रहा है। तू तो उसके पैरों के नाखून के बराबर भी नहीं है।'' इतना कहकर उसने चाँदी की पहुँचियों और ट्रंक की चाभी को अपनी अंटी में रखकर चला गया। लेकिन इतनी उछल-कूद के बावजूद उसका मुँह देखकर यह नहीं लगा कि उसकी शहर की नौकरी या हरि मंडल की बेटी में से किसी की भी उम्मीद ने उसके भविष्य को उज्ज्वल बना दिया है।

रतन ने आकर कहा, ''बाबूजी, माँजी ने कहा है कि इन सब गन्दे झगड़ों को घर से निकाल बाहर कीजिए।''

---

* शंख और लोहे की बनी एक प्रकार की चूड़ी जो बंगालियों में सुहाग का चिह्न समझी जाती है।

मुझे कुछ नहीं करना पड़ा। विश्वेश्वर मंडल अपनी बेटी के साथ उठकर खड़ा हो आया। लेकिन मैं इस डर से जल्दी से घर में घुसा कि कहीं वह मेरे पैरों की धूल लेने न आ जाए। मैंने सोचने की कोशिश की, खैर, जो हुआ सो अच्छा ही हुआ। जब मन टूट गया है और जब उपाय है तब बेकार में गुस्से में आकर रोज-रोज मारामारी और गाली-गलौज करके एक साथ रहने से यह अच्छा है।

लेकिन आज जब मैं सुनन्दा के घर से लौटा, तो मैंने सुना कि बीते कल का निपटारा इतना निरा अच्छा नहीं हुआ था। अभी-अभी विधवा हुई मालती पर नवीन का अब कोई हक नहीं था, तो भी उसने मालती को मारने का हक नहीं छोड़ा था। उसने इस मुहल्ले से उस मुहल्ले जाकर, हो सकता है, सुबह-सुबह छिपकर इन्तजार किया होगा और एक समय उसे अकेली पाकर वह उसका सर फोड़ आया था। मगर मालती गई कहाँ?

सूरज डूब गया। पश्चिम की खिड़की से मैदान की तरफ निहारता हुआ मैं सोच रहा था, बहुत सम्भव है, मालती पुलिस के डर से कहीं छिपी होगी। लेकिन उसने यह अच्छा ही किया कि नवीन को पकड़वा दिया है, अभागे को वाजिब सजा मिली है। मालती राहत की साँस लेकर जी सकेगी।

राजलक्ष्मी जलता दीया हाथ में लिये कमरे में घुसी और थोड़ी देर के लिए ठिठककर खड़ी हो गई, मगर उसने कोई बात नहीं की। लेकिन चुपचाप बाहर निकलकर ज्यों ही उसने बगल वाले कमरे की चौखट पर कदम रखा त्यों ही किसी भारी चीज के गिरने की आवाज को सुनकर वह तुरत धीमा चीत्कार कर उठी। मैं भागता हुआ गया, तो देखता हूँ, एक बहुत बड़ी कपड़े की गठरी दोनों हाथों को बढ़ाकर उसके पाँवों को पकड़कर उन पर सर पटक रही है। राजलक्ष्मी के हाथ का दीया गिर गया था, तो भी वह जल रहा था। जब मैंने उसे उठा लिया, तो वह चौड़ी किनारीवाली महीन सूती साड़ी नजर आई।

मैंने कहा, "अरे, यह तो मालती है।"

राजलक्ष्मी बोली, "अभागिन, तूने शाम के वक्त मुझे छू दिया। यह क्या किया तूने, कह तो?"

दीये की रोशनी में मैंने गौर से देखा, उसके सर के घाव से फिर से खून बह रहा है और राजलक्ष्मी के दोनों पाँव लाल हो उठे हैं और तुरत वह अभागिन दहाड़ें मारकर रो उठी, बोली, "माँजी, मुझे बचाओ?"

राजलक्ष्मी ने कटु स्वर में कहा, "क्यों, तुझे भला क्या हुआ?"

उसने रोते हुए कहा, "दारोगा ने कहा है कि कल सवेरे ही वह उसके खिलाफ मुकदमा दायर करेगा। अगर उसके खिलाफ मुकदमा दायर होगा, तो उसे पाँच साल की जेल हो जाएगी।"

मैंने कहा, "उसने जैसा काम किया है, उसे वैसी ही सजा तो मिलनी चाहिए।"

राजलक्ष्मी ने कहा, "हो न जाने दे उसे जेल, इससे तुझे क्या?"

मालती का रोना वैसे ही उसका कलेजा चीरकर बाहर निकला जैसे आँधी को झोंका आता है। बोली, "बाबू कहते हैं, तो कहें, पर माँजी, तुम ऐसा मत कहो। परोसा हुआ

भात मैंने उसे नहीं खाने दिया था...'' कहते-कहते वह फिर सर पटकने लगी। बोली, ''माँजी, तुम हम लोगों को एक बार बचा दो। हम लोग कहीं दूसरी जगह चले जाएँगे और भीख माँगकर खाएँगे, अगर तुम हमें नहीं बचाओगी, तो मैं तुम्हारे ही तालाब में अपनी जान दे दूँगी।''

अचानक राजलक्ष्मी की दोनों आँखों से आँसुओं की बड़ी-बड़ी बूँदें लुढ़क पड़ीं। उसने उसके ढेर सारे खुले बालों पर धीरे-धीरे अपना हाथ रखा और रुआँसी होकर बोली, ''अच्छा, अच्छा तू चुप हो जा। मैं देखती हूँ।''

उसे देखना भी पड़ा। यह बताने की जरूरत नहीं कि उसी रात राजलक्ष्मी के सन्दूक से दो सौ रुपए पता नहीं कहाँ गायब हो गए। मगर नवीन मंडल या मालती कोई भी सवेरे से गंगामाटी में दिखाई नहीं पड़ा।

# 9

उन लोगों के बारे में सभी ने सोचा, खैर, जान बची, ऐसी तुच्छ बात पर ध्यान देने का राजलक्ष्मी को समय नहीं था। वह उन लोगों को दो-चार दिनों में ही भूल गई। याद आने पर भी वह क्या सोचती, यह वही जाने। लेकिन बहुतेरे यह सोचते कि मुहल्ले से एक पाप चला गया है। सिर्फ रतन खुश नहीं हुआ। वह अक्लमन्द था, वह आसानी से अपने मन की बात जाहिर नहीं करता था। लेकिन उसका मुँह देखकर यह लगता था कि जो कुछ हुआ था उसे उसने पसन्द नहीं किया था। उसका बिचौलिया बनने का हक जताने का मौका गया, घर का रुपया गया, एक इतनी बड़ी हलचल रातोरात कहाँ जाकर कैसे गायब हो गई—कुल मिलाकर उसने मानो अपने आपको ही अपमानित, यहाँ तक कि आहत समझ लिया। फिर भी वह चुप ही रहा। और घर की मालकिन का तो किसी तरफ ध्यान ही नहीं था। जितने दिन बीतने लगे, सुनन्दा और उससे मंत्र-तंत्र का शुद्ध उच्चारण सीखने का लोभ उस पर उतना ही हावी होने लगा। कोई भी दिन ऐसा नहीं था जब वह वहाँ नहीं जाती थी। यह मैं कैसे जानता कि वहाँ वह किस हद तक धर्म पालन करने का सिद्धान्त और ज्ञान प्राप्त कर रही थी। मैं सिर्फ यह जान रहा था कि उसमें बदलाव आ रहा था। वह बदलाव जितनी जल्दी-जल्दी आ रहा था, वह उतना ही अकल्पनीय था। दिन में मैं हमेशा ही जरा देरी से खाना खाया करता था। राजलक्ष्मी बराबर एतराज करती आ रही थी। क्योंकि उसने कभी भी इसका समर्थन नहीं किया था। मगर इस गलती को सुधारने के लिए कभी भी मुझे जरा भी कोशिश नहीं करनी पड़ी थी। लेकिन आजकल अगर संयोग से किसी दिन ज्यादा देर हो जाती थी तो मैं मन ही मन शर्म महसूस करता था।

राजलक्ष्मी कहती, "तुम कमजोर आदमी हो, तुम इतनी देरी से क्यों खाते हो? भले ही तुम अपनी तबीयत पर ध्यान न दो, पर तुम्हें इस पर तो ध्यान देना ही चाहिए कि नौकर-नौकरानियों के खाने में देरी न हो। तुम देरी से खाते हो, इसके चलते उनके खाने में देरी होती है।"

बात तो उसने ठीक ही कही थी जो वह पहले कहती थी, मगर कहने का ढंग ठीक पहले जैसा नहीं था। पहले जैसा स्नेह के साथ बढ़ावा देने का सुर अब नहीं गूँजता था, गूँजती थी विरक्ति की एक ऐसी बारीक कटुता जिसकी गहरी अनुगूँज नौकर-नौकरानियों के कानों में क्यों, मेरे कानों के सिवा भगवान के कानों में भी नहीं पहुँचती थी। इसीलिए भूख न लगने पर भी नौकर-नौकरानियों की सुविधा को ध्यान में रखकर मैं जल्दी से किसी तरह नहा-धोकर खा-पी लेता और उन लोगों को छुट्टी दे देता। लेकिन मेरे इस अनुग्रह के प्रति नौकर-नौकरानियों के मन में आग्रह था या उपेक्षा थी, यह वे ही लोग जानें। मगर राजलक्ष्मी, देखता, इसके दस-पन्द्रह मिनट के अन्दर ही घर से बाहर निकल जाती थी। वह किसी दिन रतन के साथ, तो किसी दिन दरबान के साथ जाती थी। किसी दिन देखता, वह अकेली ही चली जाती थी। इनमें से किसी के लिए भी इन्तजार करने का वक्त उसे नहीं होता था। पहले दो-चार दिन उसने मुझे साथ जाने के लिए मना लिया था। मगर इन्हीं दो-चार दिनों में यह समझ में आ गया कि इससे किसी को भी फायदा नहीं होता। फायदा हुआ भी नहीं। अतएव मैं अपने सूने कमरे में आलस्य में डूबा रहकर और वह अपने धर्म-कर्म और मंत्र-तंत्र की उत्तेजना में डूबी रहकर क्रमशः हम दोनों अलग होते जाने लगे। मैं अपनी खुली खिड़की से देख पाता था कि वह तपते सूखे मैदान के रास्ते तेज कदमों से मैदान को पार करके आती थी। मेरी सारी दोपहर कैसे कटती थी इधर ध्यान देने का उसे वक्त नहीं था। यह मैं समझता था। तब भी जितनी दूर तक नजरों से उसका पीछा किया जा सकता था, मैं उसका नजरों से पीछा करता था। ऐसा किए बिना मैं रह नहीं सकता था। टेढ़ी-मेढ़ी पगडंडी पर उसका धुँधला आकार धीरे-धीरे दूर जाकर गायब हो जाता था। कई बार मुझे देखने का वक्त भी नहीं मिलता था। लगता, वह बिलकुल जानी-पहचानी चाल मानो तब भी खत्म नहीं हुई थी। वह मानो चलती ही जा रही थी। अचानक होश आता था। मैं अपनी आँखों को पोंछकर और एक बार अच्छी तरह से गौर से देखता था। उसके बाद या तो मैं बिस्तर पर लेट जाता था या कोई काम न रहने की वजह से बड़ी थकान के चलते, हो सकता है, किसी दिन मैं सो जाता था। नहीं तो आँखें मूँदे चुपचाप पड़ा रहता था। करीब के कई टेढ़े-मेढ़े बबूल के पेड़ों पर बैठकर फाख्ते बोलते थे और उसी के साथ मिलकर मैदान की गरम हवा में नजदीक में डोमों की कोई एक बँसवाड़ी लगातार एक ऐसी दुख-भरी आह जैसी आवाज करती रहती कि बीच-बीच में गलती हो जाती थी कि वह शायद मेरे अपने कलेजे के अन्दर से निकल रही है। डर लगता था कि इसे शायद अब ज्यादा दिन बर्दाश्त नहीं कर सकूँगा। रतन घर में रहता तो वह बीच-बीच में दबे पाँव मेरे कमरे में घुसकर धीरे-धीरे कहता, "बाबू, एक बार चिलम दूँ क्या?" ऐसा कितने दिन हुआ था कि जागता हुआ रहकर भी मैंने

आवाज नहीं दी थी, सोए रहने का स्वाँग रचा था, डर लगा था कि कहीं उसे मेरे मुँह पर दुख-भरी नफरत की झलक न दिखाई पड़ जाए। हर दिन की तरह उस दिन भी दोपहर में राजलक्ष्मी के सुनन्दा के घर चले जाने पर सहसा मुझे बर्मा की बात याद आई, तो बहुत दिनों बाद मैं अभया को एक चिट्ठी लिखने के लिए बैठा था। इच्छा थी कि जिस फर्म में मैं काम करता था उसके बड़े साहब को भी एक चिट्ठी लिखकर जानकारी लूँ। क्या जानकारी लेता, जानकारी क्यों लेता, जानकारी लेकर क्या होता, इतनी बातें तब भी मैंने नहीं सोची थीं। सहसा लगा, खिड़की के सामने से जो औरत घूँघट में मुँह छिपाए तेज कदमों से हट गई वह जानी-पहचानी है, वह मालती जैसी है। उठकर मैंने झाँककर उसे देखने की कोशिश की, मगर वह दिखाई नहीं पड़ी। उसी पल उसके आँचल की लाल किनारी हमारी चहारदीवारी के कोने में गायब हो गई।

महीने भर में डोम की उस शैतान लड़की को सभी भूल चुके थे। सिर्फ मैं ही उसे नहीं भूल सका था। पता नहीं क्यों, मेरे मन के एक कोने में उस नटखट लड़की की आँखों से उस शाम निकले आसुँओं की एक बूँद का भीगा दाग तब तक भी विलीन नहीं हुआ था। अक्सर ही लगता था क्या पता वे लोग कहाँ होंगे। यह जानने का मन करता था कि बस गंगामाटी की बुरी लालच और भद्दी साजिश के घेरे से बाहर उस लड़की का अपने पति के पास रहकर किस तरह से दिन बीतता होगा। मैं चाहता था कि वे लोग अब यहाँ जल्दी न आवें। वापस जाकर मैं चिट्ठी को खत्म करने के लिए बैठा। कई पंक्तियाँ लिखने के बाद कदमों की आहट सुनकर जब मैंने मुँह उठाया तो देखा, रतन है। उसके हाथ में चढ़ाई हुई चिलम थी, उसने उसे हुक्के पर बिठा दिया, नली को मेरे हाथ में दे दिया और बोला, ''बाबू लीजिए, चिलम पीजिए।''

मैंने गर्दन हिलाकर कहा, ''अच्छा।''

मगर रतन तुरत नहीं गया। वह थोड़ी देर चुपचाप खड़ा रहा, उसके बाद बड़ी गम्भीरता के साथ कहा, ''बाबू, यह रतन परमानिक सिर्फ यही नहीं जानता कि वह कब मरेगा?''

हम लोग इस बात को जानते थे कि कुछ कहने के पहले रतन ऐसी ही भूमिका बाँधता था। राजलक्ष्मी होती तो कहती, 'तू अगर यह जानता तो तेरा फायदा होता। मगर तू यह तो बता कि क्या कहने आया है?' लेकिन मैं सिर्फ मुँह उठाकर हँसा।

मगर इससे रतन की गम्भीरता जरा भी कम नहीं हुई। बोला, ''माँजी से मैंने उस दिन कहा था न कि छोटे लोगों की बातों में मत आइए। उनके आँसुओं को देखकर दो सौ रुपए पानी में मत फेंकिए। कहिए, मैंने यह कहा था या नहीं।''

मैं यह जानता था कि उसने ऐसा नहीं कहा था। यह कोई अजीब बात नहीं थी कि ऐसी मंशा उसके मन में थी, लेकिन खुलेआम ऐसी बात कहने की उसे ही क्यों शायद मुझे भी हिम्मत नहीं होती। मैंने कहा, ''पर बात क्या है रतन?''

रतन ने कहा, ''बात वही हुई जो बराबर होती आई है।''

मैंने कहा, ''मगर जब मैं अभी भी उस बात को नहीं जानता, तब तू उसे जरा खोल करके ही बता।''

रतन ने खोलकर ही बताया। यह बताना कठिन है कि सारी बातें सुनकर मन के अन्दर क्या हुआ? सिर्फ इतना याद है कि इसकी निष्ठुर नीचता और असीम बीभत्सता के बोझ से सारा चित्त बिलकुल कड़ुवा और विवश हो गया। कैसे क्या हुआ, विस्तार से इसका इतिहास रतन अभी भी नहीं जान सका था, मगर जितना सच था उसे छानकर उसने बाहर निकाला था। वह यह था कि नवीन मंडल फिलहाल जेल में सजा काट रहा था और मालती ने अपने बहनोई के उस दौलतमन्द छोटे भाई को अपना साथी बना लिया था और उसके साथ अपने मायके में रहने के लिए कल गंगामाटी वापस आई थी। मालती को अगर मैं अपनी आँखों से इस तरह से नहीं देखता, तो शायद यह विश्वास करना ही कठिन होता कि वास्तव में राजलक्ष्मी का रुपया इस तरह से पानी में गया था।

उस रात राजलक्ष्मी जब मुझे खाना खिलाने बैठी, तो उसने यह खबर सुनी। सुनकर उसने अचरज में पड़कर कहा, "यह तू क्या कह रहा है रतन? यह सच है क्या? उस दिन उसने अच्छा मजाक किया तो। रुपए गए—बेवक्त मुझे नहाना पड़ा। अरे, यह क्या, तुम खा चुके क्या, इससे तो अच्छा है कि तुम खाया ही मत करो।"

ऐसे सवालों का जवाब देने की मैंने किसी भी दिन बेकार की कोशिश नहीं की थी, आज भी मैं चुप रहा। लेकिन एक बात मैंने समझी। आज विभिन्न कारणों से मुझे एकदम भूख नहीं थी, मैंने कुछ भी नहीं खाया था। इसीलिए आज उसने उसका ध्यान आकर्षित किया था। मगर कुछ दिनों से जो मेरा खाना धीरे-धीरे कम होता चला आ रहा था, इस पर उसकी नजर नहीं पड़ी थी। इसके पहले इस बारे में उसकी नजर इतनी तीक्ष्ण थी कि अगर मैं जरा भी कम खाता, तो इसको लेकर उसकी आशंका और शिकायत की सीमा नहीं रहती थी, मगर आज चाहे जिस कारण से भी क्यों न हो, चूँकि उसकी वह गिद्ध-दृष्टि धुँधली हो गई थी, इसीलिए हाय-तोबा मचाकर मैं अपने गहरे दुख को भी खुलेआम लांछित कर डालता, ऐसा भी मैं नहीं था। इसीलिए मैंने उमड़ती आह को दबा लिया और कोई जवाब दिए बिना उठकर खड़ा हो गया।

मेरे दिन एक ही तरह से शुरू होते थे और एक ही तरह से खत्म होते थे। न कोई आनन्द था, न कोई वैचित्र्य, हालाँकि किसी दुख-तकलीफ की शिकायत भी नहीं थी। तबीयत मोटेतौर पर अच्छी ही थी। अगले दिन सुबह हुई, दिन चढ़ता गया, बाकायदा नहा-धो और खा-पीकर मैं अपने कमरे में जाकर बैठा। सामने वही खुली खिड़की थी और पहले की ही तरह खुला, सूखा, सपाट मैदान था। पंचांग में आज शायद किसी खास उपवास की विधि थी, इसीलिए राजलक्ष्मी को आज समय बरबाद नहीं करना पड़ा। रोज वह जिस समय सुनन्दा के घर जाती थी आज उससे कुछ पहले ही वह उसके घर के लिए बाहर निकल गई। आदतन शायद बहुत देर तक मैं पहले की ही तरह निहार रहा था। अचानक याद आया, कल की दोनों अधूरी चिट्ठियों को आज खत्म करके तीन बजे के पहले ही लेटर बॉक्स में डालना होगा। अतएव और झूठ-मूठ में वक्त गँवाए बिना तुरत चिट्ठी लिखने लगा। दोनों चिट्ठियों को पूरी करके जब मैं उन्हें पढ़ने लगा तब न जाने कहाँ दुख टीसने लगा, कोई ऐसी बात थी जिसे नहीं लिखता, तो अच्छा होता।

हालाँकि बहुत ही मामूली-सी बात मैंने लिखी थी, पर उसमें कहाँ गलती हो गई थी, चिट्ठियों को बार-बार पढ़कर भी मैं उस गलती को नहीं निकाल सका। पर एक बात मुझे याद है, वह यह कि अभया के नाम लिखी चिट्ठी में मैंने रोहिणी भैया को नमस्कार किया था और अन्त में लिखा था—बहुत दिनों से तुम लोगों की कोई खबर मुझे नहीं मिली है। तुम लोग कैसे हो? कैसे तुम लोगों के दिन बीत रहे हैं? सिर्फ कल्पना करने के सिवा इस बात को जानने की मैंने कोशिश नहीं की है। हो सकता है, तुम लोग सुख से ही हो, हो सकता है, तुम लोग सुख से नहीं हो, मगर तुम लोगों की जिन्दगी को एक दिन मैंने भगवान के हाथों छोड़ दिया था और मैंने अपनी मर्जी से उस पर परदा खींच दिया था, वह आज भी जस का तस लटका हुआ है। मैंने उसे किसी दिन उठाना भी नहीं चाहा है। तुम्हारे साथ मेरी नजदीकियाँ बहुत पुरानी नहीं हैं। मगर जिस बेहद दुख में एक दिन हमारी जान-पहचान शुरू हुई थी और एक दिन खत्म हुई थी, उसे वक्त के पैमाने से मापने की कोशिश हममें से किसी ने नहीं की है। जिस दिन मैं बहुत बीमार हो गया था उस दिन उस दूर देश में, जहाँ मुझे सहारा देनेवाला कोई नहीं था, तुम्हारे पास जाने के सिवा मेरे लिए और कोई जगह नहीं थी। तब पल भर के लिए भी तुम हिचकिचाई नहीं थी—तहेदिल से तुमने अपना लिया था। हालाँकि मैं ऐसा नहीं कहता हूँ कि वैसी बीमारी में वैसी सेवा करके और कभी किसी ने मुझे नहीं बचाया है लेकिन आज बहुत दूर बैठकर मैं इस बात को महसूस कर रहा हूँ कि तुम्हारे सेवा करने और किसी के सेवा करने में क्या फर्क था। दोनों की सेवा निर्भयता, मन की सरल शुभकामना और तुम लोगों के गहरे स्नेह में गहरी एकता थी, लेकिन तुम्हारे अन्दर एक ऐसी निःस्वार्थ कोमल निर्लिप्तता, ऐसा अनिर्वचनीय वैराग्य था जिसने सिर्फ सेवा करके ही खुद अपने आपको लुटा दिया था। मेरे आरोग्य में जरा-सा भी चिह्न रखने के लिए उसने कभी एक कदम भी नहीं बढ़ाया था, तुम्हारी यही बात आज बार-बार याद आ रही है। हो सकता है, बहुत स्नेह मुझे रास नहीं आता इसीलिए या हो सकता है, स्नेह का जो रूप एक दिन तुम्हारे मुँह-आँख में मुझे दिखाई पड़ा था उसी के लिए सारा चित्त उन्मुख हो उठा हो। हालाँकि जब तक और एक बार मैं तुम्हें रू-ब-रू नहीं देखता तब तक मैं कुछ भी समझ नहीं पा रहा हूँ। जो चिट्ठी साहब को लिखनी थी उसे भी मैंने खत्म कर डाला। एक समय उन्होंने सचमुच ही मेरा बड़ा उपकार किया था। इसके लिए मैंने उन्हें बहुत धन्यवाद दिया है। मैंने कुछ भी नहीं माँगा था। लेकिन यह देखकर भी कि इतने लम्बे अरसे बाद सहसा अनचाहे मैंने उन्हें धन्यवाद दिया है, मैं खुद शर्मिन्दा होने लगा। पता लिखकर लिफाफा बन्द करते वक्त देखता हूँ, वक्त बीत गया है। इतनी जल्दी करके भी चिट्ठी लेटर बॉक्स में नहीं डाली जा सकी मगर इससे मन खिन्न नहीं हुआ, बल्कि मन ने राहत महसूस की। लगा, यह अच्छा ही हुआ कि कल और एक बार पढ़कर देखने का वक्त मिलेगा।

रतन ने आकर बताया कि कुशारीजी की पत्नी आई हैं और लगभग तुरत वे आकर कमरे में घुसीं। मैं कुछ हड़बड़ा उठा, कहा, ''वह तो घर पर नहीं है। उसके वापस आने में शायद शाम हो जाएगी।''

"मैं यह जानती हूँ।" इतना कहकर उन्होंने खिड़की के ऊपर से एक आसन खींच लिया और उसे फर्श पर बिछाकर उस पर बैठ गईं, बोलीं, "सिर्फ शाम ही क्यों, उनके वापस आने में तो अक्सर रात हो ही जाती होगी।"

मैंने लोगों के मुँह से यह सुना था कि दौलतमन्द औरत होने की वजह से वे बड़ी घमंडी थीं। वे किसी के भी घर खास नहीं जाती थीं। हमारे घर में भी वे ज्यादा नहीं आती थीं। कम से कम इतने दिनों तक मेल-जोल बढ़ाने के लिए उन्होंने कोई उत्सुकता जाहिर नहीं की थी। इसके पहले वे सिर्फ दो बार हमारे घर आई थीं। चूँकि यह उनके जमींदार का घर था इसलिए वे खुद ही यहाँ एक बार आई थीं और एक बार और वे यहाँ दावत खाने आई थीं। मगर मुझे यह सोचते नहीं बना कि आज अचानक वे अपनी मर्जी से यहाँ क्यों आईं और वह भी यह जानकर कि राजलक्ष्मी घर पर नहीं है।

बैठते ही उन्होंने कहा, "आजकल सुनन्दा के साथ तो वे बिलकुल दो जिस्म एक जान हो गई हैं।"

अनजाने में उन्होंने ही मेरी दुखती रग को छेड़ दिया। फिर भी मैंने धीरे-धीरे कहा, "हाँ, अक्सर ही वह वहाँ जाती तो है।"

कुशारीजी की पत्नी ने कहा, "अक्सर? रोज, हर रोज वे वहाँ जाती हैं। मगर सुनन्दा क्या कभी यहाँ आती है? एक दिन भी वह यहाँ नहीं आती है। सुनन्दा ऐसी लड़की नहीं है जो अपने से बड़ों को मान दे।" इतना कहकर उन्होंने मेरे मुँह की तरफ निहारा।

मैंने सिर्फ यही सोचा था कि राजलक्ष्मी रोज सुनन्दा के घर जाती है। लेकिन मैंने तो यह सोचा ही नहीं था कि सुनन्दा यहाँ नहीं आती है। इसलिए उनकी बात से मुझे अचानक जरा धक्का-सा लगा। मगर उनकी बात का भला मैं क्या जवाब देता! सिर्फ लगा कि उनके यहाँ आने का मकसद कुछ साफ हुआ है और एक बार ऐसा भी लगा कि झूठा संकोच और आँखों का लिहाज छोड़कर कहूँ कि मैं ही लाचार हूँ। अतएव इस लाचार व्यक्ति को दुश्मन के खिलाफ ललकारने से कोई फायदा नहीं होगा। अगर मैं ऐसा कहता तो क्या होता, पता नहीं। मगर मेरे कुछ न कहने की वजह से देखा उनका सारा गुस्सा और उत्तेजना पलक झपकते बढ़ गई और कब किसे क्या हुआ था और कैसे ऐसा सम्भव हुआ था, इसे विस्तार से बताती हुई अपनी ससुराल के दस बरसों के इतिहास को लगभग रोजनामचे की भाँति धाराप्रवाह कहती चली जाने लगीं।

उनकी कई बातें सुनने के बाद मैं न जाने कैसा अनमना हो गया था। ऐसा होने की वजह भी थी। मैंने सोचा था कि एक तरफ शास्त्र के अनुसार मनुष्य में पाए जानेवाले उन सारे अच्छे गुणों—जैसे कि उदारता, सहिष्णुता आदि के उनमें होने की बात कहेंगी और दूसरी तरफ इसके विपरीत सुनन्दा में सारे दुर्गुणों के होने की बात कह-कहकर यह दुहराएगी कि किस साल, किस महीने, किस तारीख को किन पड़ोसियों के सामने सुनन्दा ने उनके साथ बुरा सलूक किया है। इसे छोड़कर उनकी बातों में और कुछ भी

नहीं रहेगा। पहले-पहल ऐसा कुछ था भी नहीं। मगर अचानक एक समय कुशारीजी की पत्नी की आवाज में आकस्मिक हुए बदलाव से मेरा ध्यान आकर्षित हुआ। मैंने जरा विस्मित होकर ही पूछा, "क्या हुआ है?" वे थोड़ी देर तक मेरे मुँह की तरफ एकटक निहारती रहीं, उसके बाद रुआँसी सी होकर बोल उठीं, "होने को अब बाकी क्या रहा बाबू? सुना कि यदु खुद कल हाट में बैंगन बेच रहा था।"

उनकी बात पर ठीक-ठीक विश्वास नहीं हुआ और अगर मन अच्छा रहता तो, हो सकता है, मैं हँस भी पड़ता। कहा, "वे तो अध्यापक हैं, अचानक उन्हें भला बैंगन कहाँ मिला? और आखिर वे बैंगन बेचने ही क्यों गए?"

कुशारीजी की पत्नी ने कहा, "उस अभागिन के चलते घर में कुछ बैंगन उपजे थे। इसीलिए उन बैंगनों को बेचने के लिए उसने उसे हाट भेज दिया था। वह अगर ऐसे दुश्मनी करेगी, तो हम लोग गाँव में कैसे रहेंगे?"

मैंने कहा, "मगर आप यह क्यों कह रही हैं कि ऐसा करके उसने आपसे दुश्मनी की है। उन लोगों का तो आप लोगों से कोई लेना-देना नहीं है। तंगी आई होगी, इसलिए वे अपनी चीज बेचने गए होंगे। इसको लेकर आप शिकायत क्यों कर रही हैं?"

मेरा जवाब सुनकर कुशारीजी की पत्नी विह्वल की भाँति निहारती रहीं। अन्त में बोलीं, "अगर आपका यही फैसला है तो फिर मुझे कहने को और कुछ नहीं है, न ही मालिक से शिकायत करने को कुछ है। अच्छा, तो मैं चली।"

अन्त में उनकी आवाज बिलकुल भर्रा गई, यह देखकर मैंने धीरे-धीरे कहा, "देखिए, अच्छा यह होगा कि आप अपनी मालकिन को सारी बातें बताइए। वे, हो सकता है, सारी बातें समझ भी सकें और आपका उपकार भी कर सकें।"

वे सर हिलाकर बोल उठीं, "अब मैं किसी से भी कहना नहीं चाहती। किसी को भी मेरा उपकार करने की जरूरत नहीं है।" इतना कहकर उन्होंने आँचल से अपनी आँखें पोंछीं और बोलीं, "शुरू-शुरू में वह कहा करते थे कि दो महीने बीत जाने दो, वह अपने आप वापस आएगी। उसके बाद वे हिम्मत बँधाते थे कि रहो न और भी दो महीने चुप, सब सुधर जाएगा। लेकिन इसी तरह झूठी आशा में लगभग साल-भर बीत गया। लेकिन कल जब मैंने यह सुना कि उसे घर के उपजे बैंगन तक को बेचना पड़ा है, तब किसी की भी बात पर मुझे कोई भरोसा नहीं रहा। अभागिन सारी घर-गिरस्ती को तहस-नहस कर देगी। मगर उस घर में अब कदम नहीं रखेगी। बाबू, मैंने यह सपने में भी नहीं सोचा था कि औरत ऐसा सख्त पत्थर हो सकती है।"

वे कहती रहीं, "वे उसे किसी दिन पहचान नहीं सके थे, मगर मैंने उसे पहचाना था। शुरू-शुरू में मैं इसके उसके नाम से छिपा-छिपाकर उसके पास चीज-बस्त भेज दिया करती थी। वे कहते थे—सुनन्दा जान-बूझकर सब कुछ लेती है। लेकिन अगर तुम ऐसा करोगी, तो उन लोगों का होश ठिकाने नहीं आएगा। मैं भी सोचती थी, हो सकता है, उनका कहना सही हो। लेकिन एक दिन सारा भ्रम टूट गया। पता नहीं कैसे वह यह

जान गई थी कि मैं ही दूसरे के नाम से उसे चीज-बस्त भेजती थी। सो मेरी भेजी सारी चीजों को एक आदमी के सर पर लादकर वह मेरे आँगन के बीचोबीच फेंक गई। यह देखकर भी उन्हें होश नहीं आया, पर मुझे आया।''

इतनी देर बाद मैं उनके मन की बात को ठीक-ठीक समझ सका। मैंने करुण आवाज में कहा, ''तो अब आप क्या करना चाहती हैं? अच्छा, वे लोग क्या आप लोगों के खिलाफ कोई बात कहते हैं या किसी तरह की दुश्मनी करने की कोशिश करते हैं?''

कुशारीजी की पत्नी और एक बार रो पड़ीं और अपना माथा ठोंककर बोलीं, ''फूटी तकदीर! अगर वे लोग ऐसा करते, तो कोई न कोई उपाय निकल आता। उसने हम लोगों को ऐसा छोड़ दिया है जैसे न ही उसने कभी हम लोगों को देखा हो, न ही कभी नाम सुना हो, ऐसी कठोर, ऐसी पत्थर लड़की है वह। हम दोनों को सुनन्दा अपने माँ-बाप से ज्यादा प्यार करती थी। मगर जिस दिन से उसने यह सुना है कि उसके जेठ की जायदाद पाप की जायदाद है, उसी दिन से उसका सारा मन मानो बिलकुल पत्थर हो गया है। वह अपने पति और बेटे के साथ दिन पर दिन भूखों मरेगी, तब भी इस जायदाद की एक पाई भी नहीं छुएगी। लेकिन इतनी बड़ी जायदाद क्या हम लोग छोड़ दे सकते हैं बाबू? वह इतनी दया-मायाहीन है कि बाल-बच्चों के साथ वह बिना खाए मर भी सकती है, मगर हम लोग तो ऐसा नहीं कर सकते।''

मुझसे सोचते नहीं बना कि मैं क्या जवाब देता। मैंने सिर्फ धीरे-धीरे कहा, ''अजीब औरत है वह।''

दिन ढलने को आ रहा था। कुशारीजी की पत्नी ने चुपचाप सिर्फ गर्दन हिलाकर हामी भरी और उठकर खड़ी हो गईं, मगर अचानक दोनों हाथों को जोड़कर उन्होंने कह डाला, ''सच कहती हूँ बाबू, इन लोगों के बीच पड़कर मेरा कलेजा फट जाना चाहता है। लेकिन सुनने में आया है कि आजकल वह माँजी का कहा बहुत मानती है। कोई उपाय नहीं हो सकता है? मुझसे और सहा नहीं जाता है।''

मैं चुप रहा। वे भी और कुछ नहीं बोल सकीं। पहले की ही तरह अपने आँसू पोंछते-पोंछते वे चुपचाप बाहर निकल गईं।

# 10

आदमी जब परलोक की चिन्ता करता है, तब शायद दूसरे की चिन्ता नहीं करता है। नहीं तो दुनिया में इससे बड़ा विस्मय और क्या हो सकता था कि राजलक्ष्मी मेरे खाने-पहनने की चिन्ता छोड़ सकती थी। हम लोगों को इस गंगामाटी में आए भला कितने दिन हुए

थे। इन्हीं कई दिनों के अन्दर वह अचानक कितनी दूर हट गई। अब मेरे खाने की बात पूछने आता था रसोइया, मुझे खिलाने बैठता था रतन। एक तरह से मेरी जान बची थी। वह जैसी ज्यादती करती थी वैसी ज्यादती अब कोई नहीं करता था। अगर मैं ग्यारह बजे के अन्दर नहीं खाता था तो अब मुझे बीमारी नहीं होती थी। अब जब मर्जी, जितनी मर्जी मैं खाता था। सिर्फ रतन के बार-बार कहने और रसोइए के खेद प्रकट करने की वजह से कम खाने का मुझे खास मौका नहीं मिलता था। बेचारा रसोइया उदास होकर सिर्फ यह सोचता रहता था कि उसने खाना अच्छा नहीं बनाया था, इसीलिए मैंने खाना नहीं खाया। किसी तरह से उन लोगों को सन्तुष्ट करके मैं बिस्तर पर जाकर बैठता था। सामने वही खुली खिड़की थी और थी उसी सपाट मैदान की बहुत गरम हवा। दोपहर का लम्बा वक्त सिर्फ इस सपाट सूखे मैदान की तरफ निहारते-निहारते जब और नहीं कटना चाहता था तब एक सवाल सबसे ज्यादा मुझे याद आता था, वह यह कि उसके साथ मेरा क्या रिश्ता था। प्यार तो वह मुझे आज भी करती थी। इहलोक में मैं ही उसका बहुत अपना था। मगर परलोक में उसके लिए मैं उतना ही बड़ा पराया था। उसके धर्म-पालन करने के काम में मैं उसका साथी नहीं था। वहाँ मुझ पर दावा करने का उसके पास कोई दस्तावेज नहीं था। हिन्दू घर की लड़की होने की वजह से वह यह नहीं भूली थी। यह सन्देह शायद बहुत बड़ा बनकर ही उसके मन में पैदा हुआ था कि सिर्फ यही दुनिया नहीं, बल्कि इसके भी परे जो जगह है, उसका पाथेय सिर्फ मुझे प्यार करके ही अर्जित नहीं किया जा सकता है।

वह रही इसको लेकर और मेरे दिन बीतने लगे इसी तरह से। कर्महीन, उद्‌देश्यहीन जीवन का दिन शुरू होता था थकान से और खत्म होता था अवसन्न ग्लानि में। रोज अपनी उम्र की हत्या अपने हाथों करते जाने के सिवा दुनिया में मेरे लिए करने को और कुछ नहीं था। रतन बीच-बीच में आकर मुझे चिलम दे जाता था, समय पर चाय ला देता था, पर वह कुछ बोलता नहीं था। लेकिन उसका मुँह देखकर यह महसूस होता था कि उसने भी मुझे कृपा की दृष्टि से देखना शुरू किया है। कभी वह अचानक आकर कहता था—बाबू, खिड़की बन्द कर लीजिए, आग की लपटें आ रही हैं। मैं कहता था—रहने दे। लगता था, कितने लोगों के बदन की छुअन और कितने अपरिचित लोगों की गरम साँसों का हिस्सा मानो मुझे मिलता था। हो सकता है, वह मेरा बचपन का दोस्त इन्द्रनाथ आज भी जिन्दा हो, यह गरम हवा, हो सकता है, अभी-अभी उसे छूकर आई। हो सकता है, मेरी ही तरह वह सुख-दुख के अपने बहुत पुराने नन्हे साथी की याद कर रहा हो और हम दोनों की वे अन्नदा दीदी! मैं सोचता था, हो सकता है, अब तक उनके सारे दुख खत्म हो गए हों। कभी लगता था, इसी कोण में तो बर्मा है, हवा के लिए तो कोई रुकावट नहीं होती, कौन कह सकता है कि हवा समुद्र को पार करके बहती हुई अभया की छुअन मेरे पास नहीं ला रही है। अभया याद आती थी, तो वह मेरे मन से आसानी से नहीं निकल जाना चाहती थी। रोहिणी भैया अभी काम पर गए होंगे और अभया अपने छोटे-से डेरे का सदर दरवाजा बन्द करके कमरे के फर्श पर बैठकर अपने

सिलाई के काम में लग गई होगी। मेरी ही तरह वह दिन में सो नहीं सकती थी। अब तक, हो सकता है, किसी छोटे-से बच्चे के लिए कथरी या छोटे-से तकिए का गिलाफ सी रही होगी या घर-गिरस्ती का कोई छोटा-मोटा काम कर रही होगी।

उसकी याद कलेजे के बीच में जाकर तीर की मानिन्द बिंध जाती है। युगों का संचित संस्कार, युगों के भले-बुरे विचारों का अभिमान मेरे भी खून में बह रहा है। मैं कैसे निष्कपट भाव से 'दीघार्यु होओ' कहकर उसे आशीर्वाद दूँ। मगर मन शर्म और झिझक से बिलकुल छोटा बन जाना चाहता है।

कार्यरत अभया के शान्त, प्रसन्न मुखड़े को मैं मन की आँखों से देख सकता हूँ। उसकी बगल में सोया हुआ निष्कलंक बालक है। वह मानो अभी-अभी खिले कमल की भाँति शोभा, ऐश्वर्य, गन्ध और अमृत से लबालब भरा हुआ हो। बतौर चीज इतने से अमृत की दुनिया में क्या सचमुच ही जरूरत नहीं थी? चूँकि मानव-समाज में मानव-शिशु की मर्यादा नहीं है, निमंत्रण नहीं है, स्थान नहीं है, इसलिए इसे घृणा के साथ दूर कर देना पड़ेगा? कल्याण के धन को ही चिर-अकल्याण के अन्दर निर्वासित कर देने की अपेक्षा मानव-हृदय का वृहत्तर धर्म और नहीं है?

अभया को मैं पहचानता हूँ। थोड़ा-सा पाने के लिए उसने अपने जीवन का कितना कुछ दिया था, इसे भले ही और कोई न जाने पर, मैं तो जानता हूँ। हृदयहीन बर्बरता में सिर्फ अविश्वास और उपहास के द्वारा ही दुनिया में सारे सवालों का जवाब नहीं होता है। भोग! बेहद मोटी किस्म का शर्मनाक देह का भोग। वह देह का भोग ही तो था। अभया को धिक्कार देने की बात तो है ही।

बाहर की गरम हवा से मेरे गरम आँसू पल भर में सूख जाते थे। बर्मा से चले आने की बात याद आती थी। ठीक उस वक्त तब रंगून में मरने के डर से भाई बहन को और बेटा माँ-बाप को जगह नहीं देता था। मृत्यु-उत्सव की उद्‌दंड मृत्यु-लीला पूरे शहर में चल रही थी। ऐसे समय जब मैं मृत्यु-दूत के कन्धे पर चढ़कर उसके पास जा पहुँचा, तब नई बसाई गिरस्ती के मोह ने तो उसे पल भर भी दुविधा में नहीं डाला था। इस बात को तो सिर्फ मेरी कहानी की ये कई पंक्तियाँ पढ़कर ही नहीं समझा जा सकता है, मगर मैं तो जानता हूँ कि वह क्या था। और भी बहुत ज्यादा मैं जानता हूँ। मैं जानता हूँ, अभया के लिए कुछ भी कठिन नहीं था। मृत्यु—वह भी उसके लिए छोटी ही थी। देह की भूख, जवानी की प्यास—इन सब पुराने और मामूली शब्दों से अभया का जवाब नहीं हो सकता। दुनिया में सिर्फ बाहर की घटनाओं को एक-दूसरे की बगल में लम्बा करके रखकर सारे हृदयों के पानी को मापा नहीं जा सकता है।

काम के लिए मैंने अपने पुराने मालिक के पास दरखास्त भेजी है। भरोसा है, मेरी दरखास्त नामंजूर नहीं होगी। इसलिए फिर हम लोगों की मुलाकात होगी। इस बीच दोनों ही तरफ ढेरों अनहोनियाँ हुई हैं। उसकी जिम्मेदारी भी मामूली नहीं है, मगर उस जिम्मेदारी को उसने इकट्‌ठा किया है अपनी असाधारण सरलता और अपनी मर्जी से और मेरी जिम्मेदारी इकट्‌ठा हो उठी है उतनी ही असाधारण कमजोरी और इच्छाशक्ति की कमी

से। क्या पता यह इसका रंग और रूप उस दिन, जिस दिन हम एक-दूसरे के आमने-सामने होंगे, देखने में कैसा होगा!

दिन भर अकेले रहने की वजह से जब जी हाँफ उठता तब दिन ढलने पर थोड़ा टहलने के लिए मैं बाहर निकलता था। पाँच-सात दिनों से टहलना एक तरह से मेरी आदत हो गया था। धूल-भरे जिस रास्ते से एक दिन हम लोग गंगामाटी आए थे, उसी रास्ते से किसी-किसी दिन मैं बहुत दूर तक चला जाता था। अनमना होकर मैं आज भी वैसे ही चला जा रहा था कि तभी मुझे सहसा दिखाई पड़ा, सामने धूल का पहाड़ उठाकर कोई घोड़ा दौड़ाता हुआ आ रहा है। डरता हुआ मैं रास्ता छोड़ किनारे खड़ा हो गया। घुड़सवार ने थोड़ी दूर आगे जाकर घोड़े को रोका। वापस आकर वह मेरे सामने खड़ा हो गया और बोला, ''आपका नाम श्रीकान्त बाबू है न? आप मुझे पहचान सकते हैं?''

मैंने कहा, ''नाम तो मेरा यही है। लेकिन आपको तो मैं पहचान नहीं सका।''

वह आदमी घोड़े से उतरा। वह अँगरेजों की-सी फटी और मैली पोशाक पहने हुए था। जर्जर सोले के हैट को उतारकर उसने उसे अपने हाथ में लिया और बोला, ''मैं हूँ सतीश भारद्वाज। थर्ड क्लास से जब मुझे प्रमोशन नहीं मिला तब मैं पढ़ने के लिए सर्वे स्कूल चला गया था। आपको याद नहीं आता है?''

याद आया। मैंने खुश होकर कहा, ''अच्छा-अच्छा, याद आया। तुम हमारे मेढक हो। यहाँ अँगरेज बनकर कहाँ जा रहे हो?''

मेढक ने हँसकर कहा, ''अँगरेज क्या मैं शौक से बनता हूँ भाई? रेलवे के कंस्ट्रक्शन में सब-ओवरसियर हूँ। कुलियों को खदेड़ने में ही जिन्दगी बीत जाती है। हैट-कोट नहीं रहेगा, तो क्या कुली मेरी सुनेंगे? हैट-कोट नहीं रहता, तो अब तक उन्हीं लोगों ने मुझे खदेड़ दिया होता। सोपलपुर में जरा काम था। उसे निपटाकर लौट रहा हूँ—मील भर दूर में मेरा तम्बू है। साँइथिया से बिछाई जा रही नई लाइन के काम-काज की देख-रेख कर रहा हूँ। चलोगे मेरे वहाँ? चाय पी आओगे?''

उसकी बात को अस्वीकार करते हुए मैंने कहा, ''नहीं, आज नहीं। किसी दूसरे दिन मौका मिलेगा, तो आऊँगा।''

उसके बाद मेढक बहुत सी बातें पूछने लगा—तबीयत कैसी रहती है, कहाँ रहते हो, यहाँ किस काम से आए हो, बाल-बच्चे कितने हैं, उनमें से कौन कैसे हैं, वगैरह-वगैरह।

उसके सवालों के जवाब में मैंने कहा, ''तबीयत अच्छी नहीं है, रहता हूँ गंगामाटी में, जिस काम से यहाँ आया हूँ, वह बेहद अजीबोगरीब है। बाल-बच्चे नहीं हैं। अतएव यह सवाल करना ही बेकार है कि उनमें से कौन कैसे हैं?''

मेढक सीधा-सादा आदमी था। वह मेरे जवाबों को ठीक से समझ नहीं सका, तो भी वह ऐसा दृढ़संकल्प का व्यक्ति नहीं था कि दूसरे की बात को समझना ही पड़ेगा। वह अपनी ही बात कहने लगा—यह जगह सेहत की दृष्टि से अच्छी है, साग-सब्जी मिलती

है, कोशिश करने पर मछली और दूध मिल जाता है, लेकिन यहाँ लोग-बाग नहीं हैं, संगी-साथियों की कमी है। मगर खास तकलीफ नहीं होती है। क्योंकि शाम के बाद जरा नशा-वशा करने से ही काम चल जाता है। अँगरेज लोग चाहे जैसे भी हों, बंगालियों से बहुत अच्छे हैं। ताड़ी का एक टेम्पोररी शेड खोला गया है–जितनी मर्जी पियो। ऐसा कहा ही जा सकता है कि पीनेवाले का तो एक तरह से अपना पैसा नहीं लगता है–सब कुछ अच्छा है–कंस्ट्रक्शन के काम में ऊपरी आमदनी भी तो है और बड़े साहब से कह-सुनकर वह अनायास मुझे एक नौकरी दिला दे सकता है। अपने सौभाग्य की ऐसी ही छोटी-बड़ी कहानियाँ सुनाता रहा। मेढक अपने गठियावाले घोड़े की लगाम थामे बहुत दूर तक मेरे साथ बकते-बकते चला। उसने बार-बार पूछा–मैं कब तक उसके कैम्प जा सकता हूँ और भरोसा देकर उसने बताया कि काम के सिलसिले में वह अक्सर ही पोड़ामाटी आता रहता है और एक दिन लौटती बार वह पोड़ामाटी में मेरे यहाँ जरूर आएगा।

उस दिन मुझे घर लौटने में जरा रात हो गई। रसोइए ने आकर बताया कि खाना तैयार है। मुँह-हाथ धो, कपड़े बदल मैं खाना खाने बैठा ही था कि तभी राजलक्ष्मी की आवाज सुनाई पड़ी। वह कमरे में घुसी और चौखट के पास बैठ गई, मुस्कुराती हुई बोली, "मैं पहले ही कह देती हूँ, मेरी किसी बात पर तुम एतराज नहीं करोगे।"

मैंने कहा, "नहीं, मैं तुम्हारी किसी बात पर एतराज नहीं करूँगा।"

"मैं क्या कहनेवाली हूँ, उसे बिना सुने ही तुमने कह दिया कि तुम मेरी किसी बात पर एतराज नहीं करोगे।"

मैंने कहा, "जरूरी समझो, तो बता देना एक समय।"

राजलक्ष्मी का मुस्कुराता चेहरा गम्भीर हो गया, बोली, "अच्छा," इसी बीच अचानक उसकी निगाह पड़ी मेरी थाली पर। बोली, "यह क्या, तुम भात खा रहे हो? तुम तो यह जानते हो कि रात को भात खाना तुम्हारी सेहत के लिए अच्छा नहीं है। तुमने क्या यह तय कर लिया है कि तुम मुझे मौका नहीं दोगे कि मैं तुम्हें अच्छा कर दे सकूँ।"

रात को भात खाना मेरी सेहत के लिए अच्छा ही था, मगर यह कहने से कोई फायदा नहीं होनेवाला। राजलक्ष्मी ने तेज आवाज में पुकारा–महाराज रसोइया जब दरवाजे के पास आया, तो उसे थाली दिखाकर वह और भी तेज आवाज में बोली, "यह क्या है? मैंने तुम्हें शायद हजारों बार कहा होगा कि बाबू को रात में भात हरगिज नहीं दोगे। मैंने तुम्हें जुरमाना किया, तुम्हारा एक महीने का वेतन काट लिया जाएगा।"

अवश्य यह सभी नौकर जानते थे कि रुपए की दृष्टि से जुरमाने का कोई मतलब नहीं था। लेकिन फटकार की दृष्टि से उसका मतलब तो था ही।

महाराज ने गुस्सा कर कहा, "घी नहीं है, मैं क्या करता?"

"जरा सुनूँ तो सही कि घी क्यों नहीं है?"

उसने जवाब दिया, "मैंने दो-तीन दिन आपसे कहा है कि घी खत्म हो गया है। आदमी भेजकर मँगवा लीजिए। लेकिन अगर आप आदमी भेजकर नहीं मँगवाईं, तो इसमें मेरा क्या दोष?"

पूरी आदि बनाने के लिए जितने घी की जरूरत होती थी उतना घी यहीं मिल जाता था, मगर मेरे लिए घी मँगाया जाता था साँइथिया के निकट स्थित किसी गाँव से। आदमी भेजकर उसे मँगाना पड़ता था।

घी सम्बन्धी बात या तो अन्यमनस्क राजलक्ष्मी के कानों में नहीं पहुँची थी या वह भूल गई थी। उसने पूछा, "घी कब से नहीं है महाराज?"

"यही कोई पाँच-सात दिनों से।"

"तो इन पाँच-सात दिनों से तुम उन्हें भात खिला रहे हो।" उसने रतन को बुलाकर कहा, "मैं तो भूल गई थी, लेकिन तू क्या घी नहीं मँगवा दे सकता था बेटा। तुम सभी को क्या मुझे इसी तरह तंग करना चाहिए?"

रतन मन ही मन अपनी मालकिन पर खुश नहीं था। उसके दिन-रात घर छोड़कर दूसरी जगह रहने और खासतौर पर मेरे प्रति उसकी उदासीनता की वजह से उसकी झुंझलाहट हद तक पहुँच गई थी। अपनी मालकिन की शिकायत के जवाब में उसने अच्छे आदमी की तरह जबान लड़ाकर कहा, "क्या पता माँजी, यह देखकर कि तुमने परवाह नहीं की। मैंने सोचा कि बढ़िया कीमती घी अब नहीं चाहिए। वरना पाँच-छह दिनों से कमजोर आदमी को मैं भात खाने देता!"

राजलक्ष्मी के लिए कहने को कुछ भी नहीं था। इसीलिए नौकर से इतना बड़ा ताना खाकर भी वह थोड़ी देर तक चुपचाप बैठी रही। उसके बाद धीरे-धीरे चली गई।

रात को बहुत देर तक बिस्तर पर लेटे-लेटे मैं छटपटाता रहा। बाद में जब झपकी आ गई थी तभी राजलक्ष्मी किवाड़ धकेलकर कमरे में घुसी और आकर बहुत देर तक चुपचाप मेरे पायँते बैठी रही, फिर पुकारा, "तुम क्या सो गए हो?"

मैंने कहा, "नहीं।"

राजलक्ष्मी ने कहा, "तुम्हें पाने के लिए मैंने जो कुछ किया है, उसका आधा भी अगर मैं भगवान को पाने के लिए करती तो अब तक शायद मैं भगवान को पा लेती। मगर मैंने तुम्हें नहीं पाया।"

मैंने कहा, "हो सकता है कि आदमी को पाना और भी कठिन हो।"

"आदमी को पाना?" राजलक्ष्मी पल भर स्थिर रही, फिर बोली, "चाहे जो भी हो, प्यार भी तो एक तरह से बन्धन है। शायद यह भी रास नहीं आता है, अखरता है।"

इस आरोप का जवाब नहीं है। आदिम नर-नारी से लेकर आज तक के मर्द और औरत के बीच यह कलह चल रहा है, पर इसका फैसला करनेवाला कोई नहीं है। जिस दिन यह कलह मिटेगा उसी दिन दुनिया का सारा रस, सारी मधुरता कड़वा जहर हो जाएगी। इसीलिए मैं जवाब देने की कोशिश किए बिना चुप रहा।

मगर आश्चर्य की बात यह थी कि जवाब देने के लिए राजलक्ष्मी ने जोर नहीं डाला। जीवन के इतने बड़े सर्वव्यापी प्रश्न को भी वह पल भर में अपने आप ही भूल गई। बोली, "न्यायरत्न जी बता रहे थे एक व्रत की बात, लेकिन वह व्रत जरा कठिन है, इसलिए सभी उसे ले नहीं सकते हैं, और इतनी सुविधा भी भला कितने लोगों को नसीब होती है!"

उसकी अधूरी बात के बीच मैं चुप रहा, पर वह कहने लगी, ''तीन दिनों तक एक तरह से उपवास करके ही रहना पड़ता है, सुनन्दा की भी बड़ी इच्छा है–अगर ऐसा हो, दोनों का व्रत एक ही साथ हो जाए।'' लेकिन इतना कहकर वह खुद तनिक मुस्कुराई और बोली, ''तुम्हारी सहमति न मिलने पर तो फिर...''

मैंने पूछा, ''मेरी सहमति न मिलने पर क्या होगा?''

राजलक्ष्मी ने कहा, ''तो फिर व्रत नहीं होगा।''

मैंने कहा, ''तो यह इरादा छोड़ दो। मेरी सहमति नहीं मिलेगी।''

''जाओ, मजाक करने की जरूरत नहीं।''

''मैं मजाक नहीं कर रहा हूँ, सचमुच उसके लिए तुम्हें मेरी सहमति नहीं मिलेगी–मैं मना करता हूँ।''

मेरी बात सुनकर राजलक्ष्मी का चेहरा लटक गया। वह थोड़ी देर तक स्तब्ध रही, फिर बोली, ''मगर हम लोगों ने सब तय कर डाला है। चीज-बस्त खरीदने के लिए आदमी जा चुका है। कल हविष्य करके परसों से–वाह, यह सिर्फ तुम्हारी चालाकी है। मुझे झूठमूठ में चिढ़ाने के लिए–नहीं, ऐसा नहीं हो सकता। तुम कहो कि तुम्हारी सहमति है।''

मैंने कहा, ''अच्छा, मेरी सहमति है। लेकिन किसी भी दिन तो तुम मेरी सहमति का इन्तजार नहीं करती लक्ष्मी। आज ही भला अचानक क्यों तमाशा करने आई? मैंने तो तुम्हारे आगे कभी यह दावा नहीं किया है कि तुम्हें मेरा कहा मानना पड़ेगा।''

राजलक्ष्मी ने मेरे पैरों पर हाथ रखकर कहा, ''फिर कभी भी ऐसी गलती नहीं होगी। सिर्फ अबकी बार तुम प्रसन्न मन से मुझे हुक्म दो।''

मैंने कहा, ''अच्छा। लेकिन तड़के ही तुम्हें, हो सकता है, जाना पड़े, रात बहुत हो गई है, अब और देर मत करो, सोने जाओ।''

राजलक्ष्मी नहीं गई। वह धीरे-धीरे मेरे पैरों पर हाथ फेरने लगी। जब तक मैं नहीं सो गया तब तक घूम-फिरकर बार-बार सिर्फ यही लगने लगा कि उसकी छुअन में अब प्यार नहीं है। वह भी तो ज्यादा पुरानी बात नहीं है, जिस दिन आरा रेलवे स्टेशन से उठाकर वह मुझे अपने घर लाई थी, उस दिन इसी तरह से मेरे पैरों पर हाथ फेरकर वह मुझे सुलाना पसन्द करती थी। ठीक ऐसे ही चुपचाप, मगर लगता था, उसकी दसों उँगलियाँ मानो दसों इन्द्रियों की सारी व्याकुलता से नारी-हृदय का सब कुछ मेरे इन्हीं दोनों पैरों पर निछावर कर दे रही हैं। हालाँकि मैंने यह नहीं चाहा था। मुझे यह भी सोचते नहीं बनता था कि इसे लेकर ही मैं कैसे क्या करूँगा? जिस दिन वह मुझे लाई थी उस दिन भी उसने बाढ़ के पानी की तरह मेरी सहमति नहीं ली थी, हो सकता है जिस दिन मैं जाऊँगा उस दिन भी वह उसी तरह मेरा मुँह नहीं देखेगी। मेरी आँखों से आसानी से आँसू नहीं निकलते हैं, मैं प्यार की भीख नहीं माँग सकता। दुनिया में कुछ भी नहीं है, किसी से मुझे कुछ नहीं मिला है, दो-दो कहकर हाथ पसारे रहने में मुझे शर्म आती है। मैंने किताबों में पढ़ा है कि इसको लेकर मर्द और औरत में कितना झगड़ा हुआ है, दोनों ने कितना दुख सहा है। मान-अभिमान के चलते दोनों ने एक-दूसरे पर कितना बड़ा दोष

लगाया है। मैंने ऐसी कितनी कहानियाँ पढ़ी हैं जिनमें स्नेह का अमृत विष बन गया है। मैं जानता हूँ, यह सब झूठ नहीं है, लेकिन मेरे मन के अन्दर जो वैरागी ऊँघ रहा था, जब अचानक उसकी सुध लौटी, तो वह कहने लगा—छिः-छिः-छिः।

बहुत देर बाद जब राजलक्ष्मी यह सोचकर कि मैं सो गया हूँ, सावधानी से धीरे-धीरे उठकर गई तब वह यह जान भी नहीं सकी कि मेरी निद्राविहीन बन्द आँखों की कोरों से होकर आँसू बहते ही रहे, मगर यह कहकर कि आज का पराया धन एक दिन मेरा ही था, बेकार का हाहाकार करके अशान्ति पैदा करने को अब जी नहीं चाहा।

# 11

जब मैं सवेरे उठा, तो सुना कि बड़े तड़के राजलक्ष्मी नहाकर रतन को साथ लेकर चली गई है और यह जानकारी भी मिली कि तीन दिनों के अन्दर वह नहीं आ सकेगी। और हुआ भी ऐसा ही। ऐसी बात नहीं कि वहाँ कोई बहुत बड़ा काम चलने लगा। लेकिन मैं खिड़की के पास बैठकर ही इस बात को महसूस करता था कि पाँच-दस ब्राह्मण वहाँ आ-जा रहे हैं और थोड़ा-बहुत खाने-पीने का भी इन्तजाम किया गया है। पर मैं इस बारे में कुछ भी नहीं जानता था और न ही जानने का कौतूहल था कि वह कौन-सा व्रत है, और कैसे उसका अनुष्ठान पूरा करने पर स्वर्ग का रास्ता कितना सुगम होता है। रतन रोज शाम के बाद वापस आता था। कहता था, "आप एक बार भी वहाँ नहीं गए बाबू?"

मैं पूछता, "मेरे वहाँ जाने की क्या कोई जरूरत है?"

रतन जरा मुश्किल में पड़ जाता। वह इस ढंग से जवाब दता कि मेरा वहाँ बिलकुल न जाना लोगों की नजरों में कैसा-कैसा लगता है? हो सकता है, कोई सोचता है कि वहाँ जाने की मेरी इच्छा नहीं है। कुछ कहा नहीं जा सकता है।

नहीं, कुछ भी नहीं कहा जा सकता है। मैं प्रश्न करता, "तुम्हारी मालकिन क्या कहती है?"

रतन कहता, "आप तो उनकी इच्छा जानते हैं। जब आप उनके पास नहीं रहते हैं, तो उन्हें कुछ भी अच्छा नहीं लगता है। मगर वे करें, तो क्या करें? इसीलिए जब कोई उनसे आपके बारे में पूछता है, तो वे कह देती हैं, उनका शरीर कमजोर है। इतनी दूर पैदल चलेंगे तो वे बीमार पड़ जा सकते हैं। और उनके आने से ही क्या होगा?"

मैंने कहा, "उसका कहना तो सही है। इसके अलावा तुम तो यह जानते हो रतन कि इन सब पूजा-पाठ और धर्म-कर्म के बीच मैं बड़ा अशोभनीय हो जाता हूँ। याग-यज्ञ के मामले में मेरा जरा दूर रहना ही अच्छा है। क्यों, मैं ठीक कहता हूँ न?"

रतन हामी भरकर कहता, "हाँ, आप ठीक कहते हैं। मगर मैं समझता कि राजलक्ष्मी की दृष्टि से मेरी मौजूदगी वहाँ...लेकिन रहने दीजिए उसे।"

पर अचानक एक बहुत बड़ी खबर मिली। वह यह कि मालिक की सुख-सुविधा का इन्तजाम करने के बहाने गुमाश्ता काशीनाथ कुशारीजी सपत्नीक वहाँ जा पहुँचे हैं।

"यह तू क्या कह रहा है रतन? कुशारीजी अपनी पत्नी के साथ वहाँ जा पहुँचे हैं?"

"जी हाँ, और सो भी बिना निमंत्रण के।"

मैंने समझा, अन्दर ही अन्दर राजलक्ष्मी की कोई कारसाजी है। सहसा ऐसा भी लगा कि हो सकता है, इसीलिए उसने सारा इन्तजाम अपने घर में न करके दूसरे के घर में किया हो।

रतन कहने लगा, "बड़ी बहू ने बिनू को अपनी गोद में लेकर खाना बनाया। छोटी बहू ने अपने हाथों से उनके पाँव धो दिए। चूँकि बड़ी बहू ने खाना नहीं चाहा था इसलिए छोटी बहू ने आसन बिछाकर उन्हें उस पर बिठाया और छोटी बेटी की तरह उन्हें अपने हाथ से भात खिला दिया। माँजी की आँखों से आँसू बहने लगे। यह देखकर बूढ़े कुशारीजी तो बिलकुल फूट-फूटकर रो उठे। मुझे तो लगता है, बाबू कि काम-काज खत्म हो जाने पर छोटी बहू अबकी बार उस टूटी-फूटी झोंपड़ी को छोड़-छाड़कर अपने घर आ जाएँगी। अगर ऐसा हुआ, तो गाँव के सभी लोग खुश होंगे। लेकिन मैं आपसे यह भी कह देता हूँ बाबू कि यह माँजी के किए का नतीजा है।"

मैंने सुनन्दा को जितना जाना था उससे मैं इतना आशान्वित नहीं हो सका, लेकिन जैसे बादलों के छँट जाने से शरत का आकाश स्वच्छ हो जाता है वैसे ही राजलक्ष्मी पर से मेरा ढेरों अभिमान देखते-देखते दूर हो जाने से नजरों के सामने सारी बातें साफ हो गईं।

इन दोनों भाइयों और देवरानी-जेठानियों के बीच अलगाव जहाँ न ही सही है और न ही स्वाभाविक है, भले ही मन के अन्दर जरा भी दरार न पड़ी हो, तो भी बाहर जहाँ इतनी बड़ी दरार पड़ी हो उस दरार को पाटने लायक हृदय और कौशल जिसमें है, उसके जैसा कलाकार और कहाँ है? इसी मकसद से कितने दिनों से वह गुप्त रूप से प्रयास करती आ रही थी। मैंने तहेदिल से आशीर्वाद दिया कि उसकी यह सदिच्छा पूरी हो। कुछ दिनों से मेरे मन के अन्दर एकान्त में जो बोझ इकट्ठा होता चला जा रहा था, वह बहुत-कुछ हल्का हो जाने से आज का मेरा दिन बहुत अच्छी तरह बीता। मैं यह नहीं जानता था कि राजलक्ष्मी ने कौन-सा शास्त्रीय व्रत लिया है। लेकिन बहुत दिनों बाद यह बात फिर नए सिरे से याद आई कि आज उसके तीन दिनों की मियाद पूरी होगी और कल फिर मुलाकात होगी।

अगले दिन सवेरे राजलक्ष्मी नहीं आ सकी, मगर बहुत दुख के साथ उसने रतन के द्वारा यह खबर भेजी कि ऐसी तकदीर कि एक बार मिलकर जाने का भी वक्त नहीं है, शुभ मुहूर्त निकल जाएगा। करीब ही कहीं वक्रेश्वर नाम का तीर्थ है। वहाँ जाग्रत् देवता और गरम पानी का कुंड है। जो उसमें डुबकी लगाता है, न सिर्फ उसका, बल्कि उसके पितृकुल, मातृकुल और श्वसुर-कुल के तीन करोड़ जन्मों के पुरखों का उद्धार हो जाता

है। साथी मिल चुका है, दरवाजे पर बैलगाड़ी तैयार है, यात्रा पर निकल पड़ने का शुभ मुहूर्त आ गया है। रतन ने दो-एक बहुत जरूरी चीजें दरबान के हाथों भेज दीं। वह बेचारा बगटुट भागता देने गया। मैंने सुना, वापस आने में पाँच-सात दिन लगेंगे।

और भी पाँच-सात दिन! पर आज उसे देखने के लिए मैं मन ही मन उन्मुख हो उठा था, शायद ऐसा आदतन ही हुआ होगा। लेकिन रतन के मुँह से अचानक उसकी तीर्थयात्रा की खबर पाकर अभिमान या क्रोध के बदले मेरा कलेजा सहसा करुणा और दुख से भर उठा। प्यारी सचमुच ही मर चुकी है और उसी की करनी का कठिन बोझ आज राजलक्ष्मी के सारे तन-मन में जो दुख का आर्तनाद उमड़ उठा है उसे रोकने का उपाय उसे ढूँढ़े नहीं मिल रहा। यह जो अथक चंचलता है, अपने जीवन से भागकर शहर निकलने की यह जो बेहद व्याकुलता है, उसका क्या कोई अन्त नहीं है? पिंजरे में बन्द पंछी की नाईं क्या वह दिन-रात अविराम सर धुन-धुनकर मरेगी? और उस पिंजरे के लोहे के सीखचों की मानिन्द मैं ही क्या हमेशा उसके निकलने के द्वार को अगोरता रहूँगा। दुनिया में किसी भी चीज से किसी दिन न बाँधे जा सकनेवाले ने ही मेरे भाग्य में क्या अन्त में इतना बड़ा दुर्भाग्य लिख दिया है? मुझे वह तहेदिल से प्यार करती है। मेरे मोह को वह दूर नहीं कर सकती है। इसी का इनाम देने के लिए क्या उसका सारा भविष्य अच्छे कार्यों के लिए बेड़ी बनकर रहेगा?

मैंने मन ही मन कहा—मैं उसे छुट्टी दूँगा। उस बार की तरह नहीं, बल्कि तहेदिल से, मन के सारे आशीर्वाद के साथ मैं उसे हमेशा-हमेशा के लिए मुक्ति दूँगा। और अगर हो सका, तो उसके वापस आने के पहले ही मैं इस गाँव को छोड़कर चला जाऊँगा। किसी जरूरत, किसी बहाने सुख और मुसीबत के किसी भी फेर में पड़कर मैं उसके सामने नहीं आऊँगा। एक दिन मेरी अपनी ही तकदीर ने मुझे इस संकल्प पर दृढ़ नहीं रहने दिया था, मगर अब मैं उसके आगे हरगिज हार नहीं मानूँगा।

मैंने मन ही मन कहा—इसे ही तो तकदीर कहते हैं। एक दिन जब मैं पटना से विदा हुआ था तब प्यारी अपने घर की दूसरी मंजिल के बरामदे में खड़ी थी। तब उसके मुँह में शब्द नहीं था। मगर उसके आँसुओं की मुझे वापस बुलाने की मौन पुकार क्या रास्ते भर मेरे कानों में बार-बार नहीं पहुँची थी? लेकिन मैं नहीं लौटा था। मैं देश छोड़कर दूर विदेश चला गया था। मगर जो निराकार, मूक, कठिन आकर्षण मुझे दिन-रात खींचने लगा, उसके आगे देश-विदेश की दूरी भला क्या थी? मैं फिर एक दिन लौट आया। बाहर के लोगों को मेरे गले की हरी-भरी जयमाला उन्हें नजर नहीं आई।

ऐसा ही होता है। मैं जानता था कि निकट भविष्य में फिर एक दिन विदा की घड़ी आ जाएगी। उस दिन भी, हो सकता है, वह ऐसी ही चुप रहे। लेकिन मेरी अन्तिम विदाई के बाद रास्ते भर में आँसुओं का वह गहरा आह्वान, हो सकता है अब कानों में न पैठे।

मैंने मन ही मन कहा—जब रहने का निमंत्रण खत्म हो जाता है और जब जाना ही सिर्फ बाकी रहता है तब वह क्या दुख की चीज है! हालाँकि इस दुख का कोई भागीदार नहीं है, सिर्फ मेरे ही हृदय में गड्ढा खोदकर इस निन्दित दुख को हमेशा अकेले रहना

होगा। राजलक्ष्मी को प्यार करने का अधिकार दुनिया ने मुझे नहीं दिया था। एक एकाग्र प्रेम, यह हँसना-रोना, मान-अभिमान, यह त्याग, यह गहरा मिलन—सब कुछ लोगों की नजरों में जितना बेकार है, इस आनेवाले विरह का असहनीय दुख भी बाहर की दृष्टि में आज उतना ही बेमतलब है। आज यही बात मुझे सबसे ज्यादा टीसने लगी। एक का भयंकर दुख जब दूसरे के लिए उपहास की चीज बन जाता है, तो उससे बड़ी ट्रेजेडी दुनिया में दूसरी है क्या! हालाँकि ऐसा ही तो होता है। लोगों के बीच रहकर जिस आदमी ने लोकाचार नहीं माना था, विद्रोह किया था, वह जाकर किससे शिकायत करता? यह समस्या शाश्वत और पुरानी है। जब से दुनिया बनी है, तब से लेकर आज तक यही प्रश्न बार-बार चक्कर लगाता चला जा रहा है और भविष्य में भी जहाँ तक दृष्टि जाती है, इसका समाधान नजर नहीं आता है। यह अन्याय है, अवांछनीय है। तथापि इतनी बड़ी दौलत, इतना बड़ा ऐश्वर्य क्या आदमी के पास दूसरा है? हठी नर-नारियों के इस अवांछित हठ के कितने मौन दुख के इतिहास को बीच में रखकर युग-युग में कितने पुराणों, कितनी कहानियों, कितने काव्यों के गगनचुम्बी महल बन उठे हैं।

लेकिन आज अगर यह रुक जाए तो? मैंने मन ही मन कहा—रहने दीजिए। राजलक्ष्मी धर्म-पालन करे, उसका वक्रेश्वर का रास्ता सुगम हो, उसका मंत्रोच्चारण शुद्ध हो, मैं आशीर्वाद देता हूँ, उसका पुण्यार्जन का रास्ता निरन्तर निर्विघ्न और निष्कंटक हो, अपने दुख का बोझ मैं अकेले ही ढोऊँगा।

अगले दिन जब नींद टूटी, तो तुरत लगा, गंगामाटी का यह घर-मकान, बाट-घाट, खुला मैदान, मेरा सारा बन्धन ही ढीला हो गया है। यह तय नहीं था कि राजलक्ष्मी कब लौटेगी। मगर मन और एक पल भी यहाँ नहीं रहना चाहता था। नहाने के लिए रतन ने बार-बार कहना शुरू किया था। क्योंकि जाते वक्त राजलक्ष्मी सिर्फ कड़ा हुक्म देकर ही निश्चिन्त नहीं हो गई थी बल्कि अपना पैर छुलाकर उसने रतन को यह सौगन्ध खिलाई थी कि उसकी गैरमौजूदगी में मेरी सेवा में जरा भी कोताही नहीं होगी। मुझे खाना दिन और रात में तय वक्त पर खिलाया जाएगा। यानी दिन में ग्यारह बजे और रात में आठ बजे के अन्दर। रतन को रोज घड़ी देखकर समय लिखकर रखना पड़ेगा। वह कह गई थी कि वापस आकर वह हरेक को एक महीने की तनखाह बख्शिश में देगी। खाना बनाने के बाद रसोइया इधर-उधर आ-जा रहा था और सुबह होते न होते खुद कुशारीजी नौकर के द्वारा साग-सब्जी, मछली, दूध आदि पहुँचवा गए थे, इसका पता मुझे बिस्तर पर लेटे-लेटे चल गया था। किसी भी बात में अब कोई उत्सुकता नहीं थी—अच्छी बात है, ग्यारह और आठ बजे ही सही यह निश्चित था कि मेरे चलते बतौर बख्शिश एक महीने की तनखाह पाने से कोई वंचित नहीं होगा।

कल रात नींद में बड़ा खलल पहुँचा था, इसलिए आज तय वक्त के कुछ पहले ही मैंने नहा-धोकर खा-पी लिया और बिस्तर पर लेटते न लेटते मैं सो गया।

नींद टूटी चार बजे के करीब। कई दिन से मैं नियमित टहलने के लिए बाहर निकल जाया करता था। आज भी मुँह-हाथ धो, चाय पीकर मैं बाहर निकल पड़ा।

घर के बाहर एक आदमी बैठा हुआ था। उसने मेरे हाथ में एक चिट्ठी दी। सतीश भारद्वाज की चिट्ठी थी। किसी ने बड़ी मुश्किल से बताया था कि वह बहुत बीमार है। अगर मैं नहीं जाऊँगा, तो वह मर जाएगा।

मैंने पूछा, "क्या हुआ है उसे?"

उस आदमी ने कहा, "हैजा।"

मैंने खुश होकर कहा, "चलो।"

मैं खुश इसलिए नहीं हुआ कि उसे हैजा हुआ है, बल्कि इसे मैंने बहुत बड़ा लाभ समझा कि थोड़ी ही देर के लिए सही, मुझे इस घर के वास्ते से दूर जाने का मौका तो मिला।

मैंने एक बार सोचा कि रतन को बताकर जाऊँ, मगर वक्त की कमी की वजह से उसे बताया नहीं जा सका। मैं जिस हाल में था उसी हाल में बाहर निकल गया। घर का कोई कुछ जान नहीं सका।

लगभग तीनेक कोस पैदल चलकर मैं शाम के वक्त सतीश के कैम्प में पहुँचा। मेरा मानना था कि रेलवे कंस्ट्रक्शन के इनचार्ज एस.सी. भारद्वाज की बड़ी शान-शौकत दिखाई पड़ेगी, मगर जब मैं वहाँ गया, तो देखा, ईर्ष्या करने लायक वहाँ कुछ भी नहीं है। एक छोटे-से छोलदारी तम्बू में वह रहता है। उसी तम्बू की बगल में पत्तों और तिनकों से बनी झोंपड़ी में खाना बनता है। एक हट्टी-कट्टी बाउरी लड़की आग जलाकर कुछ उबाल रही थी। वह मुझे अपने साथ तम्बू के अन्दर ले गई। यह थी सतीश की कहानी।

इस बीच रामपुर हाट से एक नौजवान डॉक्टर आया था। यह जानकर उसकी जान में जान आई कि मैं सतीश का बचपन का दोस्त हूँ। बीमार के बारे में उसने बताया कि केस सीरियस नहीं है, जान को कोई खतरा नहीं है। उसकी ट्रॉली तैयार है। वह अगर अभी नहीं जा सकेगा, तो हेडक्वार्ट्स पहुँचने में बहुत रात हो जाएगी–तकलीफ की कोई सीमा नहीं रहेगी। उसके लिए यह सोचने की चीज नहीं थी कि मेरा क्या होगा? उसने बाकायदा यह बता दिया कि कब क्या करना है, और ट्रॉली से रवाना होते वक्त कुछ सोचकर उसने अपने बैग से दो-तीन डिबियाँ और शीशियाँ निकालकर मेरे हाथ में दीं और कहा, "हैजा छूत की बीमारी है। आप लोगों को उस गड्ढे के पानी को काम में लाने से मना कर दीजिएगा।" इतना कहकर उसने हाथ से उस गड्ढे को दिखा दिया और कहा, "और अगर आपको यह खबर मिले कि कुलियों में से किसी को हैजा हो गया है–किसी को हैजा हो सकता है, तो इन दवाओं का इस्तेमाल कीजिएगा।" इतना कहकर उसने यह बता दिया कि बीमारी की किस स्थिति में कौन-सी दवा देनी है।

आदमी बुरा नहीं था। उसमें दया-माया भी थी। इस बात के लिए कल उसे यह खबर मिलनी चाहिए कि मेरा बचपन का दोस्त कैसा है और कुलियों पर भी नजर रखने में गलती नहीं होनी चाहिए, मुझे बार-बार सावधान करके वह चला गया।

यह अच्छा हुआ राजलक्ष्मी गई है वक्रेश्वर देखने और गुस्सा करके मैं बाहर निकला था–रास्ते पर। रास्ते में ही एक व्यक्ति से मेरी मुलाकात हुई थी। बचपन की जान-पहचान

थी। अतएव वह मेरा बचपन का दोस्त तो था ही। मगर पन्द्रह वर्षों तक हम दोनों में से किसी ने किसी की कोई खोज-खबर नहीं ली थी। इसलिए अचानक मैं उसे पहचान नहीं सका था। लेकिन दो ही दिनों के अन्दर यह कैसा गहरा मेल-जोल! उसके हैजे का इलाज करने की जिम्मेदारी, उसकी तीमारदारी की जिम्मेदारी, उसके डेढ़ सौ कुलियों पर निगरानी रखने की जिम्मेदारी जाकर पड़ी मेरे ऊपर। बाकी रहा सिर्फ उसका सोले का हैट और घोड़ा। और शायद वह कुली की लड़की भी। उसकी मानभूम की अनिर्वचनीय बाउरी भाषा के ज्यादातर शब्द अखरने लगे। सिर्फ इतना-सा नहीं अखरा कि दस-पन्द्रह मिनटों के अन्दर ही वह मुझे पाकर बहुत-कुछ आश्वस्त हो गई थी। जाऊँ, अब कमी क्यों रखूँ, घोड़े को एक बार देख आऊँ। मैंने सोचा, मेरी तकदीर ही ऐसी है! वरना राजलक्ष्मी ही भला कैसे आती? अभया ही आखिर मुझसे अपने दुख का बोझ कैसे ढुलवाती? और यह मेढक और उसके कुलियों का गैंग। किसी भी व्यक्ति के लिए तो यह सब झाड़ फेंकने में पल भर से ज्यादा वक्त नहीं लगता। फिर मैं ही भला जीवन-भर इसे ढोता फिरूँ किसके लिए!

वह तम्बू था रेल कम्पनी का। सतीश की निजी चीजों की एक सूची मैंने मन ही मन तैयार कर ली। कई एनामेल के बरतन, एक स्टोव, एक लोहे का ट्रंक, एक किरासन तेल का डिब्बा, और एक झिलँगी किरमिच की चारपाई। सतीश चालाक आदमी था। इस चारपाई पर बिस्तर की जरूरत नहीं पड़ती थी। काम चल जाता था। इसीलिए एक धारीदार शतरंजी के सिवा उसने और कुछ भी नहीं खरीदा था। इसके लिए उसने कोई इन्तजाम नहीं किया था कि भविष्य में उसे हैजा हो सकता है। किरमिच की चारपाई पर तीमारदारी करने में बेहद दिक्कत होती थी और एकमात्र शतरंजी बहुत गन्दी हो गई थी। अतएव उसे नीचे सुलाने के सिवा कोई चारा नहीं था।

मैं बेहद चिन्तित हो उठा। उस लड़की का नाम था काली दासी। मैंने पूछा, ''काली, किसी से भी दो-एक बिस्तर मिल सकते हैं?''

काली ने कहा, ''नहीं।''

मैंने कहा, ''थोड़ा-सा पुआल-उआल जुगाड़ करके ला सकती हो?''

काली खी-खी करके हँस पड़ी। उसने जो कहा उसका मतलब यह था कि यहाँ क्या गाय है?

मैंने कहा, ''तो फिर मैं बाबू को कहाँ सुलाऊँ?''

काली ने बेखौफ जमीन दिखाकर कहा, ''यहाँ, पर वह क्या बचेगा?''

मैंने उसके मुँह की तरफ निहारा, तो लगा, ऐसा दृढ़ प्रेम दुनिया में दुर्लभ है। मैंने मन ही मन कहा—काली, तुम भक्ति की पात्र हो। तुम्हारी बातें सुनने पर अब शंकराचार्य के 'मोहमुदगर' पाठ करने की जरूरत नहीं होगी। मगर मेरी वैसी पंडिताई दिखाने की स्थिति नहीं थी। वह अभी भी जिन्दा है, कुछ न कुछ तो बिछाना ही होगा।

मैंने पूछा, ''बाबू की कोई धोती-वोती नहीं है क्या?''

काली ने गर्दन हिलाई। उसके अन्दर झिझक, संकोच नहीं था। वह 'शायद' शब्द का इस्तेमाल नहीं करती थी। बोली, ''धोती नहीं है, पतलून है।''

पतलून तो अँगरेज पहनते हैं। वह कीमती होती है। मगर मुझे यह सोचते नहीं बना कि उसे बिस्तर के तौर पर बिछाया जा सकता है या नहीं। सहसा याद आया, आते वक्त करीब ही मैंने एक फटा-पुराना तिरपाल देखा था, कहा, ''चलो न, हम दोनों उसे उठाकर ले आएँ। पतलून बिछाने से अच्छा तिरपाल बिछाना है।''

काली राजी हुई। सौभाग्यवश तिरपाल तब भी वहीं पड़ा हुआ था। उसे लाकर उसी पर मैंने सतीश भारद्वाज को लिटा दिया। उसी के एक किनारे काली बड़ी विनम्रता से लेट गई और देखते-देखते वह सो गई। मेरा मानना था कि औरतें खर्राटे नहीं भरतीं पर काली ने उसे भी गलत साबित कर दिया।

मैं अकेले उस किरासन के डिब्बे पर बैठा हुआ था। इधर सतीश के हाथ-पाँव बार-बार ऐंठ रहे थे। उन्हें सेंकने की जरूरत थी। बहुत हो-हल्ला करके मैंने काली को उठाया। उसने करवट बदलकर बताया कि लकड़ी नहीं है, वह आग जलाएगी किस चीज से? मैं खुद कोशिश करके देख सकता था, मगर बत्ती के नाम पर बस यह लालटेन थी। फिर भी मैंने एक बार उसके रसोईघर में जाकर पड़ताल करके देखा, काली ने झूठ नहीं कहा था। इस झोंपड़ी के सिवा ऐसी कोई दूसरी चीज नहीं थी जिससे मैं आग जला सकता था। लेकिन हिम्मत नहीं हुई। कहीं प्राण निकलने के पहले ही मैं सतीश का दाह-संस्कार न कर डालूँ। किरमिच की चारपाई और किरासन के डिब्बे को मैं बाहर निकाल लाया और चारपाई में किरासन तेल डालकर माचिस जलाकर आग सुलगाई। मैंने अपना कुरता उतारकर उसे पोटली जैसा बनाया और उससे थोड़ा-बहुत सेंकने की कोशिश की, लेकिन खुद को दिलासा देने के अलावा उससे बीमार को कोई फायदा नहीं हुआ।

रात के दो या तीन बजे होंगे, तभी खबर आई कि दो कुलियों को उलटी और दस्त हो रहा है। उन लोगों ने मुझे डॉक्टर समझ लिया था। उन्हीं लोगों की बत्ती की मदद से दवा-दारू लेकर मैं कुली लाइन जा पहुँचा। वे लोग मालगाड़ी में रहते थे। बिना छतवाली मालगाड़ी के डिब्बे लाइन पर खड़े थे। मिट्टी काटने की जरूरत होने पर इंजन उन डिब्बों को खींचकर उस जगह पर ले जाता था जहाँ मिट्टी काटना पड़ता था।

बाँस की सीढ़ी से मैं डिब्बे पर चढ़ा। एक किनारे एक बूढ़ा आदमी लेटा हुआ था। जब उसके मुँह पर रोशनी पड़ी, तो मेरी समझ में आया कि बीमारी आसान नहीं है, इस बीच बीमारी बहुत बढ़ गई है। दूसरे किनारे मर्द-औरत दोनों मिलकर कुल पाँच-सात लोगों में से कोई नींद टूट जाने की वजह से उठ बैठा, तो कोई तब भी सो रहा था।

इस बीच उन लोगों का जमादार आ पहुँचा। वह बांग्ला अच्छी तरह बोल सकता था। मैंने पूछा, ''और एक बीमार कहाँ है?''

उसने उँगली के इशारे से और एक डिब्बा दिखाया और कहा, ''वहाँ।''

मैं फिर से सीढ़ी से दूसरे डिब्बे में चढ़ा, तो देखा, वहाँ एक औरत थी। उसकी उम्र पच्चीस-तीस साल से ज्यादा नहीं थी। दो छोटे-छोटे बच्चे उसकी बगल में पड़े-पड़े सो रहे थे। उसका पति नहीं था। वह पिछले साल मजदूरों को काम दिलानेवाले ठीकेदार

के फेर में पड़कर एक दूसरी कमसिन औरत के साथ आसाम के चाय के बगीचे में काम करने गया था।

उस डिब्बे में भी और भी पाँच-सात मर्द और औरत थे। उन लोगों ने सर्वसम्मति से उसके पाखंडी पति की निन्दा की, इसके अलावा उन लोगों ने न तो मेरी कोई मदद की और न उस बीमार औरत की कोई मदद की। पंजाबी डॉक्टर के कहे मुताबिक मैंने उन दोनों को ही दवा दी और उन बच्चों को दूसरी जगह भेजने की कोशिश की। मगर मैं किसी को भी उन लोगों की जिम्मेदारी लेने के लिए राजी नहीं कर सका।

सुबह तक और एक लड़के को उलटी और दस्त होना शुरू हुआ। उधर भारद्वाज की हालत क्रमशः बिगड़ती जा रही थी। बहुत चिरौरी करके मैंने एक आदमी को पंजाबी डॉक्टर को खबर देने के लिए साँइथिया स्टेशन भेजा। उसने शाम तक वापस आकर बताया—वे कहीं और बीमार को देखने गए हैं।

मेरे लिए सबसे परेशानी की बात यह थी कि मेरे पास पैसा नहीं था। मैं खुद तो कल से बिना खाए-पिए था। न सो सका था, न आराम कर सका था। खैर, यह कोई बड़ी बात नहीं थी। मगर बिना पानी पिए मैं जिन्दा रहूँगा कैसे? सामने के गड्ढे के पानी को काम में लाने से मैंने सभी को मना कर दिया, लेकिन किसी ने मेरी नहीं सुनी। औरतों ने मन्द-मन्द मुस्कुराकर बताया, उस गड्ढे को छोड़ पानी और है कहाँ डॉक्टर? थोड़ी दूर पर गाँव के अन्दर पानी था, मगर वहाँ जाएगा कौन? वे लोग मर सकते हैं, मगर मुफ्त में यह बेकार का काम करने को राजी नहीं हैं।

यों ही उन्हीं लोगों के साथ उस डिब्बे में मुझे दो दिन और तीन रात रहना पड़ा। मैं किसी को भी बचा नहीं सका। सभी के सभी मर गए। लेकिन ऐसी स्थिति में मरना ही सबसे बड़ी बात नहीं है। यह मैं अनायास बड़ी आसानी से समझ सकता हूँ कि आदमी पैदा होगा, तो मरेगा ही, कोई दो दिन पहले मरेगा, तो कोई दो दिन बाद। बल्कि मुझे यही सोचते नहीं बनता कि इतनी छोटी-सी बात को समझने के लिए आदमी को किसलिए इतनी शास्त्र-चर्चा, संसार से इतनी विरक्ति और इतनी तरह के दार्शनिक विचारों की जरूरत पड़ती है? लिहाजा, इनसान की मौत मुझे बड़ी चोट नहीं पहुँचाती है, बल्कि मुझे बड़ी चोट पहुँचाती है इनसानियत की मौत देखने पर। इनसानियत की मौत को मैं बर्दाश्त ही नहीं कर सकता।

अगले दिन सवेरे भारद्वाज का देहान्त हो गया। लोगों की कमी के चलते उसका दाह-संस्कार नहीं किया जा सका। उसे धरती माता ने अपनी गोद में जगह दी।

उधर का काम निपटाकर मैं डिब्बे में लौट आया। मैं नहीं आता, तो अच्छा था। मगर मैं वहाँ आए बिना नहीं रह सका। इतने लोगों के बीच बीमारों के साथ मैं निरा अकेला था। इन दो ही दिनों के अन्दर मेरी यह अभिज्ञता जीवन भर के लिए इकट्ठा हो गई कि सभ्यता के बहाने धनियों का धन कमाने का लोभ आदमी को कितना बड़ा निर्मम जानवर बना दे सकता है। तेज धूप से चारों ओर मानो आग बरसने लगी। उसी के तिरपाल के नीचे बीमारों के साथ मैं अकेला था। छोटा लड़का कितना दुख पाने लगा,

इसकी कोई सीमा नहीं थी। हालाँकि उसे एक कुल्हड़ पानी तक देनेवाला कोई नहीं था। सरकारी काम था, मिट्टी काटना बन्द नहीं हो सकता था। हफ्ते भर में कितनी मिट्टी काटी गई, इस हफ्ते के अन्त में इसकी माप की जाती थी, तब जाकर उसके मुताबिक मजदूरी मिलती थी। हालाँकि सभी मजदूर थे, वह लड़का भी तो मजदूर का ही लड़का था। गाँव के अन्दर मैंने देखा है, वे लोग हरगिज ऐसे नहीं होते हैं। लेकिन इन डिब्बों में रह रहे दिन भर मिट्टी काटनेवाले मजदूरों में मानव-हृदय-वृत्ति नाम की कोई चीज अब कहीं बाकी नहीं थी। वे सिर्फ मिट्टी काटते थे और सिर्फ मजदूरी पाते थे। सभ्य आदमी ने इसे भली-भाँति समझ लिया है कि आदमी को जानवर बनाए बिना उससे जानवरों का काम नहीं कराया जा सकता है।

भारद्वाज नहीं रहा, मगर उसकी अमर कीर्ति ताड़ी की दुकान जस की तस थी। शाम को क्या मर्द और क्या औरत सभी नशे में धुत होकर दल-बाँधे वापस आए। दोपहर के पकाए भात में पानी डाल दिया गया था। इसलिए औरतों को रात को खाना पकाने के काम से निजात मिल गई थी। उसके बाद भला कौन किसकी सुनता। जमादार के डिब्बे से ढोल और मजीरे के साथ गाने की आवाज आने लगी। मुझे यह सोचते नहीं बना कि वह आवाज कब रुकेगी? किसी के लिए भी उन्हें कोई माथा-पच्ची नहीं करनी थी। मेरे ठीक बगलवाले डिब्बे में किसी लड़की के दो आशिक आए थे। उन लोगों की उद्दाम प्रेम-लीला रात भर चलती रही। इधर डिब्बे में एक मुए ने थोड़ी ज्यादा ताड़ी पी थी। वह इतनी ऊँची आवाज में अपनी पत्नी से प्रणय की भीख माँगने लगा कि मेरी शर्म की सीमा नहीं रही। दूर के एक डिब्बे से किसी लड़की के बीच-बीच में चीखने की आवाज आ रही थी। जब उसकी माँ दवा माँगने के लिए मेरे पास आई, तो मुझे जानकारी मिली कि कामिनी के बच्चा होनेवाला है। न लाज, न शर्म। कहीं कुछ भी छुपा हुआ नहीं था, सब कुछ खुला था, सब कुछ अनावृत था। जीवन की अबाध गति बीभत्स रूप से बेरोक-टोक वेग से चली जा रही थी। सिर्फ मैं ही अलग-थलग था। मरणासन्न माँ और उसके बच्चे के साथ गहरी अँधेरी रात में मैं अकेला बैठा हुआ था।

उस लड़के ने कहा, "पानी।"

मैंने उसके मुँह पर झुककर कहा, "पानी नहीं है बेटा, सवेरा होने दो।"

उस लड़के ने गर्दन हिलाकर कहा, "अच्छा।" उसके बाद वह आँखें मींचकर चुप हो गया।

भले ही प्यास बुझाने के लिए पानी नहीं था, लेकिन मेरी आँखों में पानी भर आया। हाय रे हाय! सिर्फ मानव की कोमल चित्त-वृत्ति ही नहीं, बल्कि अपने असहनीय दुख के प्रति भी कितनी असीम उदासीनता है। इसे ही तो जानवर कहते हैं। यह धैर्य-शक्ति नहीं है, जड़ता है। यह असहिष्णुता मानवता के बहुत निचले स्तर की चीज है।

हमारे डिब्बे के दूसरे लोग घोड़ा बेचकर सो रहे थे। कालिख-पड़ी चिमनीवाली लालटेन की बेहद मद्धिम रोशनी में भी मैं साफ देख रहा था कि माँ और बच्चे दोनों के ही अंग-अंग अकड़ते जा रहे थे, मगर मेरे लिए भला करने को क्या था!

सामने काले आकाश के बहुत बड़े हिस्से में सप्तर्षि मंडल चमचमा रहा था। उस तरफ निहारकर मैं दुख, क्षोभ और निष्फल छटपटाहट से बार-बार शाप देने लगा—आधुनिक सभ्यता के वाहन हो तुम लोग, तुम लोग मरो। मगर जिस निर्मम सभ्यता ने तुम लोगों को ऐसा बना दिया है, उसे तुम लोग हरगिज माफ न करना। अगर उसे ढोना ही पड़े, तो उसे ढोकर तुम लोग तेजी से रसातल पहुँचा दो।

# 12

सवेरे खबर मिली कि और भी दो आदमी बीमार पड़े हैं। मैंने दवा दी और जमादार से साँइथिया खबर भेज दी। आशा थी कि इस बार अधिकारियों का आसन डोलेगा।

अन्दाजन नौ बजे वह लड़का मर गया। अच्छा ही हुआ। यही तो है उन लोगों का जीवन।

सामने के मैदान के रास्ते से होकर दो आदमी छाता ताने चले जा रहे थे। करीब जाकर मैंने पूछा, ‘‘यहाँ से गाँव कितनी दूर है?’’

जो बूढ़े थे उन्होंने अपने मुँह को तनिक ऊँचा करके कहा, ‘‘वह रहा गाँव।’’

मैंने पूछा, ‘‘वहाँ खाने-पीने की कोई चीज मिलती है?’’

दूसरे आदमी ने आश्चर्य प्रकट करते हुए कहा, ‘‘मिलती नहीं है कैसे! शरीफों का गाँव है। यहाँ चावल-दाल, घी, तेल, साग-सब्जी सब मिलता है। जो मर्जी आपकी खरीदिए। पर आप कहाँ से आ रहे हैं? आप कहाँ के रहनेवाले हैं? बाबूजी, आप लोग...?’’

संक्षेप में मैंने उन लोगों की सारी बातों का जवाब दिया, पर ज्यों ही मैंने सतीश भारद्वाज का नाम लिया त्यों ही वे दोनों नाराज हो उठे। बूढ़े ने कहा, ‘‘शराबी, शैतान, धोखेबाज है वह।’’ वे किसी हाईस्कूल के हेडमास्टर थे।

उनके साथी ने कहा, ‘‘रेल का आदमी भला कितना भला हो सकता है! बहुत ऊपरी आमदनी थी।’’

उनकी बात के जवाब में मैंने हाथ से सतीश की ताजा कब्र का टीला दिखाकर बताया, ‘‘अब उसके बारे में चर्चा करना बेकार है। कल उसका देहान्त हो गया। लोगों की कमी की वजह से उसका दाह-संस्कार नहीं किया जा सका था। वहीं गाड़ देना पड़ा था।’’

‘‘यह आप क्या कह रहे हैं! ब्राह्मण के लड़के को...’’

‘‘मगर उपाय क्या था?’’

मेरी बात सुनकर उन दोनों ने क्षुब्ध होकर बताया कि यह शरीफों का गाँव था। जरा-सी खबर मिलती, तो जो हो, कोई न कोई उपाय जरूर हो जाता।

एक ने प्रश्न किया, ‘‘आप उनके कौन हैं?’’

मैंने कहा, "कोई नहीं। बस, मामूली-सी जान-पहचान थी।" इतना कहकर मैंने संक्षेप में उन्हें बताया कि मैं यहाँ कैसे आया? मैंने उन्हें यह भी बताया कि मैंने दो दिनों से खाया-पिया नहीं है। हालाँकि कुलियों के बीच हैजा शुरू हो गया है, इसलिए मैं उन्हें छोड़कर भी नहीं जा पा रहा हूँ।

यह सुनकर कि मैंने दो दिनों से खाया-पिया नहीं है, वे लोग बहुत उद्विग्न हुए और साथ में जाने के लिए बार-बार आग्रह करने लगे। और, एक ने तो यह भी बता दिया कि इस भयंकर बीमारी के बीच खाली पेट रहना बड़ा खतरनाक है।

ज्यादा कहना नहीं पड़ा, कहने की जरूरत नहीं थी। भूख-प्यास के मारे मैं मृतप्राय हो गया था। मैं उन लोगों के साथ हो लिया। रास्ते में इसी बारे में बातचीत होने लगी। वे ठेठ देहात के रहनेवाले थे, शहर के लोगों को जैसी शिक्षा मिलती है, वैसी शिक्षा उन्हें नहीं मिली थी। मगर मजे की बात यह थी कि अँगरेजी राज का निखालिस पॉलिटिक्स उन लोगों से छिपा नहीं था। इसकी जानकारी देश के लोगों ने देश की मिट्टी, पानी, गगन, पवन से नस-नस में हासिल कर ली थी।

उन दोनों ने कहा, "इसमें सतीश भारद्वाज का कोई दोष नहीं था, बाबूजी। उसकी जगह हम भी होते तो ठीक वैसे ही बन जाते। कम्पनी बहादुर के सम्पर्क में जो आएगा वह चोर बने बिना नहीं रह सकेगा। यह अँगरेजों के सम्पर्क में आने का असर है!"

भूखे और बेहद थके बदन में ज्यादा बात करने की ताकत नहीं थी। इसलिए मैं चुप रहा। वे कहने लगे, "क्या जरूरत थी बाबूजी, देश के सीने को चीरकर फिर एक रेल की लाइन बिछाने की। कोई आदमी क्या यह चाहता है? कोई नहीं चाहता है। लेकिन तब भी रेल की लाइन बिछानी ही होगी। न ताल है, न तलैया, न कुआँ, कहीं एक बूँद पीने का पानी नहीं है, गरमी के मौसम में गाय-बछड़े पानी की कमी के चलते छटपटाकर मर जाते हैं। कहीं थोड़ा-सा अच्छा पीने का पानी होता, तो क्या सतीश बाबू का देहान्त होता? कतई नहीं। मलेरिया, हैजा, हर तरह की हारी-बीमारी से लोग मर-खप गए मगर अँगरेजों के कानों पर जूँ तक नहीं रेंगती। अधिकारी हैं, किसानों के घर पैदा हुए अनाज का पता लगाने और उसे लेकर रेलगाड़ी से बाहर भेजने के लिए। क्यों आपकी क्या राय है, बाबूजी? क्या मैं ठीक कहता हूँ न?"

चूँकि मेरे गले में चर्चा करने लायक जोर नहीं था, इसीलिए मैंने सिर्फ गर्दन हिलाकर चुपचाप हामी भर दी और मन ही मन हजारों बार कहने लगा—यही बात है, यही बात है, यही बात है। इसीलिए तैंतीस करोड़ नर-नारियों की आवाज को दबाकर विदेशी शासन-तंत्र भारत में स्थापित हुआ है। सिर्फ इसी वजह से भारत की हर दिशा में, कोने-कोने में रेल लाइन बिछाई जा रही है। व्यापार के नाम से धनियों के धन-भंडार को बड़े से बड़ा बनाने की इस अविराम कोशिश से कमजोरों का सुख गया, शान्ति गई, अन्न गया, धर्म गया, उनके जिन्दा रहने का रास्ता दिन पर दिन सँकरा और बोझ निरन्तर असहनीय होता चला जा रहा है। इस सच्चाई को तो किसी की भी नजरों से छिपाए रखने की गुंजाइश नहीं है।

बूढ़े व्यक्ति ने मेरे इन्हीं विचारों को शब्दशः कहा, "बाबूजी, मैं बचपन में अपने ननिहाल में पला-बढ़ा था। पहले वहाँ बीस कोस के अन्दर रेलगाड़ी नहीं थी। तब वहाँ चीज-बस्त कितना सस्ता और कितना ज्यादा मिलता था। तब किसी के भी यहाँ कुछ उपजता था, तो उसका थोड़ा-सा हिस्सा सभी पड़ोसियों को मिलता था, पर अब केले के पेड़ का भीतरी हिस्सा और केले का फूल, आँगन में उपजे दो पूले साग भी कोई किसी को देना नहीं चाहता है, कहता है–रहने दो, साढ़े ग्यारह बजे की गाड़ी से थोक खरीदार आएगा, उसी के हाथों बेच देंगे। अरे, दो पैसे मिल जाएँगे। अब देने को दुरुपयोग करना कहते हैं। बाबूजी, दुख की बात कहने में क्या है, पैसा बनाने के नशे में मर्द और औरत सभी बिलकुल नीच बन गए हैं।

"और खुद वे ही लोग क्या जी भर भोग सकते हैं? नहीं भोग सकते हैं। सिर्फ नाते-रिश्तेदारों और पड़ोसियों को ही नहीं, बल्कि अपने आपको भी हर दृष्टि से धोखा दे-देकर पैसा कमाना ही है उनका एकमात्र परमार्थ।

"इन सारे नुकसानों की जड़ है रेलगाड़ी। बसों की तरह देश के कोने-कोने में अगर रेल की लाइन न पहुँच पाती, तो खाने-पीने की चीजों को बाहर भेजकर पैसा कमाने का इतना मौका नहीं रहता और पैसा बनाने के लोभ से आदमी अगर ऐसा पागल नहीं हो जाता, देश की इतनी दुर्दशा नहीं होती।"

रेल के खिलाफ मेरी शिकायत भी कम नहीं है। वास्तव में जिस व्यवस्था में आदमी के जीने के लिए बेहद जरूरी खाने-पीने की चीजों को छीन लिया जाए और थोक की चीजों से देश भरता चला जा रहा हो, उसके प्रति मन में तीव्र वितृष्णा पैदा हुए बिना नहीं रह सकती है। खासकर गरीबों का जो दुख और हीनता मैं अभी-अभी अपनी आँखों से देख आया उसका जवाब किसी युक्ति से नहीं मिलता है। फिर भी मैंने कहा, "जरूरत से ज्यादा चीजों का दुरुपयोग न करके अगर उन्हें बेचकर पैसा कमाया जाता है, तो क्या ऐसा करना बुरा है?"

उन्होंने रत्ती भर भी आनाकानी न करके बेझिझक कहा, "हाँ, ऐसा करना बेहद बुरा है, निरा अकल्याण है।"

उनका क्रोध और घृणा मुझसे कहीं ज्यादा प्रचंड थी। बोले, "आपकी यह दुरुपयोग की धारणा विलायती धारणा है। धर्म-स्थान भारतवर्ष की धरती पर इसका जन्म नहीं हुआ है। भारतवर्ष की धरती पर ऐसी धारणा पैदा हो ही नहीं सकती है। बाबूजी, अपनी ही जरूरत क्या एकमात्र सच है? जिसके पास कुछ नहीं है, उसकी जरूरत पूरी करने का क्या कोई मूल्य ही दुनिया में नहीं है? जो जरूरत से ज्यादा है, उसे बाहर भेजकर धन जमा न करना ही है दुरुपयोग और अपराध? यह निर्मम और निष्ठुर बात हमारे मुँह से नहीं निकली है, यह बात निकली है उनके मुँह से जो लोग विदेश से आकर कमजोरों के मुँह का निवाला छीन लेने के देश भर में फैले जाल में फन्दे पर फन्दा कसते चले जा रहे हैं।

मैंने कहा, "देखिए, देश के अन्न को विदेश भेजने का मैं पक्षपाती नहीं हूँ। लेकिन यह क्या अमंगलकारी है कि एक के बचे-खुचे अन्न से दूसरे की भूख हमेशा मिटती रहे?

इसके अलावा वे लोग तो विदेश से आकर जबरन अन्न छीनकर नहीं ले जाते हैं बल्कि वे लोग तो दाम देकर अन्न खरीदकर ले जाते हैं।''

उन्होंने कड़वी आवाज में जवाब दिया, ''हाँ, वे लोग दाम देकर अन्न खरीदकर तो ले जाते हैं लेकिन ठीक वैसे ही जैसे मछली को फँसाने के लिए बंसी में चारा डाला जाता है।''

उनकी इस व्यंग्योक्ति का मैंने कोई जवाब नहीं दिया। क्योंकि, एक तो भूख, प्यास और थकान के मारे बहस करने की ताकत नहीं थी, दूसरे, उनकी बातों के साथ मूलतः मेरा खास मतभेद भी नहीं था।

मगर मुझे चुप रहते देख वे अचानक बड़े उत्तेजित हो उठे और मुझे ही प्रतिपक्षी समझकर बड़े गुस्से से कहने लगे, ''बाबूजी, उन लोगों की कारोबार सम्बन्धी अक्लमन्दी को आप उनकी ईमानदारी समझ रहे हैं, मगर दरअसल इतनी बड़ी बेईमानी दुनिया में दूसरी नहीं है। वे लोग सिर्फ भरपाई कर लेना जानते हैं। वे समझते हैं सिर्फ देना और पाना। उन लोगों ने सीखा है सिर्फ भोग को ही जीवन के एकमात्र धर्म के रूप में स्वीकार करना। इसीलिए तो उन लोगों की हासिल करने और जमा करने की लत ने दुनिया की तमाम भलाइयों को ढँक दिया है। बाबूजी, यह रेल, यह मशीन, यह लोहा-मढ़ा रास्ता–यह तो है पवित्र Vested Interest–इस बोझ के चलते ही तो दुनिया में कहीं भी गरीबों के लिए दम लेने की जगह नहीं है।''

वे थोड़ी देर रुके फिर कहने लगे, ''आप कह रहे थे कि एक की जरूरत से ज्यादा बची-खुची चीजों को अगर बाहर भेजने का नहीं रहता, वे चीजें या तो बरबाद हो जातीं या दीन-दुखी उन्हें फोकट में खाते। आप इसे ही दुरुपयोग कह रहे थे, न?''

मैंने कहा, ''हाँ, उसकी दृष्टि से यह दुरुपयोग ही तो है।''

वे मेरी बात के जवाब में और ज्यादा अधीर हो उठे। बोले, ''ये सब विलायती बातें हैं। यह धर्म को न माननेवाले आधुनिक लोगों का कहना है। क्योंकि जब आप लोग जरा और ज्यादा विचार करना सीखेंगे तब आप ही लोगों को सन्देह होगा कि वास्तव में यही दुरुपयोग है या देश का अन्न विदेशों में निर्यात करके बैंक में पैसा जमा करना ज्यादा दुरुपयोग है। देखिए बाबूजी, हमेशा ही हमारे गाँव में कुछ ऐसे लोग रहते थे जो बैठे-ठाले रहना पसन्द करते थे और मेहनत-मशक्कत करके कुछ कमाना नहीं चाहते थे। वे परचून या मिठाई की दुकान पर शतरंज या पासा खेलते थे, मुर्दा जलाते थे, बड़े लोगों के अड्डे पर गाते-बजाते थे, सार्वजनिक पूजा-स्थलों पर दादागिरी करते थे, और भी ऐसे ही बिना काम के काम में उनके दिन बीतते थे। पर ऐसी बात नहीं थी कि उनमें से सभी के घरों में अन्न इकट्ठा रहता था, तब भी बहुतों के बचे-खुचे अन्न से सुख-दुख में उनका गुजर-बसर हो जाता था। आप लोगों का यानी अँगरेजी पढ़े-लिखे लोगों का सारा आक्रोश उन्हीं लोगों पर है न? खैर, चिन्ता का कारण नहीं है, ऐसे आलसी, निकम्मे, दूसरे के मोहताज लोग अब नहीं हैं। क्योंकि बचा-खुचा नाम का तो अब कहीं कुछ भी नहीं है। इसलिए वे या तो अन्न की कमी की वजह से मर गए होंगे या कहीं जाकर कोई छोटी नौकरी करके जीते-जी मरे हुए की तरह पड़े होंगे। अच्छा ही हुआ है। मगर

मुझ जैसे ज्यादा उम्रवाले ही यह जानते हैं कि क्या गया है। जीवन-संग्राम ने उन्हें खो दिया है–लेकिन सारे गाँव का आनन्द भी उन्हीं के साथ चला गया है।''

उनकी इस अन्तिम बात से चौंककर मैंने उनके मुँह की तरफ निहारा। अच्छी तरह देखने पर भी वे अनपढ़, मामूली देहाती व्यक्ति के अलावा कुछ भी ज्यादा नहीं लगे। हालाँकि उनकी बातें अचानक अपने आपको लाँघकर बहुत दूर चली गईं।

ऐसी बात नहीं है कि उनकी सारी बातों को मैंने सही मान लिया, लेकिन उनकी बातों को अस्वीकार करने में भी मैंने दुख महसूस किया। न जाने कैसा सन्देह मन में पैदा हुआ कि ये सारी बातें उनकी अपनी नहीं हैं, बल्कि ये किसी दूसरे व्यक्ति के मुँह की बातें हैं।

बड़े संकोच के साथ मैंने प्रश्न किया, ''लेकिन अगर आप बुरा न मानें तो...''

''नहीं-नहीं, मैं बुरा क्यों मानूँगा? आप कहिए?''

मैंने पूछा, ''अच्छा, यह सब क्या आपकी अपनी अभिज्ञता है, आपके अपने ही विचारों का फल है?''

उन्होंने गुस्सा किया। कहा, ''क्यों यह सब गलत है क्या? आप यह जान लीजिए एक अक्षर भी गलत नहीं है।''

''नहीं-नहीं, मैंने यह तो नहीं कहा है कि यह सब गलत है, तब भी...''

''तब भी भला क्या? हमारे स्वामीजी कभी झूठ नहीं बोलते। उनके जैसा ज्ञानी कोई है क्या?''

मैंने प्रश्न किया, ''ये स्वामीजी कौन हैं।''

उनके साथी ने इसका जवाब दिया, ''वे हैं स्वामी वज्रानन्द। उनकी उम्र कम है, तो क्या हुआ, वे बहुत बड़े पंडित हैं, बहुत बड़े...''

''उन्हें आप लोग पहचानते हैं क्या?''

''आप पूछते हैं, हम उन्हें पहचानते हैं? हम उन्हें बहुत अच्छी तरह पहचानते हैं। ऐसा कहा जा सकता है कि वे हमारे अपने आदमी हैं। इन्हीं के घर में तो उनका प्रधान अड्डा है।'' इतना कहकर उन्होंने साथ वाले आदमी को दिखा दिया।

उन बूढ़े व्यक्ति ने तुरत संशोधन करके कहा, ''अड्डा मत कहो नरेन, आश्रम कहो। बाबूजी, मैं गरीब आदमी हूँ, मुझसे जितना बन पड़ता है, उनकी सेवा करता हूँ। मगर उनका यह मेरे घर रहना वैसा ही है जैसे विदुर के घर श्रीकृष्ण का रहना। वे आदमी नहीं, आदमी के रूप में देवता हैं।''

मैंने पूछा, ''फिलहाल वे आपके गाँव में कब से हैं?''

नरेन ने कहा, ''लगभग दो महीने से। इस इलाके में न तो कोई डॉक्टर-हकीम है और न कोई स्कूल है। इसी काम में लगे हुए हैं। और फिर खुद भी तो वे एक बहुत बड़े डॉक्टर हैं।''

इतनी देर बाद बात समझ में आई। ये ही हैं वे आनन्द। साँइथिया स्टेशन में खाना खिलाकर राजलक्ष्मी जिन्हें बड़े आदर से गंगामाटी लाई थी। वह विदाई का पल याद आया। आनन्द के जाते वक्त राजलक्ष्मी कितना रोई थी। आनन्द से उसकी जान-पहचान सिर्फ दो दिनों की थी। लेकिन उसे इतना दुख हुआ था जैसे वह अपने बहुत प्रिय व्यक्ति को

नजरों से दूर किसी बड़ी मुसीबत के मुँह में भेज रही हो। आनन्द लौट आए, इसके लिए वह कितना गिड़गिड़ाई थी। मगर आनन्द संन्यासी था। न ही उसे ममता थी और न ही मोह। नारी-हृदय के दुख का रहस्य उसके लिए झूठ के सिवा और कुछ भी नहीं था। इसीलिए इतने दिनों तक इतने नजदीक रहकर भी बेवजह मिलने की उसने पल भर के लिए भी जरूरत नहीं महसूस की थी और भविष्य में भी, हो सकता है, कभी मिलने की कोई वजह न हो। लेकिन सिर्फ मैं ही यह जानता हूँ कि राजलक्ष्मी जब यह बात सुनेगी तब उसे कितनी बड़ी चोट पहुँचेगी।

मुझे अपनी बात याद आई। मैं हर दिन यह समझ रहा था कि मेरे भी जाने का पल करीब आता जा रहा है, मुझे जाना ही पड़ेगा। मेरी जरूरत राजलक्ष्मी के लिए खत्म होने को आ रही है। मुझे सिर्फ यही सोचते नहीं बनता था कि उस दिन राजलक्ष्मी की शाम कहाँ से कैसे खत्म होगी?

मैं गाँव पहुँचा। उस गाँव का नाम था–महमूदपुर। बूढ़े यादव चक्रवर्ती ने उस गाँव के नाम का उल्लेख करते हुए गर्व के साथ कहा, "गाँव का नाम सुनकर आप चौंकिएगा नहीं बाबूजी। हमारे गाँव के चारों ओर मुसलमानों की एक भी बस्ती नहीं है। जिधर देखिएगा, ब्राह्मणों, कायस्थों और ऊँची जात के लोगों की बस्ती दिखाई पड़ेगी। अछूत तक नहीं रहता है। क्यों नरेन, मैं ठीक कहता हूँ, न? है कोई अछूत?"

नरेन ने आनन्द के साथ हामी भरकर बार-बार सर हिलाया और कहा, "एक भी अछूत नहीं है, एक भी अछूत नहीं है। वैसे गाँव में हम लोग नहीं रहते हैं।"

हो सकता है, यह सच हो, मगर मुझे यह सोचते नहीं बना कि आखिर इसमें इतना खुश होने की कौन-सी बात है?

चक्रवर्ती के घर वज्रानन्द से भेंट हुई। हाँ, ये वे ही हैं। मुझे देखकर उन्हें जितना आश्चर्य हुआ, उतना ही आनन्द।

"अरे, भैया! अचानक यहाँ?" इतना कहकर आनन्द ने हाथ उठाकर नमस्कार किया। इस मनुष्यरूपी देवता को मुझे सम्मान के साथ नमस्कार करते देख चक्रवर्ती पसीज गए। अगल-बगल बहुत सारे भक्त थे, वे लोग भी उठकर खड़े हो गए। इस बारे में किसी को भी सन्देह नहीं रहा कि मैं चाहे जो भी क्यों न होऊँ, मैं कोई मामूली व्यक्ति नहीं हूँ।

आनन्द ने कहा, "आप बहुत दुबले हो गए हैं भैया?"

इस बात का जवाब दिया चक्रवर्ती ने–"दो दिनों से न मैंने खाया था और न सोया था। और यह किसी बहुत बड़े पुण्य का फल है कि मैं जिन्दा बचकर आया हूँ।" इतना कहकर उन्होंने कुलियों के बीच फैली महामारी का ब्योरा विस्तार से ऐसा कह सुनाया कि मुझे भी टकटकी लग गई।

आनन्द ने कोई खास व्याकुलता प्रकट नहीं की। वे जरा मुस्कुराए, फिर कुछ इस तरह से फुसफुसाकर कि कोई दूसरा सुन न सके। कहा, "दो दिन बिना खाए रहने से कोई इतना दुबला नहीं होता है भैया, इतना दुबला तो आदमी तब होता है जब वह लम्बे अरसे तक बिना खाए रहे। क्या हुआ था? बुखार?"

मैंने कहा, ''इसमें आश्चर्य की कोई बात नहीं है। वैसे मैं मलेरिया का मरीज तो हूँ ही।''

चक्रवर्ती ने मेहमानी में कोई कोताही नहीं बरती। आज मैंने अच्छी तरह खाना खाया।

खा-पीकर जब मैंने चलने की तैयारी की, तो आनन्द ने पूछा, ''आप अचानक कुलियों के बीच कैसे पहुँच गए थे?''

मैंने कहा, ''दैव की साजिश से।''

आनन्द ने मुस्कुराते हुए कहा, ''हाँ, यह दैव की साजिश ही तो है। गुस्से में आकर आपने घर में शायद खबर भी नहीं दी होगी?''

मैंने कहा, ''नहीं, मैंने घर में खबर नहीं दी थी, मगर गुस्से में आकर नहीं। चूँकि घर में खबर देना बेकार था, इसीलिए मैंने घर में खबर नहीं दी थी। इसके अलावा भला मुझे आदमी ही कहाँ मिलता?''

आनन्द ने कहा, ''यह एक बात है। मगर आपकी भलाई-बुराई दीदी के लिए बेकार कब से हो गई? वे हो सकता है, डर और फिक्र के मारे अधमरी हो गई हों?''

बात बढ़ाने से कोई फायदा नहीं था–इसलिए मैंने इस सवाल का कोई जवाब नहीं दिया। आनन्द ने यह मान लिया कि जिरह करके उन्होंने मेरा मुँह बिलकुल बन्द कर दिया है। इसीलिए वे मन्द-मन्द मुस्कुराते हुए थोड़ी देर खुशफहमी में डूबे रहे, फिर बोले, ''आपके लिए बैलगाड़ी तैयार है। शायद शाम के पहले ही आप घर पहुँच जाएँगे। चलिए, मैं आपको गाड़ी पर चढ़ा दे आऊँ।''

मैंने कहा, ''मगर घर जाने के पहले मुझे कुलियों की जरा खबर लेकर जाना होगा।''

आनन्द ने आश्चर्य प्रकट करते हुए कहा, ''तो इसका मतलब है कि अभी भी आपका गुस्सा शान्त नहीं हुआ है। लेकिन मेरा कहना है कि दैव की साजिश के चलते जो तकलीफ आपके नसीब में थी, उसे तो आपने भुगत लिया। न ही आप डॉक्टर है, न ही साधु बाबा। आप गृहस्थ आदमी हैं। अब खबर लेने के लिए अगर कुछ हैं, तो उसकी जिम्मेदारी मुझे देकर आप निश्चिन्त होकर घर जाइए। लेकिन घर पहुँचकर दीदी से मेरा नमस्कार कहिएगा और उन्हें बता दीजिएगा कि उनका आनन्द अच्छा है।''

दरवाजे पर बैलगाड़ी तैयार थी। घर के मालिक चक्रवर्ती ने साग्रह अनुरोध किया–अगर फिर कभी इधर आना हो तो मेरे घर जरूर आइएगा। उनकी हार्दिक मेहमानी के लिए मैंने उन्हें बहुत धन्यवाद दिया। मगर उन्हें यह आशा नहीं दे सका कि मैं फिर कभी इधर आऊँगा। मैं मन के अन्दर यह महसूस कर रहा था कि मुझे जल्दी बंगाल छोड़कर जाना होगा। इसलिए मेरे लिए किसी दिन किसी भी वजह से इस प्रान्त में वापस आने की सम्भावना नहीं के बराबर है।

जब मैं बैलगाड़ी पर चढ़ बैठा, तो आनन्द ने छाजन के अन्दर सर घुसाकर धीरे-धीरे कहा, ''भैया, इधर का हवा-पानी आपको बर्दाश्त नहीं हो रहा है। मेरी तरफ से आप दीदी से कहिएगा कि आप पछाँही हैं। आपको वे उधर ही ले जाएँ।''

मैंने कहा, ''इधर क्या आदमी जिन्दा नहीं रह सकता है आनन्द?''

मेरी बात के जवाब में आनन्द ने जरा भी आनाकानी किए बिना कहा, ''नहीं। लेकिन इसे लेकर बहस करने से क्या होगा भैया? आप उनसे कहिएगा कि मैंने उनसे ऐसा साग्रह अनुरोध किया है।''

मैं चुप्पी साधे रहा। क्योंकि आनन्द इस बात के बारे में क्या जाने कि उसका यह अनुरोध राजलक्ष्मी को बताना मेरे लिए कितना कठिन है?

जब गाड़ी चली, तो उन्होंने फिर से कहा, ''आपने तो एक बार भी मुझे जाने का निमंत्रण नहीं दिया भैया?''

मैंने कहा, ''तुम्हारे तुम्हारे पास कितने काम हैं। तुम्हें निमंत्रण देना क्या आसान है भाई?'' मगर मन ही मन मुझे इस बात की आशंका थी कि इस बीच कहीं किसी दिन वे खुद ही न जा पहुँचें।

इस तीक्ष्णबुद्धि संन्यासी की दृष्टि से कुछ भी छुपाए रखने की गुंजाइश नहीं रहेगी। एक दिन ऐसा था, जब बात छुपी न भी रहती, तो कुछ भी नहीं आता-जाता। मैंने मन ही मन हँसकर कहा–आनन्द, मैं इस बात से इनकार नहीं करता कि इस जीवन में मैंने बहुत-कुछ निछावर किया है। लेकिन तुम्हें यह आसान हिसाब ही दिखाई पड़ा कि मैंने कितना क्या निछावर किया है। मगर तुम्हारी दृष्टि से परे मैंने जितना कुछ इकट्ठा किया, उसकी तो गिनती ही नहीं की जा सकती है। मरने के बाद अगर मेरा वह पाथेय जमा रहे, तो इधर मेरा कितना क्या हर्ज हुआ, इसकी मैं गिनती ही करूँगा। लेकिन आज कहने को क्या था इसीलिए मैं चुपचाप मुँह नीचा किए बैठा, तो पलक झपकते लगा, ऐश्वर्य का वह असीम गौरव अगर सचमुच ही आज झूठी मृग-मरीचिका में गायब हो गया हो, तो इस दूसरे पर बोझ बने अस्वस्थ, अवांछित घर के मालिक के नसीब में मेहमान को बुलाने की विडम्बना अब न आए।

मुझे चुप्पी साधे देख आनन्द ने पहले की ही तरह मन्द-मन्द मुस्कुराते हुए कहा, ''अच्छा, भले ही आपने मुझे नए सिरे से जाने को नहीं कहा, पर मेरे पास पुराने निमंत्रण की पूँजी है। मैं उसी निमंत्रण के आधार पर आपके घर हाजिर होऊँगा।''

मैंने पूछा, ''मगर आप मेरे घर कब तक आएँगे?''

आनन्द ने मुस्कुराते हुए कहा, ''आप डरिए मत भैया! आप लोगों का गुस्सा शान्त न होने के अन्दर जाकर मैं आप लोगों को परेशान नहीं करूँगा। उसके बाद ही जाऊँगा।''

उनकी बात सुनकर मैं चुप रहा। यह कहने को भी जी नहीं चाहा कि मैं गुस्साया हुआ नहीं हूँ।

दूरी कम नहीं थी। गाड़ीवान घबरा रहा था। जब उसने गाड़ी हाँक दी, तो उन्होंने एक बार और नमस्कार करके मुँह हटा लिया।

इस इलाके में लोग गाड़ियों से नहीं आते-जाते थे। यह सोचकर कि लोग गाड़ियों से आएँगे-जाएँगे, किसी ने रास्ता भी नहीं बनाया था। बैलगाड़ी मैदान को पार करके गड्ढे-वड्ढों को लाँघती हुई जैसी मर्जी चलने लगी। अन्दर मैं अधलेटा पड़ा हुआ था और मेरे कानों के अन्दर आनन्द संन्यासी की बातों का सुर घूमता फिरने लगा। मैं गुस्सा करके

नहीं आया था। गुस्सा न ही लाभदायक है, न ही लोभनीय। मगर सिर्फ लगने लगा, यह भी अगर सच होता! मगर यह सच नहीं है। इसके सच होने का उपाय नहीं है। मैं मन ही मन कहने लगा—मैं गुस्सा करूँगा किस पर? किसलिए? क्या गुनाह है उसका? इस बात को लेकर झगड़ा किया जा सकता है कि झरने का पानी किस दिशा से होकर बहेगा। लेकिन अगर उत्स में ही पानी खत्म हो गया हो तो सूखे नाले के खिलाफ सर पटककर मैं किस धोखे में मरूँ?

मैंने इस पर ध्यान नहीं दिया था कि यों ही कितना वक्त गुजर गया था। अचानक गाड़ी के पहिए नाले में पड़ गए, तो हिचकोले खाकर मैं उठ बैठा। सामने के पटसन के परदे को हटा मुँह बढ़ाकर मैंने देखा, शाम होनेवाली है। गाड़ीवान लड़का था। उसकी उम्र शायद पन्द्रह साल से ज्यादा नहीं होगी। मैंने कहा, ''अरे, इतनी जगह रहते, तूने गाड़ी को गड्ढे में क्यों जाने दिया?''

उसने अपनी ठेठ देहाती भाषा में तुरत जवाब दिया, ''गाड़ी को गड्ढे में मैं किसलिए जाने दूँगा? बैलों के चलते गाड़ी के पहिए गड्ढे में पड़ गए।''

''यह तू क्या कहता है रे? तू क्या बैलों को सँभाल नहीं सकता है?''

''नहीं। ये नए बैल हैं।''

''बहुत अच्छा। मगर अब तो अँधेरा होने का आया। गंगामाटी कितनी दूर है?''

''सो मैं क्या जानूँ! मैं क्या कभी गंगामाटी गया हूँ?''

मैंने कहा, ''अगर तू कभी गंगामाटी नहीं गया है बेटा, तो मुझ पर ही भला तू इतना मेहरबान क्यों हुआ? तू किसी से पूछ न रे कि गंगामाटी और कितनी दूर है?''

मेरी बात के जवाब में उसने कहा, ''इधर आदमी हैं क्या? नहीं हैंफ''

उस लड़के में और चाहे जो भी दोष क्यों न हो, उसके जवाब जितने संक्षिप्त थे उतने ही सरल। मैंने पूछा, ''तू गंगामाटी का रास्ता पहचानता है न?''

पहले की तरह ही साफ जवाब दिया ''नहीं?''

''तो तू आया क्यों रे?''

''मामा ने कहा, बाबू को ले जा। इस रास्ते सीधे दक्षिण जाना और जहाँ रास्ता पूरब की तरफ मुड़ेगा उस पूरब तरफ जानेवाले रास्ते चले जाना, गंगामाटी पहुँच जाएगा। बस जाना और आना है।''

सामने अँधेरी रात थी, और ज्यादा देर करना भी ठीक नहीं था। इतनी देर तक तो मैं आँख मूँदे अपने ही विचारों में डूबा हुआ था। उस लड़के की बातों से अबकी बार मैंने डरकर कहा, ''सीधे दक्षिण की तरफ जानेवाले रास्ते के बदले उत्तर की तरफ मुड़नेवाले रास्ते से तो तू नहीं न जा रहा है रे?''

उस लड़के ने कहा, ''सो मैं क्या जानूँ?''

मैंने कहा, ''अगर तू नहीं जानता है, तो चल हम दोनों अँधेरे में यमराज के घर चले जाएँ। अभागा कहीं का, रास्ता नहीं पहचानता था, तो तू आया क्यों? तेरा बाप है?''

''नहीं।''

"माँ है?"

"नहीं, वह मर गई।"

"आफत टली। चल तो फिर आज रात हम उन्हीं लोगों के पास चलें। तेरे मामा को सिर्फ अक्ल नहीं है, दया-माया है।"

और थोड़ी दूर आगे बढ़ने के बाद वह लड़का रोने लगा। उसने बताया कि अब वह नहीं जा सकेगा।

मैंने पूछा, "तो तू रहेगा कहाँ?"

उसने जवाब दिया, "मैं घर लौट जाऊँगा।"

"मगर इस शाम के वक्त मेरा क्या होगा?"

मैंने पहले ही कहा है कि वह लड़का स्पष्टवादी था। बोला, "तुम उतर जाओ। मामा ने कहा है कि सवा रुपया किराया ले लेना। अगर तुम उससे कम दोगे तो वह मुझे मारेगा।"

मैंने कहा, "नहीं, ऐसा नहीं हो सकता कि मेरे चलते तुम मार खाओ।"

मैंने एक बार सोचा कि इसी गाड़ी से मैं वहाँ लौट जाऊँ जहाँ से आया हूँ। मगर न जाने क्यों, ऐसा करने का मन नहीं किया। रात होनेवाली थी, जगह अपरिचित थी, यह समझने की गुंजाइश नहीं थी कि बस्ती कहाँ और कितनी दूर है। सिर्फ सामने एक बड़ा-सा आम और कटहल का बगीचा देखकर मैंने यह अन्दाजा लगाया कि गाँव शायद ज्यादा दूर नहीं होगा। हो सकता है रहने के लिए कोई जगह मिल जाए। और अगर नहीं ही मिली तो क्या होगा? इसी तरह से ही इस बार सफर शुरू होगा।

उतरकर मैंने किराया चुका दिया। देखा, उस लड़के की सिर्फ बात ही नहीं, बल्कि काम करने का ढंग भी गजब का था। पल भर में उसने गाड़ी को घुमा लिया। घर लौटने का इशारा पाते ही दोनों बैल तेजी से चल पड़े और पलक झपकते ही गाड़ी नजरों से ओझल हो गई।

# 13

शाम ढलने ही वाली थी, मगर रात के अँधेरे को और भी गहराने में तब भी देर थी। इसी बीच चाहे जैसे भी क्यों न हो, रहने की जगह ढूँढ़ निकालनी ही पड़ेगी। यह काम मेरे लिए नया भी नहीं था। इस काम को कठिन मानकर मैं किसी दिन डरा नहीं था। लेकिन आज उस अमराई की बगल से होकर पगडंडी पर जब मैं धीरे-धीरे आगे बढ़ने लगा तब न जाने कैसी उद्विग्न लज्जा से मन का अन्दरूनी हिस्सा भर आने लगा। भारत के अन्यान्य प्रान्तों के साथ एक दिन गहरा परिचय था। मगर अभी मैं जिस रास्ते पर

चला जा रहा था, वह बंगाल का वह भूभाग था जिसे राढ़ कहते हैं। इसके बारे में तो कोई जानकारी नहीं थी। लेकिन यह याद आया कि उन सारी जगहों के बारे में भी मैं एक दिन ऐसा ही अनजान था, जहाँ-जहाँ मैं इसके पहले गया था। उन सबके बारे में मुझे जो जानकारी मिली थी उसे मुझे खुद इसी तरह से हासिल करनी पड़ी थी, किसी दूसरे ने उसे हासिल नहीं कराया था।

असली बात थी कि मैंने यह सोचकर नहीं देखा कि उस दिन मेरे लिए हर जगह किसलिए दरवाजे खुले हुए थे और आज संकोच और दुविधा से वे लगभग बन्द थे। उस दिन के उस जाने में कोई बनावटीपन नहीं था, लेकिन आज मैं जो कर रहा हूँ वह सिर्फ उस दिन की नकल भर है। उस दिन बाहर के अपरिचित ही थे सबसे ज्यादा अपने, उन पर अपना भार डालने में तब कोई हिचकिचाहट नहीं हुई थी, लेकिन वही भार आज व्यक्ति विशेष पर सम्पूर्ण रूप से पड़ जाने की वजह से सारा भार-केन्द्र ही दूसरी जगह हट गया है। इसीलिए आज अनजाने-अनचीन्हों के बीच चलनेवाले मेरे दोनों पाँव कदम-कदम पर बोझिल होने को आ रहे हैं। उस दिन के उन सब सुख-दुखों की धारणाओं में कितना फर्क है। फिर भी मैं चलने लगा। इस जंगल के अन्दर रात बिताने की न ही हिम्मत थी और न ही ताकत। आज के लिए रहने की कोई न कोई जगह तो ढूँढ़ निकालनी ही पड़ेगी।

तकदीर अच्छी थी। बहुत ज्यादा दूर नहीं चलना पड़ा। किसी घने पत्तोंवाले पेड़ की डालियों के बीच से महल-सा दिखाई पड़ा। घूमकर मैं उसके सामने जा पहुँचा।

वह महल ही तो था। मगर सुनसान लगा। सामने लोहे का गेट था, लेकिन टूटा हुआ। उसके ज्यादातर छड़ों को लोग निकालकर ले गए थे। मैं अन्दर घुस गया। खुला बरामदा, दो बड़े-बड़े कमरे, उनमें से एक बन्द था और जो खुला हुआ था उसके दरवाजे पर मैं ज्यों ही आया त्यों ही एक दुबला-पतला आदमी बाहर आकर खड़ा हो गया। मैंने देखा, कमरे के चारों कोने में चार लोहे की चारपाइयाँ हैं—उनमें से एक पर गद्दी बिछाई हुई थी, लेकिन बाद में उस गद्दी का टाट गायब हो गया था, पर तब भी थोड़े-बहुत नारियल के छिलके बचे हुए थे। वह आदमी विदेशी था। वह नौकरी करने आया था, पर बीमार पड़ जाने की वजह से पन्द्रह दिनों से इंडोर पेशंट बनकर वहाँ था। उससे पहले-पहल बातचीत इस प्रकार हुई—

''बाबूजी, चारेक पैसा दीजिएगा?''

''क्यों, बताओ तो?''

''भूख के मारे मरा जा रहा हूँ, बाबू। थोड़ी-सी फरवी-वरवी खरीदकर खाऊँगा।''

मैंने पूछा, ''तुम बीमार हो। ऐसी-वैसी चीजें खाने से तुम्हें मना नहीं किया गया है?''

''जी नहीं।''

''यहाँ तुम्हें खाना नहीं दिया जाता है?''

उस आदमी ने बताया कि सवेरे एक कटोरा साबूदाना उसे दिया गया था। उसे खाए बहुत देर हो चुकी है। तब से वह गेट के पास बैठा रहता है। भीख मिलती है, तो और एक वक्त खा लेता है। नहीं, तो वह भूखा रहता है। एक डॉक्टर है, शायद उसे थोड़ा

हाथ-खर्च भर मिलता है। सवेरे एक बार उससे मुलाकात होती है। और एक आदमी काम करता है। उसे कम्पाउंडर का काम करने से लेकर लालटेन में तेल भरने तक का काम करना पड़ता है। पहले एक नौकर तो था, मगर छह महीने पहले तनखाह न मिलने की वजह से गुस्सा करके चला गया है। अभी भी नया कोई भर्ती नहीं हुआ है।

मैंने पूछा, "तो यहाँ झाड़-वाड़ कौन लगाता है?"

उसने कहा, "आजकल तो मैं ही लगाता हूँ। मेरे चले जाने पर फिर जो नया बीमार आएगा वह लगाएगा?"

मैंने कहा, "अच्छा इन्तजाम है! तुम यह जानते हो कि यह अस्पताल किसका है?"

वह मुझे दूसरी तरफ वाले बरामदे में ले गया। शहतीर से एक टीन की लालटेन लटक रही थी। कम्पाउंडर दिन रहते उसे जलाकर काम निबटाकर घर चला गया था। दीवार पर एक बहुत बड़ा संगमरमर का फलक लगा हुआ था। उस शिलालेख पर ऊपर से नीचे तक उस अस्पताल का पूरा ब्योरा सुनहरे अँगरेजी अक्षरों में उकेरा हुआ था। उस पर यह भी लिखा हुआ था किसने किस वर्ष, किस तारीख को उस अस्पताल का निर्माण कराया था। सबसे पहले उस अँगरेज मजिस्ट्रेट का नाम-पता लिखा हुआ था जिसने कृपा करके उस अस्पताल का उद्घाटन किया था और नीचे था प्रशस्ति-पाठ। किसी राय बहादुर ने अपनी रत्नगर्भा माता के स्मारक के रूप में जननी-जन्मभूमि में उस अस्पताल को स्थापित किया था। उसमें सिर्फ माँ-बेटे का ही नहीं, बल्कि उनके पहले की तीन-चार पीढ़ियों का विवरण लिखा हुआ था। उसे छोटा-मोटा वंश-वृक्ष कहा जाए, तो भी शायद अत्युक्ति नहीं होगी। इसमें जरा भी सन्देह नहीं था कि वह आदमी राज सरकार की रायबहादुर की उपाधि पाने योग्य था। क्योंकि रुपया बरबाद करने की दृष्टि से कमी नहीं थी। ईंटों, लकड़ियों और विलायत से मँगाए गए शहतीर-बल्लियों का बिल चुकाकर यदि कुछ बचा-खुचा रह गया होगा, तो अँगरेज कारीगरों के हाथों अपने वंश की प्रशंसा लिखवाने में वह खत्म हो गया होगा। डॉक्टरों और बीमारों के दवा-दारू और खाने-पीने की चीजों का इन्तजाम करने के लिए हो सकता है, न ही रुपया था और न ही फुर्सत।

मैंने प्रश्न किया, "रायबहादुर का घर कहाँ है?"

उसने कहा, "ज्यादा दूर नहीं, पास ही है।"

"अभी जाने से मुलाकात होगी?"

"जी नहीं, घर में ताला लगा हुआ है। वे सब कलकत्ता रहते हैं?"

मैंने पूछा, "तुम जानते हो कि वे कब आते हैं?"

वह विदेशी था, इसलिए ठीक-ठीक जानकारी नहीं दे सका। लेकिन उसने कहा कि उसने डॉक्टर के मुँह से यह सुना है कि तीनेक वर्ष पहले वे एक बार यहाँ आए थे। हर जगह एक ही दशा थी, अतएव दुखी होने की कोई खास बात नहीं थी।

इधर अपरिचित जगह पर शाम ढलती जा रही थी। लिहाजा रायबहादुर के कार्य-कलाप पर सोच-विचार करने से ज्यादा जरूरी काम बाकी था। उसे कुछ पैसे देकर मैंने यह जान लिया कि नजदीक ही एक चक्रवर्ती ब्राह्मण का घर है। वे बड़े दयालु हैं और रात भर

रहने के लिए वहाँ जगह मिलेगी ही। वह खुद ही राजी होकर मुझे अपने साथ ले चला। बोला, "मुझे तो परचूनी की दुकान जाना ही है। जरा घूमकर जाऊँगा, इससे कुछ आता-जाता नहीं।"

चलते-चलते उसकी बातचीत से मैंने समझा कि उस दयालु ब्राह्मण परिवार से उसने ढेर सारी खाने-पीने की चीजें रात को गुप्त रूप से लाकर खाई हैं।

दसेक मिनट चलकर मैं चक्रवर्ती के बाहरी घर पर जा पहुँचा। मेरे पथ-प्रदर्शक ने पुकारकर कहा, "पंडितजी घर पर हैं?"

पर कोई आवाज नहीं आई। मैंने सोचा था कि मैं किसी सम्पन्न ब्राह्मण के घर आतिथ्य ग्रहण करने चला जा रहा हूँ। मगर घर-द्वार का हाल देखकर निराशा हुई। उधर से कोई आवाज नहीं आ रही थी और इधर मेरा साथी अपनी कोशिशों से बाज नहीं आ रहा था। अगर ऐसा नहीं होता, तो उसकी बीमार आत्मा इस गाँव और इस अस्पताल में बहुत दिन पहले ही स्वर्ग सिधार गई होती। वह पुकारता ही रहा।

अचानक जवाब आया, "जा-जा, आज जा। कहता हूँ, जा।"

पर वह जरा भी विचलित नहीं हुआ। उसने उनकी बात के जवाब में कहा, "कौन आया है, निकलकर देखिए न?"

मगर विचलित हो उठा मैं। मानो मैं चक्रवर्ती का परम पूज्य गुरुदेव उनके घर को पवित्र करने के लिए अचानक आ पहुँचा हूँ।

नेपथ्य में आवाज पल भर में मुलायम हो गई, "कौन है रे, भीम?" कहते-कहते घर के मालिक दरवाजे पर दिखाई पड़े। वे मैली धाती पहने हुए थे, सो भी बहुत छोटी। अँधेरे में मैं उनकी उम्र का अन्दाजा नहीं लगा सका। मगर ऐसा भी नहीं लगा कि उनकी उम्र बहुत ज्यादा है। उन्होंने फिर से पूछा, "कौन है रे, भीम?"

मेरी समझ में आ गया कि मेरे साथी का नाम भीम है। भीम बोला, "वे ब्राह्मण हैं। भूलकर अस्पताल में जा पहुँचे थे। मैंने कहा—डरने की कोई बात नहीं है। चलिए न, मैं आपको पंडितजी के घर ले चलता हूँ। वे आपकी वैसी ही खातिरदारी करेंगे जैसे गुरु की की जाती है।"

वास्तव में भीम ने बढ़ा-चढ़ाकर नहीं कहा था। चक्रवर्ती ने मुझे बड़े सम्मान के साथ अपनाया। बैठने के लिए उन्होंने खुद अपने हाथों से चटाई बिछाई और यह जानकर कि मैं चिलम पीना चाहता हूँ या नहीं, वे अन्दर गए और खुद ही चिलम भरकर लाए। बोले, "सब नौकरों को बुखार आ गया है। मैं करूँ, तो क्या करूँ?"

उनकी बात सुनकर मैं बड़ा सकुचा गया। सोचा—मैं एक चक्रवर्ती का घर छोड़ दूसरे चक्रवर्ती के घर आ पहुँचा। कौन जाने यहाँ कैसी मेहमानी की जाएगी! फिर भी हाथ में हुक्का लेकर मैं दम लगाने की तैयारी कर ही रहा था कि तभी सहसा पीछे से तीखी आवाज में प्रश्न आया, "हाँ जी, कौन आया है?"

मैंने अन्दाजा लगाया, ये ही गृहिणी हैं। जवाब देने में सिर्फ चक्रवर्ती की ही आवाज नहीं काँपी, बल्कि मेरा भी दिल काँप उठा।

उन्होंने झटपट कहा, "बहुत बड़े आदमी हैं जी, बहुत बड़े। अतिथि हैं, ब्राह्मण हैं, नारायण हैं। राह भूलकर यहाँ आ गए हैं। सिर्फ रात भर यहाँ रहेंगे। भोर होते ही चले जाएँगे।"

अन्दर से जवाब आया, "हाँ, सभी आते हैं राह भूलकर। मुँहजले अतिथि तो आते ही रहते हैं। घर में न है एक मुट्ठी चावल, न है एक मुट्ठी दाल। खाने दोगे क्या चूल्हे की राख?"

मेरे हाथ का हुक्का हाथ में ही रहा। चक्रवर्ती बोले, "ओ हो, यह तुम क्या कह रही हो? मेरे घर में भला चावल-दाल की कमी है। चलो-चलो, अन्दर चलो। मैं सब ठीक कर देता हूँ।"

चक्रवर्ती की पत्नी अन्दर जाने के लिए बाहर नहीं आई थीं। बोलीं, "तुम क्या ठीक कर दोगे, जरा सुनूँ तो सही! हैं तो सिर्फ मुट्ठी भर चावल, दोनों बच्चों को रात में खिलाऊँगी। बच्चों को भूखा रखकर उसे दूँगी गटकने? ऐसा मत सोचो।"

धरती माता, तू फट जा। न चाहते हुए भी मैंने कुछ कहना चाहा। मगर चक्रवर्ती के बेहद गुस्से में वह डूब गया। वे 'तुम' छोड़ 'तू' पर उतर आए। और अतिथि-सत्कार को लेकर पति-पत्नी में जो बातचीत शुरू हुई उसकी जैसी भाषा थी वैसी ही गम्भीरता थी। मैं रुपए लेकर नहीं निकला था, जेब में थोड़े-बहुत रुपए थे, वे भी खर्च हो गए थे। सिर्फ गले में सोने का हार था, मगर कौन किसकी सुनता था। व्याकुल होकर मैंने एक बार उठकर खड़ा होने की कोशिश की, तो चक्रवर्ती ने जोर से मेरे हाथ को धर दबोचा और कहा, "अतिथि नारायण होता है। आप बिना खाए चले जाएँगे, तो मैं फाँसी लगा लूँगा।"

उनकी पत्नी जरा भी नहीं डरीं। उन्होंने तुरत चैलेंज एक्सेप्ट करते हुए कहा, "तब तो मैं जी जाऊँगी। भीख-वीख माँगकर मैं अपने बच्चों को खिलाऊँगी।"

इधर मैं तो यह समझ ही नहीं पा रहा था कि मैं क्या करूँ और क्या न करूँ! पर मैं अचानक बोल उठा, "चक्रवर्तीजी, एक दिन सोच-विचारकर इत्मीनान से फाँसी लगाइएगा। फाँसी लगाना ही अच्छा है—मगर फिलहाल या तो आप मुझे छोड़ दीजिए या एक रस्सी दीजिए, ताकि मैं लटककर आपके आतिथ्य की जिम्मेदारी से मुक्त हो जाऊँ।"

चक्रवर्तीजी ने अन्दर देखकर जोर से कहा, "अक्ल आई? मैं पूछता हूँ, इससे तूने कुछ सीखा?"

अन्दर से जवाब आया, "हाँ।" कई पलों बाद अन्दर से सिर्फ एक हाथ निकला, धम से एक पीतल का घड़ा जमीन पर रख दिया गया और आदेश हुआ—"जाओ, श्रीमन्त की दुकान में उसे रेहन रखकर चावल, दाल, तेल, नमक ले आओ। देखना, हाथ में घड़ा पाकर वह मुआ कहीं सब बाकी-बकाया काट न ले।"

चक्रवर्ती खुश हो उठे। बोले, "अरे, नहीं-नहीं, यह क्या बच्चे के हाथ का लड्डू है?"

उन्होंने चट-से हुक्का उठा लिया और कई बार कश लगाकर बोले, "आग बुझ गई। अजी, सुनती हो, जरा चिलम चढ़ा दो न, पीकर ही जाऊँ। बस, गया और आया।" इतना कहकर उन्होंने हाथ में चिलम ली और अन्दर की तरफ बढ़ा दिया।

बस, पति-पत्नी में सुलह हो गई। पत्नी ने चिलम चढ़ाकर दी, पति ने जी भर चिलम पी। चक्रवर्ती ने प्रसन्न चित्त से हुक्का मेरे हाथ में दिया और हाथ में घड़ा लिये बाहर निकल गए।

चावल आया, दाल आई, तेल आया, नमक आया। यथासमय मुझे रसोईघर में बुलाया गया। खाने का मेरा इरादा नहीं था, फिर भी मैं चुपचाप गया। क्योंकि एतराज करना सिर्फ बेकार नहीं होता, बल्कि इनकार करने में मुझे डर लगा। जीवन में बहुत बार बहुतेरी जगहों पर मुझे अनचाहे आतिथ्य ग्रहण करना पड़ा है, पर यह कहना गलत होगा कि सब जगह मेरी खातिरदारी हुई थी। मगर ऐसी आवभगत कभी मुझे नसीब नहीं हुई थी। लेकिन तब भी सीखना बाकी था। मैं गया, तो देखा, चूल्हा जल रहा है, भोजन के बदले केले के पत्ते पर चावल, दाल, आलू और एक हाँड़ी रखी हुई है।

चक्रवर्ती ने बड़े उत्साह के साथ कहा, ''लीजिए, इस हाँड़ी को चढ़ा दीजिए चूल्हे पर। चटपट बन जाएगा। मसूर की दाल की खिचड़ी बना लीजिए। उसी में आलू डाल दीजिए। बहुत बढ़िया लगेगा खाने में। घी है—गरमागरम।''

चक्रवर्ती के मुँह में पानी आ गया। मगर मेरे लिए बात और भी जटिल हो उठी। लेकिन इस डर से कि कहीं मेरी किसी बात या काम से कोई तहलका न मच जाए, उनके कहे मुताबिक मैंने हाँड़ी को चूल्हे पर चढ़ा दिया। चक्रवर्ती की पत्नी आड़ में थीं। उनकी नजरों से मेरा अनाड़ी हाथ छिपा नहीं रहा। अबकी बार उन्होंने मुझसे ही बात की। उनमें और चाहे जो भी दोष क्यों न हो, पर झिझक और आँखों का लिहाज नाम के जो शब्द शब्दकोश में हैं, उन शब्दों का बहुत ज्यादा इस्तेमाल करने का दोष उनमें नहीं था। शायद बड़े से बड़ा निन्दक भी इसे स्वीकार किए बिना नहीं रह सकता है।

उन्होंने कहा, ''तुम तो बेटा खाना बनाना ही नहीं जानते हो।''

मैंने तुरत उनकी बात मान ली और कहा, ''जी हाँ, आप ठीक कहती हैं। मैं खाना बनाना नहीं जानता।''

वे बोलीं, ''उन्होंने कहा था, वे परदेसी आदमी हैं। तुम्हीं खाना बना दो। भला कौन जानेगा और कौन सुनेगा! पर मैंने कहा—ऐसा नहीं हो सकता। रात भर के लिए एक मुट्ठी भात खिलाकर मैं किसी की जात नहीं बिगाड़ सकती। मेरे पिता अग्रदासी ब्राह्मण हैं।''

लेकिन मेरी यह कहने की हिम्मत नहीं हुई कि उनका बनाया खाना खाने में मुझे कोई एतराज नहीं और इसके पहले मैं इससे भी बड़ा पाप कर चुका हूँ। क्योंकि मुझे इस बात का डर था कि मेरे यह स्वीकार करने पर कहीं कोई गड़बड़ी न मच जाए। मन के अन्दर सिर्फ एक चिन्ता थी, वह यह कि मैं कैसे रात बिताऊँ और इस घर के बन्धन से छुटकारा प्राप्त करूँ। लिहाजा, उनके कहे मुताबिक मैंने खिचड़ी बनाई और उसका गोला बनाकर उसमें गरम घी डालकर उसे गटकने की कोशिश भी की। मुझे आज भी यह नहीं मालूम है कि ऐसा कठिन काम मैंने कैसे किया। सिर्फ लगने लगा, चावल-दाल का गोला पेट के अन्दर जाकर पत्थर का गोला बन रहा है।

मेहनत-मशक्कत से बहुत-कुछ होता है, मगर उसकी भी सीमा है। मुझे मुँह-हाथ धोने का भी मौका नहीं मिला। जो खाया था मैंने सब निकल गया। डर के मारे मैं सहम उठा। क्योंकि इसमें कोई सन्देह नहीं था कि यह सब मुझे ही साफ करना होगा। लेकिन उसे साफ करने की अब ताकत नहीं थी। आँखों की दृष्टि धुँधली हो उठी। मैंने किसी तरह कह डाला—कहीं मुझे जरा सोने के लिए जगह दीजिए। पाँचेक मिनट मैं अपने आपको सँभाल लेता हूँ, फिर मैं सब साफ कर दूँगा। मैंने सोचा था, अपनी बात के जवाब में मैं क्या जो सुनूँगा, पता नहीं मगर आश्चर्य है, इन्हीं चक्रवर्ती की पत्नी की भयानक आवाज कोमल हो उठी। इतनी देर बाद वे अँधेरे से मेरे सामने आईं। बोलीं, "तुम क्यों साफ करोगे बेटा? मैं ही सब साफ कर देती हूँ। बाहर का बिस्तर मैं अभी भी नहीं लगा सकी हूँ। तब तक आओ, तुम मेरे कमरे में जाकर सोओ।"

इनकार करने की सामर्थ्य भी नहीं थी। इसलिए मैं उनके पीछे-पीछे आया और उन्हीं के फटे-पुराने बिस्तर पर आँखें मूँदकर लेट गया।

दिन बहुत चढ़ने पर जब नींद टूटी तब सर उठाने की भी ताकत नहीं थी, इतना बुखार आ गया था। आसानी से मेरी आँखों से आँसू नहीं निकलते। लेकिन यह सोचकर कि इतने बड़े गुनाह का मैं अभी कैसे क्या जवाब दूँगा। डर के मारे मेरी दोनों आँखों में आँसू भर आए। लगा, बहुत बार पहले से यह तय किए बिना कि मुझे कहाँ जाना है, मैंने बहुत सफर किया है लेकिन इतनी विडम्बना जगदीश्वर ने और कभी मेरी किस्मत में नहीं लिखी थी। मैंने और एक बार जी-जान से उठने की कोशिश की, लेकिन किसी भी तरह मैं अपना सर सीधा नहीं कर सका, इसलिए आँखें मूँदकर मैं लेट गया।

आज चक्रवर्ती की पत्नी से रू-ब-रू बातचीत हुई। शायद बड़े दुख के अन्दर से होकर ही नारी का सच्चा परिचय प्राप्त किया जा सकता है। उसे पहचान लेने की ऐसी कसौटी दूसरी नहीं है, उसका हृदय जीतने का इतना बड़ा हथियार पुरुष के हाथ में कोई दूसरा नहीं है। वे मेरे बिस्तर की बगल में आईं और बोलीं, "नींद टूट गई बेटा!"

मैंने गौर से देखा। उनकी उम्र चालीस के लगभग है, कुछ ज्यादा भी हो सकती है। वे काली हैं, मगर मुँह-आँख आम गृहस्थ-घरों की औरतों जैसा ही है। रूखापन नाम की कोई चीज कहीं नहीं है, हैं सिर्फ अंग-अंग में अंकित बड़ी गरीबी और भूखे रहने के निशान। आँखें खोलकर देखने से ही यह समझ में आ जाता है। बोलीं, "कल अँधेरे में मैं देख नहीं सकी थी बेटा। लेकिन अगर मेरा बड़ा बेटा जिन्दा रहता, तो वह तुम्हारा ही हम-उम्र होता।"

इसका भला क्या जवाब होता। उन्होंने अचानक मेरे माथे से अपना हाथ छुलाया और बोलीं, "अभी भी बहुत बुखार है।"

मैं आँखें मूँदे हुए था। आँखें मूँदे-मूँदे ही मैंने कहा, "अगर कोई थोड़ी-सी मदद करता, तो शायद मैं अस्पताल चला जाता। अस्पताल तो यहाँ से कोई ज्यादा दूर नहीं है।"

मैं उनका मुँह नहीं देख सका। मगर मेरी बात सुनकर उनकी आवाज दुख से भर गई। बोलीं, "चूँकि दुख के मारे कल मैंने कुछ कह दिया था, इसलिए गुस्सा करके तुम उस यमपुरी में चले जाओगे? तुम्हारे कहने से ही मैं तुम्हें जाने दूँगी?" इतना कहकर वे थोड़ी देर चुप

रहीं, फिर धीरे-धीरे बोलीं, "बीमारों के लिए कोई नियम नहीं होता, बेटा। जो लोग अस्पताल में जाकर रहते हैं वे वहाँ किसका छुआ खाते हैं, बताओ तो? लेकिन इससे क्या जान चली जाती है? मैं सागूदाना और बार्ली बना दूँगी, तो क्या तुम उसे नहीं खाओगे?"

मैंने गर्दन हिलाकर बताया कि उनका बनाया सागूदाना और बार्ली खाने में मुझे रत्ती भर भी एतराज नहीं है। और सिर्फ इसलिए नहीं कि मैं बीमार हूँ, बल्कि भला-चंगा रहने पर भी मुझे किसी का भी छुआ खाने में कोई परहेज नहीं है।

अतएव मैं वहीं रह गया। कुल मिलाकर मैं वहाँ शायद चारेक दिन था। फिर भी उन्हीं चार दिनों की यादें आसानी से भूलनेवाली नहीं हैं। बुखार एक ही दिन में उतर गया, लेकिन बाकी कई दिन उन्होंने मुझे इसलिए नहीं जाने दिया कि मैं कमजोर था। कितनी भयानक गरीबी के बीच से होकर इस ब्राह्मण-परिवार के दिन कट रहे थे। हालाँकि उन्होंने कोई दोष नहीं किया था, पर समाज के अर्थहीन अत्याचार ने उनकी दुर्दशा को बहुत ज्यादा बढ़ा दिया था। चक्रवर्ती की पत्नी अपनी अथक मेहनत के बीच भी, जरा-सा भी मौका मिलने पर, मेरे पास आकर बैठती थीं। मैं देख पाता था, मुझे पूरा पथ्य न दे पाने की कमी को वे मेरी सेवा करके पूरी करने की एकाग्र कोशिश करती थीं। पहले उनकी हालत अच्छी थी। जमीन-जायदाद भी कम नहीं थी। लेकिन लोगों ने उनके नादान पति को धोखा देकर इस दुख में डाला था। वे लोग आकर कर्ज माँगते थे, कहते थे— गाँव में बड़े आदमी बहुत हैं, मगर इतना बड़ा कलेजा किसे है? अतएव अपनी दरियादिली दिखाने के लिए वे कर्ज लेकर लोगों को कर्ज देते थे। पहले-पहल हैंडनोट लिखकर और बाद में अपनी पत्नी से छिपाकर जायदाद को रेहन रखकर। इसका नतीजा यहाँ भी वही हुआ था जो ज्यादातर स्थितियों में होता है।

एक रात की जानकारी से मैंने पूरी तरह यह विश्वास किया कि ऐसा बुरा काम करना चक्रवर्ती के लिए कठिन नहीं है। अक्ल की खराबी के चलते बहुतों की जमीन-जायदाद जाती है और उसका नतीजा भी बेहद दुखद होता, लेकिन चक्रवर्ती की पत्नी के हर शब्द से मैंने यह रग-रग में महसूस किया कि समाज की अनावश्यक अन्धी निष्ठुरता से यह दुख कितना बढ़ जा सकता है। उन लोगों के सिर्फ दो सोने के कमरे थे। एक में बच्चे रहते थे और दूसरे में पूरे तौर पर अपरिचित और बाहर का आदमी होकर भी मैंने कब्जा जमा लिया था। इससे मेरे संकोच की सीमा नहीं थी। कहा, "आज तो मेरा बुखार उतर गया है और आप लोगों को भी बड़ी तकलीफ हो रही है। अगर आप बाहर के कमरे में कोई बिस्तर लगा दें, तो मुझे बड़ा सन्तोष होगा।"

चक्रवर्ती की पत्नी ने गर्दन हिलाकर कहा, "ऐसा कैसे हो सकता है बेटा? आसमान में बादल छाए हुए हैं। अगर बारिश हो, तो उस कमरे में ऐसी कोई जगह नहीं है जहाँ सर छिपाया जा सके। तुम कमजोर आदमी हो, यह भरोसा तो मैं नहीं कर सकती बेटा।"

मैंने यह देखा था कि उन लोगों के एक किनारे थोड़ा-सा पुआल रखा हुआ था। उसकी ओर इशारा करते हुए मैंने कहा, "वक्त पर मरम्मत क्यों नहीं करवा ली थी। आँधी-पानी का दिन तो आ रहा है।"

जब उन्होंने मेरी बात का जवाब दिया तो मैंने जाना कि मरम्मत का काम आसानी से होनेवाला नहीं था। चूँकि वे पतित ब्राह्मण थे, इसलिए इस इलाके के किसान उन लोगों का काम नहीं करते थे। दूसरे गाँव में मुसलमान छप्परबन्द थे। वे ही छप्पर छा देते थे। चाहे जिस भी वजह से क्यों न हो, वे इस साल नहीं आ सके थे। इस प्रसंग में वे सहसा रो पड़ीं और बोलीं, ‘‘बेटा, हम लोगों के दुखों की क्या सीमा है? उस साल मेरी सात-आठ साल की लड़की हैजे से चल बसी। पूजा का समय था। मेरे भाई लोग काशी घूमने गए थे। इसीलिए कोई आदमी नहीं मिला। छोटे बेटे के साथ अकेले उन्हें ही उसे मरघट ले जाना पड़ा। सो भी क्या उसका दाह-संस्कार किया जा सका? किसी ने लकड़ी वहीं काट दी। बाप होकर गड्ढा खोदकर उन्होंने उसे गाड़ दिया और घर लौट आए।’’ कहते-कहते पुराना शोक बिलकुल नए सिरे से दिखाई पड़ा।

आँखें पोंछते-पोंछते वे जो कहने लगीं उसके बारे में कुल शिकायत यह थी कि किसी जमाने में उनके पुरखों में से किसी ने श्राद्ध का दान लिया था, यही तो कसूर था? हालाँकि हिन्दू श्राद्ध अवश्य करते हैं और कोई न कोई अगर उस श्राद्ध का दान न ले तो वह श्राद्ध ही नहीं होता है और वह बेकार हो जाता है। तो कूसर कहाँ है? और अगर श्राद्ध का दान लेना कसूर ही है तो आदमी को लालच देकर उससे यह काम किसलिए कराया जाता है?

इन सारे सवालों का जवाब देना जितना कठिन था उतना ही कठिन था इतने दिनों बाद यह समझना कि पुरखों के किस बुरे काम की सजा के तौर पर उनके वंशजों को ऐसी विडम्बना भुगतनी पड़ रही थी। श्राद्ध का दान लेना अच्छा है या बुरा, तो भी यह सच है कि श्राद्ध का दान लेनेवाले व्यक्तिगत रूप से यह काम नहीं करते हैं, अतएव वे बेकसूर हैं। हालाँकि पड़ोसी होकर दूसरे पड़ोसी की जिन्दगी की राह को बिना कसूर के, आदमी इतनी दुर्गम और दुखमय बना दे सकता है, ऐसी कठोर, निर्दय, बर्बरता की मिसाल दुनिया में शायद एक हिन्दू समाज को छोड़ और कहीं नहीं है।

उन्होंने फिर से कहा, ‘‘इस गाँव में लोग ज्यादा नहीं हैं। बुखार और हैजे से गाँव के आधे लोग मर गए हैं। अभी हैं सिर्फ—ब्राह्मण, कायस्थ और राजपूत। हमारे लिए कोई उपाय नहीं है बेटा। वरना जी चाहता है कि किसी मुसलमानों के गाँव में जाकर रहूँ।’’

मैंने कहा, ‘‘मगर वहाँ तो जात जा सकती है?’’

उन्होंने इस सवाल का ठीक-ठीक जवाब नहीं दिया। बोलीं, ‘‘नाते में मेरे एक चचेरे ससुर हैं। वे ईसाई बन गए थे। उन्हें तो अब कोई तकलीफ नहीं है।’’

मैं चुप रहा। यह सुनने पर दुख महसूस हुआ था कि कोई हिन्दू-धर्म को छोड़कर दूसरा धर्म अपनाने को मन ही मन उत्सुक हो उठा है। लेकिन मैं उन्हें भला क्या कहकर दिलासा देता? इतने दिनों तक मैं सिर्फ यह जानता था कि हिन्दू-समाज में सिर्फ अछूत ही सताए जाते हैं, मगर आज मैंने यह जाना कि हिन्दू-समाज में कोई भी सताए जाने से नहीं बचता है। बेमतलब के अन्याय से एक-दूसरे का जीना दूभर कर देना ही मानो इस समाज का संस्कार है। बाद में मैंने बहुतों से पूछा है, बहुतों ने यह कबूल किया है कि यह अन्याय है, यह बुरा है। फिर भी इसके निदान का कोई भी तरीका वे लोग नहीं

बता सके थे। इस अन्याय के बीच से होकर वे लोग जनम से लेकर मौत तक चलने को राजी हैं, लेकिन अन्याय का प्रतिकार करने का कोई भी इरादा या हिम्मत उनमें नहीं है। यह सोच पाना मुश्किल है कि अन्याय का प्रतिकार करने की जिस जाति के लोगों की शक्ति इस तरह से गायब हो गई है, वह जाति लम्बे अरसे तक कैसे जिन्दा रहेगी।

तीनेक दिनों बाद स्वस्थ होकर एक दिन सवेरे जाने के लिए तैयार होकर मैंने कहा, ''माँजी, आज मुझे जाने दीजिए।''

उनकी दोनों आँखों में आँसू भर आए। बोलीं, ''दुखियों के घर तुमने बहुत दुख पाया, बेटा। मैंने तुम्हें कटु बातें भी कम नहीं कही थीं।''

इस बात का जवाब मुझे ढूँढ़े नहीं मिला। नहीं-नहीं, ऐसी कोई बात नहीं है, मैं बड़े सुख में था, अपनी कृतज्ञता आदि की बात कहने में भी मुझे शर्म महसूस हुई। वज्रानन्द की बात याद आई। उसने एक दिन कहा था—घर छोड़कर आने से क्या होगा। इस बंगाल के घर-घर में माँ-बहनें हैं, क्या मजाल कि उनके स्नेह के आकर्षण को टाल जाऊँ। उसने कितना सही कहा था।

बड़ी गरीबी और नादान पति की बेवकूफी के आधिक्य ने इस गृहस्थ-घर की गृहिणी को लगभग पागल बना दिया था, लेकिन जिस पल उन्होंने यह महसूस किया कि मैं बीमार हूँ, मैं लाचार हूँ, उस पल उनके लिए सोचने को कुछ नहीं रहा। मातृत्व के असीम स्नेह में मेरी बीमारी और दूसरे के घर रहने के सारे दुखों को उन्होंने मानो अपने दोनों हाथों से पोंछ लिया।

चक्रवर्ती कोशिश करके एक बैलगाड़ी ले आए। उनकी पत्नी की बड़ी इच्छा थी कि मैं नहा-धो और खा-पीकर जाऊँ। मगर इस बात की आशंका से कि इस वजह से धूप तेज हो जाएगी, उन्होंने जोर नहीं डाला। सिर्फ मेरे चलते वक्त देवी-देवताओं का नाम याद करके उन्होंने अपनी आँखें पोंछीं और बोलीं, ''बेटा, अगर कभी भी इधर आओ, तो और एक बार मिलकर जाना।''

न ही मैं कभी भी इधर आया था और न ही उनसे फिर मिल सका था। सिर्फ बहुत दिनों बाद मैंने यह सुना था कि राजलक्ष्मी ने कुशारीजी के हाथों उन लोगों का बहुत-सा कर्ज उतरवा दिया था।

# 14

जब मैं गंगामाटी के घर आ पहुँचा तब लगभग तीसरा पहर हो चुका था। दरवाजे के उत्तर तरफ केले का पेड़ और मंगल-घट रखा हुआ था। ऊपर आम के पत्तों का बन्दनवार लटक रहा था। बाहर बहुत से लोग बैठकर दल बाँधे चिलम पी रहे थे। बैलगाड़ी की आवाज

सुनकर उन लोगों ने मुँह उठाकर निहारा। शायद इसी की मधुर ध्वनि से आकृष्ट होकर जो अचानक सामने उपस्थित हुए, देखता हूँ, वे खुद वज्रानन्द हैं। उनका उल्लसित कलरव जोरदार हो उठा और कोई भागकर अन्दर खबर देने गया। स्वामीजी कहने लगे कि उन्होंने आकर जब सबको मेरे बारे में बताया, तब से लेकर अब तक चारों ओर लोगों को भेजकर मुझे ढूँढ़ निकालने की कोशिश में जैसे कोई कोताही नहीं बरती गई थी वैसे ही घर के लोगों की दुश्चिन्ता की सीमा नहीं थी। बात क्या थी? अचानक आप कहाँ खो गए थे–बताइए तो? गाड़ीवान ने तो जाकर कहा कि आपको गंगामाटी के रास्ते उतारकर वह लौट आया है।

राजलक्ष्मी काम में व्यस्त थी। आकर मेरे पैरों के पास झुककर उसने मुझे प्रणाम किया, बोली, ‘‘घर के सभी को तुमने कितनी सजा दी!’’ फिर वज्रानन्द से बोली, ‘‘लेकिन देखो आनन्द, मेरा मन यह जान पाया था कि आज वे आएँगे ही।’’

मैंने हँसकर कहा, ‘‘दरवाजे पर केले का पेड़ और कलश देखकर ही मैंने यह समझा था कि मेरे आने की खबर तुम्हें मिल गई है।’’

किवाड़ के पीछे रतन आकर खड़ा था। वह जल्दी से बोल उठा, ‘‘ जी नहीं, आपके आने की खबर पाकर दरवाजे पर केले का पेड़ और कलश नहीं रखा गया है। वह इसलिए रखा गया है कि आज घर में ब्राह्मणों को भोजन कराया जाएगा। वक्रेश्वर का दर्शन करके आई हैं, माँजी...’’

राजलक्ष्मी ने डाँटकर उसे रोक दिया, ‘‘तुझे अब बताने की जरूरत नहीं है, रतन। तू जा, अपना काम कर।’’

उसके लाल मुख की तरफ निहारकर वज्रानन्द हँस पड़ा, बोला, ‘‘क्या बात है, जानते हैं भैया? किसी काम में लगे न रहने पर मानसिक उत्कंठा बहुत बढ़ जाती है, उसे सहन नहीं किया जा सकता है। भोज का इन्तजाम सिर्फ इसीलिए किया गया है न दीदी?’’

राजलक्ष्मी ने जवाब नहीं दिया, गुस्सा करके वह बाहर निकल गई। वज्रानन्द ने पूछा, ‘‘बहुत दुबले दिख रहे हैं भैया। इस बीच क्या घटना घटी थी, बताइए तो? घर न आकर आप अचानक क्यों छिप गए थे?’’

छिपने के कारण का मैंने विस्तार से वर्णन किया। मेरी बात सुनकर आनन्द ने कहा, ‘‘भविष्य में इस तरह से फिर मत भागिएगा। किस तरह से उनके दिन गुजरे थे, इसे आँखों से न देखने पर विश्वास नहीं किया जा सकता है।

मैं यह जानता था। इसलिए आँखों से देखे बिना ही मैंने विश्वास किया। रतन चाय और चिलम दे गया।

आनन्द बोला, ‘‘मैं भी बाहर जाता हूँ, भैया। अभी आपके पास बैठा रहूँगा, तो एक और है जो, हो सकता है, इस जनम में मेरा मुँह न देखे।’’ इतना कहकर वह हँसता हुआ चला गया।

थोड़ी देर बाद राजलक्ष्मी घुसी और बड़े सहज ढंग से बोली, ‘‘उस कमरे में मैं गरम पानी, गमछा, धोती, सब कुछ रख आई। सिर्फ सर और बदन पोंछकर कपड़े बदल डालो। अभी भी तुम्हें बुखार है। कह देती हूँ, खबरदार सर पर पानी मत डालना।’’

मैंने कहा, ''मगर स्वामीजी ने तुमसे गलत कहा है। अभी मुझे बुखार नहीं है।''

राजलक्ष्मी ने कहा, ''भले ही अभी बुखार नहीं है, लेकिन बुखार आने में कितनी देर लगती है?''

मैंने कहा, ''यह खबर मैं तुम्हें ठीक-ठीक नहीं दे सकता। मगर गरमी के मारे मेरा अंग-अंग जला जा रहा है। नहाना जरूरी है।''

राजलक्ष्मी बोली, ''नहाना जरूरी है क्या? तब तो अकेले, हो सकता है, तुम न नहा सको। चलो, मैं भी तुम्हारे साथ चलती हूँ।'' इतना कहकर वह खुद ही हँस पड़ी और बोली, ''बोल-चाल बन्द करके तुम क्यों मुझे भी तकलीफ देते हो और क्यों खुद भी तकलीफ पाते हो? इतने दिन चढ़े मत नहाओ, मेरी सुनो, विनती है।''

इस ढंग की बात करने में राजलक्ष्मी का जोड़ा मैंने कहीं भी नहीं देखा था। अपनी इच्छा को दूसरे के ऊपर लाद देने की कटुता को वह स्नेह के मधुर रस से ऐसे भर दे सकती थी कि उसकी जिद के खिलाफ किसी का भी कोई भी संकल्प सर नहीं उठा सकता था। पर यह बात तुच्छ थी, मैं नहीं नहाता, तो भी मेरा काम चल जाता। लेकिन मैंने ऐसी बात भी बहुत बार देखी थी कि काम वहीं चल जा सकता है ऐसी बात नहीं कि उसकी इच्छाशक्ति को लाँघकर चलने की शक्ति न सिर्फ मुझे ही नहीं मिली थी, बल्कि मैंने ऐसे किसी और व्यक्ति को किसी दिन नहीं देखा था जिसे उसकी इच्छाशक्ति को लाँघकर चलने की शक्ति मिली हो। उसने मुझे उठा दिया और खाना लाने जाने लगी।

मैंने कहा, ''तुम्हारे ब्राह्मण-भोजन का दौर पहले खत्म हो जाए न।''

राजलक्ष्मी अचरज में पड़कर बोली, ''तुम मेरी जान बख्शो। वह दौर खत्म होने में शाम हो जाएगी।''

''शाम हो जाएगी, तो हो जाने दो।''

राजलक्ष्मी ने मुस्कुराते हुए कहा, ''हुँ। शाम हो जाने दूँ। ब्राह्मणों को कब खिलाया जाएगा, यह तुम मुझ पर छोड़ दो। उसके चलते अगर मैं तुम्हें भूखा रखूँगी तो मेरी स्वर्ग की सीढ़ी ऊपर के बदले पाताल की तरफ मुँह करके खड़ी हो जाएगी।'' इतना कहकर वह खाना लाने चली गई।

थोड़ी देर बाद आज जो खाना खिलाने के लिए वह मेरे पास बैठी वह बीमार का पथ्य था। भोज के गरिष्ठ खाने के साथ उसका कोई सम्बन्ध नहीं था। समझ में आया, मेरे आने के बाद ही उसने उसे अपने हाथों बनाया था। फिर भी मैं जब से यहाँ आया हूँ, तब से लेकर अब तक उसके आचरण से, उसके बात करने के ढंग से जो कुछ महसूस कर रहा था, वह न ही सिर्फ अपरिचित था, बल्कि बेहद नया था। खाना खिलाते वक्त यही बिलकुल साफ हो गया। हालाँकि अगर कोई मुझसे यह पूछता कि किस वजह से और कैसे यह साफ हो गया, तो मैं उसे साफ-साफ समझा भी नहीं पाता। हो सकता है, जवाब में मैं यही कहता कि आदमी के बेहद दुख के अहसास को जाहिर करने की भाषा शायद आज भी नहीं बनी है। लेकिन इस बात को लेकर कि मैं खाता हूँ या नहीं खाता हूँ, उसकी वह पहलेवाली बेहद जबर्दस्ती नहीं थी, थी व्याकुल विनती। जोर नहीं

था, भीख थी। बाहरी आँखों से देखकर इसे नहीं समझा जा सकता है, उसे समझा जा सकता है गुप्त हृदय की अपलक दृष्टि से देखकर।

खाना खत्म हुआ। राजलक्ष्मी बोली, "तो अब मैं जाऊँ?"

अतिथि बाहर इकट्ठा हो रहे थे। मैंने कहा, "जाओ।"

मेरे जूठे बरतनों को हाथ में लिये जब वह धीरे-धीरे कमरे से बाहर निकल गई, तब बहुत देर तक मैं अनमना होकर उसी तरफ निहारता हुआ चुपचाप बैठा रहा। लगने लगा, राजलक्ष्मी को मैं जैसी छोड़ गया था इन कई दिनों बाद मुझे तो वह फिर वैसी वापस नहीं मिली। आनन्द ने कहा था—कल से ही दीदी एक तरह से बिना खाए-पिए है। आज भी उसने पानी तक नहीं पिया है और इसका कोई निश्चय नहीं है कि कल कब उसका उपवास टूटेगा। यह असम्भव नहीं है। मैं हमेशा ही यह देखते आया हूँ कि धर्मपिपासु चित्त किसी दिन अपने शरीर को कोई तकलीफ पहुँचाने से विरत नहीं हुआ है। यहाँ आने के बाद से उसकी यह अविचलित निष्ठा निरन्तर बढ़ती ही चली जा रही थी। आज मुझे उसे थोड़ी देर देखने का मौका मिला था। लेकिन जिस कठिन रहस्यमय रास्ते पर वह इस अविराम तेज गति से कदम बढ़ाए चली जा रही है, लगा, उसकी बदनाम जिन्दगी की जमा हुई कालिख, चाहे जितनी ही बड़ी क्यों न हो, अब उसे छू तक नहीं सकेगी। मगर मैं? मैं तो उसके रास्ते के बीचोबीच ऊँचे पहाड़ की तरह सब कुछ रोके हुए हूँ।

काम-काज निबटाकर जब राजलक्ष्मी दबे पाँव घर में घुसी तब रात के शायद दस बजे थे। उसने रोशनी कम की, बड़ी सावधानी से मेरी मच्छरदानी लगा दी और जब वह अपने बिस्तर पर जाकर लेटना ही चाह रही थी, तभी मैंने बात की। बोलो, "तुम्हारे ब्राह्मण भोज का दौर तो शाम के पहले ही खत्म हो गया था। फिर इतनी रात क्यों हुई?"

राजलक्ष्मी पहले चौंक गई, बाद में हँसकर बोली, "ओ री मेरी तकदीर! मैं तो डरते-डरते आ रही थी कि कहीं तुम्हारी नींद न तोड़ दूँ। पर यहाँ तो तुम जगे हुए हो। तुम अभी तक सोए नहीं हो क्यों?"

"मैं तुम्हारी ही आशा में जगा हुआ हूँ।"

"मेरी आशा में? तो तुमने मुझे बुला क्यों नहीं भेजा था?" इतना कहकर वह करीब आई, मच्छरदानी का एक किनारा उठा दिया और मेरे सिरहाने आकर बैठी। बराबर की आदत के मुताबिक उसने मेरे बालों के अन्दर अपने दोनों हाथों की दसों उँगलियाँ घुसा दीं और बोली, "तुमने मुझे बुला क्यों नहीं भेजा था?"

"मैं तुम्हें बुला भेजता, तो क्या तुम आती? तुम्हें कितना काम था।"

"भले ही काम हो, मेरी ऐसी मजाल है कि तुम्हारे बुलाने पर मैं आने से इनकार कर दूँ?"

उसकी बात का कोई जवाब नहीं था। मैं यह जानता था कि सचमुच ही उसकी मजाल नहीं थी कि वह मेरे बुलावे पर आने से इनकार कर दे। मगर आज मेरी मजाल नहीं थी कि मैं इस सच्चाई को सही मान लूँ।

राजलक्ष्मी बोली, "तुम चुप्पी साधे क्यों हो?"

"सोच रहा हूँ।"

"सोच रहे हो? क्या सोच रहे हो?" इतना कहकर उसने धीरे-धीरे मेरे सर पर अपना सर रखा और चुपके-चुपके बोली, "मुझ पर गुस्सा करके तुम घर से क्यों चले गए थे?"

"तुमने यह कैसे जाना कि मैं गुस्सा करके चला गया था?"

राजलक्ष्मी ने अपना सर नहीं उठाया, धीरे-धीरे बोली, "मैं गुस्सा करके जाऊँगी, तो तुम नहीं जान सकोगे?"

मैंने कहा, "शायद मैं जान सकूँगा!"

राजलक्ष्मी बोली, "तुम 'शायद' जान सकते हो? लेकिन मैं जरूर जान सकती हूँ। और तुम जितना जान सकते हो, मैं उससे भी कहीं ज्यादा जान सकती हूँ।"

मैंने हँसकर कहा, "ऐसा ही हो। इसको लेकर झगड़ा करके मैं विजेता नहीं बनना चाहता लक्ष्मी, मेरे हार जाने पर मुझे जितना नुकसान होगा, उससे कहीं ज्यादा नुकसान होगा तुम्हारे हार जाने पर।"

राजलक्ष्मी बोली, "अगर तुम यह जानते हो तो फिर कहते क्यों हो?"

मैंने कहा, "अब तो मैं नहीं कहता। मगर बहुत दिनों से मैंने कहना बन्द किया है, इसकी जानकारी तुम्हें नहीं है।"

राजलक्ष्मी चुप्पी साधे रही। पहले ऐसी स्थिति होती तो राजलक्ष्मी मुझे आसानी से छुटकारा नहीं देती। हजारों सवाल करके इस बात की कैफियत तलब करके मुझे छोड़ती। मगर अभी वह चुप्पी साधे स्तब्ध रही। बहुत देर बाद उसने मुँह उठाया और दूसरी बात छेड़ दी। पूछा, "तुम्हें क्या इस बीच बुखार आया था? कहाँ थे? घर में तुमने मुझे खबर क्यों नहीं भेजी?"

खबर नहीं भेजने का कारण मैंने उसे बताया। एक तो खबर लानेवाला आदमी नहीं था, दूसरा मैं यह नहीं जानता था कि मैं जिसे खबर भेजता, वह कहाँ है। मगर मैंने उसे विस्तार से यह बताया कि मैं कहाँ और किस तरह से था। चक्रवर्ती की पत्नी से मैं आज ही विदा लेकर आया हूँ। उस गरीब गृहस्थ परिवार में जिस तरह से मुझे रहने के लिए जगह मिली थी और जिस तरह से असीम गरीबी के बीच भी घर की मालकिन ने अनजान बीमार मेहमान की बेटे से भी ज्यादा स्नेह से तीमारदारी की थी यह कहते वक्त कृतज्ञता और दुख से मेरी दोनों आँखों में आँसू भर आए।

राजलक्ष्मी ने अपने हाथ से मेरे आँसू पोंछ दिए और बोली, "तो तुम उन्हें कुछ रुपए क्यों नहीं भेज देते हो, ताकि उनका कर्ज उतर जाए।"

मैंने कहा, "मेरे पास रुपए होते, तो मैं उन्हें भेज देता मगर मेरे पास तो रुपए हैं नहीं।"

मेरी इन सब बातों से राजलक्ष्मी बड़ी दुखी होती थी। आज भी उसने मन ही मन उतना ही दुख पाया। मगर पहले की तरह इस बांत को जोर देकर साबित करने के लिए कि उसका रुपया मेरा रुपया है, अब उसने झगड़ना नहीं चाहा, बल्कि वह चुप रही।

उसकी इस चीज को मैंने नया देखा। मेरी इस बात को सुनकर उसका ठीक यों शान्त और चुप होकर बैठा रहना मुझे भी बिंधा। थोड़ी देर बाद वह आह भरकर तनकर

बैठी, मानो आह की हवा से उसने अपने चारों ओर छाए घने बादलों के से मोह के आवरण को फाड़ डालना चाहा। कमरे की मद्धिम रोशनी में उसके मुँह का भाव मुझे अच्छी तरह दिखाई नहीं पड़ा। लेकिन जब उसने बात की तो मैंने उसकी आवाज में अजीब बदलाव देखा।

राजलक्ष्मी बोली, ''बर्मा से तुम्हारी चिट्ठी का जवाब आया है। ऑफिस का बड़ा-सा लिफाफा है। यह सोचकर कि हो सकता है, उसमें कोई जरूरी बात लिखी हुई हो, मैंने उसे आनन्द से पढ़वा लिया।''

''उसके बाद?''

''बड़े साहब ने तुम्हारी दरख्वास्त मंजूर की है। लिखा है, तुम्हारे जाने पर तुम्हारी पुरानी नौकरी तुम्हें फिर वापस मिल जाएगी।''

''अच्छा?''

''हाँ, लाऊँ वह चिट्ठी?''

''नहीं, रहने दो। कल सुबह उसे देखूँगा।''

फिर हम दोनों ही चुप्पी साधे रहे। जब यह सोचते नहीं बना कि क्या कहूँ, कैसे इस चुप्पी को तोड़ूँ, तो मन में खलबली मचने लगी। अचानक एक बूँद आँसू टप-से मेरे माथे पर टपका। मैंने धीरे-धीरे पूछा, ''यह तो बुरी खबर नहीं है कि मेरी दरख्वास्त मंजूर हुई है। मगर तुम रोई क्यों?''

राजलक्ष्मी ने आँचल से अपने आँसू पोंछे और बोली, ''तुमने मुझे यह क्यों नहीं बताया था कि तुम नौकरी के सिलसिले में फिर विदेश चले जाने की कोशिश कर रहे हो? क्या तुमने यह सोचा था कि मैं तुम्हें विदेश जाने से रोकूँगी?''

मैंने कहा, ''नहीं, मैंने यह नहीं सोचा था। बल्कि मैंने यह सोचा था कि अगर तुम यह जानती, तो तुम मेरा उत्साह ही बढ़ाती। मगर इसलिए नहीं, शायद मैंने यह सोचा था कि इन सब तुच्छ बातों को सुनने के लिए तुम्हारे पास वक्त नहीं होगा।''

राजलक्ष्मी चुप्पी साधे रही। लेकिन उसकी उमड़ती आह को जी-जान से दबाने की कोशिश भी मुझसे छिपी नहीं रही। मगर ऐसी स्थिति पल भर रही बस। पल भर बाद ही उसने मृदु स्वर में कहा, ''इस बात का जवाब देकर अब मैं अपने गुनाह का बोझ नहीं बढ़ाऊँगी। तुम जाओ, मैं तुम्हें हरगिज मना नहीं करूँगी।'' इतना कहकर वह फिर पल भर स्तब्ध रही, फिर कहने लगी, ''अगर मैं यहाँ नहीं आती, तो शायद यह किसी दिन समझ नहीं पाती कि मैं तुम्हें कितनी बड़ी दुर्दशा के बीच खींच लाई हूँ। इस गंगामाटी के अन्धकूप में औरतें रह सकती हैं, मगर मर्द नहीं रह सकते। यहाँ का यह बेकार उद्देश्यहीन जीवन तो तुम्हारे लिए आत्महत्या जैसा है। यह मैं अपनी नजरों के सामने साफ देख पाई हूँ।''

मैंने पूछा, ''किसी ने क्या तुम्हें यह दिखा दिया है?''

राजलक्ष्मी बोली, ''नहीं, मैंने खुद ही यह देखा है। तीर्थयात्रा की थी, मगर मैं भगवान को नहीं देख पाई थी। उसके बदले सिर्फ तुम्हारा लक्ष्यहीन उदास मुँह ही मुझे दिन-रात

दिखाई पड़ा था। मेरे लिए तुम्हें बहुत-कुछ छोड़ना पड़ा है। लेकिन अब तुम्हें कुछ नहीं छोड़ना पड़ेगा।''

इतनी देर तक मेरे मन के अन्दर एक दुख का बोझ ही था, मगर उसकी आवाज की अनिर्वचनीय करुणा में मैं विभोर हो गया। कहा, ''तुम्हें क्या कम छोड़ना पड़ा है लक्ष्मी? गंगामाटी तो तुम्हारी भी देखी हुई जगह नहीं थी।'' लेकिन यह कह डालने की वजह से मैं संकोच से मर गया। क्योंकि जो बुरी बात लापरवाही की वजह से मेरे मुँह से निकल गई वह इस तीक्ष्णबुद्धि महिला से छिपी नहीं रही। लेकिन आज उसने मुझे माफ कर दिया। शायद इस बात को लेकर कि कौन-सी बात अच्छी है और कौन-सी बुरी, मान-अभिमान का जाल बुनकर वक्त बरबाद करने लायक कुछ भी अब उसके पास नहीं था। बोली, ''बल्कि मैं ही गंगामाटी के लायक नहीं हूँ। सब इस बात को नहीं समझेंगे, लेकिन तुम्हें यह बात समझनी चाहिए कि सचमुच ही मुझे कुछ नहीं छोड़ना पड़ा है। एक दिन लोगों ने पत्थर जैसा जो बोझ मेरे सीने पर रख दिया था सिर्फ वही मेरा, और एक दिन दूर हुआ था। और सिर्फ क्या इतना ही हुआ था। मैंने आजीवन तुम्हें माँगा था। जितना मैंने छोड़ा है, तुम्हें पाकर मैंने उससे असंख्य गुना ज्यादा वापस पाया है, यह क्या तुम्हीं नहीं जानते?''

मैं जवाब नहीं दे सका। दिल की अजानी गहराई से न जाने कौन मुझसे यही कहने लगा—गलती हुई है। तुमसे बहुत बड़ी गलती हुई है। बिना समझे-बूझे तुमने उसके प्रति अन्याय किया। राजलक्ष्मी ने ठीक इसी तार पर चोट की, बोली, ''मैंने सोचा था कि तुम्हारे ही लिए मैं तुम्हें कभी यह नहीं बताऊँगी, लेकिन आज अब मैं रह नहीं सकी। मुझे सबसे ज्यादा इस बात से दुख पहुँचा है कि तुम अनायास यह सोच सके थे कि पुण्य के लोभ में मैं इतनी पागल हो गई थी कि मैंने तुम्हारी ही उपेक्षा करना शुरू किया है। गुस्सा करके चले जाने के पहले तुम्हें एक बार भी यह नहीं लगा था कि इहलोक और परलोक में तुमसे ज्यादा लोभ की चीज और क्या है?'' कहते-कहते उसके आँसू टप-टप करके मेरे मुँह पर टपकने लगे।

उसे दिलासा देने लायक शब्द मुझे याद नहीं आए। मैंने सिर्फ अपने सर पर से उसका दाहिना हाथ खींचकर अपने हाथ में लिया। राजलक्ष्मी ने बाएँ हाथ से अपने आँसू पोंछ बहुत देर तक चुपचाप बैठी रही। उसके बाद बोली, ''मैं देख आती हूँ कि लोगों का खाना-पीना खत्म हुआ या नहीं। तुम सो जाओ।'' इतना कहकर उसने धीरे-धीरे अपना हाथ खींच लिया और बाहर निकल गई। मैं उसे पकड़कर रोकना चाहता, तो हो सकता है, मैं उसे रोक सकता था। मगर मैंने उसे रोकने की कोशिश नहीं की। वह भी फिर वापस नहीं आई। मुझे भी जब तक नींद नहीं आई तब तक मैं सिर्फ यही सोचता रहा कि जबरन रोक रखने से कोई फायदा होता क्या? मेरी तरफ से तो किसी दिन कोई जोर ही नहीं था, सारा जोर आया था उसकी तरफ से। आज वही अगर बन्धन खोलकर मुझे मुक्ति देकर अपने आपको मुक्त करना चाहती है, तो मैं उसे रोकूँगा किस उपाय से?

सवेरे जब मैं जाग उठा, तो पहले दूसरी तरफ की चारपाई की तरफ गौर से देखा, राजलक्ष्मी कमरे में नहीं थी। मैं यह समझ नहीं सका कि वह रात में आई थी या तड़के बाहर निकल गई थी। जब मैं बाहर के कमरे में गया, तो देखता हूँ, वहाँ कोलाहल मचा हुआ है। रतन केतली से गरम चाय बरतन में उड़ेल रहा है और उसी के करीब बैठकर राजलक्ष्मी एक स्टोव पर समोसे या कचौड़ियाँ तलती चली जा रही है? और वज्रानन्द अपनी संन्यासी की निस्पृह, निरासक्त दृष्टि से इन सब खाने की चीजों की तरफ एकटक निहार रहा है। मुझे घुसते देख राजलक्ष्मी ने अपने भीगे बालों पर आँचल खींच लिया और वज्रानन्द कलरव कर उठा, ''ये रहे भैया! आपकी देरी देखकर मैं सोच रहा था कि शायद सब कुछ ठंडा होकर पानी हो जाएगा।''

राजलक्ष्मी ने हँसकर कहा, ''हाँ, तुम्हारे पेट के अन्दर जाकर सब कुछ ठंडा होकर पानी हो जाता।''

आनन्द ने कहा, ''दीदी, साधु-संन्यासियों का सम्मान करना सीखिए, वैसी कड़ी बात मत कहिए।'' फिर मुझसे कहा, ''कहाँ, आप उतने अच्छे तो नहीं दीख रहे हैं। मैं एक बार आपका हाथ देखूँ क्या?''

राजलक्ष्मी घबरा उठी, ''बख्श दो आनन्द, तुम्हें अब डॉक्टरी करने की जरूरत नहीं। वे अच्छे हैं।''

आनन्द बोला, ''यही पक्का करने के लिए हाथ एक बार...।''

राजलक्ष्मी बोली, ''नहीं, तुम्हें हाथ देखने की जरूरत नहीं। हो सकता है, तुम अभी सागूदाना खाने को कह दो।''

मैंने कहा, ''सागूदाना मैंने बहुत खाया है। तुम सागूदाना खाने को कहोगी तो भी मैं अब नहीं सुनूँगा।''

''सुनने की भी तुम्हें जरूरत नहीं।'' इतना कहकर राजलक्ष्मी ने कई गरमागरम कचौड़ियाँ और समोसे प्लेट में रखकर उसे मेरी तरफ बढ़ा दिया। फिर रतन से कहा, ''तू अपने बाबू को चाय दे।''

वज्रानन्द ने संन्यासी बनने के पहले डॉक्टरी पास की थी। अतएव वह आसानी से हार माननेवाला नहीं था। उसने गर्दन हिलाकर कहा, ''मगर दीदी, इतनी जिम्मेदारी आप पर...''

राजलक्ष्मी ने उसे बीच में ही बोलने से रोक दिया, ''लो सुनो, इसकी बात! उनकी देखभाल की जिम्मेदारी मुझ पर नहीं होगी, तो क्या तुम पर होगी? आज तक जितनी जिम्मेदारियाँ अपने कन्धों पर लेकर मुझे उन्हें खड़ा रखना पड़ा है, यह अगर तुम सुनते तो दीदी के आगे और डॉक्टरी करना नहीं चाहते।'' इतना कहकर उसने बाकी सारा नाश्ता एक थाली में उड़ेलकर उसके आगे बढ़ा दिया और मुस्कुराती हुई बोली, ''अब खाओ इन्हें, बोलना बन्द करो।''

आनन्द ने मना किया, ''अरे, इतना खाया जा सकता है!''

राजलक्ष्मी ने कहा, ''अगर इतना नहीं खाया जा सकता है तो तुम संन्यासी क्यों बने थे? आम लोगों की तरह गृहस्थ ही रहते, तो अच्छा होता!''

सहसा आनन्द की दोनों आँखें भर आईं, बोला, "चूँकि आप जैसी बड़ी बहन बंगाल में हैं, इसीलिए तो मैं संन्यासी बना। वरना, कसम खाकर कहता हूँ कि आज ही गेरुए-वेरुए को अजय के पानी में बहा देता और घर चला जाता। मगर मेरा एक अनुरोध है दीदी! आप परसों से ही एक तरह से बिना खाए-पिए हैं, आज पूजा-पाठ जरा सवेरे-सवेरे निपटा लीजिए। इन्हें अभी तक किसी ने छुआ नहीं है, आप कहें तो..." इतना कहकर उसने सामने की खाने की चीजों की तरफ निगाह डाली।

राजलक्ष्मी ने डर के मारे आँखें फाड़कर कहा, "यह तुम क्या कह रहे हो आनन्द? कल मेरे ऐसे बहुत सारे ब्राह्मण नहीं आ सके थे जिन्हें मैंने निमंत्रण दिया था।"

मैंने कहा, "पहले वे आ जाएँ, उसके बाद...।"

आनन्द बोला, "तो फिर मैं ही जाता हूँ उन्हें बुलाने। आप मुझे उन लोगों का नाम और पता दीजिए। मैं उन पाखंडियों के गले में गमछा डालकर लाऊँगा और उन्हें खाना खिलाकर छोड़ूँगा।" इतना कहकर उसने जाने के बदले थाली खींच ली और खुद ही खाने में मन लगाया।

राजलक्ष्मी हँसकर बोली, "संन्यासी हैं न, देवता-ब्राह्मणों में बड़ी भक्ति है!"

इस तरह से हम लोगों के चाय और नाश्ते का दौर जब खत्म हुआ तब आठ बज चुके थे। मैं बाहर आकर बैठा। बदन में भी थकान नहीं थी। हँसी-दिल्लगी से मन भी स्वच्छ और प्रसन्न हो उठा। राजलक्ष्मी की बीती रात की बातों और आचरण और आज की बातों और आचरण में कोई मेल नहीं था। इसमें कोई सन्देह नहीं कि उसने अभिमान और दुख से दुखी होकर ही वैसा कहा था। वास्तव में रात के सन्नाटे भरे अँधेरे के आवरण के अन्दर तुच्छ और मामूली-सी घटना को बड़ी और कठोर समझकर मैंने जो दुख और दुश्चिन्ता भुगती थी, आज दिन के उजाले में उसे याद करके मैं शरमा भी गया, दिल्लगी भी महसूस की।

कल की तरह आज उत्सव का कोई तामझाम नहीं था, फिर भी दिन भर बीच-बीच में बुलाए और बिन-बुलाए मेहमान आते रहे और खाते-पीते रहे। दिन ढल गया। और एक बार हम लोग चाय का सरो-सामान लेकर कमरे के फर्श पर आसन जमाकर बैठे। शाम का काम-काज निबटाकर राजलक्ष्मी पल भर के लिए हमारे कमरे में आ घुसी।

वज्रानन्द बोला, "दीदी स्वागत है।"

राजलक्ष्मी ने उसकी तरफ मुस्कुराते हुए निहारा और बोली, "संन्यासी की शायद देव-सेवा शुरू हुई, इसीलिए इतना आनन्द है?"

आनन्द ने कहा, "आपने झूठ नहीं कहा है दीदी, दुनिया में जितने आनन्द हैं उनमें भजनान्द और भोजनान्द ही श्रेष्ठ हैं और शास्त्रों में कहा गया है कि त्यागियों के लिए दूसरा ही सर्वश्रेष्ठ है।"

राजलक्ष्मी बोली, "हाँ, तुम जैसे त्यागियों के लिए!"

आनन्द ने जवाब दिया, "यह भी झूठ नहीं है दीदी, चूँकि आप गृहिणी हैं, इसीलिए आप इसका मर्म नहीं समझ पाई हैं। वरना हम त्यागी जब आनन्द में मगन हैं तब आप तीन दिनों से सिर्फ दूसरों को खिला रही हैं और खुद मर रही हैं बिना खाए।"

राजलक्ष्मी बोली, "भला मैं मर कहाँ रही हूँ, भाई? दिन पर दिन तो देख रही हूँ, इस बदन की खूबसूरती बढ़ती ही जा रही है।"

आनन्द बोला, "इसका कारण है, ऐसा होगा ही। उस बार भी मैं आपको देख गया था और इस बार भी आकर देख रहा हूँ। आपकी तरफ निहारने पर नहीं लगता कि दुनिया की चीज देख रहा हूँ। लगता है, यह जैसे दुनिया के सिवा और कुछ है।"

राजलक्ष्मी का मुँह शर्म के मारे लाल हो उठा। मैंने उससे हँसकर कहा, "तुमने अपने आनन्द की युक्ति की प्रणाली देखी?"

मेरी बात सुनकर आनन्द हँसा, बोला, "यह तो युक्ति नहीं है, स्तुति है। अगर यह दृष्टि आपकी होती, तो क्या आप बर्मा जाते नौकरी की दरख्वास्त देने? अच्छा दीदी, किस दुष्टबुद्धि देवता ने इस अन्धे आदमी को आपके मत्थे मढ़ दिया? उन्हें क्या कोई काम नहीं था?"

राजलक्ष्मी हँस पड़ी। अपना माथा ठोंककर बोली, "देवता का दोष नहीं है भई, दोष इस माथे का है। और बड़े से बड़ा शत्रु भी उन्हें दोष नहीं दे सकता।" इतना कहकर उसने मुझे दिखाकर कहा, "पाठशाला में वे थे मॉनिटर। वे जितना पाठ पढ़ाते थे उससे ज्यादा बेंत मारते थे। तब मैं 'बोधोदय' पढ़ती थी। बाहर का बोध तो खूब ही हुआ। बोध हुआ और तरह का—मैं बच्ची थी, फूल पाती कहाँ, जंगली करीले की माला गूँथकर उन्हें वरमाला पहना दी। पर अभी सोचती हूँ, उसके साथ मैं उसके काँटे भी अगर मैं गूँथ देती!" कहते-कहते उसकी गुस्साई आवाज दबी हँसी की आभा से अनूठी हो उठी।

आनन्द बोला, "उफ, कितना भयंकर गुस्सा है।"

राजलक्ष्मी बोली, "यह गुस्सा नहीं तो क्या है? अगर कोई काँटा तोड़नेवाला होता, तो मैं जरूर काँटे गूँथ देती। अगर अभी भी मिले, तो मैं गूँथ दूँ।"

इतना कहकर वह तेज कदमों से बाहर निकलती जा रही थी कि तभी आनन्द ने पुकारकर कहा, "आप भाग क्यों रही हैं?"

"क्यों, और काम नहीं है क्या? चाय की प्याली हाथ में लेकर उनके पास टंटा करने का समय है, मगर मेरे पास नहीं है।"

आनन्द ने कहा, "दीदी, मैं आपका अनुगत भक्त हूँ। लेकिन इस आरोप पर हामी भरने में मुझे भी शर्म आ रही है। वे एक शब्द भी कहते, तो उसे तोड़ा-मरोड़ा जा सकता था, मगर एकदम गूँगे आदमी को जाल में कैसे फँसाया जा सकता है? अगर ऐसा किया भी जाए, तो ऐसा करना धर्म के अनुकूल नहीं होगा।"

राजलक्ष्मी बोली, "यही तो है मेरा दुख। अच्छी बात है, तुम वही करो जो धर्म के अनुकूल है। चाय तो ठंडी होकर पानी हो गई। मैं तब तक रसोईघर का एक बार चक्कर लगा आती हूँ।" इतना कहकर वह कमरे से बाहर निकल गई।

आनन्द ने पूछा, "आपका बर्मा जाना क्या अभी भी तय है? दीदी ने मुझसे कहा है कि वे आपके साथ कतई नहीं जाएँगी।"

"यह मैं जानता हूँ।"

"तो फिर?"

"तब अकेले ही जाना होगा।"

वज्रानन्द ने कहा, "देखिए, यह आपका अन्याय है। आप लोगों के लिए पैसा कमाना जरूरी नहीं है। तो फिर किसलिए जाइएगा दूसरे की गुलामी करने?"

"कम से कम पैसा कमाने की आदत बनाए रखने के लिए।"

"यह तो गुस्से की बात हुई भैया!"

"मगर गुस्से के अलावा आदमी के लिए और कोई कारण नहीं होना चाहिए आनन्द?"

आनन्द बोला, "हो तो भी दूसरे के लिए यह समझना कठिन है।"

जी चाहा, कहूँ—यह भला दूसरे को समझने की जरूरत क्या है? लेकिन इस आशंका से मैंने चुप्पी साध ली कि इस बतकही से मन कहीं कड़वा न हो जाए।

ऐसे समय राजलक्ष्मी बाहर का काम निबटाकर कमरे में घुसी और खड़ी न रहकर अबकी बार शरीफों की मानिन्द आनन्द की बगल में जाकर स्थिर होकर बैठी।

आनन्द ने मुझसे कहा, "दीदी, वे कह रहे थे कि कम से कम गुलामी की आदत बनाए रखने के लिए भी उन्हें विदेश जाना होगा ही। मैं कह रहा था कि अगर ऐसा करना होगा ही, तो आइए, मेरे काम में शरीक हो जाइए। विदेश गए बिना देश की गुलामी में ही हम दोनों भाई अपनी जिन्दगी बिता देंगे।"

राजलक्ष्मी बोली, "लेकिन, वे तो डॉक्टरी नहीं जानते आनन्द।"

आनन्द बोला, "मैं क्या सिर्फ डॉक्टरी ही करता हूँ? मैं स्कूल चलाता हूँ, पाठशाला चलाता हूँ। उन लोगों की दुर्दशा कितनी दृष्टियों से कितनी बड़ी है, उसे अविराम समझने की कोशिश करता हूँ।"

"वे लोग इसे समझते हैं?"

आनन्द ने कहा, "वे लोग इसे आसानी से नहीं समझते हैं। लेकिन आदमी की शुभ इच्छा जब कलेजे से सच बनकर निकलती है तब वह कोशिश बेकार नहीं होती है दीदी।"

राजलक्ष्मी ने मेरे मुँह की तरफ कनखियों से निहारा और धीरे-धीरे सर हिलाया। शायद उसने विश्वास नहीं किया, शायद वह मन ही मन मेरे लिए शंकित हो उठी कि कहीं मैं भी न हामी भर बैठूँ। कहीं मैं भी...

आनन्द ने प्रश्न किया, "आपने सर क्यों हिलाया?"

राजलक्ष्मी ने पहले-पहल तनिक मुस्कुराने की कोशिश की, बाद में स्निग्ध मधुर स्वर में बोली, "मैं भी यह जानती हूँ आनन्द कि देश की दुर्दशा कितनी बड़ी है! लेकिन अकेले तुम्हारी कोशिश से भला क्या होगा भाई?" फिर मुझे दिखाकर बोली, "भला वे जाएँगे मदद करने? तो समझो हो गया बंटाढार। तब तो मेरी तरह तुम्हारे भी दिन उन्हीं की सेवा में गुजरेंगे और किसी के लिए भी कुछ करने की जरूरत नहीं पड़ेगी।" इतना कहकर वह हँसी।

उसकी हँसी देखकर आनन्द खुद भी हँस पड़ा और बोला, "तो उन्हें साथ लेने की जरूरत नहीं है दीदी। रहें वे हमेशा आपकी आँखों के तारे बनकर। मगर यह अकेले-दुकेले

की बात नहीं है। अकेले आदमी की भी हार्दिक इच्छाशक्ति इतनी बड़ी होती है कि उसे मापा नहीं जा सकता। ठीक वामनावतार के पैरों जैसा। बाहर से देखने में वे छोटे हैं, लेकिन वे ही छोटे-छोटे पैर फैलने पर विश्व को माप लेते हैं।''

मैंने गौर से देखा, वामनावतार की उपमा से राजलक्ष्मी का चित्त कोमल हो गया है। मगर आनन्द की बात के जवाब में वह कुछ भी नहीं बोली।

आनन्द कहने लगा, ''हो सकता है, आप ही की बात ठीक हो। मैं खास कुछ नहीं कर सकता। लेकिन मैं एक काम करता हूँ। बूते भर मैं दुखियों का दुख बाँट लेता हूँ, दीदी।''

राजलक्ष्मी और भी ज्यादा नरम होकर बोली, ''यह मैं जानती हूँ आनन्द। तुम्हें देखकर पहले ही दिन मैंने यह समझा था।''

आनन्द ने शायद इस बात पर कान नहीं दिया। वह अपनी रौ में कहने लगा, ''आप लोगों की तरह मुझे भी किसी चीज की कमी नहीं थी। पिताजी के पास जो कुछ है, वह बड़े सुख से दिन बिताने के लिए भी ज्यादा है। मगर मुझे उसकी कोई जरूरत नहीं है। इस दुखी देश में सुख पाने की लालसा को अगर मैं इस जीवन में रोक सकूँ, तो यह मेरे लिए काफी है।''

रतन ने आकर बताया, ''रसोइया कह रहा है कि खाना तैयार है।''

राजलक्ष्मी ने उसे आसन लगाने का आदेश दिया और हम लोगों से बोली, ''आज तुम लोग जरा सवेरे-सवेरे खा-पी लो आनन्द! मैं बड़ी थकी हुई हूँ।''

इसमें सन्देह नहीं था कि वह थकी हुई है। लेकिन थकान की दुहाई देते मैंने उसे कभी नहीं देखा था। हम दोनों चुपचाप उठकर खड़े हो गए। आज की हमारी सुबह बड़ी प्रसन्नता के अन्दर से होकर हँसी-दिल्लगी से शुरू हुई थी, शाम की मजलिस भी जमी थी–ठट्ठा-मसखरी से उज्ज्वल होकर। लेकिन मजलिस टूटी निरानन्द के मलिन अवसाद से। खाने के लिए हम दोनों जब रसोईघर की तरफ आगे बढ़े तब किसी की जबान पर कोई शब्द नहीं था।

अगले दिन सवेरे वज्रानन्द ने जाने की तैयारी की। किसी के भी कहीं जाने की बात उठने पर राजलक्ष्मी हमेशा एतराज किया करती थी। दिन और मुहूर्त के बहाने आज नहीं, कल जाना। कल नहीं, परसों जाना करके बड़ी अड़चन डालती थी। मगर आज वह एक शब्द भी नहीं बोली। सिर्फ विदा लेकर जब वह तैयार हुआ तक करीब आकर उसने मृदु स्वर में पूछा, ''आनन्द फिर कब आओगे भाई?''

मैं नजदीक में ही था, मुझे साफ-साफ दिखाई पड़ा, संन्यासी की आँखों की चमक धुँधली होने को आई। लेकिन उसने पल भर में अपने आपको सँभाल लिया और मुस्कुराते हुए कहा, ''जरूर आऊँगा दीदी, अगर मैं जिन्दा रहा, तो, बीच-बीच में तंग करने के लिए हाजिर होऊँगा ही।''

''ठीक तो?''

''जरूर।''

“लेकिन, हम लोग तो जल्दी ही चले जाएँगे। जहाँ हम रहेंगे वहाँ आओगे?”

“आप बुलाएँगी तो मैं जरूर आऊँगा दीदी।”

राजलक्ष्मी ने कहा, “आना। तुम अपना पता मुझे लिख दो, मैं तुम्हें चिट्ठी लिखूँगी।”

आनन्द ने अपनी जेब से कागज-पेंसिल निकालकर अपना पता लिखा और उसे उसके हाथ में दिया। संन्यासी होकर भी उसने अपने दोनों हाथों को जोड़कर उन्हें अपने माथे से छुलाकर हम दोनों को नमस्कार किया और रतन ने आकर उसके पैरों को छुआ, तो उसने उसे आशीर्वाद दिया और धीरे-धीरे घर से बाहर निकल गया।

# 15

संन्यासी वज्रानन्द जिस दिन अपनी दवाओं का बॉक्स और किरमिच के बैग को लेकर बाहर निकल गया उस दिन सिर्फ इतना ही नहीं कि वह इस घर के तमाम आनन्द को छानकर ले गया, बल्कि मुझे लगा कि वह उस खाली जगह को छिद्रहीन निरानन्द से भर दे गया। घने सेवार से भरे तालाब का जो पानी अपने अविराम हिलोरों से निर्मल था वह मानो उसके चले जाने के साथ ही लिपकर एकाकार होता चला जाने लगा। तब भी छह-सात दिन बीत गए। राजलक्ष्मी अक्सर दिन भर घर में नहीं रहती थी। कहाँ जाती थी, क्या करती थी मैं नहीं जानता था, मैं पूछता भी नहीं था। शाम एक बार जब मुलाकात होती थी तब या तो वह अन्यमनस्क रहती थी या बड़े कुशारीजी साथ रहते थे, उन दोनों में काम-काज की बात हुआ करती थी। अकेले कमरे के अन्दर, जो आनन्द मेरा कोई नहीं था, वही बार-बार याद आता था। लगता था, काश वह अचानक आ जाता। ऐसी बात नहीं कि उसके आने से सिर्फ मैं ही खुश होता, बल्कि मैं जानता था कि वह राजलक्ष्मी भी जो बरामदे के दूसरे किनारे बैठकर दीये की रोशनी में कुछ करने की कोशिश कर रही थी, उतनी ही खुश हो जाती। ऐसी ही बात थी। एक दिन जिन लोगों के युग्महृदय बाहर के हर तरह के सम्बन्धों को छोड़कर गुप्त मिलन की आकांक्षा से व्याकुल रहते थे, आज उन्हीं बाहरी सम्बन्धों की हमें कितनी बड़ी जरूरत थी। लगता था, चाहे कोई भी क्यों न हो, एक बार बीच में आकर खड़ा हो जाता तो मैं राहत की साँस लेकर जी उठता।

यों ही जब दिन कट नहीं रहे थे, तब अचानक एक समय रतन आकर सामने उपस्थित हुआ। मुँह की हँसी को वह और दबा नहीं सकता था। राजलक्ष्मी घर पर नहीं थी। इसलिए उसे डरने की जरूरत नहीं थी। फिर भी उसने सावधानी से चारों ओर निगाह डाली और धीरे-धीरे कहा, “आपने नहीं सुना है क्या?”

मैं बोला, ''नहीं, क्या बात है?''

रतन बोला, ''दुर्गा माता कृपा करें कि माँ की यही बुद्धि अन्त तक बनी रहे! हम सब दो-चार दिनों में ही यहाँ से जा रहे हैं।''

''कहाँ जा रहे हैं?''

रतन ने एक बार और दरवाजे के बाहर देख लिया और कहा, ''इसकी ठीक-ठीक जानकारी अभी भी मुझे नहीं मिली है। या तो पटना या काशी, या...मगर इसके अलावा माँजी का घर तो और कहीं नहीं है।''

मैं चुप रहा। यह देखकर कि इतनी बड़ी बात सुनकर भी मैं बेताब नहीं हुआ। उसने सोचा कि मैं उसकी बात पर विश्वास नहीं कर सकता, इसीलिए वह दबी जबान से सारी ताकत लगाकर बोल उठा, ''मैं कहता हूँ, यह सच है। हम लोग जाएँगे ही। आह, तब तो हम लोग जी उठेंगे, न?''

मैंने कहा, ''हाँ।''

रतन बहुत खुश होकर बोला, ''तकलीफ उठाकर और दो-चार दिन सब्र कीजिए बस। ज्यादा से ज्यादा हफ्ता भर लग सकता है, उससे ज्यादा नहीं। 'गंगामाटी' का सारा इन्तजाम माँजी ने कुशारीजी के साथ खत्म कर डाला है। अब सामान को बाँध-बूँधकर दुर्गा-दुर्गा कहकर कदम बढ़ा सके, तो जान बचे। हम सब हैं, शहर के रहनेवाले, यहाँ क्या कभी हमारा मन लग सकता है?'' इतना कहकर वह खुशी के जोश में जवाब के लिए इन्तजार किए बिना ही बाहर निकल गया।

रतन के लिए कोई भी बात अजानी नहीं थी। वह यह जानता था कि उन्हीं लोगों जैसा मैं भी राजलक्ष्मी का एक नौकर हूँ। इससे ज्यादा कुछ नहीं। वह यह जानता था कि किसी की भी राय की कोई कीमत नहीं है। सबका अच्छा लगना, न लगना मालकिन की इच्छा और दिलचस्पी पर निर्भर करता है।

जो आभास रतन दे गया वह खुद उसका मर्म नहीं समझता था। लेकिन उसकी बातों का वह निहितार्थ देखते-देखते मेरे चित्त-पट पर हर दृष्टि से खिल उठा। राजलक्ष्मी की शक्ति की सीमा नहीं थी। इस विपुल शक्ति से दुनिया में वह सिर्फ अपने आपको ही लेकर खेलती चली जा रही थी। एक दिन इस खेल में मेरी जरूरत पड़ी थी। पर मेरी मजाल नहीं थी कि उसकी उस एकाग्र इच्छा के प्रचंड आकर्षण को रोक सकता। मैं झुककर आया था। मुझे वह बड़ा बनाकर नहीं लाई थी। मैं सोचता था, मेरे लिए उसने बहुत स्वार्थ छोड़ा है। मगर आज नजर आया, ठीक ऐसी बात नहीं है। चूँकि राजलक्ष्मी के स्वार्थ के केन्द्र को मैंने इतने दिनों तक नहीं देखा था, इसीलिए मैं ऐसा सोचता आया हूँ। धन-दौलत, ऐश्वर्य बहुत-कुछ उसने छोड़ा था, लेकिन वह मेरे लिए? कूड़े के ढेर की तरह उन सबने क्या उसकी अपनी जरूरतों के रास्ते को नहीं रोका था। मैं और मुझे प्राप्त करने के बीच राजलक्ष्मी में कितना बड़ा फर्क था, यह सच्चाई मेरे आगे रोशन हो गई। आज उसका चित्त इहलोक में मिली सारी चीजों को तुच्छ करके आगे बढ़ने को तैयार हुआ है। उसके उस रास्ते पर खड़ा होने की जगह मेरे लिए नहीं है। अतएव अन्यान्य

कूड़ों की मानिन्द मुझे भी अब रास्ते के एक किनारे तिरस्कृत होकर पड़ा रहना पड़ेगा। यह चाहे जितना भी दुख क्यों न दे, इसे अस्वीकार करने का उपाय नहीं है। मैं कभी इसे अस्वीकार भी नहीं करता।

अगले दिन सवेरे ही मैं यह जान सका कि धूर्त रतन ने जो जानकारी हासिल की थी वह गलत नहीं थी। गंगामाटी सम्बन्धी सारा इन्तजाम तय हो गया था। खुद राजलक्ष्मी के ही मुँह से मुझे यह मालूम हुआ। सवेरे नियमित पूजा-पाठ खत्म करके वह और दिनों की तरह बाहर नहीं निकली। वह धीरे-धीरे मेरे पास आकर बैठी, बोली, "परसों ऐसे समय अगर खाना-पीना खत्म करके हम लोग निकल सकें, तो साँइथिया में हम लोग पश्चिम की गाड़ी अनायास पकड़ सकेंगे। क्यों, तुम्हारी क्या राय है?"

मैंने कहा, "हाँ, तुम ठीक कहती हो।"

राजलक्ष्मी बोली, "यहाँ का सारा इन्तजाम तो मैंने एक तरह से खत्म कर डाला। कुशारीजी जैसे देखभाल कर रहे थे, वैसे ही देखभाल करेंगे।"

मैंने कहा, "यह अच्छा ही हुआ।"

राजलक्ष्मी थोड़ी देर तक चुप्पी साधे रही। शायद वह अपना सवाल ठीक से शुरू नहीं कर पा रही थी, इसीलिए अन्त में बोली, "मैंने बंकू को चिट्ठी लिख दी है। वह एक डिब्बा रिजर्व करके स्टेशन पर मौजूद रहेगा। मगर मौजूद रहे तब न!"

मैंने कहा, "वह स्टेशन पर जरूर मौजूद रहेगा। वह तुम्हारा कहा नहीं टालेगा।"

राजलक्ष्मी बोली, "नहीं, भरसक वह मेरी कहा नहीं टालेगा। तब भी अच्छा, तुम क्या हमारे साथ नहीं जा सकोगे?"

मैं यह प्रश्न नहीं कर सका कि कहाँ जाना है। मुझे हिचकिचाहट हुई। मैंने सिर्फ कहा, "अगर तुम यह समझो कि मेरे जाने की जरूरत है, तो मैं जा सकता हूँ।"

इसके जवाब में राजलक्ष्मी भी कुछ नहीं कह सकी। वह बहुत देर तक चुप रही, फिर अचानक एक समय घबरा उठी, "कहो, अभी तक तुम्हारे लिए चाय नहीं लाया?"

मैंने कहा, "हाँ, अभी तक नहीं लाया है, शायद काम में व्यस्त होगा।"

वास्तव में चाय लाने का समय बहुत पहले बीत चुका था। पहले अगर नौकर इतना बड़ा गुनाह करते, तो वह उन्हें हरगिज माफ नहीं करती। डाँट-फटकार कर वह तहलका मचा देती, लेकिन अभी एक तरह की शर्म से वह जैसे मर गई और एक शब्द भी बोले बिना वह तेज कदमों से बाहर निकल गई।

निर्धारित दिन को जाने के पहले सारी प्रजा आकर घेरकर खड़ी हो गई। डोम की लड़की मालती को और एक बार देखने की इच्छा थी। लेकिन इस गाँव को छोड़कर उन लोगों ने दूसरी जगह अपना घर बसाया था इसलिए उससे मुलाकात नहीं हुई। पर खबर मिली कि वहाँ वह अपने पति के साथ सुख से है। दोनों कुशारी बन्धु रात रहते ही सपरिवार आ उपस्थित हुए। जुलाहे की सम्पत्ति-जनित झगड़े का फैसला हो जाने से, वे लोग फिर एक हो गए थे। कैसे राजलक्ष्मी ने क्या किया, इसे विस्तार से जानने का न ही कौतूहल था और न ही मैं यह जानता था। उन लोगों के मुँह की तरफ निहारकर मैं सिर्फ इतना

जान सका कि झगड़ा खत्म हो गया है और पहले के अलगाव की ग्लानि दोनों में से किसी के भी मन में अब नहीं रही।

सुनन्दा आई और अपने बेटे के साथ मुझे प्रणाम किया। बोली, ''यह मैं जानती हूँ कि हम लोगों को आप जल्दी नहीं भूल जाएँगे। यह बेकार की प्रार्थना मैं आपसे नहीं करूँगी।''

मैंने मुस्कुराकर कहा, ''तो मुझसे कौन-सा काम करने की प्रार्थना करोगी दीदी?''

''मेरे बेटे को आप आशीर्वाद दीजिए।''

मैंने कहा, ''यही तो बेकार की प्रार्थना है–सुनन्दा। यह तो मैं ही नहीं जानता कि तुम जैसी माँ के बेटे को कौन-सा आशीर्वाद दिया जा सकता है?''

राजलक्ष्मी किसी काम से इधर से होकर चली जा रही थी। हमारी बात उसके कानों में पहुँची, तो वह कमरे के अन्दर आकर खड़ी हो गई। उसने सुनन्दा की तरफ से जवाब देते हुए कहा, ''उसके बेटे को तुम यह आशीर्वाद देकर जाओ कि बड़ा होकर उसे भी वैसा ही मन मिले जैसा तुम्हें मिला है।''

मैंने हँसकर कहा, ''यह तो बड़ा अच्छा आशीर्वाद है। तुम्हारे बेटे से लक्ष्मी शायद मजाक करना चाहती है, सुनन्दा।''

मेरी बात खत्म भी नहीं हुई थी कि राजलक्ष्मी बोल उठी, ''क्या मैं मजाक करना चाहती हूँ अपने बेटे से? और सो भी जाते वक्त।'' इतना कहकर वह पल भर स्तब्ध रही, फिर बोली, ''मैं भी तो उसकी माँ जैसी हूँ। मैं प्रार्थना करती हूँ कि भगवान उसे यही वर दें। मैं नहीं जानती कि इससे बड़ा और कोई वर हो सकता है।''

सहसा मैंने निहारा, तो देखा, उसकी दोनों आँखों में आँसू भर आए हैं और एक भी शब्द कहे बिना वह कमरे से बाहर निकल गई।

इसके बाद सभी मिलकर पुरनम आँखों से गंगामाटी से चल पड़े। यहाँ तक कि रतन भी बार-बार अपनी आँखें पोंछने लगा। यहाँ के रहनेवालों के साग्रह अनुरोध पर सभी ने फिर यहाँ आने का वादा किया, वादा नहीं कर सका सिर्फ मैं। मैंने सिर्फ यह पक्का समझा था कि इस जीवन में मेरे फिर यहाँ वापस आने की सम्भावना नहीं है। इसीलिए चलते वक्त मैंने इस छोटे-से गाँव की तरफ बार-बार मुड़कर निहारा, तो सिर्फ यही लगने लगा, जैसे बहुत माधुर्य और दुख से भरे एक वियोगान्त नाटक का अभी-अभी परदा गिरा। नाट्यशाला के दीये बुझ गए। अबकी बार लोगों से भरी दुनिया में तरह-तरह की भीड़ के बीच रास्ते पर बाहर निकलना पड़ेगा। लेकिन भीड़ के बीच जिस मन को बड़ी सावधानी से कदम रखने की बात है, मेरा वही मन मानो नशे की खुमारी में बिलकुल डूबा रहा।

शाम के बाद हम लोग साँइथिया आ पहुँचे। राजलक्ष्मी के आदेश और उपदेश में से किसी की भी बंकू ने अवहेलना नहीं की थी। वह सारा इन्तजाम ठीक करके खुद आकर स्टेशन के प्लेटफॉर्म पर मौजूद था। यथासमय ट्रेन के आने पर उसने माल-असबाब चढ़ाकर रतन को नौकरों के डिब्बे में चढ़ा दिया और अपनी सौतेली माँ के साथ गाड़ी पर चढ़ा। मगर मेरे साथ उसने किसी तरह की खास घनिष्ठता करने की कोशिश नहीं

की। क्योंकि अब उसका भाव बढ़ गया था, घर-मकान, रुपए-पैसे को लेकर अब दुनिया में वह एक प्रतिष्ठित आदमी के रूप में गिना जाता था। बंकू बढ़ा चतुर व्यक्ति था। हर स्थिति के अनुकूल अपने आपको ढालकर वह चलना जानता था। जो यह हुनर जानता है, दुनिया में उसे दुख नहीं झेलना पड़ता है।

गाड़ी छूटने में तब भी पाँचेक मिनट की देरी थी, मगर मेरी कलकत्ता जानेवाली ट्रेन आती लगभग पिछली रात। मैं बिलकुल स्थिर होकर खड़ा था। राजलक्ष्मी ने खिड़की से मुँह निकालकर हाथ के इशारे से मुझे बुलाया। मैं जब उसके करीब गया तो वह बोली, "एक बार अन्दर आओ।"

जब मैं अन्दर गया, तो उसने मेरा हाथ पकड़कर मुझे अपनी बगल में बिठाया और बोली, "क्या तुम जल्दी बर्मा चले जाओगे? जाने के पहले और एक बार मिलकर नहीं जाओगे?"

मैंने कहा, "अगर तुम जरूरत समझो, तो मैं मिलने आ सकता हूँ।"

राजलक्ष्मी ने चुपके-चुपके जवाब दिया, "दुनिया में जिसे जरूरत कहते हैं, उस जरूरत के लिए नहीं। मैं सिर्फ और एक बार तुम्हें देखना चाहूँगी।"

"आऊँगा।"

"कलकत्ता पहुँचकर चिट्ठी दोगे?"

"हाँ दूँगा।"

बाहर गाड़ी छोड़ने का आखिरी घंटा बज उठा, और गार्ड ने हरी बत्ती को बार-बार हिलाकर गाड़ी चलने का संकेत किया। राजलक्ष्मी ने झुककर मेरे पैरों को छुआ और मेरा हाथ छोड़ दिया। मैं उतरकर खड़ा हो गया और ज्यों ही मैंने गाड़ी का दरवाजा बन्द किया त्यों ही गाड़ी ने चलना शुरू किया। अँधेरी रात, अच्छी तरह कुछ भी नजर नहीं आता था। सिर्फ स्टेशन के प्लेटफॉर्म की मिट्टी के तेल की कई बत्तियों ने मन्थर गति से जा रही गाड़ी की उस खुली खिड़की की एक धुँधली नारी-मूर्ति पर कई बार रोशनी डाली।

कलकत्ता आकर मैंने उसे चिट्ठी दी और मुझे उसका जवाब भी मिला। यहाँ काम ज्यादा नहीं था, जितना काम था वह पन्द्रह दिनों के अन्दर खत्म हो गया। अबकी बार विदेश जाने की तैयारी करनी थी। लेकिन उसके पहले वादे के मुताबिक और एक बार राजलक्ष्मी से मिलना था। और भी दो सप्ताह यों ही गुजर गए। मन के अन्दर एक आशंका थी कि अब तक पता नहीं उसकी क्या मंशा हुई होगी, हो सकता है, वह आसानी से मुझे छोड़ना न चाहे, हो सकता है, उतनी दूर जाने के खिलाफ तरह-तरह के उज्र-एतराज उठाकर वह जिद करती रहे—कुछ भी असम्भव नहीं था। अभी वह काशी में थी। उसके डेरे का पता भी मैं जानता था। इस बीच उसकी दो-तीन चिट्ठियाँ भी मुझे मिली थीं और यह भी मैंने खासतौर पर देखा था कि मेरे वादे के बारे में कहीं भी उसने इशारे से भी याद दिलाने की कोशिश नहीं की थी। याद न दिलाने की ही बात थी। मैंने मन ही मन कहा—अपने आपको छोटा बनाकर मैं भी शायद मुँह खोलकर यह नहीं लिख सकता था कि तुम एक बार आकर मुझसे मिलकर जाओ। अचानक देखते-देखते मैं न जाने

कैसा अधीर हो उठा। यह सोचकर मैं अचरज में पड़ गया कि इतने दिनों तक मैं कैसे यह भूला हुआ था कि इस जीवन में वह इतनी घुल-मिल गई थी। मैंने घड़ी उतारकर उसे देखा, तब भी वक्त था। मैं तब भी गाड़ी पकड़ सकता था। डेरे पर सब कुछ पड़ा रहा। मैं बाहर निकल पड़ा। इधर-उधर बिखरी चीजों की तरफ मैंने निहारा, तो लगा, रहें ये सब पड़े। मेरी जरूरत की बात जो मुझसे भी ज्यादा जानती है, उसी के पास जाने के लिए अब जरूरी चीजों का बोझ नहीं ढोऊँगा। रात को ट्रेन के अन्दर हरगिज नींद नहीं आई। हल्की ऊँघ के झोंके में दोनों बन्द पलकों पर कितने खयाल, कितनी कल्पनाएँ दौड़ती फिरने लगीं, इसका आदि-अन्त नहीं था। हो सकता है, ज्यादातर बेतरतीब थीं, मगर सबकी सब जैसे बिलकुल मधु से भरी हुई थीं। क्रमशः सुबह हुई, दिन चढ़ने लगा, लोग-बाग के चढ़ने-उतरने, हाँक-गुहार, दौड़-धूप की सीमा नहीं रही। तेज धूप के चलते चारों तरफ कोहरे का नामो-निशान तक नहीं था। मगर मेरी आँखों में सब कुछ बिलकुल धुँधला हो गया।

रास्ते में गाड़ी के लेट हो जाने की वजह से जब मैं राजलक्ष्मी के काशी के घर जा पहुँचा तब दिन बहुत चढ़ चुका था। बैठक के सामने एक बूढ़े ब्राह्मण बैठे-बैठे चिलम पी रहे थे। उन्होंने मुँह उठाकर पूछा, ''क्या चाहते हैं?''

मैं सहसा यह नहीं कह सका कि मैं क्या चाहता हूँ। उन्होंने फिर से प्रश्न किया, ''आप किसे ढूँढ़ रहे हैं?''

सहसा यह कहना भी कठिन था कि मैं किसे ढूँढ़ रहा हूँ। मैंने जरा रुककर कहा, ''रतन है?''

''नहीं, वह बाजार गया है।''

ब्राह्मण सज्जन व्यक्ति थे। मेरे मटमैले मुँह की तरफ निहारकर उन्होंने शायद यह अन्दाजा लगाया कि मैं बहुत दूर से आ रहा हूँ। वे सदय स्वर में बोले, ''आप बैठिए, वह जल्दी ही लौटेगा। आपको क्या सिर्फ उसी से काम है?''

करीब ही एक कुर्सी पर मैं बैठ गया। उनके सवाल का ठीक जवाब दिए बिना मैंने पूछा, ''यहाँ बंकू बाबू हैं?''

''हाँ, वह है।'' इतना कहकर उन्होंने एक नए नौकर को बुलाया और उसे बंकू को बुला देने को कहा। बंकू ने आकर मुझे देखा, तो वह पहले-पहल बड़ा विस्मित हुआ। बाद में वह मुझे अपनी बैठक में ले गया और वहाँ मुझे बिठाकर कहा, ''हम लोगों ने सोचा था कि आप शायद बर्मा चले गए हैं।''

इस 'हम लोगों' में कौन-कौन है, यह प्रश्न अब मैं पूछा नहीं सका। बोला, ''आपका चीज-बस्त शायद अभी भी गाड़ी में ही है?''

''नहीं, मैं कोई चीज-बस्त साथ में नहीं लाया हूँ।''

''आप कोई भी चीज-बस्त नहीं लाए हैं! तो क्या आप रात की गाड़ी से लौट जाएँगे?''

मैंने कहा, ''मैंने सोचा है कि अगर सम्भव हुआ, तो मैं रात की ही गाड़ी से लौट जाऊँगा।''

बंकू बोला, "तो फिर भला एक वक्त के लिए चीज-बस्त लाने की क्या जरूरत है?"

नौकर आकर धोती, गमछा और हाथ-मुँह धोने के लिए पानी आदि तमाम जरूरी चीजें दे गया। लेकिन और कोई मेरे पास नहीं आया।

खाना खाने के लिए बुलाया आया। मैं वहाँ गया, तो देखा, मेरा और बंकू का आसन अगल-बगल बिछाया गया है। दक्षिण के दरवाजे को धकेलकर राजलक्ष्मी घुसी और मुझे प्रणाम किया। शुरू में मैं उसे शायद पहचान नहीं सका था। जब मैं उसे पहचान सका, तो पहले-पहल नजरों के सामने मानो सब कुछ काला हो उठा। यह याद नहीं आया कि यहाँ क्या है और कौन है। दूसरे ही पल लगा, मैं अपनी मर्यादा बचाता हुआ कोई रहस्यास्पद हरकत न कर बैठूँ, और अगर ऐसा किया, तो कैसे इस घर से मैं आसानी से शरीफों की तरह बाहर निकल सकूँगा।

राजलक्ष्मी ने पूछा, "गाड़ी में कोई तकलीफ तो नहीं न हुई थी?"

इसके अलावा वह और क्या कह सकती थी। मैं धीरे-धीरे आसन पर बैठ गया और थोड़ी देर तक स्तब्ध रहा, शायद कई पलों से ज्यादा नहीं। उसके बाद मैंने मुँह उठाकर कहा, "नहीं, गाड़ी में मुझे कोई तकलीफ नहीं हुई थी।"

अबकी बार मैंने अच्छी तरह उसके मुँह की तरफ निहारा, तो देखा वह सिर्फ मारकीन की साड़ी पहने हुए है, और अपने सारे जेवरों को उतार डाला है। इतना ही नहीं, बल्कि उसके लम्बे बादलों जैसे काले बाल भी अब उसकी पीठ पर फैले हुए नहीं हैं। सर पर कपाल के छोर तक आँचल खिंचा हुआ है, फिर भी उसी के बीच से होकर कटे बालों की दो-चार लटें गले के दोनों बगल बिखरी हुई हैं। उपवास और कठोर आत्मसंयम की एक ऐसी सूखी कमजोरी मुँह पर उभर उठी है कि अचानक लगा कि इसी एक महीने में उम्र में भी वह मुझसे दस साल बड़ी हो गई है।

भात का निवाला गले में अटक रहा था, तब मैं उसे जबरन निगलने लगा। लगने लगा, हमेशा के लिए इस नारी के जीवन से मैं धुल-पुँछकर गायब हो सकता हूँ और आज सिर्फ एक दिन के लिए भी उसे मेरे खाने की कमी को लेकर और चर्चा करने का मौका न मिला।

जब मैं खा चुका, तो राजलक्ष्मी ने कहा, "बंकू कह रहा था कि तुम आज रात की ही गाड़ी से लौट जाना चाहते हो?"

मैंने कहा, "हाँ।"

"इस्स। अच्छा, लेकिन तुम्हारा जहाज तो रविवार को छूटेगा।"

अपने इस व्यक्त और अव्यक्त उल्लास से विस्मित होकर ज्यों ही उसने मेरे मुँह की तरफ निहारा त्यों ही वह अचानक मानो शर्म से मर गई। दूसरे ही पल उसने अपने आपको सँभाल लिया और धीरे-धीरे बोली, "जहाज के जाने में अभी तीन दिन बाकी हैं।"

मैंने कहा, "हाँ, जहाज जाने में अभी तीन दिन बाकी हैं, पर मुझे और भी काम हैं।"

राजलक्ष्मी ने फिर से कुछ कहना चाहा, पर वह चुप रही। शायद मेरी थकान या बीमार होने की बात वह अपनी जबान पर नहीं ला सकी। थोड़ी देर तक वह चुप रही, फिर बोली, "मेरे गुरुदेव आए हैं।"

अब जाकर बात मेरी समझ में आई, बाहर जिस व्यक्ति से पहले-पहल मुलाकात हुई थी वे ही उसके गुरुदेव थे। उन्हीं को दिखाने के लिए वह मुझे एक बार इसी काशी में खींच लाई थी। शाम के बाद उनसे बातचीत हुई। मेरी गाड़ी छूटनेवाली थी बारह बजे के बाद। अभी भी काफी समय था। बतौर आदमी वे सचमुच ही अच्छे थे। अपने धर्म के प्रति उनमें अविचलित निष्ठा भी थी। उनमें उदारता की भी कमी नहीं थी। हमारी सारी बातें वे जानते थे। क्योंकि राजलक्ष्मी ने अपने गुरु से कोई भी बात छिपाई नहीं थी। उन्होंने बहुत बातें कीं। कहानी के बहाने उन्होंने मुझे उपदेश भी दिया। मगर उनका उपदेश न ही उग्र था और न ही उसने मुझे कोई चोट पहुँचाई थी। सारी बातें तो याद नहीं हैं, हो सकता है, मैंने उनकी बातें मन लगाकर नहीं सुनी थीं। लेकिन इतना-सा याद है कि वे यह जानते थे कि एक दिन राजलक्ष्मी में ऐसा बदलाव होगा। इसीलिए, दीक्षा के बारे में वे प्रचलित रीति को नहीं मानते थे। उनका विश्वास था कि जिसके पैर फिसल गए हैं, उसे ही सबसे ज्यादा सद्‌गुरु की जरूरत है।

इसके खिलाफ कहने को और क्या था? उन्होंने और एक बार अपनी शिष्या की भक्ति, निष्ठा और धर्मपरायणता की भूरि-भूरि प्रशंसा की। बोले, "मैंने ऐसी कोई दूसरी औरत नहीं देखी है।"

वास्तव में यह भी सच था और मैं खुद भी यह किसी से कम नहीं मानता था। मगर मैं चुप रहा।

जाने का समय हो गया। घोड़ागाड़ी दरवाजे के सामने आकर खड़ी हो गई। गुरुदेव से विदा लेकर मैं गाड़ी में जाकर बैठा। राजलक्ष्मी रास्ते पर आई और गाड़ी के अन्दर हाथ बढ़ाकर बार-बार मेरे पैरों को छूकर हाथ अपने सर से लगाया। मगर उसने बात नहीं की। शायद यह शक्ति उसमें नहीं थी। यह तो अच्छा ही हुआ कि अँधेरे में वह मेरा मुँह नहीं देख सकी। मैं स्तब्ध रहा, मुझे ढूँढ़े नहीं मिला कि मैं क्या करता। अन्तिम विदा का दौर चुपचाप खत्म हुआ। गाड़ी चल पड़ी, तो मेरी दोनों आँखों से टप-टप आँसू टपकने लगे। मैंने दिल की गहराई से कहा, "तुम सुखी होओ, शान्त होओ, तुम्हारा लक्ष्य अटल हो, मैं तुमसे ईर्ष्या नहीं करता। मगर जिस अभागे ने अपना सब कुछ निछावर करके एक साथ एक दिन डोंगी बहाई थी, उसे इस जीवन में अब किनारा नहीं मिलेगा।" चर्रमर्र, चर्रमर्र करती हुई गाड़ी चलने लगी, तो गंगामाटी की सारी यादें आलोड़ित हो उठीं। उस दिन विदा के वक्त जो सारी बातें याद आई थीं, वही फिर जाग उठीं। लगा, यह जो एक जीवन-नाट्य का बड़ा स्थूल और अच्छा उपसंहार हुआ। उसकी ख्याति का कोई अन्त नहीं है। इतिहास में लिखा जाने पर उसकी चमकीली रोशनी किसी दिन नहीं बुझेगी। सश्रद्ध विस्मय से सर झुकाने लायक पाठकों की भी किसी दिन दुनिया में कमी नहीं होगी। लेकिन मुझे अपनी बात किसी से भी नहीं कहनी है। मैं चला दूसरी जगह। मेरी ही तरह

जो पाप के कीचड़ में डूबी हुई है, जिसके अच्छी होने का कोई उपाय नहीं है, उसी अभया के आश्रय में। मैंने मन ही मन राजलक्ष्मी को कहा, 'तुम्हारा पुण्य-जीवन उन्नत से उन्नततर हो। तुम्हारे अन्दर से होकर धर्म की महिमा उज्ज्वल से उज्ज्वलतर हो, मैं अब क्षोभ नहीं करूँगा।' मुझे अभया की चिट्‌ठी मिली है। स्नेह, प्रेम और करुणा से अटल अभया ने, बहन से ज्यादा विद्रोही अभया ने मुझे सादर निमंत्रण दिया है। बर्मा से आते वक्त अपने छोटे-से दरवाजे पर खड़ी अभया की पुरनम आँखें याद आईं। याद आया उसका तमाम अतीत और वर्तमान इतिहास। चित्त की पवित्रता, बुद्धि की निर्भयता और आत्मा की स्वाधीनता से वह मानो मेरे तमाम दुखों को पल भर में ढककर चमक उठी।

सहसा गाड़ी रुकी, तो मैंने चौंककर देखा, स्टेशन आ गया है। जब मैं गाड़ी से उतरा, तो और एक व्यक्ति कोच बॉक्स से जल्दी से उतरा और मेरे पैरों के पास झुककर मुझे प्रणाम किया।

"कौन है रे, अरे, तू तो रतन है!"

"बाबू, विदेश में अगर नौकर की कमी हो, तो मुझे जरा खबर दीजिएगा। मैं जब तक जिन्दा रहूँगा तब तक आपकी सेवा में कमी नहीं होगी।"

गाड़ी की लालटेन की रोशनी उसके मुँह पर पड़ी हुई थी, मैंने विस्मित होकर कहा, "तू रो क्यों रहा है, बता तो?"

रतन ने जवाब नहीं दिया, हाथों से अपनी आँखें पोंछीं, और एक बार मेरे पैरों के पास झुककर मुझे प्रणाम किया और तेज कदमों से अँधेरे में ओझल हो गया।

आश्चर्य है, यह वही रतन है!

# चतुर्थ पर्व

## 1

अब तक मेरा जीवन एक उपग्रह की तरह बीता। जिसे केन्द्र बनाकर मैं चक्कर लगाता था उसके पास आने का न मुझे अधिकार मिला और न मिली उससे दूर जाने की अनुमति। मैं उसके अधीन नहीं था, पर अपने आपको स्वाधीन कहने का भी जोर नहीं था। काशी से लौटती बार ट्रेन के अन्दर बैठे-बैठे मैं बार-बार यही सोच रहा था। सोच रहा था कि मेरी ही किस्मत में भला ऐसा क्यों होता? जीते-जी क्या मुझे ऐसा कुछ भी नहीं मिलेगा जिसे मैं अपना कह सकूँ? क्या यों ही मेरा जीवन गुजरेगा? बचपन की बात याद आई। दूसरे की मर्जी से दूसरे के घर में मैं बरसों पड़ा रहा। वहीं मैं किशोर से जवान हुआ। मगर मेरा मन पता नहीं किस रसातल में पहुँच गया। आज बहुत पुकारने पर भी उस विदा देनेवाले मन की आवाज नहीं मिलती यद्यपि किसी धीमे स्वर की गूँज कभी-कभी कानों में आकर लगती है, पर मैं उसे निःसन्दिग्ध रूप से पहचान नहीं सकता कि वह मेरे अपने स्वर की गूँज है। यह विश्वास करने में डर लगता है।

मैं यह समझकर आया हूँ कि राजलक्ष्मी मेरे जीवन में आज मर चुकी है। विसर्जित प्रतिमा का अन्तिम चिह्न भी नदी के किनारे खड़ा होकर मैं अपनी आँखों से देखकर लौटा हूँ। आशा करने, कल्पना करने और अपने आपको धोखा देने का कहीं कोई सूत्र अब छोड़कर नहीं आया हूँ। राजलक्ष्मी के प्रति मेरा मोह खत्म और मैं निश्चिन्त हो गया था। मगर मैं यह कहता भी भला किससे और कहता भी भला क्यों कि यह अन्त कितना अन्त है।

लेकिन यह तो उस दिन की बात है। कुमार साहब के साथ मैं शिकार करने गया था। संयोग से प्यारी का गाना सुनने बैठा, तो ऐसा कुछ नसीब हुआ जो जितना आकस्मिक था, उतना ही असीम था। उसे मैंने न ही अपने गुण से पाया था और न ही उसे अपने दोष में खोया था। फिर भी खोने को ही आज कबूल करना पड़ा। दुनिया में मेरा नुकसान ही हुआ। मैं चला जा रहा था कलकत्ता। इरादा था, एक दिन फिर मैं बर्मा पहुँचूँगा। लेकिन

मेरा बर्मा जाना वैसा ही था जैसे सब कुछ गँवाकर जुआड़ी घर लौटता है। घर का चित्र धुँधला और नकली था। सिर्फ रास्ता ही सही था। लगता है, यह सफर अब खत्म न हो।

"अरे, यह तो श्रीकान्त है!"

मैंने इस बात का खयाल भी नहीं किया था कि गाड़ी किसी स्टेशन पर रुकी हुई है। देखता हूँ, मेरे गाँव के दादाजी, गोरी दीदी और सत्रह-अठारह साल की लड़की कन्धे, सर और बगल में ढेर सारी गठरी-मोटरियाँ लिये भागते हुए अचानक मेरी खिड़की के पास आकर रुके।

दादाजी बोले, "उफ, कितनी भीड़ है। एक सुई रखने की जगह नहीं है। हम तीन आदमी हैं। तुम्हारा डिब्बा तो काफी खाली है, चढ़ें हम लोग?"

"हाँ, चढ़ आइए।" यह कहकर दरवाजा खोल दिया।

वे तीनों हाँफते-हाँफते चढ़े और सारी चीजों को उतारकर नीचे रखा।

दादाजी बोले, "इस डिब्बे का किराया शायद ज्यादा है। मुझे जुर्माना तो नहीं न भरना पड़ेगा?"

मैंने कहा, "नहीं, मैं गार्ड से कह आता हूँ।"

गार्ड से कहकर मुझे जो करना था उसे करके जब मैं वापस आया तब वे आराम से निश्चिन्त होकर बैठे थे। गाड़ी छूटी, तो गोरी दीदी ने मेरी तरफ निगाह डाली। वे चौंककर बोलीं, "यह तेरा क्या हाल हुआ है श्रीकान्त? तेरा मुँह सूखकर बिलकुल रस्सी-सा हो गया है। कहाँ था तू इतने दिनों तक? जो हो, तुम अच्छे लड़के हो। जाने के बाद क्या एक चिट्ठी भी नहीं देनी चाहिए? घर के सभी लोग चिन्ता के मारे मरे जाते थे।"

इन सारे सवालों के जवाब की कोई प्रत्याशा नहीं करता था और जवाब न मिला तो भी कोई गुनाह नहीं मानता था।

दादाजी ने बताया कि वे सपत्नीक तीर्थ करने के लिए गया-धाम आए थे और यह लड़की उनकी बड़ी साली की नातिन है। उसका बाप हजार रुपया देहज देना चाहता है, तब भी अब तक मन के लायक एक वर नहीं मिला। उसने मुझे छोड़ा नहीं, इसीलिए उसे साथ में लाना पड़ा। पूँटू, पेड़ों की हाँड़ी को खोलो तो। अजी सुनती हो, दही की कड़ाही वहीं छोड़कर तो नहीं न आई हो? दो न उसे शाल के पत्ते पर दो पेड़े और थोड़ा-सा दही। ऐसा दही तुमने कभी खाया नहीं होगा भई, यह मैं कसम खाकर कह सकता हूँ। नहीं-नहीं, लोटे के पानी से पहले तुम अपना हाथ धो लो पूँटू। तुम किसी ऐसे-गैरे को नहीं दे रही हो, इसे सीखो कि ऐसे आदमी को कैसे देना चाहिए।

पूँटू ने बड़ी सावधानी से वैसा ही किया जैसा करने के लिए उससे कहा गया था। लिहाजा बेवक्त ट्रेन के अन्दर बिना माँगे पेड़ा और दही खाने को मिला। खाने बैठकर मैं सोचने लगा—सारी अनहोनी मेरे ही नसीब में होती है। अबकी बार पूँटू के लिए हजार रुपया दहेज पानेवाला वर कहीं मैं ही न चुन लिया जाऊँ। उन लोगों को पिछली बार ही यह खबर मिली थी कि मैं बर्मा में अच्छी नौकरी करता हूँ।

गौरी दीदी बड़ा स्नेह करने लगीं और मुझे उनका कोई रिश्तेदार समझकर पूँटू घंटे भर के अन्दर ही घनिष्ठ हो उठी। क्योंकि मैं तो कोई पराया नहीं था।

यह अच्छी लड़की है। साधारण अच्छे घराने की। भले ही वह गोरी नहीं थी, मगर देखने में अच्छी थी। ऐसी स्थिति हो गई कि दादाजी उसके गुणों का बखान खत्म नहीं कर सकते थे। वह कितनी पढ़ी-लिखी है, इस बारे में गोरी दीदी ने कहा—वह ऐसे सुन्दर ढंग से चिट्ठी लिख सकती है कि तुम्हारे आजकल के नाटक, नॉवेल हार मान जाएँ। उस घर की नन्दरानी की तरफ से उसने एक ऐसी चिट्ठी लिख दी थी कि उसका पति सातवें दिन पन्द्रह दिनों की छुट्टी लेकर आ गया।

किसी ने भी राजलक्ष्मी का उल्लेख इशारे-इशारे में भी नहीं किया। किसी को भी यह याद ही नहीं था कि राजलक्ष्मी नाम की कोई लड़की थी और उसके साथ कैसी घटना घटी थी।

अगले दिन जब गाँव के स्टेशन पर गाड़ी रुकी, तो मुझे उतरना पड़ा। तब करीब-करीब दस बजे थे। दादाजी और गोरी दीदी दोनों ही इस बात की आशंका से व्याकुल हो उठे कि अगर मैं समय पर नहा-धोकर खा-पी नहीं लूँगा, तो मुझे पित्त पड़ जाएगा।

जब मैं उनके घर आया, तो मेरी आवभगत की कोई सीमा नहीं रही। पाँच-सात दिनों में इस बारे में गाँव के अन्दर अब किसी को भी सन्देह नहीं रहा कि पूँटू का वर मैं ही हूँ। यहाँ तक कि पूँटू को भी इस बारे में सन्देह नहीं रहा।

दादाजी की इच्छा थी कि आगामी वैशाख में ही शुभ-कार्य सम्पन्न हो जाए। पूँटू के रिश्तेदारों को भी बुलाने की बात उठी। गोरी दीदी ने पुलकित चित्त से कहा, "मजा देखते हो, किसी के लिए भी पहले से ही यह कहने की गुंजाइश नहीं कि किसके साथ किसका डोला निकलेगा!"

मैं पहले-पहल उदासीन हुआ, बाद में चिन्तित हुआ, उसके बाद मैं डर गया। क्रमशः खुद मेरे ही मन में यह सन्देह पैदा होने लगा कि मैंने हामी भरी है या नहीं। बात ऐसी हो गई कि इनकार करने की हिम्मत नहीं होती थी। कहीं कोई बुरी घटना न घट जाए। पूँटू की माँ यहीं थीं। एक रविवार को अचानक उसके बाप भी दिखाई पड़े। मुझे कोई जाने भी नहीं देता था। हँसी-दिल्लगी, ठट्ठा-मसखरी भी होने लगी थी। क्रमशः ऐसा लक्षण साफ हो उठा कि पूँटू मेरे मत्थे मढ़ी ही जाएगी, सिर्फ मुहूर्त का इन्तजार है। मैं जाल में उलझता चला जा रहा था। मन में शान्ति भी नहीं मिलती थी। मैं जाल को काटकर बाहर भी नहीं निकल सकता था। ऐसे समय अचानक एक मौका मिला। दादाजी ने पूछा, "तुम्हारी कोई जन्मपत्री है या नहीं। उसकी तो जरूरत है।"

जोर लगाकर सारे संकोचों को दूर करके मैंने कह डाला, "आप लोगों ने सचमुच ही क्या यह तय किया है कि आप लोग पूँटू के साथ मेरी शादी कराएँगे।"

दादीजी थोड़ी देर तक मुँह बाए रहे, बाद में बोले, "सचमुच ही? लो, सुनो इसकी बात!"

"मगर मैंने तो अभी तक यह तय नहीं किया है।"

"तुमने अभी तक यह तय नहीं किया है? तो फिर तय कर लो। कहने को लोगों से हम लड़की की उम्र बारह-तेरह साल कहते हैं। और चाहे जो भी करूँ, दरअसल उसकी उम्र है सत्रह-अठारह साल। इसके बाद उस लड़की की हम शादी कैसे कराएँगे?"

“मगर यह तो मेरा दोष नहीं है?”

“तो फिर किसका दोष है? शायद मेरा दोष है?”

इसके बाद लड़की की माँ और गोरी दीदी से लेकर पड़ोस की औरतें तक आ गईं। रोना-धोना, शिकवा-शिकायत का कोई अन्त नहीं रहा। मुहल्ले के मर्द बोले, “इतना बड़ा शैतान दूसरा दिखाई नहीं पड़ता है। उसे बाकायदा सबक सिखाना जरूरी है।”

मगर सबक सिखाना एक बात थी और लड़की की शादी करना दूसरी बात थी। लिहाजा दादाजी दब गए। उसके बाद शुरू हुआ गिड़गिड़ाने का दौर। पूँटू अब दिखती नहीं थी, वह बेचारी शर्म से शायद कहीं मुँह छुपाए हुए थी। मुझे दुख महसूस होने लगा। क्या दुर्भाग्य लेकर लड़कियाँ हमारे घरों में पैदा होती हैं। मुझे सुनाई पड़ा, ठीक यही बात उसकी माँ कह रही थी—वह अभागिन हमें खाएगी तब जाएगी। उसकी ऐसी तकदीर है कि वह अगर समुद्र को निहारेगी, तो समुद्र भी सूख जाएगा। जली हुई सौरी मछली पानी में भागती है। उसका ऐसा हाल नहीं होगा, तो किसका होगा?

कलकत्ता जाने के पहले मैंने दादाजी को बुलाया और उन्हें अपने डेरे का पता दिया, कहा, “मुझे एक व्यक्ति की राय लेना जरूरी है। वे कहेंगे तो मैं राजी हो जाऊँगा।”

दादाजी ने मेरा हाथ पकड़ा और गद्गद स्वर में कहा, “देखो भई, उस लड़की को मत मारो। उन्हें जरा समझाकर कहना ताकि वे एतराज न करें।”

मैंने कहा, “मेरा विश्वास है, वे एतराज नहीं करेंगे, बल्कि वे खुश होकर अपनी रजामन्दी देंगे।”

दादाजी ने आशीर्वाद दिया, “तो तुम्हीं कहो, तुम्हारे डेरे पर मैं कब आऊँ?”

“पाँच-छह दिन बाद आइएगा।”

पूँटू की माँ और गोरी दीदी रास्ते तक आईं और पुरनम आँखों से मुझे विदा किया।

मैंने मन ही मन कहा—इसे कहते हैं तकदीर। लेकिन यह अच्छा ही हुआ कि मैं एक तरह से वादा करके आया। मैंने इस बात पर निःसन्दिग्ध रूप से विश्वास किया था कि राजलक्ष्मी इस शादी पर रत्ती भर भी एतराज नहीं करेगी।

# 2

मैं ज्यों ही स्टेशन पहुँचा त्यों ही ट्रेन छूट गई। अगली ट्रेन के आने में दो घंटे की देरी थी। मैं वक्त बिताने का तरीका ढूँढ़ ही रहा था कि तभी मुझे एक दोस्त मिल गया। एक मुसलमान युवक ने कई पल मेरी तरफ निहारा और पूछा, “तुम श्रीकान्त हो न?”

“हाँ।”

"तुम मुझे पहचान नहीं सके। मैं गौहर हूँ।" इतना कहकर उसने बड़े जोश से मुझसे हाथ मिलाया, पीठ पर जोरदार चपत मारी और जोरों से गले लगकर कहा, "चल, मेरे घर। तू कहाँ जा रहा था? कलकत्ता? अब कलकत्ता जाने की जरूरत नहीं। चल।"

वह मेरा पाठशाला का दोस्त था। वह उम्र में मुझसे चारेक साल बड़ा था। वह हमेशा सनकी था। लगा, उम्र के साथ उसकी सनक भी बढ़ी है, कम नहीं हुई है। पहले भी उसकी जबर्दस्ती को टालने की गुंजाइश नहीं थी। इसलिए यह बात सोचकर कि आज रात के लिए वह मुझे हरगिज नहीं छोड़ेगा, मेरी दुश्चिन्ता की सीमा नहीं रही। यह बताने की जरूरत नहीं कि उसके उल्लास और अपनेपन के साथ कदम मिलाकर चलने लायक ताकत आज मुझमें नहीं थी। लेकिन वह कहाँ छोड़नेवाला था। उसने खुद ही मेरा बैग उठा लिया, कुली को बुलाकर मेरा बिस्तर उसके सर पर रख दिया, जबरन खींचकर मुझे बाहर लाया और गाड़ी का किराया तय करके मुझसे कहा, "चढ़ जा।"

बच निकलने का कोई उपाय नहीं था, बहस करना बेकार था।

मैं यह कह चुका हूँ कि गौहर मेरा पाठशाला का दोस्त था। मेरे गाँव से उसका घर एक कोस दूर था—दोनों के गाँव एक ही नदी के किनारे थे। बचपन में मैंने उसी से बन्दूक चलाना सीखा था। उसके पिता की एक पुरानी बन्दूक थी, उसे लेकर हम दोनों नदी के किनारे अमराई और झाड़ियों में परिन्दों का शिकार करते फिरते थे। बचपन में मैंने कितने दिन उसके घर में रात बिताई थी। उसकी माँ फरवी, गुड़, दूध और केले से मेरे लिए फलाहार बना दिया करती थी। उसके पास जमीन-जायदाद और खेती-बारी बहुत थी।

गाड़ी में बैठकर गौहर ने प्रश्न किया, "तू इतने दिनों तक कहाँ था श्रीकान्त?"

मैं जहाँ-जहाँ था, उसका मैंने एक छोटा-सा ब्योरा उसे दे दिया। पूछा, "तुम अभी क्या करते हो, गौहर?"

"कुछ भी नहीं।"

"तुम्हारी माँ अच्छी हैं?"

"मेरे माँ-बाप दोनों ही अब नहीं रहे। घर में मैं अकेला हूँ।"

"तुमने शादी नहीं की है?"

"हाँ, मैंने शादी की थी। पर मेरी पत्नी का भी देहान्त हो गया?"

मैंने मन ही मन अन्दाजा लगाया कि इसीलिए किसी को भी पकड़कर ले जाने में उसका इतना आग्रह है। जब कोई बात कहने को नहीं मिली, तो मैंने पूछा, "तुम्हारी वह पुरानी बन्दूक है तो?"

गौहर ने हँसकर कहा, "देखता हूँ कि तुझे याद है। वह तो है, मैंने एक और अच्छी बन्दूक खरीदी थी। तू शिकार करने जाना चाहता है, तो जाना। मैं तेरे साथ चलूँगा। मगर मैं अब परिन्दों का शिकार नहीं करता। बड़ा दुख महसूस होता है।"

"यह तू क्या कह रहा है गौहर? तब तो तुम दिन-रात परिन्दों का शिकार किया करते थे।"

"यह सच है। लेकिन अब बहुत दिनों से मैंने परिन्दों का शिकार करना छोड़ दिया है।"

गौहर का एक और परिचय था। वह यह कि वह कवि था। उन दिनों वह मुँह-जबानी धड़ल्ले से तुकबन्दी कर सकता था। किसी भी समय किसी भी विषय पर बहुत-कुछ लोकगीत जैसा। तब तक मुझे इस बात की जानकारी नहीं थी कि छन्द, मात्रा, ध्वनि आदि काव्य-शास्त्र के नियमों का पालन वह करता था या नहीं। अभी भी इस बात की जानकारी मुझे नहीं है। लेकिन मणिपुर की लड़ाई, टिकेन्द्रजित की वीरता की कहानी उसके मुँह से तुकबन्दी के रूप में सुनकर उन दिनों हम लोग बार-बार उत्तेजित हो उठते थे। यह मुझे याद है। पूछा, "गौहर, तुम्हें एक दिन कृत्तिवास से अच्छी रामायण लिखने का शौक था। तुम्हारा वह शौक अब भी है या अब नहीं रहा?"

गौहर पल भर में गम्भीर हो उठा, बोला, "वह शौक क्या जानेवाला है रे? उसी शौक को लेकर ही तो मैं जिन्दा हूँ। मैं जब तक जिन्दा रहूँगा तब तक उसी शौक को लेकर रहूँगा। मैंने कितना लिखा है, चल न आज मैं तुझे रात भर कविता सुनाऊँगा, तब भी वह खत्म नहीं होगी।"

"यह तू क्या कह रहा है, गौहर?"

"नहीं तो क्या मैं तुमसे झूठ कह रहा हूँ?"

प्रदीप्त कवि-प्रतिभा से उसका मुँह-आँख चमचमाने लगा। मैंने सन्देह नहीं किया था, सिर्फ विस्मय जाहिर किया था, बस। फिर भी इस डर से शंका की सीमा नहीं रही कि कहीं केंचुआ ढूँढ़ने में साँप न निकल आए, कहीं वह मुझे बिठाकर रात भर कविता न सुनाता रहे।

उसे खुश करने के लिए मैंने कहा, "नहीं गौहर, मैंने ऐसा नहीं कहा है। हम सभी यह स्वीकार करते थे कि तुममें अजीब शक्ति है। मैंने सिर्फ इसीलिए यह पूछा था कि बचपन की बात तुम्हें याद है या नहीं। तो यह जानकर खुशी हुई कि तुम्हें अब भी कविता लिखने का शौक है। यह बंगाल की एक कीर्ति बनकर रहेगी।"

"कीर्ति? मैं अपने मुँह से और क्या कहूँ भाई, पहले तुम मेरी कविताएँ तो सुनो, उसके बाद होंगी बातें।"

किसी भी दृष्टि से छुटकारा नहीं था। मैं थोड़ी देर तक थोड़ा-सा स्थिर रहा, फिर अपने मन से कहा, "सवेरे से ही तबीयत ऐसी खराब लग रही है कि लग रहा है कि अगर मैं सो सकता..."

गौहर ने मेरी बात पर कान भी नहीं दिया, बोला, "पुष्पक-रथ से सीता के रोते-रोते जेवर फेंकनेवाले अंश को जिस-जिसने सुना है वे सब अपने आँसुओं को नहीं रोक सके थे, श्रीकान्त।"

इस बात की सम्भावना कम थी कि मैं ही अपने आँसू रोक सकूँगा। कहा, "मगर..."

गौहर बोला, "हमारा वह बूढ़ा नयन चाँद चक्रवर्ती तुझे याद है तो, उसके मारे मैं और रह नहीं सकता हूँ। वह जब-तब आकर कहता है—गौहर वह अंश एक बार पढ़ो

न, मैं उसे सुनूँगा। कहता है–बेटा, तू कतई मुसलमान का लड़का नहीं है। मैं अपनी आँखों से देख पा रहा हूँ कि तुम्हारे बदन में असली ब्राह्मण का खून है।''

आमतौर पर नयन चाँद नाम बहुत नहीं मिलता है। इसीलिए याद आया। उसका भी घर गौहर के ही गाँव में था। मैंने पूछा, ''वही तो, जिसके साथ तुम्हारे पिता का झगड़ा हुआ था। उन दोनों के बीच लाठियाँ चली थीं और मामला-मुकदमा चल रहा था।''

गौहर ने कहा, ''हाँ, वही बूढ़ा चक्रवर्ती। मगर मेरे पिताजी के आगे उसकी क्या बिसात थी! मेरे पिताजी ने कर्ज में उसकी जमीन, बगीचा, तालाब समेत घर-बार नीलाम करवा लिया था। लेकिन मैंने उसका तालाब और ड्योढ़ी लौटा दी है। वह बहुत गरीब है, दिन-रात रोता रहता था। वह दिन-रात रोता रहता तो क्या अच्छा होता श्रीकान्त?''

वह दिन-रात होता रहता, तो अच्छा नहीं होता। चक्रवर्ती के काव्य-प्रेम से मैं ऐसी ही किसी बात का अन्दाजा लगा रहा था। कहा, ''अब उसका रोना बन्द हुआ है तो?''

गौहर बोला, ''लेकिन वह सचमुच ही अच्छा आदमी है। कर्ज के मारे एक समय उसने जो किया था वैसा बहुतेरे करते हैं। उसके घर की बगल में ही एक डेढ़ेक बीघे की अमराई है। उसका हरेक पेड़ चक्रवर्ती खुद अपने हाथों से लगाया था। उसके बहुत से पोते-पोतियाँ हैं। उसके पास इतना पैसा नहीं है कि वह आम खरीदकर उन्हें खिलाए। इसके अलावा मेरा भला कौन है, भला कौन खाएगा?''

''सो तो ठीक है। तो अमराई भी उसे लौटा दो न।''

''उसे अमराई लौटा देना ही चाहिए श्रीकान्त। नजरों के सामने आम पकते हैं। बच्चे आह भरते हैं। मुझे बड़ा दुख होता है भाई। आम आने के मौसम में अपने सब बगीचे तो मैं व्यापारियों को बेच देता हूँ, पर उस बगीचे को अब मैं नहीं बेचता। मैं कह देता हूँ, चक्रवर्ती तुम्हारे पोते उन आमों को तोड़कर खाएँ। तेरा क्या कहना है, यह मैंने अच्छा किया है न?''

''यह तुमने जरूर अच्छा किया है।'' मैंने मन ही मन कहा–बैकुंठ की बही की जय हो, उसकी बदौलत गरीब नयन चाँद थोड़ी-सी अपनी स्थिति सुधार ले, तो नुकसान क्या है? गौहर कवि है। कवियों के लिए इतनी जमीन-जायदाद किसलिए, अगर रसग्राही रसिक सहृदय के काम न आए!''

लगभग आधा चैत बीच चुका था। गौहर ने आखिरकार गाड़ी के किवाड़ को अचानक धकेल दिया और अपना सर बाहर निकालकर बोला, ''दक्षिणी हवा का पता चल रहा है श्रीकान्त?''

''हाँ, पता चल रहा है।''

गौहर बोला, ''वसन्त को पुकारकर कवि ने कहा है–आज दक्षिणी द्वार खुला है...''

कच्चा मैदानी रास्ता। दक्षिणी हवा के एक झोंके ने सूखी धूल को अब रास्ते पर नहीं रहने दिया, समूचे सर और मुँह में धूल लगा दी। मैंने झुंझलाकर कहा, ''कवि ने वसन्त को नहीं बुलाया है। उन्होंने कहा है कि इस समय यमराज का दक्षिणी दरवाजा खुला है इसलिए गाड़ी का दरवाजा बन्द नहीं करोगे, तो हो सकता है, वही आ हाजिर हो।''

गौहर ने हँसकर कहा, "तू जाकर एक बार देख ना, चल। दो जँबीरी नींबू के पेड़ों में फूल खिले हैं। उसकी महक आधे कोस दूर से मिल जाती है। सामने का जामुन का पेड़ माधवी के फूलों से भर-भर गया है। उसकी एक डाल पर मालती लता का फूल अभी भी नहीं खिला है। मगर कलियाँ हैं। हमारे चारों तरफ तो अमराइयाँ हैं। अबकी बार पेड़ बौरों से भर गए हैं। कल सवेरे देखना मधुमक्खियों का मेला। कितने दहिंगलों, बुलबुलों और कोयलों की कूक सुनाई पड़ेगी। अभी चाँदनी रात है न इसीलिए रात में भी कोयलों का कूकना रुकता नहीं है। बाहर के कमरे की दक्षिण तरफ वाली खिड़की को अगर तू खुली रखेगा, तो फिर तेरी पलकें नहीं झपकेंगी। यह मैं तुझे पहले से ही कह रखता हूँ कि अबकी बार मैं तुझे आसानी से नहीं छोड़नेवाला भाई! इसके अलावा खाने-पीने की भी फिक्र नहीं है। बस एक बार चक्रवर्ती को तेरे आने की खबर मिलने की देर है। वह गुरु की तरह तेरी आवभगत करेगा।"

उसके आमंत्रण की सरल हार्दिकता से मैं मुग्ध हुआ। कितने दिनों बाद मुलाकात हुई थी, पर लगता था, जैसे वही पुरानी गौहर हो, वह जरा भी बदला नहीं था। वह पहले जैसा ही बच्चा था, दोस्त के मिलने पर वह जैसा पहले खुश होता था आज भी वह वैसा ही खुश हो रहा था।

गौहर मुसलमान-फकीर समुदाय का व्यक्ति था। सुना है, उसका दादा 'बाउल'* था। वह रामप्रसादी और दूसरे गीत गा-गाकर भीख माँगा करता था। उसकी एक पालतू मैना के अलौकिक संगीत-ज्ञान की कहानी उन दिनों इधर प्रसिद्ध थी। लेकिन गौहर के पिता ने अपना पुश्तैनी धन्धा छोड़कर तिजारत और जूट के कारोबार से धन कमाकर बेटे के लिए जायदाद खरीदकर रख दिया था, हालाँकि बेटे में जमीन-जायदाद की देखभाल करने की वैसी समझदारी नहीं थी जैसी बाप में थी। उसे अपने दादा की तरह काव्य और संगीत के प्रति अनुराग था। इसलिए उस ज़मीन-जायदाद और खेती-बारी का, जिसे उसके पिता ने जी-तोड़ मेहनत करके धन कमाकर खरीदा था, क्या हाल होगा, यह शंका और सन्देह का विषय था।

सो चाहे जो भी हो, मैंने उसका घर बचपन में देखा था। अच्छी तरह याद नहीं था। अब, हो सकता है, वह संगीत-लय के रूप में बदल गया हो। उसे और एक बार देखने की इच्छा हुई।

उसके गाँव का रास्ता मेरा परिचित था। उसकी दुर्गमता याद आती थी। लेकिन थोड़ी ही देर बाद यह मालूम हो गया कि मैंने बचपन में जिस घर को देखा और जो घर आज नजरों के सामने है, उन दोनों में बिलकुल कोई तुलना नहीं हो सकती है। बादशाहों के जमाने का बड़ा पुराना राजपथ था। ईंट-पत्थरों से सड़क बनाने की योजना इधर के लिए नहीं थी, यह दुराशा कोई नहीं करता था। लेकिन इस बात की सम्भावना भी लोगों के मन में बहुत दिन पहले ही दूर हो चुकी है कि इस सड़क की मरम्मत होगी। गाँव के

* बाउल–बंगाल में वैरागी सन्तों का एक सम्प्रदाय। कबीर, दादू आदि हिन्दी के सन्त-कवियों की वाणी गा-गाकर ये घर-घर भिक्षा माँगते हैं।

लोग यह जानते थे कि कोई शिकवा-शिकायत करना बेकार है, और उनके लिए किसी भी दिन राजा के खजाने में धन नहीं है। वे लोग यह जानते थे कि सड़क के लिए उन्हें पीढ़ी दर पीढ़ी 'रोड टैक्स' देना पड़ता है। लेकिन इस बात की फिक्र करना भी उनके लिए बेकार था कि जिस सड़क के लिए वे टैक्स देते हैं वह सड़क कहाँ है और किसके लिए है।

उस सड़क पर बहुत दिनों से जमा धूल-बालुओं के ढेर की रुकावटों को हटाती हुई हमारी गाड़ी सिर्फ चाबुक के बल पर आगे बढ़ती जा रही थी, ऐसे समय गौहर बड़े जोर से पुकार उठा, "गाड़ीवान, गाड़ी को और आगे मत बढ़ाओ। गाड़ी रोको, रोको, एकदम रोक दो।"

वह ऐसा कर उठा, जैसे यह पंजाब मेल का मामला हो। पल भर में अगर सारा वैकुअम-ब्रेक नहीं लगाया जाएगा तो सर्वनाश हो जाएगा।

गाड़ी रुकी। बाईं तरफ वाला रास्ता उसके गाँव जाता था। गौहर उतर गया और बोला, "तू उतर जा, श्रीकान्त। मैं तेरा बैग ले लेता हूँ, और तू अपना बिस्तर ले ले। चल।"

"गाड़ी क्या और आगे नहीं जाएगी।"

"नहीं, तू देखता नहीं है कि आगे रास्ता नहीं है।"

उसका कहना सही था। दाएँ और बाएँ उन्नाव और बेंतों की शाखा-प्रशाखाओं के चलते गाँव का रास्ता बड़ा सँकरा हो गया था। गाड़ी घुसने का सवाल ही नहीं था। आदमी भी जरा सावधानी से झुककर न घुसे, तो काँटे उसके कपड़े-लत्ते को तार-तार कर दे सकते हैं। अतएव कवि के अनुसार प्राकृतिक सौन्दर्य अनोखा था। उसने मेरा बैग अपने कन्धे से लटकाया और मैं अपने बिस्तर को बगल में दबाए दिन ढले गाड़ी से उतरा।

जब मैं गौहर के घर पहुँचा, तब शाम ढल चुकी थी। मैंने अन्दाजा लगाया, आसमान में वसन्त की रात का चाँद भी उगा है। शायद पूर्णिमा के आसपास की तिथि थी; अतएव मैं यह आशा किए रहा कि जब आधी रात को चाँद सर के ऊपर आएगा तब तिथि के बारे में पक्का हो सकेगा। उसके घर के चारों ओर घनी बँसवाड़ी थी, बहुत सम्भव है, कोयलें, दहिंगलें और बुलबुलें इसी के अन्दर रहती थीं और दिन-रात वे अपनी चहक से गाना गा-गाकर गौहर को व्याकुल कर देती थीं। बाँसों के अनगिन सूखे पत्रों ने झड़-झड़कर आँगन को भर दिया था। देखते ही 'झड़े पत्तों' का गीत गाने की प्रेरणा से सारा मन पल भर में गरज उठा। नौकर ने आकर बाहर के कमरे को खोला और बत्ती जला दी।

गौहर ने चौकी को दिखाते हुए कहा, "तू इसी कमरे में रहेगा। देख ना, कितनी हवा आती है!"

यह असम्भव नहीं था। देखा, दाएँ-बाएँ दुनिया भर के सूखे पत्तों ने खिड़की के रास्ते अन्दर घुसकर कमरे को भर दिया है। चौकी को भर दिया है। फर्श पर कदम रखते ही बदन सिहर उठता था। चौकी के पाये के नजदीक चूहों ने बिल खोदकर मिट्टी का ढेर लगा दिया है। उसे दिखाकर मैंने कहा, "गौहर, इस कमरे में क्या तुम लोग घुसते नहीं हो?"

गौहर ने कहा, "नहीं, इस कमरे में घुसने की जरूरत ही नहीं पड़ती है। मैं अन्दर ही रहता हूँ। कल सब साफ करवा दूँगा।"

"सो तो तुम कल करवा दोगे, मगर इस बिल में साँप रह सकता है न?"

नौकर ने कहा, "हाँ, इस बिल में दो साँप थे, पर अब नहीं हैं। ऐसे दिनों में वे बिल में नहीं रहते हैं, हवा खाने के लिए निकल जाते हैं।"

पूछा, "यह तुमने कैसे जाना मियाँ?"

गौहर ने हँसकर कहा, "वह मियाँ नहीं है, वह हमारा नवीन है। वह पिताजी के जमाने का आदमी है। वह गाय-बछड़े और खेती-बारी देखता है। घर अगोरता है, हमारा कहाँ क्या है, क्या नहीं है, वह सब जानता है।"

नवीन बंगाली हिन्दू भी तो था, वह उसके पिता के जमाने का आदमी भी तो था। इस परिवार के गाय-बछड़े और खेती-बारी से लेकर घर-बार की बहुत सारी बातें तक जानना भी उसके लिए असम्भव नहीं था। फिर भी साँप के बारे में उसके मुँह की बातें तक जानना भी उसके लिए असम्भव नहीं था। फिर भी साँप के बारे में उसके मुँह की बातें सुनकर मैं निश्चिन्त नहीं हो सका। उसके घर के सभी लोगों पर दक्षिणी हवा हावी हो चुकी थी। सोचा, यह आश्चर्य की बात नहीं है कि हवा के लालच से दोनों साँप बाहर निकले हैं, मगर उनके लौट आने में ही भला कितनी देर लगेगी!

गौहर ने समझा मुझे कोई खास भरोसा नहीं मिला था। वह बोला, "तू तो रहेगा चौकी पर। फिर तुझे डर किस बात का? इसके अलावा साँप भला कहाँ नहीं रहता है? नसीब में बदा होने पर राजा परीक्षित को भी छुटकारा नहीं मिला था—हम लोग तो तुच्छ हैं। नवीन कमरे को बुहारकर बिल के मुँह पर एक ईंट रख देना, भूलना मत। मगर तू क्या खाएगा, बता तो श्रीकान्त?"

मैंने कहा, "जो कुछ मिल जाए, वही खा लूँगा।"

नवीन बोला, "दूध, फरवी और अच्छे गन्ने का गुड़ है। आज भर के लिए तो यही मिलेगा..."

मैंने कहा, "वही काफी है। इस घर में वह खाना खाने की मेरी आदत है। और कुछ माँगने की जरूरत नहीं है भई। बल्कि तुम एक साबुत ईंट मँगवा लो। उस बिल को जरा मजबूती से बन्द करवा दो। ताकि जब वे भरपूर दक्षिणी हवा खाकर कमरे में लौटें तब वे अचानक उस बिल में न घुस सकें।"

नवीन ने बत्ती से चौकी के नीचे थोड़ी देर तक ताक-झाँक की और बोला, "नहीं-नहीं, हो सकता है।"

"क्या नहीं हो सकता है?"

उसने सर हिलाकर कहा, "नहीं, इस बिल का मुँह बन्द नहीं हो सकता है। बिल का क्या एक मुँह है बाबू? पजावा भर ईंट चाहिए। चूहों ने फर्श को बिलकुल झाँझरी बना दिया है।"

गौहर विशेष विचलित न हुआ। उसने सिर्फ यह हुक्म दे दिया कि कल राजगीर से उसे जरूर ठीक करवा दिया जाए।

नवीन हाथ-पैर धोने के लिए पानी देकर फलाहार का इन्तजाम करने जब अन्दर चला गया तो मैंने पूछा, "और तुम क्या खाओगे गौहर?"

''मैं क्या खाऊँगा? मेरी एक बूढ़ी मौसी हैं। वे ही मेरे लिए खाना बना देती हैं। खैर, इसे जाने दो। खाना-पीना हो जाने पर मैं तुझे अपनी कविताएँ पढ़कर सुनाऊँगा।''

वह अपनी कविताओं के ही ध्यान में डूबा हुआ था। मेहमान की सुख-सुविधा की बात उसने, हो सकता है, सोची भी नहीं थी। बोला, ''मैं बिस्तर लगा दूँ, क्यों क्या राय है तुम्हारी? रात को हम दोनों एक ही साथ रहेंगे, क्यों?''

यह एक और मुसीबत! मैंने कहा, ''नहीं भाई गौहर, तुम अपने कमरे में सोओ। आज मैं बहुत थका हुआ हूँ। बल्कि कल सवेरे मैं तुम्हारी कविताएँ सुनूँगा।''

''कल सवेरे? तब क्या तुम्हें कविता सुनने का वक्त मिलेगा?''

''जरूर मिलेगा।''

गौहर ने चुपचाप जरा सोचा और बोला, ''अच्छा श्रीकान्त, एक काम किया जाए तो कैसा हो? मैं कविताएँ पढ़ता जाऊँगा और तुम उन्हें लेटे-लेटे सुनते जाना। और जब तुम सो जाओगे, तो मैं चला जाऊँगा। क्या राय है तुम्हारी? ऐसा करना अच्छा होगा न?''

मैंने विनती करते हुए कहा, ''नहीं भाई गौहर, इससे तुम्हारी कविताओं की मर्यादा नष्ट होगी। कल मैं तुम्हारी सारी कविताएँ मन लगाकर सुनूँगा।''

गौहर नाराज होकर चला गया। लेकिन उसके चले जाने से मेरा अपना मन भी खुश नहीं हुआ।

वह एक पागल था। इसके पहले मैंने इशारे-इशारे में यह समझा था कि वह अपनी कविताओं की किताब छपवाना चाहता था। उसे आशा थी कि उसकी किताब छपने पर दुनिया में धूम मच जाएगी। उसने पढ़ाई-लिखाई ज्यादा नहीं की थी। पाठशाला और स्कूल में उसने थोड़ी-सी बांग्ला और अँगरेजी सीखी थी बस। उसका पढ़ने का मन भी नहीं था, शायद उसे पढ़ने का वक्त भी नहीं मिला था। बचपन में पता नहीं कब उसने कविता से प्यार किया था। हो सकता है, यह प्यार उसकी धमनियों में बह रहा था। उसके बाद दुनिया की बाकी सारी चीजें उसकी नजरों में बेकार हो गई थीं। उसकी अपनी ढेरों रचनाएँ उसे जबानी याद थीं। गाड़ी में बैठे-बैठे बीच-बीच में वह उन्हें गुनगुनाकर सुनाया भी करता था। उसकी कविताएँ सुनकर तब मैं यह नहीं सोच सका था कि माता सरस्वती अपने स्वर्ण-कमल की एक पँखुड़ी गिराकर इस अक्षम भक्त को किसी दिन पुरस्कार देंगी। लेकिन अथक आराधना के एकाग्र आत्म-निवेदन से इस बेचारे को न विराम था, न विश्राम। बिस्तर पर लेटकर मैं सोचने लगा—बारह बरसों बाद उससे मुलाकात हुई है। इन बारह बरसों में उसने इन सब पार्थिव स्वार्थों को छोड़कर कथाओं को गूँथकर श्लोकों का पहाड़ जमा किया है, मगर ये सब किस काम आएँगे। मैं जानता हूँ, आज भी ये सब काम नहीं आते। गौहर आज नहीं रहा। उसकी कठिन तपस्या की विफलता को याद करके आज भी मन को दुख होता है। सोचता हूँ लोगों की नजरों के पीछे कितने शोभाहीन, गन्धहीन फूल खिलकर अपने आप सूख जाते हैं। विश्वविधान में अगर उसकी कोई सार्थकता हो, तो गौहर की साधना भी हो सकता है, बेकार न हो।

बड़े तड़के पुकारकर गौहर ने मेरी नींद तोड़ दी। तब, हो सकता है, सात बजे थे। या हो सकता है, सात न भी बजे थे। उसकी इच्छा थी कि वसन्त ऋतु के बंगाल के एकान्त गाँव के अनूठे शोभा-सौन्दर्य को अपनी आँखों से देखकर मैं धन्य हो जाऊँ। उसका मानना था, जैसे मैं विलायत से आया हूँ। उसका आग्रह पागलों जैसा था; उसका अनुरोध टालने की गुंजाइश नहीं थी, अतएव मुँह-हाथ धोकर मुझे तैयार होना पड़ा। चहारदीवारी से सटे एक अधमरे जामुन के पेड़ के आधे हिस्से में माधवी और आधे हिस्से में मालती की लता लिपटी हुई थी। यह कवि की निजी योजना थी। बड़ा निर्जीव भाव था। फिर भी पेड़ के एक हिस्से में कई फूल खिले थे और दूसरे हिस्से में अभी-अभी कलियाँ आई थीं। उसकी इच्छा थी कि वह कई फूल मुझे उपहार दे, लेकिन पेड़ में इतनी लाल चींटियाँ थीं कि फूलों को छूने की गुंजाइश नहीं थी। उसने यह कहकर मुझे दिलासा दिया कि दिन थोड़ा और चढ़ने पर वह लग्गे से अनायास फूलों को तोड़ सकेगा! अच्छा, चल।

नवीन नित्य-क्रिया के आराम से करने के शुरू में ही दम भर चिलम पीकर बड़े जोरों से खाँस रहा था, थूककर, घूँट पीकर उसने अपने आपको बहुत-कुछ सँभाल लिया और हाथ हिलाकर मना किया। बोला, ''मैं कह देता हूँ, जंगल-झाड़ में मत जाइएगा।''

गौहर झुँझला उठा, ''क्यों रे?''

नवीन ने जवाब दिया, ''दो-तीन सियार पागल हो गए हैं; ढोर और आदमियों को काटते फिर रहे हैं।''

मैं डरता हुआ पीछे आकर खड़ा हो गया। ''वे कहाँ हैं नवीन?''

''यह क्या मैंने देखा है कि वे कहाँ हैं? होंगे किसी झाड़ी में छिपे हुए। अगर जाइएगा तो जरा नजर रखते हुए चलिएगा।''

''तो भाई गौहर, वहाँ जाने की जरूरत नहीं।''

''वाह रे! इस वक्त सियार और कुत्ते जरा पागल हो ही जाते हैं, तो क्या इसलिए लोग-बाग घर से बाहर नहीं निकलेंगे। बहुत अच्छे आदमी हो तुम तो।''

यह भी दक्षिणी हवा की बात थी। अतएव प्रकृति की शोभा देखने के लिए साथ में जाना ही पड़ा। रास्ते के दोनों किनारे अमराइयाँ थीं। मैं जब उन अमराइयों के करीब आया, तो छोटे-छोटे अनगिनत कीड़े तड़तड़-फटफट की आवाज करते हुए भौंरों को छोड़ मेरी आँख, नाक, मुँह और कुरतों के अन्दर घुस गए। सूखे पत्तों पर आम का मधु झड़कर लेई की तरह चिपचिपा हो गया था और चिपचिपे पत्ते जूते के नीचे सट जाते थे। सँकरे रास्ते के ज्यादातर हिस्से को बेदखल करके मौजूद भाँडीर के कुंजों और अधखिले-खिले फूलों से बहुत घने हो गए थे। याद आ गई नवीन की चेतावनी। गौहर के मुताबिक वह समय पागल होने जैसा ही था। इसलिए यह सोचकर कि भाँडीर के फूलों की शोभा का मजा समय पर दूसरे दिन लूटूँगा, आज मैं और गौहर यानी नवीन के 'ढोर और आदमी'। जरा तेज कदमों से वहाँ से निकल भागे।

मैं कह चुका हूँ कि हमारे गाँव की नदी उन लोगों के भी गाँव से होकर बहती है। वर्षा की बढ़ी हुई जल-धारा वसन्त के आने से बहुत पतली हो गई थी। उन दिनों धारा के

साथ बहती हुई ढेरों जलकुम्भियाँ और सेवारों ने आज सूखे तट पर पड़े-पड़े ओस और धूप में सड़कर समूची जगह को दुर्गन्ध से नरक-कुंड बना दिया था। नदी के उस पार दूर पर कई सेमल के पेड़ों में खिले हुए अनगिन लाल-लाल फूल नजर आए, मगर उनकी तरफ से ध्यान आकर्षित करना कवि के लिए भी अभी ज्यादती लगा। बोला, "चल, घर लौट चलें।"

"अच्छा, चलो।"

"मैंने सोचा था, तुझे यह सब अच्छा लगेगा।"

मैंने कहा, "अच्छा लगेगा भाई, अच्छा लगेगा। अच्छे-अच्छे शब्दों में तुम इन सबके बारे में अपनी कविताओं में लिखो। उन्हें पढ़कर मैं खुश होऊँगा।"

"तो इसीलिए शायद गाँव के लोग मुड़कर भी उन्हें नहीं देखते हैं।"

"नहीं। देख-देखकर उन्हें नफरत हो गई है। आँखों को अच्छा लगना और कानों को अच्छा लगना एक नहीं है भाई! जो लोग यह सोचते हैं कि कवि का वर्णन अगर आँखों से दिखाई पड़ेगा, तो लोग मोहित हो जाएँगे, वे नहीं जानते हैं कि दुनिया की हर बात पर यह लागू होता है। आँखों के लिए जो मामूली घटना है या, हो सकता है, महज मामूली चीज हो, वही कवि की भाषा में नई सृष्टि हो जाती है। तुम्हें जो दिखाई पड़ता है वह भी सच है और जो मुझे नहीं दिखाई पड़ता है वह भी सच है। इसके लिए तुम दुखी मत होओ गौहर।"

तब भी लौटती बार उसने मुझे कितनी चीजें दिखाने की कोशिश की, उसकी गिनती नहीं। रास्ते का हर पेड़, हर लता तक उसकी जानी-पहचानी थी। किसी पेड़ की बहुत सारी छाल कोई शायद दवा बनाने के लिए छीलकर ले गया था, तब भी उसका रस निकल रहा था। गौहर को अचानक वह दिखाई पड़ा, तो वह सिहर उठा। उसकी दोनों आँखें छलछलाने को आईं। मन में उसने कितना दुख महसूस किया, उसका मुँह देखकर मैं यह साफ समझ गया। चक्रवर्ती को जो सारी खोई हुई जायदाद वापस मिल रही थी सो उसके तरकीब भिड़ाने से नहीं मिल रही थी। बल्कि उसका कारण था खुद गौहर के ही स्वभाव के अन्दर ब्राह्मण के प्रति मेरा बहुत सारा गुस्सा अपने आप ही ठंडा हो गया। चक्रवर्ती से मुलाकात नहीं हुई, क्योंकि सुनने में आया कि उसके दोनों पोतों को चेचक हो गया है। गाँव-गाँव में अभी हैजा नहीं फैला था। तालाब का सड़ा पानी जरा और सूख जाए, वह इसके इन्तजार में था।

सो चाहे जो भी हो। घर लौटकर गौहर ने अपनी पांडुलिपि लाकर मेरे सामने रख दी। दुनिया में शायद ही ऐसा कोई होगा जिसे उसका आकार देखकर डर न लगे। बोला, "लेकिन अगर तुम इसे नहीं पढ़ोगे, तो तुम्हें छुटकारा नहीं मिलेगा श्रीकान्त। तुम्हें अपनी सही राय देनी ही होगी।"

मुझे इस बात की आशंका थी ही। इतनी हिम्मत नहीं थी कि मैं साफ-साफ राजी हो सकूँ। फिर भी कवि के घर में उसकी कविताओं को लेकर मैं दिन पर दिन चर्चा करता रहा। इस तरह मेरे सात दिन गुजर गए। कविताओं की बात रहने दीजिए। लेकिन गहरे साहचर्य से उसका जो परिचय मुझे मिला वह जितना सुन्दर था, उतना ही आश्चर्यजनक।

एक दिन गौहर ने कहा, "श्रीकान्त, तुझे बर्मा जाने की क्या जरूरत है? हम दोनों का ही अपना कहलाने लायक कोई नहीं है! आ न, हम दोनों यहीं एक साथ अपनी जिन्दगी गुजार दें।"

मैंने हँसकर कहा, "मैं तो तुम जैसा कवि नहीं हूँ भाई। न मैं पेड़-पौधों की भाषा ही समझता हूँ, और न ही मैं उनके साथ बात कर सकता हूँ। मैं इस जंगल के अन्दर कैसे रह सकता हूँ? मैं दो ही दिनों में हाँफ जाऊँगा।"

गौहर गम्भीर हो उठा, बोला, "मगर मैं सचमुच ही उनकी भाषा समझता हूँ। वे सचमुच ही बात करते हैं। तुम लोग यह विश्वास नहीं कर सकते?"

मैंने कहा, "यह तो तुम भी समझते हो कि यह विश्वास करना मुश्किल है?"

गौहर ने आसानी से स्वीकार कर लिया, कहा, "हाँ, मैं यह भी समझता हूँ।"

एक दिन सवेरे अपनी रामायण के अशोक-वन वाले अध्याय को थोड़ी देर तक पढ़ने के बाद उसने अचानक किताब को बन्द कर दिया और मेरे मुँह की तरफ निहारकर प्रश्न कर बैठा, "अच्छा, श्रीकान्त, तूने कभी किसी को प्यार किया था?"

कल देर रात तक जागकर मैंने राजलक्ष्मी को, हो सकता है, यह आखिरी चिट्ठी लिखी थी। उसमें दादाजी की बात, पूँटू की बात, उन लोगों के दुर्भाग्य का वर्णन, सब कुछ था। उसमें यह बात भी लिखी हुई थी कि मैंने उन लोगों से वादा किया था कि मैं एक व्यक्ति की अनुमति माँग लूँगा। पर उस चिट्ठी को मैंने भेजा नहीं था। वह चिट्ठी तब भी मेरी जेब में पड़ी हुई थी। गौहर के सवाल के जवाब में मैंने हँसकर कहा, "नहीं।"

गौहर ने कहा, "अगर तू कभी किसी को प्यार करे, अगर कभी ऐसा दिन आए, तो तू मुझे बताना श्रीकान्त।"

"तुम यह जानकर क्या करोगे?"

"कुछ भी नहीं। तब मैं सिर्फ तुम लोगों के बीच जाकर कुछ दिन बिता आऊँगा।"

"अच्छा।"

"और अगर तब रुपए की जरूरत पड़े, तो तू मुझे खबर देना। पिताजी बहुत रुपए छोड़ गए हैं। वे मेरे काम नहीं आए, लेकिन हो सकता है, वे तुम लोगों के काम आ जाएँ।"

उसके कहने का ढंग ऐसा था कि सुनने पर भी आँखों में आँसू आ जाए। मैंने कहा, "अच्छा, अगर रुपए की जरूरत पड़ेगी तो मैं तुम्हें बताऊँगा, लेकिन तुम आशीर्वाद दो इसकी जरूरत न पड़े।"

मेरे जाने के दिन गौहर फिर से मेरे बैग को अपने कन्धे से लटकाकर तैयार हुआ। जरूरत नहीं थी, नवीन तो शर्म के मारे लगभग अधमरा हो गया, मगर उसने कान भी नहीं दिया। ट्रेन में चढ़ाकर वह औरतों की तरह रो पड़ा, बोला, "तुझे मेरे सर की कसम है श्रीकान्त, चले जाने के पहले फिर एक दिन आना, ताकि फिर एक बार मुलाकात हो।"

मैं उसके कहने को टाल नहीं सका। मैंने वादा किया कि मैं मिलने के लिए फिर आऊँगा।

"तू वादा कर कि कलकत्ता पहुँचकर तू अपना कुशल समाचार देगा।"

मैंने यह वचन भी दिया। मानो मैं कितनी दूर चला जा रहा हूँ!

मैं जब अपने कलकत्ता के डेरे पर पहुँचा तब लगभग शाम हो चुकी थी। चौखट पर कदम रखते ही जिससे मुलाकात हुई वह और कोई नहीं, खुद रतन था।

"यह क्या रे, तू यहाँ?"

"हाँ, मैं ही हूँ। मैं कल से बैठा हुआ हूँ। एक चिट्ठी है।"

बात मेरी समझ में आई, मैंने जो उसे लिखा था यह उसी का जवाब था। कहा, "चिट्ठी डाक से भेजने पर भी तो आती?"

रतन ने कहा, "यह इन्तजाम खेतिहर-मजदूर, मोटिया-मजदूर और गृहस्थ लोगों के लिए है। माँजी की चिट्ठी हाथ में लिये कोई आदमी बिना खाए, बिना सोचे भागता हुआ पाँच सौ मील नहीं लाएगा, तो हो सकता है वह खो जाए। आप तो सब जानते हैं, फिर झूठ-मूठ में क्यों पूछ रहे हैं?"

बाद में मैंने सुना कि रतन की यह शिकायत गलत थी, क्योंकि वह खुद ही तत्पर होकर अपने हाथों यह चिट्ठी लाया था। गाड़ी की भीड़ और खाने-पीने की बदइन्तजामी के चलते उसका मिजाज बिगड़ गया था। मैंने हँसकर कहा, "तू ऊपर आ। चिट्ठी मैं बाद में पढ़ूँगा, चल, पहले तेरे खाने-पीने का इन्तजाम कर दूँ।"

रतन ने मेरे पैरों को छूकर मुझे प्रणाम किया और बोला, "चलिए।"

## 3

जोरों से डकार लेकर चौंकाता हुआ रतन आया।

"क्या रतन, पेट भरा?"

"जी हाँ। लेकिन आप चाहे जो भी क्यों न कहें बाबू, हमारे कलकत्ता के ब्राह्मण रसोइए के अलावा और कोई खाना बनाना ही नहीं जानता है। उन मारवाड़ी महाराजों को तो जानवर ही कहा जा सकता है।"

ऐसा मुझे याद नहीं आया कि रतन के साथ मैंने कभी इस बात को लेकर बहस की हो कि दोनों प्रान्तों में किस प्रान्त का खाना अच्छा है और किस प्रान्त का बुरा या किस प्रान्त का रसोइया खाना बनाने में कितना माहिर है। लेकिन जहाँ तक मैं रतन को जानता था, मैंने समझा कि खूब खाना खाकर वह सन्तुष्ट हुआ था। ऐसा नहीं हुआ होता, तो वह पछाँही रसोइए के बारे में ऐसा बेबाक फैसला नहीं कर सकता था। उसने कहा, "गाड़ी की परेशानी तो मामूली नहीं थी, जरा हाथ-पाँव फैलाकर न लेटने पर..."

''अच्छा, तो रतन, तू चाहे कमरे में, चाहे बरामदे में अपना बिस्तर लगा ले और सो जा। कल सारी बातें होंगी।''

न जाने क्यों चिट्ठी के लिए उत्कंठा नहीं थी। ऐसा लग रहा था कि उसमें जो कुछ लिखा होगा वह तो मालूम ही है।

रतन ने फतूही की जेब से एक लिफाफा बाहर निकाला और उसे मेरे हाथ में दिया। वह लिफाफा शुरू से आखिर तक चपड़े से साटा हुआ था। बोला, ''बरामदे के उस दक्षिण तरफ वाली खिड़की के किनारे बिस्तर लगा लेता हूँ। मच्छरदानी लगाने का झंझट नहीं होगा। कलकत्ता को छोड़ ऐसा सुख क्या और कहीं होगा! अच्छा, तो मैं जाता हूँ।''

''मगर सब खबर अच्छी है न रतन?''

रतन ने मुँह गम्भीर करके कहा, ''ऐसा ही तो लगता है। गुरुदेव की कृपा से घर का बाहरी हिस्सा गुलजार है, अन्दर नौकर-नौकरानियाँ हैं, बंकू बाबू हैं, नई बहू ने आकर घर-बार को रोशन किया है, और सबके ऊपर खुद माँजी हैं, जो घर की मालकिन हैं। ऐसे घर-संसार की निन्दा कौन कर सकता है? लेकिन मैं बहुत पुराना नौकर हूँ, जात का नाई हूँ। रतन को इतनी आसानी से भुलाया नहीं जा सकता है बाबू। इसीलिए तो उस दिन स्टेशन पर मैं अपने आँसुओं को सँभाल नहीं सका था। मैंने आपसे विनती की थी कि अगर विदेश में नौकर की कमी होगी, तो रतन को खबर दीजिएगा। मैं जानता हूँ, आपकी सेवा करूँगा, तो भी वह माँजी की ही सेवा करना होगा। ऐसा करने से मैं धर्म से नहीं गिरूँगा।''

मैंने कुछ भी नहीं समझा, सिर्फ चुपचाप ताकता रहा।

वह फिर से कहने लगा, ''बंकू बाबू की उम्र भी हो गई, जो हो, थोड़ा पढ़-लिखकर लायक भी बन गए हैं। सोच रहे हैं, शायद किसलिए अब दूसरे के अधीन रहूँ? दान-पत्र के बल पर उन्होंने सब कुछ हड़प लिया है। मैं यह मानता हूँ कि मोटेतौर पर उन्होंने बहुत-कुछ हड़प लिया है। मगर ऐसा कब तक चलेगा बाबू?''

अभी भी बात साफ नहीं हुई, मगर एक धुँधलापन आँखों के सामने तिरता हुआ आया।

वह फिर से कहने लगा, ''आपने तो अपनी आँखों से देखा था कि महीने में कम से कम दो बार मेरी नौकरी चली जाती थी। हालत बुरी नहीं है, मैं गुस्सा करके चला भी जा सकता हूँ। मगर मैं क्यों नहीं जाता? क्योंकि मैं जा नहीं सकता। मैं इतना जानता हूँ कि जिसकी कृपा से दिन बहुरे हैं उसकी एक ही साँस से सब कुछ गायब हो जाएगा। वह पलक झपकाने का भी समय नहीं देगा। वह तो माँजी का गुस्सा नहीं है, वह मेरे देवता का आशीर्वाद है।''

यहाँ पाठकों को जरा यह याद दिलाना जरूरी है कि रतन बचपन में थोड़े दिनों तक प्राइमरी स्कूल में पढ़ा था।

उसने जरा रुककर कहा, ''माँजी ने कहने से मना किया है। इसीलिए मैं कभी नहीं कहता—घर में जो कुछ था उसे मेरे चाचा लोगों ने धोखे से ले लिया। एक यजमान तक

नहीं दिया। दो छोटे बेटे-बेटियों और उनकी माँ को छोड़कर मैं पेट भरने के लिए एक दिन गाँव छोड़कर निकल पड़ा। लेकिन यह मेरे पूर्व जन्म का सौभाग्य था कि इन माँजी के घर मुझे नौकरी मिल गई। उन्होंने मेरा सारा दुखड़ा सुना, मगर तब उन्होंने कुछ भी नहीं कहा। साल भर बाद एक दिन मैंने उनसे कहा, 'माँजी, दोनों बच्चों को देखने को जी चाहता है। अगर आप कई दिनों की छुट्टी दें, तो अच्छा हो।' उन्होंने हँसकर कहा, 'तू फिर आएगा न?' जाने के दिन उन्होंने मेरे हाथ में एक पोटली दी और कहा, 'रतन, तू अपने चाचा लोगों से झगड़ा-टंटा मत करना बेटा। तेरा जो गया है उसे इससे लौटा लेना।' मैंने उस पोटली को खोला, तो देखता हूँ, उसमें पाँच सौ रुपए हैं। पहले-पहल तो मुझे अपनी आँखों पर विश्वास ही नहीं हुआ। डर लगा, शायद मैं जगे-जगे सपना देख रहा हूँ। मेरी उन्हीं माँजी को बंकू बाबू अब उलटी-सीधी बातें कहते हैं, उनके पीठ-पीछे खड़े-खड़े बड़बड़ाते हैं। सोचता हूँ, माँजी ज्यादा दिन अब वहाँ नहीं रहेंगी। अब वे जानेवाली हैं।''

मैंने इस बात की आशंका नहीं की थी, मैं चुपचाप सुनता रहा।

लगा, रतन कुछ दिनों से क्रोध और क्षोभ से उबल रहा है। उसने कहा, ''माँजी जब देती हैं, तो दोनों हाथों से लुटा देती हैं। बंकू को भी उन्होंने दोनों हाथों से दिया है। इसीलिए तो उसने यह सोचा है कि मधु निकाले मधुमक्खी के छत्ते की अब क्या कीमत है! ज्यादा से ज्यादा अब उसे जलाया ही जा सकता है। इसीलिए वह माँजी की इतनी उपेक्षा करता है। मूरख यह नहीं जानता कि आज भी माँजी के एक जेवर को बेचने पर ऐसे-ऐसे पाँच मकान बनवाए जा सकते हैं।''

मैं भी यह न जानता था। मैंने हँसकर कहा, ''ऐसी बात है? पर वे सब हैं कहाँ?''

रतन हँसा, बोला, ''वह सब है उन्हीं के पास। माँजी इतनी बेवकूफ नहीं हैं। एक आपके ही पैरों पर अपना सब कुछ लुटाकर वे भिखारिन हो जा सकती हैं, लेकिन और किसी के भी लिए वे ऐसा नहीं कर सकतीं। बंकू यह नहीं जानता है कि आपके जिन्दा रहते माँजी के लिए रहने की जगह की कमी नहीं होगी और रतन के जिन्दा रहते उन्हें नौकर की कमी नहीं हो सकती। उस दिन काशी से आपके यों चले आने से माँजी के कलेजे में कैसा तीर बिंधा था, इस बात की जानकारी क्या बंकू बाबू रखते हैं? और गुरुजी को ही भला इस बात का पता कैसे चलेगा?''

''मगर तुम तो यह जानते हो रतन कि उस दिन उन्होंने खुद मुझे विदा किया था।''

रतन जीभ को दाँतों तले दबाकर शर्म से गड़ गया। इसके पहले मैंने कभी उसकी इतनी विनम्रता नहीं देखी थी। उसने कहा, ''हम नौकर-चाकर हैं बाबू, यह सब बात हमें सुननी भी नहीं चाहिए। यह झूठ है।''

रतन हाथ-पाँव फैलाकर जरा लेट लेने के लिए चला गया। शायद कल आठ बजे के पहले अब उसका बदन चंगा नहीं होगा।

दो बड़ी खबरें मिलीं। एक तो यह कि बंकू बड़ा हो गया है। पटना में जब मैंने उसे पहली बार देखा था तब वह सोलह-सत्रह साल का था। और अभी वह इक्कीस साल का युवक है। ऊपर से, इन पाँच-छह वर्षों के अन्तराल में वह पढ़-लिखकर लायक बन

गया है। इसलिए बचपन का वह सकृतज्ञ स्नेह अगर आज के आत्मसम्मान-बोध से सामंजस्य नहीं रख सकता है, तो इसमें आश्चर्य की कौन-सी बात है?

दूसरी खबर यह कि राजलक्ष्मी के गहरे दुख का पता आज तक न तो बंकू को मालूम है और न गुरुदेव को।

मन के अन्दर ये ही दोनों बातें बहुत देर तक चक्कर लगाती रहीं।

बड़े जतन से चपड़े से किए गए सील को देखकर मैंने चिट्ठी खोली।

उसके हाथ की लिखावट ज्यादा देखने का मौका नहीं मिला था। लेकिन याद आया, उसकी लिखावट पढ़ने लायक होने पर भी अच्छी नहीं थी। मगर इस चिट्ठी को उसने बड़ी सावधानी से लिखा था। ताकि उसकी पूरी चिट्ठी मैं शुरू से लेकर आखिर तक आसानी से पढ़ सकूँ। उसे इस बात का डर था कि मैं कहीं उसकी चिट्ठी को बिना पढ़े रख न दूँ।

आचार-आचरण में राजलक्ष्मी पुराने जमाने की औरत थी। ऐसा याद नहीं आता है कि उसने कभी सामने कहा हो कि मैं प्यार करती हूँ। 'प्रणय निवेदन' करना तो दूर की बात है। उसने मेरी इच्छा के अनुकूल अनुमति देकर चिट्ठी लिखी होगी। तब भी क्या पता क्या लिखा होगा। पढ़ने में न जाने कैसा डर-सा लगने लगा। उसके बचपन की बात याद आई। उस दिन गुरुजी की पाठशाला में उसकी पढ़ाई-लिखाई खत्म हो गई थी। बाद में उसने घर में बैठे-बैठे, हो सकता है थोड़ी-सी पढ़ाई-लिखाई की हो। अतएव उसकी चिट्ठी के अन्दर भाषा के जादू, शब्दों के झनकार और वाक्य-विन्यास की मधुरता की आशा करना अनुचित था। हमेशा प्रचलित कई मामूली शब्दों द्वारा मन के भाव को व्यक्त करने के अलावा वह और क्या लिख सकती है? अनुमति देते हुए मामूली शुभकामना देकर उसने दो पंक्तियाँ लिखी होंगी, बस इतना ही तो? लेकिन लिफाफा खोलकर जब मैंने चिट्ठी पढ़ना शुरू किया, तो कुछ देर के लिए बाहर कुछ भी और याद नहीं रहा। चिट्ठी लम्बी नहीं थी, मगर भाषा और बोली को मैंने जितनी सहज और सरल सोचा था वह उतनी सहज और सरल नहीं थी। मेरी बातों का जवाब उसने इस प्रकार दिया था—

''काशीधाम

प्रणाम,

मेरा कहना है कि इस बार को मिलाकर सौ बार मैंने तुम्हारी चिट्ठी पढ़ी। तब भी मुझे यह सोचते नहीं बना कि तुम पागल हो गए हो या मैं पागल हो गई हूँ। तुमने शायद यह सोचा है कि तुम मुझे अचानक सड़क पर पड़े मिल गए थे। तुम मुझे सड़क पर पड़े नहीं मिले थे। तुम मुझे मिले थे—बहुत तपस्या करने के बाद, बहुत आराधना करने के बाद। इसीलिए विदा देनेवाले मालिक तुम नहीं हो, मुझे छोड़ देने का मालिकाना स्वत्वाधिकार तुम्हारे हाथ में नहीं है।

तुम्हें यह याद नहीं है कि फूलों के बदले जंगल से तोड़े हुए करील की माला गूँथकर मैंने बचपन में तुम्हें वरमाला पहनाई थी। काँटों की चुभन से हाथों से खून निकल पड़ता था। लाल माला के उस लाल रंग को तुम पहचान नहीं सके थे। बालिका की पूजा का

अर्घ्य तुम्हारे गले और सीने पर खून से जो लिख देता था वह तुम्हें नजर नहीं आया था। लेकिन जिनकी नजरों से दुनिया में कुछ भी नहीं छुपता उनके चरण-कमलों पर मेरा यह निवेदन जाकर पहुँचा था।

उसके बाद आई बुरे वक्त की रात, काले बादलों ने मेरे आसमान की चाँदनी को ढँक दिया। लेकिन वह सचमुच ही मैं थी या कोई और, वास्तव में इस जीवन में वह सब घटित हुआ था, या मैंने सोए-सोए सपना देखा था, यह सोचते वक्त बहुत समय डर लगता है कि मैं शायद पागल हो जाऊँगी। तब सब कुछ भूलकर मैं जिसका ध्यान लगाने बैठती थी, उसका नाम नहीं बताया जा सकता है। किसी को बताना भी नहीं चाहिए। उसकी क्षमा ही मेरे जगदीश्वर की क्षमा थी। इसमें न कोई गलती थी, न सन्देह। यहाँ मैं निर्भय थी।

हाँ, मैं कह रही थी, उसके बाद आई मेरे बुरे दिनों की रात। कलंक ने मेरी दोनों आँखों की सारी रोशनी बुझा दी। लेकिन वही क्या आदमी का पूरा परिचय था? उस अखंड ग्लानि के घने आवरण के बाहर उसका क्या और कुछ भी बाकी नहीं था?

बेरोक-टोक किए जा रहे गुनाहों के बीच-बीच में मैं उसे बार-बार देख पाई थी। अगर ऐसा नहीं होता, अगर बीते दिनों का राक्षस मेरे भविष्य के सारे मंगल को बिलकुल निगल जाता, तो मैं तुम्हें वापस कैसे पाती? तो फिर कौन तुम्हें लाता, मेरे हाथों में सौंप जाता?

तुम मुझसे चार-पाँच साल बड़े हो, तब भी जो तुम्हें फबता है वह मुझे शोभा नहीं देता। मैं बंगाली घर की लड़की हूँ, जिन्दगी के सत्ताईस साल पार करके आज जवानी का दावा अब नहीं करती। मैं चाहे जितनी भी गई-गुजरी क्यों न होऊँ, उस बात की अगर जरा भी भनक तुम्हें मिलती हो, तो उससे बड़ी शर्म की बात मेरे लिए कोई दूसरी नहीं है। बंकू जिन्दा रहे, वह बड़ा हो गया है। इसकी बहू आई है। तुम्हारी शादी के बाद मैं उन लोगों के सामने किस मुँह से निकलूँगी? यह अपमान मैं कैसे सहन करूँगी?

अगर तुम कभी बीमार हो जाओ, तो तुम्हारी देखभाल कौन करेगा—पूँटू और मैं लौट आऊँगी, तुम्हारे घर के बाहर से नौकर के मुँह से खबर लेकर? उसके बाद भी तुम मुझे जिन्दा रहने को कहते हो क्या?

हो सकता है, तुम सवाल करो, तो क्या मैं हमेशा यों ही अकेले जिन्दगी बिताऊँ? मगर सवाल चाहे जो भी क्यों न हो, उसका जवाब देने की जिम्मेदारी मुझ पर नहीं है, तुम पर है। लेकिन अगर तुम्हें बिलकुल ही सोचते नहीं बनता, अगर तुम्हारी अक्ल इतनी मारी गई है, तो मैं तुम्हें अक्ल उधार दे सकती हूँ। तुम्हें इसका बदला चुकाने की जरूरत नहीं। लेकिन मेरा दिया कर्ज लेने से इनकार मत करना।

तुम सोचते हो कि गुरुदेव ने मुझे मुक्ति का मंत्र दिया है, शास्त्रों ने मेरा मार्ग-दर्शन किया है, सुनन्दा ने मुझे धर्म का पालन करना सिखाया है और तुमने सिर्फ जिम्मेदारी निभाना सिखाया है। ऐसे अन्धे हो तुम लोग।

मैं पूछती हूँ तुम्हें तो मैंने तब वापस पाया था जब मैं तेईस साल की थी, मगर इसके पहले वे सब कहाँ थे? तुम इतना कुछ सोच सकते हो, और यह नहीं सोच सकते?

आशा थी कि एक दिन मेरा पाप दूर हो जाएगा और मैं निष्पाप हो जाऊँगी। जानते हो, यह लोभ क्यों है, स्वर्ग के लिए नहीं, मुझे स्वर्ग नहीं चाहिए। मेरी कामना है कि मरने के बाद मैं फिर जन्म ले सकूँ। तुम समझ सकते हो कि इसका क्या मतलब है?

मैंने सोचा था कि पानी की धारा गँदली हो गई है, मुझे उसे निर्मल करना ही पड़ेगा। लेकिन अगर आज उसका स्रोत ही सूख जाएगा, तो रहेगा मेरा जप-तप और पूजा-अर्चना, रहेगी सुनन्दा, रहेंगे मेरे गुरुदेव।

मैं अपनी मर्जी से मरना नहीं चाहती। लेकिन अगर तुमने मुझे अपमानित करने का तिकड़म किया हो, तो उससे बाज आओ। तुम अगर मुझे जहर दोगे, तो मैं उसे खा लूँगी, मगर मैं यह कबूल नहीं कर सकूँगी। चूँकि तुम मुझे जानते हो, इसीलिए मैंने तुम्हें यह बता दिया कि मैं डूबते सूरज के फिर से उगने के इन्तजार में बैठी रहूँगी। मुझे अब समय नहीं मिलेगा। बस, इतना ही–

राजलक्ष्मी''

जान बची। पक्की सख्त नसीहत की बात लिखकर उसने मुझे एक दृष्टि से बिलकुल बेफिक्र कर दिया। इस जिन्दगी में उस बात को लेकर सोचने को अब कुछ नहीं रहा। लेकिन मैंने निःसन्दिग्ध रूप से यही जाना कि मैं क्या नहीं कर सकता। मगर इस बारे में राजलक्ष्मी ने बिलकुल चुप्पी साध ली थी कि इसके बाद मुझे क्या करना पड़ेगा। हो सकता है, और एक दिन वह नसीहत देती हुई चिट्ठी लिखे, या खुद मुझे ही बुला भेजे। लेकिन फिलहाल जो इन्तजाम हुआ वह बेहद गजब का था। इधर दादाजी सम्भवतः कल सवेरे ही आ जाएँगे। मैं उन्हें यह भरोसा देकर आया था कि अनुमति मिलने में कोई विघ्न नहीं होगा। इसलिए फिक्र करने की कोई वजह नहीं थी। लेकिन जो आ पहुँचा वह निर्विघ्न अनुमति ही तो थी। यही गनीमत थी कि उसने रतन नाई के हाथों जोड़ा और मौर नहीं भेजा था।

उधर गाँव के घर में शादी की तैयारियाँ जरूर आगे बढ़ रही होंगी। पूँटू के नाते-रिश्तेदारों में से कोई-कोई, हो सकता है, आ गया हो और शादी लायक गुनहगार लड़की, हो सकता है, इतने दिनों बाद लांछन और गंजन के बदले थोड़ा-सा आदर का मुँह देख पाई हो। मैं यह जानता हूँ कि दादाजी से मुझे क्या कहना है, लेकिन मुझे यही सोचते नहीं बना कि मैं उनसे वह बात कैसे कहूँगा। उनके निर्मम तकाजे, लज्जाहीन युक्ति और वकालत के बारे में सोचकर मेरा मन एक ओर जितना कड़वा हो उठा, दूसरी ओर इस बात को सोचकर भी मेरा मन उतना ही दुखी होने को आया कि जब वे विफल मनोरथ होकर लौट जाएँगे तो तब निराशा से नाराज परिजन उस अभागिन लड़की को और ज्यादा सताएँगे। लेकिन उपाय क्या है? बिस्तर पर लेटे-लेटे मैं देर रात तक जगा रहा। पूँटू की बात भूलने में देर नहीं लगी, मगर निरन्तर याद आने लगी गंगामाटी की बात। कम आबादीवाले उस छोटे-से देहात की याद किसी दिन मिटनेवाली नहीं है। इस जिन्दगी की गंगा-जमुना की धारा एक दिन यहीं आकर मिली थी और थोड़े दिनों तक अगल-बगल बहकर फिर

एक दिन यहीं अलग हो गई थी। एक साथ रहनेवाले वे दिन जब हमारे बीच गहरा विश्वास, मधुर स्नेह और उज्ज्वल आनन्द था, फिर गंगा-जमुना की धारा की तरह चुपचाप दुख से बेहद स्तब्ध हो गए थे। जिस दिन हम लोग अलग हुए उस दिन भी हममें से किसी ने किसी को भी ठगने के कलंक से कलंकित नहीं किया था। नफे-नुकसान की बेकार की बतकही से गंगामाटी के शान्त घर को हम लोग दूषित करके नहीं आए थे। वहाँ के सभी यह जानते थे कि फिर एक दिन हम लोग लौट आएँगे, फिर शुरू होगी हँसी-खुशी, शुरू होगा जमींदारिन का दीन-दुखियों का सेवा-सत्कार। लेकिन वे लोग सपने में भी यह नहीं सोच सकते कि हमारे लौट आने की सम्भावना खत्म हो चुकी है और सुबह की खिली मल्लिका शाम की फटकार सुनकर चुप हो गई है।

आँखों में नींद नहीं थी। जग-जग मैं रात को जितनी बीतती देखता रहा उतना ही लगने लगा, यह रात न बीते। यही एकमात्र विचार यों मेरे मन पर छाया रहा।

बीती कहानी घूम-घूमकर याद आती है। वीरभूम जिले का वह तुच्छ घर मन पर भूत की भाँति सवार होकर बैठा हुआ है, पल-पल घर के काम-काज में लगी हुई राजलक्ष्मी के दोनों स्निग्ध हाथ नजरों के सामने साफ-साफ दिखलाई पड़ते हैं। ऐसा याद नहीं आता है कि इस जीवन में मैंने कभी तृप्ति का स्वाद इस तरह से चखा होगा।

इतने दिनों तक मैं समझा ही गया था, मैं समझ नहीं सका था। लेकिन आज समझ में आया कि राजलक्ष्मी की कमजोरी कहाँ थी। वह जानती थी कि मैं स्वस्थ नहीं हूँ, मैं किसी भी दिन बीमार हो जा सकता हूँ। तब कोई पूँटू मुझे घेरकर मेरे बिस्तर पर बैठी होगी और राजलक्ष्मी के लिए करने को कुछ भी नहीं रहेगा, इतनी बड़ी दुर्घटना को वह मन के अन्दर जगह नहीं दे सकती थी। दुनिया की हर चीज से वह अपने आपको वंचित कर सकती थी, मगर इस चीज से नहीं। ऐसा करना उसके बूते के बाहर था। उसके लिए मौत तुच्छ थी। रहे उसके गुरुदेव, रहा उसका जप-तप-व्रत-उपवास। चिट्ठी में उसने मुझे झूठमूठ में नहीं डराया था।

भोर के वक्त शायद मैं सो गया था। रतन के पुकारने से जब मैं जाग उठा तब दिन ढल चुका था। उसने कहा, "कोई बूढ़ा आदमी अभी-अभी घोड़ागाड़ी से आया।"

वे दादाजी थे। लेकिन वे गाड़ी किराया करके आए? मन में सन्देह पैदा हुआ।

रतन ने कहा, "साथ में एक सत्रह-अठारह साल की लड़की है।"

वह पूँटू थी। वह बेहया आदमी उसे मेरे कलकत्ता के डेरे तक खींच लाया था। सुबह का उजाला कड़ुवाहट से म्लान हो उठा। मैंने कहा, "उन लोगों को उस कमरे में लाकर बिठाओ, रतन। मैं मुँह-हाथ धोकर आता हूँ।" इतना कहकर मैं नीचे स्नानघर में चला गया।

घंटे भर बाद जब मैं वापस आया, तो दादाजी ने मेरी सादर अगवानी की, मानो मैं ही मेहमान हूँ—"आओ बेटा, आओ। तबीयत तो ठीक है, न?"

मैंने प्रणाम किया।

दादाजी ने पुकारा, "पूँटू, तू कहाँ गई?"

पूँटू खिड़की के पास खड़ी होकर रास्ता देख रही थी। वह मेरे नजदीक आई और मुझे नमस्कार किया।

दादाजी ने कहा, "उसकी फूफी शादी के पहले उसे एक बार देखना चाहती है। उसके फूफा हाकिम हैं। पाँच सौ रुपए उनकी तनखाह है। तबादला होकर वे डायमंड हारबर आए हैं। फूफी के लिए घर-संसार को छोड़कर निकलने की गुंजाइश नहीं है। इसीलिए मैं उसे साथ लेकर आया, सोचा, दूसरे के हाथों सौंप देने के पहले उसे एक बार दिखा लाऊँ। उसकी दादी ने आशीर्वाद देते हुए कहा, "पूँटू, तेरा भी नसीब ऐसा हो।"

मैं कुछ कहता, इसके पहले ही वे ही खुद बोले, "लेकिन मैं आसानी से छोड़नेवाला नहीं हूँ बेटा। वे हाकिम हों, या चाहे जो भी क्यों न हों, हैं तो वे रिश्तेदार। खड़ा रहकर उन्हें काम पूरा कराना होगा। तब जाकर उन्हें छुट्टी मिलेगी। तुम तो यह जानते ही हो बेटा कि शुभ कार्य में बहुत विघ्न होता है। शास्त्रों में कहा गया है–'श्रेयांसि बहु विघ्नानि।' एक ऐसा आदमी खड़ा रहेगा, तो किसी की चूँ तक करने की हिम्मत नहीं होगी। हमारे ठेठ देहात के लोगों का तो विश्वास नहीं, वे सब कर सकते हैं। मगर वे तो हाकिम हैं न, उनका रोब ही अलग है।"

पूँटू के फूफा हाकिम हैं। उनका यह कहना बेतुका नहीं था, इसका मतलब था।

रतन नया हुक्का खरीद लाया और बड़े जतन से चिलम चढ़ा दी। दादाजी ने थोड़ी देर तक उसे गौर से देखा और बोले, "ऐसा लगता है, इस आदमी को मैंने कहीं देखा है।"

रतन ने फौरन कहा, "जी हाँ, आपने मुझे देखा तो है ही। गाँव के घर में जब बाबू बीमार थे, तब आपने मुझे देखा था।"

"ओ हाँ, तभी तो कहता हूँ कि यह तो परिचित चेहरा है।"

"जी हाँ।" कहकर रतन चला गया।

दादाजी का मुँह बड़ा गम्भीर हो उठा। वे बड़े धूर्त आदमी थे, शायद सारी बातें उन्हें याद आईं। चुपचाप दम लगाते-लगाते बोले, "चलते वक्त मैं दिन देखकर निकला था, बड़ा अच्छा दिन था, मेरी इच्छा है कि यों ही मैं सगाई की रस्म अदा कर जाऊँ। नतून बाजार में तो सारी चीजें मिलतीं। एक बार तुम अपने नौकर को वहाँ भेजोगे? क्यों इस बारे में तुम्हारी क्या राय है?"

जब कहने को मुझे कोई शब्द हरगिज ढूँढ़े नहीं मिला, तो किसी तरह से मैंने सिर्फ कह डाला, "नहीं।"

"नहीं? नहीं क्यों? बारह बजे तक तो दिन बहुत अच्छा है। पंचांग है?"

मैंने कहा, "पंचांग की जरूरत नहीं है। मैं विवाह नहीं करूँगा।"

दादाजी ने हुक्के को दीवार से टिकाकर रखा। उनका मुँह देखकर मैंने समझा कि वे लड़ाई करने को तैयार हो रहे हैं। उन्होंने अपनी आवाज को शान्त और गम्भीर बनाकर कहा, "सारी तैयारियाँ एक तरह से पूरी हो चुकी हैं। लड़की की शादी की बात है, कोई हँसी-मजाक की बात नहीं है। तुम वादा करके आए और अब तुम इनकार करते हो, तो काम कैसे चलेगा?"

पूँटू पीछे मुड़कर खिड़की के बाहर निहार रही थी और मैं यह जानता था कि रतन दरवाजे के पीछे कान लगाए हुए था।

मैंने कहा, "यह मैं भी जानता हूँ और आप भी जानते हैं कि मैं वादा करके नहीं आया था। मैंने कहा था कि एक व्यक्ति की अनुमति मिलने पर मैं राजी हो सकता हूँ।"

"तो तुम्हें अनुमति नहीं मिली है?"

"नहीं।"

दादाजी पल भर रुके, फिर बोले, "पूँटू के बाप का कहना है कि वह कुल मिलाकर एक हजार रुपए देगा। कहने-सुनने पर और दो-एक हजार देने को राजी हो सकता है। क्यों, तुम्हारी क्या राय है?"

रतन ने कमरे में घुसकर कहा, "और एक बार चिलम चढ़ा दूँ क्या?"

"चिलम चढ़ा दो। अच्छा, तुम्हारा नाम क्या है जी?"

"रतन।"

"रतन? बड़ा सुन्दर नाम है, कहाँ रहते हो तुम?"

"काशी में।"

"काशी? तुम्हारी मालकिन क्या आजकल काशी में ही रहती हैं? वे वहाँ क्या करती हैं?"

रतन ने मुँह उठाकर कहा, "यह जानकर आप क्या करेंगे?"

दादाजी ने जरा मुस्कुराकर कहा, "तुम गुस्सा क्यों करते हो जी? इसमें गुस्सा करने की कोई बात नहीं है। वह अपने गाँव की लड़की है न, इसीलिए उसकी खोज-खबर लेने को जी चाहता है। हो सकता है, उसके पास जाना पड़ जाए। अच्छा, तो यह बताओ कि वह अच्छी तो है न?"

रतन बिना जवाब दिए चला गया, और दो मिनट बाद ही चिलम को फूँकते-फूँकते लौट आया। हुक्के को उनके हाथ में देकर वह चला जा रहा था कि तभी दादाजी कई बार जोरों से कश लगाकर उठकर खड़े हो गए–"रुको तो भई, एक बार पाखाना दिखा देना। तड़के ही निकलना पड़ा था न।" कहते-कहते वे रतन से पहले ही तेज कदमों से कमरे से बाहर निकल गए।

पूँटू ने मुँह घुमाकर निहारा, बोली, "दादाजी की बात पर आप विश्वास मत कीजिए। पिताजी हजार रुपए कहाँ से पाएँगे जो वे आपको देंगे? ऐसे ही दूसरे के गहने माँगकर दीदी की शादी...अभी वे लोग दीदी को अपने घर नहीं ले जाते हैं। वे लोग कहते हैं–लड़के की दूसरी शादी कराएँगे।"

उस लड़की ने इतनी बातें मुझसे पहले नहीं की थीं। मगर मैंने अचरज में पड़कर पूछा, "तुम्हारे पिता क्या सचमुच ही हजार रुपए नहीं दे सकते हैं?"

पूँटू ने गर्दन हिलाकर कहा, "कतई नहीं। पिताजी रेल में कुल चालीस रुपए तनखाह पाते हैं। मेरे छोटे भाई की स्कूल की फीस न दे पाने के चलते वह पढ़ नहीं सका। वह कितना रोया।" कहते-कहते उसकी दोनों आँखें छलछलाने को आईं।

मैंने प्रश्न किया, "तो क्या तुम्हारी शादी सिर्फ रुपए के ही चलते नहीं हो रही है?"

पूँटू बोली, ''हाँ, रुपए के ही चलते मेरी शादी नहीं हो रही है। हमारे गाँव के अमूल्य बाबू के साथ पिताजी ने मेरा रिश्ता किया था। उनकी बेटियाँ मुझसे बहुत बड़ी हैं। चूँकि माँ पानी में डूब मरने गई थीं, इसीलिए वह शादी रुक गई। अबकी बार पिताजी किसी की नहीं सुनेंगे, वहीं मेरी शादी करा देंगे।''

मैंने कहा, ''पूँटू, मैं तुम्हें पसन्द हूँ?''

पूँटू ने शरमाते हुए मुँह नीचा किया और जरा सर हिलाया।

''लेकिन मैं भी तो तुमसे चौदह-पन्द्रह साल बड़ा हूँ?''

पूँटू ने इस प्रश्न का कोई जवाब नहीं दिया।

मैंने पूछा, ''तुम्हारा क्या और कहीं कभी रिश्ता हुआ था?''

पूँटू ने मुँह उठाया और खुश होकर बोली, ''हाँ, हुआ तो था। आप अपने गाँव के कालिदास बाबू को जानते हैं। उनके छोटे लड़के के साथ रिश्ता हुआ था। उसने बी.ए. पास किया है। उम्र में वह मुझसे थोड़ा-सा बड़ा है। उसका नाम शशधर है?''

''तुम्हें वह पसन्द है?''

पूँटू खी-खी करके हँस पड़ी।

मैंने कहा, ''लेकिन अगर शशधर तुम्हें पसन्द न करे तो?''

पूँटू ने कहा, ''हाँ, वह मुझे पसन्द करता है। वह मेरे घर के सामने से होकर आया-जाया करता था। गोरी दादी मजाक करके कहती थीं—वह सिर्फ मेरे लिए ऐसा करता है।''

''तो उसके साथ तुम्हारी शादी क्यों नहीं हुई?''

पूँटू का चेहरा उदास हो गया, बोली, ''उसके पिता ने हजार रुपए के गहने और हजार रुपए नकद माँगे। ऊपर से और पाँच सौ रुपए तो खर्च होते ही। इतने रुपए तो जमींदार के घर की लड़की की शादी में खर्च होते हैं? यह सच नहीं है। वे बड़े आदमी हैं। फिर उनके पास बहुत रुपए हैं। मेरी माँ ने उनके घर जाकर उनके कितने हाथ-पाँव पकड़े, मगर उन्होंने एक न सुनी।''

''शशधर ने कुछ नहीं कहा?''

''नहीं, उसने कुछ नहीं कहा। लेकिन वह भी तो ज्यादा बड़ा नहीं है। उसके माँ-बाप जिन्दा हैं न।''

''हाँ, उसके माँ-बाप तो जिन्दा हैं। शशधर की शादी हो गई है?''

पूँटू ने व्यग्र होकर कहा, ''नहीं, अभी तक तो उसकी शादी नहीं हुई है। पर सुनती हूँ, जल्दी ही उसकी शादी होनेवाली है।''

''अच्छा, वहाँ तुम्हारी शादी होने पर वे लोग अगर तुम्हें प्यार न करें तो?''

''मुझे प्यार नहीं करेंगे? मुझे क्यों नहीं प्यार करेंगे? मैं तो खाना बनाना, सिलाई करना, घर-गिरस्ती का सारा काम जानती हूँ। मैं अकेले ही उन लोगों का सारा काम कर दूँगी।''

इससे ज्यादा बंगाली घर की लड़की भला क्या जानती है! शारीरिक परिश्रम से ही वह सारी कमी को पूरा करना चाहती है। मैंने पूछा, ''उन लोगों का सारा काम जरूर करोगी न?''

"हाँ, जरूर करूँगी।"

"तो फिर तुम अपनी माँ से जाकर कह दो कि श्रीकान्त भैया ढाई हजार रुपए भेज देंगे।"

"आप रुपए देंगे? तो फिर आप यह वादा कीजिए कि जिस दिन मेरी शादी होगी उस दिन आप वहाँ आएँगे?"

"हाँ, मैं वादा करता हूँ कि जिस दिन तुम्हारी शादी होगी, उस दिन मैं वहाँ आऊँगा।"

दहलीज पर दादाजी की आवाज सुनाई पड़ी। धोती के छोर से अपना मुँह पोंछते-पोंछते वे घुसे–"बड़ा बढ़िया पाखाना है, भई। वहाँ सो जाने को जी चाहता है। रतन गया कहाँ, और एक बार चिलम चढ़ा देता।"

# 4

दुनिया में सबसे बड़ा सच यह है कि आदमी को नेक सलाह देने से कोई फायदा नहीं होता है। नेक सलाह कोई हरगिज नहीं सुनता है। लेकिन चूँकि यह सच है इसीलिए संयोगवश इसका अपवाद भी होता है। इसी घटना के बारे में बताता हूँ।

दादाजी दाँत निपोरकर आशीर्वाद देकर बड़े प्रसन्न चित्त से चले गए। पूँटू ने बार-बार मेरे पैरों को छूकर मुझे प्रणाम किया और मेरा कहा मानकर चली गई। लेकिन उनके चले जाने पर मेरे पछतावे की सीमा नहीं रही। पूरा मन विद्रोही होकर सिर्फ फटकारने लगा कि कौन होते हैं ये लोग कि विदेश में नौकरी करके बड़ा दुख झेलकर जो कुछ जमा किया है वही इन्हें दे दूँगा। चूँकि झोंक में आकर मैंने एक बात कही है, इसीलिए दाता कर्ण की तरह दान करना ही पड़ेगा, इसका क्या मतलब है? इस लड़की ने बिना माँगे पेड़ा और दही खिलाकर मुझे तो जाल में अच्छा फँसाया है। एक फन्दा काटने में मैं दूसरे फन्दे में उलझ गया। बच निकलने का उपाय सोचने में दिमाग गरम हो उठा और उस निरीह लड़की के प्रति क्रोध और विरक्ति की सीमा नहीं रही और वह शैतान दादाजी! जी चाहने लगा, वह घर न पहुँचे, रास्ते में ही सर्दी-गर्मी से वह मर जाए। लेकिन यह आशा निराधार थी। मैं यह पक्का जानता था कि वह हरगिज नहीं मरेगा? और जब एक बार उसे मेरे डेरे का पता मालूम हो गया है तब वह फिर आएगा और चाहे जैसे भी होगा, रुपया वसूल करेगा। हो सकता है, इस बार वह उस हाकिम फूफाजी को साथ लाए। एक तरीका है–यः पलायति। मैं टिकट कटाने गया। मगर जहाज में जगह नहीं थी। सवेरे ही सारे टिकट बिक गए थे। इसलिए बाद में जानेवाले जहाज के लिए इन्तजार करना पड़ेगा। और वह जहाज छह-सात दिनों बाद जानेवाला था।

एक और तरीका है। डेरा बदल लिया जाए ताकि दादाजी उसे ढूँढ़ न सकें। लेकिन एक ऐसी अच्छी जगह इतनी जल्दी भला कहाँ मिलेगी? मगर ऐसी स्थिति हो गई थी कि अच्छी और बुरी जगह के मिलने का सवाल ही अप्रासंगिक था। यथा अरण्यम् तथा गृहम्–शिकारी के हाथ से जान बचाने की बात थी।

इस बात का डर था कि मेरी गुप्त चिन्ता कहीं रतन को नजर न आ जाए। लेकिन मुसीबत यह हुई थी कि वह यहाँ से टस से मस नहीं होना चाहता था। उसके मन को कलकत्ता काशी से ज्यादा भा गया था। मैंने पूछा, ''चिट्ठी का जवाब लेकर क्या तुम कल ही जाना चाहते हो रतन?''

रतन ने फौरन जवाब दिया, ''जी नहीं। आज दोपहर में मैंने माँजी को एक पोस्टकार्ड लिख दिया है कि मेरे लौटने में दो-पाँच दिन लगेंगे। मुर्दा सोसायटी (अजायबघर) और जिन्दा सोसायटी (चिड़ियाघर) देखे बिना मैं यहाँ से जानेवाला नहीं। इसका तो कोई ठीक नहीं है कि मैं फिर कब किस जमाने में यहाँ आऊँगा।''

मैंने कहा, ''मगर वे तो उद्विग्न हो सकती हैं?''

''जी नहीं, वे उद्विग्न नहीं होंगी। गाड़ी में मुझे जो परेशानी झेलनी पड़ी थी वह अभी तक दूर नहीं हुई है। यह बात मैंने उन्हें लिख दी है।''

''लेकिन चिट्ठी का जवाब...''

''जी, आप चिट्ठी का जवाब लिख दीजिए न। मैं कल ही उसे रजिस्ट्री करके भेज दूँगा। उस घर में माँजी की चिट्ठी को खोलने की हिम्मत यमराज भी नहीं कर सकता है।''

मैं चुपचाप बैठा रहा। इस नाई मुए के आगे कोई तरकीब नहीं चली। उसने मेरे सारे प्रस्तावों को रद्द कर दिया।

जाते वक्त दादाजी मेरे रुपए देने की बात का प्रचार करके गए थे। इससे कोई यह समझने की कोशिश न करे कि उन्होंने अपने चित्त की उदारता या अत्यधिक सरलतावश ऐसा किया था। ऐसा करके वे गवाह रख गए थे।

रतन ने ठीक यही बात छेड़ी, बोला, ''अगर आप बुरा न मानें, तो मैं एक बात कहता हूँ बाबू!''

''कौन-सी बात रतन?''

रतन तनिक हिचकिचाकर बोला, ''ढाई हजार रुपए तो बिलकुल कम नहीं होते हैं बाबू। वे लोग आपके कौन लगते हैं बाबू, जो आपने उनसे खामखा कहा कि आप उन लोगों की लड़की की शादी के लिए इतने रुपए देंगे। इसके अलावा वे दादाजी हों या चाहे जो भी हों, वे आदमी अच्छे नहीं हैं। उन्हें रुपया देने की बात कहना अच्छा नहीं हुआ है, बाबू।''

उसकी टिप्पणी सुनकर मैंने जितना अनिर्वचनीय आनन्द प्राप्त किया, मन के अन्दर मुझे उतना ही बल मिला। मैं तो यही चाह रहा था।

फिर भी मैंने अपनी आवाज में थोड़ा-सा सन्देह का पुट देकर कहा, ''मेरा उन्हें रुपया देने की बात कहना अच्छा नहीं हुआ है, न रतन?''

रतन बोला, "हाँ बाबू, आपका ऐसा कहना जरूर अच्छा नहीं हुआ है। रुपया तो कम नहीं है। इसके अलावा आप ही बताइए तो कि आप उन्हें किसलिए रुपया देंगे?"

रतन ने ठीक कहा था। मैंने कहा, "तो फिर मैं उन्हें रुपया नहीं दूँगा।"

रतन आश्चर्य के साथ थोड़ी देर तक निहारता रहा, फिर बोला, "वह क्या आपको छोड़ देगा?"

मैंने कहा, "नहीं छोड़ देगा, तो क्या करेगा? और मैंने तो उसे यह लिखकर नहीं दिया है। और फिर, यही भला कौन जानता है कि तब मैं यहाँ रहूँगा या बर्मा चला जाऊँगा।"

रतन पल भर चुप रहकर जरा मुस्कुराया, बोला, "उस बूढ़े को आप पहचान नहीं सके हैं, बाबू। ऐसे आदमी को लाज-शरम, मान-अपमान नहीं होता। वह रो-धोकर, भीख माँगकर हो या डराकर जुल्म करके हो, रुपया तो वह लेगा ही। आप नहीं मिलेंगे, तो उस लड़की के साथ काशी जाकर माँजी से रुपया वसूल करके छोड़ेगा। माँजी बहुत शर्मिन्दा हो जाएँगी बाबू। ऐसा करने की जरूरत नहीं है।"

उसकी बात सुनकर मैं निस्तब्ध होकर बैठा रहा। रतन मुझसे कहीं ज्यादा बुद्धिमान था। बेमतलब की आकस्मिक करुणा की हठधर्मिता का जुर्माना मुझे भरना ही पड़ेगा। इससे छुटकारा नहीं था।

रतन ने ठेठ देहात के दादाजी को पहचानने में गलती नहीं की थी, यह तब समझ में आया जब चौथे दिन वे वापस आए। मैंने यह आशा की थी कि वे अबकी बार जरूर हाकिम फूफा जी को साथ लाएँगे, मगर वे अकेले ही आ उपस्थित हुए। बोले, "दस गाँवों के अन्दर वाहवाही हो रही है भई, सभी कह रहे हैं कि कलियुग में कभी ऐसा सुनने में नहीं आता है। किसी ने कभी अपनी आँखों से यह नहीं देखा है कि गरीब ब्राह्मण की बेटी की किसी ने शादी करा दी हो। मैं तुम्हें आशीर्वाद देता हूँ कि तुम चिरंजीवी होओ।"

मैंने पूछा, "शादी कब है?"

"शादी इसी महीने की पच्चीस तारीख को होनेवाली है। अभी दस दिन बाकी हैं। कल तीन बजे के पहले सगाई की रस्म पूरी कर लेनी पड़ेगी, क्योंकि उसके बाद शुभ मुहूर्त नहीं है। लेकिन तुम नहीं जाओगे, तो सारा काम रुका रहेगा। कोई काम नहीं हो सकेगा। यह लो अपनी पूँटू की चिट्ठी। यह उसने खुद अपने हाथों लिख भेजा है। लेकिन तो भी मैं कहता हूँ भई, जो रत्न तुमने अपनी मर्जी से खोया है उसका जोड़ा तुम्हें कभी नहीं मिलेगा।

इतना कहकर उन्होंने पीले रंग के कागज का एक तहाया हुआ टुकड़ा मेरे हाथ में दिया।

कौतूहलवश मैंने उस चिट्ठी को पढ़ने की कोशिश की। दादाजी ने अचानक एक लम्बी साँस ली और बोले, "कालिदास के पास पैसा है, तो क्या होगा? वह बिलकुल ओछा आदमी है, चमार है। उसकी आँखों में लिहाज नाम की कोई चीज नहीं है। कल ही सारे रुपए-पैसे नकद चुका देने होंगे। गहना-गुरिया वह अपने सुनार से बनवा लेगा। उसे किसी पर विश्वास नहीं है, यहाँ तक कि मुझ पर भी नहीं।"

उस आदमी में बहुत बड़ा दोष था। वह दादाजी पर भी विश्वास नहीं करता था—आश्चर्य है।

पूँटू ने अपने हाथ से चिट्ठी लिखी थी। बड़े सुन्दर अक्षरों में लिखी हुई वह चिट्ठी सिर्फ एक-दो पृष्ठों की नहीं, बल्कि चार पृष्ठों की थी। चारों पृष्ठों में करुण विनती थी। ट्रेन में गोरी दीदी ने कहा था—आजकल के नाटक-नॉवेल हार मानते हैं। मैं यह इनकार नहीं कर सकता कि सिर्फ आजकल के नहीं बल्कि हर काल के नाटक-नॉवेल हार मानते हैं। इस बात पर विश्वास हुआ कि ऐसी ही चिट्ठी के बल पर नन्दरानी का पति चौदह दिनों की छुट्टी लेकर सातवें दिन आ हाजिर हुआ था।

अतएव मैं भी अगले दिन सवेरे ही वहाँ जाने के लिए निकल पड़ा। दादाजी ने इसकी पड़ताल कर ली कि मैंने रुपया सचमुच ही साथ में लिया है और तोड़-मरोड़कर उन्हें ठग तो नहीं रहा हूँ। वे बोले, ''राह चलना जानकर और रुपया लेना गिनकर। हम लोग तो देवता नहीं हैं रे भाई! आदमी हैं। गलती होने में कितनी देर लगती है!''

सचमुच ही तो मुझसे लगती हो सकती थी। रतन कल रात ही काशी चला गया था। उसके हाथों मैंने चिट्ठी का जवाब भेज दिया है। लिख दिया है—तथास्तु। चूँकि मैं कहाँ रहूँगा, इसका कोई ठीक नहीं, इसलिए मैं अपना पता नहीं दे सका। मैंने यह भी लिखा था कि वह मेरी इस कोताही को स्वभावतः माफ करे।

मैं यथासमय गाँव पहुँचा, घर के सब आदमियों की दुश्चिन्ता दूर हुई। मुझे जो आदर और सम्मान मिला, उसे बताने के लिए कोश में शब्द नहीं हैं।

सगाई की रस्म अदायगी के सिलसिले में कालिदास बाबू से परिचय हुआ। वे जितने रूखे मिजाज के थे, उतने ही घमंडी थी। लगता नहीं था कि सबको हरदम यह याद दिलाने के सिवा कि उनके पास बहुत रुपया है, दुनिया में उन्हें और कोई काम था। सारा धन उनका अपना कमाया हुआ था। उन्होंने घमंड के साथ कहा, ''बाबूजी, मैं किस्मत को नहीं मानता। मैं जो करूँगा वह अपने बाहुबल से करूँगा। देवी-देवताओं की कृपा की मैं भीख नहीं माँगता। मेरा कहना है, दैव की दुहाई कापुरुष देता है।''

चूँकि बड़े आदमी और छोटे-मोटे ताल्लुकेदार थे इसलिए गाँव के लगभग सभी लोग उनके यहाँ उपस्थित थे। और ज्यादातर लोगों के शायद वे महाजन थे, और बड़े महाजन थे। इसलिए सभी ने एक स्वर से उनकी बातों को कबूल कर लिया। तर्करत्नजी ने किसी श्लोक का पाठ किया और अगल-बगल से उनके बारे में दो-एक पुरानी कहानियाँ कही जाने लगीं।

उन्होंने यह अन्दाजा लगाकर कि मैं अपरिचित और मामूली व्यक्ति हूँ, उपेक्षा भरी दृष्टि से मेरी तरफ कनखियों से देखा। रुपए के शोक से मेरा मन तब जला जा रहा था। उनकी दृष्टि मुझे बर्दाश्त नहीं हुई। मैंने अचानक कह डाला, ''मैं यह नहीं जानता था कि आपमें कितना बाहुबल है। लेकिन मैं भी यह कबूल करता हूँ कि रुपया कमाने के मामले में दैव और किस्मत का बल काफी प्रबल होता है।''

''इसका मतलब?''

मैंने कहा, "इसका मतलब मैं खुद ही हूँ। न ही मैं दूल्हे को पहचानता हूँ, न ही दुल्हन को। हालाँकि मेरा रुपया जा रहा है और वह जाकर घुस रहा है आपके सन्दूक में। इसे किस्मत नहीं कहते हैं, तो किस्मत किसे कहते हैं? अभी-अभी आपने कहा कि आप देवी-देवताओं की कृपा नहीं लेते। लेकिन आपके बेटे के हाथ की अँगूठी से लेकर बहू के गले का हार तक बनेगा मेरी ही कृपा के दान से। हो सकता है, 'बहू-भात' के खान-पान का खर्च भी मुझे ही देना पड़े।"

कमरे के अन्दर वज्र गिरता, तो भी शायद सब इतने विचलित और व्याकुल नहीं हो उठते। दादाजी ने कुछ कहने की कोशिश की, लेकिन वे कुछ भी साफ-साफ और अच्छी तरह नहीं कह सके। कालिदास बाबू ने क्रोध के मारे उग्र रूप धारण किया और बोले, "मैं यह कैसे जान सकता हूँ कि आप रुपया दे रहे हैं और आप रुपया भला क्यों दे रहे हैं?"

मैंने कहा, "यह आप नहीं समझेंगे कि मैं रुपया क्यों दे रहा हूँ? मैं आपको समझाना भी नहीं चाहता। लेकिन गाँव भर के लोगों ने यह सुना है कि मैं रुपया दे रहा हूँ, सिर्फ आप ही ने यह नहीं सुना है? लड़की की माँ ने आपके घर के सभी लोगों के हाथ-पैर पकड़े थे, लेकिन आप हैं कि अपने बी.ए. पास लड़के की कीमत ढाई हजार रुपए से एक पैसा कम करने को राजी नहीं हुए थे। लड़की का बाप चालीस रुपए तनखाह पाता है, चालीस पैसा देने की उसकी औकात नहीं है। आपने यह सोचकर नहीं देखा था कि आपके बेटे को खरीदने के लिए अचानक उसे इतना रुपया कहाँ से मिला? जो हो, बहुतेरे अपने बेटे को बेचकर रुपया लेते हैं। आप भी लेंगे, तो इसमें कोई बुराई नहीं है। मगर इसके बाद गाँव के लोगों को अपने घर में बुलाकर रुपए का अहंकार अब मत कीजिएगा और यह बात भी याद रखिएगा कि एक बाहर के आदमी की भीख के दान से आपने अपने बेटे की शादी कराई है।"

फिक्र और डर के मारे सबका चेहरा स्याह हो गया। शायद सभी ने सोचा कि अबकी बार भयंकर कुछ न कुछ होगा और फाटक बन्द करवाकर कालिदास बाबू लाठियों से बिना पिटवाए किसी को भी अब घर लौटने नहीं देंगे।

लेकिन वे थोड़ी देर तक चुपचाप बैठे रहे, फिर मुँह उठाकर बोले, "मैं रुपया नहीं लूँगा।"

मैंने कहा, "इसका मतलब है कि आप अपने बेटे की शादी यहाँ नहीं कराएँगे?"

कालिदास बाबू ने सर हिलाकर कहा, "नहीं, ऐसी बात नहीं है। मैंने वादा किया है, मैं अपने बेटे की शादी यहीं कराऊँगा। इसमें जरा भी इधर-उधर नहीं होगा। कालिदास मुखर्जी वादा-खिलाफी नहीं करता। पर आपका नाम क्या है?"

दादाजी ने व्यग्र स्वर में मेरा परिचय दिया।

कालिदास बाबू मुझे पहचान सके, तो बोले, "ओ, अच्छा-अच्छा! इसी के बाप से न एक बार मेरा बड़ा भारी फौजदारी मुकदमा चला था?"

दादाजी बोले, "जी हाँ, आप तो कुछ भी नहीं भूलते हैं। यह उसी का बेटा तो है, और रिश्ते में मेरा पोता लगता है।"

कालिदास बाबू ने प्रसन्न स्वर में कहा, ''अच्छा, अगर मेरा बड़ा लड़का जिन्दा रहता, तो वह इतना ही बड़ा होता। तुम शशधर की शादी में आना बेटा। मेरी तरफ से तुम्हें उस दिन का निमंत्रण है।''

शशधर उपस्थित था। उसने सिर्फ कृतज्ञता-भरी आँखों से मेरी तरफ एक बार निगाह डाली और फिर से अपना मुँह नीचा कर लिया।

मैं उठकर आया, उन्हें प्रणाम किया, कहा, ''मैं चाहे जहाँ कहीं भी क्यों न रहूँ, कम से कम 'बहू-भात' के दिन नववधू के हाथ का खाना खा जाऊँगा। मगर मैं बड़ी अप्रिय बात कह गया हूँ, आप मुझे माफ कीजिएगा।''

कालिदास बाबू बोले, ''हाँ, यह सच है कि तुमने बड़ी अप्रिय बात कही है। लेकिन मैंने तुम्हें माफ भी किया है। मगर तुम्हारे जाने से काम नहीं चलेगा श्रीकान्त, शुभ-कार्य के उपलक्ष्य में मैंने थोड़े-से खाने-पीने का इन्तजाम कर रखा है, तुम्हें खाकर जाना होगा।''

''जो आज्ञा, मैं खाना खाकर ही जाऊँगा।'' इतना कहकर मैं फिर से बैठ गया।

उस दिन सगाई की रस्म अदायगी से लेकर वहाँ आए लोगों के खाने-पीने तक का सारा काम निर्विघ्न पूरा हो गया। इस अध्याय के शुरू में नेक सलाह के बारे में मैंने जिस नियम का उल्लेख किया था, पूँटू की शादी उसी के एक अपवाद का उदाहरण था। दुनिया में यही एक उदाहरण मैंने अपनी आँखों से देखा है। क्योंकि पराई, अपरिचित, अभागिन लड़की के बाप के कानों को ऐंठकर ही जहाँ रुपया वसूला जाता है वहाँ वैष्णव बनकर हाथ जोड़ करके जहाँ बाघ के मुँह से नहीं बचा जा सकता है। निष्ठुर, निर्मम कहकर गाली-गलौज देकर समाज और किस्मत को धिक्कार देने से क्षोभ थोड़ा मिट सकता है। लेकिन प्रतिकार नहीं मिलता है, क्योंकि प्रतिकार लड़के के बाप के हाथ में नहीं है, वह है लड़की के बाप के अपने हाथ में।

# 5

मैं गौहर की तलाश में आया, तो मेरी नवीन से मुलाकात हुई। वह मुझे देखकर खुश हुआ, मगर उसका मिजाज बड़ा रूखा था, बोला, ''उन वैष्णवियों के अड्डे पर जाकर देखिए। कल से तो वह घर आया ही नहीं है।''

''यह तुम क्या कह रहे हो नवीन? वैष्णवी भला आई कहाँ से?''

''क्या एक वैष्णवी आई है? वे झुंड की झुंड आ पहुँची हैं।''

''वे कहाँ रहती हैं?''

"यहीं मुरारिपुर के अखाड़े में।" इतना कहकर नवीन ने अचानक एक आह भरी और बोला, "हाय बाबू, अब न ही वह राम रहा, न ही वह अखाड़ा रहा। बूढ़ा मथुरादास बाबा मरा तो उसकी जगह आ पहुँचा एक छोकरा वैरागी। उसके चारेक सेवा दासियाँ हैं। द्वारिका दास वैरागी के साथ मेरे बाबू की बड़ी दोस्ती है। वे तो वहीं अक्सर रहते हैं।"

मैंने अचरज में पड़कर पूछा, "लेकिन तुम्हारे बाबू तो मुसलमान हैं! वैष्णव वैरागी लोग उसे अपने अखाड़े में क्यों रहने देंगे?"

नवीन ने गुस्सा करके कहा, "उन बाउलों-आउलों को धर्म-अधर्म का ज्ञान है क्या? वे लोग जाति-धर्म कुछ भी नहीं मानते हैं। जो कोई भी उनके साथ हिल-मिल जाता है, वे उसे अपने दल में शामिल कर लेते हैं और ऐसा करने में वे कोई भेद-भाव नहीं बरतते।"

मैंने पूछा, "लेकिन उस बार जब मैं तुम्हारे यहाँ छह-सात दिन था तब तो गौहर ने उन लोगों के बारे में कुछ भी नहीं कहा था।"

नवीन बोला, "अगर वे उनके बारे में कहते, तो कमली लता का गुण-अवगुण जाहिर हो जाता। उन कई दिनों बाबू अखाड़े के करीब भी नहीं गए थे। और जैसे ही आप चले गए वैसे ही बाबू भी कॉपी-कागज-कलम लेकर अखाड़े में जा घुसे।"

मैंने प्रश्न किया, तो मुझे मालूम हुआ कि द्वारिका बाउल गीत लिखने और तुकबन्दी करने में सिद्धहस्त था। गौहर उसके इसी गुण पर रीझ गया था। वह उसे अपनी कविताएँ सुनाता था और उससे गलतियाँ सुधरवा लेता था और कमल लता एक युवती वैष्णवी थी, वह उसी अखाड़े में रहती थी। वह देखने में अच्छी थी, गाना अच्छा गाती थी। लोग उसकी बातें सुनते, उस पर मुग्ध हो जाते थे। वैष्णवों की सेवा में गौहर बीच-बीच में रुपया-पैसा देता था। अखाड़े की पुरानी चहारदीवारी कमजोर होकर टूट-फूट गई थी। गौहर ने अपने खर्चे से उसकी मरम्मत करवा दी थी। यह काम उसने बाउल-समुदाय के लोगों की नजरों से छुपाकर गुप्त रूप से किया था।

मुझे याद आया कि बचपन में मैंने इस अखाड़े के बारे में सुना था। प्राचीन काल में महाप्रभु के किसी शिष्य ने इस अखाड़े की स्थापना की थी तब से शिष्य-परम्परा से वैष्णव इसमें रहते आ रहे हैं।

मेरे मन में बड़ा कौतूहल पैदा हुआ। कहा, "नवीन, तुम मुझे वह अखाड़ा एक बार दिखा दोगे?"

नवीन ने गर्दन हिलाकर इनकार किया, बोला, "मुझे बहुत काम है और आप भी तो इधर के ही रहनेवाले हैं। आप अखाड़े को नहीं पहचान सकेंगे? यहाँ से आधे कोस से ज्यादा दूर नहीं है। उस सामनेवाले रास्ते से होकर सीधे उत्तर की तरफ चले जाइएगा, तो अखाड़ा अपने आप दिखाई पड़ेगा। किसी से पूछने की जरूरत नहीं पड़ेगी। सामनेवाले तालाब के बाँध पर मौलसिरी के पेड़ के नीचे कृष्ण-लीला चल रही होगी। दूर से ही आवाज कानों में पहुँचेगी, कुछ सोचने की जरूरत नहीं है।"

मेरे जाने के प्रस्ताव को नवीन ने शुरू में ही पसन्द नहीं किया था। मैंने पूछा, "क्या होता है वहाँ—कीर्तन?"

नवीन ने कहा, "हाँ, वहाँ दिन-रात कीर्तन होता है। खँजड़ी और करताल का बजना कभी थमता नहीं है।"

मैंने हँसकर कहा, "यह तो अच्छा ही है नवीन! जाता हूँ, गौहर को पकड़ लाता हूँ।"

इस बार नवीन भी हँसा, बोला, "हाँ, जाइए, मगर देखिएगा, कमली लता का कीर्तन सुनकर आप खुद भी अटक नहीं जाइएगा।"

"देखता हूँ, क्या होता है!" इतना कहकर मैं हँसता हुआ कमल लता वैष्णवी के अखाड़े के लिए तीसरे पहर निकल पड़ा।

जब अखाड़े का पता चला तब शाम शायद ढल चुकी थी। दूर से कीर्तन या मृदंग-करताल की आवाज नहीं मिली थी मुझे। बहुत पुराना मौलसिरी का पेड़ आसानी से नजर आया। उसके नीचे एक टूटी-फूटी वेदी थी, लेकिन वहाँ कोई आदमी नजर नहीं आया। एक पतली-सी पगडंडी टेढ़ी-मेढ़ी होकर चहारदीवारी के किनारे से सटकर नदी की तरफ गई थी। मैंने अन्दाजा लगाया, हो सकता है, उधर किसी का पता चल सके, इसलिए मैंने उधर ही कदम बढ़ाया। मैंने गलती नहीं की थी। सेवारों से भरी पतली-सी नदी के तट पर गोबर से लिपी-पुती एक साफ-सुथरी ऊँची भूमि पर गौहर और एक और व्यक्ति बैठे हुए थे। मैंने अन्दाजा लगाया, यह ही वैरागी द्वारिका दास है, अखाड़े का वर्तमान अधिकारी। चूँकि वह नदी का तट था, इसलिए तब भी शाम का अँधेरा ज्यादा गहरा नहीं हुआ था। बाबा मुझे साफ नजर आया। वह भद्र और ऊँची जाति का ही लगा। साँवला रंग, चूँकि वह दुबला-पतला था, इसलिए आँखों को कुछ लम्बा-सा लगा था। बाल जूड़े की तरह सामने बँधा हुआ था, दाढ़ी-मूँछ काफी नहीं थी। थोड़ी-सी थी। मुँह-आँख में एक स्वाभाविक हँसी का भाव था। उसकी उम्र कितनी होगी, इसका ठीक-ठीक अन्दाजा मैं नहीं लगा सका। लेकिन मैंने ऐसा महसूस नहीं किया कि उसकी उम्र पैंतीस-छत्तीस से ज्यादा होगी। उन दोनों में से किसी ने भी यह नहीं देखा कि मैं वहाँ आया हूँ और वहाँ मौजूद हूँ। दोनों ही नदी के उस पार पश्चिम दिगन्त को निहारते हुए स्तब्ध थे। वहाँ तरह-तरह के रंगों और विभिन्न आकार के बादलों के टुकड़ों के बीच पतला-सा पीला चाँद था। ठीक उसी के माथे के बीचोबीच बड़ा चमकीला सान्ध्य तारा निकला हुआ था। उसके बहुत नीचे दिखाई पड़ती थी दूर गाँवों के पेड़ों की नीली कतारें–जिनका कहीं कोई अन्त नहीं था, सीमा नहीं थी। काले, सफेद, पीले विभिन्न रंगों के बिखरे बादलों पर तब भी डूबते सूरज की आखिरी चमक खेलती फिर रही थी–ठीक मानो शरारती लड़के के हाथ रंग की तूलिका पड़ जाने से चित्र का सत्यानाश होता चला जा रहा हो। चूँकि चित्रकार ने आकर उसके कान मलकर उसके हाथ से तूलिका छीन ली, इसलिए उसका आनन्द पल भर ही रहा।

शायद गाँव के लोगों ने कम पानीवाली नदी के सामने के थोड़े-से पानी को साफ कर दिया था। उस स्वच्छ, काले पानी पर छोटी-छोटी रेखाओं में चाँदनी और सान्ध्य तारे की रोशनी अगल-बगल में पड़कर झिलमिला रही थी। मानो सुनार सोने के खरेपन को कसौटी पर कसकर परख रहा हो। पास ही कहीं जंगल के अन्दर शायद अनगिनत वन-मल्लिकाएँ खिली हुई थीं। उन्हीं की महक से सारी हवा बोझिल हो उठी थी और नजदीक में किसी

पेड़ पर अनगिनत बगुलों के घोंसले से चूजों की क्रमशः चीं-चीं की आवाज अजीब मिठास से अविराम कानों में आकर पैठ रही थी। ये सभी अच्छे थे और जो दो आदमी एकाग्र चित्त से जड़मति की भाँति बैठे हुए थे वे भी कवि थे, इसमें कोई सन्देह नहीं। लेकिन मैं शाम को यह देखने के लिए इस जंगल में नहीं आया था। नवीन ने कहा था कि बहुत सारी वैष्णवियाँ हैं और सबसे श्रेष्ठ वैष्णवी कमल लता है। पर वे लोग कहाँ हैं?

मैंने पुकारा, ''गौहर।''

गौहर का ध्यान टूटा, तो वह हक्के-बक्के की मानिन्द मेरी तरफ निहारता रहा।

बाबाजी ने उसे जरा धकेल दिया और कहा, ''गुसाँई, तुम्हारा श्रीकान्त है, न?''

गौहर तेजी से उठा और मुझे बड़े जोरों से अपनी बाँहों में भर लिया। ऐसी घटना घटी कि उसका जोश रुकने का नाम नहीं ले रहा था। मैं किसी तरह से अपने आपको उसकी बाँहों से छुड़ाकर बैठ गया, बोला, ''बाबाजी, आपने अचानक मुझे कैसे पहचाना?''

बाबाजी ने हाथ हिलाया, ''ऐसे सम्बोधन से काम नहीं चलेगा गुसाँई। इस 'आप' शब्द को छोड़ देना होगा। तब जाकर रस आएगा।''

मैंने कहा, ''अच्छा, लो, अब मैं 'आप' शब्द का इस्तेमाल नहीं करूँगा। पर अब तो बताओ कि तुमने मुझे अचानक कैसे पहचाना?''

बाबाजी बोले, ''मैं तुम्हें अचानक क्यों पहचानूँगा? तुम तो हमारे वृन्दावन के परिचित आदमी हो गुसाँई। तुम्हारी दोनों आँखें तो रसों का समुद्र हैं। यह तो देखने से ही नजर आता है। जिस दिन कमल लता आई, उसकी भी दोनों आँखें ऐसी ही थीं। उसे देखते ही मैंने पहचाना—यह तो कमल लता है। कमल लता इतने दिन थी कहाँ? कमल आकर इतनी अपनी बन गई। अब उसका आदि-अन्त, विरह-विच्छेद नहीं रहा। यही तो साधना है गुसाँई, मैं इसे ही तो कहता हूँ रस की दीक्षा।''

मैंने कहा, ''चूँकि कमल लता को देखूँगा, इसीलिए तो मैं आया हूँ गुसाँई, कहाँ है वह?''

बाबाजी बहुत खुश हुए, बोले, ''तुम उसे देखोगे? मगर वह तुम्हारी अपरिचित नहीं है गुसाँई, वृन्दावन में तुमने उसे बहुत बार देखा है। हो सकता है, तुम भूल गए हो। लेकिन जब तुम उसे देखोगे, तो तुम उसे पहचान लोगे कि यही है कमल लता। गुसाँई बुलाओ न एक बार उसे।'' इतना कहकर बाबाजी ने गौहर को बुलाने के लिए इशारा किया। इसके लिए सभी गुसाँई हैं, बोले, ''कहो कि श्रीकान्त आया है तुम्हें देखने के लिए।''

जब गौहर चला गया, तो मैंने पूछा, ''गुसाँई, गौहर ने क्या तुम्हें मेरे बारे में सब कुछ बताया है?''

बाबाजी ने गर्दन हिलाकर कहा, ''हाँ, उसने तुम्हारे बारे में सब कुछ बताया है। जब मैंने उससे पूछा कि गुसाँई छह-सात दिन तुम क्यों नहीं आए थे, तो उसने कहा कि श्रीकान्त आया था। और उसने यह भी कहा था कि तुम जल्दी ही फिर आओगे। मुझे यह भी मालूम है कि तुम बर्मा जानेवाले हो।''

उनकी बात सुनकर मैंने राहत की साँस ली और मन ही मन कहा—गनीमत है मुझे डर लगा था कि सचमुच ही उन्होंने किसी अलौकिक आध्यात्मिक शक्ति से मुझे देखते

ही पहचाना है। जो भी हो, ऐसी स्थिति में यह मानना ही पड़ेगा कि मेरे बारे में उनका अन्दाजा गलत नहीं हुआ था।

ऐसा लगा कि वे अच्छे हैं, कम से कम ऐसा नहीं लगा कि वे बुरे स्वभाव के हैं। बड़े सरल हैं। क्या गौहर ने मेरी सारी बातें यानी जितनी बातें वह जानता था, कही थीं। बाबाजी ने आसानी से गौहर की बातें मान लीं। वे जरा सनकी से थे। हो सकता है, वे कविता और वैष्णव-रस चर्चा में थोड़े से डूबे हुए थे।

थोड़ी ही देर बाद गौहर गुसाँई के साथ कमल लता आ उपस्थित हुई। उम्र तीस से ज्यादा नहीं थी। साँवला रंग, कसा हुआ छरहरा डील-डौल, हाथों में कई चूड़ियाँ थीं, हो सकता है, पीतल की थीं, सोने की भी हो सकती हैं, बाल छोटे नहीं थे, गिरह लगे बाल पीठ पर लटक रहे थे। गले में तुलसी की माला थी, हाथ की थैली के अन्दर भी तुलसी की जयमाला थी, टीका-तिलक का बहुत ज्यादा आडम्बर नहीं था। या हो सकता है, सवेरे के वक्त था और इस वक्त कुछ मिट गया था। लेकिन उसके मुँह की तरफ निहारकर मैं बड़ा चकित हो गया। विस्मय के साथ लगा, इस मुँह-आँख का भाव परिचित है और चलने का ढंग भी मैंने पहले कहीं देखा है।

वैष्णवी ने बात की। मैंने फौरन समझा कि वह निचले स्तर की महिला नहीं है। उसने थोड़ी भी भूमिका नहीं बाँधी, सीधे मेरी तरफ निहारकर बोली, ''क्या गुसाँई मुझे पहचान सकते हो?''

मैंने कहा, ''नहीं, लेकिन लग रहा है कि न जाने कहाँ मैंने तुम्हें देखा है।''

वैष्णवी बोली, ''तुमने मुझे वृन्दावन में देखा है। अभी तक तुमने बड़े गुसाँईजी से खबर नहीं सुनी है।''

मैंने कहा, ''हाँ, सो तो सुना है। मगर मैं तो वृन्दावन कभी गया ही नहीं हूँ।''

वैष्णवी बोली, ''हाँ, तुम वृन्दावन गए हो। बहुत पुरानी बात अचानक याद नहीं आ रही है। वहाँ तुम गाय चराते थे, फल तोड़कर लाते थे, वनफूलों की माला गूँथकर हमारे गले में पहनाते थे—तुम सब भूल गए?'' इतना कहकर वह होंठों को दबाकर मन्द-मन्द मुस्कुराने लगी।

मैंने समझा, वह मजाक उड़ा रही है, मगर मैं यह नहीं समझ सका कि मेरा मजाक उड़ा रही है या बड़े गोस्वामीजी का। वह बोली, ''रात होने को आ रही है। अब जंगल में क्यों बैठे हो? अन्दर चलो।''

मैंने कहा, ''जंगल के रास्ते हमें भी बहुत दूर जाना है। बल्कि मैं कल फिर आऊँगा।''

वैष्णवी ने पूछा, ''यहाँ का पता किसने बताया? नवीन ने?''

''हाँ, उसी ने बताया।''

''उसने कमल लता की जानकारी नहीं दी थी?''

''हाँ, उसने कमल लता की जानकारी दी थी।''

''उसने तुम्हें सावधान नहीं कर दिया था कि वैष्णवी का जाल फाड़कर अचानक निकला नहीं जा सकता है।''

मैंने मुस्कुराकर कहा, "हाँ, उसने मुझे इसके लिए भी सावधान कर दिया था।"

वैष्णवी हँस पड़ी, बोली, "नवीन होशियार मल्लाह है। उसकी बात अनसुनी करके तुमने अच्छा नहीं किया है।"

"क्यों, बताओ तो?"

वैष्णवी ने इसका जवाब नहीं दिया। गौहर को दिखाते हुए कहा, "गुसाँई कहता है कि तुम नौकरी करने के लिए विदेश जा रहे हो। तुम्हारा तो कोई नहीं है, तुम नौकरी क्यों करोगे?"

"तो क्या करूँगा?"

"जो हम लोग करते हैं। गोविन्दजी का प्रसाद तो भला कोई छीन नहीं ले सकता है!"

"यह मैं जानता हूँ। पर वैरागी बनना मेरे लिए नया नहीं है।"

वैष्णवी ने हँसकर कहा, "यह तो मैं समझ गई। तो क्या यह स्वभाव को रास नहीं आता?"

"नहीं, ज्यादा दिनों तक रास नहीं आता।"

वैष्णवी मुँह दबाकर हँसी, बोली, "तुम्हारा काम ही अच्छा है। चलो, अन्दर चलो। उन लोगों से दोस्ती करा दूँ। यहाँ कमलों का जंगल है।"

"यह मैंने सुना है। लेकिन अँधेरे में लौटूँगा कैसे?"

वैष्णवी फिर से हँसी, बोली, "अँधेरे में हम तुम्हें भला लौटने ही क्यों देंगे? अँधेरा दूर होगा जी, अँधेरा दूर होगा। और जब अँधेरा दूर हो जाएगा तब जाना। लो चलो।"

"चलो।"

वैष्णवी ने कहा, "गौर! गौर!"*

'गौर-गौर' कहकर मैं भी उसके पीछे-पीछे चल पड़ा।

# 6

यद्यपि धर्म का पालन करने में मेरी अपनी कोई दिलचस्पी नहीं है, लेकिन जिन लोगों की है उनके धर्म-पालन करने के काम में कोई अड़चन नहीं डालता। मैं निःसन्दिग्ध रूप से यह जानता हूँ कि उस महत्त्वपूर्ण विषय का कोई ओर-छोर किसी दिन मुझे ढूँढ़े नहीं मिलेगा। फिर भी धर्म का पालन करनेवालों की मैं भक्ति करता हूँ। चाहे विख्यात स्वामीजी हों या सुप्रसिद्ध साधुजी, मैं किसी को भी किसी से छोटा या बड़ा नहीं मानता। दोनों के ही सन्देश मेरे कानों में एक-से मधु बरसाते हैं।

---

* 'गौर' का मतलब यहाँ गौरांग-महाप्रभु या चैतन्यदेव से है।

विशेषज्ञों के मुँह से मैंने सुना है कि बंगाल की आध्यात्मिक साधना का गहरा रहस्य वैष्णव-सम्प्रदाय में ही छिपा हुआ है, और यही बंगाल की निखालिस चीज है। इसके पहले मैंने साधु-संन्यासियों की थोड़ी-बहुत संगत की है, पर उससे मुझे क्या फायदा हुआ है, यह जाहिर करने को जी नहीं चाहता। लेकिन मैंने यह मान लिया कि इस बार अगर संयोग से निखालिस चीज नसीब होगी, तो इस मौके को मैं नहीं गवाऊँगा। पूँटू के 'बहू-भात' की दावत में मुझे शामिल होना ही पड़ेगा। कम से कम ये कई दिन कलकत्ता के मेस के अकेलेपन के बदले वैष्णवी अखाड़े के इर्द-गिर्द कहीं बिता सकूँगा, तो जिन्दगी की पूँजी का कोई खास नुकसान नहीं होगा।

मैं अन्दर गया, तो देखा, कमल लता का कहना गलत नहीं था। वहाँ कमलों का जंगल ही तो था, लेकिन रौंदे-कुचले। मत्त हाथियों से मुलाकात नहीं हुई, मगर बहुत से पद-चिह्न मौजूद थे। वैष्णवियाँ तरह-तरह की उम्रवाली और तरह-तरह के चेहरे-मोहरेवाली थीं और तरह-तरह के कामों में मशगूल थीं। कोई दूध उबाल रही थी, कोई मावा बना रही थी, कोई लड्डू बना रही थी, कोई मैदा सान रही थी, तो कोई फल-मूल काट रही थी—ये सब भगवान के रात के भोग की चीजें थीं। औरों से कम उम्र की एक वैष्णवी बैठे-बैठे एकाग्र चित्त से फूलों की माला गूँथ रही थी और उसी के पास बैठकर दूसरी वैष्णवी तरह-तरह के रंगोंवाले छाएदार कपड़े के टुकड़ों को बड़े जतन से तहाकर करीने से रख रही थी, सम्भवतः श्री श्री गोविन्दजी कल नहा-धोकर उन्हें पहनते। कोई भी बैठा हुआ नहीं था। उन लोगों के काम के आग्रह और एकाग्रता को देखने पर आश्चर्यचकित होना पड़ता था। सभी ने मेरी तरफ गौर से देखा, मगर सिर्फ पल भर। कौतूहल का मौका नहीं था, सभी के होंठ हिल रहे थे, शायद मन ही मन नामजप किया जा रहा था। इधर दिन ढल जाने की वजह से दो-एक दीये जलना शुरू हो गया था। कमल लता बोली, "चलो महाराज, नमस्कार कर आओगे। लेकिन अच्छा मैं तुम्हें क्या कहकर पुकारूँगी, बताओ तो? अगर मैं तुम्हें नया गुसाँई कहकर पुकारूँ, तो कैसा हो?"

मैंने कहा, "ठीक है, तुम मुझे इसी नाम से पुकारना। तुम्हारे यहाँ गौहर तक जब गौहर गुसाँई हो गया है तब मैं तो कम से कम ब्राह्मण का लड़का हूँ। मगर मेरे अपने नाम में कौन-सी बुराई है? उसी के साथ गुसाँई जोड़ दो न।"

कमल लता मुँह दबाकर हँसी और बोली, "ऐसा नहीं हो सकता है, महाराज, ऐसा नहीं हो सकता है। वह नाम मुझे नहीं लेना चाहिए। वह नाम लेने से मुझे पाप लगेगा। चलो।"

"चलो, चलता हूँ। पर वह नाम लेने से तुम्हें पाप क्यों लगेगा?"

"वह नाम लेने से मुझे पाप क्यों लगेगा, यह सुनकर तुम क्या करोगे? अच्छे आदमी हो तो तुम।"

फूलों की माला गूँथनेवाली वैष्णवी खी-खी करके हँस पड़ी और उसने अपना मुँह नीचा कर लिया।

पूजा-घर में काले पत्थर और पीतल की राधाकृष्ण की युगल मूर्ति थी। एक नहीं बहुत सारी। यहाँ भी पाँच-छह वैष्णवियाँ काम में लगी हुई थीं। आरती का समय होने को आ रहा था। दम लेने की फुर्सत नहीं थी।

मैं बाकायदा भक्तिपूर्वक प्रणाम करके बाहर निकल आया। पूजा-घर को छोड़ और सारे कमरे मिट्टी के थे। लेकिन साफ-सफाई की सीमा नहीं थी। बिना आसन के कहीं भी बैठने में संकोच नहीं होता था। फिर भी कमल लता ने पूरब के बरामदे के एक किनारे आसन बिछा दिया, बोली, "बैठो, तुम्हारे रहने के कमरे को मैं जरा सहेजकर आती हूँ।"

"आज मुझे यहीं रहना पड़ेगा क्या?"

"क्यों, तुम डरते क्यों हो? मेरे रहते तुम्हें कोई तकलीफ नहीं होगी।"

मैंने कहा, "मैं इसलिए नहीं डरता कि मुझे तकलीफ होगी। मगर मेरे यहाँ रहने से गौहर गुस्सा करेगा।"

वैष्णवी बोली, "इसकी जिम्मेदारी मुझ पर है। मैं तुम्हें रोक रखूँगी, तो तुम्हारा दोस्त जरा भी गुस्सा नहीं करेगा।" इतना कहकर वह हँसती हुई चली गई।

चूँकि मैं अकेला था, इसलिए मैं अन्यान्य वैष्णवियों का काम देखने लगा। वास्तव में ही उनके पास इतना समय नहीं था कि वे उसे बरबाद करतीं। मेरी तरफ किसी ने मुड़कर भी नहीं निहारा। दसेक मिनट बाद जब कमल लता वापस आई तब तक सब अपना-अपना काम खत्म करके चली जा चुकी थीं। मैंने कहा, "तुम मठ की प्रधान हो क्या?"

कमल लता दाँतों तले जीभ दबाई और बोली, "हम सभी गोविन्दजी की दासी हैं। न कोई किसी से छोटी है, न बड़ी। एक-एक पर एक-एक काम की जिम्मेदारी है। मुझ पर प्रभु ने यही जिम्मेदारी सौंपी है।" यह कहकर उसने मन्दिर को हाथ जोड़कर प्रणाम किया। बोली, "ऐसी बात फिर कभी जबान पर मत लाना।"

मैंने कहा, "ठीक है, मैं फिर कभी ऐसी बात जबान पर नहीं लाऊँगा। अच्छा, बड़े गुसाँई और गौहर गुसाँई क्यों नहीं दिखाई पड़ रहे हैं?"

वैष्णवी बोली, "वे लोग आने ही वाले हैं। वे लोग नदी में नहाने गए हैं।"

"इतनी रात गए? और उस नदी में?"

वैष्णवी ने कहा, "हाँ।"

"गौहर भी नहाने गया है?"

"हाँ, गौहर गुसाँई भी नहाने गया है।"

"लेकिन तुमने मुझे नहाने के लिए क्यों नहीं कहा?"

वैष्णवी ने हँसकर कहा, "हम किसी को स्नान के लिए नहीं कहती हैं। जिनको नहाना होता है, वे खुद नहाते हैं। भगवान की कृपा होगी तो तुम भी एक दिन नहाओगे। उस दिन मना करने पर भी तुम नहीं सुनोगे।"

मैंने कहा, "गौहर भाग्यवान है। लेकिन मेरे पास तो रुपया नहीं है। मैं गरीब आदमी हूँ। मुझ पर, हो सकता है, भगवान की कृपा न हो।"

वैष्णवी ने मेरा इशारा शायद समझा और गुस्सा करके कुछ कहना चाहा, मगर कहा नहीं। उसके बाद बोली, ''गौहर गुसाँई चाहे जो भी क्यों न हो, लेकिन तुम भी गरीब नहीं हो। बहुत रुपया देकर जो दूसरे की बेटी की शादी करा दे भगवान उसे गरीब नहीं समझते। तुम पर भी उनकी कृपा होगी, इसमें आश्चर्य की कोई बात नहीं है।''

मैंने कहा, ''तो फिर यह डरने की बात है। तब भी जो भाग्य में लिखा होता है, वह होता ही है। उसे कोई रोक नहीं सकता। लेकिन मैं पूछता हूँ, तुम्हें यह खबर कहाँ से मिली कि मैंने दूसरे की बेटी की शादी कराई है?''

वैष्णवी ने कहा, ''हमें चार जगह से भीख माँगनी पड़ती है, इसलिए हमें सब खबरें मिल जाती हैं।''

''लेकिन यह खबर शायद अभी भी तुम्हें नहीं मिली है कि रुपया देकर मुझे कर्ज नहीं उतारना पड़ा था।''

वैष्णवी कुछ विस्मित हुई, बोली, ''नहीं, यह खबर मुझे नहीं मिली है। लेकिन क्या हुआ, शादी टूट गई?''

मैंने हँसकर कहा, ''शादी नहीं टूटी है; लेकिन कालिदास बाबू टूट गए हैं–खुद दूल्हे के बाप। लड़के को बेचकर दूसरे की भीख के दान में मिले दहेज के पैसे को हाथ पसारकर लेने में वे शरमा गए। मैं भी बच गया।'' इतना कहकर मैंने उस घटना के बारे में संक्षेप में उसे कह सुनाया।

वैष्णवी ने विस्मय के साथ कहा, ''यह तुम क्या कह रहे हो जी, यह तो अनहोनी हुई!''

मैंने कहा, ''यह भगवान की कृपा है। सिर्फ क्या गौहर गुसाँई ही अँधेरे में नदी के गन्दे पानी में डुबकी लगाएगा और दुनिया में और कहीं कोई अनहोनी नहीं होगी? उनकी लीला भला प्रकट कैसे होगी, बताओ तो?'' लेकिन इतना कहकर जब मैंने वैष्णवी का मुँह देखा तो, समझा कि मेरा यह कहना अच्छा नहीं हुआ था। मैं अपनी सीमा को लाँघ गया था।

लेकिन वैष्णवी ने प्रतिवाद नहीं किया। सिर्फ हाथ उठाकर मन्दिर को चुपचाप नमस्कार किया, मानो उसने अपने अपराध को माफ करने की भीख माँगी।

सामने से होकर एक वैष्णवी एक बहुत बड़े थाल में पूरियाँ लिये पूजा-घर की तरफ गई। यह देखकर मैंने कहा, ''आज तुम लोगों का समारोह है। शायद कोई खास त्योहार है, न?''

वैष्णवी बोली, ''नहीं, आज कोई त्योहार नहीं है। ऐसा हमारे यहाँ रोज होता है। भगवान की कृपा की कभी कोई कमी नहीं होती है।''

मैंने कहा, ''यह तो खुशी की बात है। लेकिन ऐसा आयोजन शायद रात को ही ज्यादातर करना पड़ता है।''

वैष्णवी बोली, ''ऐसी भी बात नहीं है। सेवा करने के लिए वक्त की कोई पाबन्दी नहीं है। कृपा करके अगर दो दिन रहोगे, तो खुद ही सब देख पाओगे। हम लोग दासी

की दासी हैं। उनकी सेवा करने के अलावा दुनिया में हमारे लिए तो और कोई काम नहीं है।'' इतना कहकर उसने हाथ जोड़कर और एक बार मन्दिर को प्रणाम किया।

मैंने पूछा, ''तुम लोगों को दिन भर क्या करना पड़ता है?''

वैष्णवी बोली, ''तुमने आकर जो देखा हम लोग वही करती हैं।''

मैंने कहा, ''मैंने आकर देखा, तुम लोगों में से कोई मसाला पीस रही थी, कोई सब्जी काट रही थी, कोई दूध उबाल रही थी, कोई माला गूँथ रही थी, तो कोई कपड़े रँग रही थी—ऐसा ही बहुत-कुछ देखा। तो क्या तुम लोग दिन भर यही करती हो?''

वैष्णवी बोली, ''हाँ, हम लोग दिन भर सिर्फ यही करती हैं।''

''मगर ये सब तो सिर्फ घर-गिरस्ती के काम हैं, इन्हें सभी औरतें करती हैं। तुम लोग भजन और साधना कब करती हो?''

वैष्णवी बोली, ''यही तो है हम लोगों का भजन और साधना।''

''यह खाना बनाना, पानी भरना, सब्जी काटना, माला गूँथना, कपड़े तहाना इसे ही साधना कहते हैं।''

वैष्णवी बोली, ''हाँ, इसे ही साधना कहते हैं। दास-दासियों के लिए इससे बड़ी साधना हमें कहाँ मिलेगी गुसाँई?'' कहते-कहते उसकी दोनों पुरनम आँखें अनिर्वचनीय माधुर्य से भर उठीं।

अचानक मुझे लगा, इस अपरिचित वैष्णवी के मुँह जैसा सुन्दर मुँह मैंने दुनिया में कभी नहीं देखा है। कहा, ''कमल लता तुम्हारा घर कहाँ है?''

वैष्णवी ने आँचल से अपनी आँखें पोंछी और मुस्कुराकर बोली, ''पेड़ तले।''

''मगर तुम्हारा घर तो भला हमेशा पेड़ तले नहीं था?''

वैष्णवी बोली, ''तब था ईंट-लकड़ी के बने किसी घर का एक छोटा-सा कमरा। लेकिन उसके बारे में बताने का अभी वक्त नहीं है गुसाँई। तुम आओ तो मेरे साथ, मैं तुम्हें तुम्हारा नया कमरा दिखा देती हूँ।''

कमाल का कमरा था। उसने बाँस की अरगनी पर एक साफ-सुथरी टसर की धोती दिखा दी और बोली, ''उसे पहनकर पूजा-घर आओ। देरी मत करना।'' इतना कहकर वह तेजी से चली गई।

एक किनारे एक छोटी-सी चौकी पर बिस्तर बिछा हुआ था। करीब ही तिपाई पर कई किताबें और एक थाली मौलसिरी के फूल रखे हुए थे, अभी दीया जलाकर कोई शायद धूप-लोबान जला गया था—उसकी महक और धुएँ से तब भी कमरा भरा हुआ था, बड़ा अच्छा लगा। दिन भर की थकान तो थी ही। देवी-देवताओं से भी मैं हमेशा किनारा करे रहता हूँ। इसलिए देवी-देवताओं के प्रति मेरा कोई आकर्षण नहीं था। कपड़ा बदलकर मैं धम से बिस्तर पर लेट गया। क्या पता, यह किसका कमरा था, किसका बिस्तर था, अनजान वैष्णवी रात भर के लिए मुझे रहने को दे गई या हो सकता है, यह खुद उसी का अपना कमरा हो, लेकिन ऐसे विचारों से मेरा मन स्वभावतः ही बड़ा संकोच महसूस करता है। हालाँकि आज कुछ लगा ही नहीं। लगा, जैसे बहुत दिनों के परिचित अपने

आदमी के पास अचानक आ गया हूँ। शायद मैं जरा झपकी ले रहा था कि तभी न जाने किसने दरवाजे के बाहर से पुकारा, "नए गुसाँई, मन्दिर नहीं जाओगे, वे लोग तुम्हें बुला रहे हैं।"

मैं हड़बड़ाकर उठ बैठा। मँजीरे की आवाज के साथ कीर्तन कानों में पहुँचा, बहुत लोगों का समवेत स्वर नहीं था। गीत के शब्द जितने मधुर थे उतने ही साफ थे। किसी महिला की आवाज थी। उस महिला को आँखों से देखे बिना ही मैंने निःसन्देह यह अन्दाजा लगाया कि कमल लता गा रही है। नवीन का विश्वास था कि इसी मीठे स्वर ने उसके मालिक को रिझा लिया है। लगा, न यह असम्भव है और न ही कम से कम असंगत है।

मन्दिर में घुसकर मैं चुपचाप एक किनारे जा बैठा। किसी ने नजरें उठाकर नहीं देखा। सभी की नजरें राधाकृष्ण की युगल-मूर्ति की तरफ टिकी हुई थीं। बीच में खड़ी होकर कमल लता कीर्तन कर रही थी–

*मदन गोपाल जय जय यशोदा के लाल की,*
*यशोदा के लाल जय जय, जय नन्दलाल की।*
*नन्दलाल जय जय गिरिधारी लाल की,*
*गिरिधारी लाल जय जय गोविन्द-गोपाल की॥*

मेरे लिए यह समझ पाना कठिन था कि इन कई सहज और साधारण शब्दों के आलोड़न से भक्तों का गहरा वक्षःस्थल मथित होकर कौन-सा अमृत निकल आता है, लेकिन मैं देख पाया कि वहाँ मौजूद किसी की भी आँखें सूखी नहीं थीं। कमल लता की दोनों आँखों से आँसुओं की धारा बह रही थी और भाव-विभोर होने की वजह से उसकी आवाज बीच-बीच में टूट-टूट-सी जाती थी। इन सारे रसों का रसिक मैं नहीं हूँ, मगर मेरे भी मन का अन्दरूनी हिस्सा अचानक न जाने कैसा कर उठा। बाबाजी द्वारिका दास आँखें मूँदें एक दीवार से टिककर बैठे हुए थे। यह समझ में नहीं आया कि वे होश में थे या बेहोश थे और सिर्फ थोड़ी ही देर बाद स्निग्ध हँसी-मजाक करनेवाली कमल लता ही नहीं, बल्कि साधारण घर के कामों में लगी जो सारी वैष्णवियाँ अभी-अभी सामान्य तुच्छ लगी थीं, वे भी मानो इस धूप और लोबान के धुएँ से भरे घर के दीये की मद्धिम रोशनी में मेरी आँखों में पल भर के लिए अनूठी हो उठीं। मुझे जैसे लगा कि करीब की वे पत्थर की मूर्तियाँ सचमुच ही आँखें खोलकर निहार रही हैं और कान लगाकर कीर्तन के तमाम माधुर्य का आनन्द ले रही हैं।

भावों की इस मुग्धता से मैं बहुत डरता हूँ। मैं व्यस्त होकर बाहर चला आया, किसी ने देखा भी नहीं। देखता हूँ, आँगन के एक किनारे गौहर बैठा हुआ है। पता नहीं कहाँ की रोशनी की एक रेखा आकर उसके बदन पर पड़ रही है। मेरे कदमों की आहट से उसका ध्यान नहीं टूटा। लेकिन उस बेहद ध्यानस्थ मुँह की तरफ निहारकर मैं भी हिल नहीं सका, मैं वहीं स्तब्ध रहा। लगने लगा, सिर्फ अकेले मुझे ही छोड़कर इस घर के सभी मानो एक और देश में चले गए हों–जहाँ का रास्ता मैं नहीं पहचानता। कमरे में आकर मैंने बत्ती बुझाई और लेट गया। मैं यह पक्का जानता था कि ज्ञान, विद्या और बुद्धि

से मैं उन सबसे बड़ा हूँ, फिर भी पता नहीं किस चीज के दुख से मेरा मन रोने लगा और उतनी ही अनजानी वजह से आँसू की बड़ी-बड़ी बूँदें लुढ़क पड़ीं।

पता नहीं, मैं कितनी देर सोया था, कानों में आवाज आई–"अजी नए गुसाँई!"

मैं जागकर उठा और बोला, "कौन?"

"मैं हूँ जी, तुम्हारी शाम की दोस्त। तुम बहुत सोते हो!"

अँधेरे कमरे में चौखट के करीब कमल लता वैष्णवी खड़ी थी। मैंने कहा, "मैं जगा रहता, तो क्या फायदा होता? सोया, तो समय का थोड़ा-सा सदुपयोग तो हुआ!"

"यह तो मैं जानती हूँ, लेकिन भगवान का प्रसाद नहीं लोगे?"

"हाँ, भगवान का प्रसाद लूँगा।"

"तो फिर, सो क्यों रहे हो?"

"मैं जानता हूँ, प्रसाद मिलने में अड़चन नहीं आएगी, प्रसाद तो मुझे मिलेगा ही। मेरी शाम की दोस्त रात को भी मुझे नहीं छोड़ेगी।"

वैष्णवी ने मुस्कुराकर कहा, "यह दावा वैष्णवों का है, तुम लोगों का नहीं।"

मैंने कहा, "आशा मिलेगी, तो वैष्णव बनने में कितनी देर लगेगी! तुमने गौहर तक को गुसाँई बनाया है और मैं ही क्या इतना गया-गुजरा हूँ? तुम हुक्म करोगी, तो मैं वैष्णवों का दास बनने को भी राजी हूँ।"

कमल लता की आवाज थोड़ी गम्भीर हुई, बोली, "वैष्णवों के बारे में मजाक नहीं करना चाहिए गुसाँई, पाप लगता है। गौहर गुसाँई को भी तुमने गलत समझा है। उसके अपने लोग भी उसे काफिर कहते हैं। मगर वे लोग यह नहीं जानते कि वह पक्का मुसलमान है। उसने अपने बाप-दादा के धर्म को नहीं छोड़ा है।"

"लेकिन उसका भाव देखकर तो ऐसा नहीं लगता है?"

वैष्णवी बोली, "यही तो आश्चर्य की बात है। लेकिन और देरी मत करो, चलो।" फिर जरा सोचकर बोली, "ऐसा करती हूँ, मैं तुम्हें यहीं प्रसाद दे जाती हूँ। क्यों तुम्हारी क्या राय है?"

मैंने कहा, "मुझे कोई एतराज नहीं है। मगर गौहर कहाँ है? अगर वह हो, तो हम दोनों को एक ही साथ प्रसाद दो न?"

"उसके साथ बैठकर तुम खाओगे?"

मैंने कहा, "मैं तो हमेशा ही उसके साथ बैठकर खाता रहा हूँ। बचपन में उसकी माँ ने मुझे बहुत खिलाया है। उनका दिया खाना तुम्हारे प्रसाद से कम मीठा नहीं होता था। इसके अलावा गौहर भक्त है, गौहर कवि है। और कवि किस जात का है, यह नहीं पूछना चाहिए।"

अँधेरे में भी लगा कि वैष्णवी ने एक आह को दबा डाला, उसके बाद बोली, "गौहर गोसाँई नहीं है। हम लोग यह जान नहीं सके कि वह चला गया।"

मैंने कहा, "पर मैंने तो गौहर को आँगन में बैठा देखा। तो क्या तुम लोग उसे अन्दर नहीं जाने देते हो?"

वैष्णवी ने कहा, "नहीं, हम लोग उसे अन्दर नहीं जाने देते।"

मैंने कहा, "गौहर को आज मैंने देखा है। कमल लता, तुमने मेरे मजाक से गुस्सा किया। मगर तुम लोग भी अपने भगवान से खास कम मजाक नहीं कर रही हो? ऐसी बात नहीं है कि पाप एक ही दृष्टि से लगता है!"

वैष्णवी ने इस शिकायत का कोई जवाब नहीं दिया। वह चुपचाप बाहर निकल गई। थोड़ी ही देर बाद वह एक दूसरी वैष्णवी के साथ घुसी। दूसरी वैष्णवी के हाथ में बत्ती और आसन था और खुद कमल लता के हाथ में प्रसाद का बरतन था। कमल लता बोली, "अतिथि-सेवा में कमी होगी नए गुसाँई, लेकिन यहाँ का सब कुछ भगवान का प्रसाद है।"

मैंने हँसकर कहा, "डरो नहीं जी शाम की दोस्त। वैष्णव बने बिना भी तुम्हारे नए गुसाँई में रस-बोध है। आतिथ्य की कमी को लेकर वह रस-भंग नहीं करेगा। रखो तो, क्या है, वापस आकर देखोगी कि प्रसाद का एक दाना भी बचा-खुचा नहीं है।"

"भगवान का प्रसाद इसी तरह से खाना चाहिए।" इतना कहकर कमल लता ने नीचे आसन बिछाकर खाने की सारी चीजों को एक-एक करके नफासत के साथ सजा दिया।

अगले दिन बड़े तड़के घंटे-घड़ियाल की विकट आवाज से नींद टूट गई। काफी बाजे-गाजे के साथ मंगल आरती शुरू हो गई थी। प्रभाती के सुर में कीर्तन के पद कानों में पहुँचे–

*कान्ह-गले बनमाला बिराजे, राधा-गले मोती साजैं।*
*अरुण चरण दोउ नूपुर शोभित, चख लख खंजन लाजैं॥*

उसके बाद दिन भर भगवान की सेवा होती रही। पूजा-पाठ और कीर्तन होता रहा, भगवान को नहलाया-खिलाया गया, उनका बदन पोंछा गया, उन्हें चन्दन लगाया गया और माला पहनाई गई–इसमें कोई रोक-थाम नहीं थी। सभी व्यस्त थे, सभी काम में लगे हुए थे। लगा, पत्थर का देवता ही यह अशेष सेवा आठों पहर सह सकता है, और कोई होता, तो वह इस परेशानी से कब का घिसकर खत्म हो जाता।

कल मैंने वैष्णवी से पूछा था, 'तुम लोग भजन और साधना कब करती हो?' उसने जवाब में बताया था, 'यही तो भजन और साधना है।' मैंने विस्मय के साथ प्रश्न किया था, 'यह खाना-वाना बनाना, फूल तोड़ना, माला गूँथना, दूध उबालना–तुम इसे ही साधना कहती हो?' उसने उसी वक्त सर हिलाकर जवाब देते हुए कहा था, 'हाँ, हम इसे साधना कहती हैं। हमारे लिए और कोई भजन और साधना नहीं है।'

आज दिन भर की हरकतों को देखकर मैंने समझा कि कमल लता का कहना अक्षरशः सही था। उसने कुछ भी बढ़ा-चढ़ाकर नहीं कहा था। दोपहर में जब मुझे मौका मिला, तो मैंने कहा, "कमल लता, मैं यह जानता हूँ कि तुम औरों जैसी नहीं हो। अच्छा, तुम सच-सच बताओ तो कि भगवान की प्रतीक यह पत्थर की मूर्ति..."

वैष्णवी ने हाथ उठाकर मुझे रोक दिया, बोली, "तुम उन्हें भगवान का प्रतीक क्यों कहते हो जी? वे ही तो साक्षात् भगवान हैं। ऐसी बात फिर कभी अपनी जबान पर भी मत लाना नए गुसाँई..."

मेरी बातों से वह ज्यादा शरमा गई, मैं भी एक तरह से कैसा झेंप गया। तब भी मैंने धीरे-धीरे कहा, "मैं तो यह नहीं जानता हूँ, इसीलिए पूछ रहा हूँ, तुम लोग क्या सचमुच ही यह सोचती हो कि उस पत्थर की मूर्ति के अन्दर भगवान की शक्ति और चेतना है, उनका..."

मेरी यह बात भी पूरी नहीं हो सकी। वह बोल उठी, "हम लोग यह सोचने की कोशिश किसलिए करेंगे जी, यह तो हम लोग देख रहे हैं। चूँकि तुम लोग अपने संस्कार का मोह दूर नहीं कर सकते हो, इसीलिए तुम लोग यह सोचते हो कि हाड़-मांस के शरीर को छोड़कर चेतना के और कहीं भी रहने की गुंजाइश नहीं है। लेकिन ऐसी बात नहीं है। और मैं यह भी कहती हूँ कि शक्ति और चेतना का सारा अता-पता क्या तुम लोग पा चुके हो कि कहते हो कि पत्थर के अन्दर उसके लिए जगह नहीं होती है? पत्थर के अन्दर शक्ति और चेतना होती है जी, होती है। भगवान के कहीं भी रहने में अड़चन नहीं आती है, वरना उन्हें भगवान क्यों कहेंगे, बताओ तो?"

युक्ति के हिसाब से ये बातें न ही साफ थीं और न ही पूरी। मगर यह तो ऐसी बात नहीं थी, यह तो उसका जीता-जागता विश्वास था। उसके उस जोर और सरल कथन के आगे मैं कैसा अचकचा गया, तर्क करने, प्रतिवाद करने का साहस नहीं हुआ, न जी चाहा। बल्कि मैंने सोचा—सचमुच ही तो, पत्थर ही हो या जो भी हो, ऐसे पक्के विश्वास से वे लोग अपने आपको बिलकुल समर्पित नहीं कर पाते, तो वर्षों दिन-रात ऐसी अटूट सेवा करने का जोर वे लोग कैसे पाते? ऐसे तनकर निश्चिन्त और निर्भय होकर खड़ा होने का उन्हें सहारा कहाँ से मिलता? वे लोग तो बच्चे नहीं थे, बच्चों के खेल के इस झूठे अभिनय से हिचकिचाता मन थकान के मारे दो ही दिनों में चूर-चूर हो जाता। मगर ऐसा तो नहीं हुआ था, बल्कि भक्ति और प्रेम की अखंड एकाग्रता से उन लोगों का अपने आपको निछावर करने का आनन्दोत्सव बढ़ता ही चला जा रहा था। तो क्या इस जीवन में पाने की दृष्टि से यह सब झूठा था, सब गलत था, सब अपने आपको धोखा देना था।

वैष्णवी ने कहा, "क्या गुसाँई, बात क्यों नहीं करते हो?"

मैंने कहा, "मैं सोच रहा हूँ।"

"किसके बारे में सोच रहे हो?"

"तुम्हारे ही बारे में सोच रहा हूँ।"

"इस्स! मेरे लिए यह तो बड़े सौभाग्य की बात है!" फिर थोड़ी देर बाद बोली, "तब भी तो तुम यहाँ रहना नहीं चाहते हो। नौकरी करने के लिए बर्मा जाना चाहते हो। तुम क्यों नौकरी करोगे?"

मैंने कहा, "मेरे पास तो मठ की जमीन-जायदाद भी नहीं है, और न ही मुग्ध भक्तों का दल है, मैं क्या खाऊँगा?"

"खाना भगवान देंगे।"

मैंने कहा, "मैं इसकी आशा नहीं करता। लेकिन ऐसा भी तो नहीं लगता है कि तुम लोगों को भी भगवान पर खूब भरोसा है। अगर तुम लोगों को भगवान पर भरोसा होता, तो तुम लोग भीख माँगने क्यों जाते?"

वैष्णवी ने कहा, ''चूँकि वे देने के वास्ते हाथ बढ़ाए दर-दर खड़े रहते हैं इसीलिए हम लोग भीख माँगने जाते हैं। वरना हमारी अपनी कोई गरज नहीं है। अगर हमें अपनी कोई गरज होती तो हम भीख माँगने नहीं जाते। हम बिना खाए भूखों मर जाते, तो भी हम भीख माँगने नहीं जाते।''

''कमल लता, तुम कहाँ की रहनेवाली हो?''

''मैंने तो कल ही तुम्हें बताया था गुसाँई कि मेरा घर पेड़ तले था और मैं हर गली की रहनेवाली हूँ।''

''तो फिर पेड़ तले और गली-गली में न रहकर तुम मठ में किसलिए रहती हो?''

''बहुत दिनों तक तो मैं गली-गली में ही थी गुसाँई। अगर साथी मिल जाएगा, तो मैं फिर गली-गली में ही रहूँगी।''

मैंने कहा, ''यह तो विश्वास नहीं होता कमल लता कि तुम्हें साथी की कमी है। तुम जिसे साथी बनने को कहोगी वही तुम्हारा साथी बन जाएगा।''

वैष्णवी ने मुस्कुराते हुए कहा, ''मैं तुमसे कहती हूँ, नए गुसाँई, तुम मेरा साथी बनोगे?''

मैं भी मुस्कुराया, बोला, ''हाँ, मैं तुम्हारा साथी बनूँगा। जो आदमी नाबालिग होते भी यात्रा के दल से नहीं डरा था वह बालिग होकर वैष्णवी से क्यों डरेगा?''

''तो क्या तुम यात्रा के दल में भी थे?''

''हाँ।''

''तब तो तुम गाना भी गा सकते होगे?''

''नहीं, मैं गाना नहीं गा सकता। यात्रा-दल के मालिक ने मुझे गाना गाने का मौका ही नहीं दिया था। उसके पहले ही उसने मुझे जवाब दे दिया था। कहा नहीं जा सकता है कि अगर तुम यात्रा-दल की मालकिन होती, तो क्या होता?''

वैष्णवी हँसने लगी, बोली, ''तो मैं भी तुम्हें जवाब दे देती। खैर, इसे जाने दो। अब हममें से एक आदमी भी भीख माँगना जान लेगा, तो काम चल जाएगा। इस देश में जैसे-तैसे भी भगवान का नाम ले लेने पर भीख की कमी नहीं होती है। चलो न गुसाँई, हम निकल पड़ें। तुमने कहा था कि तुमने श्रीवृन्दावन धाम कभी नहीं देखा है। चलों, मैं तुम्हें श्रीवृन्दावन धाम दिखा लाऊँ। घर में बैठे-बैठे बहुत दिन गुजरे। राह पर चलने का नशा फिर खींचना चाहता है, सचमुच चलोगे नए गुसाँई?''

मैंने अचानक उसके मुँह की तरफ निहारा, तो मन में बड़ा विस्मय पैदा हुआ, कहा, ''हमारा परिचय हुए अभी चौसीब घंटे नहीं हुए हैं, इतने कम समय में तुम्हें मुझ पर इतना विश्वास कैसे हुआ?''

वैष्णवी ने कहा, ''चौबीस घंटे तो सिर्फ एक ही पक्ष के लिए नहीं हैं गुसाँई, वे तो दोनों ही पक्षों के लिए हैं। मेरा विश्वास है कि सफर के दौरान मुझ पर भी तुम्हें अविश्वास नहीं होगा। कल पंचमी है, निकल पड़ने के लिए बड़ा शुभ दिन है—चलो। और रास्ते के किनारे रेल लाइन तो है ही। अगर तुम्हें अच्छा न लगे तो तुम लौट आना, मैं तुम्हें मना नहीं करूँगी।''

एक वैष्णवी ने आकर खबर दी, ''भगवान का प्रसाद मैं कमरे में रख आई हूँ।''

कमल लता ने कहा, "चलो, मैं तुम्हारे कमरे में जाकर बैठूँगी।"

"मेरे कमरे में? अच्छी बात है।"

मैंने और एक बार उसके मुँह की तरफ गौर से देखा। इस बार जरा भी सन्देह नहीं रहा कि वह मजाक नहीं कर रही है। और यह भी पक्का है कि मैं तो सिर्फ बहाना भर हूँ। लेकिन चाहे जिस भी कारण से क्यों न हो, वह यहाँ का बन्धन तोड़कर अगर भाग सकेगी, तो मानो जी उठेगी। उसे एक पल की देर भी बर्दाश्त नहीं हो रही है।

मैं कमरे में आकर खाना खाने बैठा। बड़ा नफीस प्रसाद था। भागने की साजिश अच्छी जमती, मगर कोई बड़े जरूरी काम से कमल लता को बुलाकर ले गया। इसलिए मुझे अकेला चुपचाप प्रसाद खाना पड़ा। मैं बाहर आया, तो कोई भी खास नजर नहीं आया। द्वारिका दास बाबाजी ही भला कहाँ गए। दो-चार बूढ़ी वैष्णवियाँ घूम-फिर रही थीं—कल शाम पूजा-घर के धुएँ में वे लोग शायद अप्सरा लगी थीं, लेकिन दिन की कड़ी धूप में कल का वह आध्यात्मिक सौन्दर्य-बोध उतना अटूट नहीं रहा, बदन न जाने कैसा कर उठा। मैं सीधे आश्रम के बाहर चला आया। वही सेवार-भरी धीरे-धीरे बहनेवाली छोटी-सी परिचित नदी और वही लता-गुल्मों और कँटीली झाड़ियों से भरा तट और वही साँपों से भरा मजबूत बेतों का कुंज और दूर तक फैली बँसवारी। लम्बे समय तक इन सब चीजों से दूर रहने की वजह से बदन सिहरने लगा। मैं दूसरी जगह जाने की तैयारी कर रहा था कि तभी पता नहीं कहाँ छिपा बैठा एक आदमी उठा और करीब आकर खड़ा हो गया। पहले तो मैं यह सोचकर अचरज में पड़ गया कि ऐसी जगह में भी आदमी रहता है। हो सकता है, वह मेरा हमउम्र था या हो सकता है, मुझसे दसेक साल बड़ा हो, ऐसा होना कोई अजीब बात नहीं थी। ठिंगनी, दुबली कद-काठी, बदन का रंग खूब काला तो नहीं था, लेकिन मुँह का निचला हिस्सा जैसा अस्वाभाविक ढंग से छोटा था, दोनों भवें वैसी ही अस्वाभाविक ढंग से लम्बी-चौड़ी थीं। वास्तव में इसके पहले मुझे यह मालूम नहीं था कि इतनी बड़ी, घनी, मोटी भवें आदमी की होती हैं। दूर से सन्देह हुआ था कि हो सकता है, प्रकृति की किसी हास्यास्पद मौज से दो मोटी-मोटी मूँछें होंठों के बदले उसके कपाल पर उग आई हों। गले में मोटी तुलसी की माला थी, पोशाक-लिबास भी बहुत-कुछ वैष्णवों जैसा था, लेकिन जितना मैला था उतना ही फटा हुआ था।

"बाबूजी।"

मैं ठिठककर खड़ा हो गया और बोला, "हाँ, कहिए।"

"क्या मैं यह जान सकता हूँ कि आप यहाँ कब आए हैं?"

"हाँ, आप जान सकते हैं। मैं कल शाम यहाँ आया हूँ।"

"तो क्या रात में आप अखाड़े में थे?"

"हाँ, मैं रात में अखाड़े में था।"

"ओ!"

मिनट भर चुप्पी में बीता। मैंने जब कदम बढ़ाने की कोशिश की, तो उसने कहा, "आप तो वैष्णव नहीं हैं, फिर उन लोगों ने आपको अखाड़े में कैसे रहने दिया?"

मैंने कहा, ''यह तो वे ही जानें। आप उन्हीं से पूछिए।''

''ओ, तो क्या कमल लता ने आपको रहने के लिए कहा?''

''हाँ।''

''ओ, आप जानते हैं उसका असली नाम क्या है? उसका असली नाम है—उषागिनी। वह सिलहट की रहनेवाली है, मगर वह दिखाती है जैसे वह कलकत्ता की रहनेवाली हो। आप उसके स्वभाव-चरित्र के बारे में जानना चाहेंगे?''

मैंने कहा, ''नहीं। मैं उसके स्वभाव-चरित्र के बारे में नहीं जानना चाहता।'' लेकिन उसका रंग-ढंग देखकर मैं इस बार सचमुच ही अचरज में पड़ गया। मैंने प्रश्न किया, ''कमल लता के साथ आपका क्या कोई रिश्ता है?''

''हाँ, उसके साथ मेरा रिश्ता है।''

''उसके साथ आपका क्या रिश्ता है?''

उसने थोड़ी देर तक आनाकानी की और अचानक गरज उठा, ''क्यों, क्या यह झूठ है? वह मेरी पत्नी है। खुद उसके बाप ने हम दोनों की 'कंठी बदली'* कराई थी। इसके गवाह हैं।''

न जाने क्यों मुझे विश्वास नहीं हुआ। पूछा, ''आप किस जात के हैं?''

''मैं द्वादश तेली हूँ।''

''और कमल लता किस जात की है?''

मेरी बात के जवाब में उसने अपनी दोनों मोटी-मोटी भवों को टेढ़ी किया और बोला, ''वह कलवार है। उन लोगों के छुए पानी से हम अपना पैर भी नहीं धोते हैं। आप एक बार उसे बुला देंगे?''

''नहीं, मैं उसे नहीं बुलाऊँगा। अखाड़े में सभी जा सकते हैं। तो आप भी जा सकते हैं?''

वह गुस्साकर बोला, ''जाऊँगा बाबूजी, जाऊँगा। दारोगा को दो पैसे खिला रखे हैं मैंने। प्यादे को साथ लेकर जाऊँगा और उसके बाल पकड़कर उसे एकबारगी खींचकर बाहर ले आऊँगा। बाबाजी का बाप भी उसे रख नहीं सकता है। साला, शैतान कहीं का!''

और कुछ बोले बिना मैं चलने लगा। उसने पीछे से कर्कश आवाज में कहा, ''अगर आप मेरी बात मान लेते तो आपका क्या बिगड़ जाता? जाकर अगर आप उसे एक बार बुला देते, तो क्या आपका बदन घिस जाता? ओ, आप भले आदमी हैं?''

फिर मुड़कर देखने का भरोसा नहीं हुआ। इस डर से कि कहीं मैं अपने गुस्से को सँभाल न सकूँ और उस बेहद कमजोर आदमी पर हाथ उठा बैठूँ, मैं जरा तेज कदमों से चल पड़ा। लगने लगा, वैष्णवी के भागने की वजह शायद यहीं कहीं जुड़ी है।

मन बिगड़ गया था, न ही मैं खुद पूजा-घर गया, न ही कोई मुझे बुलाने आया। कमरे के अन्दर एक तिपाई पर कई वैष्णवी ग्रन्थावलियाँ करीने से रखी हुई थीं। उनमें से एक को मैंने अपने हाथ में लिया, दीये को अपने सिरहाने लाया और बिस्तर पर लेट गया। वैष्णव धर्म-शास्त्र पढ़ने के लिए मैंने वैष्णव ग्रन्थावली को अपने हाथ में नहीं लिया

* 'कंठी बदली' वैष्णवों की एक विवाह पद्धति है।

था, बल्कि सिर्फ समय बिताने के लिए उसे अपने हाथ में लिया था। क्षोभ के साथ एक बात बार-बार याद आ रही थी, वह यह कि कमल लता जो गई सो फिर लौटी नहीं। भगवान की शाम की आरती बाकायदा शुरू हुई। उसकी मधुर आवाज बार-बार कानों में आने लगी और घूम-फिरकर फिर यही बात याद आने लगी कि कमल लता ने तब से लेकर अब तक मेरी खोज-खबर नहीं ली है। और वह मोटी-मोटी भवोंवाला आदमी कौन है? उसके आरोप में क्या कोई सच्चाई नहीं है।

और भी एक बात है। गौहर कहाँ है? उसने भी तो आज मेरी कोई खोज-खबर नहीं ली। मैंने सोचा था कि मैं कई दिन यहीं बिताऊँगा—पूँटू की शादी के दिन तक—मगर अब ऐसा नहीं हो सकता है। हो सकता है, कल ही कलकत्ता रवाना होना पड़े।

क्रमशः आरती और कीर्तन खत्म हुआ। कल जो वैष्णवी प्रसाद दे गई थी वही आज भी बड़े जतन से प्रसाद रख गई। मगर मैं जिसकी बाट जोह रहा था उससे मुलाकात नहीं हुई। बाहर लोगों की बातचीत, आवाजाही, कदमों की आहट क्रमशः शान्त होने को आई। यह जानकर कि अब उसके आने की कोई सम्भावना नहीं है, मैंने खाना खाया, मुँह-हाथ धोया और दीया बुझाकर लेट गया।

तब शायद बहुत रात हो गई थी। कानों में आवाज आई, "नए गुसाँई?"

जागकर मैं उठ बैठा। अँधेरे कमरे के अन्दर खड़ी होकर कमल लता ने धीरे-धीरे कहा, "चूँकि मैं नहीं आई थी इसलिए तुमने मन ही मन शायद बहुत दुख पाया है—न गुसाँई?"

मैंने कहा, "हाँ, मैंने बहुत दुख पाया है।"

वैष्णवी पल भर चुप रही उसके बाद बोली, "जंगल में वह आदमी तुमसे क्या कह रहा था?"

"तुमने उसे देखा था क्या?"

"हाँ।"

"वह कह रहा था कि वह तुम्हारा पति है। यानी तुम लोगों के सामाजिक रीति-रिवाज के मुताबिक उसकी शादी तुमसे कंठी-बदली करके हुई थी।"

"तुमने यह विश्वास किया है?"

"नहीं, मैंने यह विश्वास नहीं किया है।"

वैष्णवी फिर थोड़ी देर चुप रही। उसके बाद बोली, "उसने मेरे स्वभाव और चरित्र के बारे में कुछ कहा था?"

"हाँ, कहा था!"

"और मेरी जात के बारे में उसने कुछ कहा था?"

"हाँ, सो भी कहा था।"

वैष्णवी थोड़ी देर रुकी, फिर बोली, "तुम सुनोगे मेरे बचपन की कहानी। लेकिन उसे सुनने के बाद हो सकता है, तुम्हें मुझसे नफरत हो।"

मैंने कहा, "तो रहने दो, मैं नहीं सुनना चाहता।"

"क्यों?"

मैंने कहा, "उसे सुनने से क्या फायदा है कमल लता? तुम मुझे बड़ी अच्छी लगी हो। लेकिन मैं कल चला जाऊँगा। हो सकता है, फिर कभी हमारी मुलाकात भी न हो। बेकार में अपनी भावना को बरबाद करने से क्या फायदा, बताओ तो?"

वैष्णवी इस बार बहुत देर तक चुप रही। मुझसे यह सोचते नहीं बना कि अँधेरे में चुपचाप खड़ी होकर वह क्या कर रही है। मैंने पूछा, "क्या सोच रही हो?"

"सोच रही हूँ कि कल मैं तुम्हें नहीं जाने दूँगी।"

"तो फिर कब जाने दोगी?"

"मैं तुम्हें किसी भी दिन नहीं जाने दूँगी। लेकिन बहुत रात हुई, सोओ। मच्छरदानी अच्छी तरह से लगी हुई है न?"

"क्या पता, शायद अच्छी तरह से लगी होगी।"

वैष्णवी ने हँसकर कहा, "शायद अच्छी तरह से लगी होगी? वाह, खूब हो तुम!" इतना कहकर वह नजदीक आई और अँधेरे में ही अपना हाथ बढ़ाकर बिस्तर के चारों ओर पड़ताल करके बोली, "सोओ गुसाँई—मैं चली।" इतना कहकर वह दबे पाँव बाहर निकल गई और बाहर से बढ़ी सावधानी से उसने दरवाजा बन्द कर दिया।

# 7

आज वैष्णवी ने मुझसे बार-बार यह कसम खिला ली कि मैं उसकी पिछली कहानी सुनकर उससे नफरत करूँगा या नहीं।

मैंने कहा, "उसे सुनना नहीं चाहता, लेकिन अगर सुनूँगा तो भी मैं तुमसे नफरत नहीं करूँगा।"

वैष्णवी ने प्रश्न किया, "लेकिन तुम मुझसे नफरत क्यों नहीं करोगे? मेरी पिछली कहानी सुनने पर मर्द और औरत सभी तो मुझसे नफरत करते हैं?"

मैंने कहा, "मैं नहीं जानता कि तुम क्या कहोगी! लेकिन तब भी मैं अन्दाजा लगा सकता हूँ। पर मैं यह जानता हूँ कि ऐसी कहानी सुनने पर औरतें ही औरतों से सबसे ज्यादा नफरत करती हैं और मैं इसका कारण भी जानता हूँ। मगर तुम्हें मैं यह बताना नहीं चाहता। ऐसी कहानी सुनने पर मर्द भी औरत से नफरत करते हैं, मगर ऐसा करके वह बहुत छल करता है और बहुत समय अपने आपको धोखा देता है। तुम जो कहोगी उससे भी बहुत बुरी बातें मैंने खुद तुम लोगों के मुँह से सुनी हैं और उससे भी बुरी हरकतें मैंने अपनी आँखों से देखी हैं। लेकिन तब भी मुझे औरत से नफरत नहीं होती है।"

"तुम्हें औरत से नफरत क्यों नहीं होती है?"

"शायद यह मेरा स्वभाव है। लेकिन कल ही तो मैंने तुमसे कहा था कि मुझे तुम्हारी पिछली कहानी सुनने की जरूरत नहीं। उसे सुनने के लिए मैं तनिक भी उत्सुक नहीं हूँ। इसके अलावा कौन कहाँ का है, यह सब कहानी मुझसे मत ही कहो।"

वैष्णवी ने बहुत देर तक चुप रहकर पता नहीं क्या सोचा, उसके बाद उसने अचानक पूछा, "अच्छा, तुम जन्मान्तर पर विश्वास करते हो?"

"नहीं।"

"तुम जन्मान्तर पर क्यों नहीं विश्वास करते? क्या तुम यह सोचते हो कि जन्मान्तर होता ही नहीं है?"

"मेरे लिए सोचने को बहुत-सी चीजें हैं। यह सब सोचने के लिए शायद मुझे समय नहीं मिलता है।"

वैष्णवी पल भर चुप रही, फिर बोली, "मैं तुम्हें एक घटना बताती हूँ, तुम विश्वास करोगे? मैं भगवान की तरफ मुँह करके कह रही हूँ, मैं तुमसे झूठ नहीं कहूँगी।"

मैंने हँसकर कहा, "मैं विश्वास करूँगा जी, कमल लता, विश्वास करूँगा। तुम भगवान की कसम खाए बिना भी कहोगी, तो भी मैं तुम पर विश्वास करूँगा।"

वैष्णवी बोली, "तो सुनो। एक दिन मैंने गौहर गुसाँई के मुँह से सुना कि अचानक उसका पाठशाला का दोस्त उसके घर आया है। मैंने सोचा—जो आदमी एक दिन भी हमारे यहाँ आए बिना नहीं रह सकता, वह अपने बचपन के दोस्त के साथ छह-सात दिनों तक कैसे भूला रहा? फिर सोचा—यह कैसा ब्राह्मण दोस्त है जो अनायास मुसलमान के घर पड़ा रहा। वह किसी से भी नहीं डरा। उसका क्या कहीं कोई नहीं है? जब मैंने पूछा, तो गौहर गुसाँई ने भी ठीक यही बात बताई। कहा—चूँकि दुनिया में उसका अपना कोई नहीं है, इसलिए न ही वह डरता है और न ही उसे किसी बात की फिक्र है।

"मैंने मन ही मन कहा—सही कहते हो। मैंने पूछा—तुम्हारे दोस्त का नाम क्या है गुसाँई? जब उसने नाम बताया, तो उसे सुनकर मैं चौंक गई। जानते तो हो गुसाँई, वह मुझे नहीं लेना चाहिए। तुम सोचोगे, तुमने ऐसी औरत नहीं देखी है जो नाम सुनते ही पागल हो जाती है। लेकिन यह सच है, सिर्फ नाम सुनकर ही औरत पागल हो जाती है, गुसाँई।"

मैंने हँसकर कहा, "हाँ, मैं जानता हूँ। और यह तो मैंने तुम्हारे ही मुँह से सुना है।"

वैष्णवी ने कहा, "मैंने उससे पूछा—तुम्हारा दोस्त देखने में कैसा है? उसकी उम्र कितनी होगी? गुसाँई कितना कुछ कहता गया, उसकी कुछ बातें तो मेरे कानों में पहुँचीं और कुछ बातें कानों में नहीं पहुँचीं, लेकिन मेरा कलेजा धड़कने लगा।"

मैंने कहा, "उसके बाद?"

वैष्णवी ने कहा, "उसके बाद मैं खुद भी हँसने लगी। मगर मैं भूल नहीं सकी। सारे काम-काजों में सिर्फ एक ही बात याद आती थी वह यह कि तुम फिर कब आओगे। मैं तुम्हें अपनी आँखों से कब देख सकूँगी।"

उसकी बातें सुनकर मैं चुप रहा, लेकिन उसके मुँह की तरफ निहारते मैं फिर हँस नहीं सका।

वैष्णवी बोली, "कल ही शाम को तो तुम आए हो, लेकिन आज इस दुनिया में मुझसे ज्यादा तुम्हें कोई प्यार नहीं करता है। अगर जन्मान्तर सही नहीं है, तो ऐसी अजीब घटना क्या कभी एक दिन के अन्दर घट सकती है।"

तनिक रुककर वह फिर बोली, "मैं यह जानती हूँ कि न ही तुम यहाँ रहने आए हो और न ही तुम यहाँ रहोगे। मैं चाहे जो भी क्यों न कहूँ, दो-एक दिन बाद ही तुम चले जाओगे। लेकिन मैं सिर्फ यही सोचती हूँ कि यह दुख कितने दिनों तक सँभालूँगी!" इतना कहकर उसने सहसा आँचल से अपनी आँखें पोंछ डालीं।

मैं चुप रहा। इतने कम समय में ऐसी साफ और सरल भाषा में नारी के प्रणय-निवेदन की कहानी इसके पहले मैंने न ही कभी किताबों में पढ़ी थी और न ही लोगों के मुँह से सुनी थी। और यह तो मैं अपनी ही आँखों से देख रहा था कि यह अभिनय नहीं है। कमल लता देखने में अच्छी थी, वह अनपढ़-गँवार नहीं थी। उसकी बातचीत, गाने, जतन और अतिथि-सेवा की हार्दिकता की वजह से वह मुझे अच्छी लगी थी। और उस खुशफहमी और दिल्लगी को बढ़ा-चढ़ाकर देने में खुद मैंने भी कंजूसी नहीं की थी, लेकिन थोड़ी देर पहले भी मैं क्या यह जानता था कि देखते ही देखते नतीजा इतना पेचीदा हो जाएगा, वैष्णवी के कहने, आँसू पोंछने और माधुर्य को बेधड़क जाहिर करने से सारा मन इतनी कड़वाहट से भर जाएगा। मैं हक्का-बक्का हो गया। सिर्फ इतना ही नहीं कि शर्म के मारे मेरे रोंगटे खड़े हो गए, बल्कि किसी अनजानी मुसीबत की आशंका से मन में कहीं अब शान्ति और राहत नहीं रही। पता नहीं किस अशुभ घड़ी में मैं काशी से चला था कि एक पूँटू के जाल से निकलकर दूसरी पूँटू के फन्दे में जा उलझा। इधर उम्र तो जवानी की सीमा को लाँघ रही थी, ऐसे समय अनचाहे नारी-प्रेम का सैलाब उमड़ आया तो यह सोचते नहीं बना कि कहाँ भागकर अपनी जान बचाऊँ। मुझे इसकी धारणा भी नहीं थी कि युवती नारी का प्रणय-निवेदन भी पुरुष के लिए इतना घृणित हो सकता है। सोचा, अचानक मेरी कीमत इतनी कैसे बढ़ी। आज राजलक्ष्मी की जरूरत भी मेरे लिए खत्म होना नहीं चाहती थी। उसने यह फैसला कर लिया था कि वह अपनी सख्त मुट्ठी को ढीली करके मुझे छुटकारा नहीं देगी। मगर यहाँ अब नहीं रुकना है। साधु-संग को राम-राम! मैंने ठान लिया कि मैं कल ही यहाँ से चला जाऊँगा।

वैष्णवी अचानक चौंक उठी, "अरे, मैं तो भूल ही गई थी। मैंने तुम्हारे लिए चाय मँगवाई है गुसाँई।"

"यह तुम क्या कह रही हो? तुम्हें कहाँ मिली चाय?"

"मैंने आदमी को शहर भेजा था। जाती हूँ, तुम्हारे लिए चाय बनाकर लाती हूँ। पर तुम कहीं भागना मत।"

"नहीं, मैं नहीं भागूँगा। लेकिन तुम चाय बनाना जानती हो न!"

वैष्णवी ने जवाब नहीं दिया, सिर्फ सर हिलाकर मुस्कुराती हुई चली गई।

उसके चले जाने पर जब मैंने उधर निहारा, तो मन के अन्दर न जाने कैसी एक टीस गूँजी। आश्रम में चाय नहीं बनती थी। हो सकता है, आश्रम में चाय बनाने की

मनाही हो। तब भी उसने यह जानकारी हासिल कर ली थी कि चाय मुझे अच्छी लगती है और इसीलिए उसने आदमी को शहर भेजकर चाय मँगवा ली थी। न ही मैं उसकी बीती जिन्दगी की कहानी जानता था, न ही वर्तमान जिन्दगी की। सिर्फ आभास से मैंने इतना जाना था कि उसकी बीती जिन्दगी की कहानी अच्छी नहीं है। वह निन्दनीय है और उसे सुनने पर लोगों के मन में नफरत पैदा होती है। फिर भी वह अपनी वह कहानी मुझसे छिपाना नहीं चाहती थी, पर उसे सुनाने के लिए बार-बार जिद कर रही थी, सिर्फ मैं ही उसे सुनने को राजी नहीं हुआ था। मुझे कोई कौतूहल नहीं था। क्योंकि जरूरत नहीं थी। जरूरत उसे थी। अकेले बैठकर जब मैंने उस जरूरत के बारे में सोचने की कोशिश की, तो मुझे साफ-साफ दिखाई पड़ा कि मुझे सुनाए बिना उसके मन की ग्लानि दूर नहीं हो रही थी—मन के अन्दर वह हरगिज जोर नहीं पा रही थी। मैंने सुना था कि मेरा श्रीकान्त नाम कमल लता को नहीं लेना चाहिए था। पता नहीं कौन थे उसके वे परमपूज्य गुरुजन और कब वे इहलोक से विदा हुए थे। संयोगवश हमारे नामों के मेल ने ही शायद इस मुसीबत को पैदा किया था और तब से कल्पना में उसने पिछले जन्म के सपनों के सागर में गोता लगाकर दुनिया की तमाम वास्तविकताओं को तिलांजलि दी थी।

तब भी लगता है कि इसमें विस्मय की कोई बात नहीं थी। रसों की आराधना में गले तक डूबी रहकर भी उसकी एकान्त नारी-प्रकृति को आज भी, हो सकता है, रसों का ज्ञान नहीं मिला था। वह असहाय, अतृप्त काम-वासना इस अटूट भोग-विलास की सामग्री इकट्ठा करने में, हो सकता है, आज भी थकी हुई थी, दुविधा से पीड़ित थी। वह उसका पथभ्रष्ट पागल मन अपने अनजाने में कहाँ सहारा ढूँढ़ता मर रहा था—वैष्णवी उसका ठिकाना नहीं जानती थी—इसीलिए आज वह चौंककर बार-बार अपने पिछले जनम के बन्द दरवाजे पर हाथ पसारकर गुनाह के लिए दिलासा माँग रही थी। उसकी बात सुनकर मैं यह समझ सकता था कि मेरे 'श्रीकान्त' नाम को ही वह अपना सहारा बनाकर आज अपनी डोंगी को खेना चाहती थी।

वैष्णवी चाय ले आई। सारा नया इन्तजाम था। चाय पीकर मैंने बड़ा आनन्द प्राप्त किया। आदमी का मन कितनी आसानी से बदल जाता है—अब उसके खिलाफ कोई शिकायत नहीं थी।

मैंने पूछा, "कमल लता, तुम क्या कलवार हो?"

कमल लता ने हँसकर कहा, "नहीं, सुनार-बनिया हूँ। लेकिन तुम्हारे लिए तो कोई फर्क नहीं है। कलवार और सुनार-बनिया दोनों ही एक हैं।

मैंने कहा, "कम से कम मेरे लिए तो दोनों में कोई फर्क नहीं है। दोनों ही एक क्यों, अगर सभी एक होते तो भी हर्ज नहीं था।"

वैष्णवी बोली, "ऐसा ही तो लगता है। तुमने तो गौहर की माँ के हाथ का बना खाना खाया है।"

मैंने कहा, "तुम उन्हें नहीं जानती हो। गौहर अपने बाप जैसा नहीं हुआ है। उसे अपनी माँ का स्वभाव मिला है। इतना शान्त, अपने आपमें मगन रहनेवाला मधुर स्वभाव

का आदमी तुमने और कहीं देखा है? उसकी माँ ऐसी ही थीं। मुझे बचपन की बात याद है। एक बार गौहर के बाप के साथ उनका झगड़ा हुआ था। गौहर के बाप ने उनसे छिपाकर किसी को ढेरों रुपए दिए थे, इसी बात को लेकर उन दोनों में झगड़ा हुआ। गौहर के बाप बदमिजाज आदमी थे। हम लोग तो डर के मारे भाग गए। घंटे भर बाद जब मैं चुपके-चुपके वापस आया, तो देखता हूँ, गौहर की माँ चुपचाप बैठी हुई थीं। जब मैंने गौहर के बाप के बारे में पूछा, तो पहले-पहल तो उन्होंने बात नहीं की, लेकिन हमारे मुँह की तरफ निहारती रहीं, फिर अचानक एकबारगी हँसती हुई लोट-पोट हो गईं। उनकी आँखों से कई बूँद आँसू लुढ़क पड़े। यह उनकी आदत थी।''

वैष्णवी ने प्रश्न किया, ''इसमें हँसने की कौन-सी बात थी?''

मैंने कहा, ''हम लोगों ने भी यही सोचा। लेकिन जब हँसी थमी, तो उन्होंने साड़ी से अपनी आँखें पोंछ डाली और बोलीं—मैं कितनी बेवकूफ औरत हूँ बेटा! वे ठाठ से नहा-धो और खा-पीकर खर्राटे भर रहे हैं और मैं हूँ कि बिना खाए भूखी रहकर गुस्से से जल-भुन रही हूँ। इसकी क्या जरूरत है, बताओ तो! और इतना कहने के साथ ही तमाम गुस्सा और अभिमान दूर हो गया। औरतों का यह कितना बड़ा गुण है, इसे भुक्तभोगी के सिवा और कोई नहीं जानता है।''

वैष्णवी ने प्रश्न किया, ''तुम क्या भुक्तभोगी हो, गुसाँई?''

मैं जरा परेशान हुआ। मैंने यह नहीं सोचा था कि यह प्रश्न उसे छोड़ मेरे ही सर आ पड़ेगा। कहा, ''सब कुछ क्या खुद भुगतना पड़ता है, कमल लता। पराए को देखकर भी सीखा जा सकता है। उस मोटी-मोटी भवोंवाले आदमी से क्या तुमने कुछ नहीं सीखा है?''

वैष्णवी ने कहा, ''लेकिन वह तो मेरे लिए पराया नहीं है।''

और कोई प्रश्न अब मेरे मुँह से नहीं निकला—मैं बिलकुल निस्तब्ध हो गया।

वैष्णवी खुद भी थोड़ी देर तक चुप रही। फिर हाथ जोड़कर बोली, ''मैं तुमसे विनती करती हूँ गुसाँई, तुम एक बार मेरी शुरू की बातें सुनो...''

''अच्छी बात है, कहो।''

लेकिन जब उसने कहने की कोशिश की, तो उसने देखा कि कहना आसान नहीं है। मेरी ही तरह उसे भी मुँह नीचा किए बहुत देर तक चुप रहना पड़ा। मगर उसने हार नहीं मानी। अन्तर्द्वन्द्व से उबरकर उसने एक समय मुँह उठाकर निहारा, तब मुझे लगा स्वभावतः उसके खूबसूरत मुखड़े पर एक खास चमक पड़ी है। बोली, ''अहंकार तो मरकर भी नहीं मरता है, गुसाँई। हमारे बड़े गुसाँई कहते हैं वह राख-ढँकी आग है, जो बुझकर भी नहीं बुझती है। राख हटाने पर वह मन्द-मन्द जलती दिखती है। लेकिन चूँकि वह मन्द-मन्द जलती है इसलिए फूँककर भी तो उसे तेज नहीं कर सकती हूँ। तब तो मेरा इस राह पर जाना ही गलत हो जाएगा। सुनो! मैं तो औरत हूँ—हो सकता है, सारी बातें मैं खोलकर कह भी न सकूँ।''

मेरे संकोच की सीमा नहीं रही। मैंने आखिरी बार विनती करके कहा, ''औरतों के पाँव फिसलने की कहानी सुनने की मेरी इच्छा है और न मुझे उत्सुकता है। वह सुनना

मुझे किसी दिन अच्छा नहीं लगता है कमल लता। मैं नहीं जानता कि तुम्हारी वैष्णव-साधना में महाजनों ने अहंकार को दूर करने का कौन-सा तरीका बताया है, लेकिन अपने गुप्त पाप को बताने की घमंडपूर्ण विनय अगर तुम्हारे प्रायश्चित्त का विधान हो, तो ये सब कहानियाँ सुनना जिन्हें अच्छा लगता है, ऐसे बहुत सारे लोगों से तुम्हारी मुलाकात होगी कमल लता, तुम मुझे माफ करो। इसके अलावा शायद कल ही मैं चला जाऊँगा—जीवन में, हो सकता है फिर कभी हमारी मुलाकात भी न हो।''

वैष्णवी ने कहा, ''तुम्हें तो मैंने पहले ही कहा है गुसाँई कि जरूरत तुम्हें नहीं है, मुझे है। लेकिन यह क्या तुम सचमुच ही कहना चाहते हो कि कल के बाद फिर हमारी मुलाकात नहीं होगी। नहीं, कतई ऐसा नहीं हो सकता। मेरा मन कहता है कि हमारी मुलाकात फिर होगी—मैं यही आशा लिये रहूँगी। लेकिन वास्तव में क्या मेरे बारे में कुछ भी जानने को तुम्हारा जी नहीं करता? हमेशा तुम सिर्फ एक अनुमान और सन्देह लिये ही रहोगे?''

मैंने प्रश्न किया, ''आज जंगल में जिस आदमी से मेरी मुलाकात हुई थी, जिसे तुम आश्रम में घुसने नहीं देती हो, जिसके जुल्म से तुम भागना चाह रही हो वह क्या सचमुच ही तुम्हारा कोई नहीं है? निरा पराया है?''

''मैं किस चीज के डर से भाग रही हूँ, तुमने यह समझा है गुसाँई?''

''हाँ, ऐसा ही तो लगता है। मगर वह है कौन?''

''वह कौन है? वह मेरे लिए इहलोक और परलोक का दुखदाई नरक है। इसीलिए तो मैं हमेशा भगवान से रो-रोकर कहती हूँ कि प्रभु, मैं तुम्हारी दासी हूँ। मेरे मन में आदमी के प्रति जो इतनी बड़ी घृणा है उसे तुम दूर कर दो। ताकि मैं फिर आसानी से साँस लेकर जी सकूँ। ऐसा न होने पर मेरी सारी साधनाएँ बेकार हो जा सकती हैं।''

उसकी आँखों में आत्मग्लानि उभर उठी, मैं चुप रहा।

वैष्णवी बोली, ''हालाँकि एक दिन उससे ज्यादा मेरा अपना कोई नहीं था। दुनिया में शायद किसी ने भी किसी को इतना ज्यादा प्यार नहीं किया होगा।''

उसकी बात सुनकर विस्मय की सीमा नहीं रही और उस खूबसूरत औरत की तुलना में उस प्यार के पात्र की गन्दी, भद्दी शक्ल को याद करके मन भी बहुत छोटा हो गया।

बुद्धिमती वैष्णवी ने मेरे मुँह की तरफ निहारकर उसे समझा, बोली, ''यह तो सिर्फ उसका बाहरी परिचय है। उसके अन्दरूनी परिचय के बारे में सुनो।''

''कहो।''

वैष्णवी कहने लगी, ''मेरे और भी दो छोटे भाई हैं। मगर अपने माँ-बाप की मैं ही इकलौती बेटी हूँ। हम सिलहट के रहनेवाले हैं। लेकिन चूँकि मेरे पिता व्यापारी थे, वे कलकत्ता में व्यापार करते थे, इसलिए मैं बचपन से कलकता में पली-बढ़ी थी और मेरी माँ गाँव के घर में रहकर घर-गिरस्ती सँभालती थी। अगर कभी मैं दशहरे के वक्त गाँव जाती, तो महीने भर से ज्यादा वहाँ नहीं रह सकती थी। वहाँ मुझे अच्छा भी नहीं लगता था। कलकत्ता में ही मेरी शादी हुई थी। जब मैं सत्रह साल की थी तभी कलकत्ता में ही मैंने उन्हें खोया था। उनके नाम के चलते ही गुसाँई, गौहर के मुँह से तुम्हारा नाम

सुनकर मैं चौंक उठी थी। इसीलिए मैं तुम्हें नया गुसाँई कहकर बुलाती हूँ। मैं तुम्हारा वह नाम अपनी जबान पर नहीं ला सकती।''

''यह मैं समझ गया, उसके बाद?''

वैष्णवी बोली, ''जिसके साथ आज तुम्हारी मुलाकात हुई थी, उसका नाम मन्मथ है। वह हमारा कारकुन था।'' इतना कहकर वह एक पल चुप रही, फिर बोली, ''जब मैं इक्कीस साल की हुई तब मैं गर्भवती हो गई...''

वैष्णवी कहती रही, ''मन्मथ का एक भतीजा जिसका बाप जिन्दा नहीं था, मेरे डेरे पर रहता था। उसके कॉलेज में पढ़ने का खर्च मेरे पिताजी देते थे। वह उम्र में मुझसे थोड़ा-सा छोटा था। वह मुझे कितना प्यार करता था उसकी सीमा नहीं थी। मैंने उसे बुलाकर कहा—यतीन, मैंने तुमसे कभी कुछ नहीं माँगा है भाई, मेरी इस मुसीबत में आखिरी बार तुम मेरी थोड़ी-सी मदद करो। मुझे एक रुपए का जहर खरीदकर ला दो।

''पहले तो वह मेरी बात समझ नहीं सका था, लेकिन जब उसने मेरी बात समझी, तो उसका चेहरा मुर्दे की नाईं फक पड़ गया। मैंने कहा—देरी करने से काम नहीं चलेगा भाई; तुम्हें इसी वक्त जहर खरीदकर ला देना होगा। इसके अलावा मेरे लिए कोई दूसरा रास्ता नहीं है।

''मेरी बात सुनकर यतीन बहुत रोने लगा। वह मुझे देवी समझता था। वह मुझे दीदी कहकर पुकारता था, कितना आघात, कितना दुख उसे पहुँचा। उसके आँसू रुकने का नाम नहीं ले रहे थे। बोला—उषा दीदी, आत्महत्या से बड़ा और कोई पाप नहीं होता। एक अन्याय करने के बाद दूसरा अन्याय करके तुम उपाय ढूँढ़ना चाहती हो? लेकिन शर्म से बचने के लिए अगर तुमने यही तरीका तय किया है दीदी, तो मैं कतई तुम्हारी मदद नहीं करूँगा। इसके अलावा तुम और जो आदेश करोगी मैं उसका आराम से पालन करूँगा।

''उसी के चलते मैं मर नहीं सकी।

''क्रमशः यह बात पिताजी के कानों में पहुँची। वे जितने निष्ठावान वैष्णव थे, उतने ही शान्त, निरीह प्रकृति के आदमी थे। उन्होंने मुझसे कुछ नहीं कहा, मगर दुख और लाज के मारे वे दो-तीन दिनों तक बिस्तर से उठ नहीं सके। उसके बाद अपने गुरुदेव की सलाह से वे मुझे साथ लिये नवद्वीप आए। तय हुआ कि मन्मथ और मैं दीक्षा लेकर वैष्णव बनेंगे, तब फूलों और तुलसी की माला एक-दूसरे को पहनाकर नए रिवाज से हमारी शादी होगी। मैं यह नहीं जानती थी कि इससे पाप का प्रायश्चित्त होगा या नहीं, लेकिन इसी भरोसे से कि माँ होकर कोख में पल रहे शिशु की हत्या नहीं करनी होगी, मेरा आधा दुख दूर हो गया। तैयारियाँ चलीं, दीक्षा कहो या ढोंग, वह भी पूरा हुआ। मेरा नया नाम कमल लता रखा गया। लेकिन मैं तब भी यह नहीं जानती थी कि मेरे पिता ने दस हजार रुपए देने का वादा करके मन्मथ को मुझसे शादी करने के लिए राजी किया था। लेकिन पता नहीं क्यों शादी का दिन अचानक आगे बढ़ा दिया गया, शायद सप्ताह भर के लिए। मन्मथ खास दिखाई नहीं पड़ता था। नवद्वीप के डेरे पर मैं अकेले ही रहती थी। यों ही कई दिन बीते। उसके बाद शुभ दिन पर आ उपस्थित हुआ। नहाकर, पवित्र होकर शान्त मन से भगवान पर चढ़ाई माला हाथ में लिये मैं इन्तजार करती रही।

''पिताजी के चेहरे पर उदासी छाई हुई थी। वे एक बार घूम गए, लेकिन नए वैष्णव के वेश में जब मन्मथ दिखाई पड़ा, तो अचानक पूरे मन में मानो बिजली कौंध गई। मैं यह ठीक-ठीक नहीं जानती थी कि वह आनन्द की थी या दुख की। हो सकता है, दोनों की ही थी, मगर जी चाहा कि उठकर जाऊँ और उसके पैरों को छूकर प्रणाम करूँ। लेकिन शर्म के मारे मैं ऐसा नहीं कर सकी।

''कलकत्ता की हमारी पुरानी नौकरानी बहुत-सा चीज-बस्त ले आई। उसने मुझे पाल-पोसकर बड़ी किया था। उसी से मैं दिन के आगे बढ़ाए जाने का कारण जान सकी।''

कितनी पुरानी बात थी, तब भी आवाज बोझिल हो जाने की वजह से उसकी आँखों में आँसू आ गए। वैष्णवी मुँह घुमाकर आँसू पोंछने लगी।

पाँच-छह मिनट बाद मैंने पूछा, ''उसने क्या कारण बताया?''

वैष्णवी ने कहा, ''उसने बताया कि मन्मथ अचानक दस हजार के बदले बीस हजार रुपए माँग बैठा। मैं कुछ भी जानती थी, मैं चौंक उठी और पूछा, 'तो क्या मन्मथ रुपए के बदले राजी हुआ है और पिताजी ने भी क्या बीस हजार रुपए देना चाहा है?' नौकरानी बोली, 'उपाय क्या है दीदी? बात भी तो आसान नहीं है। अगर बात जाहिर हो जाएगी, तो समाज, जात, कुल, मान सब चला जाएगा।'

''मन्मथ ने असली बात अन्त में जाहिर कर दी, कहा, 'इसके लिए तो वह जिम्मेदार नहीं है, जिम्मेदार है उसका भतीजा यतीन। इसलिए बिना दोष के अगर उसे जात गँवानी पड़े, तो बीस हजार से कम में वह ऐसा नहीं कर सकता। इसके अलावा दूसरे के बच्चे का बाप बनना कम कठिन नहीं है।'

''यतीन कमरे में बैठा पढ़ रहा था। उसे बुलाकर लाया गया और उसे सारी बातें बताई गईं। सारी बातें सुनकर पहले तो वह हक्का-बक्का होकर खड़ा रहा, उसके बाद बोला, 'यह झूठ है?'

''चाचा मन्मथ गरज उठा, 'पाजी, मक्कार, नमकहराम! जो आदमी तुझे रोटी-पकड़ा देकर कॉलेज में पढ़ाकर आदमी बना रहा है, तूने उसी का सर्वनाश किया। कैसा साँप मैं मालिक के घर बुला लाया था। सोचा था, अनाथ लड़का आदमी बनेगा। छिः-छिः।' इतना कहकर वह अपने माथे और छाती को फट-फट पीटने लगा–'उषा ने यह अपने मुँह से कहा है और तू है कि कह रहा है कि तूने ऐसा नहीं किया है।'

''यतीन चौंक उठा और बोला, 'खुद उषा दीदी ने मेरा नाम बताया है। मगर वह तो कभी झूठ नहीं बोलती। इतना बड़ा झूठा कलंक वह मुझे हरगिज नहीं लगा सकती।'

''मन्मथ और एक बार गरज उठा, 'फिर जबान लड़ाता है। तब भी तू इनकार करता है पाजी, अभागा, शैतान! तो पूछ मालिक से। सुन, वे क्या कहते हैं।'

''मालिक हामी भरकर कहा, 'हाँ, खुद उषा ने यह कहा है।'

''यतीन ने पूछा, 'खुद दीदी ने मेरा नाम बताया है?'

''मालिक ने फिर गर्दन हिलाकर कहा, 'हाँ, खुद उषा ने तेरा नाम बताया है।'

''वह मेरे पिता को देवता समझता था, इसके बाद उसने कोई प्रतिवाद नहीं किया, वह स्तब्ध होकर थोड़ी देर तक खड़ा रहा, फिर धीरे-धीरे चला गया। उसने क्या सोचा, यह वही जाने।

''रात को किसी ने उसकी खोज-खबर नहीं ली। सवेरे न जाने किसने आकर उसकी खबर दी। सभी भागे गए, तो देखा, हमारे टूटे-फूटे अस्तबल के एक कोने में यतीन फाँसी लगाकर लटक रहा है।

''मैं यह नहीं जानती गुसाँई कि भतीजे के आत्महत्या करने से चाचा के लिए शास्त्रों में सूतक की विधि है या नहीं। हो सकता है, नहीं हो, हो सकता है, डुबकी लगाकर चाचा शुद्ध होता हो, सो चाहे जो भी हो, शुभ दिन फिर आगे बढ़ गया। उसके बाद गंगा नहाकर शुद्ध और पवित्र होकर मन्मथ गुसाँई माला और तिलक लगाए पापिनी का पाप दूर करने का शुभ संकल्प लेकर नवद्वीप आ पहुँचा।''

एक पल चुप रहकर वैष्णवी फिर से बोली, ''उस दिन भगवान पर चढ़ी माला मैं भगवान के चरण-कमलों में वापस दे आई। मन्मथ का सूतक तो चला गया, मगर पापिनी उषा का सूतक इस जीवन में फिर दूर नहीं हुआ नए गुसाँई!''

मैंने कहा, ''उसके बाद?''

वैष्णवी ने मुँह घुमा लिया था। उसने जवाब नहीं दिया। मैंने समझा, इस बार उसे सँभलने में वक्त लगेगा। बहुत देर तक हम दोनों ही चुपचाप बैठे रहे।

इसका आखिरी किस्सा सुनने का आग्रह प्रबल हो उठा, लेकिन मैं यह सोच रहा था कि प्रश्न करना चाहिए या नहीं। वैष्णवी ने नम और कोमल आवाज में कहा, ''देखो गुसाँई, बतौर चीज पाप दुनिया में ऐसा भयंकर क्यों है, जानते हो?''

मैंने कहा, ''अपने विश्वास के अनुसार एक तरह से मैं यह जानता हूँ। मगर तुम्हारी धारणा के साथ, हो सकता है, वह न मिले।''

मेरी बात के जवाब में उसने कहा, ''मैं नहीं जानती कि तुम्हारा क्या विश्वास है। लेकिन उस दिन से मैंने इसे अपने ढंग से कलेजे में रखा है गुसाँई। हिमाकत के साथ तुम कितने लोगों को यह कहते सुनोगे कि कुछ भी नहीं होता है। वे लोग कितने लोगों की मिसाल देकर अपनी बात साबित करना चाहेंगे। लेकिन इसकी तो कोई जरूरत नहीं है। इसका सबूत है मन्मथ और सबूत हूँ मैं खुद। आज भी हम लोगों में कुछ भी नहीं हुआ है। अगर कुछ हुआ होता, तो मैं इसे इतना भयंकर नहीं कहती। लेकिन ऐसा तो नहीं है। इसकी सजा भुगतते हैं बेगुनाह, बेकसूर लोग। यतीन आत्महत्या करने से बड़ा डरता था, लेकिन वह आत्महत्या करके ही अपनी बड़ी बहन के गुनाहों का प्रायश्चित्त कर गया। कहो तो गुसाँई! इससे भयंकर निष्ठुर दुनिया में और क्या है? मगर ऐसा ही होता है। इसी तरह से भगवान शायद अपनी सृष्टि की रक्षा करते हैं।''

इसको लेकर बहस करने से कोई फायदा नहीं। उसकी युक्ति और भाषा में से कुछ भी सरल नहीं था। फिर भी मैंने यही सोचा कि उसकी करनी की शोक-भरी याददाश्त ने हो सकता है, इसी रास्ते चलने को अपना पाप-पुण्य समझकर दिलासा हासिल की हो।

मैंने पूछा, "कमल लता, उसके बाद क्या हुआ?"

मेरी बात सुनकर सहसा वह व्याकुल होकर बोल उठी, "सच-सच बताओ गुसाँई, इसके बाद भी मेरी बात सुनने को तुम्हारा जी चाहता है?"

"मैं सच कह रहा हूँ, इसके बाद भी तुम्हारी बात सुनने को मेरा जी चाहता है।"

वैष्णवी बोली, "यह मेरा भाग्य है कि इस जनम में मेरी तुमसे फिर मुलाकात हुई।" इतना कहकर वह थोड़ी देर तक चुपचाप मेरी तरफ निहारती रही, "चारेक दिनों बाद एक मरा हुआ बच्चा पैदा हुआ। मैंने उसे गंगा में बहा दिया और गंगा में नहाकर अपने डेरे लौट आई। पिताजी ने रो-रोकर कहा, 'मैं तो अब नहीं रह सकूँगा बेटी।' मैंने कहा, 'नहीं, पिताजी, आप अब मत रहिए। आप घर चले जाइए। मैंने आपको बहुत दुख दिया। अब आप मेरी फिक्र नहीं कीजिएगा।'

"पिताजी बोले, 'तू बीच-बीच में खबर देगी न बेटी?'

"मैं बोली, 'नहीं पिताजी, मेरी खोज-खबर लेने की आप अब कोशिश नहीं कीजिएगा।'

'मगर तुम्हारी माँ तो अभी भी जिन्दा है उषा!'

"मैं बोली, 'मैं मरूँगी नहीं पिताजी, मगर मेरी माँ बड़ी भोली-भाली है, उससे कहिएगा कि उषा मर गई। माँ दुख पाएगी, लेकिन यह सुनने पर कि उसकी बेटी जिन्दा है, वह उससे भी ज्यादा दुख पाएगी।'

"अपने आँसुओं को पोंछकर पिताजी कलकत्ता चले गए।"

मैं चुपचाप बैठा रहा। कमल लता कहने लगी, "हाथ में रुपया था, घर का किराया चुकाकर मैं भी निकल पड़ी। साथी मिल गए, वे लोग श्रीवृन्दावनधाम जा रहे थे, मैं भी उनके साथ हो ली।"

वैष्णवी जरा रुककर बोली, "उसके बाद कितने तीर्थों में, कितने रास्तों में, कितने पेड़ों के नीचे कितने दिन बीत गए!"

मैंने कहा, "यह मैं जानता हूँ। लेकिन कितने साधुओं की कितनी नजरों के बारे में तो तुमने कुछ नहीं बताया कमल लता?"

वैष्णवी हँस पड़ी। बोली, "साधुओं की नजरें बड़ी निर्मल होती हैं। साधुओं पर अविश्वास नहीं करना चाहिए गुसाँई।"

मैंने कहा, "नहीं-नहीं, मैं साधुओं पर अविश्वास नहीं करता। बल्कि बड़े विश्वास के साथ मैं उन लोगों की कहानी सुनना चाह रहा हूँ कमल लता।"

अबकी बार वह हँसी तो नहीं, लेकिन अपनी दबी हँसी को वह छिपा भी नहीं सकी, बोली, "जो बाबाजी प्यार करता है उसे सारी बातें खोलकर नहीं कहनी चाहिए। हमारे वैष्णव-शास्त्र में ऐसा करने की मनाही है।"

मैंने कहा, "तो फिर रहने दो। सारी बातें बताने की जरूरत नहीं। लेकिन एक बात बताओ, वह यह कि द्वारिका दास गुसाँईजी तुम्हें कहाँ मिले?"

कमल लता ने दाँतों तले जीभ दबाई, माथे से हाथ छुलाया, बोली, "ठट्ठा नहीं करना चाहिए। वे मेरे गुरुदेव हैं गुसाँई।"

"वे तुम्हारे गुरुदेव हैं? तुमने उन्हीं से दीक्षा ली है?"

"नहीं, मैंने उनसे दीक्षा तो नहीं ली है, लेकिन वे गुरुदेव जैसे ही पूजनीय हैं।"

"लेकिन ये जो इतनी वैष्णवियाँ हैं–जिन्हें सेवा-दासी या क्या कहते हैं..."

कमल लता ने दाँतों तले जीभ दबाई और बोली, "वे लोग मेरी ही तरह उनकी शिष्या हैं। उन लोगों का भी उन्होंने उद्धार किया है।"

मैंने कहा, "उन लोगों का उन्होंने जरूर ही उद्धार किया होगा। लेकिन यह परकीया साधना है या तुम लोगों की यह एक ऐसी साधना-पद्धति है जिसमें कोई दोष नहीं है।"

वैष्णवी ने मुझे रोक दिया और बोली, "तुम लोगों ने दूर से हम लोगों की सिर्फ ठट्ठा-मसखरी की, करीब आकर कभी तो कुछ देखा नहीं, इसीलिए तुम लोग आसानी से हमारी खिल्ली उड़ाते हो। हमारे बड़े गुसाँईजी संन्यासी हैं। उनकी खिल्ली उड़ाओगे, तो पाप लगेगा नए गुसाँई। ऐसी बात फिर जबान पर मत लाना।"

उसकी बातों और गम्भीरता से मैं तनिक झेंप गया। वैष्णवी ने यह देखा, तो मुस्कुराती हुई बोली, "दो दिन रहो गुसाँई हम लोगों के पास। मैं सिर्फ बड़े गुसाँईजी के लिए यह नहीं कहती। मुझे तो तुम प्यार करते हो। और अगर कभी मुलाकात न भी हो, तब भी तो तुम देख जाओगे कि कमल लता सचमुच ही क्या लेकर दुनिया में रहती है। मैं कहती हूँ तुमसे, तुम वास्तव में खुश होगे।"

मैं चुप रहा। ऐसी बात नहीं कि मैं उन लोगों के बारे में बिलकुल ही कुछ नहीं जानता था। असली वैष्णव की लड़की टगर की बात भी याद आई। लेकिन मजाक करने का अब मन नहीं किया। यतीन के प्रायश्चित्त की घटना सारी चर्चाओं के बीच में रह-रहकर मुझे भी अनमना कर दे रही थी।

वैष्णवी ने अचानक प्रश्न किया, "अच्छा गुसाँई, क्या सचमुच ही तुमने कभी किसी को प्यार नहीं किया है?"

"तुम्हें क्या लगता है कमल लता?"

"मुझे लगता है नहीं, तुमने कभी किसी से प्यार नहीं किया है। दरअसल तुम्हारा मन है वैरागियों का मन, उदासीनों का मन है–तितलियों जैसा। तुम कभी किसी बन्धन को नहीं मानोगे।"

मैंने हँसकर कहा, "मन की उपमा तितलियों से करना तो अच्छा नहीं है कमल लता। यह बहुत-कुछ गाली-गलौज सा लगता है। मेरी चहेती अगर सचमुच ही कहीं होगी, तो उसके कानों में यह बात पहुँचने पर अनर्थ हो जाएगा।"

वैष्णवी भी हँसी और बोली, "डरो मत गुसाँई! सचमुच ही अगर कोई होगी तो वह मेरी बात पर विश्वास नहीं करेगी। तुम्हारा शहद लगा चकमा भी वह जीवन-भर समझ नहीं सकेगी।"

मैंने कहा, "तो उसे किस बात का दुख होगा? हो न चकमा, लेकिन उसके लिए तो यही सच बना रहा।"

वैष्णणी ने सर हिलाकर कहा, "ऐसा नहीं हो सकता गुसाँई। झूठ कभी सच की जगह लेकर नहीं रह सकता है। भले ही वे लोग यह न समझ सकें, भले ही उनके लिए कारण

साफ न हो, तब भी उनका मन निरन्तर रोता रहता है। झूठ का हाल तो मैंने देखा है न। यों ही इस रास्ते पर कितने लोग आए, यह रास्ता जिनके लिए सही नहीं है उनकी साधना पानी की धारा में टीले की तरह हमेशा अलग बनी रही। कभी घनीभूत नहीं हुई।''

तनिक रुककर वह सहसा बोल उठी, ''उन्हें रसों की जानकारी तो मिलती नहीं, इसीलिए प्राणहीन, निर्जीव गुड़िए की सेवा से उनकी जान दो दिनों में हाँफ उठती है। सोचते हैं कि किस मोह में पड़कर वे दिन-रात अपने आपको धोखा देते रहते हैं। उन्हीं लोगों को देखकर तुम लोग हमारी खिल्ली उड़ाना सीखते हो, लेकिन मैं यह क्या फालतू बातें कह रही हूँ गोसाईं। तुम तो इस सब असंगत बकवास का एक शब्द भी नहीं समझोगे, लेकिन अगर तुम्हारी ऐसी कोई होगी, तो तुम उसे भूल जाओगे, लेकिन वह तुम्हें न भूल सकेगी और न कभी उसके आँसुओं की धारा सूखेगी।''

मैंने यह स्वीकार किया कि उसने जो कुछ कहा उसका पहला हिस्सा मैंने नहीं समझा था, लेकिन आखिरी हिस्से के प्रतिवाद में मैंने कहा, ''तो क्या तुम मुझे यह कहना चाहती हो कमल लता कि मुझे प्यार करने का नाम ही है दुख पाना?''

''दुख पाने की बात तो मैंने नहीं कही है गुसाँई, मैं कह रही हूँ आँसू बहाने की बात।''

''मगर वे दोनों ही एक हैं कमल लता, सिर्फ शब्दों का हेरफेर है।''

वैष्णवी ने कहा, ''नहीं गुसाँई, वे दोनों एक नहीं हैं। न शब्दों का हेरफेर है और न भावों का। औरतें न ही दुख पाने से डरती हैं और न ही आँसू बहाने से कतराना चाहती हैं। लेकिन तुम इसे कैसे समझोगे?''

''अगर मैं कुछ भी नहीं समझता हूँ, तो तुम मुझसे भला कहती ही क्यों हो?''

''बिना कहे भी तो मैं रह नहीं सकती जी। प्रेम की वास्तविकता को लेकर तुम मर्द लोग जब गर्व किया करते हो तब मैं सोचती हूँ कि हमारी जात अलग है। तुम लोगों और हम लोगों के प्यार की प्रकृति ही अलग-अलग है। तुम लोग चाहते हो विस्तार और हम लोग चाहती हैं गहराई। तुम लोग चाहते हो उल्लास और हम लोग चाहती हैं शान्ति। जानते हो गुसाँई, प्यार के नशे से हम लोग मन में डरती हैं, उसके पागलपन से हमारे कलेजे की धड़कन रुकती नहीं है।''

मैं कोई प्रश्न करने जा रहा था, लेकिन उसने परवाह ही नहीं की, भाव के जोश में कहने लगी, ''न ही वह हमारी सच्चाई है और न ही वह हमारा अपना है। उसकी भाग-दौड़ की चंचलता जिस दिन रुकती है उसी दिन सिर्फ हम लोग साँस लेकर जी उठती हैं। अजी नए गुसाँई, औरतों के लिए निर्भर हो पाने से प्यार की बड़ी प्राप्ति दूसरी नहीं है। लेकिन वही चीज तुमसे कोई कभी नहीं पाएगी।''

मैंने पूछा, ''यह तुम पक्का जानती हो कि वह चीज मुझसे कोई कभी नहीं पाएगी?''

वैष्णवी बोली, ''हाँ, मैं यह पक्का जानती हूँ। इसीलिए तुम्हारा गर्व मुझे सहन नहीं होता है।''

मैं अचरज में पड़ गया। कहा, ''पर तुम्हारे आगे तो मैंने कभी गर्व नहीं किया है कमल लता?''

उसने कहा, ‘‘हाँ, तुमने जान-बूझकर गर्व नहीं किया है, मगर तुम्हारा वह उदासीन वैरागी मन—दुनिया में उससे बड़ा अहंकारी और कुछ है क्या!’’

‘‘लेकिन इन दो दिनों के अन्दर तुमने मुझे इतना कैसे जाना?’’

‘‘मैंने इसलिए जाना कि मैंने तुम्हें प्यार किया है।’’

उसकी बात सुनकर मैंने मन ही मन कहा—तुम्हारे दुख और आँसुओं का फर्क मैं इतनी देर बाद समझ सका हूँ कमल लता। अविराम भावों की पूजा और रसों की आराधना का शायद ऐसा ही परिणाम होता है।

‘‘यह क्या सच है कमल लता कि तुमने प्यार किया है?’’

‘‘हाँ, यह सच है।’’

‘‘मगर तुम्हारा जप-तप, तुम्हारा कीर्तन, तुम्हारी दिन-रात की भगवान-सेवा—इन सबका क्या होगा, बताओ तो?’’

वैष्णवी ने कहा, ‘‘तब ये सब मेरे लिए और भी सही, और भी सार्थक हो उठेंगे। चलो न गुसाँई, सब कुछ छोड़-छाड़कर हम दोनों रास्ते पर निकल पड़ें।’’

मैंने गर्दन हिलाकर कहा, ‘‘ऐसा नहीं हो सकता, कमल लता, कल मैं चला जा रहा हूँ। लेकिन जाने के पहले जरा गौहर के बारे में जान लेने को जी चाहता है।’’

वैष्णवी ने आह भरकर कहा, ‘‘तुम गौहर के बारे में जानना चाहते हो? नहीं, उसके बारे में जानने की जरूरत नहीं। लेकिन सचमुच ही क्या कल तुम चले जाओगे?’’

‘‘हाँ, सचमुच ही मैं कल चला जाऊँगा।’’

वैष्णवी पल भर स्तब्ध रही, फिर बोली, ‘‘लेकिन जब तुम फिर इस आश्रम में आओगे, तब तुम कमल लता को ढूँढ़ नहीं पाओगे गुसाँई?’’

# 8

इस बारे में कोई सन्देह नहीं था कि यहाँ एक पल भी नहीं रहना चाहिए। लेकिन तभी न जाने कौन आड़ में खड़ा होकर आँखें दबाकर इशारे से मना करके कहता था, ‘तुम यहाँ से क्यों जाओगे? इसीलिए तो तुम यहाँ आए थे कि तुम यहाँ छह-सात दिन रहोगे—रहो न, यहाँ तुम्हें कोई तकलीफ तो है नहीं?’

रात को बिस्तर पर लेटे-लेटे मैं सोच रहा था—कौन हैं ये लोग, जो एक ही बदन के अन्दर रहकर एक ही समय ठीक उलटी राय देते हैं। किसका कहना ज्यादा सही है? कौन ज्यादा अपना है? विवेक, बुद्धि, मन, प्रवृत्ति—ऐसे कितने नाम हैं, इनकी कितनी दार्शनिक व्याख्याएँ हैं, लेकिन निःसन्दिग्ध रूप से कौन सत्य को आज भी स्थापित कर

सका? जिसे मैं अच्छा समझता हूँ, इच्छा आकर वहाँ कदम बढ़ाने में क्यों अड़चन डालती है? अपने अन्दर इस विरोध, इस द्वन्द्व का अन्त क्यों नहीं होता है? मेरा मन कह रहा है कि चला जाना ही श्रेयस्कर है, चला जाना ही कल्याणकारी है, लेकिन दूसरे ही पल उसी मन की दोनों आँखों में आँसू किसलिए दिखाई देते हैं? बुद्धि, विवेक, प्रवृत्ति, मन–इन सब शब्दों को गढ़कर कहाँ है सच्ची सान्त्वना?

फिर भी जाना ही होगा। पीछे हटने से काम नहीं चलेगा और कल ही जाना है। मैं यही सोच रहा था कि मैं कैसे जाऊँगा। बचपन का एक तरीका मैं जानता था, वह है उड़न-छू हो जाना। जाते वक्त न कुछ बताना है, न वापस आने का झूठा दिलासा देना है, न कारण बताना है, न यह बताना है कि वहाँ जाने की क्या जरूरत और वहाँ जाकर मैं क्या करूँगा–सिर्फ मैं था और मैं नहीं हूँ–इस सच्ची घटना को समझने की जिम्मेदारी जिनकी रही उन लोगों पर चुपचाप सब कुछ छोड़ देना है।

मैंने तय किया कि मैं नहीं सोऊँगा और भगवान की मंगल आरती शुरू होने के पहले ही अँधेरे में छिपकर मैं चला जाऊँगा। पर एक दिक्कत थी वह यह कि पूँटू के दहेज का रुपया जिस बैग में था, वह कमल लता के पास था। खैर वह रहे। या तो कलकत्ता से या बर्मा से उसे चिट्ठी लिखूँगा, उससे और भी एक फायदा यह होगा कि मैं जब तक यहाँ नहीं लौटूँगा तब तक कमल लता को यहीं रहना पड़ेगा। उसे भटकने का मौका नहीं मिलेगा। इधर जितने रुपए मेरे कुरते की जेब में पड़े हुए हैं वे कलकत्ता पहुँचने के लिए काफी हैं।

देर रात तक वक्त यों ही बीता और चूँकि मैंने न सोने का बार-बार संकल्प किया इसीलिए शायद मैं किसी समय सो गया। मैं यह नहीं जानता था कि मैं कितनी देर तक सोया था। लेकिन अचानक लगा कि मैं शायद सपने में गाना सुन रहा हूँ। एक बार सोचा, रात की घटना, हो सकता है, अभी भी खत्म न हुई हो। फिर लगा, भोर की मंगल आरती शायद शुरू हुई है। मगर घंटे-घड़ियाल की परिचित जोरदार आवाज नहीं आ रही थी। कच्ची-अधूरी नींद टूटकर भी नहीं टूटती थी और न ही मैं आँखें खोलकर निहार सकता था। लेकिन कानों में पहुँचा प्रभाती सुर में मीठी आवाज का दुलार-भरा धीमा आह्वान–

*जागिए गोपाल लाल, पंछी बन बोले।*
*रजनी कौ अन्त भयौ, दिन ने पट खोले॥*

"गुसाँईजी, और कितनी देर तक सोओगे? उठो।"

मैं बिस्तर पर उठ बैठा। मच्छरदानी उठाई हुई थी, पूरब की खिड़की खुली हुई थी–सामने के आम के पेड़ की डालियों में बौरों के कई लम्बे-लम्बे गुच्छे नीचे तक लटक रहे थे, उन्हीं के बीच से होकर देखने में आया, आसमान में कई जगहों पर अँधेरी रात में दूर गाँव में लगी आग जैसी फीकी लाली छाई हुई है। मन में न जाने कहाँ जरा-सी टीस उठी थी। कई चमगादड़ उड़ते हुए शायद अपने घोंसले में लौट रहे थे। उनके पंखों की फड़फड़ाहट एक के बाद एक करके कानों में आ पहुँचे। समझ में आया कि और चाहे जो भी क्यों न हो, रात खत्म हो रही है। यह दहिंगलों, बुलबुलों और श्यामा पक्षियों का गाँव है। हो सकता है, यह उनकी राजधानी–कलकत्ता हो और वह बड़ा मौलसिरी

का पेड़ उनके लेन-देन और कारोबार का बड़ा बाजार हो—जहाँ दिन में भीड़ देखने पर ठगा-सा रह जाना पड़ता है, जहाँ तरह-तरह की शक्ल-सूरतवालों, तरह-तरह की भाषाएँवालों और तरह-तरह की रंग-बिरंगी पोशाकें-लिबास पहननेवालों का बड़ा अजीब जमावड़ा लगा रहता है। और रात में अखाड़े के चारों ओर के जंगलों में पेड़ों की डाल-डाल पर उनके अनगिनत अड्डे थे। नींद टूटने की थोड़ी-सी आवाज मिली। रंग-ढंग से समझ में आया कि वे मानो मुँह-आँख में पानी डालकर तैयार हो रहे हों। इस बार दिन भर चलनेवाला नाच-गाने का महोत्सव शुरू होगा। वे सभी के सभी लखनऊ के उस्ताद हैं, वे थकते भी नहीं हैं, न कसरत बन्द करते हैं। अन्दर वैष्णवों का कीर्तन भले ही कभी बन्द हो जाए, पर बाहर का शोर रुकने का नाम नहीं लेता है। यहाँ छोटे-बड़े, अच्छे-बुरे का भेदभाव नहीं बरता जाता है। इच्छा और समय हो या न हो, गाना तो तुम्हें सुनना ही पड़ेगा। इस गाँव की शायद ऐसी ही व्यवस्था है। याद आया, कल सारी दुपहरी पीछे की बँसवाड़ी में दो पपीहों के जोर-जोर से अविराम पिउ-पिउ बोलने की होड़ से काफी खलल पड़ा था और सम्भवतः मुझ जैसा विक्षुब्ध कोई डाहुक नदी के किनारे के पेड़ पर बैठकर उससे भी ज्यादा ऊँची आवाज में बार-बार फटकार लगाकर भी उन्हें चुप नहीं करा सका था। किस्मत अच्छी थी कि उस गाँव में मोर नहीं पाया जाता था वरना उत्सव के गाने की महफिल में अगर वे शामिल हो जाते, तो वहाँ आदमी और टिक नहीं सकता था। सो चाहे जो हो, दिन का उत्पाद अभी भी शुरू नहीं हुआ था। हो सकता है, मैं और थोड़ी देर बेधड़क सो सकता था। मगर याद आई बीती रात के संकल्प की बात। लेकिन छिपकर खिसक जाने की गुंजाइश नहीं थी—पहरू की सतर्कता से परदा फास हो गया। मैंने गुस्सा करके कहा, "न ही मैं गोपाल हूँ और न ही रजनी का अन्त हुआ है। आधी रात को नींद तोड़ देने की क्या जरूरत थी, बताओ तो?"

वैष्णवी ने कहा, "रात कहाँ है गुसाँई, तुम तो आज भोर की गाड़ी से कलकत्ता जानेवाले हो। मुँह-हाथ धो आओ। मैं चाय बनाकर लाती हूँ। लेकिन तुम नहाना मत। तुम्हारी आदत नहीं है सुबह नहाने की। नहाने से बीमार पड़ जा सकते हो।"

मैंने कहा, "हाँ, सुबह-सुबह नहाने से मैं बीमार पड़ जा सकता हूँ। जब भी हो, सुबह की गाड़ी से मैं चला जाऊँगा। लेकिन तुम्हें इतना उत्साह क्यों है, बताओ तो?"

उसने कहा, "और किसी के उठने के पहले मैं तुम्हें बड़े रास्ते तक पहुँचा देना चाहती हूँ, गुसाँई।"

उसका मुँह साफ-साफ दिखाई नहीं पड़ा। लेकिन उसके फैले हुए बालों की तरफ निहारकर इस कमरे की मद्धिम रोशनी में भी यह समझ में आ गया कि वे भीगे हुए हैं। नहाकर वैष्णवी तैयार हो गई थी।

मैंने पूछा, "मुझे पहुँचाकर तुम फिर आश्रम में ही लौट आओगी न?"

उसने कहा, "हाँ।"

उस छोटे-से रुपए के बैग को उसने बिस्तर पर रख दिया और बोली, "यह रहा तुम्हारा बैग। इसे रास्ते में सावधानी से रखना। रुपयों को एक बार देख लो।"

अचानक मुँह में कोई शब्द नहीं आया। उसके बाद मैंने कहा, ''कमल लता, तुम झूठमूठ में इस रास्ते आई। एक दिन तुम्हारा नाम था उषा, आज भी तुम वही उषा हो। तुम जरा भी नहीं बदली हो।''

''मैं क्यों नहीं बदली हूँ, बताओ तो?''

''तुम बताओ तो तुमने मुझे रुपए गिन लेने को क्यों कहा? तो क्या तुम सचमुच ही ऐसा समझती हो कि मैं रुपया गिनूँगा? जो सोचते कुछ हैं और कहते कुछ हैं उन्हें पाखंडी कहते हैं। जाने के पहले मैं बड़े गुसाँईजी से कहकर जाऊँगा कि अखाड़े की बही से वे तुम्हारा नाम काट दें। तुम वैष्णवों के लिए कलंक हो।''

वह चुप रही।

मैं भी थोड़ी देर तक चुप रहा, फिर बोला, ''आज सवेरे जाने को मेरा जी नहीं चाहता।''

''जाने को जी नहीं चाहता है? तो फिर और थोड़ी देर सोओ। उठने पर मुझे खबर कर देना, क्यों?''

''मगर तुम अभी क्या करोगी?''

''मुझे काम है। मैं फूल तोड़ने जाऊँगी।''

''इस अँधेरे में तुम फूल तोड़ने जाओगी? तुम्हें डर नहीं लगेगा?''

''नहीं, मुझे डर नहीं लगता है। और फिर डर किस बात का? सुबह की पूजा के फूल तो मैं ही तोड़ लाती हूँ वरना उन लोगों को बड़ी तकलीफ होती है।''

'उन लोगों' का मतलब था अन्यान्य वैष्णवियाँ। दो दिन यहाँ रहकर मैं देख रहा था कि सबकी नजरें बचाकर मठ की सारी बड़ी जिम्मेदारियाँ कमल लता अकेले ढोती थी। सारी व्यवस्था में उसका किया सबसे ऊपर था। लेकिन स्नेह, सौजन्य और विनयपूर्वक किए गए कामों का सबसे बढ़कर यह सिलसिला इतने सहज ढंग से चल रहा था कि कहीं ईर्ष्या-द्वेष का जरा-सा भी कतवार जमा नहीं हो सका था। आश्रम की यह कर्मठ वैष्णवी आज उत्कंठित व्याकुलता से आश्रम से चली जानेवाली थी। निःसन्दिग्ध रूप से यह समझकर मुझे भी दुख महसूस हुआ कि यह कितनी बड़ी दुर्घटना है, इतने निश्चिन्त नर-नारी कितनी बड़ी लाचारी में पड़ जाएँगे। उस मठ में सिर्फ दो दिन था, लेकिन मैं न जाने कैसा एक आकर्षण अनुभव कर रहा था। मेरा ऐसा मनोभाव हो गया था कि उस मठ के लिए हार्दिक शुभकामना किए बिना मैं रह नहीं सका था। सोचा, लोग यह झूठमूठ में कहते हैं कि सबके मिलने से आश्रम बनता है। लेकिन मैं नजरों के सामने यह देखने लगा कि एक की कमी के चलते सारा मन्दिर केन्द्रच्युत उपग्रह की भाँति छिन्न-भिन्न हो जा सकता है। कहा, ''मैं अब नहीं सोऊँगा, कमल लता। चलो, अब तुम्हारे साथ जाकर मैं भी फूल तोड़ लाऊँगा।''

वैष्णवी बोली, ''न तुम नहाए हो और न तुमने कपड़े बदले हैं, तुम्हारे छुए हुए फूलों से पूजा नहीं होगी।''

मैंने कहा, ''भले ही तुम मुझे फूल तोड़ने न दो, पर डालों को झुका देने तो दोगी न? ऐसा करने से भी तुम्हारी सहूलियत होगी।''

वैष्णवी बोली, "डालों को झुकाने की जरूरत नहीं पड़ती है, छोटे-छोटे पेड़ हैं, मैं खुद ही फूल तोड़ लेती हूँ।"

मैंने कहा, "साथ रहकर मैं सुख-दुख की कम से कम दो बातें तो तुमसे कर सकूँगा न? ऐसा करने से भी तुम्हारी मेहनत हल्की हो जाएगी।"

इस बार वैष्णवी हँसी, बोली, "अचानक तुम्हें मुझसे इतनी 'हमदर्दी' क्यों हो गई गुसाँई? अच्छा, तो चलो। मैं चँगेरी ले आती हूँ, तब तक तुम मुँह-हाथ धोकर कपड़े बदल लो।"

आश्रम के बाहर थोड़ी दूर पर फुलवारी थी। घने छायेदार आम के पेड़ों के नीचे से होकर वहाँ जाने का रास्ता था। सिर्फ अँधेरे के चलते नहीं, बल्कि सूखे पत्तों के ढेर से रास्ता ढँका हुआ था। वैष्णवी आगे थी, मैं पीछे था, तब भी डर लगने लगा, कहीं साँप पर पैर न रख दूँ। कहा, "कमल लता, तुम राह तो नहीं न भूलोगी?"

वैष्णवी बोली, "नहीं, मैं राह नहीं भूलूँगी। और कम से कम तुम्हारे लिए तो आज मुझे राह पहचानकर चलना होगा।"

"कमल लता, तुम मेरा कहा मानोगी?"

"क्या कहना है तुम्हें, कहो।"

"मेरा कहना है कि तुम यहाँ से कहीं और मत चली जाना।"

"मैं अगर कहीं और चली जाऊँगी, तो इससे तुम्हें क्या नुकसान होगा?"

मैं जवाब नहीं दे सका, चुप रहा।

वैष्णवी बोली, "मुरारि ठाकुर का एक गाना है—उसका अर्थ इस प्रकार है—हे सखी, तुम अपने घर लौट जाओ, जिसने जीते-जी अपने आपको खो दिया है उसे तुम अब क्या समझाती हो! गुसाँई, तीसरे पहर तुम कलकत्ता चले जाओगे। आज एक पहर से ज्यादा शायद तुम यहाँ अब नहीं रहोगे, न?

मैंने कहा, "क्या पता, पहले सुबह तो हो।"

वैष्णवी ने जवाब नहीं दिया, थोड़ी देर बाद गुनगुनाकर गाने लगी—

*"चंडिदास कहे सुन विनोदिनी, सुख-दुख दोनों भाई।*
*सुख के कारण प्रीति करे जो, दुख उसके ढिग आई॥"*

जब वह रुकी तो मैंने कहा, "उसके बाद?"

"उसके बाद की पंक्तियाँ याद नहीं हैं।"

मैंने कहा, "तो फिर कोई दूसरा गाना गाओ।"

वैष्णवी ने पहले की ही तरह मृदु स्वर में गाया—

*चंडिदास कहे सुन विनोदिनी, प्रीति को बात न भावै।*
*प्रीति के कारन प्रान गँवावै, आखिर प्रीति ही पावै॥*

इस बार भी जब वह रुकी, तो मैंने कहा, "उसके बाद?"

वैष्णवी बोली, "उसके बाद और नहीं है, बस इतना ही है।"

बस इतना ही तो है। हम दोनों ही चुप रहे। बड़ा जी चाहने लगा कि तेज कदमों से बगल से होकर कुछ न कुछ कहकर, उसका हाथ पकड़कर मैं इस अँधेरी राह पर चलूँ। मैं

जानता था, वह गुस्सा नहीं करती, रोकेगी नहीं, मगर कदम हरगिज नहीं चला, न ही जबान पर एक भी शब्द आया। मैं जैसे चला जा रहा था वैसे ही धीरे-धीरे चुपचाप बाहर आ पहुँचा।

रास्ते के किनारे बाड़े से घिरी हुई आश्रम की फुलवारी थी। वहीं के फूल भगवान को रोज चढ़ाए जाते थे। खुली जगह में अँधेरा अब नहीं था। लेकिन उजाला भी उतना नहीं हुआ था। फिर भी देखने में आया कि अनगिनत मोगिया के फूलों से समूची फुलवारी मानो सफेद हो गई थी। सामने के ठूँठ चम्पा के पेड़ों में फूल नहीं थे। मगर इर्द-गिर्द कहीं शायद बेमौसम में खिली रजनीगन्धा की मधुर महक से वह कमी पूरी हो गई थी। और सबसे ज्यादा शोभा दे रहा था फुलवारी का बिचला हिस्सा। भोर के इस झुटपुटे में भी पहचाने जा सकते थे डालों-पत्तों से भरे पाँच-छह स्थल-कमल के पौधे। उन पौधों में बेशुमार फूल खिले हुए थे। वे मानो हजारों खुली हुई लाल-लाल आँखों से फुलवारी के हर तरफ निहार रहे थे।

मैं कभी इतने तड़के बिस्तर से नहीं उठा था। ऐसा समय हमेशा झपकियों में बीत जाता था। मैं यह बता नहीं सकता था कि आज मुझे कितना अच्छा लगा। पूरब में लाल क्षितिज पर उषा की लाली छा गई थी। मूक महिमा से सारा आकाश शान्त हो गया था, वह लताओं और सुगन्धित फूलों से भरी हुई फुलवारी—कुल मिलाकर यह मानो खत्म हो रही रात की मौन विदा देने की रुआँसी भाषा थी।

करुणा, ममता और अनचाही दया से मेरा सारा मन पलक झपकते भर उठा। मैंने सहसा कह डाला, ‘‘कमल लता, जीवन में तुमने बहुत दुख, बहुत दर्द पाए हैं, प्रार्थना करता हूँ, इस बार, तुम सुखी होओ।’’

वैष्णवी चँगेरी को पेड़ की डाल में लटकाकर बाड़े का बन्धन खोल रही थी। अचम्भे में पड़कर उसने मुड़कर निहारा—‘‘अचानक यह तुम्हें क्या हुआ गुसाँई?’’

अपनी बात अपने ही कानों में न जाने कैसी बेढंगी लगी थी। उसके विस्मय भरे प्रश्न से मैं मन ही मन बड़ा झेंप गया। मुझे कोई जवाब नहीं सूझा। अपनी झेंप को छिपाने के लिए मैंने बेमतलब हँसने की कोशिश भी की, पर मेरी यह कोशिश नाकामयाब रही। अन्त में चुप रहा।

वैष्णवी अन्दर घुसी, साथ में मैं भी अन्दर गया। फूल तोड़ना शुरू करके उसने खुद ही कहा, ‘‘मैं सुख से ही हूँ गुसाँई। जिनके चरण-कमलो में मैंने अपने आपको अर्पित कर दिया है वे कभी भी मुझे नहीं छोड़ेंगे।’’

उसकी बात सुनकर सन्देह हुआ था कि उसकी बात का अर्थ अच्छी तरह साफ नहीं था। मगर इस बात की भी हिम्मत नहीं हुई कि मैं उससे कहूँ कि वह साफ-साफ कहे। वह मृदु स्वर में गुनगुनाने लगी—

*गले में श्याम माणिक की मंजु मालाएँ डालूँगी,*
*और कानों में नवकुंडल, श्याम-गुण-यश के धारूँगी।*
*श्याम के ही अनुराग-रँगे, पीतपट सुन्दर पहनूँगी,*
*और बन करके योगिनी गाँव-गाँव घूमूँगी।’’*

—यदुनाथदास कहे...

मुझे उसे रोकना पड़ा। मैंने कहा, "यदुनाथ दास को रहने दो। उधर घंटे-घड़ियाल बज रहे हैं, तुम्हें उनकी आवाज सुनाई पड़ रही है क्या? लौटोगी नहीं?"

वह मेरी तरफ निहारकर मुस्कुराई और फिर से गाना शुरू किया–

*"धर्म औ कर्म सभी जावें, नहीं डरती हूँ मैं इससे।*
*कहीं इस चक्कर में पड़कर, हाथ धो बैठूँ प्रीतम से॥*

अच्छा नए गुसाँई, जानते हो। बहुत से भले आदमी औरतों के मुँह से गाना नहीं सुनना चाहते हैं, उन्हें बड़ा बुरा लगता है।"

मैंने कहा, "मैं जानता हूँ, लेकिन मैं इतना बढ़िया बर्बर नहीं हूँ।"

"तो तुमने अड़चन डालकर मुझे क्यों रोका?"

"उधर, हो सकता है, आरती शुरू हुई हो, तुम्हारे न रहने पर आरती अधूरी रह जाएगी।"

"यह झूठा छल है गुसाँई।"

"यह छल क्यों है?"

"यह झल क्यों है, यह तुम्हीं जानो। मगर यह तुमसे किसने कहा? क्या तुम विश्वास करते हो कि मेरे न रहने से भगवान की सेवा अधूरी रह सकती है?"

"हाँ, मैं यह विश्वास करता हूँ। मुझसे किसी ने नहीं कहा है कमल लता, यह तो मैंने अपनी आँखों से देखा है।"

वह और कुछ नहीं बोली। एक तरह से अन्यमनस्क की मानिन्द थोड़ी देर तक वह मेरे मुँह की तरफ निहारती रही, उसके बाद फूल तोड़ने लगी। जब चँगेरी भर गई, तो वह बोली, "बस, हो गया, अब और नहीं।"

"तुमने स्थल-कमल नहीं तोड़ा?"

"नहीं, उसे हम नहीं तोड़तीं। यहीं से भगवान को चढ़ा देती हूँ। चलो, अब चलें।"

उजाला हो गया था। गाँव के एकान्त में यह मठ था। इधर खास कोई नहीं आता था। तब भी रास्ता सुनसान था और अभी भी पहले की ही तरह सुनसान था। चलते-चलते एक समय मैंने फिर वही प्रश्न किया, "तुम क्या यहाँ से सचमुच ही चली जाओगी?"

"बार-बार यह पूछने से तुम्हें क्या लाभ होगा गुसाँई?"

इस बार भी मैं जवाब नहीं दे सका। सिर्फ अपने आपसे मैंने पूछा, 'सचमुच ही मैं क्यों बार-बार यह जानना चाहता हूँ, यह जानकर मुझे क्या लाभ होगा?'

मैं मठ लौटा, तो देखने में आया कि इस बीच सभी जाग गए हैं और दैनिक काम में लग गए हैं। तब घंटे-घड़ियाल की आवाज सुनकर घबराकर मैंने वैष्णवी को बेकार में जल्दी करने को कहा था। मालूम हुआ कि वे मंगल आरती के लिए नहीं बजाए गए थे, वे सिर्फ भगवान को जगाने के लिए बजाए गए थे। यह उन्हीं लोगों को ही सहन होता है।

हम दोनों को ही बहुतों ने गौर से देखा, मगर किसी की भी नजरों में कौतूहल नहीं था। चूँकि सिर्फ पद्मा की उम्र बहुत कम थी, इसलिए उसने सिर्फ जरा मुस्कुराकर मुँह नीचा किया। देवताओं के लिए वह माला गूँथा करती थी। कमल लता ने उसी के पास

चँगेरी रख दी और स्नेह के साथ ठिठोली करके डाँटकर बोली, "जलमुँही, तू मुस्कुराई क्यों?"

लेकिन उसने फिर मुँह नहीं उठाया। कमल लता पूजा-घर जा घुसी, मैं भी अपने कमरे में जा घुसा।

मैंने बाकायदा समय पर नहा-धोकर खाना खाया। तीसरे पहर की गाड़ी से मैं जानेवाला था। मैं वैष्णवी को ढूँढ़ने गया, तो देखता हूँ वह पूजा-घर में भगवान को सजा रही है। मुझे देखते ही बोली, "नए गुसाँई, जब आ ही गए हो, तो मेरी थोड़ी-सी मदद करो न भई। पद्मा का सर दुख रहा है, इसलिए वह लेटी हुई है। लक्ष्मी और सरस्वती दोनों ही बहनों को अचानक बुखार आ गया है—क्या होगा, पता नहीं। इन दोनों पीले रंग के कपड़ों को सिमट दो न गुसाँई।"

लिहाजा भगवान के कपड़ों को सिमटने के लिए मैं बैठ गया, उस दिन मैं जा नहीं सका। न ही मैं अगले दिन जा सका और न ही उसके बाद वाले दिन। वैष्णवी का सवेरे फूल तोड़ने का साथी था मैं। सुबह, दोपहर और शाम को वह मुझसे कोई न कोई काम करवा ही लेती थी। यों ही दिन मानो सपनों में बीतते थे। मैं मन से भगवान की सेवा करता था। आनन्दपूर्वक आराधना करता था, फूल तोड़ता था, कीर्तन करता था, पंछियों के गाने सुनता था। मुझे कभी फुर्सत ही नहीं मिलती थी। हालाँकि सन्दिग्ध मन बीच-बीच में सजग होकर भर्त्सना कर उठता था, यह क्या खिलवाड़ कर रहे हो? बाहर के सारे सम्बन्धों को तोड़कर कई बेजान गुड़ियों को लेकर यह क्या पागलपन कर रहे हो? अपने आपको इतना बड़ा धोखा देकर आदमी कैसे जिन्दा रहता है? लेकिन तब भी अच्छा लगता था। जानेवाला होकर भी मैं जाने के लिए कदम नहीं बढ़ा सकता था। इधर मलेरिया कम था, फिर भी बहुतों को इस वक्त बुखार आ रहा था। गौहर सिर्फ एक दिन आया था। फिर वह नहीं आया था, उसकी भी खोज-खबर लेने के लिए मैं वक्त नहीं निकाल पाता था—मेरे लिए यह अच्छा हुआ था।

सहसा मन के अन्दर डर और धिक्कार समा गया। यह मैं क्या कर रहा हूँ? सोहबत में पड़ जाने की वजह से यह सब क्या एक दिन सही तौर पर विश्वास में बदल जाएगा? मैंने तय किया कि मैं अब यहाँ नहीं रहूँगा। चाहे कुछ भी क्यों न हो जाए, कल मुझे इस जगह को छोड़कर भागना ही पड़ेगा।

रोज वैष्णवी आकर मुझे जगा दिया करती थी। वह प्रभाती के सुर में वैष्णव-कवियों के जगा देनेवाले गाने गाया करती थी। वे भक्ति और प्यार-भरे गाने कितने करुण होते थे। मैं अचानक आवाज नहीं दिया करता था, कान लगाकर उन्हें सुनता रहता था। आँखों की कोरों में आँसू आ जाते थे। मच्छरदानी उठाकर वह दरवाजे-खिड़कियाँ खोल देती थी—मैं गुस्सा करके उठ बैठता था और मुँह-हाथ धो, कपड़े बदलकर उसके साथ चल देता था।

कई दिनों की आदत की वजह से आज अपने आप ही नींद टूट गई। कमरे में अँधेरा था। एक बार लगा कि रात अभी भी नहीं बीती है। मगर सन्देह हुआ। मैं बिस्तर छोड़कर

बाहर आया, तो देखता हूँ, रात नहीं है, सवेरा हो गया है। किसी ने कमल लता को मेरे उठने की खबर दी, तो वह आकर खड़ी हो गई। या उसे बिना नहाए और उसकी ऐसी घबराई हुई शक्ल-सूरत पहले मैंने नहीं देखी थी।

मैंने डरते हुए पूछा, ''तुम्हें भी बुखार आया है क्या?''

उसने उदासी-भरी हँसी हँसकर कहा, ''आज तुम जीत गए गुसाँई।''

''किस चीज में बताओ तो?''

''आज मेरी तबीयत उतनी अच्छी नहीं है। मैं वक्त पर उठ नहीं सकी थी।''

''तो आज फूल तोड़ने कौन गया?''

आँगन के किनारे एक अधमरे तगर के पेड़ में थोड़े-से फूल खिले हुए थे। उन्हें दिखाती हुई वह बोली, ''चाहे जैसे हो, इस वक्त तो उन्हीं फूलों से काम चल जाएगा।''

''लेकिन देवताओं के लिए माला किन फूलों की गूँथी जाएगी।''

''आज मैं उन्हें माला नहीं पहना सकूँगी।''

उसकी बात सुनकर मन न जाने कैसा कर उठा, उन्हीं बेजान गुड़ियों के लिए। मैंने कहा, ''नहाकर मैं फूल तोड़कर ला दूँ।''

''तुम फूल तोड़ने जाना चाहते हो, तो जाओ। मगर इतने सवेरे मत नहाना। बीमार पड़ जाओगे।''

मैंने पूछा, ''बड़े गुसाँईजी क्यों दिखाई नहीं पड़ते?''

वैष्णवी ने कहा, ''वे तो यहाँ नहीं हैं। वे अपने गुरुदेव को देखने परसों नवद्वीप गए हैं।''

''वे कब लौटेंगे?''

''यह तो मैं नहीं जानती गुसाँई?''

इतने दिनों तक मठ में रहकर भी वैरागी द्वारिका दास के साथ मेरी घनिष्ठता नहीं हुई थी। कुछ तो मेरे अपने दोष के चलते और कुछ उनके निर्लिप्त स्वभाव के चलते। वैष्णवी के मुँह से सुनकर और अपनी आँखों से देखकर मैंने यह जाना था कि उस व्यक्ति में न छल-कपट था, न अनाचार, और न मास्टरी करने की झोंक थी। उनका ज्यादातर वक्त वैष्णव धर्म-ग्रन्थों के साथ उनके सुनसान कमरे के अन्दर बीतता था। उन लोगों के धार्मिक सिद्धान्तों पर न ही मेरी आस्था थी, न ही विश्वास। लेकिन उस व्यक्ति की बातें उतनी नम्र थीं, उनके देखने की मुद्रा इतनी स्वच्छ और गहरी थी, और वे विश्वास और निष्ठा से दिन-रात इतने भरे रहते थे कि उनके सिद्धान्तों और तरीकों के खिलाफ चर्चा करने में सिर्फ संकोच ही नहीं, बल्कि दुख होता था। अपने आप ही यह समझ में आ जाता था कि यहाँ तर्क करने की कोशिश करना बिलकुल बेकार है। एक दिन मैंने थोड़ी सी बहस की थी, तो वे मुस्कुराते हुए चुपचाप ऐसे निहारते रहे कि झिझक के मारे मेरे मुँह से कोई शब्द ही नहीं निकला। उसके बाद से मैं उनसे भरसक कतराता रहा था। लेकिन एक कौतूहल था। इच्छा थी कि जाने के पहले इस रहस्य के बारे में उनसे पूछकर जाऊँगा कि इतनी नारियों से घिरे रहकर लगातार रसों के चिन्तन-मनन में डूबे रहकर भी वे चित्त की शान्ति और देह की निर्मलता को कैसे अक्षुण्ण रखते हैं।

लेकिन यह मौका इस बार शायद अब नहीं मिलेगा। मैंने मन ही मन कहा–अगर फिर कभी यहाँ आऊँगा, तो तब देखा जाएगा।

वैष्णवों के मठों में भी भगवान की मूर्तियों को आमतौर पर ब्राह्मणों को छोड़ दूसरे लोग नहीं छू सकते हैं। लेकिन इस आश्रम में यह रीति नहीं थी। बाहर रहनेवाला भगवान का एक वैष्णव पुजारी आकर बाकायदा आज भी पूजा कर गया। मगर भगवान की सेवा करने की जिम्मेदारी आज बहुत-कुछ मुझ पर आकर पड़ी। वैष्णवी दिखा दिया करती थी और मैं सब करता जाता था। लेकिन रह-रहकर सारा मन कड़वा हो जाता था। यह क्या पागलपन मुझ पर सवार हो रहा है। फिर भी मैं आज भी नहीं जा सका। मैंने अपने आपको शायद यह कहकर समझाया कि इतने दिनों से यहाँ हूँ, इन लोगों को इस मुसीबत में छोड़कर कैसे जाऊँ? दुनिया में कृतज्ञता नाम की भी तो कोई चीज है।

और भी दो दिन बीते। लेकिन मैं अब और यहाँ नहीं रहूँगा। कमल लता स्वस्थ हो गई थी। पद्मा तथा लक्ष्मी और सरस्वती दोनों ही बहनें अच्छी हो गई थीं। द्वारिका दास बीती शाम लौटे थे। मैं उनसे विदा लेने गया।

गुसाँईजी बोले, ''आज जाओगे गुसाँई? फिर कब आओगे?''

''यह तो मैं नहीं जानता गुसाँईजी।''

''लेकिन कमल लता तो रो-रोकर बेहाल हो जाएगी।''

यह जानकर कि हमारी बात इनके भी कानों में पहुँच गई है, मैं मन ही मन बहुत झुँझलाया, बोला, ''वह किसलिए रोएगी?''

गुसाँईजी तनिक मुस्कुराकर बोले, ''तो क्या तुम नहीं जानते?''

''नहीं, मैं नहीं जानता।''

''उसका स्वभाव ही ऐसा है। किसी के चले जाने पर वह शोक से बेहाल हो जाती है।''

उनकी यह बात और भी बुरी लगी, मैंने कहा, ''जिसका स्वभाव शोक करना है वह तो शोक करेगा ही। मैं उसे कैसे रोक सकता हूँ?'' लेकिन इतना कहकर ही मैंने उनकी आँखों की तरफ निहाकर गर्दन घुमाई, तो देखा, कमल लता मेरे पीछे खड़ी है।

द्वारिका दास ने संकोच-भरे स्वर में कहा, ''उस पर गुस्सा मत करना गुसाँई। मैंने सुना है कि वे लोग तुम्हारी सेवा नहीं कर सकी हैं। बीमार पड़ जाने की वजह से उसने तुमसे बहुत मेहनत-मशक्कत करवाई है। तुम्हें बहुत तकलीफ दी है। मेरे पास कल वह खुद ही बड़ा दुख प्रकट कर रही थी। और वैष्णव-वैष्णवियों के लिए टहल-टकोरी करने को भला क्या है! लेकिन अगर तुम फिर भी इधर आओ, तो भिखारियों को मिलकर जाना। आकर हमसे मिलोगे न गुसाँई?''

गर्दन हिलाकर मैं बाहर निकल आया, कमल लता वहीं, पहले की ही तरह खड़ी रही। मगर अचानक यह क्या हो गया। विदा लेने के पहले मैंने कितना कुछ कहने और कितना कुछ सुनने की कल्पना की थी, मैंने सब कुछ बरबाद कर दिया। मैं यह अनुभव कर रहा था कि चित्त की दुर्बलता की ग्लानि मन में धीरे-धीरे जमा हो रही थी, लेकिन

मैंने सपने में भी यह नहीं सोचा था कि ऊबा अधीर मन इतनी अशोभनीय कठोरता से अपनी मर्यादा को बरबाद कर बैठेगा।

नवीन आ पहुँचा। वह गौहर की तलाश में आया था। कल से अभी तक वह घर नहीं लौटा था। मैं ठक-से रह गया–"यह तू क्या कह रहा है नवीन? वह तो यहाँ भी अब नहीं आता है।"

नवीन विशेष विचलित नहीं हुआ। बोला, "तो शायद वे किसी जंगल-झाड़ में घूम रहे होंगे। न वे नहाते हैं, न खाते हैं। अब जब यह खबर मिलेगी कि उन्हें साँप ने काटा है तब मैं निश्चिन्त हो सकूँगा।"

"पर उसकी तलाश करना तो जरूरी है, नवीन।"

"यह मैं जानता हूँ कि उनकी तलाश करना जरूरी है। मगर मैं उन्हें ढूँढ़ूँ तो कहाँ ढूँढ़ूँ? जंगल-झाड़ में घूम-घूमकर मैं अपनी जान तो नहीं दे सकता बाबू। लेकिन वे कहाँ हैं? मैं एक बार उनसे पूछना चाहता हूँ।"

"यह 'वे' कौन हैं?"

"यह 'वे' हैं–कमल लता।"

"लेकिन वह यह कैसे जानेगी नवीन?"

"वह जानती है। वह सब जानती है।"

और बहस किए बिना मैं उत्तेजित नवीन को मठ के बाहर ले आया, कहा, "सचमुच ही कमल लता कुछ भी नहीं जानती है नवीन। बीमार हो जाने की वजह से वह खुद तीन-चार दिनों से अखाड़े के बाहर भी नहीं गई है।"

नवीन ने विश्वास नहीं किया। उसने गुस्सा करके कहा, "वह नहीं जानती है? वह सब जानती है। ऐसा कौन-सा मंत्र है जो वैष्णवी नहीं जानती है और ऐसा कौन-सा काम है जो वह नहीं कर सकती है। लेकिन अगर वह एक बार मेरे पल्ले पड़ती, तो मैं उसका आँखें मटकाकर कीर्तन करना निकाल देता। बाप के इतने रुपए उन्होंने जादू में उड़ा दिए?"

मैंने उसे शान्त करने के लिए कहा, "कमल लता रुपया लेकर क्या करेगी, नवीन? वह वैष्णवी है; मठ में रहती है, गाना गाकर, भीख माँगती है, भगवान की सेवा करके दो जून दो रोटियाँ खाती है, इसके अलावा तो वह और कुछ नहीं करती है। मैं तो ऐसा नहीं मानता नवीन कि वह रुपए की भूखी है।"

नवीन थोड़ा ठंडा होकर बोला, "यह तो मैं भी जानता हूँ वह अपने लिए रुपया नहीं लेती होगी। देखने पर वह शरीफ घर की लड़की लगती है। शरीफों जैसी उसकी शक्ल-सूरत है। वह शरीफों जैसी बातचीत करती है। बड़े बाबाजी भी लोभी नहीं हैं। लेकिन उसने बहुत सारी वैष्णवियों को पाल रखा है। भगवान के नाम पर उन्हें हलुआ और घी-दूध चाहिए। नयन चक्रवर्ती को कानाफूसी करते सुनता हूँ कि अखाड़े के नाम से बीस बीघा जमीन खरीदी जा चुकी है। पर कुछ भी नहीं रहेगा बाबू, जो कुछ है, सब एक दिन वैरागियों के पेट में समा जाएगा।"

मैंने कहा, "हो सकता है, यह अफवाह सही न हो। लेकिन अफवाह उड़ानेवालों में तुम लोगों का नयन चक्रवर्ती भी तो कुछ कम नहीं है नवीन।"

नवीन ने आसानी से यह कबूल किया और कहा, "सो तो ठीक है। वह धूर्त ब्राह्मण बहुत बड़ा तिकड़मी है। लेकिन विश्वास कैसे न करूँ, कहिए! उस दिन उसने मेरे बच्चों के नाम दस बीघा जमीन दान-पत्र कर दी। मैंने उसे बहुत मना किया, पर उसने मेरी एक न सुनी। मैं यह मानता हूँ कि बाप उसके लिए बहुत जमीन छोड़ गया है। मगर इस तरह से बाँटते रहने से कितने दिनों तक जमीन उसके पास रहेगी बाबू? एक दिन उसने मुझसे क्या कहा, जानते हैं? कहा—हम फकीर के खानदान के हैं। मेरी फकीरी तो कोई मुझसे छीन नहीं लेगा? लीजिए सुनिए उसकी बात।"

नवीन चला गया। मैंने एक बात पर गौर किया, वह यह कि उसने यह पूछा भी नहीं कि मैं किसलिए इतने दिनों से मठ में पड़ा हुआ हूँ। अगर वह मुझसे यह पूछता, तो मैं उससे क्या कहता, पता नहीं। लेकिन मैं मन ही मन शर्मिन्दा होता। उसी से मुझे और भी एक खबर मिली, वह यह कि कल कालिदास बाबू के बेटे की शादी बड़ी धूमधाम से हो गई। मुझे याद न था कि सत्ताईस तारीख को पूँटू की शादी होनेवाली थी।

नवीन की बातों ने जब मेरे मन में उथल-पुथल मचाई, तो बिजली की गति से मेरे मन में एक सन्देह पैदा हुआ। वह यह कि वैष्णवी किसलिए यहाँ से चली जाना चाहती है। उस मोटी भवोंवाले बदसूरत आदमी के डर से चली जाना चाहती है जो उसका पति होने का दावा करता है, नहीं, कतई नहीं। वह गौहर के लिए यहाँ से चली जाना चाहती है। मेरे यहाँ रहने के बारे में इसीलिए शायद वैष्णवी ने उस दिन मजाक में कहा था—अगर मैं तुम्हें रोक रखूँगी, तो वह गुस्सा नहीं करेगा गुसाँई। गुस्सा करनेवाला आदमी वह नहीं है, लेकिन वह यहाँ क्यों नहीं आता है?

हो सकता है, उसने अपने मन में कुछ सोच लिया हो। घर-गिरस्ती में गौहर की आसक्ति नहीं है। अपना कहने को भी कोई नहीं है। रुपया-पैसा, धन-दौलत बाँट देने से ही जैसे वह जी उठे। अगर उसने प्यार किया भी हो, तो मुँह खोलकर किसी दिन, हो सकता है, वह कहे भी नहीं, इस डर से कि कहीं कोई गुनाह न हो जाए। वैष्णवी यह जानती है। उस अलंघ्य बाधा की वजह से रुके प्रणय के निष्फल चित्त-दाह से इस शान्त और खोए रहनेवाले आदमी को छुटकारा देने के लिए शायद कमल लता भागना चाहती है।

नवीन चला गया था और मैं मौलसिरी के पेड़ के नीचे की उस टूटी-फूटी वेदी पर अकेले बैठे-बैठे सोच रहा था। मैंने घड़ी को खोलकर देखा, अगर पाँच बजे की गाड़ी पकड़ना चाहूँ, तो अब और देरी नहीं की जा सकती है। लेकिन हर दिन न जाने की ऐसी आदत बन गई थी कि मन जाने से पीछे हटने लगा।

मैंने यह वादा किया था कि मैं चाहे जहाँ कहीं भी क्यों न रहूँ, पूँटू के 'बहू-भात' में खाना खाकर जाऊँगा। लापता गौहर की खोज-खबर लेना मेरा कर्तव्य है। इतने दिनों तक मैंने अनावश्यक अनुरोध बहुत माना था। लेकिन आज जब सचमुच का कारण मौजूद था तब मना करनेवाला कोई नहीं था। देखता हूँ, पद्मा आ रही है। उसने नजदीक आकर कहा, "तुम्हें दीदी एक बार बुला रही है गुसाँई।"

मैं फिर लौट आया। आँगन में खड़ी वैष्णवी ने कहा, "तुम्हें कलकत्ता के डेरे पर पहुँचने में रात हो जाएगी, नए गुसाँई। मैंने भगवान का थोड़ा-सा प्रसाद करीने से रखा है। कमरे में आओ।"

रोज की नाईं ही बड़े जतन से प्रसाद को करीने से रखा गया था। मैं बैठ गया। यहाँ खाने के लिए दबाव डालने की प्रथा नहीं थी। जरूरत होने पर माँग लेना पड़ता था। लेकिन जूठन के तौर पर एक भी दाना छोड़ना मना था।

जब मैं जाने लगा, तो वैष्णवी ने कहा, "नए गुसाँई, फिर आओगे न?"

"तुम यहाँ रहोगी न?"

"तुम कहो कि मुझे यहाँ कितने दिनों तक रहना होगा?"

"तुम भी कहो कि मुझे कितने दिनों बाद यहाँ आना होगा?"

"नहीं, यह मैं तुमसे नहीं कहूँगी।"

"अच्छा, यह मत कहो, पर एक दूसरी बात का जवाब दोगी, बताओ?"

अबकी बार वैष्णवी जरा मुस्कुराकर बोली, "नहीं, यह भी मैं तुमसे नहीं कहूँगी। तुम्हारी जो मर्जी हो, सोचो गुसाँई। एक दिन अपने आप ही उसका जवाब तुम्हें मिल जाएगा।"

बहुत बार मैंने यह कहना चाहा कि आज अब समय नहीं है कमल लता, मैं कल जाऊँगा। लेकिन मैं हरगिज यह कह नहीं सका।

"अच्छा, तो मैं चला।"

पद्मा आकर करीब में खड़ी हो गई। कमल लता की देखादेखी उसने भी हाथ जोड़कर नमस्कार किया।

वैष्णवी उस पर गुस्सा करके बोली, "तू हाथ जोड़कर नमस्कार करती है, री मुँहजली! उनके पैर छूकर प्रणाम कर।"

उसकी बात सुनकर मैं चौंक गया। मैंने उसके मुँह की तरफ निहारने की कोशिश की तो देखा; तब उसने दूसरी तरफ अपना मुँह घुमा लिया था। तब मैं और कुछ बोले बिना उन लोगों के आश्रम को छोड़कर बाहर निकल आया।

# 9

आज मैं बेवक्त कलकत्ता के डेरे पर जाने के लिए बाहर निकल पड़ा था। उसके बाद इससे भी दुखद था बर्मा जाना। वापस आने का, हो सकता है अब समय न मिले, हो सकता है वापस आने की अब जरूरत भी न पड़े। हो सकता है, यही मेरा आखिरी जाना

हो। मैंने गिनकर देखा आज दसवाँ दिन है। जीवन में दस दिनों की भला कितनी बिसात है! फिर भी मन के अन्दर कोई सन्देह नहीं था, दस दिन पहले जो मैं यहाँ आया था और आज जो मैं यहाँ से चला जा रहा था, दोनों एक नहीं थे।

बहुतों को मैंने खेद के साथ कहते सुना है कि यह किसने सोचा था कि फलाना ऐसा हो सकता है। यानी फलाने का जीवन माना सूर्य-ग्रहण की भाँति उनके अनुमान के पंचांग में लिखा सही हिसाब हो। उनका हिसाब न मिलना सिर्फ अचिन्तनीय ही नहीं है, बल्कि अनुचित भी है। मानो उनकी बुद्धि के हिसाब-किताब के परे दुनिया में और कुछ नहीं हो। यही नहीं कि वे यह भी नहीं जानते कि दुनिया में तरह-तरह के आदमी हैं, इसका अता-पता ढूँढ़ना बेकार है कि एक ही आदमी कितनी तरह के आदमियों में तब्दील हो जाता है। यहाँ एक पल भी तीक्ष्णता और तीव्रता से समूचे जीवन को भी लाँघ जा सकता है।

सीधे रास्ते को छोड़कर मैं जंगल-झाड़ के बीच से होकर इधर-उधर घूम-घूमकर स्टेशन चला जा रहा था। बहुत-कुछ उसी तरह मैं चला जा रहा था जिस तरह मैं बचपन में पाठशाला जाया करता था। ट्रेन का वक्त मैं नहीं जानता था, जानने की जरूरत भी नहीं थी। मैं सिर्फ इतना जानता था कि वहाँ पहुँचने पर, चाहे जब हो, कोई गाड़ी मिल ही जाएगी। चलते-चलते अचानक एक समय लगा कि सभी रास्ते परिचित हैं। कितने दिन इस रास्ते कितनी बार आया-गया हूँ। पहले वे सिर्फ बड़े थे और अभी न जाने कैसे सँकरे और छोटे हो गए थे। लेकिन यह तो वही बगीचा था, जहाँ खाँ ने फाँसी लगाई थी। यह वही तो था। यह तो मैं अपने ही गाँव के दक्षिण मुहल्ले के अन्तिम छोर से होकर चला जा रहा था। पता नहीं किसने कब हैजे की तकलीफ से छुटकारा पाने के लिए इस इमली के पेड़ की डाल में फाँसी लगाकर आत्महत्या की थी। आत्महत्या की थी या नहीं, पता नहीं? लेकिन प्रायः हर गाँव की तरह यहाँ भी एक जनश्रुति है। वह इमली का पेड़ रास्ते के किनारे था। बचपन में जब वह पेड़ नजर आता था तो रोंगटे खड़े हो जाते थे और सभी आँखें मूँदकर एक ही दौड़ में इस जगह को पार कर जाते थे।

वह पेड़ पहले की तरह ही था। तब इस गुनहगार पेड़ का तना पहाड़-सा लगता था और उसकी फुनगी आसमाँ को छूती-सी लगती थी। पर आज देखा, उस बेचारे को गर्व करने के लिए कुछ नहीं था, और भी आम-इमली के पेड़ जैसे होते हैं वह भी वैसा ही था। सुनसान गाँव के छोर पर वह अकेले चुपचाप खड़ा था। बचपन में एक दिन जिसे उसने काफी डराया था उसी से ही आज बहुत बरसों बाद पहली मुलाकात में उसने आँख मारकर जरा मजाक किया—क्यों, भाई कैसे हो? डर तो नहीं न लगता है?

उसके करीब जाकर बड़े स्नेह से मैंने एक बार उस पर हाथ फेर लिया और मन ही मन कहा—मैं अच्छा हूँ भाई! मुझे डर क्यों लगेगा? तुम तो मेरे छुटपन के पड़ोसी हो, मेरे रिश्तेदार हो।

शाम का धुँधलका बुझने को आ रहा था। मैंने विदा लेकर कहा—मेरी किस्मत अच्छी थी जो संयोग से तुमसे मुलाकात हो गई। अच्छा, तो मैं चला दोस्त!

बहुत सारे बगीचों के बाद थोड़ी-सी खुली जगह थी। मैं अगर अनमना होता, तो हो सकता है, मैं उसे पार करके चला आता, मगर सहसा बहुत पुरानी लगभग भूली-सी एक बड़ी परिचित मीठी गन्ध से मैं चौंक उठा, मैंने इधर-उधर निहारा, तो नजर आ गया—वाह, यह तो हमारी यशोदा वैष्णवी के रोपे आउस के पेड़ में खिले फूलों की गन्ध थी। बचपन में इसके लिए मैंने यशोदा की कितनी उम्मेदवारी की थी। इस तरह का पेड़ इधर नहीं पाया जाता था, क्या पता, उसने कहाँ से लाकर इस पेड़ को अपने आँगन के एक किनारे रोपा था।

उसकी शक्ल-सूरत बूढ़े आदमी की तरह टेढ़ी-मेढ़ी और गाँठोंवाली थी। उन दिनों की तरह आज भी उसकी एकमात्र सजीव डाल और फुनगी पर कुछ हरे पत्तों के बीच पहले की ही तरह सफेद फूल खिले थे। उसके नीचे थी यशोदा के पति की समाधि। वैष्णव महाराज को हमने नहीं देखा था। हमारे पैदा होने के पहले ही वे स्वर्ग सिधार गए थे। उन्हीं की छोटी-सी स्टेशनरी की दुकान को तब उनकी विधवा चलाती थी। वह दुकान तो नहीं थी। यशोदा एक डाली में माला-बद्धी, आईना-कंघी, महावर, तेल का व्यंजन, काँच की गुड़िया, टीन की वंशी आदि लेकर दोपहर में घर-घर बेचा करती थी। और था उसके पास मछली मारने का साजो-सामान। कोई बड़ी चीज नहीं, बल्कि दो-एक पैसे कीमतवाली डोर और काँटी। यह खरीदने के लिए हम लोग जब तब उसके घर जाकर ऊधम मचाते थे उस आउस के पेड़ की एक सूखी डाल पर बनाए हुए मिट्टी के आले पर यशोदा शाम को दीया-बत्ती करती थी। जब फूल तोड़ने के लिए हम लोग उपद्रव करते थे तो वह उस समाधि को दिखाकर कहती थी—'वे फूल मेरे देवता के लिए हैं। उन्हें तोड़ने पर वे गुस्सा करेंगे।'

वैष्णवी नहीं रही, वह कब चल बसी, पता नहीं। हो सकता है बहुत ज्यादा दिन नहीं हुए होंगे। नजर आई पेड़ के एक किनारे एक छोटी-सी समाधि--शायद यशोदा की होगी। बहुत सम्भव है, लम्बे इन्तजार के बाद आज अपने पति की ही बगल में उसने अपने लिए थोड़ी-सी जगह बना ली होगी। समाधि के लिए खोदी गई मिट्टी ज्यादातर उपजाऊ हो जाने की वजह से वहाँ तरह-तरह के पेड़-पौधे उग आए थे। उस समाधि की देखरेख करनेवाला कोई नहीं था।

रास्ता छोड़कर मैं बचपन के उस परिचित बूढ़े पेड़ के करीब जाकर खड़ा हो गया। देखता हूँ दीया-बत्ती के समय जो दीया जलाया जाता था वह नीचे पड़ा हुआ है और उसी के ऊपर वह सूखी डाल आज भी पहले की ही तरह तेल से काली पड़ी हुई है।

यशोदा का छोटा-सा कमरा अभी तक पूरी तरह जमींदोज नहीं हुआ था—जीर्ण-शीर्ण फूस का छप्पर दरवाजे को ढँकता हुआ केवल गिरकर आज भी उसे अगोर रहा था।

बीस-पच्चीस साल पहले की कितनी बातें याद आईं—बाँस के फट्टे से घिरा लिपा-पुता यशोदा का आँगन और उसका वह छोटा-सा कमरा—उसका आज ऐसा हाल हो गया था! मगर इससे भी कहीं बड़ी करुण चीज तब भी देखना बाकी था। अचानक नजर आया, उस कमरे के अन्दर से टूटे-फूटे छप्पर के नीचे से होकर घात लगाकर एक मरियल कुत्ता बाहर निकल आया। मेरे कदमों की आहट से चौंककर उसने शायद मेरे अनधिकार घुसने

का प्रतिवाद करना चाहा था। मगर उसकी आवाज इतनी कमजोर थी कि वह उसके मुँह में ही रुकी रही।

मैंने कहा, "क्या रे, मैंने कोई कसूर तो नहीं न किया है?"

उसने मेरे मुँह की तरफ निहारकर क्या सोचा, पता नहीं। पर इस बार वह अपनी पूँछ हिलाने लगा। मैंने कहा, "आज तक तू यहीं है?"

मेरी बात के जवाब में वह अपनी दोनों उदास आँखों को खोलकर बड़े लाचार की मानिन्द मेरे मुँह की तरफ निहारता रहा।

इसमें शक नहीं था कि वह यशोदा का कुत्ता था। फूलदार लाल किनारी का सिलाई किया हुआ तौक अभी भी उसके गले में था। निःसन्तान महिला का बेहद प्रिय पात्र वह कुत्ता अकेले इस उजड़ी कुटिया के अन्दर क्या खाकर आज भी जिन्दा था, यह मुझसे सोचते नहीं बना। मुहल्ले में घुसकर छीन-झपटकर खाने की उसमें ताकत भी नहीं थी, न ही उसकी ऐसी आदत थी। दूसरे कुत्तों के साथ दोस्ती कर लेना भी उसने नहीं सीखा था। भूखा या आधा पेट खाकर यहाँ पड़े-पड़े वह बेचारा शायद उसी की बाट जोह रहा था जो उसे एक दिन प्यार करती थी। हो सकता है, वह सोचता था, वह कहीं न कहीं होगी, एक दिन वह लौटकर आएगी ही। मैंने मन ही मन कहा–ऐसा क्या यों ही होता है? ऐसी प्रत्याशा को पूरी तरह मिटा देना दुनिया में क्या इतना आसान है!

जाने के पहले मैंने छप्पर की झिरी से कमरे के अन्दर एक बार निगाह डाल ली। पर अँधेरे में कुछ भी नहीं दिखाई पड़ा। सिर्फ नजर आईं दीवार पर चिपकाई हुई तसवीरें। राजा-रानी की तसवीरों से लेकर तरह-तरह के देवी-देवताओं तक की तसवीरें थीं। नए कपड़ों के थान से उन तसवीरों को उखाड़कर यशोदा तसवीर इकट्ठा करने का अपना शौक मिटाती थी। याद आया, बचपन में मैंने मुग्ध आँखों से उन तसवीरों को बहुत बार देखता था। बरसात के छींटों से भीगने और दीवार की गीली मिट्टी के लगने के बावजूद वे आज भी किसी तरह से टिकी हुई थीं।

और भी बगल के आले पर पहले की ही तरह बुरे हाल में पड़ी रँगाई हुई हाँड़ी। उसके अन्दर रहता था उसके महावर का बंडल, देखते ही मुझे यह याद आया। और भी न जाने क्या-क्या इधर-उधर पड़ा हुआ था, अँधेरे में यह पता नहीं चला। वे सभी मिलकर जी-जान से न जाने किस बात का मुझे इशारा करने लगे, लेकिन वह भाषा मेरे लिए अनजानी थी। लगा, घर के एक कोने में यह जैसे मरे हुए बच्चे का घरौंदा हो। गिरस्ती तरह-तरह की टूटी-फूटी चीजों से बड़े जतन से बसाई हुई। अपनी इस छोटी-सी घर-गिरस्ती को वह छोड़ गई थी। आज उनकी कोई कद्र नहीं थी, न ही जरूरत थी। आँचल से उन्हें बार-बार झाड़ने-पोंछने की जरूरत खत्म हो गई थी। सिर्फ कूड़ा इसलिए पड़ा हुआ था कि उसे वहाँ से किसी ने हटाया नहीं था।

वह कुत्ता थोड़ी देर तक साथ-साथ आकर बैठा। जब तक देखने में आया मैंने देखा, वह बेचारा इधर टकटकी लगाए निहारता हुआ खड़ा था। उसके साथ यही पहला और आखिरी परिचय था। तब भी वह आगे बढ़कर विदा देने आया था। मैं किसी ऐसी जगह

चला जा रहा था, जहाँ न कोई दोस्त था और न जहाँ जाने का कोई मकसद था और वह लौटता अपने अँधेरे, सुनसान, टूटे-फूटे कमरे में। इस दुनिया में हम दोनों का ऐसा कोई नहीं था जो बाट जोहता हुआ हमारा इन्तजार करता।

जब मैं बगीचे को पार कर गया तो वह नजरों से ओझल हो गया, लेकिन पाँचेक मिनट के उस अभागे साथी के वास्ते कलेजा हाहाकार कर उठा। मेरी ऐसी हालत हो गई थी कि मैं अपने आँसुओं को सँभाल नहीं सकता था।

मैं चलते-चलते सोच रहा था—ऐसा क्यों होता है, अगर किसी और दिन मैं यह सब देखता, तो हो सकता है, खास कुछ नहीं लगता, मगर आज अपना मन का आसमान बादलों से भर गया था, इसीलिए उनके दुखों की हवा से वे मूसलाधार बरस जाना चाहते थे।

मैं स्टेशन पहुँचा। किस्मत मेहरबान थी कि तभी गाड़ी मिल गई। कलकत्ता के डेरे पर पहुँचने में ज्यादा रात नहीं होगी। टिकट कटाकर मैं गाड़ी पर चढ़ गया। गाड़ी सीटी बजाकर चल पड़ी। स्टेशन के प्रति उसे मोह नहीं होता है, नम आँखों से बार-बार मुड़कर निहारने की उसे जरूरत नहीं पड़ती है।

फिर वही बात याद आई—आदमी के जीवन में दस दिनों की क्या बिसात है लेकिन वह बात कितनी बड़ी थी।

कल सवेरे कमल लता अकेले फूल तोड़ने जाएगी। उसके बाद वह दिन भर भगवान की सेवा करती रहेगी। क्या पता, दसेक दिनों के साथी नए गुसाँई को भूलने में उसे कितने दिन लगेंगे!

उस दिन उसने कहा था, 'मैं सुख से ही हूँ गुसाँई। जिनके चरण-कमलों में मैंने अपने आपको अर्पित कर दिया है, वे मुझे कभी नहीं छोड़ेंगे।'

ऐसा ही हो, ऐसा ही हो।

बचपन से ही मेरे अपने जीवन का कोई लक्ष्य नहीं था। जबरन किसी चीज की कामना करना भी मैं नहीं जानता था—सुख-दुख के बारे में मेरी धारणा भी अलग थी। फिर भी इतने दिन गुजरे दूसरे की देखादेखी दूसरे पर विश्वास करने और दूसरे का हुक्म बजाने में। इसीलिए कोई भी काम मुझसे अच्छे ढंग से किया नहीं जा सकता था। दुविधा की वजह से मेरे सारे कमजोर संकल्प, मेरी सारी कोशिशें करीब में ही ठोकर खाकर रास्ते के बीच चूर-चूर हो जाती थीं। सभी मुझे आलसी और निकम्मा कहते थे। इसीलिए मैंने यह महसूस किया था कि उस निकम्मे वैरागियों के अखाड़े में मेरे मन में रहनेवाले अपरिचित दोस्त ने धुँधले छाया-रूप में मुझे दर्शन दिया। मैंने बार-बार गुस्सा करके मुँह घुमाया और उन्होंने बार-बार मुस्कुराते हुए हाथ हिलाकर न जाने क्या इशारा किया।

और वह वैष्णवी कमल लता! उसका जीवन मानो प्राचीन कवियों के चित्त के आँसुओं का गीत था। उसके छन्दों में मेल नहीं था, व्याकरण में गलतियाँ थीं, भाषा में बहुत गलतियाँ थीं। लेकिन उसका फैसला तो इस दृष्टि से नहीं किया जा सकता था। वह मानो उन्हीं लोगों का दिया हुआ कीर्तन का सुर थी, जो जिसके मर्म में पैठता था सिर्फ उसे ही उसकी जानकारी मिलती थी। वह मानो गोधूलि के आकाश में तरह-तरह के रंगों की तसवीर

थी। न उसका कोई नाम था और न संज्ञा। कला-शास्त्र के सूत्रों को मिलाकर उसका परिचय देना विडम्बना थी।

उसने मुझसे कहा था, 'चलो न गुसाँई, यहाँ से चले जाएँ। गाना गा-गाकर हम दोनों के दिन राहों में कट जाएँगे।'

यह कहने में उसे हिचकिचाहट नहीं हुई थी, मगर मुझे हुई। उसने मेरा नाम नया गुसाँई रखा। बोली–तुम्हारा नाम मुझे अपनी जबान पर नहीं लाना चाहिए गुसाँई। उसे विश्वास था कि मैं उसके बीते जीवन का दोस्त था। वह मुझसे नहीं डरती थी। मुझसे उसकी साधना में खलल नहीं पड़ता। वैरागी द्वारिका दास की शिष्या थी वह। क्या पता, किस साधना से सिद्धि-लाभ करने का मंत्र उन्होंने उसे दिया था।

अचानक राजलक्ष्मी याद आई। उसकी वह चिट्ठी जिसमें स्नेह और स्वार्थ मिला-जुला था। तब भी मैं यह जानता था कि इस जीवन के पूर्ण विराम में वह मेरे लिए खत्म हो चुकी थी। हो सकता है, यह अच्छा ही हुआ था। लेकिन उस खालीपन को भर देने के लिए क्या कोई कहीं था। खिड़की के बाहर अँधेरे में निहारता हुआ मैं चुपचाप बैठा रहा। एक-एक करके कितनी बातें, कितनी घटनाएँ याद आईं। शिकार करने की तैयारी में खड़ा किया गया कुमार साहब का वह तम्बू, वह दल-बल, बहुत बरसों बाद घर से दूर वह पहली मुलाकात का दिन, आश्चर्य-भरी उसकी चमकीली कजरारी आँखें, मैं उसे पहचान नहीं सका था जिसके बारे में मैं यह जानता था कि वह मर चुकी है। मरघट की डगर पर उसके द्वारा की गई उस दिन की वह व्यग्र-व्याकुल विनती, अन्त में क्रुद्ध निराशा भरा वह तीव्र अभिमान। उसने रास्ता रोककर कहा, 'तुम्हारे चाहने से ही क्या मैं तुम्हें जाने दूँगी। देखती हूँ, तुम कैसे जाते हो? घर से दूर इस जगह अगर कोई मुसीबत आन पड़ेगी, तो यहाँ तुम्हारी देखभाल कौन करेगा? वे लोग करेंगे या मैं?'

अबकी बार मैंने उसे पहचाना। यही जोर उसका हमेशा का सच्चा परिचय था। जीवन में उसका यह जोर कभी नहीं हुआ–इस जोर की वजह से कभी किसी को उससे छुटकारा नहीं मिला।

आरा में रास्ते के किनारे मैं मरने-मरने को था। जब मेरी नींद टूटी, तो आँखें खोलकर देखा, वह मेरे सिरहाने बैठी थी। मैंने अपनी सारी चिन्ताएँ उसे सौंप दीं और मैं आँखें मूँदकर सोया। वह जिम्मेदारी उसकी थी, मेरी नहीं।

मैं गाँव के घर आया, तो मुझे बुखार आ गया। यहाँ वह नहीं आ सकती थी। क्योंकि यहाँ के लोग यही जानते थे कि वह मर चुकी है। इसलिए उसका यहाँ आना उसके लिए बड़ी शर्म की बात थी। फिर भी मैंने जिसे अपने पास पाया वह वही राजलक्ष्मी थी।

उसने चिट्ठी में लिखा था–जब तुम बीमार पड़ोगे तब तुम्हारी देखभाल कौन करेगा? पूँटू? और मैं लौटूँगी सिर्फ नौकर के मुँह से खबर सुनकर? इसके बाद भी क्या तुम मुझे जिन्दा रहने को कहते हो?

उसके इस सवाल का मैंने जवाब नहीं दिया था। इसलिए नहीं कि मैं उसका जवाब नहीं जानता था, बल्कि इसलिए कि मुझे हिम्मत नहीं हुई थी।

मैंने मन ही मन कहा—तो क्या सिर्फ रूप में? बल्कि संयम बरतने में, इच्छाओं को दबाने में, कठोर आत्मनियंत्रण करने में इस प्रकार बुद्धिमती के आगे उस स्निग्ध, कोमल आश्रम में रहनेवाली कमल लता की क्या बिसात! लेकिन उसी कमल लता के अन्दर इस बार मानो मैंने अपने स्वभाव का प्रतिबिम्ब देखा हो। लगा है, उसके पास है—मेरी मुक्ति, है मर्यादा, है मेरे साँस लेने की फुर्सत। वह कभी मेरी सारी चिन्ताओं, सारी अच्छाइयों-बुराइयों को अपने हाथ में लेकर राजलक्ष्मी की तरह मुझे ढँक नहीं डालेगी।

मैं सोच रहा था, मैं विदेश जाकर क्या करूँगा? नौकरी करने से मेरा क्या होगा? नया तो कुछ नहीं मिलनेवाला है—उस दिन भला मुझे ऐसा क्या मिला था, जिसे वापस पाने के लिए आज लोभ करना होगा? सिर्फ कमल लता ने ही तो नहीं कहा था, बल्कि द्वारिका दास गुसाँई ने भी बड़े आदर से कहा था आश्रम में रहने को। क्या यह सब फरेब है? आदमी को धोखा देने के अलावा क्या इस आमंत्रण में कोई सच्चाई नहीं है? इतने दिनों तक जिस ढंग से जीवन बीता, यही क्या उसकी अन्तिम बात है? कुछ भी जानना बाकी नहीं है, मेरे लिए सब जानना क्या खत्म हो गया है? मैंने हमेशा इस पर सिर्फ अविश्वास और उपेक्षा ही की है। मैंने कहा है, सब झूठ है, सब गलत है, लेकिन सिर्फ अविश्वास और उपहास को ही मूलधन बनाकर दुनिया में किसने कब बड़ी चीज प्राप्त की है?

गाड़ी आकर हावड़ा स्टेशन पर रुकी। मैंने यह तय किया कि रात में डेरे पर रहकर चीज-बस्त जो कुछ है, लेना-देना जो कुछ बाकी है, सब कुछ चुकाकर कल ही आश्रम लौट जाऊँगा। रही मेरी नौकरी, मेरा बर्मा जाना।

मैं जब डेरे पहुँचा तब रात के दस बजे थे। खाना खाने की जरूरत थी, मगर कोई उपाय नहीं था। मुँह-हाथ धो, कपड़े बदलकर जब मैं बिस्तर झाड़ रहा था तभी पीछे से परिचित आवाज आई, "बाबू, आप आ गए?"

मैंने आश्चर्य के साथ मुड़कर निहारा, "रतन, तू कब आया रे?"

"मैं तो शाम को ही आ गया था। बरामदे में बढ़िया हवा आ रही थी। आलस्य में मैं जरा सो गया था।"

"यह तूने अच्छा किया था। तूने तो खाना खाया नहीं होगा न?"

"जी नहीं।"

"तब तो रतन, तूने मुझे बड़ी मुश्किल में डाल दिया।"

रतन ने पूछा, "और आपने खाना खाया है क्या?"

मुझे स्वीकार करना पड़ा, "मैंने भी खाना नहीं खाया है।"

रतन ने खुश होकर कहा, "तब तो अच्छा ही हुआ है। आपका प्रसाद पाकर मैं रात काट लूँगा।"

मैंने मन ही मन कहा—मुआ नाई विनय का अवतार है। हरगिज नहीं झेंपता है। मैंने मुँह से कहा, "तो फिर नजदीक की किसी दुकान में खोजकर देख अगर कहीं प्रसाद मिल जाए, तो ले आ। लेकिन तू यहाँ आया किसलिए? फिर कोई चिट्ठी लाया है क्या?"

रतन ने कहा, "जी नहीं, चिट्ठी लिखने में बड़ी झंझट है। जो कुछ कहना होगा, वे खुद मुँह से ही कहेंगी।"

"इसका मतलब? तो क्या मुझे फिर वहाँ जाना होगा?"

"जी नहीं। आपको वहाँ नहीं जाना होगा। माँजी, खुद ही यहाँ आई हैं।"

उसकी बात सुनकर मैं घबरा गया। सोचते नहीं बना कि इतनी रात गए, मैं उसे कहाँ रखूँगा, और क्या इन्तजाम करूँगा। मगर कुछ न कुछ तो करना ही होगा। पूछा, जब से वह यहाँ आई है, तब से लेकर अब तक वह क्या घोड़ागाड़ी पर ही बैठी हुई है?

रतन ने हँसकर कहा, "माँजी तो ऐसी ही हैं। नहीं, बाबू, वे घोड़ागाड़ी पर बैठी हुई नहीं हैं। हमें यहाँ आए चार दिन हुए। इन चार दिनों से ही मैं आपके लिए दिन-रात पहरा दे रहा हूँ। अच्छा, तो अब चलिए।"

"कहाँ? कितनी दूर जाना होगा?"

"थोड़ी दूर तो है, लेकिन मैं किराए की गाड़ी ले आया हूँ, आपको जाने में कोई तकलीफ नहीं होगी।"

अतएव, मैंने और एक बार कपड़ा-लत्ता पहना, दरवाजे में ताला लगाया और चल पड़ा। श्याम बाजार की किसी गली के अन्दर एक दुमंजिला मकान था, सामने चहारदीवारी से घिरी हुई छोटी-सी फुलवारी थी। राजलक्ष्मी के बूढ़े दरबान ने जब दरवाजा खोला, तो वह मुझे देख पाया, उसके आनन्द की सीमा नहीं थी—गर्दन हिलाकर उसने बड़ा लम्बा नमस्कार किया और पूछा, "आप अच्छे हैं न बाबूजी?"

मैंने कहा, "हाँ तुलसीदास, मैं अच्छा हूँ। और तुम अच्छे हो न?"

मेरी बात के जवाब में उसने पहले की ही तरह और एक बार नमस्कार किया। तुलसी मुंगेर जिले का रहनेवाला था, जात का कुर्मी था, चूँकि मैं ब्राह्मण था, इसलिए वह बराबर बंगाली रीति के अनुसार मेरा पैर छूकर प्रणाम किया करता था।

हमारी बोलचाल सुनकर एक और गैर-बंगाली नौकर शायद अभी-अभी जाग उठा था। रतन की जोरदार डाँट खाकर वह बेचारा घबरा गया। बेवजह दूसरे को डाँटकर रतन उस घर में अपनी मर्यादा बनाए रखता था। बोला, "जब से आए हो तब से लेकर अब तक सिर्फ सो रहे हो और रोटियाँ तोड़ रहे हो, चिलम तक नहीं चढ़ाई है? जाओ जल्दी..."

वह आदमी नया था, डर के मारे भाग-दौड़ करने लगा।

ऊपर चढ़कर मैंने सामने के बरामदे को पार किया। बरामदे के बाद एक बड़ा कमरा था, जो गैस बत्ती की रोशनी से जगमगा रहा था। समूचे कमरे में कालीन बिछा हुआ था, उस पर फूलदार जाजिम और दो तकिए थे। नजदीक में ही मेरा बड़ा प्रिय बहुत पुराना हुक्का था और उसी के करीब बड़े जतन से रखी हुई थीं मेरी जरी का काम किया मखमली चप्पलें। वह राजलक्ष्मी के अपने हाथों बुनी हुई थीं। मजाक के बहाने उन्हें उसने मेरी सालगिरह पर मुझे उपहार में दिया था। बगलवाला कमरा भी खुला हुआ था, उस कमरे में भी कोई नहीं था। मैंने कमरे के अन्दर झाँककर देखा, बिलकुल नए खरीदे हुए पलंग पर बिस्तर बिछा हुआ था। और एक किनारे उतनी ही नई अरगनी से करीने से

रखे हुए थे सिर्फ मेरे ही कपड़े-लत्ते। गंगामाटी जाने के पहले वे बनाए गए थे। न मुझे याद था, न कभी उनका इस्तेमाल किया गया था।

रतन ने पुकारा, ''माँजी?''

''आती हूँ,'' कहकर राजलक्ष्मी ने आवाज दी और सामने आकर खड़ी हो गई। उसने मेरे पैर छूकर प्रणाम किया और बोली, ''रतन चिलम ले आ बेटा! तुझे भी मैंने ये कई दिन बहुत तकलीफ दी।''

''मुझे कोई तकलीफ नहीं हुई है, माँजी। यही मेरे लिए काफी है कि मैं उन्हें सही-सलामत घर वापस ला सका हूँ।'' इतना कहकर वह नीचे उतर गया।

मैंने राजलक्ष्मी को नई नजरों से देखा। देह में रूप नहीं समाता था। पुरानी प्यारी याद आई। सिर्फ कई सालों के दुख-शोक के आँधी-पानी में नहाकर मानो वह नया रूप धारण करके आई थी। इन चारेक दिनों के नए मकान के बन्दोबस्त से मैं विस्मित नहीं हुआ था, क्योंकि उसकी व्यवस्था से पेड़ तले का एक वक्त का डेरा भी सुन्दर हो जाता था। पहले वह ढेरों जेवर पहना करती थी, बीच में उसने सारे जेवर उतार डाले, मानो संन्यासिनी हो। आज उसने फिर जेवर पहने थे, पर थोड़े से ही मगर जब उन्हें मैंने देखा, तो लगा, वे बड़े कीमती थे। हालाँकि उसकी साड़ी कीमती नहीं थी—मामूली-सी मिल की आम साड़ी। सर के आँचल की किनारी से होकर छोटे-छोटे बाल गालों के इर्द-गिर्द लटक रहे थे। चूँकि वे छोटे थे इसीलिए शायद वे सँवारे नहीं सँवरते थे। मैंने देखा, तो मैं ठगा-सा रह गया।

राजलक्ष्मी ने कहा, ''इतना क्या देख रहे हो?''

''मैं तुम्हें देख रहा हूँ।''

''मैं नई हूँ क्या?''

''ऐसा ही तो लग रहा है।''

''और मुझे क्या लग रहा है, जानते हो?''

''नहीं।''

''जी चाहता है, रतन चिलम चढ़ाकर आए, इसके पहले मैं तुम्हें गलबहियाँ डाल दूँ। अगर मैं तुम्हें गलबहियाँ डाल दूँ, तो तुम क्या करोगे, बताओ तो?'' इतना कहकर वह हँस उठी, बोली, ''उठाकर फेंक तो नहीं न दोगे?''

मैं भी हँसी को रोक नहीं सका, कहा, ''तो गलबहियाँ डालकर देखो न! लेकिन तुम इतना हँस क्यों रही हो? तुमने भाँग पी है क्या?''

सीढ़ियों पर कदमों की आहट सुनाई पड़ी। बुद्धिमान रतन सीढ़ियों पर जरा जोर से कदम रखता हुआ ऊपर आ रहा था। राजलक्ष्मी भी हँसी दबाकर चुपके-चुपके बोली, ''पहले रतन को जाने तो दो। उसके बाद मैं तुम्हें दिखाऊँगी कि मैंने भाँग पी है या और कुछ खाया है।'' मगर कहते-कहते उसकी आवाज अचानक बोझिल हो गई। बोली, ''इस अनजानी जगह चार-पाँच दिनों तक मुझे अकेले छोड़कर तुम पूँटू की शादी कराने गए थे। जानते हो, मेरा दिन-रात कैसे कटा था?''

"मैं यह कैसे जानूँगा कि तुम अचानक आओगी?"

"हाँ, जी हाँ, मैं अचानक ही तो आई हूँ, तुम सब जानते थे। सिर्फ मुझे परेशान करने के लिए ही तुम चले गए थे।"

रतन ने आकर चिलम दी, बोला, "मुझे कुछ कहना है माँजी। बाबू का प्रसाद मुझे मिलेगा। रसोइए से खाना लाने के लिए कह दूँ? रात के बारह बज गए।"

यह सुनकर कि बारह बज गए, राजलक्ष्मी घबरा उठी, "रसोइया खाना नहीं ला सकेगा बेटा। मैं खुद जाती हूँ। तू मेरे सोने के कमरे में आसन बिछा दे।"

मैं खाना खाने बैठा, तो मुझे गंगामाटी के आखिरी दिनों की बात याद आई। तब यह रसोइया और यही रतन मेरे खाने की देख-रेख करते थे। तब राजलक्ष्मी को मेरी खोज-खबर लेने का वक्त नहीं मिलता था। लेकिन आज उन लोगों से काम नहीं चलेगा, उसे खुद रसोईघर जाना होगा। ऐसा ही उसका स्वभाव था, और वह थी विकृति। मैंने समझा, कारण चाहे जो भी क्यों न हो, फिर उसने अपने आपको वापस पाया है।

जब मैं खाना खा चुका तो राजलक्ष्मी ने पूछा, "पूँटू की शादी अच्छी तरह हो गई तो?"

मैंने कहा, "मैं उसकी शादी में शामिल नहीं हुआ था। पर सुना है कि उसकी शादी अच्छी तरह हो गई है।"

"तुम उसकी शादी में शामिल नहीं हुए थे? तो फिर तुम इतने दिनों तक कहाँ थे?"

शादी की सारी घटनाओं के बारे में मैंने खोलकर बताया। मेरी बात सुनकर वह थोड़ी देर तक गाल पर हाथ रखे रही, उसके बाद बोली, "तुमने तो मुझे सकते में डाल दिया। आने के पहले पूँटू को तुम दहेज में कुछ देकर भी नहीं आए?"

"जो देना हो, वह तुम मेरी तरफ से दे देना।"

राजलक्ष्मी बोली, "तुम्हारी तरफ से क्यों, मैं अपनी तरफ से उस लड़की को कुछ भेज दूँगी। लेकिन तुमने यह नहीं बताया कि आखिर तुम इतने दिनों तक कहाँ थे?"

मैंने कहा, "तुम्हें याद है, मुरारिपुर में साधुओं का एक अखाड़ा है?"

राजलक्ष्मी ने कहा, "हाँ, मुझे याद है। वैष्णवियाँ वहीं रहकर तो मुहल्ले-मुहल्ले भीख माँगने आती थीं। बचपन की बात मुझे खूब याद है।"

"मैं इतने दिनों तक वहीं था।"

राजलक्ष्मी ने मेरी बात सुनी, तो उसके रोंगटे खड़े हो गए, "उन वैष्णवियों के अखाड़े में इतने दिनों तक थे? बाप रे बाप! यह तुम क्या कह रहे हो जी? सुना है, वे लोग बड़ी गन्दी-गन्दी हरकतें करते हैं।" लेकिन इतना कहकर वह सहसा जोर से हँस पड़ी। अन्त में मुँह पर आँचल रखकर बोली, "पर तुम्हारे लिए ऐसा कोई काम नहीं है, जिसे तुम नहीं कर सकते। आरा में मैंने तुम्हारा जो रूप देखा था। सर पर लपेटी हुई जटा, समूचे बदन में रुद्राक्ष की मालाएँ, हाथों में पीतल की चूड़ियाँ—वह अनूठा..."

वह अपनी बात खत्म नहीं कर सकी, हँसती हुई लोटपोट हो गई। मैंने गुस्सा करके उसे उठाकर बिठा दिया। अन्त में कपड़े से मुँह को दबाने पर जब बड़ी मुश्किल से हँसी

रुकी, तो वह बोली, "वैष्णवियों ने तुमसे क्या कहा? चिपटी नाकवाली गोदना गुदाई हुई बहुत सारी वैष्णवियाँ वहाँ रहती हैं जी।"

वह पहले की ही तरह और एक बार जोर से हँसनेवाली थी कि तभी मैंने उसे सतर्क कर दिया और कहा, "अबकी बार अगर तुम हँसोगी, तो मैं तुम्हें ऐसी कड़ी सजा दूँगा कि कल तुम नौकरों को मुँह नहीं दिखा सकोगी।"

राजलक्ष्मी डरती हुई हट गई, मुँह से बोली, "यह तुम जैसे जवाँ मर्द का काम नहीं है। खुद तुम्हीं शर्म के मारे बाहर नहीं निकल सकोगे। दुनिया में तुम जैसा डरपोक आदमी दूसरा कोई है क्या?"

मैंने कहा, "तुम कुछ भी नहीं जानती लक्ष्मी। मुझे डरपोक कहकर तुमने मेरी हँसी उड़ाई। लेकिन वहाँ एक वैष्णवी मुझे अहंकारी और घमंडी कहती थी।"

"क्यों, तुमने उसका क्या किया था?"

"मैंने उसका कुछ भी नहीं किया था। उसने मेरा नाम नया गुसाँई रखा था। वह कहती थी–गुसाँई, तुम्हारे उदासीन, वैरागी मन जैसा घमंडी मन दुनिया में कोई दूसरा नहीं है।"

राजलक्ष्मी की हँसी रुकी, बोली "क्या कहा उसने?"

"उसने कहा कि ऐसे उदासीन वैरागी मनवाले आदमी से घमंडी व्यक्ति दुनिया में कोई दूसरा ढूँढ़े नहीं मिलेगा। यानी कि मैं बहुत बड़ा सूरमा हूँ, डरपोक कतई नहीं।"

राजलक्ष्मी का मुँह गम्भीर हो गया। ठिठोली पर उसने कान भी नहीं दिया, बोली, "तुम्हारे उदासीन मन की जानकारी उस पतुरिया को कैसे मिली?"

मैंने कहा, "वैष्णवियों के लिए वैसी अशिष्ट भाषा का प्रयोग करना बहुत आपत्तिजनक है।"

राजलक्ष्मी ने कहा, "यह मैं जानती हूँ। मगर उसने तो तुम्हारा नाम नया गुसाँई रखा, पर उसका क्या नाम था?"

"उसका नाम था–कमल लता। पर कोई-कोई गुस्सा करके उसे कमलीलता भी कहता था। कहते थे–वह जादू जानती है। कहते थे–उसका कीर्तन सुनकर आदमी पागल हो जाता है। वह जो चाहती है वही देती है।"

"तुमने उसका कीर्तन सुना है?"

"हाँ, मैंने सुना है। वह कमाल का कीर्तन करती है।"

"उसकी उम्र कितनी होगी?"

"शायद उतनी होगी, जितनी तुम्हारी है। थोड़ी ज्यादा भी हो सकती है।"

"वह देखने में कैसी थी?"

"वह देखने में अच्छी थी। कम से कम उसे बुरी नहीं कहा जा सकता है। वह उन जैसी नहीं थी जिन्हें तुम चिपटी नाकवाली गोदना गुदवाई हुई वैष्णवी कहती हो। वह शरीफ घर की लड़की थी।"

राजलक्ष्मी ने कहा, "यह तो मैं उसके बारे में सुनकर ही समझ गई। जब तक तुम वहाँ थे तब तक वह तुम्हारी सेवा करती थी न?"

"हाँ, मुझे उससे कोई शिकायत नहीं।"

राजलक्ष्मी ने अचानक एक आह भरी और बोल उठी, "वह करती रहे साधना! तुम्हें पाने के लिए जितनी साधना करनी पड़ती है उतनी साधना करने से भगवान मिल जाएँगे। इतनी कठिन साधना करना वैष्णव-वैष्णवियों के लिए सम्भव नहीं है। मैं उस कमल लता से भला क्यों डरूँगी? छिः!" इतना कहकर वह उठी और बाहर चली गई।

मेरे मुँह से भी एक लम्बी-सी आह निकली। मैं शायद थोड़ा-सा अनमना हो गया था। इस आवाज से सुध लौटी। मैंने मोटे तकिए को खींच लिया और चित्त होकर हुक्का पीने लगा। ऊपर न जाने कहाँ एक छोटा-सा मकड़ा घूम-घूमकर जाल बुन रहा था। गैस बत्ती की रोशनी में उसकी छाया बहुत बड़े बीभत्स जन्तु की भाँति शहतीरों पर दिखने लगी। रोशनी की रुकावट से छाया भी आकार को कई गुना बढ़ा देती है।

राजलक्ष्मी वापस आकर मेरे ही तकिए के एक कोने पर कोहनी के बल झुककर बैठी। हाथ लगाकर मैंने देखा, उसके माथे के बाल भीगे हुए थे। शायद अभी-अभी वह मुँह-आँख पर पानी डालकर आई।

मैंने प्रश्न किया, "लक्ष्मी, तुम अचानक इस तरह कलकत्ता क्यों चली आई?"

राजलक्ष्मी बोली, "मैं कतई अचानक नहीं आई हूँ। जिस दिन तुम चले आए उसी दिन से दिन-रात चौबीस घंटे मन न जाने कैसा करने लगा कि मैं हरगिज टिक नहीं सकी। डर लगा, शायद हार्ट फेल हो जाएँगे, और मैं तुम्हें इस जनम में अपनी आँखों से देख नहीं सकूँगी।" इतना कहकर उसने हुक्के की नली को मेरे मुँह से हटाकर दूर फेंक दिया, बोली, "जरा रुको। धुएँ के मारे मैं तुम्हारा मुँह तक नहीं देख पाती; ऐसा अँधेरा कर दिया है तुमने!"

हुक्के की नली तो गई मगर बदले में मेरी मुट्ठी में उसका हाथ रहा।

पूछा, "बंकू आजकल क्या कहता है?"

राजलक्ष्मी ने तनिक उदासी-भरी हँसी हँसकर कहा, "बहुओं के आने पर सभी लड़के जो कहते हैं वह भी वही कहता है।"

"उससे ज्यादा तो कुछ नहीं कहता है?"

"मैं यह नहीं कहती कि वह कुछ नहीं कहता है। लेकिन वह मुझे क्या दुख देगा? मुझे दुख दे सकते हो सिर्फ तुम। तुम लोगों के अलावा औरतों को सचमुच का दुख और कोई नहीं दे सकता है।"

"लेकिन मैंने क्या कभी तुम्हें दुख दिया है लक्ष्मी?"

राजलक्ष्मी ने बेवजह मेरे माथे को हाथ से एक बार पोंछ दिया और बोली, "नहीं, तुमने मुझे कभी दुख नहीं दिया है। बल्कि मैंने ही आज तक तुम्हें कितना दुख दिया। अपने सुख के लिए मैंने तुम्हें लोगों की नजरों में हेय बनाया, झोंक में आकर तुम्हें अपमानित होने दिया। यह उसी की सजा है कि अब मैं कहीं की नहीं रही। तुम देख पा रहे हो न?"

मैंने हँसकर कहा, "कहाँ, नहीं तो?"

राजलक्ष्मी बोली, ''तो फिर मन्तर पढ़कर किसी ने तुम्हारी दोनों आँखों पर पट्टी बाँध दी है।'' वह थोड़ी देर चुप रही, फिर बोली, ''तुमने देखा है कि इतना पाप करके भी जितना सौभाग्य मुझे प्राप्त हुआ है उतना सौभाग्य दुनिया में कभी और किसी को प्राप्त हुआ है। लेकिन इससे भी मेरी आस पूरी नहीं हुई। पता नहीं कहाँ से आ धमकी धर्म-पालन करनेवाली सनक। मैंने हाथ में आए मौके को गँवा दिया। गंगामाटी से चली आने के बाद भी मुझे होश नहीं आया। काशी से मैंने तुम्हें अनादरपूर्वक जाने दिया।''

उसकी दोनों आँखों में आसूँ लबालब भर आए। मैंने जब उन्हें अपने हाथ से पोंछ दिया, तो वह बोली, ''मैंने अपने हाथों विष का पेड़ रोपा था। अब उसमें फल आया। न मैं खा सकती हूँ, न सो सकती हूँ। आँखों की नींद उड़ गई। बेतरतीब कितना डर लगता है उसका कोई सर-पैर नहीं—गुरुदेव तब भी घर पर थे। उन्होंने कोई तावीज हाथ में बाँध दिया, बोले—बेटी, तुम्हें सवेरे से आसन जमाकर इष्ट के नाम का दस हजार बार जाप करना होगा। लेकिन मैं ऐसा नहीं कर सकी। मन के अन्दर हाहाकार मचा हुआ था। पूजा करने बैठती थी, तो दोनों आँखों से आँसू बहते रहते थे—ऐसे समय आई तुम्हारी चिट्ठी। इतने दिनों बाद यह समझ में आया कि मुझे कौन-सी बीमारी थी।''

''किसने समझा कि तुम्हें कौन-सी बीमारी थी, गुरुदेव ने? तो इस बार उन्होंने तुम्हें एक और तावीज दिया होगा?''

''हाँ जी, गुरुदेव ने एक और तावीज दिया और उसे तुम्हारे गले में बाँध देने को कह दिया।''

''अगर ऐसा करने से तुम्हारी बीमारी दूर हो जाए, तो तुम मेरे गले में तावीज बाँध देना।''

राजलक्ष्मी बोली, ''उस तावीज को साथ लिये मेरे दो दिन गुजरे। मैं नहीं जानती कि मेरे वे दो दिन कैसे गुजरे। रतन को बुलाकर मैंने उसके हाथ तुम्हारी चिट्ठी का जवाब भेज दिया। गंगा नहाकर अन्नपूर्णा के मन्दिर में खड़ी होकर मैंने कहा—माँ, इतनी कृपा करो कि मेरी यह चिट्ठी वक्त रहते उसके हाथ में पड़ जाए। ताकि मुझे आत्महत्या न करनी पड़े।'' फिर मेरे मुँह की तरफ निहारकर बोली, ''तुमने मुझे इस तरह से क्यों बाँधा था, बताओ तो?''

सहसा मैं उसके इस सवाल का जवाब नहीं दे सका। उसके बाद मैंने कहा, ''यह तुम औरतों के लिए ही सम्भव है। न ही हम यह सोचते हैं और न ही समझ सकते हैं।''

''तो यह तुम कबूल करते हो?''

''हाँ, मैं यह कबूल करता हूँ।''

राजलक्ष्मी फिर से पल भर मेरी तरफ निहारती रही, उसके बाद बोली, ''तो सचमुच ही तुम विश्वास करते हो कि यह हमारे लिए ही सम्भव है, मर्द सचमुच ही ऐसा नहीं कर सकते?''

थोड़ी देर तक हम दोनों ही स्तब्ध रहे। राजलक्ष्मी बोली, ''मैं जब मन्दिर से बाहर निकली तो देखती हूँ, हमारा पटना का लछमन साव खड़ा है। वह मुझे बनारसी साड़िया बेचा करता था। वह बूढ़ा मुझे बड़ा प्यार करता था। वह मुझे बेटी कहकर पुकारता था।

उसने अचम्भे में पड़कर कहा–बेटी, तुम यहाँ? मैं यह जानती थी कि उसकी कलकत्ता में दुकान थी। मैंने कहा–साव जी, मुझे कलकत्ता जाना है। तुम मेरे लिए एक मकान ठीक कर दे सकोगे?

"उसने कहा, 'हाँ, कर दूँगा।' बंगाली मुहल्ले में उसका अपना एक मकान था। उसे उसने सस्ते में खरीदा था। बोला–अगर तुम चाहो, तो मैं तुम्हें वह मकान उसी दाम में बेच दूँगा, जिस दाम में मैंने उसे खरीदा था।

"सावजी धर्मभीरु व्यक्ति था। उस पर मुझे विश्वास था। मैं राजी हो गई, उसे घर बुला लिया और दाम दे दिया। उसने रसीद दे दी। उसी के आदमियों ने यह सब चीज-बस्त खरीद दिया था। छह-सात दिन बाद ही रतन वगैरह को साथ लेकर मैं यहाँ चली आई। मैंने मन ही मन कहा, 'माँ अन्नपूर्णा, तुमने मुझ पर कृपा की है। वरना यह मौका कभी नहीं मिलता। उससे मेरी मुलाकात होगी ही।' आखिर मुलाकात हुई।"

मैंने कहा, "लेकिन मुझे तो जल्दी ही बर्मा जाना है लक्ष्मी।"

राजलक्ष्मी बोली, "यह तो अच्छी बात है। चलो न! वहाँ अभया है, पूरे देश में बुद्धदेव के बड़े-बड़े मन्दिर हैं, मैं उन सबको देखूँगी।"

मैंने कहा, "मगर वह बड़ा गन्दा देश है लक्ष्मी। सफाई-पसन्द लोग गन्दगियों से आपको बचा नहीं सकते हैं। वहाँ तुम कैसे जाओगी?"

राजलक्ष्मी ने मेरे कान पर अपना मुँह रखकर चुपके-चुपके कुछ बोली। पर मैं उसे अच्छी तरह समझ नहीं सका। कहा, "जरा और जोर से बोलो न?"

राजलक्ष्मी ने कहा, "नहीं, मैं जोर से नहीं बोलूँगी।"

उसके बाद वह बेसुध-सी पहले की ही तरह पड़ी रही। सिर्फ उसकी गरम और गहरी साँस मेरे गले और गालों पर आकर पड़ने लगी।

## 10

"अजी, उठो। कपड़े बदलकर मुँह-हाथ धो लो। रतन चाए लिये खड़ा है।"

मेरी आवाज न पाकर राजलक्ष्मी ने फिर से पुकारा, "दिन चढ़ आया, कितना सोओगे?"

करवट बदलकर मैंने लड़खड़ाती आवाज में कहा, "तुमने मुझे सोने कहाँ दिया, मैं तो अभी-अभी सोया था।"

कानों में प्याला रखने की आवाज आई। रतन ने चाय के प्याले को टेबल पर ठक-से रख दिया और शायद शर्म के मारे भाग गया।

राजलक्ष्मी बोली, "छिः-छिः, कितने बेहया हो तुम! आदमी को झूठमूठ में तुम कितना शर्मिन्दा कर सकते हो! खुद तुम रात भर कुम्भकर्ण की तरह सोए। बल्कि मैं ही जागती हुई बैठे-बैठे इसलिए पंखा झलती रही कि कहीं गरमी के मारे तुम्हारी नींद न टूट जाए। ऊपर से तुमने मुझे ही खरी-खोटी सुनाई। मैं कहती हूँ, लो उठो। नहीं तो मैं तुम पर पानी उड़ेल दूँगी।"

मैं उठ बैठा। दिन ज्यादा नहीं चढ़ा था, तो भी तब सुबह हुई थी। खिड़कियाँ खुली हुई थीं। सुबह के उस स्निग्ध उजाले में राजलक्ष्मी का कितना अनूठा रूप नजर आया। उसका नहाना-धोना, पूजा-पाठ खत्म हो चुका था। गंगा के घाट पर उड़िया पंडे का लगाया हुआ सफेद और लाल चन्दन का तिलक था उसके माथे पर। वह नई लाल बनारसी साड़ी पहने हुए थी। पूरब की खिड़की से थोड़ी-सी सुनहरी धूप आकर उसके मुँह के एक किनारे तिरछे पड़ रही थी। लाज-भरी ठिठोली की दबी हँसी उसके होंठों के कोनों में थी। हालाँकि बनावटी गुस्से से दोनों टेढ़ी भवों के नीचे चंचल नजर उफनते जोश से झलमला रही थी। उसे निहारकर आज भी विस्मय की सीमा नहीं रही। वह अचानक जरा हँस पड़ी और बोली, "अच्छा बताओ तो कि कल से तुम इतना क्या देख रहे हो?"

मैंने कहा, "तुम्हीं बताओ तो कि मैं इतना क्या देख रहा हूँ?"

राजलक्ष्मी फिर तनिक मुस्कुराई और बोली, "तुम शायद यह देख रहे हो कि पूँटू और कमल लता देखने में मुझसे अच्छी थीं या नहीं, न?"

मैंने कहा, "नहीं, रूप की दृष्टि से उनमें से कोई तुम्हारे पास तक नहीं फटक सकती है। यह यों ही कहा जा सकता है। इसके लिए इतने गौर से देखने की जरूरत नहीं।"

राजलक्ष्मी बोली, "खैर, इस बात को जाने दो कि रूप की दृष्टि से कौन कैसी है? मगर गुण की दृष्टि से?"

"गुण की दृष्टि से? सो, यह तो मानना ही होगा कि इस विषय में मतभेद की सम्भावना जरूर है।"

"जहाँ तक गुण का सवाल है, इस बारे में तो मैंने सुना कि कमल लता कीर्तन कर सकती है।"

"हाँ, वह कमाल का कीर्तन करती है।"

"पर तुमने यह कैसे समझा कि वह कमाल का कीर्तन करती है?"

"वाह, मैं क्या यह नहीं समझता? विशुद्ध ताल, लय, सुर..."

राजलक्ष्मी ने रोक दिया और पूछा, "हाँ जी, ताल किसे कहते हैं?"

मैंने कहा, "ताल उसे कहते हैं जो बचपन में तुम्हारी पीठ पर पड़ता था। याद नहीं है?"

राजलक्ष्मी ने कहा, "भला बचपन की वह बात याद नहीं रहेगी! वह मुझे खूब याद है। कल खामखा तुम्हें डरपोक कहकर मैंने तुम्हारी हँसी उड़ाई थी। लेकिन कमल लता को सिर्फ तुम्हारे उदासीन मन की जानकारी मिली थी, तुम्हारी वीरता की कहानी उसने नहीं सुनी थी क्या?"

"नहीं, उसने मेरी वीरता की कहानी नहीं सुनी थी। खुद अपनी तारीफ नहीं करनी चाहिए। मेरी वीरता की कहानी तुम उसे सुनाना। लेकिन इसमें कोई सन्देह नहीं कि उसका गला सुन्दर है, गाना सुन्दर है।"

"इसमें मुझे भी सन्देह नहीं है।" इतना कहने के बाद सहसा उसकी दोनों आँखें छिपी ठिठोली से जल उठीं, बोली, "हाँ जी, तुम्हें वह गाना याद है जिसे पाठशाला से छुट्टी होने पर तुम गाते थे और हम लोग मुग्ध होकर सुनते थे। तू कहाँ गया प्राणों का प्राण बेटा दुर्योधन रे ए-ए-ए-ए–"

हँसी को दबाने के लिए उसने अपने मुँह पर आँचल रखा। मैं भी हँस पड़ा।

राजलक्ष्मी ने कहा, "लेकिन बड़ा भावपूर्ण गाना था। तुम्हारे मुँह से सुनने पर आदमी की कौन कहे, गाय-बछड़ों की आँखों में भी पानी आ जाता था।"

रतन के कदमों की आहट सुनाई पड़ी। जल्दी ही वह दरवाजे के पास खड़ा हो गया और बोला, "मैंने फिर चाय का पानी चढ़ा दिया है माँजी। चाय बनने में देर नहीं होगी।" इतना कहकर वह कमरे में घुसा और चाय का प्याला उठा लिया।

राजलक्ष्मी ने मुझसे कहा, "और देरी मत करो, लो उठो। अबकी बार अगर चाय फेंक दी गई तो रतन चिढ़ जाएगा। उसे दुरुपयोग बर्दाश्त नहीं होता है। क्यों रतन, क्या कहना है तुम्हें?"

रतन जवाब देना जानता था। बोला, "भले ही आपके द्वारा किया गया दुरुपयोग मैं बर्दाश्त नहीं कर सकूँगा माँजी, लेकिन बाबू के द्वारा किया गया दुरुपयोग मैं बर्दाश्त करूँगा।" इतना कहकर वह प्याला लेकर चला गया। जब उसे गुस्सा आता था, तो वह राजलक्ष्मी को 'आप' कहता था और जब उसे गुस्सा नहीं आता था वह उसे 'तुम' कहकर पुकारता था।

राजलक्ष्मी ने कहा, "रतन सचमुच ही तुम्हें बहुत प्यार करता है।"

मैंने कहा, "मुझे भी ऐसा ही लगता है।"

"हाँ, जब तुम काशी से चले आए, तो उसने झगड़ा करके मेरे यहाँ काम करना छोड़ दिया। मैंने गुस्सा करके कहा–मैंने तेरे लिए इतना कुछ किया रतन, उसका क्या यही सिला है? उसने कहा–रतन नमकहराम नहीं है माँजी। मैं भी चला बर्मा, वहाँ बाबू की सेवा करके मैं तुम्हारा कर्ज चुका दूँगा। तब मैंने उसका हाथ पकड़ा था, मैंने अपना दोष कबूल किया था, तब जाकर मैंने उसे शान्त किया था।"

वह थोड़ी देर रुकी, फिर बोली, "उसके बाद तुम्हारी शादी का निमंत्रण-पत्र आया।"

मैंने उसे रोका और कहा, "झूठ मत बोलो। तुम्हारी राय जानने के लिए..."

इस बार उसने भी मुझे रोक दिया, बोली, "हाँ, मैं जानती हूँ, और अगर मैं गुस्सा करके लिख देती कि कर लो शादी, तो तुम शादी कर लेते न?"

"नहीं।"

"नहीं क्या? तुम लोग सब कुछ कर सकते हो।"

राजलक्ष्मी कहने लगी, "क्या पता रतन ने मन ही मन क्या समझा, सिर्फ देखती

हूँ, जब वह मेरे मुँह की तरफ देखता है, तो उसकी दोनों आँखें छलछलाने को आती हैं। उसके बाद जब मैंने तुम्हारी चिट्ठी का जवाब लिखकर चिट्ठी डाक में डालने के लिए उसके हाथ में दी तो उसने कहा—नहीं, मैं यह चिट्ठी डाक में नहीं डालूँगा। मैं खुद इसे लेकर जाऊँगा। मैंने कहा—झूठमूठ में रुपए खर्च करने से क्या फायदा होगा बेटा? रतन ने अचानक अपनी आँखें पोंछ डाली और बोला—मैं नहीं जानता माँजी कि क्या हुआ है। लेकिन तुम्हें देखकर लगता है, मानो पद्मा का तट खोखला हो गया है और वह कब पेड़-पौधे, घर-मकान समेत पानी में समा जाएगा, इसका कोई ठिकाना नहीं। तुम्हारी कृपा से मुझे अब कोई कमी नहीं है माँजी। मेरे जाने का खर्चा तुम दोगी, तो भी मैं उसे नहीं लूँगा। लेकिन अगर बाबा विश्वनाथ मुझ पर प्रसन्न हों, तो मेरे गाँव के घर अपनी नौकरानी को थोड़ा सा प्रसाद भेज देना, वह निहाल हो जाएगी।''

मैंने कहा, ''मुआ नाई कितना सयाना है!''

मेरी बात सुनकर राजलक्ष्मी मुँह दबाकर सिर्फ जरा मुस्कुराई। बोली, ''लेकिन और देरी मत करो, जाओ।''

दोपहर में जब वह मुझे खाना खिलाने बैठी, तो मैंने कहा, ''कल तुम आम साड़ी पहने हुए थी, पर आज सवेरे से बनारसी साड़ी क्यों पहने हुए हो, बताओ तो?''

''तुम बताओ तो कि आज मैं बनारसी साड़ी क्यों पहने हुए हूँ?''

''मैं नहीं जानता।''

''जरूर जानते हो। इस साड़ी को पहचान सकते हो?''

''हाँ, पहचान सकता हूँ। मैंने उसे बर्मा से खरीदकर भेजा था।''

राजलक्ष्मी ने कहा, ''जिस दिन यह साड़ी मुझे मिली थी उसी दिन मैंने सोच लिया था कि जीवन के सबसे बड़े दिन में मैं इसे पहनूँगी, इसके अलावा मैं इसे कभी नहीं पहनूँगी।''

''तो इसीलिए आज तुमने इसे पहना है?''

''हाँ, इसीलिए आज मैंने इसे पहना है।''

मैंने हँसकर कहा, ''लेकिन सो तो हो चुका। अब इसे बदल डालो।''

वह चुप रही। मैंने कहा, ''मुझे खबर मिली है कि तुम इसी वक्त कालीघाट जानेवाली हो।''

राजलक्ष्मी ने आश्चर्य में पड़कर कहा, ''इसी वक्त? इसी वक्त मैं कैसे जा सकती हूँ? तुम्हें खिला-पिलाकर सुला लूँगी तब जाकर मुझे छुट्टी मिलेगी।''

मैंने कहा, ''नहीं, मुझे खिलाने-पिलाने और सुलाने के बाद भी तुम्हें छुट्टी नहीं मिलेगी। रतन कह रहा था कि तुमने खाना-पीना लगभग छोड़ दिया है। सिर्फ कल तुमने कुछ खाया था। फिर आज से शुरू हुआ है उपवास। मैंने क्या तय किया है, जानती हो? अब से मैं तुम्हें बड़ी निगरानी में रखूँगा, अब तुम जो मर्जी सो नहीं कर सकोगी।''

राजलक्ष्मी ने मुस्कुराकर कहा, ''तब तो मैं जी जाऊँगी—जी जनाब। खाऊँगी-पिऊँगी, रहूँगी, कोई झंझट नहीं झेलनी होगी।''

मैंने कहा, ''इसीलिए तो आज तुम कालीघाट नहीं जा सकोगी।''

राजलक्ष्मी ने हाथ जोड़कर कहा, "मैं तुम्हारे पैरों पड़ती हूँ। सिर्फ आज भर के लिए मुझे जाने दो। आइन्दा मैं वैसी ही रहूँगी जैसी नवाबों और बादशाहों की खरीदी बाँदी रहती थी।"

"इतनी विनम्रता क्यों है, बताओ तो?"

"यह विनम्रता नहीं सच्चाई है। मैं अपना वजन समझकर नहीं चली थी, मैंने तुम्हें नहीं माना था; इसीलिए एक के बाद एक गुनाह करने से सिर्फ हिम्मत बढ़ गई थी। आज मेरी उस लक्ष्मी का तुम पर अधिकार नहीं है। मैं उसे अपने दोष से खो बैठी हूँ।"

मैंने निहारा, तो देखा, उसकी आँखों में आँसू आ गए थे। वह बोली, "सिर्फ आज-भर के लिए मुझे जाने की इजाजत दो। मैं माता की आरती देख आऊँगी।"

मैंने कहा, "आरती देखने कल चली जाना। तुमने खुद ही यह कहा कि रात भर जागती हुई बैठे-बैठे तुमने मेरी सेवा की थी–आज तुम बड़ी थकी हुई हो।"

राजलक्ष्मी बोली, "नहीं, मैं थकी हुई नहीं हूँ। यह सिर्फ आज की बात नहीं है। मैं देखती हूँ, जब-जब तुम बीमार पड़ते हो, तब-तब रात-रात भर जागकर भी तुम्हारी सेवा करने में मुझे तकलीफ नहीं होती है। कोई ऐसी चीज है जो मेरे सारे अवसाद को मानो मिटा दे जाती है। बहुत दिनों से मैं देवी-देवताओं को भूल गई थी। किसी भी चीज में मैं मन नहीं लगा सकती थी। मेरी सुनो, आज मुझे मना मत करो। मुझे जाने की इजाजत दो।"

"तो फिर चलो, हम दोनों एक साथ जाएँगे।"

राजलक्ष्मी की दोनों आँखें उल्लास से चमक उठीं, बोली, "तो चलो, दोनों एक साथ चलते हैं। लेकिन तुम मन ही मन देवी-देवताओं की छीछालेदर तो नहीं न करोगे?"

मैंने कहा, "मैं इस बात की कसम नहीं खा सकता कि मैं देवी-देवताओं की छीछालेदर नहीं करूँगा, बल्कि मैं तुम्हारी बाट जोहता हुआ मन्दिर के दरवाजे पर खड़ा रहूँगा। मेरी तरफ से तुम देवी से वर माँग लेना।"

"बताओ, क्या वर माँगूँ?"

मुँह में कौर डालकर मैं सोचने लगा, मगर कोई भी कल्पना मुझे ढूँढ़े नहीं मिली। यह स्वीकार करके मैंने प्रश्न किया, "अच्छा, तुम बताओ तो लक्ष्मी कि तुम मेरे लिए क्या माँगोगी?"

राजलक्ष्मी बोली, "मैं माँगूँगी कि तुम्हारी उम्र लम्बी हो, माँगूँगी कि तुम सदा स्वस्थ रहो और माँगूँगी कि तुम ऐसा बनो कि तुम मुझ पर सख्ती बरत सको, ताकि मुझे बढ़ावा देकर तुम मेरा और सर्वनाश न करो। तुम तो मेरा सर्वनाश ही करनेवाले थे।"

"लक्ष्मी, यह है तुम्हारे अभिमान की बात।"

"अभिमान तो है ही। तुम्हारी उस चिट्ठी को मैं क्या कभी भूल सकती हूँ?"

मैं मुँह नीचा किए चुप्पी साधे रहा।

उसने अपने हाथ से मेरा मुँह ऊपर उठाया और बोली, "चूँकि अभिमान है इसलिए मैं यह भी बर्दाश्त नहीं कर सकती कि तुम चुप्पी साधे रहो। लेकिन तुम तो कठोर बन

नहीं सकते, तुम्हारा ऐसा स्वभाव नहीं है। मगर यह काम अब से खुद मुझे ही करना होगा, अवहेलना करने से काम नहीं चलेगा।''

मैंने पूछा, ''कौन सा काम तुम्हें करना है? और भी लगातार उपवास?''

राजलक्ष्मी ने हँसकर कहा, ''उपवास करने से मुझे सजा नहीं मिलती है। बल्कि उपवास करने से अहंकार बढ़ता है। वह मेरा रास्ता नहीं है।''

''तो तुमने कौन-सा रास्ता ढूँढ़ा?'

''ढूँढ़ नहीं पाई हूँ, ढूँढ़ती फिर रही हूँ।''

''अच्छा, सचमुच तुम्हें यह विश्वास होता है कि मैं कभी कठोर बन सकता हूँ?''

''होता है जी, होता है और खूब होता है।''

''नहीं, तुम्हें कतई यह विश्वास नहीं होता है। तुम झूठ बोलती हो।''

राजलक्ष्मी ने हँसते हुए सर हिलाया और बोली, ''मैं झूठ ही तो बोल रही हूँ। लेकिन यही मेरे लिए मुसीबत बन गया है गुसाँई। मगर तुम्हारी कमल लता ने तुम्हारा बड़ा अच्छा नाम रखा है। सिर्फ ओ जी, हाँ जी, करती हुई जान जाती थी। अब से मैं भी तुम्हें 'नया गुसाँई' कहकर पुकारूँगी।''

''तुम आराम से मुझे 'नया गुसाँई' कहकर पुकार सकती हो।''

राजलक्ष्मी बोली, ''तब तो हो सकता है, तुम कभी मुझे कमल लता समझ बैठो। अगर ऐसा होगा तो इससे भी तुम्हें राहत मिलेगी। कहो, मैं ठीक कहती हूँ न?''

मैं हँसा, बोला, ''लक्ष्मी मरने पर भी कभी स्वभाव नहीं जाता है। बादशाहों के जमाने की खरीदी बाँदी की-सी बात तो कर रही हो, अब तक वे लोग तुम्हें जल्लाद के हाथों सौंप देते।''

मेरी बात सुनकर राजलक्ष्मी हँस पड़ी, बोली, ''मैंने तो खुद ही अपने आपको जल्लाद के हाथों सौंप दिया है।''

मैंने कहा, ''तुम हमेशा से इतनी शरारती रही हो कि किसी जल्लाद की मजाल नहीं कि तुम्हें डाँटे।''

राजलक्ष्मी मेरी बात के जवाब में कुछ कहने जा रही थी कि तभी वह बिजली की गति से उठकर खड़ी हो गई–''यह क्या! खाना खत्म होने को आया। पर दूध नहीं दिया गया है। तुम्हें मेरे सर की कसम, तुम उठ मत जाना।'' कहते-कहते वह तेज कदमों से बाहर निकल गई।

मैंने आह भरकर कहा, ''कहाँ यह और कहाँ कमल लता!''

दो मिनट बाद वह वापस आई, पत्तल के करीब दूध का कटोरा रखा और पंखा झलने के लिए बैठी, बोली, ''इतने दिनों तक लगता था, मेरे मन में न जाने कहाँ पाप है। इसीलिए गंगामाटी में मन नहीं रमा। मैं लौट आई काशीधाम। मैं गुरुदेव को बुला लाई, बाल कटवा डाले, गहने उतार दिए, बिलकुल तपस्या करने लगी, सोचा अब कोई फिक्र नहीं, स्वर्ग की सोने की सीढ़ी बननेवाली है। एक मुसीबत थे तुम, सो तुम भी चले गए। लेकिन उस दिन से आँसू रुकने का नाम नहीं ले रहे थे। मैं इष्ट का मंत्र भूल गई, देवी-देवता

गायब हो गए। कलेजा सूख गया। डर लगा, अगर यह धर्म की साधना है, तो फिर यह सब क्या हो रहा है! अन्त में मैं क्या पागल हो जाऊँगी!''

मैंने मुँह उठाकर उसके मुँह की तरफ निहारा, कहा, ''तपस्या के शुरू में सारे देवता डराते हैं। टिके रहने पर सिद्धि-लाभ होता है।''

राजलक्ष्मी बोली, ''सिद्धि की मुझे जरूरत नहीं। वह मुझे मिल चुकी है।''

''सिद्धि तुम्हें कहाँ मिली?''

''यहीं। इसी घर में।''

''मुझे विश्वास नहीं होता, तुम इसे साबित करो।''

''मैं इसे साबित करने की कोशिश करूँगी, तुम्हारे आगे? मुझे क्या पड़ी है?''

''मगर खरीदी बाँदियाँ ऐसी नहीं कहा करती हैं।''

''देखो, मैं कह देती हूँ, तुम मुझे गुस्सा मत दिलाओ। अगर तुम मुझे बार-बार खरीदी बाँदी कहोगे, तो अच्छा नहीं होगा।''

''अच्छा, तो जाओ, मैंने तुम्हें खलास किया। अब से तुम आजाद हो।''

राजलक्ष्मी फिर से हँस पड़ी और बोली, ''मैं कितनी आजाद हूँ, इसका पता मुझे इस बार भली-भाँति चल चुका है। कल बात करते-करते जब तुम सो गए, तो अपने गले पर से तुम्हारा हाथ हटाकर मैं उठ बैठी। मैंने हाथ लगाया, तो देखती हूँ, पसीने से तुम्हारा माथा भीगा हुआ है। मैंने अपने आँचल से पसीना पोंछ दिया और एक पंखा लेकर बैठी। टिमटिमाती बत्ती को मैंने उकसा दिया, तुम्हारे सोए मुँह की तरफ निहारा, तो नजरें फिर फिरा नहीं सकी। यह इतना सुन्दर है, इसके पहले क्यों नजर नहीं आया था? अब तक क्या मैं अन्धी बनी हुई थी? सोचा, यह अगर पाप है, तो पुण्य की मुझे जरूरत नहीं। यह अगर अधर्म है, तो भाड़ में जाए मेरा धर्म-पालन। जीवन में यह अगर झूठ हो तो, होश सँभालने के पहले मैंने किसके कहने पर इसे वरण किया था? वो क्या, तुम दूध क्यों नहीं पी रहे हो? सारा दूध क्यों पड़ा रहा?''

''अब मैं दूध नहीं पिऊँगा।''

''तो कुछ फल ले आऊँ?''

''नहीं, फल भी नहीं खाऊँगा।''

''लेकिन तुम बहुत दुबले हो गए हो।''

''अगर मैं दुबला हो भी गया हूँ, तो वह इसलिए कि तुमने बहुत दिनों तक मेरे पर ध्यान नहीं दिया है। और अगर तुम एक दिन में मुझे मोटा-ताजा करना चाहोगी, तो मेरी तो जान निकल जाएगी।''

दुख से उसका चेहरा पीला पड़ गया, बोली, ''अब और ऐसी गलती नहीं होगी। जो सजा मुझे मिली, उसे मैं अब नहीं भूल सकती। यही मेरा सबसे बड़ा फायदा है।'' वह थोड़ी देर तक चुप रही, फिर धीरे-धीरे कहने लगी, ''भोर होने पर मैं उठ आई। सौभाग्य से कुम्भकर्ण की नींद जल्दी नहीं टूटी थी। वरना लोभवश मैंने तो तुम्हें जगा ही डाला था। उसके बाद दरबान को साथ लेकर मैं गंगा नहाने गई। गंगा माता ने मानो सारा

ताप मिटा दिया। घर आकर पूजा-पाठ करने बैठी तो देखने में आया कि तुम सिर्फ अकेले ही वापस नहीं आए हो, बल्कि साथ में वापस आया है मेरा पूजा का मंत्र। आए हैं मेरे इष्टदेवता गुरुदेव, आए हैं मेरे सावन के बादल। आज भी आँखों से आँसू बहने लगे। लेकिन वे मेरे कलेजे के लहू को निचोड़कर निकले आँसू नहीं थे, बल्कि मेरे आनन्द के छलकते हुए झरने की धारा थे जो मेरे सारे पहलुओं को भिगोकर, डुबोकर बह गए। मैं थोड़ा-सा फल ले आऊँ? हँसुली लिये तुम्हारे पास बैठकर अपने हाथों से फल काटकर बहुत दिनों से मैंने तुम्हें नहीं खिलाया है—जाऊँ? क्यों?''

''अच्छा तो जाओ।''

राजलक्ष्मी पहले की ही तरह तेज गति से चली गई।

फिर मेरी आह निकली। कहाँ यह और कहाँ वह कमल लता!

न जाने किसने उसके जन्म के समय हजारों नामों में से चुनकर उसका राजलक्ष्मी नाम रखा था!

हम दोनों जब कालीघाट से वापस आए तब रात के नौ बजे थे। राजलक्ष्मी नहा-धोकर कपड़े बदलकर सहज आदमी की तरह मेरे पास आकर बैठी।

मैंने कहा, ''राजसी पोशाक उतर गई। चलो जान बची!''

राजलक्ष्मी ने गर्दन हिलाकर कहा, ''वह मेरी राजसी पोशाक ही तो है। क्योंकि वह मेरे राजा की दी हुई है। जब मैं मर जाऊँगी तब वही साड़ी मुझे पहनाने को कहना।''

''ऐसा ही होगा। लेकिन आज सारा दिन तुम क्या सिर्फ सपना देखती हुई बिताओगी? अब कुछ खा लो।''

''खाऊँगी।''

''मैं रतन से कह देता हूँ कि वह तुम्हारा खाना रसोइए से यहीं भिजवा दे।''

''यहीं? खैर, जो हो! तुम्हारे सामने बैठकर मैं क्यों खाऊँगी? कभी तुमने अपने सामने बैठकर मुझे खाते हुए देखा है?''

''नहीं, मैंने अपने सामने बैठकर तुम्हें खाते नहीं देखा है। मगर मैं तुम्हें खाते देखूँगा, तो इसमें बुराई क्या है?''

''ऐसा क्या हो सकता है। औरतें बहुत खाती हैं, ऐसे में हम लोग तुम लोगों को भला देखने ही क्यों देंगी?''

''यह तरकीब आज नहीं चलेगी लक्ष्मी। मैं तुम्हें अकारण उपवास करने हरगिज नहीं दूँगा। अगर तुम नहीं खाओगी तो मैं तुमसे बात नहीं करूँगा।''

''अगर तुम बात नहीं करोगे, तो क्या होगा?''

''तो मैं भी नहीं खाऊँगा।''

राजलक्ष्मी हँस पड़ी, बोली, ''इस बार तुम जीत गए, यह मुझे बर्दाश्त नहीं होगा। जो बुरा बर्ताव मैंने किया है उसके बाद मेरे लिए कहने को कुछ भी नहीं है।''

रसोइया खाना दे गया—फल, फूल, मिठाइयाँ। उसने नाममात्र खाना खाकर कहा, ''रतन ने तुमसे शिकायत की थी कि मैं नहीं खाती हूँ। लेकिन कैसे खाती, बताओ तो?

मैं कलकत्ता आई थी हारे हुए मुकदमे की अपील करने। तुम्हारे डेरे से रतन रोज लौट आता था। मैं डर के मारे पूछ नहीं सकती थी कि कहीं वह यह न कह दे कि मुलाकात तो हुई थी, मगर बाबू नहीं आए!"

"कहने की जरूरत तो नहीं है। अब तुम खुद मेरे डेरे पर आकर मुझे वैसे ही पकड़कर ले जाती जैसे फतिंगा तिलचट्टे को पकड़कर ले जाता है।"

"कौन है तिलचट्टा? तुम?"

"ऐसे ही तो समझता हूँ। ऐसा निरीह जीव दुनिया में कौन है?"

राजलक्ष्मी पल भर चुप रही, फिर बोली, "हालाँकि मैं मन ही मन तुमसे जितना डरती हूँ, उतना किसी से नहीं।"

"यह मजाक है। लेकिन मैं इसका कारण पूछ सकता हूँ क्या?"

राजलक्ष्मी फिर थोड़ी देर तक मेरी तरफ निहारती रही, उसके बाद बोली, "इसका कारण यह है कि मैं तुम्हें पहचानती हूँ। मैं जानती हूँ कि औरतों के प्रति तुममें सचमुच की आसक्ति जरा भी नहीं है। जो है वह दिखाने का शिष्टाचार है। दुनिया में किसी चीज के प्रति तुम्हें लोभ नहीं है, न ही वास्तविक जरूरत है। तुम्हारे इनकार करने पर मैं तुम्हें मनाऊँगी कैसे?"

मैंने कहा, "तुमसे थोड़ी-सी गलती हो गई लक्ष्मी। दुनिया की एक चीज के प्रति मुझे आज भी लोभ है। और वह चीज है–तुम। सिर्फ यहीं इनकार करने में हिचकिचाहट होती है। श्रीकान्त उस चीज के बदले दुनिया की सारी चीजों को छोड़ सकता है, आज तक तुम यह नहीं जान सकी हो।"

"हाथ धो आऊँ," कहकर राजलक्ष्मी जल्दी से उठकर चली गई।

अगले दिन दिन-भर का हर तरह का काम-काज निपटाकर राजलक्ष्मी आकर मेरे पास बैठी। बोली, "कमल लता की कहानी सुनूँगी, सुनाओ।"

मैं जितना जानता था सब सुना दिया, सिर्फ अपने बारे में कुछ बातें मैंने उसे नहीं बताईं क्योंकि इससे गलतफहमी होने की सम्भावना थी।

उसने शुरू से आखिर तक मन लगाकर सुना, उसके बाद धीरे-धीरे बोली, "यतीन की मौत ही उसे सबसे ज्यादा टीसी थी। उसी के दोष से वह मारा गया।"

"इसमें उसका क्या दोष था?"

"उसी का दोष था। कमल लता ने कलंक से बचने के लिए उसे ही तो सबसे पहले बुलाया था आत्महत्या में मदद करने के वास्ते। उस दिन यतीन कबूल नहीं कर सका था, मगर दूसरे दिन अपने कलंक से बचने के लिए उसे सबसे पहले वही उपाय सूझा था। ऐसा ही होता है। इसीलिए पाप में मददगार बनने के लिए कभी अपने दोस्त को नहीं बुलाना चाहिए। इससे एक के पाप का प्रायश्चित्त दूसरे को करना पड़ता है। वह खुद तो बच गई, लेकिन मरा उसका स्नेह-पात्र।"

"तुम्हारी युक्ति मैं समझ नहीं सका लक्ष्मी!"

"तुम इसे समझोगे कैसे? इसे समझा है कमल लता ने और समझा है तुम्हारी राजलक्ष्मी ने।"

"ओः—तो यह बात है!"

"यही तो बात है! जब मैं तुम्हारी तरफ देखती हूँ तब मेरे जीने का क्या मतलब है, बताओ तो?"

"लेकिन कल ही तो तुमने कहा कि तुम्हारे मन की सारी कालिख धुल गई है, अब कोई ग्लानि नहीं है। तो क्या वह झूठ था?"

"हाँ, वह झूठ ही तो था। कालिख धुलेगी मरने पर, उसके पहले नहीं। मैंने मरना भी चाहा है, मगर मैं मर नहीं सकती सिर्फ तुम्हारे ही चलते।"

"मैं जानता हूँ, लेकिन इसको लेकर अगर तुम मुझे बार-बार दुख दोगी तो मैं ऐसा लापता हो जाऊँगा कि तुम्हें फिर कहीं ढूँढ़े नहीं मिलूँगा।"

राजलक्ष्मी ने डरते हुए मेरा हाथ पकड़ लिया और बिलकुल मेरे सीने से सटकर बैठी, बोली, "ऐसी बात तुम फिर कभी अपनी जबान पर भी मत लाना। तुम सब कर सकते हो। तुम्हारी निष्ठुरता कहीं भी बाधा नहीं मानती है।"

"तो तुम कहो कि तुम फिर कभी ऐसी बात नहीं कहोगी?"

"नहीं, मैं फिर कभी ऐसी बात नहीं कहूँगी।"

"कहो कि तुम फिर कभी ऐसी बात नहीं सोचोगी?"

"तुम कहो कि तुम मुझे कभी छोड़कर नहीं जाओगे?"

"मैं तो कभी नहीं गया था लक्ष्मी। मैं जब भी तुमसे दूर गया था तो इसीलिए गया था कि तुमने नहीं चाहा था कि मैं तुम्हारे पास रहूँ।"

"वह तुम्हारी लक्ष्मी नहीं थी, वह कोई और थी।"

"उस किसी और से तो मैं आज भी डरता हूँ।"

"नहीं, अब तुम उससे मत डरो, वह राक्षसी मर चुकी है।" इतना कहकर उसने मेरे उसी हाथ को खूब जोर से पकड़ा और चुपचाप बैठी रही।

पाँच-छह मिनट वह इसी तरह से बैठी रही। फिर अचानक उसने दूसरी बात छेड़ी, बोली, "तुम क्या सचमुच ही बर्मा जाओगे?"

"हाँ, मैं सचमुच ही बर्मा जाऊँगा।"

"वहाँ जाकर क्या करोगे? नौकरी? लेकिन हम तो दो आदमी हैं, भला हमारी जरूरत ही कितनी है?"

"लेकिन जितनी भी जरूरत है उसे पूरी करने के लिए पैसा तो चाहिए।"

"सो भगवान दे देंगे। लेकिन तुम नौकरी नहीं करोगे। नौकरी तुम्हारे स्वभाव को रास नहीं आएगी।"

"अगर नौकरी रास नहीं आएगी, तो मैं चला आऊँगा?"

"यह तो मैं जानती हूँ कि तुम वापस आओगे ही। सिर्फ रूठकर उतनी दूर खींच ले जाकर तुम मुझे तकलीफ देना चाहते हो।"

"तो ऐसा कुछ करो ताकि तुम्हें तकलीफ न उठानी पड़े।"

राजलक्ष्मी ने क्रुद्ध कटाक्ष करके कहा, "जाओ, चालाकी मत करो।"

मैंने कहा, "मैंने चालाकी नहीं की है। वहाँ जाने पर सचमुच ही तुम्हें तकलीफ होगी। वहाँ तुम्हें खाना बनाना होगा, बरतन माँजना पड़ेगा, घर-बार की साफ-सफाई करनी होगी, बिस्तर बिछाना होगा..."

राजलक्ष्मी बोली, "तो नौकर-नौकरानियाँ क्या करेंगे?"

"कैसे रखूँगा नौकर-नौकरानियों को? उन्हें तनखाह देने के लिए पैसा कहाँ है?"

राजलक्ष्मी बोली, "भले ही नौकर-नौकरानियों को तनखाह देने के लिए पैसा न हो। और तुम चाहे जितना भी डर क्यों न दिखाओ, मैं तो जाऊँगी ही।"

"तो चलो। पर सिर्फ हम दोनों जाएँगे। काम के बारे न तुम्हें झगड़ा करने का मौका मिलेगा और न पूजा-पाठ और उपवास करने की फुर्सत मिलेगी।"

"सो न मिले, तो न सही। मैं क्या काम करने से डरती हूँ?"

"यह सच है कि तुम काम करने से नहीं डरती हो। लेकिन तुम काम कर नहीं सकोगी? दो दिन बाद ही लौटने के लिए जल्दी मचाओगी।"

"तो भला इसमें डरने की कौन-सी बात है? मैं तुम्हें साथ लेकर जाऊँगी और साथ वापस लाऊँगी। तुम्हें छोड़कर तो नहीं न आना पड़ेगा।" इतना कहकर उसने एक पल न जाने क्या सोचा, उसके बाद बोल उठी, "यही, अच्छा है। नौकर-नौकरानियों और लोग-बाग में से कोई नहीं रहेगा। एक छोटे-से घर में सिर्फ हम दोनों रहेंगे। मैं तुम्हें जो खाने को दूँगी, तुम वही खाओगे, जो पहनने को दूँगी, तुम वही पहनोगे, है न? तुम देखना, मैं, हो सकता है, अब लौटना ही न चाहूँ।"

सहसा वह मेरी गोदी में अपना सर रखकर लेट गई और बहुत देर तक आँखें बन्द किए स्तब्ध रही।

"क्या सोच रही हो?"

राजलक्ष्मी आँखें खोलकर तनिक मुस्कुराई, बोली, "हम लोग कब जाएँगे?"

मैंने कहा, "इस मकान का कोई इन्तजाम कर लो, उसके बाद जिस दिन मर्जी, चलो।"

उसने गर्दन हिलाकर हामी भरी और फिर आँखें मूँद लीं।

"फिर क्या सोच रही हो?"

राजलक्ष्मी ने निहारते हुए कहा, "सोच रही हूँ कि एक बार मुरारिपुर नहीं जाओगे?"

मैंने कहा, "मैंने उन लोगों से वादा किया था कि विदेश जाने के पहले मैं एक बार उन लोगों से मिल आऊँगा।"

"तो चलो, कल ही हम दोनों चलें।"

"तुम जाओगी?"

"क्यों, इसमें डरने की कौन-सी बात है? तुम्हें प्यार करती है कमल लता और उसे प्यार करता है हमारा गौहर भैया। यह अच्छा हुआ है।"

"यह सब तुमसे किसने कहा?"

"तुम्हीं ने तो कहा है।"

"नहीं, मैंने यह नहीं कहा है।"

"हाँ, तुम्हीं ने कहा है। तुम सिर्फ यह नहीं जानते कि तुमने कब कहा है।"

उसकी बात सुनकर मैं संकोच से व्याकुल हो उठा, बोला, "सो चाहे जो भी क्यों न हो, तुम्हें वहाँ नहीं जाना चाहिए।"

"क्यों, मुझे वहाँ क्यों नहीं जाना चाहिए?"

"दिल्लगी करके तुम उस बेचारी को परेशान कर दोगी।"

राजलक्ष्मी ने त्योरियाँ चढाईं, गुस्सा-भरी आवाज में बोली, "इतने दिनों में तुम्हें मेरा यही परिचय मिला है? इसको लेकर कि वह तुम्हें प्यार करती है, मैं उसे शर्मिन्दा करने की कोशिश करूँगी? तुम्हें प्यार करना क्या गुनाह है? मैं भी तो औरत हूँ। हो सकता है, मैं भी उसे प्यार कर आऊँ?"

"तुम्हारे लिए कुछ भी असम्भव नहीं है लक्ष्मी। चलो, चलें।"

"हाँ, चलो। कल सवेरे की ही गाड़ी से हम दोनों निकल पड़ेंगे। तुम कोई फिक्र मत करो। इस जीवन में मैं तुम्हें कभी दुखी नहीं करूँगी?"

इतना कहकर वह एक तरह से कैसी अनमनी हो गई। आँखें बन्द थीं, दम रुकने का आ रहा था—सहसा वह न जाने कहाँ कितनी दूर हट गई।

डरकर उसे हिलाकर मैंने कहा, "वो क्या?"

राजलक्ष्मी ने आँखें खोलकर निहारा, तनिक मुस्कुराकर बोली, "कहाँ? कुछ तो नहीं।"

उसकी यह हँसी भी आज मुझे न जाने कैसी लगी।

# 11

अगले दिन मेरे न चाहने की वजह से जाना सम्भव नहीं हो सका। मगर उसके बाद वाले दिन और टाला नहीं जा सका। मुरारिपुर अखाड़े के लिए जाना ही पड़ा। राजलक्ष्मी का वाहन रतन था। उसके बिना कहीं कदम नहीं बढ़ाया जा सकता था, लेकिन रसोईघर की दाई लालू की माँ भी साथ चली। कुछ चीज-बस्त लेकर रतन भोर की गाड़ी से रवाना हो गया था। वहाँ के स्टेशन पर उतरकर वह किराए पर दो घोड़ा-गाड़ियाँ करके रखेगा। क्योंकि हमारे साथ भी ले जाने के लिए जो मोटरी-गठरियाँ बाँधी गई थीं वे भी कम नहीं थीं।

मैंने प्रश्न किया, "वहाँ रहने के लिए चली क्या?"

राजलक्ष्मी बोली, "वहाँ दो-एक दिन नहीं रहूँगी? गाँव के जंगल-झाड़, नदी-नालों, बाट-घाट को तुम अकेले देख आओगे और मैं क्या उस गाँव की लड़की नहीं हूँ? उन्हें देखने की मेरी इच्छा नहीं होगी?"

"मैं मानता हूँ, उन्हें देखने की तुम्हारी इच्छा होगी, लेकिन इतना चीज-बस्त, इतनी तरह की खाने-पीने की चीजें—"

राजलक्ष्मी बोली, "तीर्थ-स्थान में क्या खाली हाथ जाने को कहते हो? और उन्हें तुम्हें तो नहीं ढोना पड़ेगा। फिर तुम्हें किस बात की फिक्र है?"

मैं भला यह किससे कहता कि फिक्र कितनी थी। और यही डर ज्यादा था कि वैष्णव-वैष्णवियों के छुए भगवान के प्रसाद को वह आराम से माथे से लगाएगी, लेकिन उसे मुँह में नहीं डालेगी। क्या पता वहाँ जाकर वह किस बहाने उपवास शुरू करेगी या खाना बनाने बैठेगी, कहना कठिन है। सिर्फ एक भरोसा था, वह यह कि राजलक्ष्मी का मन सचमुच का भद्र मन है। बेवजह अनचाहे वह किसी को भी दुख नहीं दे सकती। यद्यपि वह ऐसा कुछ करेगी, तो मुस्कुराती हुई हँसी-दिल्लगी से कुछ इस तरह से करेगी कि मैं और रतन को छोड़ और कोई जान भी नहीं सकेगा।

राजलक्ष्मी किसी भी दिन मोटी नहीं थी। अपने संयम और उपवास करने की वजह से उसका बदन हल्का हो गया था और चेहरे पर एक चमक आ गई थी। खासकर उसका आज का बनाव-सिंगार विचित्र हुआ था। वह तड़के नहाकर आई थी। उसके माथे पर चन्दन-तिलक लगा हुआ था जिसे गंगा घाट पर उड़िया पंडे ने बड़े जतन से लगाया था। वह विचित्र फूलदार वृन्दावनी कत्थई साड़ी पहने हुए थी। उसने कई जेवर पहने थे, चेहरे पर स्निग्ध प्रसन्नता थी। वह अपने मन से काम में मशगूल थी। कल वह दो लम्बे-लम्बे आईने लगी अलमारियाँ खरीद लाई थी। आज जाने के पहले जल्दी से वह उनमें कुछ चीजें करीने से रख रही थी। काम करते वक्त हाथों की चूड़ियों की शार्क मछली की दोनों आँखें बीच में जल उठती थीं। हीरे और पन्ने जड़े गले के हार की विचित्र शोभा साड़ी की किनारी के हटने पर झलक उठती थी। उसके कानों के पास भी कोई नीली चमक थी। टेबल पर चाय पीने बैठकर मैं टकटकी लगाकर उसे ही देख रहा था। उसमें एक दोष था, वह यह कि घर में वह कुरता या शमीज नहीं पहनती थी। इसीलिए जब कभी वह थोड़ी असतर्क होती तो उसकी गर्दन और बाँहों का बहुत बड़ा हिस्सा उघर जाता था। हालाँकि जब मैं उससे कहता, तो वह हँसकर कहती—उतना सँभाल नहीं सकती भई! मैं देहाती लड़की हूँ दिन-रात मेमों की तरह सज-धज नहीं सकती। यानी कपड़े-लत्ते का ज्यादा बन्धन सफाई-पसन्द लोगों के लिए परेशानी में डालनेवाला है।

जब उसने अलमारी के पल्ले बन्द किए, तो अचानक आईने में उसे मैं दिख गया। उसने जल्दी से अपनी साड़ी को सँभाल लिया और मुड़कर खड़ी हो गई, गुस्साकर बोली, "फिर निहार रहे हो? इस तरह से बार-बार तुम मुझे इतना क्यों देखते हो, बताओ तो?" इतना कहकर वह हँस पड़ी।

मैं भी हँसा, बोला, "मैं सोच रहा था कि विधाता को फरमाइश देकर न जाने किसने तुम्हें गढ़वाया था?"

राजलक्ष्मी ने कहा, "तुमने विधाता से कहकर मुझे गढ़वाया था। वरना ऐसी गई-गुजरी पसन्द किसकी होगी? मेरे आने के पाँच-छह बरस पहले तुम आए थे। आते वक्त तुम उन्हें पेशगी देकर आए थे, तुम्हें याद नहीं है क्या?"

"नहीं, मुझे तो याद नहीं है, लेकिन तुमने यह कैसे जाना?"

"मुझे यहाँ भेजते वक्त उन्होंने मेरे कानों में यह कह दिया था मगर तुम चाय पी चुके? अगर तुम देरी करोगे, तो तुम आज भी चाय नहीं पी सकोगे।"

"मैं चाय नहीं पिऊँगा।"

"तुम चाय क्यों नहीं पिओगे, बताओ तो?"

"वहाँ भीड़ में हो सकता है, मैं तुम्हें ढूँढ़ न पाऊँ।"

राजलक्ष्मी बोली, "तुम मुझे ढूँढ़ पाओगे। मैं तुम्हें ढूँढ़ पाऊँगी तो मैं जी जाऊँगी।"

मैंने कहा, "यह भी तो अच्छा नहीं है।"

उसने हँसकर कहा, "नहीं, ऐसा नहीं हो सकता। लो चलो। सुना है, वहाँ नए गुसाँई का एक अलग कमरा है। मैं जाते ही उसका ब्योड़ा तोड़कर रख दूँगी। डरो मत, तुम्हें ढूँढ़ना नहीं पड़ेगा, दासी को तुम यों ही पाओगे।"

"तो चलो।"

जब हम लोग मठ पहुँचे तब भगवान की दोपहर की पूजा अभी-अभी खत्म हुई थी, बिना बुलाए, बिना खबर दिए इतने प्राणी अचानक आ गए थे, फिर भी वे लोग कितने खुश हुए, यह मैं बता नहीं सकता। बड़े गुसाँई आश्रम में नहीं थे। वे अपने गुरुदेव को देखने फिर नवद्वीप गए थे। लेकिन इस बीच दो वैरागियों ने आकर मेरे ही कमरे में अड्डा जमा लिया था।

कमल लता, पद्मा, लक्ष्मी, सरस्वती तथा और भी बहुतेरे वैष्णवियों ने बड़े सम्मान के साथ हमारी अगवानी की। कमल लता ने भर्राए स्वर में कहा, "नए गुसाँई, तुम इतनी जल्दी आकर फिर हम लोगों से मिलोगे, मैंने यह आशा नहीं की थी।"

राजलक्ष्मी ने बात की, मानो कितनी पुरानी जान-पहचान हो। बोली, "कमल लता दीदी, इन कई दिनों में सिर्फ तुम्हारी ही बात उनकी जबान पर थी। उन्होंने और भी पहले आना चाहा था। सिर्फ मेरे ही चलते वे नहीं आ सके थे। यह मेरा ही दोष है।"

कमल लता का मुँह थोड़ी देर के लिए लाल हो उठा। पद्मा खी-खी करके हँसी और नजरें घुमा लीं।

राजलक्ष्मी की वेश-भूषा और शक्ल-सूरत देखकर सभी ने यह समझा था कि वह प्रतिष्ठित घर की लड़की है। वे निःसन्दिग्ध रूप से सिर्फ यही नहीं समझ सके थे कि मेरे साथ उसका क्या सम्बन्ध है। उससे जान-पहचान करने के लिए सभी बेताब हो उठीं। राजलक्ष्मी की नजरों से कुछ भी नहीं छिपा था। बोली, "कमल लता दीदी, तुम मुझे पहचान नहीं पा रही हो?"

कमल लता ने सर हिलाकर कहा, "नहीं।"

"वृन्दावन में तुमने मुझे कभी नहीं देखा है?"

कमल लता भी नादान नहीं थी, मसखरी को उसने समझा, हँसकर बोली, "याद तो नहीं आ रहा भई!"

राजलक्ष्मी बोली, "याद न आना ही अच्छा है दीदी। मैं इसी गाँव की लड़की हूँ। मैं कभी वृन्दावन के पास तक नहीं फटकी हूँ।" इतना कहकर वह हँस पड़ी। लक्ष्मी,

सरस्वती और अन्यान्य सबके चले जाने पर मुझे दिखाकर वह बोली, "हम दोनों एक गाँव में, एक गुरुजी की पाठशाला में पढ़ते थे। हम दोनों में ऐसी दोस्ती थी जैसी भाई-बहन में होती है। मुहल्ले के नाते मैं उन्हें भैया कहकर पुकारती थी और वे मुझे बहन की तरह कितना प्यार करते थे। उन्होंने मेरे बदन को कभी हाथ तक नहीं लगाया है।" फिर उसने मेरी तरफ निहारकर कहा, "ओ जी, मैं जो कह रही हूँ वह सब सही नहीं है?"

पद्मा खुश होकर बोली, "इसीलिए तुम लोग देखने में ठीक एक-से हो। तुम दोनों ही लम्बे और छरहरे हो। फर्क सिर्फ इतना है कि तुम गोरी हो और नए गुसाँई काले। तुम लोगों को देखने से ही यह समझ में आ जाता है कि तुम लोग एक जैसे हो।"

राजलक्ष्मी ने गम्भीर होकर कहा, "ऐसा तो समझ में आएगा ही भई! हम लोगों को ठीक एक जैसा हुए बिना क्या कोई उपाय है पद्मा?"

"बाप रे, देखती हूँ, तुम तो मेरा नाम भी जानती हो। नए गुसाँई ने बताया है क्या?"

"चूँकि उन्होंने तुम लोगों के बारे में मुझे सब कुछ बता दिया है इसीलिए तो मैं तुम लोगों को देखने आई। मैंने कहा—वहाँ तुम अकेले क्यों जाओगे, मुझे भी साथ ले चलो। तुमसे तो मुझे डर नहीं है। हमें एक साथ देखने पर कोई कलंक भी नहीं लगाएगा। और लगाएगा भी तो भला क्या है—नीलकंठ के गले में ही विष अटका रहेगा, पेट में नहीं जाएगा।"

मैं और चुप नहीं रह सका। औरतों का यह कैसा मजाक है, यह वे ही जानें। मैंने गुस्सा होकर कहा, "क्यों बच्ची के साथ झूठा मजाक कर रही हो, बताओ तो?"

राजलक्ष्मी ने शरीफ औरत की तरह कहा, "तो सच्चा मजाक क्या है, यह तुम्हीं बता दो। मैं जो जानती हूँ वह सरल मन से बता रही हूँ, तुम्हें गुस्सा क्यों आता है?"

उसकी गम्भीरता को देखकर गुस्साया होकर भी मैं हँस पड़ा, "सरल मन से बता रही हूँ। बड़ी आई सरल मन से बतानेवाली। कमल लता, दुनिया में तुम्हें इतनी बड़ी शैतान और बातूनी ढूँढ़े नहीं मिलेगी। इसका कोई मतलब होगा। कभी भी इसकी बात पर तुम आसानी से विश्वास मत करना।"

राजलक्ष्मी बोली, "तुम क्यों मेरी निन्दा करते हो गुसाँई? तब तो मेरे बारे में जरूर तुम्हारे ही मन में कोई मतलब होगा!"

"हाँ, सो तो है ही।"

"मगर मेरे मन में तुम्हारे बारे में कोई मतलब नहीं है। मैं निष्पाप हूँ, निष्कलंक हूँ।"

"हाँ, तुम युधिष्ठिर हो!"

राजलक्ष्मी भी हँसी लेकिन उसके बोलने की मुद्रा पर। शायद वह ठीक से कुछ समझ नहीं सकी। सिर्फ उलझन में पड़ गई क्योंकि उस दिन भी मैंने तो उसे इस बात का कोई आभास नहीं दिया था कि मेरा किसी नारी से कोई रिश्ता है। और देता भी भला कैसे! उस दिन आभास देने के लिए भला था ही क्या!

कमल लता ने पूछा, "अच्छा भई, तुम्हारा नाम क्या है?"

"मेरा नाम राजलक्ष्मी है। पर वे शुरू के शब्द को छोड़ देते हैं और मुझे कहते हैं सिर्फ लक्ष्मी। और मैं कहती हूँ, अजी, ओ जी। लेकिन आजकल वे मुझे उन्हें नया गुसाँई

कहकर पुकारने को कहते हैं। कहते हैं—तुम्हारे मुँह से यह नाम सुनूँगा, तो थोड़ी-सी राहत तो मिलेगी।''

पद्‌मा अचानक ताली बजा उठी, ''मैं समझ गई।''

कमल लता ने उसे डाँट दिया, ''जलमुँही, बड़ी अक्लमन्द बनती है। तू क्या समझ गई, बता तो?''

''मैं जरूर समझ गई हूँ! बताऊँ?''

''बताने की जरूरत नहीं। तू जा।'' इतना कहकर उसने स्नेह के साथ राजलक्ष्मी का एक हाथ पकड़कर कहा, ''लेकिन बातों-बातों में दिन चढ़ रहा है भई, धूप में तुम्हारा मुँह सूख गया है। जानती हूँ, तुम कुछ खाकर नहीं आई होगी। चलो, हाथ-पाँव धोकर भगवान को प्रणाम करोगी। उसके बाद सभी मिल उनका प्रसाद खाएँगे। तुम भी आओ गुसाँई।'' इतना कहकर वह उसे मन्दिर की तरफ खींचकर ले गई।

अबकी बार मैंने मन ही मन प्रणाम किया। क्योंकि अब आता प्रसाद खाने का बुलावा। खाने-पीने को लेकर, छुआछूत का भेदभाव राजलक्ष्मी के जीवन में इस तरह से गुँथ गया था कि यह सवाल करना ही बेकार था कि क्या सही है और क्या गलत। यह सिर्फ विश्वास नहीं था, यह उसका स्वभाव था। इसके सिवा वह जिन्दा नहीं रह सकती थी। जीवन की इस बेहद जरूरत की सहज और सक्रिय सजीवता ने कितने दिन कितनी मुसीबतों से उसे बचाया था, किसी के लिए भी यह जानने से कोई फायदा नहीं था। मैं सिर्फ यह जानता था कि राजलक्ष्मी को मैंने एक दिन अनचाहे ही संयोग से पाया था और आज वह मेरे लिए सब चीजों से बड़ी थी जो मैंने पाई थी। लेकिन अभी रहने दीजिए इन बातों को।

उसमें जितनी कठोरता थी वह सिर्फ खुद को लेकर थी। हालाँकि वह दूसरे पर जुल्म नहीं करती थी। बल्कि, वह हँसकर कहती थी—जरूरत क्या है भई, इतनी तकलीफ करने की। इस जमाने में इतना भेदभाव करने से आदमी जी नहीं सकता है। वह यह जानती थी कि मैं कुछ भी नहीं मानता हूँ। वह सिर्फ इस बात से खुश थी कि उसकी आँखों के सामने कोई भयंकर घटना न घटे। मेरे परोक्ष अनाचार की कहानी सुनकर कभी वह अपने दोनों कानों को बन्द करके अपना बचाव करती थी, तो कभी गाल पर हाथ रखकर ठगी-सी रहकर कहती थी—मेरे नसीब में तुम ऐसे क्यों हुए? तुम्हारी वजह से मेरा सब कुछ गया।

लेकिन आज की बात ठीक ऐसी नहीं है। इस सुनसान मन्दिर में जितने प्राणी शान्ति से रहते हैं, वे दीक्षित वैष्णव-वैष्णवियाँ हैं। उनमें जात-पाँत का भेदभाव नहीं है। उनमें से कोई यह सोचता भी नहीं है कि वह किस वर्ण में पैदा हुआ है। इसीलिए जब कोई अतिथि आता था तो वे भगवान का प्रसाद निःसंकोच श्रद्धा से बाँट देते हैं और उसे ठुकरा करके आज तक किसी ने उन्हें अपमानित नहीं किया है। लेकिन यह अप्रिय काम अगर बिना बुलाए आए हुए हमीं लोगों द्वारा हो जाता, तो पछतावे की सीमा न रहेगी। खासकर खुद मेरे लिए। मैं जानता हूँ कि कमल लता मुँह से कुछ भी नहीं कहेगी, उसे

कहने भी नहीं देगी, हो सकता है, सिर्फ एक बार मेरी तरफ निहारकर मुँह नीचा करके दूसरी जगह चली जाएगी। इस मौन शिकायत का जवाब क्या है। यहाँ खड़ा होकर मैं मन ही मन यही सोच रहा था।

ऐसे समय पद्मा ने आकर कहा, "चलो, नए गुसाँई, दीदी तुम्हें बुला रही है। तुमने मुँह-हाथ धोया है?"

"नहीं।"

"तो आओ, मैं पानी देती हूँ। प्रसाद दिया जा रहा है।"

"आज क्या प्रसाद बना है?"

"आज भगवान को अन्न-भोग लगा है।"

मैंने मन ही मन कहा–तब तो यह और भी अच्छी खबर है। पूछा, "प्रसाद कहाँ दिया?"

पद्मा बोली, "पूजा-घर के बरामदे में। तुम साधुओं के साथ खाने बैठोगे। हम औरतें बाद में खाएँगी। आज खुद राजलक्ष्मी दीदी खाना परोसकर हमें खिलाएँगी।"

"वह नहीं खाएगी?"

"नहीं, वह नहीं खाएगी। वह तो हम जैसी वैष्णव नहीं है। वह तो ब्राह्मण की बेटी है। अगर वह हमारा छुआ खाएगी, तो उसे पाप लगेगा।"

"तो तुम्हारी कमल लता दीदी ने गुस्सा नहीं किया?"

"वह गुस्सा क्यों करेगी, बल्कि वह तो हँसने लगी। उसने राजलक्ष्मी दीदी से कहा–अगले जनम में हम दोनों बहनें एक माँ की कोख से पैदा होंगी। मैं पैदा होऊँगी पहले और तुम पैदा होओगी मेरे बाद। तब हम दोनों बहनें एक साथ बैठकर माँ के हाथ का खाना एक ही पत्तल में खाएँगी। लेकिन तब अगर तुम यह कहोगी कि मेरे साथ खाना खाने से तुम्हारी जात चली जाएगी तो माँ तुम्हारे कान मल देगी।"

उसकी बात सुनकर मैंने खुश होकर सोचा–अबकी बार ठीक हुआ है। राजलक्ष्मी को बात करने में कभी कोई उसकी बराबरी का नहीं मिला था।

मैंने पूछा, "तो क्या जवाब दिया उसने?"

पद्मा बोली, "उसकी बात सुनकर राजलक्ष्मी दीदी भी हँसने लगी। बोली–माँ क्यों दीदी, तब बड़ी बहन बनकर तुम्हीं मेरे कान मल देना। छोटी बहन की हिमाकत हरगिज बर्दाश्त नहीं करना।"

राजलक्ष्मी की कही बात सुनकर मैं चुप रहा, मैंने सिर्फ यह प्रार्थना की कि इसके निहितार्थ को कमल लता न समझ सके।

मैं जब वहाँ गया, तो देखा, मेरी प्रार्थना मंजूर हो गई थी। कमल लता ने उस बात पर कान नहीं दिया था। बल्कि उसने इस गैर-बराबरी को मान लिया था और इस बीच उन दोनों में बड़ा मेल हो गया था।

तीसरे पहर की गाड़ी से बड़े गुसाँई लौट आए। उनके साथ और भी कई साधु आए। उनके अंग-अंग पर पड़ी छापों और वैचित्र्य को देखकर सन्देह नहीं रहा कि वे लोग भी

किसी से कम नहीं हैं। मुझे देखकर तो बड़े गुसाँई खुश हुए, मगर उनके साथियों ने मेरी परवाह नहीं की। मेरी परवाह नहीं ही करनी चाहिए थी, क्योंकि सुनने में आया कि उनमें से एक नामचीन कीर्तनिया है और दूसरा मृदंग बजाने में माहिर है।

जब मैं प्रसाद खा चुका, तो बाहर निकल आया। वही सूखी नदी और वही जंगल-झाड़। चारों ओर बाँसों और बेंतों के झुरमुट थे। राह में चलना मुश्किल था, बदन में खरोंच लगने का डर था। मैंने ठाना था कि गोधूलि के वक्त तट पर बैठकर थोड़ी देर तक प्रकृति की शोभा देखूँगा, लेकिन करीब ही कहीं अरबी-वर्ग के 'आँधार माणिक' के फूल खिले थे। उनकी सड़े मांस जैसी बीभत्स गन्ध ने रुकने नहीं दिया। मैंने मन ही मन सोचा–कवि इस फूल को इतना पसन्द करते हैं लेकिन कोई इसे ले जाकर उन लोगों को उपहार में क्यों नहीं दे आता है।

शाम होने के पहले मैं लौट आया। जब मैं वहाँ गया तो देखता हूँ, वहाँ बड़ी चहल-पहल है। भगवान और पूजा-घर को सजाया जा रहा है। आरती के बाद कीर्तन की महफिल लगनेवाली है।

पद्मा बोली, "नए गुसाँई, तुम कीर्तन सुनना पसन्द करते हो। आज मनोहर दास बाबाजी का गाना सुनोगे, तो तुम ठगे-से रह जाओगे। क्या गजब का गाते हैं वे!"

वास्तव में वैष्णव कवियों की पदावलियाँ जैसी मधुर चीज मेरे लिए कोई और नहीं है। मैंने कहा, "सचमुच ही मैं कीर्तन सुनना बहुत पसन्द करता हूँ पद्मा। बचपन में जब यह सुनता था कि दो-चार कोस के अन्दर कहीं कीर्तन होनेवाला है, तो मैं भागकर वहाँ चला जाता था, हरगिज घर में नहीं रह सकता था। समझूँ या न समझूँ तब भी मैं अन्त तक बैठा रहता था। कमल लता तुम नहीं गाओगी आज?"

कमल लता बोली, "नहीं गुसाँई, मैं आज नहीं गाऊँगी। मैंने तो गाना उतना नहीं सीखा है। उन लोगों के सामने गाने में मुझे शर्म आती है। इसके अलावा उस बीमारी से गला इतना खराब हो गया है कि अभी तक ठीक नहीं हुआ है।"

मैंने कहा, "लेकिन लक्ष्मी तो तुम्हारा गाना सुनने के लिए ही यहाँ आई है। वह सोचती है, मैंने शायद तुम्हारे बारे में बढ़ा-चढ़ाकर कहा है।"

कमल लता ने शरमाकर कहा, "तुमने बढ़ा-चढ़ाकर जरूर कहा होगा गुसाँई।" उसके बाद मुस्कुराकर राजलक्ष्मी से बोली, "तुम बुरा मत मानना भई, मैं जो थोड़ा-सा जानती हूँ उसे मैं तुम्हें किसी दूसरे दिन सुनाऊँगी।"

राजलक्ष्मी ने प्रसन्न होकर कहा, "अच्छा दीदी, जिस दिन तुम्हारा गाना सुनाने का मन करे उस दिन तुम मुझे बुला भेजना। मैं खुद आकर तुम्हारा गाना सुन जाऊँगी।" उसके बाद मुझसे कहा, "तुम कीर्तन सुनना इतना पसन्द करते हो, कहो, यह तो तुमने मुझसे कभी नहीं कहा है।"

मैंने जवाब दिया, "मैं क्यों कहता तुमसे? गंगामाटी में जब मैंने बीमार होकर चारपाई पकड़ी थी तब दोपहर कटती थी सूखे, सुनसान मैदान की तरफ निहारता हुआ और असहनीय शाम अकेले हरगिज कटने का नाम नहीं लेती थी..."

राजलक्ष्मी ने चट से मेरे मुँह को अपने हाथ से दबा दिया और बोली, "अगर और बोलोगे, तो मैं तुम्हारे पैरों पर सर पटककर मर जाऊँगी।" उसके बाद वह खुद ही झेंप गई और हाथ हटाकर बोली, "कमल लता दीदी, तुम कह आओ तो भई, अपने बड़े गुसाँईजी से कि आज साधुओं के कीर्तन के बाद मैं देवी-देवताओं को गाना सुनाऊँगी।"

कमल लता ने सन्दिग्ध आवाज कहा, "मगर साधु लोग बड़े मीन-मेख निकालनेवाले हैं भई!"

राजलक्ष्मी बोली, "वे मीन-मेख निकालनेवाले हैं, तो हैं। इसी बहाने भगवान का नाम तो लिया जा सकेगा।" फिर मेरी देवी-देवताओं की मूर्तियों को हाथ से दिखाकर हँसती हुई बोली, "वे, हो सकता है, खुश हों। साधुओं के लिए मैं उतना नहीं सोचती दीदी, लेकिन मेरा यह दुर्वासा भगवान खुश हो जाए, तो जान बचे।"

मैंने कहा, "लेकिन अगर मैं प्रसन्न हुआ, तो तुम बख्शिश पाओगी।"

राजलक्ष्मी ने डरते हुए कहा, "बख्श दो गुसाँई! सबके सामने तुम मुझे बख्शिश देने मत आना। तुम्हारे लिए कुछ भी करना मुश्किल नहीं है।"

राजलक्ष्मी की बात सुनकर वैष्णवियाँ हँसने लगीं। पद्मा जब खुश होती थी तब ताली बजाती थी। बोली, "मैं स-म-झ ग-ई।"

कमल लता ने उसकी तरफ निहारा और मुस्कुराती हुई बोली, "चल हट, मुँहजली, चुप रह।" फिर वह राजलक्ष्मी से बोली, "उसे ले जाओ तो भई! क्या पता, वह अचानक क्या कह बैठेगी!"

भगवान की शाम की आरती के बाद कीर्तन की महफिल लगी। आज बहुत सारी बत्तियाँ जलीं। ऐसा नहीं था कि मुरारिपुर के अखाड़े को वैष्णव बिलकुल नहीं जानते थे। विभिन्न जगहों से कीर्तनिया, वैरागी जब वहाँ आकर जुटते, तब ऐसा आयोजन वहाँ अकसर ही हुआ करता था। मठ में हर तरह के वाद्ययंत्र मौजूद थे। देखा, उन्हें लाकर रखा गया है। एक ओर वैष्णवियाँ बैठी हुई हैं, वे सभी परिचित हैं। दूसरी ओर विभिन्न उम्र के और विभिन्न शक्ल-सूरतवाले बहुत सारे अनजान वैरागी बैठे हुए हैं। बीच में विख्यात मनोहर दास और उनके मृदंग वादक बैठे हुए हैं। मेरे कमरे पर हाल में कब्जा जमानेवाले वैरागियों में एक नौजवान वैरागी हारमोनियम बजा रहा है। यह प्रचार हुआ था कि कोई प्रतिष्ठित घर की महिला कलकत्ता से आई हैं, वे ही गाना गाएँगी। वे युवती हैं; वे रूपसी हैं, वे धनाढ्य हैं। उनके साथ आए हैं नौकर-नौकरानियाँ, आई हैं बहुत तरह की खाद्य सामग्रियाँ और आया है कोई नया गुसाँई, जो इसी गाँव का एक घुमक्कड़ है।

जब मनोहर दास भूमिका बाँधते हुए श्री चैतन्य देव की वन्दना कर रहे थे तभी एक समय राजलक्ष्मी आकर कमल लता के पास बैठी। अचानक वैरागी का गला जरा काँपकर सँभल गया और मृदंग का बोल जो नहीं कटा वो बिलकुल ही कोई दैवी लीला थी। सिर्फ द्वारिका दास दीवार से टिककर जैसे आँखें मूँदे थे, वैसे ही रहे। क्या पता, हो सकता है, वे यह जान ही नहीं सके कि कौन आया और कौन नहीं आया।

राजलक्ष्मी एक नीलाम्बरी साड़ी पहनकर आई थी। उसकी पतली जरी की किनारी के साथ उसका नीला ब्लाउज मेल खाता था। और सब जस का तस था। सिर्फ वही अकेला चन्दन-तिलक बहुत-कुछ पुँछ गया था जिसे सवेरे उड़िया पंडे ने उसके माथे पर लगाया था, जो बचा हुआ था वह मानो क्वार का छिन्न-भिन्न बादल का जो नीले आसमान में न जाने कब विलीन-सा हो गया। वह बड़ी शिष्ट-शान्त थी। मेरी तरफ उसने कनखियों से भी नहीं निहारा—मानो मुझे पहचानती ही नहीं थी। तब भी उसने क्यों जरा-सी हँसी को दबा लिया, यह वही जाने। या हो सकता है, मुझसे भी गलती हो गई हो। यह असम्भव नहीं है।

आज वैरागियों का गाना जमा नहीं, लेकिन इसमें उन लोगों का कोई दोष नहीं था। बल्कि लोगों की अधीरता की वजह से उनका गाना नहीं जमा।

द्वारिका दास ने आँखें खोलकर राजलक्ष्मी से कहा, "दीदी, मेरे देवी-देवताओं को अब तुम सुनाओ, जिसे सुनकर हम लोग भी धन्य होंगे।"

राजलक्ष्मी उधर मुँह करके घूमकर बैठी। द्वारिका दास मृदंग की तरफ उँगली दिखाकर बोले, "उसके चलते कोई अड़चन तो पैदा नहीं न होगी?"

राजलक्ष्मी ने कहा, "नहीं।"

यह सुनकर सिर्फ उन्होंने ही नहीं, बल्कि मनोहर दास ने भी थोड़ा-सा विस्मय महसूस किया; क्योंकि वे लोग साधारण औरत से शायद इतनी आशा नहीं करते थे।

गाना शुरू हुआ। संकोच की जड़ता, अज्ञता की दुविधा कहीं नहीं थी। संशयरहित आवाज अबाध जलधारा की नाईं बहने लगी। मैं यह जानता था कि इस हुनर में वह माहिर है। यह था उसका पेशा। लेकिन मैंने यह नहीं सोचा था कि बंगाल के निजी संगीत की इस प्रणाली को भी उसने इतने जतन से हासिल किया है। यह कौन जानता था कि प्राचीन और आधुनिक वैष्णव कवियों की इतनी पदावलियाँ उसे जबानी याद हैं। सिर्फ सुर, ताल और लय से ही नहीं, बल्कि वाक्य की शुद्धता, उच्चारण की स्पष्टता और प्रकट करने की मुद्रा की मधुरता से इस शाम उसने जो विस्मय पैदा किया, वह कल्पनातीत था। पत्थर का भगवान उसके सामने था और पीछे बैठा हुआ था भगवान दुर्वासा। उन लोगों में से किसे ज्यादा प्रसन्न करने के लिए उसकी यह आराधना थी, यह बताना कठिन है। क्या पता, यह बात उसके मन के अन्दर आज थी या नहीं कि गंगामाटी में उसने जो गुनाह किया था, वह इससे शायद थोड़ा सा कम हो जाए।

वह गा रही थी—

*एके पद-पंकज पंके विभूषित, कंटक जरजर मेल,*
*तुया दरसन आसे कछु नाहिं, जानलु, चिरदुख अब दूरे गेल।*
*तोहारि मुरली जब श्रवणे प्रवेसल, छोड़नु गृहसुख आस,*
*पंथक दुख तृणहुँ करि न गणनु कहतहि गोविन्ददास॥*

बड़े गुसाँईजी की आँखों से आँसुओं की धारा बह रही थी। वे आवेग और आनन्द के मारे उठकर खड़े हो गए, मूर्ति के गले से मोगिया की माला निकाल ली और राजलक्ष्मी के गले में पहना दी, बोले, "मैं प्रार्थना करता हूँ कि तुम्हारे सारे दुख दूर हो जाएँ।"

राजलक्ष्मी ने झुककर उन्हें नमस्कार किया। उसके बाद वह उठकर मेरे पास आई और मेरे पैरों की धूल लेकर उसे सबके सामने अपने माथे से लगाया, चुपके-चुपके बोली, ''यह माला रखी रही। अगर तुमने मुझे बख्शिश देने का डर नहीं दिखाया होता तो, मैं इसे यहीं तुम्हारे गले में पहना देती।'' इतना कहकर वह चली गई।

गाने की महफिल खत्म हुई। लगा, जैसे मेरा जीवन आज सार्थक हुआ।

क्रमशः प्रसाद बाँटने की तैयारियाँ शुरू हुईं। मैं उसे तनिक अँधरी आड़ में बुला लाया और कहा, ''इस माला को रख दो। यहाँ नहीं, घर वापस जाकर मैं इसे तुम्हारे हाथों पहनूँगा।''

राजलक्ष्मी बोली, ''तो क्या तुम इस बात से डरते हो कि अगर तुम इसे यहाँ मन्दिर में पहन लोगे, तो फिर इसे तुम उतार नहीं सकोगे?''

''नहीं, अब मुझे किसी बात का डर नहीं है। मेरा डर दूर हो चुका है। अगर सारी दुनिया मेरी होती तो आज मैं तुम्हें उसे दे देता।''

''उफ, बड़े दानी आप! वह तो तुम्हारी ही रहती जी।''

मैंने कहा, ''आज तुम्हें असंख्य धन्यवाद।''

''क्यों, बताओ तो?''

मैंने कहा, ''आज लग रहा है, मैं तुम्हारे योग्य नहीं हूँ। रूप, गुण, रस, विद्या, बुद्धि, स्नेह और सौजन्य से भरा जो धन मुझे अनचाहे मिला है, दुनिया में उसकी तुलना नहीं है। मुझे अपनी अयोग्यता पर शर्म आती है, लक्ष्मी। सचमुच ही मैं तुम्हारा बड़ा कृतज्ञ हूँ।''

राजलक्ष्मी बोली, ''लेकिन इस बार मैं सचमुच ही गुस्सा करूँगी।''

''सो करो। सोचता हूँ, मैं इस ऐश्वर्य को कहाँ रखूँगा?''

''क्यों, चोरी हो जाने का डर है क्या?''

''नहीं, मुझे तो ऐसा आदमी नजर नहीं आता लक्ष्मी, जो तुम्हें चुराकर ले जा सके। उस बेचारे को भला इतनी बड़ी जगह कहाँ मिलेगी जहाँ वह तुम्हें चुराकर रख सके!''

राजलक्ष्मी ने जवाब नहीं दिया। उसने मेरा हाथ खींचकर थोड़ी देर तक उसे अपनी छाती के पास पकड़े रखा। उसके बाद बोली, ''यों रू-ब-रू अँधेरे में खड़े रहते देखने पर लोग हँसेंगे। मगर मैं यह सोच रही हूँ कि रात को मैं तुम्हें कहाँ सुलाऊँगी? जगह तो है नहीं।''

''जगह नहीं है, तो कोई बात नहीं। मैं कहीं भी सोकर रात काट लूँगा।''

''सो तो काट लेंगे। लेकिन तुम्हारी तबीयत तो ठीक नहीं है। तुम बीमार हो जा सकते हो।''

''तुम चिन्ता मत करो। वे लोग कोई न कोई इन्तजाम करेंगे ही।''

राजलक्ष्मी चिन्ता-भरे सुर में बोली, ''मैं तो सब देख रही हूँ। मैं नहीं जानती कि वे लोग क्या इन्तजाम करेंगे। लेकिन मैं चिन्ता नहीं करूँगी। चिन्ता वे लोग करेंगे। चलो, जो हो थोड़ा-सा खाकर सो जाना।''

वास्तव में भीड़ के चलते सोने के लिए जगह नहीं थी। उस रात किसी तरह से एक खुले बरामदे में मच्छरदानी लगाकर मेरे सोने का इन्तजाम हुआ। राजलक्ष्मी मीन-मेख

निकालने लगी। हो सकता है, वह रात में बीच-बीच में आकर मुझे देख गई हो, मगर मेरी नींद में खलल नहीं पड़ा।

अगले दिन जब मैंने बिस्तर छोड़ा तो मुझे दिखाई पड़ा ढेरों फूल तोड़कर दोनों लौट आए। मेरे बदले कमल लता ने आज राजलक्ष्मी को साथी बनाया था। मैं यह नहीं जानता था कि यहाँ सुनसान जगह में उन लोगों में क्या बात हुई थी। लेकिन आज उन लोगों का मुँह देखकर मैंने बड़ी तृप्ति प्राप्त की। जैसे कितनी पुरानी सहेलियाँ हैं वे दोनों, जैसे कितने पुराने रिश्तेदार हों वे लोग। कल दोनों एक साथ बिस्तर पर सोई थीं। पात-पाँत के भेदभाव ने वहाँ कोई अड़चन नहीं डाली थी। एक दूसरी के हाथ का छुआ नहीं खाती थीं, इसको लेकर कमल लता ने हँसकर कहा, "तुम फिक्र मत करो गुसाँई! वह बन्दोबस्त हम लोगों में हो गया है। अगली बार जब मैं बड़ी बहन बनकर पैदा होऊँगी, तब मैं उसके दोनों कान अच्छी तरह से मल दूँगी।"

राजलक्ष्मी बोली, "उसके बदले मैंने भी एक शर्त करवा ली है गुसाँई! वह यह कि अगर मैं मर जाऊँ, तो उसे वैष्णवीगिरी से इस्तीफा देकर तुम्हारी सेवा में लग जाना पड़ेगा। मैं यह अच्छी तरह जानती हूँ कि तुम्हारे बिना मुझे मुक्ति नहीं मिलेगी। तब मैं भूत बनकर दीदी के कन्धे पर सवार हो जाऊँगी–सिन्दबाद के दैत्य की तरह। मैं उसके कन्धे पर बैठकर उससे सारा काम करवा लूँगी, तब जाकर उसे छोड़ूँगी।"

कमल लता ने मुस्कुराकर कहा, "तुम्हें मरने की जरूरत नहीं भई, तुम्हें कन्धे पर लिये मैं हरदम घूमती नहीं फिर सकूँगी।"

सवेरे चाय पीकर मैं गौहर की तलाश में बाहर निकला। कमल लता ने आकर कहा, "ज्यादा देरी मत करना गुसाँई और उसे भी साथ लाना। इधर मैं एक ब्राह्मण को पकड़कर लाई हूँ आज भगवान का भोग बनाने के लिए। वह जितना गन्दा है उतना ही कामचोर है। राजलक्ष्मी साथ गई है उसकी मदद करने के लिए।"

मैंने कहा, "यह तुमने अच्छा नहीं किया है। राजलक्ष्मी आज खाना तो खाएगी, लेकिन तुम्हारा भगवान भूखा रहेगा।"

कमल लता ने दाँतों तले जीभ दबाई और बोली, "ऐसी बात मत कहो गुसाँई, वह सुनेगी तो फिर वह यहाँ पानी तक नहीं पिएगी।"

मैंने हँसकर कहा, "चौबीस घंटे भी नहीं बीते हैं कमल लता, मगर तुमने उसे पहचान लिया है।"

उसने भी हँसकर कहा, "हाँ गुसाँई, मैंने उसे पहचाना है। सैकड़ों-लाखों में भी एक भी ऐसी औरत तुम्हें ढूँढ़े नहीं मिलेगी भई! तुम भाग्यवान हो।"

गौहर से मुलाकात नहीं हुई, वह घर पर नहीं था। नवीन ने बताया उसकी एक ममेरी विधवा बहन सुनाम गाँव में रहती है। वहाँ कोई नई बीमारी फैली है। काफी लोग मर रहे हैं। गरीब बहन अपने बाल-बच्चों के साथ मुसीबत में पड़ गई है इसीलिए वह उनका इलाज कराने गया है। आज दस-बारह दिनों से उसकी कोई खबर नहीं है। नवीन डर के मारे मरा जा रहा था। लेकिन उसे कोई उपाय नहीं सूझ रहा था। अचानक वह फूट-फूटकर रो पड़ा।

बोला, "मेरा बाबू शायद अब जिन्दा नहीं है। मैं ठहरा मूरख किसान। मैं कभी अपने गाँव से बाहर नहीं निकला हूँ। वह गाँव कहाँ है और वहाँ कैसे जाया जाता है, मैं कुछ नहीं जानता। वरना मेरा घर-संसार तहस-नहस हो जाता, तो भी मैं घर में बैठा नहीं रहता। मैं चक्रवर्ती की दिन-रात चिरौरी करता हूँ, कहता हूँ—तुम मुझ पर कृपा करो, मैं अपनी जमीन बेचकर तुम्हें सौ रुपए दूँगा, मुझे वहाँ एक बार ले चलो। मगर वह धूर्त ब्राह्मण टस से मस नहीं हुआ। लेकिन मैं यह भी कह देता हूँ बाबू कि अगर मेरा मालिक मर गया तो, मैं चक्रवर्ती के घर में आग लगाकर उसे जिन्दा जला दूँगा। उसके बाद मैं खुद उसी आग में कूदकर आत्महत्या कर लूँगा। इतने बड़े नमकहराम को मैं जिन्दा नहीं रहने दूँगा।"

उसे दिलासा देते हुए मैंने पूछा, "नवीन, तुम यह बता सकते हो कि वह गाँव किस जिले में पड़ता है?"

नवीन बोला, "मैंने सिर्फ यह सुना है कि वह गाँव नदिया जिले के किसी छोर पर है। स्टेशन से बैलगाड़ी से बहुत दूर जाना पड़ता है।" फिर बोला, "चक्रवर्ती जानता है, मगर वह यह भी बताना नहीं चाहता है।"

नवीन पुरानी चिट्ठी-पत्री ले आया। लेकिन उनसे कोई अता-पता नहीं चला। सिर्फ यह पता चला कि दो महीने पहले भी चक्रवर्ती ने अपनी विधवा बेटी की शादी के लिए गौहर से दो सौ रुपए लिये थे।

बेवकूफ गौहर के पास बहुत रुपए थे। लिहाजा लाचार, गरीब उसे ठगते ही। इसको लेकर दुख करना बेकार था। लेकिन इतना बड़ा शैतान भी आमतौर पर नजर नहीं आया था।

नवीन बोला, "अगर बाबू मर जाएँगे, तो यह उसके लिए अच्छा होगा। वह झंझटों से बिलकुल बच जाएगा। एक पैसा भी उसे फिर लौटाना नहीं पड़ेगा।"

यह असम्भव नहीं था। हम दोनों चक्रवर्ती के घर गए। ऐसा विनम्र मिठ-बोला और दूसरे के दुख से दुखी होनेवाला शरीफ व्यक्ति दुनिया में कम ही मिलता है। लेकिन बूढ़ा हो जाने की वजह से उनकी स्मरण-शक्ति इतनी कमजोर हो गई थी कि उन्हें कुछ भी याद नहीं आया। यहाँ तक कि जिले का नाम भी उन्हें याद नहीं आया। बड़ी कोशिश से मैं एक टाइम-टेबल लाया और उत्तर और पूर्व तमाम रेल स्टेशनों का नाम सब एक-एक करके पढ़ गया, मगर स्टेशन का पहला अक्षर तक वे याद नहीं कर सके। वे दुख प्रकट करते हुए बोले, "लोग कितने चीज-बस्त, रुपए-पैसे कर्ज के तौर पर माँगकर ले जाते हैं बेटा, मैं उन्हें याद नहीं कर सकता। वे वसूल भी नहीं होते हैं, कोई उन्हें लौटाने भी नहीं आता है। मैं मन ही मन कहता हूँ, ऊपर भगवान हैं, वे ही इसका फैसला करेंगे।"

नवीन और बर्दाश्त नहीं कर सका, गरज उठा, "हाँ, वे ही तुम्हारा फैसला करेंगे। और अगर वे तुम्हारा फैसला नहीं करेंगे, तो मैं तुम्हारा फैसला करूँगा।"

चक्रवर्ती ने स्नेह-भीगी मधुर आवाज में कहा, "नवीन, तू झूठमूठ में क्यों गुस्सा करता है भाई? मेरे तीन पन बीत गए हैं, चौथा पन आ गया है। अगर स्टेशन का नाम याद आता, तो क्या मैं उसे नहीं बताता? गौहर क्या मेरे लिए पराया है? वह तो मेरे बेटे जैसा है रे।"

नवीन ने कहा, "यह सब मैं नहीं जानता। मैं तुमसे आखिरी बार कह रहा हूँ, बाबू के पास मुझे ले जाना है तो चलो, वरना जिस दिन मुझे उनकी कोई बुरी खबर मिलेगी उस दिन या तो तुम रहोगे या मैं रहूँगा।"

नवीन की बात के जवाब में चक्रवर्ती ने अपना माथा ठोंका और सिर्फ कहा, "यह तकदीर की बात है नवीन, तकदीर की बात है! वरना तू मुझसे ऐसी बात करता!"

अतएव हम दोनों फिर से लौट आए। घर के बाहर खड़ा होकर मैंने थोड़ी देर तक आशा की कि हो सकता है दुखी चक्रवर्ती अभी भी वापस बुलाए, लेकिन कोई आवाज नहीं आई। मैंने दरवाजे की झिरी से झाँका, तो देखा, चक्रवर्ती चिलम की राख को उड़ेलकर दत्तचित्त होकर चिलम चढ़ाने बैठा है।

गौहर की खबर पाने के उपाय के बारे में सोचते-सोचते जब मैं अखाड़े में वापस आ पहुँचा, तब दिन के लगभग तीन बजे थे।

पूजा-घर के बरामदे में औरतों की भीड़ लगी हुई थी। वैरागियों में से कोई नहीं था। सम्भवतः प्रसाद बाँटने में काफी मेहनत करने की वजह से वे लोग बेजान होकर कहीं आराम कर रहे थे। रात में और एक बार प्रसाद बाँटने के लिए मेहनत करनी होगी, इसके वास्ते ताकत लगाने की जरूरत थी।

मैंने झाँका, तो देखा, अन्दर बीच में एक ज्योतिषी बैठा हुआ है। पंचांग, पांडुलिपि, स्लेट, पेंसिल आदि गणना करने के सारे उपकरण उसके पास हैं। मेरी तरफ सबसे पहले पद्मा की नजर पड़ी। वह चिल्ला उठी, "नया गुसाँई आया है।"

कमल लता ने कहा, "मैं पहले से ही जानती थी कि गौहर गुसाँई तुम्हें यों ही नहीं छोड़ देगा। क्या खाया व..."

राजलक्ष्मी ने उसका मुँह दबा दिया, "रहने दो दीदी, यह मत पूछो कि उसने क्या खिलाया।"

कमल लता ने उसका हाथ हटा दिया और बोली, "धूप से मुँह सूख गया है। दुनिया भर का धूल-धक्कड़ सर पर पड़ा हुआ है। नहा-धो चुके हो न?"

राजलक्ष्मी बोली, "वह तेल छूता तक नहीं है। अगर वह कभी बालों में तेल लगाता भी है तो यह समझ में नहीं आएगा कि उसने तेल लगाया है या नहीं?"

अवश्य नवीन ने हर तरह की कोशिश की थी। मगर मैंने यह कबूल नहीं किया था कि मैं बिना नहाए, बिना खाए वापस आया हूँ।

राजलक्ष्मी ने बड़े आनन्द से कहा, "ज्योतिषी ने मेरा हाथ देखकर कहा है कि मैं राजरानी बनूँगी।"

"क्या दिया तुमने उन्हें?'

पद्मा ने बता दिया, "राजलक्ष्मी दीदी ने उसे पाँच रुपए दिए। ये रुपए उसके आँचल में बँधे थे।"

मैंने हँसकर कहा, "इतने रुपए अगर तुम मुझे देती तो मैं कहता कि तुम राजरानी नहीं बल्कि उससे भी बड़ी बनोगी।"

ज्योतिषी उड़िया ब्राह्मण था। वह अच्छी बांग्ला बोल सकता था–उसे बंगाली ही कहा जा सकता है। उसने भी हँसकर कहा, ''नहीं बाबू, मैंने रुपए के लिए ऐसा नहीं कहा है, रुपए तो मैं बहुत कमाता हूँ। सचमुच ही ऐसा अच्छा हाथ मैंने दूसरा नहीं देखा है। देखिएगा, मेरा कहा कभी गलत नहीं होगा।''

मैंने कहा, ''बिना हाथ देखे आप कुछ बता सकते हैं क्या?''

वह बोला, ''हाँ, बिना हाथ देखे भी मैं बता सकता हूँ। आप एक फूल का नाम लीजिए।''

मैंने कहा, ''सेमल का फूल।''

ज्योतिषी ने हँसकर कहा, ''चलिए, सेमल का फूल ही सही। मैं इसी से बता दूँगा कि आप क्या चाहते हैं?'' इतना कहकर उसने खड़िया से दो मिनट गुणा-भाग करके हिसाब लगाया और बोला, ''आप एक खबर जानना चाहते हैं।''

''कौन-सी खबर?''

वह मेरी तरफ निहारता हुआ कहने लगा, ''नहीं, आप किसी मामले-मुकदमे की खबर नहीं जानना चाहते हैं। आप किसी आदमी की खबर जानना चाहते हैं।''

''कैसी खबर है, बता सकते हो तुम?''

''हाँ, मैं बता सकता हूँ। खबर अच्छी है। दो-एक दिनों में ही आप इसे जान सकेंगे।'' उनकी बात सुनकर मैं मन ही मन जरा विस्मित हुआ और मेरा मुँह देखकर सभी ने इसका अन्दाजा लगाया।

राजलक्ष्मी ने खुश होकर कहा, ''देखा न? मैं कहती हूँ कि ये बड़ी अच्छी गणना करते हैं, मगर तुम लोग तो किसी बात पर विश्वास ही नहीं करना चाहते–हँसकर उड़ा देते हो।''

कमल लता बोली, ''वे लोग किस बात पर अविश्वास करते हैं? नए गुसाँई, तुम अपना हाथ ज्योतिषीजी को एक बार दिखाओ न भई।''

जब मैंने अपनी हथेली फैला दी, तो ज्योतिषी ने उसे अपने हाथ में लिया, दो-तीन मिनट बड़े जतन से उसकी जाँच-पड़ताल की, हिसाब लगाया, उसके बाद बोला, ''बाबू, आपके जीवन में तो देखता हूँ, बहुत बड़ा संकट आनेवाला है।''

''मेरे जीवन में संकट आनेवाला है? कब आएगा वह संकट?''

''बहुत जल्दी आनेवाला है। आपका जीवन संकट में पड़ जाएगा। आपकी जान पर बन आएगी।''

मैंने निहारा तो देखा, राजलक्ष्मी के चेहरे पर खून नहीं है। डर के मारे उसका चेहरा फक पड़ गया है।

ज्योतिष ने मेरा हाथ छोड़कर राजलक्ष्मी से कहा, ''देखूँ बेटी, तुम्हारा हाथ और एक बार...''

''नहीं, मेरा हाथ और देखने की जरूरत नहीं है। आप उसे देख चुके हैं।''

उसके बर्ताव में हुआ तीखा बदलाव बेहद साफ था। चतुर ज्योतिषी ने तुरत यह समझा कि उसके हिसाब में कोई गलती नहीं हुई थी। बोला, ''मैं तो दर्पण मात्र हूँ, बेटी।

इस दर्पण में जो परछाईं पड़ती है, वही मेरे मुँह से निकलता है। लेकिन नाराज ग्रह को शान्त किया जा सकता है। नाराज ग्रह को शान्त करने का तरीका है। बस, दस-बीस रुपए खर्च होते हैं।''

''तुम मेरे कलकत्ते के घर पर चलोगे?''

''क्यों नहीं जाऊँगा बेटी? तुम मुझे लिवा ले जाओगी तो मैं जाऊँगा।''

''अच्छा।''

मैंने देखा, ग्रह के कोप पर उसे पूरा विश्वास है। लेकिन उसे प्रसन्न करने के बारे में काफी सन्देह था।

कमल लता बोली, ''चलो गुसाँई, मैं तुम्हारे लिए चाय बना देती हूँ, चाय पीने का वक्त हो गया है।''

राजलक्ष्मी बोली, ''मैं चाय बनाकर लाती हूँ दीदी। तुम उसके बैठने की जगह को ठीक कर दो। और रतन से कहो चिलम चढ़ाने के लिए। कल से उसकी परछाईं देखने की गुंजाइश नहीं है।''

अन्यान्य सब ज्योतिषी को लेकर शोर मचाने लगे। हम लोग चले आए।

दक्षिण के खुले बरामदे में मेरी नेवार की चारपाई थी। रतन ने उसे झाड़-झूड़ दिया था, चिलम दी, मुँह-हाथ धोने के लिए पानी ला दिया। कल सवेरे से बेचारे को दम लेने की फुर्सत नहीं थी। हालाँकि उसकी मालकिन ने कहा–उसकी परछाईं तक नजर नहीं आती है। मेरे जीवन में जल्दी ही संकट आनेवाला था। मगर रतन से पूछने पर वह जरूर कहता–संकट आपके जीवन में नहीं मेरे जीवन में आनेवाला है।

कमल लता नीचे बरामदे में बैठकर गौहर की खबर पूछ रही थी। राजलक्ष्मी चाय ले आई। उसका चेहरा बेहद बोझिल था। उसने सामने की तिपाई पर चाय का प्याला रख दिया और बोली, ''देखो, मैंने तुमसे सैकड़ों बार कहा है कि तुम जंगल-झाड़ में मत घूमा-फिरा करो। मुसीबत आने में कितनी देर लगती है? मैं तुमसे गले में आँचल डाल और हाथ जोड़कर कहती हूँ, मेरी बात सुनो।''

इतनी देर तक चाय बनाने के लिए बैठकर राजलक्ष्मी ने शायद यही सोचकर तय किया था। बहुत जल्दी का और क्या अर्थ हो सकता था?

कमल लता ने अचरज में पड़कर कहा, ''गुसाँई भला जंगल-झाड़ कब गए?''

राजलक्ष्मी बोली, ''वे कब जंगल-झाड़ गए, यह क्या मैंने देखा था दीदी? मुझे क्या दुनिया में और कोई काम नहीं है?''

मैंने कहा, ''उसने मुझे जंगल-झाड़ जाते नहीं देखा था। यह उसका अन्दाजा है। मुआ ज्योतिषी अच्छी मुसीबत पैदा कर गया।'' मेरी बात सुनकर रतन ने दूसरी ओर मुँह घुमाया और जरा तेज कदमों से चला गया।

राजलक्ष्मी ने कहा, ''इसमें ज्योतिषी का क्या दोष है? वह जो देखता है वही तो कहता है? दुनिया में क्या मुसीबत नाम की कोई चीज नहीं है? क्या कभी किसी पर मुसीबत नहीं आती है?''

इन सारे सवालों का जवाब देने की कोशिश करना बेकार था। कमल लता ने भी राजलक्ष्मी को पहचाना था। वह भी चुप रही।

ज्यों ही मैंने चाय का प्याला उठाया, त्यों ही राजलक्ष्मी बोली, ''यों ही थोड़े से फल और मिठाई ले आऊँ?''

मैंने कहा, ''नहीं।''

''नहीं क्यों? 'नहीं' छोड़कर 'हाँ' कहना क्या भगवान ने तुम्हें नहीं सिखाया है।'' मगर मेरे मुँह की तरफ निहारकर उसने सहसा और ज्यादा उद्विग्न आवाज में प्रश्न किया, ''तुम्हारी दोनों आँखें इतनी लाल क्यों दीख रही है? नदी के सड़े पानी में नहाकर तो नहीं न आए हो?''

''नहीं, आज मैं नहीं नहाया हूँ।''

''क्या खाया वहाँ?''

''वहाँ मैंने कुछ भी नहीं खाया। खाने को जी भी नहीं चाहा था।''

न जाने क्या सोचकर वह मेरे पास आई और मेरे माथे पर हाथ रखा। उसके बाद मेरे कुरते के अन्दर मेरे सीने के करीब अपना वही हाथ घुसा दिया और बोली, ''मैंने जो सोचा था, ठीक वही हुआ है। कमल दीदी, देखो तो, इसका बदन गरम महसूस नहीं हो रहा है?''

कमल लता घबराकर उठकर नहीं आई, बोली, ''अगर उसका बदन थोड़ा-सा गरम हो भी गया तो क्या हुआ राजू? तुम क्यों डरती हो?''

वह नाम रखने में बेहद माहिर थी। यह नया नाम मेरे भी कानों में पहुँचा।

राजलक्ष्मी ने कहा, ''इसका मतलब यह है दीदी कि उसे बुखार आ गया है।''

कमल लता बोली, ''अगर उसे बुखार आ भी गया है, तो क्या हुआ? तुम लोग किसी बियाबान में तो नहीं आए हो? तुम लोग आए हो हमारे पास। हमीं लोग इसका इन्तजाम करेंगे भई! तुम कोई फिक्र मत करो।''

राजलक्ष्मी की इस असंगत व्याकुलता की घड़ी में दूसरे की अविचलित शान्त आवाज ने उसे प्रकृतिस्थ किया। वह शर्मिन्दा होकर बोली, ''तुम सही कहती हो दीदी। एक तो यहाँ डॉक्टर-हकीम नहीं हैं, दूसरे मैंने बार-बार देखा है, जब कभी उसे कुछ न कुछ होता है, तब वह आसानी से अच्छा नहीं होता है। वह बड़ी तकलीफ पाता है, ऊपर से पता नहीं कहाँ आकर उस मुँहजले ज्योतिषी ने डरा दिया।''

''अगर उसने डरा दिया, तो क्या हुआ?''

''नहीं दीदी, मैंने देखा है न कि ज्योतिषीजी जो अच्छी बात कहते हैं, वह तो सही नहीं होती, लेकिन वे जो बुरी बात कहते हैं, वह सही निकलती है।''

कमल लता ने मुस्कुराकर कहा, ''तुम डरो मत राजू, इस मामले में ज्योतिषी का कहा सही नहीं निकलेगा। सवेरे से गुसाँई ने धूप में बहुत चक्कर लगाया है। इसके चलते वह न वक्त पर नहा सका है और न खा सका है। इसीलिए, हो सकता है, बदन जरा गरम हो गया हो; कल सवेरे बुखार नहीं रहेगा।''

लालू की माँ ने आकर कहा, ''माँजी, रसोइया आपको रसोईघर में बुला रहा है।''

"आती हूँ," यह कहकर कमल लता की तरफ कृतज्ञता-भरी निगाह डाली और चली गई।

मेरी बीमारी के बारे में कमल लता का कहा सही निकला। बुखार ठीक सवेरे तो नहीं उतरा, लेकिन मैं दो-एक दिनों में ही चंगा हो गया। मगर इस मामले में कमल लता को हमारी अन्दरूनी बात का पता चल गया और एक और आदमी को भी इसका पता चला, वे थे बड़े गुसाँई खुद।

जाने के दिन कमल लता ने हम लोगों को अकेले में बुलाकर कहा, "गुसाँई, तुम्हें याद है भई कि तुम लोगों की शादी कब हुई थी?"

देखता हूँ, करीब ही एक थाली में भगवान को चढ़ाया चन्दन और फूलों की माला है।

उसके सवाल का जवाब दिया राजलक्ष्मी ने, बोली, "वह क्या खाक जानेगा, जानती हूँ मैं।"

कमल लता ने मुस्कुराकर कहा, "यह कैसी बात है कि एक को तो याद रहा कि कब उसकी शादी हुई और दूसरे को यह याद नहीं रहा।"

राजलक्ष्मी बोली, "तब मैं बहुत छोटी थी, इसीलिए मुझे याद है। और उसने तब भी अच्छी तरह होश नहीं सँभाला था।"

"लेकिन उम्र में तो वही तुमसे बड़ा है राजू।"

"उँ, बड़ा चला है बड़ा बनने! वह मुझसे कुल पाँच-छह साल बड़ा है। मैं तब आठ-नौ साल की थी। एक दिन मैंने उसके गले में माला पहना दी और मन ही मन कहा–आज से तुम मेरे दूल्हा हुए। दूल्हा! दूल्हा!!" इतना कहकर उसने इशारे से मुझे दिखाकर कहा, "लेकिन वह राक्षस उसी वक्त मेरी माला को वहीं खड़े-खड़े खा गया।"

कमल लता ने अचरज में पड़कर पूछा, "फूलों की माला को वह कैसे खा गया?"

मैंने कहा, "वह फूलों की माला नहीं थी। वह पके करील के फलों की माला थी। वह उसे जिसे देती वही उसे खा जाता।"

कमल लता हँसने लगी। राजलक्ष्मी बोली, "लेकिन तभी से शुरू हुई मेरी दुर्दशा। उसे मैंने खो दिया। पर उसके बाद की बात अब तुम जानना मत चाहो दीदी। लेकिन लोग जो सोचते हैं वह सही नहीं है। लोग तो कितना कुछ सोचते हैं। उसके बाद बहुत दिनों तक मैं रो-रोकर ढूँढ़ते-ढूँढ़ते टटोलती फिरी। तब जाकर भगवान की कृपा हुई। जैसे उन्होंने खुद देकर अचानक एक दिन छीन लिया था वैसे ही उन्होंने अचानक और एक दिन हाथों में लौटा दिया।" इतना कहकर उसने उन्हें प्रणाम किया।

कमल लता बोली, "उसी भगवान का माला-चन्दन बड़े गुसाँई ने भेज दिया है। आज वापस जाने के दिन वही माला तुम लोग एक-दूसरे को पहना दो।"

राजलक्ष्मी ने हाथ जोड़कर कहा, "उनकी इच्छा वे ही जानते हैं। मगर मुझे वह माला उसे पहनाने को मत कहो। मैंने बचपन में–तब जब वह किशोर था–जो लाल माला उसके गले में पहनाई थी, वह लाल माला आज भी आँखें मूँदने पर मुझे उसके गले में लटकती दिखाई पड़ती है। भगवान की दी हुई मेरी वही माला हमेशा रहे दीदी।"

मैंने कहा, "मगर उस माला को तो मैं खा गया था।"

राजलक्ष्मी बोली, "ओ जी राक्षस, इस बार मुझे भी खा जाओ।" इतना कहकर उसने हँसकर चन्दन की कटोरी में अपनी सभी उँगलियाँ डुबोईं और मेरे माथे पर चन्दन लगा दिया।

सवेरे हम लोग द्वारिका दास से मिलने के लिए उनके कमरे में गए। वे कोई ग्रन्थ पढ़ रहे थे। उन्होंने कहा, "आओ भाई, बैठो।"

राजलक्ष्मी ने फर्श पर बैठकर कहा, "बैठने का अब वक्त नहीं है गुसाँई। हमने बहुत ऊधम मचाया है, इसीलिए जाने के पहले नमस्कार करके तुमसे माफी माँगने आई।"

गुसाँई बोले, "हम ठहरे वैरागी। हम माँग सकते हैं, हम दे नहीं सकते भई! लेकिन यह तो बताओ दीदी कि फिर ऊधम मचाने कब आओगी? आश्रम में तो आज अँधेरा हो जाएगा।"

कमल लता बोली, "यह सही बात है, गुसाँई। सचमुच ही लगेगा, शायद आज कहीं बत्ती नहीं जली है। सब जगह अँधेरा छाया हुआ है।"

बड़े गुसाँई बोले, "गाने, आनन्द, हँसी-मजाक से ये कई दिन लग रहा था, जैसे हमारे चारों ओर बिजली की बत्तियाँ जल रही हों। ऐसा मैंने और कभी नहीं देखा था।" फिर वे मुझसे बोले, "कमल लता ने तुम्हारा नाम नया गुसाँई रखा है और आज मैंने उसका नाम रखा आनन्दमयी।"

इस बार उनके उल्लास में मुझे बाधा देनी पड़ी। मैंने कहा, "बड़े गुसाँई, बिजली की बत्तियों से तुम लोगों की आँखें चुँधिया गईं, लेकिन उनकी करकराहट दिन-रात जिनके कानों में पैठती है जरा उनसे पूछो। आनन्दमयी के बारे में कम से कम रतन की राय..."

रतन पीछे खड़ा था, भाग गया।

राजलक्ष्मी बोली, "उन लोगों की बात तुम मत सुनो गुसाँई। वे लोग दिन-रात मुझसे जलते हैं।" फिर मेरी तरफ निहारकर बोली, "अबकी बार जब मैं यहाँ आऊँगी, तब इस दुबले-पतले अरसिक आदमी को कमरे में बन्द करके आऊँगी। काश! उसके मारे कहीं जाकर मुझे राहत मिलती!"

बड़े गुसाँई बोले, "तुम उसे कमरे में बन्द करके यहाँ नहीं आ सकोगी आनन्दमयी, तुम ऐसा नहीं कर सकोगी। तुम उसे छोड़कर नहीं आ सकोगी।"

राजलक्ष्मी बोली, "मैं उसे छोड़कर जरूर आ सकूँगी गुसाँई। समय-समय पर मेरी इच्छा होती है गुसाँई कि मैं जल्दी मर जाऊँ।"

बड़े गुसाँई बोले, "ऐसी इच्छा तो वृन्दावन में एक दिन उनके भी मुँह से प्रकट हुई थी भई! लेकिन वे ऐसा नहीं कर सके थे। हाँ, आनन्दमयी, तुम्हें क्या यह बात याद नहीं है?

*सखी, मैं उसे किसे सौंप जाऊँ*

*वे लोग कन्हैया की सेवा करना क्या जानें...*"

कहते-कहते वे अन्यमनस्क हो गए। बोले, "सच्चे प्रेम के बारे में हम भला कितना जानते हैं? सिर्फ धोखे में ही हम अपने आपको बहलाते हैं? लेकिन तुम यह जान सकी

हो भई! इसीलिए कहता हूँ, तुम जिस दिन यह प्रेम श्रीकृष्ण को अर्पित करोगी आनन्दमयी...''

उनकी बात सुनकर राजलक्ष्मी सिहर उठी। व्यग्र होकर उसने उन्हें रोक दिया और बोली, ''ऐसा आशीर्वाद मत दो गुसाँई। यह मेरी किस्मत में बदा न हो। बल्कि यह आशीर्वाद दो कि यों ही हँसते-खेलते एक दिन मैं उसे छोड़कर मर सकूँ।''

कमल लता ने बात को सँभालते लेने के लिए कहा, ''बड़े गुसाँई तुम्हारे प्यार के बारे में ही कह रहे हैं, कोई दूसरी बात नहीं कह रहे हैं।''

मैंने भी समझा था कि हर पल अन्य भावों में डूबे रहनेवाले द्वारिका दास की विचारधारा दूसरी राह पर चली गई थी बस।

राजलक्ष्मी ने सूखे मुँह से कहा, ''एक तो यह बदन, दूसरे, कोई न कोई बीमारी होती ही रहती है। अड़ियल आदमी है, किसी की बात नहीं सुनना चाहता—मैं दिन-रात कितनी डरी-डरी रहती हूँ दीदी, यह भला मैं किसे बताऊँ?''

इस बार मैं मन ही मन उद्विग्न हो उठा। जाते वक्त कहाँ का पानी कहाँ जा पहुँचता, इसका ठिकाना नहीं था। मैं जानता था कि मुझे अवहेलना से विदा देने की जिस भयंकर आत्मग्लानि के साथ इस बार राजलक्ष्मी काशी से आई थी उसके चलते उसके मन में पैदा हुई किसी अनजाने कठिन दंड की आशंका हर तरह के हँसी-मजाक के बीच भी उसके मन से हरगिज दूर नहीं हो रही थी। उसी को शान्त करने के अभिप्राय से मैंने हँसकर कहा, ''तुम मेरी दुबली देह की लोगों से चाहे जितनी भी निन्दा क्यों न करो लक्ष्मी, इस देह का विनाश नहीं होगा। पहले तुम नहीं मरोगी, तो मैं मरनेवाला नहीं, यह पक्का...''

उसने बात को खत्म भी नहीं करने दिया, खप से मेरा हाथ पकड़ लिया और बोली, ''तो तुम मुझे छूकर इन लोगों के सामने कसम खाओ। कहो कि यह कभी झूठ नहीं होगा।'' कहते-कहते निकले आँसुओं से उसकी दोनों आँखें लबालब भर उठीं।

सभी ठक-से रह गए। तब शर्म से उसने मेरा हाथ जल्दी से छोड़ दिया और जबरन हँसकर बोली, ''उस मुँहजले ज्योतिषी ने झूठमूठ में मुझे यों डरा दिया कि...''

यह बात भी वह पूरी नहीं कर सकी और मुँह की हँसी और शर्म की रुकावट के बावजूद दो बूँद आसूँ उसके गालों पर लुढ़क पड़े।

फिर एक बार सबसे एक-एक करके विदा लेनी पड़ी। बड़े गुसाँई ने वादा किया कि अबकी बार जब वे कलकत्ता जाएँगे तब वे हमारे यहाँ पधारेंगे। और पद्मा भी, जिसने कभी शहर नहीं देखा था, साथ में जाएगी।

जब हम स्टेशन पहुँचे, तो सबसे पहले नजर आया वही मुँहजला ज्योतिषी। प्लेटफॉर्म पर कम्बल बिछाकर वह जमकर बैठा हुआ था। इर्द-गिर्द लोग भी इकट्ठा हो गए थे।

मैंने पूछा, ''वह साथ चलेगा क्या?''

राजलक्ष्मी ने अपनी लाज-भरी हँसी को दूसरी तरफ निहारकर छिपाया, लेकिन सर हिलाकर बताया कि वह भी साथ जाएगा।

मैंने कहा, ''वह साथ नहीं जाएगा।''

''लेकिन भले ही अच्छा न हो, पर बुरा कुछ तो नहीं होगा। चले न साथ में।''

मैंने कहा, ''नहीं, अच्छा या बुरा, चाहे जो भी क्यों न हो, वह नहीं जाएगा। उसे जो देना हो, दे-दाकर उसे यहीं से विदा करो। अगर उसमें ग्रहों को शान्त करने की क्षमता और साधुता हो तो वह उसे तुम्हारी नजरों की ओट में ही करे।''

''तो मैं उससे यही कह देती हूँ।'' इतना कहकर उसने रतन को उसे बुलाने के लिए भेजा। उसने क्या दिया पता नहीं, मगर वह बहुत बार सर हिलाकर और बहुत आशीर्वाद देकर मुस्कुराता हुआ विदा हो गया।

थोड़ी ही देर में जब ट्रेन आ पहुँची तो हम लोग भी कलकता के लिए चल पड़े।

# 12

राजलक्ष्मी के सवाल के जवाब में मुझे यह बताना पड़ा कि मेरे पास रुपया कहाँ से आया। मेरे बर्मा के ऑफिस के एक ऊँचे दर्जे के अँगरेज ने घुड़दौड़ में अपना सब कुछ गँवाकर मेरा बचाकर रखा हुआ रुपया कर्ज लिया था। उसने वादा किया था कि अगर उसके दिन बहुरेंगे, तो वह मेरा रुपया सूद समेत वापस देगा, साथ ही मुनाफे का आधा भी देगा। अबकी बार कलकत्ता आकर जब मैंने रुपया मँगवा भेजा, तो उसने कर्ज में ली हुई रकम की चौगुनी रकम लौटा दी, यही है मेरी पूँजी।

''तो तुम्हारे पास कितने रुपए हैं?''

''मेरे पास जितने रुपए हैं वे मेरे लिए बहुत हैं, मगर तुम्हारे लिए बहुत तुच्छ हैं।''

''तब भी बताओ न कि तुम्हारे पास कितने रुपए हैं, जरा सुनूँ तो सही!''

''यही कोई सात-आठ हजार होंगे!''

''ये रुपए तुम्हें मुझे देने होंगे।''

मैंने डरते हुए कहा, ''यह तुम क्या कह रही हो? लक्ष्मी तो दान करती है, वह हाथ फैलाती है क्या?''

राजलक्ष्मी ने मुस्कुराते हुए कहा, ''लक्ष्मी अपराध सहन नहीं करती। वह साधु-फकीरों पर इसलिए विश्वास नहीं करती कि वे अयोग्य होते हैं।''

''रुपया लेकर तुम क्या करोगी?''

''अपने रोटी-कपड़े का खर्चा चलाऊँगी। अब से यही होगा मेरे जीने की पूँजी।''

''लेकिन इतनी-सी पूँजी से तुम्हारे रोटी-कपड़े का खर्चा कैसे चलेगा? तुम्हारे नौकर-नौकरानियों की पन्द्रह दिनों की तनखाह देने के लिए भी यह काफी नहीं होगी।

ऊपर से हैं—गुरु-पुरोहित, हैं तैंतीस कोटि देवी-देवता, है बहुतेरी विधवाओं का भरण-पोषण। उनका क्या उपाय होगा?"

"उनके लिए फिक्र नहीं है। उनका मुँह बन्द नहीं होगा। मैं खुद अपने भरण-पोषण के बारे में सोच रही हूँ। समझे?"

मैंने कहा, "मैं समझ गया। अब से किसी धोखे में अपने आपको बहलाए रखना चाहती हो—यही न?"

राजलक्ष्मी बोली, "नहीं, ऐसी बात नहीं है। वे सब रुपए रहे दूसरे काम के वास्ते। लेकिन तुम्हारे आगे हाथ फैलाकर मैं जो लूँगी, वही होगा मेरे भविष्य की पूँजी। वह अगर पूरा पड़ेगा तो खाऊँगी और अगर वह कम पड़ेगा तो भूखी रहूँगी।"

"तो फिर तुम्हारे किस्मत में वही लिखा है!"

"क्या लिखा है मेरी किस्मत में? भूखी रहना?" इतना कहकर वह हँसकर बोली, "तुम सोच रहे हो कि तुमसे जो मिलेगा वह कम पड़ेगा, लेकिन कम को कैसे ज्यादा बनाया जाता है, यह हुनर मैं जानती हूँ। तुम एक दिन यह समझोगे कि मेरे धन के बारे में तुम लोग जो सन्देह करते हो, वह सही नहीं है।"

"यह बात तुमने इतने दिनों तक क्यों नहीं बताई थी?"

"इतने दिनों तक मैंने यह बात इसलिए नहीं बताई थी कि तुम विश्वास नहीं करते। मेरा रुपया तुम घृणा से छूते नहीं हो, लेकिन तुम्हारी वितृष्णा से मेरा कलेजा फट जाता है।"

मैंने दुखी होकर कहा, "अचानक यह सब बात आज तुम क्यों कह रही हो लक्ष्मी?"

राजलक्ष्मी मेरे मुँह की तरफ थोड़ी देर तक निहारती रही, फिर बोली, "यह बात आज तुम्हें अचानक कही लगती है। मगर यह तो मेरी दिन-रात की चिन्ता है। तुम क्या यह सोचते हो कि अधर्म के रास्ते की कमाई से मैं देवी-देवताओं की सेवा करती हूँ? उस कमाई का एक धेला भी अगर मैं तुम्हारे इलाज में खर्च करती, तो क्या मैं तुम्हें बचा सकती? भगवान तुम्हें मुझसे छीन लेते। तुम विश्वास नहीं करते कि यह बात सही है कि मैं तुम्हारी ही हूँ।"

"मैं विश्वास करता हूँ न।"

"नहीं, तुम विश्वास नहीं करते।"

मैंने उसके प्रतिवाद का मतलब नहीं समझा। वह कहले लगी, "कमल लता से तुम्हारा दो दिनों का परिचय था, तब भी तुमने उसकी सारी कहानी मन लगाकर सुनी। वह तुमसे हिलमिल गई, वह मुक्त हो गई। लेकिन तुमने मुझसे कभी कोई बात नहीं पूछी, न तुमने कभी कहा कि लक्ष्मी, तुम अपनी सारी घटनाओं के बारे में मुझे खुलकर बताओ। तुमने क्यों नहीं पूछा था? तुमने डर के मारे नहीं पूछा था। तुम मुझ पर विश्वास नहीं करते हो और न तुम अपने आप पर विश्वास करते हो।"

मैंने कहा, "मैंने उससे भी नहीं पूछा था। मैंने उसके बारे में जानना भी नहीं चाहा था। खुद उसने जबरन सुनाया था।"

राजलक्ष्मी बोली, ''तब भी तो तुमने सुना था। तुमने उसकी कहानी इसलिए नहीं सुनना चाहा था कि जरूरत नहीं थी। तो क्या तुम मुझसे भी यही कहोगे?''

''नहीं, मैं ऐसा नहीं कहूँगा। लेकिन तुम क्या कमल लता की चेली हो? वह जो करती है, वही तुम्हें भी करना होगा?''

''ऐसी बातों से मैं नहीं फुसलनेवाली। मेरी सारी बातें तुम्हें सुननी पड़ेंगी।''

''यह तो बड़ी मुश्किल है। मैं सुनना नहीं चाहता तब भी सुनना ही पड़ेगा।''

''हाँ, तुम्हें सुनना ही पड़ेगा। तुम सोचते होगे कि अगर तुम मेरी सारी बातें सुनोगे, तो हो सकता है, तुम मुझे और प्यार न कर सको, या हो सकता है, तुम्हें मुझे विदा करना हो।''

''तुम्हारे विचार में वह क्या ओछी बात है?''

राजलक्ष्मी हँस पड़ी, बोली, ''नहीं, मेरे विचार में वह ओछी बात नहीं है। पर ऐसा नहीं हो सकता कि तुम मेरी सारी बातें न सुनो। तुम्हें मेरी सारी बातें सुननी ही पड़ेंगी। तुम मर्द हो, तुम्हारे मन में इतना-सा भी जोर नहीं है कि उचित समझने पर तुम मुझे अपने से दूर कर दे सको?''

इस अक्षमता को बेहद कबूल करते हुए मैंने कहा, ''तुम जिन सारे जवाँमर्दों का उल्लेख करके मुझे नीचा दिखा रही हो लक्ष्मी, वे सूरमा हैं, आदरणीय व्यक्ति हैं। उनके पैरों की धूल की योग्यता मुझमें नहीं है। तुम्हें विदा करके एक दिन भी मैं नहीं रह सकूँगा। हो सकता है, मैं उसी वक्त तुम्हें लौटा लाने के लिए दौड़ूँ और अगर तुम इनकार कर दोगी, तो मेरी दुर्दशा की सीमा नहीं रहेगी। अतएव इन सारे भयानक विषयों की चर्चा बन्द करो।''

राजलक्ष्मी ने कहा, ''तुम तो जानते हो कि बचपन में मेरी माँ ने मुझे एक मैथिल राजकुमार के हाथों बेच दिया था।''

''हाँ, एक और राजकुमार के मुँह से यह खबर सुनी थी बहुत दिनों बाद। वह था मेरा दोस्त।''

राजलक्ष्मी बोली, ''हाँ, वह तुम्हारे ही दोस्त का दोस्त था। एक दिन गुस्सा करके मैंने माँ को विदा कर दिया। और जब वह गाँव लौट आई, तो उसने यह अफवाह फैला दी कि मैं मर गई। तुमने यह खबर तो सुनी थी?''

''हाँ, मैंने यह खबर सुनी थी।''

''यह खबर सुनकर तुमने क्या सोचा?''

''मैंने सोचा, आह! लक्ष्मी मर गई।''

''बस, यही सोचा तुमने? और कुछ नहीं सोचा?''

''हाँ, और भी सोचा, काशी में मरी, चलो जो हो, 'सद्‌गति' तो हुई। आह!''

राजलक्ष्मी गुस्सा करके बोली, ''जाओ, झूठी आह भरकर तुम्हें दुख प्रकट करने की जरूरत नहीं। तुमने एक भी 'आह' नहीं भरी होगी, यह मैं कसम खाकर कह सकती हूँ। कहो, मुझे छूकर कहो तो कि तुमने आह भरी थी।''

मैंने कहा, ''इतनी पुरानी बात क्या ठीक-ठीक याद रहती है। ऐसा ही याद आ रहा है कि मैंने आह भरी थी।''

राजलक्ष्मी बोली, "रहने दो, तकलीफ उठाकर इतनी पुरानी बात याद करने की जरूरत नहीं। मैं सब जानती हूँ।" इतना कहकर वह थोड़ी देर तक रुकी रही, फिर बोली, "और मैं? मैं रोज रो-रोकर विश्वनाथ से कहती थी कि भगवान, तुमने मेरे भाग्य में यह क्या लिख दिया? तुम्हें गवाह बनाकर मैंने जिसके गले में माला डाली थी उससे इस जीवन में क्या कभी मुलाकात नहीं होगी? हमेशा यों ही अपवित्र बनी रहूँगी? उन दिनों की बात याद आती है, तो आज भी आत्महत्या करने को मेरा जी चाहता है?"

उसके मुँह की तरफ निहारकर दुख महसूस हुआ। लेकिन यह समझकर मैं चुप रहा कि मेरे मना करने पर भी वह कहने से बाज नहीं आएगी।

इन बातों पर उसने मन ही मन कितने दिन, कितने ढंग से सोच-विचार किया था। अपने अपराध से बोझिल मन ने चुपचाप कितना भयंकर दुख बर्दाश्त किया था। तब भी अपनी बात जाहिर करने का उसे भरोसा नहीं मिला था, कहीं क्या करते, क्या न हो जाए। इतने दिनों बाद वह कमल लता से यह शक्ति अर्जित करके आई थी। वैष्णवी ने अपने गुप्त पाप को प्रकट करके मुक्ति पाई थी। राजलक्ष्मी खुद भी आज डर और झूठी मर्यादा की जंजीर को तोड़कर उसी की भाँति सहज होकर खड़ी होना चाहती थी। उसकी किस्मत में चाहे जो भी क्यों न हुआ हो, उसे यह कला सिखाई है कमल लता ने। यह बात निःसंशय अनुभव करके मैंने अपने मन के अन्दर एक बड़ी तृप्ति महसूस की कि इस घमंडी नारी ने दुनिया में एक आदमी के आगे झुककर अपने दुखों को दूर करने की कला सीखी है।

हम दोनों थोड़ी देर तक चुप्पी साधे रहे। उसके बाद राजलक्ष्मी सहसा बोल उठी, "राजकुमार अचानक चल बसा। लेकिन मेरी माँ ने फिर तिकड़म किया मुझे बेचने का..."

"इस बार किसके पास?"

"एक दूसरे राजकुमार के पास—तुम्हारे उस प्रिय दोस्त के पास—जिसके साथ तुम शिकार करने गए थे। और वहाँ क्या हुआ, तुम्हें याद नहीं?"

मैंने कहा, "नहीं। शायद मुझे याद नहीं है। यह बहुत पुरानी बात है। मगर उसके बाद?"

राजलक्ष्मी बोली, "यह तिकड़म कामयाब नहीं हुआ। मैंने कहा—माँ तुम घर जाओ। माँ बोली—मैंने राजकुमार से हजार रुपए लिये हैं। मैंने कहा—उन रुपयों को लेकर तुम गाँव चली जाओ। दलाली का रुपया चाहे जैसे बन पड़ेगा, मैं चुका दूँगी। मैंने कहा—आज रात की गाड़ी से ही अगर तुम नहीं गई माँ, तो कल सवेरे ही मैं गंगा में डूब मरूँगी। तुम तो मुझे जानती हो माँ कि मैं तुम्हें झूठमूठ में नहीं डरा रही हूँ। माँ चली गई। और जब तुमने उसी के मुँह से यह सुना कि मैं मर गई, तब तुमने दुख प्रकट करके कहा था—आह! वह मर गई।" इतना कहकर वह खुद ही जरा मुस्कुराई, बोली, "अगर यह सच है कि तुमने मेरे लिए आह भरी थी, तो तुम्हारे मुँह से निकली वह आह ही मेरे लिए काफी है। लेकिन इस बार जिस दिन मैं सचमुच ही मरूँगी, उस दिन तुम दो बूँद आँसू बहाना। कहो दुनिया में बहुत से वर-वधुओं ने एक-दूसरे को माला पहनाई है। उनके प्रेम से दुनिया पवित्र और भरी हुई है। लेकिन तुम्हारी कुलटा राजलक्ष्मी ने, जब वह नौ

साल की थी तब, अपने किशोर वर को एकाग्र मन से जितना प्यार किया था उतना प्यार दुनिया में किसी ने किसी दिन किसी को नहीं किया होगा। कहो कि तब तुम मेरे कान में ये बातें कहोगे? मैं मरकर भी उन्हें सुन सकूँगी।''

''यह क्या, तुम रो क्यों रही हो?''

उसने आँसुओं को अपने आँचल से पोंछ डाला और बोली, ''तुम यह सोचते हो कि लाचार बच्ची पर उसके रिश्तेदारों ने जितना जुल्म ढाया था उसे अन्तर्यामी भगवान क्या नहीं देख सके होंगे? इसका फैसला वे करेंगे या वे आँखें मूँदे ही रहेंगे?''

मैंने कहा, ''ऐसा मैं सोचता हूँ कि उन्हें आँखें मूँदे नहीं रहना चाहिए। मगर उनकी बात तुम्हीं लोग अच्छी तरह जानती हो। मुझ जैसे पाखंडी से वे किसी भी दिन सलाह-मशवरा नहीं करते हैं।''

राजलक्ष्मी बोली, ''तुम सिर्फ मजाक करते हो।'' लेकिन दूसरे ही पल वह गम्भीर होकर बोली, ''अच्छा, लोग तो कहते हैं कि मर्द और औरत का धर्म एक न होने पर काम नहीं चलता है। लेकिन धर्म-कर्म में तुम्हारा और मेरा सम्बन्ध तो वैसा ही है जैसा साँप और नेवले का है। तो हमारा काम कैसे चलता है?''

''हमारा काम वैसे ही चलता है जैसे साँप और नेवले का चलता है। इस जमाने में जान से मार डालने से हंगामा होता है इसीलिए एक आदमी दूसरे आदमी को जान से नहीं मारता है, बल्कि जब इस बात की आशंका होती है कि उसके धर्म-पालन करने के काम में खलल पड़ रहा है तब निर्मम होकर एक आदमी दूसरे आदमी को विदा कर देता है।''

''उसके बाद क्या होता है?''

मैंने हँसकर कहा, ''उसके बाद वह खुद ही रोते-रोते लौट आता है। और दाँतों से हाथ काटकर कहता है कि मुझे सबक मिल चुका है। इस जीवन में इतनी गलती अब नहीं करूँगा। मैं बाज आया ऐसे जप-तप और गुरु-पुरोहितों से। मुझे माफ करो।''

राजलक्ष्मी भी हँसी, बोली, ''माफी मिलती है न?''

''हाँ, माफी मिलती है। मगर तुम्हारी कहानी का क्या हुआ?''

राजलक्ष्मी बोली, ''कहती हूँ।'' वह थोड़ी देर तक मेरी तरफ अपलक निहारती रही। फिर बोली, ''मेरी माँ गाँव चली गई। मुझे एक बूढ़ा उस्ताद गाना-बजाना सिखाता था। वह बंगाली था। उसकी पत्नी मुसलमान थी, वह मुझे नाच सिखाने आती थी। मैं उस उस्ताद को भाई जी कहती थी। वह मुझे सचमुच ही बड़ा प्यार करता था। मैंने रोकर कहा, 'भाईजी, तुम मुझे बचा लो। यह सब मुझसे और नहीं हो सकेगा।' वह गरीब था, अचानक उसने हिम्मत नहीं की। मैंने कहा, 'मेरे पास जितने रुपए हैं उनसे बहुत दिनों तक गुजर-बसर हो जाएगा। उसके बाद जो बदा है, होगा। लेकिन अभी यहाँ से भाग चलो।' उसके बाद उसके साथ मैं कितनी जगह घूमी—इलाहाबाद, लखनऊ, दिल्ली, आगरा, जयपुर, मथुरा—अन्त में मैं जा बसी पटना में। मेरे पास जितने रुपए थे उनका आधा मैंने एक महाजन की गद्दी में जमा कर दिया और बाकी आधे से साझे में एक स्टेशनरी

और एक कपड़े की दुकान खोली। मकान खरीदकर, ढूँढ़कर बंकू का मँगवा लिया और उसे स्कूल में भर्ती करा दिया और रोजी-रोटी चलाने के लिए मैं जो करती थी उसे तो तुमने खुद अपनी आँखों से देखा था।''

उसकी कहानी सुनकर मैं थोड़ी देर तक स्तब्ध रहा, उसके बाद कहा, ''चूँकि तुम कहती हो, इसीलिए अविश्वास नहीं होता है, पर कोई दूसरा कहता, तो लगता कि मैं कोई गढ़ी हुई झूठी कहानी सुन रहा हूँ, बस।''

राजलक्ष्मी बोली, ''मैं क्या झूठ नहीं बोल सकती?''

मैंने कहा, ''हो सकता है, तुम झूठ बोल सकती हो, लेकिन चूँकि तुमने आज तक मुझसे झूठ नहीं कहा है इसीलिए मुझे विश्वास है कि तुम झूठ नहीं बोल रही हो।''

''तुम्हें ऐसा विश्वास क्यों है?''

''मुझे ऐसा विश्वास क्यों है? बताता हूँ, तुम्हें इस बात का डर है कि अगर तुम झूठ बोलोगी तो कहीं कोई देवता नाराज न हो जाए और तुम्हें सजा देने के लिए कहीं मेरा अकल्याण न करें।''

''मेरे मन की बात भला तुमने कैसे जानी?''

''मेरे मन की बात भी भला तुम कैसे जान सकती हो?''

''मैं तुम्हारे मन की बात इसलिए जान सकती हूँ कि मैं दिन-रात तुम्हारी फिक्र करती हूँ, मगर तुम तो मेरी फिक्र नहीं करते।''

''अगर मैं दिन-रात तुम्हारी फिक्र करूँ, तो तुम खुश होओगी?''

राजलक्ष्मी ने सर हिलाकर कहा, ''नहीं, मैं खुश नहीं होऊँगी। मैं तुम्हारी दासी हूँ। मैं यही चाहती हूँ कि तुम मुझे दासी से ज्यादा न समझो।''

उसकी बात के जवाब में मैंने कहा, ''तुम उसी पुराने युग की औरत हो, तुममें वही हजारों साल पुराना संस्कार है।''

राजलक्ष्मी बोली, ''मैं चाहती हूँ कि मैं पुराने युग की औरत बन सकूँ। मैं हमेशा ऐसी ही रहूँ।'' इतना कहकर वह थोड़ी देर तक मेरी तरफ निहारती रही, फिर बोली, ''तुम सोचते हो कि मैंने इस युग की औरतों को नहीं देखा है? मैंने इस युग की बहुत-सी औरतों को देखा है। बल्कि तुम्हीं ने नहीं देखा है, या देखा भी होगा, तो सिर्फ बाहर से। उनमें से किसी से मुझे बदल लो तो देखूँ, तुम कैसे रह सकते हो? तुमने मेरी खिल्ली उड़ाई थी, यह कहकर कि मैंने दाँतों से हाथ काटा था, तब तुम दाँतों से हाथ काटोगे?''

''लेकिन जब इसका फैसला होनेवाला नहीं है तब झगड़ा करने से कोई फायदा नहीं। मैं सिर्फ इतना ही कह सकता हूँ कि उनके बारे में तुमने बेहद अन्याय किया है।''

राजलक्ष्मी बोली, ''अगर मैंने अन्याय भी किया होगा तो मैं यह कह सकती हूँ कि मैंने बेहद अन्याय नहीं किया है। अजी गुसाँई, मैं भी तो बहुत घूमी हूँ, बहुत देखा है। तुम लोग जहाँ नहीं देख सकते वहाँ भी हमारी आँखें खुली रहती हैं।''

''लेकिन तुमने उसे रंगीन चश्मे से देखा है, इसीलिए तुमने सब गलत देखा है। तुम्हारा देखना बेकार गया।''

राजलक्ष्मी ने मुस्कुराते हुए कहा, "मैं क्या कहूँ, मेरे हाथ-पाँव बँधे हुए हैं। वरना मैं तुम्हें ऐसा परेशान करती कि तुम जनम-भर नहीं भूलते। मगर इसे रहने दो। मैं तुम्हारी वैसी ही दासी बनकर रहूँ जैसी दासी उस युग की औरतें अपने पति की बनकर रहती थीं। तुम्हारी ही सेवा करना मेरा सबसे बड़ा काम हो। लेकिन मैं अपने बारे में तुम्हें जरा भी सोचने नहीं दूँगी। दुनिया में तुम्हारे लिए बहुत काम हैं। अब से तुम्हें उन्हीं कामों को करना है। इस अभागिन के चलते तुम्हारा बहुत-सा वक्त और और भी बहुत-कुछ बरबाद हो गया है। पर अब मैं तुम्हें उन्हें बरबाद करने नहीं दूँगी।"

मैंने कहा, "इसीलिए तो जितनी जल्दी हो सके, वहाँ जाकर मैं उस पुरानी नौकरी को करना चाहता हूँ।"

राजलक्ष्मी बोली, "मैं तो तुम्हें नौकरी नहीं करने दूँगी।"

"लेकिन मैं तो स्टेशनरी की भी दुकान नहीं चला सकूँगा।"

"तुम स्टेशनरी की दुकान क्यों नहीं चला सकोगे?"

"पहला कारण तो यह है कि मुझे यह याद नहीं रहता कि किस चीज का कितना दाम है? दूसरा कारण यह है कि दाम लेना और जल्दी से हिसाब करके बाकी पैसे लौटा देना यह तो और भी असम्भव है। दुकान का तो दिवाला निकलेगा ही, खरीदारों के साथ लाठी न चले, तो जान बचे।"

"तो फिर कपड़े की एक दुकान खोल लो।"

"इससे अच्छा तो यह होगा कि तुम जंगली बाघ-भालुओं की एक दुकान खुलवा दो। मेरे लिए वह दुकान चलाना आसान होगा।"

राजलक्ष्मी हँस पड़ी। बोली, "एकाग्र मन से इतनी आराधना करने के बाद अन्त में भगवान ने मुझे एक ऐसा निकम्मा आदमी दिया जिसके साथ दुनिया में थोड़ा-सा भी काम नहीं किया जा सकता है।"

मैंने कहा, "तुम्हारी आराधना में कोई कमी थी। उसे सुधारने का वक्त है। अभी भी तुम्हें कर्मठ आदमी मिल सकता है। बड़ा हट्टा-कट्टा, तन्दुरुस्त, ठिंगना जवान, जिसे न कोई हरा सकेगा, न कोई धोखा दे सकेगा, जिस पर कामों की जिम्मेदारी सौंपकर तुम निश्चिन्त रह सकोगी, जिसके हाथ में रुपया-पैसा देकर तुम निर्भय होकर रह सकोगी, जिसकी निगरानी नहीं करनी पड़ेगी, जिसे भीड़ में खो देने की चिन्ता नहीं रहेगी, जिसे सजा-सँवारकर तुम तृप्ति पाओगी, जिसे खिलाकर तुम आनन्द पाओगी और जो 'हाँ' छोड़ 'नहीं' बोलना नहीं जानता..."

राजलक्ष्मी चुपचाप मेरी तरफ निहार रही थी। अचानक उसके रोंगटे खड़े हो गए।

मैंने कहा, "अरे, यह तुम्हें क्या हुआ?"

"नहीं, कुछ नहीं।"

"तो फिर तुम सिहर क्यों उठी?"

राजलक्ष्मी बोली, "तुमने शब्दों से जो चित्र बनाया अगर उसका आधा भी सही हो, तो मैं शायद डर के मारे मर जाऊँगी।"

"मगर मुझ जैसे इतने निकम्मे आदमी के साथ भला तुम क्या करोगी?"

राजलक्ष्मी हँसी को दबाकर बोली, "क्या करूँगी भला भगवान को अभिशाप दूँगी और हमेशा जल-भुनकर मरूँगी। इस जनम में और तो कुछ नहीं सूझता है।"

"बल्कि इससे अच्छा तो यह होगा कि तुम मुझे मुरारिपुर के अखाड़े में भेज दो।"

"वहाँ जाकर तुम उन्हीं लोगों का कौन-सा उपकार करोगे?"

"उन लोगों के लिए फूल तोड़ दूँगा। भगवान का प्रसाद खा-खाकर जब तक जिन्दा रहूँगा, वहीं रहूँगा। उसके बाद वे लोग उस मौलसिरी के पेड़ के नीचे मुझे समाधिस्थ कर देंगे। बच्ची पद्मा किसी शाम मेरी समाधि पर दीया जला देगी और जिस शाम वह मेरी समाधि पर दीया जलाना भूल जाएगी उस शाम मेरी समाधि पर दीया नहीं जलेगा। भोर में फूल तोड़कर मेरी समाधि की बगल से होकर जब कमल लता लौटेगी तब किसी दिन वह उस पर एक मुट्ठी मोगिया के फूल बिखेर देगी, तो किसी दिन कुन्द के फूल बिखेर देगी। और अगर कोई परिचित राह भूलकर कभी उधर आएगा, तो वह उसे मेरी समाधि दिखाकर कहेगी—वहाँ रहता है हमारा नया गुसाँई। वह जो थोड़ी-सी ऊँची जगह है, जहाँ सूखे मोगिया, कनेर और कुन्द के फूलों के साथ झरे मौलसिरी के फूल बिखरे पड़े हैं, वहीं।"

राजलक्ष्मी की आँखों में पानी भरने को आए। उसने पूछा, "और वह परिचित आदमी तब क्या करेगा?"

मैंने कहा, "यह मैं नहीं जानता। हो सकता है वह बहुत से रुपए खर्च करके मन्दिर बनवा दे..."

राजलक्ष्मी बोली, "नहीं, बात बनी नहीं। वह मौलसिरी के पेड़ के नीचे की उस समाधि को छोड़ फिर नहीं जाएगा। पेड़ की डाल पर पंछी चहचहाएँगे, गाना गाएँगे, लड़ाई करेंगे, कितने सूखे पत्ते झड़ जाएँगे, कितनी सूखी डालें टूटकर गिरेंगी, वह उन सबको साफ करने का काम करेगा। सवेरे उसे लीप-पोतकर फूलों की माला गूँथ देगा। रात को जब सभी सो जाएँगे तब वह उसे वैष्णव कवियों के गीत सुनाएगा। उसके बाद समय आने पर बुलाकर कहेगा—कमल लता दीदी, हमारी समाधियों को एक बना देना। दोनों समाधियों के बीच जरा-सी भी खाली जगह न रहे। ऐसा न लगे कि दोनों अलग-अलग हैं। और ये लो रुपए, इनसे मन्दिर बनवा देना। मन्दिर में राधाकृष्ण की मूर्ति स्थापित करना। लेकिन मन्दिर पर न कोई नाम लिखना और न कोई चिह्न रहने देना। ताकि कोई यह न जाने कि कौन थे ये लोग और कहाँ से आए थे?"

मैंने कहा, "लक्ष्मी, तुम्हारा चित्र तो और भी मधुर और भी सुन्दर बना।"

राजलक्ष्मी बोली, "यह तो सिर्फ शब्दों से बनाया हुआ चित्र नहीं है गुसाँई, यह तो सच्चाई है। दोनों में यहीं फर्क है। मैं चित्र बना सकती हूँ, मगर तुम चित्र बना नहीं सकते। तुम्हारा शब्दों से बनाया चित्र सिर्फ शब्द होकर ही रहेगा।"

"यह तुमने कैसे जाना?"

''मैं जानती हूँ। खुद तुमसे भी ज्यादा जानती हूँ। यही तो है मेरी पूजा और यही तो है मेरा ध्यान। पूजा-पाठ खत्म करके मैं किसके पैरों पर जल चढ़ाती हूँ, किसके पैरों पर फूल चढ़ाती हूँ? तुम्हारे ही पैरों पर मैं जल और फूल चढ़ाती हूँ।''

नीचे से रसोइए की पुकार आई, ''माँजी, रतन नहीं है। चाय बन गई है।''

''जाती हूँ।'' यह कहकर उसने अपनी आँखें पोंछी और उसी वक्त उठकर चली गई।

थोड़ी देर बाद वह चाय की प्याली लिये लौट आई। उसे मेरे पास रख दिया और बोली, ''तुम किताब पढ़ना इतना पसन्द करते हो, अब से तुम किताब क्यों नहीं पढ़ते हो?''

''किताब पढ़ने से तो रुपया नहीं आएगा!''

''रुपयों का क्या होगा? रुपया तो हम लोगों के पास बहुत है?'' वह थोड़ी देर रुकी, फिर बोली, ''ऊपर का वह दक्षिण का कमरा होगा तुम्हारा पढ़ने का कमरा। आनन्द किताबें खरीद लाएगा और मैं उन्हें अपने मन के मुताबिक करीने से रख दूँगी। उसके एक बगल में रहेगा मेरा सोने का कमरा और दूसरी बगल में होगा मेरा पूजा-घर। बाज आई मैं इस जन्म में तीनों लोकों से। इसके परे कभी ध्यान न जाए।''

मैंने पूछा, ''और तुम्हारा रसोईघर कहाँ होगा? आनन्द संन्यासी है। वहाँ नजर नहीं रखोगी तो उसे एक दिन भी नहीं रखा जा सकेगा। लेकिन तुम्हें उसका पता कैसे चला? कब आएगा वह?''

राजलक्ष्मी बोली, ''उसका पता दिया है कुशारीजी ने। आनन्द ने कहा है कि वह बहुत जल्दी आएगा। उसके बाद सब मिलकर गंगामाटी जाएँगे। वहाँ कुछ दिन रहेंगे।''

मैंने कहा, ''अच्छी बात है। तुम्हें वहाँ जाना है, तो जाओ। मगर उन लोगों के पास जाकर अबकी बार तुम्हें शर्म नहीं आएगी?''

राजलक्ष्मी सकुचाकर मुस्कुराई और सर हिलाकर बोली, ''लेकिन उनमें से तो कोई यह नहीं जानता है कि काशी जाकर मैंने नाक और बाल कटाकर स्वाँग रचा था। जहाँ तक बालों की बात है, वे बहुत बढ़ चुके हैं और रही नाक तो वह बेमालूम जुड़ चुकी है, दाग तक नहीं है। और तुम तो हो मेरे साथ—मेरे सारे अन्यायों और लज्जा को दूर कर देने के लिए।'' वह थोड़ी देर रुकी, फिर बोली, ''खबर मिली है कि वह अभागिन मालती लौट आई है और साथ में लाई है अपने पति को। मैं उसके लिए एक हार बनवा दूँगी।''

मैंने कहा, ''सो तुम उसके लिए हार बनवा देना, लेकिन वहाँ जाकर अगर तुम फिर सुनन्दा के पल्ले पड़ी तो...''

राजलक्ष्मी जल्दी से बोल उठी, ''नहीं जी, नहीं, अब इस बात का डर नहीं है। उसके प्रति मेरा मोह दूर हो चुका है। बाप रे बाप! उसने धर्म-पालन करने की ऐसी घुट्टी पिला दी कि दिन-रात मैं न अपने आँसुओं को रोक सकती थी, न खा सकती थी, न सो सकती थी। यही काफी था कि मैं पागल नहीं हो गई थी।'' इतना कहकर वह हँसी, फिर बोली, ''तुम्हारी लक्ष्मी चाहे जो भी क्यों न हो, वह अस्थिर मनवाली नहीं है। वह जब एक बार

जिसे सही मान लेती है, तब उससे उसे कोई फिर डिगा नहीं सकता है।'' वह थोड़ी देर तक चुप्पी साधे रही, उसके बाद फिर से बोली, ''मेरा सारा मन ऐसे आनन्द में डूबा हुआ है कि हरदम लगता है कि इस जीवन में मुझे सब कुछ मिल गया है, अब मुझे कुछ नहीं चाहिए। यह अगर भगवान का निर्देश नहीं है, तो और क्या है, बताओ तो? रोज पूजा करके मैं भगवान के चरणों में और कुछ नहीं माँगती हूँ, सिर्फ यह प्रार्थना करती हूँ कि ऐसा आनन्द दुनिया में सभी को मिले। इसीलिए तो मैंने आनन्द को बुला भेजा है कि अब से मैं उसके कामों में थोड़ी-बहुत मदद किया करूँगी।''

मैंने कहा, ''हाँ, तुम उसकी मदद किया करना।''

राजलक्ष्मी न जाने क्या सोचने लगी, वह सहसा बोल उठी, ''देखो, इस सुनन्दा-सी इतनी ईमानदार, इतनी निर्लोभी, इतनी सत्यवादी औरत मैंने नहीं देखी है। लेकिन जब तक उसका विद्या का घमंड दूर नहीं होगा तब तक वह विद्या काम नहीं आएगी।''

''मगर सुनन्दा को तो विद्या का घमंड नहीं है।''

राजलक्ष्मी बोली, ''नहीं, उसको वैसा घमंड नहीं है जैसा घमंड नीचों को होता है। और मैंने ऐसा भी नहीं कहा है। वह कितने श्लोक, कितनी शास्त्रों में लिखी बातें और कितना कथा-उपाख्यान जानती है। उसके मुँह से सुन-सुनकर ही तो मेरी यह धारणा हुई थी कि मैं तुम्हारी कोई नहीं हूँ, हमारा रिश्ता गलत है और यही तो मैंने विश्वास करना चाहा था...लेकिन भगवान ने मेरी गर्दन पकड़कर मुझे समझा दिया कि उससे ज्यादा गलत और कुछ नहीं है। तो देखो, उसकी विद्या में कहीं बहुत बड़ी गलती है। इसीलिए देखती हूँ, वह किसी को भी सुखी नहीं कर सकती है। वह सभी को सिर्फ दुख देती है। लेकिन उसकी जेठानी उससे बहुत बड़ी है। वह सीधी-सादी है, पढ़ी-लिखी नहीं है, लेकिन उसके मन में दया-माया भरी हुई है। कितने दुखी, गरीब परिवारों का वह छिप-छिपकर गुजर-बसर कराती है, यह कोई जान भी नहीं सकता है। जुलाहों के साथ जो समझौता हुआ वह क्या सुनन्दा से कभी होता? तुम यह सोचते हो कि वह समझौता उसके तेजी दिखाकर घर छोड़कर चले जाने से हुआ था? कतई नहीं। वह समझौता कराया था उसकी जेठानी ने रो-रोकर अपने पति के पाँव पकड़कर। सुनन्दा ने सारी दुनिया के आगे अपने गुरुजन जेठ को चोर कहकर छोटा बना दिया। यही क्या शास्त्रों का अध्ययन करने का नतीजा है? उसकी पांडुलिपियों को पढ़कर प्राप्त की गई विद्या जब तक न आदमी के सुख-दुख, अच्छाई-बुराई, पाप-पुण्य, लोभ-मोह के साथ तालमेल बिठा सकेगी तब तक उसके किताबी कर्तव्य-ज्ञान का फल आदमी को बेवजह बिंधेगा, जुल्म ढाहेगा, दुनिया में किसी का भला नहीं करेगा, यह मैं तुम्हें कह देती हूँ।''

उसकी बातें सुनकर मैं विस्मित हुआ, पूछा, ''यह सब तुमने किससे सीखा?''

राजलक्ष्मी बोली, ''क्या पता, यह सब मैंने किससे सीखा! हो सकता है, तुमसे मैंने यह सब सीखा हो। तुम न ही कुछ कहते हो, न ही तुम कुछ माँगते हो और न तुम किसी पर दबाव डालते हो। इसीलिए तुमसे सीखना तो सिर्फ सीखना नहीं है, सही तौर पर पाना है। अचानक एक दिन अचम्भे में पड़कर सोचना पड़ता है कि यह सब आया कहाँ

से। खैर, इसे रहने दो। लेकिन इस बार जाकर मैं कुशारीजी की पत्नी से दोस्ती करूँगी। उस बार उनकी अवहेलना करने में मैंने जो गलती की थी इस बार उसे सुधारूँगी। तुम जाओगे गंगामाटी?''

''मगर मुझे तो बर्मा जाना है। वहाँ नौकरी करनी है।''

''तुम फिर नौकरी की रट लगा रहे हो। मैंने कहा न तुमसे कि मैं तुम्हें नौकरी नहीं करने दूँगी।''

''लक्ष्मी, तुम्हारा स्वभाव बढ़िया है। न ही तुम कुछ कहती हो, न ही तुम कुछ माँगती हो, और न ही किसी पर दबाव डालती हो। विशुद्ध वैष्णवों की सी सहनशीलता सिर्फ तुम्हीं से मिलती है।''

''मुझमें सहनशीलता है, इसीलिए जिसकी जो मर्जी उसी में हामी भरनी होगी? दुनिया में और किसी को सुख-दुख नहीं है क्या? तुम खुद ही सब हो।''

''तुम ठीक कहती हो। लेकिन अभया! वह प्लेग से भी नहीं डरी थी। उस बुरे वक्त में अगर वह मुझे आश्रय देकर नहीं बचाती तो आज, हो सकता है, तुम मुझे नहीं पाती। आज तुम एक बार यह नहीं सोचोगी कि उन लोगों का क्या हुआ?''

राजलक्ष्मी पल भर में करुणा और कृतज्ञता से पिघलकर बोली, ''तो तुम यहाँ रहो। मैं आनन्द के साथ जाऊँगी। बर्मा जाकर उन लोगों को पकड़ लाऊँगी। यहाँ कोई-न-कोई उपाय होगा ही।''

मैंने कहा, ''ऐसा हो सकता है। मगर वह बड़ी अभिमानी है। अगर मैं नहीं जाऊँगा, तो हो सकता है, वह न आए।''

राजलक्ष्मी ने कहा, ''वह आएगी। यह समझेगी कि तुम्हीं उन लोगों को लेने आए हो। देखना, मेरा कहना गलत नहीं होगा।''

''लेकिन तुम मुझे यहाँ छोड़कर बर्मा जा सकोगी?''

राजलक्ष्मी पहले-पहल चुप रही, उसके बाद अनिश्चितता-भरी आवाज में धीरे-धीरे बोली, ''इसी बात का तो मुझे डर है। हो सकता है, मैं न जा सकूँ। लेकिन उसके पहले चलो न कुछ दिन गंगामाटी में जाकर रहें।''

''वहाँ क्या तुम्हें कोई खास काम है?''

''हाँ, वहाँ थोड़ा-सा काम है। कुशारीजी को खबर मिली है कि बगलवाला पोड़ामाटी गाँव बिकनेवाला है। सोचती हूँ, उसे खरीदूँगी। और उस मकान को भी अच्छी तरह बनवाऊँगी ताकि वहाँ रहने में तुम्हें कोई तकलीफ न हो। उस बार मैंने देखा था कि कमरे की कमी की वजह से तुम्हें तकलीफ होती थी।''

मैंने कहा, ''कमरे की कमी की वजह से तकलीफ नहीं होती थी, बल्कि तकलीफ होती थी दूसरी वजह से।''

राजलक्ष्मी ने जान-बूझकर ही इस बात पर कान नहीं दिया, बोली, ''मैंने देखा है, वहाँ तुम्हारी सेहत अच्छी रहती है। तुम्हें ज्यादा दिन शहर में रखने का भरोसा नहीं होता है। इसीलिए तो मैं तुम्हें जल्दी से यहाँ से हटा ले जाना चाहती हूँ।''

"लेकिन इस नाशवान देह को लेकर अगर तुम हर पल इतनी परेशान रहोगी, तो मन को शान्ति नहीं मिलेगी लक्ष्मी।"

राजलक्ष्मी बोली, "यह नसीहत बड़े काम की है, मगर यह नसीहत मुझे न देकर अगर तुम खुद जरा सावधानी से रहो, तो हो सकता है, सचमुच ही मुझे थोड़ी-सी शान्ति मिले।"

उसकी बात सुनकर मैं चुप रहा। क्योंकि इस बारे में बहस करना न सिर्फ बेकार ही होता, बल्कि अप्रिय भी होता। उसकी अपनी सेहत अटूट थी, लेकिन वह यह हरगिज नहीं समझती थी कि जिसे यह सौभाग्य प्राप्त नहीं होता वह भी बीमार पड़ जा सकता है।

मैंने कहा, "मैं किसी भी दिन शहर में रहना नहीं चाहता। उन दिनों गंगामाटी मुझे अच्छा ही लगा था। आज तुम यह भूल गई हो लक्ष्मी कि मैं अपनी मर्जी से चला भी नहीं आया था।"

"नहीं जी, नहीं, मैं यह नहीं भूली हूँ। जिन्दगी-भर नहीं भूलूँगी।" इतना कहकर वह तनिक मुस्कुराई। बोली, "उस बार तुम्हें लगता था, जैसे तुम किसी अनजानी जगह में आ गए हो। लेकिन इस बार जाकर देखना, उसका आकार-प्रकार इतना बदल जाएगा कि उसे अपना मानने में जरा भी गलती नहीं होगी। और सिर्फ घर-मकान और रहने की जगह को ही नहीं, बल्कि इस बार जाकर मैं अपने आपको बदलूँगी और सबसे ज्यादा नए सिरे से बदल डालूँगी तुम्हें—अपने नए गुसाँईजी को। ताकि कमल लता दीदी और दादा न कर सके अपने गली-गलियारे में घूमनेवाले साथी के रूप में।"

मैंने कहा, "तुमने क्या यह सब सोच-सोचकर तय किया है?"

राजलक्ष्मी मुस्कुराकर बोली, "हाँ! मैंने यही तय किया है। मैं तुम्हें क्या यूँ ही सेंतमेंत लूँगी, उसका कर्ज नहीं चुकाऊँगी। और मैं भी तुम्हारी जिन्दगी में सही तौर पर आई थी, जाने के पहले उस आने का चिह्न छोड़कर नहीं जाऊँगी? यों ही बाँझ बनकर जाऊँगी? मैं ऐसा हरगिज नहीं होने दूँगी।"

उसके मुँह की तरफ निहारकर विश्वास और स्नेह से मन भर उठा। मैंने सोचा नर और नारी के हृदय का आदान-प्रदान बेहद मामूली घटना है, दुनिया में रोज ऐसी घटना होती चली जा रही है, न कोई रोकथाम है, न कोई खासियत। फिर इस लेन-देन में व्यक्ति विशेष का जीवन कितने विचित्र विस्मय और सौन्दर्य से चमक उठता है। उसकी महिमा हर युग में आदमी के मन को भिगोकर भी खत्म होने का नाम नहीं लेती है। यही है वह अक्षय सम्पत्ति जो आदमी को विशाल बनाती है, शक्तिशाली बनाती है और कल्पनातीत कल्याण से नया बनाती है।

मैंने पूछा, "तुम बंकू का क्या करोगी?"

राजलक्ष्मी बोली, "मैं अब उसे नहीं सुहाती। वह सोचता है यह आफत टले तो अच्छा है।"

"लेकिन वह तो तुम्हारा नजदीकी रिश्तेदार है। उसे तो तुमने छुटपन से पाल-पोसकर बड़ा किया है।"

"बस उससे मेरा इतना भर ही रिश्ता है कि मैंने उसे पाल-पोसकर बड़ा किया है और कोई रिश्ता मैं नहीं मानती। वह मेरा नजदीकी रिश्तेदार नहीं है।"

''वह तुम्हारा नजदीकी रिश्तेदार क्यों नहीं है? तुम इसे अस्वीकार कैसे करोगी?''

''अस्वीकार करने की मेरी भी इच्छा नहीं थी।'' इतना कहकर वह थोड़ी देर तक चुप रही, फिर बोली, ''मेरी सारी बातें तुम भी नहीं जानते हो। मेरी शादी की कहानी तुमने सुनी थी?''

''हाँ, सुनी थी लोगों के मुँह से। लेकिन तब तो मैं गाँव में नहीं था।''

''हाँ, तब तुम गाँव में नहीं थे। ऐसे दुख की कहानी कोई दूसरी नहीं है। ऐसी निष्ठुरता भी शायद कहीं नहीं हुई होगी। पिताजी मेरी माँ को कभी लिवा नहीं गए थे। हम दोनों बहनें ननिहाल में पली-बढ़ी थीं। बचपन में बार-बार बुखार आ जाने की वजह से मेरी शक्ल-सूरत कैसी हो गई थी, तुम्हें याद है न?''

''हाँ, मुझे याद है।''

''तो सुनो। बिना कसूर के जितनी सजा मुझे मिली थी, उसके बारे में सुनोगे, तो तुम जैसे निष्ठुर आदमी को भी दया आएगी। मैं बुखार में पड़ी रहती थी, मगर मैं मरती नहीं थी। मामा खुद भी तरह-तरह की बीमारियों के चलते चारपाई पकड़े हुए थे। अचानक खबर मिली कि दत्त का ब्राह्मण रसोइयाँ हमारी ही बिरादरी का है और मामा जैसा ही असली कुलीन है। वह साठ साल का था। यह तय हुआ कि हम दोनों बहनों को एक ही साथ उसके हाथों सौंप दिया जाएगा। सभी ने कहा, 'यह मौका गँवाने पर हम दोनों बहनें कुँवारी ही रह जाएँगी। उसने सौ रुपया माँगा।' मामा ने थोक भाव में कहा, 'मैं पचास रुपए दूँगा। एक ही मंडप में एक ही साथ शादी होगी, मेहनत भी कम करनी पड़ेगी। उसने पचहत्तर रुपए माँगे।' बोला, 'बाबू दो भानजियों को कुलीन के हाथों सौंपेंगे और दो बैलों का दाम भी नहीं देंगे?' पिछली रात को लगन थी, दीदी जगी हुई थी। लेकिन मुझे बाँहों में उठाकर लाया गया और उसके हाथों सौंप दिया गया। सुबह होते ही बाकी पच्चीस रुपए के वास्ते झगड़ा शुरू हुआ। मामा बोले, 'पच्चीस रुपए बाकी रहे। फेरे पड़ने दो।' वह बोला, 'मैं इतना बुद्धू नहीं हूँ। इस सब मामले में मैं बाकी नहीं रहने दूँगा।' वह भाग गया। शायद उसने सोचा कि मामा ढूँढ़-ढाँढ़कर उसे लाएँगे और उसे रुपए देकर फेरे पड़वा लेंगे। एक-एक करके दिन बीतने लगे। माँ रोती-धोती थी, मुहल्ले के लोग हँसते थे। मामा ने जाकर दत्त से शिकायत की थी। मगर दूल्हा फिर नहीं आया। उसके गाँव में उसे ढूँढ़ा गया, वहाँ भी वह नहीं गया था। हमें दिखाकर कोई कहता था—करमजली—तो कोई कहता था मुँहजली। दीदी शर्म के मारे घर से बाहर नहीं निकलती थी। उसी घर से छह महीने बाद उसे निकाला गया एकबारगी मरघट के लिए। वह कलकत्ता के किसी होटल में खाना बनाया करता था। छह महीने बाद वहाँ से खबर आई कि वह बुखार से मर गया। शादी फिर पूरी नहीं हुई।''

मैंने कहा, ''पच्चीस रुपए में दूल्हा खरीदने पर ऐसा ही होता है।''

राजलक्ष्मी बोली, ''तब भी तो उसे मेरे हिस्से के पच्चीस रुपए मिले थे। मगर तुम्हें क्या मिला था? सिर्फ एक करील की माला, सो भी उसे खरीदना नहीं पड़ा था। मैं करील के फूल जंगल से तोड़ लाई थी।''

मैंने कहा, "जिसका कोई दाम न हो उसे अमूल्य कहते हैं। तुम कोई दूसरा आदमी दिखाओ तो जिसे मेरी तरह अमूल्य धन मिला हो?"

"तुम बताओ तो कि यह क्या तुम्हारे मन की सही बात है?"

"तुम्हें इसका पता नहीं चलता है?"

"नहीं जी, नहीं। मुझे इसका पता नहीं चलता है। सचमुच मुझे इसका पता नहीं चलता है?" लेकिन कहते-कहते वह हँस पड़ी, बोली, "मुझे इसका पता चलता है, सिर्फ तब जब तुम सोते हो, तुम्हारे मुँह की तरफ निहारकर। लेकिन इसे रहने दो। हम दोनों बहनों ने जैसी सजा भुगती है, वैसी सजा इस देश की सैकड़ों औरतों के नसीब में लिखी हुई है। और कहीं शायद कुत्ते-बिल्लियों की भी ऐसी दुर्दशा करने में आदमी का कलेजा टीसता है।" इतना कहकर वह थोड़ी देर तक निहारती रही, फिर बोली, "हो सकता है, तुम सोच रहे हो कि मैं बढ़ा-चढ़ाकर कह रही हूँ। ऐसी मिसाल और कितनी मिलती है? इसके जवाब में अगर मैं कहती, एक भी ऐसी मिसाल मिलती है तो भी यह समूचे देश के लिए कलंक की बात है। और भी मेरा जवाब होता, मगर मैं उसे कहूँगी नहीं। मैं कहूँगी, ऐसी बहुत-सी मिसालें मिलती हैं। चलोगे मेरे साथ उन सब विधवाओं के पास जिन्हें मैं रोटी-पकड़ा देती हूँ। वे सभी गवाही देंगी कि उनके भी हाथ-पाँव बाँधकर उनके रिश्तेदारों ने उन्हें ऐसे ही पानी में फेंक दिया था।"

मैंने कहा, "तो इसीलिए क्या उन लोगों के प्रति तुम्हें इतनी माया है?"

राजलक्ष्मी बोली, "तुम्हें भी माया होती, अगर तुम आँखें खोलकर हमारे दुखों को देखते। अब से मैं तुम्हें एक-एक करके सब दिखाऊँगी।"

"मैं नहीं देखूँगा, आँखें बन्द किए रहूँगा।"

"तुम आँखें बन्द किए नहीं रह सकोगे। मैं अपने काम की जिम्मेदारी एक दिन तुम्हारे ऊपर छोड़ जाऊँगी। तुम सब भूलोगे, मगर उसे कभी नहीं भूल सकोगे।" इतना कहकर वह थोड़ी देर तक चुप रही। उसके बाद अचानक अपनी पहले की बात का सिलसिला जारी रखती हुई बोल उठी, "ऐसा जुल्म तो होगा ही। जिस देश में लड़की की शादी न होने पर धर्म जाता है, जात जाती है, शर्म के मारे लड़की समाज में अपना मुँह नहीं दिखा सकती है, जहाँ गूँगी-बहरी, अन्धी, लँगड़ी, दुखी किसी को भी रिहाई नहीं है, जहाँ लोग एक लड़की को चकमा देकर दूसरी लड़की को रखते हैं, उस देश में आदमी के लिए इसके अलावा और कौन-सा उपाय है, बताओ तो? उस दिन सभी मिलकर हम दोनों बहनों की बलि नहीं देते, तो दीदी, हो सकता है, नहीं मरती और मैं इस जनम में इस तरह से तुम्हें हो सकता है, नहीं पाती। लेकिन मन के अन्दर तुम्हीं हमेशा 'प्रभु' बनकर रहते। और भला इतना ही क्यों? तुम मुझे टाल नहीं सकते। चाहे जहाँ हो, चाहे जितने दिन हों तुम्हें खुद आकर मुझे ले जाना ही पड़ता।"

मैं सोच रहा था कि मैं कोई जवाब दूँ कि तभी अचानक नीचे से किसी बच्चे की आवाज आई, "मौसी?"

मैंने अचरज में पड़कर पूछा, "कौन?"

"उस मकान की मँझली बहू का लड़का है।" इतना कहकर उसने इशारे से बगल का मकान दिखाया और आवाज दी, "क्षितीश, ऊपर आओ बेटा।"

दूसरे ही पल एक सोलह-सत्रह साल का खूबसूरत हट्टा-कट्टा किशोर आकर कमरे में घुसा। मुझे देखकर वह पहले-पहल संकुचित हुआ, बाद में नमस्कार किया और अपनी मौसी से बोला, "आपको बारह रुपया चन्दा देना है मौसी?"

"देती हूँ। मगर तुम सावधानी से तैरना। कोई हादसा न हो।"

"नहीं मौसी, कोई हादसा नहीं होगा। आप डरिए मत।"

राजलक्ष्मी ने अलमारी खोली और रुपया उसके हाथ में दिया। वह तेजी से सीढ़ियाँ उतरते-उतरते अचानक खड़ा हो गया और बोला, "माँ ने कहा है कि छोटे मामा परसों आकर एस्टिमेट बना देंगे।" इतना कहकर वह लम्बी साँस लेकर चला गया।

मैंने प्रश्न किया, "किस चीज का एस्टिमेट बनवाओगी?"

"मकान की मरम्मत नहीं करानी है? उन लोगों ने तीसरी मंजिल के कमरे को अधबना छोड़ दिया है, उसे पूरा नहीं बनवाना है?"

"हाँ, उसे तो पूरा बनवाना है। लेकिन तुमने इतने लोगों को पहचाना कैसे?"

"वाह, वे सब तो बगल के मकान के रहनेवाले हैं। लेकिन अब मैं नहीं रुकूँगी। चलती हूँ। तुम्हारे लिए खाना बनाने का वक्त हो गया।"

# 13

एक सुबह स्वामी आनन्द आ पहुँचा। रतन यह नहीं जानता था कि उसे यहाँ बुलाया गया है। खिन्न मुँह से आकर उसने मुझे खबर दी–"बाबू, गंगामाटी वाला साधु आया है। बलिहारी है उसकी। उसने ढूँढ़कर निकाल लिया न।"

रतन हर तरह के साधुओं को शक की निगाह से देखता था। राजलक्ष्मी के गुरुदेव को तो वह फूटी आँखों नहीं देख सकता था, बोला, "देखिए, यह फिर माँजी को क्या पट्टी पढ़ाता है। रुपया ऐंठने की कितनी तरकीबें यह धार्मिक मुआ जानता है!"

मैने हँसकर कहा, "आनन्द बड़े आदमी का लड़का है। उसने डॉक्टरी पास की है, उसे अपने लिए रुपए की जरूरत नहीं है।"

"हूँ, बड़ा आया बड़े आदमी का लड़का! रुपया रहने पर कोई इस रास्ते आता है।" इतना कहकर वह अपनी पक्की राय जाहिर करके चला गया। रतन को असली एतराज यहीं था। वह इस बात का घोर विरोधी था कि कोई उसकी माँजी से रुपया ऐंठ ले। अवश्य, उसकी अपनी बात दीगर थी।

वज्रानन्द ने आकर मुझे नमस्कार किया, बोला, ''मैं और एक बार गया भैया। खबर अच्छी है न? दीदी कहाँ है?''

''शायद वह पूजा करने बैठी है, जरूर उसे खबर नहीं मिली होगी।''

''तो जाता हूँ, मैं खुद अपने मन की खबर उन्हें दे दूँ। पूजा करना थोड़े न भाग जाएगा। अभी वे एक बार रसोईघर की तरफ निगाह डालें। पूजाघर किस तरफ है भैया? वह नाई मुआ गया कहाँ? जरा चाय बना दे न।''

मैंने उसे पूजाघर दिखा दिया। आनन्द ने रतन के प्रति एक हुँकार भरी और उधर चला गया।

दो मिनट बाद राजलक्ष्मी और आनन्द दोनों आ उपस्थित हुए। आनन्द बोला, ''दीदी, पाँचेक रुपए दीजिए तो। चाय पीकर मैं एक बार सियालदह के बाजार का चक्कर लगा आऊँ।''

राजलक्ष्मी बोली, ''नजदीक में ही तो एक अच्छा बाजार है आनन्द। तुम्हें उतनी दूर जाने की क्या जरूरत है? और तुम्हीं भला किसलिए जाओगे? रतन जाएगा।''

''कौन जाएगा? रतन? उस मुए पर मुझे विश्वास नहीं है, दीदी। चूँकि मैं आया हूँ, इसीलिए हो सकता है, वह चुन-चुनकर सड़ी मछली खरीद लाए।'' इतना कहकर अचानक उसने देखा, रतन दरवाजे पर खड़ा है। उसने दाँतों तले जीभ दबाई और बोला, ''रतन, तुम बुरा मत मानना बेटा। मैंने सोचा था कि तुम शायद दूसरे मुहल्ले गए हो। जब मैंने तुम्हें पुकारा था तो तुम्हारी आवाज नहीं मिली थी।''

राजलक्ष्मी हँसने लगी। मुझसे भी हँसे बिना नहीं रहा गया। लेकिन रतन ने परवाह नहीं की, गम्भीर मुँह से बोला, ''मैं बाजार जा रहा हूँ माँजी, किसन ने चाय का पानी चढ़ा दिया है।'' इतना कहकर वह चला गया।

राजलक्ष्मी बोली, ''रतन से क्या आनन्द की नहीं बनती है?''

आनन्द बोला, ''मैं उसे दोष नहीं दे सकता दीदी। वह आपका हितैषी है। वह ऐरे-गैरों को आपके पास तक फटकने नहीं देना चाहता है। लेकिन आज उससे मेल करना होगा वरना अच्छा खाना नहीं मिलेगा। मैं बहुत दिनों से भूखा हूँ।''

राजलक्ष्मी जल्दी से बरामदे में गई और पुकारकर कहा, ''रतन, और कुछ रुपए ले जा बेटा। एक बड़ी-सी रोहू मछली लाना।'' वापस आकर बोली, ''तुम मुँह-हाथ धो लो, आनन्द। मैं चाय बनाकर लाती हूँ।'' इतना कहकर वह भी नीचे चली गई।

आनन्द बोला, ''भैया, अचानक मुझे क्यों तलब किया गया?''

''इसकी कैफियत क्या मुझे देनी होगी आनन्द?''

आनन्द ने मुस्कुराकर कहा, ''देखता हूँ, आपका अभी भी वही रंग-ढंग है, गुस्सा ठंडा नहीं हुआ है। फिर भागने का इरादा तो नहीं न है? उस बार गंगामाटी में आपने हमें कितनी मुसीबत में डाला था। इधर गाँव भर के लोगों को दावत, उधर घर का मालिक लापता। बीच में था नया आदमी। मैं कभी इधर भागता था, तो कभी उधर। दीदी पाँव पसारकर रोने बैठीं। रतन ने लोगों को भगाने की कोशिश की। वह कैसी मुसीबत थी अच्छे आदमी हैं आप तो!''

मैं भी हँस पड़ा, बोला, ''इस बार गुस्सा ठंडा हो गया है, तुम डरो मत।''

आनन्द बोला, ''पर भरोसा भी नहीं है। आप जैसे निःसंग, अकेले लोगों से मैं डरता हूँ। इसीलिए मैं बहुत समय यह सोचता हूँ कि आपने अपने आपको घर-गिरस्ती में फँसाया?''

मैंने मन ही मन कहा, ''तो देखता हूँ, तुम मुझे नहीं भूले हो। बीच-बीच में तुम मुझे याद करते थे।''

आनन्द बोला, ''नहीं भैया, आपको भूलना भी मुश्किल है और समझना भी। माया दूर करना और भी मुश्किल है। अगर आपको विश्वास न हो, तो कहिए, मैं दीदी को बुलाकर इस बात की गवाही दिला देता हूँ। आपके साथ तो मेरा परिचय सिर्फ दो-तीन दिनों का था, लेकिन उस दिन जो दीदी के साथ आवाज मिलाकर मैं भी रोने नहीं बैठा था वह इसलिए कि ऐसा करना संन्यासी-धर्म के बिलकुल खिलाफ था।''

मैंने कहा, ''ऐसा तुमने अपनी बड़ी बहन की खातिर करना चाहा था। उसके बुलाने पर ही तो तुम इतनी दूर आए।''

आनन्द ने कहा, ''यह बिलकुल झूठ नहीं है भैया। उनका बुलावा तो बुलावा नहीं है। यह जैसे माँ का बुलावा हो। पैर अपने आप चलना शुरू करते हैं। मैं तो कितने घरों में आश्रय लेता हूँ। लेकिन ठीक ऐसी औरत तो मैं कोई दूसरी नहीं देखता हूँ। सुना है कि आप भी तो बहुत घूमे हैं। इनकी जैसी किसी दूसरी औरत को आपने कहीं देखा है?''

मैंने कहा, ''हाँ, देखा है, बहुत-बहुत देखा है।''

राजलक्ष्मी घुसी। कमरे में घुसते ही वह मेरी बात सुन पाई थी। उसने चाय के प्याले को आनन्द के पास रख दिया और मुझसे पूछा, ''क्या बहुत देखा है तुमने जी?''

आनन्द शायद थोड़ी मुसीबत में पड़ गया। मैंने कहा, ''मैं तुम्हारी बड़ाई कर रहा था। चूँकि उसने शक जाहिर किया था, इसीलिए मैं उसकी बात का प्रतिवाद कर रहा था।''

आनन्द चाय के प्याले को मुँह से लगा रहा था कि तभी हँसी के मारे थोड़ी-सी चाय फर्श पर गिर गई। राजलक्ष्मी भी हँस पड़ी।

आनन्द ने कहा, ''भैया, आपकी उपस्थित बुद्धि तो अजीब है। पलक झपकते ठीक उलटी बात आपके दिमाग में कैसे आई?''

राजलक्ष्मी ने कहा, ''इसमें आश्चर्य की कौन-सी बात है, आनन्द? अपने मन की बात को दबाते-दबाते और कहानी गढ़कर कहते-कहते वह इस कला में बिलकुल महापंडित बन गया है।''

मैंने कहा, ''तो तुम मुझ पर विश्वास नहीं करती हो?''

''जरा भी नहीं।''

आनन्द ने हँसकर कहा, ''गढ़कर कहने की कला में आप भी कम नहीं हैं, दीदी। आपने फौरन जवाब दिया—जरा भी नहीं।''

राजलक्ष्मी भी हँस पड़ी। बोली, "जल-भुनकर सीखना पड़ा है आनन्द। लेकिन तुम अब और देरी मत करो। चाय पीकर नहा लो। मैं यह अच्छी तरह जानती हूँ कि कल गाड़ी में तुमने कुछ नहीं खाया है। उसके मुँह से मेरी बड़ाई सुनने की कोशिश करोगे, तो सारा दिन भी तुम्हारे लिए कम पड़ेगा।" इतना कहकर वह चली गई।

आनन्द ने कहा, "आप लोगों जैसे ऐसे दो आदमी दुनिया में शायद ही मिलते हैं। भगवान ने अजीब मेल करके आप लोगों को दुनिया में भेजा था!"

"इसका नमूना तुमने देखा न?"

"नमूना तो मैंने पहली बार उस दिन साँइथिया स्टेशन पर पेड़ के नीचे देखा था। उसके बाद और कोई भी कभी नजर नहीं आया।"

"आहा! काश, तुम ये बातें उसके सामने कहते आनन्द!"

आनन्द काम करनेवाला आदमी था। उसमें काम करने का उद्यम और शक्ति काफी थी। उसे करीब पाकर राजलक्ष्मी के आनन्द की सीमा नहीं थी। अक्सर उसे खिलाने के काम में वह दिन-रात इतनी लगी रहती थी कि मुझे डर-सा लगने लगा था। उन दोनों में अविराम जितना सलाह-मशवरा होता था उसकी सारी बातें मैं नहीं जानता था। सिर्फ यह बात कानों में आई थी कि गंगामाटी में एक लड़कों का स्कूल और एक लड़कियों का स्कूल खोला जाएगा। वहाँ काफी गरीब और छोटी जात के लोग रहते हैं। शायद उन्हीं के हित को ध्यान में रखकर ये स्कूल खोले जानेवाले थे। मैं यह भी सुन रहा था कि उनके इलाज का भी इन्तजाम किया जाएगा। किसी भी दिन इन सारे विषयों की मुझमें थोड़ी-सी भी निपुणता नहीं थी। परोपकार करने की इच्छा तो थी, लेकिन परोपकार करने की शक्ति नहीं थी। कुछ न कुछ बनाने की बात मैं सोचता था, तो भी मेरा भुलक्कड़ मन हर बात को कल पर टालना चाहता था। आनन्द ने अपने नए काम में मुझे शामिल करना चाहा था, मगर राजलक्ष्मी ने हँसकर बाधा देकर कहा था–उसे इस काम में शामिल मत कर। अगर उसे इस काम में शामिल करोगे, तो तुम्हारा सारा काम धरा का धरा रह जाएगा।

सुनने पर प्रतिवाद करना ही पड़ता है। मैंने कहा, "उस दिन तुमने कहा कि मुझे बहुत काम है। अब से मुझे बहुत-कुछ करना होगा।"

राजलक्ष्मी ने हाथ जोड़कर कहा, "मुझसे दोष हुआ है गुसाँई। ऐसी बात फिर कभी जबान पर नहीं लाऊँगी।"

"तो क्या मैं किसी दिन कुछ भी नहीं करूँगा?"

"क्यों नहीं करोगे? सिर्फ बीमार-वीमार पड़कर डराकर मुझे अधमरी मत कर देना। इसी में मैं तुम्हारी हमेशा कृतज्ञ रहूँगी।"

आनन्द ने कहा, "दीदी, सचमुच ही आप उन्हें निकम्मा बना देंगी।"

राजलक्ष्मी ने कहा, "मुझे उसे निकम्मा बनाने की जरूरत नहीं है, आनन्द। जिस विधाता ने उसे पैदा किया है, उन्होंने ही इसका इन्तजाम कर दिया है। उन्होंने कहीं कोई कमी नहीं रखी है।"

आनन्द हँसने लगा।

राजलक्ष्मी बोली, ''ऊपर से मुँहजले ज्योतिषी ने इतना डरा दिया है कि अगर वह घर से निकलता है, तो मेरा कलेजा धक-धक करने लगता है और जब तक वह लौटता नहीं है तब तक मैं किसी भी काम में मन नहीं लगा सकती हूँ।''

''इस बीच भला ज्योतिषी आया कहाँ से? क्या कहा उसने?''

मैंने इसका जवाब दिया, कहा, ''मेरा हाथ देखकर उसने कहा कि मेरे जीवन में बहुत बड़ा संकट आनेवाला है। जान के लाले पड़ जाएँगे।''

''दीदी, इन सब बातों पर आप विश्वास करती हैं?''

मैंने कहा, ''हाँ, वह इन सब बातों पर विश्वास करती है। जरूर करती है। तुम्हारी दीदी कहती है–दुनिया में संकट नाम की क्या कोई चीज नहीं है? किसी पर क्या कभी संकट नहीं आता है?''

आनन्द ने हँसकर कहा, ''किसी पर भी संकट आ सकता है। मगर हाथ देखकर कोई यह कैसे बता सकता है दीदी?''

राजलक्ष्मी बोली, ''यह तो मैं नहीं जानती आनन्द, पर मुझे सिर्फ इस बात का भरोसा है कि जो मुझ जैसी भाग्यवती है उसे भगवान इतने बड़े दुख में कभी नहीं डुबोएँगे।''

आनन्द ने स्तब्ध होकर थोड़ी देर तक उसके मुँह की तरफ निहारा। उसके बाद उसने दूसरी बात छेड़ी।

इस बीच घर की वसीयत और प्रबन्ध का काम चलने लगा। ईंटों, लकड़ियों, चूने-सुरखी, दरवाजे-खिड़कियों का ढेर जमा हो गया। राजलक्ष्मी ने पुराने घर को नए सिरे से बनवाने की तैयारी की।

उस दिन तीसरे पहर आनन्द ने कहा, ''भैया, चलिए, जरा घूम आएँ।''

आजकल मेरे बाहर जाने के प्रस्ताव पर राजलक्ष्मी अनिच्छा जाहिर किया करती थी। बोली, ''घूमकर लौटते-लौटते रात हो जाएगी आनन्द, ठंड नहीं लगेगी?''

आनन्द ने कहा, ''गरमी से तो लोग मरे जा रहे हैं दीदी, ठंड कहाँ है?''

आज मेरी अपनी तबीयत भी बहुत अच्छी नहीं थी। कहा, ''यह पक्का है कि ठंड लगने का डर नहीं है। लेकिन आज उठने को भी उतना जी नहीं चाहता है आनन्द।''

आनन्द बोला, ''यह आलस्य है। शाम को घर में बैठे रहने पर अनिच्छा और भी हावी हो जाएगी–उठ जाइए।''

राजलक्ष्मी ने इसका समाधान करने के लिए कहा, ''इससे अच्छा एक काम करती हूँ आनन्द, क्षितीश परसों मुझे एक अच्छा-सा हारमोनियम खरीदकर दे गया है। अभी तक उसे देखने का मुझे वक्त नहीं मिला है। मैं भजन गाती हूँ और तुम दोनों बैठे-बैठे उसे सुनो–शाम कट जाएगी।'' इतना कहकर उसने रतन को पुकारकर हारमोनियम लाने को कहा।

आनन्द ने विस्मय भरी आवाज में प्रश्न किया, ''भजन का मतलब क्या गाना दीदी?''

राजलक्ष्मी ने सर हिलाकर हामी भरी।

"तो क्या आप गाना गाती हैं दीदी?"

"थोड़ा-थोड़ा।" उसके बाद वह मुझे दिखाकर बोली, "जब मैं छोटी थी तब शुरू-शुरू में मैंने उसी से गाना सीखा था।"

आनन्द ने खुश होकर कहा, "भैया तो देखता हूँ छुपे रुस्तम हैं। बाहर से देखने पर यह कहने की गुंजाइश नहीं कि वे गाना जानते हैं।"

उसकी टिप्पणी सुनकर राजलक्ष्मी हँसने लगी, मगर मैं सरल मन से उस हँसी में शामिल नहीं हो सका। क्योंकि आनन्द कुछ भी नहीं समझता और जब मैं गाने से इनकार करता तो वह उसे उस्ताद की विनम्रता समझता और लगतार दबाव डालता रहता। और हो सकता है, अन्त में वह गुस्सा कर बैठता। पुत्र-शोक में डूबे धृतराष्ट्र-विलाप का दुर्योधन का गाना मैं जानता था। लेकिन राजलक्ष्मी के बाद उस महफिल में वह फबता नहीं।

हारमोनियम आया, तो राजलक्ष्मी ने पहले-पहल आमतौर पर प्रचलित दो-एक भजन गाये। उसके बाद उसने वैष्णव पदावली गाना शुरू किया। उसे सुनकर लगा, उस दिन मुरारिपुर के अखाड़े में भी मैंने शायद ऐसा नहीं सुना था। आनन्द विस्मय से अभिभूत हो गया। उसने मुझे दिखाकर मुग्ध-चित्त से कहा, "ये सभी क्या उनसे सीखे हुए हैं दीदी?"

"यह सब क्या कोई एक आदमी से सीखता है आनन्द?"

"हाँ, आप ठीक कहती हैं।" उसके बाद उसने मेरी तरफ निहारकर कहा, "लेकिन भैया, अबकी बार आपको गाना सुनाना ही पड़ेगा। दीदी जरा थक गई हैं।"

"नहीं जी, मेरी तबीयत अच्छी नहीं है।"

"आपकी तबीयत खराब नहीं होगी, और अगर आपकी तबीयत खराब होगी तो आप मुझे जिम्मेदार ठहराइएगा। आप अतिथि का कहा नहीं मानिएगा!"

"अतिथि का कहा मानने की गुंजाइश नहीं है जी। तबीयत बहुत खराब है।"

राजलक्ष्मी गम्भीर बनने की कोशिश कर रही थी, लेकिन वह अपने आपको सँभाल नहीं सकी। वह हँसती हुई लोटपोट हो गई।

आनन्द ने अबकी बार बात समझी, बोला, "तो बताइए दीदी, आपने इतना अच्छा गाना किससे सीखा?"

मैंने कहा, "उसने उनसे गाना सीखा है जो लोग पैसे के बदले गाना सिखाया करते हैं। उसने मुझसे गाना नहीं सीखा है जी। मैं तो गाने-बजाने के पास तक कभी नहीं फटका हूँ।"

आनन्द थोड़ी देर चुप रहा, फिर बोला, "मैं भी थोड़ा-बहुत गाना जानता हूँ दीदी। मगर ज्यादा सीखने का मुझे वक्त नहीं मिला। अगर मौका मिलेगा, तो अबकी बार आपका शिष्य बनकर पूरा सीखूँगा। लेकिन आज क्या आप इतना ही गाकर छोड़ दीजिएगा और कुछ नहीं सुनाइएगा?"

राजलक्ष्मी बोली, "आज तो वक्त नहीं है आनन्द। तुम्हारे लिए खाना बनाना पड़ेगा।"

आनन्द ने आह भरकर कहा, "यह मैं जानता हूँ। घर-गिरस्ती की जिम्मेदारी जिन लोगों पर होती है उनके पास वक्त बहुत कम होता है। लेकिन मैं तो उम्र में आपसे छोटा हूँ। मैं आपका छोटा भाई हूँ। आपको मुझे गाना सिखाना ही होगा। अनजानी जगह पर अकेले जब वक्त काटे नहीं कटेगा तब आपकी यह कृपा मैं याद करूँगा।"

राजलक्ष्मी स्नेह से पिघलकर बोली, "तुम डॉक्टर हो। विदेश में तुम अपने इस बीमार बड़े भाई का ध्यान रखना आनन्द। मैं जितना जानती हूँ, तुम्हें लाड़-प्यार से सिखाऊँगी।"

"लेकिन इसके अलावा क्या आपको और कोई फिक्र नहीं है दीदी?"

राजलक्ष्मी चुप रही।

आनन्द ने मुझसे कहा, "भैया को जैसा सौभाग्य मिला है वैसा सौभाग्य सहसा नजर नहीं आता है।"

मैंने इसका जवाब दिया, कहा, "ऐसा निकम्मा व्यक्ति क्या सहसा नजर आता है आनन्द? भगवान ऐसे निकम्मों की पतवार थामनेवाला मजबूत आदमी देते हैं, नहीं तो उन निकम्मों की डोंगी बीच नदी में डूब जाती है। उनकी डोंगी कभी घाट से नहीं लग सकती है। इसी तरह दुनिया में तालमेल बैठता है भई। मेरे कहे का मिलाकर देखना, सबूत मिल जाएगा।"

राजलक्ष्मी पल भर चुपचाप निहारती रही, फिर उठकर चली गई, उसे बहुत काम था।

कुछ दिनों के अन्दर ही घर की मरम्मत का काम शुरू हो गया। राजलक्ष्मी चीज-बस्त को एक कमरे में बन्द करके जाने की तैयारी करने लगी। घर की जिम्मेदारी रही बूढ़े तुलसीदास पर।

जाने के दिन राजलक्ष्मी ने मेरे हाथ में एक पोस्टकार्ड दिया और बोली, "मेरी चार पृष्ठों की एक चिट्ठी का यह जवाब आया। इसे पढ़कर देखो।" इतना कहकर वह चली गई।

चिट्ठी में जनानी लिखावट में दो-तीन पंक्तियाँ लिखी हुई थीं। कमल लता ने लिखा था–"मैं तो सुख से ही हूँ बहन। जिन लोगों की सेवा में मैंने अपने अपको निछावर किया है, मुझे अच्छी रखने की जिम्मेदारी उन पर है भई। मैं प्रार्थना करती हूँ, तुम लोग कुशल से रहो। बड़े गुसाँईजी ने अपनी आनन्दमयी के प्रति श्रद्धा प्रकट की है। बस, इतना ही–

—श्री श्री श्रीराधाकृष्णचरणाश्रिता, कमल लता।"

उसने मेरे नाम का उल्लेख भी नहीं किया था। लेकिन इन कई अक्षरों की ओट में उसकी कितनी बातें रह गईं। मैंने ढूँढ़कर देखा, एक बूँद आँसू का दाग क्या कहीं पड़ा हुआ नहीं था। मगर कोई भी दाग नजर नहीं आया।

मैं उस चिट्ठी को हाथ में लिये चुपचाप बैठा रहा। खिड़की के बाहर पड़ोसी के घर के दो नारियल के पेड़ों के पत्तों के बीच से होकर धूप से तपते नीले आसमान का थोड़ा-सा

हिस्सा दिखाई पड़ता था। वहाँ अचानक दो चेहरे अगल-बगल मानो तिरने को आए। एक चेहरा था मेरी राजलक्ष्मी का, जो कल्याण की प्रतिमा थी और दूसरा चेहरा था कमल लता का, जो धुँधला और अनजान था—मानो सपनों में देखी तसवीर हो।

रतन ने आकर ध्यान भंग कर दिया, बोला, ''बाबू, माँजी ने कहा है कि आपके नहाने का वक्त हो गया है।''

इस बात की गुंजाइश नहीं थी कि नहाने का वक्त भी पार हो जाए।

फिर एक दिन सुबह हम लोग गंगामाटी आ पहुँचे। उस बार आनन्द था बिन बुलाया मेहमान और इस बार वह बुलाया हुआ दोस्त था। घर में भीड़ समाती नहीं थी। गाँव के रिश्तेदार और गैर-रिश्तेदार हम लोगों को देखने आए थे। सबके चेहरे पर मुस्कान खिली हुई थी और सभी हमारा कुशल-क्षेम पूछ रहे थे।

राजलक्ष्मी ने कुशारीजी की पत्नी को प्रणाम किया। सुनन्दा रसोईघर में काम में लगी हुई थी। वह बाहर आई, हम दोनों को प्रणाम किया और बोली, ''भैया, आपकी तबीयत अच्छी नहीं दीख रही है।''

राजलक्ष्मी बोली, ''उसकी तबीयत भला कब अच्छी दिखती है, भई? मैं तो उसकी तबीयत को अच्छी नहीं कर सकी। इस बार इसी उम्मीद से मैं उसे तुम लोगों के पास ले आई कि हो सकता है तुम लोग उसकी तबीयत को अच्छी कर सको।''

बड़ी बहू को शायद यह बात याद आई कि मैं बीते दिनों बीमार था। इसलिए उन्होंने स्नेह-भीगी आवाज में भरोसा देते हुए कहा, ''डरो मत बेटी, इस गाँव के हवा-पानी में वे दो ही दिनों में अच्छे हो जाएँगे।''

हालाँकि मुझसे यह सोचते नहीं बना कि मुझे क्या हुआ है और आखिर ये लोग किसलिए इतनी फिक्र कर रहे हैं।

इसके बाद तरह-तरह के कामों की तैयारियाँ पूरे जोर-शोर से शुरू हुईं। पोड़ामाटी को खरीदने की बातचीत और मोल-भाव शुरू हुआ और शिशु विद्यालय कहाँ बनेगा, कैसा बनेगा आदि कामों को करने में किसी ने कोई कोताही नहीं बरती।

सिर्फ मैंने ही मन में कोई उत्साह नहीं किया था। हो सकता है, यह मेरा स्वभाव था, हो सकता है यह ऐसा कुछ था जो नजरों से छुपकर धीरे-धीरे मेरी तमाम प्राण-शक्तियाँ जड़ से उखाड़ दे रहा था। पर एक सहूलियत हुई थी, वह यह कि मेरी उदासीनता से कोई विस्मित नहीं हुआ था। मानो मुझसे कोई दूसरी प्रत्याशा करना असंगत था। मैं कमजोर हूँ, मैं बीमार हूँ, मैं कब हूँ, कब नहीं हूँ। हालाँकि मुझे कोई बीमारी नहीं थी। मैं खाता-पीता था, रहता था। जब आनन्द अपने इलाज से मुझे सक्रिय करने की कोशिश करता तो राजलक्ष्मी स्नेह से शिकायत करती हुई उसे रोककर कहती थी, ''उसे काम-काज में लगाने की जरूरत नहीं आनन्द। क्या से क्या हो जाएगा तब मुझे ही भुगतना पड़ेगा।''

आनन्द कहता था, ''आप जो इन्तजाम कर रही हैं उससे आपको ज्यादा से ज्यादा भुगतना पड़ेगा, दीदी कम नहीं। यह मैं आपको सावधान कर देता हूँ।''

राजलक्ष्मी आसानी से कबूल करके कहती थी, "मैं यह जानती हूँ आनन्द कि जब मैं पैदा हुई थी तभी भगवान ने मेरी तकदीर में यह दुख लिख दिया था।"

इसके बाद और कोई बहस नहीं की जा सकती थी।

दिन कटते थे कभी किताब पढ़ते हुए, कभी अपनी बीती कहानी को कॉपी पर लिखते हुए, तो कभी सुनसान मैदान में अकेले-अकेले घूमते-फिरते हुए। पर एक विषय में मैं निश्चिन्त था वह यह कि काम करने की प्रेरणा मुझमें नहीं थी। न ही इतनी मजाल थी कि लड़कर धक्कम-धक्का करके दुनिया में लोगों के कन्धों पर चढ़ बैठता। न ही ऐसा इरादा था। आसानी से जो मिल जाता था उसे ही मैं काफी मानता था। घर-मकान, रुपया-पैसा, जमीन-जायदाद, मान-सम्मान सब मेरे लिए नगण्य था। दूसरों की देखादेखी अपने आलस्य को अगर मैं कभी काम करने के इरादे से दूर करने की कोशिश करता तो देखता था कि वह जस का तस बना हुआ है, बहुत कोशिश करने के बावजूद वह दूर होने का नाम नहीं लेता था। मैं देखता था सिर्फ एक विषय में ऊँघता मन जोर से लहरा उठता था। और वह था मुरारिपुर के उन दस दिनों की यादों का आलोड़न। ठीक मानो कानों में सुनाई पड़ता था, वैष्णवी कमल लता का स्नेह-भरा अनुरोध—नए गुसाँई, यह कर दो न भई! अरे जा, तुमने सब बरबाद कर दिया। गलती तो मेरी ही है जी, जो तुमसे काम करने को कहा। अच्छा, लो उठो। मुँहजली पद्मा गई कहाँ? जरा पानी चढ़ा देती, तुम्हारे चाय पीने का वक्त हो गया है गुसाँई।

उन दिनों चाय की तश्तरी और प्याले को वह खुद धोकर रखती थी, इस डर से कि कहीं वे टूट न जाएँ। आज उस तश्तरी और प्याले को धोकर रखने की जरूरत नहीं रही, फिर भी इस आशा से कि फिर कभी वे काम आएँगे, क्या पता उन्हें वह जतन के साथ उठाकर रखती होगी या नहीं। मैं जानता था कि वह भाग जानेवाली थी। मैं यह नहीं जानता था कि वह क्यों भागना चाहती थी। तब भी मन में इस बात का सन्देह नहीं था कि मुरारिपुर के आश्रम में रोज उसका दिन कम होने का आ रहा था। हो सकता है, एक दिन यही खबर अचानक आ पहुँचे कि वह भाग गई। यह सोचकर ही आँखों में आँसू आ जाते थे कि वह बेघर, बेसहारा होकर राहों में भीख माँगती हुई घूम रही होगी। भूला-भटका मन दिलासे की उम्मीद से राजलक्ष्मी की तरफ मुड़कर निहारता था। सबकी सारी शुभ कामनाओं से अविराम काम में लगी हुई कमल लता के दोनों हाथों की दसों उँगलियों से मानो कल्याण की अनगिनत धाराएँ बह रही होंगी। उसके प्रसन्न मुँह पर शान्ति और तृप्ति की स्निग्ध छाया पड़ रही होगी, करुणा और ममता से उसकी हृदय-जमुना लबालब भरी होगी। मैं ऐसी कोई भी चीज नहीं जानता था जिसके साथ मैं उसके उस आसन की तुलना कर सकता जिस आसन पर वह निरविच्छिन्न प्रेम की सर्वव्यापी महिमा से भरे चित्त-लोक में विराजती थी।

विदुषी सुनन्दा के दुर्निवार प्रभाव ने थोड़े दिनों के लिए जो उसे भटका दिया था उसके दुस्सह पछतावे से उसने फिर से अपनी सत्ता को वापस पाया था। एक बात वह आज भी मेरे कान में कहती थी—तुम कम नहीं हो जी, कम नहीं हो। तुम्हारी राह चलकर

मेरा सब कुछ पलक झपकते दौड़कर भागेगा, यह कौन जानता था, कहो? उफ, वह कितनी भयंकर बात थी। यह सोचने पर भी डर लगता है कि मेरे वे दिन कैसे कटे थे। यही आश्चर्य की बात है कि घुट जाने से मैं मर नहीं गई थी। मैं जवाब नहीं दे सकता था, सिर्फ चुपचाप निहारता रहता था।

इस बात को समझने की गुंजाइश नहीं थी कि वह मेरे बारे में कोई कोताही बरत रही है। हजारों कामों के बीच भी सैकड़ों बार नजरें बचाकर आकर वह मुझे देख जाती थी। कभी अचानक आकर वह मेरे पास बैठती थी, हाथ की किताब को हटा देती थी और कहती थी, ''आँखें बन्द करके थोड़ी देर सो जाओ तो। मैं सर पर हाथ फेर दूँ?'' इतना पढ़ोगे, तो आँखें दुखेंगी।

आनन्द आकर बाहर से ही कहता था, ''एक बात जान लेनी है, क्या मैं अन्दर आ सकता हूँ?''

राजलक्ष्मी कहती थी, ''हाँ, तुम आ सकते हो। तुम्हें कहीं आने की मनाही है आनन्द?''

आनन्द कमरे में घुसकर अचरज में पड़ जाता था और कहता था, ''दीदी, आप क्या इस बेवक्त उन्हें सुला रही हैं?''

राजलक्ष्मी हँसकर जवाब देती थी, ''तुम्हारा कोई नुकसान हुआ क्या? अगर वह नहीं सोएगा, तो भी तो वह तुम्हारी पाठशाला के बछड़ों को चराने नहीं जाएगा।''

''देखता हूँ दीदी, आप उन्हें मिट्टी में मिला देंगी।''

''वरना मैं खुद मिट्टी में मिल जाऊँगी। बेफिक्र होकर मैं काम-काज नहीं कर सकती हूँ।''

''आप दोनों ही क्रमशः पागल हो जाएँगे।'' कहकर आनन्द बाहर निकल जाता था।

स्कूल बनवाने के काम में आनन्द को दम लेने की फुर्सत नहीं थी। जायदाद खरीदने के झमेले में राजलक्ष्मी पसीने-पसीने हो रही थी। ऐसे समय कलकत्ता के घर से घूमकर बहुत सारे पोस्ट ऑफिसों की मुहरें लगी नवीन की भयंकर चिट्ठी बहुत देर में आ पहुँची—गौहर मरणासन्न है। सिर्फ मेरी ही बाट जोहता हुआ वह जिन्दा है। यह खबर मुझे काँटे-सी चुभी। मैं नहीं जानता था कि वह अपनी भानजी के घर से कब लौटा। मैंने यह भी नहीं सुना था कि वह इतना बीमार है। मैंने यह जानने की कोई खास कोशिश भी नहीं की थी। आज आई थी बिलकुल आखिरी खबर। कई दिन पहले यह चिट्ठी लिखी गई थी। यही भला कौन जानता था कि वह अभी तक जिन्दा है या नहीं। तार करके खबर पाने का इन्तजाम इस गाँव में भी नहीं था। न ही उस गाँव में तार करके खबर देने का इन्तजाम था। इसलिए यह सोचना बेकार था।

चिट्ठी पढ़कर राजलक्ष्मी ने अपने सर पर हाथ रखा, ''तुम्हें तो वहाँ जाना होगा न?''

''हाँ।''

''तो चलो, मैं भी तुम्हारे साथ जाऊँगी।''

"ऐसा कैसे हो सकता है? वे लोग मुसीबत में हैं। ऐसे में तुम कहाँ जाओगी?"

उसने खुद यह समझा कि उसका यह प्रस्ताव असंगत है। मुरारिपुर के अखाड़े की बात वह फिर अपनी जबान पर नहीं ला सकी। बोली, "रतन को कल से बुखार आ गया है, ऐसे में तुम्हारे साथ कौन जाएगा? आनन्द से कहूँ?"

चिट्ठी पढ़कर राजलक्ष्मी ने अपने सर पर हाथ रखा, "तुम्हें तो वहाँ जाना होगा न?"

"नहीं, उसके मेरे साथ जाने को मत कहना। वह मेरा बिस्तर ढोनेवाला आदमी नहीं है।"

"तो फिर किसन तुम्हारे साथ जाएगा।"

"हाँ, किसन जा सकता है। मगर इसकी कोई जरूरत नहीं थी।"

"वहाँ पहुँचकर तुम मुझे रोज एक चिट्ठी दोगे, कहो?"

"अगर वक्त मिलेगा, तो दूँगा।"

"नहीं, मैं यह नहीं सुननेवाली। अगर मुझे एक दिन भी चिट्ठी नहीं मिलेगी, तो मैं खुद वहाँ चली आऊँगी। तुम चाहे जितना भी गुस्सा क्यों न करो।"

आखिरकार मुझे राजी होना पड़ा, और यह वादा करके कि मैं उसे रोज एक चिट्ठी दूँगा, मैं उसी दिन रात को निकल पड़ा। मैंने निहारा, तो देखा, फिक्र के मारे राजलक्ष्मी का चेहरा पीला पड़ गया है। उसने अपनी आँखें पोंछी और आखिरी बार मुझे सावधान करती हुई बोली, "तुम अपनी तबीयत के प्रति लापरवाही नहीं बरतोगे, कहो!"

"नहीं जी, नहीं। मैं अपनी तबीयत के प्रति लापरवाही नहीं बरतूँगा।"

"काम खत्म हो जाने पर, लौटने में तुम एक दिन भी ज्यादा देरी नहीं करोगे, कहो।"

"नहीं, सो भी नहीं करूँगा!"

अन्त में बैलगाड़ी रेलवे स्टेशन के लिए चल पड़ी।

आषाढ़ का महीना था। तीसरे पहर मैं गौहर के घर के सदर दरवाजे पर आकर खड़ा हो गया। मेरी आवाज सुनकर नवीन बाहर आया और मेरे पैरों के पास पछाड़ खाकर गिर पड़ा। मुझे जिस बात का डर था वही हुआ था। लम्बे-चौड़े मुस्टंडे की इस बुक्का-फाड़ रुलाई में मुझे शोक का एक नया रूप दिखाई पड़ा। वह जितना गहरा था उतना ही बड़ा था और उतना ही सही था। गौहर की न माँ थी, न बहन, न बेटी, न पत्नी। आँसुओं की माला पहनाकर इस अकेले आदमी को उस दिन विदा देने के लिए कोई नहीं था। तब भी लगा कि उसे नंग-धड़ंग कंगाल के वेश में नहीं जाना पड़ा था। उसके स्वर्ग सिधारने की राह का आखिरी राह-खर्च अकेले नवीन ने अपने दोनों हाथों से उड़ेल दिया था।

बहुत देर बाद जब वह उठकर बैठा, तो मैंने पूछा, "गौहर का देहान्त कब हुआ नवीन?"

"परसों। कल सवेरे हम लोग उन्हें दफनाकर आए थे।"

“तुम लोगों ने उसे कहाँ दफनाया?”

“नदी के तट पर अमराई में। उन्होंने ही यह कहा था।”

नवीन कहता रहा, “जब वे अपनी ममेरी बहन के घर से आए थे तब भी उन्हें बुखार था। वह बुखार फिर उतरा नहीं।”

“इलाज हुआ था?”

“यहाँ जितना इलाज हो सकता था उतना हुआ था। लेकिन कोई फायदा नहीं हुआ था। बाबू खुद ही सब जान गए थे।”

मैंने पूछा, “अखाड़े के बड़े गुसाँई जी आते थे?”

नवीन बोला, “हाँ, वे बीच-बीच में आते थे। नवद्वीप से उनके गुरुदेव आए हैं, इसीलिए रोज आने का उन्हें वक्त नहीं मिलता था।” और एक आदमी की बात पूछने में मुझे शर्म आने लगी। तब भी संकोच को दूर करके मैंने प्रश्न किया, “वहाँ से और कोई नहीं आता था नवीन?”

नवीन ने कहा, “हाँ, कमल लता आती थीं।”

“वह कब आई थी?”

नवीन बोला, “हाँ, वे हर रोज आती थीं। आखिरी तीन दिन तो न उन्होंने खाना खाया था, न वे सोई थीं और न बाबू के बिस्तर को छोड़कर एक बार उठी थीं।”

मैंने और कोई प्रश्न नहीं किया, मैं चुप रहा।

नवीन ने पूछा, “आप अभी कहाँ जाएँगे, अखाड़ा?”

“हाँ।”

“जरा रुकिए।” इतना कहकर वह अन्दर आकर एक टीन का सन्दूक बाहर लाया और उसे मुझे देकर बोला, “वे यह आपको देने के लिए कह गए हैं?”

“क्या है इसमें नवीन?”

“आप इसे खोलकर देखिए,” इतना कहकर उसने मेरे हाथ में चाबी दी। जब मैंने उसे खोला, तो देखा रस्सी से बँधी हुई उसकी कविताओं की कॉपियाँ हैं। उसने ऊपर लिखा है–श्रीकान्त! रामायण खत्म करने का मुझे वक्त नहीं मिला। तुम इसे बड़े गुसाँई को दे देना। वे इसे मठ में रख देंगे ताकि यह बरबाद न हो जाए। दूसरी है लाल सालू में बँधी हुई छोटी-सी पोटली। जब मैंने उस पोटली को खोला, तो देखा, तरह-तरह के मूल्योंवाला एक बंडल नोट है और मुझे लिखी एक चिट्ठी है। उसने लिखा है–भाई श्रीकान्त, मैं शायद नहीं बचूँगा। मैं नहीं जानता कि तुमसे मेरी मुलाकात होगी या नहीं। अगर तुमसे मुलाकात न हो तो मैं खुद यह सन्दूक तुम्हें नहीं दे सकूँगा। इसीलिए मैं यह सन्दूक नवीन के हाथ दे गया। तुम इसे ले लेना। मैंने रुपए तुम्हारे हाथ में दिए। अगर ये रुपए कमल लता के काम आएँ, तो इन्हें उसे दे देना। और अगर वह रुपए न ले तो तुम्हारी जो मर्जी हो करना। अल्लाह तुम्हारा मंगल करें।

–गौहर

न कोई गर्व था, न ही कोई विनती। सिर्फ यह जानकर कि मौत करीब है, वह इन कई शब्दों में अपने बचपन के दोस्त की शुभकामना करके अपनी आखिरी बात कह गया था। न उसे कोई डर था और न क्षोभ। न उसने उमड़ते हाय-तोबा से मौत का प्रतिवाद किया था। वह कवि था। मुसलमान फकीर खानदान का खून उसकी धमनियों में था—शान्त मन से यह अन्तिम रचना वह अपने बचपन के दोस्त के लिए लिख गया था। अब तक मेरे आँसू नहीं बहे थे। मगर अब वे रोके नहीं रुके। बड़ी-बड़ी बूँदें आँखों की कोरों से होकर लुढ़क पड़ीं।

आषाढ़ का लम्बा दिन तब ढलनेवाला था। पश्चिम आसमान में काले-काले बादल ऊपर उठ रहे थे। उन्हीं से छनकर डूबते सूरज की किरणें लाल होकर आकर पड़ीं चहारदीवारी से सटे उस सूखे जामुन के पेड़ की फुनगियों पर जिसकी डालों से लिपटकर ऊपर उठा था, गौहर की लगाई माधवी और मालती लताओं का कुंज उस दिन उनमें सिर्फ कलियाँ थीं। उन्हीं में से कुछ कलियों को उसने मुझे उपहार में देना चाहा था। पर सिर्फ चींटियों के डर से वह मुझे उपहार नहीं दे सका था। आज उनमें बहुत सारे फूल खिले थे, कितने नीचे झड़ गए थे, कितने हवा से उड़कर इर्द-गिर्द बिखर गए थे। उन्हीं में से कुछ फूलों को मैंने चुन लिया बचपन के दोस्त के हाथ से दिया हुआ अन्तिम उपहार समझकर।

नवीन बोला, "चलिए, मैं आपको पहुँचा आऊँ।"

मैंने कहा, "नवीन, बाहर का कमरा एक बार खोल दो न। मैं उसे देखूँगा।"

नवीन ने कमरा खोल दिया। आज भी था वही बिस्तर चौकी के एक किनारे समेटा हुआ। एक छोटी-सी पेंसिल थी, कागज के कई टुकड़े थे। इसी कमरे में गौहर ने मुझे अपनी लिखी कविता—बन्दी सीमा की दुख-भरी कहानी—गाकर सुनाई थी। इस घर में मैं कितनी बार आया था। यहाँ कितने दिन खाना खाया था, सोया था, ऊधम मचाया था। उन दिनों जिन लोगों ने मेरे ऊधम को मुस्कुराते हुए बर्दाश्त किया था आज उनमें से कोई जिन्दा नहीं था। आज सारी आवाजाही खत्म करके मैं बाहर निकल आया।

रास्ते में मैंने नवीन के मुँह से सुना कि एक ऐसी ही छोटी-सी नोटों की पोटली उसके लड़कों के हाथ में गौहर दे गया है। जो जमीन-जायदाद रही वह उसके ममेरे भाई-बहनों को मिलेगी और उसी जमीन-जायदाद की आमदनी से उसके पिता की बनवाई हुई एक मस्जिद की देखरेख की जाएगी।

जब मैं आश्रम पहुँचा, तो देखा, वहाँ बड़ी भीड़ है। गुरुदेव के साथ आए बहुत सारे शिष्य-शिष्याएँ अच्छी तरह जमकर बैठे हुए हैं और उनके हाव-भाव से यह जाहिर नहीं होता है कि वे यहाँ से जानेवाले हैं। मैंने अन्दाजा लगाया कि वैष्णव-सेवा विधि के अनुसार की जा रही है।

द्वारिका दास ने मुझे देखा, तो उसने मेरी अगवानी की। मेरे आने का कारण वे जानते थे। गौहर के लिए उन्होंने दुख प्रकट किया, लेकिन मुँह पर न जाने कैसी एक झेंप-सी

थी। ऐसी झेंप उनके मुँह पर मैंने पहले कभी नहीं देखी थी। मैंने अन्दाजा लगाया कि हो सकता है, इतने दिनों से इतने सारे वैष्णवों की देखभाल करने में वे इतने थके-हारे थे कि निश्चिन्त होकर बातचीत करने का उनके पास वक्त नहीं था।

मेरे आने की खबर पाकर पद्मा आई। आज उसके भी मुँह पर हँसी नहीं थी। वह इतनी संकुचित थी कि अगर वह भाग पाती, तो जी जाती।''

मैंने पूछा, ''तुम्हारी कमल लता दीदी अभी बहुत व्यस्त है, न पद्मा?''

''नहीं, वह व्यस्त नहीं है। मैं बुला दूँ दीदी को?'' इतना कहकर वह चली गई। यह सब आज इतना अप्रत्याशित और बेढंगा था कि मैं मन ही मन शंकित हो उठा। थोड़ी देर बाद कमल लता ने आकर मुझे नमस्कार किया, बोली, ''आओ गुसाँई, चलो, मेरे कमरे में बैठोगे।''

अपना बिस्तर वगैरह स्टेशन में रखकर मैं सिर्फ बैग को ही साथ लाया था। और था गौहर का वह सन्दूक मेरे नौकर के सर पर। कमल लता के कमरे में आकर मैंने उन्हें उसके हाथ में दिया और कहा, ''इन्हें जरा सावधानी से रख दो। उस सन्दूक में ढेरों रुपए हैं।''

कमल लता ने कहा, ''जानती हूँ।'' उसके बाद उसने उन्हें चारपाई के नीचे रख दिया और पूछा, ''तुमने शायद चाय नहीं पी होगी?''

''नहीं, मैंने चाय नहीं पी है।''

''तुम कब आए?''

''मैं तीसरे पहर आया।''

''चलूँ, तुम्हारे लिए चाय बना लाऊँ।'' इतना कहकर उसने नौकर को साथ लिया और उठकर चली गई।

पद्मा मुँह-हाथ धोने के लिए पानी देकर चली गई, रुकी नहीं।

फिर लगा कि बात क्या है!

थोड़ी देर बाद कमल लता चाय लेकर आई, और थोड़ा-सा फल-मूल, मिठाई और उस वक्त का भगवान का प्रसाद भी साथ लाई। मैं बहुत भूखा था—इसलिए फौरन खाने बैठ गया।

जल्दी ही भगवान की शाम की आरती के घंटे-घड़ियाल और शंख की आवाज सुनाई पड़ी। मैंने पूछा, ''अरे, तुम नहीं गई?''

''नहीं, मुझे नहीं जाना है। मुझे मना किया गया है।''

''मना किया गया है? तुम्हें? इसका मतलब?''

कमल लता उदासी-भरी हँसी हँसकर बोली, ''मना किया गया है, मतलब, मना किया गया है गुसाँई। यानी मुझे पूजाघर जाना मना है।''

खाने की रुचि चली गई। ''मना किया किसने?''

''बड़े गुसाँई के गुरुदेव ने। और उनके साथ आए हुए लोगों ने।''

''क्या कहते हैं वे लोग?''

"वे लोग कहते हैं कि मैं अपवित्र हूँ। मेरी सेवा से भगवान कलुषित हो जाएँगे।"

"तुम अपवित्र हो?" बिजली की गति से एक बात मेरे मन में पैदा हुई–"सन्देह क्या गौहर को लेकर है?"

"हाँ, उन्हें गौहर को लेकर ही सन्देह है।"

मैं कुछ भी नहीं जानता था, तब भी बिना किसी संशय के कह उठा, "यह झूठ है, यह असम्भव है।"

"यह असम्भव क्यों है गुसाँई?"

"सो तो मैं नहीं जानता कमल लता, लेकिन इतना बड़ा झूठ कोई दूसरा नहीं है। लगता है, आदमियों के समाज में यह तुम्हारी भगवान की हार्दिक सेवा का अन्तिम पुरस्कार है।"

उसकी आँखों में आँसू भर गए। बोली, "अब मुझे कोई दुख नहीं है। भगवान अन्तर्यामी हैं, उनसे तो मैं नहीं डरती थी, मैं डरती थी सिर्फ तुमसे। आज मैं बेखौफ होकर जी उठी गुसाँई।"

"दुनिया में इतने लोगों के बीच तुम सिर्फ मुझसे डरती थी? और किसी से तुम नहीं डरती थी?"

"नहीं, मैं और किसी से नहीं डरती थी। मैं सिर्फ तुमसे डरती थी।"

इसके बाद हम दोनों ही स्तब्ध रहे। एक समय मैंने पूछा, "बड़े गुसाँईजी क्या कहते हैं?"

कमल लता बोली, "उनके लिए तो कोई उपाय नहीं है। वरना कोई भी वैष्णव इस मठ में फिर नहीं आएगा।" फिर थोड़ी देर बाद वह बोली, "अब मैं यहाँ नहीं रह सकती। मैं यह जानती थी कि एक दिन मुझे यहाँ से जाना होगा। पर मैंने यह नहीं सोचा था गुसाँई कि मुझे इस तरह से जाना होगा। सिर्फ पद्मा की बात सोचकर दुख होता है। वह बच्ची है, उसका कहीं कोई नहीं है। बड़े गुसाँई को वह नवद्वीप में पड़ी हुई मिली थी। मैं चली जाऊँगी तो वह बहुत रोएगी। अगर हो सके तो तुम जरा उसे देखना। अगर वह यहाँ रहना न चाहे, तो मेरे नाम से उसे राजू को दे देना। उसके लिए जो अच्छा होगा उसे तो वह करेगी ही करेगी।"

फिर कुछ पल चुप्पी में कटे। मैंने पूछा, "इन रुपयों का क्या होगा? तुम इन्हें नहीं लोगी?"

"नहीं, मैं ये रुपए नहीं लूँगी। मैं तो भिखारिन हूँ। रुपए लेकर मैं क्या करूँगी बताओ तो?"

"तब भी अगर कभी काम आए..."

कमल लता ने इस बार हँसकर कहा, "रुपए तो मेरे पास भी एक दिन बहुत थे, वे किस काम आए? तब भी अगर कभी जरूरत पड़ेगी, तो तुम हो किसलिए? तब मैं तुमसे रुपए माँग लूँगी। दूसरे के रुपए मैं क्यों लूँगी?"

मुझे यह सोचते नहीं बना कि उसकी इस बात के जवाब में मैं क्या कहता! मैं सिर्फ उसके मुँह की तरफ निहारता रहा।

उसने फिर से कहा, ''नहीं गुसाँई, मुझे रुपया नहीं चाहिए। मैंने अपने आपको जिनके चरणों में समर्पित किया है, वे मुझे छोड़ नहीं देंगे। मैं चाहे जहाँ भी जाऊँ, वे ही मेरी सारी कमी पूरी कर देंगे। तुम मेरे लिए फिक्र मत करो।''

पद्मा ने कमरे में आकर कहा, ''नए गुसाँई के लिए क्या इसी कमरे में प्रसाद ले आऊँ दीदी?''

''हाँ, यहीं ले आओ। नौकर को प्रसाद दिया?''

''हाँ, उसे प्रसाद दे दिया।''

तब भी पद्मा नहीं गई। थोड़ी देर तक उसने आनाकानी की और बोली, ''तुम नहीं खाओगी दीदी?''

''खाऊँगी री मुँहजली, खाऊँगी। जब तू है तब बिना खाए क्या मुझे छुटकारा मिलनेवाला है?''

पद्मा चली गई।

सुबह जब मैं उठा, तो कमल लता मुझे दिखाई नहीं पड़ी। मैंने पद्मा के मुँह से सुना कि वह तीसरे पहर आती है। यह कोई नहीं जानता है कि वह दिन भर कहाँ रहती है। तब भी मैं निश्चिन्त नहीं हो सका। रात की बात को याद करके सिर्फ डरने लगा कि कहीं वह चली न गई हो, कहीं उससे फिर मुलाकात न हो।

मैं बड़े गुसाँईजी के कमरे में गया। मैंने कॉपियों को रखकर कहा, ''यह गौहर की रामायण है। वह चाहता था कि ये कॉपियाँ मठ में रहें।''

द्वारिका दास ने उन्हें हाथ बढ़ाकर लिया, बोले, ''ये मठ में ही रहेंगी नए गुसाँई! जहाँ मठ के सारे ग्रन्थ रहते हैं, वहीं मैं इन्हें उठाकर रखूँगा।''

मैं दो मिनट चुप रहा, फिर बोला, ''उसको लेकर कमल लता पर जो कलंक लगाया जा रहा है उस पर तुम विश्वास करते हो गुसाँई!''

द्वारिका दास ने मुँह ऊपर उठाकर कहा, ''मैं? कतई नहीं।''

''तब भी तो उसे चला जाना पड़ रहा है?''

''मुझे भी जाना होगा गुसाँई। बेगुनाह को दूर करके अगर मैं खुद रहूँगा, तब तो मैं झूठमूठ में इस रास्ते आया था, झूठमूठ ही मैंने इतने दिनों तक उनका नाम लिया है।''

''तब आखिर उसे क्यों जाना होगा? मठ के अधिकारी तो तुम हो। तुम तो उसे रख सकते हो?''

''गुरु! गुरु! गुरु!'' इतना कहकर द्वारिका दास मुँह नीचा किए बैठे रहे। मैं समझ गया यह गुरु का आदेश है, इसे टाला नहीं जा सकता।

''मैं आज चला जा रहा हूँ गुसाँई।'' इतना कहकर जब मैं कमरे से बाहर आने लगा, तब उन्होंने मुँह उठाकर निहारा। देखता हूँ, उनकी आँखों से आँसू बह रहे हैं। उन्होंने मुझे हाथ जोड़कर नमस्कार किया। मैं भी प्रतिनमस्कार करके चला आया।

धीरे-धीरे तीसरा पहर बीता, तो शाम उतरी। शाम ढली, तो रात आई। मगर कमल लता कहीं दिखाई नहीं पड़ी। नवीन का आदमी आ गया था मुझे स्टेशन पहुँचा

देने के लिए। सर पर बैग लिये किसन छटपटा रहा था। अब समय नहीं है, लेकिन कमल लता नहीं लौटी। पद्मा को विश्वास था कि वह और थोड़ी देर बाद आएगी, मगर मेरा सन्देह क्रमशः विश्वास में बदल गया, वह नहीं आएगी। अन्तिम विदा की कठोर परीक्षा में वह गजरदम भाग गई थी। उसने दूसरी साड़ी भी साथ नहीं ली थी। कल उसने अपना जो परिचय दिया था—वैरागिनी के रूप में, आज उसी परिचय को उसने बरकरार रखा।

जब मैं जाने लगा तो पद्मा रोने लगी। मैंने उसे अपना पता दिया और कहा, "तुम्हारी दीदी ने कहा है मुझे चिट्ठी लिखने के लिए। तुम्हारी जो मर्जी हो, वही लिख भेजना पद्मा।"

"मगर मैं तो अच्छी तरह लिखना नहीं जानती, गुसाँई!"

"तुम जो लिखोगी मैं वही पढ़ लूँगा।"

"दीदी से मिलकर नहीं जाओगे?"

"फिर मुलाकात होगी पद्मा, अब तो मैं जाता हूँ।" इतना कहकर मैं बाहर निकल पड़ा।

# 14

सारे रास्ते आँखें जिसे अँधेरे में भी ढूँढ़ रही थीं उससे मुलाकात हुई रेलवे स्टेशन पर। वह लोगों की भीड़ से दूर खड़ी थी। जब उसने मुझे देखा, तो वह करीब आकर बोली, "एक टिकट कटा देना होगा गुसाँई।"

"तो क्या तुम सचमुच ही सबको छोड़ चली?"

"इसके अलावा तो और तो कोई उपाय नहीं है?"

"तुम्हें दुख नहीं होता कमल लता?"

"यह बात क्यों पूछते हो गुसाँई, तुम तो सब जानते हो।"

"कहाँ जाओगी?"

"वृन्दावन जाऊँगी। लेकिन इतनी दूर का टिकट नहीं चाहिए। तुम नजदीक की किसी जगह का टिकट कटा दो।"

"यानी कि मेरा कर्ज जितना कम हो उतना अच्छा है। और उसके बाद शुरू होगा दूसरे से भीख माँगना जब तक कि रास्ता खत्म न हो जाए। यही न?"

"भीख माँगना क्या यही पहली बार शुरू होगा गुसाँई? मैंने क्या और कभी भीख नहीं माँगी है?"

मैं चुप रहा। उसने मेरी तरफ निहारकर नजरें घुमा लीं, बोली, "तो वृन्दावन का ही टिकट कटा दो।"

"तो चलो, हम एक साथ चलेंगे।"

"तुम्हें भी क्या वहीं जाना है?"

मैंने कहा, "नहीं, मुझे वहाँ नहीं जाना है। फिर भी जितनी दूर तक साथ चल सकूँगा, चलूँगा।"

जब गाड़ी आई, तो हम दोनों उस पर चढ़ गए। बगल की बेंच पर मैंने अपने हाथों उसका बिस्तर लगा दिया।

कमल लता व्यग्र हो उठी, "यह तुम क्या कर रहे हो गुसाँई?"

"यह मैं वही कर रहा हूँ जो मैंने कभी किसी के लिए नहीं किया है। यह मैं इसलिए कर रहा हूँ कि तुम मुझे हमेशा याद रहोगी।"

"तो क्या तुम सचमुच ही मुझे याद रखना चाहते हो?"

"हाँ, मैं सचमुच ही तुम्हें याद रखना चाहता हूँ कमल लता। और यह तुम्हारे सिवा और कोई नहीं जानेगा?"

"मगर इससे मुझे पाप लगेगा गुसाँई।"

"नहीं, तुम्हें कोई पाप नहीं लगेगा। तुम आराम से बैठो।"

कमल लता बैठी, मगर बड़े संकोच के साथ। गाड़ी चलने लगी। कितने गाँवों, कितने शहरों, कितने मैदानों को पार करती हुई करीब बैठकर वह धीरे-धीरे अपने जीवन की कितनी कहानियाँ कहने लगी। अपनी रास्ते में घूमने की बात, अपनी मथुरा, वृन्दावन, गोवर्धन, राधाकुंड में रहने की बात, कितने तीर्थ-भ्रमण की कहानियाँ और अन्त में द्वारिका दास के आश्रम में, मुरारिपुर आश्रम में आने की बात। मुझे याद हो आई, उस व्यक्ति की तब की कही बात जब मैं वहाँ से चला आ रहा था। कहा, "जानती हो कमल लता, बड़े गुसाँई यह विश्वास नहीं करते कि तुमने कोई ऐसा काम किया है जिससे तुम्हें कलंक लगे।"

"वे यह विश्वास नहीं करते?"

"वे बिलकुल यह विश्वास नहीं करते। मेरे आते वक्त उनकी आँखों से आँसू बहने लगे, बोले—बेगुनाह को दूर करके अगर मैं खुद यहाँ रहूँगा नए गुसाँई, तो झूठमूठ में मैंने उनका नाम लिया है, झूठमूठ में मैं इस रास्ते आया हूँ। मठ में वे भी नहीं रहेंगे कमल लता। इतना निष्पाप मधुर आश्रम बिलकुल तहस-नहस हो जाएगा।"

"नहीं, आश्रम तहस-नहस नहीं होगा। कोई न कोई रास्ता भगवान जरूर दिखा देंगे।"

"अगर कभी वहाँ से तुम्हें बुलाया जाए, तो तुम वहाँ वापस जाओगी?"

"नहीं, मैं वहाँ नहीं जाऊँगी।"

"अगर वे लोग खेद प्रकट करके तुम्हें वापस बुलाना चाहें तो?"

"तब भी मैं वहाँ नहीं जाऊँगी।"

थोड़ी देर बाद उसने पता नहीं क्या सोचकर कहा, ''अगर तुम मुझे वहाँ जाने को कहोगे, तभी मैं वहाँ जाऊँगी। और किसी के कहने पर मैं वहाँ नहीं जाऊँगी।''

''लेकिन तुमसे मुलाकात कहाँ होगी?''

इस सवाल का उसने जवाब नहीं दिया, वह चुप रही। जब बहुत वक्त खामोशी में बीता, तो मैंने पुकारा, ''कमल लता?'' आवाज नहीं आई। मैंने निहारा तो देखा, उसने गाड़ी के एक कोने में सर रखकर आँखें बन्द कर ली हैं। यह सोचकर कि दिन भर थकान के मारे वह सो गई है, उसे उठाने को जी नहीं चाहा। उसके बाद मैं खुद भी पता नहीं कब सो गया। अचानक एक समय कानों में आवाज आई–''नए गुसाँई?''

आवाज सुनकर मैंने निहारा, तो देखता हूँ, वह मेरे बदन पर हाथ रखकर पुकार रही है। बोली, ''उठो, तुम्हारे साँइथिया स्टेशन पर गाड़ी खड़ी है।''

मैं जल्दी से उठ बैठा। बगलवाले डिब्बे में किसन था। जब मैंने उसे पुकारकर उठाया, तो उसने आकर बैग उतारा। बिस्तर बाँधते वक्त देखने में आया कि जिन दो-एक चादरों को उसके लिए बिछा दिया था उन्हें उसने इसी बीच तहाकर मेरी बेंच के एक किनारे रख दिया है। मैंने कहा, ''इन्हें भी तुमने लौटा दिया, लिया नहीं?''

''न जाने कितनी बार चढ़ना-उतरना होगा। इस बोझ को कौन ढोएगा?''

''तुम तो दूसरा कपड़ा भी अपने साथ नहीं लाई हो, वह भी क्या बोझ है? दो-एक कपड़े निकालकर दूँ?''

''खूब हो तुम! तुम्हारे कपड़े भिखारिन के बदन पर कैसे फबेंगे?''

मैंने कहा, ''माना कि कपड़े नहीं फबेंगे, लेकिन भिखारी को भी खाना पड़ता है। पहुँचने में और भी दो दिन लगेंगे। गाड़ी में तुम क्या खाओगी? खाने-पीने की जो चीजें मेरे साथ हैं उन्हें भी क्या मैं फेंक दूँ? उन्हें तुम छुओगी नहीं?''

कमल लता ने इस बार हँसकर कहा, ''तुम गुस्सा क्यों करते हो? अजी, मैं तुम्हें छुऊँगी जी, छुऊँगी। तुम्हारे चले जाने पर मैं भरपेट गटकूँगी।''

वक्त खत्म हो रहा था। मैं उतरने ही वाला था कि तभी वह बोली, ''जरा रुको तो गुसाँई। कोई नहीं है यहाँ। आज छिपकर मैं तुम्हें प्रणाम तो कर लूँ।'' इतना कहकर वह झुकी और आज उसने मेरे पैर छुए।

मैं प्लेटफॉर्म पर उतरकर खड़ा हो गया। रात तब भी नहीं बीती थी। नीचे और ऊपर कहीं अँधेरा ज्यादा था, तो कहीं कम। आसमान के एक छोर पर कृष्ण त्रयोदशी का पतला-सा चाँद था, तो दूसरे छोर पर पौ फट रही थी। उस दिन की बात याद आई जिस दिन भगवान के लिए फूल तोड़ने के वास्ते ऐसे ही वक्त मैं उसका साथी बना था। और आज?

सीटी बजाकर और हरी बत्ती हिलाकर गार्ड ने गाड़ी को चलने का संकेत दिया। कमल लता ने खिड़की से हाथ बढ़ाकर यही पहली बार मेरा हाथ पकड़ा। मैं यह कैसे समझाऊँ कि उसकी आवाज में कैसी विनती का सुर था, बोली, ''मैंने तुमसे कभी कुछ नहीं माँगा है। आज एक बात मानोगे?''

“हाँ मानूँगा।” इतना कहकर मैं निहारता रहा।

कहने में वह पल भर झिझकी। उसके बाद बोली, “मैं जानती हूँ कि मैं तुम्हारी कितनी दुलारी हूँ। आज विश्वास करके तुम मुझे उनके चरण-कमलों में सौंपकर निश्चिन्त हो जाओ, निर्भय हो जाओ। मेरे लिए सोच-सोचकर अब तुम अपना मन भारी मत करो गुसाँई। तुमसे मेरी यही प्रार्थना है।”

गाड़ी चल पड़ी। उसके उस हाथ को अपने हाथ में लेकर मैं कई कदम आगे बढ़ा और कहा, “मैंने तुम्हें उन्हें सौंप दिया कमल लता। वे ही तुम्हारी जिम्मेदारी लेंगे। तुम्हारी राह, तुम्हारी साधना सुरक्षित रहे। यह कहकर कि तुम मेरी हो, मैं अब तुम्हें अपमानित नहीं करूँगा।”

मैंने उसका हाथ छोड़ दिया। गाड़ी दूर होती चली गई। खिड़की से होकर उसके झुके मुँह पर स्टेशन की बत्तियों की रोशनी कई बार आकर पड़ी और फिर सब कुछ अँधेरे में विलीन हो गया। सिर्फ लगा, जैसे हाथ जोड़कर मुझे अन्तिम नमस्कार किया।

❑❑❑